KB118938

을 유 세 계 문 학 전 집 · 7 0

사랑에 빠진 여인들

사랑에 빠진 여인들

Women in Love

데이비드 허버트 로렌스 지음 · 손영주 옮김

을유문화사

옮긴이 손영주

서울대학교에서 언어학과 영문학을 공부하고 동대학교 영어영문학과 대학원을 거쳐 미국 University of Wisconsin-Madison에서 영국 소설과 비평이론을 전공했다. 현재 서울대학교 영어영문학과 교수로 재직 중이며, 현대 영국 및 영어권 소설을 가르치고 있다. 저서로 *Here and Now: The Politics of Social Space in D. H. Lawrence and Virginia Woolf*(Routledge, 2006)가 있다. 『사랑에 빠진 여인들』로 제9회 유영번역상을 수상했다.

을유세계문학전집 70
사랑에 빠진 여인들

발행일·2014년 10월 20일 초판 1쇄 | 2015년 12월 20일 초판 2쇄
지은이·데이비드 허버트 로렌스 | 옮긴이·손영주
펴낸이·정무영 | 펴낸곳·(주)을유문화사
창립일·1945년 12월 1일 | 주소·서울시 종로구 우정국로 51-4
전화·734-3515, 733-8152~3 | FAX·732-9154 | 홈페이지·www.eulyoo.co.kr
ISBN 978-89-324-0402-8 04840 978-89-324-0330-4(세트)

• 값은 뒤표지에 표시되어 있습니다.
• 옮긴이와의 협의하에 인지를 붙이지 않습니다.

• 이 저서는 2007년 정부(교육과학기술부)의 재원으로 한국연구재단의 지원을 받아 수행된 연구임(KRF-2007-361-AL0016).

차례

1장 자매

어느 날 아침 어슐라*와 구드룬* 브랑웬은 벨도버의 아버지 집 퇴창에 앉아 일을 하며 이야기를 나누고 있었다. 어슐라는 밝은 빛깔의 자수를 놓고 있었고 구드룬은 무릎 위에 화판을 올려놓고 그림을 그리는 중이었다. 그들은 대체로 말없이 생각이 흐르는 대로 드문드문 얘기를 나눴다.

"어슐라, **정말로** 결혼은 **하고 싶지가** 않은 거야?" 구드룬이 물었다.

어슐라는 자수를 무릎에 내려놓고 구드룬을 쳐다보았다. 그녀의 얼굴은 침착하고 사려가 깊어 보였다.

"모르겠어." 그녀가 대답했다. "그야 네가 무슨 뜻으로 하는 말이냐에 달렸지."

구드룬은 살짝 당황하여 잠시 언니를 바라보았다.

"글쎄." 구드룬이 비꼬듯이 말했다. "그 의미야 보통 한 가지잖아! ……*하지만 어쨌든, 언니는……." 그녀의 얼굴이 살짝 어두워졌다. "지금보단 처지가 나을 거란 생각 안 들어?"

어슐라의 얼굴에 그늘이 드리워졌다.

"그럴지도 모르지." 그녀가 말했다. "하지만 잘 모르겠어."

구드룬은 약간 짜증이 나서 다시 말을 멈추었다. 그녀는 분명한 걸 원했다.

"결혼이라는 **경험**을 할 필요가 있다는 생각은 안 해?" 구드룬이 물었다.

"넌 그게 꼭 경험**이어야** 한다는 거니?" 어슐라가 대꾸했다.

"그럴 수밖에 없다는 거지, 어떤 식으로든." 구드룬이 냉랭하게 말했다. "달갑진 않겠지만 모종의 경험이 될 수밖에 없잖아."

"꼭 그런 건 아닐 것 같은데." 어슐라가 말했다. "오히려 경험의 끝일 것 같아."

구드룬은 아주 조용히 앉아 이 말에 주의를 기울였다.

"하긴, **그것도** 고려해야지." 그녀가 말했다.

이것으로 대화는 끝났다. 구드룬은 화가 난 듯 지우개를 집어 들고 그리던 걸 지우기 시작했다. 어슐라는 자수에 열중했다.

"괜찮은 청혼이 들어와도 마다할 거야?" 구드룬이 물었다.

"이미 여러 차례 거절했는걸." 어슐라가 말했다.

"**정말**?" 구드룬의 얼굴이 상기되었다. "아니, 정말로 응할 가치가 있는 청혼을 그랬어? 진짜?"

"1년 수입이 천 파운드에다, 아주 멋진 남자였지. 내가 꽤 좋아하기도 했고." 어슐라가 말했다.

"설마! 그런데도 엄청 끌리지가 않았다는 거야?"

"이론상으로야 그럴 텐데…… 실제로는 그렇지가 않더라." 어슐라가 말했다. "정작 결단을 내려야 할 때가 되면 꿈에도 그럴 생각이 없으니……. 아아, 그러고 싶은 마음만 생긴다면 번개같이 결혼하련만. ……난 그저 안 **하고** 싶기만 해." 두 자매의 얼굴이 재미있다는 듯 갑자기 환해졌다.

"놀랍지 않아?" 구드룬이 소리쳤다. "유혹이 그렇게 강하다니 말이야, 결혼하기 **싫다는** 유혹이!"

자매는 서로를 바라보며 깔깔거렸다. 그러나 속으로는 겁에 질려 있었다.

긴 침묵 속에서 어슐라는 자수를 놓았고 구드룬은 그림을 그렸다. 어슐라는 스물여섯, 구드룬은 스물다섯으로, 자매는 어엿한 처녀들이었다. 그런데 그들은 둘 다 헤베*의 자매라기보다는 아르테미스*의 자매처럼, 신식 처녀들 특유의, 속세를 벗어난 동정녀 같은 모습이었다. 구드룬은 아주 아름답고 수동적인 데가 있었으며 부드러운 피부에 나긋나긋한 팔다리를 갖고 있었다. 그녀는 목과 소매가 파란색과 녹색 리넨 레이스로 장식된 짙은 파란색 비단 드레스에 선명한 에메랄드그린 스타킹을 신고 있었다. 자신감과 망설임이 동시에 담긴 그녀의 표정은 예민한 기다림에 찬 어슐라의 모습과 대조적이었다. 구드룬의 냉정함과 사람을 가려 사귀며 관례적 매너라고는 차리지 않는 냉랭한 모습에 기가 질린 이곳 사람들은 그녀를 가리켜 '똑똑한 여자'라고 불렀다. 그녀는 런던에서 몇 년간 예술학교를 다니고 화실에서 작업을 하다가 막 돌아온 참이었다.

"난 이제 남자가 하나 나타나 주려나 하고 있었지." 구드룬이 갑자기 아랫입술을 깨물면서 꾀바른 미소와 괴로움이 뒤섞인 묘한 우거지상을 지으며 말했다.

어슐라는 걱정되었다.

"그러니까 여기서 남자를 만나게 될 거라고 기대하면서 집에 왔단 말이니?" 어슐라가 웃으며 말했다.

"내 참!" 구드룬이 날카롭게 소리 질렀다. "난 내 갈 길을 벗어나면서까지 남자를 찾고 싶진 않아. 하지만 혹시나 돈 많고 아주 매력적인 남자가 나타나 준다면…… 뭐……." 그녀는 빈정거리는 투로 말꼬리를 흐렸다. 그러고는 어슐라의 속내를 들여다보기라도 하려는 듯 그녀를 찬찬히 살폈다. "점점 더 지겨워지는 것 같지 않아?" 그녀가 언니에게 물었다. "실현되는 게 없는 것 같지 않냐고! **실현이 되는 거라곤 하나도 없어!** 모든 게 봉오리만 맺혔다 시들어 버려."

"뭐가 봉오리만 맺혔다 시들어 버리는데?" 어슐라가 물었다.

"아, 모두 다…… 나도 그렇고…… 뭐든지 다."

자매는 말없이 각자 자신의 운명에 대해 멍하니 생각에 잠겼다.

"두렵긴 해." 어슐라가 말했다. 그러고는 또다시 침묵이 흘렀다. "너는 그저 결혼함으로써 뭔가를 이룰 거라고 기대하는 거니?"

"피할 수 없는 다음 단계 같아." 구드룬이 말했다.

어슐라는 약간 씁쓸하게 이 말을 곱씹어 보았다. 그녀는 몇 년째 윌리 그린 중등학교* 선생을 하는 중이었다.

"알아." 그녀가 말했다. "추상적으로 생각해 보면 그럴 법도 한 얘기지. 하지만 정말로 상상을 해 봐. 내가 아는 어떤 남자가 매일 저녁 집에 와서 '오늘 잘 있었어?' 이러면서 뽀뽀를 해 준다……."

텅 빈 침묵이 흘렀다.

"그러게." 구드룬이 볼멘소리를 냈다. "도저히 있을 수 없는 일이야. 남자 때문에 불가능하다고."

"애들도 물론 생기겠지……." 어슐라가 미심쩍은 목소리로 말했다.

구드룬의 얼굴이 굳어졌다.

"**정말로** 애들을 원해, 어슐라?" 구드룬이 차갑게 물었다.

어슐라의 얼굴에 놀라 당황한 표정이 떠올랐다.

"아직은 알 수 없는 거겠지." 어슐라가 말했다.

"**정말?**" 구드룬이 물었다. "난 아이 낳는 생각을 해도 아무 감정이 안 생기는데."

구드룬은 가면처럼 무표정한 얼굴로 어슐라를 쳐다보았다. 어슐라는 눈살을 찌푸렸다.

"어쩜 진심은 아닐지도 몰라." 어슐라가 더듬거리며 말했다. "애들을 정말로 원하는 게 아닐지도 모르지, 영혼 속에선 말이야……. 그냥 겉으로만 그러는 걸지도 몰라."

구드룬의 얼굴이 경직되었다. 지나칠 정도로 분명하길 바란 것은 아니었다.

"다른 사람들의 아이들을 생각해 보면……." 어슐라가 말했다.

거의 적대적인 표정으로 구드룬이 다시 언니를 쳐다보았다.

"그렇고말고." 대화를 끝내기 위해 그녀가 대답했다.

자매는 말없이 하던 일을 계속했다. 어슐라는 언제나, 그물에 포획되어 제지당한 근원적인 불꽃에서 나오는 그런 기묘한 빛을 발했다. 그녀는 대부분 홀로 일하며 하루하루를 보냈고, 삶을 붙잡으려고, 자신의 이해력으로 삶을 파악하려고 애쓰며 늘 생각에 잠겨 있었다. 활동적인 삶은 중단되어 있었지만, 그 아래 어두운 곳에서는 뭔가가 일어나고 있었다. 그 마지막 껍질만 부수어 버릴 수 있다면! 그녀는 자궁 속의 태아처럼 손을 내뻗으려 애쓰고 있는 것 같았다. 그러나 그럴 수가 없었다, 아직은 아니었다. 그렇지만 그녀는 앞으로 일어날 뭔가에 대한 기이한 예지를 갖고 있었다.

어슐라는 자수를 내려놓고 동생을 바라보았다. 구드룬이 너무나 **매력적**이라고, 그 부드러움, 그 아름답고 윤기 있는 살결과 우아한 이목구비가 정말이지 한없이 매력적이라고 생각했다. 구드룬에겐 톡 쏘는 듯 비꼬는 말투에, 시치미를 뚝 떼고 속내를 드러내지 않는 모종의 장난기도 있었다. 그녀는 진심으로 탄복하며 동생을 바라보았다.

"집에는 왜 온 거니, 프룬*?" 어슐라가 물었다.

구드룬은 언니가 자신에게 감탄하고 있다는 걸 알고 있었다. 그녀는 화판에서 몸을 떼고 의자 깊숙이 앉으며 멋지게 치켜 올라간 속눈썹 아래로 어슐라를 바라보았다.

"내가 집에 왜 왔냐고, 어슐라?" 구드룬이 되물었다. "천 번쯤 자문해 봤지."

"그런데 모른단 말이야?"

"아니, 알아. 내가 집에 온 건 reculer pour mieux sauter(더 높은 도약을 위한 일 보 후퇴일 뿐이야)."

그러고는 만사를 아는 듯한 눈빛으로 천천히 오랫동안 어슐라를 바라보았다.

"그거야 나도 알지!" 약간 놀라고 꾸민 듯한 표정으로, 그리하여 마치 **모르는** 것 같이 어슐라가 외쳤다. "그렇지만 **어디로** 뛰어오르는 건데?"

"오, 그건 중요하지 않아." 구드룬이 약간 거만하게 말했다. "절벽을 뛰어넘으면 어딘가에 착륙하게 되어 있으니까."

"하지만 그건 너무 위험하지 않을까?" 어슐라가 물었다.

구드룬의 얼굴에 천천히 냉소가 번졌다.

"아, 그냥 말이 그렇다는 거지." 그녀가 웃으며 말했다.

또다시 그렇게 그녀가 대화를 끝냈다. 그러나 어슐라는 여전히 생각에 잠겨 있었다.

"그래, 돌아와 보니 집이 어떤 것 같아?" 그녀가 물었다.

구드룬은 잠시 냉정하게 입을 다물고 있었다. 그러고 나서 차갑지만 진심 어린 목소리로 입을 열었다.

"난 집에서 완전히 이방인 같아."

"아버지는 어떻든?"

구드룬은 궁지에 몰리기라도 한 듯, 거의 화난 얼굴로 어슐라를 쳐다보았다.

"아버지 생각은 안 해 봤어. 자제한 거야." 그녀가 쌀쌀맞게 말했다.

"그렇구나." 어슐라의 목소리가 떨렸다. 정말로 대화가 끝난 것이었다. 절벽 너머를 건너다보기라도 한 것처럼, 자매는 자신들이 텅 빈 공허를, 무시무시한 틈새를 직면하고 있음을 발견했다.

그들은 한동안 아무 말 없이 일을 계속했다. 구드룬의 볼이 억눌린 감정으로 붉게 달아올랐다. 그녀는 감정이 드러난 것이 분했다.

"그 결혼식에나 가 볼까?" 마침내 구드룬이 지나칠 정도로 무덤덤하게 물었다.

"그러자!" 어슐라가 마치 무엇인가 피하려는 듯 바느질하던 걸 집어 던지고 벌떡 일어나 너무 열정적으로 소리침으로써 그 상황의 긴장감을 드러내는 바람에 구드룬은 신경이 혐오감으로 박박 긁히는 느낌이었다.

어슐라는 위층으로 올라가면서 집을, 자신을 둘러싸고 있는 자신의 집을 의식했다. 이 누추하고 지나치게 익숙한 곳이 싫었다! 어슐라는 그 집, 그 환경, 이 한물간 삶의 분위기와 상황 전체에 대한 자신의 깊은 반감이 두려워졌다. 자신의 감정에 더럭 겁이 났다.

자매는 걸음을 서둘러 이내 절반은 가게들이고 절반은 주택들이 들어선, 빈곤하진 않지만 아주 볼품없고 지저분한 벨도버의 큰길로 들어섰다. 첼시와 서식스에서 살다 갓 돌아온 구드룬은 중부지방 작은 탄광촌의 이 형체 없는 추함에 몸을 움츠렸다. 그러나 그녀는 보잘것없는 온갖 지저분한 영역을 통과하여 제멋대로 생긴 모래투성이의 긴 거리를 전진했다. 모든 사람들의 시선에 노출된 채, 계속되는 고문 속에서 걸었다. 이곳으로 돌아와 이 모양 없고 황폐한 추악함이 자신에게 미치는 모든 영향을 시험하기로 선택했다는 게 이상했다. 뭣 때문에 이 추하고 무의미한 사람들과 망가진 시골구석이 가하는 견딜 수 없는 고문에 굴복하고 싶었으며, 지금도 여전히 그러고 싶은 걸까? 그녀는 흙먼지 속에서 힘겹게 나아가는 딱정벌레 같은 기분이 들었다. 그녀의 마음은 혐오감으로 가득 찼다.

그들은 숯 검댕을 뒤집어쓴 양배추 밑둥치들이 창피한 줄도 모른 채 자리 잡고 있는 작은 공동 채마밭을 지나 큰길을 벗어났다. 아무도 창피한 줄을 몰랐다. 이 모든 것에 수치심을 갖는 이는 아무도 없었다.

"마치 하계(下界) 같아." 구드룬이 말했다. "광부들이 그곳을 삽으로 퍼서 땅 위에 올려놓은 거지. 어슐라, 놀라워, 정말 기가 막히다니까…… 정말로 경이로운 딴 세상이야. 사람들은 전부 다 시체를 파먹는 악귀고, 모든 게 유령 같아. 전부 다 진짜 세계의 끔찍스럽고 엽기적인 복제품이라고. 복제품, 악귀, 온통 지저분하고 모든 게 불결해. 미친 것 같아, 어슐라."

자매는 거무스름하고 지저분한 벌판을 지나 시커먼 길을 가고 있었다. 왼편으로는 탄갱들이 있는 골짜기가 넓게 펼쳐져 있고 맞은편에는 밀밭과 숲이 우거진 언덕들이 있었는데, 멀리서 보면 마치 상복의 검은 베일을 쓰고 본 것처럼 모두 시커멨다. 희고 검은 연기가 시커먼 대기 속에서 마술처럼 연달아 기둥 모양으로 피어올랐다. 가까이 길게 늘어선 집들은 언덕의 경사를 따라 곡선으로, 그리고 언덕 꼭대기로 가면서는 곧게 줄지어 있었다. 그 집들은 쉽게 부스러지는 거뭇해진 붉은 벽돌에 거무튀튀한 슬레이트 지붕을 하고 있었다.

자매가 걸어가는 길은 광부들의 계속되는 발길로 시커멓게 다져졌고, 철제 울타리를 따라 밭과 경계를 이루고 있었다. 울타리에 달린, 길로 통하는 계단은 오가는 광부들의 무명바지에 닳아 반짝였다. 자매는 좀 더 가난한 집들 사이로 들어섰다. 거친 천으로 된 앞치마를 두른 여자들이 그 구역 끝머리에서 팔짱을 끼고 서서 잡담하면서 토박이들의 그 길고 지칠 줄 모르는 시선으로 브랑웬 자매가 지나가는 걸 빤히 지켜보았다. 애들은 욕을 해 댔다.

구드룬은 약간 얼떨떨한 상태로 계속 걸음을 옮겼다. 이것이 인간의 삶이라면, 이들이 완전한 세상에 살고 있는 인간들이라면, 그 바깥에 있는 나의 세상은 과연 뭘까? 그녀는 자신의 녹색 스타킹과 커다란 녹색 벨루어 모자, 그리고 짙은 파란색의 부드러운 코트를 의식했다. 그러자 마치 심장이 오그라든 채 아주 불안정한 대기 위를 걷고 있는 듯, 금방이라도 땅으로 곤두박질칠 것만 같았다. 그녀는 두려웠다.

구드룬은 캄캄하고 창조되지 않은 적대적인 세계의 이 같은 침해에 오랫동안 단련된 어슐라에게 바짝 달라붙었다. 그러나 혹독한 시련을 겪고 있기라도 하듯 구드룬의 마음은 내내 울부짖고 있었다. '다시 돌아가고 싶어, 도망치고 싶단 말이야. 난 알고 싶지 않아, 이런 것이 존재한다는 걸 알고 싶지 않다고.' 하지만 계속 나아가지 않을 수 없었다.

어슐라는 동생의 고통을 감지했다.

"이곳이 싫구나, 그렇지?" 그녀가 물었다.

"당혹스러워." 구드룬이 더듬거리며 말했다.

"여기 오래 머물지는 않겠네." 어슐라가 말했다.

구드룬은 빨리 빠져나가고 싶어 걸음을 재촉했다.

자매는 탄광 지역에서 빠져나와 굽이진 언덕을 넘어 맞은편의 좀 더 깨끗한 윌리 그린을 향해 걸어갔다. 수목이 우거진 언덕과 들판에는, 검은 마력이 희미하지만 여전히 고집스럽게 버티며 대기 속에서 음산한 빛을 발하고 있는 듯했다. 간간이 해가 나는 쌀쌀한 봄날이었다. 울타리 아래쪽으로는 노란 애기똥풀이 모습을 드러냈고, 윌리 그린의 시골집 채소밭에서는 까치밥나무 잎이 돋아나고 있었으며, 돌벽에 늘어진 회색 알리숨은 자그맣고 하얀 꽃망울을 틔우고 있었다.

방향을 돌려 그들은 높다란 둑 사이를 지나 교회로 향하는 큰길로 접어들었다. 자매의 머리 위쪽에 자리하고 있는 교회 벽과 나무들 아래 길모퉁이에 결혼식을 보러 온 사람들이 무리 지어 서 있었다. 이 지역 탄광 소유주인 토머스 크라이치의 딸이 해군 장교와 결혼하는 것이었다.

"돌아가자." 방향을 바꾸며 구드룬이 말했다. "전부 저런 사람들뿐이네."

그러고는 길에서 우물쭈물 서성거렸다.

"저 사람들은 신경 쓰지 마." 어슐라가 말했다. "저이들은 괜찮아. 다들 나를 알아. 별문제 없어."

"하지만 꼭 저 사람들을 지나가야 돼?" 구드룬이 물었다.

"정말로 괜찮다니까." 어슐라가 앞장서며 말했다.

자매는 나란히, 꺼림칙한 기색으로 감시하는 듯한 평민들 무리 쪽으로 다가갔다. 그들은 주로 여자들, 그중에서도 주변이 없는 광부의 아내들이었다. 그들은 감시하는 듯한 하계의 얼굴들을 하고 있었다.

자매는 긴장한 채 교회의 정문 쪽으로 똑바로 걸어갔다. 여자들은 마지못한 듯 겨우 지나갈 수 있을 정도의 길을 내주었다. 자매는 말없이 돌로 된 정문을 지나고 계단을 올라가 붉은 카펫을 밟았다. 경찰이 그들의 움직임을 지켜보았다.

"저 스타킹 좀 봐!" 구드룬의 등 뒤에서 누군가가 말했다. 그녀는 순간 살기등등하고 사납고 맹렬한 분노를 느꼈다. 그 사람들이 전멸되기를, 완전히 사라져 세상이 깨끗해지기를 바랐다. 그들이 보는 앞에서 붉은 카펫을 따라 교회 안으로 들어서는 것이 얼마나 싫던지.

"안에는 안 들어갈래." 구드룬이 갑자기 단호하게 말하는 바람에 어슐라는 즉시 걸음을 멈추고 방향을 돌려 교회에 인접한 중학교의 쪽문으로 이어지는 작은 샛길로 들어섰다.

교회 경내 바깥에 있는 관목 울타리가 쳐진 교문 바로 안쪽에 다다르자 어슐라는 월계수 덤불 아래의 나지막한 돌 위에 앉아 잠시 숨을 돌렸다. 뒤쪽으로는 붉은 색깔의 커다란 학교 건물이 휴일이라 창문이 모두 활짝 열린 채 평화로이 서 있었다. 앞쪽의 관목 울타리 너머로는 오래된 교회의 빛바랜 지붕과 탑이 보였다. 나뭇잎 때문에 자매는 사람들의 눈에 띄지 않았다.

구드룬은 말없이 앉아 있었다. 입을 굳게 다물고 외면한 채로. 그녀는 다시 돌아온 걸 몹시 후회하고 있었다. 어슐라는 구드룬을 보면서 그녀가 놀라울 정도로 아름답다는 생각을 하고는 당황하여 얼굴이 붉어졌다. 하지만 어슐라 성격에, 구드룬은 약간 거북살스럽고 피곤한 존재이기도 했다. 어슐라는 자신을 빽빽하게 포위하고 있는 구드룬의 존재로부터 벗어나 혼자 있고 싶었다.

"여기 계속 있을 거야?" 구드룬이 물었다.

"잠깐 쉬는 거야." 혼나기라도 한 것처럼 어슐라가 일어섰다. "파이브스* 경기장 구석으로 가자. 거기서는 다 보일 거야."

햇빛이 교회 경내를 밝게 비추고 있었고, 묘지에 핀 제비꽃에서 희미한 수액과 봄내음이 나는 듯했다. 하얀 데이지꽃 몇 송이가 천사처럼 환하게 피어 있고, 너도밤나무는 피처럼 붉은 잎들을 틔우고 있었다.

11시 정각이 되자, 마차들이 도착하기 시작했다. 마차 한 대가 올라오자 정문에 모여 선 사람들이 동요하며 몰려들었고, 하객들은 계단을 올라 붉은 카펫을 따라 교회로 향했다. 화창한 햇살에 사람들은 모두 밝게 들떠 있었다.

구드룬은 객관적인 호기심을 가지고 그들을 면밀히 지켜보았다. 사람들 각각을 책 속의 등장인물이나 그림 속의 인물, 또는 무대의 꼭두각시처럼 하나의 완전한 인물이나 완성된 창조물로 바라보았다. 그들이 앞질러 교회로 가는 동안 그녀는 즐거이 그 사람들의 다양한 특성들을 변별해 내고, 그들을 본연의 자리에 놓고, 각자에게 맞는 상황을 부여하고, 그들을 영원히 고착시켜 버렸다. 그녀는 그들을 알고 있었다. 그녀에게 그들은 완성되어 봉인되고 소인까지 찍힌, 다 끝난 존재들이었다. 크라이치가(家) 사람들이 출현할 때까지는 알 수 없는 미결된 존재라고는 하나도 없었다. 이들의 출현은 구드룬의 흥미를 자극했다. 미리 결론이 나지 않은 어떤 존재가 여기 있었다.

크라이치 부인이 장남인 제럴드와 함께 나타났다. 그녀는 결혼식에 맞춰 차려입으려 노력한 흔적은 역력한데 어딘지 묘하게 단정치가 않았다. 깨끗하고 투명한 피부에 안색은 창백하고 좀 노리끼리하고, 몸은 약간 구부정했으며, 아무것도 안중에 없는 맹금류의 긴장된 표정에 이목구비가 뚜렷한 잘생긴 타입이었다. 윤기 없는 한 움큼의 머리카락이 파란 실크 모자 아래에서 짙은 파란색 실크 코트 위로 지저분하게 흘러 내려와 있었다. 거의 눈에 띄지 않는 편집광이 있으면서도 대단히 자부심 강한 여자 같았다.

그녀의 아들은 하얗지만 볕에 그을린 피부에 키는 보통보다 좀 큰 편이었으며, 균형 잡힌 몸매에 좀 과하다 싶을 정도로 옷을 잘 차려입고 있었다. 그에게서도 역시, 자신은 주변 사람들과 다른 부류에 속한다는 듯한 야릇한 경계의 빛과 무의식적인 섬광이 번뜩였다.

구드룬의 관심은 즉각 그에게 꽂혔다. 그에겐 그녀를 끌어당기는 북방적인 것이 있었다. 북방인의 깨끗한 살갗과 금발이 얼음 결정체를 통과하여 굴절된 차가운 햇볕처럼 반짝였다. 게다가 북극의 존재처럼 새롭고, 세상에 드러난 적 없는 듯 순수한 모습이었다. 나이는 서른 남짓, 어쩌면 조금 더 되어 보였다. 그의 반짝이는 아름다움과 남성다움은 싹싹한 미소를 짓는 젊은 늑대와 같았고 구드룬은 그의 몸가짐에 깃든 의미심장하고 불길한 정적을, 위험하게 도사리고 있는 억제되지 않은 기질을 보았다. '저이의 토템은 늑대야.' 구드룬은 거듭 중얼거렸다. '그 어머니는 길들여지지 않은 늙은 늑대고.' 그녀는 돌연 이 세상 그 누구에게도 알려지지 않은 놀라운 발견을 해낸 것만 같은 벅찬 감정의 폭발과 환희를 맛보았다. 기이한 무아경에 사로잡혀 그녀의 모든 혈관이 설명할 수 없는 격렬한 감정으로 폭발했다. '세상에!' 그녀가 마음속으로 외쳤다. '이게 뭐지?' 그러고는 다음 순간, '저 남자를 더 알아내고야 말 거야'라고 자신 있게 뇌까렸다. 그녀는 그를 다시 보고 싶은 욕망으로, 그를 향한 그리움으로, 그 사람을 다시 보아야만 하는 필연성으로, 이게 다 착각은 아니라는 것 그러니까 스스로를 속이고 있는 게 아니라 자신은 분명코 그 남자로 인해 이 야릇하고 불가항력적인 굉장한 감정을 느꼈다는 것을 확인하고 싶은 욕망으로, 자신의 본질 속에서 느끼는 그에 대한 이러한 앎, 그에 대한 이 막강한 이해력을 확인하고 싶은 욕망으로 고통스러웠다. '내가 **정말** 그를 위해 선택된 걸까? 정말 우리 둘만을 감싸고 있는 어떤 옅은 황금색 북극의 빛이 있는 걸까?' 하고 자문했다. 하지만 그것이 믿기지 않았고, 그녀는 주변이 어떻게 돌아가고 있는지 거의 의식하지 못한 채 몽상에 잠겼다.

신부 들러리들은 이미 와 있건만 신랑은 아직 도착하지 않았다. 어술라는 뭔가 잘못되어 결혼식을 망치게 되는 건 아닌가 하는 생각이 들었다. 결혼식이 마치 자신에게 달려 있기라도 한 것처럼 불안해졌다. 신부 들러리 대표들도 이미 도착해 있었다. 어술라는 그들이 계단을 올라오는 것을 지켜보았다. 그들 중 아는 사람이 하나 있었는데, 창백하고 길쭉한 얼굴에 숱이 많은 금발을 가진, 뭔가 내키지 않는 듯 느릿느릿 움직이는 키가 큰 여자였다. 크라이치가 사람들의 친구인 허마이어니 로디스였다. 그녀는 고개를 꼿꼿이 들고 베이지와 회색 타조 깃털로 장식한, 커다랗고 평평한 연노랑 벨벳 모자의 균형을 잡으며 나타났다. 그녀는 주변을 보지 않으려고 길고 창백해진 얼굴을 치켜들고는 아무 생각도 없는 것처럼 무리에 휩쓸려 나아가고 있었다. 그녀는 부자였다. 비단같이 보드라운 연노랑 벨벳 드레스 차림에 장밋빛 시클라멘을 한 아름 안고 있었다. 신발과 스타킹은 모자에 꽂힌 깃털과 마찬가지로 갈색 기운이 도는 회색이었고, 머리숱이 많았으며, 특이하게도 엉덩이를 거의 움직이지 않으면서 마지못한 듯 기묘한 동작으로 걸어갔다. 사랑스러운 연노랑과 갈색이 도는 장밋빛이 어울린 인상적인 모습이었지만, 어딘지 으스스하고 불쾌한 느낌이 들었다. 그녀가 지나가자 사람들은 그 인상 깊은 모습에 동요하여 야유를 퍼붓고 싶으면서도 무슨 이유에선지 입이 떨어지지 않아 잠자코 있었다. 로세티* 그림에 나오는 인물처럼 꼿꼿이 쳐든 길고 창백한 그녀의 얼굴은 약물에 취하기라도 한 것 같았다. 마치 야릇한 생각들이 그녀 내부의 암흑 속에 똬리를 틀고 있고 그녀는 거기서 영원히 도망칠 수 없는 것처럼 보였다.

어슐라는 홀린 듯 그녀를 바라보았다. 그녀에 관해 조금 아는 바가 있었다. 허마이어니는 잉글랜드 중부 지방에서는 가장 주목받는 여자였다. 아버지는 보수적인 더비셔 준남작이었고, 그녀는 지력으로 꽉 차고 의식에 치이고 신경이 너덜너덜해진 신여성이었다. 그녀는 개혁에 열정적인 관심을 갖고 있었고 영혼을 공공의 대의명분에 바쳤다. 그러나 그녀는 남자의 여자였으니, 그녀를 지탱하는 건 남자들의 세계였다.

그녀는 유능하고 다양한 남자들과 지적이고 영적인 다양한 친분을 맺고 있었다. 그 남자들 가운데 어슐라가 아는 이는 카운티* 장학관 중 하나인 루퍼트 버킨뿐이었다. 반면 구드룬은 런던에서 다른 사람들을 만난 적이 있었다. 예술가 친구들과 함께 다른 종류의 사교계를 돌아다니면서 명성 있고 신분도 괜찮은 사람들을 이미 많이 사귀게 되었던 것이다. 허마이어니도 두 번 만난 적이 있지만, 서로에게 그다지 끌리지는 않았다. 도시에서 이런저런 사람들과의 친분 속에서 대등한 관계로 서로를 알게 된 다음, 서로의 사회적 지위가 너무나 다른 이곳 중부 지방에서 다시 만난다면 좀 묘할 것 같았다. 구드룬은 사회적으로 성공해서, 그녀의 친구들 중에는 예술계와 접촉하고 있는 한가로운 귀족들도 있기 때문이었다.

허마이어니는 자신이 옷을 잘 입는다는 걸 의식하고 있었다. 윌리 그린에서 누굴 만나든, 그보다 훨씬 우월하지는 않을지 몰라도 사회적으로 대등하다는 걸 알고 있었다. 자신이 문화계와 지성계에 받아들여졌다는 것도. 그녀는 문명의 사도(Kulturträger)이자 사상 문화의 매개체였다. 그녀는 사교에서나 사상에서, 혹은 공공 활동이나 심지어 예술에서 최고들과 하나였고, 선두 그룹에서 움직이며 그들과 스스럼없이 일체를 이루었다. 그녀를 업신여기거나 조롱할 자는 아무도 없었다. 왜냐하면 그녀는 최고 그룹에 속해 있었고, 그녀에게 반(反)하는 사람은 지위에서나 부에서나, 혹은 사상과 진보, 그리고 지성과의 깊은 연관성 면에서 자신보다 열등했기 때문이다. 그러니까 그녀는 난공불락이었다. 그녀는 속세의 판단 범위를 초월하는 난공불락의, 공격 불가능한 존재가 되기 위해 평생을 분투했다.

그러나 그녀의 영혼은 고통받았고, 노출되어 있었다. 자신은 어느 모로 보나 일체의 저속한 판단을 초월한다고 확신하면서, 가장 높은 기준으로 따져 보더라도 자신의 외모는 완벽하고 흠잡을 데 없다는 걸 분명히 의식하면서 교회로 걸어가는 와중에도, 그녀는 그 자신감과 도도함 아래로 자신이 상처와 조롱과 멸시에 노출되어 있다는 느낌으로 고통스러워하고 있었다. 언제나 자신은 상처받기 쉽다고, 정말이지 상처받기 쉽다고 느꼈으니, 그녀의 갑옷엔 언제나 남모르는 금이 가 있었던 것이다. 정작 그녀 자신은 그게 뭔지 몰랐다. 그것은 옹골찬 자아의 부재였다. 그녀에겐 자연스러운 충족감이란 게 없었으며, 그녀의 내면엔 존재의 끔찍한 공허와 결여, 그리고 결핍이 있었다.

그리하여 그녀는 이러한 결핍을 채워 줄, 그 결핍의 자리를 영원히 메워 줄 누군가를 원했다. 그녀는 루퍼트 버킨을 미치도록 원했다. 그가 곁에 있으면 그녀는 자신이 완전하고 충분하며 온전하다는 느낌이 들었다. 그 밖의 시간에는 모래 위에, 갈라진 틈새 위에 서 있는 것이나 다름없어서, 그 모든 허영심과 보호막에도 불구하고, 긍정적이고 강인한 기질의 지극히 평범한 하녀 하나가 내비치는 아주 희미한 야유나 경멸의 기색만으로도 그녀는 끝없는 결핍의 나락으로 추락해 버렸다. 그리하여 수심에 찬, 고통받는 그 여인은 미학적 지식과 교양, 세상에 대한 비전과 공평무사함이라는 자기만의 방어벽을 내내 쌓아 올렸다. 그러나 결핍이라는 끔찍한 틈새는 절대로 틀어막을 수가 없었다.

버킨이 그녀와 가깝고 지속적인 관계를 맺어 주기만 한다면 이 일렁이는 삶의 여정 동안 안전할 수 있으련만. 그가 있으면 그녀는 온전하고 의기양양하며 천상의 천사들 앞에서도 득의양양할 수 있었다. 그가 그렇게 해 주기만 한다면! 그러나 그녀는 공포와 불안으로 고통스러웠다. 그래서 자신을 아름답게 가꾸었다. 그가 납득하고 인정하지 않을 수 없을 정도의 아름다움과 우세한 지점에 이르기 위해 전력투구했다. 그러나 언제나 뭔가가 모자랐다.

그 역시 호락호락하지는 않았다. 그녀를 물리쳤다. 언제나 그녀를 격퇴했다. 그녀가 그를 끌어당기려 애쓸수록 그는 그녀를 내쳤다. 두 사람은 수년째 연인으로 지내 오고 있었다. 그녀는 정말이지 너무 피곤하고 아프고, 극도로 지쳐 있었다. 하지만 그녀는 여전히 자기 자신을 믿었다. 그녀는 그가 자신을 떠나려 한다는 것을 알고 있었다. 그가 결국은 자신과의 관계를 끊고 자유로워지려 애쓰고 있다는 것을 알고 있었다. 그러나 여전히 그녀는 자신이 그를 잡아 둘 만큼 강하다고 믿었고, 자신의 우월한 앎을 믿었다. 자신의 앎은 더 높은 경지에 있었으며, 자신이야말로 진리의 첫 시금석이었다. 필요한 건 오직 그가 자신과 결합해 주는 것뿐이었다.

그런데 바로 이것, 그가 이룰 수 있는 최상의 성취이기도 한 그녀와의 결합을, 그는 고집불통 어린애처럼 거부하고 싶어 했다. 외고집 아이처럼 그녀와의 성스러운 관계를 막무가내로 끊어 버리고 싶어 했다.

그도 신랑 들러리를 서기 위해 이 결혼식에 올 것이다. 교회에서 기다리고 있을 것이다. 내가 들어서면 날 알아보겠지. 교회 문을 지나면서 그녀는 신경질적인 불안과 욕망으로 몸을 떨었다. 그는 거기 와 있을 것이고, 내 옷이 얼마나 아름다운지, 내가 그를 위해 얼마나 신경 썼는지 분명히 알 거야. 내가 얼마나 자기한테 딱 맞는 최고의 사람인지, 자기에게 내가 얼마나 최상인지 분명히 깨닫게 될 거야. 마침내 최고의 운명을 받아들이게 되고야 말 거야, 날 거부하지 못할걸.

그녀는 열망에 너무 지쳐 몸을 약간 떨며 교회 안으로 들어서서, 천천히 시선을 움직여 그를 찾았다. 호리호리한 몸뚱이가 흥분으로 떨렸다. 신랑 들러리 대표니까 그는 성찬대 옆에 서 있을 것이었다. 그녀는 너무 확신에 찬 나머지 일부러 늑장을 부리며 천천히 바라보았다.

그런데 그가 거기에 없었다. 무시무시한 폭풍이 그녀를 빠뜨려 죽일 듯한 기세로 덮쳐 왔다. 그녀는 극도의 절망감에 사로잡혔다. 기계적으로 성찬대 쪽으로 걸어갔다. 그토록 완전하고 최종적인 절망의 고통은 처음이었다. 죽음보다 더하리만큼, 철저히 공허하고 황량했다.

신랑과 들러리는 아직도 도착하지 않았다. 밖에서는 사람들이 놀라는 기색이 점점 역력해졌다. 어슐라는 이것이 자기 책임인 것만 같은 기분이 들었다. 신부는 와 있는데 신랑이 아직 도착하지 않다니, 참을 수가 없었다. 결혼식을 망친다는 건 있을 수 없는 일, 절대로 안 되는 일이었다.

그런데 이쪽엔 리본과 코케이드 장식을 한 신부의 마차가 서 있었다. 교회 문 앞에 서 있는 잿빛 말들은 곧 달려 나갈 기세로 앞다리를 쳐들고 경쾌하게 뛰어올랐는데, 그 움직임 전체에 웃음이 서린 듯했다. 이곳에선 웃음과 기쁨이 샘솟았다. 바로 오늘의 꽃을 내려 주기 위해 마차 문이 열렸다. 길가에 서 있던 사람들이 불만스러운 목소리로 나지막이 웅성거렸다.

먼저 신부의 아버지가 유령처럼 아침의 대기 속으로 내려섰다. 그는 키가 크고 말랐으며, 근심에 찌든 사람으로, 숱이 적은 검은 수염은 군데군데 희끗희끗했다. 그는 마차의 문가에서 자신을 드러내지 않으며 참을성 있게 조용히 기다렸다.

드디어 문이 열리자 아름다운 잎사귀와 꽃들, 그리고 새하얀 새 틴과 레이스와 함께 명랑한 목소리가 소나기처럼 쏟아져 나왔다.

"나 어떻게 내리죠?"

기다리던 사람들 사이로 만족감이 물결쳤다. 그들은 신부를 맞으려고 서로 밀치며 몰려들어, 꽃봉오리로 장식한 고개 숙인 금발 머리와 막 마차 계단으로 내려서려는 가녀린 하얀 발을 열정적으로 바라보았다. 돌연 물거품이 몰려오는가 싶더니 온통 새하얗게 단장한 신부가 베일을 웃음에 나부끼며, 아침 나무 그늘에 서 있는 아버지 곁으로 갑자기 몰려와 부서지는 파도처럼 하얗게 밀려들었다.

"됐다!" 그녀가 말했다.

그녀는 시름에 찬 창백한 아버지의 팔짱을 끼고 물거품이 이는 듯한 가벼운 하얀 드레스 자락을 끌면서 끝없이 펼쳐진 기나긴 붉은 카펫 위로 나아갔다. 누르스름한 낯빛에, 검은 수염이 한층 더 걱정에 찌들어 보이게 하는 그녀의 아버지는 넋 나간 사람처럼 말없이 뻣뻣하게 계단을 오르고 있었지만, 이에 아랑곳없이 신부의 웃음은 안개처럼 그와 동행했다.

그런데 신랑이 도착하지 않았다니! 어슐라는 견딜 수가 없었다. 걱정으로 가슴을 죄며 어슐라는 언덕 너머, 신랑이 나타나야할 하얀 내리막길을 지켜보았다. 마차가 보였다. 달리고 있었다. 이제야 나타난 것이다. 그래, 바로 신랑이야. 어슐라는 모든 것이 다

내려다보이는 위치에 서서 신부와 사람들 쪽을 향해 그만 흥분한 나머지 잘 알아들을 수 없는 소리를 질렀다. 그녀는 그들에게 신랑이 온다는 걸 알리고 싶었다. 하지만 그 외침은 분명치 않았고 잘 들리지도 않았기에, 그녀는 알리고 싶은 욕망과 그러지 못하는 난감함 사이에서 얼굴이 새빨개졌다.

마차는 덜컹거리며 언덕을 내려와 가까이 다가왔다. 사람들이 환호했다. 이제 막 계단 꼭대기에 다다른 신부는 사람들이 왜 이리 난리인가 싶어 즐거운 마음으로 뒤를 돌아다보았다. 사람들이 웅성대는 가운데 마차가 멈춰 서더니 자신의 연인이 마차에서 내려 말과 사람들을 헤치며 걸어오는 것이 보였다.

"팁스! 팁스!"* 신부는 햇빛이 비치는 계단에 서서 부케를 흔들며 돌연 놀리는 듯 흥분한 목소리로 신랑의 이름을 불렀다. 모자를 손에 들고 사람들 사이를 헤치며 나오던 신랑은 그 소리를 듣지 못했다.

"팁스!" 계단 꼭대기에서 그를 내려다보며 신부가 다시 한 번 소리쳤다.

그는 무의식적으로 위쪽을 힐끗 쳐다보았고 이내 신부와 장인 될 분이 계단 위에 서 있는 걸 보았다. 놀란 듯한 묘한 표정이 그의 얼굴에 스쳤다. 그는 잠시 주춤하더니 이내 신부를 따라잡기 위해 뛰려고 몸을 움츠렸다.

"아!" 숨이 넘어갈 듯 야릇한 외마디 비명을 지르며 신부는 반사적으로 몸을 돌려 달아나기 시작했다. 하얀 발을 믿기지 않을 만큼 빠르게 놀려 하얀 드레스 자락을 휘날리며 교회 쪽으로 질주했다. 젊은 신랑은 사냥개처럼 그녀의 뒤를 쫓아, 사냥감에 돌진하는 사냥개의 궁둥이처럼 유연한 엉덩이를 실룩이며 계단을 뛰어올라 장인을 앞질러 달렸다.

"야, 잡아라!" 저 아래쪽 평민 여자들이 갑자기 이 구경거리에 재미가 들려 소리를 질렀다.

신부는 거품 같은 꽃들을 흩뿌리면서 몸의 중심을 잡으며 교회 모퉁이를 돌았다. 그녀는 슬쩍 뒤를 돌아보더니, 겁 없이 깔깔거리며 방향을 바꾸어 균형을 잡으면서 이내 회색 버팀 벽 뒤로 사라져 버렸다. 다음 순간 신랑이 몸을 굽혀 질주하여 방금 신부가 지나간 돌벽 모서리를 손으로 잡고 돌면서 뒤따라 벽 뒤로 모습을 감추었고, 그의 유연하고 튼실한 허리도 함께 사라졌다.

곧이어 교회 정문 앞에 서 있던 사람들이 흥분하여 소리를 질러 댔다. 그리고 그때 어술라는, 가던 길을 멈추고 구부정하게 선 채 무표정하게 교회를 향한 질주를 지켜보고 있는 크라이치 씨를 다시 눈여겨보았다. 소동이 끝나자 크라이치 씨는 몸을 돌려 자기 뒤에 서 있는 루퍼트 버킨을 바라보았다. 그러자 버킨이 재빨리 다가갔다.

"우리가 제일 뒤처지겠는데요." 버킨이 엷은 미소를 띠며 말했다.

"그러게 말일세." 신부의 아버지가 짤막하게 대답했다.

두 남자는 사람들의 뒤를 따라 걸었다.

버킨도 크라이치 씨처럼 여위고 창백했으며, 잘생긴 편은 아니었다. 몸은 홀쭉했지만 근사하게 균형 잡혀 있었다. 그는 한쪽 다리를 약간 질질 끌듯이 걸었는데, 그건 단지 남의 이목에 민감한 탓에 생긴 버릇이었다. 오늘 예식에서 자신이 맡은 역할에 맞게 옷을 차려입기는 했지만, 그에겐 어딘지 모르게 이런 차림과 잘 어울리지 않는 구석이 있어서 약간 우스꽝스러워 보였다. 영리하고 좀 독특한 성격을 타고난 탓에 그는 도통 관례적인 일과는 잘 맞지 않았다. 그럼에도 불구하고 상식선에 맞추려 노력했고, 이로 인해 어설프게 흉내 내다 우스꽝스러워지곤 했다.

그는 아주 보통 사람인 척, 완벽하게 그리고 놀라우리만치 평범한 척했다. 분위기도 너무나 잘 맞추고 이야기 상대나 주변 상황에 재빨리 순응하는 편이어서, 곁에 있는 사람의 비위를 대체로 맞출 정도의 평범하고 상식적인 언행을 그럴듯하게 해냈고, 사람들이 그의 독특함을 꼬집어 비판할 여지를 원천 봉쇄해 버렸다.

길을 따라 걸으며 버킨은 크라이치 씨에게 아주 편안하고 유쾌하게 말을 걸었다. 줄 타는 곡예사처럼 주어진 상황에 잘 맞추기는 했지만, 언제나 팽팽한 줄을 타면서 편안한 척했다.

"늦어서 정말 죄송합니다." 그가 말했다. "구두단추걸이를 찾을 수 없어서 신발을 신는 데 오래 걸렸어요. 어르신께서는 제시간에 오셨지요?"

"우린 대체로 시간을 잘 지키지요." 크라이치 씨가 대답했다.

"전 언제나 지각하는 편이죠." 버킨이 말했다. "하지만 오늘 만큼은 **정말로** 제시간에 오려고 했는데, 하필 이렇게 되어 버렸습니다. 죄송합니다."

두 남자가 가 버리자 한동안 딱히 볼거리가 없어졌다. 어슐라는 버킨에 대한 생각에 잠겼다. 그는 그녀의 신경을 자극했고 매력적이기도 했으며 거슬리는 데도 있었다.

어슐라는 그를 좀 더 알고 싶었다. 한두 번 그와 말을 나눠 본 적은 있지만 장학관이라는 공적인 신분으로서였다. 그녀는, 버킨이 그녀와 자신이 뭔가 비슷한 데가 있다는 것, 말하지 않고도 자연스럽게 상대방을 이해하며, 둘 다 같은 언어를 쓴다는 사실을 알고 있는 것 같은 생각이 들었다. 하지만 서로에 대해 더 알아 갈 기회가 없었다. 게다가 그에겐 그녀를 끌어당기면서도 밀어내려는 뭔가가 있었다. 어떤 적대감이랄까, 궁극적으로는 자신의 속내를 드러내지 않으려는 차갑고 다가가기 어려운 성향이 숨어 있는 것 같았다.

하지만 그녀는 그를 알고 싶었다.

"루퍼트 버킨이란 사람 어떤 것 같아?" 약간 주저하며 어슐라가 구드룬에게 물었다. 그 남자에 대해 구드룬과 이러쿵저러쿵 따져 보고 싶은 건 아니었다.

"루퍼트 버킨을 어떻게 생각하냐고?" 구드룬이 말을 받았다. "내가 보기엔 매력적이야…… 분명히 매력적이지. ……그런데 그가 다른 사람들을 대하는 태도는 못 참겠더라 — 가령 멍청한 여자한 테까지도 자기가 정말 대단하게 생각해 주는 것처럼 대하는 것 말이야 — 완전 사기당하는 기분이 들거든."

"그 사람은 왜 그러는 걸까?" 어슐라가 말했다.

"사람들에 대해서는…… 진정한 비판 능력이 없어서 그렇지, 어쨌든지 간에." 구드룬이 말했다. "그 사람은 아무리 멍청한 인간이라도 나나 언니를 대하는 것과 똑같이 대한다니까. 그건 정말 심한 모욕이라고!"

"오, 맞아." 어슐라가 말했다. "사람을 가려서 대할 줄도 알아야지."

"사람은 반드시 가려서 대해야만 하는 거야." 구드룬이 다시 한 번 힘주어 말했다. "……그렇지만 다른 면에서는 멋진 남자야…… 훌륭한 인격자지. 하지만 전적으로 믿어서는 안 돼."

"그럼." 어슐라는 희미하게 대답했다. 언제나 구드룬의 생각에 동조하지 않으면 안 되었다. 동생 생각에 전적으로 동의하지 않을 때조차.

자매는 신랑 신부와 하객들이 나오기를 기다리며 말없이 앉아 있었다. 구드룬은 더 이상 입을 열고 싶지 않았다. 제럴드 크라이치 생각을 하고 싶었다. 그에게서 느낀 강렬한 감정이 진짜인지 알고 싶었다. 그러한 감정에 대비해 마음의 준비를 해 두고 싶었다.

교회 안에서는 결혼식이 거행되고 있었다. 허마이어니 로디스는 오로지 버킨 생각뿐이었다. 그가 곁에 서 있었다. 몸이 그쪽으로 기우는 것 같았다. 그에게 닿은 상태로 서 있고 싶었다. 그렇지 않으면 그가 정말로 옆에 있다고 확신할 수 없을 것 같았다. 그러나 예식이 거행되는 동안 그녀는 마음을 억누르고 얌전히 서 있었다.

그가 나타날 때까지 하도 속을 태워서 그녀는 아직도 좀 멍한 상태였다. 버킨이 자기 곁에 없을 수도 있다는 가능성에 고통스러워서, 아직도 신경통을 앓는 것처럼 전신이 쑤셨다. 극도의 초조감으로 거의 반 미친 상태가 되어 그를 기다렸던 것이다. 수심 가득한 모습으로 서 있는 그녀의 얼굴에 드리워진 넋 나간 표정, 천사처럼 성령이 서린 듯 보이지만 실은 극심한 고통에서 나온 그 표정은 너무나 가슴 뭉클한 통절함을 띠고 있어서, 그것을 바라보는 버킨의 심장은 연민으로 찢어지는 듯했다. 그는 그녀의 수그린 머리, 뭔가에 골몰하고 있는 듯한 얼굴, 악마에 씌기라도 한 듯 무아경에 빠진 얼굴을 바라보았다. 버킨이 자기를 바라보고 있다는 걸 느끼자 허마이어니는 얼굴을 들어 그의 눈을 좇으며, 활활 타오르는 아름다운 잿빛 눈으로 그에게 신호를 보냈다. 그러나 버킨은 그녀의 시선을 피했고, 그녀는 고통과 수치심에 고개를 떨어뜨렸다. 심장을 갉아먹는 듯한 고통이 계속되었다. 버킨 역시 수치심과 극도의 혐오감, 그리고 그녀에 대한 통렬한 연민으로 고통스러웠다. 그녀와 눈을 맞추고 싶지 않았기에, 그 활활 타는 눈짓을 받아들이고 싶지 않았기에.

결혼식이 끝나고 모두들 교회 부속실로 들어갔다. 허마이어니는 사람들 틈에서 자신도 모르게 버킨 쪽으로 다가가 그를 살며시 붙들었다. 그는 가만히 견뎠다.

바깥에서 구드룬과 어슐라는 아버지가 치는 풍금 소리를 듣고 있었다. 아버지는 결혼 행진곡 연주하기를 좋아했다. ……드디어 갓 결혼한 신랑 신부가 걸어 나왔다! 대기를 울리며 종소리가 울려 퍼졌다. 어슐라는 나무랑 꽃들도 이 대기의 떨림을 느낄 수 있는지, 그것들은 과연 이 기이한 공기의 떨림을 뭐라고 생각하는지 궁금해졌다. 신부는 신랑의 팔에 기대어 얌전을 빼고 있었고, 신랑은 마치 이 상황과 무관한 사람마냥 하늘을 쳐다보면서 무의식적으로 눈만 끔뻑거렸다. 많은 사람들 앞에 노출되어 감정적으로 혼란스러울 텐데, 눈만 끔뻑이며 그 상황을 버텨 내고 있는 그의 모습이 좀 우스꽝스러웠다. 그는 남자답고, 맡은 바 임무에 충실한, 전형적인 해군 장교의 모습이었다.

버킨이 허마이어니와 함께 걸어 나왔다. 버킨의 팔을 붙들고 있는 지금, 그녀는 천상에서 추방당했다가 복귀한 천사처럼 환희에 차 의기양양하면서도 여전히 악마적인 기운이 서려 있는 표정이었다. 그녀에게 붙잡혀 무력화된 버킨은, 그것이 두말할 나위 없는 자신의 운명이기라도 한 것처럼 무표정했다.

하얗고 잘생기고 건강하며 정력이 넘치는 제럴드 크라이치가 나타났다. 꼿꼿한 자세에 흠잡을 데가 없었는데, 그 상냥하고 행복해 보이는 겉모습 사이로 알 수 없는 기이한 광채가 은밀하게 번쩍였다. 구드룬이 별안간 벌떡 일어나 자리를 피했다. 견딜 수가 없었다. 혼자 있고 싶었다. 자신의 핏속에 있는 모든 기질을 통째로 바꾸어 버린 이 야릇하고 따끔한 주사의 정체가 도대체 무엇인지 알고 싶었다.

2장 숏랜즈

브랑웬 가족은 벨도버 집으로 돌아갔고 신랑 신부와 하객들은 크라이치의 집 숏랜즈에 모였다. 그 집은 기다랗고 나지막한 일종의 장원 주택으로, 폭이 좁고 자그마한 윌리 호수 바로 너머 언덕 꼭대기에 자리 잡고 있었다. 숏랜즈에서는 여기저기 외롭게 서 있는 커다란 나무들 때문에 공원처럼 보이는 경사진 목초지와 좁은 호수가 보였고 그 너머로는 숲이 우거진 언덕이 내려다보였는데, 그 언덕 덕에 그 너머 탄광 골짜기는 전혀 보이지 않았지만 거기서 피어오르는 연기만은 어쩔 수 없었다. 그럼에도 불구하고 그곳의 경치는 전원적이었고, 한 폭의 그림처럼 아름답고 매우 평화로웠으며, 저택도 나름의 매력을 갖고 있었다.

집은 가족과 하객들로 북적거렸다. 신부의 아버지는 몸이 좋지 않아 쉬러 들어갔다. 제럴드가 집주인 노릇을 했다. 그는 검소하게 꾸며진 현관에 서서 상냥하고 편안한 태도로 남자 손님들 시중을 들었다. 이런 사회적인 역할을 하는 걸 즐기는 것처럼, 시종 미소를 지으며 한껏 친절을 베풀었다.

여자들은 자신들을 따라다니며 접대하는 크라이치가의 결혼한 세 딸들로 인해 정신이 좀 산란한 상태로 이리저리 오갔다. 이 집

딸들 중 누군가가 크라이치 집안 특유의 오만한 명령조의 목소리로 시종일관 외쳐 댔다. "헬렌, 당장 이쪽으로 와라." "마조리 — 이리 좀 와 봐!" "아 네, 위덤 부인 — ." 치맛자락 스치는 소리가 요란했고, 세련되게 차려입은 여자들은 여기저기를 힐끔거렸다. 아이 하나가 춤을 추며 거실을 누비고 있었으며 하녀들은 분주히 들락거렸다.

한편, 남자들은 끼리끼리 모여 서서, 활기차게 부스럭거리는 여자들의 세계에는 짐짓 무관심한 척 조용히 잡담을 하거나 담배를 피웠다. 하지만 여자들의 흥분된, 때로는 차가운 웃음과 뒤엉킨 끊임없는 말소리 때문에 얘기를 제대로 나눌 수가 없었다. 남자들은 어색하고 어정쩡하게 약간 지루해하며 다음 순서를 기다렸다. 그러나 제럴드는 자신이 손님들 시중을 들고 있는 건지, 아니면 아무 일 안 하고 있는 건지는 의식하지 못한 채, 그저 자신이 이 피로연의 중심축이라는 것은 잘 알고는 친절하고 행복한 것 같았다.

그때 갑자기 크라이치 부인이 소리도 없이 방 안으로 들어와 잡티 없이 깨끗하고 강인해 보이는 얼굴로 주변을 흘낏거렸다. 아직도 파란 실크 외투에 모자를 쓰고 있었다.

"무슨 일이세요, 어머니?" 제럴드가 물었다.

"아니, 아무것도 아니다." 그녀가 분명치 않은 목소리로 대답했다.

그러고는 사위들 중 하나와 이야기하고 있는 버킨에게로 곧장 걸어갔다.

"안녕하세요, 버킨 씨." 그녀는 다른 손님들은 안중에도 없다는 듯 나지막한 목소리로 인사를 건네며 그에게 악수를 청했다.

"오, 크라이치 부인." 버킨이 금세 목소리를 바꾸어 반갑게 그녀를 맞았다. "진작 찾아뵈었어야 하는데요."

"난 여기 있는 사람 절반도 몰라요." 그녀가 나지막이 말했다. 그녀의 사위는 겸연쩍게 자리를 내주고 다른 쪽으로 가 버렸다.

"낯선 사람들을 별로 좋아하지 않으시나 봐요?" 버킨이 웃으며 말했다. "저도 뭣 때문에 우리가 그저 우연히 같은 방에 모였다는 이유만으로 낯선 사람들한테 주의를 기울여야 하는 건지 도통 모르겠어요. 저 사람들이 저기에 있다는 걸 제가 왜 **꼭** 알아야만 합니까?"

"그러게 말이에요, 정말." 나지막하고 긴장된 목소리로 크라이치 부인이 말했다. "저 사람들이 저기에 **있**다는 것 말고는…… **난** 이 집에 와 있는 사람들을 몰라요. 애들이 '어머니, 이분이 여차저차하신 분이에요'라면서 나한테 사람들을 소개시켜 주기는 하는데…… 난 더 이상 알고 싶지 않아요. 여차저차한 사람이라는 게 그 사람 이름과 도대체 무슨 관계가 있죠? ……게다가 그 사람이 어떤 사람이든 이름이 뭐든 나하고 무슨 상관이냐고요."

그녀가 버킨을 올려다보았다. 버킨은 살짝 놀랐다. 아무한테도 별 관심을 보이지 않는 그녀가 다가와 말을 걸어 주어서 우쭐하기도 했다. 그는 약간 투박한 이목구비에 팽팽하고 깨끗한 피부를 가진 그녀의 얼굴을 내려다보았지만, 근심스럽게 바라보는 그 파란 눈은 쳐다보기가 두려웠다. 대신, 잘생긴 편이지만 별로 깨끗하지 않은 귀 위로 단정치 못하게 흘러내린 그녀의 구불구불한 머리카락들을 보았다. 목도 아주 깨끗하다고 할 수는 없었다. 그런 점에서도 버킨은 자신이 다른 사람들보다는 크라이치 부인과 같은 부류에 속하는 것 같았다. 그렇지만 그는 속으로, 나야 언제나 목과 귀만큼은 어떤 일이 있어도 깨끗이 씻는 편이지, 라고 생각했다.

이런 생각을 하며 버킨은 엷은 미소를 지었다. 하지만 남들과 잘 어울리지 않는 이 나이 지긋한 여인과 함께 적군 혹은 배신자처럼 상대 진영 내부에서 함께 작당하고 있는 듯한 기분이 들어 긴장되었다. 그는 한쪽 귀는 자신을 뒤쫓는 발소리 쪽으로 젖히고, 다른 한 귀는 앞에 있는 게 뭔지 알아내려고 쫑긋 세우고 있는 사슴 같았다.

"사람들은 별문제 아닙니다." 얘기를 계속하길 약간 꺼리며 그가 말했다.

부인이 갑자기 그의 진실성을 의심하는 듯한 음침한 의혹의 눈초리로 쳐다보았다.

"**문제라니**, 그게 무슨 말이죠?" 그녀가 날카롭게 물었다.

"대단한 사람은 별로 없다는 말씀입니다." 그는 원치 않게 더 심각한 얘기로 끌려들어 가며 대답했다. "맨날 시시덕거리고 낄낄대기나 하고. 그런 인간들은 그냥 싹 쓸려 없어지는 게 훨씬 나을 겁니다. 본질적으로 그들은 존재하는 것이 아닙니다. 저기에 있는 게 아니죠."

버킨이 말하는 동안 그녀는 줄곧 그를 빤히 바라보았다.

"하지만 우리가 저 사람들을 상상으로 만들어 낸 건 아니잖아요." 그녀가 날카롭게 대꾸했다.

"상상할 게 없는 거죠. 바로 그렇기 때문에 저들이 존재하지 않는다는 말씀입니다."

"글쎄요." 그녀가 말했다. "거기까진 잘 모르겠군요. 실제로 존재하건 안 하건 간에 저 사람들은 저기에 있으니까. 저들의 존재 여부가 나한테 달려 있는 건 아니죠. 내가 아는 건 오직 내가 저들 모두를 중요하게 생각할 수는 없다는 것뿐이에요. 당신도 저 사람들이 저기에 와 있다는 이유만으로 내가 저들을 알 거라고 기대할 순 없어요. **나로서는** 저 사람들이 저기 없는 편이 더 나아요."

"바로 그겁니다." 그가 말했다.

"그렇죠?" 그녀가 되물었다.

"그럼요." 그가 되풀이했다.

그러고는 잠시 둘 다 아무 말이 없었다.

"하지만 어쨌거나 저기에 저 사람들이 **있는** 거니까, 그게 거슬려." 그녀가 말했다.

"저기 내 사위들이 보이네." 그녀가 독백조로 말을 이었다. "이제 로라가 결혼했으니 한 명 더 생겼지. 난 아직 존하고 제임스도 분간을 잘 못하는데, 그들이 나한테 와서 어머니라고 부르는 거야. 그들이 뭐라고 할지 내 다 알지…… '그동안 안녕하셨어요, 어머니?' 이러면, '나는 어떤 의미에서도 당신들 어머니가 아닐세'라고 대답해야 마땅하지. 하지만 그게 무슨 소용이람? 저기들 있군. 내게도 자식들이야 있지. 나도 걔들은 다른 여자의 자식들과 구분은 하지."

"그러시겠죠." 그가 대답했다.

그녀가 좀 놀란 표정으로 그를 쳐다보았다. 자신이 그에게 말을 하고 있다는 사실을 잊고 있었던 모양이었다. 그녀는 무슨 얘길 어디까지 했는지 잊어버렸다.

그녀는 멍하니 방 안을 둘러보았다. 버킨은 그녀가 뭘 찾고 있는지, 무슨 생각을 하고 있는지 알 수가 없었다. 그녀는 자신의 아들들을 본 것이 분명했다.

"저기 내 자식들 맞죠?" 불쑥 그녀가 말했다.

버킨이 깜짝 놀라, 어쩌면 두려워서, 웃었다.

"저는 제럴드 말고는 잘 모릅니다." 그가 대답했다.

"제럴드라고요!" 그녀가 소리쳤다. "그 애는 내 아들 중 제일 부족한 애예요. 지금의 그 애를 보면 전혀 그런 생각이 안 들겠지만. 그렇죠?"

"전혀요." 버킨이 대답했다.

부인은 건너편에 있는 맏아들을 근심스럽게 바라보았다.

"아!" 그녀가 잘 알아들을 수 없는, 엄청나게 냉소적인 외마디를 내뱉었다. 버킨은 그 뜻을 감히 알고 싶지 않은 듯, 두려운 느낌이 들었다. 그녀는 버킨의 존재를 잊은 듯 자리를 떴다. 그러더니 가던 길을 되돌아왔다.

"난 그 애한테 친구가 있으면 좋겠어요. 그 앤 친구를 가져 본 적이 없어요." 그녀가 말했다.

버킨은 무겁게 응시하는 그녀의 파란 눈을 쳐다보았다. 그는 그 눈빛을 이해할 수가 없었다. '제가 제 아우를 지키는 자이옵니까?' 약간 경솔한 혼잣말이었다.

순간 그는 그것이 카인의 외침이라는 걸 기억해 내고는 흠칫 놀랐다. 그런데 누군가는 카인이라면 그건 제럴드였다. 하지만 그렇다고 제럴드가 꼭 카인인 것도 아니었다. 그가 비록 자기 동생을 죽인 것은 사실이지만. 세상에는 순전히 우연적인 사고라는 게 있어서 어떤 사람이 자신의 동생을 죽였더라도 그것을 딱히 그 사람 책임으로 돌리기 어려운 경우가 있다. 제럴드는 어릴 적 우연한 사고로 자신의 동생을 죽였다. 그래서 어쩌란 말인가? 어째서 그 사고를 일으킨 삶에 낙인을 찍고 저주를 퍼부으려 애쓰는가? 사람은 우연히 태어나 우연히 죽을 수 있다. 아니, 그럴 수가 없는 것인가? 인간 각각의 삶은 모두 순전한 우연을 따르고, 오직 유(類)나 속(屬)이나 종(種)만이 보편적인 의미를 갖는 것인가? 아니면, 아예 순전한 우연 따위란 없는 것인가? 발생하는 **모든 것**은 보편적인 의미를 갖는 것일까? 그런 걸까? 버킨은 크라이치 부인이 자신의 존재를 잊었듯이 그녀의 존재를 잊은 채 거기 그렇게 서서 골똘히 생각에 잠겼다.

그는 우연이란 게 있다고 생각하지 않았다. 깊이 따져 보면 모든 일이 앞뒤가 잘 들어맞는다.

그가 이런 결론에 다다른 순간, 크라이치 씨 딸들 중 한 명이 다가와서 말했다.

"어머니, 모자 좀 벗고 이리로 오세요. 곧 식사도 해야 되고, 공식적인 행사잖아요, 안 그래요, 어머니?" 그러더니 부인의 팔을 끌고 가 버렸다. 버킨은 얘기를 나누기 위해 제일 가까이 서 있는 남자 쪽으로 갔다.

점심 식사를 알리는 종이 울렸다. 남자들이 소리 나는 쪽으로 고개를 돌려 쳐다보긴 했지만 아무도 식당 쪽으로 움직이지 않았다. 여자들은 그 종소리가 무엇을 뜻하는지 모르는 것 같았다. 그렇게 5분이 흘렀다. 나이 지긋한 하인 크로더 씨가 분통 터지는 표정으로 문간에 나타나 애원하듯이 제럴드를 바라보았다. 제럴드는 선반 위에 놓여 있는 커다란 굽은 소라고둥을 집어 들더니, 사람들 생각은 하지도 않고 째질 듯한 소리가 나게 불었다. 심장을 벌렁거리게 하는, 정신을 뒤흔드는 희한한 소리였다. 그 호출은 마법 같았다. 모든 사람들이 신호에 맞춘 듯 한달음에 달려왔다. 하나의 충동으로 뭉친 군중이 식당 쪽으로 이동했다.

제럴드는 누이가 안주인 노릇을 하기를 잠시 기다렸다. 그는 어머니가 자신의 의무에 무관심하리라는 걸 알고 있었다. 그러나 그의 누이는 그저 자기 자리를 찾아 앉기에 바빴다. 따라서 이 젊은 이가 약간 독재자처럼 손님들을 자리로 안내하지 않을 수 없었다.

사람들은 차례로 들어오는 전채요리를 쳐다보느라 잠시 잠잠해졌다. 이때 허리까지 머리를 길게 늘어뜨린 열서넛 된 여자아이가 조용하고 차분한 목소리로 말했다.

"제럴드 오빠, 오빠 그 섬뜩한 고둥 나팔을 불 때 아버지 생각은 깜빡한 거지?"

"내가?" 그가 대답하더니 사람들에게, "아버지는 누워 계십니다. 몸이 별로 좋지 않으셔서요"라고 말했다.

"아버지가 정말 어떠신데?" 결혼한 딸들 중 하나가 테이블 한가운데에 조화를 흩날리며 높다랗게 서 있는 거대한 웨딩 케이크를 흘끔흘끔 훔쳐보며 물었다.

"편찮으신 건 아니고, 좀 피곤하신 거야." 머리를 허리까지 늘어뜨린 바로 그 소녀, 위니프레드가 대답했다.

포도주 잔이 채워지고 모두들 왁자지껄 떠들어 댔다. 테이블 끝에는 머리를 느슨하게 돌돌 말아 올린 크라이치 부인이 앉아 있었다. 그 옆에는 버킨이 자리했다. 그녀는 가끔씩 사나운 눈으로 테이블에 앉아 있는 사람들 얼굴을 훑어보기도 하고, 몸을 앞으로 내밀어 좀 무례하다 싶을 정도로 쳐다보기도 했다. 그러고는 낮은 목소리로 버킨에게 "저 젊은이는 누구죠?"라고 묻곤 했다.

"잘 모르겠는데요." 버킨이 조심스럽게 대답했다.

"내가 전에 본 적 있는 사람일까요?" 그녀가 물었다.

"그렇지 않을 것 같은데요. **저는** 본 적 없습니다." 그가 대답했다.

그러자 그녀는 만족해했다. 지친 듯 눈을 감자 얼굴에 평온한 기색이 감돌았고, 마치 휴식을 취하고 있는 여왕처럼 보였다. 그러던 중 갑자기 움찔하더니 사교적인 미소가 얼굴에 살짝 떠오르면서, 순간 유쾌한 안주인처럼 보였다. 잠시 동안 그녀는 모든 사람을 기쁘게 환영한다는 듯이 우아하게 몸을 굽혔다. 그러다가 갑자기 어두운 그늘이 다시 드리워졌고, 성난 독수리 같은 표정으로 궁지에 몰린 악의에 찬 짐승처럼 여기 온 사람들 모두를 증오하며 눈썹을 찌푸리고 쳐다보았다.

"어머니!" 하고 다이애나가 불렀다. 다이애나는 위니프레드보다 약간 나이가 많은 예쁘게 생긴 소녀였다. "저 포도주 좀 마시면 안 될까요?"

"물론 마셔도 되지." 딸의 질문에는 완전히 무관심했기 때문에, 어머니는 기계적으로 대답했다.

다이애나는 손짓으로 하인을 불러 포도주 잔을 채우게 했다.

"제럴드 오빠는 나 말리기 없기예요." 그녀는 조용히, 주변 사람들을 향해 말했다.

"물론이지, 다이*." 그녀의 오빠가 다정하게 대답했다.

그러자 그녀는 술잔을 들이켜며 오빠에게 도전적인 눈길을 보냈다.

이 집에는 거의 무정부 상태에 가까울 정도의 기이한 자유로움이 있었다. 자유라기보다는 차라리 권위에 대한 저항 같은 것이었다. 제럴드가 일종의 통솔권을 쥐고 있었는데, 그것은 용인된 지위 때문이 아니라 제럴드의 개성이 가진 힘 때문이었다. 그의 목소리는 상냥하면서도 압도하는 데가 있었으며 자기보다 어린 사람에게는 으르는 듯한 특징이 있었다.

허마이어니는 오늘 결혼식을 치른 신랑과 함께 국민에 관해 토론을 벌이는 중이었다.

"그렇지 않아요." 그녀가 말했다. "난 애국심에 호소하는 건 잘못된 거라고 생각해요. 그건 마치 하나의 기업체가 다른 기업체와 경쟁하는 것과 같다고요."

"글쎄요, 꼭 그렇게 말하긴 어려운 것 같은데요." 토론이라면 정말 열정적으로 달려드는 제럴드가 끼어들어 소리쳤다. "인종을 사업체라 부를 수는 없지 않습니까, 안 그래요? ……그리고 나는 국민이란 대체로 인종과 상응한다고 봅니다. ……원래 **그렇게끔** 되어 있는 거죠."

잠시 침묵이 흘렀다. 제럴드와 허마이어니는 언제나 묘하게, 하지만 정중하게, 그리고 둘 다 똑같이 서로에게 적대적이었다.

"당신은 정말로 인종이 국민과 상응한다고 생각하나요?" 그녀가 결단을 못 내린 무표정한 얼굴로 생각에 잠긴 듯 물었다.

버킨은, 그녀가 자기가 끼어들어 주길 기다리고 있다는 걸 알고 있었다. 그래서 그 임무에 충실하게, 큰 소리로 분명하게 말했다.

"난 제럴드 생각이 맞는다고 생각해…… 인종은 국민에 있어서 본질적인 요소죠. 적어도 유럽에서는 말입니다." 그가 말했다.

이 말의 열기가 식도록 내버려 두려는 듯이 허마이어니는 다시 잠자코 있었다. 그러더니 이윽고 묘하게 권위적인 목소리로 입을 열었다.

"그래요. 하지만 그렇다고 하더라도 애국적인 호소가 인종적 본능을 향한 호소인가요? 오히려 소유 본능이나 **상업적인** 본능에 호소하는 것 아닌가요? 그리고 이것이 바로 우리가 국민이라 부르는 것 아닌가요?"

"그럴지도 모르죠." 버킨이 말했다. 그는 이런 종류의 토론이 이 자리나 시간에 어울리지 않는다는 느낌이 들었다.

그러나 제럴드는 논쟁의 단서를 이제 막 잡은 터였다.

"인종이란 게 상업적인 면을 갖고 있을 수도 있죠." 그가 말했다. "사실은 그래야만 합니다. 인종이란 가족과 같은 것이거든요. 먹여 살릴 양식을 마련**해야만** 하지요. 그리고 양식을 마련하려면 다른 가족들, 다른 나라들과 싸워야만 합니다. 왜 그래선 안 된다는 건지 난 모르겠는데요."

허마이어니가 다시 거만하면서도 침착하게 잠시 입을 다물었다가 대답했다. "난 경쟁심을 자극하는 건 언제나 잘못된 거라고 생각해요. 증오를 불러일으키거든요. 그리고 증오란 계속 쌓이는 법이고요."

"하지만 남들과 같아지려는 경쟁심을 완전히 없애 버릴 수는 없잖습니까." 제럴드가 말했다. "그건 생산과 진보를 위해 꼭 필요한 자극제 가운데 하나죠."

"아니에요." 허마이어니가 느릿느릿 대꾸했다. "난 그것 없이도 살아갈 수 있다고 생각해요."

"한마디 안 할 수가 없겠는데." 버킨이 말했다. "나는 경쟁심이라는 걸 혐오해요."

허마이어니는 느릿느릿 약간 조롱하는 듯한 몸짓으로 빵 한 조각을 이 사이에 물고 손가락으로 잡아 뜯으며 씹고 있었다. 그녀는 버킨 쪽으로 몸을 돌렸다.

"맞아요, 당신은 그걸 증오하죠." 그녀는 흐뭇해하며 은밀하게 말했다.

"혐오하죠." 그가 반복했다.

"맞아요." 그녀는 확신에 찬 만족스러운 목소리로 중얼거렸다.

"하지만 어떤 사람이 이웃의 생활 방편을 빼앗는 건 허용하지 않죠." 제럴드가 우겼다. "그렇다면 한 나라가 다른 나라의 생계를 빼앗는 건 어째서 허용해야 합니까?"

허마이어니는 길고 나지막하게 중얼거리더니 마침내 무관심한 어조로 짤막하게 말했다.

"그것이 언제나 소유물의 문제는 아니지 않나요? 안 그래요? 모든 게 물건 문제는 아니잖아요?"

제럴드는 자신의 생각이 저속한 물질주의임을 암시하는 이 말에 신경질이 났다.

"물건 문제죠, 어느 정도는." 그가 대꾸했다. "만일 내가 어떤 남자에게 다가가서 그가 쓰고 있는 모자를 낚아챈다면, 그 모자는 그 남자의 자유의 상징이 되는 겁니다. 그가 자신의 모자를 위해 나와 싸운다면, 그는 자신의 자유를 위해 싸우는 거죠."

허마이어니는 어찌해야 좋을지 몰랐다.

"그래요." 그녀가 짜증이 나서 대답했다. "그렇지만 가상적인 상황을 가지고 논쟁하는 건 진실한 것 같지가 않아요. 실제로 누군가가 내 머리 위의 모자를 가져가려고 오진 **않잖아요**, 안 그래요?"

"법이 그런 일을 금지했으니까 그럴 뿐이죠." 제럴드가 말했다.

"단지 그래서만이 아니라, 백 명 중 아흔아홉 명은 내 모자를 원치 않으니까 그런 거지." 버킨이 말했다.

"그거야 생각하기 나름이지." 제럴드가 말했다.

"모자 나름일 수도 있죠." 신랑이 웃으며 덧붙였다.

"만약 누가 내 모자를 원한다면, 그러라지요." 버킨이 말했다. "왜냐하면 어떤 게 나한테 더 손해인지, 그러니까 내 모자를 잃는 게 더 손해인지 아니면 자유롭고 무심한 사람으로서의 내 자유를 상실하는 게 더 손해인지는 내가 결정할 문제니까요. 만일 내가 싸움을 걸어야만 직성이 풀린다면 후자를 잃는 거죠. 문제는 어떤 것이 나에게 더 가치 있느냐, 어디에도 구애받지 않는 자유로운 처신이라는 유쾌한 자유냐 아니면 모자냐, 이거죠."

"그래요." 허마이어니가 묘한 표정으로 버킨을 쳐다보며 말했다. "맞아요."

"그렇지만 누군가가 와서 당신 모자를 낚아채 가도록 내버려 두시겠어요?" 신부가 허마이어니에게 물었다.

꼿꼿하게 선 키 큰 이 여인은 새로이 입을 연 신부에게 끌리는 듯 천천히 돌아보며 대답했다.

"천만에요." 깔깔거림이 배어 있는 듯한, 비인간적이고 나지막한 목소리였다. "아니, 난 누구도 내가 쓰고 있는 모자를 가져가게 내버려 두지 않을 거예요."

"그걸 어떻게 막을 겁니까?" 제럴드가 물었다.

"모르겠어요." 허마이어니가 느릿느릿 대답했다. "아마 죽여 버려야겠죠."

그녀의 어조는 묘하게 깔깔대는 듯했고, 태도에는 위험하면서도 그럴듯한 유머가 감돌았다.

"물론 루퍼트가 무슨 말을 하는지는 압니다. 그에겐 모자가 더 중요하냐, 마음의 평화가 더 중요하냐의 문제라는 거죠." 제럴드가 말했다.

"몸의 평화지." 버킨이 말했다.

"뭐, 좋을 대로." 제럴드가 대답했다. "그렇지만 나라에 관해서라면 이 문제를 어떻게 결정할 건가?"

"하늘이 도우시길." 버킨이 웃었다.

"좋아, 하지만 그래도 자네가 결정을 해야 한다면?" 제럴드가 끈질기게 물고 늘어졌다.

"그렇더라도 똑같지. 만일 나라의 왕관이 다 낡아 빠졌다면 도둑 나리더러 가져가시라지."

"하지만 나라나 인종의 모자가 낡아 빠질 **수도** 있나?" 제럴드가 굽히지 않고 물었다.

"원래 낡을 수밖에 없는 것 아닌가." 버킨이 말했다.

"난 잘 모르겠는걸." 제럴드가 말을 받았다.

"난 동의하지 않아요, 루퍼트." 허마이어니가 말했다.

"알았어요." 버킨이 말했다.

"나는 나라의 낡은 모자*를 전적으로 지지하는 바요." 제럴드가 웃으며 말했다.

"오빠가 그 모자를 쓰면 바보 같아 보일걸." 10대인 제럴드의 여동생 다이애나가 당돌하게 말했다.

"아, 낡은 모자 얘기가 뭔지 우린 정말 알아들을 수가 없어요." 로라 크라이치가 고함을 질렀다. "그만 좀 해요, 제럴드 오빠. 이제 건배할 거예요. 자, 건배합시다, 건배 — 잔들 드세요 — 자, 건배! 한마디씩 하세요!"

버킨은 인종 혹은 국가의 죽음에 대해 생각하며 자신의 술잔에 샴페인이 채워지는 것을 지켜보았다. 술잔 가장자리에서 거품이 부서지고, 하인은 물러났다. 신선한 와인을 보자 갑자기 갈증을 느껴 그는 술잔을 단숨에 비워 버렸다. 방 안에 감도는 묘한 긴장 감에 흥분되었다. 몹시 거북했다.

'난 우연히 그랬던가, 아니면 고의였던가?' 이렇게 자문하며, 그는 속된 말로 '우연을 가장한 고의'였다고 결론지었다. 그는 임시로 고용된 하인 쪽으로 눈을 돌렸다. 그러자 그 하인이 하인들에게서 흔히 보이는 예의 그 냉랭하고 불만에 찬 조용한 걸음걸이로 다가 왔다. 버킨은 건배를 하는 것과 하인들, 이 모임, 그리고 인간이 가 진 대부분의 면면을 자신이 혐오한다는 결론을 내렸다. 그러고는 한마디 하기 위해 자리에서 일어났다. 그러나 어쩐지 역겨웠다.

마침내 식사가 끝났다. 남자들 몇 명이 어슬렁거리며 정원으로 나갔다. 정원에는 잔디와 화단이 있었고, 그 둘레로는 이 정원을 자그마한 들판 혹은 공원과 차단하는 철책이 둘러쳐져 있었다. 전 망이 좋았다. 나지막이 자리 잡은 호숫가를 휘돌아 나무들이 우 거진 큰길이 나 있었다. 봄의 대기 속에서 호수는 반짝거렸고 건 너편 숲은 새 생명의 기운으로 자줏빛이 감돌았다. 저지산(産) 아 름다운 소들이 철책 가까이 다가와 빵 부스러기라도 바라는 듯 사람들을 향해 벨벳처럼 보드라운 코로 거친 숨을 내뿜었다.

버킨은 철책에 몸을 기댔다. 암소 한 마리가 그의 손 위로 축축하고 뜨뜻한 콧김을 내뿜었다.

"소가 예쁘죠, 정말 예뻐." 크라이치가 사위들 중 하나인 마셜이 말했다. "최고급 우유를 생산한답니다."

"그렇군요." 버킨이 말했다.

"애, 우리 이쁜아, 이쁜아!" 마셜이 야릇한 고음의 가성으로 소를 부르는 바람에 버킨은 배를 움켜쥐고 웃었다.

"달리기는 누가 이겼죠, 럽턴?" 버킨은 웃었다는 걸 숨기려고 신랑에게 말을 걸었다.

신랑은 입에 물고 있던 담배를 뺐다.

"달리기요?" 그가 큰 소리로 말했다. 그의 얼굴에 희미한 미소가 스쳤다. 교회 문으로 달려갔던 일에 대해선 얘기하고 싶지 않았다. "동시에 도착했죠. 그녀의 몸이 교회 문에 먼저 닿기는 했지만 내 손이 그녀의 어깨 위에 있었으니까요."

"이게 무슨 소리야?" 제럴드가 물었다.

버킨이 신랑과 신부가 교회 쪽으로 달렸던 얘기를 해 주었다.

"흠, 그래, 왜 지각한 거지?" 제럴드가 비난조로 말했다.

"럽턴은 우리한테 영혼의 불멸성에 대해 얘기해 주려고 했고, 그다음엔 구두단추걸이를 찾을 수가 없었어." 버킨이 말했다.

"맙소사!" 마셜이 소리를 질렀다. "자기 결혼식 날 **영혼의 불멸성**이라니! 그런 것 말고는 생각할 게 그렇게 없었나?"

"뭐가 잘못되었습니까?" 깨끗하게 면도한 해군 신랑이 예민하게 얼굴을 붉히며 물었다.

"결혼하러 가는 게 아니라 마치 처형당하러 가는 것 같지 않느냐고. 영혼의 불멸성이라니!" 동서는 우스워 죽겠다는 듯이 강조했다.

그러나 주변의 반응은 썰렁했다.

"그래, 결론은?" 즉각 이 형이상학적인 토론거리에 귀를 쫑긋 세우며 제럴드가 물었다.

"영혼 따윈 집어치우세. 오늘만큼은 말이야, 이 사람아." 마셜이 말했다. "자네에게 방해만 될 거라고."

"제발 마셜, 저쪽으로 가서 다른 사람하고 얘기 좀 하게." 제럴드가 갑자기 버럭 소리를 질렀다.

"그거야말로 내가 바라는 바지." 화가 난 마셜이 말했다. "빌어먹을 놈의 영혼이니 뭐니 정말 넌덜머리가 난다니까……."

그는 성질이 나서 가 버렸고, 제럴드는 성난 눈으로 그를 바라보다가 그 건장한 몸집이 멀어져 가자 차츰 차분하고 상냥한 표정이 되었다.

"한 가지 말해 둘 게 있는데, 럽턴." 신랑을 향해 제럴드가 불쑥 말했다. "로라는 로티처럼 저따위 멍청이를 우리 집안에 들여놓지는 않겠지."

"그렇게 생각하고 안심하게나." 버킨이 웃으며 말했다.

"저는 신경 안 씁니다." 신랑이 웃으며 말했다.

"그런데 그 달리기 말이야─누가 시작한 거지?" 제럴드가 물었다.

"우리가 지각했거든. 로라는 우리가 탄 마차가 도착했을 때 이미 교회 계단 맨 꼭대기에 서 있었어. 럽턴이 자기를 향해 달려오는 걸 본 거야. 그러곤 냅다 달아난 거지. ……그런데 왜 그렇게 시무룩한 표정이야? 이 일이 자네 가문의 위상에 먹칠이라도 했나?"

"좀 그런 셈이지." 제럴드가 말했다. "무슨 일을 하려면 제대로 해라. 제대로 못할 바엔 하지를 마라."

"아주 멋진 격언이군." 버킨이 말했다.

"동의 안 하나?" 제럴드가 물었다.

"물론 하지." 버킨이 말했다. "다만 자네가 격언을 자꾸 인용해 대면 지겨워지긴 해."

"젠장, 루퍼트. 자네도 나름대로 격언 좋아하잖아." 제럴드가 말했다.

"아니, 난 격언 따윈 제쳐 버리고 싶은데, 자네가 항상 그것들을 끌고 들어오는 거라고."

제럴드는 버킨의 이 재치 있는 유머*에 으스스한 미소를 지었다. 그러고는 이내 대수롭지 않다는 듯 눈썹을 찡긋했다.

"자네한테는 행동의 규범이란 게 아예 존재하지 않지, 안 그래?" 그가 트집조로 버킨에게 도전장을 내밀었다.

"규범이라…… 그렇지. 난 규범이란 게 싫어. 그러나 어중이떠중이들한테는 규범이란 게 없어서는 안 되지. ……그래도 인간다운 인간이라면 그냥 자기답게 자기 좋은 대로 하면서 살 수 있는 거고."

"자기답게 산다는 게 무슨 뜻인데?" 제럴드가 물었다. "격언인가? 아니면 상투적인 말?"

"그냥 자기가 하고 싶은 걸 한다는 의미야. 난 로라가 럽턴에게서 도망쳐 교회 문 쪽으로 달아난 건 아주 자연스러운 행동이었다고 생각해. 훌륭한 처신 중에서도 걸작에 가깝지. 자신의 충동에 따라 자발적으로 행동한다는 게 세상에서 제일 어려운 일이거든…… 그리고 그렇게 하는 것이야말로 유일하게 진정으로 신사다운 행동이고…… 그렇게 할 자격만 된다면."

"내가 자네 말을 심각하게 받아들여 주길 기대하는 건 아니겠지, 그렇지?" 제럴드가 물었다.

"아니, 제럴드. 자네는 내가 그런 기대를 걸 수 있는 몇 안 되는 사람 중 하나인걸."

"그렇다면 난 적어도 이 점에 대해서는 자네 기대에 부응할 수 없겠는데. ……자넨 사람들이 자기들 하고 싶은 대로 해야 한다는 건가?"

"난 사람들이 항상 그렇게 한다고 생각하네. 그렇지만 사람들이 자기 안에 들어 있는, 순전히 자기만의 개인적인 것을 좋아했으면 좋겠어. 그래야만 각자 독자적으로 행동할 수 있게 되거든. 그런데 사람들은 집단적인 것을 하려고만 들지."

"그렇다면 난 자네가 말하는 그런 세상, 사람들이 개별적으로 그리고 자발적으로 행동하며 사는 세상에는 살고 싶지 않아. ……우린 모두 5분 안에 다른 사람의 목을 베고 있을 테니." 제럴드가 단호하게 말했다.

"그건 **바로 자네**가 모든 사람의 목을 베고 싶다는 걸 뜻하지."

"어째서?" 제럴드가 기분이 상해 물었다.

"다른 사람의 목을 베고 싶지 않다면, 그리고 목을 베이는 당사자도 자기 목이 베이기를 원치 않는다면, 그 누구도 다른 사람의 목을 벨 수 없지. 이건 틀림없는 진리야. 살인에는 두 사람이 필요한 법이지. 살해하는 자와 살해당하는 자. 여기서 살해당하는 자란 살해가 가능한 자야. 그리고 살해가 가능한 자란, 겉으로 드러나지는 않지만 마음 깊은 곳에 살해당하고 싶은 강한 욕망을 가진 자를 말하지."

"자네는 가끔 말도 안 되는 소릴 하는군." 제럴드가 버킨에게 말했다. "사실은 우리 중 목이 베이고 싶은 사람은 하나도 없고, 다른 사람들은 대부분 그걸 베고 싶어 하지…… 언젠가는……."

"그건 비열한 관점이야, 제럴드." 버킨이 말했다. "그러니 자네가 자네 자신과 자신의 불행을 두려워하는 것도 무리는 아니지."

"어떻게 내가 나 자신을 두려워한다는 거지?" 제럴드가 말했다.

"그리고 난 내가 불행하다고 생각하지도 않아."

"자네 마음속엔 자네 창자가 찢기길 바라는 욕망이 숨어 있는 것 같아. 그리고 모든 사람이 자네 배를 가르려고 소매 춤에 칼을 감추고 있다는 상상을 하는 것 같아." 버킨이 말했다.

"뭘 보고 그런 주장을 하지?" 제럴드가 말했다.

"자넬 보고." 버킨이 말했다.

두 사람 사이에는 거의 사랑에 가까운 묘한 증오의 기류가 잠시 흘렀다. 둘은 언제나 그랬다. 얘기를 나누다 보면 그들은 언제나 서로에게 치명적일 정도로 가까이 맞닿곤 했다. 그건 증오이거나 사랑, 혹은 그 둘 모두인, 야릇하고도 위험한 친밀함이었다. 그들은 아무렇지 않은 표정으로, 이렇게 헤어지는 게 아무렇지 않다는 듯이 헤어졌다. 그리고 정말로 이런 작별을 대수롭지 않은 일로 해 두었다. 그렇지만 각자의 가슴은 서로에게서 붙은 불로 이글거렸다. 그들은 저 깊은 내부에서 함께 타고 있었다. 그들은 이 사실을 결코 인정하지 않으리라. 둘의 관계를 그저 스스럼없고 편안한 우정으로 유지하기로 작정했으며, 둘 사이에 심장이 타는 듯한 고통을 허용할 만큼 사내답지 않고 자연스럽지도 않게 행동할 일은 없을 것이었다. 그들은 남자들 간에 어떤 깊은 관계가 존재할 수 있으리라고는 꿈에도 생각해 본 적이 없었고, 이 같은 불신으로 인해 그들의 강렬하지만 억눌린 친밀감은 더 이상 발전될 수가 없었다.

3장 교실

학기가 끝나 가고 있었다. 교실에서는 마지막 수업이 평화롭고 조용하게 진행되었다. 초급 식물학 시간이었다. 아이들은 책상 위에 흩어져 있는 꽃차례와 개암나무, 버드나무 가지들을 스케치했다. 그러나 오후의 끝자락이 되면서 하늘이 많이 어둑해져서 더이상 그리기가 어려워졌다. 어슐라는 교실 앞에 서서 질문을 던져 아이들이 꽃차례의 구조와 의미를 이해하도록 유도했다.

서쪽으로 난 창문을 통해 묵직한 구릿빛 저녁 햇살이 들어와 아이들의 머리를 불그레한 황금빛으로 물들였고, 맞은편 벽은 짙은 붉은색으로 빛났다. 그러나 어슐라는 이를 거의 의식하지 못했다. 그녀는 바빴다. 하루가 끝나 가고 있었고, 수업은 이제 만조가 되어 빠져나가려는 잠잠한 바다처럼 평화롭게 흘렀다.

오늘도 다른 날들처럼 그렇게 정신없이 지나갔다. 하루가 끝날 즈음이면 하던 일들을 마치기 위해 조금 서둘러야 했다. 그녀는 끝나는 종이 울리기 전까지는 알아야 할 것들을 알고 집에 가도록 아이들에게 질문을 했다. 그녀는 어둑해진 교실 앞에 서서 꽃차례를 손에 들고 아이들 쪽으로 몸을 기울인 채 열정적으로 가르치는 데 몰입해 있었다.

문이 딸깍하는 소리는 들었지만 그냥 흘려들어 별로 신경 쓰지 않았다. 그러다 갑자기 흠칫 놀랐다. 자기 쪽을 비추고 있던 불그레한 구릿빛 저녁 햇살 사이로 한 남자의 얼굴을 보았던 것이다. 그 얼굴은 불꽃처럼 반짝였고, 그녀가 알아차려 주기를 기다리며 그녀를 바라보고 있었다. 그녀는 너무나 깜짝 놀랐다. 기절할 지경이었다. 억눌려 잠재되어 있던 공포심이 고통스럽게 솟구쳤다.

　"제가 놀라게 했나요?" 버킨이 악수를 청하며 말했다. "제가 들어오는 소리를 들으신 줄 알았습니다."

　"못 들었어요." 그녀가 더듬거리며 겨우 말했다.

　그는 미안하다면서 웃었다. 그녀는 그가 뭣 때문에 재미있어하는지 궁금했다.

　"너무 어둡군요." 그가 말했다. "불 좀 켤까요?"

　그는 옆으로 비켜 걸어가서 전깃불을 켰다. 그러자 환해졌다. 교실이 또렷하게 모습을 드러냈는데, 그가 오기 전에 그곳을 채우고 있던 부드럽고 어둑한 마술이 걷히자 낯설어 보였다. 버킨은 몸을 돌려 호기심 어린 눈으로 어슐라를 바라보았다. 그녀의 눈은 놀란 듯, 당황한 듯 동그래져 있었고 입술은 가늘게 떨리고 있었다. 마치 잠자다 갑자기 깬 사람 같았다. 그녀의 얼굴에는 부드럽게 빛나는 새벽 햇살처럼 생기 넘치고 여리고 보드라운 아름다움이 있었다. 버킨은 이제까지 경험하지 못한 새로운 기쁨으로 그녀를 바라보았다. 가슴 깊이 즐거움이 느껴졌고 책임질 것이 아무것도 없는 기분이었다.

　"꽃차례를 가르쳐 주고 계셨군요?" 그가 앞에 있는 한 학생의 책상에서 개암나무 가지를 하나 집어 올리며 물었다. "벌써 이만큼 자랐던가요? 올해는 미처 쳐다보지도 못했네요."

　그는 들고 있던 개암나무 꽃차례를 열심히 들여다보았다.

"빨간 것들도 있군요!" 그는 암꽃 봉오리에서 새빨갛게 하늘거리는 것들을 보며 말했다.

그러더니 학생들 책상 사이로 걸어가 거기 놓인 교본들을 살펴보았다. 어슐라는 그가 열중하고 있는 모습을 쳐다보았다. 그의 동작에는 그녀의 심장 뛰는 소리마저 잠재워야 할 것 같은 고요함이 있었다. 별개의 응축된 세계에서 움직이는 그를 바라보며, 그녀는 억류된 침묵 속에 한쪽으로 물러서 있는 것 같았다. 그의 존재는 너무 고요해서, 물질적인 형체를 갖춘 대기 속의 텅 빈 공간처럼 느껴질 지경이었다.

그가 갑자기 그녀 쪽으로 얼굴을 들었다. 그녀의 심장은 가물가물 들려오는 그의 말 한 마디 한 마디에 방망이질 쳤다.

"학생들에게 크레용을 좀 주시죠?" 그가 말했다. "암꽃은 빨갛게, 자웅동체는 노랗게 그릴 수 있도록 말입니다. 저 같으면 분필로 그것들을 빨갛고 노랗게 단순하게 그려 주겠어요. 이런 경우엔 외관상의 특징이 별로 중요하지 않거든요. 강조할 건 딱 한 가지죠."

"크레용이 없어서요." 어슐라가 말했다.

"어딘가 몇 개 있을 텐데요……. 노란색하고 빨간색만 있으면 되는데."

어슐라는 가서 알아보고 오라고 학생 하나를 보냈다.

"책이 지저분해질 것 같아요." 어슐라가 얼굴을 붉히며 버킨에게 말했다.

"아주 엉망이 되지는 않을 거예요." 그가 말했다. "이런 문제에 대해서는 분명하게 표시를 해 주어야 합니다. 강조해야 할 것은 사실이지, 주관적인 인상을 기록하는 게 아니니까요. 그렇다면 사실이란 뭘까요? ……암꽃에 달린 빨갛고 작은 암술머리, 매달려

있는 노란 수술, 그리고 이쪽에서 저쪽으로 날아가는 노란 꽃가루
죠. 어린아이가 얼굴을 그릴 때처럼 사실을 그림으로 나타내 주세
요…… 눈 두 개, 코 하나, 이와 입…… 이렇게……." 그가 칠판에
사람 얼굴을 그렸다.

바로 그때 교실 창문에 사람의 모습이 어른거렸다. 허마이어니
로디스였다. 버킨이 가서 문을 열어 주었다.

"당신 차를 봤거든요." 그녀가 그에게 말했다. "당신을 찾으러 온
게 언짢나요? 일하고 있는 모습을 보고 싶었어요."

그녀는 그를 친밀하고 장난스럽게 한동안 쳐다보더니 살짝 웃
었다. 그러고 나서야 그녀는 학생들과 함께 줄곧 이 연인들을 지
켜보고 있는 어슐라 쪽으로 몸을 돌렸다.

"안녕하세요, 브랑웬 양." 허마이어니가 상대방을 얕잡아 보고
놀리는 것처럼 느리고 괴상하게 노래하듯이 말했다. "내가 들어와
서 기분이 상했나요?"

어슐라가 어떤 사람인지 한눈에 가늠해 보기라도 하려는 것처
럼, 비웃는 듯한 그녀의 잿빛 눈이 내내 어슐라에게 머물렀다.

"어머, 아니에요." 어슐라가 말했다.

"확실해요?" 허마이어니가 아주 냉정하리만치 평온하면서도 약
간 협박조로 뻔뻔스럽게 물었다.

"그럼요. 저는 아주 좋은데요." 허마이어니가 친한 척하면서 아
주 가까이 다가와 대답을 강요하는 듯했기 때문에, 어슐라는 약
간 흥분하고 당황하여 웃으며 말했다. 하지만 어떻게 친할 수가
있는 거지?

어쨌거나 이것이 바로 허마이어니가 원한 대답이었다. 그녀는
만족하여 버킨에게로 고개를 돌렸다.

"뭐 하고 있었어요?" 그녀가 예의 그 호기심에 찬 태도로 거침

없이 물었다.

"꽃차례 얘기 중이었소." 그가 대답했다.

"정말요!" 그녀가 말했다. "학생들이 그것에 대해 뭘 배우는데요?"

그녀는 시종 비웃는 듯, 반쯤은 놀리는 듯, 마치 만사를 자기 맘대로 가지고 노는 것처럼 말했다. 그녀는 버킨이 꽃차례에 관심을 갖고 있다는 데 자극을 받아 가지 하나를 집어 들었다.

흐릿한 황금색 돋을무늬가 수놓인, 녹색의 큼직하고 오래된 망토 차림의 허마이어니는 이 교실과 어울리지 않았다. 높은 깃에, 망토의 안감은 짙은 색 모피를 댄 것이었다. 그녀는 망토 속에 역시 모피로 가장자리를 댄 라벤더 색깔의 드레스를 입고 있었고 흐릿한 녹색과 황금색 장식을 한, 꽉 끼는 모피 모자를 눌러쓰고 있었다. 그녀는 키가 크고 이상야릇했으며, 마치 최근에 유행하는 어떤 괴상한 그림에서 걸어 나온 것 같았다.

"열매를 맺는 이 작은 암꽃을 알고 있소? 그것들을 눈여겨본 적이 있소?" 그가 그녀에게 물었다. 그러더니 그녀에게 다가가 그녀가 들고 있는 가지에 달린 꽃들을 가리켰다.

"아니요." 그녀가 대답했다. "그게 뭐예요?"

"그건 씨를 맺는 작은 꽃들이고, 그 긴 꽃차례들은 꽃을 수분시키는 꽃가루를 만들 뿐이오."

"그렇군요, 정말!" 허마이어니가 자세히 들여다보며 말했다.

"그 작은 빨간 꽃잎들에서 열매가 맺히는 거요. 꽃들이 그 밑에 길쭉하게 달린 것들에서 꽃가루를 받으면."

'자그마한 빨간 불꽃들, 자그마한 빨간 불꽃들.' 허마이어니가 중얼거렸다. 그녀는 빨간 암술머리가 삐죽이 나와 하늘거리는 작은 꽃들만 하염없이 바라보며 한동안 잠자코 있었다.

"아름답지 않나요? 난 정말 너무 아름답다고 생각해요." 그녀가

버킨에게 가까이 다가가 길고 하얀 손가락으로 빨간 꽃술을 가리
키며 말했다.

"이것들을 눈여겨본 적이 단 한 번도 없소?" 그가 물었다.

"네, 없어요." 그녀가 대답했다.

"이제 앞으론 언제나 보게 될 거요." 그가 말했다.

"이제 앞으론 언제나 보게 되겠죠." 그녀가 버킨의 말을 다시 읊
었다. "보여 줘서 정말 고마워요. 너무 아름다워요…… 작고 빨간
불꽃 같은 꽃술들이…….""

거의 열광에 가까운 그녀의 몰입은 기이했다. 버킨과 어슐라는
멈칫하여 둘 다 잠자코 있었다. 그 작고 빨간 암술 달린 꽃은 신비
스러울 정도로 강렬한, 이상한 매력으로 그녀를 사로잡았던 것이다.

수업이 끝나 학생들은 교재를 정리한 후 마침내 교실을 나갔다.
그런데도 허마이어니는 여전히 책상 위에 팔꿈치를 대고 손으로
턱을 괸 채 희고 길쭉한 얼굴을 쳐들고 멍하니 앉아 있었다. 버킨
은 창가로 가서 불이 환하게 켜진 교실 밖으로 보이는 칙칙한 잿
빛 바깥을 내다보았다. 소리 없이 비가 내리고 있었다. 어슐라는
붙박이장에 수업 교재들을 챙겨 넣었다.

마침내 허마이어니가 일어나 어슐라에게 다가갔다.

"동생이 돌아왔다면서요?" 그녀가 물었다.

"네." 어슐라가 대답했다.

"벨도버에 다시 오니까 좋대요?"

"아뇨." 어슐라가 답했다.

"그렇겠죠. 어떻게 견디는지 궁금하네요. 내가 여기에 머무를
땐, 이곳의 추악함을 견디기 위해서 정말이지 사력을 다한답니
다. ……언제 한번 놀러 오실래요? 동생하고 같이 브래덜비에 와
서 며칠 놀다 가지 않겠어요? ……그러세요…….""

"정말 고맙습니다." 어슐라가 말했다.

"내가 편지할게요." 허마이어니가 말했다. "동생도 같이 오겠죠? 그러면 정말 좋겠는데. 난 그녀가 멋있다고 생각해요. 그녀의 작품 중 어떤 것들은 정말로 대단하더군요. 내게 두 마리 할미새 모습을 나무에 조각해서 칠한 작품이 있는데…… 그 작품 본 적 있죠?"

"아니요." 어슐라가 말했다.

"그 작품 정말로 멋져요…… 번뜩이는 직관력 같은 것이……."

"그 애의 작은 조각품들은 좀 **이상해요**." 어슐라가 말했다.

"완벽하게 아름답죠…… 원시적인 열정으로 가득한 것이……."

"언제나 쪼끄만 것들만 좋아한다는 게 좀 별나지 않나요? 그 앤 언제나 손안에 넣을 만큼 작은 것들, 새들, 자그마한 동물들, 이런 것들만 작업해요. 오페라글라스를 거꾸로 들고 보기를 좋아하고요. 세상도 그런 식으로 보는 걸 좋아하는 거죠. ……왜 그런다고 생각하세요?"

허마이어니는 무심하면서도 뭔가 면밀히 관찰하는 듯한 눈초리로 한참 동안 어슐라를 내려다보았고, 그 시선은 나이가 더 어린 쪽인 어슐라를 자극했다.

"그러게요." 허마이어니가 마침내 입을 뗐다. "흥미롭네요. 자그마한 것들이 그녀에겐 더 섬세해 보이는 거죠……."

"자그맣다고 섬세한 건 아니죠. 생쥐도 사자만큼이나 섬세하지 않아요, 안 그래요?"

허마이어니가 또다시 관찰하는 듯한 눈으로 오랫동안 어슐라를 내려다보았다. 하지만 꼬리를 무는 자신의 생각에 빠져 어슐라의 말은 안중에도 없는 듯했다.

"모르겠네요." 그녀가 대답했다.

"루퍼트, 루퍼트." 그녀가 부드럽게 버킨을 불렀다.

그가 말없이 다가왔다.

"작은 것들이 큰 것들보다 더 섬세한가요?" 그녀는 불평하는 투의 묘한 웃음소리를 내며, 그를 놀리는 것처럼 물었다.

"모르겠는데요." 그가 말했다.

"난 미묘하고 섬세한 것들은 싫어요." 어슐라가 말했다.

허마이어니가 그녀를 천천히 바라보았다.

"그러시군요." 그녀가 말했다.

"난 언제나 섬세함은 나약함의 신호라고 생각하거든요." 어슐라가 마치 자신의 위신이 깎이기라도 한 것처럼 반기를 들었다.

허마이어니는 무시했다. 그러더니 갑자기 얼굴을 찡그리고 생각에 잠긴 듯 눈썹을 찌푸리더니, 무슨 말인가 하려고 안간힘을 쓰는 것 같았다.

그녀는 마치 어슐라가 이 자리에 있지도 않은 것처럼 무시하고 버킨을 향해 물었다. "루퍼트, 당신은 정말로 가치가 있다고 생각하나요? 정말로 아이들이 의식으로 일깨워지는 게 더 낫다고 생각해요?"

그 순간 그의 얼굴에 소리 없는 분노의 시커먼 그림자가 휙 스쳤다. 저승에서 온 사람처럼 푹 꺼진 볼에 낯빛은 창백했다. 그리고 그녀는 그 심각하고 양심을 괴롭히는 질문으로 그의 급소를 건드리며 고문을 해 댔다.

"학생들의 의식은 일깨워지는 게 아니오." 그가 말했다. "싫든 좋든 의식이란 것이 그들에게 찾아오는 겁니다."

"그렇지만 당신은 의식을 일깨우고 자극하는 것이 아이들에게 더 낫다고 생각해요? 그보다는 아이들이 개암나무를 의식하지 못하는 상태로 남아 있는 게, 뭐든지 갈기갈기 찢는 이 모든 지식이란 것 없이, 전체로서 파악하는 게 더 나은 것 아니에요?"

"그렇다면 당신 자신은 저 작은 빨간 꽃들이 거기 저렇게 꽃가루를 향해 몸을 내밀고 있다는 걸 알고 싶소, 아니면 알고 싶지 않소?" 그가 가혹하리만치 엄하게 물었다. 그의 목소리는 짐승처럼 무자비하고 냉소적이며 잔혹했다.

허마이어니는 얼굴을 쳐든 채 멍하니 있었다. 그는 짜증이 나 입을 다물었다.

"모르겠어요." 그녀가 조심스럽게 마음의 평정을 되찾으며 대답했다. "몰라요."

"하지만 아는 게 당신의 전부잖소, 아는 게 당신의 삶이잖소." 그가 벌컥 소리를 질렀다. 그녀가 천천히 그를 쳐다보았다.

"그런가요." 그녀가 말했다.

"아는 것, 그게 바로 당신의 전부고 당신의 삶이오……. 당신한테는 오직 이것, 이 지식밖에 없소." 그가 외쳤다. "당신 입에는 딱한 그루의 나무, 딱 한 가지 과일밖에 없단 말이오."

그녀는 다시 한동안 입을 다물었다.

"그런가요." 그녀가 마침내 아까처럼 평온하고 침착하게 말했다. 그러더니 이내 종잡을 수 없는 기묘한 호기심에 찬 어조로 물었다. "무슨 과일인데요, 루퍼트?"

"불멸의 사과*죠." 그는 자기가 사용하고 있는 은유가 싫으면서도, 화가 나서 대답했다.

"그렇군요." 그녀가 말했다. 지쳐 보였다. 한동안 아무도 말이 없었다. 이윽고 허마이어니는 파르르 몸을 떨어 자신을 추스르더니, 무관심하고 단조로운 어조를 되찾아 입을 열었다.

"하지만 내 문제는 별개로 하고요, 루퍼트. 당신은 정말로 아이들이 이 모든 지식 덕분에 더 나아지고 풍요로워지며 더 행복해진다고 생각해요? **정말** 그렇게 생각해요? 아니면, 있는 그대로, 타고난 자연스러운 자발성을 유지하도록 내버려 두는 게 나은 걸까요? 자발적일 수 없게 하는 이런 자의식보다는 차라리 **동물로** 사는 게, 투박하고 난폭한 단순한 **동물**이든 **뭐든** 아무튼 그렇게 사는 편이 더 나은 것 아니에요?"

버킨과 어슐라는 이로써 허마이어니가 이야기를 끝낸 줄 알았다. 그러나 뭔가 불만스러운 목소리로 그녀가 말을 이었다. "아이들이 절름발이로 자라나는 것, 영혼에 있어서나 감정에 있어서 절름발이로…… 그렇게 자신에게로 되던져져서…… 오직 자신에 대한 생각만 하면서……." 허마이어니는 신들린 사람처럼 주먹을 불끈 쥐었다. "자연스럽고 자발적인 행동이라고는 할 줄 모르고, 매사에 의도적으로, 언제나 선택의 짐을 짊어진 채, 휩쓸려 몰입하는 법이라고는 없이 자라는 것보다 더 나쁜 게 있냐고요."

버킨과 어슐라는 이번에는 정말로 허마이어니의 이야기가 끝난 줄 알았다. 그러나 버킨이 대답하려는 순간 허마이어니는 그 기이한 랩소디를 이어 갔다. "자신을 벗어나 몰입하지 못하고 언제나 의식적이고 언제나 자의식적이고 언제나 자기 자신만 의식하는 거죠. ……**뭐가 되었든** 이보단 낫지 않겠어요? 이렇게 **아무것도 아닌 것**으로 살아가는 것보다는 차라리 생각 없는 단순한 동물로 사는 게 낫죠……."

"그럼 당신은 우리 인간이 지식 때문에 참답게 살지 못하고 자의식적으로 살아간다는 거요?" 그가 짜증 섞인 목소리로 물었다.

그녀의 눈이 커지더니 그를 천천히 바라보았다.

"그래요." 그녀가 대답했다. 그녀는 멍한 눈으로 그에게 시선을 고정한 채 한동안 말이 없었다. 그러더니 지친 듯 손가락으로 이마를 닦았다. 이에 그는 몹시 짜증이 났다. "지성이 문제죠." 그녀가 말했다. "그건 죽음이니까." 그녀는 천천히 눈을 들어 그를 바라보왔다. "지성이······." 그녀는 몸을 바르르 떨며 입을 열었다. "그게 곧 우리의 죽음 아닌가요? 그것이 바로 우리의 모든 자발성을, 우리의 모든 본능을 파멸시키지 않나요? 요즘 젊은이들은 정말 제대로 살아 볼 기회를 갖기도 전에 죽어 가고 있지 않나요?"

"그건 그들의 지성이 과해서가 아니라 너무 부족하기 때문이오." 그가 잔인하리만치 거칠게 대꾸했다.

"**정말로** 그렇게 생각해요?" 그녀가 목청을 높였다. "내가 보기엔 그 반대예요. 그들은 지나치게 의식적이죠. 죽을 지경으로 과도하게 의식의 짐을 지고 있다고요."

"편협하고 잘못된 개념들 속에 감금되어 있는 거요." 그가 소리쳤다.

그러나 그녀는 이에 아랑곳하지 않고 열에 들뜬 듯 장황한 질문을 이어 갔다.

"지식을 가지고 있을 때 우리는 지식 이외의 모든 것을 잃는 것 아닌가요?" 그녀가 딱할 지경으로 물었다. "예컨대 만일 내가 꽃에 대해서 안다고 하면 난 꽃 자체는 잃어버리고 그것에 대한 지식만 갖게 되는 것 아닌가요? 우리는 본질을 그림자와 바꿔치기하고 있지 않나요? 우린 이 죽은 지식을 위해 삶을 내놓고 있는 것 아닌가요? 그렇다면 안다는 것이 결국 내게 무엇을 뜻하는 걸까요? 이 모든 앎이라는 것이 내게 어떤 의미를 가지는 걸까요? 아무 의미도 없는 거예요."

"당신은 그저 말을 만들어 내고 있을 뿐이오." 그가 말했다. "지식이 당신에겐 전부죠. 심지어 당신의 동물주의라는 것도 당신의 머리가 원하는 것일 뿐이오. 당신은 동물이 **되기를** 바라는 게 아니라, 정신적인 짜릿함을 만끽하기 위해서 당신 자신의 동물적인 기능을 관찰하고 싶어 하는 거란 말이오. 당신의 동물주의는 전적으로 부차적이오……. 게다가 가장 완고하고 지독하게 말라비틀어진 주지주의보다도 더 퇴폐적이죠. 열정과 동물적 본능에 대한 당신의 이러한 사랑이야말로 주지주의의 최악의 마지막 형태가 아니고 뭐란 말입니까? 열정과 본능이라…… 당신은 이런 것들을 더없이 원하긴 하지만, 그건 당신 머리, 당신의 의식 속에서 그런 겁니다. 모든 게 당신 머릿속에서만, 그 두개골 속에서만 일어난단 말이오. ……당신은 그저 **실제로** 존재하는 것을 의식하지 않으려는 것일 뿐이오. 말하자면 당신이란 사람한테 딱 어울리는 거짓을 원하는 거란 말입니다."

버킨의 공격에 허마이어니는 딱딱하게 굳어 독기를 뿜었다. 어슐라는 놀라움과 부끄러움에 뒤덮여 서 있었다. 그들이 서로를 얼마나 증오하는지 보니 정말 무시무시했다.

"모든 게 샬롯 부인*이 하는 식이죠." 그는 강하고 초연한 목소리로 말했다. 마치 그녀를 아무것도 못 보는 대기 앞에서 비난하는 것 같았다. "당신은 그 거울, 그러니까 자기만의 경직된 의지, 영구 불멸의 이해력, 공기 한 점 새지 않을 만큼 견고한 자기만의 의식 세계를 갖고 있고, 그 거울 너머엔 아무것도 없소. 당신은 거기, 그 거울 속에 모든 걸 갖고 있어야만 직성이 풀리지. 하지만 이제 자신만의 모든 결론에 다다랐으니 미개인처럼 앎이 없는 상태로 돌아가고 싶어 하는 거요. 당신은 순전한 감각과 당신이 말하는 그 '열정'으로만 이루어진 삶을 원하는 거란 말이오."

그는 허마이어니가 사용했던 바로 그 말을 가지고 그녀를 조롱했다. 그녀는 분노와 능욕당한 모멸감으로 몸을 부들부들 떨면서 할 말을 잃고 그리스 신전의 충격받은 무녀처럼 앉아 있었다.

"하지만 당신의 열정은 거짓이오." 그의 맹렬한 공격은 계속되었다. "그건 절대 열정이 아니라 **의지**요. 약자를 으르고 못살게 구는 의지란 말이오. 당신은 모든 걸 손아귀에 넣고 맘대로 주무르고 싶어 하지. 당신 멋대로 휘두르고 싶어 한단 말입니다. 왜냐? 당신에겐 진정한 몸, 삶의 어둡고 관능적인 몸뚱이란 게 없기 때문이오. 관능성이라곤 눈곱만큼도 없단 말이오. 오로지 당신의 의지와 의식이라는 장치, 그리고 권력에의 욕망, **알려고** 하는 욕망만 있을 뿐이란 말입니다."

그는 증오와 경멸이 뒤섞인 눈초리로 그녀를 바라보았다. 그의 눈빛엔 고통과 수치심 또한 서려 있었다. 그녀가 고통받고 있었기에 그 또한 괴로웠고, 자신이 그녀를 고문하고 있다는 것을 알고 있었기에 수치스러웠다. 그는 그녀 앞에 무릎을 꿇고 용서를 빌고 싶은 충동을 느꼈다. 하지만 쓰디쓴 화가 시뻘겋게 타올라 격분으로 치달았다. 그녀가 있다는 것도 잊은 채, 그는 다만 격정적으로 지껄여 대는 목소리일 뿐이었다.

"자발적이라고!" 그가 소리쳤다. "당신과 자발성이라니! 당신, 걷거나 기는 것들 가운데 가장 의도로 가득한 당신이! 자발성을 의도할 수는 있겠지…… 그게 바로 당신이니까. ……당신은 만사를 자신의 의지 안에, 당신의 그 의도적으로 자발적인 의식 안에 두길 원하니까. ……모든 것을, 개암 열매처럼 짝 짜개져야 마땅할 당신의 그 혐오스러운 자그마한 두개골 안에서 원하니까 말이오. 그게 **깨져** 버릴 때까지 당신은 지금 모습 그대로일 테니까. ……혹시 누군가 당신의 두개골을 부숴 버린다면 자발적이고 열정적인, 진정으로 관능적인 여성을 만나게 될지도 모르지. ……사실 당신이 원하는 건 포르노그래피요…… 거울에 비친 자신을 바라보기를, 벌거벗은 자신의 적나라한 동물적 행위를 지켜보고 싶은 거요, 모든 걸 자신의 의식 속에다 두고 완전히 정신적인 것으로 만들어 버리려고 말이오."

넘지 말아야 할 선을 넘은 것 같은 느낌이 교실 안에 감돌았다. 도를 지나친 말들이, 용서받을 수 없는 말들이 내뱉어진 것 같았다. 그러나 어슐라는 버킨이 한 말에 비추어 자기 자신의 문제를 푸는 데 신경을 쓰고 있었다. 창백한 얼굴로 생각에 빠져 있었다.

"그런데 당신은 정말로 관능적이기를 **원하나요?**" 어리둥절하여 어슐라가 물었다.

버킨이 그녀를 쳐다보더니 열심히 설명하기 시작했다.

"그렇습니다." 그가 말했다. "이 시점에서는 그 외의 어떤 것도 원치 않고 오직 그것만을 원합니다. 그것은 성취예요……. 머릿속으로는 가질 수 없는 위대한 어둠의 앎이자…… 무의식적인 어둠의 존재고요. 자아에게는 죽음이죠…… 그러나 다른 자아가 되는 겁니다."

"그렇지만 어떻게요? 어떻게 앎을 머릿속에 갖지 않을 수가 있죠?" 그의 설명이 잘 이해되지 않아 그녀가 물었다.

"피 속에 갖는 거죠." 그가 대답했다. "지성과 그 지성을 통해 알게 된 세상이 어둠 속에 잠겨 들 때…… 모든 게 사라져야 합니다……. 대홍수가 일어나야 해요. 그때가 되면 당신은 자신이 손으로 만질 수 있는 어둠의 몸뚱어리요, 악마라는 걸 알게 됩니다."

"하지만 내가 왜 악마여야 해요……?" 그녀가 물었다.

"악마 연인을 찾아 울부짖고 있는 여인이랄까……." 그가 시의 한 구절을 인용했다.* "글쎄요, 잘 모르겠습니다."

절멸하여 죽은 듯 있던 허마이어니가 몸을 추슬러 기운을 차렸다.

"저이는 정말 **무시무시한** 악마주의자라니까. 안 그래요?" 어슐라를 향해 그녀는 묘하게 낭랑한 목소리를 조롱하는 듯한 날카롭고 짤막한 웃음으로 끝맺으며 느릿느릿 말했다. 두 여자는 비웃어 대면서 그를 아주 하찮은 인간으로 전락시키고 있었다. 허마이어니의 입에서 거세된 수컷을 비웃는 듯한 날카롭고 의기양양한 암컷의 웃음소리가 흘러나왔다.

"그건 아니죠." 그가 말했다. "당신이야말로 삶이 존재하는 꼴을 못 보는 진짜 악마요."

그녀는 악의적이고 오만한 표정으로 천천히 오랫동안 그를 쳐다보았다.

"당신은 악마에 대해서라면 정말 모르는 게 없나 봐요, 안 그래요?" 그녀가 침착하게, 차갑고도 교활하게 비웃으며 말했다.

"그만합시다." 얼굴이 강철처럼 굳어지면서 그가 대답했다.

끔찍한 절망과 해방감이 동시에 허마이어니를 덮쳤다. 그녀는 유쾌한 친밀감을 드러내며 어슐라에게로 몸을 돌렸다.

"브래덜비에 꼭 오실 거죠?" 그녀가 졸랐다.

"그럼요, 정말 가고 싶어요." 어슐라가 답했다.

허마이어니는 흡족하여, 뭔가를 곰곰이 생각하는 것 같으면서도 이상하게 넋이 빠진 듯, 뭔가에 홀린 듯, 반쯤 정신이 나간 것처럼 어슐라를 내려다보았다.

"정말 기뻐요." 정신을 가다듬으며 허마이어니가 말했다. "두 주일쯤 후에 어때요, 괜찮죠? ……여기 이 학교로 편지할게요, 그러면 되죠? ……좋아요. ……그럼 꼭 오시는 거죠? ……그래요, ……정말 기쁠 거예요. 그럼 갈게요. ……안녀~엉."

허마이어니가 손을 내밀며 어슐라의 눈을 똑바로 응시했다. 그녀는 어슐라가 바로 당면한 연적이란 걸 알고 있었고, 이 사실에 이상하게도 기운이 솟았다. 게다가 지금은 자신이 자리를 뜨는 참이었다. 그녀는 다른 사람을 남겨 두고 자리를 뜰 때면 언제나 자기가 강자이고 유리한 위치에 있는 기분이 들었다. 더군다나 지금은 이 남자를 데리고 떠나지 않는가, 비록 밉기만 할 뿐이지만.

버킨은 그 자리에 없는 것처럼 꼼짝 않고 옆으로 비켜서 있었다. 하지만 작별 인사를 건넬 때가 되자 다시 입을 열었다.

"정말로 관능적인 존재와 우리의 운명이 좇고 있는 정신적이고 고의적인 사악한 방탕함은 전혀 다른 것입니다. 밤만 되면 언제나 전깃불이 켜지고, 우린 우리 자신을 관찰하죠. 정말로 모든 걸 머리로 파악하는 겁니다. ……관능적인 현실이 무엇인지 알기 위해서는 길에서 벗어나 알지 못함의 상태로 빠져들어 자유 의지를 포기해야 해요. 그래야만 합니다. 존재로 태어나려면 먼저 존재하지 않는 법을 배워야 하는 겁니다.

그러나 우리는 너무나 자만에 빠져 있어요—그게 문제예요. 자만심은 심하고 긍지는 전혀 없습니다. 자존감은 전혀 없고, 종이 반죽으로 그럴듯하게 만들어 놓은 자신의 모습에 도취된 자만심 덩어리란 말입니다. 자기만 옳다고 믿는 독단적인 이 하찮은 아집을 버리기보다는 차라리 죽고 싶어 하죠."

교실 안에는 침묵이 흘렀다. 두 여자 다 적대적이었고 분노하고 있었다. 그는 마치 예배 집회에서 설교하는 투였다. 허마이어니는 혐오스럽다는 듯 뻣뻣이 어깨를 으쓱하고는 아예 신경을 꺼 버린 듯이 서 있었다.

어슐라는 자기가 뭘 보고 있는지 확실히 의식하지 못한 채, 훔쳐보듯 버킨을 지켜보고 있었다. 그 남자에게는 굉장한 육체적 매력이 있었다—숨어 있던 신기한 풍요로움이 깡마르고 해쓱한 그 모습을 뚫고, 그에 관한 또 다른 앎을 전해 주는 또 하나의 목소리처럼 흘러나왔다. 그것은 그의 이마와 턱의 곡선에, 풍부하고 아름다우며 섬세한 곡선에 깃든, 생(生) 그 자체의 강렬한 아름다움이었다. 그게 무엇인지 말로 표현할 수는 없었다. 그러나 풍요와 자유의 느낌이었다.

"하지만 우린 일부러 그렇게 하지 않고도 충분히 관능적이지 않나요?" 어슐라가 초록빛 도는 눈동자에 황금빛 생기로 반짝이는 도전적인 웃음을 띠며 버킨을 향해 물었다. 그러자 즉각 그의 눈과 이마에 야릇하고 무심한, 지독하게 매력적인 미소가 떠올랐다. 입가는 아직도 굳어 있었지만.

"아뇨." 그가 말했다. "그렇지 않아요. 우린 우리 자신으로 너무 가득 차 있어요."

"그렇지만 자만의 문제는 아니에요." 그녀가 큰 소리로 대꾸했다.

"아니, 오로지 자만의 문젭니다."

그녀는 정말이지 어리둥절했다.

"사람들은 자신의 관능적인 힘에 대해 가장 자만하지 않나요?"

"바로 그렇기 때문에 관능적이지 않고 — 단지 감각적일 뿐인 건데 — 감각적이란 건 전혀 다른 문제입니다. 사람들은 **언제나** 자신을 의식하고 — 그리고 너무 자만심이 강해서, 자기 자신을 놓아주고 다른 중심축에서 나온 또 다른 세계에 살기보다는……."

"차 좀 드셔야죠, 그렇죠?" 허마이어니가 우아하고 상냥하게 어슐라를 향해 말했다. "하루 종일 일하셨잖아요……."

버킨이 말을 뚝 그쳤다. 어슐라는 화가 나고 분통이 터졌다. 그의 얼굴이 굳어졌다. 그는 그녀에 대한 관심이 끝났다는 듯이 작별 인사를 고했다.

허마이어니와 버킨은 떠났다. 어슐라는 잠시 그들이 나간 문을 쳐다보며 서 있었다. 불을 껐다. 그러고는 넋이 나간 듯 멍하니 다시 의자에 앉았다. 그러더니 서럽게, 서럽게 울기 시작했다. 비참해서인지 기뻐서인지 도무지 알 수가 없었다.

4장 다이버

그 주가 지나갔다. 토요일엔 조용하게 부슬비가 오락가락했다. 비가 잠깐 멈춘 동안 구드룬과 어슐라는 윌리 호수 쪽으로 산책을 나갔다. 대기는 뿌옇게 흐리고, 새들은 어린 나뭇가지 위에서 소리 높여 지저귀고, 대지는 다시 생기를 되찾아 자라날 채비를 서두르고 있었다. 촉촉한 안개 속으로 아침이 살며시 부드럽게 돌진해 와 두 처녀의 걸음은 빠르고 경쾌했다. 길가의 오얏나무엔 꽃이 하얗게 피어 젖어 있고, 낱알 같은 호박색 꽃술들이 연기처럼 하얀 꽃 속에서 희미하게 불타고 있었다. 자줏빛 가지들은 잿빛 대기 속에서 검게 빛났으며, 높다란 울타리는 허공을 맴돌아 점점 더 가까이 다가오며 모습을 드러내는 유령들처럼 반짝였다. 아침은 새로운 창조로 가득했다.

자매가 윌리 호수에 도착했을 때, 습기를 머금어 뿌연 나무숲과 목초지까지 쫙 펼쳐진 호수는 온통 잿빛이었고 비현실적인 환영(幻影) 같았다. 길 아래 골짜기에서 날카로운 전기 장치 소리가 들려오고, 새들은 번갈아 쩍쩍거렸으며 호수에서 흘러오는 물은 신비롭게 철썩거렸다.

두 처녀는 호숫가를 따라 빠르게 걸었다. 그들의 앞쪽, 그러니까 길에 가까운 호수 한구석의 호두나무 아래에는 이끼 낀 보트 하우스가 있었고, 보트 한 척을 매어 둔 자그마한 부잔교(浮棧橋)가 녹색의 녹슨 기둥 아래 잔잔한 잿빛 수면 위에서 유령처럼 물결에 흔들리고 있었다. 다가오는 여름의 그림자가 만물에 드리워져 있었다.

그때 갑자기 보트하우스에서 하얀 물체가 달려 나오더니 무서운 속도로 오래된 부잔교를 가로질러 휙 지나갔다. 그것이 공중에 하얀 호를 그리는가 싶더니 엄청나게 요란한 첨벙 소리가 났다. 이윽고 부드러운 물결 사이로, 희미한 파동을 일으키며 탁 트인 공간으로 헤엄쳐 나아가는 한 남자가 보였다. 그는 외딴 물의 세계를, 그 다른 세계를 통째로 차지하고 있었다. 그는 잿빛의 창조되지 않은 호수의 순수한 반투명함 속으로 헤엄쳐 들어갔다.

구드룬은 돌벽 옆에 서서 가만히 지켜보았다.

"저 남자 정말 부럽다." 그녀가 낮고 간절한 목소리로 말했다.

"으윽, 정말 차가울 텐데!" 어슐라가 몸서리를 쳤다.

"맞아, 하지만 저기서 저렇게 수영을 하다니 얼마나 멋져, 정말 얼마나 근사해!"

자매는 그 남자가 자신의 자그마한 침입에 요동치는, 그리고 안개와 뿌연 숲으로 빙 둘러싸인, 잿빛 호수의 습하고 드넓은 공간 쪽으로 멀리 나아가고 있는 것을 지켜보며 서 있었다.

"저게 언니였으면 싶지 않아?" 구드룬이 어슐라를 바라보며 물었다.

"그랬음 좋겠어." 어슐라가 대답했다. "……하지만 글쎄, 잘 모르겠다……. **너무 축축해.**"

"하긴." 구드룬이 마지못한 듯 말했다.

그녀는 호수 한복판에서 움직이고 있는 그를 홀린 듯이 지켜보았다. 그는 일정한 거리까지 헤엄쳐 가더니 몸을 돌려 배영을 하면서 돌벽 옆에 서 있는 두 여자 쪽을 쳐다보았다. 약하게 요동치는 물결 가운데 그의 불그레한 얼굴이 보였고, 그가 자신들을 쳐다보고 있음을 느꼈다.

"제럴드 크라이치네." 어슐라가 말했다.

"알아." 구드룬이 대답했다.

구드룬은 꼼짝 않고 서서, 헤엄치고 있는 그의 얼굴이 물 위로 떠올랐다 잠겼다 하는 것을 지켜보았다. 그는 자기만의 영역에서 그들을 바라보면서 세상을 독점하고 있다는 우월감으로 한껏 우쭐해졌다. 그 어떤 것도 침범할 수 없는 완전무결한 상태였다. 그는 힘차게 제압하는 자신의 움직임과, 자신을 떠오르게 하면서 사지에 저항하며 부딪히고 있는 그 차디찬 물의 격렬한 자극을 사랑했다. 그는 두 처녀가 저만치 호수 바깥에서 자신을 바라보고 있다는 걸 알고는 흐뭇했다. 물 밖으로 팔을 들어 올려 그들을 향해 알은체했다.

"저이가 손을 흔드네." 어슐라가 말했다.

"그러게." 구드룬이 답했다.

그들은 제럴드를 지켜보았다. 그는 멀리서 이상한 몸짓으로 인사했다.

"마치 니벨룽* 같아." 어슐라가 웃으며 말했다.

구드룬은 아무 말 없이, 가만히 호수만 바라보며 서 있었다.

제럴드는 갑자기 몸을 돌려 횡영으로 빠르게 멀리 헤엄쳐 갔다. 그는 이제 혼자였다. 독차지한 호수 한가운데에서 아무 방해도 받지 않고 홀로 있었다. 이 새로운 공간 속에서 그는 무조건적인 절대 고독에 우쭐한 기쁨을 느꼈다. 다리와 온몸으로 물을 헤치고 나아가며, 어디에도 얽매이거나 연관되지 않은 채 이 물의 나라에 오직 혼자뿐인 그는, 행복했다.

구드룬은 가슴이 아릴 만큼 그가 부러웠다. 저렇게 완전한 고독과 유동성을 잠깐이라도 차지해 보고 싶은 욕망이 너무나 강렬해서 이렇게 큰길가에 서 있는 자신이 저주라도 받은 것처럼 느껴졌다.

"아, 남자로 산다는 건 뭘까!" 그녀가 외쳤다.

"뭐라고?" 어슐라가 놀라 소리쳤다.

"자유와 해방, 그리고 자유로운 움직임!" 구드룬은 이상하리만치 볼을 붉히고 눈을 빛내며 소리쳤다. "만일 남자라면 뭔가 하고 싶을 때 그냥 하면 되잖아. 여자 앞길에 놓인 **천 개의** 장애물 따윈 없으니까."

어슐라는 구드룬이 무슨 생각을 하고 있기에 이 같은 울분을 터뜨리는 건지 궁금했다. 이해할 수가 없었다.

"넌 뭘 하고 싶은데?" 그녀가 물었다.

"없어." 구드룬이 냉큼 반박조로 받아쳤다. "하지만 하고 싶은 게 있다고 쳐 봐. 가령 저 호수에서 수영을 하고 싶다 쳐. 하지만 불가능하잖아. 지금 당장 옷을 훌렁 벗어 던지고 물에 뛰어든다는 건 내 인생에서 절대로 할 수 없는 것 중 하나야. 정말 **웃기지** 않아? 우리의 삶을 그냥 막아 버리는 것 아니냐고."

구드룬이 하도 열을 내고 얼굴을 붉히며 격분하는 바람에 어슐라는 어찌할 바를 몰랐다.

자매는 걸어서 길로 들어섰다. 숏랜즈 바로 아래쪽에 있는 나무들 사이를 지나는 중이었다. 그들은 이 촉촉한 아침에 뿌옇고 매혹적으로 보이는 기다랗고 나지막한 집 한 채를 올려다보았다. 창가엔 삼나무가 비스듬히 서 있었다. 구드룬은 그 집을 자세히 관찰하는 듯했다.

"저 집 매력적이지 않아, 어슐라?" 구드룬이 물었다.

"정말." 어슐라가 대답했다. "아주 평화롭고 멋지네."

"스타일도 갖췄어……. 시대적인 분위기도 있고."

"어느 시대?"

"음, 분명히 18세기지. 도로시 워즈워스랑 제인 오스틴 시대 말이야. 그런 생각 안 들어?"

어슐라가 웃었다.

"안 그래?" 구드룬이 재차 물었다.

"그럴지도 모르지. 하지만 난 크라이치 집안이 그 시대에 맞는 것 같지는 않아. 내가 알기론 제럴드가 집에 전기를 끌어오려고 사설 전기 발전소를 설치하고 온갖 최신 개량 공사를 하고 있거든."

구드룬이 어깨를 으쓱했다.

"그렇긴 하지." 그녀가 말했다. "어쩔 수 없잖아."

"하긴." 어슐라가 웃으며 말했다. "그 사람은 몇 개의 젊은 세대를 합쳐 놨어. 사람들이 그래서 그를 미워하는 거야. 그는 사람들 목덜미를 잡고는 아주 제대로 내던져 버리지. 개선할 수 있는 건 모조리 개선해서 더 이상 향상시킬 것이 없게 되면 그 사람은 죽을 수밖에 없을 거야. ……어쨌든 그 사람한테는 **에너지**가 있어."

"그 사람은 확실히 에너지가 많은 것 같아." 구드룬이 말했다. "사실 난 그렇게 엄청난 에너지를 그토록 분명하게 드러내는 남자는 본 적이 없어. 불행인 건, 그의 에너지가 과연 어디로 향할 것인가, 그 에너지가 어떻게 될 것인가 하는 거지."

"난 알아." 어슐라가 말했다. "최신 기계를 응용하는 쪽으로 가는 거지."

"맞았어, 바로 그거야." 구드룬이 말했다.

"너 그 사람이 자기 동생을 총으로 쏜 거 아니?" 어슐라가 말했다.

"동생을 쏘다니!" 구드룬이 받아들일 수 없는 일이라는 듯 눈살을 찌푸리며 소리쳤다.

"몰랐어? 아, 그렇다니까! ……난 네가 알고 있는 줄 알았어. 그 사람이 동생하고 총을 갖고 놀고 있었는데, 동생에게 총구를 노려주며 제압해 보라고 말했대. 그런데 그 총에 총알이 장전돼 있어서 동생 머리를 날려 버렸다는 거야. ……진짜 끔찍한 얘기 아니니?"

"정말 무시무시하다!" 구드룬이 외쳤다. "하지만 오래전 일이지?"

"그럼, 꽤 어렸을 때지." 어슐라가 말했다. "내가 아는 제일 끔찍한 얘기 중 하나야."

"물론 그 사람은 총알이 들어 있다는 걸 몰랐겠지?"

"응. 오랫동안 마구간에 놓여 있던 오래된 총이었대. 아무도 그게 발사되리라곤, 그 속에 총알이 들어 있으리라곤 상상조차 못했대. 어쨌든 그런 일이 일어났다는 게 끔찍하지 않니?"

"무시무시하다!" 구드룬이 소리쳤다. "게다가 어릴 때 그런 일을 겪고, 평생토록 그 책임을 짊어지고 살아가야 한다는 것도 정말 소름 끼치는 일 아냐? 상상해 봐. 어린 소년 둘이 놀고 있어……. 그런데 이런 일이 갑자기 일어나는 거야…… 정말 아무 이유 없이……. 어슐라, 이건 너무 끔찍해! 정말 도저히 견딜 수 없는 일이야. 살인이야 뭐 생각할 수 있는 일이지. 왜냐하면 그 배후엔 모종의 의지가 존재하니까. 그렇지만 누군가에게 그냥 **우연히 발생하는** 그런 일은……."

"어쩌면 그 뒤에 무의식적인 의지가 **있었는지도** 모르지." 어슐라가 말했다. "그런 살인 놀이에는 살해에 대한 어떤 원초적인 **욕망**이 있는 거야, 안 그래?"

"욕망이라고!" 얼굴이 살짝 굳어지며 구드룬이 냉랭하게 말했다. "난 애초에 그 애들이 살인 놀이를 했을 것 같지는 않아. 그냥 한 아이가 다른 아이에게 '내가 방아쇠를 당길 테니까 총구멍을 노려보고 있다가 무슨 일이 일어나는지 봐.' 이렇게 말했을 것 같아. 내가 보기에 그건 순전히 우연의 형태를 갖추고 있다고."

"그렇지 않아." 어슐라가 말했다. "나 같으면, 누군가 총구멍을 들여다보고 있다면 아무리 속이 텅 빈 총이라고 해도 그 방아쇠를 당길 수 없을 것 같아. 본능적으로 그렇게는 못 해…… 그렇게 할 수가 없어."

구드룬은 심한 의견 차이를 느끼며 잠시 입을 다물고 있었다.

"물론 만일 여자라면, 그리고 다 자란 성인이라면, 본능이 그런 일을 못하도록 막겠지. 하지만 난 그것이 놀고 있는 남자아이들에게도 해당될 거란 생각은 안 들어." 그녀가 차갑게 말했다.

그녀의 목소리는 냉정하고 화가 나 있었다.

"해당되지." 어슐라가 우겼다.

바로 그때 몇 미터 떨어진 곳에서 어떤 여자가 큰 소리로 말하는 것이 들려왔다.

"아, 이 빌어먹을 것이!"

자매가 가 보니 로라 크라이치와 허마이어니 로디스가 울타리 반대편 들판에 있었는데, 로라 크라이치가 문을 열고 나오려 애쓰는 중이었다. 어슐라가 황급히 가서 문 여는 것을 도와주었다.

"정말 고마워요." 로라가 쳐다보더니 얼굴을 붉히며 여전사처럼 씩씩하게, 그렇지만 약간 당황한 기색으로 말했다. "문의 돌쩌귀가 잘 물려 있지 않네요."

"그러게요." 어슐라가 말했다. "게다가 너무 무겁고요."

"놀라울 정도라니까요!" 로라가 큰 소리로 말했다.

"안녕하세요." 자기 목소리가 들리겠다 싶은 순간 허마이어니가 들 쪽에서 노래하듯 인사를 건넸다. "이제 날이 갰네요. 산책 중인가 보죠? 어린 이파리들이 아름답지 않아요? 너무 아름답죠……. 새 생명으로 불타고 있어요. 좋은 아침이에요…… 좋은 아침…… 우리 집에 놀러 오실 거죠? 정말, 고마워요…… 다음 주에요…… 네…… 그럼 안녕, 안녀엉."

구드룬과 어슐라는, 눈언저리까지 흘러내린 숱 많은 금발에 호리호리하고 기이하며 어딘지 오싹한 모습을 한 그녀가 머리를 천천히 끄덕이며 용건이 끝났으니 가 보라는 듯한 손짓을 하면서 야릇한 억지 미소를 짓는 것을 서서 지켜보았다. 어슐라와 구드룬은 마치 아랫것들이 물러나듯이 자리를 떴다. 네 여자는 헤어졌다.

말소리가 들리지 않을 만큼 멀어지자마자 뺨이 벌겋게 달아오른 어슐라가 입을 뗐다.

"그 여자 정말 건방지다."

"누구, 허마이어니 로디스?" 구드룬이 물었다. "왜?"

"사람을 대하는 그 태도라니……. 건방져!"

"왜 어슐라, 어떤 점이 건방졌는데?" 구드룬이 약간 쌀쌀맞게 물었다.

"전체적인 태도가 그래……. 정말 어쩜 그렇게 사람을 윽박질러서 기를 죽이려고 애쓰는지. 그건 순전히 약자를 겁주고 괴롭히는 거라고. 건방진 여자야. '우리 집에 놀러 오실 거죠?'라니, 우리가 무슨 특혜 받으러 허겁지겁 가다가 자빠지기라도 해야 하는 것처럼."

"이해가 잘 안 가, 어슐라. 언니가 뭣 때문에 그렇게 화를 내는 건지." 구드룬이 약간 짜증을 내며 말했다. "그런 여자들이 건방지다는 건 누구나 다 아는 사실이잖아 — 귀족 사회로부터 자신을 해방시킨 자유로운 여자들 말이야."

"하지만 정말 **쓸데없이**…… 너무 저속해." 어슐라가 소리쳤다.

"글쎄, 난 잘 모르겠는데. ……그리고 혹시 그렇다 해도…… pour moi, elle n'existe pas(나한테 그 여자는 존재하지 않는 거나 마찬가지야). 나한테 건방 떨 권력을 그 여자한테 주지 않거든."

"그 여자가 널 좋아한다고 생각하니?" 어슐라가 물었다.

"글쎄, 별로 그런 것 같지 않은데."

"그럼 왜 너보고 브래덜비에 놀러 오라는 걸까?"

구드룬은 천천히 어깨를 으쓱했다.

"어쨌거나 우리가 그저 보통 사람은 아니라는 걸 알 정도의 분별력은 있는 거지." 구드룬이 말했다. "그 여자가 어떤 사람인지는 몰라도, 아무튼 바보는 아니야. 그리고 난 자기 패거리하고만 어울리는 평범한 여자보다는 차라리 싫은 사람이랑 사귈래. 어떤 면에선 허마이어니 로디스는 위험을 무릅쓰긴 하잖아."

어슐라는 이 말에 잠시 생각에 잠겼다.

"과연 그럴까." 그녀가 말했다. "사실 그 여자는 아무 위험도 무릅쓰지 않아. ……그렇지만 우리 같은 학교 선생을 자기가 초대할 **수 있다**는 걸 안다는 것…… 그리고 그렇게 해도 무릅쓸 위험이 없다는 걸 안다는 점에 대해선 존경해 줘야겠지."

"바로 그거야!" 구드룬이 말했다. "그럴 엄두도 못 내는 수많은 여자들을 생각해 봐. 그녀는 자기가 가진 특권을 최대한 이용하고 있어 ─ 그건 대단한 거야. 정말이지, 우리가 만일 그녀의 위치에 있다면 우리도 마찬가지일 거야."

"아니야." 어슐라가 말했다. "그렇지 않아. 난 지겨울 것 같아. 난 그 여자를 도와주는 데 시간 쓰고 싶지 않아. 내 품위를 떨어뜨리는 일이라고."

자매는 자신들 사이로 들어오는 것은 무엇이든 싹둑 잘라 버리는 가위의 날 같았다. 혹은 한쪽이 다른 쪽에 맞대고 비벼 예리한 날을 세우게 되는 칼과 숫돌 같기도 했다.

"물론 만일 우리가 그녀를 만나러 간다면 그녀는 행운에 감사해야겠지!" 어슐라가 갑자기 외쳤다. "넌 완벽하게 아름다워. 넌 옛날이나 지금의 그녀보다 천 배는 더 아름다운 데다, 내가 보기엔 옷도 훨씬 더 잘 입어. 그 여자는 단 한 번도 꽃처럼 신선하거나 자연스러워 보인 적이 없고 언제나 노숙해 보이고 용의주도해 보이니까. 그리고 **우리야말로** 대부분의 다른 사람들보다 더 지적이니까."

"그야 분명히 그렇지!" 구드룬이 말했다.

"그것만큼은 누구라도 인정해야지, 아무렴." 어슐라가 말했다.

"맞아." 구드룬이 말했다. "하지만 진짜 세련됨이란 절대적으로 평범하고, 완벽하게 범상한 것, 그리고 그냥 길거리에 있는 사람 같은 거고, 그런 점에서 언니는 정말로 인간의 걸작이야. 실제로 길거리에 있는 사람이란 뜻이 아니라, 그러한 존재를 예술적으로 창조해 낸 것이란 점에서……"

"끔찍한데!"

"맞아, 어슐라. 대체로 끔찍하다 할 수 있지. 언니는 놀라울 정도로 à terre(평범해). 너무나 평범해서 평범함의 예술 작품이라고 할 수 있지."

"내가 그 이상은 못 된다니 정말 재미없다!" 어슐라가 웃었다.

"아주 재미없지!" 구드룬이 말을 받았다. "그래 어슐라, 재미없는 것 맞아, 딱 맞는 말이네. 인간은 거창하게 과장하고 싶어 하고, 그 뒤엔 코르네유*처럼 일장 연설을 하고 싶어 하지."

구드룬은 스스로도 너무 재치 있는 말을 했다고 생각되어 흥분으로 볼이 발개졌다.

"으스대며 걷는 거지." 어슐라가 말했다. "인간은 우쭐대며 걷고 싶어 해. 거위들 틈의 백조이고 싶은 거야."

"바로 그거야." 구드룬이 외쳤다. "거위 속의 백조."

"사람들은 다 미운 오리 새끼 노릇을 하느라 바빠." 어슐라가 조롱조로 웃으며 말했다. "그런데 난 눈곱만큼도 보잘것없고 측은한 미운 오리 새끼란 기분이 안 들어. 내가 거위 속 백조란 느낌은 들지 — 그건 어쩔 수가 없어. 다른 사람들을 보면 저절로 그런 기분이 드는걸. 그렇지만 **그들이** 날 어떻게 생각하든 신경 안 써. ……Je m'en fiche(조금도 개의치 않아)."

구드룬이 부러운 건지 싫은 건지 알 수 없는 묘한 표정으로 어슐라를 쳐다보았다.

"물론 할 일은 오직 하나, 그들을 모두 경멸하는 거지…… 모든 사람을." 그녀가 말했다.

자매는 집으로 다시 돌아가, 책을 읽고 얘기를 나누고 각자의 일을 하면서 학교에 갈 월요일을 기다렸다. 어슐라는 종종 자신이 학교 수업의 시작과 끝, 휴일의 시작과 끝 외에 무엇을 기다리는가 하는 생각을 했다. 이것이 삶의 전부라니! 이 이상의 것은 아무것도 없이 자신의 삶이 그저 이렇게 흘러가 버릴 것만 같은 생각이 들 때면 그녀는 가끔씩 온몸이 죄어드는 듯한 공포를 느꼈다. 그러나 이것을 결코 진정으로 받아들인 적은 없었다. 그녀의 정신은 활기찼고, 그녀의 삶은 아직 땅 위로 돋아나지는 않았지만 쉼 없이 자라고 있는 새싹 같았다.

5장 기차 안에서

그 무렵 어느 날 버킨은 런던에 갈 일이 생겼다. 그의 거처는 일정한 편이 아니었다. 대개는 노팅엄에 있었는데, 일이 주로 거기에 있었기 때문이었다. 그러나 가끔은 런던이나 옥스퍼드에서 머물기도 했다. 그는 여기저기 많은 곳을 돌아다녔고, 그의 삶은 그 어떤 확실한 리듬이나 유기적인 의미가 없이 불확실해 보였다.

기차역 승강장에서 그는 제럴드 크라이치가 신문을 읽으며 기차를 기다리고 있는 것을 보았다. 버킨은 좀 멀찍이 떨어져 사람들 숲에 섰다. 누군가에게로 다가간다는 것이 그에게는 본능적으로 맞지 않았다.

이따금씩 제럴드는 참으로 그다운 태도로 고개를 들어 주변을 살폈다. 아주 꼼꼼히 신문을 읽다가도 그는 반드시 주변에 감시의 눈초리를 던져야만 직성이 풀렸다. 그에겐 이중의 의식이 흐르고 있는 것 같았다. 신문 기사에 열중하면서도 그의 눈은 자신을 둘러싼 삶의 표면을 훑어보며 하나도 놓치는 것이 없었다. 그를 바라보고 있는 버킨은 이 같은 이중성이 거슬렸다. 게다가 제럴드는 흥이 날 때의 그 묘하게 다정하고 사교적인 태도에도 불구하고, 언제나 궁지에 몰린 듯 아무도 가까이 오지 못하게 하는 것 같았다.

순간 버킨은 제럴드의 얼굴에 다정한 표정이 반짝하더니 손을 내밀며 그가 자신을 향해 다가오는 것을 보고 화들짝 놀랐다.

"어이, 루퍼트, 어디 가는 길이야?"

"런던에. 보아하니 자네도 그런가 봐."

"응……."

제럴드의 호기심 어린 눈이 버킨의 얼굴을 살폈다.

"괜찮다면 같이 가지." 그가 말했다.

"자네는 보통 1등칸으로 가지 않나?" 버킨이 물었다.

"북적이는 건 질색이니까." 제럴드가 대답했다. "하지만 3등칸도 괜찮아. 식당차가 있으니까 차를 마실 수도 있고."

더 할 말도 없고 해서 두 남자는 역에 걸린 시계를 쳐다보았다.

"무슨 기사를 보고 있었나?" 버킨이 물었다.

제럴드가 재빨리 그를 쳐다보았다.

"신문에 실어 놓았다는 것들 정말 웃기지 않나?" 제럴드가 말했다. "여기 사설 두 편은……." 그가 「데일리 텔리그라프」를 내밀었다. "흔해 빠진 신문의 상투 어구로 가득한데……." 그는 칼럼들을 죽 훑어 내려갔다. "그런데 여기 사설과 나란히 실린 짤막한 ─ 뭐라고 불러야 되나, 에세이 같은 건데 ─ 여기서 말하길, 만물에 새로운 가치를 부여할 인물이 하나 나와서 새로운 진리와 삶에 대한 새로운 태도를 우리에게 가르쳐 주어야 하고, 만일 그렇지 않으면 우린 몇 년 안에 산산조각 나 버릴 거고 우리나라도 파멸할 거라고……."

"내가 보기엔 그것 역시 신문에서 맨날 떠들어 대는 상투어 같군." 버킨이 말했다.

"필자가 정말 진심으로 하는 말처럼 들리기도 해." 제럴드가 말했다.

"이리 줘 봐." 버킨이 신문을 향해 손을 내밀며 말했다.

기차가 도착해 그들은 식당칸에 올라타 창가 쪽에 놓인 자그마한 탁자에 마주 보고 앉았다. 버킨은 신문을 훑어보더니 자신의 반응을 기다리고 있는 제럴드를 쳐다보았다.

"필자의 진심이라는 생각이 들기는 하는군." 그가 말했다. "뭔가 말하려고 하긴 했다면."

"그럼 자네는 그게 정말이라고 생각해? 우리에게 정말 새로운 복음이 필요하다고?" 제럴드가 물었다.

버킨이 어깨를 으쓱했다.

"난 새로운 종교를 원한다고 말하는 사람들은 절대로 새로운 걸 받아들일 사람들이 아니라고 생각해. 그들이 새로움을 원하는 게 틀림없긴 하지. 그렇지만 우린 우리가 초래한 이 삶을 똑바로 노려보고, 그걸 거부하고, 우리 자신의 옛 우상들을 완전히 부숴 버리는 일은 절대 안 할 거야. 낡은 것을―심지어 자신의 내부에 있는 것까지도―없애 버리려는 아주 강한 열망이 있어야만 새로운 것이 도래하는 거지."

제럴드는 버킨을 찬찬히 지켜보았다.

"이 삶을 부숴 버려야 한다는 건가? 몰아서 내쫓아야 한다는 거야?" 제럴드가 물었다.

"이 삶이라……. 맞아. 이 삶을 완전히 때려 부숴야지. 안 그러면 꽉 끼는 가죽 안에 든 것처럼 그 안에서 쪼그라들어 말라 죽게 될 거야. 한 치도 더 늘어나지는 않을 테니까."

제럴드의 눈에 묘한 미소가, 차분하면서도 호기심 어린, 재미있어하는 표정이 스쳤다.

"그렇다면 어떻게 시작해야 하는 건가? 내가 보기에 자넨 사회 전체의 질서를 개혁해야 한다고 말하는 것 같은데?" 그가 물었다.

버킨은 살짝 미간을 찌푸렸다. 그 역시 이런 대화는 견디기 힘들었다.

"어떻게 해야 한다고 제안하는 건 아니야." 그가 대답했다. "우리가 좀 더 나은 어떤 것을 정말로 원한다면 낡은 것을 부숴 버리게 되겠지. 그렇게 될 때까지는, 어떤 종류의 제안이나 제안을 구상하는 일도 그저 스스로를 대단하다고 생각하는 인간들을 위한 지루한 게임에 불과해."

제럴드의 눈에 어렸던 희미한 미소가 걷히기 시작하더니 그가 차가운 눈으로 버킨을 응시하며 말했다.

"그러니까 자네는 정말 사태가 심각하게 나쁘다고 생각하는 건가?"

"완전히 나쁘지."

미소가 다시 떠올랐다.

"어떤 면에서?"

"모든 면에서." 버킨이 말했다. "우린 지독히 가망 없는 거짓말쟁이들이야. 자신을 속일 생각만 하지. 우린 깨끗하고 바르고 충만한, 완벽한 세상에 대한 이상을 갖고 있어. 그 때문에 이 땅을 불결한 것들로 뒤덮어 버렸고, 삶은 마치 오물 속에서 허둥거리며 기어가는 곤충들처럼 노동으로 얼룩져서, 자네의 광부가 거실에 피아노를 들여놓고 자네는 최신식 집에 집사를 두고 자동차를 굴리고, 이 나라 국민인 우리는 리츠*니 엠파이어*, 개비 드리스*와 일요신문*들을 신 나게 즐길 수 있는 거지. 정말 음울해."

이 같은 장광설이 끝나자 제럴드는 기분을 도로 가다듬느라 약간의 시간이 걸렸다.

"자네는 우리가 집 없이…… 자연으로 돌아가 살면 좋겠나?" 그가 물었다.

"난 바라는 게 아무것도 없어. 사람들은 그저 자기들이 하고 싶은 일을 ─ 그리고 자기가 할 수 있는 일을 ─ 할 뿐이니까. 그들이 그게 아닌 다른 걸 할 수 있다면 뭔가 다른 것이 존재하겠지."

제럴드는 다시 생각에 잠겼다. 버킨에게 화를 내지는 않을 것이었다.

"자네는, 소위 광부의 **피아노**라는 것이 그의 삶에서 뭔가 정말 진정한 것, 좀 더 높은 어떤 것에 대한 진실한 욕망을 상징한다는 생각은 안 드나?"

"좀 더 높은 것이라고!" 버킨이 소리쳤다. "그래, 장엄하게 곧추선 엄청난 높이지. 그것 덕분에 이웃 광부들의 눈에는 그 광부가 훨씬 높아 보이지. 마치 브로켄 산*의 안개 속에 있는 것처럼, 피아노의 힘으로 이웃 사람들 눈에 비친 자기 모습이 1미터쯤 더 커 보이는 걸 보고 만족해하는 거야. 그 브로켄의 허상을 위해서, 인간의 견해에 비친 자신의 상(像)을 위해서 사는 거라고. ……자네도 똑같아. 자네가 인류에게 매우 중요하다면, 자네 자신에게도 매우 중요한 거지. 그렇기 때문에 자네가 광산 일에 그렇게 열심인 거야. 자네가 하루 동안 5천 개의 저녁상을 차릴 만큼의 석탄을 생산해 낸다면, 자네 먹을 것만 준비한 것보다 5천 배 더 중요한 사람이라는 식이지."

"그런 것 같기는 하군." 제럴드가 웃었다.

"내 이웃이 먹도록 돕는 것이 나 자신이 먹는 것과 다를 바 없다는 사실을 모르겠나? '내가 먹는다, 네가 먹는다, 그가 먹는다, 우리가 먹는다, 너희가 먹는다, 그들이 먹는다…….' 그다음엔 뭐지? 어째서 각각의 사람들이 동사를 전부 격변화시켜야 하는 거냐고?* 나한테는 1인칭 단수면 충분한데 말이야."

"물질적인 것들에서부터 시작해야지." 제럴드가 말했다.

버킨은 이 말을 무시해 버렸다.

"우린 **뭔가를** 위해 살아가야 해. 풀이나 뜯어먹으면서 만족하는 소가 아니니까." 제럴드가 말했다.

"그렇다면 말해 보게." 버킨이 말했다. "자넨 무엇을 위해 살지?"

제럴드는 당황한 기색이었다.

"무엇을 위해 사느냐고?" 그가 질문을 되풀이했다. "내가 어떤 목적이 있는 존재인 한, 일하기 위해서, 뭔가를 생산하기 위해서 살겠지. 그것 말고도, 내가 살고 있으니까 사는 거지."

"그럼 자네의 일이란 게 뭔가? 날마다 땅에서 수천 톤의 석탄을 **더 많이** 캐 내는 일이겠지. 그렇다면 우리가 원하는 석탄을 모두 얻었을 때, 사치스러운 모든 가구와 피아노를 장만하고 토끼 고기를 요리해서 다 먹고 났을 때, 그래서 우리 모두가 등 따습고 배부른 상태로 젊은 여자들의 피아노 연주를 듣고 난 다음에…… 그다음엔 뭐지? 자네 말마따나 물질적인 것들로 멋들어진 시작을 한 다음엔 뭐가 있느냐고."

제럴드는 버킨의 조롱 섞인 유머에 웃으며 앉아 있었다. 하지만 실은 골똘히 생각에 잠겨 있었다.

"우린 아직 그 단계에 도달하지 못했잖아." 그가 대답했다. "아직도 정말 많은 사람들이 토끼 고기와 그걸 요리할 불을 기다리고 있거든."

"그러니까 자네가 석탄을 캐는 동안 난 토끼를 쫓아다녀야 하는 거야?" 버킨이 놀렸다.

"그쯤 되겠지." 제럴드가 말했다.

버킨은 제럴드를 주의 깊게 쳐다보았다. 제럴드 안에서 상냥하지만 철저한 냉담함이, 심지어 야릇하게 빛나는 악의가, 그럴싸한 생산성의 윤리학 사이로 번뜩이는 것을 보았다.

"제럴드." 버킨이 말했다. "난 자네가 좀 밉네."

"그런 줄 알고 있어." 제럴드가 말했다. "그런데 왜지?"

버킨은 속을 알 수 없는 표정으로 잠시 생각에 잠겼다.

"난 자네가 날 미워하고 있다는 걸 의식하고 있는지 알고 싶어." 버킨이 마침내 입을 열었다. "자네는 한 번이라도 의식적으로 날 싫어한 적이 있나? ……어떤 신비한 증오심을 가지고 날 증오한 적 말이야……. 나는 자네를 별빛처럼 증오하는 기묘한 순간들이 있어."

제럴드는 깜짝 놀랐고, 약간 당혹스러울 지경이었다. 뭐라 말해야 할지 알 수가 없었다.

"물론 나도 가끔씩 자네를 미워하는지 모르지." 그가 말했다. "그렇지만 그걸 의식하지는 않아……. 예민하게 의식한 적은 한 번도 없어."

"그렇다면 그만큼 더 안 좋은 건데." 버킨이 말했다.

제럴드는 호기심 어린 눈으로 버킨을 빤히 바라보았다. 잘 이해할 수가 없었다.

"그만큼 더 안 좋다고?" 제럴드가 버킨의 말을 되받아서 물었다.

기차가 달리는 동안 두 남자는 한동안 말없이 앉아 있었다. 버킨의 얼굴에는 짜증 섞인 긴장감이 감돌았다. 미간을 찌푸린 예민하고 까다로운 모습이었다. 제럴드는 버킨이 무슨 생각을 하고 있는지 알 수가 없어서, 그를 주의 깊게 면밀히 바라보았다.

그때 갑자기 버킨의 눈이 상대의 시선을 제압하며 정면으로 응시했다.

"자네 삶의 목표와 목적이 뭔가, 제럴드?" 그가 물었다.

제럴드는 또다시 놀랐다. 이 친구가 뭘 하려는 건지 감을 잡을 수 없었다. 날 놀리는 건가, 아닌가?

"지금 당장 즉석에서 말할 수는 없어." 그가 살짝 비꼬는 듯한 유머를 섞어 대답했다.

"자네는 사랑이 삶의 전부요, 최후의 목적이라고 생각하나?"* 버킨이 단도직입적으로 진지하게 물었다.

"내 인생의?" 제럴드가 물었다.

"응."

정말로 당황한 침묵이 흘렀다.

"글쎄." 제럴드가 말했다. "그런 적이 없어, 지금까지는."

"그럼 지금까지의 자네 삶은 무엇이었나?"

"아…… 나 자신을 위한 것들을 찾아내고…… 경험을 쌓고…… 일들이 제대로 되게 하고."

버킨은 뾰족하게 주조된 강철 같은 눈살을 찌푸렸다.

"난 말이지," 그가 말했다. "사람은 **정말로** 순수한 하나의 활동을 필요로 한다고 생각해……. 사랑을 그런 하나의 순수한 활동이라고 부를 수 있겠지. 그렇다고 해서 내가 누군가를 진정으로 사랑하는 것은 **아니지만**……. 지금은 아니지."

"자넨 누군가를 진정으로 사랑해 본 적이 있나?" 제럴드가 물었다.

"그렇기도 하고 아니기도 해." 버킨이 대답했다.

"최종적으로는 아니란 말인가?" 제럴드가 말했다.

"최종적으로는…… 궁극적으로는…… 아니지." 버킨이 말했다.

"나 역시 마찬가지야." 제럴드가 말했다.

"그러고는 싶나?" 버킨이 물었다.

제럴드는 거의 비웃는 듯한 표정으로 눈을 번뜩이며 오랫동안 버킨을 바라보았다.

"모르겠어." 그가 말했다.

"난 그러고 싶어…… 사랑을 하고 싶다고." 버킨이 말했다.

"그래?"

"응, 난 사랑의 최종성을 원해."

"사랑의 최종성이라." 제럴드가 버킨의 말을 되뇌었다. 그러고는 잠시 있더니, "딱 한 여자만?"이라고 덧붙여 물었다. 들판을 따라 누렇게 물결치는 석양에 버킨의 얼굴이 긴장된, 그리고 알 수 없는 확고부동함으로 환히 빛났다. 제럴드는 여전히 알아들을 수가 없었다.

"그래, 한 여자." 버킨이 말했다.

그러나 제럴드에게 버킨의 대답은 확신에 차 있다기보다는 고집을 부리는 것처럼 들렸다.

"난 여자를 믿지 않아. 그리고 여자만이 내 삶을 완성시킬 거라고 생각하지도 않고." 제럴드가 말했다.

"자네 삶의 중심도 핵심도 아니라는 건가 ― 자네와 한 여자 사이의 사랑이?" 버킨이 물었다.

버킨을 바라보는 제럴드의 눈이 야릇하고 겁나는 미소를 띠며 가늘어졌다.

"난 그렇게 느껴 본 적이 없어." 그가 말했다.

"그런 적이 없다고? 그렇다면 자네에겐 삶의 중심이 어디에 놓여 있나?"

"모르겠어…… 그게 바로 누가 나한테 좀 말해 줬으면 하는 거야. ……내가 아는 한 내 삶은 중심이란 게 없어. 사회적인 메커니즘에 의해 인위적으로 결합되어 있는 거지."

버킨은 어려운 문제를 풀기라도 하는 듯 골똘히 생각에 잠겼다.

"그래." 그가 말했다. "그냥 중심이 없는 거지. 낡은 이상들은 완전히 죽어 못쓰게 되었고…… 거긴 아무것도 없어. 내가 보기엔 이제 여자와의 완전한 결합 — 말하자면 궁극적인 결혼 — 만 남았을 뿐…… 그것 말고는 아무것도 없어."

"그럼 여자가 없다면 아무것도 없다는 말인가?" 제럴드가 물었다.

"그런 셈이지…… 신이 없으니까."

"그럼 우린 곤경에 처한 거로군." 제럴드가 말했다. 그러고는 얼굴을 돌려 차창 밖으로 휙휙 지나가는 황금빛 풍경을 바라보았다.

버킨은 무심하려고 용기를 내어 마음을 다잡았지만 제럴드의 얼굴이 얼마나 아름답고 군인다운지 느끼지 않을 수가 없었다.

"자넨 그것이 우리에게 상당히 불리한 조건이라고 생각하나?" 버킨이 물었다.

"만일 우리 삶이 여자, 한 여자, 오직 여자로만 만들어져야 한다면, 그래, 그런 생각이 들어." 제럴드가 말했다. "그렇다면 **내 삶**은 아예 만들어지지 않을 것 같군."

버킨은 거의 화난 듯한 표정으로 그를 쳐다보았다.

"자네는 타고난 불신자(不信者)야." 그가 말했다.

"오직 내가 느끼는 것만을 느끼는 거지." 제럴드가 말했다. 그러더니 그 푸르고 남자다운 눈을 날카롭게 번뜩이며 냉소에 가까운 표정으로 다시 버킨을 바라보았다. 버킨의 눈동자는 그 순간 분노로 가득했다. 그러나 이내 걱정스럽고 불안한 빛을 띠더니 마침내 따뜻하고 강렬한 애정과 웃음으로 차올랐다.

"난 걱정이 많이 돼, 제럴드." 그가 이마를 찌푸리며 말했다.

"그래 보여." 남자답고 군인다운 웃음을 휙 날리며 제럴드가 말했다.

제럴드는 무의식 속에서 상대방에게 붙들려 있었다. 그의 가까이, 그의 영향력 안에 있고 싶었다. 버킨에게는 자신과 잘 맞는 뭔가가 있었다. 하지만 제럴드는 아직 그 이상의 것에 대해서는 알아채지 못했다. 그는 자신, 자기 자신, 이 제럴드가 상대방보다 더 굳건하고 영속적인 진리를 알고 있다고 느꼈다. 자신이 더 나이 많고 더 많이 알고 있는 것 같았다. 제럴드가 이 친구에게서 사랑한 것은 그때그때 재빨리 변하는 따뜻함과 다재다능함, 그리고 기막히게 총명하면서도 따스한 말들이었다. 그가 즐긴 것은 풍부한 말의 유희와 감정들의 빠른 교환이었다. 말의 진정한 의미에 대해서는 단 한 번도 진지하게 생각해 보지 않았다. 자기 자신이 더 잘 알고 있다고 생각했으므로.

버킨은 이를 알고 있었다. 제럴드가 자신의 존재를 심각하게 여기지 않은 채 자기를 **좋아하고** 싶어 한다는 것을. 이 때문에 그는 매정하고 냉정해졌다. 기차가 달리는 동안 그는 밖을 내다보고 있었고, 제럴드의 존재는 버킨의 의식으로부터 떨어져 나가 존재하지 않는 것이나 다름없게 되었다.

버킨은 저무는 바깥 경치를 바라보며 생각에 잠겼다. '만일 인류가 멸망한다면, 만일 우리 종족이 소돔처럼 멸망한다면, 그리고 이 빛나는 땅과 나무와 이 아름다운 저녁만 있다면, 난 만족한다. 삼라만상에 형상을 부여하는 것은 저기 존재하고 있으며 그것은 절대로 상실될 수 없다. 결국 인류란 불가해한 무한자의 존재에 대한 그저 하나의 표현이 아니고 무엇이랴. 인류가 죽어 없어진다면 그저 이 특정한 하나의 표현이 완성되었고 끝났다는 걸 의미할 뿐이다. 표현된 것과 표현되어야 할 것은 줄어들 수가 없다. 저 빛나는 저녁 속에 존재한다. 인류는 죽어 없어지게 내버려 두라…… 그럴 시간이 되었으니. 창조의 발화(發話)는 그치지 않을 것이며, 오직 저곳에 존재할 것이다. 인간은 더 이상 불가해한 존재의 발화를 구현하지 않는다. 인간은 죽은 문자다. 새로운 방법으로 새로운 구현물이 올 것이다. 인류는 하루빨리 사라지라.'

제럴드의 질문이 불쑥 끼어들었다.

"런던에 가면 어디에 묵나?"

버킨이 제럴드를 쳐다보았다.

"소호에 있는 어떤 사람 집에. 방세를 나눠 내고 원할 때 가서 묵고 있지."

"좋은 생각이군 — 어느 정도는 자네만의 공간을 갖고 있으니."

"그렇지. 하지만 난 거기가 그렇게 좋지는 않아. 거기서 만나야 하는 사람들한테 지쳤거든."

"어떤 사람들인데?"

"예술이랑…… 음악하는…… 런던의 보헤미안들이야. 맨날 동전이나 세는 가장 비열하게 인색하고 타산적인 보헤미안들이지. ……어떤 면에서는 좀 괜찮은 사람도 몇 명 있기는 해. 정말 아주 철저히 세상을 거부하는 자들인데 — 어쩌면 거부와 부정의 제스처만 하면서 살아간달까 — 그렇지만 어쨌든 부정적인 의미에서 상당한 인물들이야."

"뭘 하는 이들인데? 화가, 음악가?"

"화가, 음악가, 작가…… 식객, 모델, 진보적인 젊은이들, 기존 관습과 공개적으로 싸우면서 특정한 어디에도 속하지 않는 이들이라면 누구나. 흔히 대학교 출신 젊은이들이거나 이른바 자신만의 삶을 사는 젊은 여자들이야."

"다들 성적으로 방만한가?"

버킨은 제럴드의 호기심이 발동했다는 걸 알아챘다.

"어떤 면에서는. 그렇지만 또 다른 면에서 보면 가장 얽매여 있기도 해. 제각각 쇼킹하면서도 전부 다 일색(一色)이거든."

버킨은 제럴드를 지켜보았고, 그의 푸른 눈이 기이한 욕망의 작은 불꽃으로 타오르는 것을 보았다. 그가 얼마나 잘생겼는지도 보았다. 제럴드는 매력적이었다. 그의 피는 부드럽게 흐르면서 전기를 일으키는 것 같았다. 그 파란 눈은 예리하지만 차가운 빛으로 이글거렸고, 그의 온몸, 그의 몸뚱이에는 모종의 아름다움이, 아름다운 수동성이 깃들어 있었다.

"우리 서로 만날 수도 있겠군—나도 런던에 2~3일 있을 거니까." 제럴드가 말했다.

"그래." 버킨이 말했다. "난 극장이나 음악회에 가고 싶지는 않으니까—내가 묵는 아파트로 오는 게 나을 거야. 와서 할리데이나 그의 패거리들이 어떤 작자들인가 한번 보게."

"고마워…… 그러고 싶군." 제럴드가 웃었다. "오늘 밤엔 뭐 할 거야?"

"폼퍼두어에서 할리데이와 만나기로 했어. 싫은 곳이지만 달리 갈 데도 없고."

"어디에 있는 건데?" 제럴드가 물었다.

"피카딜리 서커스*에."

"아, 그래? ……그럼 내가 가도 될까?"

"물론이지. 자넨 재밌어할 거야."

밤이 다가오고 있었다. 베드퍼드도 지났다. 버킨은 차창 밖의 전원을 바라보며 어떤 절망감에 휩싸였다. 런던이 가까워지면 그는 언제나 이런 기분이었다. 인간에 대한, 인간 집단에 대한 그의 혐오는 극에 달해 거의 병적이었다.

> 고요한 빛깔의 황혼 끝자락이
> 저 멀리 저 멀리 미소 짓고 있는 곳…….

그는 마치 사형 선고를 받은 사람처럼 조용히 중얼거렸다. 아주 미묘하게 민감한 데가 있는 제럴드가 모든 감각을 곤두세우고 몸을 버킨 쪽으로 내밀면서 미소 띤 얼굴로 물었다.

"뭐라고 했어?"

버킨이 그를 흘끗 보고는 웃으며 다시 반복해서 읊조렸다.

> 고요한 빛깔의 황혼 끝자락이
> 저 멀리 저 멀리 미소 짓고 있는 곳,
> 졸음에 겨운 어찌어찌한 양 떼가
> 있는 초원 너머…….*

제럴드도 창밖의 전원을 바라보았다. 어떤 이유인지 여하간 이제 지치고 의기소침해진 버킨이 그에게 말했다.

"난 기차를 타고 런던으로 달려갈 때마다 저주받았다는 느낌이 들어. 마치 종말의 날*인 것처럼 지독한 체념과 절망의 기분이 들지."

"정말?" 제럴드가 말했다. "그런데 세상의 종말이 두려운 거야?"

버킨은 천천히 어깨를 으쓱했다.

"잘 모르겠어." 그가 말했다. "곧 닥칠 듯 매달려 있는 동안은 두렵지. ……하지만 사람들을 보면 악감정이 들어…… 아주 지독한."

제럴드의 눈에 반가운 듯한 미소가 떠올랐다.

"그래?" 그가 말했다. 그러고는 버킨을 날카로운 눈초리로 지켜보았다.

잠시 후 기차는 수치스럽게 펼쳐진 런던으로 달려 들어갔다. 모든 사람들이 바짝 긴장한 채 빠져나가려고 대기 중이었다. 마침내 승강장의 거대한 아치문 아래, 도시의 어마어마한 그림자 속에 도착했다. 버킨은 자신을 용접해 버리고…… 이제 닫힌 자신의 속에 들어가 있었다.

두 남자는 택시에 함께 올라탔다.

"자네는 저주받은 사람들 중 하나라는 느낌이 들지 않나?" 빠르게 달리는 작은 공간 안에 앉아 흉물스러운 대로를 바라보게 되었을 때 버킨이 물었다.

"아니." 제럴드가 웃었다.

"그렇다면 정말로 죽은 거야." 버킨이 말했다.

6장 크렘 드 망트*

몇 시간 뒤 두 사람은 카페에서 다시 만났다. 제럴드는 여닫이 문들을 지나 천장이 높은 커다란 카페 안으로 들어갔다. 술 취한 사람들의 얼굴과 머리가 뿌연 담배 연기 사이로 희미하게 보였고, 그 모습은 사방에 걸린 커다란 거울들 속에서 더욱 흐릿하지만 똑같은 모습으로 무한히 반복되어, 어슴푸레하게 보이는 취객들이 퍼런 담배 연기 속에서 웅얼거리고 있는 희미하고 몽롱한 세계로 들어가는 것 같았다. 그러나 빨간 플러시 천으로 만든 의자 커버들이 쾌락의 물거품 내부에서 실체를 부여했다.

제럴드는 천천히 관찰하듯 주의 깊은 시선을 번뜩이며, 자신이 지나갈 때마다 어슴푸레한 얼굴을 쳐드는 사람들이 앉아 있는 테이블 사이로 돌아다녔다. 어떤 이상한 영역으로, 조명이 밝혀진 새로운 지역으로, 방종한 영혼의 무리 속으로 들어가는 것 같았다. 흡족하고 즐거웠다. 그는 테이블 위로 수그리고 있는, 희미하고 덧없이 사라져 버릴 듯 야릇하게 빛나고 있는 모든 얼굴들을 바라보았다. 이때 자리에서 일어나 손짓하는 버킨이 보였다.

버킨의 테이블에는 솜털처럼 복슬복슬한 부드러운 검은 머리를 예술인답게 짧게 잘라 이집트 왕자처럼 아주 고르게 똑같은 높이로 찰랑거리고 있는 아가씨가 앉아 있었다. 자그마하고 연약해 보이는 몸집에 붉은 계열의 색조 화장을 한, 커다랗고 짙은 빛깔의 적대적인 눈을 갖고 있었다. 생김생김은 섬세하고 거의 아름답다고 할 수 있으면서도 동시에 매력적인 상스러움이 있어 제럴드의 눈에 즉각 작은 불꽃이 번쩍 일었다.

말이 없고 비현실적이며 존재가 잊힌 것처럼 보이는 버킨이 그녀를 다링턴 양이라고 소개했다. 그녀는 어둡고 노골적인 시선으로 제럴드를 줄곧 빤히 쳐다보며 불쑥, 내키지 않는 듯 악수를 청했다. 자리에 앉으며 제럴드는 후끈 달아올랐다.

웨이터가 왔다. 제럴드는 두 사람이 들고 있는 잔을 흘끗 쳐다보았다. 버킨은 녹색의 뭔가를 마시고 있었고 다링턴 양은 몇 방울밖에 남지 않은 작은 리큐어 잔을 들고 있었다.

"좀 더 하시지 않겠습니까?"

"브랜디요." 마지막 한 방울까지 다 들이켜고는 그녀가 잔을 내려놓으며 말했다. 웨이터가 사라졌다.

"아뇨." 그녀가 버킨에게 말했다. "그이는 내가 돌아왔다는 거 몰라요. 내가 여기 있는 걸 보면 깜짝 놀랄 거야*."

그녀는 어린애처럼 약간 혀 짧은 소리를 내면서 'r'를 'w'처럼 발음했는데, 이것은 가식적이면서도 그녀의 됨됨이와 딱 맞았다. 목소리는 활기가 없고 단조로웠다.

"그럼 그 사람은 어디 있어요?" 버킨이 물었다.

"스넬그로브 부인 댁에서 개인전을 열고 있어요." 그녀가 말했다. "워런스도 거기 있고요."

잠시 침묵이 흘렀다.

"자, 그렇다면 어쩔 작정이죠?" 공정하면서도 보호하는 듯한 태도로 버킨이 물었다.

그녀는 시무룩하니 잠자코 있었다. 그런 질문이 싫었다.

"아무것도 작정한 건 없어요." 그녀가 대답했다. "내일 모델 설 일이 있나 찾아볼 거예요."

"누구한테 갈 건데요?" 버킨이 물었다.

"우선 벤틀리한테요. 하지만 내가 도망쳤기 때문에 화나 있을 거예요."

"성모 마리아 모델 서다 도망친 거요?"

"네. 그 사람이 날 원하지 않으면 카마덴이랑 작업할 수 있을 거예요."

"카마덴이라니요?"

"카마덴 경이라고 있어요……. 사진하는 사람."

"시폰 걸친 어깨 같은 거 찍는……."

"맞아요. 그렇지만 그이는 아주 점잖은 사람이에요."

잠시 둘 다 말이 없었다.

"줄리어스는 어떻게 할 참이죠?"

"어떻게 하긴요." 그녀가 말했다. "그냥 무시해 버릴 건데요."

"완전히 끝낸 건가요?"

그녀는 뚱하게 얼굴을 돌려 버리고는 대답하지 않았다.

젊은 남자 하나가 황급히 테이블로 다가왔다.

"어이, 버킨! 그리고 **푸썸**, 넌 언제 돌아왔냐?" 그가 들뜬 목소리로 물었다.

"오늘."

"할리데이도 알아?"

"모르지. 내가 상관할 바도 아니고."

"하하, 아직도 그 지경인가 보군. 나 이쪽 테이블로 와도 되지?"

"이봐요, 난 유퍼트하고 얘기하는 중이야." 그녀가 냉정하면서도 호소하는 듯이, 마치 어린애처럼 대답했다.

"얼굴을 맞대고 하는 고해성사라 ― 영혼에 유익하기도 하겠네, 응?" 젊은이가 말했다. "좋아, 그럼 이만."

그는 버킨과 제럴드 쪽으로 날카로운 시선을 던지더니 코트 자락을 휘날리며 저쪽으로 가 버렸다.

그동안 제럴드의 존재는 완전히 잊혀 있었다. 하지만 그는 이 여자가 자기가 가까이 있음을, 육체적으로 의식하고 있음을 느꼈다. 그는 기다렸다. 그들의 대화에 귀를 기울이며 대화의 조각을 맞추어 보려고 애썼다.

"그 아파트에 머물 거예요?" 그 여자가 버킨에게 물었다.

"3일 동안요." 버킨이 대답했다. "당신은?"

"아직 모르겠어요. 언제든 버사네 집에 가도 되고요."

침묵이 흘렀다.

갑자기 그 여자가 제럴드 쪽으로 향하더니 다소 격식을 차린 정중한 목소리로, 자신의 사회적 지위가 낮다는 걸 인정하면서도 자기가 말을 걸고 있는 남자와의 친밀한 동료애를 가장하는 여자들이 취하는, 약간은 거리를 두는 태도로 입을 열었다.

"런던을 잘 알아요?"

"글쎄요." 그가 웃었다. "런던에 온 적은 많지만 여기 온 건 처음입니다."

"그럼 당신은 예술하는 사람이 아니군요." 그녀가 그를 이방인으로 치부하는 목소리로 말했다.

"예." 그가 대답했다.

"그는 군인이고 탐험가이자 산업계의 나폴레옹이죠." 제럴드에게 보헤미아 출입 자격증을 제공하며 버킨이 말했다.

"군인이에요?" 여자가 차갑지만 아주 흥미로운 기색으로 물었다.

"아닙니다, 퇴역했어요." 제럴드가 말했다. "몇 년 전에."

"지난 전쟁에도 참전했었죠." 버킨이 말했다.

"정말로요?" 그녀가 말했다.

"그러고 나서 아마존 탐험을 했고, 지금은 탄광을 경영하고 있죠." 버킨이 말했다.

그녀는 한결같은 차분한 호기심으로 제럴드를 쳐다보았다. 제럴드는 자신에 대한 버킨의 설명을 들으며 웃었다. 남성적인 힘으로 충만한 채 한껏 자부심도 느끼고 있었다. 그의 푸르고 예리한 눈이 웃음과 함께 반짝였고, 멋들어진 금발 머리에 불그레한 그의 얼굴은 만족감이 가득했으며 생명력으로 빛났다. 그녀에게 그는 아주 자극적이었다.

"얼마 동안 머물 거예요?" 그녀가 물었다.

"하루나 이틀 정도요." 제럴드가 대답했다. "하지만 뭐 특별히 서두를 일은 없습니다."

그녀는 여전히 제럴드의 얼굴에 천천히 강렬한 시선을 보내고 있었고, 그는 그 시선이 정말 흥미롭고 흥분되었다. 예민하게, 그리고 기쁘게 그는 자기 자신을, 자신의 매력을 의식했다. 힘으로 충만하여, 일종의 전기력을 방출할 수도 있을 것 같은 느낌이었다. 그는 자신을 향한 그녀의 짙고 뜨거운 눈동자도 의식했다. 그 짙고 크고 뜨거운, 적나라하게 자신을 보고 있는 그녀의 눈은 아름다웠다. 그런데 그 눈 위에는 붕괴의 얇은 막이, 일종의 비참함과 시무룩함이, 물 위의 기름처럼 떠다니고 있는 것 같았다. 열기 가득한 이 카페에서 그녀는 모자는 쓰지 않았다. 그녀의 헐렁하고 수수한 원피스는 목둘레의 끈에 연결되어 있었다. 그 옷은 오글오글하게 짠 화려한 복숭앗빛 비단으로 만들어진 것으로 그녀의 젊은 목에서부터 가느다란 손목까지 육중하고 부드럽게 걸쳐져 있었다. 그녀의 차림새는 단순하면서도 완벽했고 정말 아름다웠다. 이는 반듯하게 균형 잡힌 몸매와 자태, 머리 양옆으로 풍성하고 고르게 늘어뜨린 부드럽고 검은 머리카락, 단정하고 오밀조밀하면서도 부드러운, 날렵하면서도 풍만한 곡선이 이집트 사람을 연상시키는 이목구비, 가녀린 목, 그리고 날씬한 어깨 위에 걸쳐진 수수하면서도 화려한 빛깔의 스먹* 때문이었다. 그녀는 별다른 개성 없이 아주 조용한 태도로 조금 동떨어진 채 주시하고 있었다.

그녀는 제럴드의 마음을 강하게 두드렸다. 그는 그녀를 향해 무시무시할 정도로 유쾌한 힘을, 잔인함에 가까운 본능적인 애정을 느꼈다. 그녀는 희생물이기 때문이었다. 그녀가 자신의 손아귀에 들어 있다는 기분이 들자 그는 관대해졌다. 사지에 전류가 불끈 통하더니 육감적으로 강렬해졌다. 그것이 방출하는 강력한 힘으로 그녀를 완전히 부숴 버릴 수도 있을 것 같았다. 그녀는 그에게 주어진 채, 홀로 떨어져 기다리고 있었다.

그들은 잠시 일상적인 애기를 나누었다. 그때 갑자기 버킨이 말했다.

"줄리어스다!" 그러더니 반쯤 일어나 새로 나타난 남자에게 손짓을 했다. 그녀는 거의 사악해 보일 정도로 기이한 몸짓으로, 몸은 미동도 하지 않고 고개만 어깨 너머로 돌려 쳐다보았다. 제럴드는 그녀의 검고 부드러운 머리가 귓가에서 찰랑거리는 것을 지켜보았다. 그녀가 지금 다가오는 남자를 뚫어지게 쳐다보고 있다는 걸 알아채고, 제럴드도 그 남자를 쳐다보았다. 검은 모자 밑으로 약간 길고 풍성한 금발을 늘어뜨리고는 순진하고 따스하지만 생기 없는 미소를 띤 채 사람들과 부딪치며 가로질러서 걸어오고 있는, 창백하지만 단단한 체격의 젊은 남자였다. 그 남자는 반가운 기색으로 버킨에게 서둘러 곧장 다가갔다.

버킨 쪽으로 상당히 가까이 가서야 그 남자는 그 여자가 와 있다는 걸 알아차렸다. 그는 주춤하더니 얼굴이 창백해지면서 비명에 가까운 고성을 질렀다.

"푸썸, 넌 대체 여기서 뭘 하는 거야?"

카페에 있던 사람들이, 울부짖는 소리를 들은 동물들처럼 고개를 쳐들었다. 할리데이는 창백한 얼굴에 백치 같은 미소를 띠고는 꼼짝 않고 우두커니 서 있었다. 그녀는 가늠할 길 없는 지옥처럼 지긋지긋한 앎과 모종의 무력함이 뒤섞여 활활 타고 있는 사악한 눈으로 그를 노려만 보고 있었다. 그녀는 그에 의해 한계 속에 갇혀 있었다.

"왜 돌아왔어?" 할리데이가 신경질적인 고음으로 다시 물었다. "내가 돌아오지 말라고 했잖아."

그녀는 대답 없이 악의에 찬 사악한 모습으로 한결같이 그를 똑바로 쏘아보기만 했고, 남자는 안전한 곳으로 대피하듯 뒷걸음질쳐서 옆 테이블에 몸을 기대었다.

"자넨 그녀가 돌아오길 원했었잖아…… 이리 와서 앉아." 버킨이 그에게 말했다.

"아니야, 난 돌아오길 원하지 않았고, 돌아오지 말라고 말했다고. ……뭣 때문에 온 거야, 푸썸?"

"너한테는 볼일 없어." 그녀가 성난 목소리로 말했다.

"그럼 도대체 왜 돌아왔느냐고?" 목소리가 째지듯 높아지며 할리데이가 고함을 질렀다.

"오고 싶을 때 오는 거지." 버킨이 말했다. "앉을 거야, 말 거야?"

"푸썸 옆에는 안 앉아." 할리데이가 소리 질렀다.

"다치게 하지 않을 테니까 겁낼 필요 없어." 퉁명스럽게, 하지만 어딘가 보호하는 듯한 목소리로 그녀가 말했다.

할리데이가 테이블에 와서 앉더니 손을 가슴에 얹고 외쳤다.

"정말로 깜짝 놀랐다니까! 푸썸, 제발 이러지 마. 왜 돌아온 거야?"

"너한테는 전혀 볼일이 없다니까." 그녀가 되풀이했다.

"그 말은 아까도 했잖아." 그가 성난 목소리로 외쳤다.

그녀는 완전히 외면하고 제럴드 크라이치 쪽을 쳐다보았다. 그의 눈이 미묘한 즐거움으로 반짝였다.

"야만인들이 정말로 무서운 적 있쩌요?" 그녀가 차분하고 단조로운 어린애 같은 목소리로 물었다.

"아뇨, 정말로 무서웠던 적은 없습니다. 대체로 그들은 해롭지 않아요 — 아직 제대로 태어났다고 할 수 없는 자들이라 진짜로 무섭다는 느낌은 들지 않아요. 어떻게 다뤄야 할지 알게 되죠."

"정말요? 아주 사납지 않은가요?"

"그렇지 않아요. 사실 세상에 사나운 건 많지 않습니다. 사람이든 동물이든 그 속이 정말로 위험한 존재는 많지 않아요."

"떼거리로 몰려 있을 때를 빼면." 버킨이 끼어들었다.

"정말로 위험하지 않다고요?" 그녀가 말했다. "어머, 난 야만인들이란 모조리 아주 위험한 줄 알았어요. 주위를 둘러볼 새도 안 주고 우리 목숨을 해치워 버리는 줄로."

"그랬어요?" 제럴드가 웃었다. "과대평가되어 있는 거죠, 야만인이란 것이. 다른 인간들이랑 아주 비슷해서, 처음 알게 될 때나 그렇지, 별로 흥미롭지도 않아요."

"그럼 탐험가가 된다는 게 그리 엄청나게 용감한 일은 아니겠네요."

"그렇죠. 그건 공포와 싸워야 하는 문제라기보다는 고생을 어떻게 극복하느냐의 문제거든요."

"그러면 당신은 **단 한 번도** 두려운 적이 없었어요?"

"일생 동안요? 모르겠어요. 글쎄요, 나도 두려운 것들이 있죠 ─ 갇히는 것, 어디든 감금되는 것 ─ 아니면 꽁꽁 묶이는 것이나. 난 손발이 묶이는 건 두려워요."

그녀는 짙은 눈으로 그를 계속 응시했다. 그에게 머무르는 시선이 너무 깊은 곳을 자극해 그의 위쪽 자아는 잠잠했다. 그녀가 그에게서 그 자신을 온전히 드러나게 끌어내는 기분은 꿀맛 같았다. 마치 그의 몸의 가장 깊은 곳에 있는 캄캄한 골수로부터 끌어내는 것 같았다. 그녀는 알고 싶은 것이다. 그녀의 눈동자가 자신의 벌거벗은 유기체 속을 꿰뚫어 보는 것 같았다. 제럴드는 그녀가 자기에게 끌려오고 있다고, 자기와 접촉해야만 할 운명이라고, 자기를 봐야만 그리고 알아야만 직성이 풀릴 것이라고 느꼈다. 그러자 묘하게 우쭐한 희열이 솟았다. 또한 그녀가 자신의 손에 몸을 맡기고 복종하지 않을 수 없으리란 느낌도 들었다. 자기한테 홀딱 빠져 쳐다보고 있는 그녀는 너무나 범속했고 노예 같았다. 그녀는 그의 말에 관심이 있는 것이 아니었다. 그녀는 그의 온전한 드러남, **그 자체에** 넋이 빠져 있었고, 그의 비밀을, 사내로서의 그의 존재를 경험하고 싶은 것이었다.

제럴드의 얼굴은 빛과 흥분 가득한, 그러나 무의식적인, 낯설고 섬뜩한 미소로 빛났다. 그는 두 팔을 테이블에 올리고, 동물적이면서도 아주 매력적으로 맵시 있게 생긴, 어딘지 불길해 보이는 볕에 그을린 두 손을 그녀 쪽으로 뻗고 있었다. 그녀는 그 손에 매료되었다. 그녀도 자신이 매료되었다는 걸 알고 있었고, 그런 자신의 상태를 지켜보았다.

다른 남자들이 버킨과 할리데이와 얘기하려고 테이블로 왔다. 제럴드는 푸썸에게만 들리도록 낮은 목소리로 말을 건넸다.

"어디 있다가 돌아오신 겁니까?"

"지방에요." 푸썸이 아주 나지막하지만 낭랑한 목소리로 답했다. 그녀의 얼굴은 단호하게 굳어 있었다. 그녀는 계속해서 할리데이를 흘끗흘끗 쳐다보았고, 그때마다 그녀의 눈에 시커먼 불길이 이글거렸다. 덩치 좋고 허여멀건 그 젊은 남자는 그녀를 완전히 무시했다. 그녀가 정말로 두려웠던 것이다. 잠깐 동안 그녀는 제럴드조차 까맣게 잊었다. 그는 아직 그녀를 정복하지 못한 것이었다.

"그게 할리데이와 무슨 상관이 있나요?" 여전히 목소리를 낮추어 그가 물었다.

그녀는 대답하기 싫은 듯 잠시 말이 없더니 이윽고 내키지 않는 목소리로 말했다.

"나랑 살아 놓고는 이제 와서 날 내버리고 싶어 해요. 그러면서도 내가 다른 사람한테 가지는 못하게 하죠. 내가 시골에 숨어 살기를 바란다고요. 그러면서 내가 자기를 괴롭힌다느니, 날 떼어 버릴 수가 없다느니 그러는 거예요."

"자기 마음을 자기가 잘 모르는 모양이군요." 제럴드가 말했다.

"그 사람한테는 마음이란 게 없어요. 그러니까 알 수가 없는 거죠." 그녀가 말했다. "그는 누군가가 뭔가 하라고 말해 주길 기다려요. 자기가 원하는 걸 한 적이 한 번도 없어요 — 자기가 뭘 원하는지 모르니까. 완전히 아기죠."

제럴드는 잠시 할리데이를, 그 젊은이의 부드럽고 어딘가 퇴보한 듯한 얼굴을 쳐다보았다. 바로 그 부드러움이 그의 매력이었다. 그것은 그 속으로 기쁘게 풍덩 뛰어들 수도 있을, 부드럽고도 따뜻한 타락한 기질이었다.

"하지만 그가 당신을 쥐고 흔들지는 못하잖습니까, 안 그래요?" 제럴드가 물었다.

"내가 원하지도 않는데 날 **데려가서** 산 걸 보면 몰라요?" 그녀가 대답했다. "나한테 와서 울고불고하면서 내가 돌아와 주지 않으면 **견딜 수가 없다**는 거예요. 그러면서 영원히 안 갈 것처럼 버티더라고요. 결국 날 데려갔죠. 그다음부터는 언제나 그런 식이었어요. …… 그런데 이제 나한테 애가 생기니까 백 파운드를 주면서 날 시골로 보내려는 거예요. 이제 다시는 날 만나지도, 내 소식조차 듣지 않으려고요. 하지만 그렇게 해 줄 순 없죠, 이제 와서……."

제럴드의 얼굴에 묘한 표정이 스쳤다.

"아이를 가진 겁니까?" 제럴드가 믿을 수 없다는 듯이 물었다. 그녀를 보면, 너무 어린 데다 정신적으로도 아이를 낳는 것과는 너무 거리가 멀어 그런 일은 있을 수 없을 것 같았다.

그녀가 그를 똑바로 쳐다보았다. 그녀의 짙고 앳된 눈은 이제 은밀하고 교활하며, 불굴의 음흉한 사악함을 아는 눈길이 되어 있었다. 뜨거운 불길이 아무도 모르게 그의 심장으로 내달렸다.

"네." 그녀가 말했다. "끔찍스럽지 않아요?"

"원치 않소?" 그가 물었다.

"원치 않아요." 그녀가 강하게 대답했다.

"그렇지만……." 그가 말했다. "얼마나 됐죠?"

"10주요." 그녀가 답했다.

그녀는 시종 그 짙고 앳된 눈을 크게 뜨고 그를 바라보았다. 그는 생각에 잠겨 입을 다물고 있었다. 그러고는 그녀에 대한 신경을 끄고 냉정해지더니 무척 사려 깊고 친절한 목소리로 물었다.

"여기 우리가 먹을 게 있나요? 먹고 싶은 것 있어요?"

"네." 그녀가 말했다. "굴을 좋아하긴 하는데."

"좋아요." 그가 말했다. "굴을 먹읍시다."

그가 웨이터에게 손짓했다.

할리데이는 그녀 앞에 음식 접시가 차려졌을 때에야 무슨 일이 일어나고 있는지 눈치채고는 별안간 소리를 질렀다.

"푸썸, 브랜디 마실 때는 굴을 먹으면 안 돼."

"너랑 무슨 상관인데?" 그녀가 말했다.

"아니, 아니야." 그가 소리 질렀다. "그렇지만 브랜디 마실 때는 굴을 먹으면 안 되는 거야."

"나 브랜디 안 마시고 있거든." 그녀가 대답하더니 마지막 남은 리큐어 몇 방울을 그의 얼굴에 뿌렸다. 그가 괴상한 비명을 질렀다. 그녀는 아무 관심 없다는 듯이 그를 쳐다보며 앉아 있었다.

"푸썸, 너 왜 그러는 거야?" 그가 공포에 질려서 외쳤다. 그 모습은 제럴드에게 그가 그녀를 무서워하고 있으며 그 공포를 사랑하고 있다는 인상을 주었다. 그녀에 대한 공포와 증오를 맛있게 즐기며, 공황 상태에 빠진 채, 그 공포와 증오가 내는 온갖 맛을 요리조리 뒤집어 가며 쪽쪽 빨아먹고 있는 것 같았다. 제럴드는 그가 이상한 멍청이란 생각이 들긴 했지만 그에게 구미가 당겼다.

"그런데 푸썸." 또 다른 남자가 아주 작고 재바른, 이튼 출신 목소리로 말했다. "너 걔는 다치게 하지 않겠다고 약속했잖아."

"다치게 하지 않았어." 그녀가 대답했다.

"뭐 마실래?" 그 남자가 물었다. 젊은 남자는 검고 부드러운 피부에 은밀한 정력이 넘쳤다.

"난 흑맥주 안 좋아해, 막심." 그녀가 대답했다.

"그럼 넌 샴페인을 시켜야 되겠다." 신사다운 목소리로 속삭이듯이 그 남자가 말했다.

제럴드는 이것이 자신을 향한 은근한 암시라는 걸 불현듯 깨달았다.

"우리 샴페인 할까요?" 그가 웃으며 말했다.

"그래요, 쌉쌀한 걸로." 그녀가 어린애처럼 혀 짧은 소리로 말했다.

제럴드는 그녀가 굴 먹는 모습을 지켜보았다. 그녀가 먹는 모습은 지나칠 정도로 주의 깊고 정교했다. 가늘고 아주 민감해 보이는 손가락 끝으로 몹시 세밀한 동작으로 굴을 발라내어 조심조심 먹었다. 그런 그녀의 모습에 제럴드는 즐거웠고 버킨은 성가셨다. 모두 샴페인을 마시고 있었다. 부드럽고 붉은빛이 도는 얼굴에 기름 바른 검은 머리를 한 깔끔한 러시아 청년 막심만이 유일하게 완전히 차분하고 정신이 말짱해 보였다. 버킨은 창백한 낯빛에 멍하니 부자연스러워 보였고, 제럴드는 푸썸 쪽으로 보호하듯이 몸을 기울인 채 시종 밝고 즐거운, 그러면서도 차가운 눈빛으로 미소를 짓고 있었으며, 푸썸은 와인과 흥분한 남자들 숲에서 발간 얼굴로 허영에 들떠, 무서우리만치 벌거벗고 피어오르는 붉은 연꽃*처럼 아름답고 부드럽게 활짝 피어 있었다. 할리데이는 멍청해 보였다. 와인 한 잔에 취해서는 낄낄거렸다. 하지만 그에게서는 시종 유쾌하고 따뜻한 순진함이 감돌았다. 그것이 그의 매력이었다.

"난 까만 딱정벌레 빼고는 무서운 게 없어요." 푸썸이 갑자기 고개를 쳐들더니, 얇은 불꽃 막이 씌어 아무것도 안 보이는 듯한 까만 눈으로 제럴드를 똑바로 쳐다보며 말했다. 그는 핏속에서 나오는 위험한 웃음을 지었다. 어린애 같은 그녀의 말이 그의 신경을 애무했고, 한 꺼풀 씬 불타는 그녀의 두 눈은 그녀 자신의 모든 과거를 망각한 채 이제 정면으로 그를 향해 모종의 방종한 허락의 메시지를 보냈다.

"무섭지 않다니까요." 그녀가 항의조로 단언했다. "난 다른 건 무서운 게 없어요. 하지만 까만 딱정벌레는…… 으악……!" 그녀는 생각만 해도 견딜 수가 없다는 듯 심하게 몸서리를 쳤다.

"그러니까 당신은," 술 취한 사람들이 그러하듯이 제럴드는 한

마디 한 마디 또박또박 말했다. "딱정벌레의 생긴 모습이 무섭다는 겁니까, 아니면 딱정벌레가 당신을 물거나 어떤 해를 끼치는 게 무섭다는 겁니까?"

"그게 물기도 해요?" 그녀가 외쳤다.

"정말 구역질 나게 싫군요!" 할리데이가 소리를 질렀다.

"나도 몰라요." 테이블을 둘러보며 제럴드가 대답했다. "딱정벌레가 무느냐? ……요점은 그게 아니에요. 그것들이 무는 게 두려운 거요, 아니면 형이상학적인 혐오요?"

그녀는 미성숙한 눈으로 줄곧 그를 쳐다보았다.

"오, 난 그것들이 끔찍해요, 진저리 쳐진다고요." 그녀가 소리쳤다. "한 마리만 봐도 온몸에 소름이 돋아요. 만일 내 몸에 기어오르기라도 하면 난 **분명히** 죽어 버릴 거예요…… 진짜 죽을 거라고요."

"죽지는 말았으면 좋겠네." 그 젊은 러시아인이 속삭이듯 말했다.

"분명히 죽을 거야, 막심." 그녀가 단언했다.

"그럼 그놈도 당신 몸에 기어오르려고 하지 않을 겁니다." 제럴드가 알겠다는 웃음을 지으며 말했다. 좀 기이한 방식으로, 그는 그녀를 이해했다.

"형이상학적인 거죠, 제럴드 말대로." 버킨이 말했다.

잠시 어색한 침묵이 흘렀다.

"그것 말고는 무서운 게 없다고, 푸썸?" 러시아 청년이 재빨리 소리를 낮춰 우아하게 물었다.

"별로." 그녀가 말했다. "무서운 게 있긴 해도 그 정도는 아니야. 난 **피도** 겁 안 나."

"피가 안 무섭다고!" 방금 이 테이블에 도착해 위스키를 마시고 있던 두툼하고 창백하며 비웃는 얼굴을 한 젊은 남자가 소리쳤다.

푸썸이 뚱하게 싫은 낯으로, 저속하고 흉한 표정을 지으며 그를 쳐다보았다.

"정말로 피를 안 무서워하는 건 아니겠지?" 남자가 만면에 비웃음을 지으며 웃겼다.

"응, 안 무서워." 그녀가 응수했다.

"피를 실제로 본 적이나 있어? 치과에서 양치통에 뱉는 거 말고." 남자가 빈정거렸다.

"댁한테 말하고 있었던 거 아니거든." 그녀가 약간 고자세로 답했다.

"나한테도 대답은 해 줄 수 있잖아, 안 그래?" 그가 말했다.

대답 대신 그녀는 갑자기 그의 두툼하고 핏기 없는 손을 칼로 쿡 찔렀다. 그가 저속한 욕지거리를 하며 펄쩍 뛰었다.

"본색을 드러내시는군." 푸썸이 경멸조로 쏘아붙였다.

"염병할 것." 테이블 옆에 서서 악의 가득한 눈으로 그녀를 내려다보며 그 젊은 남자가 말했다.

"그만하시죠." 제럴드가 재빨리 본능적인 명령조로 말했다.

젊은 남자는 경멸 어린 냉소를 지으며, 두툼하고 창백한 얼굴에 겁먹고 자의식적인 표정으로 그녀를 쳐다보고 서 있었다. 손에서 피가 흘러내리기 시작했다.

"아, 끔찍해, 그 손 좀 치워!" 새파랗게 질린 할리데이가 고개를 돌리며 비명을 질렀다.

"구역질 나?" 냉소적인 그 남자가 약간 염려하는 투로 물었다. "구역질 나느냐고, 줄리어스! 으이구, 이건 별거 아니야. 저 애로 하여금 자기가 무슨 위업이나 달성한 줄 알고 기뻐할 짓 좀 하지마ー재한테 만족감을 주지 말라고ー, 그게 바로 저 애가 원하는 거니까."

"아아!" 할리데이가 비명을 질렀다.

"쟤 토할 거야, 막심." 푸썸이 경고조로 말했다.

상냥한 러시아 청년이 자리에서 일어나 할리데이의 팔을 잡아 끌고 나갔다. 버킨은 하얗게 질린 채 한발 물러나 불쾌한 표정으로 지켜보고 있었다. 칼에 찔린 냉소적인 청년은 피가 흐르는 자기 손을 보란 듯이 무시하면서 저쪽으로 가 버렸다.

"실은 저 사람 아주 겁쟁이예요." 푸썸이 제럴드에게 말했다. "줄리어스한테 영향력이 커요."

"어떤 사람이죠?" 제럴드가 물었다.

"유대인이에요, 진짜예요. 난 저 사람을 참아 줄 수가 없어요."

"그리 대단치도 않은 사람인데요 뭐. 그런데 할리데이는 도대체 왜 그러는 겁니까?"

"줄리어스는 제일 지독한 겁쟁이죠." 그녀가 목청을 높였다. "내가 칼만 쳐들면 맨날 기절해요—내가 **무서운** 거죠."

"흠!" 제럴드가 말했다.

"저 사람들은 다 날 두려워해요." 그녀가 말했다. "그 유대인만 용기를 보여 주겠다고 생각하죠. 하지만 그 사람은 그중 제일가는 겁쟁이예요. 정말이라니까요. 왜냐하면 다른 사람들이 자기를 어떻게 생각할까 두려워하니까…… 그렇지만 줄리어스는 그런 거 신경 안 써요."

"자기들끼리는 제법 용맹스럽군요." 제럴드가 쾌활하게 말했다.

푸썸은 천천히 미소를 지으며 그를 바라보았다. 무시무시한 앎을 확신하며 홍조를 띠고 있는 그녀는 아주 아름다웠다. 두 개의 작은 빛이 제럴드의 눈에서 번쩍 빛났다.

"그들은 왜 당신을 푸썸이라고 부르는 거죠? 고양이 같아서?" 그가 물었다.

"그렇겠죠." 그녀가 말했다.

그의 얼굴에 더욱 짙은 미소가 번졌다.

"정말 그래 보이기는 하는군요, ……아니면, 어린 암표범이나."

"저런, 제럴드!" 버킨이 역겹다는 듯이 말했다.

그들은 거북한 표정으로 버킨을 쳐다보았다.

"당신, 오늘은 별말이 없으시네요, 유퍼트." 다른 남자 품에서 안전하다는 기분이 들어 약간 건방져진 그녀가 말했다.

할리데이가 쓸쓸하고 아픈 얼굴로 돌아오고 있었다.

"푸썸," 그가 말했다. "난 네가 이런 짓을 안 했음 좋겠어……아아!" 그는 신음하며 의자에 몸을 파묻었다.

"집에 가는 게 나을 텐데." 그녀가 그에게 말했다.

"**갈 거야.**" 그가 말했다. "다들 나랑 같이 가지 않을래요? 아파트에 같이 가시죠." 그가 제럴드에게 말했다. "당신이 오면 좋겠어요. 그러시죠…… 그럼 정말 좋겠어요." 그가 두리번거리며 웨이터를 찾았다. "택시 불러 줘." 그러더니 다시 신음 소리를 냈다. "아, 정말 기분이…… 말이 아니야! 푸썸, 네가 나한테 무슨 짓을 했는지 알겠지."

"그러게 누가 천치같이 굴래!" 그녀가 시무룩하면서도 차분하게 말했다.

"난 천치가 **아니라고**! 아, 정말 끔찍해. 자, 모두들 갑시다. **정말** 멋질 거야. 푸썸, 너도 가. ……뭐? ……넌 **반드시** 같이 가야 돼. 아무렴, 꼭 그래야지. 뭐? ……오, 자기야, 이제 소란 좀 그만 피우고, 난 정말…… 기분이…… 아, 어떻게 해야 좋을지…… 젠장! ……아아!"

"술 못 마시는 거 너 자신도 알잖아." 그녀가 차갑게 말했다.

"내 말해 두겠는데, 이건 술 때문이 아니야―너의 그 역겨운 행동 때문이라고, 푸썸. 다른 것 때문이 아니라고. ……아, 정말 끔찍해! 리비드니코프, **제발** 가자."

"그 애는 한 잔밖에 안 마셨어 — 딱 한 잔." 숨죽인 목소리로 러시아 청년이 재빨리 말했다.

모두들 문 쪽으로 갔다. 그녀는 제럴드 곁에 붙어서 그와 일체가 되어 움직이는 것 같았다. 제럴드도 이것을 의식하고는 자신의 몸놀림에 둘이 움직이는 것에 한껏 악마적인 만족감을 느꼈다. 그는 자기 의지의 우묵한 골짜기에다 그녀를 넣어 두었고, 그녀는 그 속에서 아무도 모르게, 보이지 않게, 부드럽게 꿈틀대고 있었다.

그렇게 다섯 사람은 택시에 꾸역꾸역 탔다. 먼저 할리데이가 비틀거리며 올라타 창가 쪽으로 바싹 들어가 자리를 잡았다. 그러고 나서 푸썸이, 그리고 그녀 옆에 제럴드가 앉았다. 그들은 러시아 청년이 기사에게 지시하는 걸 들으며 어두운 택시 안에 비좁게 끼여 앉았다. 할리데이는 신음 소리를 내면서 창밖으로 고개를 내밀었다. 자동차의 빠르고 둔한 진동이 느껴졌다.

푸썸은 제럴드 바로 옆에 앉아 있었다. 그녀는 검은 전류가 되어 그의 몸속으로 흘러들어 가는 것처럼, 말랑말랑해지면서 그의 뼛속으로 자신을 살그머니 부어 넣는 것 같았다. 그녀의 존재는 자석질의 암흑처럼 그의 혈관을 가득 채우더니 무시무시한 힘의 원천처럼 그의 척추 맨 아랫부분에 집결했다. 그러는 동안 그녀는 풀피리 같은 새된 목소리로 아무 일 없다는 듯이 태연하게 버킨과 막심하고 얘기를 나누었다. 그녀와 제럴드 사이엔, 침묵과 함께 암흑 속을 흐르는 시커먼 전류 같은 이해가 자리하고 있었다. 그녀는 그의 손을 찾아내어 작은 손으로 꼭 움켜줬었다. 너무나 음험하고 적나라한 이런 의사 표시에 그는 피가 거꾸로 솟는 듯, 그만 정신이 아득해져서 통제 불능의 지경이 되었다. 조롱하는 듯 그녀의 목소리는 여전히 종소리처럼 낭랑하게 울려 퍼졌다. 그녀가 고개를 흔들자 부드러운 갈기 같은 그녀의 머리카락이 그의 얼굴을 스치고 지나갔다. 그러자 전기 마찰이 일어난 듯 그의 온 신경에 불이 붙었다. 그러나 척추 맨 아래에 놓인, 그에겐 굉장한 자부심인 그의 힘의 거대한 중심은 전혀 흔들림이 없었다.

그들은 커다란 아파트 건물에 도착했다. 엘리베이터를 타고 올라가니 어떤 힌두인이 문을 열어 주었다. 제럴드는 이 힌두인이 옥스퍼드 출신의 신사인가 싶어 놀란 눈으로 쳐다보았다. 아, 그러나 아니었다. 그는 하인이었다.

"차 좀 준비해 줘, 핫산." 할리데이가 말했다.

"내 방 있지?" 버킨이 물었다.

이 둘의 말에 그 남자는 씩 웃으며 뭐라고 웅얼거렸다.

그 힌두인은 하도 키가 크고 호리호리한 데다 말수도 적은 것이 딱 신사 같아 보여 제럴드는 헷갈렸다.

"당신 하인은 누구죠?" 그가 할리데이에게 물었다. "멋쟁인데요."

"아, 예 ─ 다른 사람 옷을 입고 있으니까요. 사실 멋쟁이하고는 거리가 멀어요. 길거리에서 굶어 죽어 가는 걸 발견해 내가 여기로 데려왔고, 또 다른 사람이 그에게 옷을 주었지요. 보기와 딴판입니다 ─ 데리고 있기에 좋은 유일한 점은 영어를 할 줄 모르고 이해도 못해서 아주 안전하다는 거죠."

"아주 지저분해요." 러시아 청년이 재빨리 조용한 목소리로 덧붙였다.

곧이어 하인이 문간에 나타났다.

"무슨 일이야?" 할리데이가 물었다.

힌두인이 씩 웃더니 수줍게 웅얼거렸다.

"주인님께 드릴 말씀이 있어서요."

제럴드가 흥미롭게 지켜보았다. 문간에 서 있는 그 남자는 잘생긴 데다 말끔한 손발에 몸가짐이 차분하여 우아하고 귀족적으로 보였다. 그렇지만 멍청하게 히죽거리고 있는, 반야만인인 것이다. 할리데이가 그와 이야기하기 위해 복도로 나갔다.

"뭐라고?" 그의 목소리가 들렸다. "뭐라고? 뭐라는 거야? 다시 말해 봐. 뭐? 돈이 필요해? 돈이 **더** 필요하다고? 어디다 쓰려고?" 힌두인의 분명치 않은 말소리가 들리더니 할리데이가 역시 멍청한 미소를 지으며 방으로 들어오면서 말했다.

"속옷 사는 데 돈이 필요하다고 하네. 누구 1실링만 빌려 줄래? 아, 고마워요. 1실링이면 원하는 속옷을 전부 살 수 있겠지." 그는 제럴드에게서 돈을 받아 들고 복도로 다시 나갔고, 그가 말하는 소리가 들렸다. "더는 안 돼. 너 어제도 3실링 6펜스를 받아 갔잖아. 이제 더 달라고 하면 안 돼. 빨리 차 들여와."

제럴드는 방을 둘러보았다. 가구가 딸린 채 세를 놓는 런던의 평범한 아파트 거실로, 평범하고 볼품없었다. 거기에는 야릇하고 마음을 뒤숭숭하게 하는, 서아프리카에서 온 검둥이 목각상 몇 개가 있었는데, 조각된 검둥이들은 흡사 태아 같은 모습이었다. 그 중 하나는 괴상한 자세로 벌거벗고 앉아 있는 여인상이었는데, 고통스러운 표정에 배가 불룩 나와 있었다. 러시아 청년의 설명에 따르면 그 여자는 앉아서 출산하는 중으로, 자기 목에 늘어뜨려진 끈의 끝자락을 움켜잡고 힘을 쓰면서 산고를 이겨 내는 중이었다. 조각 속에서 정지된 그 여인의 기묘하고 미개한 얼굴이 제럴드에게 또다시 태아를 연상시키면서, 정신적 의식의 한계를 초월하는 육체적 감각의 극한을 암시한다는 점에서 제법 놀랍기도 했다.

"좀 외설적이지 않습니까?" 그가 못마땅한 목소리로 물었다.

"잘 모르겠어요." 러시아인이 재빨리 웅얼거렸다. "외설의 정의를 어떻게 내려야 할지 모르겠거든요. 내가 보기엔 아주 훌륭한데요."

제럴드는 고개를 돌렸다. 거실에는 미래파풍의 최신 그림 한두 점과 커다란 피아노가 놓여 있었다. 이와 더불어, 런던의 보통 하숙집에 딸린 것들보다는 약간 품질이 나은 가구들이 거실을 채우고 있었다.

푸썸은 모자와 외투를 벗고 소파에 앉아 있었다. 익숙한 이 집이 편한 것이 명백한데도 어딘지 어정쩡하게 겉돌며 불안해 보였다. 그녀는 자기가 어떤 위치인지 알 수가 없었다. 지금은 제럴드와 관계있는 사람으로 와 있지만, 여기 남자들이 이를 어느 정도까지 인정하고 있는지 알 수가 없었다. 그녀는 이 상황을 어떻게 밀고 나갈지 궁리하는 중이었다. 일단 해 보겠다고 작정했다. 막판에 일을 그르칠 수는 없었다. 그녀의 얼굴은 누구와 싸우고 있는 것처럼 붉었고, 눈은 사색에 잠겨 있었지만, 이제 어쩔 수 없다는 듯 결연했다.

하인이 차와 키멀* 한 병을 가지고 들어와 소파 앞에 있는 작은 테이블에 쟁반을 내려놓았다.

"푸썸." 할리데이가 말했다. "차 좀 따라."

그녀는 꼼짝도 하지 않았다.

"안 할 거야?" 할리데이가 안절부절못하며 되풀이했다.

"난 예전처럼 여기에 와 있는 게 아니야." 그녀가 말했다. "다른 사람들이 오자고 해서 왔을 뿐이지, 널 위해서 온 게 아니라고."

"나의 사랑하는 푸썸, 너야 누구의 지배도 받지 않는 사람이지. 나는 그저 이 아파트를 네가 편한 대로 사용하길 바랄 뿐이야…… 너도 알잖아, 내가 그렇게 여러 번 말했는데."

그녀는 아무 대답도 하지 않은 채 조심스럽게 찻주전자로 손을 뻗었다. 모두들 둘러앉아 차를 마셨다. 그녀가 이렇게 조용히 제지당한 채 앉아 있는 동안 제럴드는 자신과 그녀 사이에 흐르는 전류를 너무나 강렬하게 느껴, 또 다른 일련의 상황이 벌어지고 있었다. 그녀의 침묵과 부동(不動)이 당혹스러웠다. 그녀에게 **어떻게** 다가갈 것인가? 그러나 그건 필연인 것 같았다. 그는 그들을 지배하고 있는 흐름에 모든 것을 맡겼다. 당혹감은 피상적일 뿐, 새로운 상황이 군림했으며, 옛 상황은 자리를 내주었다. 여기서는 사람들이 무슨 일이건 홀린 듯이 했다.

버킨이 자리에서 일어났다. 새벽 1시가 가까워졌다.

"자야겠어." 그가 말했다. "제럴드, 아침에 내가 자네 숙소로 전화 걸어서 깨워 주겠네…… 아니면 자네가 여기로 걸든가."

"좋아." 제럴드가 대답하자 버킨은 거실에서 나갔다.

버킨이 나가자 할리데이가 흥분한 목소리로 제럴드에게 말했다. "여기서 묵지 않겠어요? ……그렇게 하시죠!"

"모든 사람을 재워 줄 수는 없지 않습니까." 제럴드가 말했다.

"충분히 할 수 있어요 — 침대는 내 것 말고도 세 개나 더 있어요 — 여기서 자고 가시죠. 모든 게 구비되어 있어요 — 늘 사람들이 오거든요 — 난 매일 같이 사람들을 불러다 재우죠. 집에 사람들이 북적거리는 게 좋거든요."

"방이 두 개밖에 없잖아." 푸썸이 냉랭하고 적대적인 목소리로 말했다. "루퍼트도 와 있고."

"방이 두 개뿐인 건 나도 알아." 묘하게 목소리를 높여 할리데이가 말했다. "하지만 그게 뭐 어떻다는 거야?"

그는 멍청하게 웃으면서, 이미 마음을 굳혔다는 암시를 주며 열심히 얘기를 했다.

"줄리어스와 내가 한 방을 쓰면 돼요." 사려 깊고 분명한 목소리로 러시아인이 말했다. 할리데이와 그는 이튼 학교 시절부터 친구였다.

"아주 간단하군요." 제럴드가 팔을 뒤로 뻗어 기지개를 켜고 일어나면서 말했다. 그는 다시 그림을 보러 갔다. 그의 사지 하나하나가 모두 전기력으로 불끈 솟아올랐고, 옅은 선잠 속에 꿈틀대는 불길을 품은 그의 등은 호랑이 등처럼 긴장하여 팽팽했다. 그는 아주 의기양양했다.

푸썸도 자리에서 일어났다. 그녀가 할리데이에게 사악하고 험악한 눈길을 주자, 그 젊은 남자는 멍청하게 흡족한 미소를 지었다. 그녀는 모두를 향해 잘 자라는 말을 차갑게 던지고는 나갔다.

잠시 후 문이 닫히는 소리가 났다. 그러자 막심이 세련된 목소리로 말했다.

"괜찮아요."

그는 제럴드를 의미심장하게 쳐다보더니 고개를 살짝 끄덕이며 되풀이했다.

"좋아요 ― 당신은 괜찮아요."

제럴드는 그 부드럽고 불그레한 잘생긴 얼굴과 뭔가를 암시하는 듯한 야릇한 눈을 바라보았고, 이 젊은 러시아인의 작고 완벽한 목소리는 공기가 아니라 핏속에서 울리는 것 같았다.

"그렇다면 **나도** 괜찮소." 제럴드가 말했다.

"그래, 그래요! 당신은 괜찮아요." 러시아인이 말했다.

할리데이는 말없이 계속 웃기만 했다.

그때 갑자기 푸썸이 조그맣고 어린애 같은 얼굴에 보복하려는 듯 골난 표정으로 문에 나타났다.

"난 당신들이 나에 대해 이러쿵저러쿵 떠들어 대는 거 다 알고 있어." 그녀의 목소리가 차갑게 쨍쨍 울렸다. "하지만 난 신경 안

써, 당신들이 아무리 그래도 신경 안 쓴다고."

그녀는 몸을 돌려 다시 나가 버렸다. 그녀는 보라색 실크로 된 헐렁한 실내복을 입고, 허리를 끈으로 매고 있었다. 너무나 자그맣고 어린애 같은 데다 상처받기 쉬워 보여서 딱할 지경이었다. 하지만 그녀의 사악한 눈을 보자, 제럴드는 자신을 거의 공포로 몰아넣는 강력한 암흑 속에 빠져 죽을 것 같은 기분이 들었다.

남자들은 다시 담뱃불을 붙여 물고는 태평스럽게 떠들어 댔다.

7장 물신(物神)

제럴드는 아침에 늦게 일어났다. 아주 깊은 잠을 잤다. 푸썸은 어린아이처럼 애처롭게 아직도 자고 있었다. 그녀에겐 조그맣게 웅크린 무방비 상태의 어떤 것이 있어서 이 젊은 남자의 핏속에 꺼지지 않은 욕정의 불꽃을, 통째로 집어 삼키고 싶은 열렬한 연민을 불러일으켰다. 그는 그녀를 다시 바라보았다. 그러나 지금 그녀를 깨우는 건 너무 잔인하리라. 그는 마음을 억누르고 자리를 떠났다.

거실에서 할리데이가 리비드니코프와 얘기하는 소리가 들려와, 제럴드는 문 쪽으로 가서, 이 독신 남자들이 사는 집에서는 자기도 바지와 셔츠 차림으로 돌아다녀도 되겠거니 생각하면서 안을 흘끗 들여다보았다.

놀랍게도 두 남자는 홀딱 벗은 채로 난롯가에 앉아 있었다. 할리데이가 유쾌한 표정으로 고개를 들어 쳐다보았다.

"잘 잤어요?" 그가 말했다. "아—수건 필요해요?"

그러더니 홀딱 벗은 몸으로, 기묘한 하얀 형상으로, 그는 살아 있지 않은 가구들 사이를 성큼성큼 걸어서 홀로 나갔다. 그는 수건을 가지고 돌아와서는 아까처럼 난로 철망 앞에 웅크리고 앉았다.

"당신은 살갗에 불기운을 느끼는 걸 좋아하지 않나 보죠?" 그가 말했다.

"왜요, 기분 **좋죠**." 제럴드가 말했다.

"아예 옷 없이 살 수 있는 기후에 산다면 얼마나 멋질까요." 할리데이가 말했다.

"맞아요." 제럴드가 말했다. "쏘거나 물어뜯는 것들이 그렇게 많지만 않다면."

"그게 단점이지." 막심이 중얼거렸다.

제럴드는 그를 쳐다보았다. 벌거벗은 황금빛의, 어쩐지 굴욕적인 그 인간 동물의 몸뚱이는 보기에 약간 혐오스러웠다. 그러나 할리데이는 달랐다. 그에게는 희고 단단한, 육중하면서도 느슨한, 부서진 아름다움이 있었다. 피에타의 그리스도 같았다. 동물적인 면이라곤 전혀 찾아볼 수 없는, 오직 육중한, 부서진 아름다움이 있을 뿐이었다. 제럴드는 할리데이의 눈이 얼마나 아름다운지도 깨달았다. 너무나 푸르고 따뜻하고 혼란에 빠진, 몸과 마찬가지로 부서진 형태로 표현되어 있는 아름다움이었다. 난로의 불빛이 그의 활처럼 구부러진 육중한 어깨 위로 빛났고, 그는 난로망 앞에 되는대로 웅크리고 앉아 있었다. 쳐들고 있는 그의 얼굴은 퇴보한 듯, 어쩌면 살짝 붕괴된 듯하면서도 마음을 울리는 그 나름의 아름다움을 갖고 있었다.

"참, 그러고 보니, 당신은 사람들이 벌거벗고 다니는 더운 나라에 갔다 오셨죠." 막심이 말했다.

"오, 정말입니까?" 할리데이가 소리를 질렀다. "어딘데요?"

"남미요—아마존 말입니다." 제럴드가 대답했다.

"아, 정말 굉장하군요! 내가 제일 하고 싶은 것 중 하나가 바로 그건데—옷을 **전혀** 걸치지 않고 살아 보는 거 말이에요. 그렇게 할 수만 있으면 인생을 살았다 싶을 것 같은데."

"어째서요?" 제럴드가 말했다. "뭐가 그렇게 다른 건지 잘 모르겠는데요."

"아, 정말이지 엄청나게 근사할 것 같아요. 삶이란 게 완전히 달라질 게 분명해요 — 완전히 다른, 정말로 멋진 것으로."

"하지만 어째서요?" 제럴드가 물었다. "왜죠?"

"아, 그건…… 사물들을 단지 바라보는 대신에 **느끼게** 될 테니까요. 내 몸을 감싸고 있는 공기를 느끼고, 사물들을 그저 바라보기만 하는 게 아니라 내가 만지는 것들을 느끼게 되겠죠. 내가 보기엔 삶이 너무 시각적인 것이 되었기 때문에 몽땅 잘못되어 버린 게 분명해요 — 우린 듣지도 느끼지도 이해하지도 못하고 오로지 볼 줄밖에 몰라요. 완전히 잘못된 거죠."

"그래, 맞아, 그렇고말고." 러시아인이 말했다.

제럴드는 그를 흘끗 쳐다보았다. 매끄러운 식물 줄기 같은 사지에 검은 털이 덩굴손처럼 부드럽게 거침없이 난 그의 부드러운 황금빛 몸뚱이를 보았다. 제럴드는 생각했다. '너무나 건강하고 잘 다져진 몸인데 왜 수치스럽다는 기분이 드는 걸까, 왜 혐오감이 느껴질까. 어째서 저것이 싫을 수밖에 없으며, 어째서 보는 사람 자신의 존엄성을 손상시키는 것처럼 보이는 것일까. 인간은 기껏해야 저것밖에 안 되나? 저렇게 맥 빠지게 별 볼 일 없다니!'

갑자기 버킨이 팔에 수건과 잠옷을 들고, 역시 알몸으로, 문간에 나타났다. 그는 아주 마르고 희었으며 좀 독특했다.

"욕실이 비었어. 쓰고 싶으면 쓰게." 그가 말하고 돌아서려는데, 제럴드가 불렀다.

"어이, 버킨!"

"응?" 그 독특한 하얀 인물이 유령처럼 방에 다시 나타났다.

"자네는 저쪽에 있는 조각품에 대해 어떻게 생각하나? 알고 싶어." 제럴드가 물었다.

희고 낯설어 보이는 버킨이 산고를 치르고 있는 흑인 여자 조각상 쪽으로 다가갔다. 가슴 위로 드리워진 끈의 끝자락을 두 손으로 붙잡고 있는 벌거벗은 불룩한 몸뚱이가 뭔가 움켜잡고 있는 묘한 자세로 웅크리고 있었다.

"예술이군." 버킨이 말했다.

"아주 아름답지, 아주 아름다워." 러시아인이 말했다.

모두들 가까이 보려고 다가갔다. 제럴드는 벌거벗은 남자들을 바라보았다. 러시아인은 황금빛 수초 같았고, 할리데이는 크고 육중한, 부서진 아름다움을 가지고 있었으며, 조각된 여인을 자세히 들여다보고 있는 버킨의 모습은 아주 하얗고, 뭐라 정의할 수 없이 또렷하게 가까이 와 있는 듯했다. 이상하게 기분이 고양된 제럴드도 눈을 들어 그 조각상의 얼굴을 쳐다보았다. 그러자 심장이 오그라드는 것 같았다.

그는 기운을 내어, 앞으로 쭉 내민 흑인 여자의 잿빛 얼굴을 생생히 보았다. 극도의 육체적 스트레스에 몰입해 있는 긴장된 아프리카의 얼굴이었다. 저 아랫도리가 느끼는 감각의 무게에 짓눌려 거의 무의미 속으로 넋을 놓아 버린, 공허하고 야윈 끔찍스러운 얼굴이었다. 그는 그 얼굴 속에서 푸썸의 모습을 보았다. 꿈속에서처럼 그는 그녀를 알고 있었다.

"어째서 이게 예술이지?" 제럴드가 충격을 받고 성난 듯 물었다.

"완전한 진리를 전하고 있거든." 버킨이 말했다. "자네가 어떻게 느끼든지 간에 그 상태에 대한 온전한 진리를 담고 있어."

"하지만 이걸 **고급** 예술이라고 부를 수는 없겠지." 제럴드가 말했다.

"고급이라! 이 조각품 뒤에는 몇 세기, 몇백 세기의 발전이 일직선으로 놓여 있어. 이 조각은 문화의 끔찍스러운 정점이야, 어떤 확실한 종류의."

"무슨 문화?" 제럴드가 맞서며 물었다. 그는 순전히 아프리카적인 그 물건이 싫었다.

"순수한 감각의 문화이자 육체적 의식, 그러니까 정신이 부재하고 전적으로 관능적인, 진정 **궁극적으로** 육체적인 의식의 문화지. 최후요, 최고라 할 만큼 관능적이지."

그러나 제럴드는 불쾌했다. 그는 어떤 환상을, 예컨대 의복과 같은 어떤 관념을 지키고 싶었다.

"자네는 잘못된 것들을 좋아하는군, 루퍼트." 그가 말했다. "자네 자신을 거스르는 것들을 말이야."

"아, 나도 알아. 이것이 전부는 아니지." 버킨이 자리를 뜨며 대답했다.

제럴드도 샤워를 하고 방으로 다시 돌아갈 때 옷을 들고 갔다. 이 집에서는 벌거벗고 돌아다니지 않으면 안 될 것 같았다. 게다가 어쨌든 벌거벗고 다니는 것도 제법 괜찮았고, 정말 소박한 면이 있었다. 하지만 모든 사람이 그렇게 일부러 벌거벗고 있다는 게 여전히 좀 우스꽝스럽기는 했다.

푸썸은 꼼짝 않고 침대에 누워 있었다. 그녀의 동그란 짙은 눈동자는 시커멓고 불행한 물웅덩이 같았다. 그의 눈엔 오직 그 시커멓고 깊이를 알 수 없는 물웅덩이 같은 그녀의 눈만 보였다. 어쩌면 그녀는 고통받고 있는지도 몰랐다. 그녀의 설익은 고통의 감각이 그의 가슴속에 오래된 강렬한 불꽃을, 통렬한 연민이자 잔혹에 가까운 욕정을 불러일으켰다.

"이제 깼군요." 그가 그녀에게 말했다.

"몇 시예요?" 잠긴 목소리로 그녀가 물었다.

그가 다가오자 그녀는 마치 액체처럼 반대 방향으로 흘러 그로부터 힘없이 멀어지며 가라앉는 것 같았다. 깊이 더 깊이 범해질수록 더 큰 충족감을 느끼는 유린당한 노예 같은 그녀의 미성숙한 표정에 그의 신경이 날카로운 욕정으로 떨렸다. 결국 그의 의지만이 유일한 의지였으며 그녀는 그의 의지를 따르는 수동적인 물체였다. 그는 쏘는 듯한 미묘한 감각으로 몸이 따끔거렸다. 그리고 그는 깨달았다. 그녀로부터 멀어져야만 한다는 것을, 그녀와 자기는 철저히 분리되어야 한다는 것을.

조용하고 평범한 아침 식사였다. 네 명의 남자 모두 목욕을 하고 나와 말끔해 보였다. 제럴드와 러시아인은 차림새와 몸가짐에 있어서 둘 다 적절하고 단정했고, 버킨은 수척하고 아파 보여서, 제럴드와 막심처럼 제대로 차려입으려 했지만 실패한 것 같아 보였다. 할리데이는 트위드 재킷에 녹색 무명 셔츠를 입고, 자기에게 딱 어울리는 누더기 같은 넥타이를 매고 있었다. 힌두인 하인이 부드러운 토스트를 잔뜩 내왔는데, 어젯밤하고 하나도 달라진 게 없이 똑같아 보였다.

아침 식사가 끝날 무렵 푸썸이 아른아른 빛나는 장식 띠에 자줏빛 비단 숄을 두르고 나타났다. 그녀는 얼마쯤 원기를 회복한 것 같았지만 여전히 말도 없고 생기도 없었다. 누구라도 말을 걸어 오는 것이 그녀에겐 고문이었다. 그녀의 얼굴은 조그맣고 아름다운, 그러면서도 원치 않은 고통을 뒤집어쓴, 사악한 가면 같았다. 정오에 가까워지고 있었다. 제럴드는 자리에서 일어나, 나가게 된 걸 기뻐하며 볼일을 보러 나갔다. 그러나 그가 여기 사람들과 아주 끝낸 것은 아니었다. 그는 저녁에 다시 돌아올 것이고, 다들 모여 식사를 할 것이었다. 그가 버킨을 제외한 일행을 위해 뮤직

홀에 자리를 예매해 두었던 것이다.

그들은 밤늦게 또다시 벌겋게 취해 아파트로 돌아왔다. 밤 10시부터 12시 사이엔 여지없이 모습을 감추는 그 남자 하인이 또다시 소리 없이 신비스럽게 차를 들고 나타나서는, 느리고 기이한 표범 같은 자세로 몸을 구부려 테이블 위에 쟁반을 조심스레 올려놓았다. 약간 잿빛이 감도는 그의 얼굴은 표정의 변화 없는 귀족 같은 모습이었다. 그는 젊고 잘생겼다. 하지만 버킨은 그를 보면 그 옅은 잿빛 얼굴은 타락의 재 같고, 귀족적이고 알 수 없는 그 표정은 역겨운, 짐승 같은 우둔함의 표현처럼 느껴져서 속이 약간 메스꺼웠다.

또다시 그들은 신 나게 떠들어 댔다. 그러나 그 일행은 이미 부스러지기 시작하여, 버킨은 짜증으로 화가 나 있었고, 할리데이는 제럴드에 대한 광적인 증오심으로 등을 돌렸으며, 푸썸은 부싯돌 칼처럼 딱딱하고 차가워지고 있었고, 할리데이는 그녀에게 전력을 다하고 있었다. 그녀의 의도는 결국 할리데이를 사로잡는 것, 그를 완전히 장악하는 것이었다.

다음 날 아침 그들은 또다시 빈둥대며 어슬렁거렸다. 그러나 제럴드는 자신에 대한 묘한 적대감이 감돌고 있음을 감지했다. 고집스러운 기질이 발동해 그는 이에 맞섰다. 이틀을 더 버텼다. 결과는, 나흘째 되던 날 저녁, 할리데이와 치사하고 미친 짓을 벌이는 것으로 끝났다. 카페에서 할리데이가 어처구니없는 적개심으로 제럴드에게 달려들었던 것이다. 말다툼을 하다가 제럴드가 할리데이의 뺨을 후려치기 일보 직전까지 갔지만, 순간 갑자기 역겨움과 함께 아무려면 어떤가 싶은 무심한 감정이 차올라, 저 혼자 승리감에 멍청히 싱글거리는 할리데이를 뒤로한 채 그 자리를 떠나버렸고, 푸썸은 경직되어 땅에 붙은 듯 서 있었으며, 막심은 저만치 떨어져 서 있었다. 버킨은 그 자리에 없었다. 다시 런던을 떠났기 때문이다.

제럴드는 푸썸에게 돈을 주지 않고 떠난 것이 마음에 걸렸다. 물론 그녀는 그가 자신에게 돈을 주든 안 주든 상관하지 않았고, 그도 그것을 알고 있었다. 하지만 그녀는 10파운드에 기뻐했을 것이고, 제럴드 자신도 그렇게 했으면 대단히 즐거웠을 것이다. 그는 자기가 잘못된 입장에 빠져 있음을 느꼈다. 그는 짧게 깎은 콧수염 끝까지 닿을 정도로 입술을 깨물며 떠났다. 그는 푸썸이 그저 자기가 없어져 주는 것만으로도 기뻐한다는 것을 알고 있었다. 그녀는 자기가 원했던 할리데이를 얻은 것이다. 그녀는 그를 완전히 손아귀에 넣고 싶었다. 그러고 나서 그와 결혼할 생각이었다. 그녀는 그와 결혼하고 싶었다. 할리데이와 결혼할 작정이었던 것이다. 제럴드 소식은 두 번 다시 듣고 싶지 않았다. 혹시 어려움에 처한다면 몰라도. 왜냐하면 결국 그녀가 남자라고 부를 만한 사람은 제럴드였고, 그 외의 남자들, 할리데이나 리비드니코프, 버킨, 그 보헤미안 패거리들은 몽땅 덜된 남자들이기 때문이었다. 그러나 그녀가 다룰 수 있는 건 그런 덜떨어진 남자들이었다. 그들과 있을 때 그녀는 자신감을 가졌다. 제럴드 같은 진짜 남자들은 그녀로 하여금 자리에서 한 발짝도 움직이지 못하게 했다.

그렇지만 그녀는 제럴드를 진심으로 존경했다. 곤경에 빠졌을 때 그에게 도움을 구할 수 있게끔 그의 연락처를 알아 두었다. 그녀는 그가 자기에게 돈을 주고 싶어 했다는 걸 알고 있었다. 어쩔 수 없이 궁핍한 날이 오면, 어쩌면 그에게 편지를 띄울지도 몰랐다.

8장 브래덜비

브래덜비는 코린트 양식의 화려한 기둥을 가진 조지 왕조풍의 저택으로, 크롬퍼드에서 그다지 멀지 않은, 그곳보다 더 부드럽고 푸른 더비셔의 언덕에 자리하고 있었다. 그 앞에는 몇 그루의 나무들 너머로 잔디밭이 펼쳐져 있었고, 아래로는 조용한 정원 분지에 줄줄이 이어져 있는 양어장들이 보였다. 집 뒤로는 마구간들이 보이는 나무들과 채소밭이 있었고 채소밭 뒤로는 숲이었다.

그곳은 전시용으로 가꾸어진 경관에서 떨어져 있었으며 더웬트 계곡 뒤쪽으로 큰길에서도 몇 킬로미터 떨어져 있어서 아주 조용했다. 나무들 사이로는 적막하고 쓸쓸해 보이는 황금빛 회벽이 보였고, 앞쪽으로는 지금까지 변하지 않았고 앞으로도 변함없을 것 같은 정원이 내려다보였다.

그러나 최근 들어서는 허마이어니가 꽤 오랫동안 이 집에 머물고 있었다. 런던과 옥스퍼드에 등을 돌리고 고요한 시골로 향한 것이다. 아버지는 대부분 해외로 출타 중이었기 때문에 언제나 몇 명씩 되는 방문객들과 있거나 하원의 자유당 의원이며 미혼인 오빠와 함께 집에 있었다. 그는 자신의 직무에 아주 성실한 사람이었지만, 의회가 열리지 않으면 어김없이 내려와 있어서 언제나 브래덜비에 죽치고 있는 것처럼 보였다.

어슐라와 구드룬이 허마이어니 집에 두 번째로 방문했을 때는 여름으로 막 접어드는 무렵이었다. 차를 타고 정원에 들어선 후, 그들은 양어장들이 고요히 자리 잡고 있는 분지 너머 언덕 꼭대기에 나무들을 배경으로 서 있는, 마치 오래된 학교 건물을 그린 영국 그림처럼 양지바르고 자그마한 집의 기둥들을 보았다. 푸른 잔디 위에 작은 형체들이 보였다. 여자들이 연보라와 노란색 옷을 입고서 아름답게 균형 잡힌 거대한 삼나무 그늘로 걸어가고 있었다.

"완벽하지 않아?" 구드룬이 말했다. "옛날 판화처럼 더 보탤 것이 없어." 그녀는 약간 분한 목소리로 말했다. 마치 내키지 않는데 사로잡혔다는 듯이, 억지로 감탄을 해야만 한다는 듯이.

"저런 걸 좋아하니?" 어슐라가 물었다.

"**좋아하진** 않지만, 나름대로 제법 완벽하다는 생각은 들어."

자동차가 언덕 아래로 내려가는가 싶더니 단숨에 언덕 위로 올라가 커브를 돌아 옆문 앞에 섰다. 하녀 하나가 나타나더니 뒤이어 허마이어니가 창백한 얼굴을 쳐들고 두 손을 앞으로 쭉 내밀며 손님들 쪽으로 걸어왔다. 그녀의 목소리가 낭랑하게 울렸다.

"오셨군요 ─ 와 줘서 너무 기뻐요 ─." 그녀는 구드룬의 뺨에 입을 맞추었다. "와 줘서 너무 기뻐요." 어슐라에게도 입을 맞추더니, 그녀에게 팔을 두른 채 말했다. "몹시 피곤하죠?"

"아니, 전혀요." 어슐라가 말했다.

"피곤하죠, 구드룬?"

"아니요, 고마워요." 구드룬이 말했다.

"아니시라……." 허마이어니가 느릿느릿 말했다. 그러더니 멈추어 서서 그들을 쳐다보았다. 자매는, 허마이어니가 집에는 들어가려 하지 않고 길목에서 환영한다면서 호들갑을 떨어 대는 바람에 당황스러웠다. 하인들이 기다리고 있었다.

"들어와요." 자매를 한 사람씩 실컷 쳐다본 다음, 마침내 허마이어니가 말했다. 허마이어니는, 구드룬이 더 아름답고 매력적이며 어슐라는 더 신체 접촉을 좋아하고 더 여성스럽다고 재차 단정했다. 드레스도 구드룬 것이 더 훌륭해 보였다. 구드룬은 포플린으로 된 녹색 드레스 위에 진초록과 짙은 밤색의 굵은 줄무늬가 들어간 낙낙한 코트를 걸치고 있었다. 모자는 갓 말린 건초 같은 엷은 녹색의 밀짚모자로, 검은색과 오렌지 색깔로 엮은 리본이 달려 있었고, 스타킹은 짙은 녹색, 신발은 검은색이었다. 유행을 따르면서도 개성을 살린 훌륭한 옷차림이었다. 짙은 파란색 드레스를 입고 있는 어슐라도 괜찮긴 했지만 좀 평범했다.

허마이어니는 산호 구슬이 달린 짙은 자두색 비단 드레스에 산호색 스타킹을 신고 있었다. 그러나 그녀의 드레스는 추레하고 얼룩이 져서 약간 지저분했다.

"머무를 방들이 보고 싶겠죠? 그럼 이제 올라가 볼까요?"

어슐라는 방에 혼자 있게 되자 기뻤다. 허마이어니는 오랫동안 방에서 나가지도 않고 사람을 너무 긴장시켰다. 당황스럽고 숨 막힐 정도로 곁에 바짝 붙어 서서 자기 몸을 상대방 가까이 들이댔다. 상대방이 아무것도 못하게 방해하는 것 같았다.

점심 식사는 굵고 거무스름한 가지가 땅에 닿을 듯이 늘어진 커다란 나무 아래 잔디밭에 마련되었다. 그곳에는 이미 몇 사람이 와 있었다. 호리호리한 몸에 잘 차려입은 이탈리아 아가씨와, 젊고 운동선수처럼 혈기 왕성해 보이는 브래들리 양, 그리고 재담을 연발하면서 걸걸한 목소리로 크게 웃는, 박식하고 무미건조해 보이는 쉰 살가량의 준남작, 그리고 루퍼트 버킨과 마르고 예쁘장한 메르츠 양이라는 젊은 여비서도 있었다.

음식은 아주 훌륭했다. 그건 상당한 일이었다. 매사에 비판적인 구드룬이 아낌없는 찬사를 보낼 정도였다. 어슐라는 이 모든 상황, 즉 삼나무 아래에 놓인 하얀 테이블, 신선한 햇살 내음, 멀리 사슴 목장이 딸린 나무가 우거진 자그마한 정원의 정경을 사랑했다. 마치 꿈속처럼 이곳에 마법의 울타리가 쳐져서, 현재를 원 밖으로 몰아낸 채 즐겁고 소중한 과거와 나무, 사슴과 침묵을 빙 둘러싸고 있는 것 같았다.

하지만 어슐라는 행복한 기분이 아니었다. 사람들의 이야기는 소형 대포가 탁탁 터지는 것처럼 계속해서 살짝 점잔을 떠는 훈계조였고, 그 훈계조는 통통 튀는 연이은 재담과 우스갯소리에 의해서만 강조될 뿐이어서, 온통 비판과 일반론 일색인 대화의 흐름, 그러나 자연스러운 시냇물이라기보다는 인공적인 운하와 같은 대화의 흐름에 경박한 맛을 더할 뿐이었다.

분위기는 머리 위주로만 돌아가서 사람을 아주 피곤하게 했다. 신경섬유가 너무 투박해서 아무 감정이 없는 나이 지긋한 사회학자만이 완벽하게 행복해 보였다. 버킨은 의기소침해 있었다. 허마이어니는 놀라울 만큼 집요하게 모든 사람 앞에서 그를 조롱하고 창피를 주고 싶어 하는 것 같았다. 그녀의 노력이 얼마나 성공적으로 보이는지, 그는 또 그런 그녀 앞에서 얼마나 무력해 보이는지 놀라울 따름이었다. 그는 정말로 변변찮아 보였다. 이런 분위기에 익숙하지 않은 어슐라와 구드룬은 느린 랩소디 같은 허마이어니의 얘기나 조슈아 경의 재담, 독일 아가씨의 재잘거림, 혹은 나머지 두 여자의 응수에 귀를 기울이며 잠자코 있었다.

점심 식사가 끝나고 잔디밭으로 커피가 날라져 왔고, 사람들이 테이블을 떠나 각자 원하는 대로 그늘이나 양지에 놓인 긴 의자에 앉았다. 독일 아가씨는 집 안으로 들어갔고, 허마이어니는 자수를 집어 들었으며, 자그마한 백작 부인은 책을 들었고, 브래들리 양은 가느다란 풀로 바구니를 짜면서, 모두들 이 초여름 잔디밭에 앉아 한가로이 소일하며 어설프게 지적이고 계획적인 수다를 떨었다.

그때 갑자기 브레이크 소리와 함께 자동차가 멈추어 서는 소리가 났다.

"샐시예요!" 허마이어니가 느리고 재미있는 단조로운 어투로 말했다. 그러더니 자수를 내려놓고 천천히 일어나 잔디밭을 느릿느릿 걸어 덤불을 돌아 모습을 감추었다.

"누구죠?" 구드룬이 물었다.

"로디스 씨예요─로디스 양 오빠 말입니다─아마 그럴 겁니다." 조슈아 경이 말했다.

"샐시 맞아요, 그녀의 오빠죠." 자그마한 백작 부인이 책에서 잠시 머리를 들고는 약간 저음으로 목구멍을 그르렁거리는 영어로, 정보를 제공하듯이 말했다.

그들은 모두 기다렸다. 그때 덤불을 돌아 훤칠한 알렉산더 로디스의 모습이 나타났다. 디즈레일리를 기억하는 메러디스 소설의 주인공*처럼 낭만적인 몸짓으로 성큼성큼 걸어왔다. 그는 모든 사람들과 정답게 인사를 나누고는, 금세 허마이어니의 친구들을 위해 익혀 둔 편안하고 자연스러운 친절함을 갖춘 주인 노릇을 했다. 그는 방금 런던에서, 그러니까 의회에서 막 돌아온 참이었다. 잔디밭에는 즉각 하원의 분위기가 감돌았다. 내무 장관은 이러저러한 말을 한 반면, 로디스 자신은 어떠어떠한 생각을 했으며, 수상에게 여차저차한 말을 했다는 등의 얘기가 흘러나왔다.

이윽고 덤불을 돌아 허마이어니가 제럴드 크라이치와 함께 나타났다. 알렉산더와 함께 도착한 것이었다. 그는 모든 사람에게 소개되었고, 사람들이 다 보는 앞에서 얼마간 허마이어니에게 붙잡혀 있다가 다시 그녀의 안내를 받으며 끌려갔다. 그는 누가 봐도 지금 그녀의 손님이었다.

내각에 분열이 있었다. 교육부 장관이 반대 측 비판 때문에 사임했던 것이다. 이로 인해 대화가 교육에 관한 것으로 흘렀다.

"물론," 허마이어니가 음유시인처럼 얼굴을 들며 말했다. "앎 그 자체의 기쁨과 아름다움 말고는 교육에 대한 이유나 **구실은 있을 수 없죠.**" 그녀는 잠시 남들은 모르는 생각들로 문제를 탐색하며 깊은 생각에 잠긴 듯하더니 말을 이었다. "직업 교육은 교육이 **아니에요. 교육의 종식이죠.**"

토론이 시작되려 하자 제럴드는 낌새를 눈치채고 기쁜 마음으로 끼어들 준비를 했다.

"꼭 그렇다고 할 수는 없죠." 그가 말했다. "교육은 사실 체육 같은 게 아닙니까? 교육의 목적은 잘 훈련된, 혈기 왕성하고 활력 넘치는 정신의 생산 아니겠습니까?"

"마치 운동경기가 뭐든지 해낼 수 있는 건강한 신체를 만들어 내는 것처럼 말이에요." 브래들리 양이 열성적으로 맞장구를 쳤다.

구드룬은 내심 혐오스러워하며 그녀를 쳐다보았다.

"글쎄요……." 허마이어니가 나지막한 소리로 말했다. "모르겠어요. 내겐 앎의 기쁨이 **너무나 크고 대단해서**……. 내 인생에 있어서 확실한 지식만큼 중요한 건 없어요…… 정말이지 분명코…… 없어요."

"예컨대 어떤 지식 말이지, 허마이어니?" 알렉산더가 물었다.

허마이어니가 얼굴을 들더니 낮고 무거운 목소리로 말했다.

"음…… 잘 모르겠어요. ……하지만 한 가지를 들라면 별이에요. 내가 별들에 대해 뭔가를 정말로 이해하게 되었을 때 말이죠.

정말로 고양되고 모든 것에서 풀려난 듯한 기분이 들어요……."

버킨이 분노로 얼굴이 하얗게 질려 그녀를 쳐다보았다.

"당신은 뭣 때문에 풀려난 느낌을 원하는 거죠?" 그가 냉소적으로 물었다. "당신은 풀려나기를 전혀 원하지 않잖소."

허마이어니가 불쾌해하며 주춤했다.

"그래도 인간은 그런 무한의 감정을 갖고 있기는 하지." 제럴드가 말했다. "산꼭대기에 올라가 태평양을 바라볼 때와 같은."

"다리안의 산꼭대기에 말없이 서서."* 잠시 책에서 머리를 들더니 이탈리아인이 중얼거렸다.

"꼭 다리엔일 것까지야 없습니다만." 제럴드가 말했고 어슐라는 웃음을 터뜨렸다.

왁자지껄한 소란이 가라앉을 때를 기다려 허마이어니가 낯빛 하나 바꾸지 않고 말했다.

"그래요, 인생에 있어서 가장 위대한 건…… **안다는 거죠**. 진정으로 행복하게 되는 거고, **자유로워지는** 거라고요."

"앎이란 물론, 자유죠." 조슈아 말리슨이 말했다.

"압축된 알약 속에 들어 있는." 준남작의 메마르고 뻣뻣한 자그마한 몸을 쳐다보며 버킨이 말했다. 그러자 구드룬의 눈에는 이 유명한 사회학자가 압축된 자유의 알약을 담고 있는 납작한 병처럼 보였다. 구드룬은 흐뭇해졌다. 조슈아 경은 이제 라벨이 붙은 채 그녀의 마음속에 영원히 자리 잡게 된 것이었다.

"그게 무슨 말이죠, 루퍼트?" 차분한 면박조로 허마이어니의 목소리가 울렸다.

"엄밀히 보면 당신은 오직 과거에 결론지어진 것들에 대한 지식만 가질 뿐이란 말이오. 지난여름의 자유를 절인 구스베리 병에 담는 격이랄까."

"과거의 지식만을 가질 뿐이라고요?" 준남작이 신랄한 비판조로 물었다. "예컨대 중력의 법칙에 대한 우리의 지식은 과거의 지식이라고 불러야겠군요?"

"그렇습니다." 버킨이 대답했다.

"이 책 속에 너무나 아름다운 구절이 있어요." 갑자기 자그마한 이탈리아 여인이 새된 목소리로 말했다. "그 남자는 문 쪽으로 오더니 시선을 거리로 던졌다."

모두들 웃었다. 브래들리 양이 가서 백작 부인 어깨 너머로 넘겨다보았다.

"보세요!" 백작 부인이 말했다.

"바자로프는 문 쪽으로 오더니 황급히 시선을 거리로 던졌다." 그녀가 읽었다.

또다시 사람들이 큰 소리로 웃어 댔는데, 그중에서도 준남작의 웃음소리는 마치 돌들이 우르르 굴러떨어지는 것처럼 엄청나게 컸다.

"무슨 책이죠?" 재빨리 알렉산더가 물었다.

"투르게네프의 『아버지와 아들』이에요." 그 자그마한 외국인은 한 마디 한 마디를 또박또박 발음했다. 그러고는 자기가 맞았나 보려고 책 표지를 보았다.

"오래된 미국판이군요." 버킨이 말했다.

"하! 물론, 프랑스어 번역을 중역한 거죠." 알렉산더가 근사한 낭독조로 말했다. "Bazarov ouvra la porte et jeta les yeux dans la rue(바자로프는 문 쪽으로 오더니 거리로 시선을 던졌다)."

그는 쾌활하게 사람들을 둘러보았다.

"프랑스어로 '황급히'가 뭐죠?" 어슐라가 말했다.*

모두들 정답을 궁리하기 시작했다.

그런데 그때 하녀 하나가 커다란 차 쟁반을 들고 서둘러 다가오는 바람에 다들 깜짝 놀랐다. 오후가 그렇게 빨리 지나갔던 것이다.

차를 마신 후 산책을 하려고 모두들 모였다.

"산책하러 갈래요?" 허마이어니는 한 사람 한 사람에게 말했다. 체조를 위해 집합한 죄수 같은 기분으로 다들 그러겠노라고 대답했다. 버킨만 거절했다.

"산책 갈래요, 루퍼트?"

"아니요, 허마이어니."

"확실해요?"

"확실해요."

그녀는 잠시 주춤했다.

"왜 안 가는데요?" 허마이어니가 물었다. 아무리 사소한 일이라도 자기 뜻대로 되지 않으면 그녀는 피가 거꾸로 솟는 것 같았다. 모든 사람이 자기와 함께 공원 산책을 하게 하려고 마음먹었던 것이다.

"난 떼 지어 다니는 걸 좋아하지 않으니까요." 그가 말했다.

잠시 그녀의 목구멍에서 불만스러운 듯 나지막이 그르렁대는 소리가 났다. 그런데 신기하게도 뜻밖에 차분한 목소리로 말했다.

"그럼 뚱한 어린애는 남겨 두고 가죠."

이렇게 그를 모욕할 때 그녀는 정말로 명랑해 보였다. 그러나 이로 인해 그는 경직될 뿐이었다.

허마이어니는 사람들 쪽으로 천천히 걸어가더니 몸을 돌려 손수건을 흔들면서 킥킥대며 외쳤다.

"안녕, 잘 있어, 애야."

'잘 가요, 시건방진 마귀할멈아.' 그는 속으로 중얼거렸다.

모두 정원을 걸었다. 허마이어니는 사람들에게 자그마한 언덕에 핀 야생 수선화를 보여 주고 싶었다. "이쪽이에요, 이쪽." 느긋이 노래하는 듯한 그녀의 목소리가 간간이 울렸다. 그러면 그들은 모두 그쪽으로 가야 했다. 수선화는 예뻤지만 누가 그것들을 볼 수 있었으랴? 이즈음 어슐라는 그 모든 분위기에 분통이 터져 온몸이 뻣뻣해질 정도로 화가 나 있었다. 구드룬은 객관적인 태도로 비웃으면서 모든 것을 지켜보며 머릿속에 기록했다.

수줍은 사슴을 보자 허마이어니는 그 수사슴 역시 감언이설로 비위를 맞추며 귀여워해 주고 싶은 소년이기라도 한 것처럼 말을 걸었다. 수컷이니까, 그녀는 그에게 모종의 힘을 행사해야만 하는 것이다. 그들은 양어장을 지나 천천히 집으로 걸어갔고, 허마이어니는 사람들에게 암컷 한 마리의 사랑을 얻기 위해 두 마리의 수컷 백조가 싸운 얘기를 들려주었다. 축출된 수컷이 자갈밭에서 자기 날개 밑에 머리를 파묻고 앉아 있던 얘기를 하면서 킥킥거렸다.

사람들이 집에 도착했을 때 허마이어니는 잔디밭에 서서, 아주 멀리까지 울려 퍼지는 자그마하면서도 기이한 고음으로 외쳤다.

"루퍼트! 루퍼트!" 첫 음절은 느리고 높았으며 두 번째 음절은 낮게 뚝 떨어졌다. "루우우퍼트!"

그러나 대답이 없었다. 그때 하녀가 나타났다.

"버킨 씨 어디 있지, 앨리스?" 무심결인 듯 부드러운 목소리로 허마이어니가 물었다. 하지만 무심코 던진 듯한 목소리 아래에 도사린 그 끈질긴, 거의 미친 듯한 **의지**란 정말!

"방에 계시는 것 같은데요, 아가씨."

"그렇구나."

허마이어니는 계단을 올라 복도를 걸어가면서 크지 않은 고음으로 그를 불러 댔다.

"루우우퍼트! 루우우퍼트!"

그의 방에 이르러 문을 두드리면서도 여전히 "루우우퍼트!" 하고 소리를 질러 댔다.

"여기 있어요." 마침내 그의 목소리가 들렸다.

"뭐 하고 있어요?"

그녀의 질문은 부드러우면서도 호기심이 가득했다.

대답이 없었다. 이윽고 그가 방문을 열었다.

"산책 갔다 돌아왔어요." 허마이어니가 말했다. "수선화가 **정말** 아름답던데요."

"그래요." 그가 말했다. "나도 봤어요."

그녀는 찬찬히 침착하게 한참 동안 버킨을 쳐다보았다.

"그랬군요." 그녀가 그의 말을 되풀이했다. 그러고는 그를 계속 쳐다보며 서 있었다. 그가 이처럼 뚱한 소년 같고 무기력할 때, 그를 브래덜비에서 안전하게 소유하고 있을 때, 그와의 이런 갈등은 그 어떤 것보다도 그녀에게 자극적이었다. 하지만 그녀는 그 아래로 결별이 다가오고 있다는 걸 알고 있었고, 그를 향한 그녀의 증오는 잠재의식적이고 강렬했다.

"뭐 하고 있었어요?" 그녀는 온화하면서도 무관심한 어조로 다시 물었다. 그는 대답하지 않았고, 그녀는 거의 무의식적으로 그의 방으로 들어갔다. 그는 내실에서 거위를 그린 중국인의 그림을 가지고 와서 솜씨 있게 생생히 베껴 그리는 중이었다.

"그림을 베껴 그리고 있었군요." 그녀가 테이블 가까이 서서 그의 그림을 보며 말했다. "그래요……. 정말 아름답게 그렸네요! 그 그림이 아주 좋은가 봐요, 그렇죠?"

"굉장한 그림이에요." 그가 말했다.

"그래요? 당신이 좋아한다니 기쁘네요. 나도 그 그림을 좋아하거든요. ……중국 대사가 나한테 준 거예요."

"알아요." 그가 말했다.

"그런데 왜 베껴요?" 그녀가 무심하고 억양 없는 어조로 물었다. "왜 독창적인 뭔가를 그리지 않고?"

"알고 싶어서요." 그가 대답했다. "중국을 더 잘 알려면 책을 모조리 읽는 것보다 이 그림 하나를 베껴 그리는 게 더 나아요."

"그래서 무엇을 알게 됐죠?"

그녀는 즉각 흥분했다. 말하자면 그의 비밀을 캐내려고 난폭하게 그에게 손을 댄 셈이었다. 그녀는 반드시 알아야 했다. 그가 아는 모든 걸 알고자 하는 끔찍스러운 포악함과 강박 관념이 그녀 안에 도사리고 있었다. 그는 대답하기 싫어서 잠시 잠자코 있었다. 그러나 곧 압력에 못 이겨 입을 뗐다.

"나는 그들이 어떤 중심으로부터 살아가는지─그들이 무엇을 인지하고 느끼는지를 알고 있소. 진창과 차가운 물의 흐름* 속에 있는 거위의 그 뜨겁고 쏘는 듯한 중심성을─타락의 불주사처럼 그들의 핏속으로 들어오는, 묘하게 쓰라리며 쏘는 듯한 거위 피의 열기를─차갑게 불타는 진창의 불길을─연꽃의 신비를 말이오."

허마이어니는 길쭉하고 창백한 얼굴로 그를 바라보았다. 무겁게 내리깐 눈꺼풀 아래 그녀의 눈은 야릇했고 약에 취한 듯했다. 그녀의 야윈 가슴이 경련하듯 움츠러들었다. 그도 그녀를 악마처럼 꼼짝하지 않은 채 노려보았다. 또 한 번의 기묘하고 병적인 경련을 일으키며, 그녀는 마치 어디가 아프기라도 한 듯, 몸이 해체되기 시작한 것을 느끼기라도 하는 듯, 고개를 돌렸다. 이런 정신으로는 그의 말에 집중할 수가 없었기 때문이었다. 말하자면, 그가 그녀의 모든 방어벽 밑으로 들어와 그녀를 붙잡아서, 어떤 음흉하고 불가사의한 힘으로 파괴해 버렸던 것이다.

"그렇군요." 그녀는 자기가 무슨 말을 하고 있는지도 모르는 것 같았다. "알겠어요." 그러더니 침을 꿀꺽 삼키면서 정신을 차리려고 애썼다. 하지만 잘 되지 않았다. 제정신이 아니었고 중심을 잃은 상태였다. 갖고 있는 의지력을 모두 동원한다 해도 회복될 수가 없었다. 그녀는 무시무시한 부패 속에 부서져 끝장나 버리는, 죽음처럼 끔찍한 분해로 고통받고 있었다. 그런 그녀를 버킨은 꼼짝 않고 지켜보며 서 있었다. 그녀는 괴로움에 시달리는 창백한 유령처럼, 사람을 끈질기게 쫓아다니는 무덤의 위력에 공격당한 자처럼 헤맸다. 그러더니 마치 존재도 없고 연고도 없는 시체처럼 나가 버렸다. 그는 냉혹하게 복수심에 불타고 있었다.

허마이어니는 무덤에서 나온 사람처럼 이상야릇한 모습으로 만찬 자리에 나타났다. 눈은 음산하고 무덤의 암흑과 힘으로 가득차 있었다. 그녀는 돈을무늬로 짠 빳빳한 빛바랜 녹색 드레스를 입고 있었는데, 옷이 몸에 꽉 끼어 키가 한층 커 보였고 귀신처럼 약간 무서웠다. 응접실의 밝은 불빛 속에서, 그녀는 이 세상 사람이 아닌 듯 기괴하고 사람들을 짓누르는 듯했다. 그러나 갓 씌운 촛불이 놓인 테이블에 꼿꼿이 앉아 식당의 부분 조명을 받자, 당당한 풍채의 권력가처럼 존재감이 있어 보였다. 그녀는 약에 취한 것 같은 상태로 사람들의 얘기에 귀를 기울였다.

사람들은 쾌활했고 옷차림들은 요란했다. 버킨과 조슈아 말리슨 경만 빼고 모두들 야회복을 입고 있었다. 자그마한 이탈리아인 백작 부인은 오렌지색과 황금색, 그리고 검은색이 부드럽고 굵직한 줄무늬로 어우러진 얇은 벨벳 드레스를 입고 있었고, 구드룬은 기이하게 짠 회색 망사가 달린 에메랄드그린 드레스를, 어슐라는 연한 은빛 베일이 곁들여진 노란 드레스를, 브래들리 양은 심홍색과 흑옥색이 어우러진 드레스를, 메르츠 양은 옅은 파란색 드레스를 입었다. 촛불 아래에서 이렇게 화려한 색상의 옷들을 보자 허마이어니는 갑작스럽게 경련을 일으킬 듯한 쾌감을 느꼈다. 그녀는 조슈아의 목소리가 주도적인 가운데 계속되는 사람들의 얘기, 연달아 터져 나오는 여자들의 경쾌한 웃음소리와 대꾸들, 눈부신 색채들과 하얀 테이블, 그리고 천장과 바닥에 드리운 그림자를 의식하고 있었다. 그녀는 기쁨에 몸부림치며 만족감에 혼절이라도 한 것처럼 보였지만, 사실은 유령처럼 병들어 있었다. 그녀는 대화에 거의 끼지 않았지만 빠짐없이 다 들었다. 모두 다 그녀의 것이었다.

일행은 모두 거실로 갔다. 모두가 한 가족이기라도 된 것처럼 격식에 구애받지 않고 편안하게 행동했다. 독일 아가씨가 커피를 돌렸고 사람들은 궐련을 피우거나 한 묶음 제공된 하얗고 긴 고급 도제 파이프로 담배를 피웠다.

"담배 피우시겠어요? ······궐련, 아니면 파이프?" 독일 아가씨가 예쁘게 물었다.

사람들이 둥그렇게 둘러앉았다. 18세기풍 차림을 한 조슈아 경, 즐거워 보이는 잘생긴 영국 청년 제럴드, 훤칠하고 잘생긴 정치가이면서 민주적이고 명석한 알렉산더, 키다리 카산드라*처럼 기이해 보이는 허마이어니, 그리고 갖가지 색깔의 옷으로 빛나는 여자들, 이 모두가 편안하고 부드러운 조명의 거실에서 대리석 벽난로에서 희미하게 타고 있는 통나무 주위에 반원 모양으로 둘러앉아 길고 하얀 파이프로 열심히 충실하게 담배를 피우고 있었다.

이야기는 대개 정치나 사회 문제에 관한 것이었는데, 흥미롭고 묘하게 무정부주의적이었다. 거실에는 강력하고 파괴적인 힘이 축적되었다. 어슐라의 눈에는 모든 것이 도가니 속으로 던져진 것 같았고, 사람들은 솥이 부글부글 끓어오르게 하는 마녀들처럼 보였다. 그 안에 있는 모두가 우쭐하고 만족한 상태였지만, 조슈아와 허마이어니, 그리고 버킨에게서 나와 나머지 사람들을 지배하고 있는 이 같은 강력하고 소모적이며 파괴적인 정신 상태, 이처럼 무자비한 정신적 압박은, 처음 온 사람들에게는 잔인할 정도로 진을 빼는 것이었다.

그러나 메스꺼움과 끔찍한 혐오감이 점차 허마이어니를 사로잡기 시작했다. 그녀의 무의식적이면서도 엄청나게 강력한 의지에 의해 저지되어, 이야기가 잠시 뚝 끊어졌다.

"샐시, 피아노 좀 쳐 줄래요?" 지금까지의 얘기들을 완전히 끊어 버리며 허마이어니가 말했다. "누구 춤출 사람 없어요? 구드룬, 춤출 거죠, 그렇죠? 그러면 좋겠는데. Anche tu, Palestra, ballerai? ⋯⋯si, per piacere(당신도 말이에요, 팔레스트라, 춤추실래요? ⋯⋯오, 제발). 어슐라, 당신도요."

허마이어니가 일어서더니 벽난로 선반 옆에 걸려 있는 금빛 자수가 놓인 띠를 잡아당겼다. 그 띠는 잠시 떨어지지 않는 듯하더니 갑자기 툭 떨어졌다. 그녀는 의식이 없는, 깊은 몰아지경에 빠진 여사제처럼 보였다. 하인이 왔다가 나가더니 대부분 동양적인 비단옷과 숄, 그리고 스카프를 한 아름 안고 금방 다시 나타났다. 아름답고 요란한 옷을 좋아하는 허마이어니가 오랫동안 수집해 온 것들이었다.

"여자 셋이 춤을 출 거예요." 그녀가 말했다.

"뭘 출 건데?" 활기차게 자리에서 일어나며 알렉산더가 물었다.

"Vergini Delle Rocchette(바위의 처녀들)."* 백작 부인이 즉각 대답했다.

"활기가 너무 없어요." 어슐라가 말했다.

"『맥베스』에 나오는 세 마녀 어때요?" 독일 아가씨가 제법 그럴듯한 제안을 했다.

결국 나오미와 룻, 그리고 오르바*를 하기로 했다. 어슐라가 나오미를, 구드룬이 룻을, 그리고 백작 부인이 오르바를 맡았다. 파블로바와 니진스키의 러시아 발레 스타일로 짤막한 발레를 해 보자는 것이었다.

백작 부인이 먼저 준비를 마쳤다. 알렉산더가 피아노 쪽으로 가고 무대가 마련되자, 아름다운 동양적인 옷을 입은 오르바가 천천히 남편의 죽음에 관한 춤을 추기 시작했다. 그다음에 룻이 나타나 오르바와 함께 슬피 울고, 뒤이어 나오미가 등장하여 그들을 위로했다. 모두 무언극으로 진행되었고, 여자들은 손짓과 몸짓으로 감정을 드러내며 춤을 추었다. 극은 15분간 계속되었다.

나오미 역의 어슐라는 아름다웠다. 그녀의 모든 남자들은 죽어 버렸고 그녀가 할 수 있는 것이라곤 아무것도 바라지 않고 불굴의 선언 속에 홀로 서는 것이었다. 여자를 사랑하는 룻은 나오미를 사랑했다. 생기 있고 감각적이며 예민한 미망인 오르바는 옛 삶으로 되돌아가고 싶어 했다. 이 여자들 간의 관계는 너무 사실적이어서 약간 끔찍스러울 정도였다. 그토록 격렬하고 필사적인 열정으로 어슐라에게 달라붙으면서도 그녀를 향해 미묘한 악의적 미소를 날리는 구드룬, 그리고 자기 자신을 위해서도 구드룬을 위해서도 아무것도 못하면서, 위태롭고도 굽힘 없이 자신의 슬픔을 부인하며 묵묵히 받아들이는 어슐라의 모습은 기묘했다.

허마이어니는 지켜보는 게 좋았다. 백작 부인의 민첩하고 족제비 같은 선정성과, 자신의 언니 안에 있는 여성성을 향한 구드룬의 근원적이지만 배신이 깃든 매달림, 그리고 어쩔 도리 없이 멍에를 짊어진 채 풀려나지 못할 것 같은 어슐라의 위험한 무기력이 보였다.

"정말 아름다워요!" 모두가 이구동성으로 외쳤다. 그러나 허마이어니는 자신이 몰랐던 것을 깨달으며 영혼 속에서 고통으로 몸부림쳤다. 그녀는 춤을 더 추라고 고함을 질러 댔고, 결국 그녀의 뜻대로 백작 부인과 버킨이 말브루크*에 맞추어 비웃는 듯한 몸놀림을 할 수밖에 없었다.

제럴드는 필사적으로 나오미에게 매달리는 구드룬의 모습에 흥분을 느꼈다. 비밀리에 흐르는 무모함과 비웃음, 바로 그 암컷의 본질이 그의 핏속을 뚫고 들어왔던 것이다. 그는 구드룬의 고양된, 온몸을 내맡긴, 바짝 달라붙는, 무모하면서도 조롱하는 듯한 무게감을 잊을 수가 없었다. 그리고 버킨은, 구멍으로 내다보는 소라게처럼, 어슐라의 빛나는 좌절과 무력함을 지켜보았다. 그녀는 풍요로웠고, 위험한 힘으로 충만해 있었다. 강력한 여성성의 무의식적인 기이한 꽃봉오리 같았다. 그는 무의식적으로 그녀에게 끌렸다. 그녀는 그의 미래였다.

알렉산더가 헝가리 음악 몇 곡을 연주했고 모두들 분위기에 취해 춤을 추었다. 제럴드는 춤을 추는 자신의 모습에 몹시 유쾌해져서, 그의 발은 왈츠와 투스텝에 따라 움직이고 있었지만, 이를 벗어나 팔과 몸통을 따라 자유로이 꿈틀대는 자신의 힘을 느끼며 구드룬 쪽으로 움직여 갔다. 그는 사람들이 추고 있는 격렬한 래그타임식의 춤을 추는 법은 아직 몰랐지만 어떻게 시작해야 하는지는 알고 있었다. 버킨은 자기가 싫어하는 사람들의 중압감으로부터 자유로워지자, 빠르고 아주 유쾌하게 춤을 추었다. 한편 허마이어니는 이 같은 무책임한 유쾌함 때문에 그를 얼마나 증오했던지.

"이제야 알겠어요." 자신의 유쾌한 몸짓에 흠뻑 빠져 있는 버킨을 쳐다보며 백작 부인이 흥분한 목소리로 외쳤다. "버킨 씨는 변화의 명수예요."

허마이어니는 그녀를 천천히 바라보았고, 오직 외국인만이 그같은 사실을 발견하고 그런 말을 할 수 있다는 걸 깨달으며 몸서리쳤다.

"Cosa vuol dire, Palestra(무슨 뜻이죠, 팔레스트라)?" 그녀가 단조로운 억양으로 물었다.

"보세요." 백작 부인이 이탈리아어로 말했다. "저이는 인간이 아니에요. 카멜레온이라고요, 변화의 동물 말이에요."

'그이는 인간이 아니야, 배신자지, 우리와 같은 족속이 아니라고'라는 말이 허마이어니의 의식 속에서 울렸다. 그러자 그녀의 영혼은 몸부림치며 그에게 불길한 복종을 했다. 왜냐하면 그에겐 달아날 힘이, 그녀와는 다르게 존재할 힘이 있었기 때문에. 그는 한결같지 않았고, 인간이 아니라 인간 이하였기에. 그녀는 자신을 송두리째 흔들어 부수어 버리는 절망 속에 그를 증오했고, 그리하여 마치 송장처럼 완전한 해체로 고통받았으며, 자신의 육신과 영혼의 내부에서 일어나고 있는 해체의 끔찍스러운 아픔 외에는 아무것도 의식할 수가 없었다.

손님이 많아 제럴드에게는 작은 방이, 사실상 버킨의 침실과 통하는 드레스 룸이 주어졌다. 사람들이 모두 촛불을 들고 램프가 은은히 타고 있는 계단을 올라갔을 때, 허마이어니는 어슐라를 붙잡아 얘기를 나누려고 자기 방으로 데리고 들어갔다. 크고 낯선 침실에서 어슐라는 일종의 압박감을 느꼈다. 허마이어니는 뭔가를 호소하면서 무시무시하게 내리누르기 시작하는 것 같았다. 그들은 화려하고 관능적인 인도 실크 셔츠의 모양과 그 타락에 가까운 화려함을 보고 있었다. 허마이어니가 다가오자 어슐라는 가슴이 고통에 몸부림쳤고 잠시 공포로 아뜩해졌다. 순간 허마이어니의 퀭하고 광포한 눈이 어슐라의 얼굴에 서린 공포를 보았다. 또다시 와르르 무너져 내리는 붕괴가 일어났다. 어슐라는 열네 살의 어린 공주를 위해 만들어진 선명한 빨강과 파랑이 섞인 실크셔츠를 집어 들고 기계적으로 큰 소리로 지껄였다.

"이거 정말 굉장하네요……. 누가 이렇게 강렬한 색깔들을 배합할 엄두를 냈을까요……."

그때 허마이어니의 하녀가 조용히 들어왔고, 공포에 질려 있던 어슐라는 강한 충동에 이끌려 도망쳐 나왔다.

버킨은 곧장 침대로 갔다. 그는 행복했고 졸렸다. 춤을 춘 이후 계속 행복한 상태였다. 하지만 제럴드는 그와 얘기를 나누고 싶었다. 야회복 차림의 제럴드는 기필코 이야기를 나눌 작정으로 버킨이 누워 있는 침대에 걸터앉았다.

"그 브랑웬 자매는 누구지?" 제럴드가 물었다.

"벨도버에 사는 사람들이야."

"벨도버라고! 그럼 누구지?"

"중등학교 선생님들."

침묵이 흘렀다.

"그래?" 마침내 제럴드가 입을 뗐다. "난 예전에 만난 적 있는 사람들인 줄 알았지."

"실망스럽나?" 버킨이 물었다.

"실망스럽냐고? 아니. ……그런데 어떻게 허마이어니가 그들을 초대한 거지?"

"런던에서 구드룬을 알게 됐거든—머리색이 더 짙고 더 어린 쪽 말이야. 예술가지—조각도 하고 조각의 원형 뜨는 일도 하는."

"그럼 그녀는 중등학교 선생이 아니겠군, ……언니만?"

"둘 다. 구드룬은 미술 선생이고, 어슐러는 담임 선생이고."

"그럼 아버지는 뭐 하는 사람이지?"

"수공예 선생."

"정말?"

"계급 장벽이 무너져 가고 있는 거지!"

제럴드는 버킨의 약간 비아냥거리는 어조가 언제나 불편했다.

"그들 아버지가 학교에서 수공예를 가르친다고? 그게 나랑 무슨 상관이람?"

버킨이 웃었다. 제럴드는 베개에 누워 웃고 있는, 냉소적이고 무관심해 보이는 버킨의 얼굴을 쳐다보았고, 그 자리를 떠날 수가 없었다.

"적어도 구드룬을 오랫동안 보게 되지는 않을걸. 그녀는 정처 없는 새거든. 1~2주일 있다가 가 버릴 거야." 버킨이 말했다.

"어디로?"

"런던이나 파리, 아니면 로마……. 누가 알겠나. 난 그녀가 다마스커스나 샌프란시스코로 훌쩍 떠나 버릴 거라는 생각을 언제나 하고 있어. 그녀는 극락조거든. 그런 그녀가 벨도버에서 대체 뭘 하고 있는 건지 모르겠어. 꿈에서처럼 일이 반대로 돌아간다니까."

제럴드는 잠시 생각에 잠겼다.

"어떻게 그녀를 그렇게 잘 알지?" 그가 물었다.

"런던에서 알게 됐어." 그가 대답했다. "앨저넌 스트레인지 패거리를 통해서. 그녀도 아마 푸썸이랑 리비드니코프랑 그 나머지들을 다 알 거야—개인적으로는 잘 모를 수도 있지만—절대 그 패거리는 아니거든……. 어떤 면에선 좀 더 관습적이니까. 그녀를 안 지 2년쯤 된 것 같군."

"가르치는 것 말고도 수입이 있나?" 제럴드가 물었다.

"좀 있지—불규칙하긴 해도. 자기 작품들을 팔기도 하거든. 꽤 명성이 있어."

"얼마에?"

"1기니짜리도 있고…… 10기니짜리도 있고……."

"작품들은 훌륭한가? 어떤 것들이지?"

"때때로 놀라울 만큼 훌륭한 것들이 있지. 허마이어니 방에 있는 두 마리의 할미새가 바로 그녀의 작품이야—왜 자네도 본 적 있잖아—나무에 새겨 색칠한 것 말이야."

"난 그것도 야만인 작품인 줄 알았지."

"아니야, 그녀 작품이야. ……그녀 작품은 그런 것들이지—동물, 새, 그리고 가끔은 평상복을 입은 기묘하고 조그마한 사람들. 완성품들은 정말 꽤 근사하다니까. 그녀 작품에는 어딘지 무의식적이고 미묘한 익살이 있어."

"언젠가 유명한 예술가가 되겠군?" 제럴드가 생각에 잠기며 말했다.

"그럴지도 모르지. 그런데 안 그럴 것 같은 생각이 들어. 그녀는 뭔가 다른 것에 빠지면 예술을 버리거든. 외고집이어서 예술을 진지하게 받아들이질 않아—아주 진지해질 수는 절대로 없는 사람이지. 자신의 정체가 드러난다는 기분이 드니까. 그녀는 자신을 드러내려고 하지 않거든—언제나 방어적이지. 내가 그런 타입한테 못 견디겠는 것이 바로 그런 점이야. ……그건 그렇고, 내가 떠난 뒤 푸썸은 어떻게 됐나? 아무 얘기도 못 들었어."

"아, 구역질 나. 할리데이가 꼴사나워져서, 하마터면 제대로 한판 붙어서 그 녀석 배를 걷어차 버릴 뻔했지."

버킨은 잠자코 있었다.

그러더니 입을 열었다. "하긴, 줄리어스는 정말로 미쳤어. 한편으론 광신자이고 다른 한편으론 음란에 빠져 있으니 말이야. 그는 예수의 발을 씻기는 순수한 종노릇을 하고 있는가, 아니면 예수에 대한 음란한 그림을 그리고 있는 식이야……. 작용과 반작용…… 그리고 중간엔 아무것도 없고. 정말로 분열된 미치광이야. 순수한 백합 같은 아기 얼굴을 한 여자를 원하지―그 옛날의 정숙한 사랑을―그러면서 동시에 자기 자신을 더럽혀 줄 푸썸 같은 여자를 반드시 가져야만 하는 인간이지."

"그게 바로 내가 이해 못하는 바야." 제럴드가 말했다. "그는 그 푸썸이란 여자를 사랑하는 거야, 아니야?"

"사랑하는 것도 아니고 안 하는 것도 아니야. 그에게 그녀는 매춘부, 그러니까 간음을 위한 실제 매춘부야. 그녀와 함께 자기 자신을 던져 버리길 갈망하지. 그러고는 벌떡 일어나 순수한 백합에게로, 아기 얼굴을 한 여자에게로 향하면서 또 다른 스릴을 맛보는 거야. 맨날 그 수법이지―작용과 반작용. 중간은 없고."

잠시 있더니 제럴드가 입을 열었다. "글쎄, 난 그가 푸썸을 그렇게까지 모욕하는지는 모르겠는데. 내가 보기에 그 여자 꽤 상스러운 것 같던데."

"하지만 난 자네가 그녀를 좋아하는 줄 알았어!" 버킨이 소리쳤다. "난 언제나 그녀가 좋던데. ……개인적으로는 아무 관련도 없지만, 정말로."

"한 이틀은 괜찮았지." 제럴드가 말했다. "하지만 일주일쯤 같이 지냈다면 난 완전히 뒤집어졌을걸. 그런 여자들 살에서는 어떤 냄새가 나……. 처음엔 좋았다 해도 결국엔 말할 수 없이 역겨운 냄새가."

"알아." 버킨이 말했다. 그러더니 약간 짜증스럽게 덧붙였다. "어쨌든 이제 자게, 제럴드. 몇 시나 됐는지 알 수가 없군."

제럴드가 시계를 보더니 마침내 침대에서 일어나 자기 방으로 갔다. 하지만 몇 분 후 셔츠 바람으로 다시 나타났다.

"한 마디만." 그가 침대에 다시 걸터앉으며 말했다. "우리가 좀 거칠게 갑자기 끝나 버려서 그녀한테 뭘 줄 새가 전혀 없었어."

"돈 말인가?" 버킨이 말했다. "그녀는 자신이 원하는 걸 할리데이나 지인들한테서 얻어 낼걸."

"하지만 그래도, 그녀 몫을 주고 계산을 끝내고 싶어." 제럴드가 말했다.

"그녀는 상관 안 해."

"그래, 아마 그럴 거야. ……하지만 거래가 정리되지 않은 것 같아서. 완전히 끊고 싶은데."

"그래?" 버킨이 말했다. 그는 셔츠 바람으로 침대에 걸터앉아 있는 제럴드의 하얀 다리를 쳐다보았다. 희고 다부진 근육질의 잘생긴 다리였다. 그러면서도 어린애의 다리처럼 보살펴 주고 싶은 연민을 일으켜 버킨의 가슴이 뭉클해졌다.

"거래를 끝내고 싶어." 제럴드가 멍하니 되풀이했다.

"어떻게 하든 상관없어." 버킨이 말했다.

"자네는 언제나 상관없다고 하지." 제럴드가 약간 혼란스러운 기색으로 다정하게 버킨의 얼굴을 내려다보며 말했다.

"어떻게 하든지 상관없다니까." 버킨이 말했다.

"하지만 그녀도 제법 예의 바른 축이었어, 정말로……."

"카이사르의 것은 카이사르에게."* 고개를 돌리며 버킨이 말했다. 그가 보기에 제럴드는 그저 얘기를 위한 얘기를 하고 있는 것 같았다.

"가서 자게, 피곤해……. 너무 늦었어." 그가 말했다.

"난 자네가 뭔가 상관**있는** 걸 얘기해 주었으면 좋겠어." 뭔가를 기다리며, 버킨의 얼굴을 줄곧 내려다보면서 제럴드가 말했다. 그러나 버킨은 외면했다.

"알겠어, 그럼. 자러 갈게." 제럴드가 말했다. 버킨의 어깨에 다정하게 손을 올리더니 방을 나갔다.

다음 날 아침, 눈을 뜬 제럴드는 버킨의 기척을 듣고는 큰 소리로 외쳤다.

"아직도 난 푸썸한테 10파운드는 줘야 할 것 같은 생각이 들어."

"제발, 그렇게 사무적으로 따지지 말게. 거래를 끝내고 싶으면, 마음속으로 그렇게 하면 돼. 거래를 끝내지 못하는 건 바로 자네 마음이니까." 버킨이 말했다.

"자네가 어떻게 알아?"

"자네를 아니까."

제럴드는 잠시 생각에 잠겼다.

"내가 보기엔, 푸썸 같은 여자에겐 돈을 지불하는 게 맞는 것 같아."

"애인은 곁에 두는 게 맞는 거고. 마누라는 한 지붕 아래 같이 사는 게 맞는 거고. Integer vitae scelerisque purus(삶에 있어 온전하고 한 점 사악함도 없어야지)⋯⋯." 버킨이 라틴어로 말했다.

"그렇게 고약하게 말할 필요는 없잖아." 제럴드가 말했다.

"그 문제는 이제 지겨워. 난 자네의 시답잖은 잘못엔 관심 없거든."

"자네가 관심 있든 없든 상관없어⋯⋯. 난 관심이 있으니까."

그날 아침도 화창했다. 하녀가 들어와 세숫물을 갖다 놓고 커튼을 열어젖혔다. 버킨은 침대에 일어나 앉아 느긋하니 기분 좋게, 푸르고 쓸쓸하고 낭만적이며 과거의 것인, 정원을 내려다보았다. 그는 과거의 것들은 전부 다 얼마나 사랑스럽고 확실한가, 얼마나 형태를 잘 갖추고 있으며 또 얼마나 최종적인가 하는 생각을 하고 있었다. 사랑스러운, 완성된 과거 — 이렇게 고요하고 황금빛으로 빛나는 이 집이며, 수 세기 동안 평화롭게 선잠을 자고 있는 정원. 그러나 이 정적인 아름다움은 또한 그 어떤 덫이요, 미혹이던가! ……브래덜비는 진정 얼마나 끔찍스러운, 케케묵은 죽어 있는 감옥이던가! 이 평화는 또 얼마나 참을 수 없는 감금인가! 그래도 더러운 아귀다툼만 하는 현재보다는 낫지. 내 가슴을 따르는 미래를 만들 수만 있다면……. 이 가슴은 작고 순수한 진실을 향해, 그저 소박한 진실을 굽힘 없이 삶에 적용하라고, 끊임없이 울부짖고 있는데.

"자네가 도대체 내가 어디에 관심을 갖도록 내버려 둘지 난 모르겠어." 옆방에서 제럴드의 목소리가 들려왔다. "푸썸 같은 여자들도 아니다, 광산도 아니다, 그 밖의 것도 다 아니라니."

"자네가 할 수 있는 것에 관심을 가지면 되지, 제럴드. 난 단지 내가 관심 없다는 것뿐이야." 버킨이 말했다.

"그럼 대체 난 뭘 해야 하나?" 제럴드의 목소리가 들려왔다.

"하고 싶은 걸 해야지. ……나는 뭘 해야 할까?"

제럴드는 말이 없었고, 버킨은 그가 이 문제를 곰곰이 생각하는 중이라는 걸 느낄 수 있었다.

"그걸 알면 얼마나 다행이게." 쾌활한 목소리가 들려왔다.

"자, 봐." 버킨이 말했다. "자네의 일부분은 푸썸을 원해, 오로지 푸썸만. 그리고 또 다른 부분은 광산을 원하지. 사업 말이야, 다른 것 말고 오직 사업만…… 그것 봐…… 모두 조각나 있지…….'

"그리고 나의 일부는 또 다른 뭔가를 원해." 조용히 진심 어린 묘한 목소리로 제럴드가 말했다.

"그게 뭔데?" 버킨이 좀 놀라며 물었다.

"그게 바로 자네가 나한테 말해 주었으면 하는 거야." 제럴드가 말했다.

잠시 침묵이 흘렀다.

"내가 말해 줄 수는 없어……. 자네의 길은 고사하고 난 내 길도 못 찾고 있는걸. 자네는 결혼을 할 수도 있겠지." 버킨이 대답했다.

"누구랑…… 푸썸이랑?" 제럴드가 물었다.

"어쩌면." 버킨이 말했다. 그러고는 일어나서 창가로 갔다.

"그게 자네의 만병통치약이지." 제럴드가 말했다. "하지만 그 약을 자신에게는 써 보지도 않았잖아. 약을 쓸 정도로 충분히 병이 들었는데도 말이야."

"맞아." 버킨이 말했다. "그래도 난 괜찮아질 거야."

"결혼으로?"

"그렇지." 버킨이 고집스럽게 말했다.

"아니기도 하지." 제럴드가 덧붙였다. "아니야, 그렇지 않아. 그렇지 않다고, 이 친구야."

둘 사이엔 침묵이 흘렀고 적대감이 서린 낯선 긴장감이 감돌았다. 그들은 언제나 틈을, 둘 사이의 거리를 유지했고, 언제나 상대방으로부터 자유롭기를 원했다. 하지만 신기하게도 그들의 심장은 서로를 향해 팽팽히 잡아당겨지고 있었다.

"여자 구세주라." 제럴드가 비꼬듯이 말했다.

"안 될 게 뭐야?" 버킨이 말했다.

"안 될 이유야 전혀 없지." 제럴드가 말했다. "정말 제대로 작동하기만 한다면야. 하지만 누구랑 결혼할 건데?"

"여자랑." 버킨이 말했다.

"그러시겠지." 제럴드가 말했다.

버킨과 제럴드가 아침 식사에 제일 늦게 나타났다. 허마이어니

는 모든 사람이 일찍 나타나는 걸 좋아했다. 자신의 하루가 줄어
든다고 느껴지면 고통스러웠고, 인생을 놓쳐 버린 것 같은 기분이
들었다. 그녀는 시간의 목덜미를 붙잡아 그것으로부터 자신의 삶
을 강제로 빼앗는 것 같았다. 아침에 그녀는 마치 뒤에 남겨진 것
마냥 약간 창백했고 송장 같아 보였다. 그러나 그녀에겐 힘이 있
었고, 그녀의 의지는 이상스럽게도 사방에 뻗쳐 있었다. 두 남자가
들어서자 갑작스러운 긴장감이 감돌았다.

그녀가 얼굴을 들더니 예의 그 즐거운 듯 단조로운 목소리로 말
했다.

"안녕! 잘 잤어요? ……기분 좋네요."

그러더니 그들을 무시해 버리고 고개를 돌렸다. 그녀를 너무나
잘 아는 버킨은 그녀가 자신의 존재를 아예 제쳐 놓기로 작정했음
을 알 수 있었다.

"원하는 게 있으면 찬장에서 꺼내서 들어요." 살짝 비난 섞인 목
소리로 알렉산더가 말했다. "많이 식지 않았어야 될 텐데. 오, 저
런! ……냄비의 불을 좀 꺼 주겠소, 루퍼트? 고맙소."

허마이어니가 쌀쌀맞을 때는 심지어 알렉산더도 약간 권위적이
되었다. 그는 어김없이 그녀의 말투를 따랐다. 버킨은 자리에 앉아
테이블을 보았다. 몇 년간의 친분으로 그는 이 집에, 이 식당에, 그
리고 이런 분위기에 너무나 익숙해져 있었건만, 지금은 이 모든 것
에 극도의 반감을 느꼈고, 자신과 아무 관계도 없는 것 같았다. 저
기 꼿꼿한 자세로 말없이, 어딘지 멍하니 생각에 잠긴 듯 앉아 있
는 허마이어니, 하지만 너무나 세고 너무나 강한 그녀를 그는 얼마
나 잘 알고 있었던가! 그는 거의 광기에 가까울 정도로 그녀를 한
치도 변함없이, 돌이킬 수 없이 최종적으로 알고 있었다. 자신이
미친 건 아니라는 것을, 자신이 사자(死者)들이 모두 태곳적부터

거대한 모습으로 앉아 있는 고대 이집트의 어떤 무덤 속 왕들의 전당에 들어앉은 인물상(像)은 아니라는 것을 믿기가 어려웠다. 어딘지 으스대는 듯한 거친 목소리로 열심히 머리를 굴리면서, 언제나 흥미롭지만, 또한 제아무리 새롭고 기발해 보여도 실은 이미 알려져 있는 것들을 끝없이, 정말이지 끝도 없이 떠들어 대는 조슈아 말리슨을 그는 또 얼마나 속속들이 알고 있었던가! 그토록 냉혹하리만치 자유분방하고 스스럼없는 소위 최신식 주인 양반 알렉산더, 때맞추어 예쁘게 끼어드는 독일 아가씨, 그 누구에게도 신경 쓰지 않고 매사에 거리를 두고 냉담하게 자신의 작은 게임만 즐기고 있는, 그러니까 자신은 결코 드러내지 않으면서 모든 걸 관찰하며 재밋거리를 찾아내는 족제비 같은 자그마한 이탈리아인 백작 부인, 허마이어니가 거의 재미 삼아 차갑게 멸시하는, 따라서 모든 사람에 의해 무시당하는, 굼뜨면서 약간 비굴한 데가 있는 브래들리 양……. 이 모든 것이 얼마나 뻔한가! 체스의 여왕, 기사, 졸, 몇 백 년 전이나 지금이나 똑같은 말들로 정렬된, 그 똑같은 말들이 게임을 구성하는 수많은 치환들의 하나 속에서 움직이는 게임처럼. 그러나 그 게임은 이미 다 알려진 것이고, 그 돌아가는 꼴은 미친 짓이나 다름없다. 완전히 고갈되어 버렸다.

제럴드는 재미있어하는 표정이었다. 게임은 그를 즐겁게 했다. 구드룬은 한결같이 적대적인 커다란 눈으로 게임을 지켜보고 있었다. 게임에 매혹되면서도 그것이 싫었다. 어슐라는 상처받은 듯한, 하지만 그 고통을 의식하지는 못하는 듯한, 약간 놀란 표정이었다.

갑자기 버킨이 벌떡 일어나 나가 버렸다.

"이제는 그만." 그는 무심결에 중얼거렸다.

허마이어니는, 비록 명확히 의식하고 있는 것은 아니었지만, 그의 움직임을 알고 있었다. 그녀는 무거운 눈을 들어, 그가 알 수 없는 갑작스러운 조류를 타고 돌연 사라져 버리는 것을 바라보았다. 그러자 그녀에게로 파도가 밀려와 부서졌다. 오로지 불굴의 의지만이 움직임 없이 기계적으로 남아 있었으며, 그녀는 테이블에 앉아 생각에 잠긴 듯 갈팡질팡하는 말들을 주워섬기고 있었다. 그러나 어둠이 그녀를 뒤덮어, 그녀는 침몰한 배 같았다. 그녀도 끝장난 것이었다. 어둠 속에서 난파한 것이다. 그러나 의지의 변함이 없는 메커니즘은 계속해서 작동하고 있었고, 그녀의 활동이라곤 그것뿐이었다.

"오늘 아침에 우리 수영하러 갈까요?" 갑자기 그녀가 모든 사람을 향해 물었다.

"멋진 생각이에요." 조슈아가 말했다. "수영하기 딱 좋은 아침이죠."

"오, 좋아요." 독일 아가씨가 말했다.

"그래요, 수영하러 가요." 이탈리아 여인이 말했다.

"수영복이 없는데요." 제럴드가 말했다.

"제 것을 입으시죠." 알렉산더가 말했다. "나는 교회에 가서 성서 일과(日課)를 읽어야 하거든요. 사람들이 기다리고 있어서요."

"기독교인이세요?" 이탈리아인 백작 부인이 갑작스러운 흥미를 보이며 물었다.

"아닙니다." 알렉산더가 말했다. "아니에요. 하지만 난 구제도를 지켜 나가야 한다고 믿고 있습니다."

"너무나 아름다우니까요." 독일 아가씨가 우아하게 말했다.

"오, 맞아요." 브래들리 양이 외쳤다.

모두들 천천히 걸어 잔디밭으로 나갔다. 생명이, 추억처럼 은밀히 온 세상 속에서 내달리고 있는, 화창하고 상쾌한 초여름 아침이었다. 조금 떨어진 곳에서 교회 종소리가 울렸고 하늘에는 구름한 점 없었으며, 저 아래 호수 쪽에는 백조들이 백합처럼 물 위에 떠 있었고 공작새들은 나무 그늘을 가로질러 양지바른 풀밭으로 성큼성큼 뽐내며 걸어갔다. 누구라도 과거의 그 모든 완벽함 속으로 황홀히 기절해 버리고 싶었다.

"그럼 난 갑니다." 알렉산더가 유쾌하게 장갑을 흔들며 인사를 하고는 덤불을 지나 교회 쪽으로 사라졌다.

"자, 이제 수영할까요?" 허마이어니가 말했다.

"난 안 할래요." 어슐라가 말했다.

"안 하고 싶어요?" 천천히 그녀를 바라보며 허마이어니가 말했다.

"네, 하고 싶지 않네요." 어슐라가 말했다.

"나도요." 구드룬이 말했다.

"내 수영복은 어쩌죠?" 제럴드가 물었다.

"나도 모르죠." 허마이어니가 재미있다는 듯 묘한 어조로 웃었다. "손수건 하나면 될까요? ……커다란 걸로?"

"될 겁니다." 제럴드가 말했다.

"그럼 따라오세요." 허마이어니가 말했다.

제일 먼저 잔디밭을 가로질러 달려간 사람은 조그만 고양이 같은 이탈리아 여인으로, 그녀는 황금빛 비단 수건으로 동여맨 머리를 약간 숙이고 하얀 다리를 경쾌하게 놀리며 뛰어갔다. 그녀는 대문을 사뿐히 지나 잔디밭 쪽으로 가더니, 수건을 떨어뜨리고는 상아와 청동으로 만들어진 자그마한 조각상처럼 물가에 서서, 깜짝 놀라 다가온 백조들을 지켜보며 서 있었다. 그다음으로는 짙은 파란색 수영복을 입어 큼직하고 물렁한 자두 같아 보이는 브래들리 양이 달려갔다. 다음엔 제럴드가 허리에 주홍색 비단 손수건을 두른 채 팔에 수건을 들고 나타났다. 그는 웃으며 편안하게 양지바른 곳을 어슬렁거리면서 자신을 과시하는 것 같았다. 벗은 몸은 하얬지만 자연스러워 보였다. 그다음엔 겉옷을 걸친 조슈아 경이 나왔고, 마지막으로 자주색과 금색 끈으로 머리를 묶고 커다란 자주색 비단 망토 차림을 한 허마이어니가 약간 뻣뻣한 우아함을 선보이며 성큼성큼 걸어 나왔다. 뻣뻣하고 기다란 그녀의 몸과 곧게 내딛는 하얀 다리는 아름다웠고, 발걸음에 너울거리는 헐렁한 망토로 인해 그녀에게선 정적인 장엄함이 감돌았다. 어떤 낯선 기억처럼, 그녀는 잔디밭을 가로질러 천천히 위엄 있게 물가를 향해 나아갔다.

계곡을 따라 층층이 계단식으로 된 세 개의 크고 잔잔한 아름다운 연못들이 햇볕 아래에 자리 잡고 있었다. 물이 자그마한 돌벽, 작은 바위들을 넘어 한 연못에서 그 아래 연못으로 물방울을 튀기며 흘러 떨어지고 있었다. 백조들은 건너편 둑으로 가고 없었고, 갈대밭은 향긋했으며, 여린 미풍이 살갗을 스쳤다.

조슈아 경에 뒤이어 제럴드가 물에 뛰어들어 연못 끝까지 헤엄쳐 갔다. 거기서 그는 벽으로 기어 올라가 앉았다. 또 첨벙하더니 자그마한 백작 부인이 쥐처럼 헤엄쳐 제럴드와 합류했다. 그 둘은 각자 팔짱을 낀 채 웃으며 양지바른 곳에 앉아 있었다. 조슈아 경이 그들 쪽으로 가까이 헤엄쳐 다가가서는 겨드랑이까지 오는 물속에 서 있었다. 그 뒤에 허마이어니와 브래들리 양이 헤엄쳐 가서 둑 위에 나란히 앉았다.

"저 사람들 끔찍하지 않아? 진짜 끔찍스럽지 않으냐고." 구드룬이 말했다. "도마뱀 종류처럼 보이지 않아? 영락없이 커다란 도마뱀 같아. 조슈아 경처럼 생긴 사람 본 적 있어? 정말이지 언니, 저 사람은 거대한 도마뱀들이 기어 다니던 원시 시대 사람 같아."

구드룬은 가슴께를 드러내고 물속에 서 있는 조슈아 경을 절망 어린 표정으로 쳐다보았다. 그의 긴 잿빛 머리카락은 눈까지 흘러

내려 와 있었고, 목은 두툼하고 투박한 어깨 사이에 박혀 있었다. 그는 브래들리 양과 이야기하고 있었는데, 통통하고 커다란 젖은 몸으로 둑에 앉아 있는 그녀는 동물원의 바다사자처럼 몸을 굴려 물속으로 주르르 미끄러져 들어갈 것만 같았다.

어슐라는 말없이 쳐다보고 있었다. 제럴드는 허마이어니와 이탈리아인 사이에서 행복한 표정으로 웃고 있었다. 그를 보자 어슐라는 디오니소스가 떠올랐다. 정말로 노란 머리카락에 너무나 충만하고 웃음 가득한 모습이었기 때문이었다. 허마이어니는 과장되고 경직된, 어딘지 불길하게 우아한 모습으로 그에게 가까이 몸을 기울이고 있었는데, 자신이 저지른 일에 대해 아무런 책임도 지지 않을 것처럼 무시무시해 보였다. 그는 그녀 안에 있는 어떤 위험을, 격렬한 광기를 알고 있었다. 그러나 그런 만큼 더욱 그는 자신을 향해 얼굴을 빛내고 있는 자그마한 백작 부인 쪽을 보며 웃기만 했다.

그들은 모두 물속으로 뛰어 들어가 한 떼의 바다표범처럼 함께 헤엄을 쳤다. 물속에서 허마이어니는 강하고 무의식적이었고, 거대하고 느리면서도 힘이 넘쳤으며, 팔레스트라는 물쥐처럼 재빠르고 말이 없었고, 제럴드는 하얀 그림자처럼 햇볕 속에 명멸하며 너울거렸다. 이윽고 한 사람씩 물에서 나와 집으로 향했다.

그러나 제럴드는 약간 꾸물거리며 남아 있다가 구드룬에게 말을 걸었다.

"물을 좋아하지 않으시나 보죠?" 그가 말했다.

그녀는 온몸에 물방울이 맺힌 적나라한 모습으로 자신 앞에 서 있는 그를, 알 수 없는 표정으로 천천히 오랫동안 쳐다보았다.

"아주 좋아해요." 그녀가 대답했다.

그는 뭔가 더 설명이 있겠거니 하면서 한동안 입을 다물고 있었다.

"수영할 줄 아시겠네요?"

"네, 알아요."

그러나 그는, 그렇다면 왜 물에 들어가지 않았느냐고 물어보기는 싫었다. 그녀에게서 뭔가 빈정대는 듯한 느낌을 받았다. 처음으로 짜증이 나서, 그냥 자리를 떠 버렸다.

"어째서 수영을 안 하려고 하죠?" 나중에 그가 옷을 제대로 갖추어 입고 다시 틀림없는 영국 청년으로 돌아왔을 때, 그녀에게 재차 물었다.

그녀는 그의 끈질김에 저항하면서 잠시 망설였다.

"떼 지어 모여 있는 걸 별로 안 좋아하니까요." 그녀가 대답했다.

그가 웃었다. 그녀의 말이 그의 의식 속에서 다시 메아리치는 것 같았다. 그녀의 속에는 톡 쏘는 매력이 있었다. 그가 원하든 원하지 않든 간에, 그에게 그녀는 현실 세계를 의미했다. 그녀의 기준에 맞추어 주고, 그녀의 기대를 충족시켜 주고 싶었다. 중요한 것은 오직 그녀의 기준이라는 것을 알고 있었다. 사회적 위치가 어떻든 간에 다른 사람들은 모두, 본능적으로, 아웃사이더인 것이다. 제럴드는 달리 어쩔 도리가 없었다. 그녀의 기준에 맞추기 위해, 남자와 인간에 대한 그녀의 관념을 충족시키기 위해 분투해야만 했다.

점심 식사가 끝나고 사람들이 모두 자리를 떴을 때 허마이어니와 제럴드, 그리고 버킨은 남아서 하던 얘기를 마무리 지었다. 인간의 새로운 상태, 새로운 세상에 대해 전체적으로 지적이면서도 작위적인 토론을 했다. 이 낡은 사회 상태가 **정말로** 부서지고 파괴되고 나면, 혼돈으로부터 과연 무엇이 도래할 것인가?

조슈아 경은, 위대한 사회사상은 인간의 **사회적** 평등이라고 말했다. 제럴드는 그렇지 않다고 반박했다. 제럴드에 따르면 그 사상이 뜻하는 바는, 인간은 저마다 자기 임무에 적임자이므로, 각자 자기 일을 하게 두라, 자기 맘대로 하게 두라는 것이었다. 그러나 우리가 당면한 것은 통합의 원칙이라는 것이었다. 오직 일만이, 생산 업무만이 인간을 하나로 묶어 준다. 기계적이긴 하지만, 어차피 사회라는 것이 다름 아닌 기계 장치 아니었던가. 일과 분리되면 인간은 제멋대로 하면서 제각기 고립되는 것이다.

"어머!" 구드룬이 소리쳤다. "그럼 우리 이름도 없어지겠네요…….독일 사람들처럼 그냥 높은 사람 아무개 씨, 낮은 사람 아무개 씨, 이렇게 말이에요. 상상해 보자면, '저는 탄광 경영인 크라이치 씨 아내입니다, 저는 하원의원 로디스 씨 아내예요, 나는 미술 선생 브랑웬입니다.' 참 듣기가 좋기도 하겠네."

"일이 훨씬 더 잘될 겁니다, 미술 선생 브랑웬 양." 제럴드가 말했다.

"어떤 일 말이죠, 탄광 경영인 크라이치 씨? **예컨대** 당신과 나의 관계 말인가요?"

"그렇죠, 예를 들자면. 남녀 간의……." 이탈리아인이 소리쳤다.

"그건 비사회적인 거죠." 버킨이 냉소적으로 말했다.

"바로 그거야." 제럴드가 말했다. "나와 여자 사이엔 사회 문제가 개입하지 않지. 사적인 일이니까."

"10파운드 지폐 한 장이 붙어 있는." 버킨이 말했다.

"당신은 여자가 사회적 존재라는 걸 인정하지 않는 건가요?" 어슐라가 제럴드에게 물었다.

"둘 다죠." 제럴드가 말했다. "사회가 관계되어 있는 한 사회적 존재죠. 그러나 사적인 자기 자신에게 있어선 자유로운 행위자인 겁니다. 그녀가 행하는 것은 그녀 자신의 문제죠."

"하지만 그 두 반쪽을 조정해서 맞추기가 좀 어렵지 않을까요?" 어슐라가 물었다.

"그렇지 않아요." 제럴드가 대답했다. "그것들은 자연히 조정되죠……. 지금도 어디서든 그렇다는 걸 볼 수 있어요."

"위기를 벗어나기 전까지는 너무 유쾌하게 웃지 말게." 버킨이 말했다.

제럴드가 잠깐 짜증스러워하며 미간을 찌푸렸다.

"내가 웃었던가?" 그가 말했다.

허마이어니가 드디어 입을 열었다. "**만약** 우리가 **정신**에 있어서는 모두가 하나이고 평등하며 모두가 형제라는 것을 깨달을 수만 있다면…… 나머지는 문제 될 게 없을 거예요. 서로 트집 잡고 시기하는 일이나 파괴하는, 오로지 파괴만 하는 권력 투쟁 따윈 더 이상 존재하지 않을 거예요."

이 말에 대꾸하는 사람은 아무도 없었다. 이내 사람들은 테이블에서 일어났다. 그러나 사람들이 모두 자리를 떠났을 때 버킨이 쓰디쓴 열변을 토하기 시작했다.

"그건 그렇지 않아요, 정반대요, 허마이어니. 우리는 정신에 있어서 모두 다르고 평등하지 않아요……. 그건 우연한 물질적 조건들에 기초한 **사회적** 차이들일 뿐이오. 추상적으로 혹은 수리적으로 우리는 모두 평등하다고 말할 수는 있을지 모르죠. 누구나 배고픔과 목마름을 느끼고 두 개의 눈, 한 개의 코, 그리고 두 개의 다리를 갖고 있으니까. 수의 관점에서 보면 우리는 모두 같은 거죠. 그렇지만 정신적으로는 순전한 차이만이 존재할 뿐이어서, 평등이니 불평등이니 하는 것은 문제 되지 않아요. 바로 이런 두 가지 지식의 토대 위에 국가를 세워야 하는 겁니다. 당신의 민주주의는 새빨간 거짓이에요……. 당신이 말하는 인간의 형제애라는 것을 수리적인 추상 개념 이상의 어떤 것에 적용한다면 그건 완전한 허위란 말입니다. 우리는 모두 처음에 우유를 마시고, 모두가 빵과 고기를 먹으며, 모두가 자동차를 타고 싶어 한다 — 여기에 형제애의 시작과 끝이 들어 있죠. 하지만 여기에 평등은 없어요.

그러나 나, 나 자신, 나 자신인 나, 나는 평등과 어떤 관계가 있는가? ……다른 남자나 여자와는 어떤 관계인가? 정신에 있어서 나는, 한 개의 별이 다른 별과 떨어져 있듯이 별개이고, 질적으로 양적으로 달라요. 국가를 **바로 그 사실** 위에 세우란 말이오. 한 인간은 다른 인간보다 나을 것이 없어요. 모두가 평등해서가 아니라 서로가 본질적으로 **타자**이기 때문이고, 그래서 비교 조항이 존재하지 않는 겁니다. 비교하기 시작하는 순간, 한 사람이 다른 사람보다 훨씬 더 나아 보이죠. 당신이 상상하는 불평등이란 전부 본래 있는 겁니다.

난 모든 사람이 세상의 재화 중에서 자기 몫을 가지기를 바라요. 그래서 그들의 성가신 요구에서 벗어나 이렇게 말할 수 있게 말이오. '이제 당신이 원하는 걸 가졌잖아, 세상의 물건들 중에서 정당한 당신 몫을 챙기지 않았느냐고. 그러니 같은 말밖에 못하는 이 멍청아, 이제 네 일이나 신경 쓰고 나 좀 방해하지 마라.'"

허마이어니는 그를 곁눈질로 흘겨보았다. 그는 자신이 한 모든 말에 대한 그녀의 혐오와 증오의 거센 파도가 밀려오는 걸 느꼈다. 무의식으로부터 나오는 거세고 분노 가득한 강력한 증오요, 혐오였다. 그녀의 무의식적 자아는 그의 말을 듣고 있었지만, **의식적으로는**, 마치 귀라도 먹은 것처럼 전혀 주의를 기울이지 않았다.

"그건 좀 과대망상처럼 들리는데, 루퍼트." 제럴드가 다정스럽게 말했다.

허마이어니가 못마땅한 듯 그렁거리는 묘한 소리를 냈다. 버킨이 한발 물러섰다.

"그래, 그러라지 뭐." 그는 지금까지 모든 사람을 짓누르며 집요하게 강요하는 듯했던 어조가 사라진 목소리로 불쑥 이렇게 말했다. 그러고는 자리를 떴다.

그러나 그 후 그는 약간 양심의 가책을 느꼈다. 가여운 허마이어니에게 난폭하고 잔인했던 것이다. 그녀에게 보상을 해 주고 싶었고, 변상하고 싶었다. 그녀에게 상처를 주었고 복수심에 불탔던 것이다. 그녀와 다시 좋은 사이가 되고 싶었다.

그는 그녀의 방으로 갔다. 좀 외따로 떨어져 있는, 아주 푹신푹신한 곳이었다. 그녀는 테이블에 앉아 편지를 쓰고 있었다. 그가 들어가자 그녀는 멍하니 얼굴을 들어 그가 소파에 가서 앉는 것을 지켜보았다. 그러더니 다시 쓰고 있던 편지지를 내려다보았다.

그는 전에 읽던 커다란 책을 하나 집어 들었고 이내 그 내용에 빠져들었다. 그는 허마이어니를 등지고 앉아 있었다. 그녀는 편지를 계속 쓸 수가 없었다. 온통 혼란스러웠고, 마음속에 사악한 어둠이 몰려와 소용돌이 속에서 몸부림치는 사람처럼 의지력으로 스스로를 통제하려고 안간힘을 썼다. 그러나 노력에도 불구하고 그녀는 패배했고, 어둠이 그녀를 덮치는 것 같았다. 그녀는 심장이 터질 것만 같았다. 끔찍스러운 긴장의 강도가 점점 커지면서 높은 벽에 갇힌 듯한 무시무시한 고통이 되었다.

그 순간 그녀는 그의 존재가 바로 그 벽이라는 것을, 그의 존재가 자신을 파괴하고 있다는 것을 깨달았다. 뛰쳐나가지 않으면, 공포에 질린 채 벽에 갇혀 정말 끔찍하게 죽을 수밖에 없었다. 그리고 그가 그 벽이었다. 벽을 때려 부수어야 했다 — 앞에 있는 저 남자를, 마지막까지 자신의 삶을 방해할 저 끔찍한 장애물을 반드시 부숴야만 했다. 그렇게 해야 했다. 그렇지 않으면 자신이 가장 끔찍스럽게 파멸하여 죽을 것이었다.

고압 전류가 갑자기 그녀를 때려 눕힌 듯이, 전기 충격과도 같은 엄청난 충격이 그녀의 몸을 휩쓸고 지나갔다. 그녀는 조용히 앉아 있는 그를, 상상을 초월할 정도로 사악한 그 장애물을 의식했다. 오직 이것, 그의 조용하고 구부정한 등이, 그의 뒤통수가, 그녀의 정신을 파괴했고 숨통을 죄었다.

무시무시한 관능적인 전율이 그녀의 팔을 타고 흘렀다. 그녀는 관능의 극치를 알게 될 참이었다. 두 팔이 부들부들 떨리면서, 측정할 수 없고 억누를 길 없이 세졌다. 이 엄청난 기쁨, 이 엄청난 힘의 기쁨, 이 쾌락의 무아경이란! 그녀는 드디어 관능적인 황홀경의 극치를 맛보게 될 것이었다. 다가오고 있다! 극도의 공포와 고통 속에서 그녀는 환희의 극치가 임박했음을 알았다. 그녀는 손으로 책상 위에 놓인 공 모양의 아름다운 청금석 문진을 움켜쥐었다. 그것을 손에서 굴리며 자리에서 가만히 일어섰다. 심장이 활활 타올랐고, 황홀경에 빠져 그녀는 아무 의식도 없었다. 그녀는 그를 향해 걸어가 무아경 속에서 그의 뒤에 섰다. 마법에 걸린 듯 그는 아무것도 모른 채 꼼짝 않고 있었다.

바로 그때, 흐르는 번개처럼 그녀의 몸을 흠뻑 적시며 형언할 수 없이 완벽한 극치감과 형언할 수 없는 만족감을 안겨 주는 불길 속에서, 그녀는 사력을 다해 그 돌덩어리로 버킨의 머리를 내리쳤다. 그러나 그녀의 손가락이 그의 머리와 돌덩이 사이에 끼면서 타격이 둔해졌다. 그럼에도 불구하고 그의 머리는 책이 놓여 있던 테이블 위로 쓰러졌고, 돌덩어리는 그의 귀 옆으로 비스듬히 미끄러져 지나갔으며, 그녀에게 있어 그 순간은, 으스러질 듯한 손가락의 아픔으로 불붙은, 순전한 환희로 경련하는 순간이었다. 그러나 어딘가 완전치 않았다. 그녀는 테이블 위에 멍하니 놓여 있는 머리를 다시 한 번 똑바로 조준하여 팔을 높이 쳐들었다. 그것을 부숴 버려야 한다. 그것이 박살 나야만 황홀경이 극치에 달할 것이며, 영원토록 충족될 것이다. 천 개의 삶도, 천 개의 죽음도 이 순간엔 아무 의미가 없었다. 중요한 건 오직 이 완벽한 황홀경의 성취뿐이었다.

그녀는 민첩하지 않았다. 다만 느릿느릿 움직일 수 있을 뿐이었다. 그의 강인한 정신이 그를 깨웠고, 그는 얼굴을 들고 고개를 돌려 그녀를 쳐다보았다. 팔이 번쩍 올라가 있었고, 손은 청금석 덩어리를 움켜쥐고 있었다. 왼손이었다. 그녀가 왼손잡이라는 사실이 떠올랐고, 그는 공포에 전율했다. 그는 황급히, 두꺼운 투키디데스의 책*으로 파묻듯이 머리를 덮었고, 거의 목을 부러뜨리고 심장을 산산조각 낼 듯한 강타가 날아왔다.

그는 엄청난 충격을 받았지만, 두렵지는 않았다. 그녀 쪽으로 고개를 향한 채 테이블을 밀고 일어나 그녀로부터 벗어났다. 그는 마치 산산이 깨진 플라스크 같았고, 그 자신이 보기에도 산산이 부서진 파편 같았다. 그렇지만 그의 움직임은 완벽히 일관성이 있고 분명했으며, 그의 영혼은 온전하고 차분했다.

"아니, 안 돼요, 허마이어니." 그가 낮은 목소리로 말했다. "그렇게 하도록 내버려 두지 않을 거요."

그는, 돌을 꽉 움켜쥔 채 서슬 퍼런 분노로 그에게 집중하며 굽어보고 서 있는 허마이어니를 보았다.

"비켜서요, 지나가게." 그녀 쪽으로 다가가며 그가 말했다.

어떤 손에 의해 제지당한 듯이, 그에게 대적하는 힘을 잃은 천사처럼, 시종 그에게서 눈을 떼지 않은 채 그녀가 한발 물러섰다.

"아무 소용 없어요." 그녀 앞을 지나쳐 가며 그가 말했다. "죽을 사람은 내가 아니니까. 알겠소?"

그녀가 다시 자기를 치지 못하도록 그는 얼굴을 그녀에게로 향한 채 방을 나갔다. 그가 경계하는 동안 그녀는 움직일 엄두도 내지 못했다. 그가 경계 태세를 갖추자 그녀는 무력했다. 그렇게 서있는 그녀를 남겨 둔 채 그는 방에서 나갔다.

그녀는 온몸이 굳은 채로 한참을 서 있었다. 그러더니 비틀거리며 소파로 걸어가 누워 깊은 잠에 빠져들었다. 눈을 떴을 때 그녀는 자기가 한 일을 다시 떠올렸지만, 그녀에게 그 일은, 자신을 괴롭힌 남자를 그냥 한 대 친 것에 불과했다. 그녀는 전적으로 옳았다. 그녀는 정신적으로 자신이 옳다는 것을 알고 있었다. 한 점 흠결 없는 순수함 속에서, 꼭 해야 할 일을 한 것이었다. 그녀는 옳았고, 결백했다. 약에 취한 듯한, 불길하기까지 한 종교적인 표정이 그녀의 얼굴에 영원토록 자리 잡게 되었다.

버킨은 거의 의식이 없었지만 아주 단호한 몸짓으로 집을 빠져나와 정원을 가로질러 탁 트인 전원으로, 언덕으로 향했다. 화창하던 날이 어느새 구름이 끼어 빗방울이 떨어지고 있었다. 그는 개암나무 덤불과 무수한 꽃들, 히스 덤불과 손 모양의 보드라운 싹을 틔운 자그마한 어린 전나무 덤불이 멋대로 자란 골짜기를 배회했다. 사방이 촉촉이 젖었고 골짜기 아래로는 개울이 흐르고 있었는데, 그 모습이 우울했다. 아니, 우울한 것처럼 보였다. 그는 자신이 의식을 되찾을 수 없다는 걸, 일종의 암흑 속을 걷고 있음을 알고 있었다.

하지만 그는 뭔가를 원했다. 그는 덤불과 꽃들로 우거져 뒤덮인 촉촉한 산비탈에서 행복을 느꼈다. 그 모든 것들을 만지고 싶었고, 그 감촉으로 자신을 흠뻑 적시고 싶었다. 그는 옷을 훌훌 벗어 버리고 벌거벗은 몸으로 앵초꽃들 사이에 앉아 꽃들 사이로 발을 살살 움직이다가 다리를, 무릎을, 그리고 겨드랑이까지, 그러다가 배와 가슴까지 꽃들이 닿도록 아예 엎드려 누웠다. 너무나 부드럽고 시원하고 은밀한 접촉으로 그의 온몸이 흠뻑 젖는 것 같았다.

그러나 그것들은 너무 지나치게 부드러웠다. 그는 키 큰 풀들을 헤치고 사람 키를 넘지 않는 어린 전나무 숲으로 갔다. 그가 나아가자 보드랍게 돋아난 가지들이 그를 때려 아프게 했고, 그의 배에 차가운 물방울을 떨구었으며, 부드럽고 날카로운 뾰족 잎들이 허리를 찔러 댔다. 엉겅퀴도 쿡쿡 찔렀지만 그가 아주 잘 가려서 살살 나아가고 있었기 때문에 그렇게 아프지는 않았다. 그는 차갑고 끈끈하게 달라붙는 어린 히아신스 위에 누워 구르기도 하고, 부드럽고 촉촉한, 숨결처럼 부드러운, 그 어떤 여인의 손길보다도 부드럽고 섬세하며 아름다운 풀을 등에 잔뜩 뒤집어쓴 채 배를 깔고 누워 있기도 했다. 전나무 가지에 난 싱싱하고 검은 뻣뻣한 털로 허벅지를 찔러 보기도 했다. 양어깨 위로 따가운 개암나무 가지의 가벼운 채찍질을 느껴 보다가, 은빛 자작나무 줄기를, 그 부드러움과 딱딱함, 그 생기 넘치는 마디와 굽은 줄기를 가슴에 꼭 껴안았다. 정말 좋았다……. 너무 좋고 만족스러웠다. 핏속으로 여행해 들어오는 초목의 이 같은 차가움과 섬세함 이외에는 그 어떤 것도 소용없으리라. 만족스럽지 않으리라. 이렇게 사랑스럽고 섬세하며 그에게 응답하는 초목이, 그가 그것을 기다리는 바로 그때 그것 또한 그를 기다리고 있다니, 얼마나 운이 좋은가! 이 얼마나 충족감이 느껴지고 행복한가!

손수건으로 몸을 닦아 내면서, 그는 허마이어니와 그녀에게 맞은 것에 대해 생각했다. 머리 한쪽이 아직도 아팠다. 하지만 결국 무슨 상관인가? 허마이어니가 무슨 상관 있으며, 사람들이 어떤 의미가 있단 말인가? 이토록 완벽하고 시원한 고독이, 이토록 사랑스럽고 신선한, 미처 몰랐던 고독이 있는데 말이다. 사람을 원한 다고, 여자를 원한다고 생각했으니 정말이지 얼마나 큰 실수였나! 그는 여자를 원하지 않았다 ─ 눈곱만큼도. 나뭇잎과 앵초꽃, 그리고 나무들, 이것들이야말로 진정 사랑스럽고 상쾌했으며 탐이 났다. 이들은 정말로 핏속으로 들어와 그의 존재에 더해졌다. 지금 그는 헤아릴 수 없이 풍요로워졌으며 너무나 기뻤다.

허마이어니가 그를 죽이고 싶어 했던 건 너무나 당연했다. 그가 그녀랑 무슨 상관이 있단 말인가? 도대체 어째서 인간들과 관계 있는 척해야 한단 말인가? 여기 그의 세상이 있었고, 그는 사랑스럽고 섬세하며 그에게 응답하는 초목과 자기 자신, 살아 있는 자기 자신을 빼고는 아무도, 아무것도 원하지 않았다.

세상으로 돌아가는 것은 피할 도리가 없었다. 그건 사실이었다. 그러나 그것은 중요하지 않았다. 인간은 자신이 어디에 속하는지 알고 있었다. 그는 이제 자기가 어디에 속하는지 알았다. 어디에 자신을, 자신의 씨앗을 심어야 하는지……. 그건 바로 나무들과 더불어 달콤하고 싱싱하게 자라나는 풀잎들 속이었다. 이곳이 그의 자리요, 결혼 장소였다. 세상은 관계가 없었다.

그는 자신이 혹시 미친 건 아닐까 하는 생각을 하면서 골짜기를 기어올라 빠져나왔다. 하지만 설령 그렇다고 하더라도, 통상적인 제정신보다는 자신의 광기가 더 좋았다. 그는 자신이 미친 것이 기뻤다. 자유로웠다. 그는 너무나 혐오스럽게 되어 버린 세상의 케케묵은 제정신은 원치 않았다. 그는 새로이 발견한 자신의 미친 세상에 기뻐했다. 그 세상은 정말 신선하고 섬세하며 만족스러웠다.

이와 동시에 그가 영혼 속에서 느낀 어떤 슬픔에 대해 말하자면, 그것은 단지 인간으로 하여금 인간성에 집착하게 하는 낡아빠진 윤리의 잔재에 불과했다. 그는 낡아 빠진 윤리니, 인간이니,

인간성이니 하는 것들에 신물이 났다. 이제는 너무나 상쾌하고 완벽한, 부드럽고 섬세한 초목을 사랑하고 있었다. 케케묵은 슬픔 따윈 무시해 버리리라. 낡아 빠진 윤리 따윈 버리고 나의 새로운 나라에서 자유롭게 살리라.

두통이 참을 수 없을 정도로 시시각각 심해지고 있었다. 가장 가까운 역을 향해 길을 걸었다. 비가 오는데 모자도 없었다.* 하기야 요즘엔 모자도 안 쓰고 빗속에 나다니는 괴짜들도 많았다.

그는 지금 마음이 무겁고 의기소침한 것이 사실 자기가 벌거벗은 몸으로 초목 사이에 누워 있는 걸 본 사람이 있으면 어쩌나 하는 두려움 때문이라는 걸 깨닫고 다시 한 번 놀랐다. 인간을, 다른 사람들을 얼마나 두려워하고 있단 말인가! 다른 사람들에 의해 관찰당하고 있다는 공포는 악몽 속에서 느끼는 끔찍스러운 공포에 육박할 지경이었다. 알렉산더 셀커크*처럼 인간 이외의 생물들과 나무들하고만 섬에 산다면 이렇게 마음이 무겁고 불안하지 않을 텐데. 초목을 사랑하면서 혼자 아주 행복하게, 아무 심문도 받지 않고 살 수 있을 텐데.

허마이어니에게 편지를 띄우는 게 좋을 것 같았다. 그녀는 걱정하고 있을 것이고, 그는 그런 부담을 지기 싫었다. 그래서 역에서 편지를 썼다.

"나는 시내로 갑니다……. 당분간 브래덜비로 돌아오고 싶지 않소. 하지만 괜찮소……. 나를 때린 것에 대해서는 조금도 마음 쓰지 않길 바라오. 사람들한테는 그냥 내가 기분이 별로 안 좋다고 말해 두시오. 내게 한 방 날린 건 잘한 겁니다……. 당신이 그러고 싶었다는 걸 난 알고 있으니까. 그러니 이것으로 그 일은 끝냅시다."

그러나 기차를 타는 동안 그는 아팠다. 몸을 움직일 때마다 참을 수 없이 고통스러웠고, 속이 메스꺼웠다. 역에서부터 택시가 있는 데까지, 그는 맹인처럼 한 걸음 한 걸음 길을 더듬으며 오직 의지력 하나로 버티면서 몸을 질질 끌고 갔다.

1~2주일 동안 아팠지만 허마이어니에게는 이를 알리지 않았다. 그녀는 그가 부루퉁해 있다고 생각했으며, 두 사람 사이는 완전히 멀어져 버렸다. 그녀는 자신이 전적으로 옳았다는 확신에 푹 빠져 있었다. 그녀는 자부심, 자신의 정신적 정당함에 대한 확신 속에서, 그리고 그 확신으로 살았다.

9장 석탄가루

오후에 학교에서 퇴근하는 길에 브랑웬 자매는 윌리 그린에 있는 그림 같은 작은 집들 사이로 난 언덕길을 걸어 내려와 철도 건널목에 다다랐다. 탄광 열차가 덜커덩거리며 가까이 다가오고 있었기 때문에 차단기가 내려져 있었다. 그 작은 기관차가 거칠게 숨을 헐떡이며 조심스럽게 둑 사이를 지나는 소리가 들려왔다. 철로 옆 작은 신호소 안에 있던 외다리 남자 하나가 달팽이 껍데기 속의 게처럼 컴컴한 곳에서 바깥을 빤히 내다보고 있었다.

자매가 기다리는 동안 붉은 아라비아 말을 탄 제럴드 크라이치가 빠르게 다가왔다. 그는 자신의 무릎 사이로 느껴지는 말의 가녀린 떨림에 흐뭇해하며 능숙하고 부드럽게 말을 탔다. 긴 꼬리를 공중에 찰랑찰랑 흔들고 있는 늘씬한 붉은 암말에 부드럽게 찰싹 걸터앉아 있는 그의 모습은, 적어도 구드룬의 눈에는 그야말로 한 폭의 그림 같았다. 그는 자매에게 인사를 건네고는 열차가 오고 있는 선로를 내려다보면서 건널목에 바짝 말을 세우고 차단기가 열리기를 기다렸다. 구드룬은 그의 그림 같은 모습에 빈정대는 듯한 미소를 짓고 있었지만 그를 쳐다보는 것이 좋았다. 그는 건강한 체격에 느긋해 보였으며, 볕에 그을린 얼굴에 약간 희끄무레한 거친 콧수염은 더욱 선명해 보였고, 먼 곳을 바라보는 푸른 눈에는 날카로운 빛이 가득했다.

기관차는 아직 모습을 드러내지 않은 채 둑 사이에서 느릿느릿 칙칙거렸다. 말은 그 소리를 좋아하지 않았다. 그 미지의 소음에 고통스러운 듯 몸을 움츠리며 꽁무니를 빼려고 했다. 그러나 제럴드는 말을 끌어당겨 머리를 차단기 쪽으로 향하게 했다. 칙칙거리는 엔진의 요란한 소리가 점점 더 거세게 말 쪽으로 몰아쳤다. 미지의 무시무시한 폭발음이 계속 후려치자 그 암말은 마침내 공포로 온몸을 덜덜 떨었다. 말은 탁 놓아 버린 용수철처럼 다시 튀어 뒷걸음질 쳤다. 그러나 제럴드의 얼굴에 번쩍, 미소 같은 것이 스쳤다. 그는 다시 말이 꼼짝할 수 없도록 제자리로 끌어당겼다.

기적이 울리면서, 강철 연결대가 철커덕거리는 자그마한 기관차가 요란한 소리를 내며 철로 위에 나타났다. 암말은 뜨겁게 달군 쇠에서 튕겨져 나가는 물방울처럼 튀었다. 어슐라와 구드룬은 겁에 질려 울타리 쪽으로 뒷걸음질 쳤다. 그러나 육중하게 걸터앉은 제럴드는 말을 강제로 원위치시켰다. 말에 자석처럼 달라붙어서, 말이 어찌하지 못하도록 밀어붙일 수 있는 것 같았다.

"저런 멍청이 같으니라고." 어슐라가 큰 소리로 외쳤다. "대체 왜 열차가 지나갈 때까지 물러서질 않는 거지?"

구드룬은 마법에 걸린 듯 눈을 부릅뜨고 그를 바라보고 있었다. 그러나 그는 뱅뱅 도는 암말에게 완력을 행사하면서, 눈을 빛내며 집요하게 앉아 있었다. 말은 바람처럼 빙빙 돌며 방향을 홱 바꾸기도 했지만, 여전히 그의 의지의 손아귀를 벗어날 수도, 하나씩 하나씩 꼬리를 물며 천천히, 육중하게, 무시무시하게 엄청난 굉음을 내며 건널목 레일 위로 들어오는 무개 화차의, 온몸을 관통하는 미친 듯한 공포의 울부짖음으로부터 도망칠 수도 없었다.

무슨 방도가 있는지 보고 싶어 하는 듯 기관차가 제동을 걸자, 무시무시한 심벌즈가 부딪치는 것처럼 끔찍한 소리가 점점 더 가까워지더니, 무개 화차들이 철제 완충기 위에서 덜커덩거리며 들어왔다. 암말은 입을 벌리고 공포의 바람에 몸이 들어 올려지기라도 하는 듯 서서히 몸을 곧추세웠다. 그러더니 두려움에 몸부림치면서 갑자기 앞발을 뻗어 찼다. 말이 뒷걸음질 치자 자매는 말이 제럴드를 등에 태운 채 그를 깔아뭉개며 넘어질 것만 같아 서로에게 꼭 달라붙었다. 그러나 그는 한결같이 재미있다는 표정으로 얼굴을 빛내며 몸을 앞으로 숙이고 있다가 마침내 말의 기를 꺾어 제압했고, 자기가 의도했던 자리로 가도록 몰아붙였다. 그러나 극심한 공포에 찬 말의 반발도 그의 제압 못지않게 강했다. 너무나 필사적으로 뒷걸음질 치는 통에, 말은 마치 회오리바람 한가운데 있는 것처럼 두 발로 선 채 뱅글뱅글 돌았다. 구드룬은 심장을 관통하는 듯한 통렬한 현기증으로 기절할 것만 같았다.

"안 돼요…… 안 돼……! 말을 놔줘요! 놔주라고요, 이 멍청이, 이 **멍청이** 같으니……!" 어슐라가 자제심을 완전히 잃고 목청 높여 소리를 질렀다. 구드룬은 자제심을 상실한 언니가 그렇게 미울 수가 없었다. 어슐라의 목소리가 그렇게 강하고 적나라한 것이 참을 수 없었다.

제럴드의 얼굴에 날카롭게 날 선 표정이 서렸다. 그는 급소를 찌르는 예리한 칼날처럼 암말을 **완력으로** 죄어 눌렀다. 말은 숨을 몰아쉬며 그르렁거렸고, 콧구멍은 두 개의 커다랗고 뜨거운 구멍이 되었으며, 입은 벌어지고 눈에서는 광기가 돌았다. 혐오스러운 광경이었다. 그러나 그는 거의 기계처럼 무자비하게, 깊숙이 찌르는 예리한 칼처럼, 흐트러짐 없이 말을 붙들고 있었다. 말과 사람 모두 땀을 뻘뻘 흘리고 있었다. 하지만 그는 한 줄기 차가운 햇살처럼 침착해 보였다.

그러는 동안 그 무개 화차들은, 끝날 줄 모르는 지긋지긋한 꿈처럼 아주 천천히 한 대 한 대 연달아 덜컹거리며 끊임없이 지나갔다. 연결 사슬들은 화차들이 서로 당기는 힘에 따라 삐거덕 끼익 거슬리는 소리를 냈고, 암말은 이제 기계적으로 앞발로 땅을 차며 버둥댔다. 남자가 완전히 자신을 포위하고 있었기 때문에 말의 공포는 극에 달했다. 물불 안 가리고 허공을 걷어차는 말의 앞발은 애처로웠고, 그 남자는 말이 자기 몸의 일부라도 되는 것처럼 에워싸고 내리눌렀다.

"어머, 말이 피를 흘리네! ……피를 흘려요!" 어슐라가 제럴드에 대한 적대감과 증오로 몹시 흥분하여 소리쳤다. 철저한 반발 속에 그녀만이 그를 완벽히 이해하고 있었다.

구드룬은 눈을 돌려 말의 양 옆구리로 흐르는 피를 보고는 새파랗게 질렸다. 그런데 바로 그때, 그 피 흘리는 상처를 무자비하게 짓누르며 번쩍 박차가 가해졌다. 세상이 빙빙 돌더니 정신이 아뜩해지면서, 구드룬은 뭐가 뭔지 더 이상 분간할 수가 없었다.

그녀가 정신을 차렸을 때 그녀의 영혼은 아무 감정 없이 고요하고 냉정했다. 무개 화차는 아직도 덜컹거리며 지나가고, 남자와 암말은 여전히 싸우고 있었다. 하지만 그녀 자신은 냉정하고 동떨어져, 그들에 대해 더 이상 아무런 감정도 없었다. 그녀는 정말로 무정하고 냉정하며 무심한 상태였다.

차장이 타고 있는 덮개가 쳐진 유개 화차 지붕이 가까워지는 것이 보였고, 무개 화차 소리가 작아지면서, 견딜 수 없는 소음으로부터 해방될 기미가 보였다. 거의 기절하다시피 한 말의 거친 숨소리가 기계적으로 들려왔고, 남자는 자신만만하게 고삐를 늦추었다. 그의 의지는 한 점 티 없이 환히 빛났다.

차장이 탄 화차가 가까워졌다가 천천히 지나갔다. 차장은 길 위에서 벌어지는 광경을 무안할 정도로 쏘아보며 지나갔다. 그러자 구드룬은 덮개 달린 화차에 탄 차장의 눈을 통해 그 전체 광경을, 마치 영원 속에 고립되어 있는 환영(幻影)처럼, 동떨어진 찰나의 구경거리처럼 볼 수 있었다.

사랑스럽고 고마운 고요가 멀어지는 열차 뒤를 느릿느릿 따라가는 것 같았다. 그 고요가 얼마나 달콤한지! 어슐라는 작아져 가는 화차의 완충 장치에 증오의 시선을 던졌다. 건널목지기가 신호소 문으로 나와 차단기를 열 채비를 하고 서 있었다. 그때 갑자기 구드룬이 몸부림치는 말 앞쪽으로 튀어 나가 빗장을 벗겨 버리고는, 차단기의 한쪽은 건널목지기 쪽으로, 다른 쪽은 앞쪽으로 밀어 확 열어젖혔다. 제럴드가 갑자기 말고삐를 놓쳐 말이 구드룬 쪽으로 덮칠 듯이 달려들었다. 그녀는 두렵지 않았다. 그가 말의 머리를 한쪽으로 홱 잡아당기자, 철길 옆에서 구드룬이 야릇한 고성으로 갈매기처럼, 아니 악을 쓰는 마녀처럼 소리를 질렀다.

"자랑스러우시겠어요!"

한 마디 한 마디가 또렷했다. 그는 날뛰는 말의 고삐를 감아쥐면서, 약간은 놀라고 약간은 호기심 어린 표정으로 그녀를 쳐다보았다. 그때 북과 같은 건널목 침목 위에서 말발굽이 세 차례 춤을 추더니, 남자와 말은 용수철이 튀듯이 불규칙한 걸음으로 길 쪽으로 달려갔다.

자매는 그들이 가는 걸 지켜보았다. 건널목지기가 나무로 된 의족으로 건널목 통나무 위를 쿵쿵 절름거리며 걸어갔다. 그는 차단기를 잠갔다. 그러더니 자매를 향해 말했다.

"참 당돌한 젊은 기수 양반이죠, 저분 말입니다. ……진짜 자기 식대로 하며 살 거예요."

"맞아요." 잘난 척하는 듯한, 흥분한 목소리로 어슐라가 외쳤다. "어째서 저 사람은 화차들이 지나갈 때까지 말을 물려서 있게 하지 않는 걸까요? 멍청이고, 약자를 괴롭히는 불한당이에요. 말을 고문하는 게 남자다운 거라고 생각하는 걸까요? 살아 있는 생명체를 어째서 그렇게 못살게 굴고 고문하는 걸까요?"

잠시 말이 없더니, 이윽고 건널목지기가 고개를 저으며 대답했다.

"글쎄 말입니다. 정말 보기 드물게 근사한 말입죠……. 잘생긴 놈이죠, 정말로. ……저 양반의 아버지라면 어떤 동물도 그런 식으로 다루지는 않을 겁니다 — 절대로. 어쩜 그렇게 다를까, 제럴드 크라이치와 그의 아버지 말입니다 — 딴판이에요. 됨됨이가 아예 달라."

침묵이 흘렀다.

"근데 그 사람은 왜 그러는 걸까요?" 어슐라가 말했다. "왜 그러는 거냐고요. 자기보다 열 배는 감수성 있는 민감한 동물을 못살게 굴면 자신이 멋져 보인다고 생각하는 걸까요?"

다시 조심스러운 침묵이 흘렀다. 그러더니 더 이상 말은 안 하겠으나 생각은 많다는 듯, 그 남자가 다시 고개를 절레절레 저었다.

"제가 보기에 그분은 말이 어떤 것도 견뎌 내도록 훈련시키고야 말 겁니다." 그가 말했다. "아랍산 순종인데 — 이 근방에 돌아다니는 종자가 아닙죠 — 우리 쪽 종자랑은 아주 달라요. 그분이 콘스탄티노플에서 데려온 거라고들 하더군요."

"그인 아마 그럴 거예요!" 어슐라가 말했다. "터키 사람들한테 두고 오는 편이 나았을 텐데. 그 사람들은 말을 좀 더 점잖게 대할 테니까요."

남자는 차를 마시러 안으로 들어갔고, 자매는 보드랍고 시커먼 석탄가루가 두껍게 뒤덮인 길로 들어섰다. 구드룬의 마음은, 살아 있는 말의 몸뚱이를 내리누르던 그 남자의 굽힘 없고 부드러운 무게감으로 마비되어 버린 것 같았다. 고동치는 암말의 몸뚱이를 완전히 장악하고 있던 그 금발 남자의 강인한 불굴의 허벅지. 무겁게 포위하듯 둘러싸고 암말로부터 끔찍스러운, 형언할 수 없는 복종을, 고분고분한 피의 복종을 끌어냈던, 그 허리와 허벅지, 그리고 종아리로부터 나오는 부드럽고 하얀, 자석처럼 끌어당기는 지배력.

말없이 걸어가는 자매의 왼편으로는 탄광이 거대한 둔덕들과 똑같은 모양의 축대들을 떠받치고 있었다. 그 아래쪽으로 무개 화차들이 쉬고 있는 시커먼 철길은 항구와 화차들이 정박해 있는 철로로 된 커다란 만처럼 보였다.

반짝이는 수많은 레일들을 가로지르는 두 번째 건널목 가까이에는 광부들 소유의 농장이 있었고, 길가 방목장에는 지금은 사용하지 않는 커다랗고 녹슨 철제 구(球) 모양의 보일러가 묵묵히 서 있었다. 그 주위에서는 암탉들이 부리로 쪼아 대고, 병아리 몇 마리가 물통 위에서 무게중심을 잡고 있었으며, 할미새들이 호수에서 날아올라 무개 화차 사이로 날아갔다.

넓은 건널목 반대편 철길 가에는 도로 공사를 위한 엷은 회색 돌무더기가 있었고, 수레 한 대가 서 있었으며, 구레나룻을 한 중년의 남자가 삽에 기대서서, 말 옆에 서 있는 반장화를 신은 젊은 이와 이야기를 나누고 있었다. 두 남자 모두 건널목 쪽을 향해 있었다.

그들은 늦은 오후의 강렬한 햇살을 받으며 나타난 자매의 빛나는 자그마한 자태를 보았다. 둘 다 밝고 선명한 빛깔의 여름 드레스를 입고 있었다. 어슐라는 오렌지색 천으로 짠 원피스를, 구드룬은 연한 노란색 원피스를 입었고, 어슐라는 밝은 노랑, 구드룬은 밝은 장밋빛 스타킹을 신고 있어서, 철길 건널목의 넓은 플랫폼을 지나는 두 여자의 모습은 석탄가루로 온통 막혀 버린 뜨거운 세상을 가로질러, 하얀색과 오렌지색, 노랑과 장미 색깔이 빛을 내며 움직이는 것 같았다.

두 남자는 이들을 지켜보면서 햇빛 속에 잠자코 서 있었다. 나이 든 쪽은 키가 작고 완고해 보이는 얼굴에 정력 넘치는 중년의 남자였고, 젊은 쪽은 스물너서 살쯤 되어 보이는 인부였다. 그들은 말없이 서서 자매가 다가오는 것을 지켜보았다. 자매는 가까이 다가왔다가 그들을 지나쳐, 마침내 한편으로는 주택들이, 맞은편으로는 석탄가루를 뒤집어쓴 덜 여문 밀밭이 있는, 석탄가루 덮인 길로 멀어져 갔다.

그때 구레나룻을 한 나이 든 남자가 젊은이에게 음탕한 태도로 말했다.

"어때? 응? 괜찮아 보이지 않아?"

"어느 쪽 말이에요?" 젊은이가 눈을 빛내면서 웃으며 물었다.

"빨간 스타킹 신은 여자 말이야. ……자네는 어때? ……나 같으면 5분에 내 일주일 치 봉급이라도 내겠어. ……뭐 어때! ……딱 5분만이라도 말이지."

젊은이가 다시 웃으며 대꾸했다.

"아주머니가 한 소리 하실 텐데요."

구드룬이 고개를 돌려 두 남자를 쳐다보았다. 희끄무레한 회색 탄 찌꺼기 무더기 옆에 서서 자신을 쳐다보는 두 남자는 그녀에게 기분 나쁜 존재들이었다. 그녀는 구레나룻이 난 남자가 싫었다.

"당신 최고야, 최고." 그가 멀리 있는 그녀를 향해 말했다.

"일주일 치 봉급만 한 가치가 있다고 생각하세요?" 젊은이가 생각에 잠겨 물었다.

"내가? 지금 당장이라도 척 내놓을 수 있지⋯⋯."

젊은이는 일주일 치 봉급의 가치가 될 만한 게 뭐가 있는지 따져 보기라도 하려는 듯이 구드룬과 어슐라의 뒤를 냉정한 눈으로 뒤쫓았다. 그러더니 결정적인 의혹을 드러내며 고개를 가로저었다.

"아니에요." 그가 말했다. "저에겐 그만 한 가치가 없어요."

"그래?" 나이 든 남자가 말했다. "나한텐 그 정도 가치가 충분히 되는데!"

그러고는 삽질을 계속했다.

자매는 슬레이트 지붕에 거무스름한 벽돌담을 한 집들 사이로 걸어 내려갔다. 다가오는 일몰의 묵직한 황금빛 매력이 탄광촌을 온통 뒤덮었고, 아름다움으로 도금된 추악함은 감각을 마비시키는 듯했다. 시커먼 석탄가루로 뒤덮인 길 위로 선명한 석양이 한층 따스하게, 한층 강하게 내리쬐고 있었다. 붉게 타는 하루의 끝으로부터, 제멋대로 생긴 그 모든 지저분함 위로 마법이 드리워졌다.

"기분 나쁜 아름다움을 갖고 있어, 이곳은." 매혹당해 괴로운 것이 분명한 구드룬이 말했다. "어딘지 모르게 저 안에서 진하고 뜨거운 매력이 느껴지지 않아? 난 느껴지는데. 정말로 마비되는 것 같아."

그들은 광부들의 주택가를 지나고 있었다. 몇 집이 공동으로 쓰는 뒤뜰에서 광부 하나가 이 더운 저녁에 몸을 씻고 있는 것이 보였다. 두툼한 커다란 면바지가 흘러내려 허리까지 훤히 드러나 있었다. 이미 다 씻은 광부들은 담벼락 쪽으로 등을 향한 채 쭈그리고 앉아 이야기를 하거나, 순전한 육체적 안온함 속에 말없이 지친 몸을 쉬고 있었다. 그들의 강한 억양이 들려왔는데, 그 심한 사투리가 신기하게도 핏속까지 어루만져 주었다. 그것은 애무하는 노동자들의 품속에 구드룬을 감싸 안는 듯했다. 대기 전체가 육체적인 남자들로 공명했으며, 매력적인 노동과 남자다움으로 빽빽히 들어차 있었다. 그런데 그 지역 전체가 그랬기 때문에, 그곳 주민들은 이를 잘 깨닫지 못했다.

그러나 구드룬은 그것이 강력하면서도 절반은 혐오스러웠다. 지금까지 그녀는 벨도버가 어째서 런던이나 남부와 그렇게 철저히 다른 건지, 어째서 느낌 자체가 그토록 다른 건지, 어째서 전혀 딴세상에서 살고 있는 것만 같은지 도무지 알 수가 없었다. 그러나 이제, 이곳은 대부분의 시간을 어둠 속에서 보내는 강력한 지하 세계 남자들의 세상이라는 것을 깨달았다. 그들의 목소리에서 그녀는 어둠의 요염한 울림을, 강하고 위험한 지하의, 비정하고 비인간적인 울림을 들을 수 있었다. 그 소리는 기름칠한 육중하고 괴상한 기계 소리처럼 들리기도 했다. 요염함은 기계의 요염함처럼 차갑고 무쇠 같았다.

매일 저녁 귀가할 때마다, 구드룬은 정력적인 지하 세계의, 반쯤 기계화된 수천 명의 광부들에게서 뿜어져 나오는 파괴적인 힘의 파도 사이로 나아가는 것 같았고, 그 파도는 치명적인 욕망과 치명적인 무정함을 깨우며, 뇌와 심장에까지 이르렀다.

그곳에 대한 향수가 그녀를 엄습했다. 그녀는 그곳이 싫었다. 그곳이 얼마나 철저히 단절된 곳이며 얼마나 끔찍하고 얼마나 병적으로 비정한 곳인지 알고 있었다. 가끔씩 그녀는 월계수가 아니라 기계로 변하고 있는 현대판 다프네*처럼 날개를 퍼덕거렸다. 하지만 여전히 그리움을 이겨 내지 못했다. 점점 더 그곳의 분위기와 하나가 되기 위해 애썼고, 거기서 만족감을 얻길 갈망했다.

저녁이면 그녀는, 제대로 형성되지도 않고 추하지만 한결같이 강렬하고 어두운 냉담한 분위기로 꽉 들어찬 시내 중심가로 끌려

나가는 것 같은 기분이 들었다. 거기엔 언제나 광부들이 있었다. 그들은 괴상하고 비틀린 위엄과 모종의 아름다움을 갖추고, 부자연스러운 정적이 감도는 태도로, 창백하고 때로는 퀭한 얼굴로 멍하니 반쯤 체념한 표정으로 돌아다녔다. 그들은 다른 세상에 속했고, 낯선 매력이 있었으며, 그들의 목소리는 윙윙대는 기계 소리처럼 견디기 어려운 깊은 울림으로 가득하여, 그 옛날 사이렌의 노래보다 사람을 더 미치게 하는 소리였다.

금요일 저녁마다 그녀는 다른 평민 여자들과 함께 작은 시장으로 이끌리듯 나갔다. 금요일은 광부들의 봉급날이었고, 밤에는 장이 섰다. 여자들은 모두 밖에 나왔고, 남자들도 모두 나와 아내와 장을 보거나 친구들과 어울렸다. 거리는 수 마일에 걸쳐 사람들로 시커멓게 들어찼고, 언덕 꼭대기의 자그마한 장터와 벨도버의 중심가도 빽빽이 들어찬 남자와 여자들로 시커멓게 보였다.

날은 어두워졌고, 장터는 물건을 사는 아낙들의 심각한 얼굴과 남자들의 창백하고 멍한 얼굴에 벌건 빛을 던지는 등유의 너울대는 불꽃으로 뜨거웠다. 대기는 장사꾼들의 외침과 사람들의 이야기 소리로 가득했고, 보도 위의 빽빽한 인파는 붐비는 시장 쪽으로 계속 움직여 갔다. 밝게 빛나는 상점들은 여자들로 미어졌고 거리는 대부분 남자들, 즉 모든 연령을 망라한 남자 광부들로 가득했다. 그들은 흥청망청 아낌없이 돈을 썼다.

짐수레들은 빠져나갈 수가 없었다. 마부는 소리를 질러 댔고, 짐수레들은 밀집한 군중이 길을 내줄 때까지 기다려야만 했다. 외곽에서 온 젊은이들은 도로와 사방 길모퉁이에서 처녀들과 시시덕거렸다. 선술집 문은 활짝 열려 불빛이 휘황하게 빛났고, 남자들 무리가 끊임없이 들락거렸다. 사방에서 남자들이 서로를 부르거나, 만나기 위해 길을 가로질러 건너가거나, 몇 명씩 무리 지어 둥그렇게 둘러서서 토론을, 끝도 없는 토론을 벌였다. 와글와글 귀에 거슬리는, 어딘지 비밀스러운 토론의 분위기가, 광산과 정치에 관한 끊임없는 언쟁 소리가 삐걱대는 기계처럼 대기 속에서 진동했다. 구드룬을 거의 기절할 지경으로 만든 것은 바로 이 소리였다. 그것은 욕망의 야릇한 향수 어린 아픔을, 영원히 충족될 수 없는 악마적인 뭔가를 일깨웠다.

그 지역의 여느 처녀들처럼, 구드룬도 장터 근처의 2백 보가량 되는 환한 보도 위를 어슬렁거리며 왔다 갔다 했다. 그녀는 그러고 있는 것이 저속한 일임을 알고 있었다. 아버지와 어머니는 이를 참을 수 없어 하시리라. 하지만 향수가 몰려와 사람들 가운데 있어야만 했다. 때때로 극장에 가서 시골뜨기들 가운데 앉아 있기도 했다. 그들은 매력이라고는 없는 난봉꾼 같은 작자들이었다. 그래도 그들과 함께 있어야만 했다.

게다가 보통 처녀들처럼 그녀도 자신의 '남자'를 찾아냈던 것이다. 그는 제럴드의 새로운 사업 계획에 따라 고용된 전기 기술자들 중 하나였다. 그는 착실하고 영리한 남자였고, 사회학에 대한 열정을 가진 과학자였다. 그는 윌리 그린에 있는 작은 집에서 혼자 하숙하고 있었는데 신사였고 꽤 유복했다. 그의 안주인이 그에 관한 얘기를 퍼뜨리고 다녔다. 이에 따르면, 그는 침실에 커다란 나무 욕조를 들여놓고, 일을 마치고 돌아오면 언제나 물을 몇 양동이씩 떠다가 목욕을 하고, **날마다** 깨끗한 셔츠와 속옷으로 갈아입고 비단 양말을 신는다는 것이었다. 이런 점에서 그는 지나치게 깔끔하고 까다롭지만, 다른 면으로는 상당히 정상적이고 얌전한 양반이라는 것이었다.

구드룬은 이 모든 걸 알고 있었다. 브랑웬 집은 그런 풍문이 자연스럽게, 피할 수 없이 거쳐 가는 집이었다. 우선, 파머는 어슐라의 친구였다. 그의 창백하고 우아하면서도 진지한 얼굴에는 구드룬이 느낀 것과 같은 향수가 감돌았다. 그 역시 금요일 저녁에는 거리를 배회해야만 했다. 그래서 구드룬과 함께 걸었고, 그들 사이엔 우정이 싹텄다. 그러나 그가 구드룬을 사랑한 것은 아니었다. 그가 **정말로** 원한 것은 어슐라였지만, 어떤 기이한 연유로 그녀와 그 사이엔 아무 일도 일어날 수가 없었다. 그는 구드룬이 동료로서 곁에 있는 것이 좋았지만…… 그게 다였다. 그녀 역시 그에 대해 그 어떤 진지한 감정도 갖고 있지 않았다. 그는 과학자였고, 자신을 지지해 줄 여자가 있어야만 했다. 그러나 그는 정말이지 인간적이지 않았고, 세련된 기계 부품같이 정교했다. 그는 너무 냉정했고, 여자에게 진심 어린 마음을 쓰기엔 지나치게 파괴적이었으며, 아주 굉장한 이기주의자였다. 그는 사람들에 대해 양극화된 감정을 갖고 있었다. 개개의 사람들을 그는 혐오하고 경멸했다. 집단으로서의 그들은, 마치 기계가 매혹적이듯, 그에게 매혹적이었다. 그에게 그들은 새로운 종류의 — 그러나 도저히 헤아릴 길 없고 알 수 없는 — 기계와도 같았다.

그렇게 구드룬은 파머와 함께 거리를 걷거나 극장에 갔다. 길고 창백하며 꽤나 세련된 그의 얼굴은 냉소적인 말을 뱉으며 반짝 빛을 내곤 했다. 두 사람은 그렇게 지냈다. 어떤 의미에서는 세련된 두 사람으로. 그러나 다른 의미에서는, 비뚤어진 광부들로 가득 찬 군중에게 악착같이 달라붙는 두 개체로. 똑같은 비밀이 구드룬의, 파머의, 방탕한 젊은이들의, 수척한 중년 남자들의 영혼 속에서 한결같이 작동하고 있는 듯했다. 모든 사람이 권력을, 형언할 수 없는 파괴를, 치명적인 미적지근함, 즉 일종의 의지의 부패를 남몰래 감지하고 있었다.

구드룬은 이 모든 것을 지켜보며, 자신이 어떻게 침몰하고 있는지 깨닫고, 때때로 화들짝 놀라 옆으로 물러나기도 했다. 그럴 때면 그녀는 경멸과 분노의 격정에 휩싸였다. 다른 모든 사람들과 함께 ― 그토록 가깝게 뒤얽혀 숨막혀하면서 ― 한 덩어리로 가라앉고 있는 것만 같았다. 끔찍했다. 숨이 막혔다. 그녀는 탈출을 준비했다. 열에 들뜬 채 자신의 일을 향해 정신없이 날아갔다. 그러나 이내 신경을 꺼 버리고 시골로 향했다 ― 그 어두컴컴하고 매혹적인 시골로. 또다시 마법이 작동하기 시작했던 것이다.

10장 스케치북

어느 날 아침, 자매는 윌리 호수의 멀리 떨어진 끝 쪽 기슭에서 스케치를 하고 있었다. 구드룬은 자갈 많은 모래톱 쪽으로 건너가 불교 신자처럼 가부좌를 틀고 앉아, 야트막한 호숫가 진흙에서 무성하게 자라난 수초를 뚫어져라 쳐다보고 있었다. 그녀 눈에 보이는 것은 진흙, 부드럽게 물기를 머금고 스며 나오는 질척한 진흙이었다. 그 진절머리 나게 차가운 진흙에서 두툼하고 서늘하고 통통하게 살이 오른, 아주 꼿꼿한 부푼 수초가 직각으로 잎사귀를 내밀고는, 짙은 녹색과 흑자주, 그리고 청동빛 얼룩이 어우러져 거무스레한 색깔로 타는 듯이 빛나고 있었다. 그러나 그녀는 감각적인 광경을 볼 때처럼 그 부어오른 수초의 살진 구조를 느낄 수 있었고, 수초들이 어떻게 진흙으로부터 자라나는지를 **알았으며**, 어떻게 그들 자신으로부터 잎사귀를 내미는지, 그것들이 어떻게 대기 속에 뻣뻣이 물기를 품고 있는지를 **알았다**.

어슐라는 호수 가까이 날고 있는 수십 마리의 나비들을 바라보고 있었다. 자그마한 파란 나비들이 어디선가 갑자기 날아와 보석 같은 생명의 빛을 발하고 있었다. 검정과 빨강이 어우러진 큼지막한 녀석 하나가 꽃에 앉아 그 보드라운 날개로 순수하고 영묘한 햇볕을 호흡하고 있는 모습은 황홀할 지경이었다. 흰 나비 두 마리가 뒤엉켜 낮게 날고 있었는데, 그 주위로 후광이 빛났다. 가까이 날아오는 것을 보니, 아, 그 날개 끝이 오렌지빛이었다. 그 때문에 후광이 비치는 것처럼 보였던 것이다. 어슐라는 자리에서 일어나 정처 없이 걸었다. 나비 떼처럼 아무런 의식 없이.

구드룬은 물결치듯 흔들리는 수초에 대한 이해력이 마비된 상태로 멍하니 모래톱 위에 쪼그리고 앉아 한참을 고개도 들지 않고 그림을 그리다가, 꼿꼿하고 벌거벗은 즙 많은 수초 줄기를 넋이 빠진 듯 무의식적으로 응시하고 있었다. 맨발에, 모자는 건너편 둑에 놓여 있었다.

노 젓는 소리에 그녀는 깜짝 놀라 무아지경에서 깨어났다. 주위를 둘러보았다. 야하고 화려한 일본 양산을 쓴 여자와, 흰 옷을 입은 남자가 노를 젓고 있는 보트가 보였다. 여자는 허마이어니였고 남자는 제럴드였다. 그녀는 단박에 알아차렸다. 그 순간, 그녀는 기대감으로 날카롭게 **전율하며**, 혈관을 흐르는 강렬한 전기 진동—벨도버의 대기 속에서 언제나 나지막이 윙윙거리는 진동보다 훨씬 더 강렬한—속에 무너져 버렸다.

그녀에게 제럴드는, 창백한 얼굴로 지하 세계에서 기계적으로 사는 광부들의 질척한 수렁으로부터의 탈출이었다—그는 진흙에서 뛰쳐나왔다. 지배자였다. 그녀는 그의 등을, 그 하얀 허리의 움직임을 보았다. 그러나 사실은 그게 아니었다—그녀가 본 것은 그가 노를 저으며 몸을 앞으로 숙이자 그가 감싸고 있는 것처럼 보이는 하얀 어떤 것이었다. 그는 뭔가에 몸을 굽히고 있는 것 같았다. 하얗게 반짝이는 그의 머리카락은 하늘에 흐르는 전기처럼 보였다.

"저기 구드룬이 있네요." 허마이어니의 목소리가 물 위를 넘어

또렷이 들려왔다. "가서 얘기 나누죠, 괜찮으시다면."

제럴드는 주위를 두리번거렸고, 구드룬이 호숫가에 서서 자신을 쳐다보고 있는 걸 보았다. 그는 그녀에 대해 아무 생각도 하지 않은 채, 자석에 이끌리듯 그녀 쪽으로 배를 저어 갔다. 그의 세계 속에서, 그의 의식 세계 속에서, 그녀는 아직 아무런 존재도 아니었다. 그는 허마이어니가, 적어도 겉으로는 분명하게, 모든 사회적 차이들을 짓밟는 데에서 별난 쾌감을 맛본다는 걸 알고 있었기에 그녀가 원하는 대로 맡겨 두었다.

"안녕하세요, 구드룬?" 유행의 첨단을 걷는 상류층 방식으로, 성이 아닌 이름을 부르며 허마이어니가 낭랑한 목소리로 인사를 건넸다. "뭘 하고 있는 거예요?"

"안녕하세요, 허마이어니? 좀 전에는 스케치하고 있었어요."

"그랬군요." 배가 가까이 다가와 용골이 둑에 부딪혀 삐걱거렸다. "봐도 돼요? **너무나** 보고 싶어요."

허마이어니가 하려고 작정한 일에 저항하는 건 부질없는 짓이었다.

"글쎄요……." 구드룬이 내키지 않는 목소리로 말했다. 완성되지 않은 작품을 내보이는 건 언제나 질색이었기 때문이었다. "전혀 흥미로울 게 없는데요."

"그래요? 그래도 한번 볼게요, 네?"

구드룬은 스케치북을 내밀었고, 제럴드가 그걸 잡으려고 배에서 팔을 뻗었다. 그런데 바로 그때 구드룬이 마지막으로 자신에게 했던 말과, 뱅뱅 도는 말(馬) 위에 앉은 자신을 올려다보던 그녀의 얼굴이 떠올랐다. 강한 자부심이 그의 신경을 휩쓸고 지나갔다. 여하간 그녀가 자신에게 매료되었다는 걸 느꼈기 때문이었다. 그들의 교감은 강렬했고, 의식과는 별개였다.

한편 구드룬은 마법에 걸린 것처럼, 자신을 향해 쭉 뻗은 그의 몸을, 습지의 인광처럼 길게 뻗어 흔들리는 그의 몸을, 그리고 나무줄기처럼 자신을 향해 곧게 내민 그의 손을 의식하고 있었다. 그에 대한 그녀의 관능적이고 예리한 의식으로 인해 그녀의 피는 혈관 속에서 기절했고, 정신이 아득해지며 의식을 잃었다. 그는 흔들리는 인광처럼 물 위에서 멋들어지게 흔들리고 있었다. 그는 배 주변을 살폈다. 배가 뭍에서 약간 떠내려가고 있었다. 그는 노를 들어 배를 제자리로 되돌렸다. 묵직하고도 부드러운 물속에서 천천히 배를 붙잡아 두는 절묘한 쾌감은 까무러칠 정도로 완벽했다.

"당신이 그린 게 바로 **저것**이군요." 허마이어니가 물가의 수초를 구드룬의 그림과 비교해 찬찬히 살피면서 말했다. 구드룬은 허마이어니의 긴 손가락이 가리키는 방향으로 고개를 돌려 바라보았다. "저거죠, 그렇죠?" 확인이 필요한 허마이어니가 재차 물었다.

"네." 구드룬이 별로 주의를 기울이지 않은 채 기계적으로 대답했다.

"나도 좀 봅시다." 제럴드가 스케치북으로 손을 뻗으며 말했다. 그러나 허마이어니는 그를 싹 무시했다. 자기가 다 보기 전에 그가 주제넘게 나서면 안 되는 것이었다. 하지만 그녀 못지않게 좌절을 허용하지 않는, 불굴의 의지를 가진 그가 스케치북이 닿을 때까지 손을 뻗었다. 약간의 충격이, 그에 대한 반감의 회오리가, 부지중에 그녀를 뒤흔들었다. 그녀는 그가 미처 제대로 잡기 전에 스케치북을 놓아 버렸고, 스케치북은 배의 측면에 부딪히며 호수에 풍덩 빠져 버렸다.

"저런!" 악의에 찬 승리의 야릇한 목소리로 허마이어니가 말했다. "미안해요, 정말 미안해요. 집어 올릴 수 있겠어요, 제럴드?"

염려하는 듯하면서도 조롱하는 이 말에 제럴드의 피가 그녀에 대한 증오로 끓어올랐다. 그는 물에 손이 닿도록 배 아래 쪽으로 깊숙이 몸을 구부렸다. 뒤쪽으로 허리가 허옇게 드러난 자신의 자세가 우스꽝스러워 보일 것 같았다.

"별일 아니에요." 구드룬의 강한 목소리가 쨍그랑하고 울렸다. 마치 그녀가 그를 만진 듯했다. 그러나 그는 몸을 더욱 구부렸고 배는 심하게 요동쳤다. 그렇지만 허마이어니는 꼼짝 않고 앉아 있었다. 그가 물에 가라앉은 스케치북을 집어 물을 뚝뚝 흘리며 들어 올렸다.

"정말로 미안해요……. 너무 미안해요." 허마이어니가 되풀이했다. "다 내 잘못인 것 같아요."

"별일 아니에요……. 정말 전혀 아무 일 아니라니까요……." 얼굴이 벌겋게 달아오른 구드룬이 힘주어 큰 소리로 말했다. 그러고는 이 상황을 끝내기 위해, 더는 못 참겠다는 듯 젖은 스케치북 쪽으로 재빨리 손을 내밀었다. 제럴드가 그것을 그녀에게 건네주었다. 그는 거의 제정신이 아니었다.

"정말 미안해요." 허마이어니는 제럴드와 구드룬이 신경질 날 때까지 되풀이했다. "어떻게 할 방법이 없을까요?"

"어떻게요?" 구드룬이 차갑게 비꼬는 말투로 물었다.

"그림을 살려 낼 수 없을까요?"

잠시 침묵이 흘렀고, 그 침묵 속에서 구드룬은 허마이어니의 고집에 맞서겠다는 뜻을 분명히 했다.

"분명히 말씀드리지만," 구드룬이 딱 잘라 분명하게 말했다. "나한텐 아까의 그림이나 지금 것이나 다를 게 없어요. 참고용으로만 쓸 것들이거든요."

"그래도 새 스케치북을 드리면 안 될까요? 그렇게 하게 해 주면 좋겠어요. 너무 미안한 마음이 들거든요. 다 내 잘못인 것 같아서."

"내가 본 바로는 전혀 당신 잘못이 아니었어요. **잘못**이 있다면 크라이치 씨 잘못이죠. 그렇지만 어쨌거나 **지극히** 사소한 일인데, 이런 일에 신경 쓴다는 건 정말이지 우스꽝스럽잖아요." 구드룬이 말했다.

구드룬이 허마이어니를 반박하는 동안 제럴드는 그녀를 면밀히 지켜보고 있었다. 그녀 안에는 차가운 권력의 덩어리가 존재하고 있었다. 그는 투시에 육박할 정도의 통찰력으로 그녀를 지켜보았다. 위축되거나 약해지지 않고 버텨 내는, 위험스럽고 적대적인 그녀의 기운을 보았다. 더군다나 그것은 완성된, 너무나 완벽한 몸짓이었다.

"상관없다면 저도 정말 기쁘겠습니다." 그가 말했다. "별다른 해를 끼치지 않았다면 말이죠."

그녀가 아름다운 파란 눈으로 그를 돌아다보았고, 그에게로 향한 거의 애무하는 듯한 친밀한 목소리로 "물론 **전혀** 상관없어요"라고 말하며, 그의 영혼에 신호를 보냈다.

바로 그 표정 속에서, 그녀의 어조 속에서, 그들 간의 결속이 확립되었다. 그녀는 어조를 통해 분명히 알렸다 ─ 그들은 같은 부류라는 것을, 그와 그녀 사이엔 일종의 악마적인 유대가 존재하고 있다는 것을. 지금부터 자신이 그를 마음대로 할 수 있는 힘을 갖게 되었다는 것을 그녀는 알고 있었다. 어디서 만나건 그들은 비밀리에 연합할 것이다. 그리고 그는 그녀와의 연합에서 무력할 것이다. 그녀의 영혼은 기뻐 날뛰었다.

"잘 있어요! 날 용서해 줘서 정말 기뻐요. 안녀엉!" 허마이어니가 작별을 고하며 손을 흔들었다. 제럴드는 기계적으로 노를 잡아 배를 기슭에서 밀어냈다. 그러나 그는 은근히 미소 짓는 흠모의 눈을 내내 반짝이며, 젖은 스케치북의 물기를 털며 호숫가에 서 있는 구드룬을 바라보고 있었다. 그녀는 고개를 돌린 채 멀어져 가는 배는 안중에도 없었다. 그러나 제럴드는 뒤돌아 그녀를 쳐다보며 노를 저으면서, 자기가 뭘 하고 있는지도 잊고 있었다.

"너무 왼쪽으로 가는 것 아니에요?" 색색의 양산 아래, 잊힌 채 앉아 있던 허마이어니가 말했다.

제럴드는 대답 대신 주위를 둘러보았다. 노들은 균형 잡힌 채 햇볕에 반짝이고 있었다.

"괜찮은 것 같은데요." 그는 자기가 뭘 하고 있는지 아무런 생각 없이 다시 노를 젓기 시작하면서 쾌활하게 말했다. 허마이어니는 자신을 그렇게 흔쾌히 망각한 그가 극도로 싫었다. 자신의 존재가 지워져 버렸던 것이다. 우위를 회복할 수가 없게 된 것이다.

11장 섬

그동안 어슐라는 밝게 빛나는 작은 물줄기를 따라 윌리 호수에서부터 정처 없이 거닐고 있었다. 종달새 노랫소리가 가득한 오후였다. 밝게 빛나는 언덕배기에 가시금작화가 연기처럼 차분하게 피어 올랐다. 물가엔 물망초 몇 송이가 피어 있었다. 만물이 깨어나 주변을 둘러보고 있는 듯했다.

그녀는 뭔가에 골몰한 듯 개울을 건너 계속 걸었다. 저 위쪽에 있는 물방아용 연못으로 가고 싶었다. 큼직한 물방앗간은, 취사가 가능한 작은 방에서 살고 있는 일꾼과 그의 아내를 제외하고는 찾아가는 이가 없었다. 그래서 그녀는 인적 없는 농가의 안뜰과 황량한 정원을 지나 수문 옆의 둑을 넘었다. 오래된, 벨벳처럼 부드러운 연못의 수면을 보려고 꼭대기에 다다랐을 때, 그녀는 한 남자가 둑에서 배를 고치고 있는 걸 발견했다. 톱질과 망치질을 열심히 하고 있는 그 남자는 바로 버킨이었다.

그녀는 수문 꼭대기 쪽에 서서 그를 바라보았다. 그는 누군가가 와 있다는 걸 전혀 의식하지 못하고 있었다. 열심히 일에 몰두하고 있는 야생동물처럼 아주 바빠 보였다. 그녀는 자리를 떠나야 할 것 같았다. 그가 그녀를 원치 않을 것 같아서였다. 그는 일에 아주 깊이 몰입해 있는 듯했다. 그렇지만 그녀는 떠나고 싶지 않았다. 그래서 그가 고개를 들어 쳐다볼 때까지 둑을 따라 걷기 시작했다.

잠시 후 그가 고개를 들어 그녀를 보았다. 그는 곧바로 연장을 놓고 다가와 말을 건넸다.

"안녕하세요! 배에 물이 새지 않도록 손보는 중이에요. 잘된 것 같아 보입니까?"

그녀는 그를 따라갔다.

"그 아버님의 그 따님일 테니, 배가 쓸 만한지 어떤지 잘 아시겠죠."

그녀는 몸을 굽혀 버킨이 이어 붙여 수선한 배를 살펴보았다.

"아버지 딸인 건 분명한데요." 판단을 내려야 한다는 데 두려움을 느끼며 그녀가 말했다. "목공일에 대해서는 아무것도 몰라요. 겉보기엔 괜찮네요, 안 그래요?"

"그런 것 같아요. 바닥으로 가라앉지만 않으면 돼요, 그럼 되죠 뭐. 하긴 그렇다고 해도 별문제는 아닙니다, 다시 하면 되니까요. 배를 연못에 띄울 건데 좀 도와주겠어요?"

그들은 힘을 합쳐 무거운 배를 밀어 연못 위에 띄웠다.

"자, 내가 타 볼 테니 어떻게 되나 지켜보세요. 잘 뜨면 당신을 섬까지 태워다 드리지요." 그가 말했다.

"타 보세요." 그녀가 근심스레 쳐다보며 외쳤다.

연못은 넓었고, 아주 깊은 물이 그렇듯 더없이 고요하고 깊은 빛을 띠고 있었다. 못 가운데 쪽으로는 덤불과 몇 그루의 나무로 뒤덮인 자그마한 섬이 두 개 있었다. 버킨은 배를 밀어 서투르게 연못으로 나아갔다. 다행히 배가 물살을 잘 타고 내려가 그는 버드나무 가지를 붙들고 배를 섬에다 댈 수 있었다.

"너무 많이 우거졌는걸." 그가 섬 안쪽을 들여다보며 말했다. "하지만 아주 멋져요. 내가 당신을 이리로 데려올게요. 그런데 배가 약간 새는군."

금세 그가 그녀 쪽으로 왔고, 그녀는 젖은 배 위로 올라탔다.

"잘 뜰 거예요." 그가 말하더니 다시 배를 섬 쪽으로 돌렸다.

그들은 버드나무 아래에 도착해 내려섰다. 그녀는 지독한 냄새를 풍기는 현삼(玄蔘)과 독미나리가 무성한 자그마한 정글 앞에서 몸을 움츠렸다. 그러나 그는 안쪽으로 헤치며 나아갔다.

"이것들을 베어 버려야겠어요." 그가 말했다. "그러고 나면 낭만적일 거예요. 『폴과 버지니』*처럼."

"맞아요, 이곳에선 와토*가 그린 아름다운 피크닉 같은 걸 즐길 수 있겠어요." 어슐라가 열정적인 목소리로 외쳤다.

그의 얼굴이 어두워졌다.

"난 여기서 와토식 피크닉을 원하는 게 아니에요." 그가 말했다.

"당신의 버지니만 원하는 거겠죠." 그녀가 웃었다.

"버지니만 있으면 충분해요." 그가 쓴웃음을 지었다. "아니, 그녀도 원치 않아요."

어슐라는 그를 자세히 쳐다보았다. 브래덜비에서 본 이후 그를 처음으로 만난 것이었다. 그는 유령 같은 표정에, 몹시 야위고 꿩했다.

"그동안 아프셨나 봐요, 그렇죠?" 살짝 거부감을 느끼며 그녀가 물었다.

"네." 그가 냉랭하게 대답했다.

그들은 버드나무 아래에 앉아, 섬 위 그들의 은둔처에서 연못을 바라보았다.

"아파서 무서웠어요?" 그녀가 물었다.

"뭐가 말입니까?" 그가 눈을 돌려 그녀를 보며 물었다. 그의 안에 있는, 비인간적이고 지독히 완전한 뭔가가 그녀를 뒤흔들어 일상적인 자아로부터 벗어나게 했다.

"몹시 아프면 **두렵긴** 하잖아요, 안 그래요?" 그녀가 말했다.

"유쾌하지는 않죠." 그가 말했다. "죽음이 정말로 두려운 건지 아닌지는 결론을 못 내렸어요. 어떤 때는 하나도 두렵지 않다가, 어떤 때는 몹시 두렵기도 하니."

"하지만 아프면 수치스럽지 않나요? 내 생각엔, 아프다는 건 사람을 수치스럽게 하는 것 같아요……. 아프면 지독하게 창피해요. 그렇게 생각하지 않나요?"

그는 잠시 생각에 잠겼다.

"그럴지도 모르죠." 그가 말했다. "우리의 삶이 근본적으로 제대로 되어 있지 않다는 걸 늘상 알고 있기는 하지만 말입니다. 그게 바로 치욕스러운 일이죠. 그렇기 때문에, 난 아픈 것 자체가 그렇게 중요하다고 보지는 않아요. 제대로 살고 있지 않으니까…… 살 수가 없으니까…… 아픈 거예요. 삶의 실패로 인해 아프고 수치스러운 거죠."

"그럼 당신이 삶에서 실패한 건가요?" 그녀가 거의 놀리는 투로 물었다.

"아, 그럼요……. 난 인생을 별로 성공적으로 살고 있지 않아요. 언제나 바로 앞에 있는 맨 벽에 코를 부딪히는 것 같아요."

어슐라는 웃었다. 그녀는 두려웠고, 두려울 땐 언제나 웃으며 명랑한 척했다.

"당신의 가여운 코!" 그의 코를 쳐다보며 그녀가 말했다.

"그러니 코가 못생긴 게 당연하죠." 그가 말을 받았다.

잠시 그녀는 자기기만과 싸우느라 말이 없었다. 자기 자신을 속이는 것은 그녀의 본능이었다.

"하지만 나는 행복해요……. 난 삶이 **지독히** 즐겁다고 생각하는데요." 그녀가 말했다.

"좋겠군요." 그가 약간 냉랭하게 무관심한 태도로 말했다.

그녀는 더듬더듬 주머니에서 초콜릿 조각을 쌌던 종이를 꺼내 배를 접기 시작했다. 그는 별다른 주의를 기울이지 않은 채 그녀를 쳐다보았다. 움직거리는 그녀의 무의식적인 손끝에는 묘하게 애처롭고 가녀린 구석이 있었다. 그 손가락들은 정말로 동요되고 상처받은 상태였다.

"난 **정말로** 즐겁게 사는데…… 당신은 그렇지 않은가요?" 그녀가 물었다.

"오, 나도 그래요! 하지만 내가 진실로 성장하고 있는 부분을 올바르게 해낼 수 없다는 것이 참을 수 없이 화나요. 온통 뒤얽히고 엉망진창인 것 같은데, 어찌 된 일인지, 바로잡을 **수가** 없어요. 정말로 어떻게 **해야** 할지 모르겠어요. 어디선가 뭔가를 꼭 해야만 하는데."

"당신은 어째서 언제나 뭔가를 **꼭 하고 있어야만** 하죠?" 그녀가 반박했다. "그건 너무 평범해요. 난 정말로 귀족다운 것, 그리고 걸어 다니는 한 송이 꽃처럼 오로지 자기 자신으로서 존재할 뿐 아무것도 하지 않는 것이 훨씬 낫다고 생각해요."

"동감이에요." 그가 말했다. "우리가 활짝 핀다면 말이죠. 하지만 난 도통 내 꽃을 피울 수가 없어요. 봉오리진 채로 시들었든지, 진딧물이 끼었든지, 영양이 부실해요. 제장, 아예 봉오리라고 할 수도 없어요. 쪼그라든 나무옹이지."

그녀는 다시 웃었다. 그는 너무나 짜증을 내며 안달하고 있었다. 그러나 그녀는 근심스럽고 당황스러웠다. 어쨌든, 어떻게 하면 빠져나올 수 있을까. 어딘가 틀림없이 출구가 있을 텐데.

침묵이 흘렀다. 그러는 동안 그녀는 울고 싶었다. 초콜릿 종이를 하나 더 찾아 배를 또 접기 시작했다.

"그런데 왜 그런 거죠?" 그녀가 마침내 물었다. "이제 꽃 피는 것도 불가능하고, 인간의 삶의 존엄성도 사라진 이유 말이에요."

"모든 발상이 죽었어요. 인간이라는 것 자체가 정말로 바싹 말라 썩어 버린 거죠. 덤불 위로 수많은 인간들이 매달려 있는데—그들은 아주 근사한 장밋빛이죠, 건강한 당신네 젊은 남녀들 말이에요. 하지만 그들은 사실 소돔의 사과예요. 사해의 열매고, 벌레혹이죠. 그것들에겐 그 어떤 의미도 있다고 할 수 없어요—그 속엔 쓰디쓴 썩은 재만 가득하니까."

"그렇지만 좋은 사람들도 **있어요**." 어슐라가 항의했다.

"지금 같은 삶에 족한 정도의 사람들인 거죠. 하지만 인류는 겉만 번드르르한 인간 벌레혹으로 뒤덮인 죽은 나무예요."

이 말에 어슐라는 반발심으로 굳었다. 그것은 그림처럼 지나치게 생생했고, 요지부동으로 최종적이었던 것이다. 그렇다고 그가 계속하는 걸 막을 수도 없었다.

"만일 그렇다면, **왜** 그런 거죠?" 그녀가 적대적으로 물었다. 그들은 예리한 적대감으로 흥분하여 서로를 자극하고 있었다.

"왜냐고요? 어째서 인간들이 울분에 찬 먼지 덩어리냐고요? 왜냐하면 다 익었는데도 나무에서 떨어지려고 하질 않으니까요. 더 이상 있을 자리가 아닌데도, 벌레 먹어 썩어 버릴 때까지 옛 자리에 들러붙어 있거든요."

긴 침묵이 흘렀다. 그의 목소리는 격앙되었고 아주 냉소적이었다. 어슐라는 혼란스러워 어쩔 줄을 몰랐다. 그들은 각자 자기 생각에 몰입한 채 다른 일들은 모두 잊었다.

"하지만 모든 사람이 다 잘못되었다고 하더라도, 어느 지점에서 **당신이** 옳은 거죠?" 그녀가 소리쳤다. "당신이 조금이라도 나은 지점이 어딘데요?"

"나요? ……난 옳지 않아요." 그가 되받아 소리쳤다. "내게 유일하게 옳은 구석이 있다면, 적어도 난 내가 옳지 않다는 걸 안다는 거예요. 나는 내 겉모습이 싫어요. 인간으로서의 나 자신을 혐오한단 말입니다. 인간은 거대한 거짓말 집합체고, 거대한 거짓은 조그마한 진리보다 열등합니다. 인간은 개인보다 열등한, 아니 훨씬 더 못한 존재예요. 왜냐하면 개인은 때때로 진리를 행할 수도 있지만 인간은 거짓의 나무니까. ……인간들은 사랑이 가장 위대하다고 말하죠. 그 더러운 거짓말쟁이들은 그렇게 **말하기**를 고집한단 말이오. 그런데 그들이 하고 있는 짓을 좀 봐요! 사랑이 가장 위대하다느니, 자비가 가장 위대하다느니 이런 말을 계속 되풀이하는 수백만 인간들을 좀 보란 말입니다 ― 그리고 그들이 내내 뭘 하고 있는지 좀 보라고요. 그들이 하는 일을 통해, 당신은 그들이 자기가 뱉은 말은커녕 자기 행동을 고수할 엄두도 못 내는 더러운 거짓말쟁이이자 겁쟁이들이라는 걸 알게 될 테니 말입니다."*

"하지만 그렇다고 사랑이 가장 위대하다는 사실이 바뀌는 건 아니잖아요, 안 그래요? 그들이 어떻게 **하느냐**가 그들 말의 진리를 바꾸는 건 아니잖아요, 네?" 어슐라가 슬픈 듯이 말했다.

"완전히 바꾸죠. 그들의 말이 행여 진리라면, 그들은 그것을 완수하지 않을 수 없을 겁니다. 하지만 그들이 거짓말을 계속하기 때문에 마침내 미쳐 날뛰게 된 거죠. 사랑이 가장 위대하다는 말은 거짓이에요. 차라리 증오가 가장 위대하다고 말하는 게 낫죠. 극과 극은 평형을 이루니까. ……인간들이 원하는 건 증오예요……. 증오, 증오뿐이란 말입니다. 그러고는 정의와 사랑이라는 이름으로 증오를 얻어 내죠. 모두가 다 바로 자신을 그 사랑이라는 것으로부터 증류시켜 니트로글리세린*으로 변모시킨단 말입니다. ……인간을 죽이는 것은 바로 그 거짓이에요. 증오를 원한다면 그럽시다……. 죽음과 살해, 고문과 폭력적인 파괴 — 다 내버려 두잔 말입니다, 단 사랑이란 이름으로는 말고요. ……난 인간을 혐오해요. 다 쓸려 없어져 버리면 좋겠어요. 인간은 사라져도 돼요. 내일 당장 모든 인간이 없어져 버린다고 해도 **절대적** 상실이 도래하는 건 아니에요. 참다운 현실은 고스란히 남아 있을 거니까. 아니, 오히려 더 나은 상태가 될 겁니다. 그때가 되면 진정한 생명의 나무는 유령처럼 끔찍스럽게 주렁주렁 무겁게 달린 사해(死海)의 열매를, 수많은 인간 복제품들의 견딜 수 없는 짐을, 치명적인 거짓의 엄청난 무게를 벗어던지게 될 겁니다."

"그러니까 당신은 이 세상 모든 사람들이 파멸하길 원하는 거로군요." 어슐라가 말했다.

"정말 그랬으면 좋겠어요."

"그리고 인간 없는 세상을요."

"그래요, 진심으로. 당신은 어때요? 사람은 하나도 없고, 그냥 한없이 펼쳐진 잔디와 앞발을 세우고 앉은 토끼가 있는 세상이 아름답고 깨끗하다는 생각이 들지 않나요?"

상냥하고 진심 어린 그의 목소리에 어슐라는 잠시 자신의 입장을 생각해 보았다. 그가 말하는 세상이 정말로 매력적인 건 틀림없었다. 깨끗하고 사랑스러운, 인간이 없는 세상이라. **정말로** 희구할 만한 세상이었다. ……그녀의 가슴이 머뭇머뭇, 환희로 뛰었다. ……그렇지만 여전히 **그에겐** 불만스러운 데가 있었다.

"하지만," 그녀가 반기를 들었다. "당신 자신도 죽게 될 텐데, 그러면 당신에게 그게 다 무슨 소용이죠?"

"지구에서 정말로 **모든** 인간이 깨끗이 없어질 것이 확실하다면 난 당장이라도 죽겠어요. 그것이 가장 아름답고 해방적인 생각이죠. 그렇게 되면, 온 세상을 더럽힐 또 다른 몹쓸 인간 같은 건 **절대로** 창조되지 않을 겁니다."

"그렇겠죠." 어슐라가 말했다. "아무것도 없을 테니까요."

"뭐라고요? 아무것도 없을 거라니요? 단지 인류가 싹 없어졌다고 그럴 거란 말입니까? 너무 자만하시는군요. 만물이 존재할 겁니다."

"하지만 어떻게요? 인간이 하나도 없는데?"

"당신은 창조라는 것이 **인간**에게만 달려 있다고 생각합니까? 천만에요 — 나무와 풀, 그리고 새가 있잖아요. 난 아침에 종달새가 인간 없는 세상 위로 날아오르는 걸 상상하는 게 훨씬 더 좋아요. ……인간은 실패작이에요. 사라져야 합니다. ……더러운 인간이 끼어들지 않을 때 자유로이 돌아다니는 풀과 토끼와 살모사, 그리고 보이지 않는 주인들이, 진짜 천사들이 있는 거죠……. 그리고 순수한 몸을 가진 선한 정령들도 있고요. 아주 멋지죠."

그의 말, 하나의 판타지로서 그의 말은 어슐라를 기쁘게 했다. 물론 그건 유쾌한 공상에 지나지 않았다. 그녀 자신도 인간의 끔찍한 실상을 너무나 잘 알고 있었다. 인류가 그렇게 쉽사리 말끔히 사라질 수 없다는 걸 알고 있었다. 아직은 갈 길이 멀었다. 길고도 끔찍한 길이 남아 있었다. 그녀의 예민하고 여성적이며 악마적인 영혼은 이를 잘 알고 있었다.

"인간이 지구 상에서 싹 없어져 버리기만 한다면 창조는 인간이 아닌 새로운 시작과 함께 아주 경이롭게 진행될 겁니다. 인간은 창조의 실패작 중 하나예요 — 어룡처럼 말이죠. 인간이 다시 사라져 주기만 한다면 그 해방된 날들로부터 얼마나 아름다운 것들이 도래할지 생각해 보세요. 불에서 직접 태어나는 것들을."

"하지만 인간은 절대로 사라지지 않을 거예요." 집요함의 끔찍스러움에 관해서라면, 남모르는 은밀한, 진저리치게 끔찍한 앎을 가진 그녀가 말했다. "세상이 인간과 함께 사라지겠죠."

"오, 아니에요." 그가 대답했다. "그렇지 않아요. 나는 우리의 전임자들인, 자존심 강한 천사와 악령들을 믿어요. 그들은 우리가 충분한 자존심을 갖고 있지 않기 때문에 우리를 파멸시킬 거예요. 어룡들에겐 자존심이 없었죠. 그들도 우리처럼 기어 다니고 버둥거렸어요. ……게다가 딱총나무꽃이나 블루벨 같은 것들을 보세요—그것들은 순수한 창조가 일어나고 있다는 신호예요. 심지어 나비도 그렇고요. 하지만 인간은 절대로 애벌레 단계를 벗어나지 못해요—번데기 때부터 썩어서, 절대로 날개를 갖지 못할 겁니다. 원숭이나 비비*처럼 창조에 반(反)하는 존재죠."

어슐라는 이야기하고 있는 버킨을 지켜봤다. 그에겐 시종 어떤 성급한 분노, 그리고 동시에 만물을 굉장히 즐기는 자세와 궁극적인 관용이 있는 듯했다. 그런데 그녀가 믿지 못하는 것은, 그의 분노가 아니라 바로 이 관용이었다. 그녀는 그가 자신도 모르게 세상을 구하려 애쓰리라는 것을 줄곧 알고 있었다. 그러나 이를 알고 있는 탓에 그녀의 마음은 약간의 자기만족과 안정감 속에 위안을 받으면서도 동시에 그를 향한 어떤 날카로운 경멸과 증오심으로 차올랐다. 그녀는 자기만의 그를 원했다. 그의 구세주 같은 분위기가 싫었다. 그의 장황하고 산만하며 일반론적인 면을 참을 수가 없었다—그는 자신에게 다가오는 모든 이들에게, 자신에게 호소하는 모든 이들에게 똑같이 행동하고 똑같은 말을 하며 자신을 완전히 내주리라. 그것은 아주 음험한 형태의 천박한 매춘이었다.

"하지만 설령 당신이 인간의 사랑은 믿지 않는다고 해도, 개개인의 사랑은 믿죠?" 그녀가 말했다.

"난 사랑이라는 걸 아예 믿지 않아요……. 그러니까, 내가 증오나 슬픔을 믿지 않는 것과 마찬가지로 말이에요. 사랑이란 다른 모든 것들과 마찬가지로 감정의 하나예요……. 그러니까 그걸 느끼는 건 괜찮아요. 하지만 그게 어떻게 절대적인 것이 되는지 모르겠어요. 단지 인간관계의 일부일 뿐 그 이상은 아닌데 말이죠. 그건 **어떤** 인간관계에 있어서든 그 일부일 따름인데, 왜 **언제나** 사랑을 느껴야 한다는 건지, 인간은 언제나 슬픔이나 분명한 기쁨을 느낀다는 말만큼이나 도무지 이해가 안 돼요. 사랑이 없어서는 안 되는 필수불가결한 것은 아니에요 ─ 그건 상황에 따라 우리가 느낄 수도 있고 느끼지 않을 수도 있는 감정인 겁니다."

"그러면 당신은 도대체 왜 인간에 대해 마음을 쓰는 거죠?" 그녀가 물었다. "사랑을 믿지 않는다면서 왜 인간에 대해 고민하냐고요."

"왜냐고요? 난 거기서 벗어날 수 없으니까요."

"사랑하기 때문이에요." 그녀가 우겼다.

버킨은 짜증이 났다.

"내가 인간을 사랑하는 거라면, 그건 나의 병이에요." 그가 말했다.

"하지만 당신이 낫고 싶어 하지 않는 병이죠." 그녀가 약간 차갑게 조롱조로 말했다.

그는 그녀가 자신을 모욕하고 싶어 한다는 기분이 들어 입을 다물어 버렸다.

"그럼, 사랑을 믿지 않는다면 당신은 대체 무엇을 믿나요?" 그녀가 비웃으며 물었다. "단지 세상의 종말과 풀인가요?"

그는 바보가 된 기분이 들기 시작했다.

"난 보이지 않는 주인들을 믿어요." 그가 말했다.

"그 밖의 다른 건 안 믿고요? 당신은 풀과 새를 제외하고는, 눈에 보이는 건 하나도 믿지 않는군요. ……당신의 세계는 보잘것없는 구경거리네요."

"그럴지도 모르죠." 감정이 상해 차갑고 오만해진 그는 견딜 수 없을 정도로 초연하고 우월한 태도로 멀찍이 뒷걸음질 치며 말했다.

어슐라는 그가 싫었다. 그러나 뭔가 잃어버린 것 같은 기분이 들기도 했다. 그녀는 둑 위에 웅크리고 앉아 있는 그를 쳐다보았다. 그에겐 잘난 척하는 주일 학교 선생의 딱딱함이, 잔소리 많고 깐깐한, 밉살스러운 구석이 있었다. 그러나 동시에 그의 형상은 너무나 민첩하고 매력적이고, 엄청난 해방감을 주었다. 그의 눈썹이며 턱, 그의 몸 전체의 생김새에는, 아픈 것처럼 보이면서도 어딘가 생생히 살아 있는 뭔가가 있었다.

그에 대한 미묘한 증오가 그녀의 배 속에서 솟구친 것은, 그가 그녀 안에 불러일으킨 바로 이러한 이중적인 감정 때문이었다. 그에겐 경이롭고 탐나는 생명체의 기민함이, 아주 욕심나는 남자에게나 있는 보기 드문 귀한 자질이 있었다. 그러나 동시에 이러한 자질은, 구세주이자 주일 학교 선생 같은, 가장 경직된 훈계자의 유형으로 이렇듯 우스꽝스럽고 비열하게 희석되기도 했다.

그는 고개를 들어 그녀를 바라보았다. 그녀의 얼굴은 내면의 강렬하고 부드러운 불길에 휩싸인 듯 묘하게 빛나고 있었다. 그의 영혼은 경이로움에 사로잡혔다. 그녀는 살아 있는 자기 자신의 불길로 타오르고 있었다. 순수하고 완전한 매력과 놀라움에 붙들려, 그는 그녀 쪽으로 갔다. 그녀는 빛나는 미소를 머금고 거의 초자연적인 모습으로 낯선 여왕처럼 앉아 있었다.

"사랑에 관해서 요점은 말이죠," 그의 의식이 재빨리 스스로를 가다듬는 가운데, 그가 말했다. "우리가 그 말을 저속한 것으로 만들어 왔기 때문에 싫어한다는 사실이에요. 사랑이라는 말은 오랫동안 금지되어야 해요. 입 밖으로 내는 게 금기시되어야 한다고요. 새롭고 더 좋은 개념을 갖게 될 때까지 말입니다."

그들 사이에 한 가닥 이해의 빛줄기가 어렸다.

"하지만 그 말의 의미는 언제나 같잖아요." 그녀가 말했다.

"오, 저런, 안 되죠. 이젠 더 이상 그러면 안 돼요." 그가 외쳤다. "옛 의미는 사라져야죠."

"그렇지만 여전히 사랑은 사랑인걸요." 그녀가 고집했다. 그녀의 눈에, 그를 향한 사악해 보이는 묘한 노란빛이 번뜩였다.

그는 당황하여 한걸음 물러나면서 머뭇거렸다.

"아니, 그렇지 않아요. 절대 그런 식으로 말해선 안 돼요. 당신은 그 단어를 언급해선 안 돼요." 그가 말했다.

"적시에 언약궤에서 그 말을 꺼내는 일은 당신한테 맡겨야만 하는 거군요." 그녀가 비웃었다.

그들은 다시 서로를 쳐다보았다. 그녀는 별안간 벌떡 일어나더니 그에게 등을 돌린 채 걸어가 버렸다. 그도 천천히 일어나 물가로 가서 쪼그리고 앉아 아무 생각 없는 듯 혼자서 노닥거리기 시작했다. 데이지꽃 한 송이를 꺾어 연못 위에 떨어뜨리자 줄기가 용골 노릇을 하면서 꽃은 활짝 핀 얼굴로 하늘을 응시하며 자그마한 수련처럼 물 위를 떠다녔다. 그것은 천천히, 느릿느릿 승무(僧舞)를 하는 것처럼 빙빙 돌면서 떠내려갔다.

그는 그것을 쳐다보고 있다가 또다시 데이지꽃 한 송이를, 그리고 또 한 송이를 띄우고는 둑 가까이 쪼그려 앉아 반짝이는 눈으로 그것들을 열심히 지켜보았다. 어슐라가 고개를 돌려 쳐다보았다. 마치 뭔가가 일어나고 있는 것처럼 이상한 감정이 그녀를 사로잡았다. 그러나 그건 뭐라 꼬집어 말할 수 없는 것이었다. 그녀에게 모종의 통제가 가해지고 있었다. 그녀는 알 수가 없었다. 다만 어둡게 빛나는 물 위를 천천히 돌며 여행하고 있는 조그만 원반 모양의 반짝이는 데이지 꽃잎들을 지켜볼 따름이었다. 그 작은 함대는 밝은 곳으로, 멀리 하얀 점들의 무리 쪽으로 떠내려갔다.

"저걸 따라 우리도 기슭으로 가요." 더 이상 섬에 갇혀 있기가 두려워 그녀가 말했다. 그들은 배를 저어 갔다.

그녀는 다시 자유로운 육지에 온 것이 기뻤다. 둑을 따라 수문 쪽으로 걸었다. 데이지꽃들은 연못 위에 환희처럼, 점점이 뿌려진 환희처럼 여기저기 사방에 흩어져 조그맣게 빛나고 있었다. 어째서 그것들이 그녀의 가슴에 그토록 강하고 신비로운 감동을 주는 것일까?

"저것 좀 봐요." 그가 말했다. "당신의 자줏빛 종이배가 저것들을 호위하고 있고, 저것들은 호위 하의 뗏목들이로군요."

몇 개의 데이지 꽃잎들이 어둡고 맑은 물 위에서 망설이는 듯, 수줍은 듯 경쾌한 코티용*을 추며 그녀 쪽으로 천천히 떠내려왔다. 그것들이 가까워짐에 따라 그 활기차고 밝은 솔직함이 너무나 감동적이어서 그녀는 눈물이 날 지경이었다.

"저들은 어째서 이토록 사랑스러운 걸까요?" 그녀가 외쳤다. "왜 나는 저것들이 그렇게도 사랑스럽다는 생각이 드는 걸까요?"

"아름다운 꽃들이네요." 그가 말했다. 그녀의 감정적인 어조가 그에게 압박을 가하고 있었다.

"아시다시피 데이지는 작은 꽃들의 무리, 즉 집합체가 개체를 이루고 있어요. 식물학자들은 발달 계통에서 데이지를 가장 상위에 두지 않나요? 난 그렇다고 알고 있는데."

"국화과죠, 맞아요. 그럴 거예요." 그 어떤 것에 대해서도 완전히 확신하지 못하는 어슐라가 말했다. 어느 순간 아주 완벽하게 알고 있던 것도 다음 순간에는 의심스러워 보였다.

"그럼 이렇게 설명할 수 있겠죠." 그가 말했다. "데이지꽃은 완벽한 작은 민주 국가다. 고로 꽃들의 으뜸이고, 그렇기 때문에 매력적이다."

"아니에요." 그녀가 외쳤다. "그렇지 않아요 — 절대로. 데이지꽃은 민주적이지 않아요."

"하긴." 그가 인정했다. "그건 빈둥거리는 부자들의 사치스러운 하얀 울타리로 둘러싸인 황금빛 프롤레타리아 군중이죠."

"너무 싫으네요 — 당신이 말하는 가증스러운 사회 질서 말이에요!" 그녀가 소리쳤다.

"맞아요. 데이지꽃인데…… 그냥 내버려 둡시다."

"그래요. 이번엔 그냥 다크호스로 두자고요." 그녀가 말했다. "당신에게 다크호스가 될 수 있는 게 있다면요." 그녀가 냉소적으로 덧붙였다.

그들은 망연히 딴 데를 보며 서 있었다. 살짝 놀라기라도 한 듯, 두 사람 다 거의 아무 의식 없이 꼼짝 않고 있었다. 그들이 빠졌던 작은 충돌로 인해 그들의 의식은 찢어졌고, 그들은 두 개의 비개인적인 힘처럼 되어 접촉하고 있었다.

그는 옆길로 빠졌다는 걸 깨달았다. 새롭고 좀 더 일상적인 토대 위로 올라서기 위해 뭔가 말하고 싶었다.

"여기 물방앗간에 제가 방을 하나 갖고 있다는 거 아세요?" 그가 말했다. "거기서 좀 즐겁게 보낼 수 있지 않을까요?"

"아, 그러세요?" 친한 사이라는 걸 넌지시 암시하는 듯 건네는 그의 말을 무시하며 그녀가 말했다.

그는 즉시 태도를 바로잡아 보통 때와 같은 거리를 두었다.

"만일 내가 혼자서도 충분히 살 수 있다는 걸 알게 되면⋯⋯."
그가 말을 이었다. "일을 아예 그만둘 겁니다. 내겐 죽은 일이거든
요. 나는, 내가 그 일부인 척하고 있는 인류에 대한 믿음도 없고,
내가 살아가는 사회의 이상에 대해선 털끝만큼의 관심도 없는 데
다, 사회적 인간이라는 죽어 가는 유기체를 증오해요 — 그러니 교
육 관련 일을 하는 것은 겉모습일 뿐이죠. 충분한 확신만 서면 당
장 — 내일이라도 — 그만두고⋯⋯ 나 혼자 살아갈 겁니다."

"먹고살 걱정은 없으신가 봐요?" 어슐라가 물었다.

"그래요, 일 년에 4백 파운드 정도는 버니까요. 그만하면 편히
지낼 만해요."

잠시 침묵이 흘렀다.

"그러면 허마이어니는 어쩌고요?" 어슐라가 물었다.

"끝났어요, 마침내⋯⋯. 완전한 실패죠. 달리 될 수 없었을 거
예요."

"하지만 여전히 왕래하고 지내잖아요?"

"모르는 사람인 척하고 살 수는 없잖아요, 안 그래요?"

고집스러운 침묵이 흘렀다.

"하지만 그건 임시변통 아닌가요?" 마침내 어슐라가 물었다.

"난 그렇게 생각하지 않아요." 그가 말했다. "그런지 안 그런지
알게 될 겁니다."

다시 몇 분간 침묵이 흘렀다. 그는 생각에 잠겨 있었다.

"우리는 모든 것을 내던져 버려야 해요. 모든 것을⋯⋯, 모든 걸
놓아주어야 돼요. 원하는 단 하나의 마지막 것을 얻으려면 말이에
요." 그가 말했다.

"그게 뭔데요?" 그녀가 도전적으로 물었다.

"모르겠어요⋯⋯. 함께하는 자유랄까." 그가 말했다.

그녀는 그가 '사랑'이라 말하길 바란 것이었다.

아래쪽에서 개 짖는 소리가 크게 들렸다. 그는 이 소리에 정신이 산란해진 듯했다. 그녀는 이를 눈치채지 못하고 그가 불안해 보인다고만 생각했다.

"사실, 지금 저기 허마이어니가 와 있는 것 같아요. 제럴드 크라이치와 함께 말이에요. 방에 가구들이 들어오기 전에 방을 보고 싶어 했었거든요." 그가 약간 작은 목소리로 말했다.

"알겠어요." 어슐라가 말했다. "그녀가 당신을 위해 가구 놓는 걸 감독하려는 거군요."

"아마 그럴 거예요. 문제가 될까요?"

"오, 아니요, 그럴 게 없죠." 어슐라가 말했다. "개인적으로 사실 그녀를 견디기 어렵기는 하지만요. 맨날 거짓말 타령을 하는 당신 식으로 말하자면, 뭐랄까, 난 그녀가 거짓이라고 생각해요." 그러고는 잠시 생각에 잠겨 있더니 별안간 외쳤다. "그래요, 난 그녀가 당신 방에 가구 놓는 거 마음에 걸려요 ─ 마음이 쓰이고말고요. 난 당신이 그녀를 곁에 두는 것 자체가 마음 쓰여요."

그는 얼굴을 찌푸린 채 말이 없었다.

"실은," 그가 말했다. "난 그녀가 여기 방에 가구를 놓는 걸 전혀 원하지 않아요……. 그리고 내가 그녀를 곁에 두는 게 아닙니다. 다만 그녀한테 야비하게 굴 필요가 없을 뿐이죠, 안 그래요? …… 어쨌든 내려가서 그 사람들을 만나야겠어요. 같이 가실 거죠, 네?"

"아니요." 그녀는 냉정하면서도 우유부단하게 말했다.

"안 가실래요? 가시죠. 가서 방도 좀 보시고요. 갑시다."

12장 카펫을 깔며

그는 둑을 내려갔고, 그녀도 내키지 않는 마음으로 동행했다. 어차피 혼자 떨어져 있고 싶지도 않았다.

"우리는 이미 서로를 잘 아는 겁니다, 당신과 나 말이에요." 그가 말했다. 그녀는 대답하지 않았다.

물방앗간의 커다랗고 컴컴한 부엌방에서 일꾼의 아내가 허마이어니와 제럴드에게 째지는 목소리로 이야기를 하고 있었다. 제럴드는 흰 옷을, 허마이어니는 번쩍거리는 푸르스름한 얇은 비단으로 된 옷을 입고 있어 어스름한 방 안에서 묘하게 빛났다. 벽에 달아 놓은 새장들에서는 열두어 마리의 카나리아가 목청껏 지저귀고 있었다. 새장들은 모두 방 뒤쪽으로 난 작은 사각 창문 주변에 달려 있었고, 그 창문으로는 나무의 파란 잎사귀들 사이를 뚫고 아름다운 햇살 한 줄기가 들고 있었다. 새먼 부인의 목소리는 새소리와 겨루기라도 하듯이 날카로운 소리를 냈다. 새들의 지저귐은 점점 더 거칠고 의기양양하게 높아졌고, 여자 목소리도 이에 뒤질세라 더욱더 높아졌으며, 이에 새들은 야성의 활기로 응답했다.

"루퍼트가 왔군요!" 소음 속에서 제럴드가 외쳤다. 그는 귀가 아주 예민해서, 몹시 괴롭던 참이었다.

"아, 저 새들 때문에 도무지 얘기를 할 수가 없네요!" 일꾼의 아내가 넌더리를 내며 고성을 질렀다. "새장을 덮어 버려야겠어요."

그러더니 그녀는 이리저리 뛰어다니며 먼지떨이며 앞치마, 수건과 테이블보를 새장들 위로 던졌다.

"이제 좀 조용히들 해라. 너희 말다툼 대신 우리도 말 좀 하자." 여전히 지나치게 높은 목소리로 그녀가 말했다.

모두들 그녀를 지켜보았다. 천에 덮이자 새장들은 묘하게 장례식 분위기가 났다. 그러나 천 아래로는 여전히 반항적으로 떨리며 들끓는 듯한 야릇한 소리가 새어 나왔다.

"계속하지는 않을 거예요." 새먼 부인이 안심시켰다. "이제 잘 거예요."

"정말인가요." 허마이어니가 정중하게 말했다.

"그럴 겁니다." 제럴드가 말했다. "자동적으로 잠이 들 거예요. 이제 저녁 분위기가 만들어졌으니."

"새들이 그렇게 쉽게 속아 넘어가나요?" 어슐라가 큰 소리로 말했다.

"아, 그럼요." 제럴드가 대답했다. "파브르 얘기 모르세요? 그가 소년이었을 때 암탉의 머리를 날개 밑으로 밀어 넣었더니 이내 잠들어 버렸다는 얘기 말입니다. 그건 사실이에요."

"그래서 그것 때문에 그가 박물학자가 된 건가?" 버킨이 물었다.

"아마도." 제럴드가 말했다.

그동안 어슐라는 천 밑을 들여다보고 있었다. 구석에서 카나리아가 자려고 깃털을 부풀리고 있었다.

"정말 우습네요!" 그녀가 외쳤다. "정말로 밤이 왔다고 생각하네요! 말도 안 돼! 저렇게 쉽사리 속는 생물을 정말이지 어떻게 존중할 수 있겠어요!"

"그러게요." 허마이어니도 보려고 다가오며 노래하듯 말했다. 그녀는 어슐라의 팔에 손을 얹더니 나지막이 웃었다. "맞아요, 정말 우스꽝스럽지 않아요?"라고 말하며 킥킥거렸다. "멍청한 남편처럼."

그러더니 여전히 어슐라의 팔을 잡아 이끌며 예의 그 노래하는 듯한 부드러운 목소리로 말했다.

"여긴 어떻게 온 거죠? 우린 구드룬도 만났어요."

"연못을 보러 왔어요." 어슐라가 말했다. "그런데 거기서 버킨 씨를 만나게 됐고요."

"그랬군요. ……이곳은 정말 브랑윈가 영토네요, 안 그래요?"

"그러길 바라긴 했었죠." 어슐라가 말했다. "당신들이 저 아래 호숫가에서 보트를 타고 막 떠나는 걸 보고 이쪽으로 도망친 거거든요."

"그랬군요! 그런데 우리가 당신을 굴로 몰아넣었네요."

허마이어니의 눈꺼풀이, 재미있어하면서도 지나치게 긴장한 듯 기괴하게 올라갔다. 그녀는 언제나 부자연스럽고 무책임한, 묘하게 무언가에 넋이 빠진 표정이었다.

"난 가려던 참이었는데, 버킨 씨가 방을 보여 주고 싶다고 해서요. 여기서 살면 정말 즐겁겠어요! 완벽해요." 어슐라가 말했다.

"그렇죠." 허마이어니가 딴생각에 잠긴 듯이 멍하니 말했다. 그러더니 어슐라로부터 몸을 돌려 그녀의 존재를 묵살해 버렸다.

"좀 어때요, 루퍼트?" 그녀가 새삼 애정 어린 목소리로 버킨에게 말을 건넸다.

"아주 좋소." 그가 대답했다.

"아주 편하던가요?" 궁금해하면서도 악의를 품은 듯, 어딘가 홀린 듯한 표정이 허마이어니의 얼굴에 떠올랐다. 그녀는 경련이라도 일어난 듯 가슴을 움츠린 채 반쯤 넋 나간 사람 같은 모습이었다.

"꽤 편안했소." 그가 대답했다.

한동안 침묵이 흘렀고, 허마이어니는 약에 취한 듯한 무거운 눈꺼풀 아래로 그를 한참 동안 쳐다보았다.

"여기서 행복할 것 같아요?" 그녀가 마침내 물었다.

"분명 그럴 거요."

"제가 할 수 있는 건 뭐든 해 드릴게요." 일꾼의 아내가 말했다. "그리고 우리 주인장도 그럴 거고요. 편안하시길 진심으로 바란답니다."

허마이어니가 천천히 몸을 돌려 그녀를 쳐다보았다.

"정말 고마워요"라고 말하고는 몸을 다시 완전히 돌려 버렸다. 본래 자세로 돌아가 버킨을 향해 얼굴을 들더니 그만을 향해 말을 건넸다.

"방들 길이는 재 보았어요?"

"아니요, 배를 고치고 있었소." 그가 말했다.

"그럼 우리 지금 할까요?" 그녀가 천천히 침착하고 담담하게 말했다.

"줄자를 갖고 있소, 새먼 부인?" 그가 그녀 쪽으로 돌아보며 말했다.

"네, 하나 찾아 드릴 수 있을 거예요." 즉시 서둘러 바구니 쪽으로 가며 그녀가 대답했다. "이게 제가 갖고 있는 유일한 건데, 이거면 될지 모르겠네요."

허마이어니가 버킨에게 건네려고 한 줄자를 대신 받아 들었다.

"정말 고마워요." 그녀가 말했다. "딱 좋네요. 정말 고마워요." 그러고는 버킨에게로 몸을 돌려 약간 명랑한 몸짓으로 말했다. "이제 할까요, 루퍼트?"

"다른 사람들은 어쩌고요? 지루할 텐데." 그가 내키지 않아하며 말했다.

"괜찮으시겠어요?" 어슐라와 제럴드를 향해 돌아서는 둥 마는 둥 하며 허마이어니가 물었다.

"그럼요." 그들이 대답했다.

"어느 방부터 할까요?" 그녀가 다시 버킨을 돌아보며 여전히 쾌활하게 말했다. 이제 그와 함께 뭔가를 **하게** 된 것이다.

"상황따라 되는대로 합시다." 그가 말했다.

"하시는 동안 차를 준비해 놓을까요?" 자신 또한 할 일이 생겨 역시 즐거워진 일꾼의 아내가 말했다.

"그래 주겠어요?" 허마이어니는 그녀를 향해 몸을 돌리며 말했다. 마치 그녀를 감싸 안아 자신의 가슴께까지 끌어당겨 다른 사람들은 따돌려 버리는 것처럼 묘하게 친밀한 몸짓이었다. "아주 좋아요. 어디서 마실까요?"

"원하시는 곳에서요, 아가씨. 여기로 할까요, 아니면 바깥의 풀밭으로 할까요?"

"우리 어디서 차를 마실까요?" 허마이어니가 모두에게 물었다.

"연못가에 있는 둑으로 합시다. 준비만 해 두세요, 새먼 부인. 나르는 건 우리가 할 테니까요." 버킨이 말했다.

"그렇게요." 기분이 좋은 그녀가 대답했다.

일행은 복도를 지나 앞쪽 방으로 갔다. 텅 비어 있었지만 깨끗하고 볕이 잘 들었다. 풀들이 뒤엉켜 자란 앞뜰로 난 창문이 하나 있었다.

"여기가 식당이에요." 허마이어니가 말했다. "이쪽으로 잴 거예요, 루퍼트…… 당신은 저쪽으로 가서……"

"좀 도와 드릴까요?" 제럴드가 줄자의 한쪽 끝을 잡으려고 다가가며 말했다.

"아니에요, 괜찮아요." 푸르스름한 반짝이는 비단옷을 입은 허마이어니가 바닥으로 허리를 구부리며 외쳤다. 버킨과 함께 일을 **한다**는 것, 그리고 그 일을 지시한다는 것은 그녀에게 커다란 즐거움이었다. 그는 고분고분 그녀에게 복종했다. 어슐라와 제럴드는 계속 지켜보고 있었다. 허마이어니에게는, 매 순간 한 사람에게만 친밀하게 대하고는 거기 있는 다른 모든 사람들을 구경꾼으로 만들어 버리는 특이한 습성이 있었다. 이로써 그녀는 승자로 올라서는 것이었다.

그들은 식당에서 측정을 하고 의견을 나누었으며, 허마이어니는 바닥에 무엇을 깔 것인지 정했다. 자신의 견해가 저지당하면 그녀는 걷잡을 수 없는 기이한 분노로 치달았다. 버킨은 언제나 일단 그녀가 하고 싶어 하는 대로 내버려 두었다.

그들은 홀을 지나 처음 것보다는 약간 작은 또 하나의 방으로 이동했다.

"여기가 서재예요." 허마이어니가 말했다. "루퍼트, 여기에 깔았으면 하는 깔개가 나에게 하나 있어요. 당신한테 줘도 되죠? 그렇게 해요, 당신한테 주고 싶어요."

"어떤 거요?" 그가 무뚝뚝하게 물었다.

"당신은 본 적 없어요. 전체적으로는 장미같이 붉은색인데 파란색과 금속성이 도는 연파랑, 그리고 아주 부드러운 느낌의 짙은 파랑이 섞여 있는 거예요. 당신이 좋아할 것 같아요. 그렇겠죠?"

"아주 멋있을 것 같군요." 그가 대답했다. "어떤 거죠? 동양산인가요, 털이 있는?"

"맞아요, 페르시아산이에요! 낙타 털로 만든 건데, 비단결 같아요. 베르가모라고 불릴 거예요. ……길이가 약 3.6미터에 폭이 2미터…… 그 정도면 되겠죠?"

"되기야 하겠죠." 그가 말했다. "하지만 뭣 때문에 나에게 비싼 깔개를 주려고 하오? 오래된 영국산 양털로 만든 내 터키식 깔개로도 충분해요."

"그래도 당신한테 줘도 되죠? 그러게 해 줘요."

"얼마짜리요?"

그녀가 그를 쳐다보더니 말했다.

"기억 안 나요. 싼 거예요."

그는 굳은 얼굴로 그녀를 쳐다보았다.

"난 받고 싶지 않아요, 허마이어니." 그가 말했다.

"방한테 주도록 해 줘요." 그녀가 그에게로 다가가더니 그의 팔에 가볍게 손을 올리며 애원하듯 말했다. "너무 실망하게 될 것 같아요."

"알다시피 난 당신이 내게 물건 주는 걸 원치 않아요." 그가 무력하게 되풀이했다.

"난 당신한테 **물건**을 주고 싶은 게 아니에요." 그녀가 집요하게 말했다. "받을 거죠?"

"알았소." 그가 말했다. 그는 패배했고 그녀가 승리했다.

그들은 위층으로 올라갔다. 아래층과 같은 두 개의 침실이 있었다. 그중 하나는 절반쯤 가구가 비치되어 있는 것으로 보아 버킨이 잔 것이 분명했다. 허마이어니는 거기 있는 모든 무생물들 속에서 그의 존재의 증거를 빨아들이기라도 하듯 하나하나 살피며 주의 깊게 방 안을 돌아다녔다. 그녀는 침대를 손으로 만져 가며 덮개를 살펴보았다.

"아주 편하다는 게 **확실해요**?" 그녀가 베개를 눌러 보며 말했다.

"더할 나위 없이." 그가 냉정하게 대답했다.

"따뜻한가요? 누비이불도 없네. 하나 필요할 거예요. 너무 무거운 이불을 덮으면 안 돼요."

"하나 있어요." 그가 말했다. "곧 도착할 거요."

그들은 방을 쟀고 고려해야 할 모든 사안에 대해 시간을 질질 끌며 논의했다. 어슐라는 창가에 서서 새먼 부인이 연못가 둑으로 차를 나르는 것을 지켜보고 있었다. 그녀는 허마이어니의 긴 토론이 싫었다. 차를 마시고 싶었다. 이 쓸데없는 법석과 일에서 벗어나고만 싶었다.

마침내 그들은 모두 잔디가 무성한 둑으로 소풍을 나갔다. 허마이어니가 차를 따랐다. 그녀는 지금 어슐라의 존재를 무시하고 있었다. 어슐라는 불쾌함을 털어 내고 제럴드를 향해 말했다.

"아, 며칠 전 당신이 너무나 미웠어요, 크라이치 씨."

"왜요?" 흠칫하며 제럴드가 말했다.

"당신이 말을 못되게 다루어서요. 아, 정말 당신이 너무 싫었어요!"

"어떻게 했는데요?" 허마이어니가 노래하듯 물었다.

"끔찍이도 많은 무개 화차들이 지나가는 철도 건널목에서 자기가 타고 있던 사랑스럽고 예민한 아랍 말을 자기와 함께 서 있게 하는 거예요. 그 가여운 것이 미칠 듯이 엄청나게 고통스러워했죠. 세상에서 가장 끔찍한 광경이었어요."

"왜 그랬어요, 제럴드?" 허마이어니가 차분하게 심문조로 물었다.

"그 녀석은 견디는 법을 배워야 해요―증기기관차 소리만 나면 피해 달아나는 말이 이 지역에서 나한테 무슨 필요가 있겠습니까."

"하지만 뭐 하러 불필요한 고통을 가해요?" 어슐라가 말했다. "왜 그 말을 건널목에 내내 서 있게 하느냐고요. 길가로 조금 물러나게 해서 공포를 좀 덜어 줄 수도 있었을 텐데 말이에요. 당신이 박차를 가한 옆구리에서 피가 흐르더군요. 너무나 끔찍했다고요……!"

제럴드의 표정이 굳어졌다.

"난 그 말을 타고 다녀야 해요." 그가 대답했다. "그러니 내가 그 말에 대해 **조금이라도** 확신을 가지려면 말이 소음을 견디는 법을 배워야만 합니다."

"왜 그래야만 하죠?" 어슐라가 격앙되어 소리쳤다. "그 말은 살아 있는 생명체인데, 어째서 당신이 그렇게 하도록 선택했다는 이유만으로 무엇이든 견뎌 내야 하는 건가요? 당신이 자신의 존재에 대한 권리가 있듯이 말도 그만큼의 권리가 있어요."

"거기엔 동의하지 않습니다." 제럴드가 말했다. "그 암말은 나의 필요 때문에 존재한다고 생각해요. 내가 그 말을 샀으니까 그렇다는 것이 아니라, 그게 자연의 이치이기 때문이죠. 인간이 말 앞에 무릎을 꿇고서 마음대로 하시라고 간청하고, 그 경이로운 본성을 충족하시라고 하는 것보다는, 인간이 원하는 대로 말을 취하고 사용하는 게 더 자연스러운 겁니다."

어슐라가 막 입을 열려고 하는데, 허마이어니가 고개를 들더니 생각에 잠긴 듯 단조로운 어조로 말을 시작했다.

"나는…… 하등 동물을 우리 필요에 따라 이용하기 위해서는 **용기**를 가져야 한다고 생각해요. 난 모든 생명체를 마치 우리 자신인 양 간주하는 건 뭔가 잘못되었다고 생각해요. 우리의 감정을 살아 있는 모든 것에 투사하는 건 잘못되었다는 느낌이 든다고요. 그건 식별력 부족, 비판력 부족이죠."

"그래요." 버킨이 날카롭게 말했다. "인간의 감정과 의식을 동물들한테 감상적으로 갖다 붙이는 것만큼 혐오스러운 것도 없소."

"그럼요." 허마이어니가 피곤한 듯 말했다. "우리는 위치를 확실히 해야 돼요. 우리가 동물을 이용하든가, 아니면 그들이 우리를 이용하든가."

"그건 사실이에요." 제럴드가 말했다. "엄밀히 말해 말은 **정신**을 전혀 갖고 있지 않지만, 인간처럼 의지는 갖고 있어요. 그래서 만일 당신의 의지가 주인이 되지 못하면, 말이 당신의 주인이 되는 거죠. 어쩔 수 없는 겁니다. 난 말 주인이 되지 않을 수가 없어요."

"만일 우리가 우리의 의지를 어떻게 사용하는지 배울 수만 있다면, 우린 뭐든지 할 수 있을 거예요. 의지는 무엇이든 치료할 수 있고 바로잡을 수 있거든요. 그건 내가 확신해요……. 우리가 의지를 제대로 총명하게 쓸 수 있다면 말이에요." 허마이어니가 말했다.

"의지를 제대로 쓴다는 게 무슨 뜻이오?" 버킨이 말했다.

"어떤 아주 훌륭한 의사가 내게 가르쳐 준 거예요." 그녀가 어슐라를 향한 건지 제럴드를 향한 건지 알쏭달쏭한 태도로 말했다. "그의 말에 따르면, 예컨대 자신의 나쁜 습관을 고치려면 그걸 하고 싶지 않을 때 **강제로**─자신으로 하여금 그걸 하도록─해야 한다는 거죠. 그러면 그 습관이 사라지게 된다는 거예요."

"그게 무슨 말입니까?" 제럴드가 말했다.

"예를 들어 당신이 손톱을 물어뜯는다고 해 봐요. 손톱을 물어뜯고 싶지 않을 때 물어뜯는 거예요─자기 자신으로 하여금 손톱을 물어뜯도록 시키는 거죠. 그러면 그 습관이 없어진다는 거예요."

"그래요?" 제럴드가 말했다.

"그럼요. 난 아주 많은 점에서 나 자신이 나아지도록 고쳤어요. 난 아주 묘하고 신경질적인 애였거든요. 그런데 내 의지를 사용하는 법을 터득하면서, 단순히 내 의지만 사용해서 나 자신을 바로 **잡았죠**."

어슐라는 허마이어니가 느리고 담담한 듯하면서도 묘하게 긴장된 목소리로 말하는 동안 내내 그녀를 바라보았다. 이상한 전율이 어슐라를 엄습했다. 허마이어니에게는 매혹적이면서도 혐오스러운, 어떤 기이하고 어둡고 발작적인 힘이 있었다.

"의지를 그런 식으로 사용하는 것은 치명적이오." 버킨이 매몰차게 외쳤다. "역겹소. 그런 의지는 외설이에요."

허마이어니는 그늘진 무거운 눈으로 그를 오랫동안 쳐다보았다. 그녀의 얼굴은 부드럽고 해쓱하게 말라 인광을 내뿜는 듯했고 턱은 여위어 홀쭉했다.

"절대 그렇지 않아요." 그녀가 마침내 입을 열었다. 그녀가 느끼고 경험하는 것처럼 보이는 것과 그녀가 실제로 말하고 생각하는 것 사이에는 언제나 거리가, 묘한 간극이 있는 것 같았다. 그녀는 오랜 시간 끝에 마침내 혼란스러운 시커먼 감정과 반발의 소용돌이 표면으로부터 자신의 생각을 붙잡아 내는 것 같았고, 버킨은 언제나 혐오감으로 가득 찼다. 그녀는 틀림없이 반드시 붙잡아 냈고, 그녀의 의지는 그녀를 저버리는 일이 없었다. 그녀의 목소리는 언제나, 감정이 드러나지는 않았지만 긴장되어 있었고 완벽한 자신감에 차 있었다. 그러나 그녀는 자신의 정신을 제압하려고 위협하는, 일종의 뱃멀미 같은 메스꺼움으로 온몸을 떨었다. 그러나 그녀의 정신은 꺾이지 않았고 그녀의 의지는 여전히 완벽했다. 이 때문에 버킨은 거의 미칠 지경이었다. 그러나 그는 절대로, 절대로, 그녀의 의지를 부수어 그녀의 잠재의식의 소용돌이가 쏟아져 나오게 한 후 완전히 미쳐 있는 그녀를 볼 생각은 엄두조차 내지 않았다. 그러나 그러면서도 언제나 그녀를 공격했다.

"그리고 물론," 그가 제럴드에게 말했다. "말은 인간과 같은 완전한 의지를 갖고 있지는 **않지**. 말은 **하나의** 의지를 갖고 있는 게 아니란 말이야. 모든 말은 엄밀히 말해 두 개의 의지를 갖고 있어. 하나의 의지로는 전적으로 인간의 지배를 받고 싶어 하고, 다른 하나로는 자유로운 야생 상태로 있길 원하지. 그 두 개의 의지가 때로는 맞물리기도 해. 말을 모는 와중에 그 녀석이 튀어 달아나려는 걸 느낀 적이 있다면, 자네도 알겠지."

"말을 모는 와중에 말이 달아나려는 걸 느낀 적은 있지." 제럴드가 말했다. "하지만 그로 인해 말이 두 개의 의지를 갖고 있다는 걸 알게 됐다고 할 수는 없어. 다만 겁에 질려 있다는 걸 알았을 뿐이지."

허마이어니는 듣고 있지 않았다. 이런 주제가 시작되자 아무 생각도 없어졌다.

"말이 어째서 인간의 지배를 받고 싶어 한다는 거죠?" 어슐라가 물었다. "정말 이해가 되지 않아요. 말이 그러길 원한다는 걸 도저히 믿을 수가 없어요."

"말은 원해요. 그건 최후의, 아마도 최고의 사랑의 충동일 겁니다. 자신의 의지를 더 높은 존재에게 맡기는 거죠." 버킨이 말했다.

"사랑에 대해 참 이상한 개념을 갖고 계시는군요." 어슐라가 비아냥거렸다.

"그리고 여자도 말과 똑같아요. 그녀 안에서는 두 가지 의지가 서로 대립 상태로 작용하죠. 하나의 의지로는 완전히 굴복하기를 원하고, 다른 하나로는 튀어 달아나서 기수를 파멸시켜 버리길 원하죠."

"그렇다면 난 달아나는 쪽이에요." 어슐라가 웃음을 터뜨리며 말했다.

"말을 길들이려고 하는 건 위험한 일이지요, 여자는 말할 것도 없고." 버킨이 말했다. "지배의 원리에는 탁월한 적수가 나타나게 마련이죠."

"다행한 일이기도 하죠." 어슐라가 말했다.

"맞아요." 제럴드가 희미하게 웃으며 말했다. "그게 더 재미있지."

허마이어니는 더 이상 참을 수가 없었다. 그녀가 자리에서 일어나 편안히 읊조리듯 말했다.

"저녁이 참 아름답지 않아요? 난 가끔씩 아름답다는 감흥이 너무 강하게 차올라서 참을 수 없을 것만 같은 때도 있어요."

허마이어니의 말이 마음에 와 닿은 어슐라는, 비개인적인 감정에 이르는 가장 깊은 지점까지 감동을 받아 그녀와 함께 자리에서 일어났다. 그녀에게 버킨은 거의 가증스럽고 오만한 괴물처럼 보였다. 그녀는 허마이어니와 함께 앵초꽃을 따면서, 마음을 달래 주는 아름다운 것들에 대해 이야기를 나누며 연못가 둑을 따라 걸었다.

"이런 오렌지 빛깔들이 점점이 박힌 노란 드레스를 입고 싶지 않아요?—무명 드레스 말이에요." 어슐라가 허마이어니에게 말했다.

"좋죠." 허마이어니는 그런 드레스 생각이 절실히 가슴을 울리며 마음을 달래 주도록 놓아두면서, 허리를 굽혀 꽃을 바라보며 말했다. "예쁘겠죠. 너무 **좋을** 것 같아요."

그녀는 진정한 애정을 느끼면서, 미소 지으며 어슐라 쪽으로 돌아다보았다.

그러나 제럴드는 버킨 곁에 남아 있었다. 그는 말이 가진 두 가지 의지란 게 무엇인지, 버킨의 심중을 깊이 파헤쳐 보고 싶었다. 제럴드의 얼굴에는 흥분의 빛이 너울대며 춤추고 있었다.

허마이어니와 어슐라는 갑작스레 찾아온 깊은 애정과 친밀감으로 하나가 되어 함께 거닐었다.

"난 정말 삶을 온통 이런 식으로 비판하고 분석하도록 강요받고 싶지 **않아요**. 난 정말이지 사물들을 온전한 모습 그대로, 그 아름다움을 내버려 둔 채로, 전체로서 그들의 자연스러운 신성함을 보고 싶다고요. 그렇게 느끼지 않나요? 도저히 그 이상의 지식에 이르도록 고문당할 수는 **없다**는 느낌이 들지 않나요?" 허마이어니가 어슐라 앞에 멈춰 서서, 불끈 쥔 주먹을 아래쪽으로 내리뻗은 채 그녀를 돌아보며 말했다.

"맞아요." 어슐라가 말했다. "나도 그래요. 난 쑤셔 대고 캐내는 이 모든 게 넌덜머리 나요."

"그러시다니 기뻐요." 허마이어니가 다시금 걸음을 멈추고 어슐라에게로 몸을 돌리며 말했다. "가끔씩, 가끔씩 나는 이러한 인식들을 **따라야만** 하는 것 아닐까, 그것을 거부하기엔 내가 나약한 것 아닐까 하는 생각이 들곤 해요. ……하지만 **그럴 수는 없다**는 기분이 들어요……. **그럴 순 없죠**. 그건 **모든 걸** 파괴하는 것 같거든요. 모든 아름다움과…… 진정한 신성함이 파괴되는 거죠. ……그리고 난 이런 것들 없인 살 수가 없을 것 같아요."

"그것들 없이 산다는 건 완전히 잘못된 거죠." 어슐라가 외쳤다. "안 되죠. 모든 것을 머리로만 깨달아야 한다고 생각하는 건 정말로 **불경스러워요**. 정말이지, 어떤 것은 반드시 신(神)에게 맡겨야 해요. 그것은 언제나 있고 앞으로도 영원히 있을 거예요."

"맞아요." 허마이어니가 어린애처럼 자신감을 되찾고서 말했다. "그래야만 해요, 그렇죠? 그런데 루퍼트는……." 그녀는 생각에 잠긴 채 하늘을 향해 고개를 들었다. "그이는 오직 만물을 조각조각 찢을 줄만 알아요. 정말이지 그이는, 어떻게 만들어져 있나 보려고 뭐든지 조각조각 뜯어 보는 소년 같아요. 그런데 난 그게 옳다고 생각하지 않아요…… 당신 말처럼 너무나 불경스러워 보이거든요."

"마치 어떤 꽃이 피나 보려고 봉오리를 찢는 것처럼 말이에요." 어슐라가 말했다.

"그래요. 그리고 그건 모든 걸 죽이는 일이죠, 그렇지 않아요? 꽃을 피울 그 어떤 가능성도 허용하지 않죠."

"그렇고말고요." 어슐라가 말했다. "순전히 파괴적이죠."

"맞아요, 그래요!"

허마이어니는 어슐라의 확인을 수락하는 듯이, 오랫동안 찬찬히 그녀를 바라보았다. 그리고 두 여자는 잠잠해졌다. 서로의 의견이 일치하는 순간, 그들은 서로를 불신하기 시작했다. 어슐라는 자기도 모르게 허마이어니로부터 자신이 뒷걸음치고 있음을 느꼈다. 그녀가 할 수 있는 거라곤 그 강한 반감을 억누르는 일뿐이었다.

그들은 합의를 위해 물러나 있었던 공모자들처럼 남자들에게로 되돌아갔다. 버킨이 고개를 들어 그들을 쳐다보았다. 어슐라는 차갑게 빈틈없이 지켜보는 듯한 태도 때문에 그가 싫었다. 그러나 그는 아무 말도 하지 않았다.

"이제 갈까요?" 허마이어니가 말했다. "루퍼트, 만찬을 위해 숏랜즈로 갈 거죠? 당장 갈 거죠? 우리랑 지금 갈 거죠?"

"옷을 갖춰 입지 않았어요." 버킨이 말했다. "당신도 알다시피 제럴드는 관례대로 해야 한다고 우길 텐데."

"그건 아니야." 제럴드가 말했다. "하지만 자네도 집에서 거칠게 제멋대로 하는 것에 대해 나만큼 질려 버렸다면, 사람들이 평화롭게 관례를 따르는 게 좋아질걸. 적어도 식사 때만이라도 말이지."

"좋아." 버킨이 말했다.

"당신이 옷을 갈아입는 동안 기다리면 안 될까요?" 허마이어니가 집요하게 말했다.

"좋을 대로."

그가 일어나 집 안으로 들어갔다. 어슐라는 이제 가겠다고 말했다.

"한마디만 할게요." 그녀가 제럴드를 향해 말했다. "난 인간이 제아무리 동물과 가금의 군주라 해도 인간에게 열등한 생명의 감정을 범할 그 어떤 권리도 없다고 생각해요. 난 아직도, 당신이 열차가 지나가는 동안 말을 철로에서 비켜서 있도록 사려 깊게 행동했더라면 훨씬 더 양식 있고 근사했을 거라고 생각해요."

"알겠습니다." 제럴드가 웃으며, 하지만 약간 기분이 상해서 말했다. "다음 번엔 꼭 기억하도록 하지요."

'그 사람들은 모두 내가 참견 잘하는 여자라고 생각해.' 자리를 뜨며 어슐라는 생각했다. 그러나 그녀는 그들에 맞서 무장했다.

그녀는 생각에 잠긴 채 정신없이 집으로 달려갔다. 그녀는 허마이어니에게 정말 깊은 감동을 받았다. 그녀와 진실로 접촉했기에 두 여자 사이엔 일종의 연대가 만들어졌다. 그런데도 여전히 어슐라는 그녀를 견딜 수가 없었다. 하지만 이내 그런 생각을 치워 버렸다. '그 여잔 정말 훌륭해.' 그녀는 속으로 중얼거렸다. '정말로 옳은 것을 원한다고.' 그러고는 허마이어니와의 일체감을 느끼려고 애쓰면서 버킨을 떼어 내려 했다. 그녀는 분명 그에게 적의를 품고 있었다. 하지만 어떤 유대에 의해, 어떤 깊은 원리에 의해 그에게 붙들려 있었다. 이 때문에 그녀는 짜증이 나기도 하고 안심이 되기도 했다.

다만 그녀의 잠재의식으로부터 나오는 격렬한 전율이 가끔씩 그녀를 엄습하곤 했다. 그녀는 사실상 자신이 버킨에게 도전을 선언했고, 버킨은 의식적이든 무의식적이든 이를 받아들였다는 것을 알고 있었다. 그것은 죽을 때까지 — 혹은 새로운 삶에 이를 때까지 — 계속될 싸움이었다. 비록 갈등이 어디에 놓여 있는지는 아무도 말할 수 없었지만.

13장 미노

　며칠이 흐르는 동안, 어슐라는 아무런 연락도 받지 못했다. 그는 나를 무시하려는 걸까? 나의 비밀에 대해 이젠 아무런 관심이 없는 걸까? 음울한 불안과 쓰라린 고통이 찾아들었다. 하지만 어슐라는 자신이 그저 스스로를 속이고 있을 뿐임을, 그리고 그가 분명 관계를 진척시키리라는 걸 알고 있었다. 그러나 누구에게도 아무 말 하지 않았다.

　아니나 다를까, 그에게서 짤막한 편지가 왔다. 구드룬과 함께 시내에 있는 자기 거처에 차를 마시러 오겠느냐는 거였다.

　'왜 구드룬도 같이 오라는 거지?' 그녀는 순간 이렇게 자문했다. '자신을 보호하고 싶은 걸까? 아니면 내가 혼자서는 안 갈 거라고 생각하는 걸까?'

　그가 자기 자신을 보호하려 한다는 생각이 들자 어슐라는 괴로웠다. 그러나 결국 이렇게 중얼거렸다.

　'구드룬이 거기 가는 건 싫어. 그이가 내게 뭔가 좀 더 말해 주길 원하니까. 그러니까 구드룬한테는 아무 말 하지 말고 혼자 가야지. 그러면 알게 되겠지.'

　그녀는 전차를 타고 마을을 벗어나 언덕을 올라 버킨이 살고 있는 곳으로 향했다. 현실 상황에서 풀려나 꿈의 세계를 지나는 것 같았다. 그녀는 물질세계에서 유리된 정령처럼 저 아래 마을의 지저분한 거리를 바라보았다. 저것들이 다 나하고 무슨 상관이 있단 말인가? 그녀는 유령 같은 삶의 유동(流動) 속에서 맥박 치며 형체 없는 상태로 있었다. 사람들이 자신에 대해 무슨 말을 하고 어떻게 생각하는가에 대해서는 더 이상 신경 쓸 수가 없었다. 사람들은 그녀의 시계(視界)에서 벗어났고, 그녀는 풀려난 것이었다. 열매가 자신이 아는 유일한 세계로부터 굴러떨어지듯이, 그녀는 물질적 삶의 칼집 밖으로, 칼집으로부터 진정한 미지의 세계로 떨어져 낯설고 몽롱한 상태였다.

그녀가 하숙집 주인의 안내로 들어갔을 때 버킨은 방 한가운데서 있었다. 그 역시 자기 자신으로부터 벗어나 있는 상태였다. 그는 흔들리고 동요된 모습이었고, 연약하고 실체가 없는 듯한 그의 몸은 어떤 격렬한 힘의 교차점처럼 침묵하고 있었으며, 그에게서 나오는 힘은 그녀를 거의 기절할 지경으로 뒤흔들어 놓았다.

"혼자 왔소?" 그가 말했다.

"네……. 구드룬은 올 수가 없었어요."

그는 즉각 그 이유를 알아챘다.

두 사람은 방 안에 감도는 극도의 긴장감 속에 말없이 자리에 앉았다. 환하고 아주 편안해 보이는 기분 좋은 방이었다 — 주홍과 자줏빛 꽃들이 매달린 푸크시아나무도 있었다.

"푸크시아가 참 멋지네요!" 침묵을 깨기 위해 그녀가 말했다.

"그렇죠? ……당신은 내가 말한 것을 잊었으리라고 생각했습니까?"

어슐라의 정신이 아찔해졌다.

"난 당신이 기억하길 바라지 않아요……. 당신이 원하지 않는다면 말이에요." 그녀는 자신을 덮은 검은 안개를 헤치며 간신히 말했다.

잠시 침묵이 흘렀다.

"아니, 그렇지 않아요. 다만…… 우리가 서로를 알려면 영원한 서약을 해야 해요. 우리가 관계를 맺으려면, 그것이 우정이라고 할지라도 뭔가 최종적이고 확실한 것이 있어야만 합니다." 그가 말했다.

그의 목소리는 불신과 거의 노여움으로 쩌렁쩌렁 울렸다. 그녀는 대꾸하지 않았다. 가슴이 심하게 오그라들어 말을 할 수가 없었다.

그녀가 아무런 대답을 하지 않을 것임을 깨달은 그는, 거의 쓰라린 어조로 속마음을 드러내며 말을 이었다.

"내가 주어야 하는 것이 사랑이라고는 말할 수 없습니다……. 그리고 내가 원하는 건 사랑이 아니에요. 그건 훨씬 더 비개인적이고 견고한 어떤 것입니다……. 그리고 훨씬 더 진귀한 거고요."

침묵이 흘렀다. 어슐라가 입을 열었다.

"나를 사랑하지 않는다는 말인가요?"

이 말을 하며 그녀는 몹시 고통스러웠다.

"그래요. 당신이 그런 식으로 표현하고 싶다면. ……아마 그게 사실은 아니겠지만. 모르겠소. 어쨌든 나는 당신에게 사랑의 감정을 느끼지는 않아요……. 그래요, 그리고 그러고 싶지 않아요. 왜냐하면 그건 결국 힘이 다하고 말 거니까."

"사랑은 결국 그 힘이 다한다고요?" 입술까지 얼얼하게 마비되는 듯한 느낌을 받으며 그녀가 물었다.

"그래요. 결국에 가서 우리는 사랑의 영향을 넘어, 혼자인 겁니다. 진정으로 비개인적인 나라는 존재가 있는데 그 존재는 사랑을 넘어, 그 어떤 감정적인 관계도 초월하여 존재하지요. 당신도 마찬가지예요. 하지만 우리는 사랑이 뿌리라면서 우리 자신을 기만하고 싶어 하지요. 그런데 그렇지가 않아요. 사랑은 가지에 불과한 거예요. 뿌리는 사랑을 초월한 거예요. 뿌리는, 그 무엇과도 만나거나 섞이지 **않고**, 결코 그럴 수도 없는 벌거벗은 종류의 고립이자, 고립된 나인 겁니다."

그녀는 커다란, 근심스러운 눈으로 그를 쳐다보았다. 그의 얼굴은 이해하기 어려운 진지함으로 빛나고 있었다.

"그래서 당신은 사랑을 할 수 없다는 건가요?" 그녀가 불안에 떨며 말했다.

"그래요, 당신이 그렇게 말하고 싶다면. ……나도 사랑을 해 봤어요. 하지만 사랑을 넘어서는, 사랑이 존재하지 않는 지평이 있어요."

그녀는 이를 받아들일 수가 없었다. 황홀해지는 듯한 기분이 들긴 했지만, 받아들일 수는 없었다.

"하지만 당신이 어떻게 아나요……? 단 한 번도 **진정으로** 사랑해 본 적이 없다면요?" 그녀가 물었다.

"내가 말하는 건 정말이에요. 당신에게도 나에게도, 사랑을 넘어서고 시야(視野)를 초월하는 그런 것이 존재합니다. 시야를 초월하여 존재하는 별들처럼 말이에요."

"그렇다면 사랑은 정말 없는 게 맞네요." 어슐라가 소리쳤다.

"궁극적으로는, 없어요. 뭔가 다른 것이 있는 거지요. 궁극적인 의미에서, 사랑은 **없는** 겁니다."

어슐라는 잠시 동안 이 말에 빠져 있었다. 그러다가 의자에서 반쯤 몸을 일으켜 반발 섞인 목소리로 단호히 말했다.

"그렇다면 집에 가겠어요 — 내가 여기서 도대체 뭘 하고 있는 거죠!"

"문은 저기예요." 그가 말했다. "당신은 자유롭게 행동할 수 있는 사람이니까요."

그는 이런 극단적인 상황 속에서 절묘하게, 완벽하게, 정지된 듯이 있었다. 그녀는 잠시 꼼짝 않고 있다가 다시 앉았다.

"사랑이 있는 게 아니라면, 뭐가 있는 건가요?" 그녀가 거의 비웃으면서 외쳤다.

"뭔가요." 그는 전력을 다해 자신의 영혼과 싸우면서 그녀를 바라보며 말했다.

"뭐라고요?"

그는 그녀가 이렇듯 적대적인 상태에 있는 동안엔 의사소통을 할 수 없기에 한동안 잠자코 있었다.

뭔가에 완전히 몰두한 듯한 목소리로 그가 말했다. "엄연하고 비개인적이며 책임을 초월한 최종적인 내가 존재합니다. 마찬가지로 최종적인 당신도 존재하죠. 내가 당신을 만나고 싶어 하는 건 바로 그곳에서예요 — 감정적인, 사랑의 지평에서가 아니라 — 아무런 말도 합의 조건도 존재하지 않는 그런 곳에서 말입니다. 거기서 우리는 엄연한 미지의 두 존재요, 완전히 낯선 두 생물이죠. 거기서 난 당신에게 다가가길, 당신이 내게 다가오길 원해요. …… 그리고 그곳엔 그 어떤 책무도 있을 수가 없어요. 행동 규범이 없으니까, 그리고 그 어떤 이해도 거둬들여진 적이 없으니까요. 상당히 비인간적이죠, ……그렇기 때문에 어떤 형태의 힐책도 존재하지 않는 겁니다 — 왜냐하면 우리는 일반적으로 받아들여지는 모든 것들의 울타리 바깥에 있어서 이미 알려진 것이 전혀 적용되지 않으니까요. 우린 오로지 충동을 따를 수 있을 뿐이에요. 바로 앞에 놓여 있는 것을 취하고, 그 어떤 책임도 지지 않으며, 아무것도 요구하지 않고 주는 것도 없으며, 오로지 각자 근원적 욕망에 따라 취할 따름이지요."

버킨의 말은 전혀 예기치 못했고 너무나 감당하기 어려운 것이어서, 어슐라는 멍하니 거의 의식을 잃은 채 이 말을 듣고 있었다.

"그건 그냥 순전히 이기적인 거예요." 그녀가 말했다.

"순전하다는 건 맞아요. 그렇지만 이기적인 건 절대로 아닙니다. 왜냐하면 난 내가 당신한테서 무엇을 원하는지 **알지** 못하기 때문이에요. 내가 당신에게 다가갈 때 나는 **나 자신**을 미지의 것에 넘겨주는 것이고, 미지의 세계로 완전히 발가벗겨진 상태여서, 아무 거리낄 것도 방어할 것도 없어요. 오직 우리 둘 다 모든 것을, 심지어 우리 자신까지도 벗어던져, 존재하기를 멈추겠다는, 그리하여 완벽한 우리 자신이 우리 안에서 생겨나게 하겠다는 우리 둘 사이의 맹세만이 필요합니다."

그녀는 자기 식의 논리로 곰곰이 따져 보았다.

"하지만 당신이 날 원하는 건 나를 사랑하기 때문이잖아요?" 그녀가 우겼다.

"아니, 그렇지 않아요. 내가 당신을 믿기 때문이에요……. 내가 **정말로** 당신을 믿는 거라면 말이죠."

"자신 없으신가 보죠?" 순간 마음의 상처를 받은 어슐라가 웃으며 말했다.

그는 그녀의 말에는 거의 주의를 기울이지 않은 채 그녀를 계속 바라보았다.

"아니, 당신을 믿는 게 틀림없어요. 그렇지 않다면 여기서 이런 말을 하고 있으면 안 되죠." 그가 대답했다. "하지만 그게 내가 갖고 있는 증거의 전부예요. 내가 지금 이 특정한 순간에 아주 강한 믿음을 느끼고 있는 건 아닙니다."

그녀는 이렇게 갑작스러운 피로와 불성실로 빠져 버리는 그가 싫었다.

"내가 괜찮게 생겼다는 생각은 안 들어요?" 그녀가 조롱하는 듯한 목소리로 고집을 부렸다.

그는 그런 느낌이 드는지 보려고 그녀를 쳐다보았다.

"당신이 괜찮게 생겼다는 **느낌은** 없는데요." 그가 말했다.

"매력적이지도 않고요?" 그녀가 날카롭게 비웃었다.

그는 갑자기 화가 치밀어 눈살을 찌푸렸다.

"이건 전혀 시각적인 인식의 문제가 아니라는 걸 모르겠소?" 그가 소리쳤다. "나는 당신을 보길 원하는 게 전혀 아니에요. 난 수많은 여자들을 보아 왔고, 그들을 보는 게 지겹고 넌덜머리 납니다. 난 내게 보이지 않는 여자를 원해요."

"유감스럽게도, 안 보임으로써 당신을 만족시켜 드릴 수가 없네요." 그녀가 웃었다.

"아니, 당신은 내게 안 보여요. 나로 하여금 당신을 시각적으로 의식하도록 당신이 강제하지 않는다면 말입니다. 하지만 난 당신을 보거나 당신 목소리를 듣고 싶지 않아요." 그가 말했다.

"그럼 왜 나더러 차를 마시자고 했어요?" 그녀가 조롱했다.

그러나 그는 그녀에게 주의를 기울이려 들지 않았다. 그는 혼잣말을 하고 있었다.

"나는 당신이 자기 자신의 존재를 모르는 곳에서, 당신의 일상적인 자아가 완전히 부정하는 당신을 찾고 싶어요. 난 당신의 아름다운 용모도, 당신의 여성스러운 감정도 원하지 않아요. 당신의 생각이나 의견, 사상을 원하지도 않고요 ─ 그런 것들은 다 내게 하찮은 것들이거든요."

"아주 자만심이 강하시군요, 선생님." 그녀가 비웃었다. "어떻게 당신이 나의 여성스러운 감정들이 무엇인지, 내 생각이나 사상이 뭔지 알죠? 당신은 내가 지금 당신에 대해 어떻게 생각하는지조차 모르는데요."

"전혀 관심 없어요."

"당신은 정말 어리석어요. 내가 보기에 당신은 내게 사랑한다고 말하고 싶은 건데, 그 말을 하려고 이렇게 빙빙 돌고 있는 거예요."

"알겠소." 그가 갑자기 버럭 화를 내며 그녀를 쳐다보았다. "그럼 이제 가 봐요. 나 좀 혼자 있게. 난 더 이상 당신의 허접한 조롱을 원하지 않아요."

"이게 정말로 조롱일까요?" 그녀가 웃음으로 얼굴을 누그러뜨리며 놀렸다. 그녀는 이것을 그가 자신에게 깊은 사랑을 고백한 것이라고 풀이했다. 그런데도 말을 이렇게 어처구니없게 하다니.

그들은 몇 분 동안 말이 없었다. 그녀는 아이처럼 기분이 좋았고 의기양양했다. 그의 집중된 상태가 끝났고, 그는 그녀를 진솔하고 자연스럽게 바라보았다.

"내가 원하는 건 당신과의 미지의 낯선 결합입니다." 그가 조용히 말했다. "만남이나 뒤섞임이 아니라. ……당신 말도 옳아요. ……그렇지만 난 평형을, 홀로인 두 존재의 순수한 균형을 원해요. ……별들이 서로 균형을 이루는 것처럼 말이에요."

그녀는 그를 바라보았다. 그는 아주 진지했지만, 그녀에게 진지함이란 언제나 좀 우스꽝스럽고 진부한 것이었다. 그것은 그녀를 부자유스럽고 불편하게 했다. 그런데도 그녀는 그가 너무 좋았다. 하지만 별 얘기는 왜 끌어들인담!

"이건 좀 갑작스러운 거 아니에요?" 그녀가 놀렸다.

그가 웃기 시작했다.

"서명하기 전에 계약 조건을 읽는 것이 최선이지요." 그가 말했다.

소파에서 잠을 자고 있던 젊은 회색 고양이 한 마리가 뛰어내리더니 긴 다리를 곧추세워 날씬한 등을 아치 모양으로 둥글렸다. 그런 뒤 잠시 뭔가를 골똘히 생각하며 위풍당당하게 꼿꼿이 앉아 있더니 열린 창문으로 쏜살같이 방을 빠져나가 정원으로 튀어 나갔다.

"뭘 쫓는 거지?" 버킨이 일어나며 말했다.

젊은 고양이는 꼬리를 흔들며 좁게 난 길을 군주처럼 걸어 내려갔다. 그것은 하얀 발톱을 가진 흔한 얼룩 고양이로, 날씬한 젊은 신사 같았다. 털이 보송보송한, 회갈색 고양이 한 마리가 몸을 웅크린 자세로 울타리를 살금살금 기어오르고 있었다. 미노는 남자답게 태연히 암고양이 쪽으로 당당하게 걸어갔다. 암고양이는 그 앞에 웅크리더니 겸손히 땅에 납작 엎드렸다. 복실복실한 그 떠돌이 암고양이는 보석처럼 사랑스러운 초록색 야생의 눈으로 그를 쳐다보았다. 미노는 무심하게 암고양이를 내려다보았다. 그러자 암고양이는 놀라우리만치 살금살금 자신의 존재를 지우며 몸을 웅크린 채 그림자처럼 움직여 뒷문 쪽으로 몇 걸음 더 기어갔다.

미노는 날씬한 다리로 늠름하게 암고양이 뒤를 따라 걸어가더니 갑자기 도를 넘어 앞발로 암고양이의 얼굴을 가볍게 한 대 때렸다. 암고양이는 바람에 휩쓸린 나뭇잎처럼 몇 걸음 도망치더니 이내 겸손히, 굴종적인 야생의 인내로 웅크렸다. 미노는 암고양이에게 아무 관심 없는 체했다. 멋들어지게 눈을 깜빡이며 주변 경치를 둘러보았다. 암고양이는 즉각 몸을 오그려 회갈색의 부드러운 양털 같은 그림자처럼 살짝 몇 걸음 떼었다. 걸음이 빨라지기 시작하며 꿈처럼 휙 사라져 버리려는 순간, 그 젊은 회색빛 군주가 암고양이 앞으로 펄쩍 뛰어내리며 보기 좋게 한 방 가볍게 날렸다. 암고양이는 즉각 복종하고 몸을 낮추었다.

"저건 야생 고양이예요." 버킨이 말했다. "숲에서 나왔어요."

순간, 버킨을 노려보는 그 떠돌이 고양이의 눈이 거대한 초록 불꽃처럼 활활 타올랐다. 그러더니 그 고양이는 부드럽고 날쌔게 정원 쪽으로 돌진했다. 거기 멈춰 서서 주변을 살폈다. 미노는 완전히 우월감에 빠져 주인을 향해 얼굴을 돌리더니 젊은 조각상처럼 완벽한 자태로 서서 스르르 눈을 감았다. 야생 고양이의 호기심 어린 초록빛 동그란 눈은 묘하게 섬뜩한 불꽃처럼 이를 내내 노려보고 있었다. 그러더니 암고양이는 다시 그림자처럼 부엌으로 미끄러져 갔다.

미노는 바람처럼 아름답게 도약하여 암고양이를 덮치며 희고 섬세한 주먹으로 암고양이에게 아주 확실한 두 방을 날렸다. 암고양이는 저항 없이 몸을 낮추고 미끄러지듯 뒤로 물러났다. 미노는 암고양이를 따라가, 갑작스럽게 마법의 하얀 앞발로 한두 방 여유롭게 날렸다.

"쟤는 왜 저러죠?" 어슐라가 화가 나서 소리쳤다.

"친밀한 사이라서요." 버킨이 말했다.

"그런데 왜 때리느냐고요!" 어슐라가 외쳤다.

"그러게요." 버킨이 웃었다. "내가 보기엔 저 녀석이 암고양이에게 친하다는 걸 확실히 해 두고 싶어 하는 것 같은데요."

"정말 끔찍한 녀석이네요!" 그녀가 소리치더니 정원으로 나가 미노를 불렀다.

"그만해, 못살게 굴지 말라고. 때리는 건 그만둬."

떠돌이 고양이는 보이지 않는 그림처럼 휙 사라져 버렸다. 미노는 어슐라를 흘끗 보더니 무시하며 시선을 주인에게로 돌렸다.

"넌 약자를 괴롭히는 놈이냐, 미노?" 버킨이 물었다.

젊고 날씬한 그 고양이는 주인을 쳐다보더니 천천히 눈이 가늘어졌다. 그러고는 두 인간을 완전히 잊었다는 듯 주변 풍경으로 눈을 돌려 먼 곳을 바라보았다.

"미노, 난 네가 싫어. 넌 다른 모든 수컷들처럼 약자를 괴롭히는 구나." 어슐라가 말했다.

"그렇지 않아요." 버킨이 말했다. "저 녀석은 정당해요. 약자를 못살게 구는 녀석은 아니에요. 저놈은 단지 그 가련한 떠돌이에게 자신이 일종의 운명임을, 그 암컷의 운명임을 알아 달라고 조르는 겁니다. 당신도 알겠지만 그 암컷은 바람처럼, 솜털같이 가볍고 문란하니까요. 난 전적으로 저 녀석 편이에요. 그는 최상의 안정을 원하는 겁니다."

"그렇군요, 알겠어요!" 어슐라가 소리쳤다. "그는 자기 방식대로 하길 원하는 거예요 — 당신의 그 멋들어진 말들이 결국 뭘 의미하는지 알겠어요 — 두목질이죠. 내가 보기엔 그건 두목질이에요."

그 젊은 고양이는 다시 그 시끄러운 여자를 경멸하며 버킨을 흘끗 쳐다보았다.

"난 너와 전적으로 동감이야, 나비야." 버킨이 고양이에게 말했다. "수컷의 위엄을, 그리고 더 우월한 너의 이해력을 지켜라."

미노는 태양을 바라보고 있는 양 다시 눈을 가늘게 떴다. 그러더니 갑자기 그 두 인간들과는 아무 관련도 없다는 듯 자연스럽고 경쾌하게 꼬리를 꼿꼿이 세우고는 하얀 발걸음도 가볍게 돌연 타박타박 가 버렸다.

"이제 저 녀석은 다시 한 번 그 고귀한 야만 여인*을 찾아내어, 자신의 우월한 지혜를 가지고 그 암고양이를 즐겁게 해 줄 겁니다." 버킨이 웃으며 말했다.

어슐라는 정원에 서서 머리카락을 날리며 눈에 비꼬는 듯한 웃음을 담고 있는 그 남자를 쳐다보며 외쳤다.

"아, 수컷의 우월성이라는 그 전제에 난 화가 나요! 그건 정말이지 거짓이라고요! 그걸 조금이라도 정당화할 여지가 있다면 개의 치 않겠어요."

"그 야생 암고양이는 개의치 않아요. 그것이 정당하다는 걸 간파하고 있으니까." 버킨이 말했다.

"그럴까요?" 어슐라가 소리쳤다. "그런 말은 말〔馬〕을 모는 해군한테나 하세요."*

"저놈들한테도 해 줘야죠."

"제럴드가 말한테 하는 것과 똑같군요. 약자를 괴롭히려는 욕망 ─ 제대로 된 Wille zur Macht(권력 의지) ─ 로군요, 정말로 천박하고 쩨쩨한."

"권력 의지가 천박하고 쩨쩨한 것이라는 데는 동감이에요. 하지만 미노의 경우는 이 암고양이를 안정된 순수한 균형 상태로, 즉 한 마리 수컷과의 초월적이고 지속적인 관계로 이끌어 가려는 욕망입니다. ……반면에 당신도 알겠지만, 그 녀석이 없다면 그 암고양이는 그저 떠돌이에 지나지 않아요. 종잡을 수 없는 혼돈의 솜털 조각일 뿐이란 말입니다. 그렇다면 그건 volonté de pouvoir, 다시 말해 가능하게 하는 의지라고도 할 수 있겠죠. pouvoir를 동사로 봐서 말입니다."

"아……! 궤변이에요! 그건 아담의 원죄예요."

"오, 맞아요. 아담이 이브를 궤도를 도는 별처럼 자신의 주변에 단독으로 붙들어 두었을 때, 그는 그녀를 불멸의 낙원 안에 있게 했던 거죠."

"그렇군요, 알겠어요." 그에게 손가락질하며 어슐라가 소리쳤다. "그것 봐요, 궤도를 도는 별이라니! 위성 말이군요! ─ 화성의 위성 ─ 그게 바로 여자의 운명이라는 거로군요. 화성과 그의 위성! 당신이 말한 거예요, 당신이 그렇게 말한 거라고요, 스스로 망쳐 버린 거예요!"

그는 좌절과 즐거움, 짜증과 감탄, 그리고 사랑의 감정이 뒤섞인 상태로 미소 지으며 서 있었다. 그녀는 눈으로 식별할 수 있는 불꽃처럼 아주 기민하고 부드럽게 빛나며 복수심에 불타고 있었으며, 위험한 불꽃같은 예민함은 너무나 선명했다.

"난 전혀 그런 말을 한 적이 없어요." 그가 대답했다. "말할 기회를 좀 주겠어요?"

"싫어요, 싫어요!" 그녀가 외쳤다. "난 당신이 말하도록 내버려 두지 않을 거예요. 당신이 말한 거예요, '위성'이라고. 교묘히 빠져나갈 수 없어요. 당신이 말한 거예요."

"이제 당신은 내가 그런 말을 하지 **않았다**는 걸 절대로 믿지 않겠군요." 그가 답했다. "난 위성을 암시한 적도, 의미한 적도, 언급한 적도 없어요. 절대로 위성이란 말을 의도한 것도 아니고요."

"그런 식으로 얼버무리는군요!" 그녀는 정말로 화가 나서 소리쳤다.

"차가 준비됐습니다, 선생님." 문간에서 하숙집 주인이 말했다.

두 사람은 조금 전 고양이들이 자신을 바라봤던 식으로 그녀를 쳐다보았다.

"고맙소, 데이킨 부인."

잠시 끊겼던 침묵이, 불화의 순간이 다시 두 사람을 엄습했다.

"와서 차 들어요." 그가 말했다.

"그러죠. 마시고 싶네요." 그녀가 정신을 추스르며 대답했다.

그들은 테이블에 마주 앉았다.

"나는 위성이라고 말하지도, 암시하지도 않았어요. 난 결합한 채 균형을 이루고 있는 각각 단일한 두 개의 평등한 별들을 뜻한 거예요……."

"당신은 정체를 드러냈어요. 당신의 자그마한 유희의 정체를 완전히 드러냈다고요." 그녀는 곧장 먹기 시작하면서 소리쳤다. 그는 그녀가 이제 더 이상 자신의 설명에 귀 기울이지 않으리라는 것을 깨닫고 차를 따르기 시작했다.

"먹을 건 **훌륭하네요!**" 그녀가 큰 소리로 말했다.

"설탕은 알아서 넣어요." 그가 말했다.

그는 그녀에게 컵을 건넸다. 그가 갖고 있는 것들은 전부 다 아주 훌륭했다. 엷은 자주색과 녹색으로 칠해진 예쁜 컵이며 접시, 보기 좋은 사발과 유리 접시들, 그리고 연한 회색과 검정, 자주색으로 짠 식탁보 위에 놓인 오래된 숟가락들도. 아주 화려하고 세련된 것들이었다. 어슐라는 그러나 이것이 모두 허마이어니의 영향이라는 걸 알 수 있었다.

"당신 물건들 정말 아름답네요." 그녀가 거의 화난 듯한 목소리로 말했다.

"**내 마음엔** 들어요. 그 자체로 매력적인 물건들을 사용한다는 건 정말 즐거운 일이죠─기분 좋은 것들 말입니다. 데이킨 부인도 참 좋고요. 그 부인은 여기 있는 모든 게 훌륭하다고 생각한답니다, 날 위해서 말이죠."

"정말이지, 요즈음은 하숙집 주인들이 아내보다 나은 것 같아요. 확실히 훨씬 더 많이 **보살펴 주잖아요.** 결혼한 것보다는 지금 여기서의 당신 생활이 훨씬 더 아름답고 완벽한 거예요." 어슐라가 말했다.

"하지만 내적인 공허를 생각해 봐요." 버킨이 웃었다.

"그렇지 않아요." 그녀가 말했다. "난 남자들이 완벽한 하숙집 여주인과 아름다운 숙소를 갖는 것에 질투가 나요. 그들은 바랄 게 없어졌어요."

"살림살이 면에서는 그러면 좋겠죠. 사람들이 가정 때문에 결혼한다는 건 역겨워요."

"그래도 이제 남자들은 여자가 거의 필요 없어졌잖아요, 안 그래요?" 어슐라가 말했다.

"외적인 것들에 있어서는 그럴지도 모르죠—침대를 같이 쓰고 아이를 갖는 일을 제외하면. 하지만 본질적으로는 과거와 똑같이 필요해요. 다만 아무도 본질적인 상태가 되기 위한 수고를 하려들지 않을 뿐이죠."

"본질적이라니, 어떤 의미에서요?" 그녀가 물었다.

"나는 세상은 오로지 신비로운 결합에 의해서만, 사람들 간의 궁극적인 화합—그러니까 결속—에 의해서만 결합된다고 생각해요. 그리고 직접적인 결속은 남녀 간의 결속이죠." 그가 말했다.

"하지만 그건 너무 케케묵은 얘기예요." 어슐라가 말했다. "어째서 사랑이 결속이어야만 하죠? ……그렇지 않아요, 내겐 그런 것 없어요."

"당신이 서쪽으로 걷고 있다면, 당신은 북쪽이나 동쪽, 그리고 남쪽 방향으로는 못 가는 겁니다. ……당신이 화합을 받아들인다면, 혼돈의 모든 가능성은 잃어버리는 거죠." 그가 말했다.

"하지만 사랑은 자유예요." 그녀가 단언했다.

"내게 위선적으로 점잖은 체 말하지 말아요." 그가 대답했다. "사랑은 다른 모든 방향을 배제하는 하나의 방향이에요. 뭐랄까, **함께 하는** 자유라고 해 두죠."

"그렇지 않아요." 그녀가 말했다. "사랑은 모든 것을 포함하는 거예요."

"그건 감상주의적인 빈말입니다." 그가 대답했다. "당신은 혼돈 상태를 원하는 거예요. 그뿐입니다. 이 사랑 안의 자유라는 것, 사랑과 다름없는 자유니, 자유와 다름없는 사랑이니 하는 이런 것들은 궁극적인 허무주의예요. ······사실 순수한 합일의 상태에 들어가면 그건 돌이킬 수 없는 것이고, 돌이킬 수 없게 되기 전까지는 순수하다고 할 수도 없어요. 그리고 돌이킬 수 없게 되었을 때, 그것은 바로 별이 가는 길처럼 한 방향인 겁니다."

"세상에!" 그녀가 쓸쓸히 외쳤다. "그건 낡고 죽은 도덕이에요."

"그렇지 않아요." 그가 말했다. "그건 창조의 법칙이에요. 우리는 전념하게끔 되어 있어요. 우리는 타인과의 결합에 전념해야만 해요······ 영원토록. 그러나 몰아(沒我)를 말하는 건 아닙니다 ─ 신비스러운 균형과 진실성 속에 자아를 유지하는 것이죠 ─ 다른 별과 균형을 이루고 있는 별처럼 말이에요."

"당신이 별들을 끌어들이면 난 당신을 믿을 수가 없게 돼요." 그녀가 말했다. "당신 말이 진실이라면, 그렇게 억지스럽게 멀리서 끌어다 댈 필요가 없을 텐데요."

"그럼 믿지 마시죠." 그가 화가 나서 말했다. "내가 나를 믿는 것으로 충분하니까요."

"그게 바로 당신이 저지르는 또 하나의 잘못이에요." 그녀가 대답했다. "당신은 당신 자신을 믿지 **않아요**. 당신은 스스로가 말하는 것을 온전히 믿지 않는다고요. 당신은 이러한 결합을 진정으로 원하는 게 아니에요. 그랬다면 그것에 대해 그토록 많은 얘기를 하지도 않을 거고, 그걸 얻었겠죠."

그는 저지당한 듯 잠시 멈칫했다.

"어떻게요?" 그가 말했다.

"그냥 사랑을 함으로써요." 그녀가 반항조로 대답했다.

그는 화가 나서 잠시 가만히 있었다. 그러더니 이윽고 다시 입을 열었다.

"내 분명히 말하지만, 난 그런 사랑은 믿지 않아요. 당신은 사랑이 당신의 이기심에 기여하기를, 당신에게 도움이 되기를 원하는 겁니다. 당신에게 — 그리고 모든 사람에게 — 사랑은 복종의 과정인 거죠. 난 그걸 증오합니다."

"그렇지 않아요." 코브라처럼 머리를 뒤로 젖히고 눈을 빛내며 그녀가 소리쳤다. "그건 긍지의 과정이에요, 난 자랑스럽고 싶어요."

"긍지를 가지면서도 굴종적인 거죠. 긍지를 가지면서도 굴종적인, 난 그런 당신을 알고 있어요." 그가 매정하게 응수했다. "자긍심을 갖고 복종하는 거죠. 그런 다음엔 자긍심 있는 자에게 복종하고……. 당신과 당신의 사랑에 대해선 나도 알아요. 그것은 똑딱똑딱, 양극을 왔다 갔다 하는 똑딱 춤이에요."

"그렇게 잘 알아요?" 그녀가 사납게 비아냥거렸다. "나의 사랑이 무엇인지를?"

"그래요." 그가 대꾸했다.

"어쩜 그렇게 확신에 차 있죠!" 그녀가 말했다. "그렇게 확신에 찬 사람이 어떻게 옳을 수가 있나요? 그건 당신이 틀렸다는 걸 보여 주는 거라고요."

그는 분해서 잠자코 있었다.

얘기를 하다가 다투기도 하다가 마침내 둘 다 지쳐 버렸다.

"당신과 당신 가족 얘기를 좀 해 줘요." 그가 말했다.

그녀는 브랑윈 집안과 엄마에 대해, 첫사랑 스크레벤스키*에 대해, 그리고 최근 있었던 경험들에 대해 들려주었다. 그녀가 말하는 동안 그는 그녀를 바라보며 아주 조용히 앉아 있었다. 존경심을 갖고 듣고 있는 것 같았다. 자신을 그토록 아프게 하고 당혹스럽게 했던 그 모든 것들을 말하는 그녀의 얼굴은 아름다웠고, 가려져 있던 빛으로 가득했다. 그녀 본성의 아름다운 빛으로 인해 그의 영혼이 따뜻해지고 편안해지는 것 같았다.

'만일 그녀가 **정말로** 서약을 할 수 있다면,' 그는 열렬히 집요하게, 그러나 큰 희망을 걸지는 않은 채 마음속으로 생각했다. 그러면서도 무책임한 묘한 작은 웃음이 그의 가슴에 어렸다.

"우린 모두 너무나 고통을 받아 왔군요." 그가 비꼬듯이 놀렸다.

그녀는 그를 쳐다보았다. 야생적인 쾌활한 빛이 그녀의 얼굴 위로 스치면서, 그녀의 눈에 기이한 노란빛이 번쩍했다.

"맞아요!" 높고 거침없는 목소리로 그녀가 외쳤다. "어처구니가 없을 정도예요, 그렇죠?"

"정말 어처구니가 없죠." 그가 말했다. "더 이상의 고통은 이제 지겨워요."

"나도요."

그는 그녀의 눈부신 얼굴에 서린 조롱하는 듯한 무모함이 두려울 지경이었다. 여기, 천국이건 지옥이건 어느 쪽이든 끝까지 가고야 말 한 사람이 있는 것이다. 그는 그녀를 믿지 않았다. 그토록 분방할 수 있는, 그토록 위험하고도 철저한 파괴를 할 수 있는 여자가 두려웠다. 그러면서도 그는 내심 미소를 지었다.

그녀가 그에게로 다가오더니, 묘하게 황금빛으로 빛나는 눈으로, 아주 상냥하면서도 그 밑에 숨어 있는 악마 같은 야릇한 표정으로 그를 내려다보며 그의 어깨에 손을 얹었다.

"날 사랑한다고 말해요, '내 사랑'이라고 말해 줘요." 그녀가 간청했다.

그는 그녀의 시선을 되받아 그녀의 눈을 바라보았다. 그의 얼굴은 냉소적인 이해로 번뜩였다.

"난 당신을 더할 나위 없이 사랑해요." 그가 단호히 말했다. "그러나 난 그것이 뭔가 다른 것이기를 바라요."

"하지만 왜요? 도대체 왜요?" 놀라울 정도로 빛나는 얼굴을 그에게로 수그리며 그녀가 고집스레 물었다. "어째서 그것으로 충분하지가 않죠?"

"왜냐하면 우린 남들보다 한발 앞서갈 수 있으니까요." 그녀를 팔로 감싸 안으며 그가 말했다.

"아니에요, 우린 그럴 수 없어요." 그녀는 강하고 관능적인, 복종의 목소리로 말했다. "우린 다만 서로를 사랑할 수 있을 뿐이에요. 내게 '내 사랑'이라고 말해 줘요, 말해요, 말해 줘요."

그녀는 두 팔로 그의 목을 감았다. 그는 그녀를 껴안고 부드럽게 키스했다. 그러고는 사랑과 빈정거림, 그리고 복종이 뒤섞인 미묘한 목소리로 중얼거렸다.

"그래요, ……내 사랑. 알았어요…… 내 사랑. 사랑이면 충분하다고 해 둡시다. ……그러니까, 난 당신을 사랑해요……. 당신을 사랑합니다. 그 밖의 나머지는 다 지겨워요."

"알았어요." 그에게 아주 달콤하게 바싹 달라붙으며 그녀가 속삭였다.

14장 물놀이 파티

크라이치 씨는 매년 호수에서 어느 정도 공개적인 물놀이 파티를 열었다. 윌리 호수에는 자그마한 유람선과 노 젓는 배가 몇 척 떠 있었고, 손님들은 마당에 쳐 놓은 커다란 천막에서 차를 마시거나 호숫가 보트하우스에 있는 거대한 호두나무 그늘 아래서 피크닉을 즐겼다. 올해는 회사의 주요 간부들과 함께 중등학교 교직원들도 초대되었다. 제럴드와 그 동생들은 이 파티를 좋아하지 않았지만, 이 파티는 이제 관례가 되어 버린 데다, 축제 분위기로 이 지역 사람들을 한데 모을 유일한 기회였기에 아버지를 기쁘게 하는 일이기도 했다. 왜냐하면 아버지는 자신에게 의존하고 있는 사람들이나 자신보다 가난한 사람들을 기쁘게 해 주길 좋아하기 때문이었다. 그러나 그의 자식들은 자신들과 같은 부유층들과 사귀는 것이 더 좋았다. 그들은 자기들보다 못한 사람들의 겸손이나 감사, 또는 부자연스러움을 혐오했다. 그럼에도 불구하고 그들은 기꺼이 이 축제에 참여했다. 어렸을 적부터 거의 그래 오기도 했거니와, 아버지 건강이 많이 나빠진 후로 지금은 약간의 죄책감이 들기도 해서 더 이상 아버지의 뜻을 저버리기 싫었기 때문에 더더욱 그랬다. 그리하여 로라는 꽤나 유쾌하게 어머니 대신 안주인 노릇을 할 준비가 되어 있었고, 제럴드는 물놀이를 책임졌다.

버킨은 어슐라에게 파티에서 보기를 바란다는 편지를 보내왔고, 구드룬은 비록 크라이치 집안이 친절을 베풀며 생색내는 것을 비웃기는 했어도, 날씨가 좋다면 어머니와 아버지를 모시고 갈 생각이었다.

그날이 왔다. 가벼운 미풍이 부는 푸르고 화창한 날이었다. 자매는 둘 다 평직 면직물로 된 하얀 드레스에 부드러운 짚으로 만든 모자를 썼다. 그러나 구드룬은 검정과 분홍, 노란색으로 된 반짝이는 굵은 장식 띠를 허리에 둘렀고, 분홍색 비단 스타킹에다, 가장자리가 약간 처질 정도로 검정과 분홍, 노란색 장식이 달린 모자를 썼다. 거기다가 팔에 노란 비단 코트까지 들고 있어서, 살롱*에 걸린 한 폭의 그림처럼 눈에 띄었다. 그녀의 모습이 아버지에게는 볼썽사나웠다. 그는 화난 목소리로 말했다.

"넌 크리스마스 불꽃놀이에나 어울릴 법한 옷을 차려입고는, 벗어 치워야겠다는 생각도 안 드는 게냐?"

하지만 구드룬은 근사하고 화려해 보였고, 순전한 반항심으로 옷을 입은 것이었다. 사람들이 자신을 쳐다보고 뒤에서 낄낄대면 그녀는 반드시 큰 소리로 어슐라에게 이렇게 말했다.

"Regarde, regarde ces gens-là! Ne sont-ils pas des hiboux incroyables(저 봐, 저 사람들 좀 봐! 터무니없는 멍청이들 아냐)?" 프랑스어로 이렇게 말하면서 그녀는 어깨 너머로 낄낄대는 사람들을 훑어보는 것이었다.

"그러게, 정말 있을 수 없는 일이야!" 어슐라가 똑 부러지게 답했다.

이렇게 자매는 자신들의 공동의 적에게 분풀이를 했다. 아버지는 더더욱 격분했다.

어슐라는 분홍색인 모자를 제외하고는 온통 눈처럼 하얬고, 아무런 장식도 하지 않았으며 신발은 어두운 빨간색이었고 오렌지색 코트를 들고 있었다. 이런 차림으로 그들은 아버지와 어머니 뒤를 따라 숏랜즈까지 줄곧 걸었다.

그들은 어머니를 보고 웃었다. 그녀는 검정과 자주색 줄무늬가 들어간 여름옷에 자주색 밀짚모자를 쓰고는, 자기 딸들이 일찍이 느껴 본 것보다 훨씬 더 심하게 소녀처럼 수줍고 겁에 질려 아버지 옆에서 새치름하게 걷고 있었던 것이다. 아버지는 늘 그렇듯 제일 좋은 옷도 구깃구깃 후줄근해 보였다. 마치 애들이 아직 어린 가정의 아버지로, 아내가 옷을 입는 동안 아기를 안고 있었던 것처럼.

"앞에 가는 젊은 부부 좀 봐." 구드룬이 조용히 말했다. 어슐라는 어머니와 아버지를 쳐다보더니 갑자기 터져 나오는 웃음을 참지 못했다. 자매는 길에 멈춰 선 채, 앞에 가고 있는 수줍고 때 묻지 않은 촌스러운 부모의 모습을 다시 쳐다보고는 눈물이 줄줄 흐르도록 웃어 댔다.

"우린 엄마 보고 웃는 거예요." 웃음이 나와 어쩔 줄 몰라 하던 어슐라가 부모를 따라가며 외쳤다.

브랑웬 부인이 약간 당황하고 화난 표정으로 돌아다보았다.

"아, 그래!" 그녀가 말했다. "**나의** 어디가 그렇게 우스운지 알려 주겠니?"

그녀는 자신의 차림새에 잘못된 데가 있다는 것이 이해되지 않았다. 그녀에게는 완벽하게 차분한 충족감과, 그 어떤 비난도 초월한 듯한 무관심한 느긋함이 있었다. 그녀의 옷은 언제나 좀 괴상했고 대체로 되는대로 걸친 듯했지만, 아주 편하게 만족하며 그 옷들을 입었다. 무엇을 입든 그저 단정하기만 하면 된 것이니 이러쿵저러쿵 말을 들을 게 없었던 것이다. 그녀는 그렇게 본능적으로 귀족 기질이었다.

"엄마는 시골 남작 부인처럼 품위가 있어요." 어슐라가 어머니의 순진하고 당황하는 태도에 부드럽게 웃으며 말했다.

"**천생** 시골 남작 부인이라니까!" 구드룬이 장단을 맞췄다.

어머니의 타고난 자연스러운 오만은 이제 자의식적이 되었고, 자매는 다시 비명을 지르듯 깔깔거렸다.

"집으로 돌아가, 한 쌍의 멍청이들아. 시끄럽게 낄낄대는 멍청이들 같으니!" 아버지가 짜증으로 벌겋게 화가 나 소리를 질렀다.

"어머 — !" 어슐라가 아버지의 성질에 얼굴을 찡그리며 야유를 했다.

노란 불빛이 그의 눈에서 춤을 추었고, 그는 정말로 화가 나서 몸을 앞으로 내밀었다.

"저런 바보들한테 신경을 쓰다니, 어리석군요." 브랑웬 부인이 몸을 돌려 다시 걸어가며 말했다.

"낄낄대고 소리를 질러 대는 건방진 녀석들이 어디 계속해서 따라오나 두고 보자." 아버지는 복수심에 차 소리를 질렀다.

자매는 그의 노여움에 어찌할 바를 몰라 웃으며 생울타리가 쳐진 길에 멈춰 서 있었다.

"아니, 왜 그렇게 신경을 쓰면서 똑같이 어리석게 구는 거예요." 그가 정말로 화를 내자 브랑웬 부인도 짜증이 나기 시작했다.

"사람들이 와요, 아버지." 어슐라가 조롱조로 경고하며 소리쳤다. 그는 재빨리 주변을 흘끗 살피더니, 화가 나 뻣뻣한 걸음걸이로 아내 옆으로 가 보조를 맞추어 걸었다. 너무 웃어 기운이 빠진 자매는 그 뒤를 따랐다.

사람들이 지나가고 나자, 브랑웬은 커다랗고 우둔한 목소리로 말했다.

"이제 한 번만 더 그러면 난 집으로 돌아갈 거다. 또다시 이런 식으로 길거리에서 놀림거리가 되는 일은 없을 거라고!"

그는 정말로 화가 나 있었다. 물불 안 가리는, 앙심 가득한 그의 목소리에 자매의 웃음은 갑자기 뚝 끊겼고 그들의 가슴은 경멸감으로 오그라들었다. 그들은 그 '길거리에서'란 말이 싫었다. 길거리가 어쨌다는 말인가? 그렇지만 구드룬은 회유조로 말했다.

"하지만 아버지 마음 **상하시라고** 웃은 건 아니에요." 그녀가 거북 살스럽게 상냥히 말하자 부모는 불편해졌다. "아버지를 좋아하니까 웃은 거예요."

"아버지와 어머니가 **저렇게** 과민하시니까, 우리가 앞서서 걷자." 어슐라가 화가 나서 말했다.

이렇게 해서 그들은 윌리 호수에 도착했다. 호수는 파랗고 깨끗했으며, 한쪽으로는 양지바른 목초지가 구릉을 이루며 뻗어 있었고, 다른 한쪽으로는 빽빽한 숲이 가파르게 자리 잡고 있었다. 사람들로 북적이는 자그마한 유람선이 음악을 울리고 외륜을 첨벙거리며 호숫가에서 떠들썩하게 떠나고 있었다. 보트하우스 근처에 화려하게 차려입은 사람들의 무리가 멀리 조그맣게 보였다. 그리고 대로변에는 평민들 몇 명이 울타리를 따라 늘어서서 마치 천국으로의 입장을 허락받지 못한 영혼들처럼 저 건너 축제를 부러운 듯이 바라보고 있었다.

"어머나!" 구드룬이 잡다하게 뒤섞여 있는 손님들을 쳐다보며 나지막이 말했다. "꽤 많이도 모였네! 저 사람들 속에 끼여 있다고 상상해 봐, 언니."

무리 지어 모인 사람들에 대한 구드룬의 불안한 공포에 어슐라는 위축되었다.

"좀 끔찍해 보인다." 그녀가 걱정스레 말했다.

"게다가 저 사람들이 어떨지 상상해 봐…… **상상 좀 해 보라고!**" 구드룬이 여전히 불안하게 하는 나지막한 목소리로 말했다. 그러면서도 결연히 앞으로 걸어갔다.

"저 사람들에게서 벗어날 수 있을 거야." 어슐라가 근심스럽게 말했다.

"그러지 못하면 낭패지." 구드룬이 말했다. 구드룬의 빈정대는 극단적인 혐오와 근심은 어슐라에게 정말 괴로웠다.

"머물러 있을 필요가 없어." 그녀가 말했다.

"난 분명히 저 무리들 틈에선 5분도 못 있을 거야." 구드룬이 말했다.

그들이 가까이 가자 정문에 경찰들이 보였다.

"사람들을 가두는 경찰들까지!" 구드룬이 말했다. "세상에, 참 아름답기도 한 행사네."

"아버지랑 어머니를 좀 살펴 드려야겠다." 어슐라가 걱정스럽게 말했다.

"어머니는 이런 작은 파티쯤은 **완벽하게** 견뎌 낼 수 있어." 구드룬이 살짝 경멸조로 말했다.

그러나 어슐라는 아버지가 거북해하고 화내며 불만스러워하고 있을 것을 알았기 때문에 도무지 마음이 편하지 않았다. 그들은 정문 바깥쪽에 서서 부모가 나타날 때까지 기다렸다. 구깃구깃한 옷을 입은 키 크고 마른 남자는, 지금 닥친 사회적인 역할 앞에 소년처럼 기가 죽고 성말라 있었다. 그는 자신이 신사라고 느껴지지도 않았을뿐더러, 화만 잔뜩 나 있었다.

어슐라가 아버지 옆에 섰다. 그들은 경찰에게 입장권을 낸 후 나란히 잔디밭 쪽으로 걸어갔다. 신경이 곤두서 소년처럼 미간을 찌푸린 키가 껑충하고 열이 오른 검붉은 남자와, 한쪽으로 머리가 흘러내렸는데도 아주 침착하게 밝고 편안한 얼굴을 한 여자, 그다음엔 노려보는 듯한 둥글고 짙은 눈과 거의 골난 것처럼 부드러우면서도 무표정한 얼굴 때문에 앞으로 나아가는 중인데도 적대감으로 뒷걸음질 치는 것처럼 보이는 구드룬, 그리고 마지막으로 뭔가 잘못된 상황 속에서 늘 그러하듯이 묘하게 빛나는 놀란 표정을 한 어슐라였다.

버킨은 수호 천사였다. 그는 어쩐지 결코 **아주 딱** 어울린다고는 할 수 없는, 꾸며 낸 듯한 사교적인 태도로 미소를 지으며 그들에게 다가왔다. 그러나 그들을 향해 모자를 벗으며 웃고 있는 그의 눈에는 진실한 미소가 담겨 있었기 때문에, 브랑웬은 안도하며 진솔한 인사를 건넸다.

"안녕하시오? 좀 나아지셨소?"

"네, 좋아졌습니다. 안녕하십니까, 브랑웬 부인? 저는 구드룬과 어슐라와 아주 잘 아는 사이입니다."

그의 눈은 자연스러운 온기로 가득한 미소를 짓고 있었다. 그는 여자들, 특히 젊지 않은 여자들의 기분을 부드럽게 잘 맞춰 주는 매너를 갖고 있었다.

"네." 브랑웬 부인이 차갑지만 흡족한 목소리로 말했다. "말씀 많이 들었어요."

그는 웃었다. 구드룬은 자신이 무시당하고 있다는 느낌이 들어 다른 곳으로 눈을 돌렸다. 주변에 사람들이 무리 지어 서 있었다. 몇몇 여자들은 손에 찻잔을 들고 호두나무 그늘 아래 앉아 있었고, 야회복 차림을 한 웨이터 하나가 분주히 돌아다니고 있었으며, 몇몇 처녀들이 양산을 들고 히죽거리고 있었고, 노를 젓다가 방금 돌아온 젊은 남자 몇 명이 코트를 벗은 채 남자답게 셔츠 소

매를 걷어 올리고 하얀 플란넬 바지 위에 손을 얹고 잔디밭에 책
상다리를 하고 앉아 웃으면서, 처녀들에게 재치 있어 보이려고 애
쓰고 있었다.

'어째서, 저이들은 코트를 입는 예의도, 저런 옷차림으로 친한
척을 좀 안 하는 예의도 없을까.' 구드룬은 심술궂게 생각했다.

그녀는 머리를 매끈하게 뒤로 넘겨 붙인, 느긋하고 상냥한 평범
한 젊은 남자들을 혐오했다.

허마이어니 로디스가 하얀 레이스가 달린 근사한 가운에 아름
다운 꽃무늬 수가 놓인 커다란 비단 숄을 끌면서, 장식이 없는 커
다란 모자의 균형을 맞추며 나타났다. 그녀는 키가 너무 큰 데다,
땅에 질질 끌리는 얼룩덜룩한 커다란 크림색 숄에 달린 술 장식,
눈 위로 흘러내린 숱 많은 머리, 야릇하고 길쭉한 창백한 얼굴, 그
리고 알록달록 화려하게 걸친 옷으로 인해 놀라울 정도로 눈에
확 띄었을 뿐 아니라 거의 으스스할 지경이었다.

"저 여자 진짜 괴상하지 않니?" 구드룬은 몇몇 처녀들이 뒤에
서 킥킥거리는 소리를 들었다. 그들을 죽여 버릴 수도 있을 것 같
았다.

"안녕하세요!" 허마이어니가 아주 친절하게 다가와 구드룬의 아
버지와 어머니를 천천히 훑어보며 노래하듯 말했다. 구드룬에게
는 괴롭고 화나는 순간이었다. 허마이어니는 자신의 계급적 우위
속에 그야말로 철통같이 둘러싸여 있었고, 사람들이 마치 전시품
이라도 되는 양 순수한 호기심의 발로로 그들에게 다가가 그들에
대해 알아낼 수 있었다. 구드룬도 그렇게 똑같이 하곤 했다. 그러
나 다른 사람이 자신에게 그렇게 하려고 할 때는, 자신이 그런 위
치에 있다는 것에 분개했다.

눈에 확 띄는 허마이어니는 덩달아 브랑웬 가족도 매우 돋보이

게 하면서, 손님을 맞이하고 있는 로라 크라이치에게로 그들을 데려갔다.

"이분이 브랑웬 부인이에요"라고 허마이어니가 낭랑한 목소리로 말하자, 수놓은 뻣뻣한 리넨 드레스를 입은 로라가 악수를 청하며 만나서 반갑다고 말했다. 그때 제럴드가 다가왔다. 검정과 갈색이 섞인 블레이저*에다 흰색으로 차려입어 잘생겨 보였다. 그 역시 브랑웬 부모에게 소개되자, 즉시 브랑웬 부인에게는 귀부인 대접을 하며 말을 건넸고, 브랑웬 씨에게는 신사가 **아닌** 사람을 대하듯이 말을 건넸다. 제럴드의 태도는 너무나 명백했다. 그는 오른손을 다쳐 붕대를 칭칭 감아 재킷 주머니에 넣고 있어서 왼손으로 악수를 할 수밖에 없었다. 구드룬은 가족 중 아무도 그에게 손이 어떻게 된 거냐고 묻지 않아서 너무나 감사했다.

증기선이 요란하게 들어왔다. 음악 소리가 떠들썩하게 들려왔고 흥분한 사람들은 뱃전에서 소리를 질러 댔다. 제럴드는 상륙 조치를 하러 갔고, 버킨은 브랑웬 부인에게 차를 갖다 주러 갔다. 브랑웬은 중등학교 선생들과 합류했고, 허마이어니는 브랑웬 부인 옆에 앉아 있었다. 자매는 증기선이 들어오는 것을 보기 위해 부잔교로 갔다.

증기선이 뿌웅뿌웅 쾌활한 기적 소리를 내자 외륜 소리가 잠잠해졌다. 밧줄이 육지로 던져지고 배가 가볍게 쿵 소리를 내며 밀려 들어왔다. 들뜬 승객들이 배에서 내리려고 떼 지어 몰렸다.

"잠깐만요, 잠시 기다리십시오." 제럴드가 날카로운 명령조로 소리를 질렀다.

그들은 배가 밧줄에 단단히 묶일 때까지, 작은 현문(舷門)이 열릴 때까지 기다려야 했다. 이윽고 그들은 미국에서 오기라도 한 것처럼 시끄럽게 떠들어 대며 물밀듯이 뭍으로 쏟아져 올라왔다.

"아, **정말** 멋지다!" 젊은 처녀들이 외쳤다. "진짜 아름다워."

웨이터들이 바구니를 들고 뱃전에서 나와 보트하우스 쪽으로 달려갔고, 선장은 작은 다리 위에서 어슬렁거렸다. 모두가 무사한 것을 확인하고 제럴드는 구드룬과 어슐라에게로 왔다.

"다음 배를 타고 거기서 차 한잔하시는 건 어떻습니까?"

"고맙지만, 괜찮아요." 구드룬이 냉정하게 말했다.

"물을 안 좋아하시나 보죠?"

"물요? 아주 좋아하는데요."

그는 살피는 눈으로 그녀를 쳐다보았다.

"그런데 유람선 타는 건 싫으시다고요?"

그녀는 잠시 뜸을 들이더니 느릿느릿 말했다.

"네." 그녀가 말했다. "좋아한다고 할 수는 없겠네요."

그녀의 얼굴은 벌겋게 달아 있었다. 뭔가에 화가 난 것 같았다.

"Un peu trop de monde(사람이 좀 너무 북적대서요)." 어슐라가 프랑스어로 설명했다.

"예? Trop de monde(사람이 너무 많다고요)!" 그가 짤막하게 웃었다. "그렇죠, 사람들이 꽤 많죠."

구드룬은 환해진 얼굴로 그를 향해 고개를 돌렸다.

"웨스트민스터 다리부터 리치먼드까지 템스 유람선을 타고 가본 적 있어요?" 그녀가 큰 소리로 물었다.

"아니요." 그가 말했다. "없습니다."

"그건 내게 **최악의** 경험이었어요." 그녀의 양 볼이 벌게지더니 흥분한 듯이 빠르게 말했다. "전혀 앉을 데가 없었어요, 전혀요. 위쪽에선 한 남자가 **내내** 「주의 요람에 안겨」*를 불러 댔죠. 그이는 장님이었고 작은 오르간을 하나 갖고 있었어요. 휴대용 오르간 있잖아요. 돈을 바란 거죠. 그러니 상황이 어땠는지 상상할 수 있을 거예요. 아래쪽에서는 계속해서 음식 냄새랑 뜨거운 기름투성이 기계에서 나오는 연기가 푹푹 올라오고요. 여행은 몇 시간째 계속되지, 거기다가 수 마일 동안, 문자 그대로 수 마일 동안, 지독스러운 소년들이 **허리까지 빠지는 끔찍한** 템스 강 진흙 속에서 강가를 따라 우리를 쫓아 달렸어요. 그들은 바지를 걷어 올리고는 형언할 수조차 없는 템스 강 진흙을 엉덩이까지 묻힌 채 계속해서 우리 쪽을 쳐다보면서, 천생 썩은 고기를 먹는 짐승들처럼 "나리, 이쪽이에요, 이쪽, 나리, 여기예요!" 이렇게 소리를 질러 대는 거예요. 정말로 썩은 고기를 먹는 무시무시한 짐승들처럼 너무나 추잡스러웠어요. 소년들이 그 끔찍한 진흙탕을 뒹굴며 코밑까지 따라오자 선상(船上)의 가장(家長)께서 웃으면서 그들에게 가끔씩 반 페니짜리 동전을 던져 주더군요. 그 소년들의 열성적인 표정을 보았다면, 그리고 동전이 던져질 때 그 진창으로 뛰어드는 모습을 봤다면…… 정말이지, 어떤 독수리나 자칼도 더러워서 그 근처에 갈 엄두도 못 낼 거예요. 난 다시는 유람선은 타지 않을 거예요, 절대로."

제럴드는 살짝 흥분한 듯 눈을 빛내며 그녀가 말하는 동안 내내 지켜보고 있었다. 그를 자극한 것은 그녀가 말한 내용이 아니었다. 그녀 자체가 살짝살짝 생생하게 따끔따끔 찔러 대며 그를 흥분시켰던 것이다.

"물론, 모든 문명화된 몸뚱이는 기생충을 갖게 되어 있죠." 그가 말했다.

"어째서요?" 어슐라가 소리쳤다. "**나한테는** 없어요."

"아니, 그게 아니라…… 그건 모든 것의 **특성**이야 — 가장(家長)들께서는 재미있다고 웃으면서 반 페니짜리 동전을 던지는 거고, 모친(母親)들께서는 살진 작은 무릎과 무릎을 벌리고 먹는 거지. 계속해서 먹어 대는 거라고……." 구드룬이 대답했다.

"그래." 어슐라가 말했다. "기생충은 소년들이 아니야. 사람들 자신이지. 말하자면 한 나라의 국민 전체라고."

제럴드가 웃었다.

"걱정 마십시오." 그가 말했다. "유람선을 타시게 하지는 않을 테니까요."

구드룬은 그의 질책에 얼굴이 확 빨개졌다. 잠시 침묵이 흘렀다. 제럴드는 보초병처럼 보트에 오르는 사람들을 지켜보고 있었다. 그는 아주 잘생기고 자족적인 사람이었지만 군인같이 빈틈없는 분위기가 약간 거슬렸다.

"그럼 차를 여기서 드시겠습니까, 아니면 잔디밭에 천막을 쳐놓은 집 쪽으로 가시겠습니까?" 그가 물었다.

"노 젓는 보트를 타고 이곳을 빠져나갈 수는 없나요?" 언제나 너무 빠르게 돌진하는 어슐라가 물었다.

"빠져나간다고요?" 제럴드가 빙그레 웃었다.

어슐라의 서슴없는 무례함에 얼굴을 붉히며 구드룬이 큰 소리로 말했다. "그러니까, 우린 사람들을 잘 몰라요. 여기서 우린 거의 **완전한** 이방인이거든요."

"아, 제가 즉시 아는 사람 몇을 소개시켜 드릴 수 있습니다." 그가 선선히 말했다.

구드룬은 그가 악의를 갖고 한 말인가 싶어 그를 쳐다보았다. 그러고는 그에게 미소 지으며 말했다.

"아, 그러니까 우리가 하려는 말은, 저쪽으로 올라가서 강가를 구경해도 되는가 하는 거예요." 그녀는 호수를 절반쯤 내려간 곳에 호숫가 가까이에 있는 목초지 쪽 작은 언덕 위의 자그마한 숲을 가리켰다. "저기가 아주 아름다워 보여요. 수영을 해도 되겠어요. 여기서 보니 아름답지 않나요! ……정말이지 상상 속의 나일

강 유역 같아요."

제럴드는 멀리 떨어진 곳을 향한 그녀의 작위적인 열광에 미소를 지었다.

"저 정도면 충분히 먼 것이 확실합니까?" 빈정거리듯 묻더니 이내 덧붙였다. "그럼요, 저쪽에 가 보셔도 됩니다. 보트를 구할 수만 있다면 말이죠. 보트가 모두 나가 있는 것 같긴 합니다만." 그가 호수를 둘러보면서 물에 떠 있는 노 젓는 보트 수를 헤아렸다.

"얼마나 아름다울까요!" 어슐라가 간절하게 외쳤다.

"그러면 차는 안 하시는 거죠?" 그가 말했다.

"아, 한 잔 마시고 나가죠 뭐." 구드룬이 말했다.

그는 미소 지으며 자매를 차례로 쳐다보았다. 그는 약간 기분이 상했지만…… 재미도 있었다.

"보트를 좀 다룰 줄 아십니까?" 그가 물었다.

"네." 구드룬이 차갑게 대답했다. "제법 잘 다뤄요."

"네, 그럼요." 어슐라가 큰 소리로 말했다. "우리 둘 다 물거미처럼 노를 저을 수 있어요."

"그래요? 저쪽에 가볍고 작은 내 카누가 있습니다. 누군가 물에 빠질까 봐 두려워서 내놓지 않았던 거예요. 저걸로 가도 안전할 것 같은가요?"

"아, 그럼요." 구드룬이 말햇다.

"친절도 하셔라!" 어슐라가 외쳤다.

"제발, **저를** 위해서라도, 사고는 내지 마십시오 — 제가 물을 책임지고 있으니까요."

"물론이죠." 구드룬이 약속했다.

"게다가 우린 둘 다 수영도 아주 잘해요." 어슐라가 말했다.

"좋습니다. 그럼 다과 바구니를 갖다 드릴 테니, 당신들만의 피크닉을 즐기시죠. ……바로 그럴 생각이셨던 거죠, 안 그렇습니까?"

"정말 기뻐요! 그렇게 해 주시다니, 정말 친절하시네요." 구드룬이 다시 한 번 홍조를 띠며 열광적으로 소리쳤다. 그녀가 그에게로 몸을 돌리며 그의 몸속으로 감사의 마음을 살짝 불어넣자, 그의 피가 혈관 속에서 끓어올랐다.

"버킨은 어딜 갔죠?" 그가 눈을 반짝이며 말했다. "카누 내리는 걸 도와주면 좋을 텐데."

"참, 손은 어때요? 아프진 않아요?" 구드룬이, 친밀함은 피하려는 듯 좀 작은 목소리로 물었다. 다친 것이 언급된 건 이번이 처음이었다. 그 문제의 주변으로 슬쩍 지나가는 그녀의 흥미로운 방식은 그의 혈관 속을 신선하고 미묘하게 애무했다. 그는 주머니에서 손을 꺼냈다. 붕대가 감겨 있었다. 그는 그것을 쳐다보더니 다시 주머니에 넣었다. 구드룬은 칭칭 감긴 손을 보고 몸을 떨었다.

"아, 저는 한 손으로도 문제없습니다. 카누는 깃털처럼 가볍거든요." 그가 말했다. "저기 루퍼트가 보이는군요! ……루퍼트!"

버킨은 사교상의 의무를 그만두고 그들에게로 왔다.

"어떻게 된 건데요?" 지난 30분간 그걸 물어보고 싶어서 좀이 쑤셨던 어슐라가 물었다.

"손 말입니까?" 제럴드가 말했다. "기계에 끼였습니다."

"어머나!" 어슐라가 말했다. "그럼 많이 아팠겠네요?"

"예." 그가 말했다. "그 당시엔 그랬죠. 지금은 좋아지고 있습니다. 손가락이 찌부러졌었거든요."

"아!" 어슐라가 고통스러운 듯 소리를 질렀다. "난 다친 사람들이 싫어요. 내가 **느끼게** 되거든요." 그러면서 그녀는 고개를 흔들었다.

"뭘 원하시는지?" 버킨이 말했다.

두 남자가 날씬한 갈색 보트를 내려 물 위에 띄웠다.

"정말로 아무 일 없겠습니까?" 제럴드가 물었다.

"그럼요." 구드룬이 말했다. "조금이라도 불안하다면, 굳이 타겠다고 할 만큼 무식하진 않아요. 애런델*에서 카누를 갖고 있었거든요. 그러니까 정말로 안전해요."

그렇게 남자처럼 장담을 하더니 그녀는 어슐라와 함께 가녀린 보트에 올라타 부드럽게 호수로 나아갔다. 두 남자는 그들을 지켜보며 서 있었다. 구드룬이 노를 저었다. 그녀는 그들이 자신을 쳐다보고 있는 걸 알고 있었다. 그 때문에 노 젓는 것이 굼뜨고 서툴러졌다. 그녀의 얼굴은 깃발처럼 붉게 나부꼈다.

"정말 고마워요." 보트가 미끄러져 가자 물 위에서 그녀가 소리쳤다. "근사하네요 ― 나뭇잎에 앉아 있는 것처럼."

제럴드는 그녀의 상상력에 웃음을 지었다. 멀리서 들려오는 그녀의 목소리는 날카롭고 야릇했다. 그는 그녀가 노를 저어 나아가는 것을 쳐다보았다. 그녀에겐 어딘가 어린아이 같은, 어린애처럼 남을 잘 믿고 공손한 데가 있었다. 그는 그녀가 노를 젓는 동안 내내 지켜보았다. 그리고 구드룬에게는, 저기 선창에 서 있는, 흰 옷을 입은 저렇게 잘생기고 유능한, 게다가 지금 알고 있는 가장 중요한 남자이기까지 한 저 남자에게 짐짓 어린애처럼 매달리는 여자 노릇을 하는 것이 정말 즐거운 일이었다. 그녀는 제럴드 옆에 서서 손을 흔들며 희미하고 부드럽게 빛나고 있는 버킨은 안중에도 없었다. 한 번에 한 사람만이 그녀의 관심을 끌었다.

보트는 강을 따라 가볍게 미끄러져 갔다. 그들은 목초지 가장자리의 버드나무들 사이로 줄무늬 천막을 쳐 놓고 수영하는 사람들을 뒤로하고, 벌써 저물어 가는 늦은 오후의 황금빛 햇살 아래 비스듬히 내려뻗은 목초지를 지나, 탁 트인 호반으로 나아갔다. 다른 보트들은 건너편 숲이 우거진 기슭 아래로 안 보이게 몰래 지나가고 있었다. 사람들이 웃고 말하는 것이 들려왔다. 그러나 구드룬은 저 멀리 황금빛 햇살 속에 완벽한 조화를 이루고 있는 나무 숲 쪽으로 노를 저어 갔다.

자매는 작은 개울이 호수로 흘러 들어가는 조그만 지점을 발견했다. 갈대와 분홍 바늘꽃이 만개한 습지였는데, 한쪽으로는 자갈이 깔린 둑이 있었다. 여기서 그들은 약해 보이는 보트를 조심스레 기슭 쪽으로 대면서, 신발과 스타킹을 벗고 호숫가를 따라 잔디 쪽으로 갔다. 찰랑대는 호수의 물결은 따뜻하고 맑았다. 그들은 보트를 둑 위에 올려놓고 기쁨에 겨워 주변을 둘러보았다. 인적이 없는 자그마한 개울 어귀에 그들뿐이었다. 바로 뒤에 있는 둔덕은 나무숲이었다.

"잠깐만 수영하자." 어슐라가 말했다. "그러고 나서 차를 마시는 거야."

그들은 주변을 둘러보았다. 그들을 눈여겨보거나, 당분간은 그들을 보러 올 사람도 없었다. 순식간에 어슐라가 옷을 벗어 던지고는 벌거벗은 몸으로 물속으로 미끄러져 들어가 수영을 했다. 구드룬도 재빨리 합류했다. 그들은 작은 개울 어귀를 돌며 조용히, 더없이 행복하게 잠시 수영을 했다. 그러고는 기슭으로 미끄러져 가 님프처럼 숲으로 다시 달려갔다.

"자유롭다는 건 정말 멋진걸." 어슐라가 풀어헤친 머리를 나부끼며 벌거벗은 몸으로 나무들 사이를 민첩하게 내달리면서 말했다. 숲은 강철 같은 푸르스름한 회색 줄기와 가지에 진녹색 잔가지를 수평으로 사방에 뻗은 크고 웅장한 너도밤나무들로 우거져 있었고, 북쪽으로는 뚫려 있어 그 사이로 마치 창문처럼 먼 곳이 희미하게 보였다.

달리고 춤을 추어 몸이 마르자 그들은 재빨리 옷을 입고 향기로운 차를 마시기 위해 앉았다. 그들은 잔디 깔린 구릉을 면한, 노란 볕이 드는 숲의 북쪽, 그들만의 작은 야생의 세계에 둘만의 자리를 잡았다. 차는 뜨겁고 향기로웠고, 오이와 캐비어가 든 맛있는 작은 샌드위치와 와인 향 케이크도 있었다.

"행복하니, 프룬?" 어슐라가 동생을 바라보며 기쁨에 겨워 외쳤다.

"어슐라, 난 더할 나위 없이 행복해." 구드룬이 서쪽으로 기우는 해를 쳐다보며 엄숙하게 말했다.

"나도."

즐거운 일을 하며 함께 있을 때, 자매는 자신들만의 완벽한 세계에서 그야말로 더 바랄 것이 없었다. 그리고 이 순간은, 모든 것이 완벽하고 환희에 찬 모험 같은, 아이들만이 아는 그런 자유와 기쁨의 완벽한 순간이었다.

차를 다 마시고 나서도 그들은 말없이 평온하게 그대로 앉아 있었다. 그러다가 아름답고 강한 목소리를 가진 어슐라가 조용히 「타라우의 안헨」*을 부르기 시작했다. 나무 아래 앉아 듣고 있던 구드룬의 가슴에 어떤 갈망이 밀려왔다. 자기만의 세상의 중심에서 강인하게 그리고 아무런 의구심 없이 저쪽에 앉아 무의식적으로 노래를 읊조리고 있는 어슐라가 너무나 평화롭고 스스로에게 충만해 보였다. 그러나 구드룬 자신은 소외되어 있는 듯한 기분이 들었다. 어슐라는 참가자인 데 반해 자신은 삶의 바깥에 있는 방관자라는, 이런 고독하고 고통스러운 기분이 들 때마다, 구드룬은 자신의 존재가 부정되는 듯한 느낌으로 고통스러웠다. 그리하여 언제나 타인에게 자신의 존재를 의식해 줄 것을, 자신과 관계 맺어 줄 것을 강하게 요청해야만 했다.

"내가 그 곡에 맞추어 달크로즈*를 하면 어떨까, 허틀러?*" 그녀가 입술을 거의 움직이지 않은 채, 묘하게 목소리를 아주 작게 줄이고 물었다.

"뭐라고 그랬니?" 어슐라가 살짝 놀라 고개를 들며 물었다.

"내가 달크로즈를 할 테니 언니가 노래 부르면 어떻겠느냐고." 구드룬이 같은 말을 반복해야만 하는 걸 괴로워하며 말했다.

흩어진 주의를 다시 모으며 어슐라는 잠시 생각에 잠겼다.

"네가…… 뭘…… 하는 동안?" 그녀가 멍하니 물었다.

"달크로즈 말이야." 구드룬은 자기 언니 앞인데도 자의식으로 괴로워하며 말했다.

"오, 달크로즈! 그 이름을 못 알아들었어. 그래, 해 봐, 네가 하는 걸 보고 싶어." 어슐라가 어린애같이 밝고 환한 놀란 표정으로 외쳤다. "난 뭘 부를까?"

"부르고 싶은 거 아무거나 불러. 그러면 내가 리듬을 타 볼게."

그러나 어슐라는 아무리 해도 도대체 부를 노래가 생각나지 않았다. 하지만 그러다가 불쑥 웃음기 어린 놀리는 듯한 목소리로 부르기 시작했다.

"내 사랑은…… 명문가의 숙녀라네……."*

구드룬은 보이지 않는 사슬이 사지를 누르고 있기라도 한 듯 체조 리듬에 맞추어 천천히 춤을 추기 시작했다. 그녀의 발은 맥박 치듯이 리드미컬하게 파닥였고 팔과 손은 좀 더 느리고 규칙적인 동작으로, 때로는 두 팔을 넓게 벌렸다가, 때로는 머리 위로 올렸다가, 때로는 부드럽고 힘차게 벌려 뻗기도 했으며, 얼굴을 든 채 발은 기이한 주문에 이끌리기라도 하듯 노래에 맞춰 줄곧 바닥을 구르고 달렸다. 충동적인 야릇한 랩소디 속에서 이리저리 표류하는 듯 황홀에 빠진 그녀의 하얀 형상은, 기묘한 발 구르기로 전율하며 마법의 미풍을 타고 들어 올려진 것처럼 보였다. 어슐라는 잔디에 앉아 있었다. 노래를 부르느라 입은 벌어져 있었고, 이것을 대단한 장난으로 생각하는 것처럼 눈은 웃고 있었지만 그 눈엔 노란빛이 번득였는데, 그것은 그녀가, 순수하고 의식 없이 던져지는 리듬에 붙잡힌 동생의 하얀 형상이 복잡하게 떨리고 흔들리며 표류하면서 던지는 무의식적인 제의적(祭儀的) 암시와, 일종의 최면적인 영향력 속에서 강력한 힘을 발휘하고 있는 어떤 의지를 어느 정도 간파했기 때문이었다.

"내 사랑은 명문가의 숙녀라네…… 그녀는…… 거무스름하다기보다는 차라리 까만 편……." 어슐라의 웃음 띤 풍자적인 노래가 울려 퍼지면서 구드룬의 춤은 더욱 빠르고 격렬해졌다. 구드룬은 모종의 속박을 벗어던지려 애쓰는 것처럼 발을 구르고, 두 손을 갑자기 던지듯이 내뻗으며 또다시 발을 구르더니, 얼굴을 높이 쳐들어 목을 길고 아름답게 드러낸 채 아무것도 보이지 않는 것 같은 절반쯤 감은 눈으로 빠르게 내달렸다. 저물어 가는 태양은 나지막이 노랗게 걸려 있었고, 하늘에는 가느다랗고 희미한 달이 떠 있었다.

어슐라는 노래에 상당히 빠져 있었는데, 그때 갑자기 구드룬이 멈추더니 비꼬는 투로 부드럽게 말했다.

"어슐라!"

"응?" 어슐라가 눈을 뜨며 황홀경에서 깨어나면서 말했다.

구드룬은 가만히 서서 조롱 섞인 미소를 지으며 한쪽을 가리켰다.

"으악!" 어슐라가 순간 당황해 벌떡 일어나며 소리를 질렀다.

"쟤들은 괜찮아." 구드룬이 냉소적인 목소리로 말했다.

왼편에 하이랜드 소가 작은 무리를 이루어 서 있었다. 황혼빛에 선명한 색깔과 폭신한 털을 하고, 가지처럼 하늘로 뻗어 나간 뿔을 달고서, 소들은 뭐가 어떻게 된 건지 알려는 호기심으로 주둥이를 내밀고 있었다. 뒤엉킨 털 사이로 눈이 반짝반짝 빛나고 훤히 드러난 콧구멍은 온통 시커멨다.

"아무 짓도 안 할까?" 어슐라가 겁에 질려 외쳤다.

보통 때는 소를 무서워하던 구드룬이 입가에 희미한 미소를 띤 채 반쯤은 의심스러운 듯, 반쯤은 비웃는 듯 묘하게 고개를 저었다.

"매력적이지 않아, 어슐라?" 구드룬이 갈매기의 외침처럼 높고 날카로운 목소리로 소리쳤다.

"매력적이네." 어슐라가 불안에 휩싸여 외쳤다. "하지만 우리한테 아무 짓도 안 할까?"

구드룬이 또다시 수수께끼 같은 미소를 머금고 언니를 돌아다보면서 고개를 흔들었다.

"분명 안 그럴 거야." 그녀는 마치 스스로에게도 확신시켜야 하는 듯이, 하지만 그러면서도 자신 안에 있는 어떤 비밀스러운 힘을 믿고 그것을 시험해 봐야만 하는 것처럼 말했다. "앉아서 다시 노래를 불러 봐." 그녀는 거슬리는 높은 목소리로 청했다.

"난 무서워." 무릎으로 땅을 꽉 디디고 서서 더부룩한 털 사이로 그 검고 사악한 눈으로 쳐다보고 있는 튼튼하고 작달막한 소 떼를 보며 어슐라가 처량한 목소리로 말했다. 그러면서도 이전 자세로 다시 고쳐 앉았다.

"쟤들은 아주 안전해." 구드룬의 높은 외침이 들려왔다. "뭐 하나 불러 봐, 언니는 뭔가를 부르기만 하면 돼."

그녀는 그 튼튼하고 잘생긴 소들 앞에서 춤을 추고 싶은 야릇한 열정을 갖고 있는 것이 분명했다.

어슐라는 고르지 않은 음정에 떨리는 목소리로 노래를 부르기 시작했다.

"테네시 저 아래쪽에는……."

어슐라의 목소리는 몹시 초조하게 들렸다. 그럼에도 구드룬은 팔을 쫙 벌리고 얼굴을 바짝 든 채, 고동치는 듯한 묘한 춤을 추며 소들을 향해 다가갔다. 마법에 걸린 듯이 그들을 향해 몸을 내민 채, 어떤 무의식적인 감흥의 광란에 사로잡힌 듯 발을 굴러 댔다. 팔과 손목, 그리고 손을 쫙 펴서 들어 올렸다가 내리고, 올렸다가 내렸으며, 소들을 향해 가슴을 내밀고 흔들었다. 어떤 관능적인 황홀경 속에서 그들에게 목을 훤히 드러낸 채, 그녀는 눈에 띄지 않게 조금씩 그들을 향해 물 흐르듯 가까이 다가갔다. 자신만의 황홀경에 휩쓸린 그 낯설고 기괴한 하얀 형상은 기묘하게 출렁대며 소들에게로 향했고, 여인의 하얀 형상이 천천히 최면을 거는 듯 춤으로 경련하며 밀려오자, 소들은 밝은 빛 속에 선명한 뿔을 가지처럼 시원하게 뻗은 채 최면에 걸린 듯 내내 지켜보다가, 갑자기 고개를 약간 뒤쪽으로 움츠려 처박고는 우두커니 서 있었다. 그녀는 바로 앞에 있는 그들을 느낄 수 있었다. 그들의 가슴으로부터 찌릿찌릿 전기 같은 맥박이 손을 타고 전해져 오는 듯했다. 이제 그들을 만지게, 실제로 만져 보게 되리라. 그녀는 엄청난 공포와 쾌감으로 전율했다. 그러는 동안 어슐라는 마법에 걸린 듯, 어두워져 가는 저녁을 주문처럼 꿰뚫는, 높고 가는, 이 상황과 어울리지 않는 노래를 계속 불러 댔다.

구드룬은 어찌할 수 없는 공포와 매혹을 느끼며 소들의 거친 숨소리를 들었다. 오, 이 길들여지지 않은 복슬복슬한 스코틀랜드의 야생 황소들은, 작지만 용감한 짐승들이었다. 돌연 그중 하나가 콧김을 뿜더니 고개를 움츠리며 뒤로 물러섰다.

그때 갑자기 숲의 가장자리 쪽으로부터 "휴! 히이……!" 하는 커다란 외침이 들려왔다. 소들은 흩어지면서 거의 자동적으로 뒤로 물러나 불꽃처럼 물결치는 털을 흔들며 언덕 위로 달려 올라갔다. 구드룬은 춤을 멈추고 잔디 위에 우뚝 섰고, 어슐라는 벌떡 일어났다.

제럴드와 버킨이 그들을 찾으러 온 것이었다. 소들을 겁주어 쫓아내려고 제럴드가 소리를 질렀던 것이다.

"뭐 하는 겁니까?" 그가 의아하고 성난 어조로 소리를 질렀다.

"왜 온 거죠……?" 구드룬의 성난 외침이 날카롭게 뒤를 이었다.

"뭘 하는 거요?" 제럴드가 반사적으로 반복했다.

"리듬체조하고 있었어요." 어슐라가 동요된 목소리로 웃었다.

구드룬은 한동안 꼼짝하지 않은 채 크고 짙은 분노의 눈으로 그들을 쳐다보며 초연하게 서 있었다. 그러더니 그녀는 마술에 걸린 듯 저 높은 곳에 작은 무리를 지어 있는 소들을 따라 언덕 위로 걸어갔다.

"어디 가는 겁니까?" 제럴드가 그녀에게 소리쳤다. 그러더니 언덕으로 그녀의 뒤를 쫓았다. 해는 언덕 뒤로 넘어갔고, 그림자는 땅에 달라붙는 중이었으며, 하늘은 해 저무는 노을빛으로 가득했다.

"춤추기엔 별로인 노래인데요." 어슐라 앞에 서 있던 버킨이 냉소적인 웃음을 반짝 띠며 말했다. 그러더니 다음 순간, 조용히 노래를 부르며 그녀 앞에서 기괴한 스텝댄스를 추었다. 그의 사지와 몸뚱이는 느슨하게 흔들렸고, 얼굴은 줄곧 희미하게 빛났으며, 발은 빠르게, 비웃듯이 동동 굴러서, 그의 몸이 마치 그림자처럼 온통 흐물흐물 흔들리며 두 발 사이에 걸쳐져 있는 것처럼 보였다.

"우리 전부 다 미친 것 같아요." 어슐라가 약간 겁에 질려 웃으면서 말했다.

"더 미치지 않았다는 게 딱한 노릇이지요." 그가 계속 몸을 떨어 대는 춤을 추며 대답했다. 그러더니 갑자기 그녀 쪽으로 몸을 내밀고는 얼굴을 그녀에게로 향한 채 창백한 미소로 그녀의 눈을 들여다보면서 손가락에 가볍게 입을 맞추었다. 어슐라는 모욕감을 느끼며 뒤로 물러났다.

"화……나셨습니까?" 그가 갑자기 동작을 멈추고 다시 침착하게 거리를 두며 빈정거리듯 물었다. "당신이 춤을 좋아하신다고 생각했는데요."

"그런 건 안 좋아하거든요." 그녀는 혼란스럽고 당황하여 모욕감에 가까운 느낌을 받으며 말했다. 그러나 마음속 어느 한구석은, 낙하와 스윙에 전적으로 내맡겨진 채 느슨하게 떨리던 그의 몸뚱이와, 그 몸뚱이 위의 창백하고 냉소적인 미소를 띤 얼굴에 매료되어 있었다. 하지만 그녀는 거의 무의식적으로 몸을 경직시켜 물러나면서 이를 부인했다. 평소에는 그렇게 심각하게 말하던 남자가 그러는 것이 거의 외설에 가까워 보였던 것이다.

"그런 건 왜 안 좋아하죠?" 그가 조롱하듯 그녀의 말을 받아서 말했다. 그러더니 즉각 심술궂은 표정으로 그녀를 바라보면서 기운을 빼고 흔들어 대는 춤을 믿을 수 없을 정도로 빠르게 다시 추어 댔다. 그러고는 선 채로 빠르게 춤을 추며 조금씩 가까이, 지독히 조롱조의 냉소적인 얼굴을 빛내며, 그녀가 뒷걸음치지 않았더라면 또다시 키스를 했을 태세로 몸을 들이밀었다.

"아니, 이러지 말아요!" 그녀가 정말로 겁에 질려 소리쳤다.

"결국 코딜리어*시군요." 그가 빈정거리며 말했다.

모욕을 당한 것처럼, 그녀는 가슴이 찌르는 듯이 아팠다. 그녀는 그가 자신을 모욕할 의도가 있었다는 것을 알고는 어리둥절해했다.

"그럼 당신은 어째서 항상 당신의 영혼 얘기를 입에 달고 다니죠? 그토록 끔찍스럽게 한입 가득 말이에요!" 그녀가 되받아 소리쳤다.

"더 쉽사리 뱉어 버릴 수 있게요." 그가 자신의 응수에 스스로 만족해하며 말했다.

제럴드 크라이치는 뭔가에 몰두하는 기색으로 미간을 모은 채 빠른 걸음으로 구드룬 뒤를 따라 언덕을 올랐다. 소들은 언덕배기에 서로 주둥이를 맞대고 모여 서서 저 아래 광경을, 여자들의 하얀 형상 주변을 맴도는 하얀 옷 입은 남자들을, 그리고 무엇보다 천천히 자기들에게 다가오는 구드룬을 지켜보고 있었다. 그녀는 잠시 멈춰 서서 제럴드를 흘끗 돌아본 후, 소들을 바라보았다.

그러더니 갑자기 두 팔을 쳐들고는 떨리는 불규칙한 달음박질로 뿔이 길게 난 황소들을 향해 똑바로 달려가더니 잠시 멈춰 그들을 쳐다보다가 손을 들어 올린 채 섬광처럼 앞으로 돌진했다. 그러자 그들은 앞발로 땅을 차던 행동을 멈추고, 공포에 질려 콧김을 내뿜으며 머리를 쳐들고 물러서는가 싶더니, 저녁 어스름 속을 전속력으로 달려 멀리 조그맣게 보일 때까지 쉬지 않고 달아났다.

구드룬은 가면 같은, 도전적인 얼굴로 그들을 노려보며 서 있었다.

"왜 그것들을 화나게 하려는 겁니까?" 제럴드가 그녀 옆으로 다가가며 물었다.

그녀는 그를 무시한 채 외면할 뿐이었다.

"안전하지 않습니다, 아시다시피." 그가 고집스레 우겼다. "일단 돌아서면 저놈들은 성질이 고약합니다."

"어디로 돌아서요? 돌아서서 도망가는 거 말이에요?" 그녀가 큰 소리로 그의 말을 받아 조롱했다.

"아니죠." 그가 말했다. "당신 쪽으로 돌아서서 덤비는 거죠."

"**나한테** 덤빈다고요?" 그녀가 그의 말을 따라 하며 비웃었다.

그는 도무지 이해할 수가 없었다.

"어쨌거나, 얼마 전 저놈들이 어떤 농부의 암소들을 뿔로 들이받아 죽였습니다."

"그게 나랑 무슨 상관인데요?" 그녀가 말했다.

"**나는** 상관이 있었습니다." 그가 대답했다. "내 소들이니까요."

"그들이 어떻게 당신 거라는 거죠! 당신이 그들을 집어 삼킨 것도 아닌데. 지금 나한테 한 마리 줘 봐요." 그녀가 손을 내밀며 말했다.

"그들이 어디에 있는지 아시잖습니까." 그가 언덕을 가리키며 말했다. "나중에 한 마리 얻고 싶다면 그렇게 해 드리죠."

그녀는 뜻 모를 표정으로 그를 쳐다보았다.

"당신은 내가 당신과 당신의 소를 무서워한다고 생각하죠, 아닌가요?" 그녀가 물었다.

그의 눈이 위험하게 가늘어졌다. 그의 얼굴에 희미하게 위압적인 미소가 어렸다.

"내가 왜 그렇게 생각해야 합니까?" 그가 말했다.

그녀는 미성숙해 보이는 짙은 눈을 크게 뜨고 줄곧 그를 쳐다보았다. 그러고는 몸을 내미는가 싶더니 팔을 휙 돌려 손등으로 그의 얼굴을 가볍게 쳤다.

"그게 이유예요." 그녀가 조롱하며 말했다.

영혼 속에서 그녀는 그에게 깊은 폭력을 가하고 싶은 참을 수 없는 욕구를 느꼈다. 자신의 의식적인 마음을 채우고 있는 공포와 당혹감을 차단해 버렸다. 원하는 대로 하고 싶었다. 두려워하지 않을 것이다.

그는 얼굴에 가해진 가벼운 타격에 움찔 물러났다. 몹시 창백해지더니 위험한 불길이 그의 눈에 드리워졌다. 잠시 동안 그는 말을 할 수가 없었다. 그의 허파는 피로 가득 찼고 심장은 제어할 수 없는 감정의 거대한 분출로 터질 듯 부풀었다. 마치 어떤 시커먼 감정의 저수지가 속에서 터져 그를 뒤덮은 것 같았다.

"당신이 첫 방을 날린 겁니다." 그가 허파로부터 말을 억지로 끄집어내어, 너무나 부드럽고 나지막해서, 외부에서 들려오는 것이 아니라 꿈속에서처럼 그녀의 내부에서 들려오는 것 같은 목소리로 마침내 말했다.

"그러니 마지막 한 방도 내가 날려야겠군요." 그녀가 자신 있게 확신하며 자기도 모르게 응수했다. 그는 잠자코 있었다. 반박하지 않았다.

그녀는 그에게서 시선을 거두고는 무심히 먼 곳을 바라보며 서 있었다. 그녀의 의식 가장자리에서는 무의식적으로 질문이 던져지고 있었다. '넌 어째서 이렇게 말도 안 되고 우스꽝스러운 방식으로 처신하고 있는 거니?' 그러나 그녀는 골이 나서, 이 질문을 밖으로 반쯤 몰아냈다. 그것을 깨끗이 치워 버릴 수는 없어서, 그녀는 자의식적인 상태로 있었다.

제럴드는 몹시 창백한 얼굴로 그녀를 면밀히 살폈다. 어딘가에 몰두한 채 번득이는 그의 눈이 강렬한 빛을 뿜었다. 갑자기 그녀가 그를 향해 몸을 돌렸다.

"내가 이렇게 행동하게 만드는 건 바로 당신이에요, 아시겠지만." 그녀는 뭔가를 암시하는 듯 넌지시 말했다.

"내가요? 어떻게요?" 그가 물었다.

그러나 그녀는 몸을 돌려 호수 쪽으로 걷기 시작했다. 저 아래 호수에서는 등이 켜지기 시작하면서, 해쓱한 황혼 속을 떠돌아다니는 따스한 불꽃의 희미한 유령들처럼 보였다. 땅은 옻칠을 한 듯 어둠으로 뒤덮였고, 그 위로는 창백한 하늘이 온통 담황색으로 물들었으며, 호수 한쪽은 우유처럼 창백했다. 멀리 부잔교에는 색색의 자그마한 광선들이 땅거미 속에 나란히 줄지어 서 있었다. 유람선에도 불이 켜지기 시작했다. 도처에 나무 그림자가 드리워졌다.

여름옷 차림의 제럴드는 하얀 유령처럼 널따란 잔디 비탈길을 따라 내려갔다. 구드룬은 그가 가까이 올 때까지 기다렸다. 그러더니 부드럽게 손을 내밀어 그를 살짝 스치며 상냥하게 말했다.

"내게 화내지 말아요."

불꽃이 그를 휩쓸어 그는 정신이 없었다. 그가 더듬거리며 말했다.

"난 당신한테 화나지 않았어요. 당신을 사랑하고 있습니다."

그는 정신이 아뜩해졌다. 자신을 구하기 위해 충분한 기계적인 통제력을 발휘하려 애썼다. 그녀는 은방울이 구르는 것처럼 맑고 가벼운 조롱조의, 그러면서도 참을 수 없을 만큼 애무하는 듯한 웃음소리를 냈다.

"그렇게 표현하는 것도 한 방법이겠네요." 그녀가 말했다.

졸도하리만치 마음을 짓누르는 엄청난 짐, 그 끔찍한 아찔함, 일체의 통제력 상실은 그에게 감당하기 어려운 것이었다. 그는 한 손으로 그녀의 팔을 붙잡았다. 마치 쇠로 만들어진 손인 듯이.

"그럼 이제 된 거죠?" 그녀를 꽉 붙든 채 그가 물었다.

그녀는 자신에게 시선을 고정시키며 들이대는 그 얼굴에 오싹해졌다.

"네, 좋아요." 그녀가 약에 취한 듯 부드럽게 말했다. 나지막이 노래하는 듯한 그녀의 목소리는 마녀의 목소리 같았다.

그는 정신이 빠져나간 채 성큼성큼 걷고 있는 몸뚱이가 되어 그녀 옆에서 걸었다. 그러나 걸으면서 약간 정신을 차렸다. 몹시 고통스러웠다. 그는 어렸을 때 동생을 죽였고, 그리하여 카인처럼 별도로 떼 내어진* 존재였던 것이다.

그들은 버킨과 어슐라가 보트들 옆에 앉아 웃으며 얘기하고 있는 것을 발견했다. 버킨이 어슐라를 좀 짓궂게 들볶고 있었다.

"이 작은 늪지에서 냄새가 나죠?" 그가 공기를 킁킁거리며 말했다. 그는 냄새에 아주 민감했고, 그것이 어떤 냄새인지 재빨리 알아차렸다.

"꽤 좋은데요." 그녀가 말했다.

"아니, 걱정스러운 냄새예요." 그가 답했다.

"왜 걱정스러운데요?" 그녀가 웃었다.

"들끓으며 소용돌이치고 있거든요, 어둠의 강이." 그가 말했다. "백합과 뱀을, 그리고 도깨비불을 내놓으며 내내 앞으로 흘러가고 있어요. 그걸 우린 전혀 생각하지 않아요─그게 앞으로 흘러가고 있다는 걸 말입니다."

"뭐가 흘러가는데요?"

"또 다른 강, 그러니까 검은 강이 말입니다. 우리는 언제나 삶의 은빛 강물이 흘러 온 세상을 광명에 이르게 한다고 생각하지요. 계속 흘러서 천상으로, 밝은 영원의 바다로, 천사가 모여드는 천국으로 흘러든다고 말이에요. ……하지만 우리의 진짜 현실은 다른 것입니다……."

"어떤 다른 것 말이에요? 난 다른 게 안 보이는데요." 어슐라가 말했다.

"그럼에도 불구하고 그것이 당신의 현실이에요." 그가 말했다. "해체의 검은 강이 말입니다. ……당신도 알다시피, 그것 또한 다른 것과 마찬가지로 우리 안에서 흐르고 있어요─그 부패의 검은 강이 말이에요. 그리고 우리의 꽃들은 여기서 피어나는 겁니다─바다에서 태어난 아프로디테, 하얀 인광을 발하는, 감각적으로 완벽한 우리의 모든 꽃들, 지금 우리의 이 모든 현실이 말입니다."

"아프로디테가 정말로 죽음과 관련되어 있단 말인가요?" 어슐라가 물었다.

"죽음의 과정이 개화하는 신비라는 겁니다, 맞아요." 그가 대답했다. "종합적인 창조의 흐름이 다하고 나면, 우리는 우리 자신이 그 반대의 과정, 즉 파괴적 창조의 흐름의 일부라는 것을 알게 됩니다. 아프로디테는 우주적 붕괴의 첫 경련 속에서 태어나고…… 그다음엔 뱀과 백조, 그리고 연꽃, 즉 늪지의 꽃들이…… 그다음엔 구드룬과 제럴드가…… 파괴적 창조 과정에서 태어나는 거죠."

"그리고 당신과 내가요……?" 그녀가 물었다.

"아마, 부분적으로는 분명히 그렇겠죠. 우리가 완전히 그런 건지 아닌지는 아직 잘 모르겠습니다만." 그가 대답했다.

"우리가 붕괴의 꽃이라…… 그러니까 악의 꽃*이란 뜻인가요? ……난 그런 것 같지 않은데요." 그녀가 이의를 제기했다.

그는 잠시 말이 없었다.

"나도 우리 **전부를 통틀어서 다** 그렇다는 느낌이 드는 건 아닙니다." 그가 대답했다. "어떤 사람들은 검은 부패의 순수한 꽃, 즉 백합이에요. 그렇지만 따스하게 활활 타오르는 장미도 좀 있어야 하죠……. 헤라클레이토스는 '건조한 영혼이 최고다*'라고 하지 않았습니까. 난 그게 무슨 뜻인지 너무나 잘 알아요. 당신은 어떤가요?"

"난 잘 모르겠어요." 어슐라가 대답했다. "그렇지만 만일 사람들이 정말로 모두 붕괴의 꽃이라면 어떻게 되는 거죠? ……어쨌거나 그들이 정말로 꽃이기는 하다면 말이에요, 그러면 뭐가 달라지나요?"

"아무 차이 없어요……. 그렇지만 완전히 달라지는 것이기도 하죠. 생산과 마찬가지로 붕괴도 계속 진행되는 거예요." 그가 말했다. "그것은 전진하는 과정이고…… 우주적인 무(無)로 끝납니다……. 혹은 세상의 종말이라고 해 두죠. ……그렇지만 세상의 종말이 세상의 시작과 마찬가지로 좋지 말란 법이 있습니까?"

"난 그렇지 않다고 생각해요." 어슐라가 약간 화나서 말했다.

"궁극적으로 보면 똑같이 좋은 겁니다." 그가 말했다. "이후의 새로운 창조의 순환을 의미하니까요 — 하지만 우리를 위한 것은 아니에요. 그것이 끝나면 우리도 끝입니다. 뭐랄까, 악의 꽃인 거죠. 우리가 악의 꽃이라면 행복의 장미는 아닌 겁니다. 그런 거라니까요."

"그렇지만 난 내가 행복의 장미라고 생각하는데요." 어슐라가 말했다.

"조화 말입니까?" 그가 빈정거리며 물었다.

"아니, 진짜 꽃이죠." 상처받은 그녀가 말했다.

"우리가 종말이라면, 시작일 수는 없는 겁니다." 그가 말했다.

"아니, 그럴 수 있어요." 그녀가 말했다. "시작은 종말로부터 나오는 거니까요."*

"종말 이후인 거지, 종말로부터는 아닙니다. 우리 다음인 거죠. 우리로부터가 아니라."

"당신은 악마예요, 아시겠지만. 정말이에요." 그녀가 말했다. "당신은 우리의 희망을 파괴하고 싶어 해요. 당신은 우리가 죽어 있기를 **원한다고요.**"

"그렇지 않아요." 그가 말했다. "나는 다만 우리가 현재의 우리가 어떤지 제대로 알기를 바랄 뿐이에요."

"하!" 그녀가 화나서 소리쳤다. "당신은 우리가 죽음을 알기를 원할 따름이에요."

"맞아요." 뒤편의 어스름 속에서 제럴드의 부드러운 목소리가 들려왔다.

버킨이 자리에서 일어났다. 제럴드와 구드룬이 나타났다. 그들은 모두 아무 말 없이 담배를 피우기 시작했다. 버킨이 한 사람씩 담뱃불을 붙여 주었다. 성냥불이 황혼 속에서 명멸했고, 그들은 모두 호숫가에서 평화로이 담배를 피웠다. 호수는 어둠침침했고, 불빛은 호수에서 멀어지며 어두운 육지의 한가운데에서 스러지고 있었다. 대기는 그 어디에도 존재하지 않는 것 같았고, 현실의 것이 아닌 듯한 밴조 혹은 그 비슷한 악기 소리가 들려왔다.

머리 위에서 황금빛 헤엄을 치던 빛이 수그러들자 달이 환히 빛나며 자신의 우월함을 미소 지어 보이기 시작하는 것 같았다. 맞은편 호반의 캄캄한 숲은 이제 사방을 뒤덮은 어둠 속으로 녹아들어 갔다. 그런데 불빛들이 사방을 둘러싼 어둠 속으로 점점이 흩어져 끼어들었다. 호수 저 아래쪽에 녹색과 빨강, 그리고 노랑의 환상적인 창백한 불빛들이, 파리한 불의 구슬처럼 묵주 모양으로 이어져 있었다. 환하게 불을 밝힌 유람선이 깜빡거리는 불빛의 윤곽을 흔들며 잔잔히 음악을 흘려보내면서 거대한 어둠 속으로 방향을 틀자, 바람을 타고 음악 소리가 조금씩 들려왔다.

사방에 불이 켜졌다. 여기도, 저기도, 희미한 호수 가까이에도, 그리고 하늘의 마지막 하얀빛 아래 우윳빛으로 누워 있는 호수의 저쪽 끝까지 어디에도 어두운 곳이 남아 있지 않았고, 눈에 보이지 않는 보트들에서는 랜턴의 외롭고 가녀린 불꽃들이 흘러나왔다. 노 젓는 소리와 함께 배 한 척이 희끄무레한 곳에서 캄캄한 숲 속으로 들어가자, 아름다운 붉은 공처럼 매달린 랜턴들은 불이 붙은 것처럼 보였다. 다시 호수에서는, 물에 반사된 어슴푸레한 붉은 불빛이 보트 주위를 떠돌았다. 온 사방에 이 소리 없는 붉은 불꽃의 생명체들이 희미하게 반사되어 수면 가까이 표류하고 있었다.

버킨이 조금 더 큰 보트에서 랜턴들을 가져오자 그늘진 네 개의 희끄무레한 형상들이 불을 켜기 위해 랜턴 주위로 모였다. 어슐라가 첫 번째 랜턴을 들었고, 버킨은 컵 모양으로 오므린, 장밋빛으로 빛나는 두 손으로 불을 랜턴 아래쪽으로 가져가 그 안으로 깊숙이 밀어 넣었다. 불이 켜졌고, 그들은 모두 뒤로 물러나 어슐라의 손에 매달려 그녀의 얼굴에 묘한 빛을 던지고 있는 커다란 푸른 달 같은 불빛을 보았다. 불이 꺼질 듯 깜박거리자, 버킨이 가서 심지 위로 몸을 구부렸다. 그의 얼굴은 너무도 무의식적이고 또다시 어딘가 악마적인 유령처럼 빛났다. 그의 위로 어슐라가 베일에 싸인 듯 어슴푸레하게 모습을 드러냈다.

"이제 됐어요." 그가 부드러운 목소리로 말했다.

그녀는 랜턴을 들었다. 랜턴에는 캄캄한 땅 위로 청록빛 하늘을 나는 황새가 그려져 있었다.

"아름답네요." 그녀가 말했다.

"예쁘네요." 자기도 하나 들고 싶었던, 그리고 아름답게 높이 치켜들고 싶었던 구드룬이 따라 말했다.

"내게도 불 하나 켜 줘요." 그녀가 말했다. 그녀 곁에는, 아무것도 할 수 없게 된 제럴드가 서 있었다. 버킨은 그녀가 들고 있는 랜턴에 불을 켰다. 그녀의 심장은 얼마나 아름다울 것인가 하는 조바심으로 두근거렸다. 그것은 연노란색이었고, 껑충하게 곧게 뻗은 꽃들이 어두운 잎사귀에서 연노랑 대낮을 배경으로 고개를 들고 자라나고, 그 주변으로는 흰 나비들이 맑고 깨끗한 햇살 속에 날아다니는 그림이 그려져 있었다.

구드룬은 기쁨에 겨운 듯 작은 탄성을 질렀다.

"아름답지 않나요. 오, 아름답지 않느냐고요!"

그녀의 영혼은 진정 아름다움에 꿰뚫려, 그녀는 자신도 모르게 황홀경에 푹 빠졌다. 제럴드는 자기도 보려는 듯 그녀에게로 가까이 몸을 기울여 그녀가 들고 있는 불빛의 영역으로 들어갔다. 그녀 가까이 몸을 살짝 대고 서서, 그녀와 함께 연노랑으로 빛나는 공 모양의 등불을 바라보았다. 그러자 그녀는 랜턴 빛 속에 어렴풋이 빛나는 얼굴을 그를 향해 돌렸고, 그들은 하나의 빛 속에 함께, 다른 모든 것들을 배제한 채 둘만 가까이, 빛으로 둥그렇게 둘러싸여 서 있었다.

버킨은 시선을 다른 데로 돌렸다가 어슐라의 두 번째 랜턴을 밝히기 위해 다가갔다. 투명한 바닷속, 검은 게와 물결치는 해초가 있는 연붉은 해저가 위쪽으로 가면서 타는 듯한 붉은색으로 짙어지는 랜턴이었다.

"당신은 저 위의 하늘과 땅 아래 바다를 얻었군요."*

"땅만 빼고 다니네요." 그녀가 불이 꺼지지 않게 랜턴 주위에 머물고 있는 그의 생기 있는 손을 바라보며 웃었다.

"내 두 번째 등은 어떤 건지 보고 싶어 죽겠어요." 구드룬이 다른 사람들을 쫓아 버리려는 듯한 약간 거슬리고 떨리는 목소리로 소리쳤다.

버킨이 가서 불을 밝혔다. 그것은 짙은 파란색으로, 거대한 하얀 갑오징어가 붉은 해저 위로 부드럽고 하얀 해류를 타며 헤엄치는 그림이었다. 그 갑오징어의 얼굴은 등불 한가운데서 아주 확고하고 차가운 의지로 정면으로 노려보고 있었다.

"무섭기도 해라!" 구드룬이 공포에 질린 목소리로 외쳤다. 그녀 곁에 있던 제럴드가 나지막이 웃었다.

"정말 무시무시하지 않나요!" 그녀가 낙담하여 소리쳤다.

그가 다시 웃더니 입을 열었다.

"어슐라 것하고 바꾸시죠, 게 그림이 있는 걸로."

구드룬은 잠시 말이 없었다.

"어슐라!" 그녀가 말했다. "이 무시무시한 걸 갖고 있을 수 있겠어?"

"색깔은 정말 아름다운데." 어슐라가 말했다.

"나도 그렇게 생각해." 구드룬이 말했다. "하지만 언니는 이게 언니 배에 달려 흔들리는 걸 견딜 수 있을 것 같아? **당장** 부숴 버리고 싶지 않겠어?"

"어머, 아니." 어슐라가 말했다. "부숴 버리고 싶지 않아."

"그렇다면…… 그 게 그림 대신 이걸로 하면 안 될까? 정말 괜찮겠어?"

구드룬이 랜턴을 바꾸려고 앞으로 나섰다.

"그래." 게 그림 등불을 내주고 갑오징어 등불을 받으며 어슐라가 말했다.

하지만 그녀는 구드룬과 제럴드가 자기들의 권한과 우위를 당연시하는 듯한 태도에 좀 분한 느낌이 드는 것은 어쩔 수 없었다.

"자, 이리로 와요." 버킨이 말했다. "내가 그것들을 배에 매달 테니."

그와 어슐라는 커다란 보트 쪽으로 갔다.

"나를 다시 배로 데려다줄 거지, 루퍼트." 제럴드가 저녁의 창백한 어스름 속에서 말했다.

"구드룬과 함께 카누로 안 가나?" 버킨이 말했다. "그게 더 재미있을 텐데."

순간, 침묵이 흘렀다. 버킨과 어슐라는 흔들리는 랜턴을 들고 호숫가에 희미하게 서 있었다. 세상이 온통 실체 없는 환영 같았다.

"괜찮겠어요?" 구드룬이 그에게 말했다.

"**저는** 괜찮습니다만." 그가 말했다. "당신은 어때요? 노 젓는 건 괜찮겠어요? 당신이 나를 태우고 노를 저어야 할 이유도 없는데 말입니다."

"안 될 게 뭐 있어요?" 그녀가 말했다. "어슐라를 데려가듯이 당신도 데려갈 수 있어요." 그녀의 말투로 보아 그는 그녀가 자신을 보트에 태워 곁에 두고 싶어 한다는 것, 그리고 그 두 사람에게 힘을 행사하게 된 것에 미묘한 만족감을 맛보고 있다는 것을 알 수 있었다. 그는 기이한, 전기가 흐르는 듯한 복종 속에 자신을 내맡겼다.

그녀는 그에게 랜턴을 건네주고, 카누 끝 쪽의 등나무의자를 고정시키러 갔다. 그는 그녀를 따라가, 하얀 플란넬 바지를 입은 허벅지 근처에서 랜턴이 흔들려 주변을 더욱 어두워 보이게 하면서 서 있었다.

"출발하기 전에 내게 키스해 줘요." 머리 위쪽 그림자로부터 그의 목소리가 부드럽게 들려왔다.

그녀는 순간 너무 깜짝 놀라 하던 일을 멈추었다.

"왜요?" 그녀가 순수한 놀라움에 소리쳤다.

"왜냐고요?" 그가 비아냥거리듯이 그녀의 말을 되풀이했다.

그녀는 꼼짝 않고 잠시 그를 쳐다보았다. 그러더니 그에게로 몸을 기울여 키스했다. 입술 위에 머무는, 쾌락을 탐하는 느린 키스였다. 그런 다음 그에게서 랜턴을 받아들었고, 그는 온몸의 뼈마디를 태우는 완벽한 불길에 기절할 듯이 서 있었다.

그들은 카누를 물에 띄웠다. 구드룬이 자리를 잡고 앉자 제럴드가 배를 밀었다.

"그렇게 해도 손이 안 아픈 거 확실해요?" 그녀가 걱정스레 물었다. "나도 **완벽하게** 해낼 수 있는 일인데요."

"나 자신을 아프게 하지 않아요." 그가 형언할 수 없이 아름답게 그녀를 애무하는 나지막하고 부드러운 목소리로 말했다.

그녀는 선미 쪽에서 다리를 뻗어 발을 그녀의 발에 닿게 한 채 그녀와 가까이, 아주 가까이 앉아 있는 그를 보았다. 그녀는 천천히 머뭇거리듯 그가 자신에게 뭔가 의미 있는 말을 해 주기를 바라며 노를 저었다. 그러나 그는 말이 없었다.

"이렇게 있으니까 좋죠?" 그녀가 다정히 조르는 듯한 목소리로 말했다.

그가 짤막하게 웃었다.

"우리 사이에 공간이 있잖아요." 마치 뭔가가 그를 빌려 말을 하고 있는 것처럼, 그가 좀 전과 같이 무의식적인 목소리로 나지막이 말했다. 그러자 그녀는 보트 안에서 자신들이 서로 떨어진 채 균형을 이루고 있다는 것을, 마법에 걸린 듯이 의식했다. 그녀는 예리한 이해와 쾌감에 넋을 잃었다.

"하지만 난 아주 가까이 있는걸요." 그녀가 애무하듯 쾌활하게 말했다.

"그래도 떨어져 있죠, 멀리." 그가 말했다. 그녀는 또다시 기쁨에 겨워 잠자코 있다가, 갈대피리 같은 떨리는 목소리로 대답했다.

"그렇지만 물 위에 있는 동안엔 자리를 옮길 수가 없잖아요."

그녀가 그를 완전히 손안에 넣은 채 미묘하고 야릇하게 애무했다.

호수에는 열두서너 척의 배가, 반사된 불꽃처럼 보이는 장밋빛과 달빛 랜턴들을 수면 위로 나지막이 흔들고 있었다. 저 멀리 증기선은 약하게 물을 튕기며 외륜의 물갈퀴로 팅팅 퉁퉁 소리를 내며 물에 씻기면서 색색의 빛줄기를 끌고 있었고, 가끔씩 불꽃놀이와 로마폭죽, 별 다발 폭죽이나 그 밖의 다른 간단한 장치들로 수면을 밝게 비추고 저 아래로 느릿느릿 배회하는 보트들의 모습을 드러내면서 사방을 번쩍번쩍 환히 비추곤 했다. 그러다가 다시 아름다운 어둠이 내리면서 랜턴들과 줄줄이 엮인 자그마한 불빛들이 부드럽게 빛났고, 숨죽인 노 젓는 소리와 음악 소리가 들려왔다.

구드룬은 젓는 건지 아닌지 모를 만큼 가만가만 노를 저었다. 제럴드는, 그다지 멀지 않은 앞쪽에 버킨이 젓는 노에 따라 어슐라의 짙은 파랑과 장밋빛 랜턴의 둥근 불빛이 뺨과 뺨을 맞대며 흔들리는 것을, 그리고 그 뒤로는 각도에 따라 달라 보이는 형형색색의 희미한 불빛이 뒤쫓고 있는 것을 볼 수 있었다. 그는 자신의 배에 달린 섬세한 색색의 불빛들이 그의 등 뒤로 부드러운 빛을 던지고 있다는 것 또한 의식하고 있었다.

구드룬은 노를 내려놓고 주변을 둘러보았다. 카누는 물살이 아주 약간만 밀려들어도 흘러갔다. 제럴드의 하얀 무릎이 아주 가까이 있었다.

"아름답지 않나요!" 경외심에 찬 듯 그녀가 부드럽게 말했다.

그녀는 희미한 수정처럼 빛나는 랜턴의 불빛을 등지고 앉아 있는 그를 바라보았다. 그의 얼굴에는 캄캄한 그림자가 드리워져 있었지만 그녀는 그 얼굴을 볼 수 있었다. 그것은 한 조각의 황혼빛 같았다. 그녀의 가슴은 그를 향한 열정으로 아렸다. 남성적인 고요함과 신비로움으로 그는 너무나 아름다웠던 것이다. 부드럽고도 강건한 그의 형상에서 나오는 향기와도 같은 그 순수한 남성다움의 발산, 그의 존재에 깃든 어떤 깊은 완벽함으로 인해 그녀는 환희와 순수한 도취로 전율했다. 그녀는 그를 바라보는 것이 너무나 좋았다. 지금 당장은 그를 만지고 싶지 않았다. 그의 살아 있는 몸이 지닌 더 깊은, 만족을 주는 실체를 알기 위해서였다. 그는 아예 형체가 없는 것 같으면서도 아주 가까이 있었다. 그녀의 손은 얕은 잠에 빠진 듯 노 위에 올려져 있었고, 그녀는 수정으로 만들어진 그림자 같은 그를 보고 싶기만 했다. 그의 본질적 존재를 느끼고 싶었다.

"그래요." 그가 멍하니 말했다. "아주 아름답군요."

그는 가까이에서 희미하게 들려오는 소리들, 노에서 똑똑 떨어지는 물방울 소리, 등 뒤에 있는 랜턴들이 서로를 스치며 가볍게 통통거리는 소리, 다른 세상에서 들려오는 듯한, 구드룬의 긴 치마가 이따금 부스럭거리는 소리를 듣고 있었다. 그의 정신은 거의 수면 아래로 가라앉았고, 그는 난생처음으로 주변의 사물들 속으로 스며들었다. 왜냐하면 그는 언제나 아주 날카로운 주의력을 유지하고 자신에게 집중하며 그 무엇에도 굽힌 적이 없었기 때문이다. 그런데 지금 그는 자신을 놓아 버리고, 보이지 않게 전체와 하나가 되어 녹아들고 있었다. 그것은 순수하고 완벽한 잠, 생애 최초의 위대한 잠 같았다. 그는 일생 동안 줄곧 너무나 집요하고 조심스러웠다. 그러나 여기, 잠과 평화, 그리고 완전한 벗어남이 있었다.

"부잔교까지 저어 갈까요?" 구드룬이 뭔가를 갈망하는 듯 물었다.

"어디든지요." 그가 대답했다. "그냥 흘러가도록 둡시다."

"그럼 내게 말해 줘요, 뭔가에 부딪힐 것 같으면." 그녀가 아주 친밀한, 조용하고 억양 없는 목소리로 대답했다.

"등이 밝혀 줄 겁니다." 그가 말했다.

그렇게 그들은 거의 꼼짝하지 않은 채 아무 말 없이 떠내려갔다. 그는 순수하고 완전한 침묵을 원했다. 그러나 그녀는 여전히 어떤 말을, 확언을 듣고 싶은 마음에 불안정하게 동요되어 있었다.

"당신을 찾는 사람이 없을까요?" 그녀가 무슨 말이라도 나누고 싶어서 물었다.

"날 찾아요?" 그가 말을 되받았다. "아니요! 왜요?"

"당신을 찾는 사람이 있지 않을까 해서요."

"그들이 왜 날 찾겠습니까?" 그러더니 예의를 차렸다. "하지만 당신이 돌아가고 싶은 건지 모르겠군요." 그가 달라진 목소리로 말했다.

"아니에요, 돌아가고 싶지 않아요." 그녀가 대답했다. "절대 아니에요."

"분명히 괜찮은 겁니까?"

"정말로 괜찮아요."

그러고 나서 그들은 다시 입을 다물었다. 유람선이 윙윙, 우우 소리를 냈다. 누군가가 노래를 부르고 있었다. 그러다가 밤의 어둠이 산산조각 나듯 갑자기 엄청난 고함 소리와 함께 물 위에서 서로 싸우는 듯한 혼란스러운 절규가 들리더니, 곧이어 방향을 바꾸어 격렬히 노를 젓는 무시무시한 소리가 들려왔다.

제럴드는 허리를 곧추세워 앉았고 구드룬은 겁에 질려 그를 쳐다보았다.

"누군가가 물에 빠졌어요." 그가 어둠 속을 예리하게 살피며 성난 듯, 그리고 절망스럽게 말했다. "노를 힘껏 저을 수 있겠소?"

"어디로요? 유람선 쪽으로요?" 구드룬이 불안과 공포에 질려 물었다.

"그래요."

"내가 똑바로 나아가지 않거든 알려 줘요." 그녀가 걱정스럽게 말했다.

"침착해요." 그가 말했다. 카누는 빠르게 앞으로 나아갔다. 계속되는 끔찍스러운 비명과 소란이 어둠을 뚫고 수면을 타고 들려왔다.

"이런 일은 기어코 일어날 수밖에 없었던 것 아닌가요?" 구드룬이 가혹하고 가증스럽게 비꼬듯이 말했다.

그러나 그는 거의 아무 말도 듣지 못했고, 그녀는 자기가 제대로 가고 있는지 어깨 너머로 힐끗 보았다. 어둑한 호수는 흔들리는 등불들의 아름다운 둥근 불빛들로 흩뿌려져 있었고, 유람선은 그리 멀지 않은 곳에 있는 것 같았다. 초저녁 어스름 속에 유람선의 불빛들이 흔들리고 있었다. 구드룬은 최선을 다해 힘껏 노를 저었다. 그러나 노 젓기가 심각한 일이 된 지금, 그녀는 노 젓는 데 자신도 없고 서투른 것 같았고, 신속하게 노를 젓는 것이 어려웠다. 그녀는 그의 얼굴을 힐끗 보았다. 그는 어둠 속을 뚫어져라 바라보고 있었다. 아주 예리하고 기민하며, 자기 혼자만 있는 듯, 이일에 있어 아주 중요한 인물인 것 같은 모습이었다. 그녀는 가슴이 덜컥 내려앉아 죽을 것만 같았다. 그녀는 속으로 혼잣말을 했다. '물론 아무도 익사하지 않을 거야, 아무렴. 그렇게 되면 너무나 터무니없고 센세이셔널하잖아.' 그러나 그의 날카롭고 몰개인적인 얼굴 때문에 그녀의 가슴은 차가웠다. 그는 다시 자기 자신으로 돌아가 자연스럽게 공포와 재앙의 일원이 되기라도 한 것 같았다.

그때 어떤 아이의 절규가 들려왔다. 높고 찢어지는 듯한 소녀의 비명이었다.

"다이―다이―다이―다이―오, 다이―오, 다이―오, 다이!"

구드룬은 혈관까지 오싹해졌다.

"다이애나로군, 그렇지." 제럴드가 중얼거렸다. "그 원숭이 새끼 같은 녀석, 꼭 그렇게 무슨 장난질이든 쳐야만 하니."

그러더니 그는 노를 다시 흘끗 쳐다보았다. 원하는 만큼 배가 충분히 빨리 가고 있지 않았다. 신경이 곤두선 탓에 노를 젓는 구드룬은 어쩔 줄 몰랐다. 그녀는 사력을 다했다. 불러 대고 대답하는 소리들이 여전히 들려왔다. "어디, 어디야? 저기다―그래. 어떤 거? 아니―아니야. 젠장, 여기다, **여기야**―." 보트들이 사방에서 그쪽으로 서둘러 갔고, 색색의 랜턴들은 수면 가까이 흔들렸으며 물에 비친 불빛들도 뒤따라 바삐 흔들리고 있었다. 어찌 된 까닭인지 증기선이 다시 뿌웅 하고 기적을 울렸다. 구드룬의 배는 빠르게 나아갔고 랜턴들은 제럴드의 등 뒤에서 흔들거렸다.

그때 또다시 어린아이의 높은 비명 소리가, 우는 듯 다급하게 들려왔다.

"다이—오, 다이—오, 다이—다이—!"

저녁의 희미한 대기를 뚫고 들려오는 그 소리는 끔찍스러웠다.

"위니, 넌 자고 있는 편이 나았을 텐데." 제럴드가 혼잣말로 중얼거렸다.

그는 몸을 구부려 신발 끈을 풀더니 발로 신발을 벗어 던졌다. 그런 다음 부드러운 모자도 보트 바닥으로 던져 버렸다.

"다친 손으로 물에 들어가면 안 돼요." 구드룬이 공포에 질린 낮은 목소리로 숨을 헐떡이며 말했다.

"뭐라고요? ……아프지 않을 겁니다."

그는 힘겹게 재킷을 벗어 두 발 사이에 떨어뜨렸다. 모자도 없이, 이제 온통 하얀색 차림으로 앉아 있었다. 그는 허리춤의 벨트를 더듬었다. 그들은 유람선에 가까워지고 있었다. 커다란 유람선은 그들의 위쪽에 가만히 멈추어 서 있었고, 수많은 램프들은 아름다운 빛줄기를 쏘아 대고 있었으며, 배 그림자 아래에서 번쩍이는 검은 물 위에서는 빨강, 초록, 그리고 노란빛들이 구불구불 흉측한 혓바닥을 날름거리고 있었다.

"오, 언니를 건져 줘, 오, 다이, 언니! 오, 건져 내! 아, 아빠, 아, 아빠!" 아이의 목소리가 미친 듯 비명을 질러 댔다. 누군가가 구명대를 갖고 물속에 있었다. 두 척의 보트가 가까이 노를 저어 갔다. 랜턴들이 흔들리고 있었지만 잘 보이지 않았고, 보트들은 주변을 탐색하며 맴돌았다.

"어이 — 로클리 — 어이!"

"제럴드 씨!" 겁에 질린 선장의 목소리가 들렸다. "다이애나 양이 물에 빠졌습니다."

"누군가 구하러 들어갔소?" 제럴드의 날카로운 목소리가 들렸다.

"젊은 의사 브린델 씨요, 나리."

"어딥니까?"

"도무지 어디 있는지 보이지가 않습니다, 나리. 모두들 찾고 있습니다만, 아직까지 못 찾았습니다."

순간 불길한 정적이 흘렀다.

"그 애가 어느 쪽으로 들어갔소?"

"제 생각엔…… 저 보트 근처인 것 같습니다만." 자신 없는 대답이 들렸다. "저쪽에 빨강과 초록 등이 달린 배 말입니다."

"저쪽으로 저으시오." 제럴드가 구드룬에게 침착하게 말했다.

"언니를 꺼내 줘요, 제럴드, 오, 그녀를 건져 줘." 걱정스럽게 외치는 아이의 목소리가 들렸다. 그는 주의를 기울이지 않았다.

"반대쪽으로 배를 기울게 해요." 제럴드가 부서질 듯 약한 보트 위에 서서 구드룬에게 말했다. "뒤집히지는 않을 거요."

다음 순간, 그가 수직으로 가볍게 물속으로 뛰어들었다. 구드룬은 보트 안에서 격렬하게 요동쳤다. 동요된 물은 잠깐 빛으로 흔들렸고, 그녀는 그것이 희미하게 빛나는 달빛이라는 걸, 그리고 그가 가 버렸다는 걸 깨달았다. 그러니까 사라져 버린다는 게 가능한 것이다. 피할 수 없는 숙명에 대한 느낌이 그녀에게서 일체의 감정과 생각을 앗아가 버렸다. 그렇게 그는 이 세상에서 사라졌다. 세상은 그저 똑같기만 한데, 없었다. 그는 없었다. 밤은 거대하고 텅 빈 것 같았다. 랜턴들은 여기저기서 흔들리고 사람들은 유람선과 보트에서 낮은 소리로 두런두런 얘기를 하고 있었다. 위니프레드의 신음 소리가 들려왔다. "오, 제럴드, 그녀를 찾아 줘, 찾아 달라고." 누군가 그 아이를 달래려고 애쓰는 소리도 들렸다. 구드룬은 정처 없이 되는대로 노를 저었다. 그 끔찍하고 거대하고 차가운, 끝없는 호수의 표면이 형언할 수 없이 무서웠다. 그는 다시는 돌아오지 않을까? 그 공포를 알기 위해서 자신도 물속으로 뛰어들어야만 할 것 같았다.

"저쪽에 있다!" 누군가 외치는 소리에 그녀는 깜짝 놀랐다. 사향쥐처럼 그가 헤엄치고 있는 것이 보였다. 그녀는 자신도 모르게 그를 향해 노를 저었다. 그러나 그는 조금 더 큰 다른 배 가까이 있었다. 하지만 그녀는 그를 향해 저어 갔다. 그에게 아주 가까이 가야만 했다. 그의 모습이 보였다―바다표범 같았다. 배의 한 쪽을 붙들고 있는 그는 바다표범 같아 보였다. 물에 젖은 금발이 동그란 머리 위로 흘러내려 와 있었고 얼굴은 부드럽게 빛났다. 그가 숨을 헐떡이는 소리가 들렸다.

이윽고 그가 보트 위로 기어올랐다. 오, 그가 배 위로 기어오를 때 하얗게 어렴풋이 빛나며 복종하는 그 허리의 아름다움에 그녀는 그만 죽고만, 정말 죽고만 싶었다. 배 위로 기어오르는 그 희미하게 빛나는 아름다운 허리, 둥그렇고 부드러운 그의 등…… 오, 그녀에게 이것은 너무 벅찬, 돌이킬 수 없이 최종적인 광경이었다. 그녀는 이를 알고 있었고, 그것은 치명적이었다. 숙명에 깃든 끔찍스러운 절망, 아름다움, 그러한 아름다움이 가진 끔찍한 희망 없음!

그녀에게 그는 사람 같아 보이지 않았다. 삶의 현현이자 위대한 국면이었다. 그녀는 그가 얼굴에서 물기를 눌러 짜고는 손에 감은 붕대를 들여다보는 것을 보았다. 그러자 이제 아무것도 소용없다는 것을, 자신은 절대로 그를 넘어설 수 없으리라는 것을 깨달았다. 그녀에게 그는, 삶에 가장 근접한 존재였다.

"등을 끄시죠, 더 잘 보일 테니." 갑작스럽고 기계적인, 그리고 인간 세계에 속하는 그의 목소리가 들렸다. 그녀는 믿을 수가 없었다. 인간 세계가 존재하고 있다는 걸 좀처럼 믿을 수가 없었다. 그녀는 몸을 둥그렇게 구부려 랜턴들을 껐다. 불어서 끄기가 쉽지 않았다. 유람선 측면의 색색의 점등을 제외하고는 사방의 불들이 모두 꺼졌다. 푸르스름한 회색의 초저녁 빛이 주변에 고르게 깔렸다. 머리 위로는 달이 떠 있었고, 여기저기에 배 그림자가 드리워졌다.

또다시 첨벙 소리가 나더니 그가 뛰어들었다. 그녀는 너무나 육중하고 치명적인 거대하고 잔잔한 수면에 대한 공포에 질린 채 괴로워하며 앉아 있었다. 그녀는 발아래 펼쳐진 죽은 듯한 잔잔한 호수 위에 완전히 혼자였다. 그것은 기분 좋은 고독이 아니었다. 긴장감 감도는 끔찍하고 차가운 고립이었다. 그녀 역시 저 수면 아래로 사라져야 하는 때가 올 때까지 그 음흉한 현실이라는 수면 위에 매달려 있는 것이었다.

이윽고 웅성거리는 소리에 그녀는 그가 다시 보트로 올라와 있다는 걸 알아차렸다. 그녀는 그와의 교섭을 원하며 앉아 있었다. 보이지 않는 물의 공간을 넘어 그와의 관계를 강력하게 주장했다! 그러나 그녀의 심장 주위에는 그 무엇도 뚫을 수 없는 견딜 수 없는 고독이 자리하고 있었다.

"유람선을 들여보내. 배를 거기다 두는 건 아무 소용 없어. 강바닥을 뒤져 끌어 올릴 밧줄을 준비하고." 단호하고 기계적인, 이 세상의 소리로 가득 찬 목소리가 들려왔다.

유람선이 서서히 호수 면을 두드리기 시작했다.

"제럴드! 제럴드?" 위니프레드의 미친 듯한 외침이 들렸다. 그는 대답하지 않았다. 유람선은 처량하게 서툰 원을 그리며 돌더니 육지 쪽으로 슬금슬금 물러나 어둠 속으로 사라졌다. 외륜의 움직임에 밀려들던 물결도 점차 약해졌다. 구드룬은 가벼운 보트 안에서 몸이 흔들려, 균형을 잡기 위해 반사적으로 노를 물에 담갔다.

"구드룬?" 어슐라의 목소리가 들렸다.

"어슐라!"

자매를 실은 배가 서로 가까이 다가갔다.

"제럴드는 어디 있어?" 구드룬이 말했다.

"또 뛰어들었어." 어슐라가 슬픈 목소리로 말했다. "그 사람 그러면 안 되는데, 손도 다친 데다 여러 가지로 말이야."

"이번엔 제가 제럴드를 집으로 데려가지요." 버킨이 말했다.

배들이 증기선에서 밀려오는 물살에 또다시 흔들렸다. 구드룬과 어슐라는 계속해서 제럴드를 찾아 살폈다.

"저기 있다!" 제일 예리한 눈을 가진 어슐라가 소리쳤다. 그는 오랫동안 물속에 들어가 있던 것은 아니었다. 버킨이 그쪽으로 배를 저어 갔고 구드룬도 뒤따랐다. 제럴드는 천천히 헤엄을 쳐서 다친 쪽 손으로 배를 붙잡았다. 그러나 손이 미끄러지면서 그가 다시 빠졌다.

"좀 도와주지 그래요!" 어슐라가 날카롭게 외쳤다.

그가 다시 떠오르자 버킨이 몸을 구부려 배에 타도록 도왔다. 구드룬은 또다시 물에서 나와 기어오르는 제럴드를 주시했다. 그러나 이번에는, 무턱대고 기어오르는 굼뜬 양서류의 움직임처럼 둔하고 무거웠다. 물에 젖은 그의 하얀 형상 위로, 구부린 등과 둥글게 굽힌 허리께에 또다시 희미한 달빛이 내렸다. 그러나 지금, 굼뜨고 서툴게 기어 올라와 배 안으로 떨어진 그의 몸뚱이는 패배한 것처럼 보였다. 그는 고통스러워하는 동물처럼 거칠게 숨을 몰아쉬었다. 축 늘어져 배 안에 꼼짝 않고 앉아 있었다. 머리는 바다 표범 머리처럼 둔하고 맹목적인 듯이 보였으며, 그의 모습 전체가 비인간적이고 아무 생각도 없어 보였다. 구드룬은 그가 탄 보트를 기계적으로 따라가며 몸을 떨었다. 버킨은 아무 말 없이 부잔교 쪽으로 노를 저었다.

"어디로 가는 거지?" 제럴드가 방금 잠에서 깬 듯이 불쑥 물었다.

"집으로." 버킨이 말했다.

"아, 안 돼!" 제럴드가 급박하게 명령조로 말했다. "그들이 물속에 있는데 집으로 갈 수는 없어. 다시 배를 돌려. 내가 찾을 테니까." 여자들은 겁에 질렸다. 그의 목소리는 거의 미친 듯이 너무나 명령조인 데다 위협적이어서 반대할 수가 없었다.

"안 돼." 버킨이 말했다. "자네는 그러면 안 돼." 그의 목소리에는 묘하게 흐르는 강요가 들어 있었다. 제럴드는 의지들 간의 싸움 속에서 아무 말이 없었다. 그는 상대방을 죽이기라도 할 것 같았다. 그러나 버킨은 비인간적인 불가항력으로 차분하게 흔들림 없이 노를 저었다.

"자네가 왜 참견이지?" 제럴드가 증오에 차서 말했다.

버킨은 대답하지 않았다. 그는 뭍으로 노를 저었다. 제럴드는 말 못하는 짐승처럼 헐떡이며 잠자코 앉아 있었는데, 이는 덜덜 떨며 딱딱 소리를 냈고 두 팔은 늘어져 있었으며 머리는 바다표범 같았다.

그들은 선착장에 닿았다. 홀딱 젖어 거의 알몸인 것처럼 보이는 제럴드가 몇 걸음 기어 올라갔다. 어둠 속에 그의 아버지가 서 있었다.

"아버지!" 그가 말했다.

"그래, 아들이냐? ……집에 가서 옷을 좀 벗어 버려라."

"그들을 구하지 못할 것 같습니다, 아버지." 제럴드가 말했다.

"아직 희망은 있다, 얘야."

"아무래도 아닌 것 같습니다. 어디에 있는지 도무지 알 수가 없어요. 찾을 수가 없습니다. 게다가 물은 진저리 나게 차갑고요."

"물을 뺄 거다." 아버지가 말했다. "집에 가서 네 몸이나 돌보거라. 저 애를 좀 살펴 주시오, 루퍼트." 그가 감정이 드러나지 않는 목소리로 덧붙였다.

"아버지, 죄송해요. 죄송합니다. 제 잘못인 것 같습니다. 하지만 어쩔 수가 없었습니다. 그때 제가 할 수 있는 것은 했습니다. 물론 계속 더 뛰어 들어갈 수도 있었겠지만…… 그렇지만 별로…… 별로 소용이 없었습니다……."

그는 플랫폼에 걸쳐 놓은 널빤지 위를 맨발로 걸어갔다. 그러다가 뭔가 뾰족한 것을 밟았다.

"신발을 안 신었으니 그렇지." 버킨이 말했다.

"신발 여기 있어요!" 구드룬이 아래쪽에서 소리쳤다. 그녀는 서둘러 배를 저었다.

제럴드는 신발이 오기를 기다렸다. 구드룬이 신발을 갖고 왔다. 그는 신발을 잡아당겨 신었다.

"일단 죽으면, 그것으로 끝입니다, 끝이죠. 뭣 때문에 다시 살아납니까? 물 아래에도 수천 명을 위한 공간이 있는데." 그가 말했다.

"둘이면 충분하죠." 그녀가 중얼거렸다.

그는 두 번째 신발을 질질 끌었다. 그의 몸은 격렬하게 떨고 있었고, 말할 때는 턱도 덜덜 떨렸다.

"맞아요." 그가 말했다. "그럴지도 모르죠. 그렇지만 저 아래에 얼마나 큰 공간이, 얼마나 온전한 세계가 있는 것처럼 보이는지 참 신기해요. 그런데 지옥처럼 차가워서 머리가 잘려 나간 것처럼 아무엇도 할 수가 없는 겁니다." 그는 몸이 너무 심하게 떨려서 거의 말을 할 수가 없었다. "우리 집안엔 한 가지 문제가 있습니다." 그가 말을 이었다. "일단 뭔가가 잘못되면 절대로 다시는 바로잡아지지 않는다는 거죠 ─ 우리한테서는 절대로. 난 일생 동안 내내 보아 왔습니다……. 일단 잘못된 건 절대로 바로잡을 수가 없어요."

그들은 큰길을 건너 집 쪽으로 걸어갔다.

"저 아래에 가 보면 물이 너무나 차갑고 끝도 없어서 수면하고는 너무나 판이하다는 걸 아십니까? 끝도 없고, 정말이지 수면하고는 너무나 다릅니다. 하도 끝이 없어서…… 어떻게 그 많은 것들이 살아 있는지, 우리는 어째서 모두 이렇게 바깥에 나와 있는 건지 궁금해지죠. ……가시는 겁니까? 그럼 다시 뵙겠습니다. 안녕히 가십시오, 그리고 고맙습니다. 정말 고맙습니다."

자매는 한 가닥 희망이라도 남아 있는지 보기 위해 잠시 기다렸다. 달은 머리 위에서 무례하리만치 밝고 맑게 빛났다. 작고 컴컴한 배들이 호수 위에 모여 있었고, 사람들의 말소리와 나지막한 외침들이 들려왔다. 그러나 모두 부질없었다. 버킨이 돌아왔을 때 구드룬은 집으로 갔다.

버킨은 호수에서 물을 빼낼 수문을 열도록 위임받았다. 큰길 가까이에 있는 수문의 한쪽 끝부분에 구멍이 뚫려 있었는데, 이렇게 함으로써 필요할 경우 멀리 있는 광산들에 물을 공급하는 저수지 역할을 하고 있었던 것이다. "이쪽으로 함께 가시죠." 그가 어슐라에게 말했다. "이 일이 끝나면 댁까지 바래다 드리겠습니다."

그는 호수 관리인 집에 들러 수문의 열쇠를 받았다. 그들은 큰길에서부터 작은 문을 지나 호수의 물이 모여드는 물목 쪽으로 갔다. 거기에는 넘치는 물을 받는 커다란 저류조가 있었고 돌계단이 물 속 아래까지 이어져 내려가 있었다. 층계 꼭대기에 수문이 있었다.

간간이 들리는 불안한 사람들 소리를 제외하면, 은회색의 완벽한 밤이었다. 쫙 펼쳐진 수면은 잿빛의 달빛으로 반짝였고 캄캄한 배들은 첨벙거리며 떠다녔다. 그러나 어슐라의 마음은 이런 것들을 받아들이기를 멈추었다. 모든 것이 하찮고 비현실적이었다.

버킨이 철로 된 수문 손잡이를 잡아 비틀어 돌렸다. 톱니들이 서서히 올라가기 시작했다. 그는 노예처럼 돌리고 또 돌렸고, 그의 하얀 형상이 또렷해졌다. 어슐라는 눈을 돌렸다. 그가 힘겹게 어렵사리 돌리고 있는 것을, 노예처럼 기계적으로 허리를 구부렸다 폈다 하면서 손잡이를 돌리는 것을 쳐다보고 있을 수가 없었다.

그때 그녀에게 정말 충격적인 일이 일어났다. 길 건너 나무가 우거진 캄캄한 골짜기로부터 요란하게 튀어 오르는 물소리가 들려왔는데, 그 물은 빠른 속도로 깊어지면서 사납게 으르렁거리더니, 시종 엄청나게 쏟아져 내리는 거대한 물줄기가 내는 우르르 하는 무거운 굉음으로 변해 갔다. 이 거대하고 한결같은 물의 굉음이 밤을 송두리째 장악했고, 모든 것이 거기에 빠졌으며, 빠져서 행방불명되었다. 어슐라는, 살기 위해서는 몸부림을 쳐야만 할 것 같았다. 두 손으로 귀를 틀어막고 저 높이 담담히 떠 있는 달을 쳐다보았다.

"지금 가면 안 되나요?" 그녀는, 물이 조금이라도 낮아지는지 보려고 계단에 서서 살펴보고 있는 버킨에게 소리를 질렀다. 그는 물에 매혹된 것 같았다. 그가 그녀 쪽으로 쳐다보며 고개를 끄덕였다.

작고 캄캄한 배들이 좀 더 가까이 다가왔다. 호기심에 찬 사람들이 뭐가 보이나 싶어 큰길가 울타리를 따라 모여들고 있었다. 버킨과 어슐라는 열쇠를 가지고 호수 관리인 집에 들른 후 호수에 등을 돌렸다. 그녀는 몹시 서둘렀다. 빠져나오는 물의 부수어 버릴 듯한 무시무시한 굉음을 견딜 수가 없었던 것이다.

"두 사람 다 죽었을까요?" 그녀가 자기 말소리가 들리도록 높은 목소리로 외쳤다.

"네." 그가 대답했다.

"끔찍하지 않나요!"

그는 이 말에 귀를 기울이지 않았다. 그들은 언덕 위로 걸어 올라 물소리로부터 점점 더 멀어졌다.

"별로 신경 안 쓰이시나 보죠?" 그녀가 그에게 물었다.

"난 죽은 사람들에 대해서는 마음을 쓰지 않아요." 그가 말했다. "일단 그들이 죽으면 말입니다. 최악인 것은, 그들이 살아 있는 자들에게 달라붙어서 결코 놓아주려고 하지 않는다는 거죠."

그녀는 잠시 생각에 잠겼다.

"그렇군요." 그녀가 말했다. "죽음이라는 **사실** 자체는 정말로 그렇게 중요한 건 아니다, 이거죠?"

"그렇습니다." 그가 말했다. "다이애나 크라이치가 살아 있든 죽었든 그게 뭐가 중요하단 말입니까?"

"중요하지 않다고요!" 그녀가 충격을 받아 말했다.

"그럼요, 왜 그래야 하죠? 그녀는 죽는 편이 나아요…… 훨씬 더 실재하게 될 겁니다. 죽음 안에서 긍정되는 것이죠. 살아 있을 때는 한낱 애만 태우는, 없는 것이나 다름없는 존재였지만요."

"당신은 좀 무시무시한 데가 있군요." 어슐라가 중얼거렸다.

"그렇지 않아요! 난 다이애나가 차라리 죽는 게 낫다고 봅니다. 그녀의 생활은 왠지 온통 잘못되어 있었어요. 그 젊은 남자, 불쌍한 녀석에 대해 말하자면…… 그는 더디게는커녕 재빨리 출구를 찾을 겁니다. 죽는 건 괜찮아요―그것보다 더 나은 것도 없죠."

"하지만 **당신은** 죽고 싶지 않잖아요." 그녀가 반박했다.

그는 잠시 말이 없었다. 그러더니 무섭게 변한 목소리로 말했다.

"난 죽음과 끝내고 싶어요 — 죽음의 과정을 끝내고 싶단 말입니다."

"그런데 끝이 안 났나요?" 어슐라가 초조하고 신경질적으로 물었다.

그들은 말없이 나무 아래로 길을 찾아 걸었다. 그러다가 그는 두려운 듯 천천히 말했다.

"죽음에 속하는 삶과 죽음이 아닌 삶이 있어요. 죽음에 속한 삶 — 우리 삶이 그렇죠 — 에 지쳤어요. 그렇지만 이 삶이 끝장난 건지 아닌지는 아무도 모릅니다. 난 잠과 같은, 다시 태어난 것 같은, 세상에 갓 태어난 아기처럼 공격에 취약한 그런 사랑을 원해요."

어슐라는 그의 말에 반쯤은 귀를 기울이고, 반쯤은 귀를 막았다. 그의 말의 취지를 알 것도 같았지만, 뒤로 물러섰다. 듣고 싶었지만, 거기에 말려들고 싶지는 않았다. 그녀는 거기, 그가 자신을 원하는 그곳에서 자신을 내주기, 그러니까 다름 아닌 자기 자신을 내주기는 꺼려졌다.

"어째서 사랑이 잠과 같아야 해요?" 그녀가 슬픈 목소리로 물었다.

"나도 잘 모르겠어요. 그러니까 그것은 죽음과도 같은 것인데 — 난 이런 삶으로부터 정말 죽고 싶어요 — 그렇지만 그것은 삶 자체를 넘어서는 거예요. 벌거벗은 유아처럼 자궁으로부터 인도되어 나오는 거죠. 해묵은 모든 방어물과 낡은 몸뚱이는 가고, 이제껏 한 번도 숨 쉬어 본 적 없는 새로운 대기가 주변을 감싸고 있지요."

그녀는 그의 말뜻을 이해하면서 듣고 있었다. 그와 마찬가지로 그녀 역시, 말 그 자체는 의미를 전달하지 않는다는 것을, 말은 그저 우리가 취하는 몸짓에 불과하며, 다른 것들과 마찬가지로 하나의 무언극이라는 것을 잘 알고 있었다. 그리고 자신의 핏속에서 그의 몸짓이 느껴지는 것 같았다. 그러나 욕망이 그녀를 앞으로 밀어 내보내는데도 불구하고 그녀는 뒷걸음질 쳤다.

"그렇지만 당신은 사랑이 **아닌** 뭔가를 원한다고 말하지 않았던가요…… 사랑을 넘어서는 어떤 것을?" 그녀가 엄숙하게 말했다.

그는 혼란스러워 몸을 돌렸다. 말에는 언제나 혼란이 존재했다. 그래도 말로 표현해야만 했다. 어떤 방향으로 움직이건 간에, 앞으로 나아가려면 길을 뚫어야만 했다. 그리고 안다는 것, 입 밖으로 내어 말을 한다는 것은 아기가 자궁벽을 뚫고 나오려 애쓰듯이 감옥의 벽을 뚫고 나오는 일이었다. 의도적으로, 제대로 아는 상태로, 빠져나오려고 몸부림치면서 낡은 몸뚱이를 부수지 않고서는 이제 새로운 움직임이란 있을 수 없다.

"나는 사랑을 원하지 않아요." 그가 말했다. "난 당신을 알고 싶지 않아요. 난 나 자신으로부터 빠져나가길, 그리고 당신은 당신 자신에게 소멸되기를, 그렇게 해서 우리가 달라져 있기를 원해요……. 지치고 비참할 때는 말을 하면 안 되죠. ……햄릿식으로 지껄이면 거짓말 같으니까요. ……내가 약간의 건강한 자긍심과 어디에도 연연함이 없는 태평함을 보일 때만 내 말을 믿어 줘요. 난 나 자신이 심각한 게 싫습니다."

"어째서 당신은 심각해지면 안 되나요?" 그녀가 말했다.

그는 잠시 생각에 잠기더니 부루퉁하게 말했다.

"모르겠어요."

그러고 나서 그들은 서먹해진 채 말없이 걸었다. 그는 멍하니 생각에 빠져 있었다.

"이상하지 않아요?" 그녀가 충동적으로 갑자기 다정하게 그의 팔을 잡으며 말했다. "우린 언제나 이런 식으로 이야기를 하니 말이에요! 내가 보기에 우린 어떤 면에서는 서로 사랑하고 있는데 말이에요."

"아, 맞아요." 그가 말했다. "지나칠 정도죠."

그녀는 즐거운 듯이 웃었다.

"당신은 당신 방식으로 사랑을 해야만 하는 거죠, 안 그래요?" 그녀가 놀렸다. "신뢰 위에 사랑을 구축할 줄은 모르고요."

그의 표정이 변했다. 가볍게 웃으며 그녀를 향해 몸을 돌리더니 길 한복판에서 그녀를 두 팔로 안았다.

"맞아요." 그가 부드럽게 말했다.

그러고는 그녀의 얼굴과 이마에 천천히 부드럽게 입을 맞추었다. 그가 보인 그 여리고 섬세한 행복감에 그녀는 깜짝 놀랐고, 이에 응답할 수가 없었다. 그의 키스는 부드럽고 맹목적이었으며, 완벽히 고요했다. 그러나 그녀는 동참하지 못하고 망설였다. 이상한 나방들이 그녀 영혼의 어둠 속에서 날아와 아주 부드럽고 조용하게 그녀 위에 앉는 것 같았다. 그녀는 불안해서 물러섰다.

"누가 오고 있는 것 같지 않아요?" 그녀가 말했다.

그들은 어둑한 길을 내려다보았고 벨도버를 향해 다시 걷기 시작했다. 그러다가 갑자기, 그녀는 자신이 얄팍한 내숭이나 떠는 여자는 아니라는 걸 보여 주기 위해, 가던 길을 멈추고 그를 꽉 끌어안고는 맹렬하고 격렬한 열정적인 키스로 그의 얼굴을 뒤덮었다. 다른 자아가 되어 있는 상태였음에도 불구하고 그의 안에서는 옛 피가 소용돌이쳤다.

'이건 아냐, 이건 아니라고.' 그녀가 그를 끌어당기는 순간 얼굴과 사지를 향해 돌진해 온 열정의 물결로 인해 처음의 그 부드럽고 잠과 같은 완벽한 사랑의 분위기가 썰물처럼 빠져나가자, 그는 흐느끼듯 중얼거렸다. 그는 이내 그녀를 향한 열정적 욕망의 완벽하고 거센 불꽃이 되었다. 그러나 그 불꽃의 작은 심지 속에는 또 다른 어떤 것이 고통스러울 정도로 악착같이 버티고 있었다. 그러나 이것 또한 사라졌다. 그는 분명, 죽음처럼 불가피한 극한의 욕망으로 그녀를 원할 따름이었다.

잠시 후 그는 만족스러우면서도 산산이 부서진 채, 충족되었으나 파괴된 채, 그녀와 헤어진 후 멍하니 어둠 속을 지나, 타는 듯한 옛 욕정의 불길 속으로 빠져든 채 집으로 향했다. 저 멀리 아득한 어둠 속에서 자그마한 비탄의 소리가 들려오는 것 같았다. 하나 무엇이 문제랴? 삶을 위한 새로운 주문(呪文)처럼 새롭게 타오른, 육체적 열정이라는 이 궁극적이고 의기양양한 경험 말고, 그 무엇이, 도대체 그 무엇이 중요하단 말인가? "난 살아 있되 죽어 있는, 한낱 말 주머니가 되어 가고 있었던 거야." 그가 또 다른 자아를 비웃으며 의기양양하게 말했다. 그렇지만 여전히 어딘가 먼 곳에서 또 다른 자아가 조그맣게 맴돌고 있었다.

그가 도착했을 때 남자들은 아직도 호수를 뒤지고 있었다. 둑위에 서 있는데, 제럴드의 목소리가 들려왔다. 물은 밤중에 여전히 쏴아 소리를 내며 흐르고 있었고, 달은 휘영청 밝았으며, 저편의 언덕은 아스라했다. 수위가 낮아지고 있었다. 밤공기에 비릿한 호수 기슭 냄새가 실려 왔다.

저 위쪽 숏랜즈에는 아무도 잠자리에 들지 않은 듯 창문에 불이 밝혀져 있었다. 부잔교에는 실종된 젊은이의 아버지인 늙은 의사가 있었다. 그는 말없이 서서 기다리고 있었다. 버킨도 가만히 서서 바라보았다. 제럴드가 보트를 타고 다가왔다.

"자네 아직도 여기 있었나, 루퍼트?" 그가 말했다. "그들을 찾을 수가 없어. 바닥 경사가 너무 급해. 호수는 작은 계곡들이 딸린 두

개의 아주 가파른 경사면 사이에 있어서 물살이 어디로 끌고 가
버릴지 아무도 몰라. 평평한 바닥하고는 다르다니까. 뒤지면서도
내가 어디 있는지 전혀 알 수가 없어."

"자네가 계속 찾아다닐 필요가 있나?" 버킨이 말했다. "자러 가
는 편이 훨씬 낫지 않겠어?"

"자러 간다고! 세상에, 내가 자게 생겼나? 찾고 나서 갈 거야."

"하지만 자네 없이도 사람들이 어차피 찾아낼 텐데……. 왜 고
집을 부리는 거야?"

제럴드는 그를 쳐다보았다. 그러더니 버킨의 어깨에 다정히 손
을 올리며 말했다.

"내 염려 말게, 루퍼트. 건강이라면 내가 아니라 자네 건강을 염
려해야지. 자네는 좀 어때?"

"아주 좋아. ……하지만 자네, 자네는 삶의 기회를 망치고 있
어 ― 자네의 최선의 자아를 허비하고 있다고."

제럴드는 한동안 말이 없었다. 그러더니 입을 열었다.

"허비하고 있다고? 그걸로 할 게 뭐가 있는데?"

"하여간 그만두게, 응? 스스로를 억지로 공포에 몰아넣고 자
네 목에다 끔찍스러운 기억의 맷돌을 매달고 있는 거야. 이제 그
만 해."

"끔찍스러운 기억의 맷돌이라고!" 제럴드가 되풀이했다. 그러더
니 그는 다시 한 번 버킨의 어깨에 다정히 손을 올렸다. "어휴, 자
네 표현이 너무 생생해서 효과가 확 오는데. 루퍼트, 정말이야."

버킨의 가슴이 덜컥 내려앉았다. 너무 효과적으로 분명하게 표
현하는 것에는 짜증이 나고 넌덜머리가 났던 것이다.

"그만두지 않겠나? 우리 집으로 가지……?" 그는 술 취한 사람
을 달래듯이 간청했다.

"아니." 제럴드가 버킨의 어깨에 팔을 걸치며 달래듯이 말했다. "정말 고마워, 루퍼트⋯⋯. 괜찮다면 내일 갈게. 자네도 이해하겠지? 난 이 일이 끝나는 걸 보고 싶어. 하지만 내일은 꼭 갈게. 정말, 다른 걸 하는 것보단⋯⋯ 자네한테 가서 얘기를 나누는 게 나을 거야, 진짜라니까. 그래, 내 그렇게 할게. 자네는 내게 중요한 사람이야, 루퍼트. 자네가 알고 있는 것 이상으로."

"내가 알고 있는 것 이상이라니, 무슨 뜻이지?" 버킨이 신경이 거슬려 물었다. 그는 자기 어깨 위에 놓인 제럴드의 팔을 예민하게 의식하고 있었다. 이런 언쟁은 원치 않았다. 상대방이 흉측한 비참함에서 빠져나오기를 바랐다.

"나중에 말해 주지." 제럴드가 달래듯이 말했다.

"자, 이제 나랑 같이 가지⋯⋯. 자네가 같이 가면 좋겠어." 버킨이 말했다.

강렬하고 생생한 침묵이 흘렀다. 버킨은 가슴이 왜 이렇게 심하게 방망이질 치는지 의아했다. ⋯⋯그런데 그때 제럴드의 손가락이 버킨의 어깨를 꽉 잡고는 뭔가 마음을 전하려는 듯이 말했다.

"아니야, 난 이 일이 끝나는 걸 볼 거야, 루퍼트. 고마워⋯⋯ 자네 뜻은 알아. 우린 괜찮은 거야, 자네도 알잖아, 자네와 나 말이야."

"난 괜찮지만, 여기서 이렇게 얼쩡거리고 있는 자네는 분명히 괜찮지가 않아."

이렇게 말하고 버킨은 떠났다.

시체는 동틀 녘이 되어서야 발견되었다. 다이애나는 청년의 목을 숨 막히게 두 팔로 꽉 감고 있었다.

"저 애가 그를 죽였군." 제럴드가 말했다.

달이 하늘에서 기울더니 마침내 저물었다. 물은 4분의 1로 줄었고, 썩은 듯한 지독한 물 냄새가 진동하는, 끔찍한 진흙 둑이 모습을 드러냈다. 동쪽 언덕 너머로 희미하게 여명이 밝아 왔다. 물은 아직도 수문을 지나며 콸콸 소리를 내고 있었다.

이른 아침 새들이 지저귀고 황량한 호수 뒤편의 언덕들이 신선한 안개 속에 빛날 무렵, 숏랜즈로 향하는 행렬이 드문드문 보였다. 남자들이 들것에 시체를 나르고, 제럴드는 그 옆을 걸어가고 있었으며, 잿빛 수염이 난 아버지들이 말없이 그 뒤를 따르고 있었다. 집안에서는 아직까지 자지 않고 깨어 있던 가족들이 이들을 기다리고 있었다. 누군가 방에 있는 어머니한테 가서 말을 해야 했다. 의사는 남몰래 아들을 소생시키려고 사력을 다하다가 기진한 상태였다.

그 일요일 아침, 주변 지역은 온통 쉬쉬하는 가운데 무서울 정도의 흥분이 감돌고 있었다. 탄광 사람들은 이 재앙이 자신들에게 직접 일어난 것처럼 느꼈고, 정말로 자기들 중 누군가가 죽은 것보다 더 큰 충격을 받았고 공포에 질려 있었다. 마을의 상류 가정인 숏랜즈에서 그런 비극이 일어나다니! 어린 아가씨 중 하나가 유람선 선실 꼭대기에서 춤을 추겠다고 우기다가, 그 고집 센 아가씨가, 축제가 한창이던 때 젊은 의사와 물에 빠져 죽다니! 그 일요일 아침 광부들은 사방에서 그 재앙 얘기를 하며 배회했다. 일요일 식사 자리에서는 집집마다 묘한 영기(靈氣)를 느꼈다. 죽음의 천사가 아주 가까이 있는 것만 같았고, 대기 속에 초자연적인 존재가 있는 듯했다. 남자들은 놀라 흥분한 얼굴들이었고 여자들은 엄숙해 보였다. 그중엔 운 사람도 몇 있었다. 아이들은 처음에는 그런 흥분 상태를 즐겼다. 대기 속에 어떤 강렬한 긴장감이, 거의 마술에 가까운 긴장감이 떠돌았다. 모든 사람이 그것을 즐겼던가? 모두가 그 짜릿한 전율을 즐겼던 것일까?

구드룬은 제럴드에게로 달려가 위로해 주고 싶은 마음이 굴뚝 같았다. 온종일 그에게 완벽히 위로가 될, 기운을 북돋아 줄 말을 생각했다. 그녀는 충격을 받았고 겁에 질려 있었지만, 제럴드에게 어떻게 처신할 것인가 생각하느라고 그런 건 한쪽으로 치워 버렸다. 역할을 하기. 그것이야말로 진정 짜릿했다. 내 역할을 어떻게 할 것인가.

어슐라는 버킨과 깊고 열정적인 사랑에 빠져 있어서 아무것도 할 수가 없었다. 그녀는 사고에 대해 사람들이 떠들어 대는 얘기에는 전적으로 무심했지만, 외따로 떨어져 있는 그녀의 모습은 근심스러워 보였다. 그녀는 그저 틈만 나면 우두커니 홀로 앉아 그를 다시 만나게 되기만을 바랐다. 그가 집으로 와 주기를 원했다—다른 식으로 만나는 것은 말고, 그가 이곳으로 즉시 와야만 하는 것이다. 그녀는 그를 기다렸다. 온종일 틀어박혀 그가 문을 두드리기를 기다렸다. 1분마다 그녀는 자동적으로 창문을 흘끔흘끔 바라보았다. 그가 거기에 와 있을 것만 같았다.

15장 일요일 저녁

날이 저물면서 어슐라의 몸에서는 생명의 피가 썰물처럼 빠져나가고 그 빈자리에 무거운 절망감이 모여들었다. 그녀의 열정은 피 흘리며 죽어 아무것도 남아 있지 않은 것 같았다. 그녀는 죽음보다 견디기 힘든 완벽한 공허 상태에 붙박인 채 앉아 있었다.

그녀는 최후의 고통을 아주 생생히 느끼며 중얼거렸다. '무슨 일인가 일어나지 않는다면, 난 죽게 될 거야. 난 내 삶의 끝에 와 있어.'

그녀는 죽음의 경계선인 어둠 속에 뭉개져 없어진 것처럼 앉아 있었다. 자신이 일생 동안 얼마나 이 벼랑 끝으로, 그 너머엔 아무것도 없는, 그래서 사포*처럼 미지의 세계로 뛰어내릴 수밖에 없는 벼랑 끝으로 조금씩 다가가고 있었는지 깨달았다. 임박한 죽음에 대한 깨달음은 마약과도 같았다. 아무런 생각도 하지 않은 채 그녀는 자신이 죽음 가까이 있다는 것을 어렴풋이 알고 있었다. 일생 동안 성취의 선을 따라 여행해 왔고, 이제 그것이 거의 끝나려는 것이다. 알아야 할 것은 모두 알게 되었고, 경험해야 할 모든 것을 경험했으며, 일종의 쓰디쓴 성숙 속에서 완성되었으니, 이제 나무에서 떨어져 죽음으로 가는 일만 남은 것이다. 인간은 마지막까지 성장을 달성해야만, 모험을 끝까지 이행해야만 한다. 다음 단계는 경계선을 넘어 죽음으로 가는 것이다. 그러니까 지금이 그때인 것이다! 이러한 인식 속에는 모종의 평화가 자리하고 있었다.

결국 한 인간이 완성에 다다랐을 땐 떫은 열매가 익어 아래로 떨어지듯이 죽음으로 떨어지는 순간 가장 행복한 거야. 죽음은 위대한 절정이요, 극치의 경험이지. 그것은 삶으로부터의 발전이야. 살아 있는 동안 우린 이것을 알고 있어. 그렇다면 더 생각할 필요가 어디 있을까? 우린 절대로 극치 너머의 것을 볼 수가 없어. 죽음이란 위대하고 결정적인 경험이라는 것으로 충분해. 그 경험이 아직 미지의 것인데 어째서 그 경험 이후가 무엇인지 물어야 하지? 죽자. 위대한 경험은 나머지 모든 것들 뒤에 오는 그것, 즉 엄청난 다음 위기인 죽음이니까. 우린 바로 그 앞에 다다랐어. 만일 우리가 마냥 기다리고만 있다면, 만일 이 문제를 회피해 버린다면, 우리는 그저 볼품없는 불안 속에 대문 앞에서 얼쩡거리는 꼴밖에 안 되는 거야. 여기 우리 앞에, 사포에게처럼, 광대한 공간이 놓여 있어. 그곳으로 여행을 떠나는 거야. 여행을 계속할 용기가 없단 말인가? '난 도저히 못 하겠다'고 소리쳐야 할까? 앞으로, 죽음으로 나아갈 거야, 죽음이 무엇을 의미하든 간에. 내디딜 다음 단계를 알 수 있다면 그다음 단계를 두려워할 이유가 있을까? 그다음 단계는 뭐냐고 물을 필요가 있을까? 다음 단계는 확실해. 죽음으로 가는 단계인 거야.

"난 죽을 거야……. 곧 죽을 거라고." 어슐라가 최면에 걸린 듯 분명하게, 인간이 가질 수 있는 확신을 초월하여 분명하고 차분하게 확신에 차서 중얼거렸다. 그러나 저 뒤 어딘가 어스름한 곳에서 쓰디쓴 울음과 절망의 소리가 들려왔다. 그런 것에 신경을 쓰면 안 된다. 불굴의 영혼이 가는 곳으로 가야 한다. 두려움 때문에 문제를 회피하는 일이 있어선 안 된다. 문제를 회피해서도, 못난 목소리들에 귀 기울여서도 안 된다. 죽음이라는 미지로 나아가려는 것이 지금의 가장 깊은 욕망이라면, 천박한 진리 때문에 가장 깊은 진리를 잃어버릴 수 있겠는가?

'그렇다면 끝내자.' 그녀는 중얼거렸다. 그건 하나의 결단이었다. 그것은 목숨을 끊는 문제가 아니었다……. **절대로** 자살하지는 않을 거니까. 자살은 혐오스럽고 폭력적이었다. 그것은 다음 단계를 **아는 것**의 문제였다. 다음 단계란 죽음의 공간에 이르는 것이었다. 그런데 과연 그럴까? ……아니면……?

그녀의 생각은 무의식 속으로 표류해 들어갔고, 그녀는 잠든 것 같은 상태로 불 옆에 앉아 있었다. 그러다가 다시 그 생각이 났다. 죽음의 공간! 그곳에 나 자신을 내줄 수 있을까? 아, 물론이었다─그건 잠이니까. 겪을 만큼 충분히 겪었다. 아주 오랫동안 버티고 저항해 왔다. 이제는 버리고 떠날 시간이었다. 더 이상 저항할 때가 아니었다.

일종의 영적인 무아경 속에서 그녀는 굴복했고, 항복했으며, 모든 것이 암흑이었다. 그녀는 암흑 속에서 자신의 몸뚱이가 끔찍스럽게 그 존재를 주장하고 나서는 것을, 말할 수 없는 해체의 고통을, 오로지 극심한 고통만을, 몸속에서 시작된 해체의 아득하고 끔찍스러운 역겨움을 느꼈다.

'육체란 것이 이렇게 즉각적으로 정신에 조응하는 것일까?' 그녀는 자문했다. 그녀는 몸이란 정신을 명시하는 것들 중 하나라는 것을, 정신이 완전히 변하면 육체 또한 변한다는 것을, 궁극의 앎으로써 명쾌하게 알았다.─의지를 굳게 세우지 않는다면, 나 자신을 삶의 리듬에서 면제해서 나 자신의 의지 안에서 면해진 채 삶으로부터 절연되어 나 자신을 고정시켜 정적인 상태로 남아 있지 않는다면. 그러나 많은 반복들 중 하나의 반복에 불과한 삶을 기계적으로 살아가는 것보다는 차라리 죽는 게 낫지. 죽는다는 건 보이지 않는 것들과 계속 움직여 나아간다는 것. 죽는다는 건 기쁨, 이미 알고 있는 것보다 더 위대한 것, 즉 순수한 미지에 굴복하는 기쁨이기도 해. 그게 기쁨이지. 하지만 기계화된 채 의지의 작용 안에 고립되어, 미지의 것으로부터 면제된 존재로 산다는 건 수치스럽고 치욕적이야. 죽음에는 치욕이란 없어. 채워지지 않은 기계적인 삶 속에나 완전한 치욕이 있는 거야. 삶이란 건 정말이지 영혼에 치욕스럽고 부끄러운 건지도 몰라. 그렇지만 죽음은 절대 수치스러운 것이 아니야. 죽음 자체가 무한한 공간처럼 우리가 더럽힐 수 없는 곳에 있으니까.

내일은 월요일이다. 월요일, 학교의 한 주가 또다시 시작되는 날! 또 하나의 수치스럽고 결실 없는 한 주, 그저 틀에 박힌, 기계적인 활동. 죽음의 모험이 훨씬 더 나은 게 아닐까? 그런 삶보다는 죽음이 무한히 더 아름답고 고귀한 것 아닐까? 불모의 일상으로 되어 있는 삶, 아무런 내적인 의미도 진정한 의의도 없는 삶보다는. 영혼에게 삶은 얼마나 불결한가, 지금 살고 있다는 건 영혼에게 얼마나 끔찍한 수치란 말인가! 죽는 것이 얼마나 더 깨끗하고 고귀할까! 이제 더 이상 이런 불결한 일상과 기계적인 무가치함을 참을 수 없어. 인간은 죽음 속에서 열매를 맺게 될 거야. 더 이상은 겪을 것도 없었다. 어디에서도 삶을 찾을 수가 없으니. 바삐 돌아가는 기계 위에서 꽃은 자라지 않고, 틀에 박힌 일상 위엔 하늘이 존재하지 않으며, 회전 운동에는 공간이 없는 법. 그런데 모든 삶이 현실로부터 단절된 기계적인 회전 운동이었다. 그런 삶에서 추구할 것은 아무것도 없었다 — 어떤 나라에서나 어떤 사람들에게서나 마찬가지였다. 유일한 창문은 죽음이었다. 어릴 적 교실 창문을 통해 바깥에 있는 완전한 자유를 내다보았듯이, 거대하고 캄캄한 죽음의 하늘을 신나는 마음으로 내다볼 수 있을 것 같았다. 이제 난 어린애가 아니고, 영혼이 이런 불결한 거대한 삶의 건축물 속에 죄수처럼 갇혀 있다는 걸 알게 되었으니, 죽음 외엔 빠져나갈 길이 없다.

그렇지만 얼마나 즐거운가! 인간은 무슨 짓을 해도 죽음의 왕국을 손에 넣어 그것을 무가치한 것으로 만들어 버릴 수는 없다는 생각을 하면 얼마나 기쁜가. 인간은 바다를 살기등등한 좁은 골목과 더러운 상업의 길로 바꾸어 놓고는, 그것이 도시의 더러운 땅덩이인 것처럼 1인치를 놓고 다투지. 그들은 하늘에 대해서도 권리를 주장하여, 그걸 몇몇 주인들에게 꾸러미로 나누어 주고는 그것을 위해 하늘을 침범하여 싸우지. 모든 것이 사라져 꼭대기에 대못들을 박아 놓은 벽으로 둘러쳐졌으니, 우리는 치욕스럽게도, 대못 박힌 벽들 사이로 기어 삶의 미로를 지나가야만 하는 거야.

그러나 죽음의 거대하고 캄캄한, 광활한 왕국에서는 인간이 조롱거리가 되지. 지상에서 온갖 짓을 다 하는 바람에 인간은 여러 다양한 작은 신들과도 같아. 하지만 죽음의 왕국은 그들 모두를 조롱하여 그들은 죽음 앞에서 본연의 저열하고 우둔한 존재로 쪼그라드는 거야.

죽음이란 얼마나 아름답고 장엄하며 완벽한가. 그것을 고대한다는 것은 얼마나 좋은가. 그곳에서 우린 여기서 뒤집어쓴 거짓과 치욕과 더러움을 씻어 낼 거야. 깨끗하고 상쾌하게 원기를 회복시키는 완벽한 목욕을 하고 나면, 아무에게도 알려지지 않고 아무런 심문도 받지 않고 주눅 들 일도 없겠지. 인간은 결국, 완벽한 죽음의 약속 안에서만 풍요로운 거야. 기꺼이 기대할 이것, 즉 죽음이라는 순수하게 비인간적인 타자가 남아 있다는 것은 무엇보다 기쁜 일이야. 삶이 어떤 것이든 간에 삶은 죽음을, 그 비인간적이고 초월적인 죽음을 없애 버릴 수 없어. 오, 그게 무엇인지, 혹은 무엇이 아닌지는 묻지 말자. 안다는 것은 인간적인 것이고, 죽음 안에서는 알 수가 없어. 그 안에서 우린 인간이 아니니까. 그리고 이러한 기쁨은 앎의 그 모든 쓰디씀과 우리 인간의 더러움에 대한 보상이야. 죽음 안에서 우린 인간이지 아니할 것이고, 알지 아니하리라. 바로 이러한 약속이 우리가 받을 유산이지. 상속자처럼 우린 사자(死者)를 기다리고 있는 거야.

어슐라는 아주 조용히, 그 존재가 잊힌 채 응접실 난롯가에 홀로 앉아 있었다. 동생들은 부엌에서 놀고 있었고, 나머지 가족들은 모두 교회에 갔다. 그녀는 영혼의 어둠 끝까지 들어갔다.

그녀는 부엌 쪽에서 들리는 벨소리에 화들짝 놀랐다. 아이들은 즐거운 비명을 지르며 복도를 달려 나갔다.

"어슐라, 누가 왔어."

"알아. 바보처럼 굴지 마." 그녀가 대답했다. 그녀도 거의 기겁할 정도로 깜짝 놀랐다. 문 쪽으로 갈 엄두가 나지 않았다.

버킨이 우비 깃을 귀까지 접어 올린 채로 입구에 서 있었다. 이렇게 지금 그가 왔다. 그러자 그녀는 멀리멀리 가 버렸다. 그녀는 그의 등 뒤로 비가 내리는 밤을 의식했다.

"아, 당신이세요?" 그녀가 말했다.

"집에 계시니 다행이네요." 그가 집으로 들어서며 나지막한 목소리로 말했다.

"다들 교회에 갔어요."

그는 코트를 벗어 옷걸이에 걸었다. 동생들은 구석에서 그를 훔쳐보고 있었다.

"빌리야, 도라야, 당장 가서 옷 벗어." 어슐라가 말했다. "엄마가 곧 오실 텐데, 너희가 아직도 잠자리에 들지 않은 걸 보시면 실망하실 거야."

아이들은 갑자기 천사 같은 분위기로 아무 말 없이 물러났다. 버킨과 어슐라는 응접실로 갔다. 난롯불이 낮게 타고 있었다. 그는 그녀를 쳐다보고는 그녀의 밝고 섬세한 아름다움과 커다랗게 빛나는 눈에 감탄했다. 경이감을 느끼며 조금 떨어져서 그는 그녀를 지켜보았다. 불빛 속 그녀의 모습이 달라 보였다.

"하루 종일 뭘 했어요?" 그가 물었다.

"그냥 앉아서 빈둥거렸어요." 그녀가 말했다.

그는 그녀를 쳐다보았다. 그녀는 달라져 있었다. 그렇지만 그에게서 떨어져 있었다. 어떤 밝은 빛 속에 멀리 동떨어져 있었다. 그들은 둘 다 은은한 등불 아래 말없이 앉아 있었다. 그는 다시 돌아가야만 할 것 같은 기분이, 오지 말았어야 했다는 기분이 들었다. 그러나 결단을 내릴 수 없었다. 그렇지만 그는 불필요한 존재였다. 그녀는 멍하니 외따로 떨어져 있는 듯한 분위기였다.

그때 문밖에서 자기들끼리 흥분한 듯 소심하고 수줍게 부르는 두 아이의 목소리가 조그맣게 들려왔다.

"어슐라! 어슐라!"

그녀가 일어나 문을 열었다. 문간에 아이들이 긴 잠옷 가운 차림으로 눈을 동그랗게 뜨고 천사 같은 얼굴로 서 있었다. 그들은 말 잘 듣는 어린이 역할을 완벽하게 소화하며 그 순간만큼은 아주 착하게 굴고 있었다.

"우릴 침대까지 데려다줄래, 누나?" 빌리가 속삭인답시고 말했지만 다 들릴 정도로 큰 소리였다.

"그럼, 너희는 오늘 밤에 **진짜** 천사인걸." 그녀가 부드럽게 말했다. "버킨 씨한테 와서 인사하고 가야지?"

아이들은 수줍어하며 맨발로 거실로 들어왔다. 빌리는 입을 벌리고 싱글거리고 있었지만, 그 둥근 파란 눈에는 착하게 행동하겠다는 굉장한 진지함이 묻어 있었다. 도라는 비단실 같은 금발 사이로 이쪽을 살짝 훔쳐보며, 영혼을 갖고 있지 않은 자그마한 드라이어드*처럼 뒤쪽에 처져 머뭇거렸다.

"안녕, 인사해 줄래?" 기이하게 부드럽고 다정한 목소리로 버킨이 물었다. 도라가 바람결에 날리는 나뭇잎처럼 순식간에 뒷걸음질 쳤다. 그러나 빌리는 가만가만, 느리지만 기꺼이 키스를 받으려고 입을 오므려 내밀고 다가왔다. 어슐라는 버킨의 도톰하게 주름진 입술이 소년의 입술에 부드럽게, 너무나 부드럽게 닿는 것을 지켜보았다. 버킨이 사랑스럽다는 듯 소년이 내맡긴 둥근 볼을 손가락으로 살짝 건드렸다. 둘 다 말이 없었다. 빌리는 어린 천사 혹은 복사*처럼 보였고, 버킨은 그를 내려다보고 있는 키가 큰 엄숙한 천사 같았다.

"너도 뽀뽀 받을 거니?" 어슐라가 끼어들어 작은 소녀에게 물었다. 하지만 도라는 누군가가 자신에게 닿는 것을 거부하는 자그마한 드라이어드처럼 뒷걸음질 쳤다.

"버킨 씨에게 인사 안 할 거야? 아저씨한테 가 봐, 널 기다리고 계시잖아." 어슐라가 말했다. 그러나 어린 소녀는 그에게서 한 발짝 더 물러설 따름이었다.

"바보 같은 도라, 도라는 바보!" 어슐라가 말했다.

버킨은 그 작은 어린애가 자신에 대해 어떤 불신과 적대감을 갖고 있음을 느꼈다. 그는 이해할 수가 없었다.

"그럼 이리 와." 어슐라가 말했다. "어머니가 오시기 전에 가자."

"우리 기도를 누가 들어 줄 거야?" 빌리가 걱정스레 물었다.

"네가 원하는 누군가가."

"누나가 해 줄래?"

"그래, 내가 들어 줄게."

"어슐라 누나!"

"왜, 빌리?"

"네가 원하는 **누군가**라고 했지?"

"그래."

"**누군가**가 뭐야?"

"누구의 목적격이지."

잠시 골똘히 생각에 잠긴 듯 침묵이 흐르더니, 어슐라의 말을 곧이곧대로 믿는 대답이 들려왔다.

"그래?"

버킨은 난로 옆에 앉아 혼자 흐뭇한 미소를 지었다. 어슐라가 돌아왔을 때 그는 무릎에 양팔을 올려놓은 채 꼼짝 않고 앉아 있었다. 그녀는, 웅크린 우상처럼, 어떤 치명적인 종교의 성상(聖像)처럼, 전혀 미동도 없이 나이를 초월한 것 같은 그를 쳐다보았다. 그가 그녀를 돌아보았다. 아주 창백하고 비현실적으로 보이는 그의 얼굴은 인광과 흡사한 백색 빛을 발하는 듯했다.

"어디 몸이 안 좋아요?" 그녀가 설명하기 힘든 반감을 느끼며 물었다.

"생각 안 해 봤는데요."

"생각을 안 해 보면 모르는 건가요?"

그는 어둡고 재빠른 눈길로 그녀를 쳐다보고는 곧 그녀의 적대감을 알아채고 질문에 대답하지 않았다.

"생각해 보지 않으면 자기 몸이 좋은지 안 좋은지 모르나요?" 그녀가 고집스레 반복했다.

"언제나 그런 건 아니죠." 그가 차갑게 말했다.

"그건 정말 사악하다는 생각 안 들어요?"

"사악하다고요?"

"그래요. 난 몸이 아픈데도 모를 정도로 자신의 몸과 거의 무관하게 있는 건 **죄악**이라고 생각해요."

그는 암울한 표정으로 그녀를 바라보았다.

"맞아요." 그가 말했다.

"몸이 안 좋으면 침대에 누워 있어야 하잖아요? 당신은 완전 송장 같다고요."

"불쾌할 정도입니까?" 그가 비꼬듯 대답했다.

"네, 정말 불쾌해요. 진짜 혐오스러울 정도라고요."

"저런…… 거참 유감이네요."

"게다가 비까지 와서 끔찍스러운 밤인데. 자기 몸을 그렇게 마구 다루다니, 당신은 정말 용서받을 수 없어요―당신은 아픈 게 **마땅해요**, 그렇게 자기 몸을 살피지 않는 사람은 말이에요."

"그렇게 자기 몸을 살피지 않는…… 이라." 그가 기계적으로 따라 말했다.

이것이 그녀의 말을 가로막았고, 침묵이 흘렀다.

가족들이 교회에서 돌아왔다. 어슐라의 여동생들, 그다음엔 어머니와 구드룬, 그리고 그다음으로 아버지와 남동생이 들어왔다.

"안녕하시오." 브랑웬이 살짝 놀라며 인사를 건넸다. "날 만나러 온 건가?"

"아닙니다." 버킨이 대답했다. "뭐 특별한 용건이 있어서 온 건 아닙니다. 날도 울적하고 제가 들러도 큰 폐가 되진 않겠다 싶어서 온 겁니다."

"**정말** 우울한 날이었어요." 브랑웬 부인이 공감하며 말했다. 바로 그때 2층에서 아이들이 부르는 목소리가 들려왔다. "엄마! 엄마!" 그녀가 고개를 들고 위를 향해 부드럽게 대답했다. "금방 올라갈게, 도이지*야." 그러고는 버킨을 향해 "숏랜즈에 뭐 새로운 일 없지요? ……아이고." 그녀가 한숨을 쉬며 말했다. "가여운 사람들, 뭐 새로울 일이 있으려고."

"오늘 거기 들렀을 것 같은데." 어슐라의 아버지가 물었다.

"제럴드가 차 마시러 왔기에 그 친구를 바래다줄 겸 갔었습니다. 그 집은 지나치게 흥분돼 있고 건강하지 않은 것 같더군요."

"자제력이 별로 없는 사람들 같아요." 구드룬이 말했다.

"아니면 지나치게 많든가요." 버킨이 대꾸했다.

"오, 그렇겠죠, 분명히." 구드룬이 앙심이라도 품고 있는 것처럼 말했다. "이거 아니면 저거겠죠."

"그 사람들은 모두 좀 부자연스럽게 행동해야 한다고 느끼고 있죠." 버킨이 말했다. "슬픔에 빠져 있을 때는, 옛날처럼 얼굴을 가리고 숨어 있는 게 나을 텐데 말입니다.

"맞아요!" 구드룬이 흥분으로 낯을 붉히며 소리쳤다. "이런 공적인 슬픔보다 더 나쁜 게 어디 있을까요! ―그보다 더 끔찍하고 더 거짓된 게 어디 있느냐고요! 슬픔이라는 게 사적이지도 않고 감추어져 있지도 않다면, 대체 그럴 수 있는 게 뭐가 있겠어요?"

"바로 그겁니다!" 그가 말했다. "전 거기에 있는 동안, 그 사람들이 하나같이 자기들은 자연스럽거나 정상적이면 절대로 안 된다는 생각에 슬픔을 가장하며 돌아다니는 걸 보고 부끄러웠습니다."

"글쎄요……." 이런 비난에 기분이 언짢아진 브랑웬 부인이 말했다. "그처럼 어려운 상황을 감당하기란 쉬운 게 아니에요."

그러고는 아이들이 있는 2층으로 올라갔다.

버킨은 잠시 더 머물렀다가 떠났다. 그가 떠나자 어슐라는 그에 대한 증오심이 너무 심해 머리가 온통 순도 높은 증오의 날카로운 수정체로 변해 버린 것 같았다. 그녀의 본성 전체가 뾰족해지고 강렬해지면서 순수한 증오의 화살로 변한 듯했다. 이게 뭔지 도무지 상상조차 할 수 없었다. 순수하고 맑은, 그리고 사고를 초월하는, 가장 통렬한 극한의 증오에 붙들려 있을 따름이었다. 그것에 관한 생각을 할 수가 없었고, 제정신을 잃고 넋이 나간 상태였다. 뭔가에 사로잡힌 것 같았다. 자신이 사로잡혀 있는 기분이었다. 그리고 며칠 동안 그녀는 이렇듯 그에 대한 강렬한 증오심에 사로잡혀 있었다. 그것은 그녀가 지금껏 알아 온 모든 것을 능가했고, 그녀를 이 세상에서 예전의 삶의 그 어떤 것도 유효하지 않은 어떤 끔찍한 곳으로 던져 버리는 것 같았다. 그녀는 길을 잃고 멍하니, 정말로 자신의 삶에 무감각하게 죽어 있었다.

그건 정말이지 이해할 수 없고 비합리적이었다. 그녀는 자신이 **어째서** 그를 증오하는 건지 몰랐다. 그녀의 증오는 정말 추상적이었다. 스스로도 깜짝 놀랄 만큼 충격적으로 자신이 이 순전한 무아경에 압도되어 있다는 걸 깨달았을 뿐이다. 그는 다이아몬드만큼 정제된, 단단하고 보석 같은 적이자 적대적인 모든 것의 정수였다.

그녀는 그의 회고 순수하게 생긴 얼굴과, 자신의 옳음을 주장하려는 어둡고 한결같은 의지가 담긴 그의 눈을 생각하면서, 자신이 미친 것은 아닐까 싶어 이마를 만져 보았다. 그녀는 근원적인 증오의 새하얀 불꽃 속에서 너무나 다른 모습으로 변해 있었다.

그녀의 증오는 일시적인 것이 아니었다. 이런저런 이유로 그를 증오하는 것이 아니었다. 그에게 아무것도 해 주고 싶지 않았고, 그와는 조금도 관련되고 싶지 않았다. 그녀의 증오는 너무나 순수하고 보석 같아서, 그와의 관계는 근원적이었고 도저히 말로는 표현할 수 없는 것이었다. 그는 마치 근본적인 적의(敵意)의 빛줄기, 그녀를 파괴했을 뿐 아니라 완전히 부정해 버리고 그녀의 세계를 모두 무효로 만들어 버린 빛줄기 같았다. 그녀에게 그는 극단적인 모순이 가하는 선명한 일격, 그의 존재가 그녀 자신의 비존재를 정의하는, 보석 같은 기이한 존재로 보였다. 그가 다시 아프다는 소식이 들려오자, 더 강렬해질 것이 없을 것만 같았던 어슐라의 증오는 한층 더 강렬해졌다. 어슐라는 자신의 증오에 정신을 잃을 만큼 놀랐고 그 증오로 인해 파괴되었지만, 거기서 빠져나갈 수가 없었다. 자신을 덮친 증오의 변모로부터 도망칠 수가 없었다.

16장 남자 대 남자

버킨은 모든 것에 대한 철저한 적대감에 휩싸인 채 병이 나 꼼짝 않고 누워 있었다. 자신의 삶을 지탱하고 있는 배가 부서지기 일보 직전이라는 걸 알고 있었다. 그러나 그 배가 얼마나 강하고 견고한지도 알고 있었다. 그는 별로 개의치 않았다. 원치 않는 삶을 받아들이는 것보다는 차라리 죽음의 기회를 갖는 것이 천배는 나았다. 그러나 가장 좋은 것은 삶에 만족할 때까지 고집스럽게 버텨 끈질기게 살아남는 것, 영원히 버텨 내는 것이었다.

그는 어슐라가 다시 자신에게로 맡겨졌음을 알고 있었다. 자신의 삶이 그녀에게 달려 있다는 것도 알고 있었다. 하지만 그녀가 제의하는 사랑을 받아들이느니 차라리 살지 않는 게 나을 것 같았다. 옛날식 사랑은 끔찍한 속박이요, 일종의 강제 징병 같았다. 그는 자신의 가슴속에 있는 그것이 무엇인지는 몰랐지만, 사랑이니 결혼이니 아이들이니 하는 것들, 그리고 만족스러운 가정과 부부 생활이라는 끔찍한 사생활 속에서 다 함께 부대끼는 삶은 생각만 해도 혐오스러웠다. 그는 뭔가 좀 더 깨끗하고 좀 더 개방된, 말하자면 좀 더 상쾌한 것을 원했다. 부부간의 뜨겁고 비좁은 친밀함이란 것이 혐오스러웠다. 결혼한 작자들이 문을 걸어 잠그고는 자기들만의 연대 속으로 스스로를 가두어 버리는 꼴이라니, 설령 그것이 사랑이라고 할지라도 역겨웠다. 그것은 언제나 짝을 지어 사적인 집이나 방 안에 고립되어 있는 불신 가득한 부부들의 공동체였으며, 이를 넘어서는 그 어떤 삶도, 그 어떤 다른 직접적이고 사심 없는 관계도 용인하지 않았다. 그것은 한 쌍의 만화경이자, 결혼한 한 쌍이라는 단절되고 분리주의적인 무의미한 실체였다. 물론 그가 난잡한 관계를 결혼보다 훨씬 더 나쁜 것으로 여기고 증오하는 것은 사실이었다. 불륜이란 그저 합법적인 결혼에 대한 반작용에 불과한, 또 다른 종류의 짝짓기에 불과했다. 반작용은 작용보다 더 지겹고 넌덜머리가 났다.

그는 대체로 성(性)을 싫어했다. 성은 너무나 제한적이었다. 남자를 부서진 반쪽으로, 여자를 나머지 부서진 반쪽으로 만들어 버리는 것이 바로 그 성이었다. 그는 자신이 자신 안에서 독립된 하나이기를, 여자도 그 자신 안에서 독립된 하나이기를 바랐다. 성이 다른 욕구들과 마찬가지 수준으로 복귀하기를, 즉 성취가 아니라 하나의 기능적인 과정으로 여겨지길 원했다. 그는 성에 입각한 결혼을 믿었다. 그러나 이를 넘어, 남자는 자신의 존재를, 여자는 자신의 존재를 갖는 그런 결합을, 두 개의 순수한 존재들이 한쪽이 다른 한쪽의 자유를 구성하면서, 마치 하나의 힘 속에 들어 있는 양극처럼, 두 천사처럼, 혹은 두 악마처럼 서로 균형을 이루는 그런 결합을 원했다.

그는 하나가 되어야 한다는 필요성에 의해 강제되거나 충족되지 못한 욕망으로 고문당하지 않고 싶었고 너무나 절실히 자유롭고 싶었다. 지금처럼 물이 충분한 세상에서는 갈증이란 게 별것 아니어서 거의 무의식적으로 해소될 수 있듯이 욕망과 열망은 이 모든 고문 없이 그 대상을 찾아야 한다. 그는 자신이 자기 자신과 함께 있는 것만큼이나 그녀와 자유롭게, 단일하고 분명하고 상쾌하게, 그렇지만 서로 양극을 이루고 균형을 유지하면서, 어슐라와 함께 있고 싶었다. 사랑의 합일과 옴켜줌, 그리고 뒤섞임이 그는 미치도록 혐오스러웠다.

그런데 그가 보기에 여자는 언제나 너무 무시무시하고 꼭 옴켜쥐려고 드는 것 같았으며, 사랑에 있어 강렬한 소유욕과 탐욕스러운 거만함을 가진 것 같았다. 여자는 갖기를, 소유하기를, 지배하기를, 우위에 있기를 원했다. 모든 것이 자신에게, **여성**에게, 만물의 위대한 어머니에게 일임되어야만 했고, 만물은 이 어머니로부터 나왔으며 궁극적으로 그녀에게 바쳐져야만 했다.

이 주제넘은 억측, 즉 어머니가 만물을 낳았으니 만물이 그녀의 것이라는 이러한 억측에 그는 거의 미칠 듯이 격분했다. 그녀가 낳았으므로 인간은 그녀의 것이었다. 슬픔에 잠긴 성모, 그를 낳은 위대한 어머니, 그녀가 이제 다시 그에 대한 소유권을, 그의 영혼과 몸, 그의 성과 존재의 의미, 그리고 그의 전부를 요구하는 것이다. 그는 위대한 어머니가 소름 끼치도록 무섭고 싫었다.

그녀가 또다시 잘난 척하는 것이다. 여자라고, 위대한 어머니라고. 허마이어니 속에 있던 것이 바로 그것 아니었던가. 그 비굴하고 순종적인 허마이어니, 그녀는 복종하는 와중에도 그 무시무시하고 음험한 오만과 여성의 포악함으로, 고통 속에 낳은 남자가 자기 것이라고 다시 우기는 슬픔에 잠긴 성모가 아니고 무엇이었던가. 바로 그 고통과 비굴함으로 그녀는 자신의 아들을 사슬로 묶어 영원한 포로로 붙잡아 두었던 것이다.

그런데 어슐라도, 어슐라도 똑같거나—아니면 그 역(逆)이었다. 그녀 역시 끔찍스럽고 오만한 생명의 여왕, 이 세상 모든 것이 자신에게 달려 있다고 믿는 여왕벌 같았다. 그는 그녀의 눈에 이글거리는 노란 불꽃을 보았고, 자기가 최고라는 상상할 수 없을 정도의 거만함이 그녀 안에 있음을 알았다. 그러나 그녀 자신은 이를 의식하지 못했다. 그녀는 남자 앞에서 언제라도 머리를 땅에 조아릴 준비가 되어 있었다. 하지만 그것은 오직 그녀가 자신의 남자에 대해 너무 확신에 찬 나머지, 자기 아이를 숭배하는 여자처럼 완전한 소유로서의 숭배가 가능할 때뿐이었다.

이처럼 여자 손아귀에 붙잡혀 있는 것은 도저히 참을 수가 없었다. 남자는 언제나 여자에게서 부서져 나온 파편이고 성(性)은 그 찢어짐의 아린 고통이 여전한 상처여야만 했다. 남자는 여자에게 덧붙여져야만 비로소 어떤 진정한 위치나 온전함을 얻게 되는 것이었다.

그런데 왜? 어째서 우린 우리 자신을, 남자와 여자를, 온전한 전체의 부서진 조각들로 여겨야만 한단 말인가? 그렇지 않다. 우리는 온전한 전체의 파편이 아니다. 오히려 우리는 혼합된 것들에서 순수하고 맑은 존재로 추출되어 분리된 것이다. 더 정확히 말하면 성은 혼합된 것, 분해되지 않은 것 가운데 우리 안에 남아 있는 것이다. 그리고 열정은 이 혼합체를 한층 더 분리시켜, 남자다운 것은 남자의 존재로 여성적인 것은 여성의 존재로 들어가 마침내 그 둘이 천사처럼 맑고 온전해지고, 가장 고차원적인 의미에서 성의 혼합을 초월하여 두 개의 독자적인 존재들이 두 개의 별처럼 함께 하늘에 총총히 박혀 빛나도록 한다.

태곳적, 성이 존재하기 전에 우리는 섞여 있었다. 각각 저마다 혼합체였다. 개체화 과정은 성의 거대한 양극화를 초래했다. 여성적인 것은 한쪽으로, 남성적인 것은 다른 한쪽으로 끌려갔다. 그러나 그때도 분리는 불완전했다. 세상의 순환은 그렇게 진행된다. 이제 새로운 날이, 우리가 각각 존재하는, 각기 다르게 성취되는 새로운 날이 오려고 한다. 남자는 순전히 남자, 여자는 순전히 여자로 완벽하게 양극화되었다. 하지만 더 이상 사랑의 끔찍한 결합이나 뒤섞임, 자기 부정 같은 것은 없다. 오직 양극화라는 순수한 이원성만 있을 뿐, 어느 누구도 상대방에 의해 오염되는 일은 없다. 각각의 안에서 개별 존재가 가장 중요하고, 성은 부차적이다. 그러나 완전히 양극화되어 있다. 각자 자기만의 법칙을 갖고 있는 독자적이고 별개인 존재를 갖는다. 남자는 자기만의 순수한 자유를, 여자는 자기만의 순수한 자유를 갖는다. 각자 양극화된 성-회로의 완벽함을 인정한다. 각자 상대방이 가진 다른 본성을 용인하는 것이다.

아픈 동안 버킨은 이런 명상에 잠겨 있었다. 그는 누워 있어야 할 정도로 아픈 것이 때로는 좋았다. 그러면 아주 빨리 회복되었고, 사물이 또렷하고 분명해지기 때문이었다.

그가 집에 틀어박혀 있을 때 제럴드가 찾아왔다. 두 남자는 서로에 대해 깊고 불편한 감정을 갖고 있었다. 제럴드의 눈은 날카롭고 불안했으며 그의 태도는 긴장되고 성말랐다. 또한 팽팽한 긴장 속에서 행동하는 것 같았다. 관례에 따라 그는 검은 옷을 입고 있었고, 격식을 갖춘 근사하고 나무랄 데 없는 모습이었다. 머리카락은 하얗게 보일 정도로 금발이었고 빛의 파편처럼 눈부시게 선명했으며, 얼굴은 열에 달떠 불그레했고 몸은 북방의 정기로 가득해 보였다.

제럴드는 진정으로 버킨을 사랑했다. 비록 한 번도 그를 완전히 신뢰한 적은 없었지만. 버킨은 너무 비현실적이었다 — 영리하고 변덕스러웠으며, 멋지긴 하지만 현실적이라고 할 수는 없었다. 제럴드는 자신의 이해력이 훨씬 더 온전하고 신뢰할 만하다고 생각했다. 버킨은 유쾌하며 훌륭한 사람이지만, 어쨌거나 아주 심각하게 받아들일 수는 없는, 남자 중의 남자로 믿고 의지할 수는 없는 인물이었다.

"왜 그렇게 또 틀어박혀 누워 있나?" 그가 아픈 버킨의 손을 잡으며 부드럽게 물었다. 육체적 힘이 주는 따뜻한 은신처를 제공하며 보호해 주는 쪽은 언제나 제럴드였다.

"내 죄 때문이겠지." 버킨이 살짝 비꼬듯이 웃으며 대답했다.

"죄 때문이라고? 맞아, 그럴지도 모르지. ……죄를 적게 지어야 건강하지."

"한 수 가르쳐 주지 그래." 버킨이 말했다.

그는 빈정거리는 듯한 눈으로 제럴드를 쳐다보았다.

"자네는 좀 어때?" 버킨이 물었다.

"나?" 제럴드는 버킨을 바라보고, 버킨이 진지하다는 걸 알아챘다. 그러자 그의 눈에 따스한 빛이 감돌았다. "달라진 게 있는지 잘 모르겠어. 달라질 수 있는지도 모르겠고. 달라질 게 없지."

"난 자네가 그 어느 때보다 사업을 잘하고 있는 것 같은데. 영혼의 요구는 무시하면서 말이야."

"맞아." 제럴드가 말했다. "적어도 사업에 있어서는. 영혼에 대해선 할 말이 없군."

"그렇겠지."

"정말로 기대를 안 한 거야?" 제럴드가 웃었다.

"응. ……사업 말고 다른 일들은 어떻게 되어 가나?"

"다른 일들이라니?* 그게 뭔데? 글쎄, 자네 말이 뭘 뜻하는지 모르겠는데."

"알고 있잖아." 버킨이 말했다. "우울한 거야, 아니면 유쾌한 거야? ……그리고 구드룬 브랑웬은 어떤가?"

"어떠하냐니?" 제럴드의 얼굴에 당혹스러운 표정이 떠올랐다. "글쎄." 그가 덧붙였다. "모르겠어. 지난번에 만났을 때 내 얼굴을 치더라는 말밖엔 할 게 없군."

"얼굴을 쳤다고! 왜?"

"그건 나도 몰라."

"정말! ……그런데 언제 그랬나?"

"파티가 있었던 날 밤에 ─ 다이애나가 물에 빠진 날. 그녀가 언덕 위로 소를 몰아 대서 내가 쫓아갔잖아……. 기억나지?"

"그래, 기억나. 그런데 뭣 때문에 그런 거지? 자네가 자초한 건 분명히 아닐 텐데."

"내가? 아니, 내가 아는 한은 아니야. 난 그저 하이랜드 소들을 모는 건 위험하다고 말한 것밖에 없어 ─ 실제로 위험**하니까**. 그랬더니 몸을 휙 돌리면서, '당신은 내가 당신과 당신 소를 두려워한다고 생각하는 것 같군요, 아닌가요?' 이러더군……. 그래서 내가 '어째서요?' 하고 물었더니 대답 대신 손등으로 내 얼굴을 치는 거야."

버킨은 재미있다는 듯 웃음을 터뜨렸다. 제럴드가 의아한 눈으로 그를 쳐다보다가 따라 웃기 시작하며 말했다.

"그땐 안 웃었어, 정말로. 내 생전에 그렇게 당황한 적은 없었다니까."

"격분했던 건 아니고?"

"격분? 그랬겠지. 조금만 더 건드렸으면 그녀를 단박에 죽여 버렸을지도 몰라."

"흠!" 버킨이 갑작스레 내뱉었다. "불쌍한 구드룬, 자기 자신을 그렇게 드러내 버렸으니 나중에 고통받지 않을까!" 그는 아주 유쾌했다.

"그럴까?" 제럴드도 이제 재미있어하며 물었다.

악의와 재미를 느끼며 두 남자가 미소 지었다.

"지독하게 고통받을 게 분명해. 그녀가 얼마나 자의식이 강한지 생각해 보면."

"자의식적이라고? 그렇다면 뭣 때문에 그랬을까? 분명히 그럴 이유도, 정당성도 없는데."

"갑작스러운 충동이었을 거야."

"그래, 하지만 그녀가 왜 그런 충동을 느꼈는지는 어떻게 설명하지? 난 그녀에게 아무 상처도 주지 않았는데 말이야."

버킨이 고개를 흔들었다.

"마음속에 갑자기 아마존이 밀려왔나 보지." 그가 말했다.

"글쎄, 오리노코 강이었으면 더 좋았을걸."* 제럴드가 대답했다.

싱거운 농담에 둘 다 웃었다. 제럴드는 구드룬이 마지막 한 방도 자기가 날리겠다고 말하던 것을 생각하고 있었다. 하지만 버킨에게 이 얘기를 하기는 꺼려졌다.

"그래서 분한가?" 버킨이 물었다.

"분한 게 아니야. 개의치 않아." 잠시 말이 없더니 그가 웃으며 덧붙였다. "그렇지만 도대체 어떻게 된 건지 진의를 좀 알아볼 생각이야. 그뿐이야. 그녀도 나중엔 미안한 기색이더군."

"그래? 그날 밤 이후론 만나지 않았어?"

제럴드의 얼굴이 어두워졌다.

"응." 그가 말했다. "우리는, ……그 사고 이후 우리가 어땠는지 알잖나."

"그렇지. 이제 좀 진정되고 있나?"

"모르겠어. 충격이지, 물론. 하지만 어머니는 마음을 쓰고 있는 것 같지 않아. 아무 관심도 기울이지 않으시는 것 같다고. 그런데 우스운 건, 어머니는 당신 자식들밖에 모르는 분이셨다는 거야—자식 말고는 중요한 게 아무것도 없는 분이셨지. 그런데 지금은 하인 중 하나가 그렇게 된 것처럼 마음을 거의 안 쓰셔."

"그래? 그 일로 **자네는** 깊은 충격을 받았나?"

"충격을 받았지. 그렇지만 그렇게 깊이 느껴지는 건 아니야. 별 차이를 못 느끼겠어. 우린 어차피 다 죽어야 하니까, 누가 죽건 안 죽건 어쨌거나 크게 달라질 건 없잖아. **슬픔**이 느껴지지 않아. 냉정해지기만 할 뿐. 어떻게 설명해야 할지 모르겠어."

"자네가 죽든 말든 상관없나?" 버킨이 물었다.

제럴드가 푸른색 결이 있는 강철 무기 같은 푸른 눈으로 그를 쳐다보았다. 거북하고 어색했지만 상관없다는 기분이 들었다. 그러나 사실은 엄청난 공포를 느끼며 끔찍이도 마음을 쓰고 있었다.

"오, 난 죽고 싶지 않아. 왜 죽어야 하지? 그렇지만 걱정한 적은 없어. 그건 내가 심의할 문제가 아닌 것 같은데. 난 별 흥미 없어." 그가 말했다.

"Timor mortis conturbat me(죽음의 공포가 날 불안케 하네)." 버킨이 라틴어 구절을 인용하며 덧붙였다. "맞아, 정말 죽음은 이제 더 이상 문제가 아닌 것 같아. 이상하게도 그것에 대해 아무도 염려하지 않아. 평범한 내일이나 마찬가지인 거지."

제럴드가 친구를 자세히 쳐다보았다. 두 남자의 눈이 마주쳤다. 그들은 무언의 이해를 주고받았다.

제럴드의 눈이 가늘어졌다. 인간적인 감정 없이, 이상하게 예리하면서도 아무것도 못 보는 눈으로 공중의 한 점에서 끝나는 시각으로 버킨을 바라보는 그의 얼굴은 차갑고 비정했다.

그가 이상하게 멍한 듯 냉정하면서도 근사한 목소리로 말했다. "죽음이 문제가 아니라면…… 뭐가 문제지?" 그는 마치 자신의 정체를 들킨 것처럼 물었다.

"뭐가 문젤까?" 버킨이 되풀이했다. 그리고 조롱하는 듯한 침묵이 흘렀다.

"근원적인 죽음의 순간 이후 우리가 사라지기 전까지는 먼 길이 놓여 있지." 버킨이 말했다.

"그렇겠지." 제럴드가 말했다. "그렇지만 어떤 종류의 길이지?" 그는 자신이 훨씬 더 잘 알고 있는 것을 버킨이 말하도록 압력을 가하는 것 같았다.

"타락의 비탈길 바로 밑에 — 신비한 전우주적인 타락 바로 밑에는 — 장구한 세월 동안 거쳐 가야 할 순수한 타락의 수많은 단계들이 있지. 죽은 다음에 우리는 오랫동안 계속 살면서 영겁의 점진적인 퇴화의 길을 가는 거야."

제럴드는 시종 얼굴에 희미하고 섬세한 미소를 띤 채 듣고 있었다. 마치 어떤 지점에서는 이 모든 것에 대해 버킨보다 훨씬 더 잘 알고 있다는 듯. 마치 자신의 앎은 직접적이고 개인적인 반면 버킨의 것은 — 제법 정곡 가까이 겨냥하고 있다고는 해도 — 관찰과 추측에 의한 것이어서 정곡을 찌르지 못한다는 듯이……. 하지만 그는 자신을 드러내지 않을 것이었다. 버킨이 그 비밀을 알아낼 수 있다면 그러도록 내버려 두리라. 하지만 결코 도와주지는 않을 것이다. 제럴드는 마지막 순간까지 다크호스이고 싶었다.

"물론," 갑작스레 화제를 바꾸며 그가 말했다. "그걸 정말로 느끼고 있는 사람은 아버지야. 그것 때문에 끝장나실 거야. 아버지한테는 세상이 무너지고 있지. ……지금 아버지는 온통 위니 생각뿐이셔 — 위니만큼은 구해 내지 않으면 안 된다는 거지……. 학교를 보내야겠다고 하시는데 위니가 말을 들으려 하지 않아. 그러면 절대로 그렇게 하실 분이 아니야. ……물론 그 애가 좀 이상한 상태인 건 틀림없어. 이상하게도 우리 가족은 모두 사는 데 서툴러. 뭔가를 할 수는 있는데…… 도무지 제대로 살아가지를 못하니……. 참 신기하지…… 가문의 결함이란."

"학교로 보내 버리면 안 돼." 대안을 궁리하면서 버킨이 말했다.

"안 된다고? 왜?"

"그 애는 별난 아이야 — 특별한 아이지. 심지어 자네보다 더. 그리고 내 생각엔 특별한 애들은 절대로 학교에 보내면 안 돼. 적당히 평범한 아이들만 학교에 보내야 한다고. ……내가 보기엔 그런 것 같아."

"내 생각엔 정반대인 것 같은데. 학교에 가서 다른 아이들과 어울리다 보면 혹시 그 애가 좀 더 정상적이 되지 않을까 싶거든."

"그 애는 다른 애들과 어울리려고 하지 않을 거야. **자네도** 절대로 다른 애들과 어울리지 않았잖아, 맞지? 게다가 그 애는 그런 척조차 안 할걸. 그 애는 자존심 강하고, 고독하고, 타고나기를 남들과 동떨어져 있다고. 독립적인 본성을 갖고 있는데 뭣 때문에 그 애가 집단과 어울리기를 원하나?"

"아니야, 난 그 애가 어떻게 되기를 원하는 건 아니야. 하지만 학교가 그 애한테 좋을 것 같아."

"자네한테는 좋았나?"

제럴드의 눈이 보기 싫게 가늘어졌다. 학교는 그에게 고문이었다. 그러나 그는 이런 고문을 꼭 거쳐야만 하는지 아닌지에 대해서는 의문을 품어 본 적이 없었다. 그는 복종과 고통을 통한 교육을 믿는 것 같았다.

"그 당시엔 학교를 증오했지만 그것이 꼭 필요하다는 건 알고 있어." 그가 대답했다. "그 덕에 줄 맞춰 서게 되긴 했지……. 어딘가에서는 줄 맞춰 서 있지 않으면 살아갈 수 없는 거고."

"글쎄, 난 오히려 완전히 줄 바깥에 서 있지 않으면 살아갈 수 없다는 생각이 들기 시작하는걸. 그 줄을 흩뜨려 버리는 것만이 유일한 충동이라면, 발끝으로 그 줄을 건드리며 서 있어 봐야 아무 짝에도 쓸모가 없거든…… 위니는 특별한 본성을 갖고 있어. 특별한 본성을 가진 사람에겐 특별한 세상을 줘야 해." 버킨이 말했다.

"맞아, 하지만 자네의 그 특별한 세상은 어디에 있는 거지?" 제럴드가 물었다.

"만드는 거지 — 자네 자신을 세상에 맞도록 잘라 내는 대신에 세상을 자네에게 맞도록 잘라 내는 거야. ……사실은, 특별한 두 사람이 또 다른 세계를 만드는 거지. 자네와 나, 우리가 별개의 세계를 또 하나 만드는 거라고 — 자네는 매제들과 똑같은 세계를 **원하지** 않잖아. ……자네가 가치를 두는 건 특별한 자질이야. 정상적이거나 평범하기를 **원한다고?** — 그건 거짓말이야. 자네는 특별한 자유의 세상에서 자유롭고 특별하기를 원해."

제럴드는 알고 있다는 듯한 미묘한 눈으로 버킨을 쳐다보았다. 그러나 절대로 자신이 느낀 바를 공개적으로 인정하려 하지 않았다. 어떤 한 방향에서는 버킨보다 더 — 훨씬 더 — 많은 걸 알고 있었다. 그리고 이러한 이유로 인해 그는 버킨을 향해 자상한 사랑을 품었다. 어떤 면에서는 버킨이 어리고 순진하며 어린애 같다는 듯이. 그러니까 놀라울 정도로 영리하지만 구제불능으로 순진하다는 듯이.

"하지만 자네는 나를 괴짜라고 생각할 만큼 진부하단 말이야." 버킨이 날카롭게 말했다.

"괴짜라고!" 제럴드가 깜짝 놀라 외쳤다. 그러더니 그의 얼굴이 마치 교활하게 오므리고 있던 꽃봉오리가 활짝 피듯이 천진난만한 빛으로 환하게 열렸다. "천만에 — 난 자네를 절대로 괴짜라고 생각하지 않아." 그러고는 이해할 수 없는 낯선 눈빛으로 버킨을 바라보았다. 제럴드가 말을 이었다. "자네에겐 언제나 약간의 불확실함이 감도는 것 같아―어쩌면 자네 스스로에 대해 확신이 없는지도 모르지. 어쨌든 난 자네에 대한 확신이 없어. 자네는 마치 영혼이 없는 것처럼 아주 쉽게 멀리 떠나 버릴 수도 있고 변해 버릴 수도 있을 것 같아."

그는 꿰뚫는 듯한 눈으로 버킨을 쳐다보았다. 버킨은 몹시 놀랐다. 자신에게 이 세상의 모든 영혼이 들어 있다고 생각했었다. 그는 놀라워하며 제럴드를 응시했다. 이를 지켜보던 제럴드는 버킨의 눈이 가진 놀랍도록 매력적인 아름다움을 보았다. 그 젊고 자발적인 선량함은 한없이 매력적이었지만, 그것에 대한 불신이 너무나 깊었기 때문에 제럴드의 가슴은 쓰디쓴 분함으로 가득 찼다. 제럴드는, 버킨은 자기가 없어도 잘 해 나갈 것임을―자신 따위는 잊고 고통스러워하지도 않을 것임을―알고 있었다. 바로 이것, 즉 초연함이 가진 그 젊고 동물적인 자발성에 대한 의식이 제럴드를 쓰디쓴 불신으로 가득 채우며 언제나 그의 의식 속에 있었다. 가끔씩, 아니 자주, 버킨 쪽에서 그렇게 심각하고 중요한 투로 말하는 것은 거의 위선이자 거짓인 것만 같았다.

버킨의 마음속엔 전혀 다른 생각들이 지나가고 있었다. 불현듯 자신이 또 다른 문제―두 남자 간의 사랑과 영원한 결합 문제―에 직면하고 있음을 깨달았다. 물론 한 남자를 순수하고 완전하게 사랑하는 일은 필연, 일생 동안 그의 내면에 자리해 온 필연이었다. 물론 그는 줄곧 제럴드를 사랑해 왔지만, 줄기차게 이를 부정해 왔다.

버킨은 친구가 옆에 앉아 상념에 잠겨 있는 동안 자리에 누워 생각에 빠져 있었다. 저마다 자기 생각에 몰입해 있었다.

"자네, 옛날 독일 기사들이 어떻게 피의 의형제를 맺었는지 알지." 그가 눈에 새롭고 행복한 활기를 담고 제럴드에게 말했다.

"팔에 작은 상처를 낸 다음 그 상처 속에다 서로의 피를 문질러 넣는 것 말인가?" 제럴드가 말했다.

"그래……. 그리고 평생토록 피를 나눈 서로에게 충실하기로 맹세하는 거지. ……그게 바로 우리가 해야 할 일이야. 상처는 내지 말고. 그건 시대에 뒤떨어진 일이니까. ……하지만 자네와 나, 우린 서로 사랑하기로 무조건적으로 완벽하게, 그 어떤 철회도 있을 수 없는 최종적인 맹세를 해야 돼."

그는 새로운 발견을 해 맑고 행복한 눈으로 제럴드를 바라보았다. 제럴드는 매혹되어 그를 내려다보았다. 황홀한 매력 속에 너무나 깊이 묶여 버린 탓에, 그는 속박에 분개하고 이끌림을 증오하며 불신으로 가득했다.

"언젠가는 서로에게 맹세하는 거야, 알겠지?" 버킨이 간청했다. "서로의 곁에 있겠노라고, 서로에게 충실하겠노라고…… 궁극적으로 — 완벽하게 — 유기적으로 서로에게 내맡겨진 채…… 철회란 있을 수 없이 말이야."

버킨은 사력을 다해 자신의 생각을 표현하려고 애썼다. 그러나 제럴드는 거의 듣고 있지 않았다. 그의 얼굴은 어떤 기쁨으로 밝게 빛났다. 그는 기뻤다. 그러나 말을 삼가고 잠자코 자제했다.

"언젠가 서로에게 맹세하겠지?" 버킨이 제럴드를 향해 손을 내밀며 말했다.

제럴드는 버킨이 뻗은 그 아름다운 살아 있는 손을, 자제하려는 듯, 두려운 듯 살짝 스치기만 했다.

"내가 좀 더 이해하게 될 때까지 그 문제는 남겨 두기로 하지." 그가 변명조로 말했다.

버킨이 그를 가만히 지켜보았다. 약간의 날카로운 실망감이랄까, 어쩌면 경멸감 같은 것이 가슴을 스쳤다.

"그러지." 그가 말했다. "나중에 자네 생각이 어떤지 나한테 꼭 얘기해 주게. 내 말 알겠지? 질척한 감상주의가 아니야. 우리를 자유롭게 내버려 두는 몰개인적인 결합이라고."

그들은 침묵 속으로 빠져들었다. 버킨은 내내 제럴드를 바라보고 있었다. 그는 지금 제럴드의 모습에서 자신이 평소에 그렇게 좋아했던 그 육체적이고 동물적인 인간이 아니라, 운명 지어지고 숙명 지어지고 제한된 것처럼, 완결된 인간 자체를 보고 있는 것 같았다. 제럴드에게 있는 이처럼 야릇한 숙명의 느낌, 그러니까 그가 마치 단 하나의 존재 형식, 하나의 지식, 하나의 행동, 일종의 치명적인 반쪽 ─ 그 자신에겐 전부인 것처럼 보이는 ─ 에 제한되어 있는 듯한 이러한 느낌은, 열정적으로 다가간 그 순간 이후 어김없이 버킨을 엄습하여 그의 마음을 일종의 경멸감 혹은 지겨움으로 채워 버렸다. 버킨이 제럴드에게 그렇게 지겨움을 느낀 것은 한계에 대한 그의 고집 때문이었다. 제럴드는 결코 진정 무심한 쾌활함 속에서 자기 자신을 벗어나 날아갈 줄 몰랐다. 그에겐 일종의 편집광 같은 제동 장치가 있었다.

잠시 침묵이 흐른 뒤 버킨이 먼저 접촉으로 인해 생긴 긴장감을 풀면서 좀 더 밝은 어조로 말했다.

"위니프레드를 위한 좋은 가정 교사를 구할 수 없나? ─ 좀 특별한 사람."

"허마이어니 로디스가 구드룬한테 그 애에게 그림과 점토로 모형 만드는 걸 가르쳐 줄 수 있는지 물어보면 좋을 것 같다고 하던데. 위니는 점토로 뭘 만드는 데 굉장한 재주가 있잖나. 허마이어니는 그 애가 예술가라고 단언하더군." 제럴드는 예의 그 활기차고 허물없는 태도로 아무 일 없었다는 듯이 말했다. 그러나 버킨의 태도는 좀 전의 일을 계속 생각나게 했다.

"정말! 난 몰랐어. ……아, 그럼 좋겠군. 구드룬이 그 애를 **가르치겠다고만** 하면 완벽할 거야 — 더할 나위가 없겠어 — 위니프레드가 예술가라면 말이야. 구드룬은 예술가라고 할 수 있으니까. 진정한 예술가들은 다른 예술가들을 구원해 주는 법이거든."

"난 그런 사람들은 대개 사이가 나쁘다고 생각했는데."

"그럴지도 모르지. 하지만 예술가들만이 살아가기에 적합한 세상을 서로에게 만들어 주지. 자네가 위니를 위해 **그 일을** 성사시킬 수 있다면 완벽하겠어."

"하지만 그녀가 오고 싶어 하지 않을 것 같지 않나?"

"모르겠어. 구드룬은 자부심이 강해 좀 완고한 데가 있지. 싸구려같이 아무 데나 쉽사리 가지는 않을 거라고. 설령 그렇게 가더라도 곧바로 물러서 버릴 거야. 그러니 다른 데도 아니고 여기 벨도버에서 그녀가 개인 교습을 하겠다고 할지 모르겠어. 하지만 아주 제격일 텐데. 위니프레드는 특별한 본성을 가졌어. 그러니 자네가 그 애가 자족적으로 먹고살 길을 마련해 준다면, 그게 최선일 거야. ……그 애는 절대로 평범한 삶을 살아가지 못할 거야. 자네도 그게 얼마나 어려운지 알잖아. 그런데 그 애는 자네보다 몇 배나 더 민감하니 말이야. 그 애가 표현할 수단을, 성취할 방법을 찾지 못한다면 그 애 삶이 어떻게 될지 생각만 해도 끔찍해. 그냥 운명에 맡겨 버리는 것이 어떤 결과를 가져오는지 자네는 알겠지. 결혼이 얼마나 믿을 만한 건지 자네도 알잖아 — 자네 어머니를 보면."

"우리 어머니가 비정상이라고 생각해?"

"아니! 단지 그분은 뭔가 평범한 삶 이상의 뭔가를 원하셨다는 생각이 들어. 그걸 얻지 못하신 탓에 잘못되신 게지. 아마도."

"잘못된 자식새끼들을 낳으신 후지." 제럴드가 음울하게 말했다.

"우리들보다 더 잘못되셨다고 할 수도 없지." 버킨이 대답했다.

"한 사람 한 사람 따져 보면, 가장 정상적인 사람에게도 숨어 있는 최악의 자아가 있거든."

"가끔 난 살아 있다는 게 저주라는 생각이 들어." 제럴드가 갑자기 무력한 분노를 보이며 말했다.

"그래, 왜 아니겠나! 가끔은 저주인 대로 내버려 두게 — 다른 때는 저주와 거리가 머니까. 자네는 사실 살아 있는 데 상당한 열정을 갖고 있잖아." 버킨이 말했다.

"자네가 생각하는 만큼은 아니야." 버킨을 바라보는 눈길 속에 낯선 빈곤을 드러내며 제럴드가 말했다.

각자 생각에 잠겨 말이 없었다.

"그녀는 이미 선생 아닌가?" 제럴드가 물었다. "중등학교에서 가르치는 것과 윈을 가르치는 일을 그녀가 어떻게 구분할지 모르겠는걸."

"공공 업무 종사자냐 사적인 고용인이냐의 차이지. 요새는 귀족들만, 그러니까 왕과 귀족 계급 사람들만 공적이지, 그들만 공적인 존재들이라고. 누구나 공적인 것에는 기꺼이 봉사하려고 하겠지만…… 개인 교사가 되는 건 글쎄……."

"난 어느 쪽도 섬기기 싫은데……."

"그렇겠지! 구드룬도 아마 똑같은 생각일걸."

제럴드가 잠시 생각에 잠기더니 입을 열었다.

"어쨌든 간에 아버지는 그녀가 사적인 고용인이란 느낌이 들게끔 대하시지는 않을 거야. 법석을 떨며 감사 표시를 하실 거라고."

"그러셔야지……. 자네 가족 모두 그렇게 해야 돼. 구드룬 브랑웬 같은 여자를 돈으로 고용할 수 있을 것 같아? 그녀는 자네와 전적으로 동등해 — 어쩜 자네보다 우월할지도 몰라."

"그런가!" 제럴드가 말했다.

"그럼. 그리고 만일 자네가 그 사실을 알아줄 배짱이 없다면, 그녀는 그냥 자네 맘대로 하도록 내버려 둘 거야."

"그렇다 해도, 만일 그녀가 나와 동등하다면, 그녀가 선생이 아니었다면 좋으련만. 왜냐하면 선생들이 나랑 동등하다는 생각은 별로 안 들거든." 제럴드가 말했다.

"나도 그래. 동등하기는 무슨. 가르친다는 이유로 내가 선생이 되는 건가? 혹은 설교를 하니까 목사인 건가? ……이런 문제는 지겹군……."

제럴드는 웃었다. 이런 문제에 관해서는 언제나 마음이 편치 않았다. 사회적인 우위를 정말로 주장하고 싶은 건 아니었지만, 그렇다고 개인의 내재적인 우월성을 주장하려는 것도 아니었다. 왜냐하면 절대로 가치의 기준을 순수한 존재에 두려 하지 않았기 때문이다. 그래서 그는 사회적 지위라는 암묵적인 전제 위에서 갈팡질팡했다. 버킨은 지금 자신으로 하여금, 자신이 받아들이지 않으려 했던 인간 간의 내재적 차이를 받아들이길 원하고 있었다. 그것은 그의 사회적 명예, 그의 원칙에 반하는 것이었다. 그는 가려고 자리에서 일어났다.

"내내 일을 내팽개치고 있었군." 그가 웃으며 말했다.

"내가 미리 상기시켜 줬어야 하는 건데." 버킨이 조롱하듯 웃으며 대답했다.

"그 비슷한 말을 할 줄 알았어." 제럴드가 약간 불편하게 웃었다.

"그랬나!"

"그래, 루퍼트. 우리 모두가 자네처럼 된다고 해서 도움이 되는 건 아닐 거야 ─ 모두가 금세 곤경에 빠지겠지. 내가 세상을 초월해 있다면 모든 사업을 무시하겠지."

"물론 우리가 지금 곤경에 빠져 있는 건 아니지." 버킨이 냉소적으로 말했다.

"자네가 생각하는 것만큼 심한 상태는 아니야. 어쨌든 먹고 마시기에 충분한 만큼 있으니까……."

"그러니 만족할지어다." 버킨이 덧붙였다.

제럴드가 침대 가까이 다가가 서서 버킨을 내려다보았다. 목은 훤히 드러나 있고 헝클어진 머리카락이 따뜻한 이마 위로, 냉소적인 얼굴 속에서 아주 확신에 찬 채 차분히 빛나는 두 눈 위로, 매력적으로 흘러내려 와 있었다. 튼실한 사지에다 에너지로 충만한 제럴드는 버킨의 존재에 붙들린 채 떠나기 싫어 서 있었다. 그에겐 떠나 버릴 힘이 없었다.

"자, 잘 가게." 버킨이 말했다. 그러고는 빛나는 미소를 지으며 이불 밑에 있던 손을 들어 내밀었다.

"잘 있게." 친구의 따스한 손을 굳게 잡으며 제럴드가 말했다. "또 올게. 물방앗간에 자네가 없으니 허전해."

"며칠 후에 갈 거야." 버킨이 말했다.

두 남자의 눈이 다시 마주쳤다. 매처럼 예리한 제럴드의 눈은 따스한 빛과 용인되지 않은 사랑으로 가득했고, 버킨은 깊이를 알 수 없는 미지의 어둠으로부터 나오는 듯한, 그러면서도 제럴드의 머리 위로 풍요로운 잠처럼 흘러내리는 듯한 따스한 시선으로 마주 보았다.

"그럼 잘 지내. 내가 뭐 해 줄 일은 없나?"

"없어, 고마워."

버킨은 문밖으로 나가는 검은옷을 입은 남자의 형상을 지켜보았다. 그 빛나는 머리가 사라진 뒤, 그는 돌아누우며 잠을 청했다.

17장 산업계의 거물

어슐라와 구드룬은 벨도버에서 잠깐의 휴식기를 보내고 있었다. 어슐라에게 버킨은 당분간 사라져 버린 것 같았다. 그녀의 세계 속에서 그의 의미는 사라졌고, 별로 중요치 않았다. 그녀에겐 친구들과 할 일들, 그리고 그녀만의 삶이 있었다. 그녀는 그에게서 몸을 돌려 옛 생활로 열정적으로 되돌아갔다.

한편 구드룬은 매 순간 핏속 깊이 제럴드 크라이치를 의식하며, 심지어는 육체적으로 그와 연결된 것 같은 느낌이 들었던 기간이 지나고, 지금은 그에 대해 거의 무덤덤한 상태였다. 그녀는 이곳을 떠나 새로운 삶을 시도할 계획을 구상 중이었다. 그녀의 가슴속에 있는 무언가가 시종 제럴드와 결정적인 관계를 맺는 일은 피하라고 채근하고 있었다. 그와는 그저 가볍게 아는 사람으로 지내는 편이 더 현명하고 나을 것 같았다.

그녀는 상트페테르부르크로 갈 계획이었다. 거기엔 자기와 같은 조각가 친구가, 보석 제작이 취미인 러시아 부자와 살고 있었다. 그녀는 감정적이고, 뿌리를 내리지 않고 정처 없이 살아가는 러시아 사람들의 삶에 끌렸다. 파리에는 가고 싶지 않았다. 파리는 무미건조하고, 본질적으로 지루했다. 로마나 뮌헨, 빈, 아니면 상트페테르부르크나 모스크바로 가고 싶었다. 상트페테르부르크와 뮌헨에는 친구가 한 명씩 있었다. 두 친구에게 묵을 곳이 있느냐는 편지를 보냈다.

그녀에겐 약간의 돈이 있었다. 집에 온 이유 중 하나는 돈을 좀 모으기 위해서였는데, 작품도 몇 점 팔았고 여러 전시회에서 좋은 평가도 받았다. 런던에 가면 제법 인기를 끌 것이라는 걸 알고 있었다. 하지만 런던은 잘 아는 곳이었고, 뭔가 다른 것을 원했다. 그녀에겐 아무도 모르는 70파운드가 있었다. 친구들한테서 답장이 오는 대로 곧 떠날 작정이었다. 겉으로는 평온하고 침착해 보였지만 그녀의 본성은 극도로 불안정했다.

자매는 꿀을 사기 위해 윌리 그린에 있는 작은 농가에 들렀다. 뚱뚱하고 창백하며 날카로운 콧대에, 뒤로는 어딘가 심술궂고 고양이 같은 구석이 있고 교활하게 알랑거리는 커크 부인이, 지나칠 정도로 아늑하고 정갈한 부엌으로 그들을 안내했다. 그곳은 고양이집처럼 편안하고 깨끗했다.

"네, 브랑웬 아가씨. 그런데 옛집으로 다시 돌아오니까 어떠세요?" 그녀가 약간 우는 듯 콧소리를 섞어 아부하는 것 같은 목소리로 물었다.

질문을 받은 구드룬은 단박에 그녀를 증오했다.

"좋지가 않네요." 그녀가 퉁명스럽게 대답했다.

"그러세요? 아, 그러시겠죠. 런던하고는 다르겠지요. 아가씨는 거대하고 장대한 곳과 활기를 좋아하시는군요. 우리 같은 사람들은 윌리 그린이나 벨도버에 만족하는 수밖에 없지만요. ……그럼 여기 중등학교는 어떻게 생각하세요? 학교에 대해 말들이 많거든요."

"어떻게 생각하느냐고요?" 구드룬은 천천히 고개를 돌려 그녀를 쳐다보았다. "그러니까 좋은 학교라고 생각하느냐는 뜻인가요?"

"네. 어떤 생각을 갖고 계신가요?"

"좋은 학교라고 생각하고말고요."

구드룬은 아주 차갑게, 싫어하는 기색을 역력히 드러냈다. 그녀는 평민들이 그 학교를 싫어한다는 걸 알고 있었다.

"네, 그러시군요! 이런저런 얘기를 하도 많이 들어서요. 학교 내부 사람들이 어떻게 느끼는지 아는 것도 좋지요. 하지만 생각이란 저마다 다른 거죠, 안 그런가요? 저 위 숏랜즈에 사시는 크라이치 씨는 아주 좋아하시죠. 아, 가엾은 분, 오래 못 사실 것 같아요. 건강이 많이 안 좋으세요."

"더 나빠지셨나요?" 어슐라가 물었다.

"아, 네……. 다이애나 아가씨를 잃은 뒤로 많이요. 쇠약해지셔서 그림자 같은 존재가 되셨죠. 가엾은 양반, 태산 같은 골칫거리만 겪으시고."

"그러셨던가요?" 구드룬이 살짝 빈정대는 투로 물었다.

"그럼요, 태산 같은 골칫거리다마다요. 그렇게 선하고 좋은 분을 만나기도 힘든데. ……자제분들은 아버지를 안 닮았어요."

"어머니를 닮은 것 같던데요." 어슐라가 말했다.

"여러모로 그렇죠." 커크 부인이 목소리를 약간 낮췄다. "여기 처음 오셨을 때는 자만심 강하고 오만한 부인이셨지요 ─ 정말 그랬다니까요! 쳐다보는 건 꿈도 못 꿀 일이었고, 그분께 말을 거는 건 엄청난 일이었다니까요."

그 여자는 감정을 드러내지 않는 교활한 표정이었다.

"그분의 신혼 시절에 대해서도 알고 있나요?"

"네, 알고 있지요. 제가 세 자제분의 유모였거든요. 정말 지독한 아이들이었죠, 작은 악마들……. 악마라는 게 있다면, 제럴드가 바로 그런 악마였죠, 진짜 악마 말이에요. 내 참, 여섯 달짜리가."

그 여자의 목소리가 묘하게 악의적이고 교활한 어조를 띠었다.

"정말인가요!" 구드룬이 말했다.

"어찌나 고집이 세고 제멋대로였던지…… 여섯 달내기가 유모를 맘대로 부렸다니까요. 발로 차고 소리 지르고 악마처럼 몸부림을 쳤죠! 품 안에서 노는 아기만 할 때 내가 그 쪼끄만 엉덩이를 여러 번 꼬집어 줬죠. ……아이고, 좀 더 자주 꼬집어 줬더라면 더 나아졌을 텐데. 하지만 그 부인은 애들을 바로잡게 두질 않으셨어요, 절 — 대로요. 아예 그런 말은 들을 생각도 안 하시더라니까요. 부인이 크라이치 씨와 다투었던 기억이 나요, 정말이지! ……크라이치 씨는 화나면, 정말로 화가 나서 더 이상 참을 수 없게 되면 서재 문을 걸어 잠그고 아이들을 매로 때렸어요. 그러면 부인은 내내 밖에서 호랑이처럼, 얼굴에 살기가 등등한 천생 호랑이처럼 왔다 갔다 했지요. 죽음을 꼭 닮은 표정이었어요. 그러다 문이 열리면 부인은 두 손을 치켜들고 들어가면서 '내 아이들에게 무슨 짓을 한 거예요, 비겁하게.' 이러셨죠. ……부인은 거의 정신이 나간 것 같았어요. 주인 양반은 부인이 무서웠을 거예요. ……정말로 화가 나지 않으면 손가락 하나도 쳐들지 않는 분이었는데. 우리 하인들이야 살판났었죠! 애들 중 하나가 그렇게 되면 우리야 고마울 따름이었죠. 우릴 그렇게 못 살게 고문해 댔으니까."

"정말인가요!" 구드룬이 말했다.

"매사에 그랬어요. 탁자 위에 있는 단지를 깨뜨리지 못하게 하거나, 새끼 고양이 목에다 줄을 달아 질질 끌고 다니지 못하게 하거나, 하여간 자기들이 하려고 하는 걸 못하게 했다간…… 엄청나게 시끄러운 난리가 났죠. 그러면 애들 엄마가 달려와서는 이렇게 물었죠. '걔가 뭘 어쨌는가? 그 애한테 무슨 짓을 한 거지? 무슨 일이니, 아가?' 그러면서 발로 짓밟을 것처럼 우리들한테 달려들었어요. 하지만 저한테는 그러지 않았죠. 제가 그 악마들을 다룰 수 있는 유일한 사람이었고, 당신은 애들 일로 골치 썩고 싶어 하지 않으셨으니까요. 아무렴요, **부인 자신은** 애들을 위해 손 하나 까딱 안 했어요. 애들은 제멋대로 하게 내버려 두어야만 했고, 꾸짖어서도 안 되었죠. 제럴드 도련님이 제일 걸작이었어요. 저는 도련님이 한 살 반 때 그만두었지요. 더 이상 견딜 수가 없었거든요. 하지만 품 안에 있을 때 그 쪼끄만 엉덩이를 꼬집어 줬다니까요. 도저히 안고 있을 수 없을 때 그랬지요……. 그런데 그렇게 한 게 미안하지가 않네요……."

구드룬은 분노와 증오가 일어 고개를 돌려 버렸다. "내가 그 쪼끄만 엉덩이를 꼬집어 줬다니까요"라는 말에 그녀는 온몸이 돌처럼 굳어지는 듯한 분노를 느꼈다. 참을 수가 없었고, 저 여자가 당장 끌려 나가 목이 졸렸으면 싶었다. 그러나 동시에 그 여자의 말은 영원히 달아날 수 없게 그녀 가슴속에 박혔다. 그가 그걸 어떻게 받아들이는지 보기 위해서 언젠가는 그에게 이것을 말하고야 말 것 같은 느낌이 들었다. 하지만 그런 생각을 한 자기 자신이 싫었다.

한편 숏랜즈에서는 필생의 고투가 끝나 가고 있었다. 그 아버지가 병들어 죽어 가고 있었다. 극심한 배 속의 고통으로 인해 그는 주의 깊고 세심한 삶을 빼앗겼고, 이제 그에겐 희미한 의식만 남아 있을 따름이었다. 그는 점점 입을 다물었고 주변에 대한 의식을 잃어 갔다. 고통이 그의 움직임을 흡수해 버린 것 같았다. 그는 고통이 거기에 있음을, 다시 돌아올 것임을 알고 있었다. 그것은 그의 몸속 깊이 어두운 곳에 잠복해 있는 어떤 것 같았다. 하지만 그에겐 그것을 찾아내어 알아낼 힘도 의지도 없었다. 그 엄청난 고통은 어둠 속에 남아 가끔씩 찢어지는 듯한 고통을 안기고는 잠잠해졌다. 고통에 찢길 때면 그는 묵묵히 복종하며 그 아래에 웅크렸고, 고통이 다시 자신을 놓아주었을 때는 그것에 대해 알고자 하지 않았다. 그건 어둠 속에 있으니, 미지의 것으로 내버려 두었다. 그래서 그는, 한 번도 드러낸 적 없는 그의 모든 공포와 비밀들이 축적되어 있는 비밀스러운 가슴 한구석에서 말고는, 절대로 고통을 인정하지 않았다. 남은 부분에서는 고통을 느꼈지만 그러다가 사라졌고, 달라지는 것은 아무것도 없었다. 그는 심지어 고통에 자극받아 흥분을 느끼기까지 했다.

그러나 고통은 점차 그의 삶을 빨아들였다. 조금씩 그의 모든 잠재력을 뽑아 갔으며, 그의 피를 뽑아 암흑 속에 흐르게 했고, 그를 삶으로부터 떼어 내 어둠 속으로 끌고 들어갔다. 인생의 이 뿌연 황혼 속에 그의 눈에 보이는 건 이제 거의 아무것도 없었다. 사업, 일, 그런 것은 완전히 없어졌다. 공적인 관심사들은 마치 애초에 존재한 적도 없었던 것처럼 사라져 버렸다. 심지어 가족조차 그에겐 아무 상관 없는 외적인 것이 되어, 그의 어떤 미미하고 비본질적인 일부만이 이런저런 이들이 자기 자식임을 기억할 따름이었다. 그것은 그에게 피상적인 사실이었을 뿐, 생명에 필요한 중차대한 것은 아니었다. 그는 노력해야만 자신에 대한 그들의 관계를 인지할 수 있었다. 아내조차 거의 존재하지 않았다. 그녀는 사실 그의 내부에 존재하는 고통, 그 암흑과 같은 존재였다. 기이한 연상에 의해, 고통이 둘러싸고 있는 암흑과 아내를 둘러싸고 있는 암흑이 동일했다. 그의 모든 사고력과 분별력은 희미해지고 뒤섞여, 이제 그의 아내와 사람을 소진시키는 고통은 둘 다 똑같이 그에게 반(反)하는 알 수 없는 암흑의 힘이었다. 그는 자신의 내부에 보금자리를 튼 무시무시한 존재를 절대로 내쫓지 않았다. 다만 어두운 곳이 있다는 것, 그리고 그곳에 기거하다가 가끔씩 나와 자신을 갈기갈기 찢는 뭔가가 있다는 것을 알고 있을 뿐이었다. 그러나 감히 그곳으로 뚫고 들어가 그 짐승을 밝은 곳으로 끌어낼 수는 없었다. 차라리 그 존재를 모르는 척하려 했다. 다만 희미하게, 그 두려움의 대상은 아내요, 파괴자임을, 그리고 하나이며 둘인 그것은 고통이요, 파괴이자 어둠임을 알고 있었다.

그는 아내를 거의 보지 못했다. 그녀는 자기 방에 틀어박혀 있었다. 아주 가끔씩 방에서 나와 고개를 앞으로 쭉 내밀고는 그 나지막하고 침착한 목소리로 그의 안부를 묻곤 할 뿐이었다. 그러면 그는 30년 넘은 습관대로 이렇게 답했다. "더 나빠진 것 같지는 않소, 여보." 그러나 이 습관이라는 안전장치 아래에서 그는 그녀가 무서웠다, 죽을 만큼 두려웠다.

그러나 그는 일생 동안 자신의 관점과 기준에 너무나 충실해서 결코 무너진 적이 없었다. 지금 이 순간까지도 무너지지 않은 채로, 아내에 대한 자신의 감정의 실체가 뭔지 모르는 채로 죽고 싶었다. 일평생 그는 이렇게 말해 왔다. "가여운 크리스티아나, 그녀는 성격이 너무 강해." 그는 그녀에 대한 자신의 입장을 변함없는 의지로 고수했고, 모든 적대감을 연민으로 대체했다. 연민은 그의 방패요, 안전장치였으며 완전무결한 무기였다. 그리고 여전히 의식 속에서 그는 그녀의 본성이 너무나 난폭하고 참을성이 없다며 그녀를 딱하게 여겼다.

그러나 이제 그의 연민도 그의 생명과 더불어 가늘어지고 있었고, 공포에 가까운 두려움이 실체화되고 있었다. 하지만 등딱지에 금이 가면 곤충이 죽듯이, 그도 그 연민이라는 갑옷이 다 부서지기 전에 죽고 싶었다. 이것이 그가 마지막으로 의지하는 바였다. 다른 이들은 계속 살아가면서, 살아 있는 죽음을, 그 절망적인 혼돈이 계속되는 과정을 알게 되리라. 그러나 그는 그러고 싶지 않았다. 죽음에 승리를 안겨 주기를 거부했다.

그는 자신의 관점에, 자선에, 그리고 이웃에 대한 사랑에 너무나 충실했다. 어쩌면 이웃을 자기 자신보다 더 사랑했는데, 이는 십계명에서 한 걸음 더 나아가는 것이다. 이러한 불꽃, 사람들의 복지라는 불꽃이 언제나 그의 가슴속에서 타올랐으며 무엇이든 그가 견딜 수 있게 지탱해 주었다. 그는 노동의 거대한 고용주요, 위대한 탄광 소유주였다. 그리고 그는, 자신이 예수 안에서 노동자들과 하나라는 사실을 마음속에서 한시도 잊은 적이 없었다. 아니, 그들이 가난과 노동을 통해 자신보다 신에 더 가까이 있기라도 한 듯, 자신은 그들보다 열등하다고 생각했다. 그는, 구원의 수단을 손에 쥐고 있는 자들은 다름 아닌 자신이 고용한 노동자들이요, 광부들이라는 남모르는 신념을 언제나 갖고 있었다. 신에게 좀 더 가까이 다가가기 위해서는 그의 삶이 그들의 삶 쪽으로 이끌려 가야만 했다. 그가 의식하고 있는 것은 아니었지만, 그들은 그의 우상이요 하느님의 현현이었다. 그들 안에서 그는 인간의 가장 높고 위대하며 동정심 있는 무념(無念)의 신성을 숭배했다.

그리고 그의 아내는 지옥의 가장 강력한 악마처럼 줄곧 그에게 맞섰다. 기이하게도, 그녀는 매의 매혹적인 아름다움과 집중력을 가진 한 마리의 맹금처럼 그의 인류애라는 창살에 저항하며 맹렬히 퍼덕이더니, 새장에 갇힌 매처럼 침묵 속으로 빠져들었다. 주변 환경의 힘에 의해, 이 세상 전부가 힘을 합해 그 새장을 파괴할 수 없게 만들었기 때문에 그는 그녀에게 너무 강한 존재였으며 그녀를 죄수로 만들어 버렸다. 그리고 그녀가 자신의 죄수였기 때문에 그녀에 대한 그의 정열은 언제나 죽음처럼 치열했다. 그는 한결같이, 아주 열렬히 그녀를 사랑했다. 새장 속에서, 그녀의 요구는 거절되는 것이 없었고, 무엇이든 할 수 있는 자유가 주어졌다.

그러나 그녀는 거의 미쳐 버렸다. 야생적이고 자만심 강한 기질의 그녀는, 모든 사람에 대한 남편의 부드럽고 반쯤은 호소하는 듯한 친절이 수치스러워 참을 수가 없었다. 그가 가난한 사람들에 의해 기만당하고 있는 것은 아니었다. 그는 그들 중 가장 나쁜 부류의 인간들이 자신에게 접근해 우는 소리를 하며 뭔가를 뜯어낸다는 것을 알고 있었다. 다행히 대부분의 사람들은 너무나 자부심이 강해서 그에게 어떤 것도 청하지 않았고, 너무나 독립적이어서 그의 문을 두드리지도 않았다. 그러나 벨도버에도 다른 곳과 마찬가지로, 자선을 좇아 기어와, 살아 있는 공공의 몸뚱이의 피를 마치 이처럼 빨아먹는 기생충 같고 징징대는 추잡한 인간들이 있었다. 창백한 낯빛으로 보기 싫은 검은 옷을 입고 굽실거리며 두 명의 여자가 가련하게 몸을 움츠리고 대문에 이르는 길을 걸어 올라오는 모습을 보았을 때, 크리스티아나 크라이치는 머리 위로 불꽃이 지나가는 느낌이었다. 그녀는 그들을 향해 개들을 풀어 "립! 링! 레인저! 덤벼서 쫓아 버려!" 이렇게 말하고 싶었다. 그러나 집사인 크로더는, 나머지 다른 하인들과 마찬가지로 크라이치 씨 사람이었다. 그럼에도 불구하고 그녀는 남편이 집에 없을 때면, 굽실거리며 간청하는 사람들에게 늑대처럼 다가가 이렇게 말했다. "자네들이 원하는 게 뭔가? 여기 자네들을 위한 건 아무것도 없어. 자네들은 여기 올 일이 없다고. 크로더, 저들을 쫓아내게. 그리고 이제 아무도 대문 안으로 들여보내면 안 되네."

하인들은 그녀의 말을 따르지 않을 수 없었다. 그러면 그녀는 독수리 같은 눈으로, 하인이 그 침울한 사람들을 황급히 달아나는 성질 사나운 가금을 쫓듯이 허둥지둥 어설프게 차도로 내쫓는 것을 지켜보며 서 있곤 했다.

그러나 그들은 문지기에게서 크라이치 씨가 언제 외출할 것인지 알아보고 시간을 맞추어 찾아올 줄 알게 되었다. 처음 몇 년간 크로더는 문을 가만히 두드리며 "나리, 찾아뵈러 온 사람이 있습니다"라고 몇 번이나 말했던가.

"이름이 뭐라더냐?"

"그로콕입니다, 나리."

"무엇을 원한다더냐?" 그 물음에는 조바심과 흡족한 기색이 절반씩 섞여 있었다. 그는 자신의 자비에 호소하는 걸 듣기를 좋아했다.

"어린애에 관한 것입니다, 나리."

"그들을 서재로 안내해라. 그리고 오전 11시 이후에 오면 안 된다고 알려 주어라."

"당신은 왜 식사하다 말고 일어나세요? ……그들을 보내 버려." 그의 아내가 퉁명스레 말했다.

"오, 그럴 순 없소. 그들이 할 말이 뭔지 듣기만 하는 것이니 별일은 아니오."

"오늘 여기 얼마나 더 많은 사람들이 왔었죠? 집을 아예 그 사람들한테 개방해 버리는 게 어때요? 냉큼 달려와서 나하고 애들을 쫓아내 버릴 테니."

"여보, 당신도 알다시피 그 사람들의 말을 듣는 것이 내게 해가 되는 건 아니오. 게다가 저들이 정말로 곤경에 처해 있다면…… 거기서 빠져나오도록 돕는 게 내 의무라오."

"세상의 쥐를 모조리 불러다가 당신 뼈를 갉아 먹으라고 하는 게 당신의 의무죠."

"진정해요, 크리스티아나. 그런 게 아니오. 야박하게 좀 그러지 마오."

그러나 그녀는 갑자기 방을 휙 빠져나가 서재로 갔다. 거기엔 자선을 구하는 야윈 사람들이 의사를 찾아온 것 같은 표정으로 앉아 있었다.

"크라이치 씨는 당신들을 만날 수 없네. 이 시간엔 안 돼. 그분이 자네들 물건인가? 아무 때나 오고 싶을 때 오면 되는가? 당장 가게. 여긴 자네들을 위해 해 줄 것이 아무것도 없어."

가난한 사람들은 혼란스러워하며 일어났다. 그러나 창백한 얼굴에 검은 턱수염이 난 크라이치 씨가 나무라는 표정으로 그녀 뒤에 나타나 말했다.

"그래, 난 자네들이 이렇게 늦은 시간에 오는 건 원치 않아. 오전 중엔 누구 얘기라도 듣겠지만 그 후엔 정말 그렇게 할 수가 없네……. 그래, 뭐가 문젠가, 기튼스? 자네 마누라는 좀 어떤가?"

"네, 몹시 쇠약해졌습니다, 크라이치 나리. 거의 죽어 갑니다……."

때때로 크라이치 부인은 남편이 사람들의 비참함을 먹고사는 묘한 죽음의 새처럼 보였다. 그는 애석해하고 동정하면서 흡족하게 들이켤 수 있는 비참한 얘기가 자기 앞에 쏟아져 내리지 않으면 절대 만족하지 못하는 것 같았다. 장례식이 없다면 장의사는 아무 의미가 없듯이, 이 세상에 눈물겨운 비참한 일이 없다면 그의 존재 의의는 없을 것 같았다.

크라이치 부인은 자기 자신에게로 뒷걸음질 쳤다. 이 오싹한 민주주의 세상으로부터 뒷걸음질 쳤다. 악의에 찬 배척의 띠가 그녀의 심장 주변을 꽉 조이며 둘러쳐졌고, 그녀의 고립은 맹렬하고 견고했으며, 그녀의 적대감은 새장에 갇힌 매의 적대감처럼 수동적이면서도 끔찍스럽게 순수했다. 세월이 흐름에 따라 그녀는 더더욱 세상에 대한 주의력을 상실해 갔고, 겉보기에만 그럴듯한 어떤 초탈의 상태에 도취하여 거의 무의식 상태인 것처럼 보였다. 집과 주변 마을을 날카롭게 응시하되 아무것도 보지 못한 채로 배회하곤 했다. 말은 거의 하지 않았고, 세상과 아무런 접촉도 하지 않았다. 심지어 아무 생각도 하지 않았다. 자석의 반대 극처럼, 대립의 격렬한 긴장 속에서 그녀는 소진되었다.

그리고 많은 자식을 낳았다. 왜냐하면 시간이 흐름에 따라, 말이나 행동에 있어서는 남편에게 반대하는 일이 절대로 없었기 때문이다. 겉으로는 그에게 아무런 주의도 기울이지 않았다. 그에게 순종하여 그가 원하는 것을 취하도록, 그가 그녀에게 바라는 것을 하도록 내버려 두었다. 그녀는 시무룩하게 모든 것에 복종하는 매 같았다. 그녀와 남편의 관계는 무언의 알 수 없는 관계였지만, 서로를 철저히 파괴하는 깊고 무시무시한 관계였다. 그리고 이 세상에서 승리한 그는 생명력에서는 점점 비어 갔다. 모종의 출혈에 의한 것처럼 생명력이 그의 내부에서 피 뽑히고 있었던 것이다. 그녀는 새장 안의 매처럼 감옥살이에 처해졌지만, 그녀의 심장은 사납고 굽힘이 없었다. 비록 정신은 파괴되었지만.

그리하여 그는 마지막 순간까지 가끔씩 그녀에게로 가서 힘이 다 소진될 때까지 그녀를 껴안으려 했다. 그녀의 눈에 이글거리는 그 끔찍스러운 새하얀 파괴의 빛에 그는 자극받고 흥분될 뿐이었다. 죽도록 피 흘리고 나면 세상 그 어떤 것보다 그녀가 무서워졌다. 그러나 그는 언제나, 그녀를 알게 된 이후부터 줄곧 자신이 얼마나 행복했으며, 얼마나 순수하고 격렬하게 그녀를 사랑해 왔는지 스스로에게 되뇌었다. 그리고 그녀는 순수하고 정숙하다고, 오직 자신만이 아는 새하얀 불꽃이라고 생각했다. 그녀의 성(性)의 불꽃은 그에게 새하얀 눈꽃이었다. 그녀는 그가 끝없이 욕망했던 백색의 경이로운 눈꽃이었다. 그리고 지금 그는 자신의 이런 모든 생각과 해석을 고스란히 간직한 채 죽어 가고 있었다. 숨이 그의 육신을 떠날 때에야 비로소 이것들이 무너지리라. 그때까지는 그에게 순수한 진리로 남을 것이다. 오로지 죽음만이 그 거짓의 완전무결함을 보여 주리라. 죽을 때까지 그녀는 그의 하얀 눈꽃이었다. 그는 그녀를 정복한 것이었고, 그에게 그녀의 복종은 그녀의 무한한 순결함이었으며, 마력처럼 그를 지배하는, 결코 파괴할 수 없는 처녀성이었다.

그녀는 바깥 세계는 될 대로 되라고 내버려 두었지만, 내면에서는 파괴되지도 손상되지도 않았다. 마치 깃털을 헝클어뜨린 채 풀 죽어 앉아 있는 매처럼 꼼짝하지 않고 무념의 상태로 자기 방에 앉아 있기만 했다. 젊은 시절에 그렇게 열성을 다했던 아이들도 이제는 거의 아무런 의미가 없었다. 그녀는 모든 것을 잃었고, 진정 혼자였다. 오직 반짝이는 제럴드만이 그녀에게 어느 정도 존재했다. 그러나 그가 사업의 우두머리가 된 최근 몇 년 전부터는 그 역시 잊혔다.

반면, 이제 죽어 가고 있는 아버지는 동정을 구하기 위해 제럴드에게로 향했다. 두 남자 사이엔 언제나 반목이 있었다. 제럴드는 아버지를 두려워하고 경멸했으며 어린 시절부터 청년이 될 때까지 줄곧 아버지를 피했다. 그리고 아버지는 장남에 대한 진짜 혐오감을, 거기에 휩쓸리고 싶지 않아 인정하려 들지 않았던 혐오감을 아주 빈번하게 느꼈다. 그는 제럴드를 그냥 내버려 둔 채 가능한 한 무시했다.

그러나 제럴드가 집으로 돌아와 회사의 책임을 맡으면서 경영자로서의 놀라운 자질을 입증한 이후, 바깥의 모든 관심사에 대해 지치고 싫증이 났던 아버지는 전적으로 아들을 믿고 모든 일을 맡겼다. 암묵적으로 모든 것을 맡기고 그 젊은 적에게 약간 처량하게 의존하게 된 셈이었다. 이는 용인되지 않은 적대감과 경멸로 늘상 그늘져 있던 제럴드의 가슴에 즉각 통렬한 연민과 충성심을 불러일으켰다. 왜냐하면 그는 자비심에 반발했지만 그것에 의해 지배되고 있었기 때문이다. 자비심은 그의 정신적 삶에서 우위를 차지하고 있어서 이를 타파할 수가 없었다. 그리하여 그는 아버지가 상징하는 것에 부분적으로 종속되어 있었지만, 그것에 맞서 반발했다. 그는 이제 스스로를 구제할 수가 없었다. 더 깊고 더 강해진 적대감에도 불구하고, 아버지에 대한 어떤 연민과 슬픔, 그리고 다정한 감정이 그를 압도했다.

아버지는 제럴드에게서 연민을 통한 피난처를 얻어 냈다. 그러나 사랑이라면 위니프레드가 있었다. 막둥이인 그녀는 자식 중 그가 가까이 사랑한 유일한 아이였다. 그는 죽어 가는 사람이 보이는, 크고 도에 넘치며 피난처 같은 사랑을 그 애에게 주었다. 그 애를 무한히 감싸 주고 싶었다. 따스함과 사랑, 그리고 피난처 속에 완벽하게, 무한히 감싸 주고 싶었다. 그가 구해 준다면, 그녀는 단 하나의 고통도, 단 하나의 슬픔도, 단 하나의 아픔도 알지 못해야 했다. 그는 일생 동안 옳았고 한결같이 친절하고 선량했다. 그리고 자식 위니프레드에 대한 그의 사랑은 그의 열정적인 마지막 올바름이었다. 여전히 어떤 것들이 그의 마음을 괴롭혔다. 그의 힘이 썰물처럼 빠져나감에 따라 세상도 그에게서 떠났다. 보호하고 구원해야 할 가난하고 상처 입고 비천한 자들은 더 이상 존재하지 않았다. 그들은 모두 잊혔다. 부자연스러운 책임감으로 짓누르고 마음을 괴롭힐 아들도 딸도 없었다. 이들 역시 현실로부터 희미하게 사라져 버렸다. 이 모든 것들이 그의 손에서 떨어져 나가 그를 해방시켜 주었다.

남아 있는 것은, 아내가 정신을 놓은 채 기이하게 자기 방에 앉아 있을 때나 고개를 앞으로 내밀고 천천히 살금살금 걸어 나올 때, 그녀에 대한 숨은 두려움과 공포였다. 그러나 그는 이를 마음

한편에 치워 두었다. 그러나 그의 필생의 올바름마저 그 내면의 공포로부터 그를 구원해 줄 성싶지 않았다. 그렇지만 공포가 가까이 오지 못하게 저지하는 정도는 할 수 있었다. 그것이 공개적으로 폭발하는 일은 결코 없을 것이었다. 죽음이 먼저 오리라.

다음으로는 위니프레드가 문제였다! 그 애에 대해 안심할 수만 있다면, 그것만 확신할 수 있다면. 다이애나가 죽은 후, 그리고 그의 병세가 악화되면서 위니프레드가 무사하길 바라는 그의 갈망은 거의 강박에 이르렀다. 그는 죽어 가면서까지 반드시 근심을, 사랑과 자비의 책임을 가슴에 떠안고 있어야만 하는 것 같았다.

그녀는 아버지의 검은 머리와 조용한 몸가짐을 물려받았지만 상당히 무심하고 순간순간 변하는, 좀 특이하고 민감하며 쉽사리 흥분하는 기질의 아이였다. 자신의 감정이 자기 자신에게 아무 의미도 없는 것처럼, 정말로 시시각각 완전히 딴 아이처럼 변했다. 종종 아이들 중에서 가장 쾌활하고 가장 어린애답게 떠들고 노는 것 같았고, 몇 가지 — 특히 아버지와 애완동물들 — 에 대해서는 가장 따뜻하고 기쁨 어린 애정을 가득 보였다. 하지만 자신이 사랑하던 새끼 고양이 리오가 자동차에 치였다는 소식을 들었을 때는, 고개를 갸우뚱하면서 화난 듯 얼굴이 살짝 굳어지며 이렇게 말했다. "그랬어요?" 그러고는 더 이상 신경 쓰지 않았다. 그녀는 다만 자신에게 나쁜 소식을 알려 주면서 자기가 슬퍼하기를 바라는 하인이 싫을 따름이었다. 그녀는 알려고 하지 않았다. 그것이 그녀 행동의 중요한 동기인 것 같았다. 그녀는 어머니와 가족의 대부분을 피했다. 하지만 아빠는 정말로 사랑했다. 왜냐하면 아빠는 자기가 언제나 행복하길 바랐고, 자기 앞에선 다시 젊어지고 무책임해지는 것처럼 보였기 때문이다. 제럴드도 좋아했다. 그는 아주 자족적으로 자기 혼자 잘 지냈기 때문이다. 그녀는 자기를 위해 삶을 갖고 놀아 주는 사람들을 사랑했다. 그녀는 놀라운 본능적인 비판 능력을 갖고 있었고, 철저한 무정부주의자인 동시에 완벽한 귀족이었다. 왜냐하면 그녀는 자신과 대등한 사람들은 어디서 발견했건 간에 인정하고 받아들였지만, 자기보다 못하다고 생각되면 그것이 오빠건 언니건, 아니면 집에 찾아온 부유한 손님이건 평민이건 하인이건 간에 아무렇지도 않게 무시해 버렸기 때문이다. 그녀는 그 누구와도 닮은 데가 없는, 단독의 존재요 오로지 혼자였다. 일체의 목적이나 연속성에서 떨어져 나와 그저 순간순간 존재하는 것 같았다.

아버지는 어떤 기이한 마지막 환상에 사로잡힌 듯 자신의 운명 전체가 위니프레드의 행복을 보장해 주는 일에 달린 것처럼 느꼈다. 결코 생명력 있는 극히 중대한 관계를 형성한 적이 없었기에 고통받을 수 없는 그 아이, 자기 삶에서 가장 소중한 걸 잃고도 그다음 날이면 마치 일부러 그러기라도 하는 것처럼 모든 기억을 떨쳐 버리고 예전과 다름없이 지낼 수 있는 아이, 그 의지가 너무나 이상하고도 손쉽게 자유롭고 무정부주의적이며 허무주의적이기까지 한 아이, 마치 영혼 없는 새처럼 순간을 넘어서는 어떤 애착이나 책임도 없이 마음 내키는 대로 날개를 퍼덕이는 아이, 움직일 때마다 그 쾌활하고 거침없는 — 결코 괴로워 본 적 없었기에 진정으로 허무주의적인 — 손으로 진지한 관계의 실을 끊어 버리는 아이, 그 아이는 아버지가 최후의 열정을 다해 근심하는 대상일 수밖에 없었다.

구드룬 브랑웬이 위니프레드의 그림과 조소를 가르치러 올지도 모른다는 이야기를 들었을 때, 크라이치 씨는 아이를 위한 구원의 길을 보았다. 그는 위니프레드가 재능 있다고 믿었고, 구드룬을 본적이 있어 그녀가 특별한 사람이라는 걸 알고 있었다. 위니프레드를 적임자의 손에 건네줄 수 있게 된 것이다. 이제 아이에게 가야 할 방향과 긍정적인 힘을 주게 되었으니 그 애가 아무런 지도나 보호도 받지 못한 채 방치되는 일은 없게 된 것이다. 죽기 전에 아이를 어떤 발화(發話)의 나무*에 접목시킬 수만 있다면 책임을 완수하게 되는 것이다. 이제 이것을 실현할 수 있게 되었다. 구드룬에게 간곡히 부탁하는 데 망설일 것이 없었다.

한편 아버지가 점점 더 삶에서 벗어나 표류하는 동안, 제럴드는 점점 더 삶에 노출되는 듯한 느낌을 경험하고 있었다. 그의 아버지는 결국 그에게 살아 있는 세상을 상징했었다. 아버지가 살아 있는 동안 제럴드는 세상에 대해 책임질 것이 없었다. 그러나 아버지가 죽어 가는 지금, 제럴드는 자신이 아무런 준비도 없이 삶의 폭풍우에 직면하고 있음을 깨달았다. 반란을 꾀하던 일등 항해사가 선장을 잃고 눈앞에 무시무시한 혼돈만을 보고 있는 것처럼. 그는 확립된 질서와 당대에 살아 있는 신념을 물려받지 않았다. 인류라는 통합의 신념 전체가 아버지와 함께 죽어 가는 것 같았고, 모두를 함께 묶어 주었던 구심력이 아버지와 더불어 붕괴하는 듯했으며, 부분들은 뿔뿔이 흩어져 끔찍스러운 붕괴로 이어질 태세였다. 제럴드는 자신의 발밑에서 부서져 버릴 배의 갑판 위에 남겨진 것만 같았다. 산산이 부서질 배를 떠맡고 있는 것이었다.

그는 자신이 평생 동안 삶의 틀이 부서지도록 비틀어 왔다는 걸 알고 있었다. 그리고 파괴적인 어린애가 느끼는 어떤 공포감 속에, 자신이 자초한 파괴를 물려받기에 이르렀음을 깨달았다. 또한 지난 몇 달 동안, 죽음과 버킨의 이야기, 그리고 자신의 존재를 꿰뚫는 구드룬의 영향으로 인해, 자신이 이뤄 낸 승리의 업적이었던 기계적인 확신을 송두리째 잃어버렸다. 가끔씩 버킨과 구드룬, 그리고 그 무리 전부에 대한 발작적인 증오가 그를 덮쳤다. 그는 가장 멍청한 보수주의로, 관습적인 사람들의 지독한 우둔함으로 돌아가고 싶었다. 가장 엄격한 왕당주의로 되돌아가고 싶었다. 그러나 그러한 욕망은 그를 행동으로 이끌 만큼 오래 지속되지 않았다.

유아기와 소년기 동안 그는 일종의 야만적인 자유를 원했다. 남자가 영웅 부대의 우두머리로 살거나 오디세우스처럼 근사한 모험과 방랑의 세월을 보냈던 호메로스 시대가 그의 이상이었다. 그는 자신이 처한 삶의 환경을 너무나 증오해 벨도버나 탄광촌을 제대로 본 적이 단 한 번도 없었다. 그의 얼굴은, 숏랜즈의 오른편으로 쭉 뻗은 시커먼 탄광 지역을 완전히 외면하고, 오로지 윌리 호수 너머의 시골과 숲 쪽으로만 향해 있었다. 사실 숏랜즈에서는 탄광의 헐떡이고 덜컹대는 소리가 언제나 들려왔다. 그러나 어릴 적부터 제럴드는 이 소리에 아무런 주의도 기울이지 않았다. 시커먼 석탄의 파도를 넘실대며 집 주변으로 밀려오는 산업의 바다를 싹 무시했다. 세상은 사실 사냥하고 수영하며 말 타는 황야였다. 그는 모든 권위에 반항했다. 삶은 야만적 자유였다.

그러다가 그는 학교에 보내졌다. 그건 그에게 죽음이나 마찬가지였다. 독일 대학을 선택함으로써 옥스퍼드 대학에 가는 것을 거부했다. 본과 베를린, 그리고 프랑크푸르트에서 얼마 동안 지냈다. 그곳에서 호기심이 그의 마음에 생겨났다. 여흥거리인 것처럼 묘하게 객관적인 태도로 보고 싶어 했고 알고 싶어 했다. 전쟁도 꼭 한 번은 찾아서 겪어 보아야 했다. 그런 다음엔, 너무나 매력적인 야만 지역으로 여행도 한번 해 보아야만 했다.

그 결과 그는 인간은 어디나 아주 비슷하다는 것을 발견했다. 그처럼 호기심 많고 냉정한 사람에게 야만인은 유럽인들보다 더 따분하고 덜 흥미로웠다. 그래서 그는 온갖 종류의 사회학적 견해와 개혁 사상들을 붙잡았다. 그러나 이것들은 피상적이었고 결코 정신적인 여흥 이상이 되지는 못했다. 그것들의 주된 관심사는 현실 질서에 대한 반동, 즉 파괴적인 반동에 있었다.

마침내 그는 탄광에서 진짜 모험을 찾아냈다. 아버지가 회사 일을 도와달라고 청했던 것이다. 제럴드는 탄광학에 대해 배운 적은 있었지만 한 번도 흥미를 느껴 본 적은 없었다. 그런데 이제 갑자기 일종의 희열 속에 세상을 장악했다.

거대한 산업이 그의 의식 속에 사진처럼 새겨졌다. 갑자기 그것이 현실이 되었고, 그는 그것의 일부였다. 계곡을 따라 내려가며 탄광과 탄광을 연결하는 탄갱 철로가 나 있었다. 철길을 따라 석탄을 잔뜩 실은 무개 화차들의 짧은 행렬과 아무것도 싣지 않은 화차들의 긴 행렬이 이어졌다. 화차에는 저마다 커다랗게 하얀 글씨로 'C. B. 회사'라는 머리글자가 쓰여 있었다.

그는 모든 화차들에 쓰인 이 하얀 글씨들을 아주 어릴 적부터 보아 왔다. 그런데 너무 익숙한 데다 눈여겨 본 적이 없었기 때문에 한 번도 본 적이 없는 것 같았다. 이제 마침내 그는 화차 측면에 쓰인 자신의 이름을 보았다. 이제 권력의 비전을 갖게 된 것이다.

수많은 화차들이 그의 이름 머리글자를 달고 온 나라를 달리고 있었다. 그는 기차를 타고 런던에 들어설 때도, 도버에서도 그것들을 보았다. 그 정도로 그의 권력이 뻗어 있었다. 그는 벨도버와 셀비, 왓모어, 레슬리 뱅크 등 자신의 광산에 전적으로 의존하고 있는 탄광촌들을 바라보았다. 그것들은 무시무시하고 지저분했다. 어린 시절에는 그것들이 의식 속의 상처였다. 그러나 지금은 그것들을 자랑스럽게 바라보았다. 새로이 개발될 네 개의 도시와 보기 싫은 여러 개의 작은 산업촌들이 자신에게 의지하여 밀집되어 있었다. 오후의 끝자락이 되면 그는 탄광에서 나와 큰길을 따라 밀려 나오는 광부들의 행렬을 보았다. 시커멓고 약간 일그러진 형상에 벌건 입술을 한 수천 명의 인간들이 모두 자신의 의지에 복종하여 움직이고 있었다. 벨도버의 금요일 저녁이 되면 그는 천천히 차를 몰아 작은 장터를 통과하면서, 물건을 사고 일주일 치 장을 보느라 빽빽이 들어차 있는 사람들의 무리를 뚫고 지나갔다. 모두가 그에게 복종했다. 그들은 추하고 투박했지만 그의 도구였다. 그는 기계의 신이었다. 그들은 기계적으로 천천히 그의 자동차가 지나가도록 길을 내주었다.

그는 사람들이 길을 선선히 내주든 마지못해 내주든 개의치 않았다. 사람들이 자신을 어떻게 생각하는지 신경 쓰지 않았다. 그의 비전은 갑자기 확고해졌다. 그는 불현듯 인간의 순수한 도구성을 생각해 냈다. 사람들은 인도주의니 고통이니 감정이니 하는 것들에 대해 너무 떠들어 왔다. 웃기는 일이었다. 개인의 고통이나 감정 따위는 조금도 중요하지 않았다. 그것들은 날씨처럼 그저 삶의 환경에 불과했다. 중요한 건 개개인의 순수한 도구성이었다. 칼이나 인간이나 마찬가지였다. 잘 드는가? 그 외에 중요한 건 아무것도 없었다.

세상 만물은 각각의 기능을 갖고 있으며, 그 기능을 완벽하게 수행하느냐 아니냐에 따라 좋거나 그렇지 않은 것이다. 어떤 한 광부가 좋은 광부인가? 그렇다면 그는 완전하다. 어떤 한 경영인이 좋은 경영인인가? 그것이면 충분하다. 이 모든 산업을 책임지고 있는 제럴드 자신은 좋은 경영주인가? 그렇다면 그는 인생을 완성한 것이다. 나머지는 부차적인 문제였다.

광산들은 있었지만, 오래된 것들이었다. 석탄이 바닥나고 있어서, 얇은 광맥층을 파 봐야 수지가 맞지 않았다. 그중 두 개는 폐쇄한다는 얘기도 나돌았다. 제럴드가 등장한 것은 바로 이 시점이었다.

그는 주변을 둘러보았다. 광산들은 있었지만 오래되어 거의 못 쓰게 된 것들이었다. 더 이상 쓸모없게 된 늙은 사자 같았다. 그는 다시 살펴보았다. 쳇, 광산들은 불순한 사고방식들이 기울인 서툰 노력에 지나지 않았다. 제대로 훈련받지 못한 정신이 낳은 미숙아로 드러누워 있었다. 그는 머릿속에서 이것들에 대한 생각을 깨끗이 지워 버리고 오직 그 아래에 있는 석탄만 생각했다. 얼마나 남아 있는가?

석탄은 많았다. 옛날 방식으로는 캐낼 수가 없다는 것, 그게 문제의 전부였다. 그렇다면 옛 방식의 목을 부러뜨리면 된다. 석탄은 광맥들 속에 묻혀 있었다. 비록 그 광맥들이 얇다고 하더라도. 무기력한 물질이, 태초 이래 언제나 그래 왔던 것처럼 인간의 의지에 종속된 채 저기 누워 있었다. 인간의 의지가 관건이었다. 인간은 지상 최고의 신이었다. 인간의 정신은 고분고분 그 의지를 섬겼다. 인간의 의지만이 절대적인 것, 유일하게 절대적인 것이었다.

그리고 그 **물질**을 자신의 목적에 복종시키겠다는 것이 그의 의지였다. 정복 자체가 핵심이요, 싸움이 가장 중요한 본질이었으며, 승리의 열매는 결과물에 지나지 않았다. 제럴드가 광산을 떠맡은 것은 돈 때문이 아니었다. 그는 근본적으로 돈에는 개의치 않았다. 허세를 부리지도, 사치스럽지도 않았으며, 사회적 지위에 연연하지도 않았다. 궁극적으로는 아니었다. 그가 원한 것은 자연적 조건과의 투쟁에서 자신의 의지를 철두철미하게 관철시키는 것이었다. 지금 그의 의지는, 수익성 있게 땅에서 석탄을 캐내는 것이었다. 수익은 다만 승리의 조건에 불과했다. 그러나 진짜 승리는 뛰어난 재주로 달성한 위업에 있었다. 그는 도전 앞에서 열정으로 몸을 부르르 떨었다. 날이면 날마다 조사하고 시험하며 광산에서 지냈고, 전문가들의 의견을 구했으며, 장군이 작전 계획을 파악하듯이 점차 전반적인 상황을 파악해 갔다.

그런 다음엔 완전한 단절이 필요했다. 광산은 옛 체제와 낡은 관점에 기반을 두어 운영되고 있었다. 초기 이념은, 광산주가 아쉬울 것 없이 부유하게 살 만큼 땅에서 가능한 한 많은 돈을 긁어내면 노동자들도 충분한 보수와 좋은 삶의 조건을 갖게 되고 결국 나라 전체의 부가 함께 증가하리라는 것이었다. 충분한 재산을 갖고 제2세대로 뒤를 이었던 제럴드의 아버지는 오직 사람만을 생각했다. 그에게 탄광은 우선 그 주변에 모여든 수백 명의 인간들을 위해 빵과 풍요를 생산하는 위대한 들판이었다. 그는 동료 소유주들과 함께 언제나 사람들에게 혜택을 주기 위해 살았고 분투했다. 사람들은 그들 나름의 방식으로 혜택을 받았다. 가난하고 곤궁한 사람들은 많지 않았다. 언제나 풍족했다. 왜냐하면 광산은 일하기 좋고 쉽기 때문이었다. 그리고 그 당시 광부들은 기대했던 것보다 더 풍족하다고 생각해 기뻐하고 의기양양해했다. 그들은 제법 넉넉하게 산다고 자부했고, 그런 행운을 자축했다. 또한 자기 아버지 세대가 얼마나 굶주리고 고통받았는지 기억했고, 더 좋은 세상이 왔다고 느꼈다. 탄광을 열어 이 풍요의 물줄기를 흐르게 한 다른 이들에게, 선구자들에게, 새로운 소유주들에게 감사했다.

그러나 인간은 결코 만족하지 못하는 법이어서, 광부들은 이내 소유주들에 대한 감사에서 불평으로 넘어갔다. 더 많은 것을 알게 되면서 그들의 충족감은 줄어들었고, 그들은 더 많은 걸 원했다. 어째서 주인들만 그렇게 형평성에 어긋날 만큼 과도하게 부유하단 말인가?

제럴드가 소년이었을 때 위기가 있었다. 광부들이 봉급 삭감을 받아들이려 하지 않아서 광산주 연맹이 광산들을 폐쇄했을 때였다. 이 직장 폐쇄 사건으로 인해 토머스 크라이치는 새로운 상황을 통절히 느끼게 되었다. 광산주 연맹에 소속되어 있었기 때문에 체면상 자기가 고용한 사람들을 향해 탄광 문을 닫지 않을 수 없었다. 아버지요 가부장인 그가 자기 자식들, 자기 사람들의 생계 수단을 끊도록 강요당했던 것이다. 재산 때문에 천국에 들어가기도 어려울 부유한 그가, 이제 가난한 그들, 자기보다 예수에 더 가까이 있는 그들, 비천하고 멸시당하고 있기에 완전함에 더 근접해 있는 그들, 노동을 하기에 남자답고 고귀한 그들에게 등을 돌리고 이렇게 말해야만 했던 것이다. "너희는 이제 더 이상 노동을 해서도, 빵을 먹어서도 안 될지어다."

그의 가슴을 정말 아프게 한 건 바로 이러한 전쟁 상태에 대한 자각이었다. 그는 자신의 사업이 사랑에 의거하여 운영되길 원했다. 아, 탄광이라고 할지라도 그것을 이끄는 힘이 사랑이기를 바랐다. 그런데 이제 사랑의 망토 아래로 칼이, 기계적인 필연의 칼이 비웃으며 뽑힌 것이었다.

이로 인해 그는 정말 가슴이 찢어졌다. 그에겐 환상이 필요했으나…… 이제 그 환상은 깨졌다. 노동자들은 그에게만은 적대적이지 않았지만 광산 소유주들에게는 적대적이었다. 그것은 전쟁이었으며, 그는 스스로의 양심에 비추어 보았을 때 싫든 좋든 자신이 나쁜 편에 속해 있음을 발견했다. 들끓듯이 동요하는 광부의 무리가 새로운 종교적 충동에 도취되어 날마다 모임을 가졌다. '땅 위의 모든 인간은 평등하다'라는 생각이 그들을 관류하고 있었으며, 그들은 이 사상을 물질적 성취로 귀결시키고자 했다. 결국 그것이 바로 예수의 가르침 아니던가? 그리고 사상이란, 물질 세계에서의 행동의 싹이 아니라면 대체 무엇이란 말인가? "영혼에 있어 모든 인간은 평등하고, 인간은 모두 신의 아들이다. 그렇다면 이 명백한 비평등*은 어디서 나온 것인가?" 그것은 물질적 결론으로 밀어붙인 종교적인 교리였다. 토머스 크라이치에겐 적어도 이에 대한 답이 없었다. 그는 자신의 진실한 신조에 따라, 비평등은 잘못된 것임을 인정할 수 있었다. 그러나 그 비평등의 원료인 자신의 재산을 포기할 수는 없었다. 그리하여 노동자들은 자신들의 권리를 위해 투쟁하고자 했다. 이 땅에 남은 마지막 종교적 열정이 가진 최후의 충동, 즉 평등을 향한 열정이 그들을 고무했다.

들끓듯 동요된 노동자 무리들이 성전(聖戰)에 임하듯이 얼굴을 빛내며 탐욕의 연기를 뿜으면서 행진했다. 재산의 평등을 위한 싸움이 시작된 이상, 어떻게 평등을 향한 열정과 탐욕을 향한 열정을 구분할 것인가? 그러나 신이 기계였다. 노동자들은 저마다 거대한 생산의 기계라는 신성(神性) 안에서의 평등을 주장했다. 모두가 똑같이 평등하게, 이 신성의 일부였다. 그러나 토머스 크라이치는 어쩐지 어디선가 잘못되었다는 것을 알고 있었다. 기계가 신이고, 생산 또는 일이 그 신에 대한 숭배라면, 가장 기계적인 정신이 가장 순수하고 가장 숭고한 지상에서 신의 대표자인 셈이다. 그리고 나머지는 각자의 등급에 따라 하위에 속하는 것이다.

폭동이 일어나, 왓모어 갱구가 불길에 휩싸였다. 이곳은 이 지역에서 제일 멀리 떨어진, 숲 근처에 위치한 탄광이었다. 군인들이 왔다. 운명의 그날, 숏랜즈 창문으로 그리 멀지 않은 하늘 저편에서 불길이 보이더니, 멀리 왓모어까지 광부들을 실어 나르던 객차가 달린 자그마한 탄광 열차가, 지금은 붉은 군복 차림의 군인들을 가득 싣고 골짜기를 가로질러 지나고 있었다. 그러더니 멀리서 총소리가 들렸고, 잠시 후 군중이 흩어졌으며, 한 사람이 총에 맞아 죽었고, 불이 꺼졌다는 소식이 들려왔다.

당시 소년이었던 제럴드는 걷잡을 수 없는 흥분과 환희로 가득 찼다. 그는 군인들과 함께 가서 사람들을 쏘고 싶은 생각이 굴뚝 같았다. 그러나 그는 대문 밖으로 나가는 것이 허락되지 않았다. 대문에는 총을 든 보초들이 주둔하고 있었다. 빈정대는 광부들의 무리가 골목길을 왔다 갔다 하면서 "그래, 이 3페니 반짜리들아, 네 녀석들 총 쏘는 것 한번 보자"라고 소리치며 야유하는 동안 제럴드는 신 나는 마음으로 보초들 옆에 서 있었다. 벽과 담에는 분필로 욕설들이 휘갈겨졌고, 하인들은 떠났다.

이런 일이 벌어지는 동안 토머스 크라이치는 내내 가슴이 찢어지는 듯했고, 수백 파운드를 자선으로 내주고 있었다. 어디서나 공짜 음식이 제공되었고 넘쳐났다. 누구든 청하기만 하면 빵을 얻을 수 있었고, 한 덩어리 가격은 고작 3페니 반이었다. 매일 어딘가에서 차가 무료로 제공되었고, 아이들은 지금까지 이렇게 여러 번 먹을 것을 대접받아 본 적이 없었다. 금요일 오후에는 건포도가 든 빵과 케이크가 가득 든 커다란 바구니와 우유가 담긴 커다란 주전자들을 학교로 보냈고, 아이들은 원하는 만큼 먹을 수 있었다. 아이들은 구역질을 할 만큼 케이크와 우유를 먹어 댔다.

이윽고 모든 것이 끝났고, 광부들은 일터로 돌아갔다. 그러나 이젠 결코 예전과 똑같지 않았다. 새로운 상황이 생겨났고 새로운 생각이 지배했다. 심지어 기계에도 평등이 있어야 했다. 어떤 부분도 다른 부분에 종속되면 안 되었다. 모든 것이 평등해야 했다. 혼란을 향한 본능이 진입한 것이었다. 신비주의적인 평등은 추상적 개념에 있지, 과정들이라 할 수 있는, 뭔가를 갖거나 행동하는 데 있지 않다. 기능과 과정에 있어서는 한 인간 또는 한 부분이 다른 인간이나 부분에 어쩔 수 없이 종속될 수밖에 없다. 그것은 존재의 조건이다. 그러나 혼란을 향한 욕망이 생겨났고, 기계적 평등 사상은 인간의 의지, 즉 혼돈을 향한 의지를 수행하려는 분열의 무기였다.

제럴드는 이 파업이 발생했을 당시 어린 소년이었지만 어른이 되어 광부들과 싸우고 싶었다. 그러나 그의 아버지는 두 개의 반쪽짜리 진실 사이에 끼여 찢어졌다. 그는 순수한 기독교인이고 싶었고, 모든 일꾼들과 하나이자 그들과 동등하고 싶었다. 심지어 자신이 가진 모든 것을 가난한 자에게 내주고 싶었다. 하지만 그는 산업의 위대한 후원자였으며, 자신의 재산과 권위를 지켜야 한다는 것을 분명히 알고 있었다. 이것은 그에게 자신이 가진 모든 걸 내줄 필요성과 마찬가지로 신성한 필연이었다 ─ 아니, 오히려 더욱 신성한 것이었다. 왜냐하면 이것이야말로 그가 따르는 필연이기 때문이었다. 그러나 그는 전자의 이상을 따르지 않아 바로 그 이상에 의해 지배되었다. 그 이상을 억지로 박탈당했기 때문에 원통해 죽을 지경이었다. 그는 자애와 친절, 그리고 헌신적인 자비의 아버지이고 싶었다. 광부들은 그에게 1년에 수천 파운드의 수입을 벌어들인다고 소리를 질러 댔다. 그들은 속아 넘어가려 들지 않았다.

세상의 이치 속에서 자란 제럴드는 입장을 바꾸었다. 평등에 개의치 않았다. 사랑이니 자기희생이니 하는 기독교적 태도는 모두 시대에 뒤진 진부한 것들이었다. 그는 지위나 권위란 이 세상에 응당 있어야 한다고 생각했다. 그것에 대해 점잔 빼며 위선적으로 말하는 건 아무 쓸모가 없었다. 기능적으로 꼭 필요하다는 간단한 이유만으로 그것들의 존재는 당연했다. 지위와 권위가 전부이자 최후의 목적은 아니었다. 기계의 일부와 같은 것이었다. 우연히 제럴드 자신은 통제하는 중심부가, 노동자 집단은 다양하게 통제받는 부분들이 된 것이다. 다만 우연히 그렇게 되었을 뿐이다. 중심에 있는 바퀴통이 백 개의 바퀴들을 돌린다고 흥분하는 건, 우주가 태양 주위를 돈다고 흥분하는 것이나 같았다. 결국 달과 지구, 토성과 목성, 그리고 금성도 각기 저마다 태양과 똑같이 우주의 중심이 될 똑같은 권리를 가졌다고 말하는 건 바보짓에 지나지 않을 것이다. 그런 주장은 오직 혼란을 향한 욕망에서나 나오는 것이다.

결론에 이르기 위해 **생각을 하는** 귀찮은 짓을 하는 대신, 제럴드는 결론으로 껑충 뛰었다. 민주적 평등이라는 문제는 멍청한 문제라고 여겨 몽땅 버렸다. 중요한 것은 사회의 거대한 생산 기계였다. 그것이 완벽하게 일하도록, 모든 것을 충분히 생산하도록, 모든 사람이 각자 자기 기능상의 등급과 중요도에 따라 좀 더 많든 적든 합당한 몫을 받게끔 하고, 그러고 나서 먹고살 생필품이 공급되면, 누가 뭐라든 무슨 상관이란 말인가. 남의 일에 간섭하지 않는 한 각자 재미있고 입맛 당기는 대로 하게 내버려 두는 것이다.

그리하여 제럴드는 거대한 산업의 질서를 잡기 위해 일에 착수했다. 여행을 통해, 그리고 여행 중의 독서를 통해 그는 삶의 가장 본질적인 비밀은 조화라는 결론에 도달했다. 조화가 무엇인지 스스로에게 명확한 정의를 내리지는 않았다. 그 단어가 만족스러웠고, 자기만의 결론에 도달한 기분이었다. 그래서 조화라는 신비스러운 말을 조직이라는 실용적인 말로 번역하여, 이미 확립되어 있는 세상에 강제로 질서를 부여함으로써 자신의 철학을 실행에 옮겨 갔다.

회사를 본 순간, 그는 자신이 무엇을 할 수 있는지 즉각 알아차렸다. 그는 **물질**, 즉 땅덩어리와 그것이 둘러싸고 있는 석탄과 싸웠다. 지하의 무생물에 맞서 이것을 자신의 의지에 복속시키겠다는 일념뿐이었다. 그리고 물질과의 이러한 싸움을 위해서는 완벽한 조직을 갖춘 완벽한 도구가, 즉 너무나 정교하고 조화롭게 작동하여 한 인간의 마음을 대표하는, 그리고 주어진 움직임을 가차 없이 반복함으로써 불가항력적이고 비인간적으로 목적을 달성해 낼 메커니즘이 반드시 필요했다. 제럴드를 거의 종교적인 광희로 고무시킨 것은 그가 구축하고자 한 바로 이 비인간적인 원리였다. 인간인 그가, 자신이 굴복시켜야 하는 물질과 자신 사이에 완전한 불변의 신과 같은 매개물을 놓을 수 있는 것이었다. 그의 의지와 이에 맞서는 땅의 물질이라는 두 개의 대립물이 있었다. 그리고 그가 이 둘 사이에 자기 의지의 표현물이요 자신의 힘의 현현인 거대하고 완벽한 기계를, 즉 시스템을, 순수한 질서의 작용이자 순수한 기계적 반복을, 끝이 없는, 그리하여 영원하고 무한한 반복을 확립할 수 있었다. 그는 수레바퀴의 회전처럼 순수하고도 복잡하여 무한히 반복되는 하나의 운동으로의 완벽한 통합이라는 순수한 기계 원리 속에서, 자신의 영원함과 무한함을 발견했다. 그러나 이 회전은 우주의 운행을 생산적인 회전이라고 부를 수 있듯이 생산적인 회전이었고, 영원을 통해 무한을 향해 계속되는 생산적인 반복이었다. 그리고 이 무한한 생산적인 반복이 바로 신의 몸짓인 것이다. 그리고 제럴드는 기계의 신, 데우스 엑스 마키나*였다. 그리고 인간의 생산 의지 전체가 신성(神性)이었다.

그는 이제, 인간의 의지가 방해받지 않고 거침없이 매끄럽게 영원히 질주할 수 있는 위대하고 완벽한 시스템을, 신이 되어 가는 과정을 지상에 확장하기 위한 필생의 사업을 갖게 되었다. 탄광에서부터 시작해야 했다. 조건들은 제시되어 있었다. 첫째는 반항하는 지하의 물질들, 다음으로는 이를 제압할 인간 도구와 금속 도구들, 그리고 마지막으로는 제럴드 자신의 순수한 의지, 즉 그의 정신이었다. 그것은 인간 도구와 동물 도구들, 금속질의, 움직이는, 역동적인 수많은 도구들을 경이로울 정도로 잘 조정하고, 그 자체로 온전한 전체인 수많은 작은 것들을 하나의 거대한 완전한 전체로 기가 막히게 주조해 내야 할 것이다. 그렇게 되었을 때 완벽이 달성되는 것, 다시 말해 최고의 의지가 완벽하게 충족되고 인간의 의지가 완벽하게 관철되는 것이었다. 왜냐하면 인간이란 무생물인 **물질**과의 대조를 통해 신비롭게 구별되는 것이 아니던가? 인류 역사란 단지 물질에 대한 인간의 정복의 역사가 아니던가?

광부들은 뒤처졌다. 그들이 여전히 인간의 신성한 평등이라는 올가미에 걸려 있는 동안, 제럴드는 근본적으로는 그들의 입장을 인정하면서도 인류 전체의 의지를 달성하고자 하는 인간으로서 자신의 특성에 따라 나아갔다. 그가 인간 의지를 완벽히 수행하는 유일한 길은 완벽하고 비인간적인 기계를 확립하는 것임을 지각했을 때 그는 단지 더 고차원적인 의미에서 광부들을 대표하는 것일 뿐이었다. 그는 그들을 아주 본질적으로 대표했다. 그들은 시대에 뒤떨어진 채 물질적 평등을 위해서 싸움질을 해 대며 멀리 뒤처져 있었다. 욕망은 이미 이처럼 새롭고 더 큰 욕망, 즉 인간과 **물질** 사이를 중재하는 완벽한 메커니즘을 향한 욕망, 신성을 순수한 메커니즘으로 바꾸려는 욕망으로 변해 있었다.

제럴드가 회사에 들어오자마자 과거의 시스템은 죽음의 몸부림을 쳤다. 그는 가끔씩 광기처럼 자신을 사로잡는 격렬하고 파괴적인 악마에 의해 평생을 고통받아 왔다. 이제 이러한 기질이 바이러스처럼 회사에 파고들어 와 잔인하게 분출되었다. 세부 사항들에 대한 그의 면밀한 검토는 지독하고 비인간적이었다. 그 어떤 사생활도 용인하지 않았고 옛날식 정서는 모조리 뒤집어 버렸다. 그는 머리 희끗희끗한 관리자들, 나이 지긋한 반백의 사무원들, 비틀거리는 늙은 연금 수령자들을 훑어보고는 그들을 쓰레기처럼 제거해 버렸다. 회사 전체가 병자들을 고용하고 있는 병원 같았다.

그에겐 그 어떤 감정적인 거리낌이나 염려도 없었다. 그는 어떤 연금이 꼭 필요한지 따져서 정비했고, 효율적인 대체품을 찾다가 그것이 발견되면 예전의 일손과 바꾸어 버렸다.

"레더린턴에게서 딱한 편지가 한 통 왔더구나" 하고 아버지가 불만과 애원조로 말한 적이 있었다. "그 딱한 사람이 좀 더 일할 수 있을 것 같지 않니. 난 언제나 그가 일을 꽤 잘한다고 생각했는데 말이다."

"지금 그 자리에 다른 사람이 있습니다, 아버지. 그 사람은 그만두고 나가면 더 행복할 거예요, 제 말을 믿으세요. 지급액은 충분하다고 생각하시는 거죠? 아닙니까?"

"그 불쌍한 사람이 원하는 건 지급액이 아니다. 나이가 들어 해고당했다고 상심하는 모양이야. 아직 20년은 더 일할 수 있을 줄 알았다더구나."

"제가 원하는 종류의 일은 아니죠. 그 사람은 이해를 못해요."

아버지는 한숨을 쉬었다. 더 이상 알고 싶지 않았다. 그도 탄광이 계속 굴러가려면 개선할 데가 있는지 정밀 진단을 받아야 한다고 믿고 있었다. 게다가 만일 탄광이 문을 닫게 된다면 결국 장기적으로 볼 때 모든 사람에게 더 해가 될 터였다. 그래서 그는 자신의 오래된 충실한 일꾼들의 호소에 답해 줄 수가 없었다. 그저 "제럴드가 그러더군"이란 말만 되풀이할 수밖에 없었다.

이렇게 아버지는 점점 더 일선에서 물러났다. 그에게는 실제 삶의 틀 전체가 부서져 버린 셈이었다. 그는 내면의 빛에 따라 올바르게 살아왔다. 그것은 위대한 신앙의 빛이었다. 그런데 그것들이 이제는 낡아 빠진 구식이 되었고, 세상에서 폐기되어 버린 것 같았다. 그는 납득할 수가 없었다. 다만 그 빛을 내면의 방으로, 침묵 속으로 철수시켰을 뿐이다. 더 이상 세상을 밝힐 수 없게 된 믿음의 아름다운 촛불들은 여전히 그의 영혼 깊숙한 방에서, 그리고 은퇴의 침묵 속에서 향기롭게 활활 불탈 것이었다.

제럴드는 사무실을 시작으로 회사 개혁에 돌입했다. 그가 도입할 엄청난 변화를 실현하려면 철저히 경제적으로 운영할 필요가 있었다.

"미망인을 위한 석탄이란 게 뭡니까?" 그가 물었다.

"회사를 위해 일했던 노동자들의 미망인에게는 언제나 석 달에 한 번씩 석탄을 지급해 왔습니다."

"앞으로는 반드시 원가를 내야 합니다. 다들 그렇게 생각하는 모양인데, 회사는 자선 단체가 아니오."

미망인이라는 감상적 인도주의의 진부한 상징물을 그는 생각만 해도 싫었다. 역겨울 지경이었다. 어째서 그들을 인도의 사티*처럼 남편의 화장 장작더미에 불태우지 않는 건가? 어찌 됐건 자기들이 받는 석탄 값이라도 내도록 해야 했다.

수많은 방법으로 그는 지출을 삭감했다. 너무나 미묘해서 노동자들은 거의 알아차릴 수 없는 방법들이었다. 광부들은 석탄 운임과 무거운 짐차에 대한 운임을 지불해야 했다. 그들은 자신들이 사용하는 연장들에 대해서도, 연장의 날을 세우고 램프를 관리하고 그 밖의 여러 자질구레한 것들에 대해서도 돈을 내야 해서, 일주일에 한 사람당 청구되는 비용이 1실링 안팎에 이르렀다. 광부들은 기분이 상했지만, 사태를 아주 분명하게 파악하지는 못했다. 그러나 회사 입장에서는 일주일에 수백 파운드씩 절약되었다.

제럴드는 점차 모든 것을 장악해 갔다. 그러면서 엄청난 개혁이 시작되었다. 모든 부서에 전문 기술자들이 배치되었다. 조명과 지하의 견인 작업, 그리고 동력 공급을 위한 거대한 발전소가 설치되었다. 모든 탄광에 전기가 공급되었다. 거대한 철인이라 불리는 절단기와 같은 광부들이 한 번도 본 적 없는 새로운 기계들과 별난 도구들이 미국에서 건너왔다. 탄광은 완전히 다른 방식으로 돌아갔다. 모든 통제권이 광부들의 손에서 빠져나갔고 채탄 청부제*가 폐지되었다. 모든 것이 가장 정확하고 정밀한 과학적 방법으로 운영되었고, 교육받은 전문가들이 모든 곳을 장악했으며, 광부들은 그저 기계적 도구로 전락해 버렸다. 그들은 예전보다 훨씬 더 열심히 일해야 했다. 일은 끔찍했고, 그 기계적인 속성에 가슴이 찢어지는 듯했다.

그러나 그들은 모든 것에 복종했다. 그들의 삶에서 즐거움은 사라졌고, 그들이 점점 더 기계화되어 감에 따라 희망도 소멸하는 것 같았다. 그러나 그들은 새로운 상황을 받아들였다. 심지어 이로부터 더 큰 만족을 얻기까지 했다. 그들은 처음엔 제럴드 크라이치를 증오해 그에게 무슨 짓인가 하자고, 그를 죽여 버리자고 맹세했었다. 그러나 시간이 흐르면서 그들은 모종의 치명적인 만족감을 느끼며 모든 걸 받아들였다. 제럴드는 그들의 대사제(大司祭)였으며, 그들이 진정으로 실감하는 종교를 대표했다. 제럴드의 아버지는 이미 잊혔다. 엄격하고 지독하며 비인간적이지만, 다름 아닌 바로 그 파괴성으로 인해 만족스러운 새로운 세상, 새로운 질서가 온 것이었다. 사람들은 거대하고 경이로운 기계에 속하게 된 것을 흡족해했다. 그것이 자신들을 파멸시키고 있는데도. 그 기계야말로 그들이 원하는 것이었다. 인간이 생산한 것 가운데 최고의 것이요, 가장 경이롭고 초인적인 것이었다. 그들은 감정이나 이성을 초월한, 진정으로 신과 같은 이 위대하고 초인적인 것에 속함으로써 한껏 고양되었다. 그들 가슴속의 심장은 죽었지만 그들의 영혼은 만족했다. 그것이 그들이 원하는 바였다. 그렇지 않았다면 제럴드는 절대로 그렇게 하지 못했을 것이다. 그는 다만 그들 앞에

서서 그들이 원하는 바를 주었을 뿐, 즉 삶을 순전한 기계적 원칙에 복속시키는 위대하고 완벽한 시스템에 참여하도록 했을 뿐이었다. 이것이 바로 그들이 진정으로 원하는 종류의 자유였다. 해체의 위대한 첫 발걸음이자 혼란의 위대한 첫 단계였으며, 유기적인 것을 기계적인 원칙으로 대체하는 일이었고, 유기적 목적, 유기적 통일의 파괴였으며, 모든 유기적 단위를 거대한 기계적 목적으로 종속시키는 위대한 첫 단계였다. 그것은 순수한 유기적 붕괴였고 순수한 기계적 조직화였다. 이것이 혼란의 최초이자 가장 멋진 상태인 것이다.

제럴드는 만족했다. 광부들이 자신을 증오한다고 말하는 걸 알고 있었다. 그러나 그는 그들을 증오하는 일은 오래전에 그만두었다. 저녁이 되어 지친 그들이 도로 위로 무거운 부츠를 질질 끌며 어깨는 약간 구부정한 채로 그를 지나쳐 무리 지어 걸어갈 때, 그들은 그에게 아무런 주의도 기울이지 않았다. 인사를 건네기는커녕 아무 감정 없는 순응의 흑회색 물줄기처럼 지나갔다. 그에게 그들은 도구 이외엔 아무것도 아니었고, 그들에게 그는 최고의 통제 도구로서의 의미 말고는 없었다. 그들은 광부로서의 존재 의의를, 그는 감독으로서의 존재 의의를 가졌다. 그는 그들의 자질을 높이 샀다. 그러나 인간으로서, 인격체로서의 그들은 다만 우연적인 존재요, 산발적으로 일어나는 하찮은 현상들일 뿐이었다. 그리고 그들도 암묵적으로 이를 받아들였다. 왜냐하면 다름 아닌 제럴드가 이를 받아들였기 때문이다.

그는 성공을 거두었다. 산업을 새롭고 끔찍스러운 순수함으로 전환시켰다. 그 어느 때보다 석탄 산출량이 많았고, 경이롭고 절묘한 시스템은 완벽에 가깝게 굴러갔다. 그는 탄광과 기계 쪽에 정말로 유능한 기술자들을 고용하고 있었는데, 그들을 위한 비용은 별로 들지 않았다. 고등 교육을 받은 사람한테 드는 비용은 노동자 한 사람한테 드는 것보다 아주 약간 더 많을 뿐이었다. 관리자들도 아주 뛰어난 사람들이었는데, 그들 역시 아버지 시절의 늙고 서투른, 그저 승진한 광부들에 지나지 않는 멍청이들 이상으로 비싸지는 않았다. 제럴드의 최고 경영자는 1년에 1,200파운드를 받았지만 회사에는 적어도 5천 파운드를 절감해 주었다. 이젠 시스템 전체가 너무나 완벽해서 제럴드는 더 이상 거의 필요없게 되었다.

시스템이 너무나 완벽해지자 가끔씩 야릇한 공포가 그를 엄습해 그는 어찌할 바를 몰랐다. 활동의 무아경 속에서 몇 년을 그냥 나아갔다. 그가 하고 있는 일은 최고인 것 같았고, 그는 거의 신이나 다름없었다. 그의 존재 자체가 순수하고 고양된 활동이었다.

하지만 이제 성공했다 — 마침내 성공한 것이다. 그런데 최근 한두 번, 저녁때 아무런 할 일도 없이 혼자 있을 때, 그는 자신이 무엇인지 알 수가 없어 두려움에 질린 채 갑자기 벌떡 일어난 적이 있었다. 그러고는 거울 앞으로 가서 거기에 비친 자신의 얼굴을 오랫동안 자세히, 뭔가를 찾으며 쳐다보았다. 죽음같이 메마른 공포에 그는 두려움을 느꼈지만, 무엇이 두려운지 알 수 없었다. 자신의 얼굴을 들여다보았다. 여느 때와 같이 균형 잡히고 건강한 얼굴이었지만, 어쩐지 그것은 진짜가 아니었다. 그것은 마스크였다. 그저 만들어진 가면에 불과하다는 것이 드러날까 두려워, 감히 그것을 만져 볼 엄두가 나지 않았다. 그의 눈은 언제나 그렇듯 파랗고 예리했으며 신념에 차 있었다. 그러나 그것이 한순간 커져 말갛게 없어져 버릴 파란 가짜 거품이 아니라는 걸 자신할 수가 없었다. 한낱 암흑의 거품에 지나지 않는 것만 같은 자신의 눈 속에서 그는 어둠을 보았다. 언젠가 자신이 부서져, 암흑의 주변을 찰싹이는 완전히 무의미하고 알아들을 수 없는 지껄임이 되어 버리

지나 않을까 두려웠다.

그러나 그의 의지는 아직 작동하고 있어서, 그는 틀어박혀 책도 읽고 주변 상황에 대해 생각도 할 수 있었다. 그는 원시인들에 관한 책들, 인류학 책들, 그리고 사변적인 철학책들을 좋아했다. 그의 정신은 아주 활발했다. 그러나 그것은 암흑 속을 부유하는 거품 같았다. 어느 순간에 터져 그를 혼돈 속에 남겨 둘지 몰랐다. 죽지는 않을 것이다. 그는 그것을 알고 있었다. 계속해서 살아가리라. 그러나 의미는 와해되고 신성한 이성(理性)은 사라져 버릴 것 같았다. 이상할 정도로 무심하고 메마르게, 그는 공포에 질려 있었다. 그러나 그 공포에조차 반응할 수가 없었다. 감정의 중심들이 메말라 가고 있는 것 같았다. 그는 희미하고 작지만 돌이킬 수 없는 메마른 공포 속에 자신의 신비한 이성이 지금 이 위기 앞에서 부서져 무너지고 있음을 느끼고 있었지만, 그럼에도 침착하고 빈틈없이 계산적이며 건강했고 몹시 신중했다.

그렇지만 팽팽한 긴장 상태였다. 그는 평정심이 완전히 사라졌음을 알고 있었다. 위안을 찾아 어떤 방향으로든 즉시 가야만 했다. 버킨만이 두려움을 확실히 쫓아 주었다. 버킨의 특이한 유동성과 변화무쌍함에는 신념의 본질이 들어 있는 것 같았다. 바로 그런 유동성과 변화무쌍함으로 버킨은 제럴드가 삶의 성급한 충족감에 빠지지 않게 해 주었다. 그렇지만 제럴드는 교회당 예배를 떠나듯이 언제나 버킨을 떠나, 일과 삶이 있는 바깥의 현실 세계로 돌아가야만 했다. 그 세계는 변함없이 존재하고 있었으며 말은 무용지물이었다. 그는 일과 물질적 삶의 세계와의 거래를 계속해야만 했다. 그런데 그것이 점점 더 어려워졌다. 마치 그의 중심부는 텅 빈 진공 상태인데 바깥의 압력은 너무나 센 것 같은 기이한 압력이 너무나 세게 짓눌렀기 때문이다.

예전에는 여자들에게서 가장 만족스러운 위안을 찾을 수 있었다. 자포자기한 여자와의 방탕을 즐기고 나면 편안히 모든 걸 잊고 지낼 수 있었다. 그런데 고약하게도 요즈음에는 여자들한테도 좀처럼 흥미를 느끼지 못했다. 여자들한테는 더 이상 관심이 가지 않았다. 푸썸 같은 여자는 나름대로 괜찮았지만 그녀는 예외적인 경우였고, 사실 그녀도 지극히 미미한 의미밖에 없었다. 아니, 그런 의미에서 여자들은 이제 더 이상 그에게 아무런 쓸모가 없었다. **정신**이 강렬한 자극을 받아야 육체적으로 흥분할 수 있을 것 같았다.

18장 토끼

구드룬은 자신이 숏랜즈로 가는 것이 중대한 일이라는 걸 알고 있었다. 그것은 제럴드 크라이치를 연인으로 받아들이는 것이나 다름없었다. 그런데 그런 상황이 싫어 주춤거리면서도 자신이 그곳에 갈 거라는 것을 알고 있었다. 그녀는 스스로에게 얼버무렸다. 그를 때린 일과 그와의 키스를 고통스럽게 떠올리며 중얼거렸다. '결국 그게 뭐지? 키스란 게 뭐냐고. 한 방 때린 건 또 뭐 대순가. 즉각 사라져 버리는 순간적인 일이야. 떠나기 전에 그냥 한번 잠깐 숏랜즈에 가 볼 수도 있는 거잖아. 그냥 어떤가 한번 보려는 것뿐인데 뭘.' 그녀에겐 무엇이든 보고 알려는 끝없는 호기심이 있기 때문이었다.

구드룬은 위니프레드가 정말 어떤 애인지 알고 싶기도 했다. 그 애가 그날 밤 증기선에서 소리 지르는 걸 들은 후로, 자신이 그 애와 어쩐지 신비로운 관계를 맺고 있는 것 같았다.

구드룬은 위니의 아버지와 서재에서 이야기를 나누었다. 그러고 나서 그는 딸을 부르러 보냈다. 위니는 프랑스인 가정 교사를 대동하고 나타났다.

"위니, 이분이 브랑웬 선생님이시란다. 친절하게도 네가 그림 그리고 네 동물들을 본떠서 모형 만드는 걸 도와주실 거야." 아버지가 말했다.

아이는 잠시 관심 어린 눈으로 구드룬을 쳐다보더니 다가와서 외면한 채로 손을 내밀었다. 위니프레드의 어린애다운 수줍음 아래엔 완전한 냉담과 무관심이, 무책임한 무감각 같은 것이 있었다.

"안녕하세요." 얼굴을 들지 않은 채 아이가 말했다.

"안녕." 구드룬이 말했다.

그러고 나서 위니프레드는 한쪽으로 물러섰고, 구드룬은 프랑스인 가정 교사에게 소개되었다.

"산보하기에 좋은 날이죠." 가정 교사가 명랑하게 말했다.

"**정말** 좋네요." 구드룬이 답했다.

위니프레드는 멀찍이서 쳐다보고 있었다. 그녀는 재미있어하면서도 아직은 이 새로운 사람에 대해 확신하지 못하는 것 같았다. 그녀는 새로운 사람들을 아주 많이 봐 왔지만 그들 중 그녀에게 실제로 현실적인 존재가 된 사람은 거의 없었다. 프랑스인 가정 교사는 전혀 중요한 사람이 아니었고, 그 아이는 다만 조용하고 편안하게 그녀의 존재를 견디고 있을 따름이었다. 어린애다운 무심한 오만함으로 고분고분하게, 약간 냉소적으로 자신의 조그만 권위를 받아들이면서.

"자, 위니프레드, 브랑웬 선생님이 오셔서 기쁘지 않니? 이분은 나무와 점토로 동물이랑 새를 만드시는데, 런던에 있는 사람들이 그 작품들에 대해서 신문에다가 쓴단다. 엄청나게 찬사를 하면서 말이지." 아버지가 말했다.

위니프레드가 살짝 미소를 지었다.

"누가 그래요, 아빠?" 그녀가 물었다.

"누가 그랬냐고? 허마이어니가 그러더구나. 루퍼트 버킨도 그러고."

"그 사람들을 알아요?" 위니프레드가 약간 도전적으로 구드룬에게로 고개를 돌리며 물었다.

"응." 구드룬이 말했다.

위니프레드는 태도를 살짝 바꾸었다. 그녀는 원래 구드룬을 일종의 하인으로 받아들일 준비를 하고 있었다. 그런데 지금, 자신과 구드룬은 우정의 관계로 만나게끔 되어 있다는 걸 알게 된 것이었다. 오히려 기뻤다. 그녀는 어중간한 아랫것들을 너무나 많이 만나 왔고, 흠잡을 데 없이 싹싹한 태도로 그들을 참아 왔던 것이다.

구드룬은 아주 평온했다. 그녀 역시 이런 일들을 별로 심각하게 받아들이지 않았다. 새로운 일은 그녀에게 대부분 구경거리였다. 그런데 위니프레드는 초연하게 빈정대며, 어떤 것에도 절대 마음을 주지 않으려는 아이였다. 구드룬은 그런 아이가 좋았고, 그 애에게 끌렸다. 첫 만남은 약간 굴욕적인 어색함 속에 끝났다. 위니프레드에게도 그녀의 선생에게도 사교술이 없었던 것이다.

그러나 이내 그들은 일종의 상상의 세계에서 만났다. 위니프레드는 자기처럼 장난스럽고 약간 빈정거리는 사람이 아니면 그 어떤 인간에 대해서도 관심을 갖지 않았다. 오직 재밋거리가 있는 세계만 받아들였으며, 그녀 인생에 중요한 존재들이란 애완용 동물들뿐이었다. 이들에게 자신의 애정과 우정을 얄궂으리만치 쏟아부을 뿐 그 밖의 인간사는 살짝 지겨운 듯 무관심하게 따랐다.

그녀에게는 사랑하는 룰루라는 이름의 페키니즈*가 있었다.

"룰루를 그려 보자." 구드룬이 말했다. "그리고 우리가 그의 룰루다움을 잡아낼 수 있는지 볼까?"

"아가야!" 위니프레드가 큰 소리로 이름을 부르며 난롯가에서 슬픈 표정으로 사색에 잠긴 듯 앉아 있는 개에게 달려가 그 불룩한 눈두덩에 입을 맞추며 말했다. "아가야, 너 그림 모델 될래? 엄마가 초상화 그려 줄까?" 그러고는 즐거운 듯 저 혼자 히죽거리더니 구드룬을 돌아보며, "오, 우리 한번 해 봐요!"라고 말했다.

그들은 연필과 종이를 가져와 준비를 마쳤다.

"예쁜아!" 위니프레드가 개를 끌어안으며 소리쳤다. "엄마가 예쁜 초상화 그릴 테니 그동안 얌전히 앉아 있어야 해." 개는 그 크고 툭 튀어나온 눈에 슬픈 체념의 표정을 담고 그녀를 올려다보았다. 그녀는 뜨거운 뽀뽀를 퍼붓더니 말했다. "내 그림이 과연 어떻게 될까. 틀림없이 끔찍할 거야."

스케치를 하면서 아이는 혼자 킥킥거리며 가끔씩 소리를 질렀다.

"오, 사랑하는 아가야, 넌 정말 너무 아름다워!"

그러더니 다시 히죽거리다가, 마치 그 개에게 어떤 미묘한 해를 입히고 있었다는 듯 참회하며 개에게로 와락 달려들어 껴안았다. 개는 시종 검은 벨벳 같은 얼굴에 오래 묵은 체념과 짜증 섞인 표정으로 앉아 있었다. 그녀는 사악한 집중력이 담긴 눈으로 고개를 한쪽으로 기울인 채 꼼짝하지 않고 천천히 그렸다. 마치 마법의 주문을 걸고 있는 것 같았다. 그러더니 갑자기 그림 그리기를 끝냈다. 그녀는 먼저 개를, 다음으로 자기 그림을 쳐다보더니 개를 향한 진실한 슬픔과 동시에 사악한 환희에 차서 소리쳤다.

"내 예쁜이, 사람들이 왜 그랬을까?"

아이는 개에게로 종이를 갖고 가더니 코 밑에 들이밀었다. 개는 억울하고 창피한 듯이 고개를 옆으로 돌렸고, 아이는 그의 벨벳 같은 툭 튀어나온 이마에 사정없이 뽀뽀를 했다.

"이게 룰리예요, 쪼끄만 건 루지고요! 초상화를 좀 보세요, 예쁜이 씨. 엄마가 그려 준 초상화 좀 보라고요." 그녀는 자신의 그림을 보고 히죽거렸다. 그러더니 개에게 한 번 더 뽀뽀를 하고는 일어서서 짐짓 엄숙하게 구드룬에게로 다가와 그림을 내밀었다.

기괴한 작은 동물을 표현하는 기괴한 작은 도형 같은 그림이었다. 너무나 악의적이고 우스꽝스러워서 구드룬의 얼굴에 자신도 모르게 엷은 미소가 스쳤다. 그 옆에 선 위니프레드는 즐거운 듯 낄낄거리며 말했다.

"안 닮았죠, 그렇죠? 저 애는 그것보단 훨씬 사랑스럽잖아요. 저 애는 **너무나** 아름다운데…… 음, 룰루야, 내 사랑스러운 예쁜아." 그러더니 원통해하는 그 작은 개에게 달려들어 껴안았다. 개는 극심한 늙음에 패배한 분위기로 음울하고 나무라는 듯한 눈길로 그녀를 쳐다보았다. 그녀는 자신의 그림 쪽으로 다시 달려와 만족스러운 듯이 히죽댔다.

"안 닮았죠, 그렇죠?" 그녀는 구드룬에게 물었다.

"아니, 상당히 닮았는데." 구드룬이 대답했다.

아이는 자신의 그림을 소중하게 갖고 다니며 쑥스러운 듯 말없이 모든 사람에게 보여 주었다.

"보세요." 그림을 아버지의 손에다 밀어 넣으며 그녀가 말했다.

"아이고, 이거 룰루로구나!" 그가 소리쳤다. 그러고는 자기 옆에서 인간의 것이 아닌 듯한 웃음소리를 내며 낄낄거리는 아이를, 놀라서 쳐다보았다.

구드룬이 처음 숏랜즈에 찾아왔을 때 제럴드는 집에서 멀리 떨어진 곳에 있었다. 그러나 그가 집으로 돌아온 첫날 아침, 그는 그녀를 찾아다녔다. 화창하고 따스한 아침이었다. 그는 자기가 없는 동안 피어난 꽃들을 보며 정원 사이로 난 길을 어슬렁거렸다. 그는 여전히 변함없이 말쑥하고 건강했다. 세심하게 가르마를 탄 그의 금발은 햇볕에 밝게 빛났고, 짧게 깎은 멋진 콧수염은 깨끗하게 다듬어져 있었으며, 익살스럽고 상냥하게 번득이는 그의 눈은 그를 정말로 익살스럽고 상냥한 사람처럼 보이게 했다. 그는 검은 옷을 입고 있었는데, 그의 균형 잡힌 몸에 아주 잘 맞았다. 그렇지만 아침 햇살을 받으며 화단 앞을 거니는 그에게는 어떤 고독이, 결핍된 무언가에 대한 두려움 같은 것이 감돌았다.

구드룬은 그의 눈에 띄지 않게 재빨리 그에게로 다가갔다. 그녀는 블루코트 남학생들*처럼 울로 짠 노란 스타킹에 파란 옷을 입고 있었다. 그가 놀라서 쳐다보았다. 그녀의 스타킹은 언제나 그를 당황스럽게 했다. 그녀는 옅은 노란 스타킹에 약간 무거워 보이는 검은 신발을 신고 있었다. 프랑스 가정 교사와 개들과 어울려 정원에서 놀고 있던 위니프레드가 구드룬에게로 쏜살같이 달려왔다. 위니는 검은색과 흰색 줄무늬가 섞인 옷차림이었다. 좀 짧게 자른 머리카락이 목 주변으로 동그랗게 돌아가며 찰랑댔다.

"비스마르크를 그릴 거죠, 네?" 그녀가 구드룬의 팔에 자기 팔을 감으며 말했다.

"그래, 비스마스크를 그릴 거야. 그러고 싶니?"

"네, 그럼요―아, 정말이에요! 너무너무 그리고 싶어요. 그는 오늘 아침 **너무나** 멋져 보여요, 굉장히 **사납다니까요**. 거의 사자만큼 크고요." 그러더니 아이는 스스로의 과장에 냉소적으로 깔깔거렸다. "그는 진짜 왕이에요, 정말이에요."

"Bonjour mademoiselle(안녕하세요, 아가씨)?" 자그마한 프랑스인 가정 교사가 고개를 까딱하며 손을 흔들면서 인사를 건넸다. 구드룬이 싫어하는 종류의 무례한 고갯짓이었다.

"Winifred veut tant faire le portrait de Bismarck……! Oh, mais toute la matinée c'est……(위니프레드가 비스마르크를 그리고 싶어 해요……! 아아, 글쎄 아침 내내……). '오늘 아침엔 비스마르크를 그릴 거예요!' 이러는 거예요. Bismark, Bismarck, toujours Bismarck! C'est un lapin, n'est-ce pas, mademoiselle(비스마르크, 비스마르크, 계속해서 비스마르크 타령만! 그게 토끼인가 봐요, 그렇죠, 아가씨)?"

"Oui, c'est un grand lapin blanc et noir. Vous ne l'avez pas vu(네, 희고 검은색이 섞인 큰 얼룩 토끼예요. 아직 본 적이 없으신가 보죠)?" 구드룬이 제법 능숙하지만 약간 딱딱한 프랑스어로 대답했다.

"Non, mademoiselle, Winifred n'a jamais voulu me le faire voir. Tant de fois je le lui ai demandé, 'Qu'est-ce donc que ce Bismarck, Winifred?' Mais elle n'a pas voulu me le dire. Son Bismarck, c'était un mystère(네, 아가씨. 위니프레드가 보여 주지 않았어요. 제가 여러 번 물어봤는데도 말이지요. '그 비스마르크란 게 뭐니, 위니프레드?' 하고요. 하지만 그 앤 제게 얘기해 주려고 하질 않더군요. 비스마르크는 뭔가 신비한 존재인가 봐요)."

"Oui, c'est un mystère, vraiment un mystère(맞아요, 신비로운 존재예요, 정말 신비롭다고요)! 브랑웬 선생님, 비스마르크는 신비롭다고 얘기해 줘요!" 위니프레드가 소리쳤다.

"비스마르크는 신비롭죠. Bismarck, c'est un mystère der Bismarck, er ist ein Wunder(비스마르크는 신비로운 존재예요, 비스마르크, 그는 경이로운 존재죠)." 구드룬이 빈정거리며 주문을 외듯 말했다.

"Ja, er ist ein Wunder(맞아요, 그는 경이로운 존재죠)." 위니프레드가 짓궂은 웃음이 서린, 묘하게 심각한 태도로 구드룬의 말을 되풀이했다.

"Ist er auch ein Wunder(정말로 그가 경이로운 존재란 말이니)?" 약간 오만한 비웃음을 담고 가정 교사가 물었다.

"Doch(그럼요)!" 위니프레드가 무심히 짤막하게 대답했다.

"Doch ist er nicht ein König(하지만 왕은 아니지). 네가 말한 것처럼 비스마르크가 왕이었던 건 아니야, 위니프레드. 그는 그저…… il n'était que chancelier(샹슬리에*였을 뿐이야)."

"Qu'est-ce qu'un chancelier(샹슬리에가 뭔데요)?" 위니프레드가 약간 경멸조로 무관심하게 물었다.

"샹슬리에란 대법관인데, 내가 알기론 대법관이란 일종의 판사지." 제럴드가 나타나 구드룬과 악수를 나누며 말했다.

"이제 곧 비스마르크 노래를 불러 대겠구나." 그가 말했다.

가정 교사는 기다렸다가 조심스럽게 고개를 숙여 인사했다.

"그러니까 이 사람들이 당신에게 비스마르크를 보여 주려고 하지 않는 거군요, 부인?" 그가 말했다.

"Non monsieur(네, 선생님)."

"오, 정말 비열한데요. 그 녀석한테 뭘 하려는 건가요, 브랑웬양? 난 그 녀석을 부엌에 보내 요리했으면 좋겠는데 말입니다."

"어머, 안 돼." 위니프레드가 소리쳤다.

"그럴 거예요." 구드룬이 말했다.

"끄집어내어* 사등분한 다음 접시에 담아서 내는 거로군요." 그가 일부러 바보같이 굴며 말했다.

"아아, **끔찍해!**" 위니프레드가 킥킥대며 힘주어 소리쳤다.

구드룬은 그의 말속에서 톡 쏘는 빈정거림을 알아차리고는 고개를 들어 똑바로 보며 미소 지었다. 그는 신경이 부드럽게 어루만져지는 것 같은 느낌이 들었다. 서로를 이해하는 가운데 그들의 눈이 마주쳤다.

"숏랜즈가 마음에 드십니까?" 그가 물었다.

"아주 많이요." 그녀가 시치미를 뚝 떼고 태연히 말했다.

"그러시다니 기쁘군요. 이 꽃들 보셨습니까?"

그는 그녀를 정원 사이로 난 길로 이끌었다. 그녀는 열심히 따라갔다. 위니프레드도 따라가고 가정 교사도 맨 뒤에서 어슬렁거리며 따라갔다. 그들은 엽맥이 잘 보이는 어떤 가지과 식물의 꽃 앞에 섰다.

"멋지네요!" 구드룬이 넋 나간 듯 그 꽃들을 쳐다보며 소리쳤다. 꽃에 대한 경건한, 거의 도취된 듯한 그녀의 감탄이 이상하게 그의 신경을 애무했다. 그녀는 몸을 구부려 한없이 섬세하고 예리한 손끝으로 나팔 모양의 꽃대를 만졌다. 그녀의 모습에 제럴드는 마음 가득 편안함을 느꼈다. 그녀가 일어났을 때 꽃들의 아름다움으로 뜨거워진 그녀의 눈이 그의 눈을 바라보았다.

"무슨 꽃이죠?" 그녀가 물었다.

"피튜니아의 일종인 것 같은데요." 그가 대답했다. "저도 잘 모릅니다."

"제겐 상당히 낯설어요." 그녀가 말했다.

그들은 신경이 서로 닿은 상태로 거짓된 친밀감 속에 나란히 서 있었다. 그리고 그는 그녀와 사랑에 빠져 있었다.

그녀는 프랑스 가정 교사가 자그마한 프랑스 딱정벌레처럼 가까이 서서 요리조리 따지며 관찰하고 있는 걸 의식했다. 그녀는 비스마르크를 찾으러 가 봐야겠다면서 위니프레드와 함께 자리를 떴다.

제럴드는 부드러운 캐시미어를 걸친 구드룬의 부드럽고 풍만하며 고요한 몸에 줄곧 시선을 두면서 그들이 가는 걸 지켜보았다. 그녀의 몸은 얼마나 비단결 같고 윤택하며 보드라울까, 숭배의 감정이 폭발하듯 그의 마음을 덮쳤다. 그녀는 그가 바라는 전부요 최고의 아름다움이었다. 그녀에게 다가가고픈 마음밖에 없었다. 그는 오직 그녀에게 가야만 하는, 그녀에게 바쳐져야만 하는 존재였다.

이와 동시에 그는 섬세하고도 예민하게, 프랑스 가정 교사의 자태가 가진 단정하면서도 부서질 듯한, 돌이킬 수 없는 최종성을 의식하고 있었다. 그녀는 얇은 발목을 가진 우아한 딱정벌레처럼 하이힐 위에 사뿐히 서 있었고, 윤이 나는 검은 드레스는 흠잡을 데 없이 적절했으며, 높이 올린 검은 머리는 훌륭하게 손질되어 있었다. 그 완전함과 최종성이 얼마나 혐오스러운지! 그녀가 싫었다.

하지만 그는 그녀를 높이 평가했다. 그녀는 완벽하게 적절했다. 반면 구드룬은 상(喪) 중인 집안에 앵무새처럼 현란한 색깔의 옷을 입고 나타났다는 점이 다소 거슬렸다. 그녀는 정말이지 앵무새 같았다! 그는 발을 땅에 끌듯이 걸어가는 그녀를 지켜보았다. 그녀의 발목은 옅은 노란색이었고 드레스는 짙은 파란색이었다. 그런데도 그 모습에 아주 흐뭇함을 느꼈다. 바로 그러한 옷차림 속에서 도전이 느껴졌다 ─ 그녀는 이 세상 전체에 도전하는 것이었다. 그는 승리의 나팔 소리에 화답하는 듯한 미소를 지었다.

구드룬과 위니프레드는 집을 지나 마구간과 별채가 있는 뒤뜰로 갔다. 사방이 조용하고 황량했다. 크라이치 씨는 잠깐 드라이브하러 나갔고 마구간지기는 방금 제럴드의 말을 끌고 나간 참이었다. 두 사람은 구석에 있는 토끼장으로 가서 흰색과 검은색이 뒤섞인 커다란 얼룩 토끼를 들여다보았다.

"아름답지 않나요! 오, 내 말을 듣고 있는 쟤 좀 보세요! 멍청해 보이죠!" 위니프레드가 짧게 웃더니 덧붙였다. "아, 쟤가 우리말을 듣는 걸 그려요, 그걸 그리자고요. 저 애는 너무나 신경을 곤두세우고 듣는다니까요……. 안 그러니, 귀여운 비스마르크야?"

"꺼내도 되니?" 구드룬이 물었다.

"저 애는 아주 기운이 세요. 정말 **지독하게** 힘이 세다니까요." 그녀는 고개를 갸우뚱하면서, 곰곰이 따져 보면서도 확신이 없는 듯한 묘한 표정으로 구드룬을 쳐다보았다.

"그래도 한번 시도해 볼까, 응?"

"네, 원하신다면요. 하지만 저 애는 발길질이 정말이지 엄청나요!"

그들은 토끼장 문을 열기 위해 열쇠를 가져왔다. 토끼는 토끼장 안을 마구 날뛰며 돌아다녔다.

"아주 심하게 할퀼 때도 있어요." 위니프레드가 흥분한 목소리로 소리쳤다. "아, 좀 보세요, 정말 멋지죠!" 토끼는 몸부림치듯 질주했다. "너 진짜 **무섭구나**! 끔찍해." 위니프레드가 제어할 수 없는 흥분 속에 약간의 불안을 내비치며 구드룬을 쳐다보았다. 구드룬은 냉소적으로 입만 웃었다. 위니프레드는 설명할 수 없는 흥분으로 흥얼거리는 듯한 야릇한 소리를 냈다. "지금 쟤가 잠잠해요!" 토끼가 우리 안 구석에 자리 잡는 걸 보며 그녀가 소리쳤다. "지금 끌어낼까요?" 그녀가 흥분하여, 알 수 없는 표정으로 구드룬을 쳐다보며, 조심스레 아주 가까이 움직여 가면서 속삭였다. "지금 잡을까요?" 그녀는 혼자 심술궂게 킬킬댔다.

그들은 토끼장 문을 열었다. 구드룬이 팔을 들이밀어 가만히 웅크리고 있는 그 덩치 큰 토끼의 긴 귀를 붙잡았다. 토끼는 네 발을 빳빳이 펴고 몸을 뒤로 젖혔다. 앞으로 끌려 나올 때 길게 박박 긁는 듯한 소리를 내더니, 다음 순간 감았다 놓은 용수철처럼 몸을 튕기면서, 붙잡힌 귀에 매달려 공중에다 대고 격렬하게 발길질을 해 댔다. 구드룬은 고개를 돌린 채 팔을 쭉 뻗어 그 흑백의 폭풍우같이 사나운 녀석을 붙들고 있었다. 그러나 토끼는 마법에 걸린 것처럼 힘이 세어 그녀가 할 수 있는 거라고는 꽉 붙들고 있는 것뿐이었다. 그녀는 거의 정신을 잃을 지경이었다.

"비스마르크, 비스마르크, 넌 **끔찍하게** 굴고 있어." 위니프레드가 약간 겁에 질린 목소리로 말했다. "오, 내려놓아요. 고약하게 굴잖아요."

구드룬은 자신의 손아귀에서 별안간 생겨난 뇌우(雷雨)에 놀라 잠시 가만히 서 있었다. 그러더니 그녀의 얼굴이 붉어지면서 육중한 분노가 구름처럼 몰려왔다. 그녀는 폭풍우 맞은 집처럼 뒤흔들려 완전히 압도된 채 서 있었다. 그녀의 심장은 이 분투의 분별없음과 짐승 같은 어리석음에 격노하여 멎어 버린 듯했고, 손목은 짐승의 발톱에 심하게 할퀴어, 육중한 잔인함이 가슴속에서 솟구쳤다.

그녀가 버둥거리는 토끼를 팔 밑으로 붙들려고 애쓰고 있을 때 제럴드가 왔다. 그는 예민한 인지력으로 그녀의 샐쭉하면서도 잔인한 열정을 보았다.

"이런 건 남자더러 해 달라고 했어야죠." 그가 서둘러 다가가며 말했다.

"아, 너무 무서워!" 위니프레드가 미친 듯이 소리를 질렀다.

그는 힘줄이 불거진 긴장된 손을 내밀어 구드룬이 잡고 있던 토끼의 귀를 잡아 들었다.

"무시무시하게 힘이 세네요." 그녀가 갈매기 울음소리처럼 높은 목소리로, 앙심을 품은 듯 야릇하게 소리쳤다.

토끼는 공중에 매달려 몸을 공처럼 웅크렸다가, 활 모양으로 몸을 내던지며 발길질을 했다. 정말로 악마 같았다. 구드룬은 제럴드의 몸이 굳어지는 것을, 그의 눈이 날카롭게 멀어 버리는 것을 보았다.

"제가 이런 늙은 비렁뱅이들은 좀 압니다." 그가 말했다.

길게 늘어진 악마 같은 그 짐승이 다시 발버둥 쳤다. 날기라도 하려는 듯 공중에 몸을 길게 뻗어 용처럼 보이더니, 상상할 수 없을 정도로 강력하고 폭발적으로 몸을 다시 웅그렸다. 꽉 붙들고 있느라 잔뜩 긴장한 그의 몸이 격렬하게 요동쳤다. 그러더니 갑자기 날카롭고 새하얗게 날이 선 분노가 그의 내부에서 올라왔다. 번개처럼 빠르게 그가 다른 한 손을 뒤로 빼더니 매처럼 토끼의 목을 덮쳐 내리눌렀다. 그 순간, 죽음의 공포를 느낀 토끼로부터 이 세상의 것이 아닌 듯한 섬뜩하고 혐오스러운 비명이 터져 나왔다. 토끼는 엄청난 몸부림을 쳤고, 그 마지막 꿈틀거림으로 그의 손목과 소매를 찢었다. 소용돌이치는 발톱 사이로 배가 하얗게 빛나는가 싶더니, 그가 토끼를 휙 휘돌린 다음 팔로 꽉 눌렀다. 토끼는 몸을 움츠리며 그의 팔 밑으로 슬그머니 숨었다. 그의 얼굴이 미소로 번득였다.

"토끼한테 그런 힘이 있으리라곤 아마 생각도 못하셨을 겁니다." 그가 구드룬을 쳐다보며 말했다. 그는 그녀의 창백한 얼굴에서 밤처럼 캄캄한 눈을 보았다. 그녀는 이 세상 사람이 아닌 것처럼 섬뜩해 보였다. 격렬한 난투 뒤 토끼의 비명이 그녀의 의식을 덮고 있던 베일을 갈기갈기 찢어 놓은 듯했다. 그는 그녀를 쳐다보았다. 그의 얼굴에 희끄무레한 전깃불 같은 빛이 더욱 강렬해졌다.

"난 정말 그 녀석이 싫어." 위니프레드가 나지막이 중얼거렸다. "루지만큼 좋지 않아. 그 녀석은 진짜 밉살스럽다고……."

정신을 차리며 구드룬의 얼굴이 미소로 비틀렸다. 그녀는 자신의 속내가 드러났다는 걸 알았다.

"그것들의 비명은 정말이지 지독하게 끔찍스럽지 않나요?" 그녀가 갈매기 울음 같은 높은 목소리로 외쳤다.

"혐오스럽죠." 그가 대답했다.

"토끼장 밖으로 꺼내질 때 그렇게 바보같이 굴면 안 되는 건데." 위니프레드가 죽은 듯 꼼짝 않고 그의 팔 밑에 숨어 있는 토끼 쪽으로 손을 내밀어 머뭇머뭇 살짝 만지면서 말했다.

"죽은 건 아니지, 제럴드?" 그녀가 물었다.

"응, 그래야 되는데." 그가 말했다.

"맞아, 그래야 되는 건데!" 갑자기 재미를 느낀 그 아이가 흥분해서 소리쳤다. 그러더니 좀 더 자신 있게 토끼를 만졌다. "심장이 **너무** 빨리 뛰고 있네. 이 토끼 웃기지 않아? 진짜 웃겨."

"어디다 놓을까?" 제럴드가 물었다.

"마당 풀밭에." 아이가 답했다.

구드룬은 하계(下界)의 앎으로 긴장된, 기이하고 한층 어두워진 눈으로 제럴드를 바라보았다. 그녀의 눈은, 그의 손아귀에 들어 있지만 궁극적으로는 승자인 어떤 존재의 눈처럼, 거의 애원하는 듯했다. 그는 그녀에게 무슨 말을 해야 할지 몰랐다. 서로가 서로를 지옥처럼 소름 끼치게 알아보고 있다는 느낌이 들었다. 이를 감추기 위해 무슨 말인가 해야만 할 것 같았다. 그는 신경 속에 번개 같은 힘을 갖고 있었고, 그녀는 마법같이 무시무시한 그의 백색 불길을 받아들이는 부드러운 그릇 같았다.

"그 녀석이 아프게 했습니까?" 그가 물었다.

"아뇨." 그녀가 대답했다.

"그 녀석은 감각이 없는 짐승이죠." 그가 고개를 돌리며 말했다.

그들은 자그마한 잔디밭으로 갔다. 잔디밭은 오래된 붉은 벽으로 둘러싸여 있었고, 벽에 난 틈새에 꽃무가 자라고 있었다. 부드럽고 고운 오래된 잔디가 뜰을 평평하게 카펫처럼 뒤덮고 있었고, 머리 위의 하늘은 파랬다. 제럴드는 토끼를 가볍게 내던지듯이 내려놓았다. 토끼는 웅크린 채 움직이려 하지 않았다. 구드룬은 희미한 공포를 느끼며 그것을 지켜보았다.

"왜 움직이지 않는 걸까요?" 그녀가 외쳤다.

"골이 난 겁니다." 그가 말했다.

그녀는 그를 쳐다보았다. 그녀의 하얀 얼굴이 냉소 어린 희미한 미소로 일그러졌다.

"저 녀석은 **멍청이** 아닌가요!" 그녀가 소리쳤다. "넌덜머리 나는 **멍청이** 아닐까요?"

그녀의 목소리에 깃든 앙심을 품은 조소에 그의 뇌가 전율했다. 고개를 들어 그의 눈을 바라보며, 그녀는 또다시 빈정거리는 백색의 잔인한 인식을 내비쳤다. 그들은 동맹 관계였다. 둘 다에게 혐오스러운 동맹이었다. 혐오스러운 신비 속에서 서로 연루되어 있었다.

"당신은 상처가 몇 군데나 났습니까?" 단단한 팔뚝을, 상처가 빨갛게 깊이 팬 하얗고 단단한 자신의 팔뚝을 보이며 그가 물었다.

"어머 정말 지독하네요!" 그녀가 기분 나쁜 상처들에 얼굴을 붉히며 소리쳤다. "내 것은 아무것도 아니에요."

그녀는 팔을 들어 비단결 같은 하얀 살에 깊게 난 빨간 상처를 보여 주었다.

"악마 같은 놈!" 그가 소리를 질렀다. 그러나 그는, 그토록 비단 같이 보드라운 그녀의 팔뚝에 난 길고 빨간 상처 안에서 그녀를 이미 알고 있었던 것 같았다. 그녀를 만지고 싶지 않았다. 고의적으로 의도해야만 그는 그녀를 만질 수 있으리라. 길고 얇게 찢어진 빨간 상처가 그의 가장 깊은 의식의 표면을 찢으며 바로 그 자신의 뇌를 가로질러 난 것 같았고, 그리하여 저 너머에 존재하는, 영원히 무의식적이며 상상할 수 없는 붉은 에테르*가, 외설이 그 찢어진 틈을 통과하고 있는 것 같았다.

"아주 많이 아픈 것 아닙니까, 혹시?" 그가 근심스레 물었다.

"전혀요." 그녀가 큰 소리로 말했다.

그런데 그때, 한 송이 꽃이라도 되는 양 잠자코 있던 토끼가 움직이는 생명으로 깨어났다. 토끼는 총에서 발사된 것처럼 잔디를 뺑뺑, 모피 덮인 운석처럼 뺑뺑, 두 사람의 뇌를 묶어 버리려는 듯이 팽팽하게 긴장된 단단한 원을 그리며 돌았다. 그들은 토끼가 어떤 미지의 주문에 복종이라도 하고 있는 듯, 낯설고 묘한 미소를 지으며 놀라 서 있었다. 토끼는 오래된 붉은 벽 아래 잔디밭을 폭풍우처럼 뺑글뺑글 나는 듯이 돌고 또 돌았다.

그러다 별안간 잠잠해지더니, 잔디밭을 절름절름 걷다가 뭔가 생각하는 것처럼 앉아, 바람에 날리는 한 조각 솜털 같은 코를 실룩거렸다. 몇 분간 열심히 생각하더니, 어쩌면 그들을 보고 있을 수도 아닐 수도 있는 크게 뜬 검은 눈의 그 부드러운 덩어리가 조용히 앞으로 절름거리며 다가와, 예의 그 볼품없이 빠르게 먹는 토끼의 몸짓으로 잔디를 갉아 먹기 시작했다.

"저건 미쳤어요." 구드룬이 말했다. "분명히 미쳤다고요."

그가 웃었다.

"문제는, 미친다는 게 무엇이냐는 거죠. 난 저것이 토끼로서 미쳤다'고는 생각하지 않습니다." 그가 말했다.

"그렇게 생각하지 않는다고요?" 그녀가 물었다.

"그래요. 토끼로서 존재한다는 것이 본래 그런 것인 거죠."

그의 얼굴에 기이하고 외설적인 미소가 희미하게 떠올랐다. 그녀는 그를 바라보았고, 그 역시 자신과 마찬가지로 새로 입문했다는 걸 깨달았다. 이에 그녀는 순간 좌절하고 저지당했다.

"우리가 토끼가 아닌 게 정말 다행이네요." 그녀가 높고 새된 목소리로 말했다.

그의 얼굴에 미소가 살짝 짙어졌다.

"토끼가 아니라서요?" 그가 그녀를 뚫어져라 쳐다보며 말했다.

천천히 그녀의 얼굴에서 긴장이 풀어지며 외설스러운 인정의 미소로 바뀌었다.

"아, 제럴드." 그녀가 강하고 느리게, 거의 남자 같은 투로 말했다.

"그것도 있지만, 더 있죠." 그녀는 충격적일 정도로 태연한 눈으로 그를 쳐다보았다.

그는 또다시 그녀에게 얼굴을 얻어맞은 것 같은 기분이 들었다. 아니, 어쩌면, 그녀가 자신의 가슴을 천천히, 돌이킬 수 없이 찢어놓은 것 같았다. 그는 고개를 돌렸다.

"먹어, 먹어라, 내 아가." 위니프레드가 만지려고 가까이 기어가며 부드럽게 토끼를 불렀다. 토끼는 그녀를 피해 절름거리며 도망갔다. "그럼 엄마가 털을 만지게만 해 주라, 아가. 넌 너무 신비로우니까 말이야……."

19장 달빛

아프고 난 후 버킨은 잠시 프랑스 남부로 떠났다. 아무한테도 편지를 쓰지 않았기 때문에 그의 소식을 아는 사람이 없었다. 혼자 남은 어슐라는 마치 모든 것이 수포로 돌아가 버린 듯한 기분이었다. 세상에 아무런 희망도 없는 것 같았다. 인간은 점점 더 높게 솟아오르는 무(無)의 조수에 휩쓸린 자그마한 돌멩이였다. 그녀 자신만, 오직 자신만이 현실이었다 — 밀려드는 물결에 씻기는 바위처럼. 나머지는 온통 무(無)였다. 그녀는 자신 안에서 고립된 채 무정하고 무심했다.

그녀에겐 지금 경멸 어린 반항적인 무관심밖에 없었다. 온 세상이 싱겁게 김빠진 잿빛의 무(無)로 빠져들고 있었고, 그녀는 그 어디와도 접하거나 연관되어 있지 않았다. 그녀는 그 모든 쇼가 경멸스럽고 혐오스러웠다. 가슴 밑바닥에서부터, 영혼의 바닥에서부터 그녀는 사람들을, 성인들을 경멸했고 혐오했다. 아이들과 동물들만 사랑했다. 아이들을 열정적으로, 하지만 차갑게 사랑했다. 그들을 보면 껴안아 주고 싶었고 보호해 주고 싶었고 생기를 불어넣어 주고 싶었다. 그러나 연민과 절망에 기반을 둔 바로 이 같은 사랑은 그녀에게 오로지 속박이고 고통일 따름이었다. 그녀는 무엇보다 자기처럼 혼자이고 비사회적인 동물들을 가장 사랑했다. 들판에 있는 말과 소를 사랑했다. 그들 각각은 저마다 혼자였고 아무와도 어울리지 않았으며 마법을 가진 것처럼 매혹적이었다. 그들은 어떤 가증스러운 사회적 원칙으로 간단히 해석될 수 있는 것이 아니었다. 그녀가 그토록 철저히 혐오하는 충만한 감정과 비극을 그들은 몰랐다.

그녀는 만나는 사람들에게 거의 비굴할 정도로 아주 상냥하게 비위를 맞출 수 있었다. 그러나 아무도 이에 속아 넘어가지 않았다. 사람들은 저마다 본능적으로, 남자든 여자든 인간에 대한 어슐라의 경멸 어린 조소를 느꼈다. 그녀는 인간에 대한 깊은 원한을 품고 있었다. '인간'이란 말이 상징하는 것은 그녀에게 경멸스럽게 비천하고 혐오스러웠다.

그녀의 가슴은 이러한 경멸 어린 조롱의 감추어진 무의식적인 긴장 속에 주로 갇혀 있었다. 그녀는 자신이 사랑을 하고 있다고, 자신은 사랑의 감정으로 충만해 있다고 생각했다. 이것이 스스로에 대해 갖고 있는 생각이었다. 그러나 그녀에게서 나오는 기이한 밝은 빛, 내재적 생명력이 뿜어내는 놀라운 광휘는 극치에 달한 거부, 거부, 오직 거부의 빛이었다.

하지만 때로는 한발 물러나 마음을 부드럽게 먹고 순수한 사랑을, 오직 순수한 사랑만을 원할 때도 있었다. 다른 상태, 즉 변함없이 한결 같은 거부의 상태는 압박이자 고통이기도 했던 것이다. 순수한 사랑에 대한 지독한 갈망이 또다시 그녀를 엄습했다.

어느 날 저녁 그녀는 계속되는 이런 본질적인 고통으로 인해 무감각해진 상태에서 밖으로 나갔다. 파멸할 때가 된 자들은 지금 죽어야 한다. 이러한 앎이 그녀 안에서 최후에 다다라 종지부를 찍었다. 그리고 이런 돌이킬 수 없는 최종성이 그녀를 해방시켜 주었다. 만일 떠날 때가 된 자들이 모두 죽거나 파멸하여 운명에 끌려가게끔 되어 있다면, 그녀가 괴로워할 필요가 어디에 있으며, 더 이상 거부할 필요가 어디에 있는가. 그녀는 이 모든 것에서 자유로웠고, 어딘가 다른 곳에서 새로운 결합을 찾을 수도 있었다.

어슐라는 윌리 그린의 물방앗간으로 향했다. 그녀는 윌리 호숫가에 도착했다. 한동안 물이 빠져 있었던 호수는 이제 다시 거의 가득 차 있었다. 그녀는 길을 벗어나 숲으로 들어섰다. 밤이 되어 캄캄했다. 그러나 그녀는 두려움을 잊었다, 공포의 그토록 커다란 원인들을 갖고 있는 그녀가. 인간들로부터 멀리 떨어진 나무숲에는 일종의 마법 같은 평화가 있었다. 인적의 기미라고는 없는 완전한 고독을 발견하면 할수록 더욱 편안함이 느껴졌다. 사실 그녀는 사람들에 대한 두려움으로 겁에 질려 공포에 떨었던 것이다.

그녀는 자신의 오른편 나무줄기들 사이에 뭔가가 있음을 깨닫고 깜짝 놀라 움찔했다. 그녀를 지켜보면서 날쌔게 피하는 거대한 혼령 같았다. 그녀는 화들짝 놀랐다. 그러나 그건 그저 가느다란 나무들 사이로 떠오른 달이었다. 그렇지만 새하얀 죽음과 같은 미소를 띠고 있어서 너무나 신비롭게 보였다. 게다가 그것을 피하는 것은 불가능했다. 밤이건 낮이건, 이 달처럼 의기양양하게 빛나며 오만한 미소를 짓고 있는 그 불길한 얼굴로부터 도망칠 수 없을 것 같았다. 그녀는 그 하얀 행성(行星)에 위축되어 걸음을 재촉했다. 물방앗간 근처 연못만 보고 집에 갈 생각이었다.

개들이 있는 뜰을 지나고 싶지 않아서 그녀는 산비탈을 따라 위쪽에서 연못을 향해 내려갔다. 달은 나무가 없는 널찍한 공터 위에 높다랗게 걸려 있었다. 그녀는 달에 노출되는 것이 괴로웠다. 밤에 다니는 토끼들이 들판을 가로질러 지나가는 것이 희미하게 보였다. 밤은 수정처럼 맑고 아주 조용했다. 멀리서 양이 콜록거리는 소리까지 들려왔다.

그녀는 연못 위쪽에 있는, 나무에 가려진 가파른 둑을 향해 내려갔다. 둑에는 오리나무 뿌리들이 뒤엉켜 있었다. 달빛을 벗어나 나무 그늘 사이를 지나게 되어 기뻤다. 그녀는 비탈진 둑 꼭대기에 다다라 한 손을 거친 나무줄기에 얹고는 호수를 바라보며 서 있었다. 완벽한 정적이 깃든 호수 위로 달빛이 흐르고 있었다. 그런데 어쩐 일인지 그녀는 그 달빛이 싫었다. 그것은 그녀에게 아무것도 주는 게 없었다. 수문에서 거칠게 돌진하는 물소리가 들려왔다. 그녀는 이 밤으로부터 뭔가 다른 걸 바랐다. 이런 달빛 찬란한 무정함 말고, 다른 밤을 원했다. 자신의 영혼이 자신 안에서 소리 내어 울부짖는 것이, 외로이 한탄하고 있는 것이 느껴졌다.

그녀는 물가를 따라 그림자 하나가 움직이는 걸 보았다. 버킨인 것 같았다. 그렇다면 모르는 사이에 그가 돌아와 있었던 것이다. 그녀는 별생각 없이 이 사실을 받아들였다. 그녀에겐 아무것도 중요하지 않았다. 그녀는 수문에서 흘러나온 물이 이슬처럼 어둠 속으로 깨끗이 증류되는 소리를 들으며, 어둑하게 가려 잘 보이지 않는 오리나무 뿌리들 사이에 앉았다. 섬들은 캄캄하게 절반만 드러나 있었다. 갈대밭도 캄캄했고, 그중 몇 개의 갈대만이 빛에 반사되어 희미하게 번쩍였다. 물고기 한 마리가 남몰래 뛰어 연못 수면에 어려 있는 빛을 드러냈다. 순수한 어둠을 쉼 없이 흩뜨리는 스산한 이 밤의 번쩍임이, 그녀는 혐오스러웠다. 이 밤이 완벽히 캄캄하기를, 아무 소리도, 아무 움직임도 없기를 바랐다. 조그맣게, 그리고 마찬가지로 캄캄하게 보이는 버킨이 달빛에 머리를 반짝이며 점점 더 가까이 어슬렁거리며 다가왔다. 제법 가까워졌지만 그는 아직 그녀 안에 존재하지 않았다. 그는 그녀가 거기 있다는 걸 모르고 있었다. 그가 만일 자기 혼자 있는 줄 알고, 아무에게도 보이고 싶지 않을 뭔가를 한다면? 하지만 그게 무슨 대수인가? 소소한 사적인 일이 문제 될 게 뭐가 있단 말인가? 그가 한 일이 어떻게 문제가 될 수 있단 말인가? 우린 모두 다 똑같은 유기체들인데 어떻게 비밀이란 게 있을 수 있는가? 모든 것이 서로에게 다 알려져 있는데 어떻게 비밀스러움이라는 게 있을 수 있는가?

지나가면서 그는 말라 죽은 꽃잎 껍질을 무의식적으로 만지작거리며 두서없이 중얼거렸다.

"도망칠 수 없어." 그는 말했다. "빠져나간다는 건 **있을 수도** 없는 일이야. 다만 자신에게로 물러가는 것일 뿐."

그는 물 위로 죽은 꽃잎 껍질을 던졌다.

"교창(交唱)*인 거지 — 그들이 거짓말을 하면 넌 그들에게 화답의 노래를 하는 거지. ……거짓이란 게 없다면 진실이 있을 필요도 없을 텐데…… 그러면 뭔가가 옳다고 주장할 필요도 없을 텐데……."

그는 가만히 서서 호수를 바라보며 물 위로 꽃잎 껍질들을 던졌다.

"키벨레*여…… 저주받아라! 저주받은 시리아 디*여! ……그녀의 저주가 못마땅한 자 있느냐? ……누가 또 있더라?"

저 혼자 떠들어 대는 그의 목소리에 어슐라는 걷잡을 수 없이 큰 소리로 웃고 싶었다. 너무나 우스꽝스러웠다.

그는 호수를 노려보며 서 있었다. 그러더니 몸을 구부려 돌을 하나 집어 연못을 향해 힘껏 던졌다. 어슐라는 달이 온통 이지러지며 뛰어 흔들리는 걸 두 눈으로 보았다. 자신 앞에서 달이 갑오징어처럼, 발광(發光)하는 폴립처럼, 강하게 고동치며 불꽃같은 수족들을 내미는 것 같았다.

연못 가장자리에서 그의 그림자가 잠시 이 광경을 지켜보더니,

그가 몸을 구부려 땅을 더듬었다. 그러더니 다시 한 번 물이 튀는 소리와 함께 밝은 빛이 튀었다. 달이 물 위에서 폭발하여 희고 위험한 불꽃 파편이 되어 날아다녔다. 완전히 부서진 불꽃들이, 밀고 들어오는 검은 물결의 무리와 싸우며 시끄러운 혼란 속에 도망치면서 연못을 가로질러 하얀 새 떼처럼 빠르게 일어났다. 가장 멀리 달아나는 빛의 물결들은 탈출하기 위해 연못의 가장자리와 맞서 아우성치고 있는 것 같았고, 그 아래로 흐르는 검은 물결들은 중심을 향해 두껍게 모여들었다. 그러나 모든 것의 심장부인 중심부에는, 여전히 새하얀 달의 생생하게 빛나는 떨림이, 꿈틀거리며 몸부림치는 이 순간에도 부서져 열리지 않는, 아직 범해지지 않은 하얀 불꽃의 몸뚱이가 있었다. 그것은 기이하고 격심한 고통 속에서, 자신을 한데로 모으기 위해 물불 가리지 않고 애쓰는 것 같았다. 그 범할 수 없는 달은 점점 더 강해지고 있었다. 자신의 존재를 다시금 주장하고 있었다. 그리고 가느다란 빛줄기를 이룬 달빛들은, 물 위에서 의기양양하게 제 모습을 다시 찾으며 흔들리고 있는 강해진 달로 서둘러 되돌아가고 있었다.

버킨은 연못이 거의 잔잔해지고 달이 고요해질 때까지 꼼짝 않고 서서 지켜보았다. 그러더니 너무나 흡족해하며 돌을 더 찾았다. 그녀는 보이지 않는 그의 끈덕진 고집을 느꼈다. 그리고 다음 순간, 또다시 폭발하며 부서진 빛들이 눈부시게 그녀의 얼굴 위로 흩어졌다. 거의 동시에 두 번째 사격이 잇따랐다. 달이 하얗게 뛰어올라 공중에서 부서졌다. 밝은 빛줄기가 산산이 부서지며 빛을 쏘았고 어둠은 중심으로 몰려들었다. 달은 사라졌고, 부서진 빛과 그림자가 함께 어우러져 내달리는 전쟁터뿐이었다. 검고 육중한 그림자가 달의 심장이 놓인 중심을 완전히 지워 버리며 치고 또 쳤다. 하얀 파편들이 위아래로 고동치며 어디로 가야 할지 몰라, 바람에 멀리멀리 날려 흩어져 버린 장미 꽃잎들처럼 물 위에 흩어져 빛났다.

그러나 또다시, 달빛의 파편들은 시샘이라도 하듯 희미하게 명멸하며 맹목적으로 길을 찾아 중심으로 향했다. 그리고 또다시, 버킨과 어슐라가 지켜보고 있는 가운데 모든 것이 잠잠해졌다. 연못가에서 물이 요란하게 찰싹였다. 버킨은 달이 교묘히 자신을 다시 추스르고 있는 것을, 장미의 심장부가 귀환의 맥박과 노력 속에서 흩어진 파편들을 불러 모아 이들을 본래 자리로 끌어당기며, 힘차게 맹목적으로 얽혀 드는 것을 보았다.

하지만 그는 만족하지 않았다. 미친 듯이 계속해야만 했다. 큰 돌들을 집어 하얗게 타고 있는 달의 중심을 향해 하나씩 던졌다. 공허한 소음만이 요동칠 때까지. 연못은 출렁이고 달은 자취를 감추고, 아무 목적도 의미도 없이 몇 개의 부서진 불꽃 조각들만 어둠 속에 뒤엉키고 반짝이며 흩어질 때까지. 마구잡이로 흔들리는 흑백의 만화경 같은, 캄캄한 혼돈만 남을 때까지. 텅 빈 밤이 시끄러운 소리와 함께 흔들리며 부서지고 수문에서는 날카롭고 규칙적인 소리가 들려왔다. 여기저기서 불꽃이, 저 멀리 섬에 있는 갈대밭에 드리워진 어둠 속 기이한 곳에서 고통스럽게 반짝이며 나타났다. 버킨은 서서 귀를 기울였다. 만족스러웠다.

어슐라는 멍했다. 정신이 완전히 나간 상태였다. 자신이 땅에 넘어져서 대지에 흐르는 물처럼 쏟아져 버린 듯한 기분이었다. 지쳐 버린 채 꼼짝 않고 그녀는 어둠 속에 있었다. 하지만 지금 이 순간에도, 보이지는 않지만 어둠 속에서 잦아들고 있는 불꽃 조각들의 자그마한 법석을, 동그랗게 원을 그리면서 비밀리에 춤을 추며 아무도 모르게 살그머니 짝을 지어 함께 돌아오는 빛의 덩어리를 의식하고 있었다. 그들은 또다시 하나의 심장으로 모여들며 다시 한

번 태어나고 있었다. 빛의 파편들이 점차 한데 모이며 오르락내리락 흔들리고 춤추면서, 공포에 질려 뒷걸음치면서도 다시금 고집스레 본래의 집을 향해 가고 있었다. 앞으로 나아가면서도 물러나는 것처럼, 하지만 변함없이 깜빡이며 중심을 향해 가까이, 조금 더 가까이 갔고, 희미한 빛이 연이어 하나씩 전체와 한 몸을 이루면서 빛의 덩이가 신비롭게 점점 더 커지고 밝아지더니, 마침내 찢겼던 장미가, 이지러지고 해졌던 달이, 그 격동으로부터 회복하려 애쓰며, 그 손상된 모습과 동요를 극복하고서 완전하고 침착하고 평온해지려 애쓰며, 새롭게, 또다시, 자신의 존재를 거듭 주장하며 물 위에서 흔들리고 있었다.

버킨은 연못가를 멍하니 배회했다. 어슐라는 그가 달에게 또 돌을 던질까 봐 겁이 났다. 그녀는 자리에서 미끄러지듯 빠져나가 그가 있는 곳으로 내려가며 말을 건넸다.

"돌을 또다시 던지지는 않을 거죠, 네?"

"거기에 얼마나 있었소?" 그가 물었다.

"줄곧 있었어요. 돌은 더 이상 안 던질 거죠, 그렇죠?"

"내가 그걸 연못에서 완전히 사라지게 할 수 있을지 알고 싶었어요." 그가 말했다.

"그렇군요. 그런데 그건 정말 끔찍했어요. 당신은 어째서 달을 그렇게 미워해야만 하나요? 달은 당신한테 아무런 해도 끼치지 않았는데 말이에요, 아닌가요?"

"그게 미움이었다고요?" 그가 말했다.

그러곤 잠시 침묵이 흘렀다.

"언제 돌아왔어요?" 그녀가 물었다.

"오늘 왔어요."

"어째서 편지 한 장 보내지 않았죠?"

"할 말이 없었어요."

"어째서 할 말이 없었나요?"

"모르겠어요. 왜 여태 수선화가 안 피었을까요?"

"그러게요."

또다시 침묵의 공간이었다. 어슐라는 달을 쳐다보았다. 달은 다시 한데 모여 가늘게 떨고 있었다.

"좋았나요, 혼자 있는 것이?" 그녀가 물었다.

"아마. 잘은 모르겠지만. 어쨌든 많이 회복했어요. 당신에겐 특별한 일이 있었나요?"

"아뇨. 잉글랜드를 살펴봤고, 그것과는 인연을 이미 끊었다는 생각이 들었죠."

"왜 잉글랜드를요?" 그가 놀라 물었다.

"모르겠어요. 그냥 그런 생각이 들었어요."

"그건 나라 문제가 아니에요." 그가 말했다. "프랑스는 훨씬 더 나빠요."

"맞아요, 나도 알아요. 난 그 모든 것과 끝장을 낸 것 같은 기분이에요."

그들은 나무뿌리께로 가서 어둠 속에 앉았다. 침묵이 흐르자 그는, 가끔씩 봄날처럼 빛으로 가득 차는, 경이로운 약속으로 가득해지는 그녀의 아름다운 눈이 떠올랐다. 그래서 그는 천천히, 어렵사리, 그녀에게 말을 건넸다.

"당신 눈엔 황금빛이 있어요. 그걸 내게 주었으면 좋겠어요." 그는 이것에 대해 한동안 생각하고 있었던 것 같았다.

그녀는 깜짝 놀랐고, 펄쩍 뛰어 그에게서 멀어진 느낌이었다. 하지만 한편으로는 기쁘기도 했다.

"어떤 종류의 빛인데요?" 그녀가 물었다.

하지만 그는 쑥스러워 더 이상 말이 없었다. 그 순간이 이번엔 그렇게 지나가 버렸다. 그러자 그녀는 슬픈 감정이 점점 밀려왔다.

"내 삶은 충족된 것이 너무 없어요." 그녀가 말했다.

"그렇군요." 그는 이런 말을 듣고 싶지 않아서 짧게 답했다.

"그리고 아무도 날 진정으로 사랑할 것 같지가 않아요." 그녀가 말했다.

그러나 그는 대답하지 않았다.

"당신은, 내가 오직 육체적인 것만 원한다고 생각하죠, 그렇죠? 그렇지 않아요. 난 당신이 내 영혼을 섬기길 바라요." 그녀가 천천히 말했다.

"알고 있어요. 난 당신이 육체적인 것 자체를 원하는 게 아니라는걸요. ……하지만 난 당신이 내게 주기를…… 당신의 영혼을 내게 주기를—그 황금빛을 말이에요—당신은 그 빛이 바로 당신인 것을 모르죠…… 그걸 내게 주길 원합니다."

잠시 말이 없던 그녀가 입을 열었다.

"하지만 내가 어떻게 주나요? 당신은 나를 사랑하지 않는데요! 당신은 오직 당신의 목적만을 원하잖아요. 당신은 **나를** 섬기길 원치 않으면서, 내가 당신을 섬기길 바란다고요. 그건 너무 일방적이에요."

그가 이 대화를 유지하면서 동시에 그녀로부터 원하는 것을 요구하는 것, 즉 그녀의 영혼의 굴복을 요구하는 것은 굉장한 노력을 요하는 일이었다.

"그건 다른 겁니다." 그가 말했다. "그 두 종류의 섬김은 전혀 다른 거예요. 난 다른 방식으로 당신을 섬기는 거예요……. **당신 자신**을 통해서가 아니라…… 어딘가 다른 곳을 통해서 섬기는 거죠. ……그렇지만 난 우리가 우리 자신에 관해 신경 쓰지 않으면서 함께 있기를 원해요……. 우리가 함께 **있기 때문에** 진정으로 함께 있게 되길 말이에요. 우리 스스로의 노력으로 유지해야만 하는 어떤 것이 아니라 마치 하나의 현상인 것처럼 말이죠."

"그렇지 않아요." 그녀가 생각에 잠긴 채 말했다. "당신은 그저 자기중심적인 거예요. ……당신은 단 한 번도 어떤 열정이나 번뜩이는 불꽃을 품고 내게 다가온 적이 없어요. 당신은 당신 자신을 원하는 거예요, 사실은. 그리고 당신 자신의 관심사만을요. 그리고 나는 그냥 그저 거기에 있기를, 그리고 당신을 섬기기를 바라는 거라고요."

그러나 이 말은 그녀로부터 그를 더욱 멀어지게 할 뿐이었다.

"아, 어쨌거나 말은 아무 소용이 없어요. 그것이 우리 사이에 **존재하든가**, 아니면 존재하지 않든가 둘 중 하나죠." 그가 말했다.

"당신은 심지어 날 사랑하지도 않잖아요." 그녀가 소리쳤다.

"합니다." 그가 화가 나서 말했다. "하지만 내가 원하는 건……." 그의 마음이 다시, 마치 경이로운 창문에 스며드는 것처럼 그녀의 눈에 스며든 사랑스러운 봄의 황금빛을 보았다. 그리고 그녀가 거기, 이 의기양양한 무관심의 세계에 자신과 함께 있기를 원했다. 하지만 그녀에게 의기양양한 무관심 속에 함께 있고 싶다고 말하는 것이 무슨 소용 있을까. 말을 한다는 것 자체가 무슨 소용 있을까. 그것은 말소리를 초월하여 일어나야만 했다. 신념으로써 그녀를 어떻게 해 보려고 하는 건 일을 그르칠 뿐이었다. 그녀는 절대로 그물에 잡혀 들지 않는 극락조였다. 스스로 혼자서 과녁의 복판을 향해 날아가야만 하는 존재였다.

"난 내가 사랑받게 될 거라고 언제나 생각해요……. 그런데 실망이에요. 당신은 나를 사랑하지 **않아요**, 그렇잖아요. 당신은 나를 섬기길 원치 않아요. 당신은 당신 자신을 원할 뿐이에요."

"당신은 나를 섬기길 원치 않아요"라는 말의 반복에 그의 피가 노여움으로 끓어올랐다. 천국이 완전히 사라져 버렸다.

"그래요." 그가 짜증이 나서 말했다. "난 당신을 섬기고 싶지 않아요. 왜냐하면 섬길 것이 없으니까. 내가 섬겨 주길 당신이 바라는 그것은 아무것도 아니에요. 무(無)에 불과하죠. 심지어 당신도 아니에요. 그건 그저 당신의 여성적 특질에 불과해요. 그런데 난 당신의 그 여성적 자아에 대해선 눈곱만큼도 관심 없습니다 — 그건 봉제 인형이거든요."

"하!" 그녀가 비웃었다. "그게 바로 나에 대해 당신이 갖고 있는 생각의 전부로군요? 그런데도 뻔뻔하게 나를 사랑한다고 말하다니요!"

그녀는 화가 나서 집으로 돌아가려고 자리에서 벌떡 일어섰다.

"당신은 천국 같은 무지의 상태를 원하는 거예요." 여전히 어둠 속에 절반쯤 가려진 채 앉아 있는 그를 향해 돌아보며 그녀가 말했다. "난 그게 뭔지 알아요. 고맙군요. 당신은 내가 당신의 물건이 되었으면 하는 거예요. 내가 당신을 비난하거나, 나 자신을 위한 말을 하는 건 절대로 싫고요. 내가 그저 당신을 위한 **물건**이기를 바라는 거라고요! 고맙지만 사양하겠어요! 당신이 원하는 게 정말 그거라면, 그걸 당신에게 줄 여자는 많아요. 자기를 밟고 지나가라고 드러누워 줄 여자는 많다고요 — 그러니까 그 사람들한테 **가세요**, 만일 그게 당신이 원하는 거라면 말이에요 — 그들한테 가요."

"싫어요." 그가 화가 나서 내뱉었다. "난 당신이 당신의 독단적인 **아집**을 버리길 바라는 겁니다. 겁에 질리고 근심에 찬 당신의 그 고집 말입니다. 그게 내가 원하는 바예요……. 난 당신이 당신 자신을 무조건적으로, 절대적으로 믿기를, 그래서 당신이 당신 스스로를 놓아줄 수 있기를 바라는 겁니다."

"나 자신을 놓아주라고요!" 그녀가 비웃으며 그의 말을 되풀이했다. "나야 얼마든지 나 자신을 놓아줄 수 있어요, 아주 쉽게 말이죠. 스스로를 놓아주지 못하는 건 바로 당신이에요. 무슨 유일무이한 보물이나 되는 것처럼 자신한테 달라붙어 있는 건 다름 아닌 당신이라고요. **당신은**...... **당신이란 사람은** 주일학교 선생이에요, **당신**, 설교자 당신 말이에요."

이 말에 담긴 일말의 진실 앞에 그가 굳어지며 그녀의 말에 귀를 닫았다.

"당신더러 디오니소스처럼 도취된 방식으로 자신을 버리라는 말이 아닙니다." 그가 말했다. "당신이 그렇게 할 수 있다는 걸 난 알고 있어요. 하지만 난 도취 상태를 증오해요, 그게 디오니소스적인 것이든, 아니면 다른 종류의 것이든 말이죠. 그건 다람쥐 쳇바퀴 도는 것과 같은 겁니다. ......난 당신이 자신에 대해 신경 쓰지 않기를, 그냥 거기에 있으면서, 자신에 대해 신경 쓰지 않고, 고집 부리지 말고...... 기쁘고 확신에 찬 채 무관심하기를 바라는 겁니다."

"누가 고집을 부리죠?" 그녀가 비웃었다. "계속 고집을 부리는 게 누군데요? ......**나는** 아니에요!"

그녀 목소리엔 지친 듯한 쓰디쓴 비웃음이 서려 있었다. 그는 잠시 말이 없었다.

"알고 있습니다." 그가 말했다. "서로에게 고집을 부리는 한 우린 둘 다 잘못하는 거예요. ......우릴 좀 봐요. 의견 합치에 다다를 수가 없잖아요."

그들은 둑 옆의 나무 그늘 아래 말없이 앉았다. 밤은 하얗게 주위를 둘러싸고, 그들은 거의 아무것도 의식하지 않은 채 어둠 속에 있었다.

그들에게 서서히 고요와 평화가 찾아왔다. 그녀는 망설이며 자신의 손을 그의 손 위에 살짝 올렸다. 그들의 손이 부드럽고 조용히 평화롭게 포개졌다.

"날 정말 사랑해요?" 그녀가 말했다.

그가 웃었다.

"난 그걸 당신의 전투의 함성이라고 부르겠어요." 그가 재미있어하며 대답했다.

"어째서요!" 그녀가 재미있어하면서도 정말로 궁금해서 소리쳤다.

"당신의 고집…… 당신의 전투의 함성…… '브랑웬, 브랑웬' 하는 옛날 전장의 외침 말이에요. ……당신의 함성은 '날 사랑하나요?'인 거죠. 항복하라, 이 악당아. 아니면 죽어라."

"아니에요." 그녀가 항변했다. "그런 게 아니에요. 그런 게 아니라고요. 하지만 난 당신이 나를 사랑한다는 걸 알아야 해요, 안 그런가요?"

"알았어요. 그렇다면, 그렇다고 알고 끝내요."

"하지만 사랑하는 건가요?"

"그래요. 난 당신을 사랑해요. 그리고 난 그것이 돌이킬 수 없이 변경 불가능하다는 걸 알고 있어요. 그건 최종적인 거예요. 그러니 그것에 대해 뭐라 더 말할 이유가 있습니까."

그녀는 기쁨과 의혹 속에 잠시 말이 없었다.

"확실해요?" 그녀가 그에게로 가까이 행복하게 달라붙으며 말했다.

"확실해요 ― 그러니 이제 끝내요 ― 그걸 받아들이고 그만해요."

그녀는 그에게 아주 가까이 다정하게 몸을 기대고 있었다.

"뭘 그만해요?" 그녀가 행복하게 속삭였다.

"신경 쓰는 거요." 그가 말했다.

그녀는 그에게 더욱 바짝 달라붙었다. 그는 그녀를 꼭 안고 부드럽고 다정하게 키스했다. 그렇게 그냥 그녀를 안고 다정히 입 맞추는 것, 아무런 생각도, 욕망도, 혹은 의지도 없이 그저 그녀와 함께 조용히 있는 것, 완벽하게 조용히 함께, 잠이 아닌 지극한 행복 속에 만족하여 평온히 있는 것, 그것은 평화요 천국의 자유였다. 욕망도 고집도 없이 지고의 행복 속에 만족스럽게 있는 것, 이것이 천국이었다. 행복한 고요 속에 함께 있는 것 말이다.

오랫동안 그녀는 그의 곁에 붙어 있었고, 그는 그녀에게 부드럽게 키스했다. 그녀의 머리카락에, 얼굴에, 귀에, 떨어지는 이슬처럼 다정하고 부드럽게 입을 맞추었다. 그러나 귓가에 느껴지는 그의 따스한 숨결이 그녀의 마음을 다시금 어지럽혀, 오래된 파괴의 불을 지폈다. 그녀가 바짝 붙자 그는 자신의 피가 수은처럼 변하는 것이 느껴졌다.

"하지만 우린 이대로 가만히 있을 거예요, 그렇죠?" 그가 말했다.

"네." 그녀가 복종하듯이 말했다.

그녀는 계속해서 그에게 몸을 맞댄 채 있었다.

그러나 조금 있다가 몸을 빼어 그를 바라보았다.

"집에 가야 해요." 그녀가 말했다.

"그래야죠……. 슬프군요." 그가 대답했다.

그녀는 몸을 기울여 키스를 받으려고 입술을 내밀었다.

"정말로 슬퍼요?" 그녀가 웃으며 속삭였다.

"그래요." 그가 말했다. "아까처럼 여기에 언제까지나 그대로 머물렀으면 좋겠어요."

"언제까지나라고요! 정말?" 버킨이 입 맞추는 동안 그녀가 속삭였다. 그러더니 한껏 목청을 부풀려 나지막이 말했다. "키스해 쥐요! 키스해 쥐요!" 그러면서 그에게 가까이 달라붙었다. 그는 그녀에게 여러 차례 키스했다. 하지만 그에게도 자신의 생각과 의지가 있었다. 그는 지금 단지 부드러운 교감만을 원했다. 그 밖의 다른 어떤 것도, 어떤 열정도 원하지 않았다. 그리하여 그녀는 이내 몸을 떼고 모자를 쓰고는 집으로 갔다.

그러나 그다음 날 그는 안타깝게 바라고 열망했다. 어쩌면 자신이 잘못한 것일지도 모른다는 생각이 들었다. 자신이 원하는 관념을 가지고 그녀에게 간 게 잘못이었던 것 같았다. 그것은 정말 그저 하나의 관념에 지나지 않는 것이었을까? 아니면, 심원한 갈망의 연출이었던가? ……만일 후자라면, 그는 어째서 언제나 관능적 충족에 대해 떠들어 댔던 것일까? 그 둘은 서로 썩 부합하는 것이 아니었다.

문득 그는 자신이 어떤 상황에 직면하고 있음을 깨달았다. 그것은 아주 단순한 것이었다. 치명적일 정도로 단순했다. 즉, 한편으로 그는 자신이 좀 더 진전된 관능적인 경험을 원한다는 것을 알았다 — 일상적인 삶이 줄 수 있는 것보다 뭔가 더 깊고 더 어두운 것을. 할리데이의 집에서 자주 보았던 아프리카 주물들이 생각났다. 그중에서도 서아프리카에서 온 60센티미터 정도 높이의 조각상이 떠올랐다. 윤이 나고 부드러운 검은 나무로 만들어진, 키가 크고 호리호리하며 우아한 형상이었다. 멜론 모양의 둥근 지붕처럼 머리를 높이 올린 여자상이었다. 그녀의 모습이 생생히 떠올랐다. 그것은 그의 영혼의 절친한 친구 중 하나였다. 그녀의 몸은 길고 우아했으며, 얼굴은 딱정벌레처럼 자그맣게 납작 짓눌려 있었다. 목에는 세로로 늘어선 쇠기둥 같은 무거운 목걸이들이 열 지어 둘러져 있었다. 그는 그녀를 기억하고 있었다. 놀랍도록 세련된 우아함, 그 조그만 딱정벌레 같은 얼굴, 날씬하고 긴 허리 아래로 뜻밖에 육중하게 툭 튀어나온 엉덩이에 짧고 볼품없는 다리, 그리고 그 위에 놓인, 깜짝 놀랄 만큼 길고 우아한 몸을. 그녀는 그가 모르는 것을 알고 있었다. 그녀의 뒤로는 순수하게 관능적인, 철저히 비정신적인 수천 년의 앎이 놓여 있었다. 그녀의 종족이 불가사의하게 죽은 지 수천 년이 지난 것이 틀림없었다. 그러니까 감각과 거침없이 솔직한 정신 간의 관계가 깨져 모든 경험이 하나의 종류로, 불가사의하게 관능적인 종류로 남게 된 지가 말이다. 지금 그에게 닥친 것은 수천 년 전 이 아프리카인들에게 일어났던 일과 틀림없이 동일한 것이다. 즉, 선함과 신성함, 창조와 생산적인 행복을 향한 욕망이, 한 종류의 앎을 향한 단일한 충동, 아무 생각 없이 감각을 통해 전진하는 앎, 감각에 붙들려 감각에서 끝나는 앎, 분해와 해체에 관한 신비적 앎, 오로지 타락과 차가운 해체의 세계에서만 사는 딱정벌레가 가진 그런 앎만을 남겨 둔 채 소멸한 것이 틀림없었다. 그렇기 때문에 그녀의 얼굴이 딱정벌레처럼 보이는 것이었다. 그렇기 때문에 이집트 사람들이 분뇨를 굴리는 딱정벌레를 숭배하는 것이었다. 바로, 해체와 타락에 대한 앎의 원칙 때문이었다.

죽음-단절 이후 우리의 여정은 길 수도 있다. 극심한 고통 속에 영혼이 파멸하는 그 순간, 낙엽처럼 그 유기체로부터 떨어져 나가는 순간 이후에 말이다. 우리는 삶과 희망의 접점으로부터 추락한다. 통합되어 있는 순수한 전체로부터, 창조와 자유로부터 일탈하여 길고 긴 아프리카의 순전히 관능적인 이해의 과정 속으로, 해체의 신비에 관한 앎의 과정 속으로 추락하는 것이다.

이제 그는 이것이 기나긴 과정임을, 창조적인 영혼이 죽고 난 후 수천 년이 걸리는 일임을 깨달았다. 개봉되어야 할 거대한 신비가, 관능적이며 정신을 결여한 끔찍한 신비가, 남근 숭배를 훨씬 넘어서는 신비가 존재하고 있음을 깨달았다. 그 전도된 문명 속에서 이 서아프리카인들은 남근의 앎을 넘어 얼마만큼 더 멀리 갔던 것일까? 아주, 아주 멀리 갔던 것이다. 버킨은 다시 그 여인상을 떠올렸다. 그 길쭉한 길고 긴 몸뚱이를, 그 뜻밖의 거대한 신기한 엉덩이를, 감금된 그 기다란 목을, 딱정벌레처럼 조그만 이목구비를 한 얼굴을. 이것은 그 어떤 남근적(男根的) 앎도 초월한 것이었으며, 남근적 탐색의 영역을 훌쩍 넘어선, 미묘한 관능적 현실이었다.

완수해야 할 이 끔찍한 아프리카의 과정이 남아 있었다. 백인 종족은 이 여정을 다르게 수행하리라. 자신들 뒤로 북극을, 얼음과 눈의 거대한 추상적 관념을 갖고 있는 백인 종족들은 얼음의 파괴적인 지식과 눈의 추상적 전멸의 신비를 달성하리라. 반면 타오르는 사하라의 죽음 같은 추상성의 지배를 받는 서아프리카인들은 파괴적인 태양 속에서, 태양 광선의 그 썩어 가는 신비 속에서 그 존재가 실현되었던 것이다.

그렇다면 이것이 남아 있는 전부란 말인가? 이제 남은 것이라고는 그 행복한 창조적 존재와 결별하는 일뿐인가? 이제 끝나 버린 것인가? 창조적인 삶의 나날은 끝난 것인가? 우리에게 남은 것은 오직 해체에 대한 앎, 아프리카인들이 알고 있던 것, 하지만 금발에 푸른 눈을 한 북방 출신의 우리 안에서는 다른, 그 앎의 이후에 오는 낯설고 끔찍스러운 삶뿐인가?

버킨은 제럴드를 생각했다. 그는 파괴적인 서리의 신비 속에서 완성된, 북방 출신의 이 기이한 백색의 경이로운 악마들 중 하나였다. 그렇다면 그는 이러한 앎 속에서, 이러한 서리와도 같은 앎의 과정 속에서 완벽한 한기(寒氣)로 인해 죽을 운명이란 말인가? 우주가 순백의 눈 속으로 해체되어 갈 것임을 알리는 전령, 불길한 전조란 말인가?

버킨은 겁이 났다. 이렇게 길게 이어진 사색으로 피로하기도 했다. 갑자기 그의 묘한, 긴장된 주의력이 쇠하여 더 이상 이러한 신비로운 것들에 주의를 집중할 수가 없었다. ……또 하나의 길, 자유의 길이 있었다. 순수한 단독의 존재, 합일을 향한 사랑과 욕망보다 우위에 있는 개인적 영혼으로 들어가는 천국의 문이 있었다. 그 어떤 감정적 고통보다도 강하고, 자유롭고 자긍심 강한 매력적인 단독의 상태, 타인과 영원한 관계를 맺을 의무를 받아들이고, 타인과 더불어 사랑이라는 멍에와 속박의 끈에 복종하면서도, 사랑하고 굴복하는 가운데에도, 자신의 자랑스러운 개인적인 단독의 상태를 결단코 박탈당하지 않는 그런 상태가 말이다.

이것이 바로 남아 있는 또 다른 길이었다. 그리고 그 길을 가려면, 그는 달려야만 했다. 그는 어슐라를 생각했다. 그녀가 정말이지 얼마나 민감하고 섬세한지를. 살갗의 한 층이 없기라도 한 듯 너무나도 부드러운 그녀의 살결을. 그녀는 정말 놀라울 정도로 부드럽고 민감했다. 어떻게 그녀를 잊고 있었단 말인가? 즉시 그녀에게로 가야만 한다. 청혼해야 한다. 즉시 결혼해서 확실한 서약을 하고 확실한 교감을 시작해야 한다. 즉시 출발해서 그녀에게 청해야만 한다. 바로 지금. 잠시도 허비할 시간이 없다.

그는 자신의 움직임에 반쯤 무의식 상태로 벨도버를 향해 표류하듯 빠르게 향했다. 그는 비탈진 언덕에 있는 마을을 보았다. 마을은 흩어져 있지 않고, 마치 벽으로 둘러싸인 것처럼 광부들이 살고 있는 곧게 벋은 거리들로 둘러싸인 커다란 사각형을 이루고 있어서 그에겐 예루살렘처럼 보였다. 세상이 온통 낯설고 이승을 초월해 있는 듯했다.

로절린드가 문을 열어 주었다. 그녀는 어린 소녀들이 그러하듯 약간 놀라더니, "오, 아버지께 말씀드릴게요"라고 했다.

그녀는 버킨을 현관에 남겨 둔 채 이 말과 함께 사라졌다. 버킨은 최근 구드룬에 의해 소개된 몇 점의 복제된 피카소 그림을 보고 있었다. 그가 대지에 대한 거의 마법사 같은 감각적인 이해에 감탄하고 있을 때, 윌 브랑웬이 걷었던 셔츠 소매를 내리며 나타났다.

"잠깐, 윗도리를 가지고 오겠네." 브랑웬이 말했다. 그러더니 그역시 사라졌다. 잠시 후 그가 돌아와 응접실 문을 열며 말했다. "미안하네. 헛간에서 일을 하던 중이라서. 들어오게나."

버킨은 들어가 앉았다. 그는 상대방의 환하고 불그레한 얼굴을, 좁은 이마와 아주 밝게 빛나는 눈을, 그리고 짧게 깎은 까만 콧수염 아래로 두껍고 길게 드러난 약간 관능적인 입술을 바라보았다. 이것이 인간이라니, 얼마나 신기한가! 브랑웬이 자기 자신에 대해 생각하고 있는 것, 그것이 브랑웬 자신의 실체와 맞닥뜨렸을 때 그것은 얼마나 무의미해지는가. 버킨의 눈에는 그저 정열과 욕망, 억압과 전통, 그리고 기계적인 관념들이 기이하고 설명할 수 없이 거의 무정형으로 모여 있는 것에 지나지 않았다. 이 모든 것이 융합되지도 통합되지도 않은 채 이 마르고 빛나는 얼굴의 남자, 스무살 때나 지금이나 여전히 결정되지도, 창조되지도 않은 채 50이 다 되어 가는 이 남자로 주조된 것이다. 자기 자신도 제대로 만들어지지 않은 그가 어떻게 어슐라의 어버이가 될 수 있단 말인가? 그는 어버이가 아니었다. 작은 살점 한 조각은 그로부터 전달되었을지언정, 영혼은 그에게서 온 것이 아니었다. 영혼은 그 어떤 조상으로부터 오는 것이 아니라, 미지의 것에서 오는 것이다. 아이란 신비의 자식이다. 그렇지 않으면 창조되지 않은 것이다.

"얼마 전까지 그렇게 나쁘더니 날씨가 이제 좀 나아졌군." 버킨이 말문을 열기를 잠시 기다리던 브랑웬이 입을 열었다. 이 두 남자는 서로 아무런 관계가 없었다.

"예." 버킨이 말했다. "이틀 전이 만월이었죠."

"오! 자네는 그럼 달이 날씨에 영향을 미친다는 걸 믿나?"

"아닙니다. 그렇지는 않습니다. 그것에 관해선 사실 잘 모릅니다."

"사람들이 뭐라고들 하는지 아나? ……달과 날씨는 함께 변할지 모르지만, 달의 변화가 날씨를 변하게 하는 건 아니라고들 하지."

"그렇습니까?" 버킨이 말했다. "전 들어 본 적이 없습니다."

잠시 둘 다 말이 없었다. 그러다 버킨이 입을 열었다.

"제가 방해하는 게 아닌지요? 저는 사실 어슐라를 만나러 들렀습니다. 집에 있습니까?"

"없는 것 같은데. 도서관에 간 것 같아. 보고 오겠네."

그가 식당에서 묻는 소리가 들려왔다.

"없네." 그가 돌아와서 말했다. "하지만 곧 올 걸세. 그 애와 얘기하고 싶었던 건가?"

버킨은 묘하게 차분하고 맑은 눈으로 상대방을 바라보았다.

"사실은, 결혼해 달라고 말하고 싶었습니다." 그가 말했다.

연장자의 금빛 도는 갈색 눈동자에 한 점 빛이 어렸다.

"오오?" 그가 버킨을 쳐다보며 말하더니, 한결같이 차분한 버킨의 응시 앞에 이내 시선을 떨어뜨렸다. "그럼 그 애는 자네가 그러리라는 걸 알고 있나?"

"아닙니다." 버킨이 말했다.

"아니라고? ……난 전혀 몰랐는데…… 이런 일이 진행 중인 줄은." 브랑웬이 어색하게 미소 지었다.

버킨은 그를 쳐다보며 속으로 중얼거렸다. '어째서 그것이 **진행**

중이어야만 한다는 건지 모르겠군!' 그러곤 소리 내어 말했다.

"아닙니다, 어쩌면 좀 갑작스러운 것일 수도 있습니다." 뒤이어 그는 자신과 어슐라와의 관계를 생각하며 덧붙였다. "그렇지만 저도 잘 모르겠습니다……."

"꽤 갑작스러운 일이로군, 그렇지? ……오오!" 브랑웬이 좀 당혹스럽고 성가신 듯이 말했다.

"어떤 면에서는 그렇습니다만…… 다른 한편으론 그렇지 않을 수도 있습니다." 버킨이 대답했다.

잠시 침묵이 흘렀다가, 브랑웬이 말했다.

"뭐, 그 애가 좋을 대로 하겠지……."

"예, 그럼요!" 버킨이 차분하게 말했다.

이에 답하는 브랑웬의 강한 목소리가 조금 떨렸다.

"하지만 난 그 애가 너무 급히 서두르는 건 원하지 않네. 나중에 가서 이것저것 따져 보는 건 아무 소용도 없지, 너무 늦어 버린 다음에는."

"아, 절대로 너무 늦을 일은 없습니다." 버킨이 말했다. "그 문제에 관해서는 말입니다."

"무슨 뜻인가?" 아버지가 물었다.

"결혼한 것을 후회하면, 그 결혼은 끝인 겁니다." 버킨이 말했다.

"그렇게 생각하나?"

"예."

"아, 그렇다면 그건 자네 생각이겠지."

버킨은 잠자코 속으로 중얼거렸다. '그렇겠지요. 그럼, 윌리엄 브랑웬 씨, **당신** 생각은 어떤지 약간의 설명이 필요한 것 같은데요.'

"그런데 말이지, 자넨 우리가 어떤 사람들인지 알고 있나? — 그 애가 어떤 종류의 교육을 받았는지?" 브랑웬이 말했다.

버킨은 어릴 적 지적을 받았던 걸 떠올리며 속으로 말했다. '그 애는, 고양이 어미죠.'*

"그녀가 어떤 교육을 받았는지 제가 **아느냐**는 말씀이십니까?" 그가 천연덕스럽게 물었다.

그는 일부러 브랑웬의 짜증을 돋우려는 것 같았다.

"그러니까, 그 애는 여자애가 받아야 할 모든 것을 받았지 ― 가능한 한, 우리가 그 애에게 줄 수 있는 한." 그가 말했다.

"그렇다고 확신하고 있습니다." 버킨이 말했다.

이 말로 인해 둘의 대화가 매우 위험스러운 종지부로 내달렸다. 어슐라의 아버지는 점점 분통이 터지기 시작했다. 버킨에게는, 그냥 거기 있는 것만으로도 짜증 나는 뭔가가 있었다.

"그리고 난 그 애가 그 모든 교육을 거스르길 원치 않네." 그가 목소리를 바꾸며 말했다.

"왜죠?" 버킨이 말했다.

이 한마디가 브랑웬의 머릿속에서 총알처럼 폭발했다.

"왜냐고!" 그가 말을 되받았다. "내가 왜 원치 않느냐고! 왜냐하면 난 자네의 그 최신 유행하는 방식과 최신식 생각을 안 믿기 때문이지. 약단지 속을 들락거리는 개구리 새끼 같은* 그런 건 나한테 어림도 없다고."

버킨은 한결같이 아무 감정 없는 눈으로 그를 쳐다보았다. 두 남자 간의 근원적인 적대감이 고개를 쳐들고 있었다.

"좋습니다, 그런데 제 방식과 생각이 최신 유행하는 겁니까?" 버킨이 물었다.

"그러냐고?" 브랑웬은 잠시 멈칫했다. "난 특별히 자네에게 국한시켜서 말하는 게 아니야." 그가 말했다. "내 말은, 난 우리 애들을 나 자신이 자라 온 종교에 따라 생각하고 행동하도록 길렀고, 우리 애들이 거기서 벗어나길 원하지 않는다는 거야."

위험한 침묵이 흘렀다.

"그렇다면 그다음은요……?" 버킨이 물었다.

어슐라의 아버지는 머뭇거렸다. 골치 아픈 입장이었다.

"응? 무슨 말인가? ……내가 말하고 싶은 건 내 딸이……." 그는 다 소용없다는 생각이 들어서, 말끝을 흐리며 입을 닫아 버렸다. 자신이 길을 벗어났다는 것을 알고 있었다.

"물론 저는 그 누구에게도 상처를 주거나 영향을 끼치고 싶지 않습니다. 어슐라는 정확히 자신이 원하는 대로 행동합니다." 버킨이 말했다.

완전한 침묵이 흘렀다. 서로에 대한 이해가 완벽하게 실패한 탓이었다. 버킨은 지루해졌다. 그녀의 아버지는 일관성 있는 인간이 아니었고, 케케묵은 말만 해 댔다. 젊은 자의 눈이 나이 든 사람의 얼굴에 머물렀다. 브랑웬이 고개를 들어, 자신을 바라보고 있는 버킨을 쳐다보았다. 그의 얼굴은 형언할 수 없는 분노와 수치심, 그리고 힘에 있어서의 열등감으로 뒤덮였다.

"신념에 대해 말하자면 그건 별개의 문제지." 그가 말했다. "그렇지만 난 내 딸들이 뒤쫓아와 휘파람을 불어 대는 첫 남자가 시키는 대로 하는 꼴을 보느니, 걔들이 당장 내일이라도 죽어 있는 걸 보는 게 나아."

버킨의 눈에 고통스러운 묘한 빛이 떠올랐다.

"그 점이라면, 제 생각엔, 그녀가 제 뜻대로 하기보단, 오히려 제가 여자가 시키는 대로 할 가능성이 훨씬 높습니다." 그가 말했다.

또다시 침묵이 흘렀다. 아버지는 다소 갈팡질팡 갈피를 잡지 못했다.

"나도 알아." 그가 말했다. "그 애는 자기 좋은 대로 할 거야—언제나 그래 왔지. 그 애들을 위해 난 최선을 다했다고. 하지만 그게 중요한 건 아니지. 그 애들은 자기들 좋을 대로 할 거야. 그리고 그럴 수만 있다면, 자기들 **이외에** 남이 좋아할 일은 절대로 안 할 거라고. 그렇지만 그 애에겐 자기 엄마나 나에 대해 고려할 권리도 있는 거지…….”

브랑웬은 자기 생각에 빠져 있었다.

“그리고 내 이 정도는 말해 두지. 만일 그 애들이 요새 도처에서 보이듯이 방종하게 군다면 난 그 애들을 매장시켜 버릴 거야. …… 차라리 파묻어 버릴 거라고…….”

“네, 알겠습니다. 하지만 어르신도 아시다시피, 그들은 어르신이나 제게 파묻을 기회를 주지 않을 겁니다. 파묻힐 사람들이 아니니까요.” 버킨이 이 새로운 방향에 다시 지겨움을 느끼며 약간 지친 듯 천천히 말했다.

브랑웬은 갑작스럽게 타오르는 무력한 분노로 이글거리는 눈으로 그를 쳐다보았다.

“자, 버킨 군.” 그가 말했다. “난 자네가 여기 왜 왔는지 모르겠고, 자네가 뭘 요구하는지도 모르겠네. ……하지만 내 딸들은 내 딸들이야, 그리고 내가 할 수 있는 동안 그 애들을 보살피는 건 내 일이고.”

버킨의 미간이 갑자기 찌푸려졌고, 눈은 조소의 빛으로 강렬해졌다. 하지만 그는 꼿꼿이 가만히 있었다. 침묵이 흘렀다.

“난 자네가 어슐라와 결혼하는 것에 반대하지 않아.” 브랑웬이 마침내 다시 입을 열었다. “나하고는 아무 상관 없지. 그 애는 자기 좋을 대로 할 거네. 내가 좋아하든 싫어하든 간에.”

버킨은 고개를 돌려 창문을 내다보며 의식을 놓아 버리고 있었다. 결국 이게 무슨 소용 있을까? 계속한다고 해도 아무런 희망이 없었다. 어슐라가 집에 돌아올 때까지 앉아 있다가 그녀에게 말한 다음 떠나리라. 그녀의 아버지로 인한 골칫거리는 받아들이지 않으리라. 그건 다 불필요했다. 그리고 사실 그 자신도 그를 굳이 자극할 필요가 없었다.

두 남자는 완전한 침묵 속에 앉아 있었다. 버킨은 자기가 어디 있는지도 거의 의식하지 못했다. 그는 그녀에게 청혼하려고 온 것이었다. 그래, 그러니 기다렸다가 그녀에게 청하는 거다. 그녀가 뭐라고 할지, 그녀가 받아들일지 아닐지에 대해서는 생각하지 않았다. 와서 말하고자 했던 것을 말하리라. 이것만이 그가 의식하고 있는 전부였다. 그는 자신에게 이 가족이 전적으로 무의미하다는 것을 받아들였다. 그러나 이제 모든 것이 운명 지어진 듯했다. 그는 앞에 놓인 한 가지만을 볼 수 있었다. 그 밖의 것들에서는 당분간 전적으로 면제되어 있었다. 이 문제들에 대한 해결은 운명과 우연에 맡길 수밖에 없었다.

마침내 대문이 열리는 소리가 들렸다. 그들은 그녀가 겨드랑이에 책 꾸러미를 끼고 계단을 올라오는 소리를 들었다. 그녀의 얼굴은 여느 때와 같이 밝고 뭔가에 골몰하고 있는 듯한 모습이었다. 무언가에 몰두한 듯하면서도 딱히 **거기에** 가 있는 것도 아니고 그렇다고 현실의 사실들에 와 있는 것도 아닌, 아버지의 화를 몹시 돋우는, 바로 그 표정이었다. 그녀에겐, 현실을 배척하는 자신만의 빛을 띠고 그 속에서 마치 햇빛에 빛나듯 밝게 빛나, 다른 사람을 미치게 하는 능력이 있었다.

그들은 그녀가 응접실로 들어와 테이블 위에 책을 한 아름 가득 내려놓는 소리를 들었다.

"『소녀만의』* 갖고 왔어?" 로절린드가 소리쳤다.

"응, 갖고 왔어. 그런데 그중에 네가 원한 게 어떤 거였는지를 잊어버렸어."

"그랬겠지." 로절린드가 화나서 소리를 질렀다. "이거 맞아, 신기하네."

그러고는 그녀가 낮은 목소리로 뭐라고 말하는 게 들려왔다.

"어디에?" 어슐라가 큰 소리로 말했다.

다시 그녀 동생의 목소리가 웅얼웅얼했다.

브랑웬이 문을 열고 쉿소리 나는 힘찬 목소리로 불렀다.

"어슐라."

그녀는 모자도 벗지 않은 채로 금세 모습을 드러냈다.

"어머, 안녕하세요!" 그녀가 급습이라도 당한 듯 깜짝 놀라며 버킨을 향해 소리쳤다. 그는 그녀가 자신의 존재를 의식하고 있음을 보고 의아했다. 그녀는 기이하게 빛나면서 숨을 헐떡였다. 마치 현실 세계로 인해 혼란에 빠진 듯한, 그 세계에 대해 그녀 자신이 비현실인 듯한, 자신만의 완벽한 밝은 세상을 갖고 있는 듯한 모습이었다.

"제가 대화를 방해했나요?" 그녀가 물었다.

"아닙니다, 완전한 침묵뿐이었는데요." 버킨이 말했다.

"아," 어슐라가 분명치 않게 멍하니 말했다. 그들의 존재는 그녀에게 중요하지 않았다. 뭔가에 붙들려, 그녀는 그들을 받아들이지 않았다. 그것은 언제나 그녀의 아버지를 화나게 하는 미묘한 모욕이었다.

"버킨 씨가 **너한테** 할 말이 있어서 왔단다, 나한테가 아니고." 그녀의 아버지가 말했다.

"어머, 그래요!" 별 관심 없다는 듯이 그녀가 희미하게 외쳤다. 그러더니 정신을 차리고는 밝은 표정으로, 그러나 여전히 아주 피상적인 태도로 그를 향해 몸을 돌렸다. "뭐 특별한 일인가요?"

"그러면 좋겠는데요." 그가 빈정거리는 투로 말했다.

"……너한테 청혼하겠단다. 모든 말들로 미루어 보건대 말이지." 그녀의 아버지가 말했다.

"어머!" 어슐라가 말했다.

"어머!" 아버지가 그녀의 말을 흉내 내며 빈정거렸다. "뭐 더 할 말은 없나?"

그녀는 모독당한 것처럼 흠칫했다.

"정말로 나에게 청혼하러 온 건가요?" 그녀가 농담처럼 버킨에게 물었다.

"네." 그가 말했다. "내 생각엔 '청혼하러' 온 것 같습니다." 그는 이 청혼이란 말을 피하고 싶은 듯한 눈치였다.

"그랬군요!" 그녀가 희미하게 얼굴을 빛내며 소리쳤다. 그가 무슨 말을 했어도 마찬가지 반응이었을 것 같았다. 그녀는 흡족해 보였다.

"그래요." 그가 대답했다. "난…… 난 당신이 나와의 결혼에 응해 주기를 바랐습니다."

그녀가 그를 바라보았다. 그의 눈은 그녀에게 뭔가를 바라면서도 바라지 않는, 뒤섞인 빛으로 반짝이고 있었다. 그녀는 그의 시선에 자신이 노출된 듯, 그리고 그것이 고통스러운 듯 몸을 약간 움츠렸다. 그녀의 얼굴이 어두워졌고, 그녀의 영혼에 구름이 끼었다. 그녀는 고개를 돌렸다. 밝게 빛나는 혼자만의 세상에서 추방되었던 것이다. 그녀는 접촉이 두려웠다. 이런 때 그녀에게 접촉은 거의 부자연스러운 일이었다.

"네." 그녀가 확신 없는 듯한 멍한 목소리로 흐리멍덩하게 대답했다.

버킨의 가슴이 갑작스러운 쓰디쓴 불꽃으로 죄어들었다. 그 모든 것이 그녀에겐 아무런 의미도 없었던 것이다. 그는 또 판단을 잘못했던 것이다. 그녀는 자기만의 자족적인 어떤 세상 속에 있었다. 그와 그의 희망은 그녀에게 부수적이었고 침해인 것이었다. 이로 인해 그녀의 아버지는 미친 듯한 분노의 정점으로 치달았다. 그는 평생토록 딸의 이런 면을 참고 견뎌야만 했던 것이다.

"그래, 네 대답은 뭐냐?" 그가 외쳤다.

그녀는 흠칫했다. 그러더니 약간 겁에 질린 듯 아버지를 쳐다보며 말했다.

"제가 말 안 했죠?" 자신이 확실한 언질을 주었던가 싶어 걱정스럽다는 듯한 대답이었다.

"안 했지." 아버지가 분통이 터져 말했다. "하지만 멍청이처럼 보일 필요는 없어. 너도 사리분별력은 있을 것 아니냐, 응?"

그녀는 조용한 적대감 속에, 잦아드는 목소리로 말했다.

"사리분별력이 있느냐니, 그게 무슨 말씀이세요?" 그녀가 적개심에 찬 골난 목소리로 그의 말을 되풀이했다.

"너한테 물었잖아, 못 들었냐?" 아버지가 화가 나 소리를 질렀다.

"물론 들었죠."

"그래, 그러니까 네 대답이 뭐냐고?" 아버지가 천둥같이 소리를 쳤다.

"왜 대답해야 되는데요?"

이 무례한 말대답에 그는 놀라 몸이 굳어 버렸다. 그러나 아무말도 하지 않았다.

"그래요." 버킨이 상황을 수습하기 위해 입을 열었다. "당장 대답할 필요는 없습니다. 하고 싶을 때 하면 되니까요."

그녀의 눈이 짙은 노란빛으로 빛났다.

"왜 내가 뭔가를 말해야만 하죠?" 그녀가 소리쳤다. "당신 **혼자**

그러고 있는 거잖아요. 나랑은 아무런 상관도 없이 말이에요. 도대체 왜 둘 다 날 못살게 구는 거예요!"

"못살게 군다니! 널 못살게 군다고!" 아버지가 쓰디쓴, 증오에 찬 분노 속에 소리쳤다. "널 못살게 군다고! 그래, 그렇게 괴롭힘을 당하는데도 지각 있고 예의 바르게 행동할 줄 모르다니, 네가 정말 딱하다. 못살게 군다고! **네가** 그러도록 내버려 두기나 하겠구나, 제멋대로 구는 악귀* 같은 년이."

그녀는 위험하게 번득이는 얼굴로 방 한가운데 정지된 듯 서 있었다. 만족스러운 반항으로 굳어 있었다. 버킨이 그녀를 쳐다보았다. 그 역시 화가 났다.

"당신을 못살게 구는 사람은 아무도 없습니다." 그가 아주 부드러우면서도 위험한 목소리로 말했다.

"아, 그런가요." 그녀가 외쳤다. "지금 둘 다 내게 뭔가를 강요하고 싶어 하는데도요."

"그건 당신의 착각이죠." 그가 빈정거리며 말했다.

"착각이라니까!" 그녀의 아버지가 소리를 질렀다. "자만심 강한 멍청이, 그게 바로 저 아이라고."

버킨이 자리에서 일어나며 말했다.

"하지만 그 문제는 일단 남겨 둡시다."

그러고는 더 이상 아무 말 없이 걸어 나갔다.

"이 멍청아―이 멍청아!" 아버지가 몹시 신랄하게 그녀에게 소리를 질렀다. 그녀는 응접실을 나와 속으로 노래를 부르며 위층으로 올라갔다. 그러나 끔찍한 싸움을 하고 난 것처럼 몹시 떨렸다. 창문으로 버킨이 길로 들어서는 것이 보였다. 그가 그토록 분별없이 분노에 휩쓸려 떠나 버린 것이 그녀는 의아했다. 그는 우스꽝스러웠지만, 그녀는 그가 두려웠다. 어떤 위험으로부터 도망쳐 나온 기분이었다.

그녀의 아버지는 창피하고 분해 기운을 잃고 아래층에 앉아 있었다. 이렇게 어슐라와 설명하기 어려운 충돌을 하고 나면, 그는 마치 온갖 악마들에게 홀려 있는 것만 같았다. 그녀를 극도로 미워하는 것만이 자신의 유일한 현실인 것처럼 그녀를 증오했다. 그의 가슴은 온통 지옥이었다. 그러나 그는 자기 자신으로부터 탈출하기 위해 물러났다. 자신이 절망하고 항복해야만 한다는 걸, 절망에 무릎을 꿇어야만 한다는 걸, 그렇게 해서 끝낼 수밖에 없다는 걸 알고 있었다.

어슐라의 얼굴은 닫혔다. 그녀는 그들 모두에 맞서 자신을 완성시켰다. 자기 자신에게로 뒷걸음질 치며, 보석처럼 단단해지고 스스로 완결되었다. 그녀는 생기발랄하고 어떤 상처에도 끄떡없었으며, 아주 자유롭고 행복했고, 침착하게 완벽히 해방된 상태였다. 그녀의 아버지는 그녀의 유쾌한 망각 상태를 보지 않는 법을 습득해야만 했다. 그렇지 않으면 그는 미쳐 버리고 말았을 것이므로. 그녀는 완벽한 적의를 품고서 만물과 더불어 밝디밝게 빛났다.

이제 그녀는 며칠 동안 이런 상태, 그러니까 겉보기엔 순수하게 자발적인 밝고 꾸밈없는 솔직한 상태, 그러나 근본적으로는 자신이외의 그 어떤 존재도 망각하면서 자신의 이해를 위해선 언제라도 재빨리 움직일 준비가 되어 있는 상태를 유지할 것이다. 아, 남자 입장에서 그녀 가까이 있는 것은 고통스러운 일이었으며, 그녀의 아버지는 자기가 아버지임을 저주했다. 그러나 그는 그녀를 보지 않는 법을, 그녀를 알지 못하는 법을 배워야만 했다.

그녀가 이런 상태에 있을 때면, 그녀의 저항은 완벽하게 안정되었다. 그 순전한 적대감 속에서 그녀는 너무나 밝게 빛났고 매력적이었으며, 너무나 순수했지만 그 누구에게도 신뢰받지 못했고 누구라도 그녀를 싫어했다. 그녀의 정체를 드러내는 것은 그녀의 목소리, 이상하리만치 맑으면서도 불쾌감을 주는 목소리였다. 오직 구드룬만이 어슐라와 한편이었다. 그들의 지력(智力)이 마치 하나인 것처럼 자매간의 친밀함이 가장 완벽해지는 것은 바로 이러한 때였다. 그들은 다른 모든 것을 능가하는, 둘만의 강력한, 빛나는 이해력의 결속을 느꼈다. 두 딸이 맹목적으로 밝게 무언가에 몰두하며 친밀감을 공유하는 이러한 날들이 계속되는 동안, 아버지는 죽음의 공기를 들이마시는 것 같았다. 다름 아닌 바로 자신의 존재 안에서 자신이 파멸해 버리기라도 한 것처럼. 그는 미치도록 초조했고, 쉴 수가 없었다. 딸들이 자신을 파멸시키고 있는 것 같았다. 하지만 이를 말로 표현할 수가 없었고, 그들에 맞설 도리도 없었다. 자신의 죽음의 공기를 들이마셔야만 했다. 그는 영혼 속에서 그들을 저주했고, 그들이 자신에게서 제거되기만을 바랐다.

그들은 편안한 여성적 초월 상태에서 줄곧 밝게 빛났고, 그것은 보기에 아름다웠다. 그들은 비밀을 교환했다. 극도로 친밀하게 비밀들을 털어놓다가 마침내는 서로에게 모든 걸 털어놓았다. 사악의 경계를 넘을 때까지 모든 것을 남김 없이 이야기했다. 그들은 앎으로써 서로를 무장시켰고 선악과로부터 가장 절묘한 맛을 추출해 냈다. 그들의 지식은 신기할 정도로 상호 보완적이었다.

어슐라는 남자들을 아들로 보아, 그들의 열망을 가엾게 여기고 그들의 용기에 감탄했으며, 자식이라는 참신한 경이로움에 기뻐하는 어머니처럼 그들에 대해 놀라워했다. 하지만 구드룬에게 남자들은 적진(敵陣)이었다. 그들을 두려워했고 경멸했으나, 그들의 활동은 지나칠 정도로 존경했다.

"물론," 그녀가 편안한 목소리로 말했다. "버킨한테는 상당히 주목할 만한 삶의 특질이 있지. 그에겐 굉장히 풍요로운 삶의 샘이 있다니까. 정말로 놀라워. 그이가 사물들에 열중하는 방식을 보면 말이야. 그렇지만 삶 속엔, 그인 절대로 알 수 없는 너무나 많은 것들이 들어 있어. 그이는 그런 것들의 존재를 아예 의식하지 못하거나, 그냥 하찮은 것으로 무시해 버리고 있는 거야ー다른 사람한테는 정말 중요한 것들을 말이야. 어떤 점에선, 그이는 충분히 똑똑하지 않아. 어떤 때는 지나치게 열성적이고."

"맞아." 어슐라가 소리쳤다. "너무 설교자 같은 데가 있어. 그 사람은 정말이지 목사라니까."

"바로 그거야! 그이는 다른 사람이 말하는 건 못 들어ー그야말로 들을 수가 없는 거야. 자기 목소리가 너무 크거든."

"맞아. 그이는 너무 큰 소리로 떠들어서 상대방이 말을 못하게 해."

"말을 못하게 하지." 구드룬이 되풀이했다. "게다가 순전히 강압적으로. 물론 그러면 가망이 없지. 그 누구도 강압에 의해 설득되지는 않으니까. 그래서 그 사람한테는 이야기를 한다는 게 불가능한 거야. ……그와 함께 산다는 건 상상도 못하겠고."

"그 사람이랑 같이 사는 건 힘들겠다고 생각하는구나?" 어슐라가 물었다.

"너무 지치고 피곤할 것 같아. 언제나 입을 닥친 채 선택의 여지없이 그의 방식대로만 밀어붙여질 것 같아. 그 사람은 상대방을 완전히 통제하려고 할 거라고. 자기와 다른 생각이 있을 수 있다는 걸 인정할 수 없는 사람이야. 그리고 그이가 정신적으로 정말 골치 아프게 어설픈 점은, 자기 비판력이 없다는 거야……. 어휴, 난 절대로 못 견딜 것 같아."

"맞아." 어슐라가 희미하게 동의했다. 물론 구드룬의 말에 전적으로 동감하는 것은 아니었다. "문제는 어떤 남자라도 2주일만 함께 있으면 더는 못 견딜 것 같다는 거지." 그녀가 말했다.

"진짜 끔찍하지." 구드룬이 말했다. "그런데 버킨은…… 그이는 자신의 생각에 대해 지나치게 확신에 차 있어. 언니가 만일 언니 영혼은 언니 거라고 말한다면 그이는 그것도 못 참을걸. 그 사람은 분명히 그럴 거야."

"맞아." 어슐라가 말했다. "네가 **그 사람**의 영혼을 갖고 있어야만 하는 거지."

"그렇다니까! 그보다 끔찍한 일이 어디 있겠어?"

이 모든 것이 너무나 맞는 말이어서, 어슐라는 흉측스러운 혐오감으로 영혼의 바닥까지 덜컹덜컹 뒤흔들린 듯한 기분이었다. 그녀는 몹시 황량한 비참함을 느끼며 자신을 관통하며 삐거덕거리고 밀치는 불협화음 속에 대화를 이어 갔다.

그러다가 구드룬에 대한 혐오가 시작되었다. 그녀는 삶을 완전히 끝장내 버렸고, 매사를 너무나 추하고 돌이킬 수 없는 최종적인 것으로 만들어 버렸던 것이다. 사실 버킨에 대한 구드룬의 말이 맞는다고 치더라도, 이것과 다른 진실들 또한 존재했다. 하지만 구드룬은 그 사람 밑에 두 줄 선을 긋고는 계산이 끝난 것처럼 그를 지워 버리려고 했다. 그는 합산되어 지불되었고, 청산되었으며, 끝장이 난 것이었다. 그런데 그것은 거짓이었다. 구드룬의 이 같은 최종적인 언동, 즉 한마디의 선고로 사람이나 사물을 해치워 버리는 것, 그것은 모두 지독한 거짓이었다. 어슐라는 동생에 맞서 반발하기 시작했다.

어느 날 길을 걷다가 그들은 덤불 숲 가지 꼭대기에 앉아 높은 소리로 노래하고 있는 로빈을 보았다. 자매는 그 새를 보려고 걸음을 멈추었다. 구드룬의 얼굴에 비웃음이 어렸다.

"자기가 중요하다고 생각하고 있는 것 아닐까?" 구드룬이 미소를 지으며 말했다.

"그러게!" 약간 빈정거리는 표정을 지으며 어슐라가 소리쳤다. "공중에 있는 작은 로이드조지* 아냐?"

"맞아! 쟤들은 바로 하늘의 작은 로이드조지야! 그게 바로 쟤들이지." 구드룬이 기쁜 듯 소리쳤다. 그 후 며칠 동안 어슐라의 눈에는 그 끈질기고 주제넘게 떠드는 새들이 연단에서 목청을 높이는 땅딸막한 정치가들로, 무슨 일이 있어도 사람들로 하여금 자기 말을 듣게 하려는 쪼끄만 남자들로 보였다.

그런데 이런 것에서마저 반발심이 생겼다. 몇 마리의 노랑촉새가 갑자기 나타나 길을 따라 휙 날아갔다. 그녀에게 그들은 어떤 괴상한, 삶의 심부름차 쏜살같이 하늘을 나는 반짝이는 노란 열대어들처럼 너무나 낯설고 기이하며 비인간적으로 보여서, 어슐라는 이렇게 중얼거렸다. '결국, 저들을 작은 로이드조지라고 부르는 건 주제넘은 짓이야. 저들은 사실 우리에게 미지의 존재들이고 미지의 힘인데. 저들이 마치 인간과 똑같은 것처럼 바라보는 건 건방진 일이야. 저들은 다른 세상에 속해 있어. 의인화란 얼마나 어리석은 짓인지! 구드룬은 진짜 건방지고 무례해. 자신을 모든 것의 척도로 삼고 모든 걸 인간의 기준에 맞추다니. 루퍼트가 옳아. 세상을 자신의 이미지로 채색하는 인간들이란 재미없고 지겨워. 우주는 비인간의 차원에 있어, 고맙게도.' 새들을 작은 로이드조지로 만드는 건 그녀에게 불경스럽고, 모든 참된 생명을 파괴하는 일처럼 보였다. 그건 로빈에 대한 엄청난 거짓이요, 그들 존재에 대한 훼손이었다. 그렇지만 그녀 자신도 그런 짓을 한 적이 있었다. 하지만 그건 구드룬의 영향 탓이었어. 이렇게 그녀는 자신의 죄를 사해 주었다.

그녀는 이렇듯 구드룬으로부터, 그리고 그녀가 상징하는 것으로부터 물러나 정신적으로 다시 버킨을 향했다. 그녀는 완전한 실패였던 그의 청혼 이후 그를 본 적이 없었다. 그를 만나고 싶지 않았다. 수락할 것인가 하는 문제로 압박받고 싶지 않았기 때문이다. 그녀는 그가 청혼했을 때 그가 무엇을 뜻하는지 알고 있었다. 희미하게, 뭐라 말로 옮길 수는 없었지만, 알고 있었다. 그가 어떤 종류의 사랑을, 어떤 종류의 복종을 원하는지 알고 있었다. 하지만 그것이 그녀 자신이 원하는 종류의 사랑인지는 도무지 확신할 수가 없었다. 그녀는 자신이 원하는 것이, 각각 별개인 상태로 결합하는 것인지 확신할 수가 없었다. 그녀는 말로 표현할 수 없는 친밀함을 원했다. 그를 갖고 싶었다. 완전히, 궁극적으로 그를 자신의 것으로, 오, 그토록 말할 수 없는 상태로, 친밀함 속에서, 그를 갖고 싶었다. 그를 송두리째 들이켜고 싶었다 — 오, 생명을 들이켜듯이. 그녀는 그 역겨운 메러디스의 시에 나오는 것처럼, 기꺼이 그의 발바닥을 자신의 가슴 사이에 넣고 따뜻하게 해 주겠다는, 그 엄청난 선언을 스스로에게 했다. 단, 연인인 그가 자기 자신을 놓아 버리고, 그녀를 절대적으로 사랑한다는 조건 하에서만. 그런데 그는 결코 **최종적으로** 자신을 내주지는 않으리라는 걸, 그녀는 예민하게 알고 있었다. 그는 최종적인 자기 방기(自己放棄)를 믿지 않았다. 그는 이 점을 내놓고 분명히 말했다. 그것이 그의 도전이었다. 그녀는 그것을 위해 그와 싸울 준비가 되어 있었다. 왜냐하면 그녀는 사랑에의 절대적인 복종을 믿었으므로. 그녀는 사랑이란 개인을 훨씬 넘어서는 것이라고 믿었다. 그는 개인이 사랑 혹은 그 어떤 관계도 **넘어서는 것**이라고 말했다. 그에게는, 빛나는 단독의 영혼이 그 자신의 존재 조건들 가운데 하나인, 그 자신의 평형 상태의 조건으로서 사랑을 받아들이는 것이었다. 그녀는 사랑이 **전부**라고 믿었다. 남자는 그녀에게 스스로를 내주어야만 했다. 그는 그녀에 의해 찌꺼기까지 들이마셔져야만 했다. 남자를 전적으로 **그녀의 남자**가 되게 하라, 그러면 그녀가 그에 대한 보답으로 겸손한 노예가 되어 줄 것이니……. 그가 원하든 원치 않든 간에.

20장 검투사처럼

청혼이 대실패로 끝난 후, 버킨은 분노의 소용돌이 속에 서둘러 벨도버를 떠났다. 자신이 완전한 바보였으며 그 모든 상황이 일급 익살극이었던 것 같은 기분이었다. 그러나 이 때문에 마음이 괴로운 것은 전혀 아니었다. 그는 어슐라가 "당신은 왜 날 못살게 굴고 싶어 하는 거예요?"라는 그 케케묵은 외침 속에서, 그리고 그녀의 빛나는 오만한 관념 속에서 언제나 고집을 부리는 것에 마음속 깊이, 조롱하는 가운데 화가 나 있었다.

그는 곧장 숏랜즈로 갔다. 그곳에서 그는 제럴드가 서재에서 완전히 공허한 상태로 초조해하며 완벽히 텅 빈 사람처럼, 꼼짝도 하지 않은 채 불을 등지고 서 있는 것을 발견했다. 제럴드는 자신이 하고자 한 모든 일을 한 것이었다. 그래서 이제 아무것도 남은 것이 없었다. 원한다면, 차를 타고 시내로 달려갈 수도 있었다. 그러나 차를 타고 싶지도, 시내에 가고 싶지도 않았다. 썰비 네 집을 방문하기도 싫었다. 그는 동력 없는 기계처럼 고통스러운 무력 속에 꼼짝 않고 있었다.

이는 지루함이란 걸 모른 채 거침없이 활동을 계속해 온, 단 한 번도 무엇을 해야 할지 헤매 본 적 없는 제럴드로서는 몹시 괴로운 일이었다. 이제 모든 것이 그의 안에서 점차 멈추어 가고 있는 것 같았다. 그는 이제 더 이상 주어진 일들을 하고 싶지 않았다. 그의 내부에서 죽은 뭔가가 그 어떤 제안에도 반응하기를 거부했다. 그는 자신을 이 비참한 무의 상태로부터 구원해 줄, 이 공허의 스트레스를 덜어 줄 수 있는 일이 무엇일까 마음속으로 타진해 보았다. 그를 자극할 만한 것은, 그로 하여금 살 수 있게끔 해 줄 수 있는 것은, 단 세 가지밖에 남아 있지 않았다. 하나는 술을 마시든가 마리화나를 피우는 것, 다른 하나는 버킨의 위로를 받는 것, 그리고 세 번째는 여자였다. 그런데 당장 같이 술을 마실 사람이 아무도 없었다. 여자도 없었다. 게다가 버킨은 다른 곳에 가 있었다. 따라서 그는 자신의 공허함으로 인한 스트레스를 견디는 수밖에 없었다.

버킨을 보았을 때, 제럴드의 얼굴은 돌연 멋진 미소로 빛났다.

"세상에, 루퍼트!" 그가 말했다. "난 방금 인간의 고독을 덜어 줄 수 있는 사람 이외에 이 세상에 중요한 건 아무것도 없다는 결론을 내리던 참이었어. 꼭 있어야 할 바로 그런 사람 말이야."

상대방을 바라보는 그의 눈에 어린 미소가 아주 놀라웠다. 순수한 안도의 빛 자체였다. 그의 얼굴은 창백하여 약간 해쓱해 보일 지경이었다.

"바라던 바로 그 여자를 말하는 거겠지." 버킨이 짓궂게 말했다.

"물론 고른다면야. 그게 안 되면, 재미있는 남자도 괜찮지."

그는 웃으며 이렇게 말했다. 버킨이 불가에 앉았다.

"뭘 하고 있었나?" 그가 물었다.

"나? 아무것도. 난 지금 좀 어려운 고비에 있어. 모든 게 불안해. 일도 못하겠고 놀지도 못하겠어. 이게 늙는다는 신호인지."

"지루하다는 뜻인가?"

"지루하냐고! 모르겠어. ……전념할 수가 없어. 마귀가 내 속에 들어 있는 것 같기도 하고 거기서 죽어 버린 것 같기도 하고."

버킨이 눈을 들어 그의 눈을 바라보았다.

"뭔가를 한 방 쳐야겠군." 그가 말했다.

제럴드가 웃었다.

"그럴지도 모르지." 그가 말했다. "한 방 먹일 가치가 있는 게 있다면."

"그렇지!" 버킨이 부드러운 목소리로 말했다.

긴 침묵이 흐르는 동안 두 남자는 서로의 존재를 느꼈다.

"기다려야 돼." 버킨이 말했다.

"아이고! 기다려야 된다고! 뭘 기다리라는 거지?"

"옛날에 어떤 이*가 권태에는 세 가지 치유법이 있다고 했잖아. 잠, 술, 그리고 여행." 버킨이 말했다.

"다 쓸데없는 소리야." 제럴드가 말했다. "잠을 자면 꿈꾸게 되고, 술을 마시면 욕하게 되고, 여행을 하면 짐꾼한테 소리 지르게 되니까. ……아냐, 일과 사랑이 두 가지 치유책이지. 일할 게 없다면 사랑을 하고 있어야 하는 거야."

"그럼 그렇게 해." 버킨이 말했다.

"그럴 대상을 줘." 제럴드가 말했다. "사랑의 가능성들이 스스로를 고갈시켜 버리잖아."

"그래? 그럼 어떻게 되는 거지?"

"죽는 거지." 제럴드가 말했다.

"그럼 자네도 그래야지." 버킨이 말했다.

"모르겠어." 제럴드가 대답했다. 그는 바지 주머니에서 손을 꺼내 담배를 찾았다. 그는 긴장되어 있었고 초조했다. 램프 쪽으로 몸을 내밀고 천천히 빨아들여 담뱃불을 붙였다. 그는 혼자 있는

데도 여느 저녁때와 마찬가지로 만찬을 위한 차림을 하고 있었다.

"자네가 말한 두 가지에 세 번째가 하나 더 있지." 버킨이 말했다. "일, 사랑, 그리고 싸움. 자넨 싸움을 빼먹었어."

"그러게 말이야." 제럴드가 말했다. "자네 혹시 권투해 본 적 있나……?"

"아니, 없는 것 같은데." 버킨이 말했다.

"아……." 제럴드가 고개를 들어 공중으로 천천히 담배 연기를 내뿜었다.

"왜?" 버킨이 말했다.

"아무것도 아냐. ……자네하고 한판 할까 했거든. 뭔가 한 대 치고 싶은 게 어쩌면 사실일지도 몰라. 이건 하나의 제안이야."

"그러니까 날 한 대 때리면 어떨까 싶다는 건가?" 버킨이 물었다.

"자네를? 그렇지……! 어쩌면 그럴지도 모르지……! 물론 우호적으로 말이지."

"물론 그야 그렇겠지!" 버킨이 날카롭게 말했다.

제럴드는 벽난로 장식에 기대서 있었다. 그는 버킨을 내려다보았다. 그의 눈이 충혈되고 과도하게 긴장된 종마의 눈처럼 일종의 공포로 번뜩이더니, 경직된 공포 속에 뒤로 돌아 흘끗 바라보았다.

"내가 날 감시하지 않으면 뭔가 어리석은 짓을 저지를 것만 같은 기분이야." 그가 말했다.

"어째서 안 하는 거지?" 버킨이 냉정하게 물었다.

제럴드는 성마른 조바심을 내며 듣고 있었다. 그는 마치 버킨에게서 뭔가 찾아내려는 듯이 계속해서 그를 쳐다보았다.

"난 유도를 했었어." 버킨이 말했다. "하이델베르크에 있을 때 일본인이랑 한집에 살았었는데 그가 조금 가르쳐 줬지. 하지만 제대로 잘하진 못했어."

"그랬군!" 제럴드가 소리쳤다. "내가 한 번도 본 적 없었던 것들 중 하나야. 주지츠*를 말하는 거지?"

"맞아. 그렇지만 난 그런 것들을 잘 못해…… 재미가 없어."

"재미가 없어? 난 재미있는데. ……시작을 어떻게 하지?"

"원한다면 내가 할 수 있는 걸 보여 주지." 버킨이 말했다.

"그러겠나?" 묘한 미소로 얼굴이 잠시 팽팽해지면서 제럴드가 말했다. "그래, 정말 보고 싶군."

"그럼 주지츠를 한번 해 보지. 다만 풀 먹인 셔츠 차림으로는 별로 잘할 수가 없어."

"그럼 옷 벗고 제대로 해 보자고. ……잠깐만……." 그는 종을 치고 집사가 오기를 기다렸다.

"샌드위치 두 개하고 탄산수를 갖고 오게." 그가 집사에게 말했다. "그리고 오늘 밤엔 더 이상 아무 신경 쓰고 싶지 않으니 날 찾지 말게. 다른 사람들도 그렇게 하도록 하고."

집사가 나갔다. 제럴드가 눈을 반짝이며 버킨을 돌아다보았다.

"그래, 그 일본인이랑 종종 겨루었나?" 그가 말했다. "옷을 벗고?"

"가끔."

"그랬군! 그래 그 남자는 어땠지? 레슬러로서 말이야."

"훌륭했지. 내가 제대로 판단할 수 있는 건 아니지만. 그는 아주 재빠르고 잘 빠져나가는 데다 전깃불 같은 기운이 가득했어. 그 사람들이 내부에 갖고 있는 듯한 그 신기한 종류의 유동하는 힘이란 정말 놀랍더군. 인간을 잡은 것 같지가 않고, 마치 강장동물처럼……."

제럴드가 고개를 끄덕였다.

"그럴 것 같아." 그가 말했다. "그 사람들을 보면, 좀 혐오스러워."

"혐오스럽기도 하고 매력 있기도 하지. 그들이 냉정할 때는 아주 혐오스럽고 회색분자 같아. 하지만 그들이 뜨겁게 흥분하면 확실히 매력이 ― 이상한 종류의 강한 전류 같은 ― 있지, 꼭 뱀장어처럼 말이야."

"글쎄……. 그래…… 그럴지도 모르지……."

집사가 쟁반을 갖고 들어와서 내려놓았다.

"이제는 다시 들어오지 말게." 제럴드가 말했다.

문이 닫혔다.

"자, 이제, 옷 벗고 시작해 볼까? 먼저 좀 마시겠나?" 제럴드가 말했다.

"아니, 생각 없어."

"나도."

제럴드가 문을 잠그고 가구들을 한쪽으로 밀었다. 방이 넓어서 공간이 꽤 되었고 카펫이 두껍게 깔려 있었다. 그는 재빨리 옷을 벗어 던지고는 버킨을 기다렸다. 하얗고 마른 버킨이 그에게로 다가왔다. 버킨은 눈에 보이는 물체라기보다는 차라리 유령 같았다. 제럴드는 그의 존재를 완벽하게 의식했지만 시각적으로 의식하고 있는 것은 아니었다. 반면 제럴드 자신은 구체적이고 뚜렷하며 하나의 순수하고 최종적인 실체였다.

"자, 내가 배운 것과 기억하고 있는 걸 보여 주지. 내가 자넬 이렇게 잡을 테니……." 버킨이 말했다. 그러고는 그의 손이 벌거벗은 제럴드의 몸을 꽉 잡았다. 다음 순간 그는 제럴드를 가볍게 획 돌리더니 무릎으로 균형을 잡으며 메쳤다. 버킨에게서 빠져나온 제럴드가 눈을 빛내며 벌떡 일어섰다.

"멋진데." 그가 말했다. "다시 한 번 해 보지."

그렇게 두 남자는 겨루기 시작했다. 그들은 서로 아주 달랐다.

버킨은 키가 크고 말랐으며 골격은 가늘고 섬세했다. 제럴드는 훨씬 육중하고 좋은 몸체를 갖추었다. 그의 뼈는 강하고 둥글둥글했으며, 사지도 둥글어, 몸 전체의 윤곽이 아름답고 완전하게 주조되어 있었다. 그는 적절한 무게를 지니고 대지의 표면 위에 서 있는 것 같았고, 반면 버킨은 그 자신의 중심부에 중력의 중심을 갖고 있는 것처럼 보였다. 그리고 제럴드는 약간 기계적이지만 갑작스럽고 무찌를 수 없는, 마찰에 의한 어떤 종류의 풍부한 힘을 갖고 있었다. 반면 버킨은 거의 만질 수 없을 정도로 추상적이었다. 마치 옷처럼, 상대방의 몸에 거의 닿는 것 같지도 않게 눈에 안 보이는 힘을 가하더니 갑자기 제럴드의 급소를 관통하는 듯 강하고 예리하게 상대를 잡아챘다.

그들은 동작을 멈추고 기술에 대해 이야기를 나누었다. 잡는 법과 메치는 법을 연습하면서 서로에게, 서로의 리듬에 더욱 익숙해졌고, 서로에 대한 일종의 육체적 이해를 얻었다. 그런 다음 다시 진짜 격투를 벌였다. 부서져 하나가 되기라도 하려는 듯이 하얀 몸뚱이를 깊이 더 깊이 서로에게 밀어붙였다. 버킨은 굉장히 미묘한 에너지를 갖고 있어서 상대방을 기이한 힘으로 내리누르며 마술처럼 내리 덮쳤다. 그 힘이 물러가자 제럴드가 풀려나 눈부시게 하얗게 요동치며 숨을 헐떡였다.

그렇게 두 남자는 한데 엉켜 점점 더 가까이 밀착하며 힘을 겨루었다. 둘 다 하얗고 맑았지만, 제럴드는 살이 닿은 곳이 발갛게 되었고 버킨은 하얗고 팽팽히 긴장된 상태를 유지했다. 그는 제럴드의 좀 더 단단하고 좀 더 넓게 퍼진 몸체 속으로 꿰뚫고 들어가는 듯, 자신의 몸을 상대방의 몸속으로 침투시켜 뒤섞이게 하려는 듯했다. 마치 언제나 어떤 재빠른 마술적인 예지력으로 상대방 육체의 모든 움직임을 장악하여 그것을 바꾸어 놓고 거기에 대항하기도 하며, 세찬 바람처럼 제럴드의 사지와 몸뚱이를 가지고 놀면서 상대의 몸을 묘하게 굴복시키는 것 같았다. 흡사 버킨의 모든 육체적 지력이 제럴드의 몸속으로 뚫고 들어가는 듯했고, 그의 정제되고 승화된 에너지는, 더 충만한 그 남자의 육신 속으로, 마치 어떤 강력한 힘이 제럴드의 근육을 뚫고 그의 육체적 존재의 가장 깊숙한 곳까지 그물을, 감옥을, 던져 넣는 것처럼, 들어갔다.

그렇게 그들은 민첩하게, 도취되어, 강렬하게, 그리하여 마침내 의식이 없는 상태로, 맞붙어 싸웠다. 방 안의 희미한 불빛 아래 두 개의 본질적인 하얀 형상이 문어처럼 기이하게 뒤엉킨 채 사지를 번득이며, 계속해서 좀 더 단단히, 좀 더 가까이 하나가 되는 격투를 벌였다. 그것은 오래된 갈색 책들로 둘러싸인 벽들 가운데 놓인, 침묵 속에 단단하게 죄어진 새하얀 육체의 매듭이었다. 간간이 날카롭게 숨을 헐떡이거나 한숨 소리 같은 것이 새어 나오더니, 두꺼운 카펫이 깔린 바닥 위로 획하며 쿵 떨어지는 소리가, 그런 다음엔 몸뚱이 아래로 다른 몸뚱이가 빠져나가는 기묘한 소리가 들려왔다. 침묵 속에 동요하는, 하얗게 뒤엉킨 격렬히 살아 있는 존재의 매듭 속에서, 종종 머리는 보이지 않고 다만 날렵하고 팽팽한 사지와 건장한 하얀 등, 하나로 죄어든 두 개의 몸뚱이의 육체적 접합만이 보일 뿐이었다. 그러더니 격투의 형국이 바뀌면서 제럴드의 반짝이는 헝클어진 머리가 보이더니, 잠시 암갈색 그림자 같은 버킨의 머리가 격투 와중에 번쩍 올라왔다. 그 눈은 크고 무시무시했으며 아무것도 보지 못하는 것 같았다.

마침내 제럴드가 카펫 위에 누운 채 꼼짝하지 않았다. 그의 가슴은 천천히 크게 숨을 몰아쉬며 헐떡였고, 버킨은 제럴드의 위쪽에 거의 무의식 상태로 무릎을 꿇고 앉아 있었다. 버킨이 훨씬 더 지쳐 있었다. 그는 작고 짧은 숨을 몰아쉬었다. 더 이상 숨을 쉴 수 없을 지경이었다. 땅이 기울어져 흔들리는 것 같았고, 그의 가슴엔 완전한 암흑이 몰려들고 있었다. 무슨 일이 있었던 건지 알수가 없었다. 그는 거의 무의식적으로 제럴드 쪽으로 미끄러져 갔다. 그러나 제럴드는 이를 의식하지 못했다. 버킨은 다시 절반쯤 의식이 들어, 세상이 기묘하게 기울어져 미끄러지는 것만 의식하고 있었다. 세상이 미끄러지고 있었다. 모든 것이 암흑 속으로 미끄러져 떨어지고 있었다. 그도 끝없이, 끝없이 미끄러지고 있었다.

그는 바깥에서 들려오는 엄청나게 큰 노크 소리에 다시 정신이 들었다. 집 안을 쩡쩡 울리는 이 요란한 망치질 소리는 무엇일까? 무슨 일이 일어난 것일까? 알 수가 없었다. 그러다 그것은 다름 아닌 자신의 심장이 고동치는 소리란 생각이 들었다. 그러나 그건 있을 수 없는 일이었다. 소리는 바깥에서 들려왔다. 아니, 소리는 자신 속에서 나는 것이었다. 자신의 심장 소리였다. 그 고동이 너무나 팽팽하고 과적되어 고통스러웠다. 제럴드가 그 소리를 듣지 않을까 궁금할 지경이었다. 그는 자신이 서 있는 건지, 누워 있는 건지, 아니면 떨어지고 있는 건지 알 수가 없었다.

자신이 제럴드의 몸 위로 엎어져 있다는 걸 깨닫고, 그는 어리둥절했다. 놀랐다. 그러나 손으로 균형을 잡으며 일어나 앉아 심장이 가라앉아 덜 고통스러워지기를 기다렸다. 가슴이 너무 아파 정신이 없었다.

제럴드는 하지만 아직도 버킨보다 더 의식이 없었다. 그들은 헤아릴 수 없는 미지의 몇 분 동안 일종의 비존재 상태에서 멍하니 기다리고 있었다.

"물론……." 제럴드가 헐떡이며 말했다. "난…… 자네한테 거칠게 할 필요가 없었어……. 내 힘을…… 억눌러야만 했다고……."

버킨에게 그 소리는 마치 자신의 영혼이 자신 뒤에, 자신의 바깥에 서서 듣고 있는 것처럼 들려왔다. 그의 몸은 지쳐 무아경 상태였고, 그의 영혼이 희미하게 듣고 있었다. 그의 몸은 응답할 수가 없었다. 그가 알고 있는 것이라곤 다만 자신의 심장이 고요해지고 있다는 것뿐이었다. 그는 완전히 둘로, 자신의 바깥에 서서 지각하고 있는 영혼과, 의식 없이 요동치는 피의 박동인 몸으로 나뉘어 있었다.

"난 자넬 던져 버릴 수도 있었어…… 폭력을 써서……." 제럴드가 헐떡이며 말했다. "그렇지만 자네가 날 이긴 건 분명해."

"맞아." 버킨이 목에 힘을 주어 힘겹게 소리를 내었다. "자네가 나보다 훨씬 강해…… 자넨 날 이길 수 있을 거야…… 쉽사리."

그러고는 다시 긴장을 풀고 심장과 피의 끔찍한 요동에 몸을 맡기며 늘어졌다.

"난 놀랐어." 제럴드가 헐떡이며 말했다. "자네 힘이 얼마나 엄청나던지. 거의…… 초자연적이더군."

"잠깐," 버킨이 말했다.

그는 여전히 육체로부터 분리된 자신의 영혼이 자신 뒤에 약간 떨어져서 소리를 듣고 있는 듯한 느낌을 받았다. 하지만 그 영혼은 조금 더 가까이 다가와 있었다. 그리고 그의 가슴속에서 난폭하게 요동치던 피가 고요히 가라앉으면서 정신이 들고 있었다. 자신이 상대방의 부드러운 몸 위에 자신의 몸무게를 몽땅 실은 채 기대고 있다는 걸 깨달았다. 이에 그는 깜짝 놀랐다. 자기가 몸을 일으켰다고 생각했었기 때문이다. 그는 몸을 추슬러 일어나 앉았다. 그러나 아직도 멍하니 제자리를 찾지 못하고 있었다. 그는 몸을 지탱하려고 손을 뻗었다. 버킨의 손이 바닥 위에 놓여 있던 제럴드의 손에 닿았다. 그러자 제럴드의 손이 버킨의 손을 따뜻하게 덥석 잡았다. 손을 꽉 잡은 채로 그들은 지쳐 헐떡이며 가만히 있었다. 재빨리 응하며 상대방의 손을 강하고 따뜻하게 잡은 것은 버킨의 손이었다. 제럴드의 손은 갑작스럽고 순간적이었다.

그러나 정상적인 의식이 밀물처럼 되돌아오고 있었다. 버킨은 이제 거의 편안하게 숨을 쉴 수가 있었다. 제럴드의 손이 천천히 빠져나갔고, 버킨은 천천히 어지러움을 느끼며 일어나 테이블 쪽으로 갔다. 그는 위스키와 소다를 따랐다. 제럴드도 한 잔 마시려고 다가왔다.

"제대로 된 한판이었지, 안 그래?" 버킨이 어두워진 눈빛으로 제럴드를 바라보며 말했다.

"오, 그럼." 제럴드가 말했다. 그러고는 상대방의 가냘픈 몸을 보더니 덧붙였다. "자네한테 너무 무리였던 건 아니겠지?"

"아니. 사람은 격투하고 싸우고 육체적으로 가까워야 해. 그래야 제정신이 들지."

"그렇게 생각하나?"

"응, 자넨 아니야?"

"나도 그래." 제럴드가 말했다. "내게는 그게 삶이지……."

그들의 말 사이에 긴 침묵의 공간이 가로놓여 있었다. 격투는 그들에게 어떤 깊은 의미를 지니고 있었다, 미완의 어떤 의미를.

"우린 정신적으로, 영적으로 친밀해. 그러니까 육체적으로도 친밀해야 해 ─ 그게 더 온전한 거야."

"맞아." 제럴드가 말했다. 그러더니 그가 유쾌하게 웃으며 말을 이었다. "나로선 상당히 경이로운 일이야."

그는 멋들어지게 팔을 쭉 내밀었다.

"그래." 버킨이 말했다. "……스스로를 정당화할 필요 없어."

"그럼."

두 남자는 옷을 입기 시작했다.

"난 자네가 아름답다는 생각도 들어." 버킨이 제럴드에게 말했다. "그리고 그것 역시 즐거운 일이지. 사람은 주어진 것을 즐겨야 하는 법이야."

"날 아름답다고 생각한다…… 육체적으로 어떻다는 뜻인가?" 제럴드가 눈을 빛내며 물었다.

"그래, 자네는 북방적인 미를 지녔어. 눈에서 반사되어 나오는 빛과 같은, ……그리고 아름답고 유연한 형상을. 맞아, 그것 역시 즐기라고 있는 거지. 우린 뭐든지 다 즐겨야 해."

제럴드가 껄껄 웃더니 말했다.

"분명히 그런 관점에서 볼 수도 있겠지. ……난 이 정도는 말할 수 있을 것 같아. 기분이 훨씬 좋아졌다고. 분명 나한테 도움이 되었다고 말이야. ……이게 자네가 원했던 피의 의형제인가?"

"아마도. 자넨 이것이 뭔가에 대한 맹세가 된다고 생각하나?"

"모르겠는데." 제럴드가 웃었다.

"어쨌든 이제 좀 더 자유롭고 좀 더 열려 있는 느낌이야 ― 그리고 그게 바로 우리가 원하는 바지."

"그건 분명해." 제럴드가 말했다.

그들은 술병과 술잔, 그리고 먹을 것을 들고 불 가로 갔다.

"난 잠자기 전에 항상 뭔가를 먹어." 제럴드가 말했다. "그러면 잠을 더 잘 자게 되거든."

"난 너무 잘 자면 안 돼." 버킨이 말했다.

"그래? 그것 봐, 우린 같지가 않아. ……실내복으로 갈아입고 올게." 버킨은 혼자 남아 불을 바라보았다. 그의 마음이 어슐라에게로 되돌아갔다. 그녀가 다시 그의 의식 속으로 되돌아온 것 같았다. 제럴드가 검정과 녹색이 굵은 줄무늬를 이루고 있는 두꺼운 비단 가운을 입고 번쩍거리며 근사한 모습으로 나타났다.

"아주 멋진데." 버킨이 긴 옷자락을 쳐다보며 말했다.

"보카라*에서 입는 카프탄*이야." 제럴드가 말했다. "내가 좋아하는 옷이지."

"내 맘에도 드는군."

버킨은 제럴드가 옷을 정말 용의주도하게, 그리고 비싼 돈을 들여서 사 입는다는 생각을 하며 말없이 있었다. 그는 비단 양말에, 세련된 솜씨로 만든 장식 단추에, 비단 속옷, 그리고 바지 멜빵도 비단이었다. 얼마나 신기한지! 이것이 두 사람의 또 다른 차이점이었다. 버킨은 자신의 겉모습에 대해 신경을 쓰지 않았고 창의력을 발휘하지도 않았다.

"물론 자네한테는, 뭔가 신기한 점이 있어. 자네는 신기할 정도로 강해. 별로 그럴 것 같지 않아 보이는데. 상당히 놀라워." 제럴드가 줄곧 생각하고 있었던 듯이 말했다.

버킨이 웃었다. 그는 화려한 옷을 입고 있는 아름답고 잘생긴, 금발의 상대방을 바라보았다. 그의 생각의 절반은 상대방과 자신의 다른 점 — 어쩌면 남자와 여자가 다른 만큼, 하지만 다른 방향으로 — 에 가 있었다. 하지만 이 순간 버킨의 존재를 정말로 지배하고 있는 것은 여자, 어슐라였다. 제럴드는 그의 의식으로부터 빠져나가 점차 희미해지고 있었다.

"그런데 말이야." 그가 불쑥 말했다. "오늘 밤에 어슐라 브랑웬한테 가서 청혼했어. 나와 결혼해야 한다고."

그는 제럴드의 얼굴에 멍한 놀라움이 번지는 것을 보았다.

"그랬어?"

"응, 거의 공식적으로 — 먼저 그녀의 아버지한테 얘기를 했지. 사람들이 보통 하는 식으로 말이야. ……우연이긴 했지만…… 아니면 재난이었든지."

제럴드는 무슨 말인지 모르겠다는 듯 놀란 표정으로 그저 물끄러미 바라보기만 했다.

"심각하게 진심으로 그녀 가족한테 가서 그녀랑 결혼하게 해 달라고 말했다는 건 아니겠지?"

"그랬어." 버킨이 말했다. "그랬다니까."

"뭐? 그럼 그녀에게 미리 말해 둔 거야?"

"아니, 한마디도 안 했어. 불현듯 가서 청혼해야겠다는 생각이 들었거든, 그런데 마침 그녀의 아버지를 그녀보다 먼저 만나게 된 거야, 그래서 여쭤 봤지."

"그녀와 결혼해도 되냐고?" 제럴드가 결론조로 물었다.

"그렇…… 지. 그렇게."

"그녀에겐 말도 없이?"

"응, 그녀는 나중에 왔어. 그래서 그녀한테도 그렇게 말했지."

"그랬군! 그래, 그녀가 뭐라던가? ……자네 그럼 약혼한 건가?"

"아니, ……대답하라고 윽박지르며 괴롭히는 건 싫다는 말만 하더군."

"뭐라고?"

"대답하라고 괴롭힘당하는 건 싫다고."

"대답하도록 괴롭힘당하기는 싫다니! 그게 무슨 말이야?"

버킨은 어깨를 으쓱했다. "글쎄." 그가 대답했다. "그 당시에는 신경 쓰기 귀찮았나 보지 뭐."

"그렇지만, 정말 그런 거야? ……그래서 어떻게 했어?"

"그 집에서 나와 여기로 왔지."

"여기로 곧장 왔다고?"

"응."

제럴드는 놀라고 재미있어하는 표정으로 버킨을 응시했다. 그는 이해할 수가 없었다.

"그런데 정말이야, 방금 한 말이 모두?"

"한 마디 한 마디 모두."

"그래?"

그는 기쁨과 즐거움으로 가득 차 의자 깊숙이 몸을 기댔다.

"그거 괜찮군." 그가 말했다. "그래서 자네는 천사랑 씨름하려고* 이곳에 온 거로군, 그렇지?"

"내가?" 버킨이 말했다.

"그렇게 보여. 자네가 한 게 그것 아니었나?"

이제는 버킨이 제럴드의 말을 알아들을 수 없었다.

"그럼 이제 어떻게 되는 거지?" 제럴드가 말했다. "자넨 그 청혼을, 말하자면 유효한 것으로 남겨 둘 건가?"

"그럴 것 같아. 난 그들한테서 깨끗이 손을 떼겠다고 맹세했어. 하지만 그녀한테는 조금 시간이 흐른 뒤 다시 물어볼 생각이야."

제럴드는 그를 줄곧 바라보았다.

"그러니까 자넨 그녀를 좋아하는 거야?" 그가 물었다.

"내 생각엔…… 난 그녀를 사랑해." 얼굴이 아주 조용히 굳어지며 버킨이 말했다.

제럴드는 그것이 특별히 자신을 즐겁게 하기 위한 것이기라도 한 양 기쁨에 겨워 잠시 얼굴을 반짝였다. 그러고는 얼굴에 상황에 걸맞은 엄숙함이 감돌더니 그가 천천히 고개를 끄덕였다.

"자네도 알겠지만, 난 늘 사랑이란 걸 믿어 왔어 — 진실한 사랑 말이야. ……그런데 요즘엔 어디서 그걸 찾을 수 있지?" 그가 말했다.

"모르겠어." 버킨이 말했다.

"아주 드물지." 제럴드가 말했다. 그러더니 잠깐 침묵했다가 말을 이었다. "난 단 한 번도 느껴 본 적이 없어―내가 사랑이라고 부를 만한 것을. 여자들을 쫓아다니긴 했지…… 그들 중 몇 명한 테는 꽤나 열중하기도 했고. 하지만 **사랑**이란 걸 느껴 본 적은 없어. 내가 자네한테 느끼는 것 같은 그런 **사랑**이란 걸 여자한테서는 느껴 본 적이 없는 것 같아―**사랑**은 아니야. 내 말이 무슨 뜻인지 알겠어?"

"응, 자넨 여자를 사랑해 본 적이 없지."

"자네도 그렇게 느끼나, 응? 내가 앞으로는 그럴 수 있을까? 무슨 말인지 알겠어?" 그는 손을 가슴으로 가져가, 뭔가를 꺼내려는 듯이 주먹을 오므렸다. "그러니까 내 말은…… 그건…… 뭔지 표현할 수는 없지만, 알고는 있어."

"그게 뭔데?" 버킨이 물었다.

"봐, 난 그걸 말로 표현할 수가 없어. 하여간 영원한 뭔가를, 변함없는 어떤 것을 말하는 건데……."

그의 눈은 빛나고 있었지만 혼란스러워 보였다.

"자네 생각엔 내가 여자를 향해 그런 걸 한 번이라도 느끼게 될 것 같아?" 그가 근심스럽게 물었다.

버킨이 그를 쳐다보더니 고개를 흔들었다.

"모르겠어." 그가 말했다. "말할 수가 없군."

제럴드는 마치 운명을 기다리고 있는 것처럼 경계태세를 늦추지 않고 있었다. 그러다가 의자에 몸을 기댔다.

"그래." 그가 말했다. "나도 모르겠어, 나 역시 모르겠다고."

"우린 달라, 자네와 난." 버킨이 말했다. "난 자네 인생에 대해 말할 수가 없어."

"그래." 제럴드가 말했다. "그런데 나도 내 인생에 대해 말할 수가 없어. 하지만 이 말은 해 두지……. 난 의심이 들기 시작했어."

"여자를 사랑하게 될 가능성에 대해서 말이야?"

"글쎄…… 그래…… 자네가 진실로 **사랑**이라고 부르는 그것에 대해서……."

"그것을 의심한다고?"

"글쎄…… 그러기 시작했지."

긴 침묵이 흘렀다.

"인생에는 온갖 종류의 것들이 있어." 버킨이 말했다. "한 가지 길만 있는 건 아니지."

"맞아, 나도 그건 믿어. 그건 믿는다고. ……그리고 잘 들어 두게. 난 내 인생이 어떻든 별로 개의치 않아―어떻든지 신경 안 쓴다고―내가 아무것도 느끼지 않는 한 말이야……." 그는 말을 멈추었다. 감정을 드러내는 텅 빈 황량한 표정이 그의 얼굴에 스쳤다. "어떤 식으로든 내가 **인생을 살아왔다는** 걸 느끼는 한…… 어떻게라는 것에 대해서는 개의치 않아…… 그렇지만 난 느끼고 싶어……."

"충족됐다는 느낌 말이지." 버킨이 말했다.

"글…… 쎄, 그럴지도 몰라, 충족됐다는……. 내가 자네와 똑같은 말을 쓰지는 않지만."

"똑같은 거야."

21장 문턱

구드룬은 런던에 가 있었다. 친구와 함께 작은 전시회를 열고, 벨도버를 뜰 준비를 하며 이리저리 둘러보는 중이었다. 어떤 일이 닥치든 그녀는 이제 조만간 비행기에 몸을 실으리라. 그녀는 위니프레드 크라이치에게서 그림들로 꾸며진 편지를 받았다.

아버지도 런던에 다녀오셨어요. 의사 검진을 받으시려고요. 그 일로 아주 지치셨답니다. 아주 많이 쉬셔야 한다고 해서 거의 온종일 누워 계세요. 아버지가 제게 드레스덴산 예쁜 열대 앵무새 도자기를 사다 주셨어요. 밭 가는 사람이 있는 거랑 나무에 오르고 있는 두 마리의 생쥐 그림이 있는 파이앙스 도자기도 사다 주셨고요. 쥐 도자기는 코펜하겐산이에요. 최고품들이긴 하지만 쥐가 그다지 반짝거리진 않아요. 그 점만 빼면 아주 훌륭해요. 꼬리는 가늘고 길어요. 전부 다 거의 유리처럼 반짝여요. 물론 유약 때문이죠, 하지만 전 유약을 별로 좋아하지는 않아요. 제럴드는 밭 가는 사람을 제일 좋아하네요. 찢어진 바지를 입고 소를 몰며 밭을 갈고 있는데, 제 생각엔 독일 농부인 것 같아요. 온통 회색이랑 흰색으로 되어 있거든요. 하얀 셔츠에

회색 바지 차림이긴 하지만, 아주 반짝거리고 맑아요. 버킨 씨는 거실에 걸려 있는 소녀 그림을 제일 좋아해요. 한 소녀가 산사나무꽃 아래에 양과 함께 있는 그림이에요. 소녀의 치마엔 수선화 그림이 그려져 있죠. 그런데 그 그림이 좋다니 우스워요. 양은 진짜 같지도 않고, 소녀도 웃기거든요.

사랑하는 브랑웬 선생님, 곧 돌아오시나요? 여기서는 선생님을 몹시 그리워하고 있어요. 아버지가 침대에 앉아 계시는 그림을 하나 같이 넣어 보내 드려요. 아버지는 선생님이 우리를 떠나지 않았으면 좋겠다고 하세요. 아, 사랑하는 브랑웬 선생님, 전 선생님이 절대로 그러지 않으실 거라고 믿어요. 돌아오시면 우리 같이 흰 담비를 그려요. 그 애들이 세상에서 제일 사랑스럽고 고귀한 것 같아요. 그 애들이 푸른 나뭇잎들을 배경으로 놀고 있는 걸 호랑가시나무에 조각해 보는 것도 좋을 것 같아요. 오, 우리 함께 꼭 그렇게 해 봤음 좋겠어요. 그 애들은 진짜 아름답거든요.

아버지께서 화실을 하나 만들어 주시겠대요. 제럴드가 그러는데, 마구간 위쪽에 예쁜 화실 하나쯤은 쉽게 만들 수 있을 거래요. 그냥 경사진 지붕에다 창문만 달면 되는데, 그건 아주 간단한 일이라고 해요. 그럼 선생님은 여기에 하루 종일 머물면서 작업하실 수 있을 거고, 우리는 진짜 예술가들처럼 화실에서 살 수도 있을 거예요. 현관에 걸려 있는 그림 속의 사람처럼, 프라이팬이랑, 온통 그림으로 덮인 벽이랑 사는 거죠. 전 자유롭고 싶어요. 예술가의 자유로운 삶을 살고 싶어요. 심지어 제럴드도 아버지께 오직 예술가만이 자유롭다고 말했답니다. 예술가는 자기만의 창조된 세상 속에서 사니까요……

구드룬은 이 편지 속에서 크라이치 가족의 의도를 알아챘다. 제럴드는 그녀가 숏랜즈 집에 붙어 있길 바랐고, 위니프레드를 그 구실로 이용하고 있는 것이었다. 그 아버지는 오직 자기 자식 생각뿐이었고, 구드룬에게서 구원의 반석을 본 것이었다. 구드룬은 그의 명민한 통찰력에 감탄했다. 더구나 그 아이는 정말로 보기 드물게 특별했다. 구드룬은 꽤 만족했다. 화실만 받을 수 있다면 기꺼이 숏랜즈에서 지낼 의향이 있었다. 중등학교는 이미 완전히 정나미가 떨어진 상태였고, 자유로워지고 싶었다. 만일 화실이 제공된다면 자유롭게 작업을 계속할 수 있을 것이고, 완전히 평온한 마음으로 상황이 바뀌는 걸 기다릴 수 있게 되리라. 게다가 그녀는 정말로 위니프레드에게 관심이 있었다. 그 애를 이해하게 된다는 건 꽤나 즐거운 일 같았다.

그리하여 구드룬이 숏랜즈로 다시 돌아오던 날, 위니 때문에 작은 축제가 열렸다.

"브랑웬 양이 오면 줄 꽃다발을 하나 만들어야지." 제럴드가 여동생에게 웃으며 말했다.

"어머, 싫어." 위니프레드가 소리쳤다. "바보 같잖아."

"전혀 그렇지 않아. 아주 사랑스럽고, 또 일반적인 예의야."

"아, 바보 **같다니까.**" 위니프레드는 그녀 또래 특유의 심한 **부끄러움**을 드러내며 저항했다. 그렇지만 그 생각에 마음이 끌리기는 했다. 몹시 해 보고 싶었다. 그녀는 탐나는 듯 꽃들을 쳐다보며 온실들을 왔다 갔다 하며 돌아다녔다. 꽃들을 보면 볼수록 더더욱 꽃다발을 하나 갖고 싶은 마음이 간절해졌고, 더더욱 꽃다발 증정식 상상에 매료되었다. 그러면 그럴수록 더욱 극도로 수줍고 자의식이 강해져서 거의 제정신이 아닐 지경이었다. 꽃다발을 주고 싶다는 생각을 떨칠 수가 없었다. 마치 그녀에게 도전하는 뭔가가 그녀를 따라다니며 자극하는 것만 같았고, 그녀에겐 그 도전에 응할 만한 용기가 부족한 것 같았다. 그래서 또다시 온실로 끌리듯 들어가 화분에 담긴 예쁜 장미와 순결한 시클라멘, 그리고 덩굴에 달린 신비로운 하얀 꽃송이들을 바라보았다. 아름다워라. 오, 아름답기도 하지. 완벽한 꽃다발을 하나 만들어 내일 구드룬 선생님에게 줄 수만 있다면, 오, 얼마나 천국처럼 행복할까. 그 열정과 그 전적인 망설임으로 인해 그녀는 거의 병이 날 지경이었다.

마침내 그녀는 아버지 곁으로 다가갔다.

"아빠……." 그녀가 말했다.

"왜 그러니, 귀염둥이야?"

그러나 그녀는 주춤했다. 그 예민한 혼란 속에 눈물이 다 날 지경이었다. 아버지는 그녀를 바라보았다. 그의 심장이 사랑으로, 통렬한 사랑의 아픔으로 뜨겁게 내달렸다.

"내게 무슨 말을 하고 싶은 거니, 예쁜아?"

"아빠……!" 그녀의 눈이 살짝 미소 지었다. "……브랑웬 선생님 오실 때 선생님한테 꽃을 드리면 좀 바보 같지 않을까요?"

그 아픈 남자는 총명하고 영리한 딸의 눈을 바라보았다. 그의 가슴이 사랑으로 뜨겁게 탔다.

"아니, 아가, 그건 바보 같은 게 아니란다. 여왕들한테 하는 일인걸."

이 말은 위니프레드에게 그다지 확신을 주지 못했다. 그녀는 여왕들이란 것 자체가 좀 바보스럽지 않나 하는 의구심을 갖고 있었다. 그렇지만 자그마한 낭만적인 행사는 너무나 하고 싶었다.

"그럼 그렇게 할까요?" 그녀가 물었다.

"브랑웬 양에게 꽃을 주겠다고? 그럼. 윌슨한테 가서 말해라, 네가 하고 싶은 걸로 만들어 주라고 내가 그러더라고."

아이는 혼자 미소 지었다. 앞으로 갈 길에 대한 기대감에 찬, 작고 희미한 무의식적인 미소였다.

"하지만 내일까지 기다려야 하잖아요." 그녀가 말했다.

"그렇구나, 참새야…… 그럼 뽀뽀……."

위니프레드는 아픈 그에게 말없이 뽀뽀를 하고는 방을 빠져나갔다. 그녀는 또다시 온실 주변을 서성거리며, 거만하고 단호하면서도 꾸밈없이 솔직한 태도로 정원사에게 자기가 고른 꽃들을 모두 말하면서 원하는 바를 알렸다.

"이것들로 뭘 하려고요?" 윌슨이 그녀에게 물었다.

"내가 원해요." 그녀가 말했다. 그녀는 하인들이 묻지 않길 바랐다.

"아, 그건 이미 말했죠. 하지만 뭘 하려고 하는 거죠? 장식하려고? 아니면 어디다 보내려고? 아니면?"

"꽃다발을 증정하려고요."

"꽃다발 증정이라! 그렇다면 누가 오시는데요? 포틀랜드 공작부인이라도?"

"아니에요."

"아니, 아니라고요? 아가씨가 꽃다발에 넣으라고 말한 것들을 전부 다 넣어서 만들면 진귀한 양귀비 전시회 정도는 되겠는데요?"

"그래요, 난 진귀한 양귀비 전시회를 원해요."

"그렇군요! 그렇다면 더 할 말이 없습죠!"

다음 날 위니프레드는 은빛이 도는 벨벳 드레스를 입고 손에는 화려한 꽃다발을 든 채, 공부방에서 안절부절못하고 차도를 내려다보면서 구드룬이 도착하기를 기다렸다. 비가 오는 아침이었다. 온실에서 자란 꽃들에서 풍기는 묘한 향기가 그녀의 코로 스며들어왔다. 그녀에게 꽃다발은 작은 불 같았다. 가슴속에 기이한 새로운 불이 들어 있는 것 같았다. 그녀는 이 어렴풋한 로맨스의 느낌에 취한 듯 들떠 있었다.

마침내 구드룬이 올라오는 것이 보였다. 위니프레드는 아래층으로 달려 내려가 아버지와 제럴드에게 알렸다. 그들은 그녀의 조바심과 진지함에 웃으며 그녀와 함께 현관으로 갔다. 남자 하인 하나가 서둘러 문으로 가서 구드룬으로부터 우산과 우비를 차례로 받아 들었다. 환영 파티는 방문객이 현관에 들어설 때까지 어정쩡하게 미뤄지고 있었다.

구드룬은 비를 맞아 홍조를 띠었고, 바람에 날린 곱슬머리는 살짝 흐트러져 있었다. 빗속에서 방금 피어난 한 송이 꽃 같았다. 이제 막 새롭게 보이기 시작한 꽃 중심부가, 품고 있던 햇살의 따스함을 내뿜고 있는 것 같았다. 그토록 아름답고 알 수 없는 미지의 그녀의 모습에, 제럴드는 영혼 속에서 움찔하며 움츠러들었다. 그녀는 연한 파란색 드레스에 짙은 빨간색 스타킹을 신고 있었다.

위니프레드가 위엄 있는 독특한 격식을 갖추며 그녀에게로 다가갔다.

"돌아오셔서 우린 아주 기뻐요." 그녀가 말했다. "선생님 꽃이에요." 그녀가 꽃다발을 증정했다.

"내 거라고!" 구드룬이 소리쳤다. 그녀는 잠시 멈칫하더니 얼굴이 확 붉어졌다. 기쁨의 불길에 휩싸여 잠시 동안 눈이 멀어 버린 듯했다. 그러더니 묘하게 타오르는 눈을 들어 위니프레드의 아버지를, 그리고 제럴드를 바라보았다. 그러자 또다시 제럴드는 영혼 속에서 움츠러들었다. 그녀의 환히 드러난 뜨거운 눈이 자신에게 머무르자, 도저히 참을 수 없다는 듯이. 뭔가가 너무나 적나라하게 드러났던 것이다. 그의 눈에, 그녀가 참을 수 없이 적나라하게 드러났던 것이다. 그는 고개를 돌렸다. 그러나 그녀를 피할 수 없을 것 같은 느낌이 들었다. 갇혀 버린 그가 몸부림쳤다.

구드룬이 꽃에 얼굴을 파묻었다.

"아, 정말 너무나 아름답네요!" 그녀가 꽃다발에 파묻힌 목소리로 말했다. 그러더니 갑작스레 드러낸 낯선 열정으로 몸을 숙여 위니프레드에게 키스했다.

크라이치 씨가 손을 내밀며 그녀에게로 다가갔다.

"우리한테서 달아나실까 봐 걱정했소." 그가 장난스럽게 말했다.

구드룬이 고개를 들어 짓궂은 듯한 알 수 없는 빛나는 얼굴로 그를 보았다.

"정말로요?" 그녀가 대답했다. "아니에요, 저는 런던에 머물고 싶지 않았던 거예요."

그녀의 목소리는 숏랜즈로 돌아와 기쁘다는 걸 암시하는 듯했다. 그녀의 어조는 따스하면서도 미묘하게 애무하는 것 같았다.

"그거 잘됐군요." 크라이치 씨가 미소 지었다. "여기선 아주 대환영이라는 거 아시겠죠."

구드룬은 따뜻하고 수줍은 짙은 파란색 눈으로 그의 얼굴을 가만히 바라볼 따름이었다. 그녀는 자신의 힘에 자기도 모르게 휩쓸려 있었다.

"게다가 완전한 승리를 거두고 귀향하는 사람 같아 보이는군요." 크라이치 씨가 그녀의 손을 잡은 채 말을 이었다.

"아니에요." 낯설게 빛나며 그녀가 말했다. "여기 올 때까지는 아무런 승리도 거두지 못했는걸요."

"자, 자! 그런 얘긴 듣지 않으렵니다. 우린 신문 기사에서 보았잖니, 제럴드?"

"아주 성공적이셨죠." 제럴드가 악수하며 그녀에게 말했다. "판매한 작품이 있습니까?"

"아니요." 그녀가 말했다. "별로요."

"오히려 다행이군요." 그가 말했다.

그녀는 그가 무슨 말을 하는 건지 궁금했다. 그러나 자신을 위한 이 기분 좋은 작은 행사에 우쭐하게 취해, 이렇게 자신을 맞아주는 것이 기뻐서 발갛게 상기되었다.

"위니프레드, 브랑웬 선생님에게 적당한 신발 있니? ……얼른 갈아 신는 게 좋겠군요……." 크라이치 씨가 말했다.

구드룬은 손에 꽃다발을 든 채 밖으로 나갔다.

"정말 비범한 처녀구나." 그녀가 나가자 아버지가 제럴드에게 말했다.

"예." 마치 이 같은 평이 별로 마음에 들지 않기라도 한 듯 제럴드가 짤막하게 대답했다.

크라이치 씨는 구드룬과 앉아 30분쯤 이야기하기를 좋아했다. 그는 대체로 자신을 갉아먹고 있는 삶으로 인해 창백하고 심신이 비참한 상태였다. 그러나 어느 정도 기운을 되찾기만 하면, 예전처럼 삶의 한가운데에서 제법 잘 살고 있는 척하고 싶어 했다—바깥세상 속에서가 아니라 강력한 근원적 삶 속에서. 그리고 구드룬은 이 같은 그의 믿음에 완벽히 기여했다. 그녀와 함께 있으면 그는 자극을 받아 힘과 의기양양함, 그리고 순수한 자유를 만끽할 수 있는 소중한 30분을 얻을 수 있었다. 그럴 때면 그는 지금까지 살아온 것보다 훨씬 더 생생하게 살아 있는 것 같았다.

그가 서재에서 등 받침을 하고 누워 있는데 그녀가 다가왔다. 그의 얼굴은 노란 밀랍 같았고, 아무것도 보고 있지 않은 그의 눈은 까맸다. 이제 희끗희끗해진 그의 검은 턱수염은 밀랍 같은 송장의 살에서 돋아난 것 같았다. 그러나 그를 둘러싸고 있는 분위기는 힘차고 유쾌했다. 구드룬은 이 분위기에 완벽하게 맞추었다.

그녀 생각에 그는 그저 평범한 보통 사람이었다. 다만 약간 무시무시한 모습만은 그녀의 의식 저 아래 영혼 속에 사진처럼 박혔다. 그 유쾌함에도 불구하고 그 눈동자는 캄캄해진 공허로부터 변할 수 없다는 걸 그녀는 알고 있었다. 그건 죽은 자의 눈이었다.

"아, 브랑웬 양이군요." 남자 하인의 보고와 함께 그녀가 들어서자, 그가 갑자기 벌떡 몸을 일으키며 말했다. "토머스, 브랑웬 양을 여기 의자에 모시게……. 그래 좋아." 그는 기쁜 표정으로 그녀의 부드럽고 신선한 얼굴을 바라보았다. 그 얼굴은 그에게 삶의 환영(幻影)을 주었다. "자, 셰리 한 잔하고 케이크 좀 드시지요. 토머스—."

"감사하지만, 전 괜찮습니다." 구드룬이 말했다. 그런데 이 말을 하자마자 그녀의 가슴이 덜컥 내려앉았다. 병든 그 남자는 그녀의 사양에 죽음의 나락으로 굴러떨어지기라도 한 것 같았다. 그녀는 그에게 맞장구를 쳐야만 했다. 그의 뜻에 거스르면 안 되는 거였다. 즉각 그녀는 살짝 짓궂은 미소를 지었다.

"셰리는 별로 안 좋아해서요." 그녀가 말했다. "하지만 다른 건 뭐든지 거의 다 좋아요."

병든 이 남자는 이 지푸라기에 즉각 매달렸다.

"셰리는 싫으시다고요! 그럼 안 되죠! 다른 걸로! 그럼 뭘로 하시겠습니까? 뭐가 있지, 토머스?"

"포트와인과…… 퀴라소*가 있습니다."

"퀴라소가 좋겠어요." 구드룬이 가까운 사람에게 하듯이 병든 남자를 쳐다보며 말했다.

"그러시죠. 그럼 토머스, 퀴라소하고…… 작은 케이크 하나, 아니면 비스킷으로 하시겠습니까?"

"비스킷요." 구드룬이 말했다. 아무것도 먹고 싶지 않았지만 그녀는 현명했다.

"좋아요."

그는 그녀가 와인 잔과 비스킷을 들고 자리에 앉을 때까지 기다렸다. 이제 흡족했다.

"그 계획 들으셨지요." 그가 약간 흥분하여 말했다. "마구간 위쪽에 위니프레드를 위한 화실을 만든다는 것 말입니다."

"아니요!" 구드룬이 짐짓 놀란 듯 외쳤다.

"저런! ······난 위니가 편지에다 쓴 줄 알았는데요?"

"아, 네······ 그럼요······. 하지만 전 그냥 그 아이의 생각일 뿐이라고 여겼거든요······." 구드룬이 상대의 기분을 맞추어 주며 살짝 미소 지었다.

우쭐해진 병든 남자도 웃었다.

"절대 그렇지 않아요. 진짜 계획이라오. 마구간 지붕 밑에 좋은 방이 있어요. 비스듬히 서까래를 얹은 거죠. 그걸 화실로 바꾸자는 생각이지요."

"그러면 정말 **얼마나** 근사할까요!" 구드룬이 흥분하여 따스한 목소리로 외쳤다. 서까래 생각에 들떴다.

"그렇게 생각하오? 그럼 그렇게 하면 되지요."

"그러면 위니프레드에게 얼마나 완벽하고 멋진 화실이 될까요! 정말이지 그 애가 좀 진지하게 작업하려면 그런 화실이 꼭 필요해요. 작업장이 하나 있어야 하거든요. 그렇지 않으면 절대로 아마추어를 벗어날 수가 없어요."

"그렇습니까? 그래요······ 그렇겠지요······. 그리고 물론 난 당신이 그 화실을 위니프레드와 함께 쓰길 바란다오."

"**정말** 감사합니다."

구드룬은 이 모든 걸 벌써 알고 있었지만, 고마움으로 압도된 듯 수줍어하며 아주 감사해하는 것으로 보여야 했다.

"물론 내가 제일 바라는 건, 당신이 중등학교 일을 그만두고 그 화실에서 작업을 하는 거예요⋯⋯. 많든 적든 당신이 원하는 만큼⋯⋯."

그는 어두운 텅 빈 눈으로 구드룬을 바라보았다. 그녀는 너무나 감사한 것처럼 그를 마주 보았다. 죽은 입에서 나오는 메아리 같은, 이 죽어 가는 남자의 말은 아주 완벽하고 자연스러웠다.

"그리고 보수에 대해서는⋯⋯ 교육위원회에서 받던 만큼 내게 받으면 괜찮겠소? 당신이 손해 보는 건 원치 않아요."

"오, 화실을 갖고 거기서 작업할 수 있으면 돈은 충분히 벌 수 있어요. 정말이에요." 구드룬이 말했다.

"그럼, 그 문제는 잘 되도록 해 봅시다. ⋯⋯그럼 여기서 시간을 보내는 건 괜찮으신 거죠?" 그가 후원자로서 흐뭇해하며 말했다.

"일할 화실이 있다면요." 구드룬이 말했다. "저로선 그 이상 바랄 것이 없습니다."

"그래요?"

그는 정말로 아주 기뻤다. 그러나 이미 지쳐 가고 있었다. 그녀는 고통과 붕괴뿐인 그 끔찍스러운 잿빛의 희미한 의식이 그를 엄습하고 있는 것을, 고통이 어두워진 그의 텅 빈 눈 속으로 스며들고 있는 것을 보았다. 이 죽음의 과정은 아직 끝나지 않았던 것이다. 그녀가 가만히 자리에서 일어나며 말했다.

"주무셔야 할 것 같아요. 전 위니프레드를 찾아봐야 될 것 같고요."

그녀는 간호사에게 그가 혼자 있다는 걸 알리고 밖으로 나갔다. 인간을 하나의 개체로 지탱하고 있는 마지막 매듭에 이르는 거리가 가까워짐에 따라 병든 남자의 신체 조직도 날마다 조금씩 줄어들었다. 그러나 이 매듭은 단단했고 조금도 느슨해지지 않았다. 죽어 가는 그 남자의 의지는 조금도 굽힘이 없었다. 그의 존재의 10분의 9는 죽었을지 모르나 남아 있는 10분의 1은 그 역시 갈가리 찢길 때까지 변함이 없었다. 그는 의지로써 자신의 존재를 단단히 붙들었지만 그의 기력이 미치는 범위는 자꾸만 줄어들어서, 마침내 하나의 점이 되어 휩쓸려 사라지게 될 것이었다.

삶에 붙어 있기 위해 그는 인간관계에 매달려야만 했고, 그래서 지푸라기란 지푸라기는 모조리 붙들었다. 위니프레드, 집사, 간호사, 구드룬, 이 사람들이 그가 마지막으로 의지할 수 있는 전부였다. 제럴드는 아버지가 곁에 있으면 혐오감으로 경직되었다. 정도는 덜했지만, 위니프레드를 제외하면 다른 자식들도 마찬가지였다. 아버지에게서 그들은 죽음밖에 볼 수가 없었다. 저 밑에 숨어 있던 어떤 혐오감이 엄습하는 것만 같았다. 그들은 그 낯익은 얼굴을 볼 수도, 낯익은 목소리를 들을 수도 없었다. 그들은 눈에 보이고 귀에 들리는 죽음에 대한 혐오감에 짓눌렸다. 제럴드는 아버지 앞에서 숨도 잘 쉴 수가 없었다. 즉시 바깥으로 나가야만 했다. 그리고 그렇게 똑같이 아버지도 아들의 존재를 견딜 수가 없었다. 아들의 존재는 죽어 가는 그 남자의 영혼에 결정적인 짜증을 일으켰다.

화실이 완성되어 구드룬과 위니프레드는 그곳으로 들어갔다. 화실을 정돈하고 설비를 갖추는 일은 정말 즐거웠다. 이제 집 안엔 거의 있을 필요가 없게 되었다. 그들은 화실 안에서 식사를 했고 그곳에서 안전하게 살았다. 집이 점점 더 끔찍스러워지고 있었기 때문이다. 하얀 옷을 입은 두 명의 간호사가 죽음의 사자처럼 말없이 분주하게 돌아다녔다. 아버지는 침대에만 있었고 형제, 자매와 아이들은 작은 목소리로 소곤거리며 들락거렸다.

위니프레드는 아버지의 고정 방문객이었다. 매일 아침 식사가 끝나면, 그녀는 세수를 하고 일어나 앉은 아버지한테 가서 30분 정도 함께 시간을 보냈다.

"좀 나아지셨어요, 아빠?" 그녀는 언제나 이렇게 물었다.

그의 대답도 한결같았다.

"그래, 좀 나아진 것 같구나, 애야."

사랑스럽게, 그리고 꼭 지켜 주려는 듯이 그녀는 두 손으로 그의 손을 감쌌다. 그에겐 너무나 소중하고 사랑스러운 일이었다.

점심때가 되면 그녀는 어김없이 또 한 번 달려 들어가 그에게 그동안 있었던 일들을 들려주었고, 커튼이 드리워져 그의 방이 아늑해지는 저녁이 되면 그와 오랜 시간을 보냈다. 구드룬은 집으로 돌아가고 위니프레드는 집에 혼자 남았다. 그녀는 아버지와 함께 시간을 보내는 게 제일 좋았다. 그들은 생각나는 대로 이야기를 나누고 수다를 떨었다. 그는 언제나 한창 일하던 때처럼 하나도 아프지 않은 것만 같았다. 그래서 위니프레드는 고통스러운 것들을 피하려는 어린애의 미묘한 본능으로, 마치 심각할 건 아무것도 없다는 듯이 행동했다. 본능적으로, 그녀는 관심을 억누르고 행복했다. 그러나 저 깊은 영혼 속에서는 그녀도 어른들만큼 알고 있었다. 아니, 어쩌면 더 많이 알고 있는지도 몰랐다.

아버지는 아이와 있을 땐 제법 그럴듯하게 꾸며 댔다. 그러나 아이가 가 버리면 다시 해체의 비참함으로 빠져들었다. 그러나 아직은 이런 밝은 순간들이 있었다. 비록 기력이 쇠함에 따라 집중력도 약해졌고 그가 완전히 탈진하지 않도록 간호사가 위니프레드를 내보내야 했지만.

그는 자신이 죽어 간다는 걸 절대로 인정하지 않았다. 알고는 있었다. 끝장이라는 건 알고 있었다. 그러나 스스로에게조차 이를 인정하지 않았다. 죽도록 그 사실이 싫었다. 그의 의지는 확고했다.

그는 죽음에 의해 정복당하는 걸 참을 수 없었다. 그에게는 죽음이란 있을 수 없었다. 그렇지만 그런 그도 가끔씩은 고함을 지르고 울부짖으며 푸념하고픈 절박한 욕구를 느꼈다. 제럴드를 향해 큰 소리로 울부짖어 아들이 평정심을 잃고 겁에 질리게 하고 싶었다. 제럴드는 본능적으로 이를 알고 그런 일을 피하기 위해 뒷걸음질 쳤다. 죽음의 이 불결함은 그에게 너무나 혐오스러웠다. 사람은 죽으려면 빨리 죽어야 한다. 로마 사람들처럼, 살아 있을 때와 마찬가지로 죽을 때도 인간은 자기 운명의 주인이어야 하는 것이다. 제럴드는 라오콘을 죈 거대한 뱀의 똬리에 붙잡혀 있는 것처럼, 아버지를 움켜쥐고 있는 이 죽음의 손아귀에서 몸부림쳤다.* 그 거대한 뱀이 아버지를 붙잡았고, 아들도 이제 아버지와 함께 무시무시한 죽음의 품으로 끌려 들어가고 있었다. 그는 한결같이 저항했다. 그런데도 이상하게 어떤 면에서 그는 아버지에게 크게 의지가 되는 존재였다.

그 죽어 가는 남자가 마지막으로 구드룬을 만나길 청했을 때, 그는 죽음이 임박해 잿빛이 되어 있었다. 그런데도 그는 누군가를 만나야만 했다. 간헐적으로 찾아드는 의식 틈틈이 자신의 상황을 받아들이지 않아도 되게끔, 살아 있는 세상과의 관계를 붙잡아야만 했다. 다행히 대부분의 시간 동안 그는 멍하니 반쯤 죽은 상태였다. 많은 시간을 어렴풋한 지난날을 생각하며, 그러니까 희미한 자신의 옛 경험 속에서 다시 살고 있었다. 그러나 마지막 순간까지도 지금 자신에게 무슨 일이 일어나고 있는지, 자신을 덮치고 있는 죽음의 존재를 인식하는 순간들이 있었다. 그럴 때면 그는 누구든 밖에 있으면 들어와 도와달라고 외쳤다. 왜냐하면 자신이 죽어 가고 있다는 걸 의식하는 이런 죽음은, 도저히 참을 수 없는, 죽음보다 더한 죽음이기 때문이었다. 결단코 인정할 수 없는 일이었다.

구드룬은 그의 모습에, 그리고 거의 초점을 잃고 캄캄해졌지만 여전히 정복되지 않고 결연한 그의 눈을 보고 충격을 받았다.

"그래, 당신과 위니프레드는 잘 지내고 있소?" 그가 쇠약해진 목소리로 말했다.

"아, 네, 아주 잘 지내고 있어요." 구드룬이 대답했다.

그들의 대화에 살짝살짝 죽음의 틈새들이 있었다. 대화 중 떠오른 생각들은 그저 죽어 가는 병든 남자의 캄캄한 혼돈 속을 부유하고 있는, 잡히지 않는 지푸라기들에 지나지 않는 것만 같이.

"화실은 괜찮습니까?" 그가 물었다.

"훌륭합니다. 그보다 더 아름답고 완벽할 순 없을 거예요." 구드룬이 말했다.

그녀는 그의 말이 이어지기를 기다렸다.

"그래, 위니프레드는 조각가 소질이 있어 보입니까?"

이상하게도 그의 말은 너무나 텅 비고 무의미하게 들렸다.

"네, 분명히 소질이 있어요. 언젠가 아주 훌륭한 일들을 해낼 거예요."

"아! 그럼 그 애 인생이 아주 헛되진 않겠군, 그럴 것 같소?"

구드룬은 약간 놀랐다.

"물론이지요!" 그녀가 부드럽게 힘주어 말했다.

"좋아요."

구드룬은 다시 그의 다음 말을 기다렸다.

"당신은 인생이 즐겁다고 생각하지요, 산다는 건 좋은 거예요, 안 그렇소?" 구드룬에겐 견디기 어려울 정도로 가련하게 희미한 미소를 띠며 그가 물었다.

"네." 그녀가 미소 지었다. 되는대로 거짓말을 하리라. "정말 좋은 시간을 보내고 있다고 생각합니다."

"그렇지. 행복한 성품은 훌륭한 자산이에요."

그녀의 영혼은 혐오감으로 인해 냉담해졌지만 구드룬은 다시 미소를 지었다. 인간은 이런 식으로 죽어야만 하는 걸까? 마지막까지 웃고 이야기를 나누는 동안 강제로 생명을 뽑히면서? 다른 길은 없는 걸까? 죽음에 대한 이 모든 끔찍스러운 승리를, 완전히 사라져 버릴 때까지는 절대로 부서지지 않으려는 완벽한 의지의 승리를 모두 거쳐야만 한단 말인가? 그럴 수밖에 없었다. 그것만이 유일한 길이었다. 그녀는 죽어 가는 그 남자의 침착함과 통제력에 극도로 경탄했다. 그러나 죽음 그 자체는 싫었다. 일상 세계가 유효하게 존속하고 있는 것이 기뻤고, 이를 넘어서는 것까지 인지할 필요는 없었다.

"여기서는 잘 지내고 있는 겁니까? ……우리가 당신을 위해 해 줄 일은 없나요? ……당신 입장에서 볼 때 잘못되어 있는 건 없소?"

"제게 너무 잘 대해 주신다는 것 빼고는요." 구드룬이 말했다.

"아, 좋아요, 그거야 당신 잘못이지." 그가 말했다. 그는 자신이 이런 말을 했다는 사실에 약간 우쭐해졌다. 그는 아직 강하고, 살아 있는 것이다! 그러나 이에 대한 반동으로 죽음에 대한 역겨움이 다시금 그에게로 스멀스멀 기어오기 시작했다.

구드룬은 방을 나와 위니프레드에게로 돌아갔다. 프랑스 가정교사는 그만두었고, 구드룬은 숏랜즈에 제법 오래 머물렀다. 가정교사 한 명이 위니프레드의 교육을 위해서 왔다. 그러나 그는 그 집에서 살지 않았다. 그는 중등학교에 관계하고 있는 사람이었다.

어느 날 구드룬은 위니프레드와 제럴드, 그리고 버킨과 함께 차를 타고 시내로 나가기로 되어 있었다. 어두컴컴하고 소나기가 잦은 날이었다. 위니프레드와 구드룬은 채비를 마치고 문에서 기다리고 있었다. 위니프레드는 거의 말이 없었다. 하지만 구드룬은 이를 눈치채지 못했다. 갑자기 아이가 무심한 목소리로 물었다.

"아버지가 돌아가실까요, 브랑웬 선생님?"

구드룬은 깜짝 놀랐다.

"잘 모르겠구나." 그녀가 대답했다.

"정말로요?"

"아무도 확실히 알지는 못한단다. 물론 **아마**도 돌아가시겠지만."

아이가 잠시 생각에 잠기더니 물었다.

"하지만 선생님은 아버지가 돌아가실 거라고 생각**하세요**?"

이건 마치 지리나 과학 문제를 던지는 것 같았다. 집요하게, 어른으로부터 강제로 어떤 자백을 받아내기라도 하려는 것처럼. 감시하는 듯, 살짝 의기양양하기까지 한 이 아이는 거의 악마와 같았다.

"그분이 돌아가실 거라고 생각하느냐고?" 구드룬이 되풀이했다. "응, 그렇게 생각해."

그러나 위니프레드는 커다란 두 눈을 구드룬에게 고정시킨 채 꼼짝하지 않았다.

"많이 편찮으시단다." 구드룬이 말했다.

엷은 미소가, 못 믿겠다는 듯한 미묘한 미소가 위니프레드의 얼굴에 떠올랐다.

"**난** 아빠가 그렇게 되시리라고 생각하지 않아요." 아이는 비웃듯이 단언하고는 차도로 가 버렸다. 구드룬은 그 고립된 아이의 형상을 바라보았다. 심장이 멎는 것 같았다. 위니프레드는 아무 말도 한 적 없는 것처럼 실개천에서 노는 데 몰입했다.

"진짜 댐을 만들었어요." 그녀가 축축하게 젖은 저편에서 소리쳤다.

제럴드가 뒤쪽 현관에서 나와 문으로 왔다.

"저 애가 그렇게 믿지 않기로 한 게 차라리 다행이죠." 그가 말했다.

구드룬이 그를 쳐다보았다. 그들의 눈이 마주쳤고, 두 사람은 냉소적인 무언의 이해를 주고받았다.

"차라리 다행이에요." 구드룬이 말했다.

그가 다시 그녀를 바라보았고, 그의 눈에 불꽃이 번득였다.

"로마가 불탈 때는 춤을 추는 게 최고죠. 불탈 수밖에 없으니까요, 그렇지 않습니까?" 그가 말했다.

그녀는 약간 당황했다. 그러나 마음을 가다듬고 용기를 내어 대답했다.

"그래요……. 슬피 울고 있는 것보다는 춤추는 게 낫죠, 분명히."

"나도 그렇게 생각해요."

그러고 나서 그들은 둘 다 모든 걸 내던져 버리고 짐승 같고 방탕한 순전한 방종의 상태로 들어서고 싶은 비밀스러운 욕망을 느꼈다. 구드룬의 내부에서 기이한 검은 열정이 굽이쳐 올랐다. 그녀는 강해진 것 같은 기분이었다. 자신의 손이 하도 세어 그 손으로 세상을 찢어발길 수도 있을 것 같았다. 로마인들의 방탕한 방종이 떠올랐고, 그러자 가슴이 뜨거워졌다. 자신 역시 그것을 원하고 있음을…… 아니면 뭔가, 그것과 대등한 뭔가를 원하고 있음을 알았다. 아, 그녀 안에 억눌려 있던 미지의 그 무엇이 해방된다면 얼마나 진탕 흥겹고 만족스러운 일이 될까. 그것을 원했다. 그녀는 자신 바로 뒤에, 자기 안에서 일어나고 있는 것과 똑같은 검은 방종을 넌지시 드러내는 그 남자가 가까이 있음을 느끼고 살짝 몸을 떨었다. 그녀는 그와 함께, 이 승인되지 않은 광란을 원했다. 잠시 동안 이에 대한 선명한 인식이, 그 최종적 현실 속에서 분명하고도 완벽한 인식이 그녀의 뇌리를 사로잡았다. 그러나 그녀는 이내 이런 인식을 완전히 차단해 버리고 이렇게 말했다.

"위니프레드를 따라 우리도 수위실 쪽으로 내려가는 게 좋겠어요―거기서 차를 타면 될 테니까요."

"그러죠." 그가 그녀와 함께 걸어가며 대답했다.

그들은 경비실 옆에서 새하얀 순종 강아지들을 보며 좋아하고 있는 위니프레드를 발견했다. 아이가 고개를 들어 제럴드와 구드룬 쪽으로 얼굴을 향했다. 아이의 두 눈은 아무것도 보고 있지 않는 듯 약간 흉한 모습이었다. 그녀는 그들을 보고 싶지 않았던 것이다.

"이것 좀 보세요!" 그녀가 외쳤다. "어린 강아지 세 마리예요! 마셜이 그러는데, 이 녀석은 완벽한 것 같대요. 귀엽죠? 하지만 제 어미처럼 멋지진 않아요." 그녀는 몸을 돌려, 자기 곁에 불안한 듯이 서 있는 하얀 불테리어 어미 개를 쓰다듬었다.

"내 사랑하는 크라이치 부인!" 그녀가 말했다. "당신은 지상의 천사처럼 아름다워요. 천사야, 천사…… 구드룬 선생님, 선생님은 이 개가 천국으로 갈 만큼 착하고 아름답다고 생각**하지 않나요**? ……저 애들은 천국에 갈 거예요, 그렇죠? ……그리고 **특히** 나의 사랑하는 크라이치 부인은 말이에요! 마셜 부인―저기요!"

"네, 위니프레드 아가씨?" 여자가 문간에서 모습을 드러내며 말했다.

"꼭 애를 위니프레드 아가씨라고 불러 줘요, 이 애가 완벽하다는 게 분명해지면 말이에요, 그럴 거죠? 마셜에게 애를 위니프레드 아가씨라고 부르자고 말해 줘요."

"그럴게요. ……그런데 그 애는 신사 강아지 같은데 어쩌죠, 위니프레드 양?"

"어머, **말도 안 돼!**" 자동차 소리가 들렸다. "루퍼트예요!" 아이가 소리를 지르더니 대문으로 달려갔다.

버킨이 경비실 문 바깥쪽에 차를 세웠다.

"우린 준비됐어요!" 위니프레드가 소리쳤다. "난 아저씨랑 앞에 앉고 싶어요, 루퍼트. 그래도 돼요?"

"안절부절못하다가 바깥으로 떨어질까 봐 걱정되는걸." 그가 말했다.

"아니에요, 난 안 그럴 거예요. 정말로 아저씨랑 앞자리에 앉고 싶어요. 엔진 때문에 발이 아주 기분 좋게 따뜻해지거든요."

버킨이 제럴드를 뒷좌석의 구드룬 옆자리로 보낼 생각에 재미있어하며 위니프레드를 태웠다.

"뭐 새로운 소식 있어, 루퍼트?" 골목길을 따라 달리기 시작하자 제럴드가 물었다.

"소식?" 버킨이 큰 소리로 말했다.

"응." 제럴드가 옆에 앉은 구드룬을 쳐다보더니, 웃음으로 눈이 가늘어지면서 말했다. "내가 축하를 해야 하는 건지 아닌지 알고 싶은데, 도무지 분명한 걸 알아낼 수가 없군요."

구드룬의 얼굴이 확 붉어졌다.

"뭘 축하하는데요?" 그녀가 물었다.

"약혼 얘기가 있던데…… 적어도, 그 일에 대한 얘기를 내게 조금 했었거든요."

구드룬의 얼굴이 더욱 달아올랐다.

"어슐라하고 말인가요?" 그녀가 도전조로 말했다.

"그래요. 그렇죠, 아닙니까?"

"약혼 같은 거 없는 것 같던데요." 구드룬이 냉정하게 말했다.

"그래요? ……여태 진전이 없는 거야, 루퍼트?" 그가 버킨에게 물었다.

"어디로 말인가? 결혼으로? 아니."

"무슨 소리예요?" 구드룬이 버킨을 향해 소리쳤다.

버킨이 재빨리 흘끗 돌아다보았다. 그의 눈에도 짜증이 서려 있었다.

"왜요?" 그가 대답했다. "당신은 어떻게 생각하죠, 구드룬?"

"오!" 일단 저들이 시작했으니 나 역시 연못에다 돌을 던져야겠다고 마음먹은 그녀가 외쳤다. "내 생각엔 언니가 약혼하고 싶어 하는 것 같지 않아요. 천성적으로 언니는 덤불숲을 더 좋아하는 새거든요." 구드룬의 목소리가 맑게 쨍쨍 울렸다. 그 목소리에 루퍼트는 아주 강하고 활기찬 그녀 아버지의 목소리가 떠올랐다.

"그런데 저는, 구속력 있는 약조를 원하는 것이지, 사랑을, 특히 자유연애를 열망하는 건 아닙니다." 장난스러우면서도 결연한 얼굴로 버킨이 말했다.

그들 둘 다 재미있어했다. **어째서** 이런 공공연한 선언을 하는 거지? 제럴드는 재미에 잠깐 빠져 있는 것 같았다.

"자네는 사랑만으론 충분치가 않은 거야?" 그가 말했다.

"그래!" 버킨이 소리쳤다.

"하, 그렇다면 지나치게 세련된 건데." 제럴드가 말했다. 차는 진창길을 달렸다.

"뭐가 문제인 겁니까, 정말로?" 제럴드가 구드룬에게로 고개를 돌리며 말했다.

일종의 친밀함을 전제한 이런 태도는 거의 모욕에 가까울 정도로 구드룬의 신경을 곤두서게 했다. 그녀가 보기에 제럴드는 고의적으로 자신을 모욕하고, 모든 사람의 점잖은 사생활을 침해하고 있는 것 같았다.

"뭐냐고요?" 그녀가 고음의 불쾌한 목소리로 말했다. "나에게 묻지 마세요! ……난 **궁극적인** 결혼이란 것에 대해선 아무것도 모르니까요. 정말이에요. 궁극적인 건 둘째치고 궁극 바로 전 단계도 모른다고요."

"그저 평범하고 보증할 수 없는 종류만 알고 계신 거로군요!" 제럴드가 대답했다. "그렇군요……. 저도 마찬가지입니다. 저도 결혼이나 궁극에 이르는 단계들에 대해선 전혀 전문가가 아니거든요. 그건 버킨이 골똘히 연구하고 있는 문제인 것 같습니다."

"맞아요! 그건 그 사람의 고민거리라고요. 바로 그거예요! 여자를 그 사람 자체 때문에 원하는 게 아니라, 자신의 **관념들이** 충족되길 원하는 거예요. 그런데 막상 실제로 실천해 보려고 하면 충분치가 않은 거고요."

"오, 그럼요. 황소처럼 맹렬하게 여성 안에 있는 여성성을 노리고 달려드는 게 최고죠." 그러더니 그의 안에서 뭔가가 빛나는 것 같았다. "……당신은 사랑이 최선이라고 생각하시죠?" 그가 물었다.

"그럼요, 그것이 계속되는 동안은 말이에요 ― **영구불변이란 건** 우긴다고 되는 게 아니니까." 구드룬의 목소리가 자동차 소음 너머에서 날카롭게 울려 왔다.

"결혼을 하든 안 하든, 궁극적이든, 궁극 바로 직전의 것이든, 아니면 그냥 그저 그런 것이든 간에 말이죠? ― 그냥 본인이 느끼는 대로의 사랑을 받아들이는 거죠."

"맘에 들면 드는 대로, 안 들면 안 드는 대로." 그녀가 제럴드 말에 메아리처럼 화답했다. "결혼은 사회적인 합의라고 생각해요. 사랑 문제와는 무관하죠."

그의 눈이 줄곧 그녀를 향해 번득였다. 그녀는 마치 그가 자기 맘대로 짓궂게 자신에게 키스를 하고 있는 듯한 기분이 들었다.

이로 인해 그녀의 볼이 붉어졌지만, 그녀의 가슴은 안정되어 흔들림이 없었다.

"루퍼트가 머리가 약간 돌았다고 생각하십니까?" 제럴드가 물었다.

그녀의 눈이 그렇다는 듯 반짝였다.

"여자에 관해선, 그래요." 그녀가 말했다. "그렇게 생각해요. 두 사람이 평생토록 사랑할 수도 **있겠죠**…… **아마**. 하지만 심지어 그런 경우에도, 결혼이 문제의 핵심은 아니에요. ……사랑하고 있다면 그걸로 된 거고 좋은 거죠. 사랑하지 않는다면…… 소란 피울 필요가 어디에 있나요!"

"맞아요." 제럴드가 말했다. "저도 그렇게 생각합니다. 그런데 버킨은 어떻게 된 걸까요?"

"모르겠어요……. 그 자신도, 혹은 다른 누구라도, 알 수가 없을 거예요. 그 사람은, 결혼을 하면 결혼을 통해 제3의 천국이나 그 비슷한 뭔가에 다다를 수 있다고 생각하는 것 같아요…… 전부 너무 막연해요."

"너무나 막연하죠! 게다가 누가 제3의 천국을 원한답니까? ……사실 루퍼트는 굉장히 **안전**하고 싶어, 그러니까 자신을 돛대에다 묶어 두고 싶어 하죠."*

"맞아요, 제가 보기에 그 사람은 그 점에서도 착각하고 있는 것 같아요." 구드룬이 말했다. "난 애인이 아내보다 훨씬 더 사랑에 충실할 것 같아요 ─ 다른 것에 지배되지 않고 자신이 **스스로의** 주인이니까요. 그는 그게 아니라네요. 그 사람은, 부부란 다른 어떤 두 존재보다 더 멀리 나아갈 수 있다고 믿고 있는데 ─ 하지만 그게 **어딘지**에 대한 설명이 없잖아요. 서로를 잘 알 수 있겠죠. 천국 같이, 그리고 지옥같이. 그렇지만 특히 지옥 같겠죠. 서로에 대해

462

너무나 완벽하게 알아서 천국과 지옥을 넘어 마침내 ― 모든 게 부서져서 ― 어딘지 모를 곳으로 나아가는 거죠."

"그의 말로는, 낙원으로죠." 제럴드가 웃으며 말했다.

구드룬은 어깨를 으쓱했다.

"당신의 낙원엔 Je m'en fiche(난 관심 없다고요)!" 그녀가 말했다.

"힌두교도는 아니니까." 제럴드가 말했다. 버킨은 그들이 하는 말을 거의 의식하지 못한 채 꼼짝 않고 앉아 운전을 하고 있었다. 구드룬은 버킨 바로 뒤에 앉아 이렇게 그를 폭로하는 것에서 일종의 아이러니한 기쁨을 느꼈다.

"그가 말하길, 결혼 안에서 영원한 평형 상태를 찾을 수 있다는 거예요. 일치를 받아들이면서도, 뒤섞으려 하지 말고 스스로를 별개의 상태로 남겨 둔다면 말이지요." 짐짓 빈정거리는 인상을 쓰며 그녀가 덧붙였다.

"저한텐 별로 격려가 되지 않는데요." 제럴드가 말했다.

"바로 그게 문제예요." 구드룬이 말했다.

"전 사랑을 믿어요. 진정한 **내맡김**을 말입니다, 그렇게 할 수 있다면." 제럴드가 말했다.

"저도요." 그녀가 말했다.

"그런데 루퍼트도 그렇게 믿고 있는 겁니다 ― 늘상 너무 고함을 질러 대긴 하지만."

"그렇지 않아요." 구드룬이 말했다. "그 사람은 다른 사람에게 자신을 내맡기지 않을 거예요. 그 사람에 대해선 확신할 수가 없어요. 그게 문제예요, 제 생각엔."

"그렇지만 그는 결혼은 원하지요! **결혼을**……et puis(그리고 또 뭘 원할까요)?"

"Le paradis(낙원이죠)!" 구드룬이 빈정댔다.

운전을 하는 동안 버킨은 누군가 자신의 목을 위협하기라도 하듯 등골이 오싹함을 느꼈다. 그러나 아무렇지 않은 듯 어깨를 으쓱했다. 비가 오기 시작했다. 기분 전환이 되었다. 그는 차를 세우고 덮개를 씌우기 위해 내렸다.

22장 여자 대 여자

그들은 시내에 도착하여 제럴드를 기차역에 내려주었다. 구드룬과 위니프레드는 차를 마시러 버킨의 거처에 오기로 했다. 버킨은 어슐라도 오겠거니 하고 있었다. 오후가 되어 제일 먼저 나타난 사람은, 그러나 허마이어니었다. 버킨이 밖에 나가 있어, 그녀는 거실에서 그의 책과 신문들을 들여다보기도 하고 피아노를 치기도 하면서 기다렸다. 이윽고 어슐라가 도착했다. 그녀는 한동안 전혀 소식을 듣지 못했던 허마이어니를 보고 깜짝 놀랐다. 달갑지 않았다.

"이렇게 만나다니 놀랍네요." 그녀가 말했다.

"그러게요." 허마이어니가 말했다. "난 엑스*에 가 있었어요……."

"어머, 건강 때문에요?"

"네."

두 여자는 서로를 쳐다보았다. 어슐라는 내려다보고 있는 허마이어니의 길고 엄숙한 얼굴이 기분 나빴다. 그 얼굴에는 말[馬]에게서 보이는 모종의 우둔함과 미개한 자존감 같은 것이 깃들어 있었다. '말 얼굴이네.' 어슐라가 속으로 생각했다. '양 눈 옆에 가리개를 하고 달리고 있어.' 허마이어니는 달처럼 동전의 한 면만 갖고 있는 것 같았다. 뒷면이 없었다. 그녀는 현존하는 의식의 좁은,

그러나 그녀에겐 완전한, 세계만을 줄곧 응시했다. 암흑 속에서, 그녀는 존재하지 않았다. 달처럼 그녀의 절반은 삶에서 상실되어 있었다. 그녀의 자아는 모두 머릿속에 들어 있었다. 그녀는, 물속의 물고기나 잔디 위의 족제비처럼 자발적으로 뛰거나 움직인다는 게 뭔지 몰랐다. 그녀는 언제나 반드시 **알아야만** 했다.

그러나 어슐라는 허마이어니의 그런 일면성이 고통스러울 뿐이었다. 허마이어니에게서는 차가운 자신감만이 느껴졌는데, 그것은 어슐라 자신을 아무것도 아닌 양 짓누르는 듯했다. 의식적으로 알고자 하는 고통스러운 노력으로 지쳐 온몸이 소진하여 잿더미처럼 될 때까지 생각하고 또 생각하는 허마이어니, 그토록 느리게, 그리고 그토록 엄청난 노력을 들여, 앎의 그 최종적이고 황폐한 결론을 얻는 허마이어니는, 그녀 생각에는 그저 암컷에 불과한 다른 여자들 앞에서 쓰디쓴 확신에 찬 결론들을 보석처럼 — 자신에게 의문의 여지없는 남다른 비범함을 수여하고 자신을 인생의 더 높은 질서 속에 확고히 들어앉히는 그런 보석처럼 — 걸치는 경향이 있었다. 그녀는, 어슐라처럼 그녀가 순전히 감정적이라고 생각하는 여자들에겐 선심 쓰듯, 정신적으로 친절히 대하는 경향이 있었다. 가여운 허마이어니, 이것만이, 즉 자신이 갖고 있는 것에 대한 이 같은 쑤시듯 아픈 확신만이 그녀의 유일한 소유물이자 정당한 이유였다. 어찌 된 영문인지 그녀는 다른 면에서는 자신이 거부당했고 부족하다고 느끼고 있었기 때문에, 이 점에서만은 확신을 가져야 했다. 사상적인 삶, 영적인 삶에서는 그녀가 선택받은 자에 속했다. 그리고 그녀는 보편적이길 원했다. 그러나 그녀의 가슴 밑바닥엔 파괴적인 냉소주의가 깃들어 있었다. 그녀는 자기 자신의 보편성을 믿지 않았다 — 그것들은 가짜였다. 그녀는 내면적 삶을 믿지 않았다 — 그건 속임수지 진실이 아니었다. 그녀는 정신적 세계를 믿지 않았다—그건 꾸며 낸 것이었다. 최후의 수단으로 결국 그녀는 마몬*을, 육체를, 그리고 악마를 믿었다—이것들은 최소한 가짜는 아니었다. 그녀는, 낡아 빠진 신조의 젖을 먹고 그녀 자신에게 신성하지 않은 신비를 되풀이하여 말하도록 운명지어진, 믿음도 확신도 없는 여사제였다. 그러나 빠져나갈 길이 없었다. 그녀는 죽어 가는 나무에 달린 이파리였다. 그러니 늙고 시든 진리를 위해 부단히 싸우며 낡아 빠진 옛 믿음을 위해 죽는 것 외에, 신성모독당한 신비의 신성불가침한 사제가 되는 것 외에 무슨 방도가 있겠는가? 위대한 옛 진리들은 **과거에** 분명 진리였다. 그리고 그녀는 지금은 시들어 가고 있는 오래된 그 거대한 지식의 나무에 달린 이파리였다. 그렇다면 그 오랜 마지막 진리에 그녀는 충실해야만 하는 것이다. 비록 영혼의 저 밑바닥엔 냉소와 조롱이 자리 잡고 있을지라도.

"만나게 돼서 기뻐요." 그녀가 주문을 외는 듯한 목소리로 느릿느릿 말했다. "당신과 루퍼트가 제법 가까운 친구 사이가 됐죠?"

"아, 네." 어슐라가 대답했다. "그 사람은 배경처럼 항상 어딘가에 있어요."

허마이어니는 대답하려다가 잠시 입을 다물었다. 그녀는 상대방이 자랑하고 있다는 걸 너무나 잘 알고 있었다. 정말이지 천박해 보였다.

"그렇군요!" 그녀가 천천히, 그리고 아주 침착하게 말했다. "결혼할 것 같아요?"

질문은 너무나 차분하고 부드러웠고, 너무나 소박하고 꾸밈없고 아무렇지도 않아서 어슐라는 약간 당황했고, 마음이 살짝 끌릴 정도였다. 거의 사악함에 가까운 뭔가가 그녀를 기쁘게 했다. 허마이어니에겐 어딘가 매우 유쾌하고 적나라한 아이러니가 있었다.

"글쎄요." 어슐라가 대답했다. "**그 사람은** 몹시 원해요, 하지만 난 잘 모르겠어요."

허마이어니는 차분한 눈으로 천천히 어슐라를 쳐다보았다. 그 녀는 자랑을 하고 있는 어슐라의 이 생소한 표현을 알아차렸다. 어슐라의 어떤 무의식적인 긍정적인 면이 얼마나 부러웠던지! 심지어 그녀의 천박함까지도!

"왜 잘 모르겠다는 거죠?" 그녀가 느긋하고 단조로운 목소리로 물었다. 그녀는 완벽하게 편안한 상태였다. 어쩌면 이 대화 속에서 약간 행복을 느끼는지도 몰랐다. "그 사람을 정말로 사랑하지는 않나 봐요?"

어슐라는 약간 무례한 그녀의 질문에 살짝 얼굴을 붉혔다. 하지만 딱히 꼬집어 화를 낼 수는 없었다. 허마이어니는 너무나 차분하고 멀쩡하며 솔직한 것처럼 보였다. 어쨌거나 그렇게 제정신일 수 있다니 제법 대단했다.

"자기가 원하는 건 사랑이 아니래요." 그녀가 대답했다.

"그렇다면 뭐죠?" 허마이어니가 느리고 고른 목소리로 물었다.

"그는 내가 결혼을 통해 자기를 진정으로 받아들이길 원해요."

허마이어니는 천천히 생각에 잠긴 눈으로 어슐라를 쳐다보며 잠시 말이 없었다.

"그렇군요." 그녀가 마침내 무표정하게 입을 열었다. 그러더니 자리에서 일어서며 말했다. "그럼 당신이 원치 않는 건 뭔가요? 결혼을 원하지 않는 건가요?"

"네, 원치 않아요……. 딱히 원치 않아요. 그 사람이 강요하는 그런 종류의 **복종**을 하긴 싫거든요. 그는 내가 나 자신을 포기하길 원해요—그런데 난 내가 그런 걸 도무지 **할 수 있을** 것 같지가 않아요."

또다시 긴 침묵이 흐른 후 허마이어니가 대답했다.

"당신이 원치 않는다면 그렇겠죠." 그런 다음 또다시 침묵이 흘렀다.

허마이어니는 묘한 욕망으로 몸을 떨었다. 아, 그가 만일 **내게** 굴복해 달라고, 그의 노예가 되어 달라고 했더라면! 그녀는 욕망으로 몸을 떨었다.

"난 그럴 수가 없어요……."

"그런데 정확히 어떻게……."

그들은 동시에 말을 시작했다가 동시에 멈추었다. 곧이어, 허마이어니는 말의 우선권을 자신이 갖고 있다고 전제하고, 피곤한 듯 다시 입을 열었다. "그 사람은 당신이 무엇에 복종하길 원하는 거죠?"

"그 사람 말은, 내가 자기를 비감정적으로, 그리고 최종적으로 받아들이길 바란다는 거예요……. 난 정말 그가 **뭘** 의미하는지 모르겠어요. 그는 자신의 악마적인 부분이 짝을 짓기를 원한대요 — 육체적으로요 — 인간적인 존재 말고요. ……당신도 알겠지만 그 사람은 어느 날은 이 말을 했다가, 다음 날은 또 다른 이야기 해요……. 게다가 언제나 자기 모순적이고……."

"그리고 언제나 자기 자신에 관해서 생각하죠, 자신의 불만에 대해서." 허마이어니가 천천히 말했다.

"맞아요." 어슐라가 외쳤다. "마치 당사자는 오로지 자기밖에 없는 것처럼 말이죠. ……그렇기 때문에 도저히 불가능한 거예요."

그러나 즉각 그녀는 움츠러들며 뒷걸음질 치기 시작했다.

"그는 **자기 자신** 안에 들어 있는, 아무도 모르는 그것을 받아들여 달라고 고집을 부려요." 그녀가 다시 말을 이었다. "그 사람은 내가 **자신을** 받아들여 주길 — 절대적인 존재로서 말이에요 — 원하죠. 그렇지만 내가 보기에 그 사람은 아무것도 **주려고** 하지 않는 것 같아요. 진정으로 따뜻한 친밀함을 원하지 않는다고요 ― 그는 그런 걸 갖지 않으려 해요 ― 그걸 거부하죠. 정말이지 내가 생각 하도록, 내가 **느끼도록** 내버려 두질 않아요. ……그인 감정들을 증오해요."

허마이어니에겐 쓰디쓴 오랜 침묵이 흘렀다. 아, 그가 만일 이런 요구를 나에게 했더라면! 그는 그녀에게 생각을 하도록 **몰아 댔었 다**. 가차 없이 앎으로 몰아 대고는…… 그녀의 앎 때문에 그녀를 저주했다.

"그 사람은 내가 자기 안에서 나 자신을 버리길 바라는 거예요." 어슐라가 다시 말을 계속했다. "나 자신의 존재는 갖지 말기를……."

"그렇다면 그 사람은 어째서 오달리스크*랑 결혼하지 않는 걸까 요?" 허마이어니가 부드럽고 단조로운 목소리로 말했다. "만일 그 가 원하는 게 그런 거라면 말이에요." 그녀의 길쭉한 얼굴이 비웃 는 듯, 재미있어하는 듯 보였다.

"그러게요." 어슐라가 희미하게 대답했다. 결국 성가신 점은, 그 가 오달리스크를 원하는 것은 **아니라**는 사실이었다. 그는 노예 는 원치 않았다. 허마이어니라면 그의 노예가 되었을는지도 모른 다……. 그녀 안에는 남자 앞에 ― 그러나 자신을 숭배하고 자신 을 최고의 존재로 인정하는 남자 앞에 ― 엎드리고 싶은 끔찍스러 운 욕망이 있었다. 그는 오달리스크를 원하지 않았다. 그는 여자가 그에게서 무언가를 **취하기를**, 여자가 자기 자신을 정말로 포기하 여 그의 마지막 진실들을, 최후의 사실들을, 육체적이고 견딜 수 없는 최후의 육체적 사실들을 가져갈 수 있기를 원했다.

그런데 만일 그녀가 그렇게 한다면, 그는 그녀를 인정할까? 모 든 것을 통해 그녀를 인정할 수 있을까? 아니면 그녀를 인정해 주지는 않은 채 그저 하나의 수단으로, 자신의 사사로운 만족을 위한 수단으로 사용할까? 그것은 다른 남자들이 해 온 짓이었다. 그들은 자신들만의 쇼를 원했고, 그녀를 받아들이려 하지 않았다. 그들은 그녀의 전(全) 존재를 아무것도 아닌 것으로 만들어 버렸다. 바로 지금 허마이어니가 여성으로서의 자기 자신을 배반한 것처럼. 허마이어니는 남자 같았다. 그녀는 남자들의 것만 믿었다. 그녀는 자신 안에 있는 여성을 배반했다. ……그러면 버킨은, 그는 그녀를 인정할 것인가, 아니면 부정할 것인가?

"그래요." 허마이어니가 말했다. 두 사람은 각자의 상념에서 깨어났다. "그건 실수하는 걸 거예요…… 내 생각엔 그건 잘못하는 거예요……."

"그 사람과 결혼하는 거요?" 어슐라가 물었다.

"네." 허마이어니가 천천히 말했다. "내가 보기에 당신은 남자가 필요해요 ─ 군인다운, 의지가 강한……." 허마이어니가 손을 내밀더니 열광적으로 주먹을 불끈 쥐었다. "당신은 그 옛날의 영웅 같은 남자를 가져야 돼요 ─ 당신은 그가 전장에 나갈 때 그 사람 뒤에 서 있어야 되고, 그의 힘을 **보고**, 그의 함성을 **들을** 필요가 있어요. ……당신은 육체적으로 강하고, **남자다운** 의지를 가진 남자가 필요해요, 감수성이 예민한 남자가 **아니라**……." 그러고는 마치 무녀(巫女)가 신탁을 말한 것처럼 잠시 말을 멈추더니, 랩소디를 읊듯, 하지만 지친 목소리로 말을 이어 갔다. "그런데 보세요, 루퍼트는 그런 사람이 아니에요, 아니라고요. 그는 건강도 안 좋고 몸도 약해서, 엄청난, 진짜 엄청난 보살핌이 필요한 사람이에요. 게다가 그 사람은 너무나 쉽게 변하고, 스스로에 대한 확신이 없어서…… 그를 도와주려면 굉장한 인내와 이해심이 필요하죠. 괴로울 준비를 해야만 할 거예요 ─ 아주 지독히 괴로울 준비를. 그 사람을 행복하게 해 주려면 얼마나 고통을 받아야 하는지 도저히 **말로는** 다할 수가 없어요. 때때로 그는 아주 **강렬한** 정신적인 삶을—지나치게, 지나치게 경이로운 그런 삶을—살죠. 그런 다음엔 반발이 찾아오죠. ······내가 그와 어떻게 지냈는지는 말로 할 수가 없어요. ······우린 아주 오랫동안 같이 지내 왔고, 난 그이를 정말 잘 알아요. 그가 어떤 사람인지 난 **알고 있다고요**. ······그런데 이 말은 해 주어야 할 것 같네요. 내 느낌에 당신이 그 사람과 결혼하는 건 완벽한 **재앙**이 될 것 같아요—그 사람한테보다 당신에게 훨씬 더 말이에요." 허마이어니는 쓰디쓴 상념 속으로 빠져들었다. "그 사람은 너무나 불확실하고 너무나 불안정해요—지쳐서 싫증을 내고, 그런 다음에는 반발하죠. 그의 반발이란 게 어떤 건지는 **말할 수가** 없어요. 그 고통이 어떤지 **말로** 표현할 수가 없다고요. ······어느 날은 긍정하고 사랑하던 것을······ 조금 지나면 파괴의 격정에 사로잡혀서 그것에 달려들죠. ······그는 한결같은 구석이 조금도 없어요, 항상 이렇게 무시무시하고 끔찍스럽게 반발해요. ······언제나 순식간에 선했다가 악해지고, 악해졌다가 선해져요. ······그토록 파괴적인 건 없어요. 정말 아무것도······."

"맞아요." 어슐라가 겸손하게 말했다. "많이 괴로웠겠어요."

허마이어니 얼굴에 섬뜩하게 묘한 빛이 떠올랐다. 그녀는 영감을 얻은 사람처럼 주먹을 불끈 쥐었다.

"그리고 기꺼이 고통받을 자세가 되어 있어야 하죠—매 시간, 매일매일 그를 위해 기꺼이 고통받겠노라 이렇게 말이에요. 당신이 그 사람을 도울 거면, 만일 그 사람이 뭔가에 충실하려면······."

"그런데 난 매 시간, 매일매일 고통받기는 눈곱만큼도 **원하지** 않거든요." 어슐라가 말했다. "난 싫어요. 창피할 것 같아요. 행복하지 않은 건 수치스러운 일이라고 생각해요."

허마이어니는 말을 멈추고 그녀를 한참 바라보았다.

"그러시군요." 그녀가 마침내 말했다. 그런데 그녀에게 이 말은, 어슐라는 자신과 아주 멀리 떨어져 있다는 표시인 것 같았다. 왜냐하면 허마이어니에겐, 고통이란 그 결과가 어떻든 가장 중대한 현실이기 때문이었다. 하지만 그녀에게도 행복에 대한 신조는 있었다.

"그래요." 그녀가 말했다. "사람은 반드시 행복**해야 하죠**……." 그러나 그것은 의지의 문제였다.

"그래요." 허마이어니가 이제는 힘없이 말했다. "난 그저 파멸을 가져올 거라는, 파멸을 부를 거라는 느낌만 드네요―적어도, 너무 성급히 결혼한다면 말이에요. 당신들은 결혼 없이 같이 있을 순 없나요? 결혼하지 않은 채 어디론가 멀리 가서 살 수는 없어요? ……난 정말 결혼이 두 사람 모두에게 치명적일 것 같다는 느낌이 들거든요. 그 사람한테보다 당신에게 훨씬 더……. 게다가 그 사람 건강 생각을 하면……."

"물론, **난** 결혼에 별로 관심 없어요―그건 나에게 정말로 중요한 문제가 아니거든요. 결혼을 원하는 건 그 사람이에요." 어슐라가 말했다.

"그건 그 사람이 그냥 한순간 갖고 있는 생각이에요." 허마이어니가 지친 듯 결론조로, 그리고 si jeunesse savait(하기야 어린애가 뭘 알겠어)라는 투로 단정 짓듯 말했다.

잠시 둘 다 말이 없었다. 갑자기 어슐라가 약간 머뭇거리며 도전했다.

"당신은 내가 단지 육체적인 접촉을 좋아하는 여자에 불과하다고 생각하죠, 아닌가요?"

"아니에요." 허마이어니가 말했다. "정말 아니에요! 난 당신이 활기 있고 **젊다고** 생각해요—그건 나이나 경험 문제가 아니라……
종족의 문제에 가깝죠. 루퍼트는 오래된 종족이에요, 오래된 종족
출신인 거죠……. 그리고 당신은 너무나 젊어 보여요, 당신은 젊
고 경험 없는 종족 출신 같아요."

"내가 말인가요!" 어슐라가 말했다. "그렇지만 내가 보기에 그
사람은 아주 젊은데요, 어떤 면에서는요."

"맞아요, 그럴지도 모르죠—여러모로 아이 같으니까. 그렇지
만……."

두 사람은 침묵 속으로 빠져들었다. 어슐라는 깊은 분노와 절망
감에 휩싸였다. '그건 맞지 않아.' 그녀는 마음속으로 자신의 적수
에게 말했다. '그건 아니라고. 그리고 육체적으로 힘세고 못살게
구는 남자를 원하는 건 내가 아니고 **당신**이야. 둔감한 남자를 원
하는 건 당신이란 말이야. 내가 아니라. 그렇게 오랜 시간 그와 함
께 보냈으면서도 당신은 정말이지 루퍼트에 대해 아는 게 **하나도
없어**. 당신은 그 사람한테 한 여자의 사랑이 아니라 관념적인 사랑
을 주지. 그래서 그 사람이 당신한테 반발하는 거야. 당신은 **몰라**.
당신은 오직 죽은 것들만 알고 있는 거야. 주방일 보는 하녀라도
그 사람에 대해서 조금은 알 텐데, 당신은 몰라. 당신이 당신의 지
식이라고 생각하는 건 죽은 이해에 지나지 않아. 그것이 의미하는
건 아무것도 없다고. 당신 자신이 그토록 가짜고 진실이 아닌데
어떻게 아는 게 있겠어? 당신이 사랑에 대해 떠들어 대는 게 무슨
소용이지? ……당신 자신이 여성의 거짓 유령인데 말이야! 당신
이 믿는 것이 없는데, 어떻게 아는 게 있을 수 있지? 당신은 당신
자신도, 당신의 여성성도 믿지 않아. 그러니 당신의 그 위선적이고
얄팍한 영악함이란 게 무슨 소용이냐고……!'

두 여자는 적대적인 침묵 속에 앉아 있었다. 허마이어니는 자신

의 그 모든 좋은 의도와 제의에 상대방이 천박한 적개심만 품게 되었다는 사실에 상처를 받았다. 하지만 어쨌거나 어슐라는 이해할 수가, 앞으로도 절대 이해할 수가 없을 것이고, 제법 강력한 여성적 감정과 매력, 그리고 여성적 이해력을 상당히 겸비했지만 지성이 결여되어, 질투심 많고 비합리적인 평범한 여자 이상은 절대로 될 수 없을 터였다. 허마이어니는 오래전에, 지성이 없는 사람한테는 이성에 호소해 봤자 아무 소용 없다는 결론을 내린 바 있었다. 무식한 사람은 그냥 무시하는 수밖에 없었다. 그리고 루퍼트는…… 지금 아주 강력하게 여성적인, 건강하고 이기적인 여자에게 반응하고 있는 것이었다—이것이 당분간 그의 반응이었다—도저히 어쩔 수 없는 일이었다. 그것은 전적으로 바보 같은 후퇴와 전진이었으며, 종국엔 너무나 파괴적인 격렬한 진동이 되어 그의 일관성은 유지되기 어려워질 것이고, 그는 산산이 부서져 죽게 되리라. 그를 구할 길은 없었다. 동물주의와 정신적 진리 사이를 오가는, 이처럼 격렬하고 방향 없는 반동은, 마침내 그가 상반되는 길 사이에서 스스로를 찢어서 삶으로부터 무의미하게 사라져 버리는 날까지 그의 안에서 계속되리라. 쓸모없는 일이었다—그 자신 역시 삶의 궁극적 단계들 속에서, 통일성도, **지성도** 결여되어 있었다. 여자의 운명을 만들어 갈 위인이 못 되었다.

버킨이 들어와 두 사람이 함께 있는 걸 발견할 때까지 그들은 계속 앉아 있었다. 버킨은 뭔가 근본적이고 극복하기 어려운 적대적인 분위기를 단박에 감지하고 입술을 깨물었다. 그러나 짐짓 아무렇지도 않은 척 호탕한 태도를 취했다.

"잘 있었소, 허마이어니. 다시 돌아온 건가요? 좀 어때요?"

"오, 좋아졌어요. 당신은요? ……몸이 별로 안 좋아 보이네요……."

"그래요? ……구드룬하고 위니 크라이치도 차 마시러 올 거예요. 그러겠다고 말은 했으니까. 티 파티를 할 거예요. 무슨 기차를 타고 왔죠, 어슐라?"

그가 두 여자의 기분을 한꺼번에 맞추려고 애쓰는 건 보기에 상당히 거슬렸다. 두 여자는 그를 쳐다보았다. 허마이어니는 그를 향한 깊은 분노와 동정심을 품고, 어슐라는 몹시 짜증스러워하면서. 그는 초조했지만, 관례적인 상투어를 지껄이며 겉보기엔 분명 기분이 썩 좋아 보였다. 어슐라는 그가 자잘한 이야기를 늘어놓는 방식에 놀라기도 하고 화도 났다. 그는 기독교 세계의 웬만한 자칭 매력남 뺨칠 정도로 수완이 좋았다. 그녀는 점점 경직되었고, 아무 대꾸도 하기 싫어졌다. 그녀가 보기엔 모든 것이 너무나 거짓되고 하찮았다. 아직도 구드룬은 나타나지 않았다.

"난 겨울에 피렌체에 갈 것 같아요." 허마이어니가 마침내 입을 열었다.

"그래요?" 그가 대답했다. "하지만 거긴 너무 추울 텐데."

"맞아요, 그렇지만 팔레스트라 집에 머물 거예요. 꽤 편안한 곳이에요."

"피렌체엔 왜 가는 거요?"

"나도 몰라요." 허마이어니가 천천히 대답했다. 그러더니 느리고 무거운 시선으로 그를 바라보았다. "반스는 미학 학교를 시작하고, 올랜디즈는 이탈리아 민족 정책에 대한 강연을 할 거예요……."

"둘 다 쓰레기죠." 그가 말했다.

"아니, 난 그렇게 생각 안 해요." 허마이어니가 말했다.

"그럼 당신은 누굴 존경하죠?"

"난 둘 다 존경해요. 반스는 개척자예요. ……게다가 난 이탈리아에 관심이 있어요. 그 나라가 민족의식에 깨어나는 것에 말이에요."

"그렇다면 난 이탈리아가 민족의식 말고 뭔가 다른 것에 깨어났으면 싫군." 버킨이 말했다. "특히 그 말은 그저 일종의 상업·산업 의식을 의미할 뿐이니까. 난 이탈리아와 그 민족적 호언장담이 아주 싫어요. ……그리고 내가 보기에 반스는 아마추어고."

허마이어니는 적개심 속에 한동안 말이 없었다. 하지만 그래도 그녀는 버킨을 다시 자신의 세계로 끌고 들어온 것이었다! 그녀의 영향력이 얼마나 미묘했던지, 단 1분 만에 그의 민감한 주의력을 독점하여 자신이 의도한 방향으로 끌어들인 것 같았다. 그는 그녀가 만들어 낸 피조물이었다.

"그렇지 않아요." 그녀가 말했다. "당신은 틀렸어요." 그러더니 그녀의 얼굴이 약간 긴장되었다. 그녀는 신탁의 계시를 받은 무녀 같은 얼굴을 들고 열광적인 태도로 말을 이어 갔다. "il Sandro mi scrive che ha accolto il più grande entusiasmo, tutti i giovani, e fanciulle e ragazzi, sono appassionati, appassionati per l'Italia, e vogliono assolutamente imparare tutto(알렉산더가 내게 보낸 편지에 따르면, 사람들은 자신을 아주 굉장히 열광적으로 받아들였고, 남녀 할 것 없이 모든 사람들이 이탈리아에 대해 열정적이고, 무엇이든지 배우는 데 엄청난 열의가 있대요)……." 그녀는 이탈리아 사람들에 대해 생각할 때는 그들의 언어로 생각하기라도 하는 듯, 계속해서 이탈리아어로 말했다.[*]

그는 그녀의 랩소디를 싫은 기색으로 듣고 있더니 입을 열었다.

"그럼에도 불구하고, 난 그 나라가 좋지 않아요. 그들의 민족주의는 산업주의에 불과해요—그런 민족주의와 천박한 질투심이 난 너무 싫소."

"내가 보기에 당신은 틀렸어요, 당신은 틀렸다고요……." 허마이어니가 말했다. "난 순수하게 자발적이고 아름다워 보여요, 근대 이탈리아의 **열정**이 말이에요. 왜냐하면 그건 열정이니까. 이탈리아, 이탈리아를 위한……."

"이탈리아에 대해서 잘 아세요?" 어슐라가 허마이어니에게 물었다. 허마이어니는 이런 식으로 자기 말이 끊기는 걸 아주 싫어했다. 하지만 부드럽게 대답했다. "네, 꽤 잘 알죠—거기서 어머니와 함께 어린 시절을 몇 년 보냈거든요. ……어머니는 피렌체에서 돌아가셨죠."

"저런."

침묵이 흘렀다. 어슐라와 버킨에겐 괴로운 침묵이었다. 하지만 허마이어니는 멍하니 생각에 잠긴 채 차분해 보였다. 버킨은 창백했고, 열에 들뜬 듯 눈에서 빛이 났으며, 극도로 흥분한 상태였다. 팽팽한 두 의지가 맞선 이 긴장된 분위기 속에서 어슐라는 얼마나 괴로웠던지! 머리가 강철 밴드로 묶인 것 같은 기분이었다.

버킨이 차를 들여오라고 하기 위해 벨을 울렸다. 더 이상 구드룬은 기다리지 않기로 했다. 문이 열리면서 고양이가 들어왔다.

"Micio! Micio!(미노! 미노!)" 허마이어니가 천천히, 일부러 억양을 없앤 단조로운 목소리로 불렀다. 젊은 고양이가 몸을 돌려 그녀를 쳐다보더니 느리고 위엄 있는 걸음걸이로 그녀에게로 다가갔다.

"Vieni…… vieni qua(이리 오렴…… 이리 와)." 허마이어니가 애무하는 듯, 보호하는 듯한 묘한 소리로 말했다. 마치 자신은 언제나 연장자요, 한 수 위인 엄마라는 듯이. "Vieni dire Buon Giorno alla zia. Mi ricorde, mi ricorde bene—non è vero, piccolo? È vero che mi ricordi? È vero?(이리 와서 아줌마한테 안녕 하고 인사해야지. 얘는 날 기억해요, 아주 잘 기억한다고요—안 그러니, 꼬마야? 너 나 기억하는 거 맞지? 그렇지?)" 그러면서 고양이 머리를 천천히 쓰다듬었다. 천천히, 그리고 비꼬는 것처럼 무관심하게.

"그 고양이가 이탈리아 말을 알아들어요?" 이탈리아어라고는 아는 것이 전혀 없는 어슐라가 물었다.

"네." 허마이어니어가 좀 있다가 마침내 대답했다. "어미가 이탈리아 태생이거든요. 어미가 피렌체에서 루퍼트 생일날 아침에 내 휴지통에서 태어났죠. 그이의 생일 선물이었어요."

차가 들어왔다. 버킨이 그들을 위해 차를 따랐다. 그와 허마이어니 사이엔 이상할 정도로 절대 침범할 수 없는 친밀함이 존재했다. 어슐라는 아웃사이더란 느낌이 들었다. 바로 그 찻잔들과 오래된 은제 그릇이야말로 허마이어니와 버킨 간의 유대를 의미했다. 그것은 그들이 함께했던 머나먼 과거의 세계에 속하는 것 같았다. 그 세계에 어슐라는 이방인이었다. 그녀는 그들의 유구하고 교양 있는 환경 속에 들어온 신참이나 다름없었다. 그녀의 관습은 그들의 관습이 아니었고, 그들의 기준은 그녀의 것이 아니었다. 그들의 것은 확립되어 있었고, 그들은 세월의 승인과 품위를 지니고 있었다. 그와 그녀는 함께, 그러니까 허마이어니와 버킨은 동일한 오랜 전통에, 똑같이 시든, 죽어 가는 문화에 속한 사람들이었다. 그리고 그녀, 어슐라는 침입자였다. 그들은 언제나 그녀로 하여금 이런 기분이 들게 했다.

허마이어니가 약간의 크림을 접시에 부었다. 그녀가 버킨의 방에서 그렇게 간단히 자신의 권리를 취할 수 있다는 사실에 어슐라는 화가 나면서도 기가 죽었다. 그녀의 태도는, 마치 원래 그렇게 하도록 정해져 있기라도 한 것처럼 숙명의 냄새가 났다. 허마이어니는 고양이를 들어 올려 그 앞에 크림을 갖다 댔다. 고양이는 테이블 가장자리에 두 발을 올리고 우아한 젊은 고개를 숙여 크림을 핥았다.

"Siccuro che capisce italiano(이 고양이는 당연히 이탈리아어를 알아듣죠)," 허마이어니가 말했다. "non l'avrà dimenticato, la lingua della Mamma(앞으로도 잊지 않을 거예요, 엄마 나라 말은)."

그녀는 길고 느린 하얀 손가락으로 고양이의 얼굴을 들어 올려, 고양이가 핥아먹지 못하도록 꽉 붙들고 있었다. 별나게도 그녀는 수컷이기만 하면 반드시 힘을 행사하며 언제나 한결같은 기쁨을 드러냈다. 고양이는 수컷의 지루해하는 표정으로 자기 수염을 핥으며 참을성 있게 눈을 깜박거렸다. 허마이어니는 투덜거리듯 짤막하게 웃었다.

"Ecco, il bravo ragazzo, come è superbo, questo(보세요, 이 잘생긴 애를 말이에요, 어찌나 자존심이 센지 정말)!"*

너무나 차분하고 기묘한 모습으로 고양이 곁에 있는 그녀는, 한 폭의 생생한 그림 같은 분위기를 연출했다. 정말로 정지되어 있는 듯한 인상을 주었다. 어떤 면에서는 사교의 달인이었다.

고양이는 그녀를 쳐다보기를 거부하고, 무관심하게 그녀의 손가락을 피해 다시 접시를 핥기 시작했다. 코를 크림 가까이 대고 완벽히 균형 잡힌 자세로 독특하게 짭짭거리며 핥았다.

"그 녀석한테 테이블에서 식사하는 걸 가르치는 건 좋지 않아요." 버킨이 말했다.

"맞아요." 허마이어니가 선선히 동의했다.

그러더니 고양이를 내려다보며, 노련하고 비웃는 듯하면서도 익살스러운 단조로운 말투로 다시 말을 시작했다.

"Ti imparano fare brutte cose, brutte cose(사람들이 너한테 나쁜 걸 가르치는구나, 나쁜 걸)……."

그녀는 미노의 하얀 턱을 자신의 집게손가락 위에 천천히 올려놓았다. 그 젊은 고양이는 대단히 참을성 있게 주변을 둘러보더니 아무것도 쳐다보지 않고 턱을 끌어당겨 앞발로 세수를 하기 시작했다. 허마이어니는 흐뭇한 웃음소리를 냈다.

"Bel giovanotto(멋진 녀석)……." 그녀가 말했다.

고양이는 다시 몸을 앞으로 내밀고 잘생긴 하얀 앞발을 접시 가장자리에 올렸다. 허마이어니는 조심조심 천천히 그 앞발을 들어 올려 내려놓았다. 그 신중하고 섬세한 조심스러운 움직임을 보자 어슐라는 구드룬이 떠올랐다.

"No! Non è permesso di mettere il zampino nel tondinetto. Non piace al babbo. Un signor gatto così selvatico(안 돼! 접시에 발을 집어넣으면 안 되는 거야. 아빠가 싫어하셔. 신사 고양이가 그렇게 야만적으로 굴다니)……!"

그녀는 살짝 올려놓은 고양이 앞발 위에 손가락을 줄곧 올린 채 있었고, 그녀의 목소리는 한결같이 변덕스럽고 익살스럽게 윽박지르는 어조였다.

어슐라는 기분이 상했다. 당장 자리를 떠나고 싶었다. 모든 게 부질없어 보였다. 허마이어니는 변치 않을 확고한 자리를 굳힌 상태였지만, 자신은 순식간에 지나가는 덧없는 존재였다. 아직 도래하지도 않은 것이었다.

"이제 가야겠어요." 그녀가 불쑥 말했다.

버킨은 거의 공포에 질린 듯한 표정으로 그녀를 바라보았다. 그는 그녀가 화내는 게 너무 두려웠다.

"그렇게 서둘러 갈 필요는 없는데요." 그가 말했다.

"있어요." 그녀가 대답했다. "갈래요." 그러고는 뭔가 더 말할 틈을 주지 않고 허마이어니를 향해 손을 내밀며 말했다. "안녕히 계세요."

"그럼 잘 가요……." 허마이어니가 그 손을 잡은 채 무덤덤하게 말했다. "정말 지금 꼭 가야 돼요?"

"네, 내 생각엔 가야 할 것 같아요." 어슐라가 굳은 얼굴로 허마이어니의 시선을 외면한 채 말했다.

"당신 생각엔, 그러니까……."

그러나 어슐라는 손을 뺐다. 버킨을 향해 재빨리 조롱에 가깝게 "안녕히 계세요"라고 말하고는, 그가 자신을 위해 문 열어 줄 틈을 주지 않고 스스로 문을 열었다.

집 밖으로 나왔을 때, 그녀는 분노와 동요 속에 길을 달려 내려갔다. 허마이어니라는 존재 자체가 그녀 가슴속에 불러일으킨, 기이하고 영문 모를 분노와 격정이었다. 어슐라는 상대에게 자신의 정체가 드러났음을, 자신이 교양 없고 천박하며 실제보다 좋게 부풀려진 사람처럼 보였다는 걸 알고 있었다. 그러나 개의치 않았다. 그녀는 그저 달릴 뿐이었다. 남겨 두고 온 그들에게로 되돌아가 두 사람의 면전에다 대고 비웃지 않기 위해. 그들이 그녀를 격분시켰으니까.

23장 나들이*

　다음 날 버킨은 어슐라를 찾으러 나갔다. 마침 학교에 오전 수업만 있는 날이었다. 그는 오전이 다 끝나 갈 즈음에 나타나, 그녀에게 오후에 함께 드라이브를 하겠느냐고 물었다. 그녀는 그러겠다고 했다. 그러나 그녀의 얼굴은 굳게 닫혀 있었고 무덤덤해서, 그는 가슴이 덜컥 내려앉았다.

　오후엔 날이 맑으면서도 뿌옜다. 그가 운전을 하고 그녀는 옆자리에 앉아 있었다. 그러나 그녀의 얼굴은 여전히 그를 향해 꼭 닫힌 채 아무런 반응이 없었다. 그녀가 이처럼 벽같이 되어 버리면 그는 심장이 오그라들었다.

　그의 삶은 이제 너무나 쪼그라들어서 더 이상 연연해할 것이 없었다. 어슐라든 허마이어니든 혹은 다른 누구든 간에 그 사람이 세상에 존재하든 말든, 자신은 털끝만큼도 개의치 않는 것 같다는 생각이 가끔씩 들기도 했다. 신경 쓸 게 뭐람! 뭣 때문에 일관되고 만족스러운 삶을 살려고 애써야 한단 말인가? 피카레스크 소설에서처럼, 일련의 우연들 속에서 표류하면 안 될 이유라도 있나? 안 될 이유가 어디 있는가? 뭣 때문에 인간관계에 대해 고민하나? 남자와의 관계든 여자와의 관계든 간에 인간관계라는 걸 심각하게 생각할 이유가 뭔가? 도대체 심각한 관계를 형성해야 하는 이유가 어디에 있단 말인가? 그냥 되는대로 표류하면서, 모든 걸 그냥 그 본래 가치대로 받아들이면 뭐 어떤가?

하지만 그는 아직은, 심각한 삶을 위한 그 오래된 노력을 해야만 하는 저주받은 운명이었다.

"이것 좀 봐요." 그가 말했다. "내가 산 거예요." 차는 가을 나무들 사이로 난 널찍한 하얀 도로를 따라 달리고 있었다.

그는 그녀에게 똘똘 만 작은 종이 뭉치를 건네주었다. 그녀는 그것을 받아서 펼쳤다.

"어머 아름답네요!" 그녀가 외쳤다.

그녀는 선물을 자세히 들여다보았다.

"정말 완벽하게 아름다워요!" 그녀가 다시 외쳤다. "그런데 이걸 왜 나에게 주는 거죠?" 그녀가 무례하게 물었다.

그의 얼굴에 지겨운 짜증이 번뜩였다. 그는 어깨를 살짝 으쓱했다.

"그러고 싶어서요." 그가 냉담하게 말했다.

"하지만 왜요? 왜 그래야 하는데요?"

"꼭 이유를 대야만 합니까?" 그가 물었다.

어슐라가 종이에 꼬깃꼬깃 싸여 있던 반지들을 들여다보는 동안 잠시 침묵이 흘렀다.

"**아름다워요.**" 그녀가 말했다. "특히 이것, 정말 근사하네요……."

그것은 자그마한 루비들로 둘러싸인, 타는 듯 붉고 동그란 오팔이었다.

"그게 제일 좋아요?" 그가 말했다.

"네."

"난 사파이어가 좋은데." 그가 말했다.

"이거요?"

그것은 아주 반짝반짝 섬세하게 깎은 장미 모양의 아름다운 사파이어였다.

　"그러네요." 그녀가 말했다. "정말 예쁘네요." 그녀는 그것을 들어 햇빛에 비춰 보았다. "맞아요, 이게 제일 예쁜 것 같아요⋯⋯."

　"그 파란색이⋯⋯." 그가 말했다.

　"맞아요, 멋져요⋯⋯."

　그가 갑자기 손수레가 지나다니는 길을 벗어나 차를 휙 돌렸다. 차가 둑 위에서 뒤뚱했다. 그는 조심성 없는 운전자였지만 아주 민첩했다. 그러나 어슐라는 겁에 질렸다. 그에겐 언제나 그녀를 공포에 떨게 하는 어떤 부주의함이 있었다. 갑자기 그녀는 그가 끔찍한 자동차 사고를 내서 자신을 죽일지도 모른다는 느낌이 들어 잠시 두려움으로 얼어붙었다.

　"그런 식으로 운전하면 좀 위험하지 않나요?" 그녀가 그에게 물었다.

　"아니, 위험하지 않아요." 그가 말했다. 잠시 말이 없더니 그가 다시 입을 열었다. "그 노란 반지는 하나도 안 좋아요?"

　그것은 강철 혹은 그 비슷한 다른 금속 프레임에 박힌, 정교하게 세공된 사각 모양의 토파즈였다.

　"좋아요." 그녀가 말했다. "좋아요. 그런데 왜 반지를 세 개나 샀어요?"

　"다 좋았거든요. 모두 중고예요."

　"당신이 끼려고 산 거예요?"

　"아니에요. 내 손엔 반지가 안 어울려요."

　"그럼 왜 샀어요?"

　"당신한테 주려고요."

　"하지만, 왜요? 이것들은 분명히 허마이어니한테 주어야 하는 것들이잖아요! 당신은 그 사람 거니까요."

그는 대답하지 않았다. 그녀는 손에 반지들을 쥔 채로 가만히 있었다. 손가락에 끼어 보고 싶었지만 마음속의 뭔가가 허락하지 않았다. 게다가 자신의 손가락이 너무 두껍지나 않을까 싶어 걱정스럽기도 했다. 창피하게 새끼손가락 말고는 들어가지 않을까 봐 위축되었다. 그들은 말없이 차 없는 텅 빈 길을 달렸다.

드라이브하는 것이 너무 신 나서, 그녀는 그가 곁에 있다는 것도 잊어버렸다.

"여기가 어디예요?" 그녀가 갑자기 물었다.

"윅숍* 근처예요."

"어디 가는 건데요?"

"어디든지요."

그녀는 이 대답이 맘에 들었다.

그녀는 손을 펴 반지들을 바라보았다. 그렇게 보석이 달린 세 개의 반지가 손바닥 위에 엇갈려 놓여 있는 걸 보니 몹시 기뻤다. 너무나 끼어 보고 싶어졌다. 그래서 그가 자기 손가락이 너무 굵다는 사실을 알지 못하도록, 그가 보지 않기를 바라며 몰래 살짝 끼어 보았다. 하지만 그는 보았다. 그녀가 보지 않기를 바라면, 그는 언제나 꼭 보았다. 빈틈없이 살피는 이런 성격이 그가 가진 또 하나의 밉살스러운 면이었다.

테가 얇은 오팔만 약지에 맞았다. 그녀는 미신적이었다.* 아냐, 너무 불길해. 서약의 징표로는 그에게서 이 반지를 받고 싶지 않았다.

"보세요." 그녀가 반쯤 주먹을 쥐어 오그린 손을 내밀며 말했다. "다른 건 맞지가 않네요."

그는 그녀의 지나칠 정도로 민감한 살갗 위에서 붉게 빛나는 매

꼬러운 보석을 바라보았다.

"그렇군요." 그가 말했다.

"그런데 오팔은 불길하지 않나요?" 그녀가 아쉬운 듯이 말했다.

"그렇지 않아요. 난 오히려 불길한 것들이 좋아요. 행운이란 건 저속해요. 누가 **행운**이 가져다주는 걸 바란답니까? 난 아니에요."

"왜요?" 그녀가 웃었다.

그러고는, 다른 반지들을 끼면 어떨지 보고 싶은 마음이 너무 간절해서 그녀는 그것들을 새끼손가락에 끼었다.

"약간 크게 만들 수도 있어요." 그가 말했다.

"네." 그녀가 미심쩍은 목소리로 대답했다. 그러고는 한숨을 쉬었다. 이 반지들을 받아들이는 건 서약을 받아들이는 일이라는 걸 알고 있었다. 하지만 운명을 어쩔 수는 없을 것 같았다. 그녀는 다시 반지들을 바라보았다. 아주 아름다워 보였다 ─ 장식품이나 부(富)로서가 아니라 사랑의 조그마한 조각들로서.

"당신이 이걸 샀다는 게 기뻐요." 그녀가 절반은 마지못한 마음으로 그의 팔에 부드럽게 손을 올리며 말했다.

그는 살짝 미소 지었다. 그는 그녀가 자신에게로 다가오길 원했다. 하지만 그의 영혼 밑바닥에서는 화가 나 있었고, 무관심하기도 했다. 그녀가 진정 자신을 향한 열정을 갖고 있다는 걸 알고 있었다. 그러나 궁극적으로 그 점이 흥미로운 건 아니었다. 사람이 몰개인적이고 무관심하며 비감정적이 되는, 그런 깊이의 정열이 존재한다. 그런데 어슐라는 아직도 감정적인 개인적인 차원에, 언제나 그렇게 혐오스러운 개인적인 차원에 있었다. 그는 이제껏 그 자신이 한 번도 받아들여지지 않은 방식으로 이미 그녀를 받아들였다. 그녀의 암흑과 수치의 뿌리에서부터 그녀를 받아들였던 것이다 ─ 그녀의 존재를 이루는 원천의 하나인 신비한 타락의 샘물을 보고 소리 내어 웃는, 웃으면서, 어깨를 으쓱거리며, 받아들이는, 최종적으로 받아들이는 악마처럼. ……그런데 그녀는, 그녀는 언제쯤 자기 자신을 훌쩍 초월하여 죽음의 급소에서 그를 받아들일 것인가?*

그녀는 이제 아주 행복해졌다. 자동차는 계속해서 달렸고, 오후 햇살은 부드럽고 희뿌옇게 빛나고 있었다. 그녀는 상당한 관심을 가지고 구드룬이나 제럴드와 같은 사람들과 그들의 동기를 분석해 가며 쾌활하게 떠들었다. 그는 어정쩡하게 대꾸했다. 그는, 자신은 더 이상 사람들의 성격이나 사람에 대해 별로 관심이 없다고 말했다. 사람은 모두 저마다 다르지만, 요즈음엔 모두 정해진 한계 안에 갇혀 있다고. 그의 말이 이어졌다. 지금은 대체로 두 개의 커다란 사상이, 두 개의 커다란 행동의 흐름만이 남아 있으며, 이로부터 다양한 형태의 반작용들이 나온다. 그 반작용은 다양한 사람들에게서 모두 다르게 나타나지만 모두 몇 개의 커다란 법칙을 따르고 있고, 따라서 본질적으론 아무런 차이가 없다. 사람들은 몇 가지 커다란 법칙에 따라 무심코 행동하고 반응하며, 일단 그 법칙들, 그 대원칙들을 알고 나면 사람들은 더 이상 신비롭고 흥미로운 존재가 못 된다. 그들은 모두 본질적으로 똑같고, 차이점들이란 그저 하나의 주제에 대한 변주에 지나지 않는다. 그 누구도 주어진 조건을 넘어서지 못하는 것이다.

어슐라는 이에 동의하지 않았다…… 사람들이 아직도 그녀에겐 모험이었다…… 그렇지만…… 어쩌면 그녀가 스스로를 설득하고자 노력하는 만큼은 아닐 수도 있었다. 어쩌면 지금 그녀가 갖고 있는 관심 속엔 뭔가 기계적인 것이 들어 있는지도 몰랐다. 또한 어쩌면 그녀의 관심은 파괴적이며, 그녀의 분석은 정말로 조각조각 찢는 일인지도 몰랐다. 마음속 어딘가에서 그녀는 사람들에 대해, 그들 각각의 특이성에 대해 아무런 관심이 없는 건지도, 아니면 심지어 그들을 파괴하는 것조차 개의치 않는 건지도 몰랐다. 그녀는 잠시 자신의 저 밑바닥에 자리하고 있는 이 침묵에 가 닿는 듯했다. 그녀는 조용해지더니 잠시 버킨에게로 신경을 집중했다.

"어두워졌을 때 집으로 돌아가는 것이 멋지지 않을까요?" 그녀가 말했다. "좀 늦게 차를 마실 수도 있고…… 우리 그렇게 할까요? ……느지막이 식사 겸 차 한 잔 어때요? ……제법 근사하지 않겠어요?"

"숏랜즈에서 저녁 식사를 하기로 약속했어요." 그가 말했다.

"하지만 ─ 별 상관 없잖아요 ─ 내일 갈 수도 있잖아요……."

"허마이어니가 거기 있어요." 그가 약간 어색하고 불편한 목소리로 말했다. "이틀 후에 좀 멀리 떠난다는데 작별 인사는 해야 될 것 같아요 ─ 다시는 그녀를 안 만날 거라서."

어슐라는 물러나며 지독한 침묵 속에 틀어박혀 버렸다. 그는 미간을 찌푸렸고, 그의 눈이 다시 분노의 불꽃을 튀기기 시작했다.

"신경 쓰이는 건 아니죠, 그렇죠?" 그가 짜증스러운 목소리로 물었다.

"그럼요, 난 상관없어요 ─ 내가 왜 ─ 내가 왜 신경을 써야 돼요?"

그녀의 목소리는 조롱조였고 공격적이었다.

"그게 바로 내가 묻는 겁니다." 그가 말했다. "왜 당신이 신경을 **써야 되느냐**고요! 그런데 당신은 그래 보여요." 그의 이마가 극심한 짜증으로 잔뜩 긴장되었다.

"**분명히** 말해 두죠. 난 신경 안 써요, 난 조금도 상관없다고요. 당신이 속한 곳으로 가세요 ─ 그게 내가 원하는 거예요."

"아, 바보 같은 당신!" 그가 소리쳤다. "'당신이 속한 곳으로 가세요'라니요. 허마이어니와 나는 끝났어요. 덧붙여 말하자면, 허마이어니는 나한테보다 **당신한테** 더 큰 의미가 있는 겁니다. 당신은 그저 그녀에 대한 순전한 반동에 의해서만 그녀에게 반발할 수 있으니까요 — 그리고 그녀의 정반대가 되어야 그녀와 동등해지는 거니까 말입니다."

"어머, 정반대라니요!" 어슐라가 소리쳤다. "난 당신이 어떤 식으로 빠져나가는지 알아요. 난 그런 말장난엔 안 속아요. 당신은 허마이어니와 그녀의 죽은 쇼에 속해요. ……당신이 거기 속한다면, 그건 그냥 그런 거예요. 난 당신을 탓하지 않아요. 하지만 어쨌든 당신은 나랑 아무런 상관이 없다고요."

불붙은 듯한 격심한 분노 속에 그가 차를 세웠고, 둘은 그렇게, 마을길 한복판에서 결판을 내려고 차 안에 앉아 있었다. 전쟁의 위기여서, 두 사람은 그 상황이 얼마나 우스꽝스러운지 알 수가 없었다.

그가 쓰디쓴 절망 속에 소리쳤다. "만일 당신이 바보가 아니라면, 당신이 바보만 아니라면, 사람이 잘못을 저질렀다 해도, 품위를 지킬 수는 있다는 걸 당신도 알 겁니다. 내가 지난 몇 년간 허마이어니와 함께 보낸 건 **잘못이었어요** — 그건 치명적인 죽음의 과정이었어요. 그렇지만 아무리 그렇더라도 사람은 약간의 인간적인 품위는 가질 수 있는 겁니다. ……그런데 어떻게, 허마이어니라는 이름이 나오기 무섭게 당신은 질투심으로 내 영혼을 찢어 버리려고 하는 겁니까."

"내가 질투를 해요! 내가…… 질투를! 그렇게 생각한다면 완전히 착각이에요. 난 허마이어니를 눈곱만큼도 질투하지 않아요, 그녀는 나한테 아무것도 아니에요, **그런 게** 아니라고요!" 그러고는 어슐라가 손가락들로 딱 소리를 냈다. "아니, 거짓말쟁이는 당신이에요. 자기가 토해 놓은 곳으로 되돌아가는 개처럼, 당신은 되돌아가지 않으면 안 되는 거라고요. 내가 **싫어하는 건**, 허마이어니가 **상징하는** 것이에요. 난 그걸 **증오해요**. 그건 거짓이고, 가짜고, 죽음이에요. ……하지만 당신은 그걸 원하죠, 당신도 어쩔 수가 없는 거예요, 당신도 스스로를 어쩔 수가 없는 거라고요. 당신은 그렇게 낡은, 치명적인 삶의 방식에 속해 있는 거예요—그러니 그곳으로 돌아가요. ……그렇지만 내게 오지는 말아요, 난 그런 것하고는 전혀 상관이 없으니까."

그러더니 격렬한 감정의 압박 속에 그녀가 차에서 내리더니 살색에 가까운 분홍 스핀들베리를 무의식적으로 따며 산울타리 쪽으로 갔다. 그중에서 어떤 것들은 터져서 오렌지 빛깔의 씨앗을 드러냈다.

"아, 당신은 바보예요." 그가 경멸조로 비통하게 소리쳤다.

"그래요, 맞아요. 난 바보 **맞아요**. 그래서 신에게 감사하죠. 당신의 영악함을 삼키기엔 내가 너무 바보라고요, 고맙게도. 당신은 당신 여자들한테 가세요—그들한테 가요—그 여자들은 당신하고 같은 부류니까. 당신 뒤엔 언제나 당신을 졸졸 따라다니는 여자들이 있잖아요, 앞으로도 계속 그럴 거고요. 당신의 그 영적(靈的)인 신부들한테나 가 보세요, 그렇지만 내게 오지는 말아요. 왜냐하면 난 그런 걸 갖고 있지 않으니까. 그렇게 해 주면 고맙겠어요. ……만족스럽지가 않은 거잖아요, 안 그래요? 당신의 그 영적인 신부들은 당신이 원하는 걸 줄 수가 없는 거죠, 그들은 당신이 원하는 만큼 천박하고 육감적이지 않아서 말이에요, 그렇지 않은가요? 그래서 나한테 오는 거잖아요. 뒤에 그들을 거느린 채 말이죠! 일상적인 용도로 날 사용하려고 나랑 결혼하려는 거겠죠. 그렇지만 뒤에다가는 영적인 신부들을 잔뜩 준비해 두고서. ······난 당신의 그 지저분하고 변변찮은 게임을 알고 있어요!" 갑자기 불길이 그녀를 휘감았고, 그녀가 미친 듯이 도로에서 발을 굴렀다. 그는 그녀가 자신을 칠까 봐 두려워 몸을 움츠렸다. "그리고 난, 난 충분히 영적이지 않은 거죠, **난** 그 허마이어니만큼 영적이지 않은 거잖아요······!" 그녀는 미간을 찌푸리고 호랑이 같은 눈을 번득였다. "그러니까 그녀한테 **가요**, 내가 말하려는 건 그게 다예요, 그녀한테 **가요, 가라고요**. ······하, 그녀가 영적이라니······ **영적이라니**, 그녀가! 그 여자처럼 더러운 물질주의자를, **그녀가** 영적이라고? 그녀가 관심을 갖고 있는 게 뭔데요? 뭐가 그녀의 영적인 특성이라는 거죠? 그게 뭔데요?" 그녀의 분노가 폭발하여 그의 얼굴을 태워 버릴 것 같았다. 그는 약간 움츠러들었다. "내가 말해 주죠, 그건 더러운 **오물**이에요. **오물**, 오물일 뿐이라고요! ······그리고 당신이 원하는 게 바로 그 오물인 거죠. 그걸 간절히 바라는 거라고요. ······영적이라고요! **그런 게** 영적이란 건가요, 약자를 그렇게 을러대는 것, 그녀의 자만심, 그녀의 그 지저분한 물질주의가요? 그녀는 상스럽게 떠들어 대는 생선 장수예요, 생선 장수. 지독한 물질주의자라고요. 그래서 너무나 지저분해요. 결국 당신이 말하는 그런 사회적 열정을 가지고 그녀가 해내는 일이 뭐죠? 사회적 열정이라니, 그녀가 무슨 사회적 열정을 가졌는데요? 보여 줘 봐요! 그게 어디에 있는데요? 그녀는 쩨쩨하고 즉각적인 **권력**을 원하는 거예요. 그녀는 자신이 위대한 여자라는 환상을 원하는 거예요. 그뿐이에요. ······영혼 속에서는, 악마 같은 불신자예요, 굴러다니는 먼지처럼 흔해 빠진. 그녀의 밑바탕은 바로 그거라고요. 다른 나머지는 다 **꾸며 댄** 거죠— 그렇지만 당신은 그걸 사랑하는 거고요. 당신은 그 가짜 정신성을 사랑해요, 그게 당신의 양식(糧食)이죠.

왜냐? 바로 당신 바닥 속에 있는 오물 때문이에요. ……당신은 내가 당신의 불결한 성생활을 모르는 줄 알아요? — 그녀의 성생활에 대해서? 난 알고 있어요. 당신이 원하는 게 바로 그 불결함이죠, 거짓말쟁이 씨. 그러니 가져요, 가지라고요. ……당신은 지독한 거짓말쟁이예요."

그녀는 고개를 돌린 채 산울타리에서 이따금 스핀들베리 나뭇가지를 꺾어 부들부들 떨리는 손가락으로 코트 가슴께에 꽂고 있었다.

그는 아무 말 없이 지켜보며 서 있었다. 그토록 섬세한, 떨리는 그녀의 손가락을 보자 그의 가슴에 놀랍도록 부드러운 감정이 타올랐다. 그러나 동시에 분노와 냉담함도 함께 차올랐다.

"이건 창피스러운 감정 표출이에요." 그가 차갑게 말했다.

"맞아요, 정말 창피스러운 일이죠." 그녀가 말했다. "하지만 당신한테보다 나한테 더 그렇죠."

"당신이 스스로의 품위를 떨어뜨리길 택했으니까요." 그가 말했다. 또다시 그녀 얼굴에 불이 번쩍했다. 그녀의 눈 속에서 노란 불꽃들이 집결했다.

"**당신은요!**" 그녀가 소리쳤다. "당신! 진리를 사랑하는 사람이라는 당신! 순수라는 걸 들먹이며 장사를 하는 당신! 당신의 진리와 당신의 순수에선 **썩은 냄새가 나**요. 거기선 당신이 먹고사는 썩은 고기 냄새가 난다고요. 당신은 쓰레기나 먹고 다니는 개예요, 시체를 먹는 인간이라고요 — 당신은 불결해요, **불결하다고요.** 그리고 당신은 그걸 알아야 돼요. 당신의 순수함, 솔직함, 선함이란 것…… 그래요, 고맙군요. 우리한테도 좀 있었죠. 당신이란 인간은 불결하고 치명적이에요, 외설적이고. 그게 바로 당신이에요, 외설적이고 비뚤어졌다고요. 당신이란 사람, 그리고 사랑이라니! 당신이 사랑을 원치 않는다고 말하는 것도 당연하죠. 맞아요, 당신은 **당신 자신**을, 오물을, 그리고 죽음을 원하니까 — 그게 바로 당신이 원하는 거니까. 당신은 완전히 **비뚤어졌어요**, 죽음을 먹죠. 그러고 나서는…….″

″저기 자전거가 와요.″ 그가 그녀의 시끄러운 비난 앞에서 괴로워 몸부림치며 말했다.

그녀가 길 아래쪽을 흘끗 보았다.

″난 상관 안 해요.″ 그녀가 외쳤다.

그렇지만 그녀는 잠잠해졌다. 논쟁으로 언성을 높이는 걸 들은 자전거 탄 사람은, 지나가면서 남자와 여자, 그리고 그 옆에 세워진 차를 호기심 어린 눈으로 쳐다보았다.

″……안녕하세요.″ 그가 쾌활하게 말했다.

″안녕하세요.″ 버킨이 차갑게 대답했다.

그들은 그 남자가 멀리 사라질 때까지 아무 말 없이 있었다.

버킨의 얼굴에 좀 더 분명해진 듯한 표정이 떠올랐다. 그는 그녀의 말이 대체로 옳다는 걸 알고 있었다. 자신이 비뚤어졌다는 것을, 한편으론 아주 정신적이면서 이상하게도 다른 한편으로는 창피스러울 지경으로 타락해 있다는 걸 알고 있었다. 하지만 그녀라고 해서 더 나은가? 더 나은 사람이 있는가?

″다 맞는 말일 수도 있죠. 거짓말이니, 썩은 냄새니 하는 그 모두 다.″ 그가 말했다. ″그렇지만 허마이어니의 영적인 친교가 당신의 감정적이고 질투 어린 친교보다 더 부패했다고 할 수는 없어요. ……인간은 품위를 지킬 수가 있는 겁니다. 심지어 자신의 적한테까지도요. 그건 자기 자신을 위한 거죠. 허마이어니는 나의 적이에요 — 그녀의 숨이 끊어질 때까지 말입니다. 그렇기 때문에, 고개숙여 전쟁터 너머로 떠나보내는 인사를 해야만 하는 겁니다.″

"당신! 당신과 적군, 그리고 인사라고요! 자기 자신을 가지고 참 예쁜 그림도 그려 내시는군요. 하지만 그 그림에 속는 사람은 당신 밖에 없어요. 내가, **질투를** 한다니요! 내가! 내가 말하는 것은," 그 녀의 목소리가 불꽃처럼 튀어 올랐다. "그게 **진실**이기 때문이에요, 당신이 바로 **그런 사람**이니까, 불결하고 잘못된 거짓말쟁이니까, 회 칠한 무덤 같은 위선자니까 말하는 거라고요. 그렇기 때문에 내가 그런 말을 하는 거예요. 그러니 **당신**, 잘 들어요."

"그리고 고마워하고 말이죠." 그가 빈정거리는 우거지상을 지으 며 덧붙였다.

"그래요." 그녀가 외쳤다. "만약 당신 안에 티끌만큼이라도 품위 란 게 있다면 고마워해야 돼요."

"하지만 내겐 티끌만 한 품위도 없어서……." 그가 응수했다.

"그래요." 그녀가 외쳤다. "눈곱만큼도 없으니까. 그러니까 당신 은 당신 길을 가요, 난 내 길을 갈 테니까. 아무 소용 없어요, 전 혀. ……그러니까 이제 날 떠나 줘요. 난 더 이상 당신하고 가고 싶 지가 않아요, 날 떠나 줘요……."

"지금 당신이 어디에 있는지도 모르잖아요." 그가 말했다.

"어머, 신경 쓰지 말아요. 분명히 말하지만 난 아무 문제 없을 거니까요. 지갑에 10실링이 들어 있고, 그거면 **당신이** 날 어디로 데 려왔든지 간에 돌아갈 수 있으니까요." 그녀는 망설였다. 손가락 에 아직 반지들이 끼어져 있었다. 새끼손가락에 두 개, 약지에 하 나. 여전히 그녀는 주저했다.

"좋아요." 그가 말했다. "가망이 전혀 없는 유일한 건, 바보죠."

"맞아요." 그녀가 말했다.

그녀는 아직도 우물쭈물 망설이고 있었다. 그러더니 보기 흉한 심술궂은 표정이 떠올랐다. 그녀는 손가락에서 반지들을 빼더니 그를 향해 던졌다. 한 개는 얼굴에, 다른 두 개는 그의 코트 자락에 맞았다가 진창 속으로 흩어져 떨어졌다.

"그리고 당신 반지 가져가요." 그녀가 말했다. "그리고 다른 데 가서 여자를 사도록 해요. 당신이 가질 여자들은 많아요, 아주 기쁜 마음으로 당신의 그 정신적인 쓰레기를 — 혹은 당신의 육체적 쓰레기를 — 함께하겠다는 여자들 말이에요. 그리고 당신의 정신적 쓰레기는 허마이어니 몫으로 남겨 두시죠."

이렇게 말하고 그녀는 저쪽 길로 종잡을 수 없이 되는대로 걸어가 버렸다. 그는 그녀의 부루퉁한, 약간 흉한 걸음걸이를 지켜보며 꼼짝 않고 서 있었다. 그녀는 뚱하니 산울타리 가지들을 쥐어뜯고 뽑으며 걸어갔다. 그녀의 모습이 점점 작아지다가 마침내 시야에서 거의 사라져 버린 듯했다. 그의 가슴에 어둠이 몰려왔다. 자그마한, 기계적인 의식의 한 점만이 그의 곁을 맴돌았다.

그는 지쳐서 기운이 없었다. 하지만 안도감도 들었다. 그는 자신의 오랜 위치를 포기한 것이었다. 둑으로 가서 앉았다. 의심의 여지없이 어슐라가 옳았다. 그녀가 말한 것, 그것은 정말 사실이었다. 그는 자신의 정신성이란 것이 타락의 과정에 따르는 부수물이요, 일종의 자기 파괴의 쾌락임을 알고 있었다. 그는 정말로 자기 파괴 속에서 어떤 흥분을 느꼈다 — 특히 그것이 정신적인 형태일 때면. 물론 그도 알고 있었다 — 알면서 그렇게 해 온 것이었다. 하지만 어슐라식의 감정적인 친교, 감정적이고 육체적인 친교, 그것 역시 허마이어니의 추상적인 정신적 친교만큼이나 위험하지 않은가? 뒤섞기, 뒤섞기, 두 존재의 끔찍한 이런 뒤섞기라는 것, 모든 여자와 거의 모든 남자가 우겨 대는 이 뒤섞기라는 것도 영혼을 섞든지 감정적인 몸을 섞든지 간에 어쨌든 구역질 나고 무시무시하지 않은가? 허마이어니는 자기 자신을 모든 남자가 다가가야만

하는 완벽한 이데아로 생각하고, 어슐라는 자신을 모든 남자가 다 가가야만 하는 완벽한 자궁이요 탄생의 욕조라고 여기는 것이다. 둘 다 무시무시하다. 어째서 그들은 자기 자신의 영역으로 경계 지어진, 개인으로서 남아 있을 수 없는가? 어째서 이렇게 무섭게 모든 걸 포괄하려 하고, 이토록 가증스러운 폭군이 되어야만 하는 가? 어째서 다른 존재를 자유롭게 내버려 두지 않고 흡수하거나 녹이거나 병합하려 애쓰는가? 인간은, 자기 자신을 어떤 **순간에** 완전히 내줄 수 있지만, 어떤 다른 존재에게는 그럴 수 없다.

그는 반지들이 길바닥의 뿌연 진흙 속에 버려져 있는 모습을 차마 볼 수 없었다. 그것들을 주워 무심결에 손으로 닦았다. 그것들은 따뜻한 창조 속에 놓여 있는 아름다움의 실재, 행복의 실재를 드러내 주는 자그마한 징표들이었다. ……하지만 그의 손은 온통 더럽고 모래투성이가 되어 버렸다.

그의 마음에 어둠이 드리워졌다. 그의 마음속에서 강박처럼 집 요하게 버텼던 끔찍한 의식의 매듭이 끊어져 사라져 버렸고, 그의 삶은 그의 사지와 몸뚱이 위에 드리워진 어둠 속에서 용해되었다. 그러나 지금 그의 가슴속엔 한 점 근심이 있었다. 그녀가 돌아오기를 바랐다. 그는 아무런 책임도 모르는 채 순진무구하게 숨 쉬고 있는 아기처럼 가볍고 규칙적으로 숨을 쉬고 있었다.

그녀가 돌아오고 있었다. 그는 그녀가 높다란 산울타리 아래로 되는대로 떠내려오듯 자신을 향해 천천히 걸어오는 걸 보았다. 그는 움직이지 않았고, 다시 쳐다보지 않았다. 그는 마치 평화 속에 잠들어 버린 것처럼, 완전히 긴장이 풀려져 꾸벅꾸벅 조는 것처럼 있었다.

그녀가 다가와 그의 앞에 고개를 수그리고 섰다.

"내가 어떤 꽃을 가져왔는지 봐요." 그녀가 그의 얼굴 밑으로 자줏빛이 도는 빨간 종 모양의 꽃가지를 내밀며 뭔가를 안타깝게 바라는 듯한 목소리로 말했다. 그는 색색의 종 모양 꽃무리와 나무처럼 생긴 자그마한 가지를 보았다. 그리고 지나칠 정도로 섬세하고 예민한 피부를 가진 그녀의 손도.

"예쁘네요!" 꽃을 받아 들며 그가 미소 띤 얼굴로 그녀를 쳐다보았다. 모든 것이 다시 단순해졌다, 아주 단순해졌다. 복잡함은 어디론가 사라져 버렸다. 하지만 그는 엉엉 울고 싶었다. 감정에 지치고 지겨워지지만 않았다면.

이윽고 그녀를 향한 부드럽고 뜨거운 열정이 그의 가슴을 가득 채웠다. 그는 일어나 그녀의 얼굴을 들여다보았다. 그 얼굴은 새로웠고, 오, 그 빛나는 경이와 두려움의 표정은 너무나 여리고 섬세했다. 그가 두 팔로 그녀를 감싸 안자 그녀가 그의 어깨에 얼굴을 묻었다.

그렇게 탁 트인 길에서 그가 조용히 그녀를 껴안고 서 있는 순간, 그 순간은 평화, 그야말로 오로지 평화였다. 마침내 찾아온 평화였다. 마침내 그 오랜, 혐오스러운 긴장의 세계가 물러갔다. 그의 영혼은 강인하고 편안했다.

그녀가 고개를 들어 그를 바라보았다. 그녀 눈 속의 경이로운 노란빛은 이제 부드럽게 누그러졌다. 둘은 화해했다. 그는 부드럽게 몇 번이고, 몇 번이고 그녀에게 키스했다. 그녀의 눈에 웃음이 떠올랐다.

"내가 당신을 매도했나요?" 그녀가 물었다.

그도 미소 지으며, 너무나 부드러운, 내맡겨진 그녀의 손을 잡았다.

"마음 쓰지 말아요." 그녀가 말했다. "다 잘되라고 그런 거예요."

그가 다시 부드럽게, 여러 번 키스했다.

"안 그래요?" 그녀가 말했다.

"분명히 그렇죠." 그가 대답했다. "기다려요! 내 본모습을 찾을 거니까."

돌연 활기 띤 목소리로 웃으며 그녀가 그를 두 팔로 휘감았다.

"당신은 내 거예요, 내 사랑, 그렇죠?" 그녀가 그를 두 팔로 죄며 외쳤다.

"맞아요." 그가 부드럽게 말했다.

그의 목소리는 너무나 부드러우면서도 최종적이었다. 그녀는 자신을 붙잡은 운명의 손아귀 안에 있는 것처럼 아주 잠잠해졌다. 그렇다, 그녀는 묵묵히 따랐다 ─ 그러나 그건 그녀의 묵종(默從) 없이 성취된 묵종이었다. 그는 그녀의 심장을 멎게 할 만큼 부드럽고 고요한 행복감으로 그녀에게 조용히, 몇 번이고 키스했다.

"내 사랑!" 그녀가 얼굴을 들어 그를 바라보며, 환희로 인한 두려우면서도 부드러운 경이를 드러내며 외쳤다. 이 모두가 현실일까? 그러나 그의 눈은 아름답고 부드러웠으며, 그 어떤 압박이나 흥분의 기미도 없이, 그녀를 향해 아름답게 가벼운 미소를 지으며 그녀와 함께 웃고 있었다. 그녀는 그의 어깨에 얼굴을 묻고 숨었다. 그런데 그의 면전에서 숨고 있는 것이었다. 그는 그녀의 얼굴을 훤히 다 볼 수 있었으니까. 그녀는 그가 자신을 사랑한다는 걸 알았고, 두려웠다. 낯설고 기묘한 곳에, 새로운 천국에 와 있는 것이다. 그가 열정적이라면 좋을 것 같았다. 왜냐하면 열정 속에선 편안할 수 있으니까. 그런데 이건 너무 고요했고, 금방이라도 부서질 것 같았다. 공간이 힘보다 더 무시무시하듯이.

다시 그녀가 고개를 반짝 들었다.

"날 사랑하나요?" 그녀가 충동적으로 재빨리 물었다.

"그래요." 그녀의 움직임이 아닌, 오직 그녀의 고요함에만 신경을 모으며 버킨이 대답했다.

그녀는 그 말이 진실이란 걸 알고 있었다. 그녀는 몸을 빼고 물러났다.

"아무렴 그래야죠." 그녀가 몸을 돌려 길을 바라보면서 말했다. "반지들 찾았어요?"

"찾았어요."

"어디 있어요?"

"내 주머니 속에요."

그녀가 그의 주머니 속에 손을 넣어 반지들을 꺼냈다.

그녀는 안절부절못하고 들떠 있었다.

"가야지요." 그녀가 말했다.

"그래요." 그가 대답했다. 그들은 다시 차에 올라탔고, 기억에 남을 이 전쟁터를 뒤로하고 떠났다.

그들은 미소를 머금고 세상을 초월한 듯한 아름다운 몸짓으로, 따스한 늦은 오후를 가르며 정처 없이 달렸다. 그의 마음은 달콤하게 편안했다. 어딘가 새로운 원천으로부터 나오는 것처럼 삶이 그를 관통하여 흘렀고, 그는 경련하는 자궁으로부터 태어난 기분이었다.

"행복해요?" 그녀가 낯설면서도 즐거운 태도로 물었다.

"네." 그가 말했다.

"나도요." 그녀가 갑자기 황홀해진 듯, 운전하고 있는 그를 팔로 감아 자신 쪽으로 세게 죄어 끌어안으며 소리쳤다.

"운전 너무 오래 하지 말아요." 그녀가 말했다. "난 당신이 항상 뭔가를 하고 있는 걸 원하지 않아요."

"알았어요." 그가 말했다. "이 짧은 여행은 곧 끝날 거고, 그러고 나면 우린 자유로워질 거예요."

"맞아요, 내 사랑. 그럴 거예요." 그녀가 기쁨에 차, 자신을 향해 고개를 돌리는 그에게 키스했다.

그는 낯설고 새로운 말똥말똥한 상태로 운전을 했다. 의식의 긴장은 깨졌다. 온몸의 의식이 깨어난 듯, 그저 소박한, 반짝이는 의식으로 온몸이 깨어난 것 같았다. 갓 태어난 어떤 것처럼, 알에서 방금 깨어나 새로운 우주 속으로 들어선 한 마리 새처럼.

그들이 황혼 속에서 기다란 언덕을 따라 내려가던 중에 갑자기 어슐라가 자신의 오른편 골짜기 아래에 사우스웰 대성당이 있다는 걸 알아차렸다.

"우리가 있는 곳이 여기군요!" 그녀가 기뻐서 소리쳤다.

엄숙하고 음울한 보기 흉한 성당이 몰려오는 밤의 어둠 속에 자리 잡고 있었다. 좁은 마을로 들어서자, 상점들 유리창에 황금 불빛들이 계시가 적힌 석판처럼 빛나는 것이 보였다.

"아버지가 어머니랑 여기에 오셨었죠." 그녀가 말했다. "두 분이 처음 서로 알게 됐을 때 말이에요. 아버지는 이곳을 정말 좋아하세요 — 대성당을 사랑하시죠. 당신도 그런가요?"

"네, 컴컴한 분지에서 위로 곧추서 있는 수정 결정체처럼 생겼군요. '사라센의 머리'*에 가서 식사 겸해서 차 한잔합시다."

내려오는 길에 성당의 종이 6시를 알렸고, 찬송가가 들려왔다.

오늘 밤 나의 주님께 영광을
모든 빛의 축복을 위해······.

어슐라의 귀에는 이렇게, 찬송가 곡조가 보이지 않는 하늘로부터 어둑한 마을로 한 방울씩 떨어지는 것처럼 들려왔다. 희미한, 지난 시대가 내는 소리 같았다. 너무나 아득히 먼 곳에서 들려왔다. 그녀는 지푸라기와 마구간, 그리고 가솔린 냄새가 나는 주막의 오래된 뜰에 서 있었다. 머리 위로는 초저녁 별들이 떠 있었다. 이 모든 것이 다 뭘까? 이것은 현실 세계가 아니었다. 어린 시절 꿈의 세계 ─ 줄 그어 둘러쳐진 거대한 회상이었다. 세상이 비현실적으로 변해 있었다. 그녀 자신은 기이하고 낯설고 초월적인 실재(實在)였다.

그들은 작은 객실 난롯가에 앉았다.

"진실일까요?" 그녀가 궁금한 듯이 물었다.

"뭐가요?"

"모든 게요……. 모든 게 다 진실일까요?"

"최고의 선은 진실이죠." 그가 약간 상을 찌푸리며 말했다.

"그런가요?" 그녀가 웃으며, 하지만 확신 없이 대답했다.

그녀는 그를 바라보았다. 그는 여전히 너무나 따로 떨어져 있는 듯 보였다. 그녀 영혼 속에서 새로운 눈이 떠졌고, 그녀는 그에게서 다른 세상에서 온 낯선 피조물을 보았다. 그녀는 마법에 걸린 것만 같았고 만물의 형상이 변한 것 같았다. 그녀는 또다시, 신의 아들들이 인간의 딸들의 아름다움을 보게 되는, 창세기의 오랜 마법을 떠올렸다. 버킨은 바로, 저 너머 세상에서 와 그녀를 굽어보며 그녀의 아름다움을 보고 있는 그 낯선 피조물들 중 하나였다.*

그는 난롯가 양탄자 위에서 그녀를 바라보며 서 있었다. 위로 쳐든 그녀의 얼굴은 영락없는 한 송이 꽃과 같았다. 첫 햇살을 담은 이슬을 머금고 부드러운 황금빛으로 빛나는, 반짝이는 신선한 꽃이었다. 그도 희미한 미소를 짓고 있었다. 마치 서로의 안에 들어있는 꽃들의 말 없는 기쁨 말고는 세상에 아무 말도 존재하지 않는 것처럼. 둘은 서로의 존재에 대한 기쁨에, 생각할 수 없고, 알 수조차 없는 순수한 존재에 대한 기쁨에 미소를 지었다. 그러나 그의 눈은 빈정거리듯 살짝 움찔했다.

그녀는 마법에 걸린 듯 묘하게 그에게로 이끌렸다. 그의 앞에 깔려 있는 양탄자에 무릎을 꿇으며 그녀는 두 팔로 그의 허리를 감고 그의 허벅지에 얼굴을 갖다 댔다. 그 풍요로움이란! 풍요로움일까? 그녀는 천국 가득한 풍요의 느낌에 압도되었다.

"우린 서로를 사랑하고 있어요." 그녀가 기쁨에 겨워 말했다.

"그 이상이에요." 그가 반짝이는 편안한 얼굴로 그녀를 내려다보며 대답했다.

무의식적으로, 그녀는 섬세한 손가락 끝으로 그의 허벅지 뒤쪽을 따라가며 그곳에 있는 어떤 신비한 생명의 흐름을 찾아 더듬고 있었다.* 그녀는 뭔가를, 경이로움을 넘어서는, 생명 그 자체보다 더 경이로운 뭔가를 발견했다. 그것은 거기, 옆구리 아래 허벅다리 뒤에 있는, 낯설고 신비한 그의 생명의 움직임이었다. 허벅다리가 아래쪽으로 곧게 흘러내리는 그 자리에 있는, 그의 존재의 낯선 실재이자 존재의 원료였다. 바로 여기에서, 그녀는 태초의 신의 아들들 중 하나와 같은 그를, 인간이 아니라 뭔가 다른 그 이상의 어떤 존재로서의 그를 발견했던 것이다.

마침내 이것이 해방이었다. 그녀에게도 애인이 있었던 적이 있고 욕정이 뭔지도 알고 있었다. 그러나 이건 사랑도 욕정도 아니었다. 그것은 인간의 딸들이 신의 아들들에게로, 낯설고 비인간적인 태초의 신의 아들들에게로 돌아가는 일이었다.

자기 앞에 서 있는 그의 허벅다리 뒤쪽을 두 손으로 감싼 채 고개를 들어 그를 바라보고 있는 지금, 그녀의 얼굴은 해방된, 황금빛의 눈부신 광채였다. 왕관처럼 환한 이마를 가진 그가 그녀를 내려다보았다. 그녀는 그의 무릎에서 갓 피어난 경이로운 꽃처럼 아름다웠다. 여성성을 초월한 낙원의 꽃이요, 찬란한 광휘의 꽃이었다. 그러나 그의 안에는 단단히 죄어진, 풀려나지 못한 뭔가가 있었다. 그는 이 같은 웅크림이, 이 같은 광휘가 좋지 않았다 ─ 전적으로 좋은 건 아니었다.

그녀로서는 모든 것이 성취되었다. 그녀는 태초의 신의 아들들 중 하나를 발견한 것이었고, 그는 최초의 가장 빛나는 인간의 딸들 중 한 명을 찾아낸 것이었다.

그녀는 손으로 그의 등 뒤로, 허리와 허벅다리를 따라 더듬었다. 그러자 그에게서 살아 있는 불길이 나와 어둠처럼 그녀를 관류했다. 그녀가 그에게서 해방시켜 끌어낸 전류 같은 정열의 검은 물줄기가 그녀 자신 속으로 들어간 것이었다. 그녀는 둘 사이에 풍요로운 새로운 회로를, 정열적인 전기 에너지의 새로운 전류를 설치한 것이었다. 몸의 가장 어두운 극점(極點)으로부터 해방되어 나온 에너지가 완벽한 회로 속에 자리 잡게 된 것이었다. 전기의 그 검은 불길이 그에게서 그녀에게로 세차게 흐르며 두 사람을 풍요로운 평화와 만족감으로 넘쳐흐르게 했다.

"내 사랑." 그녀가 그를 향해 고개를 들며 말했다. 그녀의 눈과 입이 무아경 속에서 벌어졌다.

"내 사랑." 그가 몸을 구부려 그녀에게 키스하며, 계속해서 키스하며 대답했다.

그가 그녀에게로 몸을 숙이자 그녀는 그의 둥글게 구부러진 튼실한 허리 부분을 두 손으로 덮어 가리듯 감쌌다. 그녀는 그의 육체적 존재를 이루는 신비스러운 암흑의 급소를 건드린 것 같았다. 그녀는 그의 아래에서 혼절한 것 같았고, 그 또한 그녀 위로 몸을 수그린 채 정신을 잃은 듯했다. 두 사람 모두에게 그것은 완전한 죽음인 동시에, 가장 견디기 어려운, 존재로의 접근이었다. 허리의 뒤쪽 아래, 허리가 시작되는 가장 깊은 지점에서, 가장 깊은 생명의 힘의 원천, 인간 육체의 가장 어둡고 가장 깊고 가장 오묘한 생명의 원천으로부터 불가항력적으로 흘러넘치는, 직접적이고 즉각적인 만족에서 오는 경이로운 충만함이었다.

한동안 정적이 흐른 후, 풍요의 기이한 검은 강물이 그녀를 덮쳐 그녀의 정신을 휩쓸어 버리고, 그녀의 등줄기, 무릎, 그리고 발을 지나 흘러내리면서 모든 걸 쓸어내 버리고는 그녀를 본질적인 새로운 존재로 남겨 놓은 채 지나가고 나자, 그녀는 아주 자유로운 상태가 되었다. 그녀는 완전한 편안함, 완전한 자아 속에서 자유로웠다. 그렇게 그녀는 조용히 유쾌하게 그에게 미소 지으며 자리에서 일어났다. 그가 그녀 앞에 빛을 내며 서 있었다. 끔찍스러울 정도로 너무나 생생한 현실로 서 있어서 그녀는 심장이 거의 멎어 버리는 것 같았다. 그는 거기 그렇게, 태초의 신의 아들들의 육체처럼, 경이로운 원천을 품은 낯설고 온전한 육체 속에 서 있었다. 그녀가 상상하거나 알고 있던 것보다 더 신비스럽고 강력한, 아, 마침내, 신비스럽게 그리고 육체적으로 만족스러운, 그의 육체의 기이한 원천들이 존재하는 것이었다. 그녀는 남근적 원천보다 더 깊은 원천은 없다고 생각해 왔다. 그런데 이제, 보라, 이 남자의 몸, 그 두드린 바위로부터,* 신비함에 있어 남근적 원천보다 더 깊고 더 아득한 기이한 경이로운 옆구리와 허벅지로부터, 형언할 수 없는 어둠과 형언할 수 없는 풍요의 물줄기가 쏟아져 나왔던 것이다.

그들은 즐거웠으며, 모든 걸 완전히 잊을 수 있었다. 그들은 웃으며 식사가 제공되는 곳으로 갔다. 거기엔, 무엇보다 사슴고기 파이까지 있었고, 넓적하게 자른 햄, 계란과 후추냉이, 붉은 비트 뿌리와 모과, 사과 파이와 차가 있었다.

"정말 **훌륭한** 것들인데요!" 그녀가 기뻐서 소리쳤다. "너무나 고귀해 보여요! ……차를 따를까요……?"

차를 따르는 것과 같이 공적인 의무를 행할 때면 그녀는 초조하고 자신이 없었다. 그러나 오늘은 잊었다. 불안 따위는 까맣게 잊은 채 편안하고 느긋했다. 찻주전자는 오만하고 날씬한 주둥이에서 아름답게 차를 쏟아 냈다. 그에게 차를 건네는 그녀의 눈에는 따뜻한 미소가 감돌았다. 그녀는 마침내 고요하고 완벽하게 있는 법을 터득한 것이었다.

"모든 게 우리 거예요." 그녀가 그에게 말했다.

"모든 것이." 그가 대답했다.

그녀는 까르륵 기묘한 승리의 웃음소리를 냈다.

"난 너무 기뻐요!" 그녀가 형언할 수 없는 안도감으로 소리쳤다.

"나도 그래요." 그가 말했다. "그런데 난 생각 중이에요. 가능한 한 빨리 우리의 책임들로부터 벗어나는 게 좋을 것 같아요."

"무슨 책임들요?" 그녀가 궁금해하며 물었다.

"즉시 직장을 그만두어야 돼요."

새로운 이해의 여명이 그녀의 얼굴에 밝아 왔다.

"물론이죠." 그녀가 말했다. "그건 그래요."

"도망쳐 나와야 돼요." 그가 말했다. "재빨리 빠져나오는 것밖엔 없어요."

그녀가 테이블 너머로 의심쩍은 듯 그를 쳐다보았다.

"그렇지만 어디로 가죠?" 그녀가 말했다.

"나도 몰라요." 그가 말했다. "잠시 그냥 좀 떠돌아다니겠죠."

그녀가 또다시 어리둥절해하며 그를 쳐다보았다.

"물방앗간에서 난 아주 완벽하게 행복할 것 같아요." 그녀가 말했다.

"그건 옛것에 너무 가까워요." 그가 말했다. "좀 떠돌아다닙시다."

그의 목소리가 하도 부드럽고 태평해서, 그녀의 혈관에 상쾌한 활기를 불어넣으며 흘렀다. 그렇지만 그녀는 골짜기와 야생의 정원, 그리고 평화를 꿈꿨다. 그녀에겐 장엄함을 향한 욕망 또한 있었다 ― 귀족적이고 사치스러운 화려함을 향한. 떠돈다는 건 그녀에게 불안과 불만처럼 보였다.

"어디로 떠돌아다닐 건데요?" 그녀가 물었다.

"모르겠어요. 그냥 당신을 만나 떠나고 싶은 기분이 들어요……. 그냥 먼 곳으로."

"하지만 어디로 갈 수가 있죠?" 그녀가 근심스럽게 물었다. "결국엔 세상밖에 없잖아요. 그리고 세상의 어떤 곳도 아주 멀지는 않고요."

"그래도 난 당신과 함께 가고 싶어요 ― 미지의 세상으로 말이에요. 그냥 미지의 세계로 떠도는 거예요. 다다를 곳은 바로 그곳 ― 미지의 세계죠. 이 세상으로부터 정처 없이 떠나 우리들만의 미지의 그곳으로 가고 싶단 말입니다." 그가 말했다.

그녀는 여전히 생각에 잠겨 있었다.

"하지만 내 사랑," 그녀가 말했다. "안타깝지만 내가 보기엔 우리가 그저 인간에 지나지 않는 한 우리에게 주어진 세상을 받아들여야만 할 것 같아요……. 다른 세상이란 건 없으니까요."

"아니, 존재합니다." 그가 말했다. "우리가 자유로울 수 있는 어딘가가 존재해요. ……옷을 덕지덕지 껴입고 있을 필요가 없는 ― 아예 하나도 안 입어도 되는 그런 곳 말이에요. ……이미 세상살이 겪을 만큼 다 겪어서 사물을 있는 그대로 받아들일 줄 아는 몇몇 사람들을 만날 수 있고…… 아무것도 신경 쓰지 않고 당신 자신으로서 존재할 수 있는 곳 말이에요. 어딘가 그런 곳이 있어요…… 하나 또는 두 사람이……."

"하지만 어디에요……?" 그녀가 한숨을 쉬었다.

"어딘가에요……. 어디든지요. 같이 떠돌아다녀 봅시다. 그게 바로 우리가 할 일이에요……. 떠납시다."

"알겠어요……." 그녀가 여행할 생각에 전율을 느끼며 대답했다. 하지만 그녀에게 그건 다만 여행일 뿐이었다.

"자유로워지기 위해서, 자유로운 땅에서 몇몇 사람들과 더불어 자유로워지기 위하여!" 그가 말했다.

"그래요." 그녀가 아쉬운 듯이 말했다. 그 '몇몇 사람들'이란 말에 풀이 죽었다.

"하지만 그건 딱히 어떤 장소를 의미하는 게 아니에요." 그가 말했다. "그건 당신과 나, 그리고 다른 사람들 사이의, 완벽에 도달한 관계예요…… 완벽함의 관계…… 그리하여 우리가 모두 함께 자유로울 수 있는 관계죠."

"그래요, 내 사랑, 아무렴요." 그녀가 말했다. "당신과 나인 거죠. 당신과 나, 그렇죠?" 그녀가 그에게로 두 팔을 쭉 뻗었다. 그가 테이블을 돌아 와 몸을 구부려 그녀의 얼굴에 키스했다. 그녀의 팔이 다시 그를 감싸 안았다. 그녀의 손이 그의 어깨를 감싸고 있다가 거기서부터 천천히 이동하여 그의 등 쪽으로 천천히, 그의 등을 타고 아래쪽으로 천천히, 묘하게 반복적이고 리드미컬하게 움직이며 그의 옆구리 위를, 허리 위를 신비스럽게 누르면서 천천히 아래로 내려갔다. 절대로 손상될 수 없는, 끔찍할 정도로 풍요로운 느낌이 그녀의 정신을 범람하여 그녀는 마치 혼절한 것 같았으며, 신비롭게 확실하고 너무나 경이롭게 소유한 상태로 죽은 것 같았다. 그를 견디기 어려우리만치 완벽히 소유한 나머지 그녀 자신은 어디론가 사라졌다. 그녀는 두 손으로 그를 지그시 누른 채 넋이 나간 듯 의자에 그저 가만히 앉아 있을 따름이었다.

그가 다시 그녀에게 부드럽게 키스했다.

"우린 다시는 떨어지지 않을 거예요." 그가 조용히 속삭였다.

그녀는 아무 말 없이, 다만 그의 안에 있는 어둠의 원천을 두 손으로 더욱 세게 눌렀다.

다시금 순수한 황홀경에서 깨어났을 때, 그들은 당장 그 자리에서 일의 세계로부터의 사직서를 쓰기로 결정했다. 그녀가 원했다.

그가 종을 울려, 지금 있는 곳의 주소가 찍혀 있지 않은 편지지를 요청했다. 종업원이 테이블을 치웠다.

"자 그럼, 당신 것부터 합시다. 당신 집 주소와 날짜, 그다음엔 '타운 홀 교육감님께……' 이렇게 적어요. 자, 이제! ……정말로 우리가 어떻게 될지는 나도 잘 모르겠어요―내 생각엔 한 달 안에 그만두게 될 것 같지만. ……어쨌든 '교육감님, 저는 윌리 그린 중등학교 교사직을 사직하고자 합니다. 해직 한 달 전 예고 만료일까지 기다리지 마시고 가능한 한 빨리 교사직을 면해 주시면 대단히 감사하겠습니다.' ……그 정도면 될 거예요. 다 썼어요? 좀 봅시다. '어슐라 브랑웬.' 좋아요! 이제 내 것을 쓸게요. 난 그 사람들에게 석 달의 시간을 주어야 하지만 건강상의 이유를 대면 괜찮을 것 같아요. 잘되도록 처리할 수 있어요." 그가 말했다.

그가 자리에 앉아 공식적인 사직서를 작성했다.

봉투를 봉하고 주소를 적고 나서 그가 말했다. "자, 지금 여기서 둘이 같이 부칠까요? ……똑같은 편지 두 장을 받으면 받는 사람이 '어떻게 이런 우연의 일치가!'라고 하겠지요. 그렇게 되도록 할까요, 말까요?"

"난 어떻든 상관없어요." 그녀가 말했다.

"그래요?" 그가 생각에 잠긴 채 말했다.

"대수롭지 않은 문제잖아요, 아닌가요?" 그녀가 말했다.

"그렇지 않아요." 그가 대답했다. "그들이 상상하는 것이 우리한테 영향을 끼쳐서는 안 돼요. 당신 것은 여기서 부치고, 내 것은 나중에 부치기로 하죠. ……그들의 상상력에 말려들 수는 없으니까."

그는 예의 그 낯설고 인간적이지 않게 홀로 존재하는 듯한 모습으로 그녀를 바라보았다.

"맞아요, 당신 말이 맞아요." 그녀가 말했다.

그녀가 그를 향해 환히 빛나며 활짝 열린 얼굴을 들었다. 그가 그녀의 빛의 원천 속으로 곧장 들어가도 될 것만 같았다. 그의 표정이 살짝 산만해졌다.

"갈까요?" 그가 말했다.

"당신 좋을 대로요." 그녀가 대답했다.

그들은 이내 작은 읍내를 빠져나와 시골의 울퉁불퉁한 길을 따라 달렸다. 어슐라는 그의 곁, 그 한결같은 따스함에 바짝 다가앉아 눈앞에서 질주하는 푸르스름한 계시를, 뚜렷한 밤을 바라보았다. 양옆으로, 때로는 잔디가 펼쳐진 널찍한 오래된 길이 마법처럼 그리고 요정처럼 녹색빛을 내며 날기도 하고, 때로는 머리 위로 나무들이 드리워지는가 하면, 때로는 찔레 덤불이나 가축 우리의 벽과 헛간의 흙 둔덕이 보이기도 했다.

"저녁 식사하러 숏랜즈로 갈 건가요?" 어슐라가 별안간 물었다. 그는 깜짝 놀랐다.

"세상에!" 그가 말했다. "숏랜즈라뇨. 거기엔 두 번 다시 안 갑니다. 그건 아니에요. ……게다가 너무 늦었어요."

"그럼 우린 어디로 가는 거죠? ……물방앗간으로?"

"당신이 좋다면요. ……이 좋은 밤에 어디론가 가야 하다니 유감이지만. 그걸 벗어나야 하다니 정말 유감이에요. 그 좋은 어둠 속에 멈추어 있을 수 없다니. 그 어떤 것보다 더 좋은데 ─ 우리와 닿아 있는 이 좋은 어둠 말이에요."

그녀는 무슨 말인가 궁금해하며 앉아 있었다. 차가 갑자기 기울어지며 흔들렸다. 그녀는 그를 떠나는 일이란 있을 수 없다는 걸, 어둠이 그 둘을 붙잡아 넣었으며, 그 어둠을 넘어설 길이 없다는 걸 알았다. 게다가 그녀는 어둠에 싸인 부드러운, 그의 부드러운 어둠의 허리를 완전히 신비롭게 알고 있었고, 이 앎 속에는 인간이 청하여 온전히 받아들이는 운명이 가진 불가피성과 아름다움이 들어 있었다.

그는 이집트의 파라오처럼 가만히 앉아 차를 몰았다. 그는 입술에 알 수 없는 희미한 미소를 띠고서, 진짜 이집트의 거대한 조각상들처럼 자신이 정말로 실재하며 미묘한 힘으로 충만한 상태로 태고의 힘 속에 앉아 있는 듯한 기분이었다. 그는 등과 허리 속, 그리고 다리 아래로 흐르는 낯설고 마술 같은 흐름을 갖고 있다는 것이 어떤 것인지, 너무나 완벽하여 그를 꼼짝 못하게 만들고, 그의 얼굴이 무념(無念)의 미묘한 미소를 짓게 하는 그런 힘을 갖고 있다는 것이 무엇인지 알고 있었다. 또 다른 근원적 마음인 가장 깊은 육체적 마음속에 깨어 강력한 상태로 있다는 것이 무엇인지 알고 있었다. 그리고 이러한 원천으로부터 그는 순수하고 마법 같은, 마술적이고 신비로운 통제력을, 전기 같은 암흑 내부의 힘을 얻었다.

말을 하기는 몹시 어려웠다. 이렇게 순수한, 살아 있는 침묵 속에, 생각할 수 없는 앎과 생각할 수 없는 힘으로 가득 찬 이 미묘한 침묵 속에, 태곳적부터 영겁의 힘 속에 받들어져, 자신들의 살아 있는 미묘한 침묵 속에 영원토록 부동의 자세로 앉아 있는 극도로 강한 이집트인들처럼 앉아 있는 것이 너무나 완벽했기 때문이다.

"우린 집에 갈 필요가 없어요." 그가 말했다. "이 차 좌석을 눕히면 잠자리가 만들어져요. 그리고 차 덮개를 씌울 수가 있어요."

그녀는 즐거웠지만 두렵기도 했다. 그의 곁에서 몸을 웅크렸다.

"하지만 집에 있는 사람들은 어떻게 하고요?" 그녀가 말했다.

"전보를 보내요."

둘 다 더 이상 말이 없었다. 그들은 잠자코 달렸다. 그러나 그는 일종의 제2의 의식을 가지고 어떤 목적지를 향해 나아갔다. 왜냐하면 그는 자신의 목표를 이끌어 가는 자유로운 지성을 갖고 있었으니까. 그의 팔과 가슴*은 그리스인들의 그것처럼 둥글었고 살아 있었다. 그는 이집트인들의 깨어나지 않은 곧은 팔도, 봉해진 채 잠들어 버린 머리도 갖고 있지 않았다. 부드럽게 빛나는 지성이 2차적으로 작동하며, 암흑 속에 있는 그의 순전히 이집트적인 집중 상태를 보좌했다.

그들은 도로를 따라 늘어서 있는 한 마을에 들어섰다. 기어가듯 천천히 가던 차는 버킨이 우체국을 발견하면서 멈추었다. 그는 잠시 차를 세웠다.

"당신 아버지에게 전보를 보낼게요." 그가 말했다. "그냥 '시내에서 밤을 보내겠다'고만 하면 되겠죠?"

"네." 그녀가 대답했다. 생각하는 게 귀찮았다.

그녀는 그가 우체국으로 들어가는 걸 지켜보았다. 우체국은 상점을 겸하고 있었다. 그는, 참 이상했다. 불이 켜진 공공장소로 들어갔는데도 그는 여전히 어둡고 마법처럼 불가사의했다. 살아 있는 침묵이, 그 사람 안에 있는 미묘하고 강력하며 발견해 낼 수 없는 실체처럼 보였다. 저기 그가 존재하고 있다! 기이한 감정이 고양되는 것을 느끼며 그녀는 그를 보았다. 결코 드러나지 않을, 끔찍스럽게 강력하고 신비로우며 실재하는 그 존재를. 결코 다른 것으로 번역하여 설명할 수 없는 이 어둡고 미묘한 그의 실재는 그녀를 완벽의 상태로, 완벽을 이룬 그녀 자신의 존재로 해방시켜 주었다. 그녀 역시 어두웠고 침묵 속에서 성취되었다.

그가 밖으로 나와 꾸러미 몇 개를 차 안으로 던져 넣었다.

"약간의 빵이랑 치즈, 건포도하고 사과, 그리고 초콜릿이에요." 그가 말했다. 그의 목소리가 마치 웃고 있는 것처럼 들렸다. 그의 안에 실재하고 있는, 깨끗한 고요함과 힘 때문이었다. 그녀는 그를 만져 보아야 할 것 같았다. 말하고 보는 건 아무것도 아니었다. 저기 저 남자를 보고 이해하는 건 그를 곡해하는 것이었다. 암흑과 침묵이 그녀에게 완벽하게 닥쳐야만 했다. 그러면 드러나지 않는 접촉 속에서 신비롭게 알게 되리라. 그녀는 반드시 가볍게 무념의 상태에서 그와 관계를 맺어야만 했다. 앎의 죽음인 앎을 가져야, 알지 못함 속에 실재하는 확신을 가져야만 했다.

곧이어 그들은 계속 달려 다시 어둠 속으로 들어갔다. 그녀는 어디로 가고 있는 거냐고 묻지 않았다. 상관없었다. 무감정 상태와 같은 충만과 순수한 힘 속에서 그녀는 무념 상태로 꼼짝 않고 앉아 있었다. 마치 별 하나가, 생각으로는 알 수 없는 평형을 이루며 매달려 있듯이 그렇게 그의 곁에 순수한 휴식 속에 매달려 있었다—그러나 여전히 어둡고 부드럽게 빛나는 기대감이 남아 있었다. 그녀는 그를 만지고 싶었다. 완벽하고도 섬세한 실재의 손가락 끝으로 그의 안에 있는 실재를, 부드럽고 순수하며 말로 옮길 수 없는 그 어둠의 허리의 실재를 건드리고 싶었다. 건드리는 것, 무념의 상태로 어둠 속에서 그의 살아 있는 실재, 그 부드럽고 완벽한 어둠의 허리와 허벅지와 접촉하는 것, 이것이 그녀를 지탱하는 기대감이었다.

그 역시 마법에 걸린 듯 갑작스럽게 정지된 채, 그가 그녀를 아

는 것처럼 그녀가 그를 알게 되길 기다렸다. 그는 충만한 어둠의
앎으로써, 그녀를 어둡게 알고 있었다. 이제 그녀도 그를 알게 될
것이고, 그 또한 해방될 것이다. 그는 완벽히 정지된 평형 상태로
육체적 존재의 순수한 신비의 접합 속에 변함없이 있는 이집트인
과 같이, 밤처럼 자유로워지리라. 그들은 서로에게 이러한 별의 평
형을, 유일한 자유인 별의 평형을 주게 되리라.

　그녀는 나무들 — 죽어 가는 고사리 덤불이 있는 거대한 고목
들 — 사이를 달리고 있다는 걸 알 수 있었다. 해쓱하게 옹이진 나
무줄기는 유령처럼 보였고, 고사리는, 공중에 떠 있는 옛 사제들처
럼 마법에 걸린 듯 신비스럽게 자라 있었다. 구름이 낮게 깔린 온
통 캄캄한 밤이었다. 자동차는 천천히 달렸다.

　"여기가 어디예요?" 그녀가 속삭였다.

　"셔우드 숲이에요."

　그는 그 장소를 알고 있는 게 분명했다. 그는 주변을 자세히 살
피며 부드럽게 차를 몰았다. 잠시 후 그들은 나무들 사이로 난 초
록빛 길에 다다랐다. 그들은 조심스레 빙 돌아 참나무 숲 사이로
난 초록 길을 지났다. 초록 길이 넓어지면서 자그맣고 둥근 잔디
밭이 나오고, 경사진 둑 아래쪽에는 작은 시내가 졸졸 흐르고 있
었다. 차가 멈추었다.

　"여기서 머무릅시다." 그가 말했다. "불은 다 끄고 말이에요."

　그는 곧장 불을 모두 껐다. 또 다른 밤의 존재의 실체 같은 나
무 그림자들이 드리워진, 순수한 밤이었다. 그는 고사리 덤불 위
에 깔개를 깔았고, 그들은 고요와 무념의 침묵 속에서 자리에 앉
았다. 숲에서 희미한 소리들이 들려왔지만 방해되지 않았다. 방해
란 것이 가능하지 않았다. 세상은 낯선 금지령 하에 있었고, 새로
운 신비가 잇따라 일어났던 것이다.

그들은 옷을 벗었고, 그는 그녀를 자신에게로 끌어당겨 그녀를 찾아냈다. 영원토록 보이지 않을 그녀의 육체가 가진 부드럽게 빛나는 순수한 실체를 찾아냈다. 드러나지 않은 그녀의 벌거벗음 위에 놓인, 불 꺼진, 인간의 것이 아닌 그의 손가락은, 침묵 위에 놓인 침묵의 손가락이요, 신비한 밤의 육체 위에 놓인 신비한 밤의 육체였다. 남성이자 여성인 밤, 눈으로 볼 수도, 의식을 통해서도 알 수 없는 밤, 살아 있는 다른 존재의, 감촉할 수 있는 분명한 드러남으로써만 알려져 있는 그런 밤의.

그녀는 그를 향한 욕망을 느꼈다. 그를 만졌다. 그 감촉에 담긴 형언할 수 없는, 어둡고 미묘하며 전적으로 침묵하는 친교의 극대치를, 장엄한 선물을 받고 다시 건넴을, 완벽한 수락과 내줌을, 신비를, 결코 알 수 없는, 절대로 의식의 내용물로 바뀔 수 없고, 어둠과 침묵과 미묘함의 살아 있는 몸으로 의식의 바깥에 머무르는, 실재의 신비한 몸을 받아들였다. 그녀의 욕망이 충족되었다. 그의 욕망이 충족되었다. 그녀는 그에게, 또한 그는 그녀에게, 태고의 장엄함을 품은 신비롭고도 감촉할 수 있는 진정한 다른 존재였기에.

그들은 으스스 추운 이 밤에 차 덮개 밑에서 잠을 잤다. 한 번도 깨지 않았다. 그가 눈을 떴을 때는 이미 한낮이었다. 그들은 서로를 쳐다보고 웃다가, 어둠과 비밀 가득한 상태로, 다른 곳으로 눈을 돌렸다. 그러고는 키스를 하며 장엄했던 지난밤을 떠올렸다. 암흑의 현실의 우주라는 유산이 너무나 장엄해서 그들은 이를 기억하는 듯이 보일까 봐 두려웠다. 그들은 그 기억과 앎을 감추었다.

24장 죽음과 사랑

토머스 크라이치는 천천히, 끔찍스럽게도 천천히 죽어 갔다. 생명의 실이 그렇게까지 가느다랗게 잡아당겨지고도 끊어지지 않는다는 건 누가 봐도 도저히 있을 수 없는 일처럼 보였다. 그 병든 남자는 말할 수 없이 쇠약해지고 소진된 채, 모르핀과 마실 것만 천천히 목으로 넘기며 연명하고 있었다. 그에게는 절반의 의식만이—죽음의 암흑과 낮의 빛을 잇는 한 가닥 의식만이—남아 있었다. 그러나 그의 의지는 끊어지지 않았다. 그는 완전하고 완벽했다. 다만 주변은 절대적으로 조용해야 했다.

간호사들을 제외한 다른 사람들이 와 있는 것이 이제 그에겐 부담스럽고 힘들었다. 매일 아침 제럴드는 마침내 아버지가 돌아가셨겠지 하는 바람으로 방으로 들어갔다. 그러나 언제나, 한결같은 그 투명한 얼굴을, 밀랍 같은 이마 위의 변함없는 검은 머리카락을, 그리고 아주 티끌만큼의 시력만 남은 채로 형태 없는 암흑 속으로 썩어 들어가고 있는 듯한, 그 미완의 끔찍스러운 어두운 눈을 보았다.

그리고 그 어두운 미완의 눈동자가 제럴드에게로 향할 때면 타는 듯한 반항의 일격이 어김없이 그의 창자를 관통하여 지나갔으며, 그 일격은 째질 듯한 소리로 그의 정신을 부수어 그를 미쳐 버리게 할 기세로 그의 전(全) 존재를 울리며 지나가는 것 같았다.

매일 아침 아들은 생명력으로 꼿꼿하고 팽팽하게 금발을 반짝이며 그곳에 서 있었다. 당장이라도 덮칠 듯한 그 낯선 존재의 빛나는 금발만 보면 아버지는 초조하고 짜증스러운 열이 끓었다. 내려다보고 있는 제럴드의 그 낯설고 기괴한 파란 눈과 마주치는 걸 견딜 수가 없었다. 하지만 사실 그건 순간에 지나지 않았다. 헤어지는 찰나에 아버지와 아들은 서로를 잠깐 쳐다보고는 이내 헤어졌던 것이다.

오랫동안 제럴드는 완벽한 평정을 유지했고 상당히 차분했다. 그러나 마침내 공포가 그의 깊숙한 곳을 파고들어 부수었다. 그는 자신 내부의 어떤 끔찍한 붕괴가 두려웠다. 처음부터 끝까지 이것을 그대로 지켜보아야만 했다. 어떤 뒤틀린 의지로 인해, 아버지가 생명의 경계선 너머로 끌려가는 걸 지켜보았다. 그러나 이제 창자를 관통하는, 벌겋게 달구어진 섬뜩한 공포의 엄청난 타격이 매일매일 더욱 뜨겁게 아들을 내리쳤으며, 제럴드는 다모클레스*의 검이 자신의 목덜미를 찌르고 있기라도 하듯 온종일 몸을 움츠리고 있었다.

탈출은 불가능했다 — 그는 아버지와 묶여 있었다. 아버지를 끝까지 지켜보고 있어야만 했다. 그리고 아버지의 의지는 절대 느슨해지거나 죽음에 굴복하지 않았다. 그 의지는 — 만일 육체적인 죽음 이후까지 끈질기게 버티지 않는다면 — 마침내 죽음이 달려들어 물어뜯을 때에야 툭 끊어질 것 같았다. 마찬가지로 아들의 의지 역시 결코 굽힘이 없었다. 그는 그 무엇에도 영향을 받지 않은 채 굳건히 서 있었다. 이 죽음과, 이 죽음의 과정 바깥에 있었다.

그것은 시죄법(試罪法)*에 의한 심판이었다. 그가 과연 단 한 번도 의지를 굽히지 않고, 단 한 번도 죽음의 전능 앞에 굴하지 않고, 자신의 아버지가 죽음 속으로 천천히 녹아들어 가 사라져 버리는 것을 지켜볼 수 있을 것인가. 고문당하는 아메리칸 인디언처럼, 제럴드는 움츠러들거나 물러섬 없이 더딘 죽음의 전 과정을 경험하려 했다. 심지어 그 속에서 승리감까지 맛보았다. 왠지 모르게 이 죽음을 **원했고**, 이를 강제하기까지 했다. 공포에 질려 가장 움츠러든 순간에도 그는 마치 그 자신이 죽음을 다루고 있는 듯했다. 여전히 죽음을 다루고자 했고, 죽음을 통해 승리하고자 했다.

그러나 이 같은 시련의 압박 속에서 제럴드 역시 바깥의 일상적 삶에 대한 지배력을 상실했다. 그에게 중요했던 것들이 무의미하게 되었다. 일, 쾌락, 이런 것들은 모두 뒷전으로 밀려났다. 그는 다소 기계적으로 사업을 계속하고 있었지만, 이러한 활동은 모두 비본질적이고 외적인 것이었다. 진정한 활동은 그의 영혼 속에서 일어나고 있는 죽음과의 무시무시한 격투였다. 그리고 그 자신의 의지가 승리해야만 했다. 무슨 일이 있어도 그는 머리를 조아리지도, 굴복하지도, 주인이라고 인정해 주지도 않을 것이었다. 죽음에 있어, 그에게 주인이란 없었다.

그러나 싸움이 계속되면서 그의 존재를 이루어 왔던 모든 것들이 계속해서 파괴되었고, 그리하여 그를 둘러싸고 있는 삶은 바다소리처럼 시끄럽게 울부짖고 덜그럭거리는 텅 빈 껍데기이자 겉으로만 참여하고 있는 소음이었으며, 이 텅 빈 껍데기 속은 온통 어둠과 무시무시한 죽음의 공간뿐이어서, 그는 원군(援軍)을 찾아내야만 한다는 것을, 그렇지 않으면 자기 영혼의 중심부를 둘러싸고 있는 거대한 어두운 공허 위에서 무너져 버리리라는 것을 알고 있었다. 그의 의지가 그의 외적인 삶을, 외적인 의식을, 그의 외적인 존재를 부서지지 않고 변함없도록 지탱하고 있었다. 그러나 압력이 너무 컸다. 평형을 이루기 위해서는 뭔가 찾아내야만 했다. 뭔가가 그의 영혼 속에 있는 죽음의 공동(空洞) 속으로 그와 함께 들어가 그곳을 채워서, 내부의 압력을 외부의 압력과 같아지게 만들어야 했다. 날이 갈수록 자신은 암흑으로 채워진 거품 같다는 기분이 더더욱 강해졌기 때문이었다. 그 거품 주변엔 그의 의식이 형형색색으로 소용돌이치고 있었고, 그 위로는 바깥세상이, 바깥의 삶이 엄청난 소리로 울부짖고 있었다.

이런 극한의 상황에서 그는 본능적으로 구드룬에게 이끌렸다. 그는 이제 모든 걸 내던져 버렸고, 그저 구드룬과의 관계가 확립되기만을 원했다. 그녀 가까이 있기 위해, 그녀에게 말을 걸기 위해, 화실까지 그녀를 따라가곤 했다. 그곳에서 서성대면서, 하릴없이 연장들이나 점토, 혹은 그녀가 만든 소품들 — 그것들은 종잡을 수 없었고 기괴했다 — 을 집어 올려, 그것들이 뭔지 인지하지도 못한 채 그저 들여다보곤 했다. 그녀는 그가 자신을 따라다닌다는 걸, 운명처럼 발뒤꿈치를 따라다닌다는 걸 느끼고 있었다. 그와 거리를 두고 있었지만, 그가 언제나 좀 더 가까이, 좀 더 가까이 다가오고 있다는 걸 알고 있었다.

어느 날 저녁 그는 아무런 생각이 없는 듯, 확실치 않은 묘한 태도로 그녀에게 말했다. "저, 오늘 밤 저녁 식사 하고 가지 않겠습니까? ……그러시면 좋겠습니다만."

그녀는 약간 놀랐다. 그는 그녀에게, 마치 남자가 다른 남자에게 부탁하듯이 말했던 것이다.

"집에서 기다리고 있을 거예요." 그녀가 말했다.

"아, 가족들이 언짢아하진 않으시겠죠?" 그가 말했다. "그렇게 해 주시면 저는 정말 기쁘겠습니다."

그녀의 긴 침묵은 결국 승낙이었다.

"아버지께 저녁 들고 가신다고 말씀드리겠습니다." 그가 말했다.

"식사하자마자 곧장 돌아가야 해요." 그녀가 말했다.

어둡고 쌀쌀한 저녁이었다. 거실엔 불이 없어 그들은 서재에 앉았다. 그는 대체로 말없이, 어딘가에 정신이 팔려 있는 듯 멍해 있었고, 위니프레드도 별로 말이 없었다. 그러나 제럴드는 이내 정신을 차리고, 미소를 지으며 유쾌한 태도로 여느 때처럼 그녀를 대했다. 그런 다음 그에게 또다시, 그가 의식하지 못하는 긴 공허가 찾아왔다.

그녀는 그에게 상당히 마음이 끌렸다. 그는 뭔가에 아주 몰입해 있는 듯 보였고, 그녀가 읽어 낼 수 없는 그의 낯설고 텅 빈 침묵에 그녀는 마음이 움직였고 궁금하기도 했으며 존경심도 들었다.

하지만 그는 아주 친절했다. 테이블 위에 있는 가장 좋은 것들을 그녀에게 주었다. 그녀가 버건디*보다 더 좋아하리라는 걸 알고, 저녁 식사를 위해 약간 달착지근하고 맛있는 황금빛 포도주 한 병을 내오도록 했다. 그녀는 자신이 존중받고 있으며 필요한 존재라는 느낌마저 들었다.

그들이 서재에서 커피를 마시고 있을 때 문에서 살짝, 아주 가벼운 노크 소리가 났다. 그가 깜짝 놀라며 "들어오시오"라고 응답했다. 뭔가가 높은 음조로 떨리는 듯한 그의 목소리에 구드룬은 불안해졌다. 흰 옷을 입은 간호사가 들어오더니 그림자처럼 문간에서 서성거렸다. 그녀는 아주 아름다웠지만 이상할 정도로 부끄러워하고 자신 없어 하는 태도였다.

"의사 선생님이 이야기를 나누고 싶어 하세요, 크라이치 씨." 그녀가 나지막하고 신중한 목소리로 말했다.

"의사 선생님이요!" 그가 벌떡 일어나며 말했다. "어디 계십니까?"

"식당에요."

"지금 간다고 전하시오."

그는 남은 커피를 마시고는, 그림자처럼 사라져 버린 간호사의 뒤를 따랐다.

"저 간호사는 누구지?" 구드룬이 물었다.

"잉글리스 양이에요 — 난 그녀가 제일 좋아요." 위니프레드가 대답했다.

잠시 후 제럴드가 생각에 잠긴 표정으로 돌아왔다. 술에 약간 취한 사람처럼 조금 긴장되고 뭔가에 몰두해 있는 것처럼 보였다. 그는 의사가 무엇 때문에 보자고 했는지 아무 말도 하지 않고, 뒷짐을 진 채 뭔가에 홀린 듯한 얼굴을 훤히 드러낸 채 불 앞에 서 있었다. 그가 정말로 생각에 잠겨 있는 것은 아니었다 — 그는 다만 내부의 순전한 긴장 상태에 붙들려 있을 따름이었다. 이런저런 생각들이 제멋대로 그의 마음속을 떠돌았다.

"난 지금 가서 엄마를 봐야겠어요." 위니프레드가 말했다. "그리고 잠드시기 전에 아빠도 봐야 하고요."

그녀는 두 사람에게 잘 자라는 인사를 했다.

구드룬도 가려고 자리에서 일어섰다.

"벌써 가실 필요는 없지 않습니까?" 제럴드가 재빨리 시계를 흘 끗 쳐다보며 말했다. "아직 시간이 이른데요. 가실 때 바래다 드리 겠습니다. 앉으시죠, 서둘러 떠나지 마시고."

어딘가에 정신이 팔려 있는데도 불구하고 제럴드의 의지가 그녀를 지배하고 있기라도 한 것처럼, 구드룬이 자리에 앉았다. 그녀는 최면에 걸린 듯한 기분이었다. 그녀에게 그는 어떤 미지의 묘한 낯선 존재였다. 아무 말 없이 저렇게 뭔가에 홀린 듯 서 있는 저 사람은 무엇을 생각하고 있는 걸까? 무엇을 느끼고 있는 걸까? 그는 그녀를 붙들고 있었다 — 그녀는 그것을 느낄 수 있었다. 그는 그녀를 놓아주려 하지 않았다. 그녀는 겸허하게 복종하며 그를 지켜보았다.

"의사가 뭔가 새로운 사실을 말하던가요?" 그녀가 마침내 부드럽게 물었다. 그 상냥하고 소심하게 주저하는 듯한 동정이 그의 심장 속 예민한 섬유질을 건드렸다.

그는 무심하고 무관심한 표정으로 눈썹을 치켜 올렸다.

"아니요―새로운 건 없었습니다." 그는 마치 구드룬의 질문이 되는대로 던져진, 사소한 질문인 것처럼 대답했다. "맥박이 정말 약하고 아주 불규칙적이라더군요…… 하지만 아시다시피, 그게 꼭 대단한 의미를 갖는 건 아닙니다."

그가 그녀를 내려다보았다. 그녀의 눈은 어둡고 부드러웠으며, 그를 자극하는, 상처받은 표정으로 활짝 열려 있었다.

"그렇죠." 그녀가 마침내 중얼거리듯 말했다. "……난 이런 것들에 대해서는 전혀 모르겠어요."

"모르는 게 낫습니다." 그가 말했다. "저, 담배 한 대 안 하시겠습니까? ……하시죠!" 그가 재빨리 담뱃갑을 가지고 와서 불을 내밀었다. 그런 뒤 다시 난롯가에 있는 그녀 앞에 섰다.

"그래요." 그가 말했다. "우리 집안에도 우환이 별로 없었습니다…… 아버지가 그렇게 되시기 전까지는." 그는 잠시 생각에 잠긴 듯했다. 그러더니 마음을 터놓고 이야기할 듯한 묘한 파란 눈으로 그녀를 내려다보았다. 그녀는 겁이 덜컥 났다. 그가 말을 이었다. "우환은, 바로 거기에 있게 될 때까지는 생각해 본 적이 없는 어떤 것이죠. 그러다가 그것은 언제나 존재하고 있었다는 걸 깨닫게 되는 겁니다―내내 거기에 있었다는 걸 말입니다. ……무슨 말인지 이해하시겠습니까? ……이 불치의 병이란 가능성, 이 더딘 죽음이란 것이 그런 거죠."

그는 난롯가 대리석 바닥 위로 불안한 듯이 발을 움직이더니 천장을 쳐다보며 담배를 입에 물었다.

"알아요." 구드룬이 중얼거리듯 말했다. "끔찍하죠."

그는 무의식적으로 담배를 피웠다. 그는 입술에서 담배를 빼고 이를 드러내더니 이 사이로 혀끝을 내밀어, 마치 혼자 있거나 정신 없이 생각에 잠긴 남자처럼 고개를 약간 한쪽으로 돌려 담배 찌꺼기를 뱉었다.

"실제로 사람에게 끼치는 영향이 어떤지는 모르겠습니다." 그가 말하더니 다시 그녀를 내려다보았다. 그의 눈을 쳐다보고 있는 그녀의 눈은 어두웠고, 앞에 치여 있었다. 그는 그녀가 깊이 가라앉아 있는 걸 보고 고개를 돌렸다. "하지만 난 절대로 예전과 똑같지 않습니다. 남은 게 하나도 없어요. 무슨 말인지 아시겠습니까. 마치 공허를 움켜잡고 있는 것 같은데…… 동시에 나 자신이 공허인 겁니다. ……그래서 도대체 무엇을 **해야 할지** 모르는 거죠."

"그래요." 그녀가 중얼거렸다. 육중한 전율이, 기쁨에 가깝기도 하고 고통에 가깝기도 한 전율이 그녀의 신경을 휩쓸고 지나갔다. "뭘 할 수 있겠어요?" 그녀가 말을 보탰다.

그가 몸을 돌리더니, 난로망도 가로막이도 없이 방 쪽으로 훤히 드러나 있는 커다란 대리석 난로 바닥 위로 담뱃재를 손가락으로 튕겼다.

"난 모르겠습니다, 정말로." 그가 대답했다. "그렇지만 상황을 해결할 어떤 방도는 찾아야 한다고 생각합니다 ─ 원해서가 아니라, **그래야만** 하니까요. 그렇지 않으면 끝장이니까. 나 자신을 포함한 모든 것이 붕괴 직전에 있고, 나는 그저 두 손으로 그걸 붙들고 있는 겁니다……. 그러니까 분명 계속될 수 없는 상황인 거죠. 손으로 지붕 꼭대기에 매달린 채로 영원히 있을 수는 없으니까 말입니다. 조만간 손을 **놓아야만** 한다는 건 알고 있죠. ……무슨 말인지 이해하시겠습니까? ……그러니까 뭔가를 해야 합니다. 그렇지 않으면 온 우주가 붕괴할 테니까요…… 나 자신이 관계되어 있는 한."

그는 난로 바닥 위에서 발뒤꿈치로 석탄재를 으깨며 자리를 살짝 바꾸었다. 그는 재를 내려다보았다. 구드룬은 그의 주변과 위쪽에 부드럽게 양각되어 있는, 난롯가의 아름다운 오래된 대리석 판벽을 의식하고 있었다. 자신이 마침내 운명에 붙잡힌 듯, 어떤 무시무시하고 치명적인 덫에 갇힌 것 같은 기분이 들었다.

"그렇지만 도대체 뭘 **할 수** 있을까요?" 그녀가 겸손하게 중얼거렸다. "만일 내가 조금이라도 도움이 된다면 당신은 날 활용해야 해요……. 하지만 내가 어떻게 도움이 될 수 있을까요? 당신을 어떻게 도울 수 있을지 모르겠어요."

그가 그녀를 날카롭게 내려다보았다.

"난 당신이 **도와주길** 바라지 않습니다." 그가 약간 짜증이 난 투로 말했다. "**할 것**이 없으니까요. 난 그저 공감해 주기를 바라는 겁니다, 아시겠습니까. 난 공감하면서 말할 사람을 원합니다. 그렇게 하면 긴장이 덜어지죠. 그런데 공감하면서 이야기할 사람이 하나도 **없습니다**. 그게 이상해요. **아무도** 없어요. 루퍼트 버킨이 있긴 하죠. 하지만 그 친구는 **공감하지를 않아요, 지시하길** 원하죠. 그런데 그건 아무짝에도 쓸모가 없거든요."

그녀는 낯선 올가미에 걸린 것이었다. 그녀는 자신의 손을 내려다보았다.

그때 문이 살며시 열리는 소리가 났다. 제럴드는 깜짝 놀라 움찔했다. 그는 자신이 이렇게 움찔한 것이 분하고 창피했다. 구드룬은 그가 그렇게 놀라는 것에 정말로 깜짝 놀랐다. 그는 즉시 재빠르고 우아하며 의식적으로 예의 바르게 문 쪽으로 걸어갔다.

"오, 어머니!" 그가 말했다. "이렇게 와 주시다니요. 좀 어떠세요?"

그 연로한 여인은 자줏빛 가운을 느슨하고 헐렁하게 걸친 채 말없이, 여느 때와 마찬가지로 약간 느리고 육중한 걸음으로 다가왔다. 아들이 곁에 섰다. 그는 그녀 쪽으로 의자를 밀어 주며 말했다.

"브랑웬 양 아시죠?"

어머니는 구드룬을 무관심한 얼굴로 흘끗 쳐다보았다.

"그래." 그녀가 말했다. 그러더니 그녀는 아들이 밀어 준 의자에 천천히 앉으면서, 물망초처럼 파란 아름다운 눈을 아들에게로 돌렸다.

"네 아버지에 대해 좀 물어보려고 왔다." 그녀가 거의 알아들을 수 없는 목소리로 빠르게 말했다. "누군가와 함께 있는 줄 몰랐구나."

"모르셨어요? 위니프레드가 말씀 안 드렸어요? ……브랑웬 양이 우리 기운을 좀 북돋워 주려고 저녁 식사 때까지 머물렀어요……."

크라이치 부인이 구드룬을 향해 천천히 고개를 돌리더니, 초점 없는 눈으로 그녀를 쳐다보았다.

"썩 유쾌한 대접이 못 되었을 것 같아 걱정이구나." 그러더니 다시 아들에게로 눈을 돌렸다. "의사가 너한테 아버지에 대해서 무슨 말을 했다고 위니프레드가 그러더구나. 뭐라더냐?"

"맥박이 아주 약하다는 말뿐이었어요 — 여러 차례 멈췄답니다 — 그래서 오늘 밤을 못 넘기실 수도 있대요." 제럴드가 대답했다.

크라이치 부인은 마치 못 들은 것처럼 완전히 무표정하게 앉아 있었다. 의자에 앉은 그녀의 몸은 구부정해 보였고, 금발 머리는 귀 위로 아무렇게나 흘러내려 있었다. 그러나 피부는 맑고 깨끗했고, 앉아 있는 동안 별생각 없이 포개어 놓은 그녀의 손은 아주 아름다웠으며, 잠재된 에너지로 가득했다. 굉장한 양의 에너지가 그 침묵하고 있는 둔중한 형상 속에서 썩어 가고 있는 듯했다.

그녀는 자신 가까이, 예민하게 군인처럼 서 있는 아들을 올려다 보았다. 그녀의 눈은 정말 놀라울 정도로 파란, 물망초보다 더 파란빛이었다. 그녀는 제럴드에게 어떤 믿음을 갖고 있으면서도, 어머니로서 미덥지 못해하는 면도 있는 것 같았다.

"넌 어떠니?" 그녀는 마치 제럴드 말고는 아무도 자신의 목소리를 들으면 안 된다는 듯 이상하게 조용한 목소리로 중얼거리듯 물었다. "불안해하지 않을 거지? 그 일로 인해 히스테리컬해지지는 않을 거지?"

그녀의 마지막 말속에 들어 있는 묘한 도전에 구드룬은 깜짝 놀랐다.

"그럴 것 같지 않아요, 어머니." 그가 냉정하면서도 유쾌하게 대답했다. "누군가는 지켜보고 있어야 하잖아요, 아시잖아요."

"그러냐? 그런 거야?" 그의 어머니가 재빨리 말을 받았다. "어째서 **네가** 그걸 맡아야 하는 거냐? 그걸 지켜보면서 **네가** 해야 하는 일이 뭔데? 어차피 내버려 둬도 끝날 일이다. 네가 필요하지 않아."

"맞아요, 제가 도움이 될 것 같지는 않습니다." 그가 대답했다. "그저 그 일이 우리한테 어떤 영향을 끼치느냐의 문제죠, 아시잖아요."

"네가 영향을 받고 싶은 거야, 안 그러니? 그게 네 쾌락과 즐거움의 원천 아니냐? 넌 중요한 존재라야만 직성이 풀리니까. 넌 집에 박혀 있을 필요가 없어. 왜 멀리 떠나지 않는 거냐?"

분명 수많은 캄캄한 시간 속에서 영근 낟알임이 틀림없는 이러한 말들이 불시에 덮치자 제럴드는 깜짝 놀랐다.

"지금 떠나는 건 아무런 소용이 없다고 생각하는데요, 어머니. 이 마지막 순간에 말입니다." 그가 차갑게 말했다.

"조심해라." 그의 어머니가 말했다. "넌 **너 자신**을 돌보아야 돼. 그게 네가 할 일이야. 넌 스스로 너무 많은 걸 떠맡아⋯⋯. 넌 **너 자신**을 신경 써야 한다. 그렇지 않으면 너 자신이 곤경에 빠질 거야. 그렇게 될 거라고. 넌 히스테리컬해. 언제나 그랬어."

"전 괜찮아요, 어머니." 그가 말했다. "**제 걱정은** 하실 필요가 없습니다, 분명히 말씀드리죠."

"죽은 자들의 장례는 죽은 자들에게 맡겨 두거라*⋯⋯. 가서 죽은 자들과 더불어 너 자신을 묻지는 말란 말이다⋯⋯. 내 말 새겨들어라. 난 널 알 만큼 알아."

그는 뭐라고 해야 할지 몰라 이 말에 아무런 대답을 하지 않았다. 어머니는 말없이 웅크리고 앉아, 반지 하나 끼고 있지 않은 아름다운 하얀 손으로 안락의자의 팔걸이 끝을 움켜쥐고 있었다.

"넌 그걸 할 수가 없어." 그녀가 거의 비통한 목소리로 말했다. "넌 배짱이 없어. 고양이처럼 약하지, 정말이야. ⋯⋯언제나 그랬다고⋯⋯. 이 아가씨는 여기서 머무르는 거냐?"

"아니요." 제럴드가 말했다. "오늘 밤 집에 갈 겁니다."

"그럼 마차로 가는 게 낫겠구나. 집이 머니?"

"벨도버밖에 안 돼요."

"아." 나이 든 그 부인은 결코 구드룬을 쳐다보지 않았지만 그녀가 있다는 건 알고 있는 것 같았다.

"넌 너무 많은 걸 떠맡는 경향이 있어, 제럴드." 약간 힘겹게 일어나며 어머니가 말했다.

"가시겠어요, 어머니?" 그가 정중하게 물었다.

"그래, 다시 올라가련다." 그녀가 대답했다. 구드룬을 향해 "잘 가요"라는 인사를 건넸다. 그러더니 마치 걷는 것이 익숙하지 않은 것처럼 천천히 문 쪽으로 걸어갔다. 문에 다다르자 그녀는 그를 향해 살짝 고개를 들었다. 그가 볼에 입을 맞추었다.

"더는 따라 나오지 마라." 그녀가 들릴락 말락 한 목소리로 말했다. "이 이상 나오는 건 바라지 않아."

그는 그녀에게 안녕히 주무시라는 인사를 하고는 그녀가 계단 쪽으로 건너가 천천히 오르는 것을 지켜보았다. 그런 다음 문을 닫고 구드룬에게로 돌아왔다. 구드룬도 가려고 자리에서 일어났다.

"묘한 분이시죠, 제 어머니는." 그가 말했다.

"그렇네요." 구드룬이 대답했다.

"당신만의 생각을 갖고 계십니다."

"그렇군요." 구드룬이 말했다.

그러고는 둘 다 말이 없었다.

"돌아가고 싶으십니까?" 그가 물었다. "잠깐만요, 말을 준비시킬 테니……."

"아니에요." 구드룬이 말했다. "걸어가고 싶어요."

그는 길고 한적한 차도를 따라 그녀를 걸어서 바래다주기로 약속했었고, 그녀는 그걸 원했다.

"**그냥** 타고 가시는 것도 괜찮으실 텐데요." 그가 말했다.

"걸어가는 게 **훨씬 더** 좋아요." 그녀가 힘주어 단언했다.

"그러십니까? ……그러면 같이 가도록 하지요……. 당신 물건들이 어디 있는지 아시죠? ……저는 장화를 신겠습니다."

그는 모자를 쓰고, 야회복 위에 외투를 걸쳤다. 그들은 밤길로 나섰다.

"담뱃불 좀 붙입시다." 그가 벽으로 둘러쳐진 현관 귀퉁이에 멈추어 서며 말했다. "당신 것도 한 개비."

그렇게 밤공기 속에 담배 향을 피우며 그들은 경사진 목초지를 따라 짧게 깎은 울타리 사이로 난 길로 들어섰다.

그는 그녀에게 팔을 두르고 싶었다. 만일 그녀에게 팔을 두르고 걸으면서 그녀를 자신 쪽으로 끌어당길 수 있다면, 자신의 균형을 잡을 수 있을 것 같았다. 왜냐하면 지금 그는 한 쌍의 접시 중 한쪽이 끝없는 공허 속으로 자꾸만 기울어지는 천칭저울 같은 기분이었기 때문이다. 모종의 균형을 회복하지 않으면 안 되었다. 그런데 여기에 희망과 완전한 회복이 있었다.

그는, 그녀는 전혀 보지 못한 채 오직 자기 자신만을 생각하면서, 팔로 미끄러지듯 부드럽게 그녀의 허리를 감아 자신 쪽으로 당겼다. 붙잡힌 듯한 느낌에 그녀는 심장이 멈추는 것 같았다. 그렇지만 그의 팔이 너무 강해서 그녀는 꽉 붙든 팔 밑에서 움츠러들었다. 그녀는 살짝 죽은 듯한 상태로 그에게 끌어당겨져 폭풍우 치는 어둠 속을 걸었다. 둘의 걸음걸이에서 그는 반대편의 그녀와 완벽히 균형을 이룬 것 같았다. 그렇게 갑자기 그가 해방되었고, 완벽하고 강하며 영웅처럼 당당했다.

그는 손을 입으로 가져가 담배를 빼서 던져 버렸다. 희미한 불빛이 보이지 않는 울타리 속으로 사라졌다. 이제 그는 아주 자유롭게, 그녀와 균형을 이루며 그녀를 이끌 수 있었다.

"이게 더 낫군요." 그가 기쁜 목소리로 의기양양하게 말했다.

기쁨에 찬 그의 목소리는 그녀에게 달착지근한 독약 같았다. 그렇다면 내가 저 사람에게 그토록 많은 의미가 있는 걸까? 그녀는 독약을 홀짝였다.

"더 행복해요?" 그녀가 간절하면서도 어딘지 걱정스러운 목소리로 물었다.

"훨씬 좋습니다." 그가 좀 전과 똑같이 기쁜 목소리로 말했다. "제가 좀 지쳐서 상태가 **안 좋았었거든요.**"

그녀가 그에게로 바짝 다가붙었다. 그는 너무나 부드럽고 따뜻한 그녀를 느꼈다. 그녀는 제럴드 자신의 존재를 이루는 풍요롭고 사랑스러운 본질이었다. 그녀의 걸음걸이의 온기와 움직임이 놀랍게 그를 가득 채웠다.

"내가 당신한테 도움이 된다면 **정말** 기쁘겠어요." 그녀가 말했다.

"그럼요." 그가 대답했다. "당신이 그렇게 해 주지 않는다면, 그렇게 해 줄 수 있는 사람이 한 사람도 없습니다."

'그건 맞아.' 그녀는 낯설고 치명적인 우쭐함으로 전율하며 속으로 중얼거렸다.

걷는 동안 그는 그녀가 단단한 자신의 육체 위에서 움직이게 될 때까지 그녀를 자신 쪽으로 자꾸만 더 가까이 끌어당겨 올리는 것 같았다. 그가 너무나 강하고 그녀를 너무나 잘 떠받치고 있어서 저항이 불가능했다. 육체의 움직임이 경이롭게 서로 뒤섞인 가운데, 그녀는 어둡고 바람 부는 언덕길을 따라 표류하듯이 걸었다. 건너편에는 벨도버의 자그마한 노란 불빛이 빛나고 있었다. 그중 많은 불빛들은 촘촘히 작은 구획을 이루고 있는 또 다른 어두운 언덕 위에 흩어져 있었다. 그러나 그와 그녀는 세상의 바깥에서, 세상과는 동떨어진 완벽한 어둠 속을 걷고 있었다.

"그렇지만 당신은 나를 얼마나 좋아하죠?" 투덜거림에 가까운 그녀의 목소리가 들려왔다. "난 모르겠어요, 이해가 안 가요."

"얼마냐라고요!" 그의 목소리가 고통스러운 우쭐함으로 울렸다. "저도 모릅니다…… 그렇지만 전부입니다." 그는 자신의 이 선언에 깜짝 놀랐다. 그건 사실이었다. 그렇게, 그는 그녀에게 이를 인정함으로써 모든 보호 장치를 벗어 버렸다. 그는 그녀의 모든 것이 좋았다…… 그녀가 전부였다.

"그렇지만 난 믿을 수가 없어요." 그녀가 놀란 듯 떨리는 나지막한 목소리로 말했다. 그녀는 의혹과 기쁨으로 떨고 있었다. 이것이 바로 그녀가 듣고 싶은 말이었다. 오직 이것만을. 그런데 그 말을 들은 지금, 그것을 말하는 그의 목소리 속에서 진실의 야릇한 떨림을 들은 지금, 그녀는 믿을 수가 없었다. 믿을 수가 없었다…… 믿지 않았다. 그렇지만 믿었다. 의기양양하게, 치명적인 우쭐함 속에.

"어째서죠?" 그가 말했다. "어째서 당신은 안 믿는 겁니까? …… 그건 진실입니다. 우리가 여기에 서 있는 지금 이 순간 진실이란 말입니다……." 그는 바람 속에 그녀와 함께 가만히 서 있었다. "난 지상이든 천국이든, 우리가 서 있는 지금 이곳 말고는 아무것에도 관심 없습니다. 그리고 내가 관심을 갖는 건 나 자신의 존재가 아닙니다, 모두 당신이란 존재죠. 난 백 번이라도 내 영혼을 팔겠습니다……. 그렇지만 여기에 당신이 없다는 건 견디지 못할 것 같습니다. 혼자 있는 건 참을 수가 없어요. 머리가 터져 버릴 겁니다. 정말입니다."

그는 단호한 태도로 그녀를 더욱 가까이 끌어당겼다.

"그렇지 않아요." 그녀가 두려워하며 중얼거렸다. 그렇지만 이것이 그녀가 원하는 바였다. 어째서 그렇게 용기를 잃었을까?

그들은 기이한 산책을 다시 시작했다. 그들은 서로에게 그렇게 낯선 사람들이었건만…… 그런데도 그들은 두려울 정도로, 상상할 수 없을 만큼 가까웠다. 그건 광기 같았다. 그러나 바로 그것이 그녀가 원하는 것이었다. 그녀가 원하는 것이었다.

그들은 언덕을 내려와 네모진 아치에 다다랐다. 거기서 길은 탄갱 철로 아래로 나 있었다. 구드룬은 아치가 네모난 돌벽들로 되어 있으며, 한 면은 물이 흘러내려 이끼가 끼어 있고 다른 면은 말라 있다는 걸 알고 있었다. 예전에, 머리 위 통나무 선로 위로 천둥 같은 소리를 내며 기차가 지나가는 것을 들으러 이 아치 아래 서 있었던 적이 있었다. 그리고 비가 오는 날이면 젊은 광부들이 애인과 함께 이 캄캄하고 한적한 다리 아래에 멈추어 선다는 것도 알고 있었다. 그래서 그녀도 그렇게 **자신의** 애인과 이 다리 밑에 서서, 보이지 않는 어둠 속 다리 밑에서 키스를 받고 싶었다. 다리가 가까워지자 그녀의 발걸음이 질질 끄는 듯 느려졌다.

그렇게 다리 아래서 그들은 멈추어 섰고, 그는 그녀를 자신의 가슴 쪽으로 끌어올렸다. 숨이 막히고 정신이 아찔하며 파괴된 듯한 기분이 들 정도로 그녀를 자신의 가슴에 부서져라 밀착시켜 껴안고 있는 그의 몸은 팽팽히 긴장된 채 강하게 떨렸다. 아, 무시무시했지만 완벽했다. 이 다리 아래서 광부들은 그들의 연인들을 껴안았다. 그런데 이제 이 다리 아래에서, 그 모든 광부들의 주인이 그녀를 껴안고 있는 것이다! 게다가, 포옹의 종류는 같다고 하더라도, 그의 포옹은 그들의 포옹보다 얼마나 더 강력하고 무시무시한가, 그의 사랑은 그들의 것보다 얼마나 더 진하고 대단한가! 그녀는 비인간적인 긴장으로 떨리는 그의 두 팔과 몸 아래에서 기절해 죽을 것만 같았다, 세상을 떠날 것 같았다. 그 상상할 수조차 없는 강한 떨림이 느슨해지면서 더욱 파동치는 듯하더니, 그가 팔의 힘을 풀고 그녀를 끌어당기며 벽에 기대섰다.

그녀는 거의 무의식 상태였다. 광부들도 그렇게 벽에 등을 기대고 서서 연인을 껴안은 채 지금 그녀가 받고 있는 그런 키스를 연인에게 하리라. ……아, 그렇지만 그들의 키스가, 지금 이 튼실한 입술을 한 주인의 키스만큼 멋지고 강렬할까? 그 예리하게 짧게 깎은 콧수염마저…… 광부들에겐 없으리라.

그리고 광부들의 연인들도 구드룬 자신처럼 애인의 어깨에 고개를 살포시 올려놓고 어두운 아치 길 아래로부터, 저 멀리 보이지 않는 언덕에서 다닥다닥 붙어 반짝이는 노란 불빛들을, 혹은 다른 쪽에 있는 희미한 나무들의 형상과 탄광의 목재 하치장 건물들을 바라보리라.

그의 두 팔은 그녀를 꽉 감싸고 있었다. 그는 넘칠 듯한 그녀의 육체적 존재를 열정적으로 들이켜면서, 그녀를, 그녀의 온기와 부드러움을, 그리고 그녀의 사랑스러운 무게를 자신의 속으로 끌어안아 들이고 있는 듯했다. 그녀를 안아 올려, 포도주를 잔에 따르듯 그녀를 자신의 안에다 부어 넣는 것 같았다.

"이건 뭘 바쳐도 아깝지 않을 만큼 가치 있는 거군요." 그가 꿰뚫는 듯한 낯선 목소리로 말했다.

그렇게 그녀는 긴장이 풀어지면서 그에게로 녹아 흘러들어 가는 듯했다. 취기를 부르는 술처럼 그의 혈관을 한없이 따뜻하고 소중하게 채워 주는 것 같았다. 그녀의 팔은 그의 목을 감았고 그는 그녀에게 키스하며 그녀를 꽉 안아 붙들고 있었다. 그녀는 완전히 나긋나긋하게 늘어져 그에게로 흘러들고 있었고, 그는 그녀의 생명의 포도주를 받아들이고 있는 강하고 센 술잔이었다. 그렇게 그녀는 그의 위로 들어 올려져 늘어진 채 그의 키스 속에 한없이 녹아내리며 그의 사지와 뼛속으로 녹아들어 가고 있었다. 그는 마치 그녀의 생명의 전류로 과충전되고 있는 연질(軟質)의 철 같았다.

그녀는 혼절할 때까지, 의식이 점차 사라져 죽은 듯할 때까지, 그녀 안의 모든 것이 녹아내려 액체처럼 되어, 마치 번개가 순수하고 부드러운 돌 속에서 잠들듯이 그의 안에 담긴 채 가만히 잠들었다. 그렇게 그녀의 존재는 그의 속으로 사라져 들어갔고, 그는 완전해졌다.

그녀가 다시 눈을 떠 멀리 빛의 무리를 보았을 때, 세상이 아직도 존재하고 있다는 것, 자신이 머리를 제럴드의 가슴에 기댄 채 다리 밑에 서 있다는 것이 낯설고 이상하게 느껴졌다. 제럴드…… 그가 누구였던가? 그녀에게 그는 절묘한 모험이자 탐나는 미지였다.

그녀는 고개를 들어 어둠 속에서 자기 위에 있는 그의 얼굴을, 그 균형 잡힌 잘생긴 사내의 얼굴을 쳐다보았다. 그는 마치 보이지 않는 세상에서 온 방문객이기라도 하듯, 그에게서 희미한 하얀빛이, 새하얀 기(氣)가 나오는 것 같았다. 그녀는 선악과 나무에 달린 사과에 다가가는 이브처럼 그에게로 다가갔다. 그녀의 격정은 그라는 존재에 대한 엄청난 공포였음에도 불구하고, 한없이 섬세하면서도 호기심에 차 침입해 들어가는 손가락들로 그의 얼굴을 만지며 그에게 키스했다. 그녀의 손가락들은 그의 얼굴을, 그의 눈과 입과 코의 생김생김을 따라 더듬었다. 그는 얼마나 완벽하고 생소한지…… 아, 얼마나 위험스러운지! 그녀의 영혼은 완벽한 앎으로 전율했다. 이것이, 남자의 이 얼굴이 바로 그 반짝이는 금단의 열매였다. 그녀는 그를 알기 위해, 만짐으로써 그를 알기 위해 손가락으로 그의 얼굴, 눈과 콧구멍, 눈썹과 귀를 지나 목을 더듬으며 그에게 키스했다. 그는 너무나 굳세고 훌륭한 형상을 갖추고 있었다. 너무나 만족스러운, 상상할 수 없이 아름다운 형상, 낯설면서도 형언할 수 없이 분명한 형상이었다. 그는 그토록 형언할 수 없는 적이면서도 기괴한 하얀 불꽃으로 빛나고 있었다. 그를 만지고 싶었다. 그의 전부를 자신의 손 안에 넣을 때까지, 그를 죄어 자신의 앎 속으로 집어넣을 때까지 그를 만지고, 또 만지고 싶었다. 아, 그에 관한 귀중한 **앎**을 가질 수 있다면 그녀는 충만해질 것이고, 그 무엇도 그녀에게서 이 앎을 앗아 갈 수 없으리라. 왜냐하면 그는 낮의 일상 세계에서는 너무도 자신 없고 너무도 아슬아슬한 상태였으니까.

"당신은 너무 **아름다워요**." 그녀가 웅얼거리듯 속삭였다.

그는 의아해하며 정지된 듯 가만히 있었다. 그러나 그녀는 그가 떨고 있다는 것을, 그가 자신도 모르게 가까이 다가오고 있다는 것을 느꼈다. 그는 자신을 어쩔 수가 없었다. 그녀의 손가락이 그를 지배했다. 그녀의 손가락이 그의 내부에 불러일으키는 측량할 길 없는, 그 측량할 길 없는 깊은 욕망은 죽음보다 더 깊었으며, 그 안에서 그는 다른 선택의 여지가 없었다.

이제 그녀는 알게 되었고 그것으로 충분했다. 잠시 그녀의 영혼은 그의 보이지 않고 유동하는 번개의 강렬한 충격으로 인해 파괴되었다. 그녀는 알게 되었다. 그리고 이 앎은, 그것으로부터 반드시 회복되어야만 하는 죽음이었다. 그에 대해 알아야 할 것이 얼마나 더 있는 걸까? 아, 많고도 많았다. 그녀의 큼직하지만 완벽히 섬세하고 지적인 손이, 방사능을 내뿜는 살아 있는 그의 몸의 들판에서 수확을 할 많고 많은 날들이 남아 있었다. 아, 그녀의 손은 앎을 갈구하고 탐했다. 그러나 일단은 충분했다. 그녀의 영혼이 견딜 수 있을 만큼이었다. 지나치게 많으면 그녀 자신이 부서져 버릴 것이다. 그녀는 자신의 정교하고 자그마한 영혼의 유리병을 너무 빨리 채우려 할 것이고, 그러면 깨져 버릴 것이다. 지금으로선 충분했다 — 당분간은 충분했다. 그녀의 손이, 그의 신비한 조형적 형식*의 들판에서 새 떼처럼 곡식을 쪼아 댈 날들이 남아 있었다. 그때까지는 일단 충분했다.

그리고 심지어 제럴드도 자신이 조사받고 견책당하며 저지당하는 것이 기뻤다. 왜냐하면 욕망하는 것이 소유하는 것보다 낫기 때문이다. 끝이라는 최종성은 절절히 희구되는 만큼이나 깊이 깊이 두려웠다.

그들은 걸어서 시내까지, 불빛이 골짜기의 어두운 도로를 따라 드문드문 하나씩 빛나고 있는 곳에 이르렀다. 마침내 차도의 입구에 다다랐다.

"이제 더 이상은 오지 마세요." 그녀가 말했다.

"더 안 가길 바랍니까?" 그가 내심 안도하며 물었다. 이처럼 영혼이 온통 벌거벗겨져 불붙은 채로 그녀와 함께 길거리까지 가고 싶지는 않았다.

"그게 더 좋아요…… 잘 자요." 그녀가 손을 내밀었다. 그는 그 손을 잡아 그 위험하고 강력한 손가락에 입술을 댔다.

"잘 자요." 그가 말했다. "그럼 내일."

그리고 그들은 헤어졌다. 그는 강한 욕망과 힘으로 충만하여 집으로 돌아갔다.

그러나 그다음 날 그녀는 오지 않았다. 그녀는 감기 때문에 집에 있다는 메모를 보냈다. 이건 고문이었다! 그러나 그는 영혼을 인내 속에다 붙잡아 두고, 그녀를 만나지 못하게 되어 유감이라는 내용의 짤막한 답신을 썼다.

그다음 날 그는 집에 있었다, 사무실에 가는 건 너무나 부질없는 것 같았기에. 아버지는 이번 주를 넘기지 못할 것 같았다. 그는 모든 걸 중단한 채 집에 있고 싶었다.

제럴드는 아버지 방 창가에 놓인 의자에 앉아 있었다. 바깥의 경치는 어둡고 겨울에 흠뻑 젖어 있었다. 아버지는 침대에 잿빛으로 누워 있었고, 하얀 옷을 입은 간호사가 말쑥하고 우아하게, 심지어 아름다운 모습으로 말없이 왔다 갔다 했다. 방 안에서는 오드콜로뉴 향*이 났다. 간호사가 방에서 나간 뒤 제럴드는 어두운 겨울 경치를 마주한 채 죽음과 단둘이 있게 되었다.

"덴리*엔 물이 훨씬 더 많으냐?" 결연하면서도 불만에 찬 듯한 희미한 목소리가 침대에서 들려왔다. 그 죽어 가는 남자는 윌리 호수의 물이 탄광 중 하나로 새어 들어가는 것에 대해 묻는 것이었다.

"약간 많아요……. 호수 물을 빼야 할 것 같아요." 제럴드가 말했다.

"그렇게 하려고……?" 희미한 목소리가 나오다가 사그라졌다.

죽음 같은 정적이 흘렀다. 잿빛 얼굴의 그 아픈 남자는 죽음보다 더한 죽음의 모습으로 눈을 감고 누워 있었다. 제럴드는 고개를 돌렸다. 심장이 타는 것 같았다. 이 상태가 오래 지속된다면 심장이 다 타서 없어져 버릴 것 같았다.

별안간 이상한 소리가 들렸다. 제럴드는 몸을 돌려 부릅뜬 아버지의 눈이 비인간적인 사투의 광란 속에서 팽팽히 긴장되어 희번덕거리는 것을 보았다. 제럴드는 자리에서 벌떡 일어나 공포에 못 박힌 채 서 있었다.

"으아……아……아……." 아버지의 목구멍에서 숨이 막히는 듯 그르렁대는 무시무시한 소리가 났고, 공포에 질려 미친 듯한 아버지의 눈이, 격렬하지만 부질없는 도움을 청하면서 끔찍스럽게 희번덕이며 제럴드를 훑고 지나갔다. 그러고는 그 고통에 찬 존재의 얼굴에 검은 피와 몸 안의 온갖 잡동사니가 솟구쳐 오르는가 싶더니, 긴장된 몸이 축 늘어지고 고개가 베개 밑으로 툭 떨어졌다.

제럴드는 못 박힌 듯 그 자리에 서 있었다. 그의 영혼이 공포 속에 메아리치고 있었다. 움직이고 싶었지만 그럴 수가 없었다. 손가락 하나 까딱할 수가 없었다. 그의 머리는 마치 맥박처럼 되울리며 공명하는 듯했다.

흰 옷을 입은 간호사가 조용히 들어왔다. 그녀는 제럴드를 흘끗 보더니 침대로 눈을 돌렸다.

"어머!" 자그마한, 흐느끼는 듯한 비명을 지르더니 그녀는 황급히 죽은 사람에게로 갔다. "아…… 아!" 침대 머리맡에 몸을 숙이고 선 그녀에게서 비탄에 잠겨 떨리는 가느다란 소리가 났다. 그러더니 그녀는 정신을 차리고 몸을 돌려 수건과 스펀지를 가지고 왔다. 그녀는 "가여운 크라이치 씨! ……불쌍한 크라이치 씨! ……오, 가여운 크라이치 씨!"라고 울음에 가까운 아주 작은 소리로 중얼거리며 죽은 사람의 얼굴을 조심스럽게 닦았다.

"돌아가셨습니까?" 제럴드의 날카로운 목소리가 쨍 하고 울렸다.

"아, 네, 돌아가셨어요." 제럴드의 얼굴을 올려다보며 간호사가 흐느껴 우는 듯한 조그마한 목소리로 대답했다. 젊고 아름다운 그녀는 떨고 있었다. 공포에 질린 제럴드의 얼굴에 야릇한 웃음이 스쳤다. 그는 방에서 나갔다.

그는 어머니에게 이 사실을 알리러 가는 중이었다. 층계참에서 동생 배질을 만났다.

"아버지가 돌아가셨다, 배질." 제럴드가 말했다. 그는 무의식적인, 무시무시한 기쁨의 환성이 튀어나오지 않도록 목소리를 죽이려고 했지만 잘 되지 않았다.

"뭐라고?" 얼굴이 창백해지며 배질이 소리쳤다.

제럴드는 고개를 끄덕였다. 그러고는 어머니의 방으로 갔다.

그녀는 자줏빛 가운을 입고, 한 땀 한 땀 천천히 바느질을 하고 있었다. 그녀는 새파란, 겁내지 않는 눈으로 제럴드를 쳐다보았다.

"아버지가 돌아가셨어요." 그가 말했다.

"그이가 죽었다고? 누가 그러더냐?"

"아, 어머니, 보시면 아실 거예요."

그녀는 바느질하던 것을 내려놓고 천천히 자리에서 일어섰다.

"보러 가시게요?" 그가 물었다.

"그래." 그녀가 말했다.

침대 옆엔 자식들이 벌써 모여서 울고 있었다.

"오, 어머니……!" 딸들은 거의 미친 듯이 큰 소리로 울부짖었다.

그러나 어머니는 앞으로 나아갔다. 죽은 남자는 편안히 누워 있었다. 조용히 잠들어 있는 듯, 순수함 속에 잠든 청년처럼 너무나 조용하고 평화로웠다. 그는 아직도 따뜻했다.

그녀는 음울하고 무거운 침묵에 잠겨 잠시 그를 쳐다보며 서 있었다.

그녀가 마침내 비통하게, 마치 보이지 않는 대기의 증인에게 말하듯 입을 열었다. "아, 당신은 죽었군요." 그녀는 아무 말 없이 몇 분간을 그렇게 내려다보고 서 있었다. "아름다워." 그녀가 말했다. "마치 생명이 당신을 한 번도 건드린 적 없는 것처럼…… 단 한 번도 만진 적 없는 것처럼…… 아름다워. 하느님이시여, 난 이와는 달라 보이게 하소서……. 내가 죽었을 땐 내 나이에 맞는 모습이길 바라옵니다……. 아름답다, 아름다워." 그녀가 나지막한 목소리로 중얼거렸다. "너희는 10대 때의 네 아버지 모습을 볼 수 있는 거다. 처음으로 수염이 난 얼굴을 말이지……. 아름다운 영혼을 말이야, 아름다운……." 그러더니 째지는 듯한 목소리로 그녀가 외쳤다. "너희가 죽었을 땐, 너희 중 아무도 이런 모습이면 안 된다! 그런 일이 다시는 일어나지 않도록 해라." 그것은 미지로부터 나오는 기이하고 기상천외한 명령이었다. 아이들은 그녀 목소리가 전하는 무시무시한 명령에, 무의식적으로 서로에게 더 가까이 모여들었다. 그녀의 뺨은 붉게 빛났고 그 모습은 끔찍스럽고 놀라웠다. "날 욕해라, 원한다면 날 욕해, 저이는 저렇게 첫 수염 난 얼굴로 10대처럼 누워 있다고 말이야. 하고 싶으면 날 욕하라고. 그렇지만 너희, 너희는 아무도 모른다." 그녀가 깊은 침묵에 빠져들었다. 그러더니 긴장된 나지막한 목소리가 들려왔다. "내가 낳은 애들이 죽을 때 저런 모습으로 누워 있을 거란 생각이 들면 그 애들이 아기일 때 목을 졸라 버릴 거다. 아무럼 그렇게 하고말고…….”

“그렇지 않아요, 어머니.” 뒤쪽에서 묘하게 쨍 하며 울리는 제럴드의 목소리가 들려왔다. “저흰 달라요. 저희는 어머니 탓 안 합니다.”

그녀가 몸을 돌려 그의 눈을 똑바로 쳐다보았다. 그러더니 미친 듯한 절망 속에 두 손을 묘하고 어정쩡하게 들어 올렸다.

“기도해라!” 그녀가 힘주어 말했다. “하느님께 너 자신을 위해 기도하란 말이다. 네 부모들한테서는 아무런 도움도 못 받을 테니까.”

“아아, 어머니!” 딸들이 미친 듯이 소리쳤다.

그러나 그녀는 몸을 돌려 나가 버렸고, 그들은 모두 순식간에 흩어졌다.

크라이치 씨가 죽었다는 얘기를 들었을 때, 구드룬은 책망당하는 기분이었다. 그녀는 제럴드가 자신을 너무 쉬운 여자라고 생각할까 봐 얼씬하지 않고 거리를 두고 있었다. 그런데 이렇게 그녀가 냉정하게 굴고 있는 지금, 그가 어려움에 처한 것이었다.

다음 날 구드룬은 여느 때처럼 위니프레드에게로 갔다. 위니프레드는 구드룬을 만나게 된 것이 기뻤고, 화실에 들어앉아 있게 된 것이 좋았다. 아이는 울었고, 그런 다음엔 너무나 두려워서, 더 이상의 비극적인 사태를 피하기 위해 고개를 돌려 버린 상태였다. 그녀와 구드룬은 고립된 화실 안에서 여느 때처럼 작업을 다시 시작했다. 집 안에 그렇게 목적 없고 비극적인 일이 있은 후 이것은 최상의 행복이요 순수한 자유의 세상 같았다. 구드룬은 저녁까지 머물렀다. 그녀와 위니프레드는 화실에서 저녁 식사를 했다. 그곳에서 그들은 집안사람들과 떨어져 자유롭게 먹었다.

저녁 식사가 끝났을 때 제럴드가 올라왔다. 널찍하고 높다란 화실은 그림자와 커피 향으로 가득했다. 구드룬과 위니프레드는 화실 구석 가까이에 테이블을 놓아두었는데, 그 위에 놓인 하얀 등은 그다지 멀리까지 비추지 않았다. 그들은 그들만의 자그마한 세계 속에 있었고, 사랑스러운 그림자들, 머리 위로는 들보와 서까래가 드리우는 그림자, 아래쪽 화실로는 의자들과 연장들이 드리우는 그림자에 둘러싸여 있었다.

"여긴 제법 아늑하군요." 제럴드가 그들에게 다가가며 말했다.

벽돌로 된 나지막한 벽난로에서는 불이 활활 타고 오래된 터키 양탄자가 깔려 있으며, 참나무로 만든 작은 테이블엔 흰색과 파란색이 섞인 테이블보와 등, 그리고 디저트가 놓여 있었다. 구드룬은 특이한 놋쇠 커피 메이커로 커피를 만들고 있었고, 위니프레드는 작은 스튜 냄비에 약간의 우유를 데우는 중이었다.

"커피 드셨어요?" 구드룬이 말했다.

"마셨습니다…… 하지만 당신과 한 잔 더 하지요." 그가 대답했다.

"그러면 유리컵에다 마셔야 돼 — 컵이 두 개뿐이거든." 위니프레드가 말했다.

"난 상관없어." 그가 의자를 끌어와 여자들의 마법의 원 안으로 들어서며 말했다. 그들은 얼마나 행복한가! 길쭉한 그림자들의 세상에 그들과 함께 있으니 얼마나 아늑하고 황홀한지! 그가 종일토록 장례식 일을 처리하면서 보냈던 바깥세상은 완전히 지워졌다. 그는 즉각 코를 킁킁거리며 신비한 매력과 마법을 들이마셨다.

그들이 갖고 있는 건 모두 아주 우아했다. 주홍색에 견고한 금박을 입힌 두 개의 특이하고 예쁜 작은 컵들, 주홍색 원반 무늬가 그려진 작고 까만 물주전자, 그리고 육안으로는 잘 보이지 않는 불꽃이 계속 타고 있는 신기한 커피 메이커. 그곳에는 불길한 풍요로움이 있었고, 그 속에서 제럴드는 즉각 자기 자신으로부터 도피했다.

그들은 모두 테이블에 앉았고 구드룬이 조심스럽게 커피를 따랐다.

"우유 좀 타겠어요?" 그녀가 차분하면서도 불안한 기색으로 커다란 붉은 원들이 그려진 작고 까만 주전자를 들며 물었다. 그녀는 언제나 그렇게 완전무결하게 침착하면서도 극도로 불안해했다.

"아니요, 안 넣겠습니다." 그가 대답했다.

이상하게 겸손한 태도로 그녀는 제럴드 앞에 작은 커피 잔을 놓았고, 자신은 커피에 어울리지 않는 커다란 유리컵을 택했다. 그녀는 그의 시중을 들고 싶어 하는 것처럼 보였다.

"이 컵을 저한테 주시지 않고…… 당신한테는 너무 커서 안 맞는데요." 그가 말했다. 그는 정말 그렇게 하고 싶었고, 그녀가 우아하게 마시는 걸 보고 싶었다. 그렇지만 그녀는 그 불균형에, 스스로 택한 자기 비하에 만족하며 잠자코 있었다.

"아주 **편안해 보이는구나.**" 그가 말했다.

"응. 우린 사실 방문객은 사절이야." 위니프레드가 대답했다.

"그래? 그럼 내가 침입자로구나."

이번만은 그도 자신의 관습적인 옷차림이 안 어울린다고 느꼈다. 그는 이방인이었다.

구드룬은 거의 말이 없었다. 그에게 말을 하고 싶은 기분이 아니었다. 이런 단계에서는 침묵이 최선이었다 — 아니면 그냥 가벼운 말 정도만. 심각한 것들은 제쳐 두는 게 상책이었다. 그래서 그들은 쾌활하고 가볍게 이야기를 나누었다. 이윽고 아래쪽에서 남자가 말을 끌고 나와 "뒤로…… 뒤로!"라고 외치며 구드룬을 집으로 데려다줄 마차에다 말을 붙들어 매는 소리가 들려왔다. 그래서 그녀는 물건을 챙기고, 제럴드와는 한 차례도 눈을 마주치지 않고 악수를 했다. 그러고는 가 버렸다.

장례식은 혐오스러웠다. 장례식이 끝난 후 차를 마시며 딸들은 계속해서 "우리에겐 훌륭한 아버지셨어…… 세상에서 가장 좋은 아버지였지," 혹은 "우리 아버지처럼 훌륭한 남자는 못 만날 거야"라며 떠들어 댔다.

제럴드는 이 모든 것들을 묵묵히 따랐다. 그것이 올바른 관습적 태도였고, 세상이 굴러가는 한 그는 관습적인 것들을 믿었다. 그것을 당연시했다. 그러나 위니프레드는 모든 게 싫었고, 화실에 숨어 가슴이 찢어지도록 울면서 구드룬이 와 주기를 기다렸다.

다행히 모든 사람들이 떠나기 시작했다. 크라이치 가족들은 절대로 집에 오래 머무르지 않았다. 저녁 식사 때가 되자 제럴드는 혼자 남았다. 심지어 위니프레드까지 언니인 로라와 함께 며칠 동안 런던에 머물기 위해 떠났다.

그러나 정말로 혼자 남겨지자 제럴드는 견딜 수가 없었다. 하루가, 그리고 또 하루가 지나갔다. 그동안 그는 내내 쇠사슬로 묶인 채 심연의 끄트머리에 매달려 있는 사람 같았다. 아무리 몸부림쳐도 견고한 땅으로 향할 수가, 발을 디딜 곳이 없었다. 그는 몸부림치며 텅 빈 나락의 구렁텅이 언저리에 매달려 있었다. 무슨 생각을 하든 그것은 텅 빈 심연이었다―친구든 낯선 사람이든, 일이든 노는 것이든 간에, 그가 생각하는 모든 것은 그에게 한결같이 바닥 없는 공허만을, 썩어 가는 그의 심장이 매달려 흔들리고 있는 그런 공허만을 보여 줄 따름이었다. 탈출은 불가능했다. 붙잡을 것이 아무것도 없었다. 그는 보이지 않는 육체적 삶의 쇠사슬에 묶여 매달린 채 나락의 끄트머리에서 몸부림쳐야만 했다.

처음엔 가만히 있었다. 극한의 상황이 지나가기를, 이 극심한 고통이 지나고 나면 삶의 세계 속으로 놓여날 것이라 기대하며 잠자코 있었다. 그러나 그것은 지나가지 않았고, 위기가 몰려왔다.

세 번째 저녁이 다가오자 그의 가슴에 공포가 울려 퍼졌다. 또 하루의 밤을 버틸 수가 없었다. 또다시 밤이 다가오고 있었다. 또 한 번의 밤을, 그는 육체적 삶의 사슬에 묶인 채 끝없는 무(無)의 구덩이 위에 매달려 있어야만 하는 것이다. 하지만 그는 견딜 수가 없었다. 참을 수가 없었다. 그는 영혼 속에서 깊숙하고 싸늘하게 공포에 질려 있었다. 이제 더 이상 자신의 힘을 믿지 않았다. 이 무한한 공허 속으로 떨어졌다가 다시 일어나기는 어렵다. 만일 떨어진다면 영원히 끝장이다. 뒷걸음질 쳐야 했다. 원군을 구해야 했다. 그는 더 이상 자기 자신을 믿지 않았다.

저녁 식사가 끝난 후, 자기 존재의 없음이라는 극단적 경험을 마주하게 되자 그는 고개를 돌려 버렸다. 그는 장화를 신고 외투를 걸친 후 밤길을 걷기 위해 집을 나섰다.

어둡고 안개가 자욱한 밤이었다. 그는 더듬더듬 숲을 지나 물방앗간을 향해 걸어갔다. 버킨은 멀리 떠나고 없었다. 잘됐다……. 그는 한편으로 반가웠다. 그는 언덕을 올라가 앞이 보이지 않는 황량한 비탈길을 더듬다가 칠흑 같은 어둠 속에서 길을 잃었다. 지루했다. 어디로 가고 있는 걸까? 아무려면 어떤가. 그는 계속 더듬으며 가다가 마침내 다시 길을 찾았다. 그런 다음 또 다른 숲으로 들어갔다. 그의 마음도 캄캄해졌다. 기계적으로 계속 걸었다. 아무런 생각도 감정도 없이 계속해서 울퉁불퉁한 길을 더듬어 탁 트인 벌판으로 나갔다가 더듬더듬 층계를 찾기도 하고 길을 잃기도 하다가 숲을 빠져나갈 때까지 걸었다.

그는 마침내 큰길로 접어들었다. 어둠의 미로를 허우적대며 지나와 정신이 산란했다. 이제는 방향을 정해야 했다. 그런데 자기가 어디에 있는지조차 알 수가 없었다. 하지만 이제는 길을 택해야 했다. 그저 걷는 것만으로는, 하염없이 걷는 것만으로는 해결되는 것이 아무것도 없을 테니, 방향을 정해야만 했다.

그는 칠흑같이 어두운 밤, 길에 우두커니 서 있었다. 자기가 어디에 있는 건지 알 수가 없었다. 묘한 기분이었다. 그의 심장은 아주 낯선 미지의 어둠에 둘러싸인 채 방망이질 쳤다. 그는 그렇게 얼마 동안 서 있었다.

이윽고 발소리가 들리더니 흔들리는 작은 불빛이 보였다. 그는 즉시 그쪽으로 갔다. 광부였다.

"내게 좀 알려 주게." 그가 말했다. "이게 어디로 가는 길인가?"

"길이라예? ……아 네, 왓모어로 갑니더."

"왓모어라고! 아, 고맙네. 맞아. 내가 잘못 생각한 줄 알았네. 잘 가게."

"살펴 가시소." 사투리가 심한 그 광부가 대답했다.

제럴드는 자기가 어디 있는지 대략 짐작이 갔다. 적어도 왓모어에 가면 알게 되리라. 큰길에 있다는 게 다행스러웠다. 그는 결단력이 잠들어 버린 상태로 나아갔다.

저것이 왓모어 마을인가? ……맞다, 킹스 헤드*다……. 저기가 들어가는 문이고. 그는 가파른 언덕을 거의 뛰다시피 내려왔다. 분지를 돌아 중등학교를 지난 다음 윌리 그린 교회에 이르렀다. 교회 마당이다! 잠시 멈추어 섰다.

다음 순간 그는 벽을 타 넘어 묘지 사이를 지나고 있었다. 이렇게 캄캄한데도 발아래로 오래된 창백한 하얀 꽃무더기들이 보였다. 그렇다면 여긴 묘지다. 그는 몸을 구부렸다. 꽃들은 차갑고 축축했다. 시든 국화와 월하향 향기가 확 풍겨 왔다. 그는 발밑의 진흙이 느껴져 몸을 움츠렸다. 끔찍스러울 정도로 차갑고 끈적끈적

했다. 혐오스러워서 물러섰다.

그렇다면 여기, 눈에 보이지 않는 벌거벗은 무덤 옆 칠흑 같은 어둠 속 여기가 하나의 중심이었다. 그러나 여기에 그를 위한 것은 아무것도 없었다. 그렇다, 여기엔 그가 머물러야 할 이유가 전혀 없었다. 그는 자신의 가슴에 진흙의 일부가 차갑게 그리고 지저분하게 달라붙어 있는 듯한 느낌이 들었다. 아니, 이걸로 충분하니 이젠 그만.

그렇다면 어디로 갈 것인가? ……집으로? 절대 아니지! 집으로 가는 건 아무런 소용이 없었다. 소용이 없는 정도가 아니었다. 애초에 그렇게는 할 수조차 없었다. 어딘가 다른 곳이 있었다. 그곳이 어디인가?

위험한 결심이, 이미 굳어 있던 생각처럼 그의 가슴속에 생겨났다. 구드룬이 있었다. ……자기 집에서 그녀는 안전하겠지. ……하지만 그녀를 수중에 넣을 수 있을 것이다…… 그녀를 손에 **넣으리라**. 오늘 밤 그녀에게로 가기 전엔 절대로 돌아가지 않으리라. 목숨을 거는 한이 있더라도. 그는 지금 던지는 이 주사위에 모든 걸 걸었다.

그는 들판을 곧장 가로질러 벨도버를 향해 걸어가기 시작했다. 너무 캄캄해서 그를 볼 사람은 아무도 없었다. 그의 발은 진흙으로 젖어 차갑고 무거웠다. 그러나 그는 고집스럽게, 마치 자신의 운명에게로 가듯 바람처럼 거침없이 전진했다. 그의 의식 속엔 거대한 틈새들이 있었다. 자신이 윈숍 마을을 지나고 있다는 건 의식하고 있었지만 어떻게 거기에 오게 되었는지는 거의 의식하지 못했다. 이윽고 그는 꿈을 꾸는 듯한 상태로, 가로등이 켜진 벨도버의 길게 늘어선 거리로 들어섰다.

시끄러운 목소리들이 들리면서 문이 요란하게 쾅 닫히고 빗장

걸리는 소리가 나더니, 남자들이 어둠 속에서 떠드는 소리가 들려왔다. '로드 넬슨'*이 막 문을 닫아서, 술 취한 남자들이 집으로 돌아가는 중이었다. 이들 중 한 사람에게 그녀가 어디 사는지 물어보는 게 나을 것 같았다. 그는 이 동네 골목길들을 전혀 몰랐기 때문이다.

"서머싯 드라이브가 어딘지 좀 알려 주겠소?" 그가 휘청거리는 남자들 중 한 사람에게 물었다.

"어디, 뭐라고요?" 비틀거리는 광부가 대답했다.

"서머싯 드라이브 말이오."

"서머싯 드라이브라! ……그런 데를 들어 보기는 했는데 어딘지는 도무지 모르겠구먼……. 누굴 찾으쇼?"

"브랑웬 씨요…… 윌리엄 브랑웬."

"윌리엄 브랑웬이라……?"

"윌리 그린에 있는 중등학교 선생인데…… 그 딸도 거기서 가르치고."

"오…… 오…… 오…… 오, 브랑웬! **이제야 알겠수. 물론** 윌리엄 브랑웬이지! 맞아, 맞아, 그에게 자기처럼 선생인 딸이 둘 있지. 맞아, 그이야! ……그이라고……! 아무렴 그가 어디 사는지 알지요, 확실하다마다요. 안다니까요! ……어, 근데 어디라고 하셨소?"

"서머싯 드라이브요." 제럴드가 참을성 있게 되풀이했다. 그는 자신의 광부들을 아주 잘 알고 있었다.

"서머싯 드라이브, 맞아 분명히!" 뭔가를 붙잡기라고 하려는 듯 팔을 허우적거리며 광부가 말했다.

"서머싯 드라이브라…… 어…… 어디라고 콕 집어 넬 수가 없는걸. 그래, 거길 알긴 알아요, 분명히 아는데……."

그가 휘청거리며 몸을 돌리더니 인적 없는 어두운 밤거리를 가리켰다.

"저 위쪽으로 가십쇼…… 그리고는 첫 번째…… 맞아, 왼쪽에 있는 첫 번째 모퉁이를 돌면…… 그렇지 그쪽이우…… 위덤시스 과자 가게를 지나서……."

"거긴 **나도** 알아요." 제럴드가 말했다.

"아, 예! 조금 내려가다가 뱃사공이 사는 집을 지나면…… 그 다음 샛길로 갈라지는 우측에, 말하자면 서머싯 드라이브가 있는데…… 거긴 집이 딱 세 채밖에 없습죠, 더는 없어요, 내 생각엔……. 그리고 분명히 그중 맨 마지막 집이…… 그 셋 중에 마지막 집이…… 아시겠수……."

"대단히 고맙소." 제럴드가 말했다. "잘 가시오."

그러고 나서 제럴드는 땅에 붙은 듯 서 있는 술 취한 남자를 뒤로하고 걷기 시작했다.

안에 있는 사람들이 대부분 자고 있는 캄캄한 상점들과 집들을 지나 캄캄한 들판에서 끝나는 자그마한 막다른 골목길로 접어들었다. 목적지가 가까워짐에 따라 그다음엔 어떻게 해야 할지 몰라 제럴드는 발걸음을 늦추었다. 집이 어둠 속에서 굳게 잠겨 있으면 어떻게 할 것인가?

그러나 그렇지 않았다. 불이 밝혀진 커다란 창문이 보였고 사람들 목소리가 들리더니 대문이 탕 하고 닫히는 소리가 났다. 그의 예민한 귀에 버킨의 목소리가 들려왔고, 그의 예리한 눈에는 정원으로 통하는 층계 위에 버킨이 옅은 색깔 드레스를 입은 어슐라와 함께 서 있는 것이 보였다. 어슐라가 계단을 내려오더니 버킨과 팔짱을 끼고 길을 따라 걸어왔다.

제럴드는 어둠 속에 몸을 감추었다. 그들은 그의 곁을 지나 행복하게 이야기를 나누며 걸어갔다. 버킨의 목소리는 나지막했고 어슐라의 목소리는 높고 또랑또랑했다. 제럴드는 재빨리 집 쪽으로 걸어갔다.

불이 밝혀진 식당의 커다란 창문에는 블라인드가 쳐져 있었다. 길을 따라 측면 쪽을 보니 문이 열려 있어 현관의 램프로부터 부드러운 빛이 새어 나오고 있었다. 그는 숨죽이고 서둘러 길을 따라 올라가 현관 안쪽을 들여다보았다. 벽에는 그림들이 걸려 있고 사슴뿔도 보였다…… 그리고 한쪽 구석엔 2층으로 올라가는 층계가 있었으며…… 그 층계 바로 옆에 식당 문이 반쯤 열려 있었다.

조마조마한 마음으로 제럴드는 색색의 타일이 깔려 있는 현관으로 들어선 다음, 재빨리 걸어가며 널찍하고 기분 좋은 방을 들여다보았다. 벽난로 옆 의자에는 구드룬의 아버지가 잠들어 있었다. 그의 고개는 참나무로 만든 커다란 벽난로 선반에 기댄 채 뒤로 젖혀져 있었다. 멀어서 자세히 보이지는 않았지만 그의 불그레한 얼굴이 얼핏 보였다. 콧구멍은 벌름하고 입은 약간 벌어져 있었다. 아주 작은 소리에도 금방 잠에서 깰 것 같았다.

제럴드는 잠깐 멈추어 섰다. 뒤에 있는 복도를 흘끗 내려다보았다. 아주 캄캄했다. 그는 다시 주춤했다. 그러다가 민첩하게 위층으로 올라갔다. 그의 감각은 거의 초자연적일 정도로 민감한 상태여서, 반쯤 무의식에 빠져 있는 그 집을 그가 자신의 의지로 덮는 것 같았다.

그는 첫 층계참에 이르렀다. 거의 숨도 쉬지 않은 채 거기 우뚝 섰다. 다시 아래층 문과 똑같은 위치에 문이 있었고, 문은 살짝 열려 있었다. 아마도 구드룬 어머니의 방일 것이다. 그녀가 촛불을 켜 놓고 왔다 갔다 하는 소리가 들렸다. 남편이 올라오기를 기다리는 중일 것이다. 제럴드는 캄캄한 층계참을 살폈다.

그런 다음 소리 없이 극도로 조심스러운 발걸음으로, 손가락 끝으로 벽을 더듬으며 복도를 따라 걸었다. 문이 나왔다. 그는 그 자리에 서서 귀를 기울였다. 두 사람의 숨소리가 들렸다. 저건 아니다. 그는 살며시 나아갔다. 살짝 열린 문이 하나 더 있었다. 그 방은 캄캄했다. 아무도 없었다. 그다음엔 욕실이었다. 비누 냄새와 열기가 풍겨 나왔다. 그리고 맨 끝에 침실이 하나 더 있었다…… 한 사람의 부드러운 숨소리. 그녀다.

그는 신비로울 정도로 조심스럽게 문의 손잡이를 돌려 문을 2~3센티미터쯤 열었다. 살짝 삐걱거리는 소리가 났다. 다시 2~3센티미터쯤 더 열었다…… 그리고 조금 더. 그는 심장이 멈춘 듯했다. 그는 자신의 주변에 정적을, 망각을 만들어 내고 있는 것 같았다.

그는 방 안으로 들어섰다. 잠든 사람은 여전히 부드럽게 숨을 쉬고 있었다. 방은 아주 캄캄했다. 그는 손과 발로 더듬어 가며 조금씩 앞으로 나아갔다. 침대가 만져졌다. 자고 있는 사람의 숨소리가 들렸다. 그는 몸을 구부리며 좀 더 가까이 다가갔다. 자신의 눈이 거기에 있는 것이 무엇인지 정체를 밝혀 줄 것처럼. 그런데 바로 코앞에서 사내아이의 둥글고 까만 머리를 보고는 기겁을 했다.

그는 정신을 차리고 몸을 돌려 저쪽에 있는 문을 쳐다보았다. 희미한 빛이 보였다. 재빨리 물러나 문을 닫았으나 꽉 닫지는 못한 채 신속하게 복도를 내려갔다. 그러다 잠시 층계 위에서 망설였다. 아직 도망칠 시간은 있었다.

그러나 그건 상상조차 할 수 없었다. 의지를 굽히지 않으리라. 그는 그림자처럼 부모의 침실 문을 지나 방향을 돌려 그다음 층계를 올라갔다. 층계가 그의 체중에 눌려 삐걱대어…… 참으로 미칠 지경이었다. 아, 만일 바로 아래 있는 그녀 어머니의 방문이 열리고, 그녀가 그를 보기라도 한다면 무슨 낭패겠는가! 하지만 어차피 그렇게 될 일이라면, 어쩔 수 없지. 그는 차분히 마음을 가다듬었다.

그가 미처 층계를 다 올라가기도 전에 아래쪽에서 빠른 발걸음 소리가 들려왔다. 바깥문이 닫힌 다음 잠기는 소리가 났고, 어슐라의 목소리가 들리더니 졸음에 겨운 아버지의 커다란 목소리가 들려왔다. 그는 잽싸게 다음 층계참으로 올라갔다.

또다시 문이 하나 열려 있었고 방 안엔 아무도 없었다. 어슐라가 위층으로 올라올까 봐 걱정하며, 그는 장님처럼 손가락 끝으로 더듬으며 재빨리 앞으로 나아가다가 또 하나의 문을 발견했다. 거기서 그는 불가사의할 정도로 예민한 감각으로 귀를 곤두세웠다. 누군가 침대에서 뒤척이는 소리가 들렸다. 이것이 그녀일 것이다.

이제 부드럽게, 마치 오로지 하나의 감각만을, 촉각만을 가진 사람처럼 그는 걸쇠를 돌렸다. 짤깍 소리가 났다. 가만히 멈추었다. 이불이 부스럭거렸다. 그는 심장이 멎는 듯했다. 이윽고 다시 걸쇠를 벗기고 아주 가만히 문을 밀었다. 문이 열리면서 긁히는 소리가 났다.

"어슐라?" 겁에 질린 구드룬의 목소리가 들렸다. 그는 재빨리 문을 열고 들어가 등 뒤로 문을 밀었다.

"언니야?" 겁에 질린 구드룬의 목소리였다. 그는 그녀가 침대에서 일어나 앉는 소리를 들었다. 금방이라도 비명을 지를 것 같았다.

"아니요, 접니다." 그가 그녀를 향해 더듬더듬 다가가며 말했다. "나예요, 제럴드."

그녀는 깜짝 놀라 자리에 꼼짝 않고 앉아 있었다. 너무나 놀랍고 불시에 일어난 일이라 미처 두려울 새도 없었다.

"제럴드라고요!" 그녀가 휑한 놀라움 속에 말을 되받았다.

그는 침대에 와 있었고, 아무것도 보이지 않는 상태에서 그가 뻗은 손이 그녀의 따뜻한 가슴에 닿았다. 그녀는 몸을 움츠렸다.

"불을 켤게요." 그녀가 용수철처럼 튀어 일어나며 말했다.

그는 움직이지 않고 가만히 서 있었다. 그녀가 성냥갑을 만지는 소리를, 그녀의 손가락이 움직이는 소리를 듣고 있었다. 그런 다음 그녀가 양초에 갖다 댄 성냥불 아래에서 그녀를 보았다. 방 안에 불빛이 확 일어나더니 양초 위의 불꽃이 작고 희미하게 잦아들다가 다시 살아났다.

그녀는 침대 맞은편 가까이 서 있는 제럴드를 바라보았다. 이마까지 깊게 눌러쓴 모자에, 턱까지 촘촘히 단추를 채운 검은 코트 차림이었다. 그의 얼굴은 낯설었고 빛이 났다. 초자연적인 존재와 같은 그를 피할 길이 없었다. 예전에 그를 보았을 때 그녀는 알았다. 그 상황 속에 뭔가 운명적인 어떤 것이 있다는 것을, 그리고 이를 받아들이지 않을 수 없다는 것을. 그래도 그에게 도전해야만 했다.

"어떻게 올라왔어요?" 그녀가 물었다.

"층계로 걸어 올라왔습니다…… 문이 열려 있었어요." 그녀가 그를 쳐다보았다.

"이 문도 안 닫았습니다." 그가 말했다. 그녀가 재빨리 방을 가로질러 걸어가 살짝 문을 닫아 잠그고는 되돌아왔다.

놀란 눈과 붉어진 뺨, 약간 짧지만 두껍게 뒤로 땋아 내린 머리, 그리고 발등에 치렁거리는 보드라운 하얀 잠옷을 입고 있는 그녀는 놀라울 정도로 근사했다.

그녀는 그의 장화가 온통 진흙투성이인 것을, 심지어 그의 바지까지 진흙이 덕지덕지 묻어 있는 것을 보았다. 그러자 그가 층계로 올라오면서 발자국을 남긴 건 아닌지 걱정되었다. 자신의 침실에 들어와 흐트러진 침대 맡에 서 있는 그는 아주 낯설고 이상한 모습이었다.

"왜 온 거죠?" 그녀가 거의 불평하는 조로 물었다.

"그러고 싶었습니다." 그가 대답했다.

그의 얼굴에서 그녀는 그가 여기에 오고 싶어 했다는 걸 알 수 있었다. 그건 운명이었다.

"너무 진흙투성이예요." 그녀가 싫다는 듯이, 하지만 부드럽게 말했다.

그는 자기 발을 내려다보았다.

"캄캄한 곳을 걸어왔거든요." 그가 대답했다. 그는 아주 우쭐한 기분이 들었다. 잠시 침묵이 흘렀다. 그는 흐트러진 침대의 한쪽에 서 있었고, 그녀는 맞은편에 있었다. 그는 모자도 벗지 않은 채였다.

"나한테 뭘 원하는 거죠?" 그녀가 도전장을 내밀었다.

그는 고개를 돌리고는 대답이 없었다. 그의 그 묘하면서도 또렷한 얼굴이 가진 굉장한 아름다움과 신비한 매력만 아니었다면 쫓아 버렸을 텐데. 그러기엔 그의 얼굴이 너무나 멋진 미지의 것이었다. 그 순수한 아름다움이 그녀를 매혹했고, 그녀에게 마법을 걸었다. 향수(鄕愁)처럼, 아픔처럼.

"내게 뭘 원하느냐고요." 그녀가 다소 멀어진 목소리로 반복해서 물었다.

그는 마치 마음대로 움직일 수 있는 꿈속에 있는 것처럼 모자를 벗더니 그녀에게로 다가왔다. 그러나 그녀를 만질 수는 없었다. 그녀는 잠옷을 입은 채 맨발로 서 있었고 자신은 진흙투성이에다 축축이 젖어 있었으니까. 깜짝 놀라 크게 뜬 그녀의 두 눈이 그를 쳐다보며 그 궁극적 질문을 던졌다.

"내가 온 건…… 와야만 했기 때문입니다." 그가 말했다. "왜 묻는 겁니까?"

그녀가 의혹과 놀라움 속에 그를 쳐다보았다.

"묻지 않을 수가 없죠." 그녀가 말했다.

그가 고개를 살짝 흔들었다.

"답은 없어요." 이상하게 텅 빈 목소리로 그가 대답했다.

그에겐 참으로 신기한, 신처럼 단순하고, 순진하게 솔직한 직선적인 구석이 있었다. 그를 보자 그녀는 신들의 하나인 젊은 헤르메스*가 떠올랐다.

"그렇지만 어째서 나한테 온 거예요?" 그녀가 고집스레 물었다.

"왜냐하면…… 그래야만 하니까요. ……만일 이 세상에 당신이 없다면 나 또한 이 세상에 있을 수가 없으니까요."

그녀는 놀라고 괴로운 듯 커다랗게 뜬 눈으로 그를 쳐다보며 서 있었다. 그의 눈은 줄곧 그녀의 눈을 바라보고 있었고, 그는 초자연적인 괴상한 부동자세로 굳어 버린 듯했다. 그녀는 한숨을 쉬었다. 이제 어찌할 도리가 없었다. 선택의 여지가 없었다.

"장화를 벗지 그래요." 그녀가 말했다. "젖었을 텐데."

그는 모자를 벗어 의자에 놓고, 목까지 채운 단추를 풀기 위해 턱을 들어 코트의 단추를 풀었다. 그의 짧고 멋진 머리카락은 헝클어져 있었다. 밀처럼 정말 아름다운 금발이었다. 그는 코트를 벗었다.

그는 재빨리 재킷을 벗고 검은 넥타이를 풀었고, 진주가 달려 있는 장식 단추들을 풀었다. 그녀는 아무도 이 풀 먹인 리넨이 내는 부스럭거리는 소리를 듣지 않기를 바라면서 귀 기울이며 지켜보았다. 마치 권총이 탕탕 하는 것 같았다.

그는 분명히 하려고 온 것이었다. 그녀는 그가 자신을 두 팔로 꽉 껴안고 있도록 내버려 두었다. 그는 그녀 안에서 무한한 위안을 찾았다. 그녀의 속에다가 자신의 내부에 갇혀 있던 모든 어둠과, 생명을 좀먹는 죽음을 쏟아붓고 나자, 그는 다시 온전해졌다. 멋지고 경이로웠다. 기적이었다. 영원토록 되풀이될 삶의 기적이었다. 이러한 깨달음에 그는 안도와 놀라움에 도취되어 넋을 잃었다. 한편, 그릇처럼 복종한 채 그를 받아들인 그녀는, 그의 쓰디쓴 죽음으로 가득 채워졌다. 이 위기에 저항할 힘이 없었다. 끔찍스럽게 마찰하는 죽음의 폭력이 그녀를 가득 채웠고, 그녀는 복종의 황홀경 속에서, 극심한 격정의 고통 속에서 이를 받아들였다.

그는 그녀에게 더 가까이 다가가며, 봉투처럼 감싸는 그녀의 부드러운 온기 속으로, 그의 혈관을 뚫고 들어와 다시 생명을 주는 그 경이로운 창조의 열기 속으로, 더욱 깊숙이 밀고 들어갔다. 자신이 용해되어 그녀의 활력 있는 욕조에 들어가 휴식을 취하는 듯한 느낌이었다. 그녀 가슴속의 심장은 정복할 수 없는 제2의 태양인 듯했고, 그는 그 태양의 빛과 창조의 힘 속으로 점점 더 깊숙이 빠져들어 가고 있는 것 같았다. 갈기갈기 찢겨 살해되었던 그의 모든 혈관은, 전능한 태양의 방출처럼 생명이 그의 속으로 슬며시 보이지 않게 맥박 치며 들어오면서 부드럽게 치유되었다. 죽음에 끌려간 듯했던 그의 피가 당당하고 아름답고 힘차게 밀물처럼 되돌아오고 있었다.

그는 자신의 사지가 생명으로 더욱 충만하고 유연해지고, 육신이 미지의 힘을 얻은 듯한 느낌이었다. 다시 강하고 완전한 남자가 된 것이다. 동시에, 그렇게 달래어지고 회복된, 그리고 감사의 마음으로 가득한 어린애이기도 했다.

그리고 그녀, 그녀는 거대한 생명의 욕조였다. 그는 그녀를 숭배했다. 그녀는 모든 생명의 어머니요, 본질이었다. 그리고 어린애이자 남자인 그는 그녀를 받아들여 온전해졌다. 그의 순수한 육신은 죽임을 당한 것이나 마찬가지였다. 그러나 기적과도 같은 그녀

가슴에서 방출되는 부드러운 빛줄기가 치유의 림프액처럼, 부드럽게 달래 주는 삶의 흐름 그 자체처럼 그의 타 버리고 망가진 두뇌를 뒤덮었다. 그것은 그가 다시 자궁의 욕조 속에서 씻기는 것처럼 완전했다.

그의 두뇌는 상처를 입었고, 시들어 말라 버렸다. 조직이 파괴된 것 같았다. 그는 자신이 얼마나 다쳤는지, 자신의 조직, 자신의 두뇌 조직 자체가, 갉아먹어 들어오는 죽음의 물살로 인해 얼마나 망가졌는지 몰랐었다. 그러나 이제 그녀가 내뿜는 치유의 림프액이 그의 내부에 흐르자, 그는 자신이 서리로 인해 조직이 내부에서부터 다 상해 버린 식물처럼 얼마나 망가져 있었는지 알게 되었다.

그는 자신의 작고 단단한 머리를 그녀의 가슴에 묻고 두 손으로 그녀의 가슴을 자신에게 밀착시켰다. 그리고 그녀는 떨리는 손으로 그의 머리를 자신의 몸에 밀착시켰다. 그는 충만하여, 그리고 그녀는 완전한 의식 속에 누워 있었다. 완전한 의식 속에 누워 있는 동안, 사랑스러운 창조의 온기가 자궁 속의 비옥한 잠처럼 그의 내부로 흘러들었다. 아, 그녀가 살아 내뿜는 이 물줄기만 준다면 그는 회복되고 다시 완전해질 것 같았다. 그는 그것이 달성되기 전에 그녀가 거절할까 봐 두려웠다. 젖을 물고 있는 어린애처럼 그가 착 달라붙어서 그녀는 그를 뿌리칠 수가 없었다. 이윽고 그의 말라 버린 망가진 조직이 느슨해지면서 부드러워졌다. 시들고 굳었던, 그리고 말랐던 그것이 다시 무릎을 꿇고 새로운 생명으로 고동치면서 부드럽고 유연해졌다. 그는 신에게 감사하듯, 혹은 아기가 엄마의 가슴에 감사하듯 무한한 감사를 드렸다. 자신의 온전함이 귀환하고 있음을, 그 형언할 수 없는 충만한 잠, 완전한 피로와 회복의 잠이 엄습하고 있음을 느끼며, 무아경에 가까운 기쁨과 감사로 가득 찼다.

그러나 구드룬은 완전한 의식 속으로 파괴되어, 정신이 말똥말똥한 상태로 누워 있었다. 그가 자신에게 팔을 감은 채 정신없이 잠에 빠져 있는 동안 그녀는 눈을 크게 뜨고 뚫어져라 어둠을 응시한 채 누워 꼼짝하지 않았다.

그녀는 눈에 띄지 않는 어떤 해안에서 부서지는 파도 소리를, 운명의 리듬에 맞춰 길게 천천히 우울하게 치고 있는 파도 소리를, 너무나 단조로운 나머지 영원할 것만 같은 파도 소리를 들으며 누워 있는 것 같았다. 천천히 음울하게 부서지는 운명의 이 끝없는 파도 소리가, 커다랗게 뜬 캄캄한 눈으로 어둠을 응시하며 누워 있는 그녀를 사로잡고 있는 듯했다. 그녀는 멀리, 아득한 영원까지 멀리멀리 볼 수 있었다…… 그렇지만 아무것도 보고 있지 않았다. 그녀는 완전한 의식 속에 붙들려 있었다…… 그런데 그녀가 의식하고 있는 것은 무엇인가?

그녀가 완전히 붙들린 듯 만물을 극한까지 의식하면서 영원을 응시하고 누워 있는 동안 이 극단적인 기분은 지나갔고, 그녀는 불안해졌다. 꼼짝 않고 너무 오랫동안 누워 있었던 것이다. 그녀는 몸을 움직였다. 스스로를 의식하게 되었다. 그를 쳐다보고, 그를 보고 싶었다.

하지만 불을 켤 수가 없었다. 그렇게 하면 그가 깨리라는 것을 알고 있었고, 그가 그녀로부터 얻어 낸 완벽한 잠을 깨우고 싶지는 않았기 때문이다.

그녀는 살짝 몸을 빼내어 그를 보기 위해 몸을 약간 일으켰다. 방 안에 희미한 빛이 있는 것 같았다. 그가 완벽한 잠을 자고 있는 동안 그의 이목구비를 뜯어볼 수 있었다. 어둠 속에서 그의 모습은 아주 또렷해 보였다. 하지만 그는 아주 머나먼 다른 세상에 있었다. 아, 그는 완전해져서 저렇게 먼 다른 세상에 있다니, 그녀는 괴로워 비명이 터져 나올 것 같았다. 그는 마치 맑고 어두운 물속 깊은 곳에 아스라이 놓여 있는 조약돌처럼 보였다. 그는 머나먼 무념의 살아 있는 희미한 번득임 속에 깊이 잠겨 있는데, 그녀는 그 모든 고통스러운 의식과 더불어 이렇게 여기 남겨져 있는 것이 었다. 그는 아름답게 저 멀리 완성되어 있었다. 그와 그녀는 결코 함께 있지 못하리라. 아, 그녀와 저 다른 존재 사이에 언제나 끼어 들 이 끔찍한 비인간적인 거리!

가만히 누워 견디는 것 외엔 달리 할 것이 없었다. 그를 향한 물 밀듯한 애정과 더불어, 자신은 이렇듯 바깥의 어둠 속에 던져진 채 격렬히 깨어 고통받고 있는데 그는 저토록 완벽하고 안전한 상 태로 다른 세상에 누워 있다는 사실에, 저 아래 어두운 곳에서 꿈 틀거리는 질투 섞인 미움 또한 밀려왔다.

그녀는 강렬하고 생생한 의식 속에, 사람을 지치게 하는 극도의 자각 속에 누워 있었다. 시간을 알리는 교회 종소리가 아주 빠르 게 연달아 치듯 들려왔다. 생생한 의식의 긴장 속에서 그녀는 그 소리를 하나하나 똑똑히 들었다. 그리고 그는 마치 시간이 한순간 밖에 지나지 않은 것처럼, 변함없이 꼼짝도 하지 않고 잠들어 있 었다.

그녀는 지쳤다. 피곤했다. 그런데도 이 격렬하고 왕성한 극도의 자각 상태에 줄곧 있어야만 했다. 그녀는 모든 것을 의식하고 있었 다―어린 시절, 소녀 시절, 잊어진 모든 일들, 미처 깨닫지 못했지 만 영향을 주었던 것들, 그리고 이해하지 못했던 사건들, 그녀 자 신, 그녀의 가족, 친구들, 애인들, 그녀가 아는 사람들, 그리고 모든 이에게 일어났던 일들을. 그녀는 암흑의 바다로부터 반짝이는 앎 의 밧줄을, 측량할 수 없는 과거의 심연으로부터 그것을 끌어내고

끌어내고 또 끌어내는데도 여전히 끝나지 않는 것 같았다. 끝이 없었다. 그녀는 반짝이는 의식의 밧줄을 잡아당기고 또 잡아당겨야만 했다. 마침내 지칠 때까지, 온몸이 아프고 지쳐 당장 부서져 버릴 것만 같을 때까지, 끝없는 무의식의 심연으로부터 인광을 내는 밧줄을 끌어내야만 했다.

아, 그를 깨울 수만 있다면! 그녀는 불안스레 몸을 뒤척였다. 그를 언제 깨워서 보낼 것인가? 언제 그를 일어나게 할 수 있을 것인가? 그녀는, 결코 끝나지 않을 기계적인 의식의 활동 속으로 또다시 빠져들어 갔다.

그러나 그를 깨울 때가 가까워지고 있었다. 그것은 해방과도 같았다. 어두운 바깥에서 4시를 알리는 종소리가 들려왔다. 고맙게도 밤은 이제 거의 다 끝나 가고 있었다. 5시엔 어쨌든 그는 떠나지 않을 수 없고, 그러면 그녀는 해방인 것이다. 그때가 되면 긴장을 풀고 자신의 자리를 차지할 수 있으리라. 지금 그녀는 숫돌 위에서 새하얗게 달구어진 칼처럼, 완전히 잠든 그에게 기대어 꽂혀 있었다. 자신과 맞대어 나란히 누워 있는 그에겐 어딘가 괴물같이 무시무시한 데가 있었다.

마지막 한 시간이 가장 길었다. 그러나 마침내 지나갔다. 그녀의 가슴은 안도하며 날뛰었다⋯⋯. 그래, 교회의 종소리가 천천히 힘차게 들려왔다⋯⋯. 이 영원의 밤이 지나고 마침내. 그녀는 가만히 기다리며 느린 운명의 종소리를 하나씩 하나씩 모두 들었다⋯⋯. "셋⋯⋯ 넷⋯⋯ 다섯!" 이제 끝났다. 그녀를 내리누르고 있던 무거운 돌이 굴러떨어졌다.

그녀는 몸을 일으켜 그에게로 부드럽게 몸을 숙이며 키스했다. 그를 깨우는 게 슬펐다. 몇 분이 지난 후 그에게 다시 키스했다. 그러나 그는 꼼짝도 하지 않았다. 사랑스러운 사람, 그는 너무 깊은 잠에 빠져 있었다! 그런 그를 잠에서 깨우다니 이 얼마나 부끄러운 일인가. 좀 더 오랫동안 그를 내버려 두었다. 그러나 그는 가야한다…… 정말로 가야만 한다.

넘칠 듯한 다정함으로 그녀는 두 손으로 그의 얼굴을 감싸고 그의 눈에 입을 맞추었다. 그가 눈을 떴다. 그는 꼼짝 않고 그녀를 바라보았다. 그녀는 심장이 멎는 듯했다. 무섭게 뜨고 있는 그의 눈으로부터 어둠 속에 자신의 얼굴을 감추기 위해 그녀는 몸을 굽혀 그에게 키스하며 속삭였다.

"이제 가야 돼요, 내 사랑."

그러나 그녀는 극도의 공포에 질려 속이 메슥거릴 지경이었다.

그는 두 팔로 그녀를 안았다. 그녀의 가슴이 덜컥 내려앉았다.

"그렇지만 당신은 가야 돼요, 내 사랑. 늦었어요."

"몇 시죠?" 그가 말했다.

남자의 목소리는 낯설었다. 그녀는 몸을 떨었다. 그녀에게 그 목소리는 견딜 수 없는 압박이었다.

"5시가 넘었어요." 그녀가 말했다.

그러나 그는 다시 한 번 그녀를 꽉 끌어안기만 할 뿐이었다. 그녀의 심장이 속에서 고통스럽게 울부짖었다. 그녀는 단호히 몸을 빼냈다.

"당신, 정말로 가야 돼요." 그녀가 말했다.

"잠깐만." 그가 말했다.

그녀는 그에게 몸을 기댄 채 가만히 누워 있었지만, 굽히지 않았다.

"잠깐만요." 그가 그녀를 더욱 가까이 껴안으며 되풀이했다.

"아뇨." 그녀가 굽히지 않으며 말했다. "당신이 여기 더 머무를까봐 두렵군요."

그녀의 목소리에 서린 냉정함에 그는 그녀를 놓아주었다. 그녀는 자리를 털고 일어나 촛불을 밝혔다. 그러자 그것으로 끝이었다.

그는 자리에서 일어났다. 따스했고 생명과 욕망으로 충만해 있었다. 하지만 촛불 아래 그녀 앞에서 옷을 입으며 약간 창피하고 수치스러운 기분이 들었다. 어쩐지 자신으로부터 그녀가 돌아서버린 이때에, 자신이 그녀에게 노출되고 있는 것 같았기 때문이다. 몹시 이해하기 어려운 상황이었다. 그는 서둘러 옷을 입었다. 칼라도 안 달고 넥타이도 안 맸다. 그렇지만 여전히 충만하고 완벽하고 완성된 기분이었다. ……그녀는 남자가 옷 입는 걸 보고 있는 것이 수치스럽다는 생각이 들었다. 그 우스꽝스러운 셔츠며 우스꽝스러운 바지와 멜빵. 그러나 문득 든 어떤 생각이 그녀를 다시 구해 주었다.

'어떤 노동자가 일 나가려고 일어난 것 같아.' 구드룬은 생각했다. '그리고 난 그 노동자의 마누라 같고.' 하지만 메스꺼움 같은 아픔이 엄습했다. 그에 대한 메스꺼움이었다.

그는 칼라와 넥타이를 코트 주머니에 쑤셔 넣었다. 그러고는 앉아서 장화를 신었다. 장화는 푹 젖어 있었고 양말과 바지 밑단도 마찬가지였다. 그러나 그 자신은 생생히 살아 따뜻했다.

"장화는 아래층에서 신었어야 하는데." 그녀가 말했다.

아무 대답 없이 그는 즉시 장화를 다시 벗어 손에 들고 일어섰다. 그녀는 슬리퍼를 신고 헐렁한 겉옷을 걸쳤다. 그녀도 채비가 되었다. 그녀는, 까만 코트 단추를 턱까지 채우고 모자를 눌러쓰고 부츠를 손에 든 채 자신을 기다리며 서 있는 그를 쳐다보았다. 그러자 순간, 증오에 가까운 열정적인 매혹이 되살아났다. 그 감정은 소진되지 않았던 것이다. 그의 얼굴은 너무나 따뜻해 보였다. 크게 뜬 눈에, 새로움 가득한, 너무도 완벽한 모습이었다. 그녀 자신은 늙었다는, 늙었다는 기분이 들었다. 무거운 걸음으로 키스를 받기 위해 그에게로 다가갔다. 그는 그녀에게 재빨리 키스했다. 그녀는 그의 따뜻하면서도 무표정한 아름다움이 너무나 치명적인 마법을 걸지 말기를, 자신을 압도하고 굴복시키지 말아 주기를 바랐다. 그것은 화가 나면서도 도망칠 수가 없는, 그녀에게 얹힌 짐이었다. 그러나 그의 남자다운 곧은 눈썹, 살짝 작은 듯하면서 잘생긴 코, 그리고 파랗고 무심한 눈을 보자, 그녀는 그를 향한 자신의 열정이 아직 충족되지 않았다는 것을, 어쩌면 영원히 충족될 수 없으리란 것을 깨달았다. 지금 그녀는 다만 메스꺼움 같은 아픔으로 지쳐 있을 따름이었다. 그가 떠나길 바랐다.

그들은 재빨리 아래층으로 내려갔다. 굉장히 요란한 소리를 낸 것만 같았다. 그는, 선명한 초록색 외투 차림으로 촛불을 들고 앞장선 그녀를 따라 내려갔다. 그녀는 가족이 깰까 봐 너무 두려워 고통스러울 지경이었다. 그러나 그는 별로 개의치 않았다. 이제 누가 알든 상관없었다. ……그리고 그녀는 그의 이런 마음 상태가 미웠다. 사람은 신중해야 한다. 자기 자신을 보호해야 하는 것이다.

그녀는 부엌으로 통하는 길로 갔다. 부엌은 하녀가 떠난 그대로 말끔하게 잘 정돈되어 있었다. 그는 시계를 올려다보았다. 5시 20분! 그는 장화를 신기 위해 의자에 앉았다. 그녀는 그의 움직임 하나하나를 지켜보며 기다렸다. 그것이 끝나기를 바랐다. 그것으로 인해 그녀의 신경이 엄청나게 곤두서 있었다.

그가 자리에서 일어났다. 그녀는 뒷문을 열고 바깥을 살폈다. 아직 동이 트지 않았다. 희뿌연 하늘에 조각달이 걸려 있는 차갑고 쌀쌀한 밤이었다. 그녀는 밖에까지 나가지 않아도 되어 기뻤다.

"그럼 잘 있어요." 그가 중얼거리듯 말했다.

"대문까지 바래다 드릴게요." 그녀가 말했다.

그녀는 그가 층계를 조심하도록 다시 서둘러 앞장섰다. 대문에 이르러 그녀는 다시 층계에 멈추어 섰다. 그는 그녀의 아래쪽에 서 있었다.

"잘 가요." 그녀가 속삭였다.

그는 의무에 충실하게 정중히 그녀에게 키스하고 돌아섰다. 그녀는 그의 결연한 발걸음이 뚜벅뚜벅 도로를 내딛는 소리가 고통스러웠다. 아, 참으로 무심하기도 한 저 굳센 발걸음!

그녀는 대문을 닫고 재빨리 소리 없이 살금살금 침대로 돌아갔다. 방에 도착하여 문을 닫고 완전히 안전하게 되자 비로소 편히 숨을 쉬었다. 엄청난 무게의 짐이 떨어져 나갔다. 그녀는 그의 몸이 만들어 놓은 침대의 움푹한 곳으로, 그가 남기고 간 온기 속으로 파고들었다. 그러고는 흥분하고 기진맥진한 채, 하지만 아직은 충족되지 않은 채, 이내 깊고 무거운 잠으로 빠져들었다.

제럴드는 여명이 가까워지고 있는 싸늘한 어둠 속을 빠르게 걸었다. 아무도 만나지 않았다. 그의 마음은 잔잔한 물웅덩이처럼 아름답게 고요했고 아무 생각도 없었으며, 그의 몸은 충만하고 따뜻하며 풍요로웠다. 감사가 가득한 자기 충족감 속에, 그는 숏랜즈를 향해 걸음을 재촉했다.

25장 결혼할 것인가 말 것인가

브랑웬 가족은 벨도버를 떠나 이사하기로 했다. 아버지가 시내에 있어야 해서 이제 이사가 불가피했다.

버킨은 결혼 허가증을 받아 왔지만 어슐라는 하루하루 미루고 있었다. 그녀는 확실한 날짜를 정하고 싶지 않았다 ─ 아직도 갈팡질팡하는 중이었다. 학교에 한 달 후 그만두겠다는 통보를 보낸 지 3주째로 접어들었다. 머지않아 크리스마스였다.

제럴드는 어슐라와 버킨의 결혼을 기다리고 있었다. 이들의 결혼은 그에게 중요한 일이었다.

"2연발짜리 겹경사로 할까?" 어느 날 그가 버킨에게 말했다.

"두 번째 발사는 누군데?" 버킨이 물었다.

"구드룬하고 나." 제럴드가 모험심 가득한 대담한 눈을 빛내며 말했다.

버킨은 조금 당황한 듯 그를 물끄러미 쳐다보았다.

"진심이야…… 아니면 농담이야?" 그가 물었다.

"오, 진심이지. 그렇게 할까? 구드룬과 내가 자네들을 따라 돌진할까?"

"좋고말고. 꼭 그렇게 해." 버킨이 말했다. "자네들이 그 정도까지 간 줄은 몰랐는걸."

"어느 정도?" 제럴드가 상대방을 쳐다보더니 웃으며 말했다. "아 그렇지, 우린 갈 데까지 갔지."

"그걸 넓은 사회적 기반 위에 놓고, 높은 도덕적인 목적을 달성하는 일이 남아 있지." 버킨이 말했다.

"그런 거지. 길이와 폭과 높이 면에서*." 제럴드가 미소 지으며 대답했다.

"오, 그래." 버킨이 말했다. "아주 경탄할 만한 단계라고 말할 수 있겠군."

제럴드가 그를 자세히 살폈다.

"그런데 왜 열광을 안 하는 거야?" 그가 물었다. "난 자네는 결혼이라면 사족을 못 쓰는 줄 알았는데."

버킨이 어깨를 으쓱했다.

"코를 좋아하는 것이나 다름없지……. 코에는 온갖 종류가 있잖아. 들창코도 있고, 아니면……."

제럴드가 웃었다.

"그리고 온갖 종류의 결혼이 있다는 건가? 들창코 같은 결혼이 있는가 하면……." 그가 말했다.

"바로 그거야."

"그럼 내가 결혼하면 그건 들창코 같은 결혼이란 말인가?" 제럴드가 고개를 갸우뚱하면서 미심쩍은 듯 물었다.

버킨은 웃음을 터뜨렸다.

"그게 뭐가 될지 내가 어떻게 아나!" 그가 말했다. "내 식으로 비교한 걸 가지고 너무 나무라진 말아 줘……."

제럴드가 잠시 생각에 잠겼다.

"그렇지만 난 자네 생각이 어떤지 정확히 알고 싶어." 그가 말했다.

"자네 결혼에 대해서? ……아니면 결혼이라는 것에 대해서? ……어째서 내 생각을 듣고 싶어 하는 거지? 난 아무 의견도 없어. 난 법적인 결혼에 대해선 별 관심이 없다고. 그건 다만 편의의 문제일 뿐이야."

아직도 제럴드는 그를 뚫어져라 쳐다보고 있었다.

"난 그 이상이라고 생각해." 그가 진지하게 말했다. "아무리 결혼의 윤리가 지겹다고 하더라도, 정말로 결혼을 한다는 건 각 개인의 경우에는 중요하고 최종적인 어떤 것이지……."

"여자랑 결혼 신고하러 등록관(登錄官)에게 가는 일에 최종적인 뭔가가 있다는 말인가?"

"그 여자랑 같이 돌아오는 거라면 그렇다고 생각해." 제럴드가 말했다. "그건 어떤 면에선 돌이킬 수 없는 거야."

"맞아, 나도 동감이야." 버킨이 말했다.

"법적인 결혼에 대해 어떻게 생각하든 간에 일단 개인적으로 결혼 상태로 진입한다는 건 최종적인 거지……."

"나도 그렇다고 믿어." 버킨이 말했다. "어딘가에선."

"그럼 남은 문제는, 결혼을 할 것인가라는 거지." 제럴드가 말했다.

버킨은 재미있어하는 눈으로 그를 찬찬히 살폈다.

"자넨 베이컨 경* 같아, 제럴드." 그가 말했다. "자네는 꼭 법률가처럼 주장을 해. 아니면, 사느냐 죽느냐 ……이러는 햄릿 같기도 하고……. 만일 내가 자네라면 결혼하지 **않을** 거야. 그렇지만 구드룬한테 물어봐, 난 아니야. 나랑 결혼하는 건 아니잖아, 안 그래?"

제럴드는 버킨 말의 뒷부분에는 신경을 쓰지 않았다.

"맞아." 그가 말했다. "그 문제는 냉정하게 생각해야 해…… 중요한 일이니까……. 인간은 이쪽 아니면 저쪽을 택해야만 하는 지점에 다다르게 되지. 그리고 결혼이란 어느 한 방향인 거고……."

"그럼 나머지 다른 방향은 뭔가?" 버킨이 재빨리 물었다.

제럴드는 묘하게 의식적인 뜨거운 눈으로 그를 쳐다보았다. 버킨은 그 눈을 이해할 수가 없었다.

"모르겠어." 그가 대답했다. "내가 **그걸** 안다면……." 그가 초조한 듯 발을 움직이며 말을 끝맺지 못했다.

"그러니까 대안을 알고 있다면, 이란 말인가?" 버킨이 물었다. "그리고 자네는 대안을 모르니까 결혼이 pis aller(어쩔 수 없는 차선책)인 거로군."

제럴드가 아까와 같이 뜨겁고 어딘가 부자연스러운 눈으로 버킨을 쳐다보았다.

"결혼이 pis aller인 것 같은 기분이 들긴 해." 그가 인정했다.

"그렇다면 하지 말게." 버킨이 말했다. "내가 전에도 말했듯이, 낡은 의미의 결혼은 내게 혐오스러워. Egoïsme à deux(단둘만을 위한 이기주의)란 것도 허튼소리야. 낡은 의미의 결혼이란 짝지어 행하는 일종의 암묵적인 사냥이라고. 세상엔 짝들 천지야. 저마다 작은 집에 짝지어 들어앉아서 자잘한 자기네 이익거리만 지켜보면서 시답잖은 사생활에 안달복달하고 있다고. ……그게 세상에서 가장 혐오스러워."

"나도 정말 동감이야." 제럴드가 말했다. "그런 결혼엔 뭔가 못난 점이 있지. 하지만 대안이 뭔가."

"인간은 이런 **집**의 본능을 피해야만 해. 그건 본능이 아니라 비겁함이 습관이 된 거지. 인간은 절대 **집**이란 걸 가져선 안 돼."

"나도 그렇게 생각해." 제럴드가 말했다. "그렇지만 대안이 없잖아."

"우리가 찾아내야지. ……난 남녀 간의 영원한 결합을 믿어. 마음이 흔들리고 바뀌는 건 소모적인 과정일 뿐이야. ……그렇지만 남녀 간의 영원한 관계가 최종적인 결론인 건 아니지 ─ 그건 분명 아니야."

"맞아." 제럴드가 말했다.

"사실, 남녀 관계는 최고이자 배타적인 관계이기 때문에 그 모든 옹색함과 천박함, 그리고 불충분함이 끼어들지." 버킨이 말했다.

"그래, 자네 말이 맞아." 제럴드가 말했다.

"사랑 – 그리고 – 결혼이라는 이상을 그 대좌로부터 끌어내려야 해. 우리에겐 뭔가 좀 더 넓은 게 필요하다고. ……난 남자들 간의 완벽한 관계가 **추가되어야** 한다고 믿어 — 결혼에 더해서."

"그게 어떻게 똑같을 수 있는지 난 도무지 모르겠는데." 제럴드가 말했다.

"똑같지는 않아…… 그렇지만 똑같이 중요하지. 말하자면, 똑같이 창조적이고 똑같이 신성한 거야."

제럴드가 불안한 듯이 몸을 움직였다. "그런데 말이지, 난 그렇게 느껴지지가 않아." 그가 말했다. "남자들 간엔 남녀 간의 성적인 사랑만큼 강력한 어떤 것이 절대로 존재할 수가 없어. 자연이 그런 토대를 제공하지 않는다고."

"글쎄, 난 당연히 자연이 제공한다고 생각해. 그리고 난, 우리가 우리 자신을 그 토대 위에 세울 때까지는 절대로 행복해질 수 없다고 생각하네. 자네는 부부애의 **배타성**을 버려야 해. 그리고 남자를 향한 남자의 그 인정받지 못한 사랑을 인정해야만 한다고. 그래야 모든 사람이 더 큰 자유를, 그리고 남자와 여자 둘 다 더 강력한 개별성을 갖게 돼."

"알아, 자네가 그와 같이 믿고 있다는 걸." 제럴드가 말했다. "다만 난 도저히 그렇게 **느껴지지가** 않을 뿐이야." 그는 비난 섞인 애정을 드러내며 버킨의 팔을 잡았다. 그러고는 득의양양한 듯한 미소를 지었다.

그는 운명에 따를 준비가 되어 있었다. 결혼은 그에게 운명 같은 것이었다. 그는 결혼이라는 운명의 저주를 받아들일 태세가, 하계의 광산에서 일하도록 선고받은 죄수처럼 햇볕은 구경도 못한 채 무시무시한 지하에서 활동하며 살 태세가 되어 있었다. 이를 기꺼이 받아들일 용의가 있었다. 그리고 결혼은 그의 저주받은 운명의 증표였다. 그는 영원히 저주받은 삶을 살도록 저주받은 영혼처럼, 기꺼이 지하에 매몰되고자 했다. ……하지만 그 어떤 다른 영혼과도 순수한 관계를 맺고 싶지는 않았다. 그는 그렇게 할 수가 없었다. 결혼은 구드룬과의 관계에 헌신하는 것을 뜻하지 않았다. 결혼은, 이미 확립된 세상을 받아들이는 일에 전념하는 것을 의미했다. 자신이 진심으로 그 가치를 믿지는 않는 기존 질서를 받아들인 다음, 죽음을 무릅쓰고 지하세계로 뒷걸음질 쳐 들어갈 것이었다. 바로 이것이 그가 하고자 하는 바였다.

다른 하나의 길은, 루퍼트의 사랑의 제안을 받아들이고 그와 순수한 신뢰와 사랑의 유대를 맺은 다음, 그 여자와 유대를 맺는 것이었다. 자신이 이 남자와 서약을 한다면 그다음에 그 여자와 서약을 할 수 있게 되리라. 그저 법적인 결혼이 아니라 절대적이고 신비한 결혼의 서약을.

그러나 그는 그 제안을 받아들일 수가 없었다. 그는 어딘가가 마비되어 있었다. 아직 태어나지 않았거나, 애초에 부재하거나, 한때는 있었지만 위축되어 버린 의지의 마비였다. 아마도 애초에 의지가 없는 것일 터였다. 왜냐하면 루퍼트의 제안에 그는 이상하게도 우쭐해졌기 때문이다. 그렇지만 그 제안에 스스로를 구속하지 않는 것이, 그것을 거절하는 것이 더 기뻤다.

26장 의자

읍내의 오래된 장터에서는 매일 월요일 오후가 되면 잡화시장이 섰다. 어느 날 오후 어슐라와 버킨은 그곳을 돌아다녔다. 가구에 대해 이야기를 나누다가, 자갈길 위에 쌓인 잡동사니 더미에서 뭔가 살 만한 게 있는지 보고 싶어졌던 것이다.

그 오래된 장터는 별로 크지 않았다. 휑하니 화강암 포석이 깔린 작은 부지에 벽을 따라 과일 진열대 몇 개가 있을 뿐이었다. 장터는 읍내의 빈민가에 있었다. 한쪽으로는 볼품없는 집들이 줄지어 서 있고, 그 끝에는 길쭉한 창문이 무수히 달린 거대한 속옷 공장 건물이 있었다. 돌로 포장된 맞은편은 조그마한 상점들의 거리였고, 그곳의 최고 기념비적인 건물은 새로 지은 붉은 건물로, 시계탑이 있는 대중목욕탕이었다. 그곳을 돌아다니는 사람들은 땅딸막하고 지저분해 보였고, 대기에서도 상당히 더러운 냄새가 나는 것 같았으며, 수많은 빈민가가 조악하고 복잡한 미로로 갈라져 나가는 듯했다. 이따금씩 초콜릿색과 노란색이 섞인 커다란 전차가 속옷 공장 아래쪽의 모퉁이를 힘겹게 돌며 삐걱거렸다.

어슐라는 낡은 침구와 오래된 다리미 더미, 빛바랜 초라한 그릇들과 옷 같지도 않은 옷 더미가 뒤죽박죽 널려 있는 이곳에서 평민들 사이에 있게 되자, 겉으로는 신이 났다. 그녀와 버킨은 별로 내키지 않는 마음으로 녹슨 물건들 사이로 난 좁은 통로를 걸어 내려갔다. 그는 물건들을, 그녀는 사람들을 쳐다보고 있었다.

그녀는 임신한 한 젊은 여자가 매트리스를 뒤집어 보면서 초라하고 기죽어 보이는 젊은 남자에게도 만져 보게 하는 모습을 신나게 바라보았다. 여자는 어딘가 비밀스러우면서도 너무나 적극적으로 바라는 듯하고, 남자는 내키지 않는 듯 살금살금 빠져나가려는 것처럼 보였다. 그는 여자가 임신했기 때문에 그녀와 결혼하기로 한 것이었다.

둘 다 매트리스를 만져 보고 나서 그 젊은 여자는 물건들 사이에 의자를 놓고 앉아 있는 늙은 남자에게 얼마냐고 물었다. 그가 대답하자 여자가 남자 쪽으로 고개를 돌렸다. 남자는 수치스러워했고 자의식적이었다. 몸은 그 자리에 있었지만 고개를 외면한 채 뭐라고 중얼거렸다. 그러자 여자가 다시 탐나는 듯이 적극적으로 매트리스를 만지작거리며 속으로 계산하면서 그 늙고 지저분한 남자와 흥정을 했다. 그러는 동안 남자는 줄곧 창피해하는 얼굴로 초라하게 복종하며 곁에 서 있었다.

"이것 좀 봐요." 버킨이 말했다. "예쁜 의자가 있어요."

"예쁘네요!" 어슐라가 소리쳤다. "오, 예뻐요."

그것은 아마도 자작나무로 만든 단순한 목제 안락의자였지만, 너저분한 돌 위에 너무나 정교하고 우아하게 서 있어서 눈물이 날 지경이었다. 안락의자는 아주 순수하고 늘씬한 사각 모양이었고, 등 쪽의 나무로 된 짤막한 네 개의 선은 어슐라에게 하프 줄을 연상시켰다.

"예전엔 금박을 입혔었고…… 시트는 등나무로 된 것이었는데, 누군가가 나무 시트를 박아 넣은 거예요……. 보세요, 여기 금박

아래 빨간 부분이 있죠. 나무가 깨끗하고 반짝반짝하게 닳은 데만 빼면 나머지는 다 검은색이에요. ……선들이 이루고 있는 섬세한 통일성이 아주 매력적이죠―이것 좀 봐요, 그것들이 어떻게 나아가면서 서로 만나고 또 거스르는지. ……그렇지만 물론 나무 시트는 안 맞죠―등나무 시트가 만들어 내는 긴장 속의 완벽한 경쾌함과 통일성을 해치고 있어요. ……그래도 마음에 들어요……." 버킨이 말했다.

"아, 그러게요." 어슐라가 말했다. "나도요."

"얼맙니까?" 버킨이 그 남자에게 물었다.

"10실링이오."

"보내 주시겠소……?"

그것을 샀다.

"정말로 아름답고 너무나 순수해요!" 버킨이 말했다. "가슴이 찢어질 지경이에요." 그들은 잡동사니 더미 사이를 따라 걸었다. "사랑하는 내 조국…… 저 의자를 만들어 냈을 때만 해도 표현할 뭔가를 갖고 있었는데."

"그럼 지금은 갖고 있지 않나요?" 어슐라가 물었다. 그녀는 그가 이런 투로 말할 때면 언제나 화가 났다.

"그럼요, 갖고 있지 않아요. ……저 깨끗하고 아름다운 의자를 보면, 영국, 심지어 제인 오스틴이 살았던 영국을 생각하게 돼요―그때까지만 해도 펼쳐 낼 살아 있는 생각들과 그것들을 드러내는 순수한 행복이 있었지요. 그렇지만 지금 우린 기껏해야 그 옛 표현의 잔재를 찾아 쓰레기 더미 사이에서 낚시질이나 할 수 있을 뿐이에요. 지금 우리에겐 생산이란 게 없어요. 오직 지저분하고 더러운 기계적인 생산만 있죠."

"그렇지 않아요." 어슐라가 외쳤다. "어째서 당신은 언제나 현재를 희생하면서 과거만 예찬하는 거죠? ……**정말이지** 난 제인 오스틴의 영국이 그렇게 대단하다고 생각하지 않아요. 말하자면, 그때도 나름대로 상당히 물질주의적이었다고요…….”

“그때는 물질주의적일 수 있는 여력이 있었던 거죠.” 버킨이 말했다. “왜냐하면 물질주의적이지 않은 다른 뭔가일 수 있는 힘을 갖고 있었으니까 — 우리한테는 그런 힘이 없는 거고요. 우리는, 물질적인 것 이외의 다른 것이 될 힘이 없기 때문에 물질주의적인 겁니다 — 아무리 노력해도 우린 물질주의 말고는 아무것도 성취할 수가 없어요. 물질주의의 영혼인 기계주의 말고는 말이에요.”

어슐라는 화가 나서 입을 다물어 버렸다. 그의 말에 집중하고 있지 않았다. 그녀는 다른 것에 대해 반발하고 있었다.

“그리고 난 당신의 과거가 싫어요 — 신물이 난다고요.” 그녀가 소리쳤다. “난 심지어 그 옛날 의자도 싫어요, 그게 아름답다고는 해도 말이에요. ……그건 **내가** 좋아하는 종류의 아름다움이 아니에요. ……난 그것이 자기 시대가 끝났을 때 부서져 버렸다면 좋겠어요. 남아서 우리한테 사랑스러운 과거에 대해 설교하지 말고요 — 난 사랑스러운 과거라면 지긋지긋해요.”

“내가 이 저주받은 현재에 대해 느끼는 것만큼은 아닐걸요.” 그가 말했다.

“그렇지 않아요 — 나도 똑같아요. 나도 현재를 증오해요, 그렇지만 과거가 그 자리를 대신하길 바라진 않아요, 난 그 옛 의자를 원하지 **않아요.**”

그는 잠시 동안 상당히 화가 난 채로 있었다. 이윽고 대중목욕탕 시계탑 위로 빛나는 하늘을 올려다보더니, 모든 걸 잊은 듯한 표정이 되었다. 그가 웃었다.

“좋아요.” 그가 말했다. “그럼 그거 갖지 맙시다. 나도 그런 거 전부 지켜워요. 어쨌거나 아름다운 과거의 뼈를 먹고 살아갈 수는 없죠."

"그럼요." 그녀가 소리쳤다. "난 옛것들을 원하지 **않아요.**"

"사실 우린 원하는 게 아무것도 없죠." 그가 대답했다. "내 집이니 내 가구니 하는 것들은 다 생각만 해도 혐오스러워요."

이 말에 그녀는 순간 깜짝 놀랐다. 잠시 후 그녀가 대답했다.

"나한테도 그래요. ……그렇지만 어딘가에서는 살아야 하잖아요."

"어딘가에서가 아니라…… 어디서든이죠." 그가 말했다. "사람은 그냥 어디서든 살아야 돼요―정해진 장소를 가져서는 안 돼요. 난 정해진 장소를 원하지 않습니다. ……방을 구한 후 그 방이 **완전해지는** 순간 거기서 달아나고 싶어지죠. ……방앗간의 내 거처가 제법 완벽해진 지금 난 그걸 바닷속에 처박고 싶어요. 가구들이 저마다 모두 계율을 새긴 석판이 되는 곳은 바로 고정된 환경의 끔찍스러운 폭정이 지배하는 곳입니다."

장터를 빠져나와 걸으며 그녀는 그의 팔에 꼭 달라붙어 있었다.

"하지만 우리는 뭘 하게 되죠?" 그녀가 말했다. "어쨌든 살아야 하잖아요. 그리고 난 내가 사는 환경이 좀 아름다웠으면 좋겠어요. 일종의 자연스러운 **장엄함**이랄까, **장려함** 같은 것이 있는 곳이길 바라요."

"그런 건 절대로 집이나 가구…… 아니, 심지어 옷에서도 얻을 수 없을 겁니다. 집이나 가구, 옷, 이런 것들은 모두 천박한 구세계(舊世界), 혐오스러운 인간 사회에 속하는 것들이죠. 그리고 만일 당신이 튜더 시대 집과 오래된 아름다운 가구를 갖고 있다면 오직 과거만이 당신 머리 꼭대기에서 계속될 겁니다. 끔찍하죠……. 그리고 만일 푸아레*가 당신을 위해 지어 준 완벽한 현대식 집을 갖고 있다면 당신 머리 꼭대기에서 뭔가 다른 게 지속되는 겁니다. 둘 다 끔찍하죠. 당신을 못살게 굴고 당신을 일반화된 어떤 것으로 몰아가는 건 모두 소유물이에요, 소유물……. 당신은 로댕이나 미켈란젤로처럼, 자연 그대로의 돌 한 점이 당신이 만든 형상에 미완의 상태로 남아 있게 해야 해요. 자신이 절대로 외부에 의해 가두어지고 제한받으며 지배되지 않도록, 당신의 환경을 스케치된 상태로, 미완의 상태로 남겨 두어야만 합니다."

그녀는 생각에 잠겨 길거리에 서 있었다.

"그러면 우린 절대로 우리만의 완벽한 공간을…… 절대로 집은 갖지 않겠네요?" 그녀가 말했다.

"부디, 이 세상에선 절대로." 그가 대답했다.

"그렇지만 이 세상밖에 없잖아요." 그녀가 반박했다.

그는 상관없다는 듯 두 손을 폈다.

"그렇게 되면 우린 우리들만의 것을 소유하는 일을 피하게 될 거예요." 그가 말했다.

"그렇지만 방금 의자를 샀잖아요." 그녀가 말했다.

"주인한테 가서 그걸 원하지 않는다고 말할 수 있어요." 그가 대답했다.

그녀는 다시 곰곰이 생각하기 시작했다. 그러더니 그녀의 얼굴이 묘하게 실룩거렸다.

"그래요." 그녀가 말했다. "우린 그걸 원치 않아요. 난 옛날 것들에 신물이 나요."

"새것도 마찬가지죠." 그가 말했다.

그들은 걸음을 되돌렸다.

몇 점의 가구 앞에 그 젊은 한 쌍이, 임신한 여자와 홀쭉한 얼굴의 남자가 서 있었다. 여자는 피부가 희고 약간 작달막하며 통통했다. 남자는 중간 정도의 키에 매력적인 체격이었다. 짙은 빛깔의 머리카락이 모자 밑으로 비어져 나와 비스듬히 이마를 덮고 있었고, 저주받은 사람처럼 주변으로부터 묘하게 동떨어진 채 초연히 서 있었다.

"의자를 **저이들한테** 주기로 해요." 어슐라가 속삭였다. "보세요, 저 사람들은 함께 가정을 꾸리려 하고 있어요."

"**난** 저 사람들이 가정을 꾸리도록 돕거나 부추기지는 않을 거예요." 그는 적극적이고 출산을 앞둔 여자에 반발하여, 어딘지 초연하고 수상쩍은 그 남자에게 즉각 공감하며 성난 듯이 말했다.

"그래야 돼요." 어슐라가 소리쳤다. "이게 저 사람들에게 딱 맞아요, 저이들을 위한 다른 건 없어요."

"좋아요." 버킨이 말했다. "당신이 줘요…… 난 보고 있을 테니까."

어슐라가 약간 긴장하며, 철제 세면대에 대해 이야기를 나누고 있는—아니, 그보다는 여자가 얘기하는 동안 남자는 마치 죄수처럼 그 혐오스러운 물건을 슬쩍, 궁금한 듯이 흘금거린다고 하는 편이 나았다—젊은 커플에게 다가갔다.

"저희가 의자를 하나 샀는데요, 그게 필요하지 않게 되었어요. 그걸 가지시겠어요? 그래 주시면 저희도 기쁠 것 같아요." 어슐라가 말했다.

젊은 커플은 어슐라가 자신들에게 말을 걸고 있다는 걸 믿을 수 없어 하며 그녀를 살폈다.

"이거 괜찮으세요?" 어슐라가 재차 물었다. "정말 **아주** 예쁜 의자예요…… 그렇지만…… 그렇지만……." 그녀가 눈부신 미소를 지었다.

젊은 커플은 어떻게 하면 좋을지 서로 의미심장한 시선을 교환하면서 어슐라를 쳐다보기만 했다. 그러더니 남자가, 쥐가 그러듯이, 신기하게도 자기 자신을 보이지 않게 지워 버렸다.

"우리가 당신들한테 **드리고** 싶은 거예요." 이제 혼란스럽기도 하고 그들이 두렵기도 한 어슐라가 설명했다. 그녀는 그 젊은 남자에게 끌렸다. 그는 거의 사람이라고 하기 어려운, 조용하고 아무 생각이 없는 피조물, 읍내가 만들어 낸 피조물로, 기묘하게 순종(純種)이자 어떤 의미에서는 아름다웠으며 어딘가 수상하고 민첩하며 섬세했다. 그의 눈은 길고 아름다운 짙은 속눈썹으로 뒤덮여 있었다. 정신은 들어 있지 않고, 그저 자신의 내면으로만 향하는 무시무시한 의식만이 들어 있는 그 눈은 흐리멍덩하고 어두웠다. 그의 짙은 눈썹과 이목구비는 모두 훌륭했다. 여자에게 그는, 무시무시하지만 경이로운, 놀라울 정도로 자신을 내맡기는 그런 연인일 것 같았다. 볼품없는 바지 속에 든 그의 두 다리는 놀라우리만치 섬세하며 활기가 있을 것 같았다. 그에게는 눈이 까만 얌전한 쥐처럼 어딘가 멋지고 조용하며 비단결처럼 부드러운 구석이 있었다.

어슐라는 그 매력에 전율하며 그를 파악했던 것이다. 그 풍만한 체격의 여자가 기분 나쁘게 공격적으로 노려보았다. 어슐라는 다시 그 남자의 존재를 잊었다.

"의자를 갖지 않으실래요?" 어슐라가 말했다.

남자는 흘끗 고맙다는 곁눈질을 했지만, 그 시선은 너무나 초연해서 거의 모욕적일 지경이었다. 여자는 몸을 꼿꼿이 세웠다. 그녀에겐 과일 행상인 같은 어떤 풍성함이 있었다. 그녀는 어슐라가 뭘 바라는 건지 알 수 없어 적대적으로 방어적인 자세를 취했다. 버킨은 어슐라가 몹시 난처해하며 겁에 질려 있는 모습을 짓궂은 미소로 쳐다보면서 그들에게로 다가갔다.

"뭐가 문제요?" 그가 미소를 띠고 말했다.

그의 눈꺼풀이 살짝 처져 있었다. 그의 얼굴에도 도시의 그 두 피조물의 태도에 들어 있는 것과 똑같은, 은근하고 비밀스러운 비웃음이 떠올랐다. 남자가 어슐라 쪽을 가리키며 고개를 휙 움직이더니, 묘하게 상냥한, 조롱하는 듯하면서도 따뜻한 어조로 말했다.

"그녀가 원하는 게 뭡니까? ……에?" 그의 입술이 기묘한 미소로 일그러졌다.

버킨은 느슨하게 처진 빈정대는 눈꺼풀 밑으로 그 남자를 쳐다보았다.

"당신들한테 의자를 주는 거요, 저기, 라벨 붙어 있는 것 말입니다." 그가 의자를 가리키며 말했다.

남자는 버킨이 가리키는 물건을 쳐다보았다. 두 남자 사이에 존재하는, 수컷 간의 금지된 상호이해 속에는 묘한 적대감이 들어 있었다.

"그걸 왜 **우리한테** 주고 싶어 하는 겁니까, 나리?" 그는 어슐라를 모욕하는, 거리낌 없이 친근한 어조로 말했다.

"당신들이 좋아할 거라고 생각했소 — 예쁜 의자요. 우리가 샀는데, 원하질 않아요. 당신네들이 꼭 가질 필요는 없으니 겁낼 것 없어요." 버킨이 심술궂은 미소를 지으며 말했다.

남자가 반쯤은 적대적으로, 반쯤은 알겠다는 표정으로 버킨을 흘끗 쳐다보았다.

"방금 샀다면서 왜 그걸 원하지 않는 거죠?" 여자가 차갑게 물었다. "잘 살펴보니까 당신네들한테 어울릴 만큼 좋지가 않은 거군요. ……그 속에 뭔가가 있을까 봐 겁나는 거죠, 그렇죠?"

그녀는 감탄하면서도 약간 분개하며 어슐라를 쳐다보았다.

"그런 생각은 전혀 안 했소." 버킨이 말했다. "그렇지만 여기저기 나무가 너무 얇아요."

"그러니까, **우린** 곧 결혼할 거거든요. 그래서 물건을 사려고 했는데 가구를 갖지 않기로 방금 결정했어요. 해외로 가기로 했거든요." 어슐라가 말했다. 그녀의 얼굴은 밝게 빛나고 만족스러워 보였다.

그 몸집 좋고 약간 지저분한 도시 처녀는 고맙다는 표정으로 아름다운 상대방의 얼굴을 쳐다보았다. 두 여성은 서로의 마음을 제대로 알아보았다. 젊은 남자는 시간에 속해 있지 않은 듯 무표정한 얼굴로 한쪽으로 비켜서 있었다. 약간 큼지막한 꼭 다문 입술 위로 얇은 선을 그리며 난 검은 수염이 묘하게 도발적으로 보였다. 그는 어떤 암흑의 도발적인 유령처럼, 비천한 밑바닥 존재처럼, 무표정하고 멍한 모습이었다.

"변변찮게 사는 것도 괜찮네요." 도시 처녀가 자신의 젊은 남자에게 고개를 돌리며 말했다. 그는 그녀를 쳐다보지는 않았지만 고개를 한쪽으로 돌리며 기이하게 동감의 뜻을 표하면서 얼굴의 반쪽 아래로만 미소를 지었다. 그의 눈은 변함없이 어둡고 흐리멍덩했다.

"맘을 바꾸는 데 돈을 쏠 거네요."* 그가 믿을 수 없을 만큼 천한 억양으로 말했다.

"이번엔 10실링밖에 안 들었죠." 버킨이 말했다.

남자는 뭔가 숨기는 듯한 어정쩡한 웃음으로 얼굴을 일그러뜨리며 버킨을 올려다보았다.

"반 파운드밖에 안 하다니 싼데요, 나리." 그가 말했다. "이혼할라고 하는 것 같진 않으신데."

"우린 아직 결혼도 하지 않았습니다." 버킨이 말했다.

"어머, 우리도 안 했어요." 젊은 여자가 큰 목소리로 말했다. "하지만 할 거예요, 토요일 날."

여자가 또다시 단호하면서도 보호하는 듯한, 위압적이면서도 아주 다정한 표정으로 남자를 바라보았다. 그는 외면하며 지겨운 듯 희미하게 씩 웃었다. 그녀는 그의 남자됨을 손에 넣었건만, 세상에, 그는 전혀 개의치 않았다! 그는 이상하고 은밀한 자부심과 살며시 달아나는 단독성을 갖고 있었다.

"행운을 빌겠소." 버킨이 말했다.

"그쪽도요." 젊은 여자가 말하더니, 약간 주저하면서 물었다. "그럼 당신들은 언제 하나요?"

버킨이 어슐라를 쳐다보았다.

"저 숙녀가 말할 문제랍니다." 그가 대답했다. "그녀가 준비되는 대로 등록하러 가려고요."

어슐라가 당황하고 난처한 표정으로 웃었다.

"서두르지 마십쇼." 젊은 남자가 뭔가를 암시하는 듯 씩 웃으며 말했다.

"그럼요, 모가지가 부러질 정도로 서두를 건 없지요." 젊은 여자가 말했다. "죽은 거나 마찬가지니까요—결혼한 지 오래되면."

이 말에 한 대 얻어맞은 것처럼 남자가 고개를 돌렸다.

"오래될수록 더 좋아지길 희망해 봅시다." 버킨이 말했다.

"맞아요, 나리." 젊은 남자가 감탄조로 말했다. "지속되는 동안은 즐겨라—죽은 당나귀 채찍질하지 말고."

"죽은 척할 때만 빼고." 젊은 여자가 애무하듯 다정하면서도 권위 있게 남자를 바라보며 말했다.

"암, 그거야 다르지." 그가 비꼬듯이 말했다.

"의자는 어떻게 할까요?" 버킨이 말했다.

"그래요, 좋아요." 여자가 말했다.

그들은 상인에게로 줄줄이 갔고, 잘생겼지만 비천해 보이는 그 남자는 약간 떨어져 어슬렁거리며 따라갔다.

"그거예요." 버킨이 말했다. "직접 갖고 가시겠습니까, 아니면 배달지 주소를 바꾸겠습니까?"

"오, 프레드가 갖고 갈 수 있어요. 그이가 사랑하는 옛집을 위해 할 수 있는 걸 하게 해 줘요."

"그이를 이용하면 된단 말이지." 프레드가 잔인한 유머를 부리며 상인에게서 의자를 받았다. 몸놀림은 우아했지만 이상하게도 비굴하고 슬그머니 도망치는 듯했다.

"어머니 안락의자 하면 되겠네." 그가 말했다. "쿠션이 없군."

그러더니 그가 의자를 장터 돌바닥 위에 내려놓았다.

"예쁘지 않아요?" 어슐라가 웃었다.

"아, 그래요." 젊은 여자가 말했다.

"앉아 보십쇼. 그냥 가지고 싶을걸요." 젊은 남자가 말했다.

어슐라가 냉큼 장터 한가운데 둔 의자에 앉았다.

"진짜 편해요." 그녀가 말했다. "그렇지만 약간 딱딱하긴 해요…….
한번 앉아 보세요." 그녀는 젊은 남자에게 권했다. 그러나 그는 팔팔한 쥐처럼 날래고 반짝이는 묘하게 도발적인 눈으로 어슐라를 쳐다보더니 무례할 정도로 거칠고 부자연스럽게 고개를 돌렸다.

"버릇 나빠져요." 젊은 여자가 말했다. "저인 안락의자에 익숙지가 않아요, 안 익숙해요."

젊은 남자가 외면한 채로 씩 웃으며 말했다.

"기냥 다리만 있음 되지요."

네 사람은 헤어졌다. 젊은 여자가 그들에게 고맙다고 말했다.

"의자 고마워요 — 망가질 때까지 쓸게요."

"장식품으로 간직하겠슴다." 젊은 남자가 말했다.

"잘 가세요…… 잘 가세요." 어슐라와 버킨이 말했다.

"행운을 빌게요." 젊은 남자가 고개를 돌리며, 버킨의 눈을 흘끗 보면서도 마주치지 않게 피하며 말했다.

두 쌍은 각각 헤어졌고, 어슐라는 버킨의 팔에 달라붙어 걸었다. 그들이 얼마쯤 멀어졌을 때 어슐라가 뒤를 돌아다보았다. 그 젊은 남자는 풍만하고 속 편한 젊은 여자 옆에서 가고 있었다. 바지가 뒤꿈치까지 내려와 있었다. 팔을 의자 등 뒤로 감아 그 오래된 날씬한 안락의자를 나르는 지금, 그는 독특한 자의식으로 더욱 찌부러져 어디론가 몰래 도망치듯 가고 있었다. 끝으로 갈수록 가늘어지는 네 개의 세련된 정사각형 의자 다리들이 화강암으로 포장된 길 위에서 아슬아슬하게 흔들리고 있었다. 그래도 그는 생기 있는 날쌘 쥐처럼 어딘지 모르게 굽힘이 없고 동떨어져 있는 것 같았다. 그는 야릇한 지하의 아름다움을 갖고 있었고, 혐오스럽기도 했다.

"그 사람들 정말 이상하죠!" 어슐라가 말했다.

"인간의 자식들*이죠." 그가 말했다. "그들을 보니까 '온유한 자가 땅을 가업으로 받을지어다'라는 예수 말씀이 떠올라요."

"그렇지만 그 사람들은 온유한 자들이 아니잖아요." 어슐라가 말했다.

"그렇지 않아요. 이유는 나도 모르겠지만, 그들은 온유한 자들이에요." 그가 대답했다.

그들은 전차를 기다렸다. 어슐라는 꼭대기에 앉아 읍내를 내려다보았다. 다닥다닥 집들이 모여 있는 우묵한 땅 위로 땅거미가 깔리고 있었다.

"그러면 그들이 땅을 물려받게 될까요?" 그녀가 말했다.

"그래요…… 그들이죠."

"그럼 우린 뭘 하게 되죠?" 그녀가 물었다. "우린 그들과 같지 않잖아요…… 네? ……우린 온유한 자들이 아니잖아요?"

"그래요. ……우린 그들이 남겨 주는 틈새에서 살아야 해요."

"어머, 끔찍해요!" 어슐라가 소리쳤다. "난 틈새에서 살기 싫어요."

"걱정 말아요." 그가 말했다. "그들은 인간의 자식들이에요. 장 터나 거리 모퉁이를 제일 좋아하죠. 충분한 틈새가 남아요."

"온 세상이겠네요." 그녀가 말했다.

"아, 그건 아니죠…… 단지 약간의 공간 정도겠죠."

전차가 천천히 언덕을 올랐다. 겨울의 잿빛 덩어리처럼 흉하게 모여 있는 그곳의 집들은 차갑고 앙상한 지옥처럼 보였다. 그들은 가만히 앉아 이 광경을 바라보았다. 저 멀리 벌겋게 성난 석양이 지고 있었다. 온통 춥고, 어쩐지 비좁고 빽빽이 붐비는 것이, 마치 최후의 날 같았다.

"그렇더라도 난 신경 안 써요." 어슐라가 그 모든 혐오스러운 것 들을 쳐다보면서 말했다. "상관없어요."

"이젠 더 이상 아무 상관 없고말고요." 그가 그녀의 손을 잡으며 대답했다. "쳐다볼 필요가 없어요. 각자 자기 길을 가면 되니까. 내 세상 속에는 해가 밝게 빛나고 널찍하고……."

"맞아요, 내 사랑, 그래요." 그녀가 전차의 높은 자리에 앉아 그 를 꼭 껴안으며 소리를 지르는 바람에 다른 승객들이 그들을 빤 히 쳐다보았다.

"우린 이 땅 위에서 돌아다닐 거예요." 그가 말했다. "그리고 이 작은 땅덩어리 너머의 세상을 보게 될 거예요."

긴 침묵이 흘렀다. 생각에 잠겨 앉아 있는 그녀의 얼굴이 황금 빛으로 빛났다.

"난 이 땅을 물려받고 싶지 않아요." 그녀가 말했다. "난 아무것 도 물려받고 싶지 않아요."

그가 손으로 그녀의 손을 감쌌다.

"나도 그래요. 난 상속받지 않기를 원해요."

그녀가 그의 손가락을 꽉 쥐었다.

"우린 **아무것도** 신경 쓰지 않을 거예요." 그녀가 말했다.

그가 가만히 앉아, 웃었다.

"우린 결혼할 거고, 그들과 끝낼 거예요." 그녀가 덧붙였다.

그가 다시 웃었다.

"그것이 모든 걸 제거할 수 있는 한 방법이죠." 그녀가 말했다. "결혼하는 것 말이에요."

"온 세상을 받아들이는 길이기도 하고요." 그가 덧붙였다.

"또 다른 온 세상 말이죠, 맞아요." 그녀가 행복하게 말했다.

"아마 그 속엔 제럴드하고…… 구드룬도…… 있겠지요." 그가 말했다.

"있을 거라면, 있겠지요." 그녀가 말했다. "우리가 걱정한다고 되는 일은 아니에요. 그들을 정말로 바꿀 수는 없잖아요, 그렇죠?"

"그럼요." 그가 말했다. "우리에겐 그런 노력을 할 권리가 없어요—이 세상 최고의 선의를 가졌다고 할지라도."

"당신은 그들에게 강요하려 노력하고 있죠?" 그녀가 물었다.

"그럴지도 모르죠." 그가 말했다. "그 자신이 별 관심 없다면, 내가 뭣 땜에 그가 자유롭길 바라야 하는 걸까요?"

그녀가 잠시 입을 다물었다.

"어쨌거나 우리가 그 사람을 행복하게 **만들어 줄 순** 없어요." 그녀가 말했다. "그 사람 스스로 그렇게 되어야 해요."

"알아요." 그가 말했다. "그렇지만 우린 다른 사람들도 우리랑 함께 있길 원하잖아요, 그렇지 않나요?"

"왜 그래야 하죠?" 그녀가 물었다.

"모르겠어요." 그가 불편한 기색으로 말했다. "뭔가 한 단계 더 나아간 친교에 대한 갈망이 있어요."

"왜요?" 그녀가 고집스레 우겼다. "어째서 당신은 다른 사람들을 열망해야만 하나요? 그들이 왜 필요한 거예요?"

이 말이 그의 급소를 찔렀다. 그는 미간을 찌푸렸다.

"그럼 그저 우리 둘로 끝나는 겁니까?" 그가 딱딱하게 물었다.

"그럼요…… 당신은 뭘 더 바라나요? 혹시 뒤따라오고 싶어 하는 사람이 있으면 그러도록 내버려 둬요. 그렇지만 뭣 땜에 당신이 그들 뒤를 쫓아가야 해요?"

그의 얼굴은 긴장으로 굳어졌고 불만스러워 보였다.

"보세요." 그가 말했다. "난 항상 우리 존재는 몇몇 다른 사람들과 함께여야 행복할 거라고 생각해요—사람들과 함께하는 작은 자유 말이에요."

그녀가 잠시 생각에 잠겼다.

"그래요, 그러고 싶죠. 그렇지만 그건 그냥 **자연스럽게 일어나야 하**는 일이에요. 의지로 그렇게 할 수는 없어요. 당신은 언제나 당신이 **강제로** 꽃을 피울 수 있을 거라고 생각하는 것 같아요. 사람들이 우릴 사랑한다면, 우릴 사랑하니까 그러지 않을 수가 없는 거예요. 당신이 그들로 하여금 우릴 사랑하게 **만들 수는** 없어요."

"알아요." 그가 말했다. "그러면 그 어떤 조치도 취하면 안 되는 겁니까? 그저 세상엔 나 혼자밖에 없는 것처럼—세상에 있는 유일한 존재인 것처럼 살아가야 돼요?"

"당신은 날 가졌잖아요." 그녀가 말했다. "왜 다른 사람이 **필요**해요? 어째서 당신은 **강제로** 사람들로 하여금 당신 의견에 동의하게끔 하려고만 하죠? 어째서 당신은 혼자일 수가 없나요? 항상 말은 그렇게 하면서요. ……당신은 제럴드를 괴롭히려 하고 있

26장 의자   585

어요―허마이어니한테 그랬듯이 말이에요. ……당신은 홀로 있는 법을 배워야 돼요. ……당신의 그런 점이 정말 싫어요. 당신에겐 내가 있잖아요. 그런데도 당신은 다른 사람들도 당신을 사랑하도록 강요하고 싶어 해요. 당신을 사랑하도록 사람들을 못살게 굴고 있다고요. ……그런데 그러면서 그들의 사랑을 원하지도 않잖아요."

그의 얼굴엔 정말로 당황한 기색이 역력했다.

"내가 원하지 않는다고요?" 그가 말했다. "내가 풀지 못하는 문제가 바로 그거예요. 나는 내가 당신과의 완벽하고 완전한 관계를 원한다는 건 **알고 있어요**. 그리고 우린 그것을 거의 이루기도 했고요―우린 정말로 이루었죠. ……하지만 그것 이상의 뭔가가 있는 것 같아요. 난 제럴드와 진정한 궁극적인 관계를 **원하는 걸까요**? 그와의 최종적인, 거의 인간 이상의 관계를 원하는 걸까요?―궁극의 나와 궁극의 그 안에서의 관계를?―아니면, 원치 않는 걸까요?"

그녀는 묘하게 반짝이는 눈으로 오랫동안 그를 바라보았다. 그러나 대답하지 않았다.

27장 야반도주

그날 밤 어슐라는 몹시 눈을 반짝이며 평소와 좀 다른 모습으로 집에 돌아왔다. 그것이 가족들의 신경을 거슬렀다. 그녀의 아버지는 저녁 수업 후 집까지 먼 길을 오느라 지친 상태로 저녁 식사 무렵 집에 도착해 있었다. 구드룬은 책을 읽고 있었고 어머니는 말없이 앉아 있었다.

어슐라가 불쑥 가족들을 향해 밝은 목소리로 말했다. "루퍼트랑 저 내일 결혼해요."

그녀의 아버지가 뻣뻣이 고개를 돌리며 말했다.

"네가 뭘 한다고?" 그가 말했다.

"내일!" 구드룬이 뒤이어 말했다.

"정말이니!" 어머니가 말했다.

그러나 어슐라는 이상할 정도로 그저 미소만 지을 뿐 대답을 하지 않았다.

"내일 결혼을 한다고!" 아버지가 거친 목소리로 소리를 질렀다. "그게 무슨 소리냐!"

"네." 어슐라가 말했다. "왜 안 돼요?" 그녀의 그 두 마디는 언제나 그를 미치도록 화나게 했다. "모든 게 잘 되어 있어요 — 우린 등록소에 갈 거예요."

명랑하지만 무슨 소린지 애매한 어슐라의 말이 끝나자, 방 안에 순간 다시 정적이 흘렀다.

"정말이야, 어슐라!" 구드룬이 말했다.

"그게 어째서 그렇게 비밀이었는지 좀 물어볼까?" 어머니가 살짝 근엄하게 물었다.

"비밀이 아니었어요." 어슐라가 말했다. "알고 계셨잖아요."

"누가 알고 있었다는 거냐?" 이제 아버지가 소리쳤다. "누가 알았냐고? '알고 계셨다'니, 누가 말이냐?" 그는 또다시 대책 없는 화를 냈고, 그녀는 즉각 그에게 마음을 닫아 버렸다.

"그야 물론 아버지죠." 그녀가 냉정하게 말했다. "저희가 결혼할 거라는 건 알고 계셨잖아요."

위험한 침묵이 흘렀다.

"네가 결혼할 걸 우리가 알고 있었다고? 우리가? 알고 있었다고! 그래, 여기 알고 있던 사람이 누구냐, **너란** 녀석에 대해 알고 있던 사람이 누구냐고, 이 교활한 년!"

"아버지!" 구드룬이 격렬하게 항의하며 얼굴이 새빨개져 소리쳤다. 그러고는 차갑지만 부드러운 목소리로, 언니에게 고분고분할 것을 상기시키는 것처럼 물었다. "그렇지만 언니, 좀 **심하게** 급작스러운 결정 아니야?"

"아니, 실은 그렇지 않아." 어슐라가 좀 전과 똑같이, 사람을 미치도록 화나게 만드는 그 쾌활한 태도로 말했다. "그이는 몇 주 동안 내가 응해 주길 원해 왔어 — 벌써 허가증을 갖고 있었고 말이야. 그저 나만…… 나만 마음속으로 준비가 안 됐던 거야. 그런데 이제 준비가 됐어…… 마음에 안 드는 부분이 있니?"

"아니, 전혀." 구드룬이 말했다. 그렇지만 그 목소리는 차가운 비난

조였다. "언니는 전적으로 하고 싶은 대로 할 수 있는 자유가 있지."

"네 마음속으로 준비가 됐다는 거로구나 — **네가 말이지.** 그게 중요한 전부란 말이지, 응! '나만 마음속으로 준비가 안 됐었던' 거라고." 아버지가 그녀의 말을 기분 나쁘게 흉내 냈다. "너, 그리고 **너 자신이라,** 너라는 사람 굉장히 중요하구나, 응?"

그녀는 몸을 꼿꼿이 세우고 고개를 젖혔다. 그녀의 눈이 위험스레 노랗게 반짝였다.

"제겐 중요하죠." 그녀가 상처받고 모욕감을 느끼며 말했다. "난, 내가 나 말고 다른 사람한테는 중요하지 않다는 거 알고 있어요. 아버지는 저를 못살게 굴고만 싶어 하시잖아요 — 제 행복을 염려하신 적이 단 한 번도 없으시잖아요."

그가 몸을 앞으로 기울인 채 그녀를 지켜보았다. 얼굴은 불꽃처럼 강렬했다.

"어슐라, 그게 무슨 소리냐? 입 다물어라." 어머니가 소리쳤다. 어슐라가 고개를 획 돌렸다. 그녀의 눈에서 불이 번쩍했다.

"싫어요, 입 다물지 않겠어요." 그녀가 소리쳤다. "입 다물고 괴롭힘당하지 않을 거라고요, 내가 언제 결혼하든 무슨 상관이죠, 무슨 **상관이** 있느냐고요! 내 결혼은 나 말고는 아무한테도 영향을 끼치지 않잖아요."

아버지는 빳빳이 긴장하여 막 튀어오를 고양이처럼 기력을 모았다.

"영향을 안 끼쳐?" 그가 그녀에게 가까이 다가가며 소리쳤다. 그녀는 움찔 물러섰다.

"그럼요. 어떻게 영향을 줘요?" 그녀가 뒷걸음질 치면서도 고집스럽게 대꾸했다.

"그럼 **나한텐** 아무 상관이 없다는 거냐, 네가 뭘 하든, 네가 어떻게 되든……?" 그가 울음 같은 기묘한 목소리로 소리쳤다.

어머니와 구드룬은 최면에 걸린 듯 뒤로 물러섰다.

"없죠." 어슐라가 더듬거렸다. 아버지는 그녀에게 아주 가까이 있었다. "아버지가 원하는 건 오직……."

그녀는 자신의 말이 위험하다는 것을 느끼고 멈추었다. 그는 온몸의 기력을 모았다. 모든 근육이 준비된 상태였다.

"오직 뭐……?" 그가 자극했다.

"날 못살게 굴려고만 하세요." 그녀가 웅얼거렸다. 그녀의 입술이 떨어지기 무섭게 그가 뺨을 후려쳤다. 그녀는 저만큼 밀려가 문에 부딪혔다.

"아버지!" 구드룬이 높은 목소리로 소리쳤다. "이건 **있을 수 없는** 짓이에요!"

그는 꼼짝 않고 서 있었다. 어슐라는 정신을 차린 뒤 손으로 문고리를 잡고 서서히 자신을 추슬렀다. 이제, 그가 어찌해야 좋을지 모르는 것 같았다.

"그건 사실이에요." 그녀가 눈에 반짝이는 눈물을 담고, 반항하는 자세로 고개를 꼿꼿이 든 채 선언했다. "아버지의 사랑이 의미해 온 거라고는…… 의미한 게 있기나 한가? ……못살게 굴고, 못하게 하고……."

그가 다시 긴장된 묘한 동작으로, 주먹을 움켜쥔 채 살인자 같은 얼굴로 그녀에게 다가갔다. 그러나 그녀는 번개처럼 날쌔게 문밖으로 빠져나갔고, 2층으로 달려 올라가는 소리가 들렸다.

그는 잠시 문을 쳐다보며 서 있었다. 그러더니 패배한 동물처럼 몸을 돌려 난롯가의 의자로 돌아갔다.

구드룬은 몹시 창백했다. 긴장된 침묵을 깨며 어머니가 차갑고 성난 목소리로 말했다.

"글쎄, 그러니까 그 애한테 그렇게까지 신경 쓸 건 없잖아요."

다시 침묵이 흘렀고, 각자 저마다의 감정과 생각을 좇고 있었다.

그때 갑자기 문이 열렸다. 어슐라였다. 그녀는 모자에 모피 코트를 걸치고 손에 작은 여행용 가방을 들고 있었다.

"안녕히 계세요!" 그녀가 화를 돋우는, 거의 비웃는 듯한 밝은 어조로 말했다. "전 갈게요."

다음 순간 문이 닫혔고, 바깥문이 닫히는 소리가 들린 뒤 그녀의 날쌘 발걸음이 정원 길을 지나는 소리가, 그다음엔 대문이 쾅 닫히는 소리가 나더니 마침내 그 가벼운 발소리는 더 이상 들리지 않았다. 집 안엔 죽음 같은 정적이 흘렀다.

어슐라는 발에 날개가 달린 듯 정신없이 서둘러 곧장 역으로 향했다. 기차가 없었기 때문에 갈아타는 곳까지 걸어가야 했다. 어두운 곳을 통과하자 그녀는 울기 시작했다. 길을 걷는 동안, 그리고 기차 안에서도 내내 그녀는 먹먹하고 찢어질 듯한 가슴으로 어린애처럼 고통스러워하며 서럽게 울었다. 시간은 부지불식간에 흘렀다. 그녀는 자신이 어디에 있는지, 무슨 일이 일어나고 있는지 알 수가 없었다. 도무지 측량할 길 없는 절망과 슬픔의 심연 속에서 울기만 했다. 슬픔을 덜어 낼 줄 모르는, 어린애의 처절한 슬픔이었다.

그러나 문간에 서서 버킨의 하숙집 여주인에게 말을 거는 그녀의 목소리엔 여느 때와 같은 방어적인 쾌활함이 묻어 있었다.

"안녕하세요! 버킨 씨 집에 있나요? 만날 수 있을까요?"

"네, 집에 계세요. 서재에 계시답니다."

어슐라는 그 여자를 지나 걸어 들어갔다. 그의 방문이 열렸다. 그가 그녀의 목소리를 들었던 것이다.

"안녕하세요!" 그는, 눈물 자국이 난 얼굴로 여행 가방을 든 채

서 있는 그녀를 보고 놀라 소리쳤다. 그녀는 어린아이처럼, 울어도 얼굴에 티가 많이 나지 않았다.

"나 흉하죠?" 그녀가 몸을 움츠리며 말했다.

"아뇨……. 왜요? 들어와요." 그가 가방을 받아 들었고 그들은 서재로 들어갔다.

그곳에 들어서자마자, 그녀는 기억을 다시 떠올리는 어린애처럼 입술이 떨리기 시작하더니 하염없이 눈물을 쏟았다.

"무슨 일이에요?" 그가 그녀를 두 팔로 안으며 물었다. 그녀는 그의 어깨에다 대고 엉엉 울었고, 그는 그녀를 가만히 안은 채 잠자코 기다렸다.

"무슨 일이에요?" 그녀가 조금 진정되었을 때 그가 다시 물었다. 그러나 그녀는 말 못하는 어린애처럼, 고통스러워하며 그의 어깨에 더욱 깊이 얼굴을 묻을 뿐이었다.

"자, 무슨 일이죠?" 그가 물었다.

갑자기 그녀가 몸을 빼더니 눈물을 닦고 침착성을 되찾은 후 의자로 가서 앉았다.

"아버지가 날 때리셨어요." 그녀가 깃털을 곤두세운 새처럼 몸을 웅크리고 앉으며 알렸다. 그녀의 눈이 반짝였다.

"무엇 때문에요?" 그가 말했다.

그녀는 고개를 돌리고 대답하려 하지 않았다. 그녀의 섬세한 콧구멍과 떨리는 입술 주변은 가여울 정도로 발갛게 되어 있었다.

"왜죠?" 그가 묘하고 부드러우면서도 꿰뚫는 듯한 목소리로 되풀이해서 물었다.

그녀가 약간 도전적으로 그를 쳐다보았다.

"내일 결혼한다고 했거든요. 그랬더니 아버지가 막 윽박지르며 괴롭혔어요."

"아버지가 왜 그러셨을까요?"

그녀의 입이 다시 실룩거렸다. 그 장면이 다시 떠오르자 눈물이 솟구쳤다.

"왜냐하면 내가, 아버진 내 걱정을 해 준 적이 없지 않으냐고 그랬거든요……. 지금도 아버진 날 염려하시는 게 아니에요. 당신 맘대로 하시려는 자존심이 상한 것뿐이라고요……." 말하는 동안 그녀는 내내 울음으로 입술을 일그러뜨렸기 때문에, 그는 웃음이 날 지경이었다. 그녀의 모습은 너무나 어린애 같았다. 그러나 그 건 어린애 같은 일이 아니었다. 그것은 목숨을 건 투쟁이었고, 깊은 상처였다.

"그건 그렇지가 않아요." 그가 말했다. "그리고 설령 그렇다고 치더라도 그렇게 **말하면** 안 돼요."

"그건 사실**이에요**…… 사실**이라니까요**." 그녀가 울었다. "그리고 난 아버지가 사랑인 척하면서 — 사랑이 **아닌데** 말이죠 — 괴롭히는 걸 참지 않을 거예요…… 아버진 신경 안 써요, 어떻게 아버지가…… 아니에요, 아버진 그렇게 할 수 없어요……."

그는 묵묵히 앉아 있었다. 그녀의 모습에 가슴이 뭉클해 어찌할 바를 몰랐다.

"아버지가 그러시다면, 아버지를 화나게 하면 안 되잖아요." 버킨이 조용히 말을 받았다.

"그런데 난 지금까지 아버지를 사랑해 **왔어요**, 사랑해 왔다고요." 그녀가 울었다. "난 언제나 아버질 사랑해 왔는데, 그런데 아버지는 나한테 언제나 이런 식이었어요. 지금까지도……."

"반대만 하는 사랑이었던 거로군요." 그가 말했다. "마음 쓰지 말아요…… 다 괜찮아질 거예요. 절망할 것 없어요."

"아니에요." 그녀가 울었다. "절망적이에요, 정말이에요."

"어째서요?"

"다시는 아버지를 안 볼 거니까요……."

"당장은 그렇겠죠……. 울지 말아요, 당신은 아버지와 절연하지 않을 수 없었던 거니까. 그럴 수밖에 없었던 거예요…… 울지 말아요."

그는 그녀에게로 가서, 그녀의 젖은 뺨을 다정하게 만지며 아름답고 보드라운 머리카락에 입을 맞추었다.

"울지 말아요." 그가 되풀이해서 말했다. "이제 더 이상 울지 말아요."

그가 그녀의 머리를 자신에게로 가깝게, 아주 가깝게 조용히 끌어당겨 안았다.

마침내 그녀는 진정되었다. 이윽고 그녀가 고개를 들었다. 크게 뜬 그녀의 눈은 겁에 질려 있었다.

"당신, 날 원하지 않나요?" 그녀가 물었다.

"당신을 원하지 않느냐고요?" 어두워진, 한결같은 그의 시선에 그녀는 당황하여 멈칫했다.

"내가 오지 않았기를 바라나요?" 그녀는 자신이 여기 잘못 와 있는 게 아닌가 두려워 다시 걱정스레 물었다.

"아니요." 그가 말했다. "폭력이 없었더라면 좋았을 텐데 싶네요 — 너무나 흉하니까요 — 하지만 어쩔 수 없었겠죠."

그녀가 말없이 그를 지켜보았다. 그는 멍하니 맥이 빠져 보였다.

"그렇지만 내가 어디에 머물 수 있을까요?" 그녀가 수치스러움을 느끼며 물었다.

그는 잠시 생각했다.

"여기서 나와 함께요." 그가 말했다. "오늘이든 내일이든 우린 결혼한 거니까요."

"그렇지만……."

"발리 부인에게 말할게요." 그가 말했다. "이제 마음 쓰지 말아요."

그는 그녀를 바라보며 앉아 있었다. 그녀는 자신을 향한 그의 어두운 한결같은 시선에 약간 두려워졌다. 그녀는 초조한 듯 이마의 머리카락을 쓸어 올렸다.

"나 보기 흉하죠?" 그녀가 말했다.

그러고는 다시 코를 풀었다.

그의 눈에 살짝 미소가 어렸다.

"아니요." 그가 말했다. "다행히도."

그러고는 그가 그녀에게로 다가가 자신의 소유물인 것처럼 그녀를 두 팔에 안았다. 그녀가 너무 사랑스럽고 아름다워, 그는 그녀를 도저히 쳐다보고 있을 수가 없었다. 그녀를 자신의 몸으로 감출 수밖에 없었다. 눈물로 아주 깨끗이 씻긴 그녀는 지금 막 피어난 꽃처럼 신선하고 가녀렸다. 너무나 새롭고 너무나 부드럽고, 내적인 빛으로 너무나 완벽하게 만들어진 꽃이라서, 도저히 그녀를 바라보고 있을 수가 없었다. 그녀를 자신의 몸으로 가려야만, 그녀를 못 보게 눈을 가려야만 했다. 그녀에겐 창조의 완벽한 진솔함이, 최초의 축복 속에 갓 피어 환히 빛나는 한 송이 꽃처럼 반투명하고 소박한 뭔가가 있었다. 너무나 새롭고, 경이로울 정도로 맑고 밝았다. 그런데 그는 무거운 기억들 속에 흠뻑 젖은 채 너무나 늙어 있었다. 그녀의 영혼은 새로웠고 확정되지 않았으며 보이지 않는 미지의 빛으로 반짝였다. 그리고 그의 영혼은 어둡고 음울했다. 거기에는 한 알의 겨자씨*처럼, 살아 있는 희망의 씨앗 한 개만이 들어 있었다. 그러나 그의 속에 들어 있는 이 살아 있는 한 톨의 씨앗은 그녀 안에 있는 완벽한 젊음과 대등하게 잘 어울렸다.

"사랑합니다." 그가 그녀에게 키스하며 속삭였다. 그는 죽음의 경계를 훨씬 뛰어넘는 경이롭고 사랑스러운 희망으로 새로이 태어난 사람처럼 순수한 희망으로 전율하고 있었다.

그녀는 이 말이 그에게 얼마만큼의 의미가 있는지, 그의 몇 마디 말이 얼마나 많은 것을 의미하는지 알 수 없었다. 거의 아이처럼 유치하게 그녀는 증거와 표현을, 심지어 과장된 표현을 원했다. 모든 것이 아직은 불분명하고 확정되지 않은 것 같았기 때문이었다.

그러나 그녀를 자신의 영혼 속으로 받아들이면서 그가 느끼는 감사의 열정은, 그리고 남아 있는 자신의 종족들과 더불어 기계적인 죽음의 언덕 아래로 미끄러져 내려가 죽기 거의 일보 직전에 있었던, 죽은 것이나 다름없었던 그가, 자신이 살아 그녀와 결합할 수 있게 되었음을 깨닫는 데서 느끼는 그 극도의 형언할 수 없는 기쁨은, 그녀가 이해할 수 있는 것이 아니었다. 그는 노인이 젊은이를 숭배하듯 그녀를 숭배했다. 그녀 안에서 영광을 느꼈다. 왜냐하면 그는 자신의 믿음의 낟알 속에서, 그녀만큼 젊은, 그녀에게 꼭 맞는 짝이었기 때문이었다. 그녀와의 결혼은 그의 부활이요 생명이었다.*

이 모든 것을 그녀는 알 수가 없었다. 그녀는 소중히 여겨지고 숭배받고 싶었다. 그들 사이엔 무한한 침묵의 거리가 놓여 있었다. 그가 어떻게 그녀에게 그녀의 내재적 아름다움을, 형상도 무게도 빛깔도 아닌, 기이한 황금빛 같은 그런 아름다움에 대해 말할 수 있으랴! 그가 어찌 그녀의 어떤 점이 그에게 아름답게 느껴지는지 알 수 있으랴! 그가 말했다. "당신 코는 참 아름답군요. 턱도 사랑스러워요." 그러나 그건 거짓말처럼 들렸다. 그녀는 실망했고, 상처받았다. 심지어 그가 진심을 담아 "나는 당신을 사랑해요, 사랑합니다"라고 속삭여도 그건 참된 진실이 아니었다. 참된 진실이

596

란 사랑을 뛰어넘는 무엇이요, 자기 자신을 뛰어넘었을 때의, 예전의 낡은 존재를 초월했을 때의 기쁨이었다. 그가 새롭고 미지의 뭔가가, 자기 자신이 아닌 뭔가가 되었다면, 어떻게 '나는'이란 말을 할 수 있단 말인가? 이러한 나란 것, 자아에 대한 이런 낡은 상투어는 사문(死文)이었다.

새롭고 아름다운 지복(至福), 앎을 초월하는 평화 속에서는, 나도 너도 존재하지 않았다. 오직 제3의 아직 실현되지 않은 경이만이 있을 뿐이었다. 나 자신으로서 존재하는 것이 아니라, 나의 존재와 그녀의 존재가 새로운 하나가 된 극치 속에 존재하는 경이, 이원성으로부터 다시 얻어진 새롭고 낙원 같은 하나의 통일체 속에서 존재하는 경이만이 있을 뿐이었다. 내가 더 이상 존재하지 않게 되고 네가 더 이상 존재하지 않게 되었을 때, 대답할 것이 없기에 모든 것이 침묵하며, 모든 것이 완벽하고 하나가 되어 있는 새로운 일체로 우리 둘이 휩쓸려 초월될 때, 어떻게 내가 "난 당신을 사랑합니다"라고 말할 수 있겠는가? 말은 분리되어 있는 부분들 사이를 돌아다닌다. 그러나 완전한 하나 안에서는 환희의 완벽한 침묵이 있는 법이다.

다음 날 그들은 법적으로 결혼했고, 그녀는 그가 청하는 대로 아버지와 어머니에게 편지를 썼다. 어머니는 답장을 보내왔지만 아버지에게서는 답장이 없었다.

그녀는 학교로 돌아가지 않았다. 버킨이 이동하는 대로 옮겨 다니며 그의 집 혹은 물방앗간에서 지냈다. 구드룬과 제럴드 외에는 아무도 만나지 않았다. 모든 게 생소하고 궁금한 것투성이였지만 동틀 녘이 되면 안도감을 느꼈다.

어느 날 오후 제럴드는 물방앗간에 있는 따스한 서재에 앉아 그녀와 이야기를 나누었다. 루퍼트는 아직 집에 오지 않았다.

"행복하십니까?" 제럴드가 미소를 지으며 그녀에게 물었다.

"아주 행복해요!" 그녀가 몸을 살짝 움츠리며 밝게 외쳤다.

"그렇군요, 그래 보입니다."

"그래요?" 어슐라가 놀라 물었다.

그가 맘을 터놓는 듯한 미소를 띠며 그녀를 쳐다보았다.

"오, 그럼요, 분명히요."

그녀는 기뻤다. 그리고 잠시 생각에 잠겼다.

"그럼 루퍼트도 행복해 보이나요?"

그가 시선을 떨어뜨리며 고개를 돌렸다.

"아, 그럼요." 그가 말했다.

"정말이에요?"

"아, 네."

그는 자기가 입에 올릴 일이 아닌 걸 말하기라도 한 것처럼 아주 잠잠해졌다. 어딘지 슬퍼 보였다.

그녀는 상대방이 던지는 암시에 아주 민감했다. 그래서 그가 자신에게 물어 주길 바라는 질문을 던졌다.

"어째서 당신은 행복하지 않나요?" 그녀가 말했다. "당신도 똑같을 수 있을 텐데요."

그가 잠시 멈칫했다.

"구드룬과 말인가요?" 그가 물었다.

"네!" 그녀가 눈을 반짝이며 외쳤다. 그러나 그들이 진실과는 거리가 먼 소망을 강변하고 있기라도 하듯 묘한 긴장과 강조가 들어가 있었다.

"당신이 보기엔 구드룬이 저와 결혼하고 싶어 하는 것 같습니까? 그리고 우리가 행복해질 것 같습니까?" 그가 말했다.

"네, 전 **확신해요**." 그녀가 소리쳤다.

그녀는 기쁜 듯 눈을 동그랗게 떴다. 그렇지만 마음속으로는 부자연스럽고 갑갑했다. 자신이 억지를 부리고 있다는 걸 알고 있었다.

"아, **정말** 기뻐요." 그녀가 덧붙였다.

그가 미소 지었다.

"뭣 때문에 기쁘시죠?" 그가 말했다.

"**구드룬**을 위해서죠." 그녀가 대답했다. "전 당신이…… 당신이 그 애한테 정말 적격이라고 확신하고 있어요."

"그렇습니까?" 그가 말했다. "그럼 당신이 보기엔 그녀도 당신과 같은 생각인가요?"

"어머, 그럼요!" 그녀가 황급히 외쳤다. 그러나 이에 대해 잠시 생각해 보더니 상당히 불안한 기색으로 입을 열었다. "구드룬은 그렇게 아주 단순한 편이 아니지만 말이에요, 그렇죠? 5분 안에 그 애가 어떤 사람인지 알아내긴 어렵잖아요, 안 그래요? 그 애는 그 점에서 저와 달라요."

그녀는 낯설고 활짝 열린, 당혹스러운 얼굴로 그를 향해 웃었다.

"그녀가 당신과 별로 비슷하지 않다고 생각하십니까?" 제럴드가 물었다.

그녀가 미간을 찌푸렸다.

"글쎄요, 많은 면에서 저랑 비슷하긴 해요. ……그렇지만 뭔가 새로운 일이 닥칠 때면 전 그 애가 어떻게 할지 전혀 모르겠어요."

"그래요?" 제럴드가 말했다. 그는 잠시 말이 없었다. 그러더니 머뭇머뭇 운을 떼었다. "어쨌든 전 구드룬에게 크리스마스 때 저와 떠나자고 청해 볼 생각이었습니다." 그가 아주 작고 신중한 목소리로 말했다.

"당신과 떠나자고요? 잠시 동안 말인가요?"

"그녀가 원하는 만큼이죠." 그가 사정이라도 하는 듯이 말했다.

두 사람은 몇 분 동안 말이 없었다.

어슐라가 마침내 말했다. "물론 그 애가 기꺼이 결혼하려고 **할지도** 모르죠, 보면 아시겠지만."

"맞아요." 제럴드가 웃었다. "보면 알겠죠. ……그렇지만 그녀가 원치 않을 경우엔…… 그녀가 저랑 며칠…… 아니면 한 2주 정도 해외로 나가려고 할까요?"

"아, 그럼요." 어슐라가 말했다. "제가 물어볼게요."

"우리 모두가 함께 가는 건 어떨 것 같습니까?"

"우리 모두가요?" 어슐라의 얼굴이 다시 밝아졌다. "그러면 정말 재미있을 거예요, 그렇겠죠?"

"굉장히 재밌겠지요." 그가 말했다.

"그럼 알게 될 거예요." 어슐라가 말했다.

"뭘요?"

"일이 어떻게 된 건지를요. ……난 결혼 전에 신혼여행을 가는 게 최고라고 생각해요 ─ 당신 생각은 안 그런가요?"

그녀는 자신의 **명언**에 흡족했다. 그가 웃었다.

"어떤 경우엔 그렇죠." 그가 말했다. "제 경우가 그랬으면 좋겠습니다."

"그러시군요!" 어슐라가 소리쳤다. 그러더니 미심쩍은 듯 덧붙였다. "맞아요, 아마 당신 말이 맞을 거예요. 사람은 자기가 원하는 대로 해야죠."

잠시 후 버킨이 들어왔고, 어슐라는 그에게 무슨 얘기가 오갔는지 들려주었다.

"구드룬은 말이죠!" 버킨이 큰 소리로 말했다. "그녀는 타고난 애인이에요. 제럴드가 타고난 연인 ─amant en titre(공식 연인)이듯이 말이에요. 혹자가 말하듯, 만일 모든 여자가 아내 아니면 애인 둘 중 하나라면 구드룬은 애인에 속해요."

"그럼 남자는 모두 애인 아니면 남편인가요?" 어슐라가 소리쳤다. "어째서 동시에 둘 다는 안 되죠?"

"하나가 다른 하나를 배제하니까요." 그가 웃었다.

"그렇다면 난 애인을 원해요." 어슐라가 소리쳤다.

"아니, 당신은 아니에요." 그가 말했다.

"그래도 그걸 원하는걸요." 그녀가 투덜거렸다.

그가 그녀에게 키스를 하고는 웃었다.

어슐라가 벨도버에 있는 집으로 자신의 물건들을 가지러 간 것은 이 대화가 있은 후 이틀이 지나서였다. 가족들은 이미 이사해서 떠난 뒤였다. 구드룬은 윌리 그린에 세 들어 살고 있었다.

어슐라는 결혼한 뒤로 부모님을 만난 적이 없었다. 그녀는 그렇게 관계가 단절된 것이 슬퍼서 울었지만, 그렇다고 화해하는 것이 무슨 소용 있으랴! 어찌 됐든 그녀는 그들에게 갈 수가 없었다. 그래서 그녀의 물건들은 살던 집에 남겨졌고, 그녀는 구드룬과 함께 오후에 한번 날을 잡아 짐을 가지러 가기로 했다.

그들이 집에 도착한 날은 하늘이 붉게 물든 겨울의 어느 오후였다. 창문들은 어둡고 집은 텅 비어 있어, 무시무시한 느낌이었다. 황량한 텅 빈 현관 입구를 보자 자매는 가슴이 오싹해졌다.

"나 혼자였다면 엄두도 못 냈을 거야." 어슐라가 말했다. "무서워."

"어슐라!" 구드룬이 외쳤다. "놀랍지 않아? 여기에 살면서 그런 걸 못 느꼈다는 게 믿어져? 어떻게 내가 무서워 죽지 않고 여기 살았는지 정말 상상이 안 돼!"

그들은 커다란 식당 쪽을 들여다보았다. 예전에는 제법 널찍한 방이었는데, 지금 보니 작은 독방도 그보다는 나을 것 같았다. 커다란 퇴창들이 훤히 드러나 있었고 마루는 카펫이 벗겨져 있었으며 빛바랜 널빤지가 깔려 있는 자리는 가장자리가 검게 반들거렸다. 퇴색한 벽지에는 가구가 서 있거나 그림이 걸려 있던 자리가 군데군데 어두운 색으로 남아 있었다. 건조하고 부서질 듯 얇아 보이는 벽들과, 검은색 테두리로 부자연스럽게 꾸며진 부서질 듯 희끄무레한 마룻바닥은 별다른 감흥을 주지 않았다. 감각에 와 닿는 것은 아무것도 없었다. 실체 없는 울타리였다. 왜냐하면 벽들은 마른 종잇장이었기 때문이다. 그들은 도대체 지금 어디에 서 있는 것일까? 땅 위에? 아니면, 어떤 마분지 상자 속에 매달려 있는 것일까? 벽난로 안에는 타 버리거나 반쯤 타다 만 종이 뭉치들이 들어 있었다.

"우리가 여기서 살았다고 상상해 봐!" 어슐라가 말했다.

"그러게." 구드룬이 소리쳤다. "너무 끔찍해. 우리가 바로 **이** 속에 든 내용물이라면 **도대체** 어떤 꼴이겠어!"

"혐오스러워!" 어슐라가 말했다. "정말 역겨워."

그리고 그녀는 벽난로 쇠받침대 아래에, 드레스를 입은 여자들의 반쯤 타다 남은 표지 사진이 있는 『보그』*를 발견했다.

그들은 거실로 갔다. 또다시 무게도 실체도 없는 밀폐된 대기에 둘러싸인 느낌, 아무것도 없는 공허 속에, 종잇장 같은 감금 상태에 있는 듯한 견딜 수 없는 느낌뿐이었다. 부엌은 붉은 타일이 깔린 바닥과 스토브 탓에 좀 더 실재감이 들었지만, 차갑고 몸서리쳐졌다.

자매는 카펫을 걷어 낸 층계를 쿵쿵 텅 빈 소리를 내며 올라갔다. 그들이 내는 소리 하나하나가 그들의 심장 밑에서 다시 메아리쳤다. 그들은 휑한 복도를 지났다. 어슐라의 침실 벽 앞에 그녀의 물건들이 있었다. 큰 가방 하나, 바느질 바구니, 몇 권의 책, 헐렁한 외투 몇 벌, 그리고 모자 상자가 사방에 깔린 황혼의 공허 속에 쓸쓸히 서 있었다.

"활기찬 모습이네, 그렇지?" 어슐라가 버려진 자신의 물건들을 내려다보며 말했다.

"진짜 유쾌해 보인다." 구드룬이 말했다.

자매는 모든 걸 아래층으로 가져가 현관까지 나르기 시작했다. 공허하게 메아리를 만들어 내는 운반을 거듭 반복했다. 그곳 전체가 텅 비고 공허한 부질없는 소리로 웅웅 울리는 것 같았다. 멀리 있어 잘 보이지 않는 텅 빈 방들은 거의 외설에 가까운 떨림을 보내왔다. 자매는 마지막 물건들을 들고 도망치듯 문밖으로 빠져나왔다.

그러나 바깥은 추웠다. 그들은 차를 가지고 오기로 한 버킨을 기다리는 중이었다. 그들은 다시 안으로 들어가 부모님의 침실이 있는 위층으로 올라갔다. 그곳 창문으로는 도로가 내려다보였고 맞은편으로는 빛 없이 검고 붉은 줄무늬를 이룬, 검게 줄무늬 진 일몰이 보였다.

그들은 창가에 앉아 기다렸다. 방을 건너다보았다. 방은 무시무시할 정도로 무의미하게 텅 비어 있었다.

"정말이지, 이 방은 도저히 신성할 수가 **없어**, 그렇지 않니?" 어슐라가 말했다.

구드룬이 천천히 방을 둘러보았다.

"불가능하지." 그녀가 대답했다.

"그분들─아버지랑 어머니─의 삶을 생각해 보면, 그분들의 사랑, 결혼, 자식인 우리들, 그리고 우리들 키우기…… 넌 그런 인생을 살고 싶니, 프룬?"

"난 안 그럴 거야, 어슐라."

"그 모든 게 너무나 **아무것도 아닌 것** 같아 보여─그분들의 삶이란 게 말이야—그 속엔 아무 **의미가** 없다고. ……정말이지 만약에 그분들이 만나지 **않았고**, 결혼하지 **않았고**, 함께 살지 **않으셨다고** 해도…… 별로 상관없었을 거야. 그렇지 않니?"

"그거야 물론…… 알 수 없지." 구드룬이 말했다.

"그래, ……그렇지만 만일 내 삶이 그렇게 될 것 같으면……." 어슐라가 구드룬의 팔을 붙잡았다. "프룬, 난 도망쳐 버릴 거야."

구드룬은 잠시 말이 없었다.

"사실, 우린 일상적인 삶에 대해 깊이 생각해 볼 수가 없어. 숙고해 볼 수가 없다고." 구드룬이 대답했다. "언니의 경우는 아주 달라. 언니는 버킨과 함께 그 모든 것에서 벗어나게 될 거야. 그 사람은 특별한 경우야. ……그렇지만 보통 남자, 그러니까 삶이 한곳에 고착되어 있는 그런 보통 사람하고 결혼한다는 건 한마디로 불가능해. ……그걸 원하고, 그것 말고는 아무것도 생각할 줄 모르는 여자가 수천 명은 될 테고, 실제로 수천 명이 **있기는 하지.** 하지만 나는 그런 건 생각만 해도 **미쳐 버릴 것** 같아. ……사람은 무엇보다도 자유로워야 해, 자유로워야만 한다고. 그 밖의 다른 모든 건 포기할 수 있을지 몰라도 인간은 자유로워야 돼—인간은 핀치벡 스트리트 7번지나, 아님 서머싯 드라이브나, 숏랜즈나 이런 게 되어서는 안 된다고. 어떤 남자도 그런 상태에서 비롯되는 부족함을 보충해 줄 수는 없어, 그 어떤 남자도 말이야! ……결혼을 하려면 소속이 없는 기사나, 아무것도 아닌 사람, 아니면 동료 군인이나 글뤽스리터(Glücksritter)*랑 해야 해. 사회적 지위를 가진 사람하고는…… 글쎄, 그건 도저히 있을 수 없는 일이라니까! 불가능해!"

"정말 멋진 말이다—글뤽스리터라!" 어슐라가 말했다. "용병이라고 말하는 것보다 훨씬 근사해."

"맞아, 그렇지!" 구드룬이 말했다. "난 차라리 글뤽스리터와 함께 세상을 향해 창을 겨눌래. 그렇지만 집이라는 것, 정착이라는 것⋯⋯. 어슐라, 그게 뭘 뜻하겠어? ⋯⋯**생각해 봐!**"

"알아." 어슐라가 말했다. "우리에게도 집이 하나 있었지⋯⋯. 내 겐 그것으로 충분해."

"충분하고말고." 구드룬이 말했다.

"서쪽에 있는 자그마한 회색 집."* 어슐라가 노랫말을 비꼬아서 인용했다.

"그 노래까지도 잿빛으로 **들리네!**" 구드룬이 음울하게 말했다.

그들의 대화는 자동차 소리로 인해 중단되었다. 버킨이 온 것이 었다. 어슐라는 자신의 기분이 그렇게 밝아진 것에, 서쪽의 회색 집이라는 문제로부터 그렇게 갑자기 해방된 듯한 느낌이 드는 것 에 놀랐다.

저 아래쪽, 현관으로 향하는 길에서 울리는 그의 신발 뒷굽 소 리가 들려왔다.

"안녕하세요!" 그가 외치자, 온 집 안이 그의 목소리로 생생히 메 아리쳤다. 어슐라는 속으로 웃었다. **저 사람도** 여기가 무서운 게야.

"안녕! 우린 여기 있어요." 그녀가 아래층을 향해 소리쳤다.

그러자 그가 재빨리 뛰어 올라오는 소리가 들렸다.

"귀신 나올 것 같은데요." 그가 말했다.

"이런 집들엔 귀신이 없어요 — 나름의 풍취란 걸 가져 본 적이 없으니까요. 나름의 독특한 분위기가 있었던 장소에나 귀신이 있 는 거예요." 구드룬이 말했다.

"그렇겠네요. 두 분 다 지난날을 돌아보며 울고 있는 중인가요?"

"네." 구드룬이 어두운 목소리로 말했다.

어슐라는 웃었다.

"지나가 버렸다고 우는 게 아니라⋯⋯ 그런 과거가 **있었다**는 것에 우는 거예요." 그녀가 말했다.

"아, 그렇군요." 그가 안도하며 대답했다.

그는 잠시 앉았다. 어슐라는, 그에겐 부드럽게 빛나는 살아 있는 뭔가가 있다는 생각이 들었다. 그것은 이 변변찮은 집의 주제넘는 구조마저 사라지게 했다.

"구드룬은 결혼해서 집 안에 집어넣어지는 건 참을 수가 없대요." 어슐라가 의미심장하게 말했다. 그들은 이 말이 제럴드를 가리킨다는 걸 알고 있었다.

그는 잠시 말이 없었다.

"음, 만일 자신이 견딜 수 없다는 걸 사전에 알고 있다면, 안전한 거죠." 그가 말했다.

"맞아요!" 구드룬이 말했다.

"도대체 왜 모든 여자들은, 자신의 삶의 목표는 신랑하고 서쪽의 자그마한 회색 집을 갖는 거라고 생각하는 **걸까요**? 어째서 그게 인생의 목표인 거죠? 왜 그래야 할까요?" 어슐라가 물었다.

"Il faut avoir le respect de ses bêtises(사람은 자신의 어리석음을 존중해야 하는 법이죠)." 버킨이 말했다.

"그렇지만 그걸 저지르기도 전에 미리 존중할 필요는 없잖아요." 어슐라가 웃었다.

"아, 그다음에는 'il faut avoir le respect des bêtises du papa(아버지의 어리석음을 존중해야 하는 법)'이고요."

"Et de la maman(그리고 어머니의)." 구드룬이 빈정대며 덧붙였다.

"Et des voisins(그리고 이웃의)." 어슐라가 말했다.

그들은 모두 웃으며 자리에서 일어났다. 어두워지고 있었다. 그들은 물건들을 차로 날랐다. 구드룬이 빈집의 문을 잠갔다. 버킨은 자동차 불을 켰다. 어디론가 출발하는 것처럼 모두들 아주 행복해 보였다.

"쿨슨스*에 잠깐 들러 줄래요? 거기에 열쇠를 맡겨야 하거든요." 구드룬이 말했다.

"알겠어요." 버킨이 말했다. 그들은 출발했다.

그들은 주도로에 멈추어 섰다. 상점들이 막 불을 밝히기 시작했고, 마지막으로 나온 광부들이 잿빛 탄가루를 뒤집어쓴 채 푸른 대기 속에서 인도를 따라 희미한 그림자들처럼 집으로 가고 있었다. 그들의 발소리는 도로를 따라 겹겹의 소리를 내며 거칠게 울렸다.

상점을 빠져나와 차에 탄 후 손에 잡힐 듯한 황혼이 깔린 언덕의 내리막길을 어슐라와 버킨과 함께 빠르게 달리는 순간, 구드룬은 얼마나 기뻤던가! 그 순간, 삶이 얼마나 모험처럼 느껴졌던가! 불현듯 얼마나 절실히 어슐라가 부러웠던가! 어슐라에게 삶은 너무나 빨랐고, 활짝 열린 문이었다 ─ 무모하리만큼 너무나 거침이 없어서, 이 세상뿐 아니라 이미 지나간 세상도, 앞으로 다가올 세상도 그녀에겐 아무것도 아닌 것 같았다. 아, 만일 내가 **그렇게만 될 수 있다면** 더 바랄 것이 없으련만.

왜냐하면 흥분된 순간들을 제외하면 그녀는 언제나 자신 안에 뭔가가 결여되어 있다는 느낌이 들었고, 자신이 없었기 때문이다. 그녀는 제럴드의 강하고 격렬한 사랑 속에서 이제 드디어 충만하게 그리고 마침내 살게 되었다고 느꼈다. 그러나 어슐라와 비교하는 순간 그녀의 영혼은 이미 질투와 불만에 차 있었다. 만족스럽지가 않았다……. 그녀는 절대로 만족할 수 없었다.

지금 그녀에게 부족한 것은 무엇일까? 그건 결혼 ─ 결혼이라는 멋진 안정성이었다. 그녀 자신이 뭐라 말하든 그녀는 그것을 원했다. 그녀는 거짓말을 해 왔던 것이다. 결혼이라는 그 오랜 관념은 지금까지도 옳았다 — 결혼과 집이라는 것은. 그렇지만 이 말 앞에 그녀의 입은 살짝 일그러졌다. 제럴드와 숏랜즈를 생각했다. 결혼과 집이라! 아, 아냐, 그만두자! 그는 그녀에게 아주 많은 의미를 가진 사람이었다…… 그렇지만……! 어쩌면 그녀 마음속에 결혼이란 게 없는지도 몰랐다. 그녀는 삶으로부터 버림받은 사람들, 뿌리 없이 떠돌아다니는 사람들 중 하나였다. 아니야, 아니야…… 그럴 순 없어. 그녀는 불현듯 장밋빛 방을 떠올렸다. 아름다운 드레스를 입고 있는 자신과, 이브닝드레스를 입고 난롯가에서 두 팔로 자신을 안고 키스하는 잘생긴 남자가 있는 방을. 이 그림에 그녀는 '집'이란 이름을 붙였다. 왕립 미술원에 걸릴 만한 그림이었다.

"우리 집에 가서 차 한잔하자…… **그렇게 해**." 윌리 그린의 집이 가까워지자 어슐라가 말했다.

"정말 고마워…… 그렇지만 난 들어**가야 돼**……." 구드룬이 말했다. 사실은 어슐라와 버킨과 함께 더 있고 싶은 마음이 굴뚝 같았다. 그것이 진정 사는 것처럼 느껴졌다. 그렇지만 모종의 비뚤어진 고집이 그녀를 놓아주려 하지 않았다.

"같이 가자…… 응, 그럼 정말 좋을 텐데." 어슐라가 간청했다.

"정말 미안해…… 그러고 싶지만…… 어려울 것 같아…… 정말로……."

그녀는 떨리는 몸으로 황급히 차에서 내렸다.

"정말 안 되는 거니!" 어슐라의 못내 안타까워하는 목소리가 들렸다.

"응, 정말로 그럴 수가 없어." 구드룬의 아쉬워하는 듯한 처량한 대답이 땅거미 속에서 들려왔다.

"괜찮은 거죠?" 버킨이 말했다.

"그럼요!" 구드룬이 말했다. "그럼 잘 자요!"

"안녕." 그들이 외쳤다.

"오고 싶으면 언제든 와요, 우린 좋으니까." 버킨이 소리쳤다.

"고마워요." 구드룬이 외쳤다. 그 쓸쓸하면서도 뭔가 억울한 듯 묘하게 울리는 목소리에 그는 상당히 놀라고 어리둥절했다. 그녀가 시골집 대문을 향해 고개를 돌리자 그들은 떠났다. 그러나 그녀는 즉각 멈추어 서서 멀어져 가는 그들의 차를 바라보았다. 그리고 자신의 낯선 집을 향해 길을 오르는 그녀의 가슴은 이해할 수 없는 쓰디쓴 비통함으로 가득했다.

거실에는 추가 달린 대형 시계가 걸려 있었다. 시계의 문자판에는 곁눈질하는 불그레하고 둥근 유쾌한 얼굴이 그려져 있었다. 그 얼굴은 시계가 똑딱거릴 때마다 아주 우스꽝스러운 추파를 던지며 이쪽으로 갔다가, 또다시 어처구니없이 똑같이 즐거운 눈으로 저쪽으로 갔다가를 반복했다. 그 어처구니없이 부드러운 갈색 빛도는 붉은 얼굴은 그녀에게 시종 주제넘게 뻔뻔스러운 '즐거운 시선'을 보냈다. 잠시 동안 그것을 쳐다보며 서 있던 그녀에게 일종의 노여운 역겨움이 엄습해 왔다. 그녀는 자신을 향해 공허한 웃음을 지었다. 여전히 시계 얼굴은 흔들리며 이쪽에서 저쪽으로, 한쪽에서 다른 쪽으로 왔다 갔다 하면서 그녀에게 즐거운 시선을 보내왔다. 아, 난 얼마나 불행한가! 가장 왕성한 행복의 한가운데에서, 아아, 난 얼마나 불행한가! 그녀는 테이블을 슬쩍 쳐다보았다. 구스베리 잼과, 소다를 너무 많이 넣은, 집에서 만든 케이크! 그래도 구스베리 잼은 구하기가 흔치 않은 좋은 것이었다.

저녁 내내 그녀는 물방앗간에 가고 싶었다. 그러나 냉정하게 스스로에게 이를 허락하지 않았다. 대신, 다음 날 오후에 그곳으로 갔다. 다행히 어슐라 혼자 있었다. 사랑스럽고 친밀하며 오붓한 분위기였다. 그들은 쉴 새 없이 즐겁게 떠들었다. "여기 있으면 **겁이 날 정도로** 행복하지 않아?" 구드룬이 거울에 비친 자신의 반짝이는 눈을 흘낏 쳐다보며 언니에게 물었다. 그녀는 어슐라와 버킨을 둘러싸고 있는 대기의 기묘하면서도 완전한 충만함에, 언제나 분노에 가까운 질투심을 느꼈다.

"이 방은 정말 너무나 예쁘게 꾸며졌어." 그녀가 큰 소리로 말했다. "이 단단히 엮은 매트하며…… 색깔이 너무 아름다워. 이 시원한 빛깔!"

그녀에게 그것은 완벽해 보였다.

그녀가 마침내 궁금해하면서도 초연한 목소리로 말했다. "어슐라, 제럴드 크라이치가 크리스마스에 다 같이 여행 가자고 제안했다는 것 알고 있어?"

"응, 루퍼트한테 그랬대."

구드룬의 볼이 확 붉어졌다. 그녀는 깜짝 놀라 뭐라고 말해야 할지 모르는 듯 잠시 말이 없었다.

"그런데 언니는, 그 제안이 **놀라울 만큼 뻔뻔하다는** 생각 안 들어?" 구드룬이 마침내 말했다.

어슐라가 웃었다.

"난 그래서 그이가 좋아." 그녀가 말했다.

구드룬은 잠자코 있었다. 구드룬은 제럴드가 자기 멋대로 버킨에게 그런 제안을 한 것에 대해 거의 모욕감을 느끼면서도, 그 제안 자체에는 상당히 끌리는 게 분명했다.

"제럴드한테는 꽤 귀여운 단순함이 있는 것 같아." 어슐라가 말했다. "어쨌든 어쩜 그렇게 도전적인지! ……오, 난 그 사람이 정말 사랑스러운 것 같아."

구드룬은 한동안 아무런 대답이 없었다. 그녀는 자신의 자유를 멋대로 한 것에 대한 모욕감을 아직 떨쳐 버리지 못하고 있었다.

"루퍼트는 뭐랬대……? 언니는 알고 있어?" 그녀가 물었다.

"정말 너무 즐겁겠다고 그러더구나." 어슐라가 말했다.

구드룬은 다시 시선을 떨어뜨린 채 말이 없었다.

"넌 그럴 것 같지 않니?" 어슐라가 머뭇거리며 물었다. 구드룬이 자기 주변에 얼마나 많은 방어벽을 치고 있는 건지 도무지 알 수가 없었다.

구드룬은 힘겹게 고개를 들더니 외면한 채로 있었다.

"언니 말대로 아주 재미있을 것 **같긴** 해." 그녀가 대답했다. "그렇지만 그건 용서받을 수 없는 방종이란 생각 안 들어? — 그런 일을 루퍼트한테 말한다는 건 말이야. 루퍼트도 결국은 — 내 말이 무슨 말인지 알겠지, 어슐라 — 그들은 자기들이 골라잡은 어떤 쪼끄만 type(여자)랑 소풍 가는 계획을 짜는 남자들일 수도 있는 거잖아. 아, 난 그건 용서받을 수 없는 일이라고 생각해, 정말!" 그녀는 'type'*라는 프랑스어를 썼다.

그녀의 눈에서 불이 번쩍했고, 부드러운 얼굴은 벌겋고 시무룩했다. 어슐라는 살짝 겁에 질린 채, 무엇보다, 구드룬이 정말로 골라 잡힌 일개 type처럼 상당히 저속해 보인다는 생각이 들어 겁에 질린 채 그녀를 줄곧 바라보았다. 하지만 그걸 구드룬에게 말할 용기는 없었다 — 아주 터놓고 말할 수는 없었다.

"어머, 그렇지 않아." 그녀가 더듬거리며 외쳤다. "정말 아니야…… 그런 건 절대 아니라고…… 오, 아니야! 난 루퍼트와 제럴드의 우정이 상당히 아름답다고 생각해. 그들은 그냥 단순해 — 서로에게 아무 말이나 한다고. 형제처럼 말이야."

구드룬은 얼굴을 더욱 붉혔다. 제럴드가 자신을 그저 주듯이 넘졌다는 걸 도저히 **참을 수** 없었다 — 그것이 버킨이라고 할지라도.

"그렇지만 언니는 아무리 형제지간이라도 그런 내밀한 얘기를 주고받을 권리가 있다고 생각해?" 그녀가 깊이 분노하며 물었다.

"오, 그럼." 어슐라가 말했다. "솔직하고 직접적이지 않은 얘기가 오간 건 하나도 없어, 절대로. 내가 제럴드에게서 가장 놀란 점은…… 그 사람은 정말로 완벽하게 단순하고 단도직입적이라는 점이야! 그리고 너도 알잖니, 그릇이 큰 사람이나 그럴 수 있는 거야. 대부분의 사람들은 **꼭** 간접적이려고만 하거든. 지독한 겁쟁이들이니까."

그러나 구드룬은 여전히 화가 나서 아무런 말이 없었다. 자신의 행보에 대해서는 철저히 비밀이 지켜지길 원했다.

"안 갈래?" 어슐라가 말했다. "가자, 우리 모두 너무 행복할 거야! ……제럴드에겐 내가 **사랑하는** 뭔가가 있어……. 그 사람은 내가 생각했던 것보다 **훨씬** 더 사랑스러워. 그 사람은 자유로워, 구드룬. 그이는 정말로 그래."

구드룬의 입은 여전히 시무룩하니 흉하게 닫혀 있었다. 마침내 그녀가 입을 열었다.

"그 사람이 어디로 가자는 건지 알고 있어?" 그녀가 물었다.

"응, 티롤이야. 그 사람이 독일에 있을 때 가곤 했던 곳인데 — 학생들이 겨울에 놀러 가는, 자연 그대로의 자그마한 아름다운 곳이래!"

구드룬은 마음속으로 화가 치밀었다. '자기들은 모든 걸 알고 있군그래.'

"그렇구나." 그녀가 큰 소리로 말했다. "인스부르크에서 40킬로미터쯤 떨어진 곳 아니야?"

"정확히 어딘지는 모르겠어, 그렇지만 온통 눈으로 덮인 높은 곳이라니 아름다울 것 같지 않니……?"

"아주 아름답겠지!" 구드룬이 빈정거리는 투로 말했다.

어슐라는 당황스러웠다.

"그리고 당연한 거지만, 내 생각에 제럴드가 루퍼트한테 제안한 건, 그냥 type랑 소풍 가는 것처럼 보이지 **않게** 하기 위해서였던 것 같아……." 그녀가 말했다.

"물론 난 알고 있지." 구드룬이 말했다. "그 사람이 그런 부류랑 꽤 자주 사귄다는 거."

"그 사람이?" 어슐라가 말했다. "어머, 그런데 네가 어떻게 아니?"

"첼시에 사는 모델 하나를 알아." 구드룬이 차갑게 말했다.

이젠 어슐라가 말이 없었다.

"그렇구나." 마침내 그녀가 어정쩡하게 웃으며 말했다. "그 사람이 그 여자랑 즐거운 시간을 보내면 좋겠구나." 이 말에 구드룬의 표정은 더더욱 침울해질 뿐이었다.

28장 폼퍼두어에 간 구드룬

크리스마스가 가까워졌다. 네 사람은 비행기를 타고 떠날 채비를 했다. 버킨과 어슐라는 최종적으로 어느 나라 어떤 장소를 선택하든 간에 그곳으로 곧바로 보낼 수 있도록 개인 물품들을 꾸리느라 바빴다. 구드룬은 아주 흥분한 상태였다. 그녀는 여행하는 걸 몹시 좋아했다.

먼저 준비된 그녀와 제럴드가 런던과 파리를 경유하여 인스부르크를 향해 떠났다. 거기서 어슐라와 버킨과 합류하기로 했다. 그들은 런던에서 하룻밤을 보냈다. 음악회에 갔다가 폼퍼두어 카페로 갔다.

구드룬은 그 카페를 싫어했지만, 그러면서도 그녀가 아는 대부분의 예술가들이 그러하듯이 언제나 그곳으로 돌아갔다. 그곳의 좀스러운 사악함과 옹졸한 질투, 그리고 조잡한 예술 분위기를 혐오했다. 그러면서도 시내에 가면 어김없이 또다시 그곳에 갔다. 붕괴와 해체의 이 작고 느린 소용돌이의 한복판으로 되돌아가지 않을 도리가 없는 것처럼. 그냥 한번 보기만 하려는 것처럼.

그녀는 제럴드와 달착지근한 리큐어를 마시며 테이블에 앉아 있는 여러 무리의 사람들을 언짢고 뚱한 표정으로 쳐다보았다. 그녀는 아무하고도 인사를 나누려 하지 않았지만 젊은 남자들은 냉소 어린 표정으로 알은체를 하며 그녀에게 연신 고개를 까딱여 댔다. 그녀는 그들을 몽땅 묵살해 버렸다. 거기 그렇게 앉아 두 뺨을 붉힌 채 언짢고 뚱한 눈으로, 자신과는 거리가 먼 대상인 듯, 원숭이 같은 타락한 영혼을 가진 동물원의 피조물처럼 그들을 객관적으로 바라보고 있는 것에 쾌감을 느꼈다. 세상에, 저들은 정말 얼마나 불결한 무리들인가! 그녀의 피는 분노와 혐오로 혈관 속에서 시커멓고 진하게 고동쳤다. 그러나 그녀는 앉아서 지켜보아야 했다. 기필코 지켜보아야만 했다. 한두 사람이 다가와 그녀에게 말을 건넸다. 사람들은 카페 구석구석에서 반쯤은 은밀하게 반쯤은 야유하는 듯한 시선들을 그녀에게 던졌다. 남자들은 어깨너머로, 여자들은 모자 아래로 구드룬을 쳐다보았다.

예전에 어울리던 무리들이 거기에 와 있었다. 칼라이언이 제자들과 여자 친구와 함께 늘 앉던 구석에 자리 잡고 있었고, 할리데이와 리비드니코프, 그리고 푸썸도 보였다—모두 거기에 있었다. 구드룬은 제럴드를 지켜보았다. 그의 눈이 잠시 할리데이와 할리데이의 패거리들에게 머무르는 것을 보았다. 이들은 망을 보고 있었다—그들이 제럴드를 향해 고개를 끄덕이자 그도 끄덕여 주었다. 그들은 자기들끼리 낄낄거리며 수군댔다. 제럴드는 한결같이 눈을 반짝이며 그들을 지켜보았다. 그들은 푸썸에게 뭔가를 재촉하고 있었다.

그녀가 마침내 자리에서 일어났다. 색색의 물방울무늬가 흩뿌려져 희한하게 광대 옷처럼 얼룩덜룩해 보이는 짙은 빛깔의 실크 드레스 차림이었다. 그녀는 전보다 더 여위었고 눈은 어쩐지 더 뜨거워지고 한층 더 산산이 부서져 버린 듯이 보였다. 그것 말고는 예전과 똑같았다. 제럴드는 똑같이 한결같은 반짝임을 담은 눈으로 자신을 향해 다가오는 그녀를 지켜보았다.

그녀가 그에게 야윈 갈색 손을 내밀었다.

"잘 지내요?" 그녀가 말했다.

그는 그녀와 악수를 했다. 그러나 자리에 그대로 앉은 채로, 그녀가 테이블에 기댄 채 자신에게 가까이 서 있도록 했다. 그녀는 구드룬에게 음침하게 고개를 까딱하며 인사했다. 구드룬과 이야기를 나누어 본 적은 없지만 구드룬의 얼굴은 알고 있었고 소문으로도 알고 있었다.

"난 아주 잘 지내요." 제럴드가 말했다. "당신은……?"

"아, 나도 잘 지내요. ……루퍼트*는 어때요?"

"루퍼트요? 그도 아주 잘 지내고 있어요."

"그렇군요. 근데 내 말은 그게 아니었어요. 결혼은 어떻게 됐어요?"

"오…… 맞아요, 결혼했어요."

푸썸의 눈에 뜨거운 불이 번쩍했다.

"아, 그럼 그이가 정말 해냈군요. 언제 했죠?"

"1~2주 전쯤."

"정말로요? 편지 한 장 없었어요."

"그랬군요."

"네, ……너무 나쁜 것 아닌가요?"

마지막 말은 도전적인 어조였다. 푸썸은 자신의 어조를 통해, 구드룬이 이 대화를 듣고 있다는 걸, 자신이 의식하고 있음을 알렸다.

"그러고 싶지 않아서 그랬겠지요." 제럴드가 대답했다.

"왜요?" 푸썸이 따졌다.

이 말에 제럴드는 대답이 없었다. 제럴드 가까이 서 있는, 짧은 머리에 작고 아름다운 이 여자의 모습에는 비웃는 듯한 흉한 고집이 들어 있었다.

"시내에 오래 머무를 거예요?" 그녀가 물었다.

"오늘 밤만."

"아, 오늘 밤만이군요. ……줄리어스를 만나러 올 거예요?"

"오늘 밤은 아닙니다."

"아, 알겠어요. 그럼 내가 그이한테 말할게요." 이윽고 그녀의 악마적인 구석이 드러났다. "당신 진짜 좋아 보여요."

"그래요— 나도 그런 것 같아요." 제럴드는 제법 침착하고 편안했고, 그의 눈은 조소 어린 즐거움으로 번득였다.

"즐거운 시간을 보내고 있나 봐요?"

무심하리만큼 평온하게 고르고 억양 없는 목소리로 던진 이 말은 구드룬을 겨냥한 직격탄이었다.

"네." 그가 무덤덤하게 대답했다.

"아파트에 들르지 않겠다니 너무 유감이에요. ……당신은 친구들한테 별로 충실하지가 않아요."

"아주 충실한 편은 아니죠." 그가 말했다.

그녀는 두 사람에게 고개를 끄덕이며 "안녕"이라고 인사를 건넨 뒤 자기들 무리로 천천히 돌아갔다. 구드룬은 뻣뻣하면서도 허리 부분이 씰룩거리는 그녀의 흥미로운 걸음걸이를 지켜보았다. 그녀의 고르고 억양 없는 목소리가 선명하게 들려왔다.

"안 온대— 다른 약속이 있대." 그 목소리가 말했다.

그쪽 테이블에서 웃음소리가 더 나더니 목소리를 낮추며 야유하는 소리가 들려왔다.

"저 여자가 당신 친구예요?" 구드룬이 제럴드를 차분히 쳐다보며 물었다.

"버킨하고 할리데이의 아파트에 묵은 적이 있어요." 그가 그녀의 느리고 차분한 시선을 마주보며 말했다. 그러자 그녀는 푸썸이 그의 정부(情婦) 중 하나라는 걸 알아차렸다 — 그리고 그는 그녀가 알아차렸다는 걸 눈치챘다.

그녀는 주변을 둘러보더니 웨이터를 불렀다. 하필이면 얼음 든 칵테일을 한 잔 원했다. 이것이 제럴드에겐 흥미로웠다 — 이게 어찌 된 일인지 궁금했다.

할리데이 일행은 술에 취해 있었고 악의적이었다. 그들은 버킨에 대해 큰 소리로 떠들어 댔다. 조목조목, 특히 그의 결혼을 비웃었다.

"오, 제발 버킨 생각 좀 나게 **하지 마**." 할리데이가 비명을 질렀다. "생각만 하면 완전 구역질 나거든. 그는 예수만큼 나빠. '주여, 구원을 받으려면 저는 **어떻게** 해야만 하옵나이까.'"

그가 술에 취해 저 혼자 낄낄거렸다.

"그거 기억나?" 러시아인의 재빠른 목소리가 들려왔다. "그가 보내곤 했던 편지들 말이야. '욕망은 신성한 것이니……'"

"아, 맞아!" 할리데이가 소리쳤다. "오, 얼마나 흠잡을 데 없이 근사하냐! 참, 내 호주머니에도 하나 들어 있어. 분명히 있다니까."

그가 지갑에서 잡다한 종이쪽지들을 꺼냈다.

"분명히 갖고 있는데…… 딸꾹! ……내 참! ……여기 하나 있다." 제럴드와 구드룬은 신경을 집중하고 쳐다보았다.

"오 그래, 얼마나 완벽하냐고…… 딸꾹! ……근사하지! …… 나 웃기면 안 돼, 푸썸. 자꾸 딸꾹질 나오니까. 딸꾹! ……." 그들은 모두 낄낄거렸다.

"거기서 그이가 뭐랬는데?" 푸썸이 몸을 앞으로 기울이며 물었다. 부드러운 머리카락이 얼굴 쪽으로 흘러내리며 찰랑거렸다. 그녀의 작고 갸름한 검은 두개골은 어딘지 모르게 묘하게 추잡하고 음란한 데가 있었다. 그녀의 귀가 드러날 때는 특히 더 그랬다.

"잠깐만…… 아, 좀 기다려 봐!…… **안 돼**…… 에, 너한테 안 줄 거야. 내가 큰 소리로 읽을게. 제일 좋은 대목을 읽어 줄게…… 딸 꾹! 아, 맙소사! 딸꾹질을 멈추게 하려면 물을 마셔야 되나? 딸꾹! 아, 정말 어떻게 할 수가 없네."

"그거 어둠과 빛이 합쳐야 된다는……? 그리고 부패의 흐름에 대한…… 그 편지 아냐?" 막심이 잽싸게 물었다.

"그런 것 같아." 푸썸이 말했다.

"오, 그런가? 난 잊어버렸어…… 딸꾹! ……이게 그거였는데." 할리데이가 편지를 펴면서 말했다. "딸꾹! ……아, 맞다. 얼마나 멋지냐! 이게 최고 대목 중 하나지.—'모든 종족에겐 어떤 국면 이 있다네…….'" 그가 성경을 읽는 목사처럼 단조롭고 느리고 또 박또박한 목소리로 읽어 내려갔다. "파괴를 향한 욕망이 다른 모 든 욕망을 압도하는 그런 때가 있다네. 개인 안에서 이런 욕망 은 궁극적으로 자아 내부에서의 파괴를 향한 욕망이지.' ……딸 꾹……." 그가 읽던 것을 멈추고 눈을 들어 무리를 쳐다보았다.

"자기나 먼저 파괴시켜 보시면 좋겠는데." 러시아인이 빠른 목 소리로 말했다. 할리데이는 킬킬대다가 어정쩡하게 고개를 뒤로 젖혀 기댔다.

"그 사람 속엔 파괴할 게 별로 없어." 푸썸이 말했다. "이미 그렇 게 말라 비틀어졌는걸 뭐. 시작하려고 해도 타고 남은 끄트머리밖 에 없잖아."

"오, 이거 진짜 아름답지 않냐! 진짜 읽어 주고 싶다! 이게 내 딸 꾹질까지 고쳤다니까!" 할리데이가 소리쳤다. "계속할게……. '그 건 우리 안에 있는, 축소의 과정을 향한 욕망이라네, 쪼그라들어 근원으로 되돌아가려는, 부패의 흐름을 따라 존재의 원초적인 상 태로 귀환하려는…….' 오, 어쨌든 난 이건 **진짜** 근사하다고 생각해. **거의** 성경을 능가하는 수준이지⋯⋯."

"맞아⋯⋯ 부패의 흐름이라." 러시아인이 말했다. "그 구절 기억 난다."

"아, 그이는 맨날 부패에 대해서 이야기하는걸 뭐." 푸썸이 말했다. "거기에 그렇게 마음을 많이 쓰는 걸 보면 자기가 그렇게 썩었나 봐."

"바로 그거야!" 러시아인이 말했다.

"계속할게! 오, 이건 진짜 멋진 대목이다! 일단 들어 봐. '그리고 그런 거대한 역행 속에서, 창조된 육신이 줄어들며 되돌아가는 과정 속에서 우린 앎을 얻게 되는 것이라네. 그리고 앎을 넘어, 인광을 발하는 예리한 감각적 환희를 얻게 된다네.' ⋯⋯오, 난 이런 구절들은 진짜 뭔 말인지 말도 안 되게 멋진 것 같다니까. 오, 이것들은 **정말이지**⋯⋯ 거의 예수님 수준 아니냐? '⋯⋯그리고 줄리어스, 만일 자네가 푸썸과 더불어 이러한 환원의 환희를 원한다면 그것이 이루어질 때까지 나아가야만 하네. 그러나 분명 자네 안의 어딘가에는 긍정적인 창조, 궁극적인 믿음에 근거한 관계에 대한 살아 있는 욕망 또한 반드시 존재한다네. 그 모든 진흙의 꽃들과 함께 이 모든 활발한 부패의 과정을 넘어섰을 때, 그리고 그것이 어느 정도 끝나게 되었을 때⋯⋯.' 난 진흙의 꽃들이 뭔지 궁금해. 푸썸, 네가 진흙의 꽃이지."

"고마워, 그럼 넌 뭐냐?"

"오, 나도 또 하나의 진흙의 꽃이지, 분명히. 이 편지에 의하면 말이야! 우린 모두 다 진흙의 꽃이야. ⋯⋯플뢰르⋯⋯ 딸꾹! ⋯⋯뒤 말!*⋯⋯. 진짜 멋져, 지옥에 내려와 영혼을 구하옵시는 버킨⋯⋯ 폼퍼두어에 내려오신⋯⋯ 딸꾹!"

"계속 읽어 봐, 계속하라고." 막심이 말했다. "그다음이 뭐더라.

진짜 재밌다."

"그렇게 쓴다는 건, 정말이지 엄청나게 건방진 짓이야." 푸썸이
말했다.

"맞아. 그래, 나도 그렇게 생각해." 러시아인이 말했다. "그는 과
대망상증 환자지, 아무렴 — 일종의 종교적 마니아라니까. 자기를
구세주라고 생각하는 거야, 계속 읽어 봐."

할리데이가 읊조렸다. "분명히, 정녕 내 한평생 은총과 복이 날 따
랐으며…….*" 그가 말을 멈추고 낄낄댔다. 그러더니 목사의 어조
를 흉내 내며 다시 시작했다. "정녕 우리 안에 — 계속되는 분열
을 향한 — 이러한 욕망의 끝이 있을지니…… 모든 것을…… 흐
트러뜨리려는 이러한 열정…… 우리 자신을 조각조각 갈라 내
려는, ……오직 파괴만을 위한 친교 속에서 반응하며, ……관능
적 만족의 광란을 가져오는 남녀라는 두 개의 거대한 요소들 간
의 마찰을 통해 섹스를 위대한 환원의 동인(動因)으로 사용하려
는…… 감각들을 위해 옛 관념들을 환원시키고 야만으로 되돌아
가려는, 무념(無念)의 무한한 어떤 궁극의 검은 감각 속에 우리 자
신을 **잃어버리기 위해** 언제나 애쓰는…… 완전히 다 타 버리겠다는
희망으로 미친 듯이 날뛰며 오로지 파괴적 불길 하나로만 타고자
하는, 그 열정에 끝이 있을지니……."

"난 갈래요." 구드룬이 웨이터에게 손짓을 하며 제럴드에게 말
했다. 그녀의 눈은 번득였고 뺨은 벌겋게 달아올라 있었다. 버킨
의 편지가 단조롭고 맑고 낭랑한, 완전히 목사 같은 목소리로 구
구절절 큰 소리로 읽히자, 구드룬은 온몸의 피가 머리로 몰려 미
칠 것만 같았다.

제럴드가 계산을 하는 동안 그녀는 자리에서 일어나 할리데이
가 앉아 있는 테이블로 갔다. 그들 모두 눈을 들어 그녀를 쳐다보

왔다.

"실례합니다." 그녀가 말했다. "당신이 읽고 있는 게 진짜 편지인가요?"

"오, 그럼요." 할리데이가 말했다. "진짜고말고요."

"잠깐 볼 수 있을까요?"

멍청하게 웃으며 최면에 걸린 듯 그가 그녀에게 편지를 건넸다.

"고마워요." 그녀가 말했다.

그러고 나서 그녀는 편지를 든 채 돌아서더니 테이블들 사이를 차분하게 천천히 지나 휘황하게 불 밝혀진 실내를 통과하여 카페 밖으로 걸어 나갔다. 잠시 시간이 흐르고 나서야 패거리들은 무슨 일이 일어난 건지 깨달았다.

할리데이의 테이블에서 잘 알아들을 수 없는 비명 소리가 터져 나왔고 누군가가 우우 야유를 보내더니 저 안쪽 구석에 있던 모두가, 나가는 구드룬의 등에다 대고 야유를 퍼붓기 시작했다. 그녀는 최신 유행의 검은빛이 도는 녹색과 은빛으로 차려입고 있었다. 그녀의 모자는 광채가 나는 녹색으로, 곤충의 등처럼 보였지만 그 가장자리는 부드러운 진녹색이었고 아름다운 은색 테가 둘러져 있었다. 코트는 빛나는 진녹색이었는데 회색 모피로 된 높은 칼라에다 멋진 모피 소맷단이 달려 있었으며 드레스 가장자리는 은색과 검은 벨벳으로 되어 있었다. 스타킹과 신발은 은회색이었다. 그녀는 천천히 세련된 무관심을 보이며 문 쪽으로 걸어갔다. 문지기가 아부하듯 공손히 그녀를 위해 문을 열어 주었고, 그녀가 고갯짓을 하자 황급히 거리로 나가 택시를 향해 휘파람을 불었다. 즉각 차 한 대가 두 눈에 불을 켜고 커브를 그리며 그녀 쪽으로 왔다.

구드룬이 무슨 짓을 했는지 미처 보지 못한 제럴드는 그 모든 야유 속에서 무슨 일인가 궁금해하며 뒤따라왔다. 푸썸의 목소리가 들려왔다.

"저 여자한테서 그걸 찾아와! 난 저런 짓은 들어 본 적도 없어! 가서 다시 빼앗아 오라니까, 제럴드 크라이치한테 말 해, 저기 그이가 간다, 가서 그이를 통해 내놓도록 하라고."

구드룬은 문지기가 열어 준 택시 문 앞에 서 있었다.

"호텔로 갈까요?" 제럴드가 밖으로 빠져나오자 황급히 그녀가 물었다.

"좋을 대로요." 그가 대답했다.

"좋아요!" 그녀가 말했다. 그러더니 기사를 향해 말했다. "웩스타프 호텔요 — 바턴 가에 있는."

기사는 고개 숙여 인사하며 빈 차 표지판을 내렸다.

구드룬은 옷을 잘 차려입고 영혼 속에는 경멸감이 깃든 여자들이 보이는, 신중하면서도 냉정한 동작으로 택시에 올라탔다. 그러나 그녀는 극도의 흥분으로 얼어붙어 있었다. 제럴드는 그녀 뒤를 따랐다.

"당신 저 사람 잊어버렸군요." 그녀가 모자를 살짝 까딱하며 차갑게 말했다. 제럴드는 문지기에게 1실링을 주었다. 그가 경례를 했다. 그들이 탄 차가 움직이기 시작했다.

"왜 그렇게 난리들이었습니까?" 제럴드가 호기심으로 흥분하여 물었다.

"내가 버킨의 편지를 갖고 나왔거든요." 그녀가 말했다. 그는 그녀의 손에 들린 구겨진 종이를 보았다.

그의 눈이 만족스럽게 반짝였다.

"아!" 그가 말했다. "멋지군요! 얼간이 떼들!"

"**죽여 버릴** 수도 있었는데!" 그녀가 격정적으로 소리쳤다. "**개 같은**

놈들! 그들은 개자식들이에요! 그런 작자들한테 편지를 쓰다니, 루퍼트는 어쩌면 그렇게 **멍청할 수가** 있죠? 도대체 왜 자신을 그런 쓰레기들한테 내보이느냐고요? **도저히 참을 수 없는** 일이에요……."

제럴드는 그녀의 낯선 격정에 놀랐다.

그녀는 더 이상 런던에서 쉴 수가 없었다. 그들은 채어링 크로스 역에서 아침 기차로 떠나야만 했다. 기차를 타고 다리를 건너는 동안 구드룬은 커다란 철교 사이로 흐르는 강을 흘끗 쳐다보며 소리쳤다.

"난 이 **더러운** 도시를 **절대로** 다시는 못 볼 것 같은 기분이 들어요……. 다시 오는 일은 **두 번 다시** 없을 것 같아요."

29장 대륙으로

  떠나기 전 마지막 몇 주 동안 어슐라는 뭔지 모를 막연한 긴장 속에서 지냈다. 평소의 자기가 아니었다 ─ 아무것도 아니었다. 앞으로 조만간…… 곧…… 아주 금방…… 존재하게 될 어떤 것이었다. 그렇지만 아직은 임박해 있을 따름이었다.

  그녀는 부모를 만나러 갔다. 재결합이라기보다는 멀어졌음을 확인하는 것 같은, 약간 경직되고 슬픈 만남이었다. 그렇지만 그들 모두 자신들을 멀리 떼어 놓은 운명 속에 뻣뻣이 굳은 채 애매하고 어정쩡한 태도로 서로를 대했다.

  그녀는 도버를 건너 오스텐드로 가는 배를 탈 때까지도 정신이 제대로 들지 않았다. 멍한 상태로 버킨와 함께 런던에 갔다. 런던도 흐리멍덩하게 느껴졌고 도버로 가는 기차 여행도 그랬다. 모든 것이 잠결 같았다.

  그러나 이제 마침내, 바람이 약간 부는 칠흑 같은 밤에 뱃고물에 서서 바다의 움직임을 느끼면서, 쓸쓸한 작은 불빛들이 미지의 해안처럼 보이는 영국의 해안 위에서 반짝이는 것을 바라보고 있는 지금, 깊고도 생생한 어둠 위에서 그 불빛들이 점점 더 작아지며 가라앉는 것을 지켜보고 있는 지금, 그녀는 자신의 영혼이 마취 상태와 같은 잠에서 꿈틀거리며 깨어나고 있는 것을 느꼈다.

"뱃전으로 갈까요?" 버킨이 말했다. 그는 전진하는 쪽의 선두에 있고 싶었다. 그렇게 그들은 영국이라 불리는 저 아득한 미지의 땅에서 명멸하는 희미한 불빛들로부터 시선을 거두고 저 앞에 놓인 헤아릴 수 없는 밤을 향해 고개를 돌렸다.

그들은 부드럽게 나아가고 있는 배의 오른편으로 갔다. 칠흑 같은 어둠 속에서 버킨은 커다란 밧줄이 감겨 놓여 있는 비교적 아늑한 구석자리를 찾아냈다. 그곳은 배의 뾰족한 앞머리에, 그리고 저 앞에 놓인, 아직은 꿰뚫리지 않은 캄캄한 공간에 제법 가까웠다. 이곳에서 그들은 덮개 하나를 나누어 덮고는 서로에게 가까이, 자꾸만 더 가까이, 그래서 마치 서로가 서로의 안으로 기어 들어가 하나가 되어 버린 것 같을 때까지 꽉 껴안고 앉아 있었다. 날은 몹시 차가웠고 어둠은 만져질 듯 생생했다.

선원 한 사람이 갑판을 따라 나타났다. 어둠과 똑같이 검어서 잘 보이지는 않았다. 그러다 그의 창백한 얼굴이 어렴풋이 드러났다. 그는 그들의 존재를 감지하고는 어떻게 하면 좋을지 몰라 멈추어 서더니…… 이윽고 몸을 앞으로 구부렸다. 그의 얼굴이 그들과 가까워졌을 때 그는 그들의 희미한 얼굴을 보았다. 그는 유령처럼 물러가 버렸다. 그들은 소리 없이 그를 지켜보았다.

그들은 깊고 깊은 어둠 속으로 떨어지고 있는 것 같았다. 하늘도 땅도 없고, 오직 부서지지 않은 하나의 어둠만이 있었다. 그들은 깊이를 가늠할 수 없는 캄캄한 공간을 통과하여 떨어지는 한 알의 꼭 다문 생명의 씨앗처럼, 잠든 채 부드럽게 그 어둠 속으로 떨어지고 있는 것 같았다.

그들은 자신들이 지금 어디에 있는지 잊고 있었다. 현재와 과거에 있었던 모든 것들을 잊은 채, 오직 가슴속에서만 의식이 깨어,

그 엄청난 어둠을 통과하는 이 순수한 궤적만을 의식하고 있었다. 뱃머리는 희미한 소리로 물살을 가르며 아무것도 모르고 아무것도 보지 않은 채 완벽한 밤 속으로 굽이치며 나아갈 뿐이었다.

어슐라의 가슴속에서는 저 앞에 놓인 아직 실현되지 않은 세상에 대한 감각이 다른 모든 것을 누르고 있었다. 이 깊은 어둠의 한가운데에서, 아직 실현되지 않은 미지의 천국으로부터 발하는 광휘가 그녀의 가슴 위에서 빛나고 있는 것 같았다. 그녀의 가슴은 경이로운 빛으로, 어둠의 꿀처럼 황금빛이고 한낮의 따스함처럼 달콤한 빛, 이 세상을 비추는 것이 아니라 오로지 그녀가 지금 가고 있는 천국, 그녀가 살게 될 달콤한 거처, 아직은 알 수 없지만 그녀의 것임이 틀림없는 기쁨 가득한 삶에만 내리쬐는 빛으로 가득했다.

황홀경 속에서 그녀가 갑자기 그에게로 고개를 들었고, 그러자 그는 그 얼굴에 입술을 갖다 댔다. 그녀의 얼굴은 너무나 차갑고 신선했으며 바다처럼 깨끗해서, 그는 밀려드는 파도 곁에서 피어난 한 송이 꽃에 입을 맞추는 것 같았다.

그러나 그는 예지 속에 들어 있는 황홀한 희열은 알지 못했고, 그녀는 그것을 알았다. 그에게 이처럼 경이로운 횡단은 감당하기 어려웠다. 그는 세계들의 사이에 난 틈새를 지나 떨어지는 운석처럼 무한한 어둠의 심연을 지나 떨어지고 있었다. 세계는 둘로 쪼개졌고, 그는 그 형언할 수 없는 틈새를 지나는 불 꺼진 별처럼 추락하고 있는 것이었다. 그 너머의 것은 아직 그를 위한 것이 아니었다. 그는 궤도에 압도되어 있었다.

그는 어슐라를 껴안은 채 황홀한 상태로 누워 있었다. 그의 얼굴이 그녀의 가늘고 여린 머리카락에 닿았다. 그는 심원한 밤과 바다와 더불어 그 머리카락의 내음을 들이켰다. 그러자 영혼이 평온해졌다. 그는 자신을 내맡긴 채 미지의 세상으로 떨어져 들어갔다. 삶에서 벗어나 최후의 횡단을 하고 있는 지금 이 순간은 완전하고 절대적인 평화가 그의 가슴에 찾아든 최초의 순간이었다.

갑판에서 들려오는 기적 소리에 그들은 정신이 들었다. 자리에서 일어섰다. 이 밤중에 몸을 얼마나 뻣뻣이 죄고 있었던가! 그렇지만 그녀 가슴속에 빛나는 천국의 빛, 그리고 그의 가슴속에 자리한 형언할 수 없는 어둠의 평화, 이것은 그 무엇보다 소중한 그들의 전부였다.

그들은 자리에서 일어나 앞쪽을 바라다보았다. 저 아래 어둠 속에 희미한 불빛들이 보였다. 다시, 이 세상이었다. 그것은 그녀 가슴의 희열도 그의 가슴의 평화도 아니었다. 그것은 진짜가 아닌 피상적인 사실의 세계였다. 그러나 딱히 옛 세계 그대로라고 할 수도 없었다. 그들의 가슴속 평화와 희열이 계속되고 있었기에.

밤중에 배에서 육지로 내리는 일은 마치 스틱스*에서 황량한 하계(下界)에 내리는 것처럼 무엇보다 낯설고 쓸쓸했다. 절반쯤 불이 밝혀져 있는 지붕 덮인 춥고 광활한 캄캄한 곳이 보였다. 나무판자가 깔려 있어 쿵쿵 공허한 발소리가 났으며 사방은 온통 황량했다. 어둠 속에서 어슐라는 '오스텐드'라고 쓰인 창백하고 신비스러운 커다란 글자를 보았다. 사람들은 모두 짙은 잿빛 대기 속을 눈먼 곤충처럼 열심히 서둘러 지나갔고, 짐꾼들은 영어 같지 않은 영어로 고함을 질러 대더니 무거운 가방들을 들고 총총걸음으로 사라졌다. 그들의 칙칙한 작업복은 유령처럼 보였다. 어슐라는 수백 명의 유령 같은 사람들과 함께, 아연을 입힌 길고 나지막한 차단기 앞에 서 있었다. 광활하고 으스스한 어둠을 따라 가방을 열고 서 있는 유령 같은 사람들의 나지막한 행렬이 늘어서 있었고, 차단기 반대편에는 챙 모자에 콧수염을 기른 해쓱한 직원들이 가

방 속에 든 속옷들을 뒤적거린 다음 분필로 검사가 끝났음을 알리는 표시를 휘갈겨 썼다.

일이 끝났다. 버킨이 잡아채듯 손가방을 들었다. 그들은 밖으로 나갔다. 짐꾼이 그들 뒤를 따랐다. 그들은 커다란 출입문을 지나 다시 확 트인 밤으로 나갔다…… 아, 기차 승강장이었다! 인간적이지 않은 동요 속에서 짙은 잿빛 대기를 뚫고 아직도 목소리들이 들려왔고, 유령들이 기차들 사이의 어둠을 따라 달리고 있었다.

"쾰른…… 베를린……." 어슐라는 한쪽에 있는 높다란 열차에 걸린 표지판 글자를 찾아냈다.

"여기군요." 버킨이 말했다. 그리고 그녀는 자기 쪽의 글자를 보았다.

"엘자스…… 로트링겐…… 룩셈부르크, 메츠…… 바젤."

저거다, 바젤!

짐꾼이 다가왔다.

"A Bâle…… deuxième classe? ……Voilà"(바젤행이라…… 2등석요? ……저쪽입니다).

그러더니 그가 높다란 열차로 올라갔다. 그들도 그 뒤를 따랐다. 객실 몇 개는 이미 자리가 차 있었다. 그러나 아직은 어둠침침하게 비어 있는 곳이 많았다. 짐이 실렸다. 짐꾼에게 팁을 지불했다.

"Nous avons encore(아직)……?" 버킨이 시계를, 그다음엔 짐꾼을 바라보며 말했다.

"Encore une demi-heure(아직 30분 정도 남았습니다)." 이 말만 남기고 파란 작업복 차림의 짐꾼은 사라졌다. 그는 보기 흉하고 무례했다.

"이리 와요." 버킨이 말했다. "날이 차네요, 뭘 좀 먹읍시다."

승강장에 커피를 파는 수레가 있었다. 그들은 뜨겁고 연한 커피에 햄을 넣은 길쭉한 빵을 먹었다. 빵이 너무 두꺼워 어슐라는 물다가 턱이 빠질 뻔했다. 그러고 나서 그들은 높다란 기차 옆을 걸었다. 온통 너무나 낯설고 지독하게 황량했다. 여기도 저기도 온통 지저분한 잿빛이었고 황량하고 쓸쓸한, 아무도 모르는 하계와도 같은— 음울한 잿빛의 미지의 세계였다.

마침내 그들은 밤을 뚫고 달리기 시작했다. 어둠 속에서 어슐라는 평평한 들판을, 그리고 대륙의 그 축축하고 평평한 음울한 어둠을 보았다. 그들은 놀라울 정도로 금방 멈추어 섰다, 벌써 브루게였다! 그다음엔 잠든 농가의 불빛이 깜박이고 여윈 포플러들과 인적 없는 큰길들이 이어지는 어둠 속을 내내 달렸다. 그녀는 버킨의 손을 잡은 채 낙심하여 앉아 있었다. **유령**처럼 보이는 버킨은 창백한 얼굴에 미동도 없이 가끔씩 창문을 내다보거나 눈을 감고 있곤 했다. 그러다가 그가 다시 눈을 떴다. 차창 밖의 암흑만큼 캄캄한 눈이었다.

어둠 속에서 몇 개의 불빛이 번쩍했다, 겐트 역이었다! 승강장 바깥으로 유령 몇이 움직이더니…… 벨이 울렸고…… 그런 다음 또다시 한결같은 어둠 속을 달렸다.

어슐라는 선로 옆 농가에서 한 남자가 등불을 들고 나와 캄캄한 농장 건물들 쪽으로 건너가는 것을 보았다. 마쉬 농장이, 그 옛날 정겨웠던 코스데이 농가에서의 삶이 떠올랐다. 세상에, 어린 시절로부터 얼마나 멀리 내던져졌단 말인가! 아직도 얼마나 더 멀리 가야 하는 것일까! 일생 동안 영겁의 시간을 여행했다. 기억의 거대한 간극, 그러니까 코스데이와 마쉬 농장의 친밀한 전원적 환경 속에서 보냈던 어린 시절에서부터 —시계판에 분홍색 장미 두 송이가 담긴 바구니 그림이 그려져 있는 대형 시계가 걸려 있던 오래된 거실에서 자신에게 흑설탕 뿌린 버터 발린 빵을 건네주곤

했던 하녀 틸리가 떠올랐다 — 완전히 낯선 사람인 버킨과 함께 미지로 여행하고 있는 지금과의 거리가 너무 엄청나서, 그녀는 자신이 아무런 정체성도 가지지 않은 것 같았다. 코스데이의 교회 앞마당에서 놀던 어린 시절의 그녀는 역사 속의 한 작은 인물인 것만 같았다. 진짜 자기가 아닌 것 같았다.

그들은 브뤼셀에 도착했다. 30분간의 아침 식사 시간이 있었다. 그들은 기차에서 내렸다. 역에 걸린 커다란 시계가 6시를 가리키고 있었다. 그들은 불모지 같은 거대한 식당에서 커피와 빵, 그리고 꿀을 먹었다. 그곳은 너무나 황량했다. 늘상 황량하고 지저분하고 휑하니 넓고 황폐한 곳이었다. 하지만 그녀는 뜨거운 물에 세수도 하고 손도 씻고 머리도 빗었다. 그렇게 할 수 있다는 것만으로도 축복이었다.

이윽고 그들은 다시 기차에 올랐다. 기차가 움직이기 시작했다. 잿빛 여명이 밝아 왔다. 객실에는 덩치 크고 혈색 좋은, 갈색 수염을 길게 기른 벨기에 출신 사업가들이 몇 명 있었다. 그들은 듣기 싫은 흉한 프랑스어로 쉴 새 없이 지껄이고 있었는데, 그녀는 너무 피곤해서 무슨 소린지 제대로 알아들을 수가 없었다.

기차는 조금씩 어둠을 벗어나 희미한 빛을 지난 다음 점점 더 밝아 오는 빛 속을 달렸다. 아, 얼마나 지루한지! 나무들이 그림자들처럼 어슴푸레 모습을 드러냈다. 그러더니 하얀 집 한 채가 희한하게 도드라져 보였다. 어떻게 그런 걸까? 그다음엔 마을이 보였다. 기차가 지나는 곳에는 언제나 집들이 있었다.

그녀가 아직도 여행하며 지나가고 있는, 겨울에 짓눌린 음울한 이곳은 옛 세상이었다. 경작지와 목장, 헐벗은 나무 숲과 잡목 숲, 그리고 휑한 농장과 훤히 드러난 일터였다. 새로운 땅은 나타나지 않았다.

그녀는 버킨의 얼굴을 보았다. 그것은 희고 고요하며 영원해 보였다. 지나칠 정도로 영원해 보였다. 그녀는 모포 밑으로 손을 넣어 그의 손가락에다 자신의 손가락을 애원하듯 끼워 넣었다. 그의 손가락이 반응했다. 그의 눈이 그녀의 시선에 답했다. 그 눈은 얼마나 캄캄한지! 마치 밤처럼, 마치 저 너머의 다른 세계처럼! 아, 그가 곧 그 세상이기도 하다면, 그 세상이 곧 그라면 얼마나 좋을까! 그가 하나의 세상을 만들어 낼 수만 있다면, 그것이 그들만의 세상이 되련만!

벨기에인들이 내렸고, 기차는 계속 달려 룩셈부르크를 지나 알자스-로렌과 메츠를 지났다. 그러나 그녀는 눈이 멀었다. 더 이상 아무것도 볼 수가 없었다. 그녀의 영혼은 바깥을 내다보지 않았다.

그들은 마침내 바젤에서 내려 호텔에 도착했다. 내내 표류하는 듯한 꿈결 같은 상태였고, 그녀는 정신이 들지 않았다. 그들은 기차가 출발하기 전, 아침 속으로 발을 들여놓았다. 그녀는 거리와 강을 보았고, 다리 위에도 서 보았다. 그러나 그 모든 것이 아무런 의미가 없었다. 상점 몇 개가 떠올랐다 — 그림으로 가득했던 상점 하나, 그리고 오렌지색 벨벳과 모피를 팔던 상점도. 그렇지만 이런 것들이 다 뭘 뜻한단 말인가? ……전혀 아무것도.

그녀는 기차에 다시 오를 때까지 안절부절못했다. 올라타고 나서야 마음이 놓였다. 그들이 앞으로 나아가는 동안은 만족스러웠다. 그들은 취리히에 도착했고, 얼마 지나지 않아 눈으로 깊이 뒤덮인 산 아래를 달렸다. 마침내 그녀는 가까이 다가가고 있는 것이었다. 지금, 이것이 바로 그 다른 세상이었다.

눈으로 두껍게 뒤덮인 저녁 무렵의 인스부르크는 근사했다. 그들은 지붕 없는 썰매에 몸을 싣고 눈 위를 달렸다. 기차는 너무 덥고 숨이 막혔다. 현관 아래로 황금빛이 반짝이는 호텔은 집처럼 보였다.

홀에 들어섰을 때 그들은 기뻐서 웃었다. 그곳은 손님으로 가득 차 분주해 보였다.

"혹시 파리에서 온 ─ 영국인들입니다만 ─ 크라이치 부부가 도 착해 있습니까?" 버킨이 독일어로 물었다.

문지기가 잠시 생각하더니 막 대답을 하려는 참에 어슐라가 잿 빛 모피가 달린 윤기 나는 검은 코트를 입고 층계를 어슬렁어슬렁 내려오고 있는 구드룬을 발견했다.

"구드룬! 구드룬!" 그녀가 계단 통로를 향해 손을 들어 흔들며 불렀다. "여기야!"

구드룬이 난간 너머로 내려다보았다. 조심스럽게 어슬렁거리던 그녀의 태도가 금세 사라졌다. 그녀의 눈이 빛났다.

"정말…… 어슐라!" 그녀가 외쳤다.

어슐라가 달려 올라가자 그녀도 아래층으로 내려오기 시작했 다. 그들은 층계가 꺾이는 곳에서 만나 알아들을 수 없는 흥분된 웃음과 비명을 지르며 입을 맞추었다.

"그런데!" 구드룬이 억울해하며 소리쳤다. "우린 언니네가 **내일** 오는 줄 알고 있었어. 정거장으로 마중 가고 싶었는데."

"아냐, 오늘 도착했어!" 어슐라가 외쳤다. "여기 정말 멋지지 않니!"

"근사해!" 구드룬이 말했다. "제럴드는 뭘 좀 사려고 방금 나갔 어. ……어슐라, **너무너무** 피곤하지 않아?"

"아니, 그렇게 많이 피곤하진 않아. 하지만 내 꼴 흉하지, 응?"

"아니, 안 그래. 언닌 완벽에 가깝게 팔팔해 보여. ……그 모피 모자 **굉장히** 맘에 드는데!"

그녀는 부드러운 짙은 금빛 모피 칼라와 부드러운 금빛 모피 모 자가 달린 부드럽고 커다란 코트를 입고 있는 어슐라를 흘끗 쳐다보았다.

"넌 어떻고!" 어슐라가 외쳤다. "넌 어떻게 보일 것 같니!"

구드룬은 무관심하고 무표정한 얼굴을 지었다.

"괜찮아 보여?" 그녀가 말했다.

"아주 멋져!" 살짝 비꼬는 투로 어슐라가 소리쳤다.

"올라갑시다 — 아니면 내려가든가." 버킨이 말했다.

왜냐하면 구드룬이 어슐라의 팔을 잡은 채 첫 번째 층계참에 이르는 계단 꺾이는 곳에서 길을 막고 서 있는 통에, 자매는 문지기에서부터 검은 옷을 입은 통통한 유대인에 이르기까지 아래쪽 홀에 있던 모든 사람들에게 구경거리가 되고 있었기 때문이었다.

두 젊은 여자는 천천히 계단을 올라갔고, 버킨과 짐꾼이 그 뒤를 따랐다.

"2층인가요?" 구드룬이 어깨 너머로 돌아다보며 물었다.

"3층입니다, 부인 — 저 승강기를 — !" 짐꾼이 대답하면서 두 여자를 앞질러 엘리베이터로 잽싸게 달려갔다. 그러나 그들은 지껄이느라 정신이 없어서 그를 무시하고 3층으로 이르는 계단을 오르기 시작했다. 짐꾼이 약간 분한 마음으로 뒤를 따랐다.

이렇게 자매가 만나 서로를 보고 기뻐하는 것이 신기했다. 마치 유배지에서 만나 온 세상에 맞서는 고독한 힘으로 똘똘 뭉치기라도 한 듯한 모습이었다. 버킨은 약간 믿기지 않기도 하고 놀랍기도 하여 그들을 구경하듯 바라보았다.

그들이 씻고 옷을 갈아입었을 때 제럴드가 들어왔다. 그는 서리 위의 태양처럼 빛났다.

"제럴드랑 가서 담배 한 대 해요." 어슐라가 버킨에게 말했다. "난 구드룬이랑 얘기하고 싶어요."

자매는 구드룬의 침실에 앉아, 옷이며 그간 겪었던 일들에 관해

이야기를 나눴다. 구드룬은 어슐라에게 카페에서 있었던 버킨의 편지 사건을 얘기해 주었다. 어슐라는 충격을 받고 겁에 질렸다.

"편지는 어디에 있니?" 그녀가 물었다.

"내가 보관해 뒀지." 구드룬이 말했다.

"그거 나한테 주지 않을래?" 그녀가 말했다. 그러나 구드룬은 잠시 아무 말이 없다가 대답했다.

"정말로 원해, 어슐라?"

"읽어 보고 싶어." 어슐라가 말했다.

"물론 줄게." 구드룬이 말했다.

하지만 지금 이 순간에도 그녀는 어슐라에게 자신이 그 편지를 일종의 기념품이나 상징물로 갖고 싶다는 사실을 털어놓을 수가 없었다. 그러나 어슐라도 이를 알았고 별로 유쾌하지 않았다. 그래서 그 이야기는 거기서 끝났다.

"파리에서는 뭘 했니?" 어슐라가 물었다.

"아, ⋯⋯그냥 늘 하는 것들이지 뭐. 패니 래스의 스튜디오에서 하룻밤 **멋진** 파티가 있었어." 구드룬이 짤막하게 말했다.

"그랬어? 너랑 제럴드가 거기 갔구나! 또 누가 있었니? 파티 얘기 좀 해 줘."

"글쎄." 구드룬이 말했다. "별로 특별히 말해 줄 건 없어. 언니도 알잖아, 패니가 빌리 맥팔레인이라는 화가랑 **지독한** 사랑에 빠져 있다는 거 말이야. 그이도 거기 왔었어 ― 그래서 패니가 아낌이 없더라고. **아주** 거침없이 돈을 썼지. ⋯⋯정말 굉장하더라! 물론 다들 끔찍하게 취했고⋯⋯. 하지만 그 지저분한 런던 패거리들하곤 달리 재미있게 취했지. 사실 중요한 건 사람들이잖아. 거기서 차이가 난다니까. 거기 루마니아 사람이 하나 있었는데, 멋진 사람이었어. 그이는 완전히 취해 가지고는 스튜디오에 있는 높은 사다리 꼭대기에 올라가서 아주 굉장한 연설을 했어 ― 정말이야, 어 슐라, 진짜 놀라웠다니까! 프랑스어로 이렇게 시작하는 거야 ―La vie, c'est une affaire d'âmes impériales(인생이란, 장엄한 영혼 의 문제입니다) ― 정말 멋진 목소리로 말이야. 게다가 잘생기기까 지 했어 ― 그렇지만 끝날 무렵엔 루마니아어로 하는 바람에 알아 들은 사람이 아무도 없었어. 그런데 도널드 길크리스트는 거의 미 친 듯한 흥분 상태였어. 바닥에다 술잔을 내던지면서 선언을 하는 거야. 신에게 맹세컨대, 자기는 이 땅에 태어난 것이 기쁘다고. 신 에게 맹세컨대, 살아 있는 게 기적이라고 말이지. ……그러니 알겠 지, 어슐라, 파티는 그런 식이었어……." 구드룬은 약간 공허하게 웃었다.

"그런데 그 모든 사람들 숲에서 제럴드는 어땠니?" 어슐라가 물 었다.

"제럴드 말이야! 아, 세상에, 그는 태양에 빛나는 민들레처럼 나 타났지. 일단 흥분하면 **그이 자체**가 축제가 된다니까. 그 사람 팔에 허리가 안 감긴 사람이 있었나 몰라. ……정말이지, 어슐라, 그이 는 여자들을 추수하듯이 베어 버리는 것 같아. 그이에게 반항하 는 사람이 하나도 없었어. 너무나 놀랍더라! 이해가 가?"

어슐라는 잠시 생각에 잠겼다. 그녀의 눈에 빛이 일렁였다.

"응." 그녀가 말했다. "이해할 수 있어. 그이는 완전한 독식가잖아."

"독식가라! ……듣고 보니 정말 그렇네!" 구드룬이 소리쳤다. "그런데 정말이야, 어슐라, 방 안에 있던 여자들은 모조리 그 사 람한테 굴복할 태세였어 ― 챈티클리어*는 저리 가라야 ― 심지 어 빌리 맥팔레인을 진심으로 사랑하는 패니 래스까지 그랬다니 까! 내 평생 그렇게 놀란 적은 없었어! ……그리고 있지, 결국…… 난 내가 **한 방 가득 채운** 여자들이 된 기분이 들었어. 그이에게 난,

내가 빅토리아 여왕이 아닌 것처럼 본래의 나도 아니었다니까. 내가 갑자기 방을 가득 채운 여자들이 된 거야. 정말 놀라운 일이었어! ……세상에, 그때 난 술탄*의 모습을 본 거지…….”

구드룬의 눈은 번득였고 볼은 뜨거웠다. 그녀는 낯설고 이국적이며 빈정거리는 것처럼 보였다. 어슐라는 즉각 그 모습에 끌렸지만…… 불안했다.

그들은 저녁 식사를 할 채비를 해야 했다. 구드룬은 녹색 벨벳으로 된 보디스*에 선명한 녹색 실크와 금빛 직물로 짠 대담한 가운을 걸치고 머리엔 검은색과 흰색이 섞인 희한한 밴드를 하고 내려왔다. 그녀는 정말이지 눈부시게 아름다워서 모든 이의 눈길을 끌었다. 제럴드는 건강한 혈색으로 빛났다. 그는 그런 때 제일 멋져 보였다. 버킨은 웃음을 띠고 있었지만 반쯤은 악의적인 눈으로 그들을 힐끗 쳐다보았고, 어슐라는 흥분하여 정신이 없었다. 그들의 테이블 주위로 거의 눈을 멀게 할 지경의 마법이 걸려 있는 듯, 식당의 다른 곳에 있는 사람들보다 그들에게 더 밝은 조명이 비춰지고 있기라도 한 것처럼 보였다.

“여기 와 있으니 좋지 않아?” 구드룬이 외쳤다. “눈이 정말 멋지지? 눈 덕분에 모든 게 얼마나 더 굉장해지는지 봤어? 그저 경이로울 따름이야. 정말로 위버멘쉬*가 된 기분이 들어—인간 이상이 된 것 같은.”

“그래.” 어슐라가 외쳤다. “하지만 그건 부분적으로는 영국을 벗어나 있기 때문 아닐까?”

“아, 물론이지.” 구드룬이 큰 소리로 말했다. “영국에선 이런 기분을 절대로 느낄 수 없지. 거기선 그 축축한 기운이 **절대로** 걷히지 않는다는 간단한 이유 때문에 말이야. 영국에선 정말로 신경 안 쓰고 맘대로 사는 게 거의 불가능해, 그건 확실하지.”

그러고 나서 그녀는 식사를 계속했다. 그녀는 몹시 흥분하여 동요되어 있었다.

"그건 그래요." 제럴드가 말했다. "영국에서는 절대로 **꼭 같을 수가 없지요.** ……그렇지만 어쩌면 우리가 그러길 바라지 않는 건지도 모릅니다—영국에서 완전히 풀어 준다는 건 어쩌면 불을 화약고에 너무 가까이 들이대는 거나 마찬가지일 수도 있으니까요. **나 말고도 모든 사람이** 맘대로 살게 된다면 무슨 일이 일어날지 모르니 겁이 나는 거죠."

"큰일이네요!" 구드룬이 소리쳤다. "그렇지만 만일 영국 전체가 불꽃놀이처럼 갑자기 정말로 **폭발한다면** 멋지지 않을까요?"

"그럴 수가 없어." 어슐라가 말했다. "그들은 모두 너무 축축해. 그들 속의 화약은 습기가 차 있어."

"난 잘 모르겠는데요." 제럴드가 말했다.

"나 역시." 버킨이 말했다. "영국 사람들이 정말 en mass(집단적으로) 폭발하기 시작하면 귀를 틀어막고 달려야 할 거요."

"절대로 안 그럴 거예요." 어슐라가 말했다.

"두고 봅시다." 그가 대답했다.

"놀랍지 않나요." 구드룬이 말했다. "자기 나라 바깥에 있는 것이 이렇게 고마울 수 있다니 말이에요. 난 나 자신이 믿기지 않아요. 다른 나라의 해변에 발을 들여놓는 순간 내가 그렇게 황홀해진다는 게 말이에요. '여기 새로운 생명체가 삶 속으로 발을 딛고 있는 거야,' 이렇게 중얼거린다니까요."

"불쌍한 늙은 영국한테 너무 심하게 하지는 맙시다." 제럴드가 말했다. "영국을 저주하고는 있지만 우린 영국을 정말로 사랑하니까요."

어슐라가 듣기엔 그 말속에 오랜 기간 축적된 냉소가 들어 있는 듯했다.

"그럴지도 모르지." 버킨이 말했다. "그렇지만 지긋지긋하게 불편한 사랑이지. 가망 없는 합병증으로 끔찍스럽게 고통받는 노부모에 대한 사랑처럼 말이야."

구드룬이 짙은 눈을 커다랗게 뜨고 그를 쳐다보았다.

"가망이 없다고 생각하는군요?" 그녀는 그녀답게 콕 집어서 물었다.

그러나 버킨은 물러섰다. 그런 질문엔 대답하고 싶지 않았다.

"영국이 참되고 진실하게 될 가망성 말입니까? 누가 알겠습니까. 영국은 지금 사실상 거대한 비현실이죠. 집단이 모여 이룬 비현실이란 말입니다. ……영국인이 없다면 영국이 진짜가 될지도 모르죠."

"당신은 영국 사람들이 사라져야 된다고 생각하나요?" 구드룬이 집요하게 물었다. 그의 대답에 그녀가 그렇게 날카로운 관심을 보이다니 이상한 일이었다. 그녀는 어쩌면 자기 자신의 운명에 관해 묻고 있는지도 몰랐다. 그녀의 크게 뜬 짙은 눈은 버킨에게 머물러 있었다. 어떤 예언의 도구처럼 그에게서 미래의 진실을 불러낼 수 있기라도 하다는 듯이.

그는 창백했다. 그러더니 마지못한 듯 대답했다.

"글쎄요……. 사라지는 것 말고 그들 앞에 뭐가 있습니까? ……어쨌든 간에, 그들은 영국성이라는 자기들만의 특별한 상표로부터 사라져야만 합니다."

구드룬은 최면에 걸린 듯 커다래진 눈을 그에게 고정시킨 채 바라보았다.

"그렇지만 어떤 방식으로 사라진다는 거죠?" 그녀가 고집스레 물었다.

"그러게 말이야. 마음의 변화를 의미하는 건가?" 제럴드가 끼어들었다.

"난 의미하는 게 아무것도 없어. 왜 그래야 하지?" 버킨이 말했다. "난 영국인이고 그 값을 치렀어. 내가 영국에 대해 말할 수는 없는 거야—다만 나 자신에 대해서 말할 수 있을 뿐이라고."

"그래요." 구드룬이 느릿느릿 말했다. "당신은 영국을 엄청나게 사랑하고 있어요. **엄청나게** 말이죠, 루퍼트."

"그래서 떠나는 겁니다." 그가 대답했다.

"아니, 영원히 떠나는 건 아니지. 자넨 다시 돌아올 거야." 제럴드가 현자(賢者)처럼 고개를 끄덕이며 말했다.

"이는 죽어 가는 몸에서 기어 나온다잖아." 버킨이 씁쓸한 눈빛으로 말했다. "그래서 영국을 떠나는 거야."

"오, 하지만 당신은 돌아올 거예요." 구드룬이 냉소를 지으며 말했다.

"Tant pis pour moi(그만큼 내겐 더 나쁜 거죠)." 그가 대답했다.

"모국에 화난 것 아냐?" 제럴드가 재미있어하며 웃었다.

"아, 애국자네요!" 구드룬이 코웃음 치듯이 말했다.

버킨은 더 이상 대꾸하고 싶지 않았다.

구드룬은 잠시 그를 더 지켜보았다. 그러고는 고개를 돌렸다. 그의 내부에서 미래를 점치는 그녀의 주문(呪文)은 이제 끝난 것이었다. 그녀의 기분은 이미 완전히 냉소적이었다. 제럴드를 쳐다보았다. 그녀에게 그는 한 조각 라듐처럼 경이로웠다. 그녀는 이 살아 있는 치명적인 금속으로 인해 자기 자신을 파괴시키고 **모든 걸** 알게 될 것 같은 기분이 들었다. 이런 상상을 하며 속으로 미소를 지었다. 나 자신을 파괴한 다음엔 날 갖고 뭘 한담? 왜냐하면 정신이나 완전한 존재는 파괴가 가능하다고 해도, **물질**은 파괴할 수 없으니까.

잠시 동안 제럴드는 생기 있으면서도 무슨 생각에 잠긴 듯, 당황한 듯 보였다. 그녀는 녹색 명주 망사를 두른 아름다운 팔을 뻗어 그 섬세한 예술가의 손가락으로 그의 턱을 살짝 만졌다.

"그럼 그것들은 뭐죠?" 그녀가 다 알고 있는 듯한 묘한 미소를 지으며 물었다.

"뭐가요?" 그가 놀라 갑자기 눈이 커다래지며 대답했다.

"당신 생각 말이에요."

제럴드는 잠에서 깨어나는 사람처럼 보였다.

"아무 생각도 없는 것 같은데요." 그가 말했다.

"정말인가요!" 그녀가 심상치 않은 웃음이 담긴 목소리로 말했다.

그리고 버킨의 눈에는 그녀가 그 손길로 제럴드를 죽여 버린 것 같았다.

"아, 하지만, 브리타니아를 위해 우리 건배해요 — 브리타니아를 위해 건배." 구드룬이 외쳤다.

그녀의 목소리엔 걷잡을 수 없는 절망이 담겨 있는 것 같았다. 제럴드는 웃으며 잔을 채웠다.

"내 생각에 루퍼트가 뜻하는 건, **국가적으로** 모든 영국인이 죽어야 된다는 겁니다. 그래서 그들이 개인적으로 존재할 수 있도록, 그리고……." 그가 말했다.

"초국가적으로……." 구드룬이 잔을 들며 살짝 비꼬는 표정으로 끼어들었다.

30장 눈

다음 날 그들은 자그마한 골짜기의 철로 끝에 있는 호헨하우젠의 작은 기차 정거장으로 내려갔다. 사방이 온통 눈이었다. 방금 내려 얼어붙은 완벽한 하얀 눈의 요람이 양쪽에서 뻗어 오르고, 검은 바위산들과 은빛으로 빛나는 하얀 굽은 길들이 창백한 푸른 하늘을 향하고 있었다.

사방에도 저 위로도 눈밖에 없는 휑한 승강장으로 나아갔을 때 구드룬은 가슴이 시린 듯 몸을 움츠렸다.

"아아, 제리." 그녀가 돌연 친밀하게 제럴드에게로 몸을 돌리며 말했다. "이제야 해냈군요."

"뭘 말이죠?"

그녀는 가벼운 몸짓으로 양쪽에 펼쳐진 세상을 가리켰다.

"저걸 봐요!"

그녀는 계속 나아가기가 두려운 것 같았다. 그가 웃었다.

그들은 산들의 중심부에 있었다. 저 높은 곳으로부터 겹겹이 쌓인 눈이 양쪽으로 휩쓸려 내려와 있어서, 인간은 야릇하게 빛나며 변함이 없고 조용한 선명하고 순수한 천상의 협곡 속에서 작고 보잘것없어 보였다.

"내가 너무 작고 혼자인 것 같은 기분이 들어요." 어슐라가 버킨에게로 몸을 돌려 팔짱을 끼며 말했다.

"여기 온 걸 후회하는 건 아니겠죠?" 제럴드가 구드룬에게 말했다.

그녀는 잘 모르겠다는 표정이었다. 그들은 양쪽으로 눈이 둑처럼 쌓여 있는 역을 빠져나갔다.

제럴드가 의기양양하게 공기를 들이켜며 말했다. "아, 이거 완벽하군. ……저기 우리 썰매가 있군요. 조금 걸어서…… 길을 올라가는 겁니다."

언제나 미심쩍어하며 자신이 없는 구드룬이, 제럴드가 한 것처럼 자신의 무거운 코트를 썰매에 던져 넣었다. 그리고 그들은 출발했다. 갑자기 그녀가 고개를 쳐들더니 귀까지 모자를 푹 눌러 쓴 채 눈길을 따라 질주하기 시작했다. 그녀의 빛나는 파란 드레스가 바람에 나부꼈고 두툼한 주홍빛 스타킹은 새하얀 눈 위에서 찬란히 빛났다. 제럴드는 그녀를 지켜보았다. 그녀는 그를 뒤에 남겨 둔 채 자신의 운명을 향해 돌진하는 것처럼 보였다. 그는 그녀가 얼마쯤 멀어질 때까지 있다가 사지의 힘을 풀면서 그녀의 뒤를 쫓아갔다.

사방이 깊고 고요한 눈 세상이었다. 눈 덮인 육중한 처마가 창틀까지 눈에 파묻힌 넓은 지붕의 티롤 집들을 내리누르고 있었다. 폭이 넓은 치마에 가슴까지 덮는 숄을 걸치고 두꺼운 눈장화를 신은 농부의 아내들이 고개를 돌려, 부드러우면서도 결연한 표정의 처녀가 남자로부터 달아나듯 육중하고 빠르게 달리는 것을 보았다. 남자는 여자를 따라잡고 있었지만 그녀를 압도하는 힘은 없어 보였다.

제럴드와 구드룬은 페인트를 칠한 덧문과 발코니가 있는 여인숙과 눈 속에 절반쯤 파묻힌 농가 몇 집을 지난 다음, 지붕 달린 다리 옆의 눈에 파묻힌 조용한 제재소에 다다랐다. 다리는 눈에 가려 보이지 않는 시내를 가로지르고 있었고, 그들은 그 다리 위를 달려 아무도 밟은 적 없는 깊이 쌓인 눈 속으로 들어갔다. 그것은 침묵이었고, 광기로 내닫는 순백(純白)이었다. 그런데 그 완벽한 정적은 정말 무시무시했다. 영혼을 고립시키며 얼어붙은 대기로 심장을 에워쌌다.

"여하간 굉장한 곳이긴 하네요." 구드룬이 낯설고 의미심장한 표정으로 제럴드의 눈을 쳐다보며 말했다. 그의 영혼이 뛰어올랐다.

"다행이군요!" 그가 말했다.

격렬한 전류가 그의 사지 위로 흐르는 것 같았고, 그의 근육은 과충전되었으며, 그의 손은 넘치는 힘으로 단단해졌다. 그들은 간간이 시든 나뭇가지로 표시가 되어 있는 눈길을 따라 빠르게 걸어 올라갔다. 그와 그녀는 격렬한 에너지의 양극처럼 분리되어 있었다. 그렇지만 그들은 삶의 경계를 훌쩍 뛰어넘어 금지된 영역으로 들어갔다가 되돌아 나올 수 있을 정도의 힘을 충분히 갖고 있는 느낌이었다.

버킨과 어슐라도 눈길을 따라 달리고 있었다. 버킨이 짐을 처리해 버려서, 그들의 썰매는 살짝 덜컹거렸다. 어슐라는 신이 나고 행복했지만 버킨의 존재를 확인하기 위해 불쑥 그의 팔을 붙잡곤 했다.

"이건 내가 전혀 예상치 못했던 거예요." 그녀가 말했다. "여긴 전혀 딴 세상이에요."

그들은 계속 달려 눈 덮인 목장에 이르렀다. 그곳에서 정적을 뚫고 딸랑거리며 달려오던 썰매가 그들을 추월했다. 다시 1.5킬로미터쯤 더 갔을 때 그들은 반쯤 묻힌 분홍빛 성소(聖所) 옆의 가파른 벼랑 위에서 구드룬과 제럴드를 만났다.

그런 다음 그들은 협곡으로 갔다. 그곳에는 검은 암벽들과 눈 덮인 강이 있었고, 위로는 푸른 하늘이 고요히 펼쳐져 있었다. 그들은 지붕 달린 다리를 지나 널빤지 깔린 길 위로 북을 치듯 거친 소리를 내며 다시 한 번 눈밭을 건넌 다음 천천히 계속 올라갔다. 말들은 빠른 걸음으로 걸었고, 그 옆에서 마부는 긴 채찍을 찰싹찰싹 휘두르면서 휴휴! 하는 거칠고 괴상한 소리를 내며 걸었다. 천천히 암벽들을 지나가다가 그들은 마침내 비탈들과 눈 무덤들 사잇길로 접어들었다. 그들은 바짝 다가선 산들과 머리 위와 발아래 펼쳐진 눈부신 눈 벽들에 할 말을 잃은 채 차갑게 빛나는 오후의 응달을 지나 높이, 점점 더 높이 올라갔다.

마침내 눈 덮인 고지대에 닿았다. 그곳에는 눈 덮인 마지막 산 봉우리가 활짝 핀 장미꽃 중심부처럼 서 있었다. 인적 없는 천상의 마지막 협곡 한가운데에는 갈색 나무 벽에 육중한 하얀 지붕을 한 외로운 건물 하나가 황량한 깊은 눈 속에 버려진 듯 서 있었다. 마치 꿈속 같았다. 건물은 마지막 벼랑 끝에서 굴러떨어진 바위처럼, 한때는 집의 형상이었지만 지금은 반쯤 묻혀 버린 바위처럼, 서 있었다. 인간이 이토록 끔찍한 순백의 황량함과 정적, 그리고 메아리치는 맑고 높은 차가움에 찌부러지지 않은 채 거기서 살 수 있다는 게 믿기지 않았다.

그러나 썰매들은 멋들어지게 달려 올라갔고, 사람들은 신 나게 웃으면서 문 쪽으로 갔다. 호스텔 바닥은 공허하게 울렸고 복도는 눈으로 젖어 있었다. 그것은 실재하는 현실의 따뜻한 실내였다.

새로 도착한 이들은 시중 드는 여인을 따라 카펫이 깔리지 않은 나무 계단을 쿵쿵거리며 올라갔다. 구드룬과 제럴드는 첫 번째 침실을 택했다. 그들은 이내 장식이 별로 없고 꽉 막힌 작은 방 안에 단둘이 있게 되었다. 방은 온통 황금색으로 칠해진 목재로 되어 있었다. 바닥과 벽, 천장과 문이 전부 따스한 황금빛으로 기름칠한 소나무 판자들로 되어 있었다. 문의 맞은편에 창문이 하나 있기는 했지만, 지붕이 비스듬히 내려와 있어서 상당히 낮게 나 있었다. 경사진 천장 밑에는 세숫대야와 주전자가 있는 테이블이 하나, 그 건너편에 거울이 달린 테이블이 하나 놓여 있었다. 문 양편으로는 커다란 파란색 체크무늬 이불이 높게 쌓여 있는 큼지막한 침대 두 개가 있었다.

이것이 전부였다 — 찬장도, 아무런 편의시설도 없었다. 그들은 여기, 파란 체크무늬 침대 두 개가 있는 금색 칠한 나무로 된 작은 방 안에 함께 갇힌 것이었다. 이 적나라하게 가까운 고립에 두 사람은 겁에 질린 채 마주 보며 웃었다.

한 남자가 문을 두드리더니 짐을 들고 들어왔다. 그는 넓적한 광대뼈에 혈색이 다소 창백한, 거친 금발의 콧수염을 기른 건장한 사내였다. 구드룬은 그가 말없이 가방을 내려놓고는 쿵쾅거리며 나가는 것을 지켜보았다.

"지나칠 정도로 변변찮은 건 아니죠?" 제럴드가 물었다.

침실이 별로 따뜻하지 않아 그녀는 살짝 몸을 떨었다.

"근사하네요." 그녀가 얼버무리듯 말했다. "이 판자들 색깔 좀 봐요…… 멋있어요. 꼭 견과(堅果) 속에 있는 것 같아요."

그는 짧게 깎은 콧수염을 만지작거리며, 운명처럼 짓누르고 있는 한결같은 욕정에 휘둘린 채 등을 살짝 기대고 서서 날카롭고 대담한 눈초리로 그녀를 바라보았다.

그녀는 호기심이 생겨 창문 앞으로 가서 쪼그리고 앉았다.

"어머, 그런데 이건……!" 고통스러운 듯 그녀는 자신도 모르게 소리를 질렀다.

앞에는 하늘 아래 갇힌 골짜기가 펼쳐져 있었다. 눈과 검은 바위의 거대한 마지막 언덕들, 그 끝에 땅의 배꼽처럼 주름진 하얀 벽, 그리고 해거름 속에 희미하게 빛나는 두 개의 봉우리가 보였다. 그 바로 앞에는 기슭 주변을 따라 소나무들이 틸처럼 제멋대로 늘어서 있는 거대한 산비탈들 사이로 고요한 눈의 요람이 펼쳐져 있었다. 눈의 요람은 꿰뚫을 수 없는 눈 벽과 암벽이 솟아 있는 영구히 폐쇄된 곳까지 뻗쳐 있었고, 그 위로 보이는 산꼭대기들은 천상에 닿아 있는 듯했다. 이것이 바로 중심부요 매듭이었으며 세상의 배꼽이었다. 지상이 천상에 속해 있는, 순수하고 손 닿지 않는, 아무도 지나갈 수 없는 곳이었다.

이 광경에 구드룬은 야릇한 환희로 가득 찼다. 두 손으로 얼굴을 움켜잡은 채 황홀경에 빠져 창문 앞에 웅크리고 있었다. 마침내 도달한 것이었다. 자신의 자리에 다다른 것이었다. 여기서 마침내 그녀는 모험을 접고, 눈의 배꼽 속 수정처럼 자리를 잡고는 황홀경에 빠졌다.

제럴드는 그녀 위로 몸을 구부려 그녀의 어깨 너머로 밖을 내다보았다. 그는 이미 혼자가 된 기분이었다. 그녀는 가 버렸다. 완전히 떠나 버렸고, 그의 심장 주위로 얼음장 같은 증기가 서렸다. 그는 하늘 아래 꽉 막힌 골짜기를, 눈과 산꼭대기의 거대한 막다른 골목을 보았다. 출구가 없었다. 무시무시한 정적과 차가움, 그리고 해거름 속의 황홀한 백색이 자신을 둘러싸고 있었고, 그녀는 성소 앞에 있는 것처럼 창문 앞에 그림자같이 웅크리고 있었다.

"마음에 듭니까?" 그가 초연하고 낯선 목소리로 물었다. 적어도 내가 자기와 함께 있다는 것쯤은 인정하겠지. 그러나 그녀는 부드러우면서도 말 없는 얼굴을 그의 시선으로부터 살짝 돌릴 뿐이었다. 그는 그녀의 눈에 눈물이, 그녀만의 눈물이, 제럴드를 아무것도 아닌 존재로 만들어 버리는, 그녀의 기이한 종교적 눈물이 고여 있음을 알았다.

그는 갑자기 그녀의 턱 밑으로 손을 넣어 그녀의 얼굴을 자신 쪽으로 들어 올렸다. 영혼 속에서 화들짝 놀란 것처럼, 촉촉한 눈물에 젖어 있던 그녀의 짙은 파란색 눈이 커졌다. 그녀의 눈은 두려움과 약간의 공포 속에서 그를 쳐다보았다. 그 눈에 비친 제럴드의 옅은 파란 눈은 날카로웠고 동공이 작아져 있었으며 부자연스러워 보였다. 그녀의 입술이 벌어졌다. 숨쉬기가 어려웠기 때문이다.

그의 내부에서 욕정이, 칠 때마다 강인하고 맑고 굽힘 없는 소리를 내는 청동 종소리처럼 탕탕 울리며 솟구쳤다. 부드러운 그녀의 얼굴 위로 드리워진 그의 무릎이 청동처럼 단단해졌다. 낯선 침입에 그녀의 입술은 벌어졌고 눈은 커다래졌다. 그의 손에 붙잡힌 그녀의 턱은 말할 수 없이 부드러운 비단결 같았다. 그는 겨울처럼 강해진 기분이었다. 그의 손은 무찌를 수도 없고 뿌리칠 수도 없는, 살아 있는 금속이었다. 그의 심장은 그의 몸속에서 종처럼 땅땅 울렸다.

그는 두 팔로 그녀를 안아 올렸다. 그녀는 부드러웠고 아무런 자발성도 움직임도 없었다. 눈물이 채 마르지 않은 그녀의 눈은, 무기력하게 매혹당해 혼절해 버린 듯 내내 크게 떠져 있었다. 그는 초자연적인 힘을 갖게 된 것처럼 초인적으로 강하고 완전무결했다.

그는 그녀를 가까이 끌어당겨 감싸 안았다. 그녀의 부드러움, 무기력하게 늘어진 그녀의 무게가, 만일 충족되지 못한다면 그를 파괴하고야 말 육중한 욕망 속에 과충전된 청동 같은 그 자신의 사지에 기대어 누워 있었다. 그녀는 그에게서 몸을 빼려고 꿈틀거렸다. 그의 심장은 얼음의 불꽃처럼 타올랐다. 그는 강철처럼 그녀를 덮쳤다. 거부당할 바에야 차라리 그녀를 부수어 버리리라.

그러나 그의 몸이 가진 오만한 힘은 그녀에게 너무 강했다. 그녀는 다시 긴장을 풀고 약간의 무아경 속에 숨을 헐떡이며 느슨히 풀어져 누웠다. 그에게 그녀는 너무도 달콤했고, 너무나도 강렬한 해방의 희열이었기에, 그는 이 같은 환희의 극치에서 맛보게 되는 고통스러운 1초를 저버리느니 차라리 영원토록 계속되는 고통이라도 견딜 수 있을 것 같았다.

"오, 세상에." 그가 그녀에게 말했다. 그의 얼굴은 팽팽히 긴장되어 낯설게 달라져 있었다. "다음은 뭘까요?"

그녀는 어린애 같은 고요한 얼굴에 어두운 눈으로 그를 바라보며 가만히 누워 있었다. 그녀는 곧바로 쓰러져 넋을 놓아 버렸던 것이다.

"당신을 영원히 사랑하겠소." 그가 그녀를 바라보며 말했다.

그러나 그녀는 듣고 있지 않았다. 결코, 절대로, 이해할 수 없는 뭔가를 바라보듯이 그를 바라보며 누워 있었다. 이해할 수 있으리란 희망 없이, 그저 복종하며 어른을 쳐다보는 어린애처럼.

그는 그녀에게 키스했다. 그녀가 더 이상 보지 못하도록 그녀의 눈에 입 맞추어 그 눈을 감게 했다. 그는 이제 뭔가를 원했다. 자신의 존재에 대한 어떤 인식을, 어떤 신호를, 모종의 승인을. 그러나 그녀는 아무 말 없이 어린애처럼, 정복되었지만 이해는 하지 못한 채 그저 어찌할 바 모르는 어린애처럼, 저 멀리 떨어져 누워 있을 따름이었다. 그는 포기하며 그녀에게 다시 키스했다.

"내려가서 커피랑 케이크를 좀 먹을까요?" 그가 물었다.

황혼이 창가에서 암청색으로 떨어지고 있었다. 그녀는 눈을 감았다. 끝나 버린 경이의 단조로운 수평선을 눈감아 닫아 버리고 다시 일상 세계로 눈을 떴다.

"그러죠." 그녀가 찰칵, 자신의 의지를 되찾으며 짤막하게 대답했다.

그녀는 다시 창가로 갔다. 파란 저녁이 눈의 요람과 해쓱한 거대한 언덕들 위로 내려와 있었다. 그러나 하늘엔 눈 덮인 산꼭대기들이, 지상을 초월하여 저 높은 천상에 만개한 라벤다처럼 아주 사랑스럽고 아득하게 장밋빛으로 빛나고 있었다.

구드룬은 그 모든 것들의 사랑스러움을 보았다. 장밋빛의 거대한 암술들, 천상의 푸르른 황혼 속에서 눈으로 지핀 불꽃들이 얼마나 영원토록 아름다운지를 **알았다**. 그녀는 그것을 **볼 수** 있었다. 그것을 알고 있었다. 그러나 그것의 일부는 아니었다. 그녀는 그것으로부터 분리되었고, 그곳에 발 들이는 것이 금지되었다. 쫓겨난 영혼이었다.

회한에 찬 마지막 눈길을 건넨 후, 그녀는 시선을 거두고 머리를 매만지기 시작했다. 그는 짐을 풀고 그녀를 지켜보며 기다렸다. 그녀는 그가 자신을 지켜보고 있다는 걸 알고 있었다. 이로 인해 마음이 조급해져서, 열에 들뜬 듯 안절부절못하고 약간 허둥댔다.

그들은 다른 세상 사람처럼 낯선 표정에 눈을 빛내며 아래층으로 내려갔다. 구석에 놓인 길쭉한 테이블에서 버킨과 어슐라가 기다리며 앉아 있는 것이 보였다.

'저들은 어쩜 저렇게 선하고 소박해 보일까.' 구드룬은 질투심을 느꼈다. 그녀는 그들이 가진 자발성이, 자신은 절대로 근접할 수 없는 어린애 같은 충족감이 부러웠다. 그녀에게 그들은 어린애들처럼 보였다.

"정말 너무나 **훌륭한** Kranzkuchen(과자)야!" 어슐라가 식탐을 드러내며 외쳤다. "진짜 **맛있어!**"

"좋아." 구드룬이 말했다. "커피하고 과자로 주세요." 그녀는 웨이터에게 말했다.

그러고는 제럴드 옆에 앉았다. 그들을 바라보는 버킨은 그들을 향한 애정으로 가슴이 아렸다.

"여긴 정말 훌륭한 곳 같아, 제럴드." 그가 말했다. "prachtvoll and wunderbar and wunderschön and unbeschreiblich(장려하고, 경이롭고, 아름답고, 형언할 수 없는), 그 밖의 모든 독일어 형용사들로 표현해야 할 곳이야."

제럴드가 가벼운 미소를 터뜨렸다.

"**나도** 여기가 좋아." 그가 말했다.

가스트하우스*에서처럼, 문질러서 하얗게 된 나무 테이블들이 방의 세 구석을 따라 빙 둘러 놓여 있었다. 버킨와 어슐라는 기름칠한 나무 벽을 등지고 앉았고, 제럴드와 구드룬은 그들 바로 옆 구석 쪽 난로 가까이에 자리를 잡았다. 자그마한 바가 딸린 그곳은 시골의 숙소처럼 꽤 널찍했지만 아주 소박하고 장식이 거의 없었다. 천장과 벽, 그리고 바닥은 전부 기름칠한 나무로 되어 있었고, 가구라고는 세 벽을 따라 놓인 테이블과 의자, 커다란 녹색 난로뿐이었다. 그리고 나머지 벽에 바와 문이 있었다. 창문은 이중이었고 커튼은 쳐져 있지 않았다. 이른 저녁 시간이었다.

커피가 나왔다 — 뜨겁고 훌륭했다. 그리고 둥근 케이크도.

"케이크 하나를 통째로!" 어슐라가 소리쳤다. "우리한테 준 것보다 더 많네! 당신들 것도 맛 좀 볼래요."

그곳엔 다른 사람들도 있었다. 버킨이 헤아려 보니 열 명이었다. 예술가가 둘, 학생이 셋, 부부, 그리고 교수와 그의 두 딸, 모두 독일인들이었다. 새로 온 이 네 명의 영국인은 그들이 구경하기 좋은 자리에 앉은 것이었다. 독일 사람들은 문으로 들여다보며 웨이터에게 한마디 하더니 다시 가 버렸다. 식사 시간이 아니었기 때문에 그들은 이 식당으로 들어오는 대신 장화를 갈아 신은 후 객실로 갔다.

영국인 방문객들에게 간간이 치터* 소리와 피아노, 웃음과 고함 소리, 노래 소리, 그리고 희미하게 떨리는 목소리들이 들려왔다. 전체 건물이 목조로 되어 있어서 드럼처럼 모든 소리가 전달되는 것 같았지만 개별 소음은 심해지기보다는 오히려 작아지는 듯했다. 치터 소리는 어디선가 소형 치터가 연주되는 것처럼 가늘었고 피아노 소리도 소형 오르간 소리처럼 들렸다.

커피를 다 마셨을 때 주인이 나타났다. 그는 마마 자국이 있는 창백한 피부에 넓적하고 상당히 평평한 뺨, 그리고 더부룩한 턱수염을 가진 티롤 사람이었다.

"응접실로 가서서 다른 신사 숙녀분들과 인사를 나누시겠습니까?" 그가 허리를 굽히고 웃으며 크고 튼튼한 이를 드러내며 물었다. 그의 파란 눈이 한 사람 한 사람에게로 재빨리 옮겨 갔다. 그는 이 영국인들을 어떻게 대해야 할지 확신이 없었다. 영어를 못했기 때문에 마음이 편치 않았고, 프랑스어를 시도해야 할지 말지 자신이 없었다.

"응접실로 가서 다른 사람들하고 인사를 할 거냐고요?" 제럴드가 웃으며 말을 되풀이했다.

다들 잠시 망설였다.

"그러는 게 좋겠군, 어색한 분위기를 푸는 게 낫지." 버킨이 말했다.

여자들이 약간 상기된 얼굴로 자리에서 일어났다. 까만 딱정벌레 같은 넓은 어깨를 한 주인이 왁자지껄한 쪽을 향해 경멸스러운 천한 자세로 앞장섰다. 그는 문을 열고 네 명의 이방인을 사람들

652

이 떠들어 대고 있는 방으로 안내했다.

　방 안은 즉각 잠잠해졌다. 일행의 얼굴에 당혹감이 스쳤다. 자신들에게로 향한 금발의 얼굴들을 의식했다. 이때 주인이 콧수염을 길게 기른, 작달막하면서도 힘이 넘쳐 보이는 남자에게 고개 숙여 인사하며 낮은 목소리로 말했다.

　"Herr Professor, darf ich Sie vorstellen(교수님, 이분들과 인사 나누시죠)……."

　교수는 민첩하고 정력적이었다. 영국인들에게 고개 숙여 인사를 하더니 미소 지으며 금세 친구처럼 대하기 시작했다.

　"Nehmen die Herrschaften teil an unserer Unterhaltung(우리 놀이에 끼시렵니까)?" 활기차면서도 부드럽게 감겨 올라가는 목소리로 그가 물었다.

　네 명의 영국인은 조심스럽고 어색하게 방 한가운데에서 어정거리며 미소 지었다. 대변자인 제럴드가 기꺼이 참여하겠노라고 말했다. 구드룬과 어슐라는 모든 남자들의 눈이 자신들에게 향해 있는 걸 느끼고 흥분하여 웃고 있었다. 고개를 꼿꼿이 들고는 딱히 아무 데도 쳐다보지 않은 채 왕이라도 된 듯한 기분이었다.

　교수는 격식을 차리지 않고 사람들을 소개했다. 그들은 이름과 맞지 않는 엉뚱한 사람에게 인사를 했다가 맞는 사람에게 인사를 하기도 했다. 부부만 빼고 모두 거기에 있었다. 교수의 두 딸들은 키가 크고 깨끗한 피부에 체격이 좋았고, 요란하지 않은 짙은 파란색 블라우스에 모직 치마를 입고 있었으며, 제법 길고 튼튼해 보이는 목과 맑고 파란 눈에 머리를 단정히 묶고 있었다. 이들은 홍조를 띠며 목례를 하고 뒤로 물러섰다. 세 명의 학생은 아주 교양 있는 집안에서 자랐다는 인상을 주려는 소박한 희망을 갖고, 고개를 깊이 숙여 인사했다. 그다음 사람은, 어린애 같기도 하

고 트롤* 같기도 한 특이한 사람이었다. 둥그런 눈에 몸집은 자그
맣고 피부는 가무잡잡했으며 민첩하고 초연해 보였다. 그는 가볍
게 인사했다. 그의 동행인은 덩치가 큰 잘생긴 청년이었다. 멋들어
지게 차려입은 그는 눈언저리까지 붉어지며 몸을 아주 깊숙이 구
부려 인사를 했다.

인사가 끝났다.

"뢰르케 씨가 쾰른 사투리로 우리에게 낭송을 해 주던 참이었
죠." 교수가 말했다.

"저희가 방해한 걸 용서하십시오." 제럴드가 말했다. "저희도 몹
시 듣고 싶습니다."

그러자 즉각 사람들이 인사를 건네며 자리를 권했다. 구드룬과
어슐라, 제럴드와 버킨은 벽에 면한 깊숙한 소파에 앉았다. 방은
숙소의 다른 곳들과 마찬가지로 아무런 장식 없이 기름칠한 판자
들로 되어 있었다. 피아노, 소파와 의자들, 그리고 몇 권의 책과 잡
지가 있는 테이블이 몇 개 있었다. 커다란 파란색 난로를 제외하
면 장식이라고는 아무것도 없지만 아늑하고 기분 좋은 곳이었다.

뢰르케 씨란 바로 그 소년 같은 형상을 한 자그마한 남자였다.
그는 아주 동그랗고 민감해 보이는 머리에 쥐처럼 날렵하고 동그
란 눈을 갖고 있었다. 그는 이방인들을 하나씩 재빨리 흘낏 쳐다
보고는 초연한 태도로 잠자코 있었다.

"그럼 낭송을 계속해 주시죠." 교수가 살짝 권위 있는 태도로 부
드럽게 말했다. 피아노 의자에 구부정하게 앉아 있던 뢰르케는 눈
만 깜박거릴 뿐 대답이 없었다.

"그래 주시면 정말 기쁘겠어요." 몇 분간 준비한 독일어로 어슐
라가 말했다.

그러자 반응이 없던 그 자그마한 남자가 먼젓번 청중에게로 느

닷없이 몸을 획 돌리더니 중단되었던 바로 그 상태로 돌아가, 비아냥거리면서도 절도 있는 목소리로 쾰른의 한 늙은 여인과 철도 간수 간의 다툼을 흉내 내기 시작했다.

그의 몸은 소년처럼 가냘프고 덜 자란 듯 볼품이 없었지만 목소리는 성숙하고 냉소적이었다. 그 목소리의 리듬에는 본질적인 에너지가 갖는 유연함과, 빈정거리며 꿰뚫어 보는 이해력이 가진 유연함이 들어 있었다. 구드룬은 그의 독백을 단 한 마디도 알아들을 수 없었지만 마법에 걸린 듯 그를 지켜보았다. 그는 예술가임에 틀림없었다. 그렇지 않고서는 저토록 세련된 조절력과 독특함을 가질 수 없었다. 독일 사람들은 그의 야릇하고 익살맞은 말과 우스운 사투리에 배를 잡고 웃었다. 그렇게 미친 듯이 웃다가 그들은 네 명의 이방인을, 그 선민(選民)들을 정중하게 흘끗 바라보았다. 구드룬과 어슐라도 웃지 않을 수 없었다. 그러자 방은 비명에 가까운 웃음소리로 시끄럽게 울렸다. 교수 딸들의 파란 눈은 웃음 때문에 눈물범벅이 되었고, 그들의 맑은 뺨은 즐거움으로 새빨갛게 달아올랐다. 그들의 아버지는 천둥처럼 정말 놀라운 폭소를 터뜨렸다. 학생들은 너무 웃겨서 머리를 무릎까지 구부리고 있었다. 어슐라는 놀라 주위를 두리번거렸다. 자신도 모르게 웃음이 속에서부터 거품처럼 끓어올랐다. 그녀는 구드룬을 쳐다보았고 구드룬은 어슐라를 쳐다보았다. 분위기에 휩쓸려 자매는 웃음을 터뜨렸다. 뢰르케가 동그란 눈으로 그들을 잽싸게 흘끗 쳐다보았다. 버킨은 자신도 모르게 히죽거리고 있었고 제럴드 크라이치는 재미있다는 표정으로 꼿꼿이 앉아 있었다. 그러다가 걷잡을 수 없는 웃음이 폭발하듯 다시 터져 나왔고, 교수의 딸들은 속수무책으로 온몸을 떨며 웃었다. 교수의 목은 혈관이 부풀어 오르고 얼굴은 자줏빛이었다. 그는 너무 격한 웃음 속에서 아무 소리도 내지 못한 채 거의 질식 상태였다. 학생들의 알아들을 수 없는 비명 소리는 걷잡을 수 없이 터지는 웃음 속으로 빨려 들어갔다. 그때 갑자기 그 예술가의 빠른 말소리가 멈추었다. 즐거운 비명이 잦아들었고 어슐라와 구드룬은 눈물을 닦았다. 교수가 큰 소리로 외쳤다.

"Ja, das war merkwürdig, das war famos(정말 대단했습니다, 굉장했어요)……."

"Wirklich famos(정말 굉장했어요)!" 웃느라고 기운이 다 빠진 그의 딸들이 조그만 목소리로 말했다.

"그런데 우린 이해할 수가 없었어요!" 어슐라가 소리쳤다.

"Oh leider, leider(오, 저런, 유감입니다. 유감이에요)!" 교수가 외쳤다.

"알아듣질 못하셨다고요?" 드디어 새로 온 사람들에게 편하게 말하며 학생들이 외쳤다. "Ja, das ist wirklich schade, das ist schade, gnädige Frau. Wissen Sie(정말, 그것 참 정말 안됐군요. 유감이에요, 우아한 아가씨들, 그러니까)……."

다들 서로 어우러졌다. 새로 온 이들이 새로운 재료처럼 무리에 섞여 들자 온 방 안에 생기가 돌았다. 제럴드는 물 만난 고기마냥 자유롭고 신 나게 떠들었다. 그의 얼굴은 묘한 즐거움으로 빛났다. 어쩌면 버킨까지도 결국엔 끼어들게 될 것 같았다. 그는 주의를 한껏 집중하고 있었지만 쑥스러워서 자제하고 있었다.

어슐라는, 교수가 발음한 식으로 하자면 「아니 로브리」*를 불러 달라는 청을 받았다. **극도의** 경의를 표하는 침묵이 흘렀다. 그녀는 평생 그렇게 우쭐한 기분을 느껴 본 적이 없었다. 구드룬이 기억을 더듬어 가며 피아노 반주를 했다.

어슐라는 아름답고 낭랑한 목소리를 갖고 있었지만 대개는 자신감이 없어서 다 망쳐 버리곤 했다. 그러나 오늘 밤엔 아무것에도 구애받지 않는 자유로움과 자부심을 느끼고 있었다. 뒤에서 배경처럼 받쳐 주는 버킨이 있어, 그녀는 거의 반사적으로 빛이 났다. 독일 사람들은 그녀로 하여금 자신이 멋지고 완벽하다는 기분이 들게 해 주었다. 그녀는 오만할 정도로 자신감에 빠졌다. 목소리가 높아져 감에 따라 공중을 나는 새가 된 기분이었다. 그녀는 바람을 누비는 새의 날갯짓 같은 노래의 균형과 비상(飛翔) 속에서 몹시 즐거웠고, 열광적인 집중에 힘입어 감상적인 분위기도 내가며 불렀다. 자신감 있게 감정과 힘을 실어 독창을 했다. 그 모든 사람들의 마음과 자신의 마음을 움직이면서, 그리고 자신의 능력을 흡족하게 발휘하여 독일 사람들에게도 헤아릴 수 없는 기쁨을 선사하면서, 그녀는 행복을 만끽했다.

노래가 끝나자 독일 사람들은 모두 그 놀라우리만치 달콤한 멜랑콜리에 감동을 받아 부드럽고 공손한 목소리로 그녀를 칭송했다. 무슨 말을 해도 모자랄 지경이었다.

"Wie schön, wie rührend! Ach, die Schottischen Lieder, sie haben so viel Stimmung! Aber die gnädige Frau hat eine *wunderbare* Stimme; die gnädige Frau ist wirklich eine Künstlerin, aber wirklich(아, 스코틀랜드 노래들은 정말 너무 아름답고 감동적이에요! 그런 감정을 담고 있으니! 게다가 이 우아한 아가씨는 **굉장한** 목소리를 가졌어요. 이 우아한 아가씨는 진짜 예술가예요, 정말이지 진정한)!"

그녀는 아침 햇살 속에 피어난 한 송이 꽃처럼 찬란하게 활짝 피어 있었다. 그녀는 버킨이 질투라도 하는 것처럼 자신을 바라보고 있다는 걸 느꼈다. 가슴은 전율했고 혈관은 온통 황금빛이 되었다. 그녀는 구름 위로 방금 솟아오른 태양만큼 행복했다. 모든 사람들이 탄복하며 빛을 내고 있는 듯했다. 더할 나위가 없었다.

저녁 식사 후 그녀는 세상을 보기 위해 잠시 밖으로 나가고 싶었다. 동행한 사람들은 말렸다, 바깥은 끔찍스럽게 춥다고. 그러나 그녀는 그냥 잠깐 보기만 하려는 거라고 말했다.

네 사람 모두 따뜻하게 껴입고서 희뿌연 눈과 천상의 유령들이 별들 앞에 야릇한 그림자를 드리우고 있는, 현실이 아닌 것처럼 흐릿한 야외로 나갔다. 정말로 추웠다. 살을 에는 듯 무시무시하게 이상하리만치 지독하게 추웠다. 어슐라는 콧속에 와 닿는 공기가 도저히 믿기지 않았다. 너무나 강렬하고 살기등등한 차가움을 가진 냉기가 의식적이고 악의적이며 고의적인 것만 같았다.

하지만 현실 같지 않은 희미한 눈의 침묵, 그녀와 가시적인 것들 사이, 그녀와 반짝이는 별들 사이에 끼어들어 와 있는 보이지 않는 존재의 침묵은 경이로웠다. 그 침묵에 취할 것 같았다. 비스듬히 걸려 있는 오리온자리가 보였다. 어찌나 근사한지, 소리 내어 울고 싶을 만큼 멋졌다.

사방이 온통 이런 눈의 요람이었다. 발아래로는 단단한 눈이 부츠 바닥에 무겁고 차갑게 달라붙어 있었다. 밤은 깊었고 고요했다. 그녀에게 별들의 소리가 들려오는 것만 같았다. 손에 잡힐 듯 가까운 곳에서 별들이 내는 천상의 선율이 들려오는 것 같았다. 그녀는 그 조화로운 선율 사이를 날고 있는 새가 된 것 같았다.

그녀는 버킨에게 찰싹 달라붙었다. 불현듯 그가 무슨 생각을 하고 있는지 모르고 있다는 걸 깨달았다. 그의 마음이 어디를 헤매고 다니는지 모르고 있는 것이다.

"내 사랑!" 그녀는 발걸음을 멈추고 그를 바라보며 말했다.

그의 얼굴은 창백했고 눈동자는 어두웠다. 그의 눈에 희미한 한 줄기 별빛이 어려 있었다. 그는 자신을 향해 다정하게 아주 가까이 와 있는 그녀의 얼굴을 보았다. 그녀에게 부드럽게 키스했다.

"응, 왜요?" 그가 물었다.

"날 사랑하나요?" 그녀가 물었다.

"지나칠 정도로 많이요." 그가 조용히 대답했다.

그녀는 좀 더 가까이 매달렸다.

"지나칠 정도로 많이는 안 돼요." 그녀가 간청하듯 말했다.

"너무, 너무 많이요……." 그가 슬픈 듯이 말했다.

"내가 당신의 전부인 게 슬픈가요?" 그녀가 안타까운 목소리로 물었다.

그는 그녀를 꼭 껴안고 키스하며 들릴락 말락 한 목소리로 말했다.

"그렇지 않아요, 하지만 난 거지가 된 것 같은 기분이에요……. 가난하단 느낌이 들어요."

그녀는 잠자코 별들을 바라보았다. 그러더니 그에게 키스했다.

"거지는 되지 마세요." 그녀가 애원하듯 안타깝게 말했다. "당신이 날 사랑하는 건 창피한 일이 아니에요."

"가난하다고 느끼는 건 창피스러운 일이죠, 그렇죠?" 그가 대답했다.

"어째서 그래야 하나요? ……왜 그래야 하죠?" 그녀가 물었다. 그는 그녀를 안은 채, 산꼭대기에서 보이지 않게 움직이는 지독히 차가운 대기 속에 그저 묵묵히 서 있을 따름이었다.

"당신이 없으면 난 이렇게 차갑고 영원한 곳을 견디지 못할 거예요." 그가 말했다. "난 못 견딜 거예요. 그것이 내 급소를 찔러 죽일 거예요."

불쑥 그녀가 그에게 다시 키스했다.

"그것을 증오해요?" 그녀가 혼란스럽고 의아하여 물었다.

"만일 내가 당신 곁에 가까이 갈 수 없다면, 당신이 만일 여기에 없다면, 난 그것을 증오할 거예요. 견디지 못할 거예요." 그가 대답했다.

"그렇지만 사람들은 친절하잖아요." 그녀가 말했다.

"난 눈을, 고요를, 차가움을, 얼어붙은 영원성을 말하고 있는 거예요." 그가 말했다.

그녀는 의아했다. 그러나 이윽고 그녀의 영혼이 무의식적으로 그의 안에 둥지를 틀며 그의 속 깊은 곳으로 다가가 그를 이해했다.

"맞아요, 우리가 따뜻하게 함께 있으니 좋아요." 그녀가 말했다.

그러고 나서 그들은 다시 숙소로 발걸음을 돌렸다. 눈 덮인 고요한 밤, 호텔의 황금 불빛이 골짜기에 핀 한 무리의 자그마한 노란 열매처럼 빛나고 있었다. 그것은 눈 덮인 암흑의 한가운데에서 빛나는 한 다발의 작은 오렌지빛 태양 광선처럼 보였다. 그 뒤로는 산봉우리의 높다란 그림자가 별빛을 어둑하게 가리며 유령처럼 드리워져 있었다.

그들은 숙소 가까이에 다다랐다. 한 남자가 등불을 들고 어두운 건물에서 나왔다. 황금빛으로 흔들거리는 등불로 인해, 캄캄한 그의 두 발이 눈의 후광 속을 걷고 있는 것처럼 보였다. 캄캄한 눈 속에서 그의 형상은 작고 어둡게 보였다. 그는 바깥채 문의 빗장을 열었다. 소 냄새가, 쇠고기에 가까운 뜨거운 동물 냄새가 차갑고 묵직한 대기를 통해 실려 왔다. 캄캄한 외양간 안에 소 두 마리가 흘끗 보이더니 문이 다시 닫혔다. 한 줄기의 빛도 새어 나오지 않았다. 그 광경을 보자 어슐라는 또다시 집과 마쉬 농장, 어린 시절과 브뤼셀 여행, 그리고 이상하게도, 앤턴 스크레벤스키 생각이 났다.

아, 신이시여, 인간은 심연으로 떨어져 버린 이런 과거를 견뎌낼 수 있을까요? 그런 일이 있었다는 걸 제가 견딜 수 있을까요? 그녀는 눈과 별, 그리고 세찬 냉기 가득한 이 고요한 천상의 세계를 둘러보았다. 거기엔 환등기로 비춰진 듯한 또 다른 세계가 있었다. 평범하면서도 비현실적인 빛으로 밝혀진 마쉬 농장과 코스데이, 그리고 일크스턴이었다. 그림자 같고 비현실적인 어슐라도 보였다. 비현실적인 삶의, 그림자 극이었다. 그것은 환등기 쇼처럼 비현실적이었고 테두리가 쳐져 있었다. 그녀는 그 슬라이드가 몽땅 꺼져 버렸으면 싶었다. 부서진 환등기 슬라이드처럼 영원히 사라져 버리길 바랐다. 그 어떤 과거도 갖고 싶지 않았다. 자신은 버킨과 함께 천상의 구름을 타고 이곳에 내려온 것이기를, 암흑 같은 어린 시절과 성장기로부터 천천히, 온통 더러워진 채로 애써 빠져나온 것이 아니기를 바랐다. 기억이란 그녀를 가지고 노는 비열한 속임수라는 기분이 들었다. '기억할 지어다!'라는 이 명령은 대체 뭐란 말인가! 지난 삶의 오점도, 기억도 없는 순수한 망각의 목욕, 새로운 탄생은 왜 안 된단 말인가. 그녀는 버킨과 함께 있었다. 별들을 배경으로 이 높은 눈 속에서 방금 태어난 것이었다. 그녀가 부모나 조상들과 무슨 관계가 있단 말인가? 그녀는 자신이 새롭다는 것, 그리고 그 어떤 것으로부터도 태어나지 않았다는 것을 알고 있었다. 그녀에겐 아버지도 어머니도 없었고, 그 어떤 선조와도 아무런 관계가 없었다. 그녀는 은과 같이 순수한, 그녀 자신일 뿐이었다. 그녀는 오직 버킨과 하나 된 상태에, 우주의 심장부, 그녀가 한 번도 존재해 본 적 없는 현실의 심장부 속으로 울려 퍼지며 더더욱 깊은 음을 내는 바로 그런 일체의 상태에 속해 있었다.

심지어 구드룬마저 새로운 현실 세계 속에 있는 이 어슐라와는 아무 상관 없이 동떨어져 있는 별개의 개체였다. 그 낡은 그림자-세상, 과거의 실상일랑…… 아아, 다 잊자! 어슐라는 새로운 상황이라는 날개를 달고 거침없이 날아올랐다.

구드룬과 제럴드는 아직 돌아오지 않았다. 숙소 오른편의 자그마한 언덕으로 갔던 어슐라와 버킨과 달리 그들은 숙소 앞쪽으로 곧게 난 골짜기로 올라갔다. 구드룬은 이상한 욕망에 이끌렸다. 눈 덮인 골짜기 끝에 다다를 때까지 계속해서 끝없이 돌진하고 싶었다. 그런 다음 최후의 벽에 기어올라, 꽁꽁 얼어붙은 신비로운 세계의 배꼽 한가운데 예리한 꽃잎들처럼 솟아오른 산봉우리들 속으로 가고 싶었다. 그 낯설고 무시무시하며 험난한 눈 덮인 막다른 바위 벽들 너머, 마지막 산봉우리들이 모여 서 있는 신비한 세상의 배꼽 한가운데 바로 그곳, 그 모든 것들이 함입된 배꼽 속에 자신의 극치가 자리하고 있는 것만 같았다. 그곳에 갈 수만 있다면. 홀로. 그런 다음 만년설과 눈과 바위의 솟아오른 불멸의 봉우리들의 함입된 배꼽 속으로 들어갈 수만 있다면, 그 모든 것과 하나가 될 수 있을 것 같았다. 다름 아닌 그녀 자신이 곧 그 영원하고 무한한 침묵이, 시간을 초월하여 얼어붙은 채 잠들어 있는 만물의 중심이, 될 수 있을 것 같았다.

그들은 숙소의 응접실로 다시 돌아갔다. 그녀는 무슨 일이 벌어지고 있는지 보고 싶었다. 그곳에 있는 남자들은 그녀로 하여금 정신을 바짝 차리게 했고 그녀의 호기심을 자극했다. 그녀에겐 삶의 새로운 맛이었다. 그들은 그녀 앞에 그렇게 넙죽 엎드려 있었지만 너무나도 활기 넘쳤다.

떠들썩한 파티가 벌어지고 있었다. 사람들은 다 같이, 절정에 이르면 손뼉을 치면서 파트너를 공중으로 던지는 티롤의 춤인 슈플라틀러를 추고 있었다. 독일인들은 모두 능숙했다. 주로 뮌헨 출신들이었다. 제럴드도 제법이었다. 구석에서는 세 개의 치터가 소리를 내고 있었다. 굉장히 활기차면서도 혼란스러운 광경이었다. 절정에 이르자 교수는 발을 구르고 손뼉을 치며 놀라운 힘과 열정으로 어슐라를 높이 들어 올려 그녀를 춤에 끌어들였다. 버킨은 교수의 풋풋하고 튼튼한 딸 하나를 상대로 사내답게 행동했고, 그녀는 몹시 행복해했다. 모두가 춤을 추었다. 소란스러운 난리법석이었다.

구드룬은 즐거운 마음으로 쳐다보았다. 단단한 마룻바닥은 남자들의 구둣발 소리로 쿵쿵 울렸고 대기는 손뼉과 치터 소리로 진동했다. 매달린 램프 주변으로 황금빛 먼지가 날렸다.

갑작스럽게 춤이 끝났다. 뢰르케와 학생들은 마실 것을 가지러 바깥으로 나갔다. 흥분한 목소리들이 쩌렁쩌렁 울렸다. 머그 뚜껑들을 부딪치며 "건강을 위해 ―!"라고 외치는 요란한 건배 소리가 들려왔다. 뢰르케는 여자들에게 술을 권하고 남자들과는 애매모호하면서도 살짝 대담한 농담을 나누며 땅도깨비처럼 동에 번쩍 서에 번쩍하여, 웨이터를 헷갈리고 얼떨떨하게 했다.

그는 구드룬과 춤을 추고 싶은 마음이 간절했다. 그녀를 처음 본 순간부터 그녀와 접촉하고 싶었다. 그녀는 본능적으로 이를 감지하고 그가 다가오기를 기다렸다. 하지만 그는 뭔가 뚱하니 그녀와 거리를 두고 있었기 때문에 그녀는 그가 자신을 싫어하나 보다라고 생각했다.

"슈플라틀러 한번 추시겠습니까, gnädige Frau(우아한 아가씨)?" 뢰르케의 일행인 덩치 큰 잘생긴 청년이 말을 건넸다. 구드룬 취향으로 보면, 그는 지나치게 물렁하고 지나치게 겸손했다. 하지만 그녀는 춤을 추고 싶었다. 게다가 라이트너라 불리는 그 허연 청년은 어색하면서도 약간 비굴한 태도에 모종의 두려움을 감춘 겸손함을 보이는, 제법 미남 축에 속하는 남자였다. 그녀는 그를 파트너로 받아들였다.

치터 소리가 다시 울리며 춤이 시작되었다. 제럴드는 미소 띤 얼굴로 교수의 딸들 중 하나와 함께 사람들을 리드했다. 어슐라는 학생 하나와, 버킨은 교수의 다른 딸과, 교수는 크라머 양과, 그리고 나머지 남자들은 여자 파트너와 춤을 추는 것처럼 제법 열정적으로 어울려 춤을 추었다.

뢰르케는 구드룬이 자신의 일행인, 유연하고 근사한 몸매의 청년과 춤을 추었기 때문에 몹시 토라지고 화가 나서, 같은 방 안에서 그녀에게 눈길조차 주지 않았다. 구드룬은 이에 약이 올랐지만, 경험 많은 성숙한 황소처럼 힘이 세고 거친 에너지로 가득한 교수와 춤을 춤으로써 스스로를 위로하고 있었다. 그녀는 머리로는 그를 참아 줄 수가 없었지만, 그러면서도 그의 거칠고 강한 힘에 휘둘리고 공중에 내던져지는 걸 즐겼다. 교수도 이를 즐겼다. 그는 불꽃이 이글거리는 크고 야릇한 파란 눈으로 그녀를 주시했다. 그녀는 자신을 대하는 그 노련하면서도 반쯤은 부성적(父性的)인 동물성에 그를 증오했지만, 그의 육중한 힘에는 감탄했다.

방은 강하고 동물적인 감정과 흥분으로 충전되어 있었다. 뢰르케는 말을 걸고 싶은 구드룬과 가시나무 생울타리에 막힌 듯이 떨어져 있었다. 그는 빈털터리로 자신에게 기생하고 있는 젊은 애인-동료 라이트너를 향해 냉소적이고 무자비한 증오를 느꼈다. 그는 그 청년을 신랄하게 비웃었고, 이에 라이트너는 얼굴이 새빨개진 채 분해서 어쩔 줄 몰랐다.

이제 춤을 완벽하게 익힌 제럴드는 교수의 둘째 딸과 또다시 춤을 추는 중이었다. 그녀는 처녀다운 흥분으로 인해 거의 죽을 지경이었다. 제럴드가 너무 잘생긴 데다 정말이지 최고인 것 같기 때문이었다. 그는 그녀가 마치 심장을 팔딱이는 한 마리 새이거나, 얼굴을 붉힌 채 바르르 떨며 어쩔 줄 모르는 짐승이라도 되는 것처럼 그녀를 손아귀에 넣고 있었다. 공중으로 던져질 차례가 되면 그녀가 자신의 손안에서 경련하듯 몸을 바르르 떠는 것에 그는 웃음이 났다. 결국 그녀는 그를 향한 주체할 수 없는 사랑으로 압도되어 말도 제대로 못하는 지경이 되어 있었다.

버킨은 어슐라와 춤을 추었다. 그의 눈엔 이상한 작은 불길이 노닥거렸다. 그는 사악하고 꺼질 듯 깜빡이는, 조소하는 것 같기도 하고 도발적이며, 상상 불가능한 어떤 존재로 변한 것 같았다. 어슐라는 그가 무서웠지만, 그러면서도 그에게 이끌렸다. 환상 속에서처럼 눈앞에서 똑똑히 그의 눈에 담긴 냉소적이고 방종한 조롱을 볼 수 있었다. 그는 알아챌 수 없도록 미묘하게, 동물처럼, 무심하게 그녀에게 접근해 왔다. 그의 손은 재빠르고 교묘하며 물리칠 수 없이 묘하게 그녀의 가슴 아래쪽 중요한 부분으로 다가와, 놀리는 듯하면서도 어딘가 도발적인 기세로 그녀를 들어 올리더니, 검은 마법을 부리는 것처럼 힘 하나 들지 않는 듯 공중으로 던져 올렸다. 그녀는 겁에 질려 기절할 것만 같았다. 잠시 동안 그녀는 이에 반항했다. 끔찍스러웠다. 마법을 부수고 싶었다. 그러나 마음을 채 굳히기도 전에 그녀는 다시 굴복했고, 두려움에 무릎을 꿇었다. 그는 내내 자신이 뭘 하고 있는지 알고 있었다. 미소 지으며 집중하고 있는 그의 눈을 보고 그녀는 이를 알았다. 그것은 그의 책임이었다. 그에게 맡기리라.

어둠 속에 단둘만 남겨졌을 때 그녀는 그의 야릇한 방종함이 자기 위를 맴돌고 있음을 느꼈다. 불안하고 불쾌했다. 어째서 그가 이렇게 변해 버린 것일까?

"이게 뭐죠?" 겁에 질린 그녀가 물었다.

그러나 알 수 없는 무시무시한 그의 얼굴이 그녀 위에서 번득일 뿐이었다. 하지만 그녀는 그에게 이끌렸다. 그를 거세게 물리치고 싶었다. 빈정대는 듯한, 짐승 같은 이 마법을 부수고 나오고픈 충동을 느꼈다. 그러나 그러기엔 지나치게 매혹되어 있었다. 그녀는 굴복하고 싶었고, 알고 싶었다. 그가 내게 어떻게 할까?

그는 너무나 매력적이면서도 너무나 혐오스러웠다. 가늘어진 눈에서 나와 얼굴 위에서 번득이는 그 냉소적이고 도발적인 모습에, 그녀는 숨어 버리고 싶었다. 몸을 숨긴 채 그의 눈에 띄지 않는 어딘가에서 그를 지켜보고 싶었다.

"당신, 왜 이렇게 된 거예요?" 돌연 기운을 내어 그에게 대적하며 그녀가 다시 물었다.

그의 눈에서 깜박이던 불길이 한곳으로 집중되며 그녀의 눈을 들여다보더니 눈꺼풀이 조롱과 경멸을 담아 살짝 떨리며 아래로 축 처졌다. 그러더니 또다시 좀 전과 똑같이 가차 없이 도발적으로 치떴다. 그녀는 항복했다. 좋을 대로 하라지. 그의 방탕함은 혐오스럽게 매력적이었다. 그러나 그는 스스로 책임질 줄 아는 사람이었다. 그녀는 그게 무엇인지 알고 싶었다.

우린 우리가 원하는 대로 하면 되는 것이다…… 잠자리에 들며 그녀는 이를 깨달았다. 날 만족시켜 주는 것이 어떻게 배제될 수 있단 말인가? 타락한다는 게 뭔가? ……누가 상관한단 말인가? 타락하는 것들은, 다른 리얼리티를 가지고 있는 현실인 것이다. 그리고 그에겐 아무런 부끄러움도 거리낌도 없었다. 그렇게 정신적이며 영적일 수 있는 남자가 그토록―그녀는 떠오르는 몇 가지 생각들과 기억에 멈칫했다가, 생각을 이어 갔다―짐승 같을 수 있다니, 정말 끔찍스럽지 않은가? 너무나 짐승 같았다. 우리 둘 다! ……품위를 잃고 지독히 타락했어! 그녀는 몸을 움츠렸다. ……하지만 결국, 그러면 어떤가? 그녀는 우쭐해지기까지 했다. 짐승 같으면 왜 안 되는 거지? 그렇게 해서 경험을 온통 한 바퀴 다 돌아 보는 게 왜 안 되나? 그녀는 의기양양하게 기쁨에 젖었다. 자신이 짐승 같았다. 정말로 창피스럽다는 게 얼마나 좋은

가! 수치스러운 일은 죄다 경험해 본 것 같았다. ……그런데도 부끄럽지 않았다. 자기 자신이었다. 뭐 어떤가? ……모든 것을 알게 되었을 때, 그리고 그 어떤 컴컴하고 수치스러운 것도 거부하지 않을 때, 그녀는 자유로운 것이었다.

응접실에서 제럴드를 지켜보고 있던 구드룬에게 갑자기 이런 생각이 들었다.

'그 사람은 가능한 모든 여자를 가져야 되는 사람이야 — 그게 그의 본성이라고. 그 사람에게 일부일처란 말이 안 되는 소리야, 천성적으로 난잡해. 그의 본성이 그래.'

무심결에 떠오른 생각이었다. 약간 충격적이었다. 마치 벽 위에 '므네! 므네!'라는 글자가 나타나는 걸 본 듯했다.* 그렇지만 그건 사실이었다. 어떤 목소리가 너무나 분명하게 그렇게 말해 준 것 같아서, 그녀는 순간 성령의 감응을 믿었다.

'정말로 사실이야.' 그녀는 다시 한 번 중얼거렸다.

그녀는 사실 자신이 줄곧 그것을 믿어 왔다는 걸 잘 알고 있었다. 암묵적으로 알고 있었던 것이다. 그러나 그것을 어둠 속에 숨겨 두어야만 했다, 스스로에게조차. 완전히 비밀로 해 두어야만 했다. 그것은 자기 혼자만을 위한, 그러나 스스로에게 거의 용인조차 되지 않은 앎이었다.

그와 싸우겠노라는 굳은 결심이 섰다. 둘 중 하나는 기필코 상대를 이겨야 한다. 어느 쪽이 이길 것인가? 그녀의 영혼은 강철처럼 단단해졌다. 자신의 자신감에 속으로 웃음이 날 지경이었다. 그 자신감은 그를 향한 경멸 섞인 통렬한 연민과 친절하려는 마음을 일깨웠다. 그녀는 그토록 무자비했다.

모두들 일찌감치 각자의 방으로 물러났다. 교수와 뢰르케는 술을 한잔하러 작은 라운지로 갔다. 그들은 층계참의 난간을 따라 위층으로 올라가는 구드룬을 지켜보았다.

"Ein schönes Frauenzimmer(아름다운 여자죠)." 교수가 말했다.

"Ja(그래요)!" 뢰르케가 짤막하게 맞장구쳤다.

제럴드는 늑대 같은 묘한 걸음걸이로 성큼성큼 침실을 가로질러 창가로 걸어가 허리를 굽혀 창밖을 내다보더니 다시 몸을 일으켜 구드룬 쪽을 향했다. 그의 눈은 뭔가에 몰두한 듯 무심한 미소를 머금은 채 날카롭게 빛났다. 그녀의 눈에 그는 키가 아주 커 보였다. 그녀는 양미간에서 만나는 그의 희끗희끗한 눈썹이 번득이는 것을 보았다.

"어때요?" 그가 물었다.

그는 거의 무의식적으로, 마음속으로 웃고 있는 것 같았다. 그녀는 그를 쳐다보았다. 그녀에게 그는 불가사의한 어떤 현상, 인간이 아니라 동물, 그것도 탐욕스러운 존재였다.

"아주 좋아요." 그녀가 대답했다.

"아래층 사람 중에서 누가 제일 마음에 듭니까?" 반짝이는 머리카락을 뻣뻣이 세운 그가 그녀의 머리 위로 껑충하게 서서 빛을 내며 물었다.

"누가 제일 마음에 드냐고요?" 그 질문에 대답하고 싶었지만 마음을 가다듬고 생각을 정리하기 어려워 그녀는 질문을 되풀이했다. "글쎄요, 모르겠어요. 아직은 어떻다 말할 정도로 그 사람들을 충분히 아는 게 아니라서요. **당신은** 누가 제일 좋은데요?"

"아, 난 관심 없어요―그 사람들 중엔 좋은 사람도, 싫은 사람도 없어요. 나한텐 별로 중요한 문제가 아닙니다. 난 당신에 관해 알고 싶었어요."

"왜요?" 그녀가 약간 창백해지며 물었다.

그의 눈에 담긴, 무심하고 무의식적인 미소가 짙어졌다.

"알고 싶었으니까요." 그가 말했다.

그녀는 마법을 깨며 고개를 돌렸다. 어딘지 이상하게 그가 자신을 지배하고 있다는 느낌이 들었다.

"글쎄요, 아직은 말할 수가 없네요." 그녀가 말했다.

그녀는 머리에서 핀을 뽑으려고 거울 쪽으로 갔다. 매일 밤 그녀는 잠시 거울 앞에 서서 짙고 아름다운 머리카락을 빗었다. 그것은 그녀의 삶에서 필연적인 의식의 일부였다.

그는 그녀를 따라가 뒤에 섰다. 그녀는 고개를 숙인 채 핀을 뽑으며 그 따스한 머리카락을 흔들어 풀어 헤치느라 분주했다. 고개를 들었을 때 그녀는 거울 속에서 그가 자기 뒤에 서 있는 것을, 자신을 의식적으로 보고 있는 것이 아니라 무의식적으로 지켜보고 있는 것을, 그리고 웃는 것처럼 **보이지만** 사실은 정말로 웃고 있는 것은 아닌, 아름다운 눈동자로 자신을 지켜보고 있는 것을 보았다.

그녀는 깜짝 놀랐다. 그의 모습에 빗질을 계속할 용기를, 아무렇지 않은 듯 맘 편한 척할 용기를 빼앗겼다. 제럴드가 옆에 있으면 그녀는 절대로, 절대로 마음이 편치 않았다. 그녀는 전력을 다해 그에게 말할 거리를 찾았다.

"내일은 뭐 할 생각이에요?" 그녀는 태연히 물었다. 그러나 심장이 너무나 격렬히 고동치고 눈은 야릇한 초조함으로 너무 밝게 빛나, 그가 이를 눈치채지 않을 수 없을 것 같았다. 하지만 그녀는 자신을 보고 있는 그가 완전히 눈멀어 있다는 것을, 늑대처럼 눈이 멀어 있다는 것을 또한 알고 있었다. 그것은 그녀의 일상적 의식과 그의 낯설고 섬뜩한, 마술적인 의식 간의 기이한 싸움이었다.

"모르겠습니다." 그가 대답했다. "당신은 뭘 하고 싶죠?"

그는 의식이 침몰해 버린 상태로 멍하니 말했다.

그녀는 느긋하게 단언조로 말했다. "오, 난 뭐든 할 준비가 되어 있어요…… 뭐든지 난 좋을 것 같아요. 정말이에요."

그러면서 속으로는 이렇게 중얼거렸다.

'맙소사, 왜 이리 초조한 걸까…… 뭣 때문에 넌 이렇게 **안절부절 못하는 거니**, 이 바보야. 저이가 알게 되면 영원히 끝장이야……. 네가 그렇게 황당한 상태라는 걸 저이가 아는 날이면 넌 영원히 끝장이란 거, **알잖아.**'

그러고는 그 모든 것이 애들 장난에 지나지 않는다는 듯 속으로 빙그레 웃었다. 그러나 그동안 그녀의 심장은 요동치고 있었고, 그녀는 거의 기절할 지경이었다. 거울로 그의 모습이 보였다. 자기 뒤에 그렇게 훤칠하니 아치처럼 높다랗게…… 너무나 무섭게 굽어보듯 서 있는 금발의 그가. 자신에게 그의 모습이 보인다는 걸 그가 모르게 하기 위해서라면 어떤 대가라도 치르리라는 심정으로 그녀는 거울에 비친 그의 모습을 흘낏 훔쳐보았다. 그는 그녀가 거울에 비친 자신의 모습을 볼 수 있다는 걸 몰랐다. 그녀가 초조한 손으로 머리를 마구 빗어 대는 동안 그는 무의식적으로 눈을 번득이며 흘러내린 그녀의 머리카락을 내려다보고 있었다. 그녀는 고개를 한쪽으로 기울인 채 미친 듯이 머리를 빗고 또 빗었다. 죽는 한이 있더라도 도저히 고개를 돌려서 그를 마주 볼 수가 없었다. 죽는 한이 있더라도 **그렇게** 할 수는 없었다. 이 사실을 깨닫자 그녀는 기력을 잃고 힘없이 기절하여 땅에 쓰러져 버릴 것만 같았다. 그녀는 덮칠 듯 무시무시하게 등 뒤에 바짝 붙어 서 있는 그의 모습을, 등 뒤에 바짝 붙어 서 있는 그 강하고 튼튼하며 물러설 줄 모르는 그의 가슴을 의식했다. 그러자 더는 못 견딜 것 같았다. 몇 분 안에 그의 발밑에 쓰러져 엎드린 채 그가 자신을 파괴하도록 내버려 두게 될 것만 같았다.

이런 생각은 그녀가 가진 모든 날카로운 지력과 의식의 존재를 쑤시듯 자극했다. 그에게로 몸을 돌린다는 건 엄두도 나지 않았다. ……그는 거기 미동도 없이 온전하게 서 있었다. 사력을 다해 그녀는 낭랑하고 태연한 목소리로 말했다. 남아 있는 자제력을 총동원하여 끌어낸 목소리였다.

"저기 뒤쪽의 내 가방 안에 있는 것 좀 갖다 주겠어요? 그 안에 내……."

여기서 그녀는 기력이 다했다. '무엇을 갖다 달라고 하지……? 무엇을……?' 그녀는 속으로 비명을 질렀다.

그러나 그는 깜짝 놀라 몸을 돌렸다. 평소에 **그토록** 비밀스럽게 지니고 다니던 가방 속을 들여다보라는 부탁을 하다니, 펄쩍 뛸 일이었다. 이제 그녀가 고개를 돌렸다. 그녀의 얼굴은 희었고 짙은 눈은 섬뜩하고 기괴한 극도의 흥분으로 번득였다. 그가 가방 쪽으로 허리를 굽혀 느슨하게 채워진 끈을 풀고 있는 것이 보였다. 그녀가 그를 정복한 것이다. 그가 허리를 굽히고 있었다, 노예처럼.

"뭘 말이죠?" 그가 물었다.

"아, 작은 에나멜 상자요 — 노란색인데 — 가마우지가 가슴을 쥐어뜯는* 그림이 있는……."

그녀는 그에게로 가더니 훤히 드러난 아름다운 팔을 구부려 자신의 물건들을 능숙하게 뒤적거리다가 정교하게 색이 칠해진 상자를 꺼냈다.

"이거예요, 보세요." 그녀가 그의 눈 밑에서 그것을 휙 치우며 말했다.

이제는 그가 난처한 상태였다. 그녀가 밤을 위해 민첩하게 머리를 매만지며 앉아서 신발 끈을 푸는 동안 그는 가방을 묶고 있어야 하는 처지가 된 것이다. 그녀는 더 이상 자신을 향해 등을 보이지 않을 것이다.

그는 당황하고 실망스러웠지만 무의식적이었다. 이제는 그녀의 손에 채찍이 들려 있었다. 그녀는 그가 자신의 엄청난 공포를 알아차리지 못했다는 걸 알고 있었다. 그녀의 심장은 아직도 무겁게 뛰고 있었다. 바보, 바보같이 그런 상태에 빠지다니! 제럴드의 둔감함을 신에게 얼마나 감사했던지. 그가 아무것도 못 보다니, 신이시여 감사하옵니다.

그녀는 천천히 신발 끈을 풀며 앉아 있었고 그도 옷을 벗기 시작했다. 다행히 위기가 끝난 것이다. 그녀는 이제 그가 좋아질 지경이었고, 거의 사랑에 빠지기라도 한 기분이었다.

"오, 제럴드." 그녀가 애무하듯, 놀리듯 웃었다. "오, 당신이 그 교수 딸이랑 한 게임은 정말 멋졌어요……. 그랬죠?"

"무슨 게임 말입니까?" 그가 돌아다보며 물었다.

"그녀가 당신과 사랑에 빠진 것 **아닌가요**? ……오, 그녀가 당신을 사랑하게 된 거 아니냐고요!" 구드룬이 그녀의 가장 매력적인 쾌활한 분위기의 미소를 지으며 말했다.

"그런 것 같지 않은데요." 그가 말했다.

"그런 것 같지가 않다고요!" 구드룬이 놀렸다. "왜요, 그 가여운 처녀는 지금 이 순간 당신을 향한 사랑에 짓눌려 죽어 가며 몸져누워 있는데요. 그녀는 당신이 **멋지다고** 생각해요 — 오, 세상 그 어떤 남자보다도 더 굉장하다고 말이죠. ……정말이지, 우습지 않아요?"

"왜 우습죠? 뭐가 우습다는 겁니까?" 그가 물었다.

"그야 물론 당신이 그녀에게 작업하는 걸 보면 그렇다는 거죠." 그의 속에 들어 있는 남자의 자존심을 당혹스럽게 하는, 반쯤 질책하는 태도로 그녀가 말했다. "정말이지 제럴드, 그 가여운 처녀를……!"

"난 그녀에게 아무 짓도 안 했습니다." 그가 말했다.

"오, 그런 식으로 간단히 그녀를 쓰러뜨리다니, 그건 너무 부끄러운 일이에요."

"그렇게 하는 게 슈플라틀러인데요." 그가 밝게 씩 웃으며 대답했다.

"하…… 하…… 하!" 구드룬이 웃었다.

그녀의 조롱이 야릇하게 메아리치면서 그의 근육 사이로 떨리며 지나갔다. 잠이 들었을 때 그는 자신의 힘에 푹 싸여 침대에 웅크리고 있는 것 같았는데, 그 힘은 그러나 아직 텅 비어 있었다.

그렇지만 구드룬은 강하고 튼튼하게, 승자의 잠을 잤다. 그러다 갑자기 퍼뜩 잠에서 깼다. 나무로 지은 자그마한 방은 나지막한 창문으로 새어 들어오는 여명으로 빛나고 있었다. 고개를 들자 저 아래 골짜기가 내려다보였다. 분홍빛이 도는 반쯤 드러난 마법의 눈과 언덕 기슭을 둘러싼 소나무들이 보였다. 아주 작은 형상 하나가 희미하게 빛나는 공간 위에서 움직이고 있었다.

그녀는 그의 시계를 흘끗 쳐다보았다. 7시였다. 그는 아직도 잠에 곯아떨어져 있었다. 그러나 그녀는 완전히 잠에서 깨었다. 무서우리만치 — 선명하고 냉철한 금속성의 각성 상태였다. 그녀는 누운 채로 그를 쳐다보았다.

그는 자신의 건강과 패배에 내맡겨져 자고 있었다. 그녀는 그를 향한 진지한 존경심으로 압도되었다. 지금까지는 그의 앞에 있으면 두려웠다. 그녀는 누워서 그에 관해 생각했다. 그는 누구인가, 그는 이 세상에서 무엇을 대표하고 있는가. 그는 아름답고 독립적인 의지를 가졌다. 그녀는 그토록 단기간 동안 그가 탄광에서 일으킨 혁명에 관해 생각했다. 그는 어떤 문제에 직면한다 해도, 제

아무리 풀기 힘든 어려움에 직면한다 하더라도 그것을 극복하리라는 걸 알고 있었다. 어떤 생각을 갖고 있다면 그는 그것을 실행에 옮기고야 말 사람이었다. 그는 혼돈으로부터 질서를 만들어 내는 능력을 갖고 있었다. 상황 파악만 되면 필연적인 결과를 이끌어 낼 수 있는 사람이었다.

잠시 동안 그녀는 야망의 거친 날개를 달고 붕 떠 있었다. 제럴드는 자신의 의지력과 현실에 대한 이해력으로 오늘의 문제들을, 현대 사회 속 산업주의의 문제점을 풀어내려 애쓸 것이다. 그가 머지않아 자신이 원하던 변화를 성취하고 산업 시스템을 재조직할 것임을 그녀는 알고 있었다. 그는 그렇게 할 수 있다는 걸 알고 있었다. 하나의 도구로서, 그는 이런 일들에서는 경이로운 존재였다. 그와 같은 잠재력을 가진 사람을 그녀는 본 적이 없었다. 그는 이를 의식하지 못했지만, 그녀는 알고 있었다.

그는 무의식적이었기 때문에 그로 하여금 시작만 하게 하면 되었다. 그 일에 그의 손을 올려놓아 주기만 하면 되었다. 그리고 그 일은 그녀가 할 수 있었다. 그녀가 그와 결혼하고, 그는 보수당 이익을 대변하여 국회로 나아가 엉망으로 뒤엉킨 노동과 산업을 깨끗이 정비하는 것이다. 그는 두려움이 없고 능수능란했다. 그는 기하학에서와 마찬가지로 인생에서도 모든 문제는 풀릴 수 있다고 믿었다. 게다가 그는 문제 해결 이외의 것에 관해서는, 자기 자신 혹은 그 어떤 다른 것에 대해서도 개의치 않았다. 그는 정말이지 아주 순수했다.

그녀의 가슴은 빠르게 고동쳤다. 미래를 상상하며 의기양양하게 훨훨 날았다. 그는 평화의 나폴레옹이나 비스마르크 같은 사람이 되리라…… 그리고 그녀는 그런 남자 뒤에 있는 여자가 되는 것이다. 그녀는 비스마르크의 편지들을 읽고 깊이 감동한 적이 있었다. 제럴드는 그런 비스마르크보다 더 자유롭고 더 용감할 것이다.

그러나 이렇게 허구적인 황홀경 속에서, 삶에 대한 이 기이한 가짜 희망의 햇볕 속에서 일광욕을 하고 있는 이 순간조차, 그녀의 가슴속에서 뭔가 탁 부러지는 듯한 소리가 나면서 무시무시한 냉소가 바람처럼 그녀에게 불어닥치기 시작했다. 모든 것이 아이러니로 변해 버렸다. 모든 것의 마지막 맛은 아이러니였다. 그녀가 부정할 수 없는 현실의 아픔을 느끼는 때는 바로 온갖 희망과 생각들의 가차 없는 아이러니를 알았을 때였다.

그녀는 누운 채, 자고 있는 그를 쳐다보았다. 그는 완벽하게 아름다웠다. 완벽한 도구였다. 그녀 생각에 그는 순수하고 비인간적인, 초인에 가까운 도구였다. 그의 도구성이 너무나 매력적이어서, 그녀는 그를 도구로 사용하기 위해 자신이 신이었다면 하고 바랐다.

그러나 바로 그 순간 빈정거리는 물음이 솟구쳤다. '무엇을 위해?' 그녀는 광부의 아내들을, 그들의 리놀륨 장판과 레이스 달린 커튼, 그리고 끈 달린 긴 부츠를 신은 그들의 딸들을 생각했다. 탄광 현장 감독들의 아내와 딸들을, 그들의 테니스 파티를, 그리고 사회 계급 속에서 서로 남보다 우월하기 위해 그들이 벌이는 끔찍한 싸움을 생각했다. 무의미한 명성을 가진 숏랜즈, 무의미한 크라이치가 사람들이 있었다. 런던, 하원, 그리고 현존하는 이 사회가 있었다. 맙소사!

아직 젊었지만 구드룬은 영국 사회의 내막을 속속들이 알고 있었고, 그녀에게 출세하겠노라는 이상 따윈 없었다. 출세를 한다는 건 또 하나의 겉치레 쇼를 하는 것을 의미한다는 걸, 출세란 가짜 페니 대신 반 크라운짜리 가짜 동전을 갖는 것과 다름없다는 걸, 무자비한 젊은이답게 철저히 냉소적으로 파악하고 있었다. 가

치를 매기는 통화라는 것 전체가 가짜였다. 물론 그녀의 냉소주의
는, 거짓된 동전이 통용되는 세상에서는 1파운드짜리 불량 금화
가 4분의 1페니짜리 불량 동전보다 낫다는 것 정도는 잘 알고 있
었다. 그러나 부자든 가난뱅이든 그녀는 그 둘을 똑같이 경멸했다.

그녀는 꿈을 꾸었던 자신을 이미 비웃고 있었다. 그 꿈들은 손
쉽게 이루어질 수도 있었다. 그렇지만 영혼 속에서 그녀는 자신의
충동이 엉터리 가짜라는 걸 지나치리만치 잘 인식하고 있었다. 제
럴드가 낡아 빠진 구식 회사로부터 제법 이익을 내는 산업을 만
들어 낸들 그녀에게 무슨 상관이란 말인가? 무슨 상관이 있단 말
인가? 낡아 빠진 회사든 신속히 멋들어지게 조직된 산업이든, 그
녀에겐 별다른 의미가 없기는 매한가지였다. 그것들은 악화(惡貨)
였다. ……물론 그녀도 겉으로는 상당한 관심을 보였다 ― 중요한
건 겉보기였다. 속으로는 어차피 하찮은 짓거리였으니까.

그녀에겐 모든 것이 본질적으로 아이러니였다. 그녀는 제럴드
위로 몸을 숙인 채 연민을 느끼며 마음속으로 이렇게 말했다.

'오, 내 사랑하는 그대, 내 사랑, 그런 게임은 당신 같은 사람에
게 어울리지 않아요. 당신은 정말이지 멋진 존재거든요…… 그런
당신이 어째서 그렇게 보잘것없는 쇼에 사용되어야 하나요?'

그녀의 가슴은 그에 대한 연민과 슬픔으로 찢어졌다. 그러나 동
시에 그녀의 입술은 입 밖에 내지 않은 자신의 장황한 비난을 빈
정거리는 비웃음으로 일그러졌다. 아, 이 무슨 우스꽝스러운 광대
짓이란 말인가! 파넬과 캐서린 오세이가 떠올랐다. 파넬! 결국, 그
누가 아일랜드의 독립을 심각하게 받아들일 수 있을까? 아일랜드
가 무엇을 하든, 그 누가 정치적인 아일랜드를 심각하게 받아들일
까? 그리고 그 누가 정치적인 영국을 심각하게 받아들일 수 있을
까? 그 누가? 정말이지 그 누가 덕지덕지 이어 맞춰진 그 오래된

헌법이 또 어떻게 더 만지작거려질 것인가에 대해 눈곱만큼이라도 관심이 있을까? 우리나라의 중산모에 개의할 사람이 없듯이, 그 누가 우리의 국가적 이상에 대해 신경을 쓸까? 아하, 그 모든 것이 낡은 모자요 낡은 중산모인 것을?

그뿐이에요, 제럴드, 나의 젊은 영웅이여. 어쨌거나 우린 더 이상 그 옛날 수프를 젓는 구역질 나는 일 따윈 자처하지 않을 거예요. 당신은 아름다워야 해요, 나의 제럴드. 물불을 가리지 말아요. 완벽한 순간이란 것이 **있는 법이죠.** 일어나요, 제럴드, 일어나요. 일어나서 내게 그 완벽한 순간을 확신시켜 줘요. 오, 확신을 갖게 해 줘요. 난 그게 필요해요.

그가 눈을 뜨고 그녀를 바라보았다. 그녀는 톡 쏘는 듯한 쾌활함이 담긴, 비웃는 듯한 수수께끼 같은 미소로 그에게 인사했다. 그의 얼굴 위로 미소 짓는 그녀의 상(像)이 지나갔다. 그도 미소지었다. 완전히 무의식적으로.

자신의 얼굴을 비춘 듯한 미소가 그의 얼굴을 가로질러 지나가는 것을 보자 그녀는 엄청난 기쁨을 느꼈다. 저게 바로 아기가 미소 짓는 방식이란 사실이 떠올랐다. 그녀의 마음은 찬란한 기쁨으로 가득 찼다.

"당신은 해냈어요." 그녀가 말했다.

"뭘요?" 그가 당황하며 물었다.

"내게 확신을 주었다고요."

그러고는 몸을 숙여 그에게 열정적인 키스를 했다. 너무 열정적이어서 그는 당황했다. 자기가 그녀에게 어떤 확신을 주었는지 물어보고 싶었지만 그렇게 하지 않았다. 그녀가 키스해 주는 것이 좋았다. 그녀가 자신의 심장을 더듬고 있는 것 같았고, 급소를 건드리는 것 같았다. 그는 그녀가 자신의 존재의 급소를 건드려 주길 원했다. 그것이 그가 가장 원하는 것이었다.

밖에서 누군가 노래를 부르는 소리가 들려왔다. 남자답고 무모하면서도 아름다운 목소리였다.

날 안으로 들여 주오, 날 안으로 들여 주오, 자존심 강한 당신,
내게 불을 지펴 주오.
난 비에 젖었다오.
난 비에 젖었다오……

구드룬은 남자답고 무모하며 빈정거리는 음색의 저 노래가 영원토록 자신을 관통하며 울리게 되리란 걸 알았다. 그것은 그녀에게 최고의 순간, 초조한 만족의 순간에 느끼는 극렬한 아픔 가운데 하나가 되었다. 그녀에게 그것은 영원 속에 고정되었다.

날이 맑고 푸르스름하게 밝아 왔다. 산꼭대기 사이로 가볍게 바람이 불었다. 그 바람은 미세한 눈가루를 실어 나르며 칼끝처럼 날카롭게 살갗에 닿았다. 제럴드는 충족감에 젖은 남자의 아름답고 눈먼 얼굴로 밖으로 나갔다. 이 아침, 구드룬과 그는 완벽하고 정적인 하나가 된 상태였다. 둘 다 아무것도 보지 않았고 의식하지도 않았다. 그들은 뒤따라올 어슐라와 버킨을 남겨 둔 채 터보건 썰매를 타고 나갔다.

구드룬은 온통 주홍과 로열 블루—주홍색 스웨터에 모자, 그리고 로열 블루 치마에 스타킹 차림이었다. 흰색과 회색으로 차려입고 자기 옆에서 자그마한 터보건 썰매를 끌고 있는 제럴드와 함께, 그녀는 새하얀 눈 위로 쾌활하게 나아갔다. 가파른 비탈을 오르면서 그들의 모습은 저 멀리 눈 속으로 점점 작아져 갔다.

구드룬은 자신이 하얀 눈 속으로 완전히 들어가고 있는 것 같았

다. 그녀는 순수한 무념(無念)의 수정체가 되었다. 바람 부는 산꼭대기에 이르렀을 때 그녀는 주변을 둘러보았다. 푸르스름하게 아득히 하늘로 높이 솟은, 눈 덮인 바위 봉우리 너머 또 봉우리가 보였다. 그녀는 그것이 순수한 꽃들을 위한 봉우리들을 가진 정원처럼 보였고, 그녀의 심장은 그 꽃들을 따고 있는 것 같았다. 그녀는 제럴드를 전혀 의식하지 않았다.

방향을 바꾸어 가파른 언덕을 내려갈 때 그녀는 그에게 달라붙었다. 마치 자신의 감각들이 불꽃처럼 날카로운 어떤 섬세한 숫돌 위에서 갈리는 듯한 기분이 들었다. 양쪽에서 눈이, 예리하게 갈리는 칼날에서 튀는 불꽃처럼 전력 질주했다. 주변의 백색이 빠르게, 점점 더 빠르게 달렸고, 그 하얀 언덕이 순수한 불꽃을 내며 그녀의 뒤로 날아갔으며, 그녀는 용해되어 춤추는 작은 물방울처럼 뒤섞인 채 강렬한 백색을 뚫고 돌진했다. 이윽고 기슭에 이르자 커다란 커브 길이 닥쳤고, 그들은 속도를 늦추며 넘어지듯이 휙 돌았다.

그들은 잠시 휴식을 취했다. 그러나 자리에서 일어섰을 때 그녀는 서 있을 수가 없었다. 그녀는 야릇한 비명을 지르며 몸을 돌려 그에게 매달렸고, 얼굴을 그의 가슴에 묻은 채 정신을 잃었다. 그에게 몸을 기대고 누워 있는 잠시 동안 그녀는 완전한 망각 상태에 빠져 있었다.

"어떻게 된 겁니까?" 그가 말했다. "당신에게 너무 무리였나요?"

그러나 그녀는 아무 소리도 듣지 못했다.

정신이 들었을 때, 그녀는 벌떡 일어나 놀란 얼굴로 주변을 두리번거렸다. 얼굴은 새하얬고 커다래진 두 눈은 반짝거렸다.

"어떻게 된 겁니까?" 그가 재차 물었다. "많이 놀랐습니까?"

그녀가 어딘지 변한 듯한 빛나는 눈으로 그를 쳐다보더니 무시무시할 정도로 즐겁게 웃어 댔다.

"아뇨." 그녀가 승리에 찬 기쁨의 소리를 질렀다. "내 평생 가장 완전한 순간이었어요."

그러더니 뭔가에 홀린 사람처럼 눈부시고 자만에 찬 웃음을 터뜨리며 그를 바라보았다. 예리한 칼날이 그의 심장 속으로 들어가는 것 같았다. 그러나 그는 개의치 않았다. 아니, 눈치채지 못했다.

그러나 그들은 또다시 언덕을 올라 새하얀 불꽃 사이로 멋지고 근사하게 달려 내려왔다. 수정 같은 눈가루를 뒤집어쓴 구드룬은 반짝거리며 웃어 댔고 제럴드는 완벽하게 썰매를 몰았다. 그는 한 치의 오차도 없이 썰매를 조종할 수 있을 것 같은 기분이었다. 썰매가 공중을 뚫고 하늘 한복판으로 날아오르게 할 수 있을 것 같았다. 날고 있는 썰매는 그의 힘을 펼쳐 놓은 것에 불과하여 그저 팔만 움직이면 자유자재로 움직여지는 것 같았다. 그들은 또 다른 미끄럼길을 찾아 거대한 산비탈들을 뒤지고 다녔다. 그의 생각에는 이미 알고 있는 것보다 더 좋은 미끄럼길이 틀림없이 있을 것 같았다. 그리고 마침내 원하던 것을 찾아냈다. 그것은 길고 무시무시한 완벽한 곡선 길로, 바위의 아래쪽을 살짝 비켜 나가 언덕 기슭의 나무들 사이로 내리뻗어 있었다. 위험하다는 건 그도 알았다. 그렇지만 자신이 손가락 사이로 썰매를 조정할 수 있다는 것 또한 알고 있었다.

처음 며칠은 육체적 움직임의 희열 속에서, 강렬한 속도와 백색 빛 속에서 썰매와 스키, 스케이트를 타고 움직이는 가운데 지나갔다. 그 속도와 빛의 강렬함은 삶 자체를 초월하는 것이었으며 인간의 영혼을 속도와 무게, 그리고 영원한, 얼어붙은 눈의 비인간적인 추상의 세계로 이끌었다.

제럴드의 눈이 단호하고 낯설어졌고, 스키를 타고 지나가는 그는 인간이라기보다는 어떤 강력한 숙명적인 탄식 같았다. 완벽하게 솟아오르는 궤도 속에서 그의 근육은 탄력이 넘쳤으며, 의식 없고 영혼 없는 그의 몸뚱이는 발사되어 순수한 비상(飛上) 상태에서 완벽한 역선(力線)을 따라 소용돌이쳤다.

다행히 하루는 눈이 와서 모두 실내에 머무르지 않을 수 없었다. 버킨은, 만일 그렇지 않았더라면 그들 전부 제정신을 잃고 미지의 이상한 눈-짐승 족속처럼 비명과 고함을 질러 대기 시작했을 거라고 말했다.

그날 오후 어슐라는 응접실에서 우연히 뢰르케와 이야기를 나누었다. 뢰르케는 최근 들어 불만스러워 보였다. 그는 여느 때처럼 활기 있고 장난기 어린 유머로 가득했다. 그러나 어슐라가 보기에 그는 뭔가에 골이 나 있는 것 같았다. 그의 파트너인 덩치 큰 잘생긴 청년도 불안한 기색으로 어디에도 속하지 않는 것처럼 배회하며, 모종의 복종 상태에 붙들린 채 거기에 반항하고 있었다.

뢰르케는 구드룬에게 거의 말을 걸지 않았다. 반면 그의 동행인은 그녀에게 줄곧 은근하고 지나칠 정도로 정중한 관심을 기울였다. 구드룬은 뢰르케와 이야기를 나누고 싶었다. 조각가인 그의 예술에 대한 생각을 들어 보고 싶었다. 게다가 그녀에겐 그의 모습이 매력적이었다. 그에게는 마음을 끄는 어린 부랑아 같은 모습과, 호기심을 자아내는 노인의 모습이 함께 있었다. 게다가 그의 섬뜩한 단독성, 아무하고도 접촉하지 않은 채 홀로 존재하는 특성은 그녀가 보기에 단연 예술가의 표지였다. 그는 까치처럼 수다를 떨었고, 장난스러운 말장난도 곧잘 했는데, 간혹 아주 기발한 때도 있었지만 자주 그런 건 아니었다. 그리고 갈색의 난쟁이 같은 그의 눈에서 그녀는 인위적인 고통의 사악한 표정을 볼 수 있었다. 그의 모든 자잘한 광대짓 뒤에는 그 표정이 놓여 있었다.

그의 모습에 그녀는 흥미를 느꼈다 — 거리의 부랑아 같은, 소년 같은 모습이었다. 그는 자신의 이런 모습을 전혀 감추려 하지 않았다. 언제나 무릎까지 오는 헐렁한 반바지에 거칠게 짠 모직 상의를 입고 있었다. 다리는 가늘었지만 이를 감추려는 노력은 추호도 하지 않았다. 그것은 독일 사람으로서는 그 자체로 눈에 띄는 일이었다. 그리고 그는 겉으론 그렇게 장난스럽고 쾌활하면서도 어떤 자리에서도 절대 남의 비위를 맞추는 법이 없었고, 혼자였다.

그의 동행인인 라이트너는 길쭉길쭉한 사지에 눈이 파랗고 아주 잘생긴 굉장한 스포츠맨이었다. 뢰르케도 가끔씩 썰매나 스키나 스케이트를 타러 가긴 했지만, 별 관심이 없었다. 그리고 그 순종 부랑아의 콧구멍, 그 예민하고 얄팍한 콧구멍은 라이트너의 곡예 같은 화려한 동작에 경멸조로 씰룩거리곤 했다. 극도로 친밀하게 함께 여행하고 함께 살아온 그 두 남자는 이제 서로를 혐오하는 단계에 이른 것이 분명했다. 라이트너는 상처받은 무기력한 미움으로 몸부림치며 뢰르케를 증오했고, 뢰르케는 섬세하게 떨리는 경멸과 냉소로 라이트너를 대했다. 둘의 결별이 얼마 남지 않은 것 같았다.

이미 그들은 함께 있을 때가 거의 없었다. 라이트너는 이 사람 저 사람에게로 달려가 접촉했고, 뢰르케는 언제나 미적대며 대부분 혼자 있었다. 야외에 있을 때는 베스트팔렌 모자,* 즉 귀까지 내리덮는 커다란 갈색 벨벳 귀마개가 달린 갈색 벨벳 모자를 꾹 눌러쓰고 있어서 귀가 축 늘어진 토끼나 트롤처럼 보였다. 건조하고 밝은 톤의 피부에 불그레한 갈색이 도는 그의 얼굴은 변덕스러운 표정으로 주름져 오그라든 것처럼 보였다. 그의 눈은 독특하게 눈에 띄었다 — 동그란 갈색이 천상 토끼나 트롤, 아니면 지옥에 떨어진 인간의 눈처럼, 야릇하고 말 없는 타락한 지식의 표정과 섬뜩하게 낯익은 불꽃이 담긴 눈이었다. 구드룬이 그에게 말을 걸려고 할 때마다 그는 감시하는 듯한 까만 눈으로 그녀를 바라보면서 아무런 반응도 보이지 않고 꽁무니를 빼며 그녀와 관계를 진전시키려 하지 않았다. 그는 자신이 구드룬의 느린 프랑스어와 그것보다 더 느린 독일어를 혐오스러워한다는 사실을 그녀가 느끼게끔 만들었다. 자신의 서툰 영어로 말하자면 너무 어색하고 거북해서 그는 아예 시도조차 하지 않았다. 그러나 제법 알아듣기는 했다. 구드룬은 짜증이 나서 그를 혼자 내버려 두었다.

그러나 이날 오후 구드룬은 그가 어슐라와 이야기를 나누고 있는 라운지로 갔다. 그의 가늘고 검은 머리카락을 보자 어쩐지 박쥐가 떠올랐다. 민감해 보이는 그의 동그란 머리통에 가늘게 난 머리카락은 관자놀이께로 가면서 점점 숱이 적어졌다. 등을 구부린 채 앉아 있는 그의 영혼은 박쥐와 비슷한 것 같았다. 구드룬은 그가 어슐라에게 별반 내키지 않은 듯 투덜거리며 느릿느릿 인색하게 자신의 속내를 털어놓는 중이라는 걸 알 수 있었다. 그녀는 그들에게 다가가 언니 옆에 앉았다.

그는 그녀를 쳐다보더니 안중에도 없다는 듯이 다시 고개를 돌렸다. 그러나 사실 그녀에게 깊은 관심이 있었다.

"재미있지 않니, 프룬." 어슐라가 구드룬에게로 고개를 돌리며 말했다. "뢰르케 씨는 쾰른에 있는 한 공장에 커다란 벽 장식을 하고 있대. 바깥쪽 말이야, 거리 쪽."

그녀는 그를, 그리고 그의 가늘고 갈색인 긴장된 두 손을 쳐다보았다. 그 손은 뭔가를 쥐는 힘이 있어 보였고, 어딘지 맹금의 발톱, 그리페스*처럼 비인간적이었다.

"재료는 뭔가요?" 그녀가 물었다.

"Aus was(뭘로 만드는 건가요)?" 어슐라가 되풀이했다.

"Granit(화강암입니다)." 그가 대답했다.

즉각 동료 장인들 간의 간결한 질의와 응답이 이어졌다.

"양각은 어떤 거죠?" 구드룬이 물었다.

"Alto rilievo(높은 돋을새김입니다)."

"높이는 어느 정도나 되죠?"

그가 쾰른에 있는 거대한 화강암 공장을 위해 거대한 화강암 부조(浮彫)를 한다니, 구드룬은 상당한 흥미를 느꼈다. 그로부터 디자인에 관한 약간의 구상을 들었다. 그것은 장터를 표현하는 것으로, 신식 옷을 입은 농부와 장인들이 부어라 마셔라 떠들며 취해서 회전목마를 타고 우스꽝스럽게 빙빙 도는가 하면 입을 쩍 벌리고 구경거리를 보거나 입을 맞추고 떼를 지어 비틀거리며 뒹굴기도 하고 배 모양의 그네를 타거나 사격장에서 사격을 하는, 그야말로 광란의 난리법석을 떨고 있는 광경이라는 것이었다.

전문적인 기술에 대한 재빠른 논의가 이어졌다. 구드룬은 아주 깊은 인상을 받았다.

"그런데 그런 공장을 갖고 있다면 얼마나 근사할까요!" 어슐라가 외쳤다. "건물 전체가 아름답나요?"

"오, 그럼요." 그가 대답했다. "프리즈*는 전체 건축의 일부입니다. 정말 거대하죠."

그가 좀 경직되는가 싶더니 어깨를 으쓱하며 말을 이었다.

"조각과 건축은 반드시 같이 가야 합니다. 벽에 거는 그림들과 마찬가지로, 건물과 무관한 조각상의 시대는 끝났죠. 사실 조각은 언제나 건축적 구상의 일부예요. 그리고 지금은 교회가 전부 박물관에나 전시할 물건이 된 데다 산업이 우리 본연의 업무가 되었으니 산업의 장소를 우리의 예술로 만들자는 겁니다 ― 우리의 공장 지대를 우리의 신전으로 ― ecco(바로 그겁니다)!"

어슐라는 생각에 잠겼다.

"하긴, 우리의 거대한 공장들이 그렇게 추악할 **필요**는 없는 것 같아요." 그녀가 말했다.

그는 즉각 발동이 걸렸다.

"그렇지!" 그가 소리쳤다. "바로 그거요! 우리 작업장이 그렇게 흉할 **필요가 없는** 정도가 아니라, 결국 그 추악함 때문에 작업을 망치는 거요. 사람들이 그렇게 참을 수 없는 추악함을 언제까지나 감수하지는 않을 겁니다. 결국엔 너무 지독한 상처를 받아 그것 때문에 시들어 버릴 거요. 그러면 **일**도 시들게 되는 거죠. 사람들은 일 자체가, 기계들과 노동 행위 자체가 추하다고 생각할 겁니다. 사실 기계와 노동 행위는 지극히, 미치도록 아름다운 건데 말이죠. 그러나 일이 도저히 감각적으로 견딜 수 없게 되어 버려서 사람들이 더 이상 일을 안 하게 될 때, 일이란 게 너무 역겨워 차라리 굶어 죽기를 택할 때, 그때는 바로 우리 문명의 종말입니다. **그때가 되면** 우린 해머가 오직 부수는 데만 쓰이는 걸 보게 될 겁니다. 그때 보게 되는 거죠. 그렇지만, 자, 지금…… 우린 아름다운 공장들, 아름다운 기계-주택들을 만들 기회를 갖고 있어요 ─ 우리에겐 기회가 있단 말이죠……."

구드룬은 일부분밖에 이해할 수 없었다. 짜증이 나서 소리라도 지르고 싶은 심정이었다.

"저이가 뭐라는 거야?" 그녀가 어슐라에게 물었다. 그러자 어슐라가 더듬거리며 짤막하게 통역을 해 주었다. 뢰르케는 구드룬의 평가가 어떤가 싶어 그녀의 얼굴을 살폈다.

"그러니까 예술이 산업에 봉사해야 한다는 건가요?" 구드룬이 말했다.

"예술은 산업을 **해석**해야 합니다. 한때 예술이 종교를 해석했던 것처럼 말이에요." 그가 말했다.

"그럼 당신의 장터 풍경은 산업에 대한 해석인가요?" 그녀가 물었다.

"그럼요. 사람은 이런 장터에서 무엇을 하는가? 그는 노동에 상응하는 일을 수행하고 있는 거죠—사람이 기계를 부리는 게 아니라 기계가 사람을 부린단 말입니다. 자기 몸속의 기계적인 움직임을 즐기는 거죠."

"그럼 일 이외에는—기계적인 일 이외에는—아무것도 없나요?" 구드룬이 말했다.

"일 말고는 아무것도 없느냐고요!" 그가 몸을 앞으로 숙이며 구드룬의 말을 되풀이했다. 그의 새카만 두 눈에서 바늘 끝처럼 날카로운 빛이 번쩍했다. "그렇죠, 그것뿐이죠. 기계에 봉사하든가, 아니면 기계의 움직임을 즐기든가—움직임, 그게 전부란 말입니다. ……당신은 배고픔 때문에 일해 본 적이 없으시죠. 그랬다면 어떤 신이 우릴 지배하는지 아실 텐데."

구드룬은 몸을 떨며 얼굴을 붉혔다. 무슨 이유에서인지 눈물이 날 것만 같았다.

"그래요, 배고픔 때문에 일해 본 적은 없어요." 그녀가 대답했다. "그렇지만 난 일을 해 왔는데요?"

"Travaillé(일을 했다)—lavorato(일을 했다고)?" 그가 외쳤다. "E che lavoro—che lavoro? Quel travail est-ce que vous avez fait(어떤 일을? 당신이 한 일은 어떤 일이죠)?"

그는 이탈리어와 프랑스어를 섞어 말을 쏟아 냈다. 그는 그녀에게 말을 할 때 본능적으로 외국어를 썼다.

"당신은 세상이 일하는 식으로 일한 적은 없는 거죠." 그가 냉소적으로 그녀에게 말했다.

"그렇지 않아요." 그녀가 말했다. "난 일해 왔어요. 그리고 일하고 있고요 ─ 난 지금 내 일용할 양식을 위해 일하고 있다고요."

그가 말을 멈추고 그녀를 한동안 쳐다보더니 그 문제를 완전히 접어 버렸다. 그에게 그녀는 하찮은 존재인 것 같았다.

"그럼 **당신은** 세상이 일하는 식으로 일해 본 적이 있나요?" 어슐라가 그에게 물었다.

그는 그녀를 불신하는 듯한 얼굴로 쳐다보았다.

"그럼요." 그가 뚱한 목소리로 외쳤다. "난 먹을 게 아무것도 없어서 사흘 동안 자리에 누워 있는 게 어떤 건지 압니다."

구드룬은 진지하고 엄숙한 커다란 눈으로 그를 바라보았다. 그녀의 눈은, 그의 뼈에서 골수를 뽑아내듯 그에게서 고백을 끌어내는 듯했다. 그의 본성 전체가 고백을 말리는데도 그에게 머물고 있는 그녀의 진지하고 커다란 눈은 그의 혈관 속에 있는 어떤 밸브를 연 것만 같았다. 그는 자기도 모르게 말을 하고 있었다.

"아버지는 일하는 걸 좋아하지 않는 분이었고, 어머니는 없었어요. 우린 오스트리아에 살았죠. 폴란드령 오스트리아에. 어떻게 살았느냐고요? 하!…… 뭐 대충! 대개는 한 방에 다른 세 가족들과 같이 살았지요 ─ 한쪽 구석에 한 가족씩 ─ 화장실은 방 한가운데에 있고 ─ 움푹 팬 땅 위에 널빤지 하나를 깐 거죠……. 하! 내겐 남자 형제 둘에 여자 형제가 하나 있었어요, 그리고 아버지한테 여자가 하나 있었던 것 같고. 아버지는 나름대로 자유분방한 분이었어요. 시내 ─ 군사 주둔지였는데 ─ 에 있는 누구하고라도 한판 붙으려 하셨죠, 몸집도 작은 양반이었는데. 그렇지만 아버지는 그 누굴 위해서도 일을 하려 하지 않으셨죠, 아예 그쪽으론 마음을 닫아 버리고 할 생각을 안 하셨다고요."

"그럼 어떻게 살았나요?" 어슐라가 물었다.

그가 그녀를 쳐다보았다. 그러더니 갑자기 구드룬을 쳐다보며 물었다.

"이해가 갑니까?" 그가 물었다.

"충분히요." 그녀가 대답했다.

그들의 눈이 잠시 마주쳤다. 그가 이내 눈을 돌렸다. 더는 말하려 하지 않았다.

"어떻게 조각가가 됐어요?" 어슐라가 물었다.

"어떻게 조각가가 됐느냐······." 그가 말을 멈추었다. "Dunque (그러니까)······." 그는 달라진 태도로 프랑스어로 다시 말을 이어 갔다. "제법 컸을 때······ 난 시장에서 물건을 훔치곤 했어요. 그러다가 나중엔 일을 하러 갔죠—점토로 만든 병에다 굽기 전에 무늬를 찍었어요. 질그릇 공장이었거든요. 거기서 원형들을 좀 만들기 시작했어요. 그러던 어느 날 정말 할 만큼 했다 싶더군요. 그래서 누워서 볕을 쬐며 일하러 가지 않았어요. 그러다 걸어서 뮌헨에 갔다가—다시 걸어서 이탈리아로 갔죠—빌어먹으면서 말입니다. 계속 구걸하면서요.

이탈리아 사람들은 아주 친절하더군요—내게 친절하고 훌륭하게 대해 줬죠. 보첸에서부터 로마까지 거의 매일 밤 난 농부에게서 먹을 것과 짚으로 만든 잠자리를 얻었어요. 난 진심으로 이탈리아 사람들을 사랑합니다.

Dunque(그런 다음엔), adesso(이제)······maintenant(지금은)······ 일 년에 1천 파운드 정도 법니다. 어떨 때는 2천 파운드 정도······."

그는 시선을 땅으로 떨어뜨렸다. 목소리가 점점 가늘어지다가 조용해졌다.

구드룬은 그의 섬세하고 얇은 빛나는 피부를, 햇빛에 불그레한 갈색이 도는, 관자놀이께에서 팽팽히 잡아당겨진 그의 피부를, 그리고 그의 가느다란 머리카락과 약간 볼품없이 옴쭉거리는 입 위로 짧게 깎은 무성하고 거친 붓 같은 그의 콧수염을 쳐다보았다.

"나이가 어떻게 되세요?" 그녀가 물었다.

그가 깜짝 놀라 꼬마 요정 같은 동그란 눈으로 그녀를 쳐다보았다.

"Wie alt(몇 살이냐고요)?" 그가 질문을 되풀이했다. 그러더니 우물쭈물 망설였다. 나이는 그가 잘 말하지 않는 것 가운데 하나인 게 분명했다.

"**당신은** 몇 살이오?" 그가 질문에 대답하지 않고 되물었다.

"스물여섯이에요." 그녀가 대답했다.

"스물여섯이라." 그가 그녀의 눈을 들여다보며 말했다. 잠시 말이 없더니 그가 다시 입을 열었다.

"Und Ihr Herr Gemahl, wie alt ist er(그럼 당신 남편은 몇 살이오)?"

"누구요?" 구드룬이 물었다.

"네 남편." 어슐라가 약간 비꼬듯 말했다.

"난 남편 없는데." 구드룬은 이렇게 영어로 말한 다음 독일어로 대답했다.

"그는 서른하나예요."

그러나 뢰르케는 그 섬뜩한 동그란 눈으로 의심적은 듯이 면밀히 바라보았다. 구드룬 안의 뭔가가 그와 잘 맞는 것 같았다. 그는 정말이지 한 인간 속에서 자신의 짝을 찾아낸, 영혼 없는 '작은 요정들' 중 하나 같았다. 그러나 그는 자신의 발견에 고통스러워하고 있었다. 그녀 역시 그에게 끌렸다. 토끼나 박쥐, 아니면 갈색 바다표범 같은 어떤 기이한 생물이 그녀에게 말을 걸기라도 한 것처럼 그에게 매혹되었다. 그러나 그녀는, 뢰르케 자신은 의식하지 못하고 있는 것, 즉 그의 엄청난 이해력, 그녀의 살아 있는 움직임에 대한 그의 이해력 또한 알고 있었다. 그는 자신의 힘을 몰랐다. 어떻게 자신이, 깊이 잠수한 채 잠들지 않는 동그란 눈으로 그녀의 속을 들여다보고 그녀의 정체와 비밀을 볼 수 있는지 모르고 있었다. 그는 그저 그녀가 그녀 자신이기를 바랄 뿐이었다─ 그는 그어떤 환상도 희망도 없는, 잠재의식적이고 불길한 앎으로써 그녀를 진실로 알고 있었다.

구드룬이 보기에 뢰르케 속에는 모든 삶의 밑바닥 암반이 들어 있었다. 그 밖의 다른 사람들은 모두 저마다의 환상을, 각자의 과거와 미래를 갖고 있었고, 갖고 있어야 했다. 그러나 철저한 금욕주의를 가진 그는 아무런 환상도 없이, 과거도 미래도 없이 살았다. 요컨대 그는 자기 자신을 속이지 않았다. 말하자면 그 어떤 것에도 연연하지 않았고, 그 어떤 것에 대해서도 고민하지 않았다. 그 무엇과도 일체가 되려는 노력은 눈곱만큼도 하지 않았다. 그는 철저히 단절된 순수한 의지로, 금욕적이고 찰나적인 상태로 존재했다. 오직 자기의 일이 있을 뿐이었다.

또 하나 신기한 것은, 그의 궁핍함, 그의 어린 시절의 수모가 그녀에게 매력적이라는 점이었다. 그녀는, 학교와 대학을 거쳐 평범한 길을 걸어온 남자, 소위 신사란 존재는 어딘가 재미없고 시시했다. 하지만 진창에서 자란 이 남자에 대해서는 가슴속에서 어떤 격렬한 동정심이 솟구쳤다. 그 사람이야말로 바로 삶의 하계를 이루는 것 같았다. 그를 넘어선다는 건 불가능했다.

어슐라도 뢰르케에게 끌렸다. 자매의 가슴속에 그는 모종의 존경심을 불러일으켰다. 그러나 어슐라에겐 그가 형언할 수 없이 저열하고 거짓된 비속한 존재로 보이는 순간들이 있었다.

버킨과 제럴드는 둘 다 그를 싫어했다. 제럴드는 약간 경멸하며 그를 무시했고 버킨은 분통을 터뜨렸다.

"여자들은 저 쪼끄만 애송이한테서 무슨 감명을 그렇게 받는 거지?" 제럴드가 물었다.

"누가 알겠나." 버킨이 대답했다. "여자들을 추어주고는 맘대로 휘두르는 식으로 호소력을 발휘하는 게 아니라면."

제럴드가 놀라 쳐다보았다.

"그가 여자들한테 호소력이 **있다고**?" 그가 물었다.

"오, 그럼." 버킨이 대답했다. "그는 완벽한 굴종 상태로 사는 인물이야, 범죄자 같은 존재지. 그래서 기류가 진공 상태로 빨려 들어가듯 여자들이 그자를 향해 돌진하는 거라고."

"여자들이 그렇게 돌진한다니 웃기는군." 제럴드가 말했다.

"화가 나기도 하지." 버킨이 말했다. "그렇지만 그자는 여자들한테 연민과 혐오의 매력을 동시에 불러일으키는 인물이야. 추잡스러운 어둠의 작은 괴물이지."

제럴드는 생각에 잠긴 채 잠자코 서 있었다.

"여자들이 저 가슴 밑바닥에서 **원하는 건** 뭘까?" 그가 물었다.

버킨은 어깨를 으쓱했다.

"누가 알겠나." 그가 말했다. "원초적인 혐오감의 만족이 아닌가 싶어. 그들은 어떤 오싹한 암흑의 터널 속으로 기어 내려가서 그 끝에 다다르기 전까진 절대 만족하지 못하는 것 같아."

제럴드는 가느다란 눈발이 안개처럼 흩날리는 바깥을 내다보았다. 오늘은 사방이 아무것도 보이지 않았다. 무서울 정도였다.

"그런데 그 끝이란 게 뭐지?" 그가 물었다.

버킨은 고개를 저었다.

"난 아직 거기에 다다르지 못해 봐서 모르겠어. 뢰르케한테나 물어봐. 그는 제법 가까이 가 있으니까. 그자는 자네나 내가 갈 수 있는 것보다 훨씬 많이 앞서 있다고."

"알겠어. 하지만 무엇에서 앞서 있다는 거야?" 제럴드가 짜증이 나서 소리쳤다.

버킨은 한숨을 쉬면서 노여움으로 이마를 찌푸렸다.

"사회적 증오에 있어서 앞서 있다는 거야." 그가 말했다. "그는 부패의 강물 속에서 쥐처럼 살고 있어. 강물이 끝 모를 심연으로 떨어져 내리는 바로 그 지점에 말이야. 그는 우리보다 앞에 있어. 우리보다 더 극심하게 이상을 증오하지. 이상이란 걸 전적으로 **증오한다고.** 그러면서도 그 이상의 지배 아래 있지. 그자는 아마 유대인일 거야—아니면 유대인 피가 좀 섞였거나."

"그럴지도 모르지." 제럴드가 말했다.

"그자는 삶의 뿌리를 갉아먹는 자그마한 부정(否定)의 화신이야."

"그런데 어째서 그자한테 관심을 갖는 사람이 있는 거지?" 제럴드가 소리쳤다.

"사람들 역시 영혼 속에서는 이상을 증오하니까. 하수구를 뒤지고 싶은데, 그자가 앞장서서 헤엄쳐 가는 마법사 쥐거든."

아직도 제럴드는 우두커니 서서 시야를 완전히 가리며 눈발이 날리는 바깥을 응시했다.

"자네가 쓰는 용어들이 무슨 뜻인지 난 이해가 안 가, 정말로." 그가 기운 없고 불운에 처한 듯한 목소리로 말했다. "그렇지만 기묘한 종류의 욕망처럼 들려."

"내가 보기에 우린 같은 걸 원하는 거야." 버킨이 말했다. "다만 우린 일종의 희열 속에서 아래로 휙 뛰어내리길 원하고—그자는 하수구 물살에 휩쓸려 썰물처럼 빠져나가는 거고."

한편 구드룬과 어슐라는 뢰르케에게 말을 걸 다음 기회를 기다렸다. 남자들이 있을 때는 이야기를 시작해도 소용이 없었다. 그 고립된 작은 조각가가 접촉할 수가 없었다. 그는 그들하고만 따로 있어야 했다. 그리고 그는 어슐라가 구드룬에게로의 일종의 송신기로서 함께 있는 걸 더 좋아했다.

"당신은 건축 조각만 하나요?" 어느 날 저녁 구드룬이 물었다.

"지금은 아닙니다." 그가 대답했다. "온갖 걸 다 해 왔죠, 초상화만 빼고……. 난 초상화는 안 했어요. 그렇지만 다른 것들은……."

"어떤 것들요?" 구드룬이 물었다.

그가 잠시 말을 멈추고 자리에서 일어나 방 바깥으로 나가더니 즉각 자그마한 종이 두루마리를 들고 나타나 그녀에게 건넸다. 그녀는 그것을 펼쳤다. 자그마한 조각상을 찍은 그라비어 사진*이었다. F. 뢰르케라는 서명이 붙어 있었다.

"꽤 초기작입니다 ― 기계적이지 **않지요**." 그가 말했다. "좀 더 대중적이죠."

자그맣고 아리따운 몸매의 벌거벗은 소녀가 안장 없는 커다란 말을 타고 있는 조각상이었다. 소녀는 어리고 미숙한 꽃봉오리였다. 수치스럽고 슬픈 듯 두 손에 얼굴을 묻은 채 살짝 자포자기한 듯, 말 위에 비스듬히 걸터앉아 있었다. 담황색인 것이 분명한 짧은 머리카락은 두 갈래로 앞으로 흘러내려 그녀의 손을 절반쯤 덮고 있었다.

그녀의 팔다리는 어리고 부드러워 보였다. 아직 형체를 갖추지 못한 채 처녀의 다리를 막 지나 잔혹한 여성성을 향해 가고 있는 그녀의 다리는, 강인한 말 옆구리 위에 어린애처럼 애처롭게 매달려 있고, 조그만 발은 숨고 싶은 듯 포개져 있었다. 그러나 숨는다는 건 불가능했다. 그녀는 적나라하게 드러난 말 옆구리 위에서 벌거벗은 몸을 드러내고 있었다.

말은 금방이라도 달려 나갈 듯 몸을 쭉 뻗은 채로 정지해 있었다. 억눌린 힘으로 경직된, 육중하고 근사한 종마였다. 아치형으로 둥글게 굽은 목은 낫처럼 무시무시했고, 눌린 옆구리는 힘으로 단단했다.

구드룬은 창백해지더니 수치심 같은 어둠이 그녀의 눈에 어렸다. 그녀는 거의 노예처럼 애원하듯 고개를 들고 쳐다보았다. 그는 그녀를 흘끗 보더니 고개를 까딱했다.

"크기가 어느 정도 되죠?" 그녀가 아무렇지 않은 척 태연하려 애쓰며 무덤덤한 목소리로 물었다.

"어느 정도 크기냐고요?" 그가 다시 그녀를 흘끗 보며 대답했다. "받침대를 빼면…… 이 정도 되고……." 그가 손으로 크기를 나타내어 보였다. "받침대까지 하면…… 이 정도……."

그는 그녀를 줄곧 바라보았다. 그의 민첩한 몸짓 속에는 그녀에 대한 약간의 퉁명스럽고 과장된 경멸이 들어 있어, 그녀는 살짝 움츠러드는 것 같았다.

"뭘로 만든 건가요?" 그녀는 고개를 뒤로 젖히면서 애써 냉정한 척 그를 쳐다보며 물었다.

그는 여전히 그녀를 응시하고 있었고 그의 우세함은 흔들리지 않았다.

"청동으로요, 녹색 청동."

"녹색 청동이라고요!" 그의 도전을 냉정하게 받아들이며 구드룬이 되풀이했다. 그녀는 소녀의 가늘고 미숙하고 연약한 녹색 청동으로 만든 부드럽고 차가운 팔다리를 생각하고 있었다.

"그렇군요, 아름다워요." 그녀가 모종의 불길한 경의를 표하며 그를 쳐다보면서 중얼거렸다.

그는 눈을 감고 의기양양하게 고개를 돌렸다.

어슐라가 말했다. "말을 왜 그렇게 뻣뻣하게 만들었어요? 돌덩어리처럼 뻣뻣하잖아요."

"뻣뻣하다고요!" 그가 즉각 무장하고 말을 되받았다.

"네, **보세요**, 얼마나 진부하고 우둔하고 무자비해 보이는지. 말은 예민해요, 정말로 아주 섬세하고 예민하다고요."

그는 무심하게 천천히 어깨를 으쓱하더니, 그녀는 아마추어에 다 주제넘은 문외한이라는 걸 알려 주겠다는 듯이 그녀에게 두 손을 펼쳤다.

"Wissen Sie(아시는지 모르겠습니다만)," 모욕적인 참을성과 경멸 어린 공손함을 담은 목소리로 그가 말했다. "그 말은 일정한 하나의 **형식**, 어떤 전체 형식의 일부입니다. 예술 작품의 일부고, 하나의 형식이란 말이오.* 당신이 설탕 한 덩어리를 건네주는, 친한 말 그림이 아니란 거죠, 아시겠습니까……? 그건 예술 작품의 일부입니다. 작품 바깥의 어떤 것과도 아무 관계 없어요."

어슐라는 자신이 그렇게 모욕적인 de haut en bas(선심 쓰는 듯한 저자세로), 심원한 예술의 고지(高地)로부터 저 밑바닥의 일반 대중적 아마추어를 내려다보는 투로 취급당한 데 화가 나, 발개진 얼굴을 쳐들고 발끈하여 대답했다.

"그렇지만 말 그림**이잖아요**, 어쨌든 간에."

그는 다시 한 번 어깨를 으쓱했다.

"정 그렇게 말씀하신다면야…… 분명히 암소 그림은 아니죠."

여기서 구드룬이 끼어들었다. 그녀는 이런 식으로 어슐라가 스스로를 몽땅 드러내며 바보같이 고집을 부리는 걸 더 이상 참을 수 없어 얼굴이 벌겋게 상기되어 있었다.

"'말 그림'이라니, 그게 무슨 말이야?" 그녀는 언니에게 소리를 질렀다. "언니가 말하는 말이라는 게 뭘 의미하는 거냐고. **언니의**

머릿속에 있는 관념을, 그러니까 언니가 재현되길 바라는 그걸 말하는 거잖아. 이건 완전히 다른 개념이야, 전혀 다른 개념이라고. 말이라고 부를 수도 있고, 아니면 말이 아니라고 할 수도 있어. 내가 말할 수 있는 건, **언니의** 말은 말이 아니라는 거야. 그건 언니가 만들어 낸 가짜라고."

어슐라는 당황하여 잠시 머뭇거렸다. 그러다가 입을 열었다.

"하지만 저 사람은 어째서 말에 대해 이런 관념을 갖고 있는 걸까?" 그녀가 말했다. "난 그것이 그의 관념이라고 봐. 그건 사실 그가 자기 자신을 그린 그림이야……"

뢰르케가 격분하여 콧방귀를 뀌었다.

"날 그린 그림이라고요!" 그가 비웃으며 되풀이했다. "Wissen Sie, gnädige Frau(보세요, 부인), 그건 Kunstwerk(예술 작품)이에요, 예술 작품이란 말입니다. 예술품이지, 어떤 무엇의 그림이 아니에요, 뭔가를 그린 게 절대로 아니란 말입니다. 그건 그 자체 말고는 어떤 것과도 전혀 상관이 없어요. 이런저런 일상 세계와는 아무 상관 없단 말입니다. 그 둘은 전혀 관련이 없어요. 그것들은 서로 다른 별개의 차원에 존재하는 거고, 하나를 다른 하나로 번역한다는 건 바보짓만도 못합니다. 그건 모든 계획을 흐리고 천지를 혼란에 빠뜨리는 짓입니다. 아시겠습니까, 행동의 상대적 세계와 예술의 절대적 세계는 절대로 혼동해서는 **안 되는 겁니다. 절대로 그렇게 하면 안 된단 말입니다!**"

"맞아." 구드룬이 흥분하여 랩소디처럼 지껄여 댔다. "그 둘은 분명히 그리고 영원히 별개야. 서로 아무 관계가 없다고. 나와 내 예술, 그건 서로 **아무** 관계가 없어. 내 예술은 다른 세계에 있고, 난 이 세계에 있는 거야."

그녀의 얼굴은 상기되어 어딘가 달라져 있었다. 궁지에 몰린 짐승처럼 고개를 처박고 앉아 있던 뢰르케가 재빨리 그녀를 쳐다보더니 들릴락 말락 은밀하게 중얼거렸다.

"Ja…… so ist es, so ist es(그렇지…… 바로 그거예요, 바로 그거라고요)."

어슐라는 이 폭발 뒤 입을 다물었다. 격분한 상태였다. 두 사람의 잘못된 점을 꼬집어 주고 싶었다.

"당신이 나한테 한 그 장광설 중에 진실은 단 한 마디도 없어요." 그녀가 단호히 말했다. "저 말은 당신 자신의 진부하고 우둔한 무자비함을 그린 거예요. 그리고 그 소녀는 당신이 사랑하고 괴롭히다가 싹 무시하며 내버린 소녀고요."

그는 눈가에 경멸조의 엷은 미소를 담고 그녀를 쳐다보았다. 이 마지막 비난에 대해서는 굳이 대답해 줄 생각조차 없는 것이었다. 구드룬도 분노에 찬 경멸감에 입을 다물었다. 어슐라는 천사도 감히 발 디디기 두려워하는 곳으로 돌진해 들어오는, 참아 줄 수 없는 문외한**이었다.** 그렇지만 어쩌랴…… 아주 흔쾌히는 아닐지라도 멍청이들은 참아 줄 수밖에 없는 법이다.

그러나 어슐라도 집요했다.

"당신의 예술 세계와 현실 세계에 대해서 말인데요." 그녀가 말했다. "당신은 그 둘을 분리할 수밖에 없는 거예요. 왜냐하면 당신은 자신의 정체를 깨닫는 걸 견딜 수 없으니까요. 당신은 자신이 정말이지 얼마나 진부하고 뻣뻣하고 철두철미하게 잔혹**한지** 차마 인식할 수 없으니까 '그건 예술의 세계야'라고 말하는 거라고요. 예술 세계는 현실 세계에 관한 진실일 뿐이에요, 그게 전부죠, 그렇지만 당신은 그걸 알기엔 너무 멀리 가 버렸어요."

그녀는 자기 말에 몰입하여 창백한 얼굴로 몸을 떨고 있었다. 구드룬과 뢰르케는 그녀에 대한 강한 반감 속에 앉아 있었다. 이야기가 시작될 무렵부터 와 있었던 제럴드도 그녀의 입장을 전적으로 부정하고 반대하는 입장에서 그녀를 바라보며 서 있었다. 그가 보기엔 그녀가 스스로의 품위를 떨어뜨린 것 같았다. 인간을 결정적으로 구별해 주는 난해한 심오함을 일종의 저속함으로 바꾸어 버린 것 같았다. 그는 다른 두 사람에게 힘을 보탰다. 세 사람 모두 그녀가 나가 주길 바랐다. 그렇지만 그녀는 손가락으로 손수건을 비틀며 말없이 앉아 있었다. 그녀의 영혼은 격렬하게 고동치며 울고 있었다.

다른 사람들은 입을 꼭 다문 채 어슐라의 주제넘은 돌출 행동이 지나가도록 내버려 두었다. 이윽고 구드룬이 마치 평범한 대화를 다시 시작하는 것처럼 제법 침착하고 태연한 목소리로 물었다.

"그 소녀는 모델이었어요?"

"Nein, sie war kein Modell. Sie war eine kleine Malschülerin (아니요, 모델이 아니라 어린 예술가 지망생이었어요)."

"예술가 지망생이었다고요!" 구드룬이 말했다.

이제야 상황이 그녀에게 확 드러났다! 그 예술가 지망생의 모습이 눈에 선하게 다가왔다. 미성숙하고 치명적일 정도로 무모하며 어리디어린 소녀. 숱이 많아 살짝 안쪽으로 둥글게 말린 담황색 머리카락은 목 언저리에서 찰랑거리고 유명한 조각가이자 선생인 뢰르케, 그리고 그런 선생의 애인인 자신을 너무나 대단하게 생각하고 있었을, 아마도 훌륭한 집안 출신에 좋은 교육을 받고 자랐을 소녀. 오, 그 모든 흔해 빠진 냉담함에 관해서라면 구드룬은 얼마나 잘 알고 있었던가. 드레스덴이든 파리든, 아니면 런던이든 다 매한가지였다. 그녀는 다 알고 있는 얘기였다.

"그녀는 지금 어디에 있나요?" 어슐라가 물었다.

뢰르케는 자신은 전혀 모를 뿐 아니라 관심도 없다는 걸 알리기 위해 어깨를 으쓱했다.

"벌써 6년 전 일이에요." 그가 말했다. "지금은 스물셋이 다 되어 갈 겁니다. 이젠 아무짝에도 쓸모가 없죠."

제럴드는 사진을 집어들어 들여다보았다. 그것은 그가 보기에도 매력적이었다. 그는 받침돌을 보았다. 작품명은 '고디바 부인'이었다.

"그런데 이건 고디바 부인이 아닌데요." 그가 쾌활하게 웃으며 말했다. "고디바 부인은 무슨 백작인가 뭔가 하는 사람의 중년쯤 된 아내로, 자신의 몸을 긴 머리로 가렸던 인물이잖습니까."

"A la Maud Allan(모드 알란*식으로 말이죠)." 구드룬이 비웃듯 상을 찌푸리며 말했다.

"모드 알란이라뇨?" 그가 말했다. "그게 아닌가요?─난 그 전설을 내내 그렇게 알고 있었는데요."

"맞아요, 제럴드, 난 당신이 그 전설을 완벽히 알고 있다는 걸 **확신해요.**"

그녀는 조롱과 애무가 뒤섞인 살짝 경멸하는 태도로 그를 비웃었다.

"분명한 건 난 머리카락보단 여자가 더 보고 싶다는 사실이죠." 그가 웃으며 받아넘겼다.

"아무렴 그러시겠죠!" 구드룬이 놀렸다.

어슐라가 일어나 세 사람을 남겨 두고 자리를 떴다.

구드룬은 제럴드에게서 사진을 다시 받아들고는 자세히 들여다보며 앉아 있었다.

그녀가 이번에는 뢰르케를 놀리기 위해 그에게로 고개를 돌리며 말했다. "당연히, 당신은 그 어린 Malschülerin(예술가 지망생)을 **이해**하고 있었던 거죠."

그는 눈썹을 치켜 올리며 흐뭇한 듯 어깨를 으쓱했다.

"그 어린 소녀를 말입니까?" 제럴드가 조각상을 가리키며 물었다. 구드룬은 무릎에 사진을 올려놓은 채 앉아 있었다. 그녀가 고개를 들어 제럴드의 눈을 똑바로 쳐다보자 그는 눈이 멀어 버리는 것 같았다.

"그이가 그녀를 완전히 파악한 것 **아닌가요!**" 그녀가 살짝 놀리는 듯하면서도 유쾌한 장난기를 섞어 제럴드에게 말했다. "발만 봐도 알 수 있잖아요 — 사랑스럽고 너무 예쁘고 보드랍잖아요 — 아, 정말로 놀라워요, 이건 정말이지……."

그녀는 뜨겁게 불타는 표정으로 천천히 눈을 들어 뢰르케의 눈을 쳐다보았다. 그의 영혼은 작품에 대한 그녀의 뜨거운 인정으로 충만해졌다. 그는 더더욱 건방지고 거만해지는 것 같았다.

제럴드는 조각된 조그마한 발을 보았다. 발은 애처로운 수줍음과 두려움으로 서로 절반쯤 포개진 채 안쪽으로 구부러져 있었다. 그는 매혹되어 오랫동안 들여다보았다. 그러다 약간 고통스러워 사진을 치워 버렸다. 황폐한 불모의 느낌이 몰아닥쳤다.

"그녀의 이름은 뭐였죠?" 구드룬이 뢰르케에게 물었다.

"Annette von Weck(아네트 폰 베크)." 뢰르케가 추억에 잠긴 듯 대답했다. "Ja, sie war hübsch(그래요, 그녀는 매력적이었어요). 예뻤죠, 그렇지만 피곤한 스타일이었어요. 성가신 애였거든요 — 잠시도 가만히 있으려 하질 않았죠 — 나한테 한번 호되게 얻어맞고 울 때까지 말이에요 — 그러고 나면 한 5분간은 가만히 있습디다."

그는 작품에 대해, 그에게 가장 중요한 자신의 작품에 대해 생각하고 있었다.

"정말로 때렸어요?" 구드룬이 차갑게 물었다. 그는 그녀의 비난을 읽어 내며 그녀를 흘끗 쳐다보았다.

"네, 그랬지요." 그가 태연하게 말했다. "내 생전에 때려 본 것 중 제일 세게 때렸죠. ……어쩔 수가 없었어요. 그러지 않을 수 없었다니까요 — 그것만이 내 작업을 마칠 수 있는 유일한 길이었으니까."

구드룬은 어둠 가득한 커다란 눈으로 그를 한동안 지켜보았다. 그의 영혼에 대해 곰곰이 생각하는 것 같았다. 그러다가 잠시 후 말없이 시선을 떨어뜨렸다.

"그럼 어째서 그렇게 어린 고디바를 모델로 삼았습니까?" 제럴드가 물었다. "그녀는 너무 작아요, 게다가 말까지 타고 있는데 — 그럴 만큼 크지 않잖습니까 — 그런 어린애는."

뢰르케의 얼굴에 묘한 경련이 일었다.

"맞습니다." 그가 말했다. "난 더 크거나 더 늙은 건 원하지 않아요. 열여섯, 열일곱, 열여덟, 이럴 때가 아름답지요 — 그 이후론 나한테 무용지물이에요."

잠시 침묵이 흘렀다.

"왜죠?" 제럴드가 물었다.

뢰르케는 어깨를 으쓱했다.

"흥미롭지가 않아요 — 아름답지도 않고 — 나한텐 아무짝에도 쓸모가 없어요. 내 작품을 위해선 말입니다."

"스무 살 넘는 여자는 아름답지 않다는 말입니까?" 제럴드가 물었다.

"나한텐 그래요. 스물 이전에는 작고 신선하고 부드럽고 날씬하죠. 그 후에는…… 어떻게 생겼든지 간에 나한텐 아무것도 아니란 말이죠. 밀로의 비너스*는 부르주아예요 — 스무 살 넘은 여자들은 다 그렇죠."

"그럼 당신은 스무 살 넘은 여자는 전혀 안 좋아합니까?" 제럴드가 물었다.

"나한텐 소용없다니까요. 내 예술엔 아무런 필요가 없단 말이오." 뢰르케가 성마르게 되풀이했다. "그 여자들은 아름답지가 않아요."

"당신은 쾌락주의자군요." 제럴드가 살짝 빈정대는 웃음을 지으며 말했다.

"그럼 남자는요?" 불쑥 구드룬이 물었다.

"남자야 어떤 나이든 좋죠." 뢰르케가 대답했다. "남자는 크고 힘이 세야 합니다 — 늙었든 젊었든 그건 중요하지 않아요. 남자는 커야 되는 겁니다. 뭔가 육중하면서 우둔한 형태를 갖고 있어야죠."

어슐라는 혼자서 밖으로 나가 순수한, 새로 내린 눈의 세계로 들어갔다. 그러나 그 눈부신 백색은 아프도록 그녀를 두드려 대는 것 같았고, 냉기가 천천히 자신의 영혼을 목 조르는 듯한 기분이었다. 머리가 어질하고 멍했다.

그녀는 불현듯 이곳을 벗어나고 싶어졌다. 다른 세계로 도망칠 수도 있으리란 생각이 기적처럼 갑자기 들었다. 이곳 너머의 세상은 없는 것처럼, 여기 이 영원한 눈 속에 있도록 운명 지어진 것처럼 느껴졌던 것이다.

그런데 지금 갑자기 기적처럼, 저 멀리 아래쪽에 검고 비옥한 대지가 놓여 있다는 사실이 떠올랐다. 남쪽 방향을 따라 오렌지나무와 사이프러스로 시커멓게, 올리브나무들로 잿빛을 띤 땅들이 길게 뻗어 있고, 털가시나무들이 파란 하늘 아래 깃털 같은 멋진 잎을 쳐들고 있다는 걸 기억해 낸 것이다. 기적 중의 기적이었다! —철저히 침묵하고 있는 이 얼어붙은 산꼭대기가 세상의 전부는 아닌 것이다! 여길 떠나 이곳과의 관계를 끊을 수 있다. 도망칠 수 있는 것이다.

그녀는 당장 이 기적을 실현하고 싶었다. 지금 이 순간 이 눈의 세계, 얼음으로 지어진 이 끔찍스럽게 정적인 산꼭대기와 끝장을 내고 싶었다. 검은 대지를 보고 싶었고, 비옥한 땅 냄새를 맡고 싶었으며, 인내하는 겨울 초목을 보고 싶었고, 꽃봉오리 속을 어루만져 반응을 이끌어 내는 햇빛의 손길을 느끼고 싶었다.

그녀는 희망 가득한 즐거운 마음으로 숙소로 돌아갔다. 버킨은 침대에 누워 책을 읽고 있었다.

"루퍼트." 그녀가 버킨에게로 달려들며 말했다. "여길 떠나고 싶어요."

그가 그녀를 천천히 쳐다보았다.

"그래요?" 그가 부드럽게 대답했다.

그녀는 그의 옆에 앉아 그의 목을 두 팔로 감았다. 그가 별로 놀라지 않는 것이 좀 뜻밖이었다.

"**당신은** 아닌가요?" 그녀가 걱정스레 물었다.

"생각해 보진 않았어요." 그가 말했다. "그렇지만 나도 그러고 싶은 건 확실해요."

그녀가 갑자기 몸을 꼿꼿이 세우며 벌떡 일어났다.

"난 싫어요." 그녀가 말했다. "이 눈이 싫다고요, 그것이 가진 부자연스러움도요. 그것이 모든 사람들에게 던지는 그 부자연스러운 빛, 그 오싹한 매력, 그리고 그것으로 인해 모든 사람이 갖게 되는 부자연스러운 감정들이 싫어요."

그는 가만히 누운 채 생각에 잠겨 웃었다.

"좋아요." 그가 말했다. "우린 **떠날** 수 있어요 — 내일이라도. 내일 베로나로 떠나서 로미오와 줄리엣도 만나고 원형 경기장에도 가는 거예요, 그렇게 할까요?"

갑자기 그녀는 당혹스럽고 쑥스러워서 그의 어깨에 얼굴을 묻었다. 그는 그 무엇에도 얽매이지 않은 지극히 자유로운 상태로 누워 있었다.

"그래요." 그녀가 한껏 안도하며 부드럽게 말했다. 그가 이렇듯 그 무엇에도 연연해하지 않는 지금, 그녀는 영혼에 새로운 날개가 돋아난 기분이었다. "로미오와 줄리엣이 되고 싶어요." 그녀가 말했다. "내 사랑!"

"베로나에 세찬 바람이 분다고 해도 말이지요." 그가 말했다. "알프스에서부터 오는 바람이 말이에요. 우린 그 눈 냄새도 맡게 될 거예요."

그녀가 일어나 앉아 그를 바라보았다.

"떠나는 것이 기쁜가요?" 그녀가 걱정스럽게 물었다. 그의 눈은 속내를 알 수 없이 웃고 있었다. 그녀는 그에게 매달려 목에 얼굴을 묻고 애원하듯 말했다.

"날 비웃지 말아요, 놀리지 말아요."

"아니, 왜…… 왜 그런 소릴?" 그가 두 팔로 그녀를 감싸며 웃었다.

"난 놀림받고 싶지 않으니까요." 그녀가 속삭였다.

그가 더욱 웃으며 살짝 향수를 뿌린 그녀의 고운 머리카락에 입을 맞추었다.

"날 사랑하나요?" 그녀가 짐짓 심각하게 속삭였다.

"그럼요." 그가 웃으며 대답했다.

갑자기 그녀가 키스를 받으려고 입술을 내밀었다. 그녀의 입술은 팽팽하게 떨렸고 힘이 들어가 있었다. 그의 입술은 부드럽고 깊고 섬세했다. 그는 키스를 하며 잠시 기다렸다. 이윽고 그의 영혼에 슬픈 그림자가 스쳤다.

"당신의 입술은 너무 단단해요." 그가 살짝 나무라듯 말했다.

"당신 입술은 너무 부드럽고 멋지고요." 그녀가 즐거운 듯이 말했다.

"그런데 당신은 왜 언제나 그렇게 입술을 꽉 다무는 건가요?" 그가 유감스러운 듯이 물었다.

"신경 쓰지 말아요." 그녀가 재빨리 말했다. "그게 내 방식인걸요."

그녀는 그가 자신을 사랑하고 있다는 걸 알고 있었다. 그에 대한 확신이 있었다. 하지만 그녀는 자기 자신에 대한 어떤 통제를 놓아 버릴 수가 없었다. 그가 자신에게 의문을 품는 것을 견딜 수가 없었다. 그녀는 그에게 사랑받는 일에 기쁘게 전념했다. 그녀가 자신을 내맡길 때 그는 기뻐하면서도 약간 슬퍼한다는 걸 그녀는 알고 있었다. 그녀는 그의 행동에 자신을 내맡길 수 있었다. 그렇지만 그녀 자신이 될 수는 없었다. 모든 조절 장치들을 내버리고 그에 대한 순수한 믿음 속으로 빠져들면서 완전히 벌거벗은 채로 그의 벌거벗음을 향해 나아갈 엄두는 도저히 나지 않았다. 자신을 **그에게** 내맡기거나, 아니면 그를 붙잡아 그로 인한 자신의 기쁨을 그러모았다. 그리고 그를 충분히 즐겼다. 그러나 그들이 동시에 **완전히** 함께인 적은 결코 없었다. 둘 중 하나는 언제나 살짝 무시되어 내버려졌다. 그럼에도 불구하고 그녀는 희망 속에 유쾌했고 생명과 자유로 충만하여 눈부시게 빛나며 자유로웠다. 그리고 그동안 그는 조용히 부드럽게 인내했다.

다음 날 그들은 떠날 채비를 했다. 먼저 구드룬의 방에 갔다. 구드룬과 제럴드는 저녁 실내복으로 막 갈아입은 참이었다.

"프룬, 우린 내일 떠나야 할 것 같아. 난 이 눈을 더 이상 참을 수가 없어. 내 살갗과 영혼이 아파." 어슐라가 말했다.

"정말로 눈이 언니의 영혼을 아프게 해, 어슐라?" 구드룬이 놀라며 물었다. "눈이 언니 살갗을 아프게 한다는 건 알겠어…… **지독하지**. 그렇지만 난 영혼한테는 **훌륭하다고** 생각했는데."

"아니야, 내 영혼한테는 아니야. 오직 상처만 줄 뿐이야." 어슐라가 말했다.

"정말?" 구드룬이 외쳤다.

방 안에 침묵이 흘렀다. 어슐라와 버킨은 구드룬과 제럴드가 자기들이 떠난다는 사실에 안도하고 있음을 감지할 수 있었다.

"남쪽으로 가겠지?" 제럴드가 약간 불안한 음색으로 물었다.

"응." 버킨이 외면하며 대답했다.

그 두 남자 사이엔 최근 들어 형언키 어려운 기묘한 적대감이 감돌았다. 해외로 나온 후 버킨은 대체로 멍하고 무관심했다. 주변에 별로 주의를 기울이지 않고 끈기 있게 견디면서 느긋하고 희미한 흐름을 따라 표류하고 있었다. 반면 제럴드는 열정적으로 긴장되어 있었고 백색의 빛에 사로잡힌 고뇌하는 투사* 같았다. 두 남자는 서로의 존재를 무효로 만들었다.

제럴드와 구드룬은 떠나는 두 사람을 아주 친절히 대했고, 그들이 어린애들이기라도 한 것처럼 걱정스레 무사하기를 빌었다. 화려한 스타킹으로 유명한 구드룬은 색색의 스타킹 세 켤레를 들고 어슐라의 침실로 오더니 그것들을 침대 위에 펼쳤다. 각각 선홍색과 밝은 군청, 그리고 회색의 두꺼운 실크 스타킹들로, 모두 파리에서 산 것들이었다. 회색 스타킹은 실로 짠 것으로 솔기가 없고 두툼했다. 어슐라는 황홀했다. 구드룬이 이런 보물들을 내주는 것으로 보아 자신에게 **상당한** 애정을 품고 있다는 걸 알 수 있었다.

"난 너한테 이걸 받을 수가 없어, 프룬." 그녀가 소리쳤다. "도저히 이것들을 빼앗을 수가 없다고 — 이런 보석들을 말이야."

"진짜 보석들이지, 응!" 구드룬이 탐나는 눈으로 자신의 선물들을 쳐다보며 외쳤다. "진짜 예쁜 녀석들이지!"

"그래, 반드시 네가 갖고 있어야 돼." 어슐라가 말했다.

"난 **원하지** 않아. 나한텐 세 켤레나 더 있는걸. 언니가 가졌으면 **좋겠어**…… 언니가 가졌으면 해, 언니 거야, 자……."

그러더니 흥분으로 떨리는 손으로 그 탐나는 스타킹들을 어슐라의 베개 밑으로 밀어 넣었다.

"진짜 멋진 스타킹을 신으면 기분이 최고로 좋아지긴 해." 어슐라가 말했다.

"그렇고말고." 구드룬이 대답했다. "최고의 즐거움이지."

그러더니 그녀는 의자에 앉았다. 마지막으로 속내를 나누러 온 것이 분명했다. 구드룬이 바라는 게 뭔지 몰라 어슐라는 잠자코 기다렸다.

구드룬이 살짝 의심쩍은 듯 운을 뗐다. "어슐라, 언니는 '영원히 떠나리라, 절대 다시 돌아오지 않겠다' 뭐 이런 종류의 **기분**인 거야?"

"오, 우린 다시 돌아올 거야." 어슐라가 말했다. "기차 타고 영원히 떠나 버리겠다는 게 아니야."

"그래, 나도 알아. 그렇지만, 말하자면 정신적으로 말이야. 언니네는 우리 모두로부터 떠나는 거냐고?"

어슐라는 몸을 떨었다.

"어떤 일이 일어날지는 나도 전혀 몰라." 그녀가 말했다. "그저 어디론가 간다는 것밖에는."

구드룬은 기다렸다.

"그래서 기뻐?" 그녀가 물었다.

어슐라가 잠시 생각에 잠겼다.

"아주 기쁜 것 같아." 그녀가 대답했다.

하지만 구드룬은 어슐라의 말속에 들어 있는 불확실한 어조보다 그녀의 얼굴에 빛나는 무의식적인 환한 빛을 읽었다.

"하지만 언닌 세상과의 오랜 관계를 **원하게** 되지 않을까? ― 아버지랑 우리들, 그리고 그것이 의미하는 모든 것들, 영국과 사상의 세계 같은 것들 말이야. ……정말로 세상을 만들려면 그런 것들이 **필요하다는** 생각 안 들어?"

어슐라는 상상하려 애쓰느라 말이 없었다.

그녀가 마침내 자신도 모르게 말했다. "내 생각엔, 루퍼트 말이 맞는 것 같아 ― 우린 새로운 공간을 원해. 그래서 옛 공간에서 벗어나는 거야."

구드룬은 무표정한 얼굴로 언니를 줄곧 지켜보았다.

"새로운 공간을 원한다, 그에 대해선 나도 전적으로 동감이야." 그녀가 말했다. "그렇지만 **난** 새로운 세상이란 이 세상으로부터 발전하는 거라고 봐. 어떤 한 사람과 함께 스스로를 고립시키는 건 새로운 세계를 찾는 게 아니라 그저 자신을 자신의 환상 속에 안전하게 가두는 것에 불과하다고 생각해."

어슐라는 창밖을 내다보았다. 그녀의 영혼 속에서 격투가 시작되었고, 그녀는 겁에 질렸다. 그녀는 언제나 말이 무서웠다. 왜냐하면 한낱 말의 힘이 언제나 그녀로 하여금 자신이 믿지 않는 것을 믿게끔 할 수 있다는 걸 알고 있었기 때문이었다.

"그럴지도 모르지." 그녀가 자기 자신과 모든 사람에 대한 불신으로 가득 차서 말했다. "그렇지만 우리가 옛것에 연연한다면 그 어떤 새로운 것도 얻을 수 없다고 생각해 ― 무슨 말인지 알겠니? 옛것과 싸우는 일조차 거기에 속하는 거야. ……세상에 머물고 싶은 유혹이야 느끼지, 오직 그 세상과 싸우기 위해서 말이야. 나도 알아. ……하지만 그럴 가치가 없어."

구드룬은 자신에 대해 곰곰이 생각해 보았다.

"그래." 그녀가 말했다. "어떤 면에서는, 우리가 세상에 살고 있다면 우린 그 세상에 속해 있는 거야. 거기서 벗어날 수 있다고 생각하는 건 그야말로 환상이 아닐까? 아브루치*에 있는 오두막집이건 어디건 간에 결국 거기가 새로운 세상은 아니잖아 — 아니고 말고, 아무렴. 세상을 갖고 할 수 있는 유일한 일은 세상과 끝까지 가 보는 것밖에 없어.

어슐라는 고개를 돌렸다. 논쟁이 너무 두려웠다.

"그렇지만 뭔가 다른 것이 **있을 수도** 있잖아, 안 그래?" 그녀가 말했다. "우린 우리의 영혼 속에서 세상과 끝까지 가 볼 수 있어. 실제로 세상이 스스로 끝까지 가 보기 충분히 훨씬 전에 말이야. 그렇게 우리가 영혼 속에서 그걸 해낼 때, 우린 뭔가 다른 존재인 거라고."

"영혼 속에서 세상과 끝까지 **가 볼 수 있다고?**" 구드룬이 물었다. "앞으로 일어날 일을 끝까지 볼 수 있다는 말이라면 난 동의하지 않아. ……정말로 동의할 수 없어. ……그리고 어쨌든 간에 언니가 **이 행성의** 끝까지 볼 수 있다고 생각한다고 해서 갑자기 새로운 행성으로 훌쩍 날아가 버릴 수는 없는 거야."

돌연 어슐라가 몸을 꼿꼿하게 폈다.

"그럴 수 있어." 그녀가 말했다. "그럴 수 있고말고……. 난 알아, 우린 이곳과 더 이상 아무 관계도 없어. 우린 이 행성이 아니라 새로운 행성에 속하는 다른 종류의 자아를 갖고 있어. ……훌쩍 뛰어 떠나야 해."

구드룬은 잠시 생각에 잠겼다. 그러더니 그녀의 얼굴에 경멸에 가까운 미소가 떠올랐다.

"그럼 언니가 우주에 있게 되었을 때 어떤 일이 일어날까?" 그녀가 조롱하며 소리쳤다. "결국 세상의 위대한 사상은 거기서도 다 똑같아. 어느 누구보다 언니는, 지구에서처럼 우주에서도, 예컨대 사랑이 최고라는 사실에서 벗어나지 못할 거라고."

"아니, 그렇지 않아." 어슐라가 말했다. "사랑은 너무 인간적이고 시시해. 난 뭔가 비인간적인 어떤 것, 사랑은 그저 그 일부에 불과한 뭔가를 믿어. 우리가 성취해야 하는 것은 우리에겐 알려지지 않은 미지의 것으로부터 나온다는 것, 그리고 그것은 사랑보다 무한히 큰 어떤 것이란 걸 믿는다고. 그건 그렇게 단순히 **인간적인** 게 아니야."

구드룬은 한결같이 침착한 눈으로 어슐라를 바라보았다. 언니가 너무나 존경스러우면서도 경멸스러웠다. 그러더니 불쑥 차갑고 심술궂게 말하며 고개를 돌려 버렸다.

"그래, 난 아직 사랑 너머의 것은 몰라."

어슐라의 마음에 이런 생각이 번개처럼 스쳤다. '넌 아직 한 번도 **사랑해 본 적이** 없으니까, 그러니까 그 너머로 갈 수가 없는 거야.'

구드룬은 자리에서 일어나 어슐라에게로 가더니 두 팔로 그녀의 목을 감았다.

"가서 언니의 새로운 세계를 찾아봐, 언니." 그녀가 다정함을 가장한 카랑카랑한 목소리로 말했다. "결국 제일 행복한 여행은 루퍼트의 축복받은 섬 찾기지."

잠시 그녀의 팔은 어슐라의 목에, 그리고 손가락은 어슐라의 뺨에 머물러 있었다. 그러고 있는 동안 어슐라는 극도로 불편했다. 보호자연하는 구드룬의 후원자적인 태도에는 정말이지 너무 아픈 모욕이 들어 있었다. 언니의 반감을 느끼며 구드룬은 거북하게 팔을 거두고 베개를 뒤집어 다시 스타킹들을 드러냈다.

"하…… 하!" 그녀가 약간 공허하게 웃었다. "우리 정말 무슨 얘기를 하는 거야…… 새 세상이 어떻고 옛 세상이 어떻고……!"

그들의 대화는 친숙하고 일상적인 화제로 향했다.

제럴드와 버킨은 먼저 걸어가서 떠나는 손님들을 태우는 썰매를 기다리고 있었다.

"여기서 얼마나 더 오래 머무를 거지?" 버킨이 제럴드의 거의 텅 빈 듯한 몹시 붉은 얼굴을 올려다보며 물었다.

"오, 글쎄." 제럴드가 대답했다. "아마 싫증 날 때까지."

"눈이 먼저 녹을까 봐 두렵지 않아?" 버킨이 물었다.

제럴드가 웃었다.

"저게 녹아?" 그가 말했다.

"그럼 자넨 다 괜찮은 거지?" 버킨이 물었다.

제럴드의 눈이 살짝 동요했다.

"다 괜찮다니?" 그가 말했다. "난 그 흔한 말이 무슨 뜻인지 도무지 모르겠어. 다 괜찮다는 것하고 전부 다 잘못되어 있다는 건 어떤 지점에선 같은 말 아니야?"

"맞아, 내 생각에도 그래. ……다시 돌아가는 건 어때?" 버킨이 물었다.

"아, 모르겠어. 우린 절대로 다시 돌아가지 않을지도 몰라. 난 과거도 미래도 보지 않아." 제럴드가 말했다.

"존재하지 않는 걸 애타게 갈망하는 일도 **절대 없고**." 버킨이 말했다.

제럴드의 눈은 매의 눈처럼 동공이 작아져 뭔가에 몰두한 듯 먼 곳을 응시했다.

"그래. 여기엔 최종적인 뭔가가 있어. 그리고 구드룬은 내게 어떤 종말 같아. 모르겠어…… 그렇지만 너무 부드러워 보여. 피부도 비단결 같고 팔도 묵직하고 부드럽지. 그런데 그것은 어쩐지 내 의식을 시들게 해. 내 정신의 정수를 불태워 버리지." 그는 정면에 시선을 고정한 채 몇 걸음 더 뗴다. 그의 얼굴은 야만인의 오싹한 종교에 사용되는 가면처럼 보였다. "영혼의 눈을 망쳐 놓는 거야." 그가 말했다. "눈멀어 버리게 하는 거지. 그런데도 그렇게 눈멀길 **원해**, 망쳐지길 **바란다고**. 다른 건 원치 않아."

그는 넋 나간 사람처럼 멍하니 지껄여 댔다. 그러더니 별안간 기운을 차리고는 원한에 사무친 듯하면서도 겁에 질린 눈으로 버킨을 쳐다보며 열변을 토했다.

"자넨 여자랑 있으면서 고통받는다는 게 어떤 건지 알아? 그녀는 너무 아름답고 너무 완벽해. 그녀가 **너무나 훌륭하다는** 사실을 발견하고, 그로 인해 비단처럼 찢기는 거야. 쓰다듬어 줄 때마다 매번 뜨겁게 찢어지지……. 하, 그 정도로 완벽한 거야, 내가 나 자신을 날려 버릴 땐 말이지, 내가 스스로를 날려 버릴 땐 말이야! ……그러고 나면……." 그가 눈 위에 멈추어 서더니 갑자기 꽉 쥐었던 손을 폈다. "아무것도 없는 거지……. 두뇌는 너덜거리는 넝마처럼 까맣게 타 버리고…… 그러고는……." 그는 야릇하게 연극적인 몸짓으로 공중을 둘러보았다. "날려 버리는 거야―무슨 말인지 알겠나?―그건 굉장한 경험이야. 최종적인 어떤 것이지……. 그러고는…… 감전된 것처럼 쪼글쪼글해져 버리지."

그는 말없이 걸었다. 허풍을 떠는 것처럼 보이긴 했지만, 극한 상황에 처한 사람이 진심으로 떠들어 대는 것 같은 그런 것이었다.

그가 다시 말을 이었다. "물론, 난 내가 그런 경험을 해 보지 **못했더라면** 하고 바라진 않아. 그건 완벽한 경험이거든. 게다가 그녀는 멋진 여자고. 그렇지만…… 난 어쩐지 그 여자가 너무 미워! ……

이상하지······."

버킨은 거의 아무런 의식이 없는 것처럼 보이는 묘한 제럴드의 얼굴을 쳐다보았다. 제럴드는 자신이 뱉은 말들 앞에서 텅 비어 보였다.

"그렇지만 이제 그만하면 충분한 것 **아니야?**" 버킨이 말했다. "자 넨 경험을 한 거야. 그런데 왜 계속 옛날 상처를 갖고 그러나?"

"오, 모르겠어. 아직 끝나지 않았어······." 제럴드가 말했다.

두 남자는 계속 걸었다.

"구드룬 못지않게 나도 자넬 사랑해 왔어, 잊지 마." 버킨이 씁쓸하게 말했다. 제럴드가 멍하니 묘한 얼굴로 그를 쳐다보았다.

"그랬나?" 그가 얼음장 같은 회의를 드러내며 말했다. "아님, 자 넨 자네가 그래 왔다고 생각하는 거야?" 그는 자기가 무슨 말을 하고 있는지 거의 의식이 없었다.

썰매가 도착했다. 구드룬이 썰매에서 내렸고 모두들 작별 인사를 나누었다. 그들 모두 작별을 원했다. 버킨이 자리를 잡자 썰매는 손을 흔들고 있는 구드룬과 제럴드를 눈 위에 남겨 둔 채 떠났다. 그렇게 고립된 눈 속에 점점 더 작아지고 고립되어 가는 그들의 모습을 바라보는 가운데 뭔가가 버킨의 가슴을 꽁꽁 얼어붙게 했다.

31장 눈에 파묻혀

　어슐라와 버킨이 떠나자 구드룬은 이제 마음껏 제럴드와 겨룰 수 있을 것 같은 기분이 들었다. 서로에게 익숙해질수록 그는 점점 더 그녀를 압박해 오는 듯했다. 처음엔 그를 맘대로 다룰 수 있었기 때문에 그녀의 의지는 언제나 자유로운 상태였다. 그러나 얼마 지나지 않아 그는 그녀의 여성적 전략들을 무시하기 시작했다. 그녀의 변덕과 사생활을 더 이상 존중하지 않았고, 그녀의 의지에 따르지 않고 맹목적으로 자신의 의지만을 행사하기 시작했다.

　이미 치명적인 싸움이 시작된 것이었고, 이에 두 사람 모두 겁이 났다. 구드룬은 벌써부터 외부의 원조를 찾아 두리번거리기 시작했지만 제럴드는 혼자였다.

　어슐라가 떠나고 나자 구드룬은 자신이 황량하고 원초적인 존재가 된 것 같았다. 그녀는 혼자 침실로 가서 쪼그리고 앉아 창밖에 반짝이는 커다란 별들을 바라보았다. 앞에는 산꼭대기의 희미한 그림자가 드리워져 있었다. 그것이 중심축이었다. 그녀는 자신이 만물의 중심부에 놓인 것만 같은, 기이하고 어찌할 수 없는 듯한 기분이 들었다. 그 너머의 현실이란 존재하지 않는 것 같았다.

　이윽고 제럴드가 문을 열었다. 그녀는 그가 곧 오리라는 걸 알고 있었다. 그녀에겐 이제 혼자 있는 시간이 거의 없었다. 서리처럼 그녀를 죽이며 그가 압박해 왔다.

"어두운데 혼자 있어요?" 그가 말했다. 그의 어조에서 그녀는 자신이 주변에 둘러친 고립에 그가 화가 났다는 걸 알아차렸다. 그렇지만 움직일 수도, 피할 수도 없다고 느끼며 그에게 상냥히 대했다.

"촛불을 켜 줄래요?" 그녀가 부탁했다.

그는 아무런 대답 없이 다가와 어둠 속에서 그녀 뒤에 섰다.

"보세요." 그녀가 말했다. "저기 아름다운 별 말이에요. 저 별 이름 알아요?"

그가 나지막한 창문을 내다보기 위해 그녀 곁에 웅크리고 앉았다.

"아니요." 그가 말했다. "아주 멋지군요."

"아름답지 **않나요**? 형형색색의 불길들을 쏘아 대고 있는 것 보이죠…… 정말 멋져요……."

둘 다 말이 없었다. 그녀는 묵묵히 무거운 몸짓으로 그의 무릎에 손을 얹어 그의 손을 잡았다.

"어슐라가 없어서 아쉬워요?" 그가 물었다.

"아니, 전혀요." 그녀가 말했다. 그러더니 느릿느릿 물었다.

"날 얼마만큼 사랑해요?"

그녀에 맞서 그는 한층 뻣뻣이 굳었다.

"내가 당신을 얼마만큼 사랑한다고 생각해요?" 그가 물었다.

"모르죠." 그녀가 대답했다.

"그렇지만 당신 생각은 어떻냐고요?" 그가 물었다.

침묵이 흘렀다. 마침내 어둠 속에서 무심하고 무정한 그녀의 목소리가 들려왔다.

"아주 약간." 그녀가 무례할 정도로 냉정하게 말했다. 그 목소리에 그의 심장이 얼음장처럼 차가워졌다.

"내가 왜 당신을 사랑하지 않는다는 겁니까?" 그는 마치 그 비난이 사실임을 인정하면서도 그런 비난을 하는 그녀를 증오하는 것처럼 물었다.

"왜 사랑하지 않는지 나야 모르죠……. 난 당신한테 잘해 주었는데. 당신은 **끔찍한** 상태였어요, 당신이 내게 왔을 때 말이에요."

그녀는 숨 막힐 정도로 심장이 두방망이질 치고 있었지만 돌처럼 무표정하고 굽힘이 없었다.

"내가 언제 그렇게 끔찍한 상태였다는 겁니까?" 그가 물었다.

"당신이 내게 처음 왔을 때요. 난 당신을 동정할 **수밖에** 없었죠. ……그렇지만 그건 절대 사랑은 아니었어요."

"그건 절대 사랑은 아니었어요"란 말이 그의 귓가에 미친 듯이 메아리쳤다.

"어째서 당신은 사랑이 아니었다는 말을 그렇게 자주 되풀이하는 겁니까?" 그가 분노에 짓눌린 목소리로 물었다.

"그러니까 당신은, 사랑한다는 **생각이** 들지 않는 거죠, 그렇죠?" 그녀가 물었다.

그는 분노의 차디찬 격정으로 입을 다물었다.

"당신은 날 사랑**할 수 있다**는 생각이 안 드는 거예요, 그렇죠?" 그녀가 빈정거리듯 말했다.

"그래요." 그가 말했다.

"당신은 날 사랑**한 적이 없다**는 걸 알고 있죠, 아닌가요?"

"난 당신이 말하는 '사랑'이 뭘 뜻하는지 모르겠습니다." 그가 대답했다.

"물론 당신은 알고 있어요. ……당신이 날 사랑한 적이 없다는 걸 잘 알고 있잖아요. 사랑한 적이 있다고 생각해요?"

"아니요." 그는 진실함과 고집스러움의 어떤 메마른 정신에 이끌려 대답했다.

"그리고 당신은 **앞으로도** 날 절대로 사랑하지 않을 거고요." 그녀가 결론적으로 말했다. "그렇겠죠?"

그녀에겐 견디기 어려울 정도의 악마적인 냉기가 있었다.

"그래요." 그가 말했다.

"그렇다면, 나의 어떤 점에 대해 반감을 갖고 있는 건가요!" 그녀가 대꾸했다.

그는 겁에 질린 차가운 분노와 절망으로 말이 없었다. '저 여잘 죽일 수만 있다면, 저 여자를 죽일 수만 있다면…… 난 자유로워질 텐데.' 그의 가슴이 계속해서 속삭이고 있었다. 오직 죽음만이 이 고르디우스의 매듭*을 잘라 낼 수 있을 것 같았다.

"왜 날 고문하는 겁니까?" 그가 말했다.

그녀가 두 팔로 그의 목을 감았다.

"오, 난 당신을 고문하고 싶지 않아요." 어린애를 달래듯 그녀가 동정하는 목소리로 말했다. 그 건방진 태도에 그는 혈관이 서늘해졌고, 의식과 감각이 마비되었다. 그녀는 연민의 승리 속에 의기양양하게 그의 목을 두 팔로 감고 있었다. 그러나 그를 향한 그녀의 연민은 돌처럼 차가웠다. 그녀의 연민의 가장 깊은 동기는 그를 향한 증오와 자신을 지배하는 그의 힘에 대한 공포였고, 그 증오와 공포를 그녀는 언제나 보관용 영수증처럼 지니고 있어야만 했다.

"날 사랑한다고 말해 줘요." 그녀가 간청했다. "날 영원히 사랑하겠다고 말해 줘요……. 그럴 거죠…… 네?"

그러나 그를 달래는 것은 그녀의 목소리뿐이었다. 그녀의 감각들은 그에게서 완전히 분리되어, 차갑고 파괴적이었다. 졸라 대는 것은 그녀의 거만한 **의지**였다.

"영원토록 날 사랑하겠다고 말해 주지 않을 거예요?" 그녀가 달래듯 말했다. "그렇게 말해 줘요, 사실이 아니더라도 말이에요……. 그렇게 말해 줘요 제럴드, 그렇게 해 줘요."

"언제까지나 당신을 사랑할게요." 그가 정말로 고통스러워하며 쥐어짜듯 구드룬의 말을 되풀이했다.

그녀가 그에게 재빨리 키스했다.

"세상에, 당신이 정말로 그렇게 말할 줄이야." 그녀가 야유하듯이 말했다.

그는 한 대 얻어맞은 것처럼 서 있었다.

"날 조금만 더 사랑하도록, 그리고 날 조금만 덜 원하도록 노력해 봐요." 그녀가 반은 경멸조로 반은 달래는 어조로 말했다.

거대한 어둠의 파도가 그의 가슴에 돌진해 들어오며, 어둠이 그의 마음을 가로질러 파도처럼 출렁이는 듯했다. 그는 자기 존재의 핵심이 타락한 것 같았고, 자신이 아주 하찮아져 버린 것 같았다.

"당신은 날 원하지 않는다는 뜻입니까?" 그가 말했다.

"당신은 너무 집요해요. 당신에겐 자비심도 섬세함도 거의 없죠. 너무 거칠어요. 당신은 날 부숴 버리죠―날 황폐하게 만든다고요―그게 내겐 끔찍해요."

"끔찍하다고요?" 그가 되풀이했다.

"그래요. 이제 어슐라도 갔는데 내가 나만의 방을 하나 가져도 되겠다는 생각이 들지 않나요? 드레스룸이라도 말이에요."

"좋을 대로 해요. ……원한다면 아예 여길 떠나도 좋아요." 그가 어렵사리 말했다.

"그래요, 나도 알아요." 그녀가 대답했다. "당신도 마찬가지예요. 원하면 언제든 날 떠나도 돼요―심지어 미리 통보해 주지 않아도 돼요."

거대한 어둠의 조수가 그의 가슴속에서 넘실댔다. 그는 똑바로 서 있기조차 힘들었다. 엄청난 피로가 몰려와서 바닥에 드러눕지 않으면 안 될 것 같았다. 그는 옷을 벗고 침대로 가더니 갑자기 취기가 몰려온 사람처럼 자리에 누웠다. 시커멓게 소용돌이치는 바다에 누워 있기라도 한 것처럼 어둠이 고개를 쳐들고 몰려왔다. 그는 잠시 이 기묘하고 끔찍스러운 흔들림 속에서 완전한 무의식 상태로 가만히 누워 있었다.

마침내 그녀가 자기 침대에서 내려와 그에게 다가갔다. 그는 등을 돌린 채 굳은 듯이 있었다. 그는 거의 무의식 상태였다.

그녀는 의식도 감각도 없는 무시무시한 그의 몸에 두 팔을 감고서 그의 단단한 어깨에 뺨을 댔다.

"제럴드." 그녀가 속삭였다. "제럴드."

그는 꿈쩍도 하지 않았다. 그녀는 그를 끌어당겼다. 가슴을 그의 어깨에 밀착시키고 잠옷 위로 그의 어깨에 입 맞추었다. 그러나 살아 있지 않은 듯한 그의 경직된 몸뚱이에 내심 놀랐다. 그녀는 당황했지만 집요했다. 그로 하여금 자신에게 말을 하도록 하겠노라는 의지뿐이었다.

"제럴드, 내 사랑!" 그녀가 그에게로 몸을 굽혀 귀에 입을 맞추며 속삭였다.

그의 귀 위로 리드미컬하게 노닐며 날아다니는 그녀의 숨결이 긴장을 누그러뜨리는 듯했다. 그녀는 그의 몸이 끔찍스럽고 부자연스러운 경직성을 잃으며 서서히 조금씩 이완되어 가는 것을 느꼈다. 그녀의 손이 격정적으로 그의 몸을 더듬으며 그의 사지를, 근육을 움켜쥐었다.

뜨거운 피가 다시 그의 혈관에 흐르기 시작했고, 그의 사지가 부드러워졌다.

"내게로 몸을 돌려 봐요." 고집과 승리와 더불어 고독히 버려진 그녀가 속삭였다.

마침내 그가 다시 따뜻하고 부드러워졌다. 그가 몸을 돌려 그녀를 껴안았다. 자신에게 안긴 그녀의 부드러움을, 그토록 완벽하고 놀라울 정도로 부드럽게 받아들이는 그녀를 느끼자 그녀를 안은 그의 팔이 단단해졌고, 그녀는 그의 품속에서 힘없이 부서져 버린 것 같았다. 그의 뇌는 이제 보석처럼 단단하고 아무도 꺾을 수 없게 된 것 같았다. 그에게 저항한다는 것은 불가능했다.

그의 욕정이 그녀에겐 무시무시했다. 최종적인 파괴와도 같이 강렬하고 오싹하고 비인간적이었다. 그것이 자신을 죽일 것만 같았다. 그녀는 죽임을 당하는 중이었다.

"아아, 아아." 그의 품속에서 그녀는 자신의 생명이 자신의 내부에서 살해당하고 있는 것만 같아 고통스러운 비명을 질렀다. 그러나 그가 키스하며 달래자 그녀의 숨이 천천히 다시 되살아났다. 정말로 기진하여 죽어 가고 있었던 것처럼.

'이러다 죽게 되는 걸까? 죽게 될까?' 그녀는 거듭 되뇌었다.

그러나 그 밤 속에도, 그의 안에도 이 물음에 대한 답은 없었다.

하지만 그다음 날에도, 파괴되지 않은 그녀의 일부가 적대감을 품은 채 아직 말짱히 남아 있었다. 그녀는 아무 데도 가지 않았다. 아무것도 받아들이지 않으면서, 휴가를 끝마치기 위해 남아 있었다. 그는 그녀를 혼자 내버려 두는 법이 거의 없이 그림자처럼 따라다녔다. 그는 끊임없이 그녀에게 "이렇게 할지어다", "이렇게 하지 말지어다"를 명하는 운명 같았다. 때로는 그가 최강자이고 그녀는 기진한 바람처럼 정신을 거의 잃은 채 땅 위를 기어 다녔다. 때로는 그 반대였다. 그러나 언제나 한쪽이 파괴되어 다른 쪽이 존재하거나, 한쪽이 무효가 되는 바람에 상대방이 승인을 얻는,

영원한 시소 상태였다.

'결국엔, 그를 떠나게 될 거야.' 그녀가 중얼거렸다.

'난 그녀에게서 자유로워질 수 있어.' 그는 고통스럽게 경련하며 스스로에게 되뇌었다.

그리고 그는 자유로워지기 위해 애썼다. 심지어 곤경에 처한 그녀를 못 본 척하고 떠나 버릴 준비까지 했다. 그러나 난생처음 그의 의지에 결함이 있었다.

'어디로 가야 하나?' 그가 자문했다.

'넌 자족적일 수가 없단 말이냐?' 그가 스스로에게 자긍심을 부추기며 물었다.

'자족적이라?' 그는 자기 말을 곱씹어 보았다.

그가 보기에 구드룬은 자족적인 것 같았다. 상자 속에 들어 있는 것처럼 꼭 닫히고 완전해 보였다. 고요하고 정적인 영혼의 판단 속에서 그는 이를 인정했다. 아무 욕망 없이 완벽한 상태로 혼자 틀어박혀 있는 것이 그녀의 권리임을 인정했다. 이를 깨닫고 받아들였다. 이제 그가 할 일은 자신도 그와 같은 완벽함을 획득하기 위해 최후의 노력을 하는 것뿐이었다. 그 역시 스스로에게 향하기 위해서는, 스스로에게 고착되어 자기 완결적이며 고립된 난공불락의 돌처럼 자기 안으로 폐쇄되기 위해서는, 단 한 번의 의지의 격발만 있으면 된다는 걸 알고 있었다.

이러한 앎은 그를 끔찍스러운 혼란 속으로 던져 넣었다. 왜냐하면 그가 아무리 면역된 상태, 자기 완결의 상태가 되기 위해 정신적으로 **의지**를 불사른다고 해도 그에겐 이러한 상태를 향한 욕망이 결여되어 있었을 뿐 아니라 그가 그런 욕망을 만들어 낼 수는 없는 노릇이기 때문이었다. 그는 자신이 존재하기 위해서는 구드룬으로부터 완전히 벗어나야 한다는 것을, 그녀가 남겨지길 원한다면 그녀를 떠나야 하며 그녀에게서 아무것도 요구해서는 안 된다는 것을, 자신은 그녀에게 아무 권리도 없다는 것을 알고 있었다.

하지만 그렇다면, 그러니까 그녀에 대해 아무런 권리도 주장하지 않기 위해서는, 순전한 무(無)의 상태에 홀로 서야만 하는 것이었다. 이런 생각을 하자 머리가 멍해졌다. 그것은 무(無)의 상태였다. ……아니면 그녀에게 무릎을 꿇고 아첨을 할 수도 있을 것이다. ……그렇지 않으면 결국 그녀를 죽이게 될지도 모른다. ……아니면, 그는 그저 무관심하고 아무 목적도 없는 무절제하고 덧없는 존재가 될지도 모른다. ……그러나 그는 천성이 너무 진지했다. 조롱에 찬 방탕함에 빠질 만큼 명랑하거나 교묘하지가 않았다.

그의 내부에 괴상하게 째진 틈이 생겼다. 찢어 발겨져 하늘에 바쳐진 희생물처럼 그도 그렇게 찢긴 채 구드룬에게 바쳐졌다. 어떻게 그가 다시 아물 수 있을까? 이 상처 속에서, 그의 영혼이 그토록 기이하게 끝없이 민감하게 열리는 가운데, 그는 온 우주를 향해 활짝 핀 꽃처럼 스스로를 드러냈으며, 그 속에서 자신의 보완물에게, 타자에게, 미지에, 자신을 내주었다. 이 상처, 이러한 노출, 하늘 아래 활짝 핀 꽃처럼 자신을 덮고 있던 것을 펼쳐 스스로를 불완전하고 유한한 미완의 상태로 내버려 두는 것, 이것이야말로 그가 가진 가장 잔혹한 기쁨이었다. 그렇다면 왜 그것을 버려야 한단 말인가. 어째서 자신을 닫아 버리고, 칼집 속에 든 칼처럼 난공불락의 면역 상태가 되어야 한단 말인가, 그는 이미 발아한 씨앗처럼, 아직 실현되지 않은 천상을 껴안고 태어나 존재하고 있는데 말이다.

그는 심지어 그녀가 가한 고통 속에서도 자신의 열망이 지닌, 미완의 환희를 유지하고 싶었다. 이상한 고집이 그를 사로잡았다. 그녀가 무슨 말을 하든 어떤 행동을 하든 그녀를 떠나지 않기로 작정했다. 기이하고 치명적인 열망이 그를 그녀와 함께 가게 만들었다. 그녀는 그의 존재 자체에 결정적인 영향력을 행사했다. 그녀가 자신을 경멸하고 거절과 거부를 되풀이하는데도 그는 여전히 떠나려 하지 않았다. 왜냐하면 그녀 곁에 있으면 그는 심지어 자신의 내부에서 뭔가가 살아나고 나아감을, 풀려남을, 자신의 파멸과 절멸의 신비뿐 아니라 자신의 한계에 대한 앎과 더불어 자신의 가능성의 마법 또한 느낄 수 있었기 때문이었다.

그녀는 그가 자신에게로 향할 때마저, 열려 있는 그의 심장을 괴롭혔다. 그녀 자신도 고통스러웠다. 어쩌면 그녀의 의지가 더 강한 것인지도 몰랐다. 그녀는 그가 불손하고 끈덕진 존재처럼 자신의 심장의 꽃봉오리를 찢어 열어젖히는 듯한 기분이 들어 공포에 질렸다. 파리의 날개를 뜯거나 꽃 속에 무엇이 들어 있는지 보려고 봉오리를 열어젖히는 소년처럼 그는 그녀의 사생활을, 그녀의 삶 자체를 찢었다. 덜 핀 봉오리를 찢어 죽여 버리듯 그녀를 파괴시킬 터였다.

어쩌면 먼 훗날, 꿈속에서, 순수한 영혼의 상태일 때, 그녀가 그를 향해 열릴지도 몰랐다. 그러나 지금은 유린되거나 파괴되지 않을 것이었다. 그녀는 격렬히 그에 맞서 봉오리를 닫았다.

저녁때 일몰을 보기 위해 두 사람은 함께 높은 언덕에 올랐다. 부드럽게 숨 쉬는 듯한 예리한 바람 속에 서서 그들은 노란 해가 진홍빛으로 저물며 사라지는 것을 지켜보았다. 이윽고 동쪽에서 산봉우리와 산등성이가 갈색과 자줏빛이 뒤섞인 하늘을 배경으로 불멸의 꽃들처럼 생생한 장밋빛으로 찬연히 빛났다. 기적 같았다. 저 아래로는 푸르스름한 어둠이 깔린 세상이, 그리고 저 위쪽 상공에는 장밋빛 황홀경이 수태 고지처럼 걸려 있었다.

그녀는 그것이 너무 아름다웠다. 무아경이었다. 빛나는 그 불멸의 산꼭대기들을 가슴에 끌어안고 죽고 싶었다. 제럴드 또한 그것들을, 그 아름다움을 보았다. 그러나 그의 가슴속에선 아무런 외침도 일어나지 않았다. 본래 그 자체가 환영(幻影)과도 같은 쓰디쓸뿐이었다. 그는 산꼭대기들이 잿빛이었더라면, 아름답지 않았더라면, 그래서 그녀가 그것들로부터 아무런 응원도 못 받았더라면 하고 바랐다. 어째서 그녀는 이 저녁 빛을 끌어안음으로써 그토록 지독히 자기 둘을 배반하는 걸까? 어째서 그녀는 얼음 바람이 죽음처럼 그의 심장을 관통하며 몰아치는 그곳에 그를 내버려 둔 채, 자신은 눈 덮인 장밋빛 꼭대기 가운데에서 만족스러워하고 있는 것일까?

"황혼이 뭐가 그렇게 중요합니까?" 그가 말했다. "왜 그 앞에 엎드리는 겁니까? 그게 당신에겐 그렇게 중요합니까?"

방해받은 그녀가 분노로 주춤했다.

"가세요." 그녀가 소리쳤다. "날 거기에 맡겨 줘요. 그건 아름다워요, 아름답다고요." 그녀가 낯선, 열광적인 어조로 말했다. "일생 동안 본 것 중 가장 아름다워요. 그것과 나 사이에 끼어들려고 하지 말아요. 가 줘요, 당신은 여기에 어울리지 않아요……."

그는 신비롭게 빛나는 동쪽을 향해 도취되어 조각처럼 서 있는 그녀를 남겨 둔 채 뒤로 살짝 물러났다. 장밋빛은 벌써 희미해지고, 커다란 하얀 별들이 반짝이고 있었다. 그는 기다렸다. 모든 걸 내버릴 참이었다. 열망만 제외하고.

"그건 내가 지금껏 본 것 중 가장 완벽했어요." 마침내 그녀가 그에게로 몸을 돌리며 차갑고 잔혹한 어조로 말했다. "그걸 망치고 싶어 하다니 놀랍군요. 당신 자신이 볼 수 없다 해도, 날 방해하는 이유가 뭐죠?" 그러나 사실상 그는 이미 그것을 파괴해 버렸고, 그녀는 죽어 버린 효력을 되살리기 위해 안간힘을 쓰는 중이었다.

그가 그녀를 바라보며 부드럽게 말했다. "언젠가, 난 **당신을** 파괴할 겁니다. 당신이 일몰을 지켜보고 서 있으니까요. 당신은 정말 지독한 거짓말쟁이니까 말입니다."

이 말속엔 제럴드 자신을 향한 부드럽고 관능적인 약속이 들어 있었다. 그녀는 오싹했지만, 거만하게 말했다.

"하!" 그녀가 말했다. "난 당신 협박이 무섭지 않아요!"

그녀는 그를 거부했다. 자신의 방에 아무도 들어오지 못하게 철저히 닫아 버렸다. 그러나 그는 그녀를 향한 갈망에 속한 채, 신기하게 인내하며 계속 기다렸다.

그는 스스로에게 정말로 관능적인 약속을 하며 중얼거렸다. '결국 때가 되면 저 여자를 해치워 버릴 거야.' 그러자 온 사지가 기대감에 차 예민하게 떨렸다. 지나치리만큼 강한 욕망으로 전율하며 격렬한 열정 속에 그녀에게 접근할 때처럼, 그렇게 전율했다.

그러는 동안 그녀는 이제 뢰르케에게 시종 어딘가 교활하고 반역적인, 기이한 종류의 충성을 바치고 있었다. 제럴드는 이를 알고 있었다. 그러나 그는 부자연스러운 인내 상태에 있었기에, 그리고 그녀에게 모질어지려는 자신을 발견했지만 그렇게 하기는 꺼려졌기에, 이를 마음에 두지 않았다. 비록 자신이 해충처럼 증오하는 그 남자를 그녀가 상냥하게 대하는 것을 볼 때마다 엄습하는 낯선 전율에 온몸을 떨긴 했지만.

제럴드는 자신은 좋아하지만 구드룬은 할 줄 모르는 스키를 탈 때만 그녀를 혼자 내버려 두었다. 그럴 때면 그는 삶에서 휙 빠져나가 그 너머의 세상으로 발사되는 것 같았다. 그렇게 그가 곁에 없을 때 그녀는 종종 그 왜소한 독일인 조각가와 이야기를 나누었다. 그들은 자신들의 예술에 관해 일정한 화제를 갖고 있었다.

그들의 견해는 거의 동일했다. 그는 메스트로비치*를 싫어했고 미래파에 불만이 있었으며 서아프리카 조각상들, 그리고 멕시코와 중앙아메리카 아즈텍 예술을 좋아했다. 그로테스크한 것에 조예가 깊었고, 자연적 본성의 혼란인 기이한 종류의 기계적 움직임에 열광했다.

구드룬과 뢰르케는 야릇하고 엉큼하며 한없이 도발적인 묘한 게임을 했다. 마치 삶에 대해 어떤 심원한 이해를 하고 있다는 듯이, 세상은 감히 알려는 엄두조차 못 내는 무시무시한 핵심 비밀을 자기들만 전수받은 것처럼 행동했다. 그들의 소통은 모두 야릇하고 이해하기 어려운 외설로 이루어졌다. 그들은 이집트인이나 멕시코인의 미묘한 욕정에 달아올랐다. 모든 게임이 은근한 내부적 도발이었으며 그들은 게임을 그러한 암시 수준으로 유지하고 싶어 했다. 그 언어적이고 육체적인 **뉘앙스**들로부터, 절반만 암시된 사상들과 표정, 표현과 몸짓의 야릇한 상호 교환으로부터, 그들은 신경을 자극하는 최고의 만족감을 느꼈다. 제럴드는 알아들을 수 없었지만, 견디기 어려웠다. 그에겐 그들의 교제를 이해할 수 있는 용어가 없었다. 그가 가진 용어들은 너무 무디고 거칠었다.

원시 예술의 외설적 암시는 그들의 피난처였고, 감각의 내적인 신비는 숭배의 대상이었다. 예술과 삶은 그들에게 각각 현실과 비현실이었다.

"물론, 삶은 **정말로** 중요한 게 아니에요 — 중심은 예술이죠. 인간이 자기 삶에서 무엇을 하는가는 peu de rapport(별 상관이 없죠), 별 의미가 없어요." 구드룬이 말했다.

"맞아요, 그래요, 바로 그겁니다." 조각가가 답했다. "예술 안에서 무엇을 하느냐, 그게 바로 인간 존재의 숨결입니다. 삶에서 뭘 하느냐, 그건 문외한들이나 법석을 떠는 사소한 거죠."

이상하게도 구드룬은 이런 대화에서 엄청난 우쭐함과 해방감을 느꼈다. 영원히 안착한 듯한 기분이 들었다. 당연히 제럴드는 **사소한** 존재였다 ─ 그녀가 예술가인 한 그녀의 삶에서 사랑은 일시적인 것 중 하나였다. 그녀는 클레오파트라를 떠올렸다 ─ 클레오파트라는 예술가였던 게 틀림없어. 남자에게서 핵심을 거둬들인 거야. 최고의 감흥을 수확한 다음 껍데기는 내던져 버리는 거지. 메리 스튜어트*도 그랬고, 애인들과 숨을 헐떡이며 무대를 좇아다녔던 엘레오노라 두제*도 그랬고. 이들이 사랑에 대한 대중적 전형이지. 결국 연인이란 이 미묘한 앎을 수송하기 위한 연료, 여성 예술의 연료, 감각적인 이해에 대한 순수하고 완벽한 앎의 예술을 위한 연료가 아니고 무엇이랴.

어느 날 저녁 제럴드는 이탈리아와 트리폴리*에 대해 뢰르케와 논쟁을 했다. 영국인은 불이라도 붙을 듯 이상하게 달아올라 있었고, 독일인은 흥분 상태였다. 말이 오가는 논쟁이었지만, 그것은 두 남자의 영혼의 갈등이었다. 구드룬은 내내 제럴드에게서 외국인에 대한 오만하고 영국인다운 경멸을 볼 수 있었다. 제럴드는 떨고 있었지만 눈은 빛났고 얼굴은 홍조를 띠고 있었으며, 그의 주장에는 퉁명스러움이, 그리고 그의 태도에는 잔혹한 멸시가 배어 있어, 구드룬의 피는 확 타올랐고, 뢰르케는 예민해지고 모욕감을 느꼈다. 제럴드는 망치로 내려치듯 단언했기 때문에 왜소한 독일인이 말하는 건 모조리 그저 경멸스러운 쓰레기처럼 되어 버렸다.

마침내 뢰르케가 구드룬을 향해 몸을 돌리더니 무기력하게 빈정거리는 몸짓으로 두 손을 번쩍 들며 다 집어치워 버리겠다는 듯 어깨를 으쓱했다. 그 모습은 호소력이 있었고 어린애 같기도 했다.

"Sehen Sie, Gnädige Frau(아시겠습니까, 부인)……." 그가 입을 뗐다.

"Bitte sagen Sie nicht immer gnädige Frau(제발 부인이라고 부르지 좀 말아요)." 구드룬이 눈을 번득이고 뺨을 붉히며 소리쳤다. 메두사가 눈앞에 나타난 것 같았다. 그녀의 목소리가 하도 크게 울려 방 안에 있던 사람들이 깜짝 놀랐다.

"제발 날 크라이치 부인이라고 부르지 말라고요." 그녀가 큰 소리로 외쳤다.

그 명칭, 특히 뢰르케 입에서 나오는 그 명칭은 요즘 들어 그녀에게 견딜 수 없는 수치이자 제약이었다.

두 남자가 깜짝 놀라 그녀를 쳐다보았다. 제럴드의 얼굴이 하얗게 질렸다.

"그럼 뭐라고 부를까요?" 뢰르케가 빈정거리듯 부드럽게 넌지시 물었다.

"Sagen Sie nur nicht das(그냥 최소한 그렇게는 부르지 말라는 거예요)." 그녀가 뺨을 붉히며 웅얼거렸다. "그건 아니라고요, 적어도."

그녀는 뢰르케의 얼굴이 환히 밝아 오는 걸 보고, 그가 자기 말을 알아들었다는 것을 눈치챘다. 그녀는 크라이치 부인이 **아니었던** 것이다! 그러…… 니…… 까…… 이제야 많은 것들이 이해가 가는군.

"Soll ich Fräulein sagen(아가씨라 부르면 되겠습니까)?" 그가 짓궂게 물었다.

그녀는 살짝 혐오하는 기색으로 그를 쳐다보았다.

"결혼 안 했어요." 그녀가 약간 도도하게 말했다.

그녀의 심장은 이제 당황한 새가 날개를 파닥이듯 고동치고 있었다. 자신이 잔인한 상처를 주었다는 걸 깨닫자 견딜 수가 없었다.

제럴드는 조각처럼 창백하고 고요한 얼굴로 꼼짝 않고 꼿꼿이 앉아 있었다. 그는 그녀도 뢰르케도 안중에 없었다. 변함없이 고요히 완벽하게 가만히 앉아 있었다. 웅크리고 앉은 뢰르케는 처박은 고개 밑으로 눈을 흘금거리며 쳐다볼 뿐이었다.

구드룬은 이 긴장감을 덜어 내기 위해 무슨 말이라도 하려고 안간힘을 썼다. 그녀는 미소로 얼굴을 일그러뜨리며 다 알고 있다는 표정으로 비웃듯이 제럴드를 흘끗 쳐다보았다.

"진실이 최고죠." 그녀가 일그러진 표정으로 그에게 말했다.

그러나 그녀는 이제 다시 그의 지배하에 놓이게 되었다. 이번엔 그녀가 그에게 한 방 먹였으니까. 그를 파괴시켰으니까. 그런데 그가 이를 어떻게 받아들였는지 알 수가 없었다. 그녀는 그의 기색을 살폈다. 그가 흥미로웠다. 뢰르케에 대한 관심은 사라졌다.

제럴드가 마침내 자리에서 일어나 여유롭고 침착한 몸짓으로 교수에게 다가갔다. 둘은 괴테에 대해 이야기를 나누기 시작했다.

그녀는 오늘 저녁 제럴드가 보여 준 그 담백한 처사에 약간 약이 올랐다. 그는 화가 나지도 역겨워하는 것 같지도 않았고, 그저 이상할 정도로 순진하고 순수했으며 진정으로 아름다워 보였다. 가끔씩 그에겐 이처럼 분명하게 거리를 드러내는 표정이 떠올랐는데, 그럴 때마다 매혹적이었다.

그녀는 저녁 내내 고민 속에 기다렸다. 그가 자신을 피하든가, 아니면 어떤 신호를 보내오리라고 생각했다. 그러나 그는 방에 있는 누구에게나 하듯 그녀에게도 똑같이 꾸밈없이 무덤덤하게 말을 건넸다. 모종의 평화가, 어떤 방심(放心)의 상태가 그의 영혼을 사로잡고 있었다.

그녀는 그를 향한 격정적이고 뜨거운 사랑을 느끼며 그의 방으로 갔다. 그는 너무나 아름다워 범접할 수가 없었다. 그가 그녀에게 키스했다. 그는 그녀의 연인이었다. 그녀는 그에게서 극도의 기뻠을 느꼈다. 그러나 그는 의식을 회복하지 않았다. 저 멀리 떨어진 채 솔직하고 무의식적인 상태로 남아 있었다. 그녀는 그에게 말을 걸고 싶었다. 그러나 그의 이 순진하고 아름다운 무의식의 상태가 그녀를 가로막았다. 그녀는 고통스러워 눈앞이 캄캄했다.

그러나 다음 날 아침이 되자 그는 약간의 혐오와 공포, 그리고 증오가 어둡게 드리워진 눈으로 그녀를 바라보았다. 그녀는 자신의 원래 위치로 후퇴했다. 그런데도 그는 여전히, 그녀에 맞서 자신을 추스르려 하지 않았다.

뢰르케가 그녀를 기다리고 있었다. 자신의 완벽한 외피(外皮) 속에 고립되어 있던 그 왜소한 예술가는 이제야 마침내 뭔가를 얻어낼 만한 여자가 나타났다고 느끼고 있었다. 그녀에게 슬그머니 접근하여 이야기를 나눌 기회가 나기를 기다리며 내내 동요되어 있었다. 그녀가 근처에 있으면 그는 극도로 예민해지고 흥분했다. 그녀가 어떤 보이지 않는 힘으로 자신을 끌어당기고 있다는 듯이 그는 교활하게 그녀에게로 쏠렸다.

그는 제럴드에 대해서는 한 점 불안도 느끼지 않았다. 제럴드는 문외한 중 하나였다. 부자에다가 자만심 강하고 잘생겼기 때문에 미울 뿐이었다. 그러나 부와 사회적 지위로 인한 자신감, 그리고 잘생긴 외모와 같은 것은 모두 외적인 것들이었다. 구드룬 같은 여자와의 관계에서는, 나 뢰르케야말로 제럴드는 꿈도 못 꿀 접근 방법과 힘을 갖고 있는 것이다.

어떻게 제럴드 같은 이가 구드룬 같은 여자를 만족시키길 바랄 수 있단 말인가? 자만심이나 지배 의지, 혹은 육체적인 힘이 도움이 된다고 생각하나? 뢰르케는 이런 것들을 초월하는 비밀을 알고 있었다. 최고의 힘은 섬세하게 맞추어 주는 것이지 무턱대고 공격하는 것이 아니다. 그리고 나, 뢰르케는 제럴드가 어디가 모자라는지 알고 있다. 나, 뢰르케는 제럴드가 알고 있는 것보다 훨씬 깊은 곳을 꿰뚫고 있다. 제럴드는 여자라는 이 신비한 사원의 대기실에서 대기하고 있는 성직 지망생처럼 뒤처져 있다. 그러나 나, 뢰르케는 그 내부의 어둠을 뚫고 들어가 그 후미진 곳에 있는 여자의 영혼을 찾아내어, 바로 거기서 그것, 즉 생명의 정수 속에 똬리를 틀고 있는 뱀과 격투를 벌일 수 있지 않은가.

결국 여자가 원하는 게 뭔가? 그저 사회적인 효과, 그러니까 사회에서, 인간 세상에서 야망을 성취하는 것? 사랑과 선함 안에서의 결합? 여자가 '선함'을 바랄까? 바보가 아닌 다음에야, 그 누가 구드룬이 이렇다고 생각하랴? 그것은 다만 그녀의 욕망에 대한 일반적인 견해일 뿐. 문턱을 넘어서라. 그러면 그녀는 전적으로, 절대적으로, 세상살이와 그 이점들에 대해 냉소적이라는 걸 알게 될 것이다. 일단 그녀의 영혼의 집에 들어가 보면 코를 찌르는 듯한 썩은 대기와 감각의 불타는 어둠, 그리고 뒤틀리고 끔찍스러운 세상을 목격한 선명하고 예민한 비판적 의식이 들어 있다.

그렇다면 그다음은? 전적으로 맹목적인 욕정의 힘이 지금의 그녀를 만족시켜 줄 것인가? 아니, 그게 아니다. 그녀를 만족시키는 것은 환원 속에서 느끼는 극한적 감각의 미묘한 전율이었다. 그것은 환원—즉, 개인으로서의 외양은 전혀 변함없이 감상적인 태도마저 취하는 동안 그녀의 어둠 속에서 수행되는 최후의 미묘한 분석과 해체 활동—의 그 미묘하고 무수한 전율 속에서 꺾이지 않은 그녀의 의지에 반발하는 꺾이지 않은 의지였다.

그러나 지구상의 그 어느 누가 되든 특정한 두 사람 간의 순전히 선정적인 경험의 범위는 한정되어 있다. 관능적 반응의 극치는 어느 쪽으로든 일단 도달하면 그것이 최종적인 것이었고, 더 이상 계속될 수는 없었다. 기껏해야 가능한 반복뿐이거나 둘이 분리되거나, 하나의 의지가 다른 의지에 종속되거나, 아니면 죽음이 있을 뿐이었다.

제럴드는 구드룬의 영혼이 가진 모든 외적 영역을 꿰뚫었다. 그녀에게 그는 기존 세계의 가장 중요한 예시였으며 그녀에게 존재하는 인간 세계의 극점이었다. 그에게서 그녀는 세상을 알았고 그세상과 끝장을 냈다. 최종적으로 그를 알고 있는 그녀는 신세계를 찾는 알렉산더 대왕이었다. ……그러나 신세계는 존재하지 **않았다**. 더 이상 **인간**도 없었다. 그저 뢰르케처럼 작은 최후의 **생물들**밖에 없었다. 그녀에게 이제 세상은 끝장났다. 존재하는 것이라곤 다만 개개인 내면의 암흑, 자아 내부의 감촉, 최후의 환원인 음란한 종교적 신비, 삶의 살아 있는 유기체를 악마적으로 환원하고 해체하는 신비스러운 마찰 행위뿐이었다.

구드룬은 이 모든 것을 의식이 아니라 잠재의식 속에서 알고 있었다. 그녀는 자신의 다음 단계를 알고 있었다―자신이 어디로 움직여 가야 하는지, 언제 제럴드를 떠나야 하는지를. 자신을 죽이지나 않을까 싶어, 제럴드가 두려웠다. 그러나 죽임을 당할 생각은 추호도 없었다. 가느다란 실이 아직도 그녀를 그에게 묶어 두고 있었다. 그 실을 끊는 것이 **그녀의** 죽음일 수는 없었다. ……그녀는 아직 갈 길이 멀었다. 죽기 전에 거두어들여야 할 저 멀고 느린 절묘한 경험과, 지금은 알 수 없지만 앞으로 알아야 할 감각의 미묘함들이 남아 있었다.

최후의 일련의 미묘함이라면 제럴드가 할 수 있는 것이 아니었다. 그는 그녀의 급소를 건드리지 못했던 것이다. 제럴드의 거친 일격이 꿰뚫을 수 없는 곳을, 그러나 뢰르케의 곤충 같은 이해력의 예리하고 은근한 칼날은 파고들 수 있었다. 적어도 이제 그녀는 뢰르케라는 생물 쪽으로, 최후의 장인(匠人)에게로 갈 때가 된 것이었다. 그녀는 뢰르케가 그 자신의 영혼 깊숙한 곳에서 모든 것으로부터 초연히 떨어져 있다는 것을, 그에겐 천국도 지상도 지옥도 없다는 것을 알고 있었다. 그는 그 어떤 충성도 받아들이지 않았고 그 어디에도 집착하지 않았다. 그는 혼자였고, 다른 나머지에서 홀로 떨어져 나옴으로써 자기 안에서 절대적이었다.

반면 제럴드의 영혼 속엔 아직 다른 나머지, 전체에 대한 애착이 약간 남아 있었다. 그리고 이것이 그의 한계였다. 그는 결국 선함과 올바름, 그리고 궁극적 목적과의 일체를 필요로 했으며, 이러한 자신의 필요에 구속받고 제한되어 있었다. 궁극의 목적은 의지가 손상되지 않은 채로 죽음의 과정을 완벽하고 섬세하게 경험하는 것일지도 모른다는 것, 그것은 그에겐 허용될 수 없었다. 그리고 이것이 그의 한계였다.

구드룬이 제럴드와의 결혼을 부인한 이후 뢰르케는 득의양양했다. 그 예술가는 내려앉을 기회를 기다리며 공중을 선회하는 날짐승 같았다. 그는 구드룬에게 과격하게 접근하지는 않았다. 그는 결코 때를 잘못 택하는 법이 없었다. 그러나 자기 영혼의 완전한 암흑 속에 자리 잡고 있는 확실한 본능에 이끌려, 인지될 수는 없지만 만져질 듯 분명하게 그녀와 신비롭게 교신했다.

이틀 동안 그는 그녀에게 말을 걸어 예술과 삶에 대한 토론을 이어 갔고, 두 사람은 거기서 커다란 기쁨을 맛보았다. 그들은 옛 것을 예찬했다. 과거의 완벽한 성취에 감상적이고 유치한 기쁨을 느꼈다. 특히 18세기 후반, 즉 괴테와 셸리, 그리고 모차르트의 시대를 좋아했다.

그들은 과거와, 그리고 과거의 위인들과 놀았다. 이 모든 것이 그들 자신의 재미를 위한 일종의 체스 게임 혹은 꼭두각시놀음이었다. 위대한 모든 인물이 그들의 꼭두각시가 되었고, 그들 둘이 그

놀음의 모든 것을 주관하는 신이었다. 미래에 대해서는 절대로 언급하는 법이 없었다. 예외가 있다면, 그것은 인간이 만들어 낸 어떤 우스꽝스러운 재앙으로 인해 세상이 파괴될 거라는 조롱 섞인 몽상을 낄낄거리며 떠들어 댈 때뿐이었다. 얘기인즉슨, 어떤 사람이 완벽한 폭발물을 고안해서 지구를 두 동강 내어 동강 난 지구의 반쪽들이 각기 다른 방향으로 우주를 날아가 지구인들이 대경실색하든가, 세상 사람들이 두 쪽으로 나뉘어 저마다 **자기가** 완벽하고 올바르고 상대편이 잘못되었으니 그쪽이 파괴되어야 한다고 결단을 내림으로써 종말을 맞게 되리라는 것이었다. 혹은 뢰르케의 공포스러운 몽상에는 이런 것도 있었다. 세상이 추워지면서 온 세상에 눈이 내려 잔혹한 얼음 속에서 살아남는 것이라고는 오직 새하얀 생물체들, 예컨대 북극곰과 하얀 여우, 그리고 무시무시한 흰멧새를 닮은 인간들뿐이리라는 것이었다.

이런 얘기들 말고는 미래에 관해 입도 뻥끗하지 않았다. 그들이 제일 즐거워할 때는 멸망에 대한 조롱 섞인 상상을 하거나 과거에 대한 감상적이고 세련된 꼭두각시극을 할 때였다. 바이마르에서의 괴테의 세계나 쉴러와 그의 가난과 변치 않는 사랑의 세계를 재건하거나, 떨고 있는 장 자크*나 페르네의 볼테르, 혹은 자작시를 낭독하는 프리드리히 대왕을 눈앞에 다시 그리는 데에서 감상적인 기쁨을 만끽했다.

그들은 문학과 조각, 그리고 그림에 대해 몇 시간이고 이야기를 나누었다. 플랙스먼*과 블레이크*와 퓨젤리*에 관해, 그리고 포이어바흐*와 뵈클린*에 대해 애정 어린 이야기를 나누며 즐겼다. 위대한 예술가들의 삶을, 그들 자신의 가슴과 정신 속에서 다시 사는 것은 평생을 해도 다 못할 것 같은 기분이었다. 그러나 그들은 주로 18세기와 19세기에 머무르길 더 좋아했다.

그들은 여러 언어를 뒤섞어 말했다. 어떤 경우든 기본이 되는 말은 프랑스어였다. 그러나 그는 대부분 어설픈 영어로 떠들다가 결론은 독일어로 내렸다. 그녀는 어떤 문구가 떠오르든 이를 자신의 목적에 맞도록 기술적으로 엮어 냈다. 그녀는 이런 대화에서 독특한 기쁨을 느꼈다. 그것은 기이하고 환상적인 표현, 이중적인 의미와 암시, 그리고 선정적인 모호함으로 가득했다. 이렇듯 세 언어의 서로 다른 색깔의 가닥으로부터 대화를 엮어 내는 일은 그녀에게 진정 물리적 쾌락이었다.

두 사람은 줄곧 어떤 보이지 않는 선언의 불꽃 주변을 망설이며 선회하고 있었다. 그는 그것을 원하면서도 어쩔 수 없는 약간의 거리낌에 의해 저지당했다. 그녀도 그것을 원하긴 했지만 미루고 싶었다. 무기한 연기하고 싶었다. 아직은 제럴드에 대한 약간의 연민이 남아 있었고, 그와 모종의 관계를 맺고 있었다. 가장 치명적인 것은 그와 관계된 자기 자신을 향한 추억 어린 감상적 동정심을 품고 있다는 점이었다. **지난날 있었던 일** 때문에 자신은 영원히 끊어지지 않을 보이지 않는 가닥으로 그에게 연결되어 있다고 느꼈다—**지난날 있었던 일** 때문에, 극한의 상황에 처한 그가 그녀의 집에, 그녀에게 왔던 그 첫날 밤 때문에, 그것 때문에⋯⋯.

제럴드는 뢰르케에 대한 혐오감에 점점 압도되었다. 그 남자를 심각하게 받아들인 것은 아니었다. 그저 경멸할 따름이었다. 구드룬의 혈관 속에서 그 쪼끄마한 존재의 영향력이 느껴질 때를 제외하면. 제럴드를 미치게 하는 건 바로 구드룬의 혈관 속에서 느껴지는 뢰르케의 존재, 그녀의 내부를 도도히 흐르는 그의 존재였다.

"저 작은 해충의 어디가 그렇게 매력적입니까?" 그가 정말로 알 수가 없어서 물었다. 남자다운 그로서는 눈을 씻고 찾아봐도 뢰르케에게서 그 어떤 매력이나 중요성도 발견할 수 없었기 때문이다. 제럴드는 여자의 굴복을 설명할 만한 어떤 매력이나 고상함을 찾을 수 있으리라 기대했다. 그러나 아무것도 없었다. 그저 벌레 같은 혐오스러움뿐이었다.

구드룬의 얼굴이 확 붉어졌다. 이런 식의 공격은 절대 용서할 수 없었다.

"무슨 뜻이죠?" 그녀가 대꾸했다. "세상에, 당신하고 결혼을 **안 한** 게 얼마나 다행인지 모르겠군요!"

경멸과 멸시를 담은 그녀의 목소리에 그는 상처를 받았다. 그는 멈칫했다. 그러나 다시 회복했다.

"말해 봐요, 말 좀 해 봐요." 그가 가늘어진 위험스러운 목소리로 되풀이했다. "그의 어떤 점이 당신을 매혹하는 건지 말 좀 해 줘 봐요."

"난 매혹당하지 않았어요." 그녀가 차갑게 밀어내는 결백함으로 말했다.

"매혹당한 겁니다. 당신은 그 쪼끄맣고 무미건조한 뱀한테 매혹당한 거란 말입니다. 입을 헤벌리고는 그의 목구멍 속으로 뛰어들 태세를 갖춘 새처럼 말이죠."

그녀는 격분하여 그를 쳐다보았다.

"당신의 토론 대상이 되겠다고 선택한 적 없는데요." 그녀가 말했다.

"당신이 선택했느냐 아니냐는 중요하지 않아요." 그가 대답했다. "그걸로 인해서 당신이 엎어져 그 작은 벌레의 발에 입 맞출 태세를 하고 있다는 사실이 바뀌는 건 아니니까. 그렇다고 당신을 말리고 싶은 건 아니오 — 그렇게 해요. 엎어져 그 발에 입 맞춰요. 하지만 내가 알고 싶은 게 있어요. 당신을 매혹하는 게 뭡니까, 그게 뭐죠?"

그녀는 불같이 화가 나서 아무 말도 하지 않았다.

"당신이 어떻게 **감히** 날 노려보며 협박할 수가 있죠?" 그녀가 소리쳤다. "어떻게 감히 그럴 수 있느냐고요. 약자를 못살게 구는 나리, 대체 무슨 권리로 내게 이러는 거예요?"

그의 얼굴이 새하얗게 번득였다. 그의 눈빛을 보고 그녀는 자신이 그의 손아귀에 있다는 것을, 늑대의 손아귀에 있다는 것을 알았다. 그리고 그의 손아귀에 있기 때문에, 그를 증오했다. 그를 죽이지 않는 게 이상할 만큼 강한 증오로 그를 미워했다. 그녀의 의지 속에서는 있는 그대로의 그를 죽였다. 그를 지워 버렸다.

"그건 권리의 문제가 아니오." 제럴드가 의자에 앉으며 말했다. 그녀는 그의 몸에서 일어나는 변화를 지켜보았다. 어떤 강박에 사로잡힌 듯 긴장된 기계적인 몸이 움직이고 있었다. 그를 향한 증오에 치명적인 경멸이 더해졌다. "그건 당신에 대한 나의 권리의 문제가 아니란 말입니다―비록 내가 약간의 권리를 **갖고** 있기는 하지만 말이죠, 그 점은 기억해 둬요. 난 알고 싶습니다. 난 그저 당신으로 하여금 저 아래층의 쓰레기 같은 쪼끄만 조각가에게 굴복하게 하는 게 뭔지 알고 싶을 뿐이오. 무엇이 당신으로 하여금 비천한 구더기처럼 그를 숭배하도록 하는 건지 말입니다. 당신이 뭘 보고 기어가는 건지 알고 싶단 말입니다."

그녀는 창문에 기대선 채 그의 말을 듣고 있었다. 이윽고 몸을 돌렸다.

"그래요?" 그녀는 자신이 낼 수 있는 가장 태연하면서도 가장 신랄한 목소리로 물었다. "그 사람 안에 뭐가 있는지 알고 싶어요? 그 사람은 여자에 대한 어떤 이해력을 갖고 있어요. 그 사람은 멍청하지 않아요. 그게 이유예요."

제럴드의 얼굴에 야릇하고 냉소적인, 동물 같은 미소가 떠올랐다.

"그렇지만 그게 어떤 이해력입니까?" 그가 말했다. "그건 벼룩의 이해력이오. 주둥이 달린, 뛰어다니는 벼룩. 뭣 땜에 당신이 벼룩이 가진 이해력 앞에 비천하게 엎드려야 하는 겁니까?"

구드룬은 벼룩의 영혼에 대한 블레이크의 그림*이 떠올랐다. 이를 뢰르케에게 맞춰 보고 싶었다. 블레이크도 얼간이었다. 하지만 일단 제럴드의 말에 대답해야 했다.

"벼룩의 이해력이 멍청이의 이해력보다 흥미롭다는 생각 안 들어요?" 그녀가 물었다.

"멍청이요?" 그가 되풀이했다.

"멍청이요, 잘난 척하는 멍청이 — a Dummkopf(멍청이)." 그녀가 독일어로 덧붙였다.

"내가 멍청이라는 겁니까?" 그가 대꾸했다. "글쎄요, 난 아래층의 벼룩보단 멍청이인 게 나을 것 같은데요?"

그녀가 그를 쳐다보았다. 그의 안에 있는 어떤 무디고 무지막지한 우둔함이 그녀를 제한하고 가두었고, 그녀의 영혼은 그 우둔함에 넌덜머리가 났다.

"그 마지막 말로 인해서 당신의 정체가 드러나는군요." 그녀가 말했다.

그는 이게 무슨 말인가 하며 앉아 있었다.

"난 곧 떠날 거예요." 그가 말했다.

그녀가 그에게 맞섰다.

"기억해 둬요." 그녀가 말했다. "난 당신과는 완전히 독립적이란 걸 말이에요 — 완전히. 당신은 당신 일을 결정하도록 해요. 내 일은 내가 정해요."

그는 이 말에 대해 곰곰이 생각했다.

"그러니까 우린 이 순간부터 남남이란 겁니까?" 그가 물었다.

그녀가 멈칫하며 얼굴을 붉혔다. 그는 그녀의 손을 강제로 붙들어 덫에 밀어 넣고 있는 것이다. 그녀는 그에게 반항했다.

"남남이라." 그녀가 말했다. "우린 절대로 못 되죠. 그렇지만 당신이 내게서 떨어지길 **원한다면**, 당신에겐 전적으로 그럴 자유가 있다는 걸 알고 있으면 좋겠군요. 나에 대한 고려는 눈곱만큼도 하지 말아요."

그녀가 그를 필요로 한다는 것, 그리고 아직도 그에게 의지하고 있음을 드러내는 그렇게 작은 암시만으로도 그의 열정은 충분히 자극되었다. 앉아 있는 그의 몸에 변화가 일어났다. 열에 녹은 뜨거운 물줄기가 자신도 모르게 그의 혈관 속에서 솟았다. 그는 그 속박 아래에서 속으로 신음했지만, 그 속박을 사랑했다. 그녀를 기다리며, 그는 맑은 눈으로 그녀를 바라보았다.

그녀는 단번에 이를 알아차리고 차가운 혐오감에 떨었다. **어떻게** 그는 이런 순간에조차 저렇게 맑고 따뜻한, 기다림을 담은 눈으로 나를 기다리며 바라볼 수 있는 걸까? 둘 사이에 오갔던 말들은 두 사람을 전혀 다른 세상으로 갈라놓고 영원히 꽁꽁 얼려 버리기에 충분치 않았던가? 그런데도 그는 한껏 흥분한 채 자신을 기다리고 있는 것이다.

그녀는 혼란스러웠다. 그녀가 고개를 돌리며 말했다.

"언제라도 당신에게 **말할 거예요**, 변화가 생기면 언제든……."

이 말과 함께 그녀는 방에서 나갔다.

그는 실망으로 위축되어 정지한 듯 앉아 있었다. 실망감이 그의 이해력을 점점 파괴하는 것 같았다. 그러나 무의식적인 인내 상태가 그의 내부에 집요하게 버티고 있었다. 그는 아무 생각도 없고 아무것도 모른 채 오랫동안 꼼짝 않고 앉아 있었다. 그러다가 자리에서 벌떡 일어나 아래층으로 내려가 한 학생과 체스 게임을 했다. 그의 얼굴은 어떤 순진무구한 **방종함**으로 맑게 활짝 열려 있었다. 이런 얼굴이 구드룬은 몹시 괴로웠다. 그 얼굴 때문에 그가 몹시 싫었고 두려울 지경이었다.

아직까지 한 번도 그녀에게 개인적으로 말을 건넨 적이 없는 뢰르케가 그녀에게 신상에 관해 묻기 시작한 건 이 일이 있은 후였다.

"당신은 결혼을 안 한 거죠, 그렇죠?" 그가 물었다.

그녀가 그를 정면으로 쳐다보았다.

"그럼요." 그녀가 신중하게 대답했다.

뢰르케가 얼굴에 괴상한 주름을 잡으며 웃었다. 이마엔 가느다란 머리카락이 드리워져 있었다. 그녀는 그의 피부가 깨끗한 갈색이라는 걸 알아차렸다. 그의 손과 손목도 그랬다. 그의 손은 뭔가를 꽉 잡을 수 있을 것 같아 보였다. 그는 이상할 정도로 너무 맑은 황옥 같은 갈색 피부를 갖고 있었다.

"좋아요." 그가 말했다.

일을 좀 더 진척시키려면 아직은 용기가 더 필요했다.

"버킨 부인은 당신 언니인가요?" 그가 물었다.

"네."

"그리고 **그녀는** 결혼했고요?"

"했어요."

"그럼 부모님은 계십니까?"

"네." 구드룬이 말했다. "부모님이 계세요."

그녀는 그에게 짤막하고 간결하게 자신의 처지에 대해 말해 주었다. 그는 시종 호기심에 가득 차 그녀를 자세히 지켜보았다.

"그렇군요!" 그가 약간 놀라며 소리쳤다. "그럼 크라이치 씨는 부자인가요?"

"네, 부자예요. 탄광 소유주죠."

"그 사람과 당신의 우정은 얼마나 된 거죠?"

"몇 달쯤."

잠시 침묵이 흘렀다.

"그렇군요, 놀랐습니다." 그가 마침내 입을 열었다. "영국인들, 난 그들은 아주…… 냉정하다고 생각했었죠. ……그런데 여길 떠나면 뭘 할 생각입니까?"

"뭘 할 생각이냐고요?" 그녀가 되풀이했다.

"그래요. 가르치는 일로 다시 돌아갈 순 없겠군요. 그건 아니지……." 그가 어깨를 으쓱했다. "그건 불가능해요. 그건 그 일 말고는 **할 게 없는 작자들**이나 하라고 해요. 당신은, 당신으로 말하자면…… 알잖습니까, 당신은 비범한 여자예요, eine seltsame Frau(보기 드문 여자라고요). 부인할 게 뭐 있습니까, 의문을 품을 게 뭐가 있어요? 당신은 출중한 여잡니다. 그런 당신이 평범한 길, 평범한 삶을 좇을 이유가 어디에 있단 말입니까?"

구드룬은 얼굴을 붉힌 채 손만 내려다보고 앉아 있었다. 그가 그렇게 단도직입적으로 자신을 뛰어난 여자라고 말하는 것이 기뻤다. 그는 아첨하려고 그렇게 말할 사람이 아니었다 — 그러기엔 천성적으로 너무 자만심이 강하고 객관적이었다. 어떤 조각품이 뛰어나다는 걸 알고 있기 때문에 그 작품이 뛰어나다고 말하듯이, 그녀에게 그렇게 말했던 것이다.

그래서 구드룬은 그에게서 그런 말을 듣는 것이 만족스러웠다. 다른 사람들은 모든 걸 하나의 같은 급, 하나의 패턴으로 만들려는 대단한 열정을 갖고 있었다. 영국에서는 철저히 평범한 것이 멋진 것이었다. 그래서 그녀는 탁월하다는 인정을 받는 것에 안도했다. 그러면 일반적인 기준에 안달복달할 필요가 없는 것이다.

"저어, 난 돈이라곤 한 푼도 없어요." 그녀가 말했다.

"아, 돈 말입니까!" 그가 어깨를 으쓱하며 소리쳤다. "나이 들면 널린 게 돈이에요. 젊을 때만 돈이 귀한 거예요. 돈 생각은 하지 마십시오, 그건 언제든 손에 들어옵니다."

"그래요?" 그녀가 웃으며 말했다.

"언제나 그래요. 그 제럴드 같은 양반이 당신한테 좀 줄 겁니다, 당신이 요구만 하면……."

그녀는 얼굴이 벌겋게 되었다.

"그 사람만 제외하면 누구한테라도 청하겠어요." 그녀가 간신히 입을 뗐다. "그렇지만 그 사람은 아니에요."

뢰르케가 그녀를 자세히 쳐다보았다.

"좋아요." 그가 말했다. "그럼 누구 다른 사람한테 하는 걸로 하죠. 다만 영국으로만, 그 학교로만은 다시 돌아가지 마십시오. 안 돼요, 그건 바보 같은 짓이에요."

다시 침묵이 흘렀다. 그는 그녀에게 대놓고 자기와 같이 가자고 말하기는 두려웠다. 자신이 그녀를 원하는지조차 확신이 서지 않았다. 그리고 그녀는 그런 요구를 받을까 봐 겁났다. 그는 단 하루라도 자신의 고독을 내주길 아까워했다. 자신의 삶을 누군가와 함께하는 데 **몹시** 인색했다.

"내가 아는 유일한 다른 곳은 파리예요." 그녀가 말했다. "그런데 난 거길 견딜 수가 없어요."

그녀는 커다란 눈으로 뢰르케를 줄곧 똑바로 응시했다. 그는 고개를 숙여 외면했다.

"파리라뇨, 그건 아니죠!" 그가 말했다. "연애지상주의와 최신 '주의', 그리고 예수한테 다시 돌아가기를 왔다 갔다 하느니 차라리 온종일 회전목마나 타고 있는 게 낫죠. 그보다는 드레스덴으로 오세요. 거기에 내 화실이 하나 있어요—당신한테 일을 줄게요, 오, 그건 정말 쉬운 일이에요. 당신 작품을 본 적은 없지만 당신을 믿어요. 드레스덴으로 오시죠—살기 좋은 도시고, 도시에서 기대할 만한 정도의 생활은 할 수 있어요. 거긴 모든 게 다 있죠, 파리의 멍청함과 뮌헨의 맥주만 빼고."

그는 자리에 앉아 그녀를 냉정하게 바라보았다. 그가 그녀의 마음에 드는 점은, 마치 자기 자신에게 말하듯이 그녀에게 꾸밈없고 솔직하게 말한다는 점이었다. 무엇보다 그는 그녀에게 동료 장인이요 동지였다.

"안 돼요…… 파리는." 그가 말을 이었다. "거긴 역겨워요. 흥…… l'amour(사랑이니 뭐니). 난 그게 싫어요. L'amour, l'amour, die Liebe(사랑, 사랑, 사랑)—어떤 언어로 해도 난 그건 싫습니다. 여자니 사랑이니, 그것보다 더 지겨운 건 없다고요." 그가 외쳤다.

그녀는 약간 기분이 상했다. 그렇지만 그의 말은 기본적으로 자신의 감정과 다르지 않았다. 남자니 사랑이니…… 그것보다 더 지겨운 건 없었다.

"동감이에요." 그녀가 말했다.

"지긋지긋한 것들이죠." 그가 되풀이했다. "내가 이 모자를 쓰든 다른 모자를 쓰든 그게 무슨 대숩니까. 사랑도 그래요! 모자란 그저 편의상 쓰는 거지, 애초에 쓸 필요는 전혀 없죠. 편의상의 이유 말고는 나한테 사랑도 필요 없어요. 말하자면, gnädige Frau(아가씨)……." 그러면서 그는 그녀에게로 몸을 기울이더니—뭔가를 홱 피하듯 날렵하고 이상한 몸짓을 하며 말했다. "gnädiges Fräulein(아가씨), 신경 쓸 거 없어요. ……말하자면 이런 거죠. 난 약간의 지적인 교제만 해 준다면 모든 걸, 전부를, 사랑을 몽땅 줄 수 있어요……." 그의 눈이 그녀를 향해 어둡고 사악하게 번득였다. "알겠습니까?" 그가 희미한 미소를 지으며 물었다. "여자가 백 살을 먹었든 천 살을 먹었든 상관없어요—나한텐 다 마찬가지니까. 그녀가 **이해할 수만** 있다면." 그는 찰칵 눈을 감았다.

구드룬은 또다시 살짝 화가 났다. 그럼 저이는 내가 아름답다고 생각하지 않는 건가? 별안간 그녀가 웃었다.

"당신에게 적합하려면 난 80년은 기다려야겠네요." 그녀가 말했다. "내가 그 정도로 충분히 못생긴 거로군요, 그렇지 않나요?"

즉각적이고 비판적이며 평가하는 예술가의 눈으로 그가 그녀를 쳐다보았다.

"당신은 아름다워요." 그가 말했다. "그리고 난 그게 기쁘고요. 그렇지만 그건 그런 게 아니죠—그런 게 아니라고요." 그가 하도 강조하며 소리치는 바람에 그녀는 우쭐해졌다. "중요한 건, 당신은 어떤 재치를 갖고 있다는 거죠. 이해력 같은 것 말입니다. 나야 쪼끄맣고, chéti(연약하고), 하찮죠. 좋다 이겁니다! 그러니 나한테 강하고 멋져지길 바라지 마십쇼. 이게 바로 **나니까**······." 그가 괴상하게 손가락을 입에 댔다. "이게 바로 애인을 찾고 있는 **나**란 말입니다. 나라는 **나**가 애인이라는 **당신**을 기다리고 있는 거죠, 내 독특한 지능에 맞는 짝을······. 이해가 갑니까?"

"네." 그녀가 말했다. "알아요."

"다른 것, 이 amour(사랑)란 것에 대해 말하자면······." 그는 뭔가 성가신 걸 털어내 버리려는 듯이 손을 휘저으며 말했다. "그건 중요하지가 않아요. 중요하지 않단 말입니다. 오늘 밤 내가 백포도주를 마시든 아무것도 마시지 않든 그게 무슨 상관입니까? **전혀** 상관없죠. 중요하지 않아요. 이 사랑이라는 것, amour(사랑)니, baiser*(입맞춤)니 하는 것도 마찬가지죠. 이냐 아니냐, soit ou soit pas(이냐 아니냐), 오늘이냐 내일이냐, 아니면 영원토록 아니

744

냐, 다 마찬가지예요, 아무 차이 없단 말이죠. 백포도주를 마셨든 아니든 상관없는 것처럼."

그는 자포자기조의 부정 속에 괴상하게 고개를 툭 떨어뜨리며 말을 뚝 끊었다. 구드룬은 그를 줄곧 지켜보고 있었다. 그녀는 파랗게 질려 있었다.

돌연 그녀가 손을 뻗어 그의 손을 잡았다.

"맞아요." 그녀가 약간 격앙된 고음의 목소리로 말했다. "나도 마찬가지예요. 중요한 건 이해죠."

그가 겁먹은 듯한 얼굴로 그녀를 슬쩍 훔쳐보았다. 그러더니 살짝 시무룩하게 고개를 끄덕였다. 그녀는 그의 손을 놓았다. 그가 전혀 반응을 보이지 않았던 것이다. 그들은 아무 말 없이 앉아 있었다.

"알고 있습니까." 그가 갑자기 예언자 같은 거만하고 음산한 눈으로 그녀를 쳐다보며 말했다. "당신의 운명과 내 운명, 이것은 함께 달려갈 겁니다, 그래서 마침내⋯⋯." 그러더니 살짝 인상을 찌푸리며 말을 뚝 끊었다.

"마침내 언제까지요?" 입술이 하얗게 질리면서, 그녀가 움찔하며 물었다. 그녀는 이런 사악한 예측에 극도로 민감했다. 그러나 그는 고개만 저을 뿐이었다.

"모르죠." 그가 말했다. "나도 몰라요."

제럴드는 스키를 타러 가서 밤이 되도록 돌아오지 않았다. 그는 그녀가 4시에 마신 커피와 케이크도 놓쳤다. 눈은 스키를 타기에 완벽한 상태였다. 그는 한참 동안 홀로 스키를 타며 눈 덮인 산등성이를 돌아다녔다. 높이 올라갔다. 8킬로미터쯤 떨어진 산길 꼭대기가 보일 만큼, 산길의 꼭대기에 반쯤 눈에 덮여 있는 마리언 휘트 호스텔과 그 너머 깊은 산골짜기의 어두컴컴한 소나무 숲이 보일 만큼 높이 올라갔다. 저 길을 따라가면 숙소에 이를 수 있었다. 그러나 숙소는 생각만 해도 역겨워 몸이 떨렸다. 스키를 타고 저 아래쪽으로 가다 보면 길 아래로 난 옛 제국의 길에 닿을 수도 있었다. 하지만 왜 굳이 길 쪽으로 가야만 하나? 다시 세상으로 돌아갈 생각을 하니 혐오스러웠다. 저기 눈 속에 영원히 머물러야 한다. 저 높은 곳에서 홀로 스키를 타며 빠르게 달려 멀리 훌쩍 뛰어올라 날기도 하고 반짝이는 눈에 덮인 검은 바위들을 스쳐 지나가며 혼자 있을 때 그는 행복했었다.

그러나 그는 가슴에 얼음장 같은 뭔가가 모여드는 듯한 느낌이 들었다. 며칠 동안 그의 가슴속에서 집요하게 자리하고 있던 인내와 순진함의 분위기가 사그라지고 있었고, 그는 또다시 무시무시한 열정과 고통의 먹이로 남게 될 것 같았다.

그래서 그는 눈에 데고 눈으로 인해 소원해진 채, 산꼭대기 사이 분지에 있는 숙소를 향해 내키지 않는 마음으로 내려갔다. 노랗게 반짝이는 불빛이 보이자 멈칫했다. 안으로 들어가 저 사람들을 마주하고 떠들썩한 그들의 목소리를 들으며 다른 사람들의 존재로 인해 혼란스러워하지 않아도 된다면 얼마나 좋을까 싶었다. 그는 심장이 텅 빈 공간, 혹은 순수한 얼음의 칼집으로 둘러싸여 있기라도 한 것처럼 고립되어 있었다.

구드룬을 본 순간 갑자기 그의 영혼 속에서 뭔가가 요동쳤다. 독일 사람들에게 천천히 우아한 미소를 짓고 있는 그녀는 아주 고매하고 훌륭해 보였다. 그의 가슴속에 돌연 그녀를 죽이고 싶은 욕망이 솟구쳤다. 그녀를 죽인다면 얼마나 완벽한 관능적인 성취가 될까 하는 생각이 들었다. 그의 마음은 눈과 욕정으로 인해 소원해진 채 저녁 내내 어딘가에 멍하니 쏠려 있었다. 그렇지만 그녀의 목을 조른다면, 완전히 죽어 자신의 두 손 안에 놓여 있는 부드러운 덩어리처럼, 그녀가 완전히 무기력하고 부드럽게 영원히 축 늘어질 때까지 그녀의 생명의 불꽃 하나하나를 모조리 질식시켜 버린다면, 얼마나 완벽한 관능적인 극치를 맛볼 수 있을까 하는 생각이 그의 마음을 줄곧 떠나지 않았다. 그러면 그녀를 최종적으로 영원히 갖게 되리라. 완벽한 관능적 궁극을 맛보게 되리라.

구드룬은 그가 어떤 기분인지 몰랐다. 그는 평소와 다름없이 아주 조용하고 상냥해 보였기 때문이다. 그 상냥함 때문에 그녀는 심지어 그에게 잔혹하게 대하고 싶을 지경이었다.

그가 방에서 옷을 벗고 있을 때 그녀가 들어갔다. 그녀는 자신을 바라보는 그의 시선에 서려 있는, 순전한 증오의 그 기이하고 즐거운 빛을 눈치채지 못했다. 그녀는 한 손을 뒤로 한 채 문간에 서 있었다.

"생각해 봤는데요, 제럴드." 모욕적이리만큼 태연한 태도로 그녀가 말했다. "난 영국으로 돌아가지 않을 거예요."

"오, 그럼 어디로 갈 겁니까?" 그가 물었다.

그러나 그녀는 그 질문을 무시했다. 그녀는 논리적 진술을 만들어 두었다. 그러니 자기가 생각해 둔 대로 진행되어야만 했다.

"돌아가 봐야 무슨 소용이 있는지 모르겠어요." 그녀가 계속했다. "당신과 나 사이는 끝났고⋯⋯."

그가 말할 수 있도록 그녀는 잠시 말을 끊었다. 그러나 그는 아무 말도 하지 않았다. 그는 속으로만 생각하고 있었다. '끝났다고? 그래, 나도 끝났다고 생각해. 그렇지만 완전히 마무리된 건 아니지. 기억해 둬, 마무리된 건 아니라고. 우린 모종의 마무리를 지어야만 해. 결론이란 게 있어야 하는 법이니까. 결말이란 게 있어야 한다고.'

그는 속으로 이렇게 생각했지만 겉으로는 아무 말도 하지 않았다.

"이미 지난 건 지난 거니까." 그녀가 말을 이어 갔다. "후회는 없어요. 당신도 그러길 바라요……."

그녀는 그가 말하기를 기다렸다.

"오, 난 아무것도 후회 안 해요." 그가 순순히 말했다.

"그럼 잘됐네요." 그녀가 대답했다. "그럼 됐어요. 이제 우린 어느 쪽도 후회하지 않는 거예요. 그게 당연하죠."

"아무렴, 그렇죠." 그가 막연하게 말했다.

그녀는 다시 생각을 가다듬기 위해 말을 멈췄다.

"우리의 노력은 실패했어요." 그녀가 말했다. "그렇지만 다시 노력할 수는 있을 거예요, 어딘가 다른 곳에서."

조그마한 분노의 불꽃이 그의 피를 타고 질주했다. 그녀는 마치 그를 막대기로 찌르며 자극하는 것 같았다. 도대체 왜 이래야만 한단 말인가?

"뭘 노력한단 말입니까?" 그가 물었다.

"연인이 되기 위한 노력이겠죠, 아마." 약간 당황하면서도 모든 게 아주 하찮게 보이도록 만들며 그녀가 말했다.

"연인이 되려고 했던 우리의 노력이 실패한 겁니까?" 그가 큰 소리로 되풀이했다.

그는 마음속으로는 이렇게 중얼거렸다. '여기서 저 여자를 죽여야 돼. 저 여자를 죽이는 일만 남았어.' 그녀를 죽이고 싶은, 육중하고 극도로 격앙된 욕망이 그를 사로잡았다.

그녀는 아무 눈치도 채지 못했다.

"아닌가요?" 그녀가 물었다. "당신은 성공했다고 생각해요?"

그 뻔뻔한 질문으로 인한 모욕감의 불길이 또다시 강물처럼 그의 핏속을 질주했다.

"우리 관계에는 성공의 요소도 약간 있었소." 그가 대답했다. "어쩌면 잘됐을 수도······."

그러나 그는 마지막 부분을 마무리하기 전에 말을 멈추었다. 문장을 시작할 때부터 그는 자신이 말하려는 것에 대한 믿음이 없었다. 둘의 관계는 절대로 성공할 수 없었다는 걸 알고 있었다.

"그렇지 않아요." 그녀가 대답했다. "당신은 사랑할 줄을 몰라요."

"그럼 당신은?" 그가 물었다.

어둠에 찬 그녀의 커다란 눈이 암흑 속에 떠 있는 두 개의 달처럼 그에게 고정되었다.

"난 **당신을** 사랑할 수는 없었어요." 그녀는 냉혹한 진실을 담아서 말했다.

눈앞이 캄캄해지며 섬광이 그의 뇌를 스쳤다. 그의 몸이 덜커덩거렸다. 심장이 이글이글 타올랐다. 그의 의식이 두 손목으로, 두 손으로 몰려갔다. 그는 그녀를 죽이려는, 하나의 맹목적인 억제할 수 없는 욕망이었다. 손목이 폭발하고 있었다. 두 손이 그녀를 움켜쥐기 전까지 만족이란 있을 수 없었다.

그러나 그의 몸이 그녀에게로 미처 나아가기도 전에 그녀의 얼굴에 갑자기 알았다는 듯한 교활한 표정이 떠오르더니, 번개처럼 그녀가 문밖으로 나갔다. 눈 깜짝할 사이에 자신의 방으로 달려 들어가 문을 잠갔다. 그녀는 두려웠지만 자신 있었다. 자신의 생명이 벼랑 끝에서 떨고 있다는 걸 알고 있었다. 그렇지만 신기하게도 자신이 발 디디고 선 곳에 확신을 갖고 있었다. 자신의 교활함이 그를 능가한다는 걸 알고 있었다.

방 안에서 그녀는 흥분과 엄청난 감정적 동요로 전율하며 서 있었다. 자신이 그를 이길 수 있다는 건 알고 있었다. 자신의 정신과 기지는 믿을 만했다. 그러나 이제, 이것은 죽을 때까지의 싸움이라는 것을 알게 되었다. 한번 삐끗하면 끝장이었다. 엄청난 높이에서 떨어질 위험에 처해 있으면서도 아래를 내려다보지 않고 그 공포를 받아들이지 않는 사람처럼, 그녀는 야릇하면서도 날카롭고 들뜬 메스꺼움을 온몸으로 느꼈다.

'내일모레 여길 떠날 거야.' 그녀가 속으로 말했다.

그녀는 제럴드가 자신이 그를 두려워한다고, 그가 두려워서 도망치는 거라고 생각하지 않기만을 바랐다. 그녀는 근본적으로 그가 두렵지 않았다. 그의 육체적 폭력을 피하는 것이 자신을 위한 보호 수단이라는 것을 알고 있었다. 그러나 사실 심지어 육체적으로도 그가 두렵지 않았다. 이 사실을 그에게 입증해 보이고 싶었다. 그가 어떤 존재이든 간에 그녀는 그를 두려워하지 않는다는 것, **이 사실을** 입증했을 때 그에게서 영원히 떠날 수 있으리라. 그러나 그때까지, 그녀도 알고 있듯 두 사람의 싸움은 끔찍할 것이 분명했지만, 언제 끝날지는 몰랐다. 그녀는 자기 자신을 믿고 싶었다. 그 어떤 무서운 일을 당한다고 해도 그를 무서워하거나 그에게 주눅 들지 않으리라. 그는 절대로 그녀를 위협하거나 지배하지 못할 것이며, 그녀에 대한 어떤 권리도 없다는 것, 그것을 입증할 수 있을 때까지 이를 고수하리라. 일단 그것이 입증되면 그로부터 영원히 해방인 것이다.

그러나 아직 그녀는 그에게도 그녀 자신에게도 이를 입증하지 못했다. 이 때문에 그녀가 아직도 그에게 묶여 있는 것이었다. 그에게 속박되어 있었다. 그를 뛰어넘어서는 살 수가 없었다. 그녀는 이불로 몸을 꽁꽁 싼 채 침대에 앉아 몇 시간째 끝없는 생각에 파묻혀 있었다. 그 엄청난 양의 생각의 실타래를 짜는 일을 도저히 끝낼 수 없을 것만 같았다.

'그는 정말로 날 사랑하는 것 같지가 않아.' 그녀는 속으로 중얼거렸다. '아닌 것 같아. 그는 만나는 모든 여자가 자기와 사랑에 빠지길 원하지. 자기가 무슨 짓을 하고 있는지조차 모르고 있어. 그렇지만 그 사람, 그 사람은 모든 여자들 앞에서 자신의 남성적인 매력을 펼치고 자기가 얼마나 탐나는 존재인지 과시하지. 모든 여자로 하여금 그가 애인이라면 얼마나 근사할까 하는 생각을 하게끔 애를 써. 그가 여자를 무시하는 것 자체가 그 게임의 일부인 거야. 여자를 **전혀 의식하지 못하는** 건 결코 아니야. 그 사람은 수탉이 되었어야 하는데. 그래야 자기를 따르는 50마리의 암탉들 앞에서 뽐내고 다닐 텐데. 하지만 정말이지 난 그의 돈 후안 같은 면에는 전혀 흥미 없어. 그가 후안 역할을 하는 것보다는 내가 도냐 후아니타 역할을 백만 배는 더 잘할 수 있을걸. 그는 지루해, 그렇잖아. 그의 남자다움은 나한테 지겹다고. 남근만큼 따분한 게 어디 있담. 그렇게 근본적으로 아둔하면서 멍청하게 잘난 척해 대니 말이야. 정말이지 이 남자들의 한없는 자만심이란 웃기기 짝이 없어, 으스대며 걸어 다니는 조무래기들 같으니라고.

남자들은 다 똑같아. 버킨 좀 봐. 모두들 자만심의 한계로 만들어졌어. 그것 말고는 아무것도 없어. 정말이지 오직 그들의 우스꽝스러운 한계와 타고난 하찮음 때문에 그렇게들 잘난 척하는 거라고.

뢰르케의 경우엔, 그에게는 제럴드보다 천 배 이상의 뭔가가 있어. 제럴드는 너무 제한되어 있어. 그에겐 막다른 골목이 있지. 그는 영원히 옛날 방앗간에서 맷돌을 갈 거야. 사실 그 맷돌 사이엔 더 이상 단 한 톨의 곡식도 없는데. 갈고 갈고 또 갈지, 더 이상 갈 것이 없을 때까지…… 똑같은 말을 하고, 똑같은 것을 믿고, 똑같은 행동을 하면서……. 아, 세상에, 돌 같은 인내심마저 닳아 버릴 거야.

뢰르케를 숭배하는 건 아니야. 그렇지만 어쨌든 그는 자유로운

개인이야. 그는 남성성이라는 오만함으로 뻣뻣하지는 않아. 충실
하게 옛날 방앗간에서 맷돌을 갈고 있지는 않다고. 오, 하느님, 제
럴드와 그의 일 — 벨도버에 있는 사무실들이랑 탄광들 — 은 생
각만 해도 역겨워. 내가 그것과 **무슨** 상관 있담……. 그리고 자기
가 여자에게 연인이 될 수 있다고 생각하는 그 사람하고 내가 무
슨 상관이냐고! 차라리 자족하고 있는 가로등 기둥한테 청하는
게 낫지. ……영원히 일거리를 가진 이 남자들…… 그리고 아무
것도 없는 걸 갈아 대는, 그들에게 내려진 영원한 천벌! 너무 지겨
워, 지긋지긋할 뿐이야. 도대체 내가 어떻게 그를 진지하게 생각할
수 있었던 걸까!

  적어도 드레스덴에서는 이 모든 것을 등질 수 있을 거야. 거기엔
재미있는 일도 많겠지. 리듬체조 발표회랑 독일 오페라, 그리고 독
일 극장에 가는 것도 재미있을 거고. 독일식 보헤미안 삶을 살아
보는 것도 재미**있을 거야**. 뢰르케는 **진짜** 예술가인 데다 자유로운
개인이잖아. 그 많은 것들로부터 탈출하게 되는 거지…… 그게 제
일이야…… 끔찍스럽도록 지겹게 반복되는 저속한 행동과 저속
한 말들, 저속한 태도들에서 탈출하는 거야. 드레스덴에서 무슨
인생의 특효약을 찾게 될 거라고 믿는 건 아니야. 그렇지 않을 거
라는 건 알아. 하지만 자기 집에 자기 자식들, 자기 친구에다 자신
들만의 이런저런 것들을 갖고 있는 그런 사람들로부터 벗어날 수
는 있겠지. 자기 것을 소유하지 **않은** 사람들, 배경으로 집과 하인
을 갖고 있지 **않은** 사람들, 지위도 신분도 학위도 같은 부류의 친
구들을 갖고 있지 **않은** 사람들 숲에 있게 될 거야. 오, 하느님, 사
람들의 바퀴 속에 들어 있는 바퀴……. 그것 때문에 사람 머리가
생명 없는 기계적인 단조로움과 무의미함의 바로 그러한 광기를
띠고 시계처럼 똑딱거리게 되는 거야. 삶이 얼마나 **미운지**, 아, 얼마

나 혐오스러운지 몰라. 제럴드 같은 인간들은 정말 미워. 그들은 도무지 그런 삶 말고는 줄 수 없다는 게 미워.

숏랜즈 좀 봐! ……세상에! 거기서 살 생각을 해 보자. 1주일, 그리고 2주일, **그다음엔 3주일**…….

아냐, 도저히 더는 생각 못하겠어…… 견디기 힘들어……'

그녀는 정말로 공포에 질려서, 정말로 더 이상 견딜 수가 없어서 생각을 중단해 버렸다. 하루하루, 그다음 또 하루 영원히 기계적으로 계속되는 날들에 대한 생각은 그녀의 심장을 정말로 가까이 다가온 광기로 고동치게 하는 것 가운데 하나였다. 이 똑딱거리는 시간의 끔찍스러운 속박, 시곗바늘의 씰룩임, 시간과 날들의 이 영원한 반복…… 오, 맙소사, 너무 끔찍해서 깊이 생각할 수가 없었다. 그리고 그것으로부터의 탈출이란 없었다. 탈출은 불가능했다.

그녀는 제럴드가 자신 곁에 있었으면, 자신을 이런 끔찍한 생각들로부터 구해 주었으면 하는 바람이 들 정도였다. 오, 그 무시무시한 시계를, 그 영원한 똑딱거림을 마주한 채 거기 그렇게 홀로 누워 있는 것이 너무나 고통스러웠다. 모든 삶, 이제까지의 모든 삶이 결국 이 똑딱, 똑딱, 똑딱으로 귀결된 것이다. 그다음, 시간을 알리는 종소리, 그다음, 똑딱 똑딱, 그리고 시계침들의 경련.

제럴드는 거기서 그녀를 구해 줄 수 없었다. 그 사람, 그의 몸, 그의 움직임, 그리고 그의 삶 — 그것도 똑같은 똑딱임이었다. 시계판을 가로지르는 시계침과 동일한 움직임, 시간의 얼굴 위로 무시무시하게 기계적으로 나아가는 똑같은 똑딱임이었다. 그의 입맞춤, 그의 포옹, 그것들이 다 무엇이던가. 그녀의 귀에 그 똑딱똑딱거리는 소리가 들려오는 것 같았다.

하…… 하……. 그녀는 웃었다. 너무 무서워서 웃어넘기려 애썼다. 하…… 하…… 정말이지, 정말이지 미쳐 버릴 것만 같았다!

그 순간 휙 스치는 자의식과 함께 어느 날 아침에 일어나 자신의 머리가 하얗게 세어 버렸다는 걸 깨닫게 된다면 얼마나 놀랄까 하는 생각이 들었다. 그녀는 견디기 어려운 생각과 감정의 무게에 짓눌릴 때면 종종 자신의 머리가 하얗게 세어 버린 것처럼 **느끼곤** 했다. 그러나 그녀의 머리카락은 여전히 갈색이었으며, 건강의 화신처럼 보이는 자기 자신도 그대로였다.

아마도 그녀는 건강한 것인지도 몰랐다. 어쩌면 오로지 그 꺾이지 않는 건강함 덕에 그녀가 그렇게 진실에 노출되어 있는지도 몰랐다. 만약 허약했다면 그녀는 환영을 보고 상상했을 것이다. 그렇지 않기에 탈출이 있을 수 없었다. 그녀는 언제나 보아야만 했고 알아야만 했기에 결코 탈출이란 없었다. 절대로 탈출할 수가 없었다. 그녀는 그렇게 삶의 시계판 앞에 놓여 있었다. 철도역에서처럼 책방을 들여다보기 위해 몸을 돌린다고 하더라도, 그녀는 여전히, 다름 아닌 자신의 척추를 통해 시계를, 언제나 그 희고 커다란 시계의 얼굴을 보았다. 책장을 뒤적이거나 점토로 작은 조각상들을 만들어 보았지만 허사였다. 그녀는 자신이 **정말로** 책을 읽고 있는 것은 아니라는 걸, **정말로** 일을 하고 있는 건 아니라는 걸 알고 있었다. 그녀는 시곗바늘들이 시간이라는 영원하고 기계적이며 단조로운 시계판 위로 째깍거리며 가고 있는 것을 지켜보았다. 그녀는 진정으로 산 적이 없었다. 다만 지켜보고 있을 따름이었다. 사실 그녀야말로 거대한 영원의 시계 곁에 있는 열두 개의 눈금이 그려진 조그마한 시계 같았다. '위엄과 무례' 혹은 '무례와 위엄'이라는 제목의 그림*처럼 그렇게 존재하고 있었다.

그녀는 그 이미지가 마음에 들었다. 자신의 얼굴이 정말로 시계판을 닮지 않았던가―둥그스름하고 가끔은 창백하며 무표정한 것이. 그녀는 자리에서 일어나 거울을 들여다볼까 했지만, 열두 시간짜리 시계판 같은 자신의 얼굴을 볼 생각을 하니 극심한 공포에 질려 황급히 다른 생각을 하기 시작했다.

아아, 어째서 내겐 친절한 누군가가 없는 걸까? 어째서 나를 두 팔로 가슴에 안고서 순수하고 깊은 치유의 휴식을 줄 사람이 없는 걸까? 아아, 어째서 내가 잠들 수 있도록 두 팔에 안아 안전하고 완벽하게 품어 줄 사람 하나 없는 걸까? 그녀는 그렇게 폭 안겨 잠들고 싶은 마음이 너무나 간절했다. 그녀는 언제나 훤히 헐벗겨진 채 마음을 놓지도 구원받지도 못한 상태로 잠을 자 왔던 것이다. 아, 이토록 끝없는 불안을, 이 영원한 불안을 어찌 견딜 수 있단 말인가.

제럴드! **그 사람이라면** 나를 두 팔로 안아 품속에 재워 줄 수 있을까? 하! 그는 자신부터 재워야 할 사람이었다. ……가여운 제럴드, 그것이야말로 그에게 필요한 전부였다. 그녀에게 그가 한 일은 더 큰 짐을 지우는 것이었다. 그가 있으면 잠자는 부담은 그만큼 더 견딜 수 없을 정도로 커졌다. 그는 그녀의 여물지 않는 밤들에, 열매 맺지 못하는 잠들에 피로를 더했다. 그는 아마도 그녀에게서 약간의 위안을 얻었을 것이다. 아마 그랬을 것이다. 배가 고파 젖 달라고 우는 애처럼 언제나 그녀를 졸졸 따라다니는 이유가 아마 여기에 있었는지도 모른다. 어쩌면 이것이 바로 그녀를 향한 그의 욕정의 비밀이었는지도, 식을 줄 모르는 그 욕망의 비밀이었는지도…… 자신을 재워 줄, 자신을 쉬게 해 줄 그녀가 필요했던 것인지도 모른다.

그렇다면 뭔가! 그녀가 그의 어머니라도 된단 말인가? 그녀는 밤새 젖을 물려야 하는 어린애를 애인으로 원했단 말인가? 그가 경멸스러웠다. 그를 경멸했다. 그녀의 가슴이 냉정히 굳어 버렸다. 한밤중에 울어 대는 아기였던 것이다, 이 돈 후안은.

그래, 그렇지만 그녀는 밤에 우는 애라면 질색이었다. 애를 기꺼이 죽일 용의마저 있었다. 헤티 소렐처럼 애를 질식시켜 땅에 묻어 버릴 수도 있었다. 헤티 소렐의 아기는 분명 밤중에 울어 댔던 거다 ─ 그 아서 도니손의 아기는 분명히 그랬을 거다.* 하 ─ 이 세상의 아서 도니손 같은 남자들, 제럴드 같은 남자들. 낮엔 그렇게 남자답다가 밤만 되면 그렇게 내내 울어 대는 아기들. 그런 자들은 기계 장치로나 변하라지, 그러라지. 영원히 반복되는 태엽처럼 작동하는 도구, 순수한 기계, 순전한 의지나 되라지. 자신의 일에 완전히 묶여 버리도록, 계속되는 반복의 잠에 빠져 거대한 기계의 완벽한 부품이나 되라지. 제럴드가 자기 회사를 운영하게 내버려 두자. 그는 거기서 널빤지 위로 온종일 앞으로 갔다 뒤로 갔다 하는 외바퀴 손수레처럼 만족스러워할 테니……. 그녀는 이미 보았던 것이다.

외바퀴 손수레 ─ 그 비천한 한 개의 외바퀴 손수레 ─ 회사의 한 단위. 그다음엔 바퀴 두 개 달린 수레. 그다음엔 바퀴 네 개 달린 트럭. 그다음엔 바퀴 여덟 개짜리 소형 기관차. 그다음은 바퀴 열여섯 개짜리 권양(捲楊) 엔진 등, 그리고 마침내 천 개의 바퀴가 달린 광부, 그리고 그다음엔 3천 개 달린 전기 기술자, 2만 개짜리 탄광 현장 감독, 그다음엔 그의 구조를 완성하기 위해 열심히 일하는 바퀴 10만 개짜리 총지배인, 그리고 그다음엔 100만 개의 바퀴와 톱니바퀴와 굴대가 달린 제럴드에 이르기까지.

불쌍한 제럴드, 이렇게 많은 작은 바퀴들이 그를 구성하고 있다니! 그는 초정밀 시계보다 더 복잡했다. 하지만 세상에, 이 얼마나 지긋지긋하게 피곤한가! 오 하느님, 정말이지 얼마나 지겨운지! 초정밀 시계…… 딱정벌레…… 이런 생각을 하자, 그녀의 영혼은 극도의 권태감으로 아찔해졌다. 세어 보고 생각하고 따져 보아야 할 그 많은 바퀴들! 그것으로 족해, 이제 그만…… 복잡함을 감당할 수 있는 인간의 능력에도 한계가 있는 거다. 아니, 어쩌면 없을지도 모른다.

한편 제럴드는 방에 앉아 책을 읽고 있었다. 구드룬이 가 버렸을 때, 그는 저지된 욕망으로 인해 마취된 듯 멍한 상태였다. 그는 한 시간 동안 침대 끄트머리에 앉아 있었는데, 멍한 가운데 가느다란 의식의 실타래들이 계속해서 모습을 드러냈다. 그러나 그는 꼼짝하지 않고 고개를 푹 숙인 채 오랫동안 무기력하게 가만히 있었다.

이윽고 그는 고개를 들고, 자신이 자려던 참이었음을 깨달았다. 추웠다. 곧바로 어둠 속에서 자리에 누웠다.

그러나 그가 견딜 수 없는 건 어둠이었다. 자신에 맞서는 그 견고한 어둠에 미쳐 버릴 것 같았다. 그래서 일어나 앉아 불을 켰다. 정면을 응시하며 한동안 그렇게 앉아 있었다. 구드룬 생각을 하는 것은 아니었다. 아무 생각도 하지 않았다.

그러다 갑자기 책을 찾으러 아래층으로 내려갔다. 잠을 못 이룰 때면 그에게 밤은 언제나 공포였다. 불면의 밤을 마주한 채 공포에 질려 시계만 쳐다보고 있을 생각을 하니 도저히 못 견딜 것 같았다.

그래서 그는 침대에 조각처럼 앉아 몇 시간이고 책을 읽었다. 경직되고 예민한 그의 정신은 빠르게 책을 읽어 내려갔지만, 그의 몸은 아무것도 이해하지 못했다. 경직된 무의식 상태에서 그는 아침이 될 때까지 밤새 책을 읽었다. 아침이 되자 정신적으로 지치고 역겨웠고, 무엇보다 자기 자신을 역겨워하며 그는 두 시간가량 잠을 잤다.

이윽고 그가 일어났다. 에너지로 충만하고 단단했다. 구드룬은 그에게 거의 말을 걸지 않았다. 커피를 마시며 몇 마디 나눈 것이 전부였다.

"난 내일 떠나요."

"인스부르크까지만 같이 갈까요? 남들 보기에 좀 그러니."

"그렇겠네요." 그녀가 말했다.

그녀는 커피를 홀짝이면서 "그렇겠네요"라고 말했다. 그런데 그 말을 하는 와중에 그녀가 숨을 들이쉬는 소리에 그는 메스꺼워졌다. 그녀로부터 멀리 떨어지기 위해 재빨리 자리에서 일어났다.

그는 내일 떠날 준비를 했다. 그런 다음 먹을 것을 싸가지고 스키를 타러 나갔다. 숙소 주인에게는 아마도 마리언휘트까지 올라갔다가 그 아래쪽 마을까지 가게 될 것 같다고 말했다.

구드룬에게 이날은 봄처럼 약속으로 가득한 날이었다. 그녀는 해방이 다가오는 것을, 새로운 삶의 물줄기가 자신의 속에서 샘솟는 것을 느꼈다. 빈둥거리며 짐을 싸는 일이 즐거웠고, 짬짬이 책을 들여다보고, 이것저것 옷을 걸쳐 보고, 거울에 자신의 모습을 비추어 보며 기쁨을 느꼈다. 자유로운 삶의 시작이 임박한 듯한 기분이었고 어린아이처럼 행복했으며, 그 부드럽고 화려한 모습과 행복감으로 인해 그녀는 모든 사람에게 아주 매력적이고 아름답게 보였다. 그러나 그 아래 놓인 것은 다름 아닌 죽음이었다.

오후에 그녀는 뢰르케와 데이트를 해야 했다. 그녀 앞에 놓인 내일은 전적으로 불투명했다. 바로 이것에 그녀는 기쁨을 느꼈다. 제럴드와 함께 영국으로 갈 수도 있었고, 뢰르케와 드레스덴으로 갈 수도 있었으며, 뮌헨에 있는 친구에게 갈 수도 있었다. 내일은 무슨 일이 일어날지 몰랐다. 그리고 오늘은 그 모든 가능성들을 향한 하얀, 눈 같은, 형형색색의 문턱이었다. 모든 가능성 ― 그것이 그녀에게 매력이었다. 사랑스러운 형형색색의, 정해지지 않은 매력이요 — 순수한 환상이었다. 모든 가능성이었다 — 왜냐하면 죽음은 불가피했고, 죽음 말고 가능한 것은 **아무것도** 없었으므로.

그녀는 상황이 구체화되어 어떤 명확한 형태를 취하는 걸 원치 않았다. 내일 여행하는 동안 갑자기 전혀 예기치 못했던 어떤 사건이나 움직임에 의해 완전히 새로운 경로로 흘러 들어가게 되길 바랐다. 그렇기 때문에, 뢰르케와 함께 눈 속으로 마지막 데이트를 나가고 싶긴 했지만, 진지하거나 사무적이고 싶지는 않았다.

뢰르케도 진지한 모습은 아니었다. 머리를 밤톨처럼 동그랗게 보이게 하는 갈색 벨벳 모자에, 귀 위로 느슨하게 아무렇게나 늘어져 있는 갈색 벨벳 모자 자락, 그리고 요정같이 동그란 검은 눈 위로 흘러내린 요정처럼 가느다란 한 움큼의 검은 머리털, 오종종한 얼굴에 괴상한 우거지상으로 우글쭈글 주름져 있는 빛나는 투명한 갈색 피부로 인해, 그는 기묘한 작은 애어른 또는 박쥐 같아 보였다. 그러나 암녹색의 두꺼운 방수옷 차림을 한 그의 모습에는, 다른 사람들과 기이하게 달라 보이면서도 연약하고 보잘것없는 구석이 있었다.

그는 두 사람을 위해 작은 터보건 썰매를 가지고 왔다. 그들은 끝없이 이어지는 경구와 농담, 그리고 여러 언어로 표현된 공상들에 깔깔거리며, 얼얼하게 굳어 가는 얼굴을 달구는, 눈을 못 뜰 정도로 눈부신 눈 비탈 사이를 터벅터벅 걸었다. 공상들은 두 사람에게 현실이었다. 말장난과 별난 생각들로 된 색색의 작은 공들을 되는대로 던지며 두 사람은 아주 행복해했다. 그들의 본성이 완전한 상호 작용 속에서 빛을 발하는 듯했다. 그들은 순수한 게임을 즐겼다. 그리고 자신들의 관계를 게임의 차원으로 유지하길 원했다. **상당히** 괜찮은 게임이었다.

뢰르케는 썰매타기를 별로 진지하게 생각하지 않았다. 제럴드와 달리 그는 거기에 그 어떤 불꽃도 열정도 쏟아붓지 않았다. 그 점이 구드룬의 마음에 들었다. 그녀는 지쳤다. 오, 제럴드의 육체적 움직임에 깃든 그 움켜쥐는 듯한 강렬함에는 신물이 났다. 뢰르케는 썰매가 공중을 나는 나뭇잎처럼 제멋대로 신 나게 가게끔 내버려 두었고, 굽이진 곳에서 그녀와 함께 눈 속에 내팽개쳐졌을 때, 그는 그저 그 날카로운 하얀 땅으로부터 둘 다 다치지 않고 일어나 장난꾸러기 요정처럼 건방지게 깔깔거리게 될 때까지 기다릴 뿐이었다. 그녀는, 그가 지옥을 헤매면서도 ― 기분만 내킨다면 ― 장난스레 비꼬는 말을 할 사람이라는 걸 알고 있었다. 그리고 이에 엄청난 기쁨을 느꼈다. 황량한 현실 위로, 단조로운 우연들 위로 날아오르는 것 같았다.

그들은 아무 근심 없이 시간을 잊은 채 순전한 재미에 빠져 해가 지도록 놀았다. 이윽고 그 작은 썰매가 위험하게 빙그르르 돌면서 산비탈 아래에서 멈추어 섰을 때, 그가 갑자기 "잠깐!"이라고 하더니 어디선가 커다란 보온병과 과자 봉지, 그리고 술 한 병을 꺼냈다.

"어머, 뢰르케." 그녀가 소리쳤다. "정말 멋진 생각이에요! 정말이지 a comble de joie(황홀할 정도로 즐거워요)! 이 Schnapps(술)는 뭐죠?"

그가 그것을 쳐다보더니 웃었다.

"Heidelbeer(하이델비어)예요!" 그가 말했다.

"그럴 리가! 눈 속에서 열리는 월귤나무 열매로 만든 거로군요. 눈에서 증류시켜 만든 것 같아 보이지 않아요? 자……." 그녀가 병에다 대고 코를 킁킁거렸다. "월귤나무 열매 냄새가 나죠? 정말 근사해요! 눈 속에서 맡는 그 냄새랑 아주 똑같아요."

그녀는 발로 가볍게 땅을 굴렀다. 그는 무릎을 꿇고 앉아 휘파람을 불더니 눈 위에 귀를 갖다 댔다. 그러는 동안 그의 까만 눈이 반짝 빛났다.

"하! 하!" 그녀는 자신의 터무니없는 말장난을 놀리는 그의 별난 방식에 기분이 좋아서 웃었다. 그는 언제나 그녀를 놀렸고, 그녀가 하는 방식을 조롱했다. 그런데 그의 조롱이 그녀의 미치광이 짓보다 훨씬 더 황당하니 그저 웃으며 해방감을 느낄 수밖에.

그녀는 자신과 그의 목소리가 초저녁 황혼의 얼어붙은 고요한 대기 속으로 은빛 종소리처럼 울려 퍼지는 것을 느꼈다. 아, 이 얼마나 완벽한가, **정말** 얼마나 완벽한가, 이 은빛의 고립과 상호 작용이.

그녀는 뜨거운 커피를 홀짝거렸다. 눈이 올 것 같은 대기 속에서 커피 향기가 꽃 주변을 웅웅거리며 날아다니는 벌들처럼 그들 주변을 감돌았다. 그녀는 하이델비어주(酒)를 홀짝이며 차갑고 달착지근한 크림 웨이퍼를 먹었다. 모든 것이 어찌나 훌륭한지! 여기 이 적막한 눈과 깊어 가는 황혼 속에서 모든 것이 얼마나 완벽한 맛과 향과 소리를 내는지!

"내일 떠납니까?" 마침내 그가 입을 열었다.

"네."

침묵이 흘렀다. 저녁이 고요하게 울리는 창백함 속에서 무한히 높게, 손에 닿을 듯 가까운 무한의 높이까지 올라가는 것 같았다.

"Wohin(어디로 말입니까)?"

그것이 문제였다─wohin? 어디로? wohin? 이 얼마나 사랑스러운 말인가! 그녀는 **결코** 그 물음에 답이 있길 바라지 않았다. 그 물음이 영원토록 울리게 내버려 두리라.

"나도 몰라요." 그녀가 그에게 미소 지으며 말했다.

그는 그녀의 미소를 알아차렸다.

"알 수 없죠." 그가 말했다.

"알 수 없죠." 그녀가 되풀이했다.

침묵이 흘렀다. 그는 토끼가 풀을 뜯어 먹듯이 비스킷을 재빨리 먹어 치웠다.

"그렇지만, 당신 표는 어디 행인가요?" 그가 웃었다.

"어머나 맙소사!" 그녀가 소리쳤다. "표를 끊어야죠!"

뜻밖의 타격이었다. 그녀는 철도역 매표 창구에 서 있는 자신의 모습을 상상했다. 이윽고 걱정을 덜어 주는 생각이 떠올랐다. 그녀는 안도의 한숨을 내쉬었다.

"하지만 꼭 갈 필요는 없죠." 그녀가 말했다.

"그렇고말고요." 그가 말했다.

"그러니까 내 말은, 표에 써 있는 대로 갈 필요는 없다는 뜻이에요."

이 말에 뢰르케는 매혹되었다. 표가 가리키는 곳으로 가지 않기 위해 표를 끊을 수도 있는 거다. 중도에서 내려 목적지를 피해 갈 수도 있는 것이다. 정해진 장소를. 제법 괜찮은 생각이었다!

"그럼 런던행을 끊으시죠." 그가 말했다. "거긴 절대로 안 갈 테니."

"맞아요." 그녀가 대답했다.

그는 양철 컵에 커피를 조금 따랐다.

"어디로 갈 건지 나한테 말 안 해 줄 겁니까?" 그가 물었다.

"정말로 그리고 진심으로 모르겠어요. 바람이 어느 방향으로 부느냐에 달렸죠." 그녀가 말했다.

그가 어리둥절한 표정으로 그녀를 쳐다보더니, 서풍의 신 제피러스처럼 입술을 오므려 눈 위로 바람을 불었다.

"독일 쪽으로 부는데요." 그가 말했다.

"그런 것 같네요." 그녀가 웃었다.

돌연 그들은 곁에 가까이 있는 희미한 하얀 형상을 의식했다.

제럴드였다. 구드룬의 심장이 갑작스러운 공포에, 깊고 깊은 공포에 질려 뛰었다. 그녀는 자리에서 벌떡 일어났다.

"당신들이 어디 있는지 사람들이 알려 주더군요." 제럴드의 목소리가 황혼의 희끄무레한 대기 속에서 심판처럼 들려왔다.

"아이고 깜짝이야! ……당신은 유령처럼 나타나는구려." 뢰르케가 소리를 질렀다.

제럴드는 대답하지 않았다. 그들에게 그의 존재는 기괴하고 유령 같았다.

뢰르케가 보온병을 흔들더니 그걸 눈 위로 거꾸로 뒤집어 들었다. 갈색을 띤 액체 몇 방울이 흘러나올 뿐이었다.

"하나도 안 남았네!" 그가 말했다.

제럴드에게 그 조그맣고 괴상한 독일 인물은 쌍안경으로 보는 것처럼 또렷하고 객관적으로 보였다. 그는 그 작은 인간이 극도로 혐오스러웠다. 그것이 없어졌으면 싶었다.

이윽고 뢰르케는 비스킷이 들어 있는 상자를 흔들어 댔다.

"비스킷은 아직 남아 있군." 그가 말했다.

그러더니 썰매에 앉은 채로 손을 뻗어 그것을 구드룬에게 내밀었다. 그녀는 뒤적거려 하나를 집었다. 그는 제럴드에게도 건네려 했으나 제럴드가 너무나 명백히 비스킷을 받을 생각이 없어 보였기 때문에, 뢰르케는 약간 어정쩡하게 박스를 한쪽에 내려놓았다. 그러더니 작은 병을 들어 올려 빛에 비추어 보았다.

"Schnapps(술)도 좀 있네." 그가 혼잣말로 중얼거렸다.

그러더니 갑자기 씩씩하게 술병을 공중으로 들어 올렸다. 그 야릇하고 기괴한 형상이 구드룬에게로 몸을 기울이며 말했다.

"Gnädiges Fräulein(아가씨)." 그가 말했다. "wohl(자)……."

순간 탁 소리와 함께 병이 휙 날아갔다. 뢰르케는 깜짝 놀라 뒤로 물러섰고 세 사람은 격한 감정 속에 온몸을 부들부들 떨며 서 있었다.

뢰르케가 제럴드를 향해 몸을 돌렸다. 빛나는 피부를 가진 그의 얼굴에 악마같이 음흉한 표정이 떠올랐다.

"잘했어요!" 그가 악마처럼 빈정대는 광기를 띠고 말했다. "C'est le sport, sans doute(그게 진짜 스포츠지, 아무렴)."

다음 순간 그는 우스꽝스러운 모습으로 눈 속에 앉아 있었다. 제럴드의 주먹이 그의 옆머리를 후려친 것이었다. 그러나 뢰르케는 기력을 모아서 일어나 부들부들 떨며 제럴드를 똑바로 쳐다보았다. 그의 몸은 연약하고 은밀했지만 그의 눈은 악마처럼 빈정대고 있었다.

"Vive le héros, vive(영웅 만세, 만세)……."

그러나 눈 깜짝할 사이에 제럴드의 주먹이 그의 다른 쪽 머리를 가격하여 그를 꺾인 지푸라기처럼 날려 버리자 그가 움츠러들었다.

하지만 구드룬이 다가와 있었다. 그녀는 주먹 쥔 손을 높이 들어 올리더니 엄청난 힘으로 제럴드의 얼굴과 가슴을 내리쳤다.

하늘이 무너지기라도 한 듯 그는 깜짝 놀랐다. 고통을 느끼며, 그의 영혼은 놀라움 속에 활짝, 아주 활짝 열렸다. 이윽고 그 영혼은 마침내 그가 욕망하던 사과를 따기 위해 튼튼한 두 손을 쭉 뻗으며 웃었다. 드디어 그는 자신의 욕망에 종지부를 찍을 수 있게 된 것이다.

그는 두 손으로 구드룬의 목을 움켜잡았다. 그 손은 단단했고 불가항력적으로 강했다. 그리고 그녀의 목은 아름답게, 너무도 아름답게 부드러웠다. 그 부드러움 외에도, 그 내부에 들어 있는 그녀 생명의 미끌미끌한 힘줄들이 느껴졌다. 그는 이것을 찌부러뜨렸다, 찌부러뜨릴 수 있었다. 그 엄청난 희열이란! 오, 마침내 이런 희열이! 이런 만족감이, 마침내! 짜릿한 만족감이 그의 영혼을 가득 채웠다. 그는 그녀의 통통 부어오른 얼굴에 무의식이 드리워지는 것을, 그녀의 눈이 뒤집어지는 것을 지켜보았다. 그녀의 모습이 얼마나 흉한가! 이 성취감! 이 만족감! 이 얼마나 좋은가, 오, 이 얼마나 좋은가 말이다, 신이 주신 이 만족감이란! 마침내! 그는 그녀의 몸부림과 저항을 의식하지 못했다. 그 몸부림은 이 포옹 속에서 그녀가 답례로 보내는 욕정 가득한 열정이었다. 몸부림이 격렬해질수록 광란의 기쁨도 더욱 커졌다. 마침내 절정에 도달하여 위기가, 투쟁이 제압되어 그녀의 움직임이 더 부드러워졌고 진정되었다.

뢰르케가 눈 위에서 몸을 일으켰다. 그러나 너무 정신이 혼미하고 고통스러워 일어서지는 못했다. 의식을 차린 건 그의 눈뿐이었다.

"Monsieur(선생)!" 그가 가늘지만 정신이 든 목소리로 말했다. "Quand vous aurez fini(다 끝나셨으면)……."

격한 경멸과 역겨움이 제럴드의 영혼을 엄습했다. 역겨움이 그의 가장 깊은 곳까지 미쳤다. 구역질이 났다. 아, 내가 무슨 짓을 하고 있단 말인가, 내가 도대체 어디까지 갔단 말인가! 그녀를 내 손으로 없애 버릴 만큼, 이 두 손으로 그녀를 죽일 만큼 내가 그녀에게 연연해한단 말인가!

온몸에서 힘이 쭉 빠졌다. 끔찍한 이완, 해동(解冬), 힘의 쇠퇴가 그의 몸을 덮쳤다. 그가 자신도 모르게 손을 놓아 버리자 구드룬은 무릎을 꿇었다. 꼭 이 꼴을 보아야 한단 말인가? 알아야만 한단 말인가?

그는 무서운 무력감에 사로잡혔다. 뼈마디가 물처럼 변해 버렸다. 그는 바람에 날리듯 방향을 휙 돌려 정처 없이 표류하듯 떠났다.

"난 그것을 원하지 않았어, 정말로." 이것은 그가 오직 더 이상의 접촉을 무의식적으로 피하여, 약해지고 끝장난 상태로 정처 없이 비탈길을 올라가며 내뱉은, 그의 영혼 내부에 있는 역겨움의 마지막 고백이었다. "이걸로 충분해……. 자러 가고 싶군. 이걸로 충분하다고." 그는 역겨움에 짓눌려 침몰해 버렸다.

그는 기운이 없었지만 쉬고 싶지는 않았다. 계속 앞으로 나아가고 싶었다, 끝까지. 마지막에 다다를 때까지 결코 다시는 멈추지 않으리라. 이것이 그에게 남아 있는 욕망의 전부였다. 그리하여 그는 계속해서 걸었다. 움직일 수 있는 한 무의식적으로 힘없이, 아무 생각도 없이.

머리 위로 황혼이 이 세상의 것이 아닌 듯 괴상하고 섬뜩한 푸르스름한 장밋빛을 뿌렸다. 차가운 파란 밤이 눈 위에 드리워졌다. 저 아래 산골짜기 뒤쪽으로 펼쳐진 거대한 눈밭에 자그마한 두 개의 형상이 있었다. 구드룬은 처형된 사람처럼 무릎을 꿇고 있었고 뢰르케는 그녀 곁에 기대어 앉아 있었다. 그게 다였다.

제럴드는 푸르스름한 어둠 속에서 눈 덮인 산등성이를 비틀거리며 올라갔다. 몹시 지쳤건만 쉬지 않고 무의식적으로 계속해서 올라갔다. 그의 왼편으로는, 검은 바위들과 떨어져 내린 바윗덩어리들, 그리고 검은 바위들 틈새와 주변으로 뻗은 눈의 맥(脈)들, 검은 바위들 틈과 주변으로 희미하게 뻗어 있는 눈의 맥들로 이루어진, 깎아지른 듯한 비탈이었다. 아무 소리도 나지 않았다. 이 모든 것이 아무 소리도 내지 않았다.

그를 더욱 힘들게 한 것은 오른편 바로 머리 위에서 밝게 빛나는 작고 밝은 달이었다. 언제나 거기 끈질기게 떠 있는, 절대로 도망칠 수 없는, 고통스러울 정도로 밝은 그것. 그는 끝나기를 간절히 바랐다 ─ 겪을 만큼 겪었다. 그렇지만 자지 않았다.

그는 고통스럽게 올라갔다. 때로는 바람에 눈이 날아가 버려 훤히 드러난 검은 바위 비탈을 건너야 할 때도 있었다. 그는 여기서 떨어질까 봐 겁이 났다. 떨어질까 봐 너무너무 무서웠다. 게다가 여기 이 높은 산꼭대기에는 잠처럼 육중한 냉기로 그를 제압해 버릴 듯한 바람이 불었다. 다만, 여기는 아니었다. 여기가 끝은 아니었다. 아직도 더 가야 했다. 알 수 없는 막연한 역겨움 때문에 머무를 수가 없었다.

한 개의 산등성이를 넘으면, 그 앞에 더 높은 어떤 것의 희미한 그림자가 보였다. 언제나 더 높은, 언제나 더 높은 것이 앞에 있었다. 그는 자신이 마리언휘트가 있는 산꼭대기에 이르는 길을 따라가고 있으며, 내리막길은 다른 쪽으로 나 있다는 것을 알고 있었다. 그러나 정말로 의식하고 있는 것은 아니었다. 오직 계속 가고 싶을 따름이었다. 갈 수 있는 한 계속 움직여, 끝날 때까지 계속 가고 싶을 뿐, 오직 그뿐이었다. 그는 자신이 어디에 있는지 감각을 완전히 잃었다. 그렇지만 아직 남아 있는 삶의 본능 속에서 그의 발은 스키가 지나갔던 길을 찾고 있었다.

그는 깎아지른 듯한 눈 덮인 산등성이를 미끄러지듯 내려갔다. 공포에 질렸다. 그에겐 등산용 단장도, 아무것도 없었다. 그러나 안전하게 멈추어 서게 되자, 희미하게 빛나는 어둠 속을 걷기 시작했다. 잠만큼이나 추웠다. 그는 두 개의 산등성이 사이에 있는 분지에 다다랐다. 그는 방향을 바꾸었다. 다른 산등성이로 오를 것인가, 아니면 분지를 따라 헤맬 것인가. 한가닥 그의 존재의 실이 얼마나 연약하게 뻗어 있는지!

아마도 산등성이를 오르리라. 눈은 단단하고 단순했다. 그는 계속 걸었다. 뭔가가 눈 속에 튀어나와 있었다. 어렴풋한 호기심에 다가갔다.

그것은 반쯤 묻혀 있는 십자가였다. 막대기 맨 위에 두건을 비스듬히 쓴 자그마한 예수의 상이 있었다. 그는 그것을 피해 방향을 바꾸었다. 누군가가 그를 죽일 것이다. 그는 살해당할 것 같은 엄청난 공포를 느꼈다. 그러나 그것은 제럴드 그 자신의 유령처럼, 그의 바깥에 서 있는 공포였다,

하지만 무엇 때문에 두려워한단 말인가. 어차피 일어날 일이었다. 죽임을 당하는 것은! 그는 공포에 질려 주변을 두리번거렸다. 눈과, 저 위쪽 세상에서 창백하게 그늘져 흔들리고 있는 산등성이들을 보았다. 그는 죽임을 당하게 되어 있었다, 그는 그것을 알 수 있었다. 이것은 죽음이 한껏 고양되어 있는 순간이었다. 탈출이란 있을 수 없었다.

주님이시여, 결국 이렇게 될 것이었습니까…… 주여? 그는 자신에게 내려오는 일격을 감지했다. 자신이 살해당했음을 알았다. 그는 어정쩡하게 헤매듯 앞으로 나아갔다. 무슨 일이 일어나는지 느껴 보려는 듯 두 손을 쳐든 채 그는 멈추게 될 순간을, 시간이 정지하게 될 순간을 기다리고 있었다. 아직은 끝나지 않았다.

그는 눈 덮인 분지에 다다랐다. 그곳은 깎아지른 듯한 산등성이와 절벽들로 둘러싸여 있었고, 산꼭대기로 이르는 길로 이어져 있었다. 그러나 그는 아무런 의식 없이 정처 없이 걷다가 마침내 미끄러져 떨어졌다. 추락하는 순간 그의 영혼 속에서 뭔가가 박살났다. 그리고 즉각 그는 잠에 빠져들었다.

32장 퇴장

다음 날 아침 제럴드의 시신이 숙소로 운반되어 왔을 때, 구드룬은 방에 틀어박혀 있었다. 창문을 통해 그녀는 남자들이 눈 위로 뭔가를 나르는 것을 보았다. 그녀는 꼼짝 않고 앉아 몇 분을 그냥 흘려보냈다.

방문을 가볍게 두드리는 소리가 났다. 그녀는 문을 열었다. 한 여자가 부드럽게, 오, 지나칠 정도로 공손하게 말했다.

"사람들이 그분을 찾았다는데요, 부인?"

"Il est mort(죽었나요)?"

"네…… 몇 시간 전에요."

구드룬은 뭐라고 말해야 할지 몰랐다. 뭐라고 해야 하나? 어떤 기분이 들어야 하는 건가? 뭘 해야 하나? 사람들은 내게서 뭘 기대할까? 그녀는 어찌할 바를 몰라 냉정하게 있었다.

"고마워요." 그녀는 이렇게 말하고 방문을 닫았다. 그 여자는 모욕당한 기분으로 자리를 떴다. 한마디 말도, 한 방울의 눈물도 없다니…… 하, 구드룬은 냉정했다. 차가운 여자였다.

구드룬은 창백하고 무표정한 얼굴로 방 안에 앉아 있었다. 무엇을 해야 하나? 울며 법석을 떨 수는 없었다. 자신을 바꿀 수가 없었다. 그녀는 사람들을 피해 가만히 앉아 있었다. 그녀의 유일한 동기는 사건들과 실질적인 접촉을 피하는 것이었다. 다만 어슐라와 버킨에게 긴 전보를 보냈다.

그러나 오후가 되자 그녀는 뢰르케를 찾기 위해 갑자기 자리에서 벌떡 일어났다. 제럴드가 묵었던 방문을 근심스럽게 흘끗 쳐다보았다. 무슨 일이 있어도 저 방 안엔 들어가지 않으리라.

그녀는 라운지에 혼자 앉아 있는 뢰르케를 발견하고 그에게로 곧장 걸어갔다.

"사실이 아니죠, 그렇죠?" 그녀가 말했다.

그가 그녀를 올려다보았다. 비참한 옅은 미소로 그의 얼굴이 일그러졌다. 그는 어깨를 으쓱했다.

"사실이라뇨?" 그가 되풀이했다.

"우리가 그 사람을 죽인 건 아니죠?" 그녀가 물었다. 그는 그녀가 그런 태도로 다가오는 것이 싫었다. 그는 피곤한 듯 어깨를 으쓱했다.

"우연히 그렇게 된 거죠." 그가 말했다.

그녀는 그를 쳐다보았다. 그도 그녀처럼 한동안 감정 없고 황폐한 상태로 찌그러지고 좌절하여 앉아 있었다. 오, 하느님! 이건 황폐한 비극이었다. 황폐하고도 황폐한.

그녀는 방으로 되돌아가 어슐라와 버킨을 기다렸다. 그녀는 빠져나가고 싶었다. 오직 달아나고만 싶었다. 여기서 빠져나갈 때까지는, 이 상황에서 벗어날 때까지는, 아무것도 생각할 수도 느낄 수도 없을 것 같았다.

하루가 흘러 이튿날이 되었다. 썰매 소리가 들리더니 어슐라와 버킨이 내리는 것이 보였다. 그러자 그녀는 이들로부터도 피하려는 듯 몸을 움츠렸다.

어슐라가 그녀에게로 곧장 다가왔다.

"구드룬!" 그녀가 소리쳤다. 눈물이 어슐라의 뺨을 타고 흘러내렸다. 그녀는 두 팔로 동생을 안았다. 구드룬은 어슐라의 어깨에 얼굴을 묻었지만, 그녀는 여전히 자신의 영혼을 얼어붙게 만든, 빈정대는 차가운 악마로부터 도망칠 수가 없었다.

'하…… 하!' 그녀는 생각했다. '이게 바로 올바른 행동이지.'

그러나 울 수는 없었다. 차갑고 창백한 무표정한 그녀의 얼굴에 어슐라의 눈물샘은 금세 말라 버렸다. 잠시 동안 자매는 아무런 할 말이 없었다.

"여기로 다시 끌려오다니, 너무 나쁘지?" 구드룬이 마침내 물었다.

어슐라가 살짝 당황하여 쳐다보았다.

"전혀 그런 생각 안 했어." 그녀가 말했다.

"언니를 다시 부른다는 게 몹쓸 짓 같더라." 구드룬이 말했다. "그렇지만 난 사람들을 볼 수가 없었어. 내겐 너무 힘들어."

"그래." 오싹해진 어슐라가 말했다.

버킨이 방문을 노크하고 들어왔다. 그의 얼굴은 새하얗고 무표정했다. 그녀는 그가 알고 있다는 것을 알았다. 그가 그녀에게 손을 내밀며 말했다.

"어쨌든 **이번** 여행은 끝이군요." 구드룬은 두려움에 질려 그를 흘끗 쳐다보았다.

세 사람은 모두 입을 다물었다. 할 말이 없었다. 마침내 어슐라가 작은 목소리로 물었다.

"그 사람 봤어요?"

버킨이 차갑게 굳은 표정으로 그녀를 쳐다보았지만, 굳이 대답해 주려고 하지는 않았다.

"그 사람 봤냐고요?" 그녀가 되풀이했다.

"봤어요." 그가 냉정하게 말했다.

그러더니 구드룬을 쳐다보았다.

"무슨 짓을 한 겁니까?" 그가 말했다.

"아무것도 안 했어요." 그녀가 대답했다. "전혀."

그녀는 차디찬 역겨움에 움츠러들어 아무런 진술도 하고 싶지 않았다.

"뢰르케가 그러는데, 제럴드가 루델반* 밑자락에서 썰매에 앉아 있는 당신들에게로 왔었다고 하더군요. 당신이 제럴드한테 뭐라고 몇 마디 하자 제럴드가 걸어가 버렸다고. ……무슨 말을 한 겁니까?―필요할 경우 당국에 만족할 만한 얘기를 할 수 있도록 내가 알고 있는 게 좋아요."

구드룬은 곤란하여, 하얗게 질린 채 어린애처럼 입을 꼭 다물고 그를 올려다보았다.

"별로 오간 말도 없어요." 그녀가 말했다. "그 사람이 뢰르케를 때려눕혔고 죽일 듯이 내 목을 조르더니 떠나 버렸어요."

그녀는 마음속으로는 이렇게 말하고 있었다. '그 영원한 삼각관계의 아주 사소한 표본이지!' 그러고는 빈정거리듯이 고개를 돌려 버렸다. 왜냐하면 그 싸움은 제럴드와 자신 사이에서 난 것이지 제3자의 존재는 그저 우연에 불과하다는 걸 알기 때문이었다. ……어쩔 수 없는 우연이었는지는 모르지만, 어쨌거나 우연은 우연이었다. 그러나 저 사람들한테는 영원한 삼각관계의 한 사례로 남겨 두자. 증오의 삼위일체, 그것이 그들에겐 더 간단할 테니.

버킨은 방을 나갔다. 그의 태도는 차가웠고 어딘가에 정신이 팔린 듯 멍했다. 그럼에도 불구하고 그녀는 그가 자신에게 뭔가 해 주리라는 것을, 자신의 뒤를 끝까지 돌보아 주리라는 것을 알고 있었다. 그녀는 경멸하며 속으로 피식 웃었다. 그러라지 뭐. 저이는 남을 돌보는 거 하나는 **정말** 잘하니까.

버킨은 다시 제럴드에게로 갔다. 버킨은 그를 사랑했었다. 그런데도 거기 누워 있는 무기력한 몸에 메스꺼움을 느꼈다. 그것은 너무나 무력하고 지독히 차갑게 죽어 있는 시체였다. 버킨은 내장이 얼음으로 변해 버리는 것 같았다. 그는 거기에 서서 한때 제럴드였던 얼어붙은 주검을 쳐다보고 있어야만 했다.

그것은 죽은 남자의 꽁꽁 언 시체였다. 버킨은 예전에 눈 위에 나무판자처럼 얼어 있던 토끼 한 마리를 발견했던 일이 떠올랐다. 그가 들어 올렸을 때 그것은 마른 판자처럼 딱딱했었다. 그런데 이제 이것이 제럴드인 것이다. 잠을 자는 듯이 몸을 구부리고 있지만 어쩐지 무시무시하게 딱딱한 것이 분명한, 나무판자처럼 뻣뻣한 이것. 버킨은 공포에 질렸다. 방을 덥혀야 한다. 저 몸을 녹여야 한다. 저 사지가 펴져야 한다면 유리나 나무처럼 부서질 것이다.

그는 손을 뻗어 그 죽은 얼굴을 만졌다. 그러자 날카롭고 육중한 얼음의 상처가 살아 있는 그의 내장에 타박상을 입혔다. 그는 자기 자신도 얼어붙고 있는 것은 아닌가, 자신이 내부로부터 얼어붙고 있는 중이 아닌가 하는 생각이 들었다. ……짧게 깎은 금빛 콧수염 속에 생명의 숨이 얼어붙어 한 덩이 얼음이 되어 있었다. 그 고요한 콧구멍 아래에. 그런데 이것이 제럴드라니!

그는 다시 그 얼어붙은 몸의, 빛을 내는 듯한 날카로운 금빛 머리칼을 만졌다. 그것은 얼음처럼 차가웠다. 거의 독을 뿜는 듯한 얼음장 같은 머리카락. 버킨의 심장이 얼어붙기 시작했다. 그는 제럴드를 사랑했었다. 그는 쪼그라든 작고 아름다운 코와 남자다운 뺨, 낯선 빛깔의 그 잘생긴 얼굴이 얼음 조각처럼 얼어붙어 있는 것을 보았다. ……그렇지만 그는 그 얼굴을 사랑했었다. 무슨 생각, 아님, 어떤 기분을 느껴야 하는 것인가? ……그의 뇌는 얼어붙기 시작했고, 그의 피는 얼음물이 되어 가고 있었다. 너무 추웠다. 지독하게 추웠다. 멍들게 할 만큼 육중한 냉기가 바깥으로부터 그의 두 팔을 내리눌렀고, 그보다 더 무거운 냉기가 그의 내부에서, 그의 심장과 내장 속에서 얼어붙고 있었다.

그는 죽음이 벌어진 자리를 보기 위해 눈 덮인 산등성이를 넘었다. 마침내 산길 정상 근처, 절벽들과 산등성이들 사이에 자리하고 있는 커다란 분지에 다다랐다. 잿빛의 흐린 날이었다. 흐리고 적막한 지 사흘째 되는 날이었다. 때로는 뿌리처럼 불쑥 튀어나와 있기도 하고, 때로는 훤히 모습을 드러내기도 한 검은 바위들이 긁힌 상처처럼 드러나 있는 자리들을 제외하고는, 모든 것이 하얗게 얼음으로 뒤덮여 창백했다. 저 멀리, 산꼭대기로부터 가파르게 내리닫는, 매끄러운 검은 바위가 많은 산비탈 하나가 보였다.

그것은 천상의 돌과 눈 사이에 자리 잡고 있는 야트막한 단지처럼 보였다. 이 단지 속에서 제럴드가 잠든 것이었다. 저쪽 끝에 안내인들이 눈 벽 깊숙이 쇠말뚝을 박아 둔 것이 보였다. 그렇게 함으로써 안내인들은 거기 달린 커다란 밧줄에 의지하여, 거대한 눈 덮인 앞쪽으로부터 자신들을 끌어 올려 하늘을 향해 드러나 있는 톱날 같은 산길 꼭대기에, 훤히 드러난 바위 사이로 마리언휘트가 숨어 있는 그곳에, 닿을 수 있었던 것이다. 그 주변으로는 찍히고 난도질당한 눈 덮인 정상이 하늘을 찌르고 있었다.

제럴드도 아마 이 밧줄을 보았을 것이다. 자신을 산꼭대기까지 끌어 올릴 수도 있었을 것이다. 마리언휘트에서 개 짖는 소리를 들었을 것이고, 쉴 곳을 찾을 수 있었을 것이다. 남쪽으로 향하는 가파른 경사면을 따라 소나무 우거진 컴컴한 골짜기를 타고 이탈리아에 이르는 거대한 제국의 길까지 갈 수도 있었을 것이다.

그럴 수도 있었을 것이다! 그렇지만 그다음엔 뭐란 말인가! 제국의 길! 남쪽? 이탈리아? 그런 다음엔? 그것이 출구였을까? ……또다시 입구일 뿐이었다. 버킨은 고통스러운 대기 속에서 산꼭대기들과 남쪽으로 향하는 길을 바라보며 우뚝 서 있었다. 남쪽으로, 이탈리아로 가는 것이 소용 있을까? 오래된 그 옛 제국의 길까지 가는 것이?

그는 고개를 돌렸다. 심장이 터지든가, 아니면 마음 쓰는 것을 그만두든가. 마음 쓰는 일을 그만두는 것이 최선이다. 인간과 우주를 탄생시킨 신비란 것이 어떤 것이든 간에 그것은 비(非)인간의 신비다. 그것은 그 나름의 거대한 궁극의 목적을 가지고 있다. 인간이 그 척도는 아닌 것이다. 모든 것을 그 거대한, 창조의, 비인간의 신비에 맡겨 두는 것이 최선이다. 자기 자신하고만 겨루는 것이 최선이다. 우주와 겨룰 것이 아니라.

"신은 인간 없이는 살 수 없다."* 프랑스의 어떤 위대한 종교적 스승은 이렇게 말했다—하지만 이는 분명 거짓이다. 신은 인간 없이 살 수 있다. 신은 어룡과 마스토돈 없이도 살 수 있었다. 이 괴물들은 창조적으로 발전하는 데 실패했고, 그래서 신이, 창조의 신비가, 그들을 없애 버렸다. 마찬가지로 인간 역시 창조적으로 변화하고 발전하는 데 실패한다면, 그 신비는 인간도 없애 버릴 수 있는 것이다. 영원한 창조의 신비는 인간을 제거하고, 그 자리를 더 훌륭한 피조물로 대체할 수 있다. 말이 마스토돈의 자리를 차지한 것처럼.

이러한 생각은 버킨에게 상당한 위로가 되었다. 만일 인간이 막다른 골목으로 내달려 스스로를 소진했다면, 영원한 창조의 신비는 더 훌륭하고 경이로운, 어떤 새롭고 더 사랑스러운 어떤 다른 종족을 낳아 창조의 구현(具現)을 계속 수행할 것이다. 게임은 결코 끝나지 않았다. 창조의 신비는 영원토록 헤아릴 수 없고 완전 무결하며 고갈될 줄 모른다. 여러 종족들이 왔다가 갔고, 여러 종(種)들이 사라져 버렸지만, 언제나 새로운 종족들이, 더 사랑스러운, 혹은 똑같이 사랑스러운 종족들이, 매번 경이를 뛰어넘으며 생겨났다. 샘의 원천은 더럽힐 수도 없고 찾아낼 수도 없다. 거기에는 한계가 없다. 그것은 기적들을 낳는다. 그 자신의 시간 속에 완전히 새로운 종족과 종들을, 의식의 새로운 형상들을, 몸의 새로운 형상들을, 존재의 새로운 단위들을 창조해 낼 수 있다. 인간으로 존재한다는 것은 창조의 신비가 가진 가능성들에 비견해 보면 아무것도 아니다. 자신의 맥박이 그 신비로부터 직접 맥박 치게 하는 것, 이것이 완벽이요 형언할 수 없는 만족을 준다. 인간이냐 비인간이냐는 전혀 중요하지 않다. 완벽한 맥박이 형언할 수 없는 존재, 아직 태어나지 않은 기적 같은 종족들과 함께 고동치고 있는 것이다.

버킨은 제럴드가 있는 숙소로 다시 돌아갔다. 방으로 들어가 침대에 앉았다. 죽어 있다. 죽어 있다, 그리고 차갑다!

오만한 카이사르도 죽으면 진흙이 되어
바람을 막기 위해 구멍을 메우게 되겠지.*

제럴드였던 그것으로부터는 아무런 대답도 없었다. 굳어 버린 얼음장 같은 낯선 물질 — 그뿐이었다. 그뿐이었다!

극도로 지친 버킨은 물러나 일상으로 돌아갔다. 그는 요란하지 않게 조용히 모든 일을 처리했다. 고함을 지르고 날뛰고 비통해하며 소동을 부리기엔…… 너무 늦어 버렸다. 조용히 있으면서, 인내와 충만함 속에서 자신의 영혼을 지탱하는 것이 최선이었다.

그러나 저녁이 되어 그가 가슴속의 허기로 말미암아 촛불 사이에 누워 있는 제럴드를 보러 다시 들어갔을 때, 돌연 그의 심장이 죄어들었다. 흐느끼는 듯한 묘한 울음소리와 함께 눈물을 왈칵 쏟으며 그는 들고 있던 촛불을 떨어뜨릴 뻔했다. 그는 갑작스럽게 복받친 감정에 휩쓸려 의자에 앉았다. 뒤따라왔던 어슐라는 그가 야릇하고 무시무시한 울음소리를 내며 고개를 푹 숙인 채 온몸을 떨며 앉아 있는 것을 보고 깜짝 놀라 뒷걸음질 쳤다.

"난 이렇게 되길 바라지 않았어…… 이렇게 되길 바라지 않았다고." 그가 울면서 중얼거렸다.

어슐라는 카이저*의 말이 생각날 뿐이었다. "Ich habe es nicht gewollt(나는 그것을 원하지 않았다)."* 그녀는 거의 공포에 질린 채 버킨을 바라보았다.

갑자기 그가 잠잠해졌다. 그러나 그는 얼굴을 숨기려고 고개를 숙인 채 앉아 있었다. 이윽고 손가락으로 얼굴을 남몰래 슬쩍 닦았다. 그런 다음 갑자기 고개를 들더니 거의 복수심에 찬 듯한 어두운 눈으로 그녀를 똑바로 쳐다보았다.

"그는 날 사랑했어야 해요." 그가 말했다. "내가 제의했었어요."

그녀는 두려움에 하얗게 질린 채 입술을 거의 들썩이지 않으며 대답했다.

"그랬다고 한들 뭐가 달랐겠어요!"

"달랐을 겁니다!" 그가 말했다. "달랐을 거예요."

그는 그녀의 존재를 잊고 몸을 돌려 제럴드를 바라보았다. 모욕을 당해 고개를 돌리는 사람처럼 반쯤은 거만한 태도로 고개를 기이하게 들더니, 그 차갑고 말 없는, 물질 같은 얼굴을 지켜보았다. 그 얼굴은 푸르스름했다. 그것은 얼음 같은 창을 던져 살아 있는 그 사람의 심장을 관통했다. 차갑고 말 없는 물질 같았다! 버킨은 언젠가 제럴드가, 최종적인 사랑을 전하는 듯 자신의 손을 따뜻하게 꽉 잡았던 순간을 떠올렸다. 단 1초 동안……. 그러곤 다시 놓았지, 영원토록 놓아 버렸지. 그가 만일 그 꽉 쥔 손에 줄곧 충실했더라면 죽음은 별문제가 되지 않았으련만. 죽는 사람들, 그리고 죽어 가는 사람들도 여전히 사랑할 수 있고 믿을 수 있다. 그들은 죽지 않는다. 그들은 사랑하는 사람 속에서 여전히 살아 있는 것이다. 제럴드 역시 죽은 후에도 영혼 속에서 버킨과 함께 여전히 살았을지도 모른다. 친구와 함께 그다음 생을 살 수도 있었을 텐데.

하지만 지금 그는 죽어 있었다. 진흙처럼, 부패하게 될 푸르스름한 얼음처럼. 버킨은 그 창백한 손가락들을, 그 무력한 덩어리를 바라보았다. 언젠가 본 적 있는 죽은 종마가 떠올랐다. 남성성의 혐오스러운 죽은 덩어리. 자신이 한때 사랑했던, 그리고 신비에 무릎을 꿇을 수 있는 믿음을 여전히 품은 채 죽어 간, 한 사람의 아름다운 얼굴도 떠올랐다. 죽어 있는 그 얼굴은 아름다웠다. 그 누구도 그것을 가리켜 차갑고, 말 없는 물질 같다고 말할 수는 없었다. 그 얼굴을 기억하는 이는 누구라도 신비에 대한 믿음을 품지 않을 수가, 새롭고 깊은 삶에 대한 믿음으로 영혼이 따뜻해지지 않을 수가 없었다.

그런데 제럴드는! 그 부정하는 자는! 그는 심장을 차갑게 동결시켜 고동치지 못하게 남겨 놓았다. 제럴드의 아버지는 가슴이 찢어질 듯 뭔가를 안타깝게 열망하는 듯한 모습이었다. 이토록 차갑고 말 없는 **물질** 같은 끔찍스러운 최후의 모습은 아니었다. 버킨은 보고 또 보았다.

어슐라는 그 살아 있는 남자가 죽은 남자의 얼어붙은 얼굴을 응시하고 있는 것을 곁에서 지켜보며 서 있었다. 두 남자 모두 얼굴에 전혀 움직임이 없었다. 깊은 침묵으로 얼어붙은 대기 속에서 촛불이 너울거렸다.

"아직도 충분히 못 본 건가요?" 그녀가 말했다.

그가 일어섰다.

"내겐 쓰라린 일이에요." 그가 말했다.

"뭐가요……? 그 사람이 죽었다는 것이요?" 그녀가 말했다.

그녀와 눈이 마주쳤을 뿐, 그는 대답이 없었다.

"당신에겐 내가 있잖아요." 그녀가 말했다.

그가 미소 지으며 그녀에게 키스했다.

"만일 내가 죽으면, 당신은 내가 당신을 떠나지 않았다는 걸 알게 될 거예요." 그가 말했다.

"그럼 나는요?" 그녀가 외쳤다.

"당신도 날 떠나지 않을 거예요." 그가 말했다. "우린 죽음 속에서 절망할 필요가 전혀 없을 거예요."

그녀가 그의 손을 잡았다.

"하지만 제럴드에 대해선 절망해야 하나요?" 그녀가 물었다.

"그래요." 그가 대답했다.

그들은 그곳을 떠났다. 제럴드는 땅에 묻히기 위해 영국으로 옮겨졌다. 버킨과 어슐라는 제럴드 형제들 중 하나와 함께 유해를 따라갔다. 크라이치 집안의 형제자매들이 제럴드를 영국에 묻어야 한다고 우겼던 것이다. 버킨은 죽은 그를 눈 가까이 알프스 산에 남겨 두길 바랐다. 그러나 가족들은 집요하고 시끄럽게 우겨 댔다.

구드룬은 드레스덴으로 갔다. 그녀는 자신과 관련된 자세한 사정에 대해선 아무것도 알려 오지 않았다. 어슐라는 버킨과 함께 1~2주일가량 물방앗간에 머물렀다. 그들은 둘 다 거의 아무 말이 없었다.

"당신은 제럴드가 필요했어요?" 그녀가 어느 날 저녁, 물었다.

"그래요." 그가 말했다.

"난 당신에게 충분하지가 않은가요?" 그녀가 물었다.

"그래요." 그가 말했다. "당신은 여자에 관한 한 내게 충분해요. 당신은 내게 여자의 전부예요. 그렇지만 난 남자 친구를 원했어요. 당신과 나처럼 영원한."

"어째서 내가 충분하지 않은 거죠?" 그녀가 말했다. "나에겐 당신이 충분해요. 난 당신 말고는 아무도 원하지 않아요. 당신은 어째서 그렇지 않은 건가요?"

"당신이 있으면 난 다른 사람 없이도, 그 어떤 다른 순수한 친교 없이도 평생 살아갈 수 있어요. 그렇지만 그 삶을 완전하고 진정으로 행복하게 만들기 위해서, 난 남자와의 영원한 결합도 원했어요. 다른 종류의 사랑을 말이에요." 그가 말했다.

"난 그렇게 생각하지 않아요." 그녀가 말했다. "그건 고집이고, 이론이고, 비뚤어진 외고집이에요."

"그럴까요……." 그가 말했다.

"두 종류의 사랑을 가질 수는 없어요. 왜 그래야 하나요!"

"나도 그럴 수 없을 것 같아 보여요." 그가 말했다. "그렇지만 난 원했어요."

"당신은 그걸 가질 수 없어요. 왜냐하면 그건 가짜고 불가능하니까요." 그녀가 말했다.

"난 그렇게 생각하지 않아요." 그가 대답했다.

7 **어슐라** 쾰른 근방에서 훈족에 의해 만천여 명의 처녀들과 함께 순교했다고 전해지는 전설의 성녀.

구드룬 게르만 전설. 니벨룽의 딸. 지그루프를 사랑하고, 남편 아들리를 살해함.

······ 로렌스는 말끝을 흐리거나 머뭇거리며 말문을 열 때, 혹은 부연 설명을 할 때 모두 대쉬를 사용하며, 대쉬의 길이는 종종 다르다. 역자는 부연 설명으로 보이는 대목들과 누군가를 부르는 대목에서 말끝이 길어지는 경우는 대쉬로, 나머지는 말줄임표로 옮겼다. 글의 흐름을 고려하여 간혹 쉼표로 바꾸거나 삭제한 경우도 있지만 대체로 원문을 따랐다. 대쉬의 길이는 별도로 구분하지 않았다.

9 **헤베** 그리스 신화. 제우스의 딸. 청춘의 여신. 신들의 술과 음료를 따르는 역할 등을 함.

아르테미스 그리스 신화. 제우스의 딸. 순결과 정조의 여신.

10 **중등학교** 그래머스쿨. 1970년대까지 유아학교 2년, 초등학교 4년을 마친 11세 학생들이 시험을 쳐서 우수한 성적을 받아야 들어갈 수 있었던 7년제 중등학교. 대학교 진학을 위한 교육을 실시함.

11 **프룬** Prune. 20세기 초 상류 혹은 중상류층에서 쓰던 속어. 남성 혹은 여성 상대방에게 살짝 놀리거나 비난하는 듯하면서도 애정을

담아서 하는 말.

83 **브로켄 산** 독일에 있는 산으로, 여기에 오르면 운무 속에서 사람의 영상이 실제보다 더 크게 비치는 경우가 있다고 함.

어째서~격변화시켜야 하는 거냐고? 우리말과 달리, 영어는 주어에 따라 동사가 격변화하기 때문에 나오는 말임.

86 **자네는~최후의 목적이라고 생각하나?** 『맥베스(*Macbeth*)』의 1막 7장 5행에서 맥베스가 던컨의 살해를 놓고 갈등하는 대목("······ this blow might be the be-all and the end-all")에서 유래.

91 **피카딜리 서커스** 런던 번화가에 있는 광장.

92 **고요한 빛깔의~초원 너머······** 로버트 브라우닝(Robert Browning, 1812~1889)의 시 「폐허 가운데서의 사랑(Love Among the Ruins)」의 한 구절을 불완전하게 인용하고 있음.

종말의 날 로렌스는 이 소설의 제목으로 *Dies Irae*(진노의 날, 최후의 심판일)도 고려했었음.

94 **크렘 드 망트** 독한 술의 한 종류.

95 **놀날 거야** 원문에서 'terrified'의 r 대신 w을 써서 'terwified'로 표기하여 혀 짧은 소리를 표현하고 있음.

99 **스먹** 헐렁한 원피스.

106 **붉은 연꽃** 그리스 신화. 그 열매를 먹으면 황홀경에 들어가 집이나 친구를 잊게 된다는 식물.

114 **키멀** 술의 일종.

130 **메러디스 소설의 주인공** 영국의 소설가 메러디스(George Meredith, 1828~1909)의 소설 『비극적인 희극 배우들(*The Tragic Comedians*)』(1892)의 주인공 앨번을 가리키는 것으로 볼 수 있음. 권력이나 모습 등의 면에서 영국의 수상 디즈레일리(Benjamin Disraeli, 1804~1881)와 흡사함.

132 **다리안의 산꼭대기에 말없이 서서** 영국의 낭만주의 시인 존 키츠(John Keats)의 「채프먼의 호머를 처음 보았을 때(On First Looking into Chapman's Homer)」의 마지막 행인 "Silent, upon a

peak in Darien". 이탈리아 부인이 Dariayn이라고 잘못 발음하자 아래에서 제럴드가 '다리엔'이라고 정정하면서 말을 받음.

133 **어슐라가 말했다** 알렉산더는 '황급히'에 해당하는 말을 빼고 프랑스어로 말했음.

137 **흐름** '흐름'과 물과 불은 이 작품에 여러 차례 등장하는 중요한 이미지. 로렌스가 1915년에 읽은 철학서 존 버넷(John Burnet)의 『초기 그리스 철학(*Early Greek Philosophy*)』(1908)에 자주 등장하는 말. 로렌스는 소크라테스 이전의 그리스 철학자 헤라클레이토스의 철학에 매료되었음. 헤라클레이토스는 만물은 생성과 창조의 끊임없는 흐름 속에 있다고 믿었음.

139 **카산드라** 트로이의 왕 프리아모스와 왕비 헤큐바의 딸로, 아폴로에 의해 예언 능력과 함께 아무도 그녀의 말을 믿지 않는 운명을 함께 받음. 트로이의 멸망을 예언하였으나 아무도 그 말을 믿지 않았으며, 트로이가 함락된 후 카산드라도 비극적인 운명을 맞음.

140 **Vergini Delle Rocchette(바위의 처녀들)** 이탈리아의 시인이자 소설가, 극작가인 단눈치오(Gabriele D'Annunzio)의 소설, 『바위의 처녀들(*Le Vergini delle rocche*)』(1895)을 염두에 둔 것으로 보임. 세 명의 여성 주인공이 등장.

141 **나오미, 룻, 그리고 오르바** 구약 성서 「룻기」에 나오는 세 여인. 미망인 나오미는 두 아들의 결혼으로 룻과 오르바라는 며느리를 얻는데, 두 아들이 죽고 나자 며느리들에게 친정으로 돌아갈 것을 권유함. 오르바는 친정으로 돌아가고 룻은 시모를 섬기며 살아감.

142 **말브루크** 프랑스 민요.

148 **카이사르의 것은 카이사르에게** 「마태오의 복음서」 22장 21절. 예수를 올가미에 엮어 넣을 계획으로 바리사이파 사람들이 세금을 카이사르에게 바치는 것이 옳은가를 묻자 예수는 세금으로 바치는 돈에 그려진 초상이 카이사르의 것이니 "카이사르의 것은 카이사르에게 돌리고 하느님의 것은 하느님께 돌려라"라고 대답함.

164 **투키디데스의 책** 그리스 역사가 투기디데스가 쓴 『필로폰네소스 전 쟁사(*History of the Peloponnesian War*)』를 읽은 로렌스는 편지 에서 이 책이 "붕괴하는 시대의 전쟁들"에 관한 작품이라고 언급함.

168 **비가 오는데 모자도 없었다** 당시 전문직을 가진 사람이 모자를 쓰지 않은 것은 매우 이례적이었음.

알렉산더 셀커크 난파당해 4년 동안 태평양의 고도에 고립되었던 스코틀랜드의 선원. 대니얼 디포(Daniel Defoe)는 그의 이야기에 서 영감을 얻어 『로빈슨 크루소(*Robinson Crusoe*)』를 썼음.

179 **다프네** 그리스 신화. 아폴로의 사랑을 받고 쫓기다 월계수로 변한 요정.

193 **『폴과 버지니』** 섬에서의 사랑을 그린 베르나르댕 드 생피에르 (Bernardin de Saint Pierre)의 로맨스. 1787년 출판.

와토 Jean-Antoine Watteau, 1684~1721. 프랑스 화가. 야외에서 즐기는 사람들을 종종 그림.

197 **그들이 하는~알게 될 테니 말입니다** 「마태오의 복음서」 7장 20절. "그들의 열매로 그들을 알리라."

198 **니트로글리세린** 폭약의 원료.

200 **비비** 아프리카 또는 남아시아산 원숭이.

204 **코티용** 프랑스 춤의 일종.

234 **고귀한 야만 여인** 원문은 프랑스어 'the belle sauvage'로 '고귀한 야만인(noble savage)'의 여성형. 종종 술집 간판으로 쓰이기도 했 으며, 아메리카 인디언 부족장의 아름다운 딸로 아버지의 유럽인 포로에게 연민과 사랑을 품었던 포카혼타스를 가리킴.

235 **그런 말은~해군한테나 하세요** 애초에 해군은 말이 아니라 배를 몰 기 때문에, 결국 그런 말을 믿을 사람이 누가 있겠느냐는 뜻임.

240 **스크레벤스키** 로렌스의 전작 『무지개(*The Rainbow*)』에 나오는 어슐라의 첫사랑.

244 **살롱** 매년 열리는 파리의 미술 전시회.

251 **블레이저** 화려한 스포츠용 상의.

252 **「주의 요람에 안겨」** 영국의 목사이자 작곡가인 나이트(Joseph P. Knight)가 작곡하고 윌러드(Emma Hart Willard)가 가사를 붙인 노래.

257 **애런델** 영국 남부의 소도시.

259 **「타라우의 안헨」** 독일 민요.

달크로즈 리듬 체조.

허틀러 어릴 때 동네 아이들이 어슐라를 부르던 소리를 흉내 내어 말한 것.『무지개』5장 참조.

260 **내 사랑은~숙녀라네……** 미국의 작곡가이자 안무가 페이건(Barney Fagan)이 작사·작곡한 노래,「내 여자는 귀한 집 숙녀라네(My Gal is a High Born Lady)」(1896)의 후렴구를 살짝 바꾼 것.

265 **코딜리어** 셰익스피어의『리어왕(*King Lear*)』에 나오는 리어의 막내딸. 버킨은 어슐라가 코딜리어처럼 사랑하는 마음이 있으면서도 고집스럽게 이를 드러내지 않으려 한다고 말하는 것임.

269 **카인처럼 별도로 떼 내어진** 「창세기」4장 15절. 작가는 원문에서 "set apart"라고 표현하고 있고, 이는 인류 최초의 살인을 저지른 후 하느님으로부터 죄와 구원의 이중적 표지를 받고 다른 이들과 동떨어진 삶을 살게 된 카인의 처지를 복합적으로 함축하고 있음.

271 **악의 꽃** 프랑스 시인 보들레르의 시집으로『악의 꽃』(1857)이 있음.

건조한 영혼이 최고다 137쪽 각주 참고. 존 버넷의『초기 그리스 철학』에 나오는 헤라클레이토스의 철학의 한 구절. 원래 영어 번역은 "건조한 영혼이 가장 현명하고 최고다"로 되어 있음. 헤라클레이토스에 따르면, 건조한 영혼은 세상을 이끄는 로고스 혹은 불에 가까운 정신이나 의식의 상태로, 정신이 온전히 깨어 있는 상태를 말함. 반면 "영혼이 젖어" 있으면 술이나 마법 등에 취하여 충동적인 욕망에 휘둘리게 됨.

272 **시작은 종말로부터 나오는 거니까요** 버넷의 번역에 따르면, 헤라클 레이토스는 "원주에서는 시작과 끝이 같다"고 말한 바 있음.

275 **당신은 저 위의 하늘과 땅 아래 바다를 얻었군요** 「출애굽기」20장 4절 ("너희는 위로 하늘에 있는 것이나 아래로 땅 위에 있는 것이나, 땅 아래 물속에 있는 어떤 것이든지 그 모양을 본떠 새긴 우상을 섬기 지 못한다.").

301 **사포** Sappho. 그리스의 여성 서정 시인. 뱃사공 파온을 향한 짝사 랑의 고통으로 절벽에서 바다로 몸을 던져 죽었다는 전설이 있음.

308 **드라이어드** 나무의 요정.

　　　복사 미사 때 신부를 돕는 사동(使童).

311 **도이지** 도라의 애칭.

319 **다른 일들이라니?** 원문의 'affairs'라는 말에 '일' 외에 '연애'라는 의 미도 있으므로 제럴드가 더욱 예민하게 반응하는 것임.

321 **오리노코 강이었으면 더 좋았을걸** 버킨이 말한 아마존은 여전사란 뜻 외에 남미의 강 이름이기도 하므로 제럴드가 이 말을 받아 농담 한 것.

349 **발화(發話)의 나무** '발화의 나무(the tree of utterance)'는 바하이교 의 성전에 나오는 구절. 로렌스가 이 종교에 대해 알았다는 직접적 인 증거는 아직까지 없지만, 그가 다양한 종교에 관심을 가졌다는 사실은 편지 등을 통해 확인할 수 있음.

356 **비평등** 원문에서 작가는 앞에 나오는 '불평등(inequality)'과 다른 'disquality'라는 말을 사용하고 있음. 이러한 구분을 살리기 위해 후자를 '비평등'으로 옮김.

360 **데우스 엑스 마키나** '기계로부터 나온 신'을 의미하는 라틴어. 즉 고 대 그리스나 로마 극에서 사용되던 기법으로, 상황이 파국으로 치 닫는 시점에 기계 장치에 의해 공중에 있던 신이 지상으로 내려와 인간사에 개입하여 문제를 해결하는 것을 뜻함.

363 **사티** 남편이 죽으면 그를 화장하는 장작더미에 아내를 같이 불태

우던 힌두교도들의 관습. 1829년 이후 영국령 인도에서는 불법이 됨.

364 **채탄 청부제** 로렌스의 아버지가 채탄 청부인이었음. 채탄 청부인은 채탄 현장의 한 구역을 책임지고 일하며, 자신과 함께 일하는 동료들과 급료를 나눔.

371 **페키니즈** 중국 베이징이 원산지인 개의 한 품종.

374 **블루코트 남학생들** 자선 학교인 The Christ's Hospital Schools에 다니는 학생들의 별명. 이 학교 학생들은 긴 파란 코트에 노란색 스타킹의 엘리자베스조의 교복을 입었음.

376 **상슬리에** 비스마르크(Otto von Bismark, 1815~1898)를 가리킴.
끄집어내어 'draw'가 그림을 그린다는 뜻 외에 끌어낸다는 뜻도 있는데, 제럴드는 과거 교수형에 처해진 범죄자들의 창자를 꺼내어 4등분한 것을 빗대어 말하고 있는 것임.

383 **붉은 에테르** 우주의 아래쪽은 대기가, 위쪽은 붉은 에테르가 채우고 있다고 여겨짐. 버넷의 『초기 그리스 철학』에 따르면 이 붉은 에테르는 열과 불과 연관되는 것으로도 볼 수 있음.

384 **토끼로서 미쳤다** 여기서 제럴드는 '미친 토끼(a mad rabbit)'라고 하지 않고 'rabbit-mad'라고 말하는데, 이로써 구드룬이 인간 사회에서 통용되는 '미친'이라는 형용사를 토끼에게 일방적으로 적용하여 토끼를 인간 중심적인 관점에서 규정하는 것에 반대하고 있음.

390 **교창(交唱)** 둘로 나뉜 성가대의 응답 합창.
키벨레 풍요를 상징하는 프리기아의 여신. 로마인들은 대모로 섬김.
시리아 디 시리아의 여신. 시리아에서는 아스타르테, 즉 사랑과 풍요를 상징하는 가나의 여신이 아나트와 합쳐져서 아타르가티스로 불렸으며, 이것이 로마에서는 '시리아 디'로 불림. 아나트는 성(sexuality)과 폭력의 여신으로, 셈족의 바알(Baal) 신의 연인이기 때문에 이스라엘인에게는 '저주받은' 신임.

408 **그 애는, 고양이 어미죠** 아이들이 누군가를 대명사로만 칭할 때 그

것이 무례하고 불분명할 수 있음을 지적한 데서 연유. 즉 아이가 어떤 사람, 특히 여성을 가리켜 "그녀"라고 말하면, "그녀라니, 고양이 어미를 말하는 거냐?"라는 식으로 씀. 이때 고양이 어미가 누군지 아무도 모른다는 의미임.

약단지 속을 들락거리는 개구리 새끼 같은 연고나 약단지를 넣는 항아리에 식초와 설탕 혼합물을 담아 파리를 잡는 용도로 쓰기도 했는데, 그런 파리를 잡으려고 개구리가 들락거리는 것에 비유한 것.

411 『**소녀만의**』 잡지 이름.

415 **제멋대로 구는 악귀** 원어는 'bargust'. 노팅엄셔 방언으로 행동이 바르지 못하거나 시끄러운 사람, 특히 아이들에게 쓰는 욕설.

420 **로이드조지** 데이비드 로이드조지(David Lloyd George, 1863~1945). 영국의 정치가. 1916년부터 1922년까지 수상을 지냄. 로렌스는 그를 전쟁 선동가라고 생각했음.

425 **어떤 이** 『우울증의 해부(*The Anatomy of Melancholy*)』(1621)를 쓴 버턴(Robert Burton, 1577~1640).

427 **주지츠** jiu-jitsu. 유술(柔術, 유도)의 영어식 표기.

435 **보카라** 우즈베키스탄.

카프탄 장식 띠가 달린 발목까지 내려오는 옷.

437 **자네는 천사랑 씨름하려고** 「창세기」 32장 24~30절. 천사와 씨름한 야곱에 관한 대목의 인유.

448 **퀴라소** 서인도 제도의 퀴라소 섬이 원산지인 술.

453 **제럴드는~죽음의 손아귀에서 몸부림쳤다** 그리스 신화. 라오콘 사제와 그의 두 아들이 거대한 뱀에게 몸이 조여 고통스러워하는 장면을 담은 유명한 조각품이 있음.

462 **사실 루퍼트는~돛대에다 묶어 두고 싶어 하죠** 사이렌의 노래에 굴복하지 않기 위해 자신을 돛대에 묶은 오디세우스에 빗대어 하는 말.

465 **엑스** 프랑스에 있는 도시.

467 **마몬** 부와 탐욕의 신.

470 **오달리스크** 터키 황제의 여자 노예 또는 첩.

477 **그녀는~계속해서 이탈리아어로 말했다** 아래에서 밝혀지는 바와 같이 어슐라는 허마이어니가 쓰는 이탈리아어를 전혀 알아듣지 못하는 상황임.

480 **보세요,~어찌나 자존심이 센지 정말** 허마이어니의 이탈리아어는 완벽하지 않음.

483 **나들이** 원문은 'excurse'. 『캥거루』에서 로렌스는 이 단어를 배회한다는 의미의 동사로 사용함. 'excursus'는 특정 이슈나 논점에 대한 토론을 의미함. 이 장의 내용으로 미루어 볼 때 이 제목은 이 두 가지 의미, 즉 '소풍 가다'라는 동사의 의미와 '토론'이라는 명사의 의미를 결합한 것으로 볼 수 있음. 더하여 지금은 쓰이지 않는 '광적인 분출'이라는 의미까지도 포함시켜 생각할 수 있음.

486 **웍숍** 노팅엄의 마을 이름.

미신적이었다 오팔은 종종 불행을 갖고 오는 것으로 생각됨.

488 **죽음의 급소에서 그를 받아들일 것인가?** 이 소설에서 죽음은 종종 오래된 자아 혹은 관계의 죽음과 새로운 자아 혹은 관계의 탄생이 동시에 일어나는 것으로 간주됨. 원문의 'the quick of death'를 '죽음의 급소'로 옮긴 이유는, 급소란 죽음과 삶이 맞닿아 있는 부분이라고도 볼 수 있기 때문임.

501 **사라센의 머리** 성당 근처에 있는 오래된 주막 이름.

502 **버킨은 바로, 저 너머~그 낯선 피조물들 중 하나였다** 「창세기」 6장 2절. "하느님의 아들들이 그 사람의 딸들을 보고 마음에 드는 대로 아리따운 여자를 골라 아내로 삼았다."

503 **무의식적으로, 그녀는 섬세한 손가락 끝으로~어떤 신비한 생명의 흐름을 찾아 더듬고 있었다** 우주의 에너지가 척수의 기저부에 있다고 보는 프리즈(J. M. Pryse)의 『개봉된 묵시록(*The Apocalypse Unsealed*)』(1910)의 영향을 받은 것으로 보임.

505 **이제, 보라, 이 남자의 몸, 그 두드린 바위로부터** 이스라엘 백성을 끌

고 불모의 황야를 지나 약속의 땅으로 가는 동안, 모세가 바위를 두 드리자 바위에서 물이 콸콸 흘러나옴.

512 **그의 팔과 가슴** 로렌스는 두 개의 상반된 것들 간의 창조적 갈등과 충돌에서 성장이 가능하다고 보았으며 「토머스 하디 연구(Study of Thomas Hardy)」(1914)에서 그리스와 이집트를 각각 의식의 능력과 삶의 미지의 힘과 연관 지음.

517 **다모클레스** 그리스 신화에 나오는 왕. 머리카락에 매단 칼 아래 앉아 있도록 명을 받음.

시죄법(試罪法) 물, 불, 결투 등 대개는 목숨을 건 위험한 시험을 견뎌 내는가 여부를 보고 유·무죄를 가렸던 중세 시대의 재판법. 이를 견디고 살아남으면 신으로부터 무죄라는 판결이 내려진 것으로 여겨졌으며, 이를 거부하거나 살아남지 못하면 유죄 판결이 내려짐.

520 **버건디** 프랑스 부르고뉴 지방산 포도주.

527 **죽은 자들의 장례는 죽은 자들에게 맡겨 두거라** 「마태오의 복음서」 8장 22절. 원문은 "죽은 자들의 장례는 죽은 자들에게 맡겨 두고 너는 나를 따르라".

535 **조형적 형식** 플라톤 철학에서 빌려 온 것으로 보임. 로렌스는 플라톤의 관념주의에 대해 비판적이었고, 제럴드를 '조형적 형식'으로 파악하는 구드룬의 관점이 일정한 관념론적 한계를 노정하고 있음을 암시하는 대목.

536 **오드콜로뉴 향** 독일산 향수.

덴리 탄광의 지명 중 하나.

545 **킹스 헤드** 술집 이름.

547 **로드 넬슨** 술집 이름.

554 **헤르메스** 그리스 신화에 나오는 신들의 사자(使者).

565 **길이와 폭과 높이 면에서** 위에서 '갈 데까지 갔지'라는 말에 들어 있는 길이 개념에 이어, 버킨의 말에 들어 있는 '넓은'과 '높은'을 각각 재치 있게 받아서 하는 말임.

566 **베이컨 경** Francis Bacon, 1561~1626. 영국의 철학자이자 법률가·문필가. 그의 에세이 가운데 「결혼과 독신 생활에 관하여(Of Marriage and Single Life)」가 있음.

574 **푸아레** Paul Poiret, 1879~1943. 프랑스의 의상 디자이너. 인테리어와 가구 디자인으로도 유명했음.

579 **맘을 바꾸는 데 돈을 쓴 거네요** '쓴 거네요.' 코크니 억양을 살려 옮긴 것임.

582 **인간의 자식들** 즉 앞에 나왔던, 신의 아들들이 아니라는 의미.

595 **한 알의 겨자씨** 「마태오의 복음서」 13장 31~32절과 17장 20절.

596 **그녀와의 결혼은 그의 부활이요 생명이었다** 「요한의 복음서」 11장 25절.

602 **『보그』** 잡지 이름.

604 **글뤽스리터** Glücksritter. 돈이나 모험을 위해 싸우는 군인, 모험가.

605 **서쪽에 있는 자그마한 회색 집** 1911년 헤르만 뢰르(Hermann Löhr)가 작곡하고, 어들리-윌멋(D. Eardley-Wilmot)이 부른 노래.

607 **쿨슨스** 상점 이름.

611 **type** 일반적으로는 '녀석' 정도의 뜻으로 남성을 가리키는 말이나, 여기서 구드룬은 남자가 손쉽게 사귀거나 꾈 수 있는 부류의 여자라는 의미로 사용한 것임.

616 **유퍼트** '루퍼트'를 혀 짧은 소리로 말한 것.

620 **플뢰르 뒤 말** '악의 꽃'을 프랑스어로 말한 것.

621 **분명히, 정녕 내 한평생 은총과 복이 날 따랐으며……** 「시편」 23장 6절. "한평생 은총과 복에 겨워 사는 이 몸, 영원히 주님 집에 거하리이다."

628 **스틱스** 저승으로 넘어갈 때 반드시 건너야 하는 강.

636 **챈티클리어** 으스대고 허영심 많은 수탉.

637 **술탄** 많은 첩을 거느린 군주.
　　　보디스 여성용 웃옷.

위버멘쉬 초인(超人).

651 **가스트하우스** 음식점 등이 딸린 독일식 숙소.

652 **치터** 오스트리아에서 많이 쓰이는 현악기.

654 **트롤** 북유럽 신화. 지하나 동굴에 사는 초자연적인 괴물로 거인 혹은 난쟁이.

656 **아니 로브리** 애니 로리(Annie Laurie)를 독일어식으로 발음한 것임.

667 **'므네! 므네!'라는 글자가 나타나는 걸 본 듯했다** 「다니엘」 5장 17~ 31절. 연회를 베풀던 중 바빌론의 왕 벨사살은 벽에 'MENE MENE TEKEL UPHARSIN'라는 글자가 나타나는 걸 보게 되는데, 예언자 다니엘은 이것이 이 도시의 파멸을 예언하는 것이라고 풀이함.

671 **가마우지가 가슴을 쥐어뜯는** 자기 가슴에서 피를 내어 새끼를 먹인 다는 전설의 주인공으로서, 희생적 모성애의 상징은 가마우지가 아니라 펠리칸임. 당황한 구드룬의 실수로 볼 수 있음.

682 **베스트팔렌 모자** 독일 서북부 베스트팔렌 지역의 여성 농민들이 쓰는 장식 달린 모자로서, 관습에 반항하는 뢰르케의 일면을 드러냄.

683 **그리페스** '맹금의 발톱'을 뜻하는 독일어.

684 **프리즈** 벽에서 띠 모양으로 장식한 부분.

693 **그라비어 사진** 사진 제판법에 의한 오목판 인쇄를 한 사진. 잉크 층의 두께에 따라 사진, 그림 따위의 밝고 어둠의 정도를 나타냄.

695 **하나의 형식이란 말이오** 20세기 초 예술 비평가 클라이브 벨(Clive Bell)은 예술의 개념을 '의미 있는 형식(significant form)'으로 설명한 바 있음.

699 **모드 알란** Maud Allan, 1873~1956. 캐나다 출신 무용가이며 안무가. '살로메의 춤'(1908)으로 유명했음.

701 **밀로의 비너스** 루브르에 있는 고전적인 그리스 조각상.

706 **투사** 원문은 'agonistes'. 특히 내적 갈등으로 고뇌하는 투사. 밀턴(John Milton, 1608~1674)이 쓴 시극(詩劇)으로 『투사 삼손

(Samson Agonistes)』이 있음.

709　**아브루치**　이탈리아 중부 산간 지역.

717　**고르디우스의 매듭**　그리스 신화에 나오는 고르디우스가 묶어 놓은 복잡한 매듭으로서 풀기 어려운 난제를 뜻함.

726　**메스트로비치**　Ivan Mestrovic, 1883~1962. 크로아티아(출판 당시 유고슬라비아)의 조각가.

727　**메리 스튜어트**　Mary Stuart, 1542~1587. 스코틀랜드의 여왕. 세 번 결혼함.

　　엘레오노라 두제　Eleonora Duse, 1858~1924. 이탈리아의 여배우. 연애로 유명했음.

　　트리폴리　북아프리카의 도시. 1911년 이탈리아-투르크 전쟁 이후 이탈리아의 식민지가 되었으며, 지금은 리비아의 수도.

734　**장 자크**　Jean-Jacques Rousseau, 1712~1778.『고백록』에서 "만물이 날 무섭게 하고 공포에 떨게 한다"고 쓰고 있음.

　　플랙스먼　John Flaxman, 1755~1826. 영국 조각가.

　　블레이크　William Blake, 1757~1827. 영국 시인.

　　퓨젤리　Henry Fuseli, 1741~1825. 영국에서 거주한 스위스 화가.

　　포이어바흐　Anselm Feuerbach, 1829~1880. 독일 화가.

　　뵈클린　Arnold Böcklin, 1827~1901. 스위스 화가.

738　**벼룩의 영혼에 대한 블레이크의 그림**　「벼룩의 혼령(The ghost of a flea)」이라는 블레이크의 그림.

744　**baiser**　'baiser'는 동사로는 '성교하다'라는 의미임.

754　**'위엄과 무례' 혹은 '무례와 위엄'이라는 제목의 그림**　랜시어(Sir Edwin Landseer, 1802~1873)가 그린 「두 마리의 개」그림(1839) 제목.

756　**아서 도니손의 아기는 분명히 그랬을 거다**　조지 엘리엇(George Eliot, 1819~1880)의 소설『애덤 비드(*Adam Bede*)』에서 헤티 소렐은 아서 도니손과의 관계에서 낳은 아기를 버려 아기가 죽게 된다.

772 **루델반** 토보간 썰매 코스를 지칭하는 티롤 지역 방언.

775 **신은 인간 없이는 살 수 없다** 1854년 조지 엘리엇의 번역으로 출판된 독일 철학자 포이어바흐(Ludwig Feuerbach, 1804~1872)의 『기독교의 본질(*The Essence of Christianity*)』의 한 대목("God is nothing without man")에서 따왔을 가능성이 있음. 뒤에 언급되는 '프랑스의 종교적 스승'이란 포이어바흐에게 많은 영향을 끼쳤고, 포이어바흐가 각주에서도 언급하는 프랑스 회의주의자 피에르 베일(Pierre Bayle, 1647~1706)을 가리키는 것으로 보임.

776 **오만한 카이사르도 죽으면~구멍을 메우게 되겠지** 『햄릿』5막 1장. 206~207행.

777 **카이저** 황제를 뜻하는 독일어. 여기서는 뒤에 나오는 말을 한 독일 황제 빌헬름 2세를 가리킴.

Ich habe es nicht gewollt(나는 그것을 원하지 않았다) 제1차 세계 대전이 발발한 이듬해 1915년 독일 황제 빌헬름 2세가 낭독했던 선언문에서 인용.

인류 문명의 끝에 선 사랑

손영주(서울대학교 영어영문학과 교수)

광부의 아들, 작가가 되다

로렌스는 1885년 영국 잉글랜드 중부 노팅엄셔의 탄광촌 이스트우드에서 아버지 아서 로렌스와 어머니 리디아 비어절의 다섯 남매 중 넷째로 태어났다. 이스트우드는 산업 혁명 이후 석탄 채굴을 위해 급하게 개발된 탄광촌의 하나로, 한편으로는 탄광에서 검은 연기가 오르고 길과 건물은 시커먼 석탄가루를 뒤집어쓰고 있었지만, 동시에 로빈 후드의 전설로 유명한 셔우드 숲과 들판, 그리고 호수로 둘러싸여 있어서, 로렌스는 탄광촌과 자연을 동시에 접하며 자랐다. 아서의 집안은 대대로 재봉과 탄광에 종사하는 노동 계급이었고 아서 자신도 정규 교육을 거의 못 받고 10세부터 평생 광부로 일했다. 리디아의 집안은 원래 노팅엄셔의 중하층 계급에 속했으나 1860년대 경제적으로 몹시 궁핍해지면서 하층 계급으로 전락했다.

아서와 달리 리디아는 13세까지 학교를 다녔고 보조교사 생활도 했지만 교사 시험에 탈락하는 바람에 꿈을 이루지는 못한다. 리디아 가족은 켄트 주의 시어네스에서 주로 살다가 기관 조립

공이었던 리디아의 아버지가 부상으로 실직하고 생활고 속에 노팅엄으로 돌아온다. 중산 계급으로 올라가고 싶었던 리디아의 신분 상승의 욕구는 광부와의 결혼으로 다시 한 번 좌절된다. 그러나 리디아는 감리교도로 찬송가를 작곡하기도 했던 외조부와 한때 레이스 공장을 소유한 적도 있다고 전해지는 가족사를 내세워 자신의 계급적 정체성을 노동 계급과 차별화하려 했다. 이는 계급 간 장벽이 흔들리기 시작하면서 오히려 계급적 자의식에 더욱 민감했던 당시 사회에서 드문 일이 아니었다. 이스트우드에서는 젠체하는 것처럼 들리는 켄트 지방의 억양을 쓰고 책을 좋아하는 그녀는, 로렌스의 기억 속에 모든 면에서 아버지보다 '우월한' 존재로 각인되었다. 리디아는 춤을 잘 추고 쾌활한 아서에게 반해 (아마도 광부인 줄 잘 모르는 채로) 결혼했지만, 남편의 거칠고 투박한 모습에 불만이 깊어져 부부간 불화가 잦았다.

이스트우드에서 광부의 자녀들은 대부분 14세 무렵 학교를 떠나 지역 주력 산업인 탄광이나 섬유업, 또는 토목업에 종사했지만, 로렌스는 교육열이 높고 지적 욕구가 강하며 엄격한 프로테스탄트 어머니의 영향으로 또래 친구들과는 다른 길로 접어들었다. 그는 교회와 주일학교에 열심히 다녀 성서에 통달했고, 그 마을 출신으로는 처음 노팅엄 고등학교에 장학생으로 입학했다. 그러나 부르주아 집안 자녀들이 대부분인 이 고등학교에서 로렌스는 계급적 자의식을 뼈저리게 느끼지 않을 수 없었고 급우들과 잘 어울리지 못했다. 로렌스는 졸업 후 잠시 의료기구 회사 사무원과 초등학교 교생을 하다가 왕실 장학생으로 선발되어 노팅엄의 유니버시티 칼리지에 진학, 교사 자격을 획득하고 졸업 후에는 크로이든에서 교사 생활을 했다. 교사 시절에 쓴 몇 편의 시가 『잉글리시 리뷰』에 실렸고, 1911년 첫 번째 소설 『흰 공작』이 출판되었다.

로렌스의 삶은 만 45세를 못 채운 젊은 나이로 생을 마감할 때까지 그다지 평탄치 않았다. 집안의 자랑거리였던 둘째 아들 어니스트를 잃고 상심이 컸던 리디아는 명민하지만 병약한 셋째 아들의 건강을 세심히 돌보고 헌신적으로 학업을 독려했다. 로렌스는 거칠고 반문맹인 광부 아버지보다는 지적인 어머니와 강하게 결속했고, 아버지에 대한 어머니의 분노를 거의 맹목적으로 공유했다. 모자간의 남다른 유대는 청년기 로렌스의 연애 생활에 적지 않은 영향을 끼쳤다. 그러나 광부로서 별다른 회한 없이 활기차게 살아가는 아버지의 삶에도 점차 공감하게 되면서 부모에 대한 로렌스의 감정은 애정과 증오, 분노와 연민이 뒤섞이게 된다. 노동계급의 삶이 지닌 한계에 반발하면서도 그들의 실제 생활에 깃든 건강함과 생명력을 놓치지 않았고, 이와 동시에 노동계급의 굴레에서 무작정 벗어나려는 사회적 상승 욕구에 내재한 억압과 위선을 간파했던 로렌스의 깊은 통찰과 고뇌는 자전적 소설 『아들과 연인』에서 주인공 폴 모렐이 겪는 정신적 갈등에 잘 드러나 있다.

  1910년 어머니가 암으로 사망하고 자신은 이듬해 폐렴으로 교사직을 그만 둔 후, 로렌스는 노팅엄 대학 시절의 은사인 위클리 교수의 부인 프리다를 만나 불같은 사랑에 빠진다. 로렌스보다 여섯 살 연상이었던 독일 귀족 집안 출신의 프리다는 스무 살에 결혼한 남편과 세 아이를 뒤로하고 로렌스와 독일로 도피한다. 둘은 1914년 프리다의 이혼이 확정되어 결혼할 때까지 독일과 이탈리아 등지를 여행하며 지낸다. 그사이 로렌스는 1913년 『아들과 연인』을 출판하고 작가로서의 입지를 굳힌다. 출판 과정에서 분량이 길고 묘사가 노골적이라는 이유로 상당한 분량의 삭제를 당했지만 곤궁했던 로렌스는 대부분 수용하지 않을 수 없었다. 어쨌든 결과는 대성공이었다.

그러나 전도유망했던 로렌스의 삶은 급작스럽게 험난해진다. 『아들과 연인』을 탈고한 후 다섯 달쯤 지난 무렵부터 로렌스는 '자매'라는 제목을 염두에 두고 새로운 소설에 착수한다. 그중 일부가 1915년 『무지개』로 출판되었는데 이 작품은 출판되자마자 외설 혐의로 판매가 금지되고, 국적도 계급도 기질도 판이한 프리다와의 결혼 생활은 긴장과 갈등의 연속이었다. 제1차 세계 대전이 터진 후 잠시 살던 독일에서 귀국한 로렌스는 굴욕적인 징병 신체 검사를 받으며 전쟁의 비인간성을 체감하고, 적국의 아내를 두었다는 이유로 당국의 감시를 받다가 마침내 콘월을 떠나라는 명령을 받는다. 미국 플로리다로 떠나려 했지만 프리다의 여권 문제로 좌절되고 런던 등을 전전하다가 1919년 아예 영국을 떠난다. 『무지개』로 출판하고 남은 원고를 거의 새로 쓰다시피 하여 1920년 『사랑에 빠진 여인들』을 출판한다. 이후 로렌스는 피렌체, 시칠리아, 씰론(스리랑카), 오스트레일리아, 뉴멕시코 등 각지에서 서구 문명과 다른 새로운 삶을 찾으려 애쓰면서 요양과 집필을 겸하다가 1930년 프랑스에서 결핵으로 사망한다.

로렌스는 어려서부터 종교와 철학, 과학에 관한 다양한 책들을 섭렵하며 기독교를 대체하는 새로운 종교의 가능성을 탐색했다. 노동 계급 출신으로는 이례적으로 런던 문단의 호평을 받으며 포드 매독스 포드와 미국 시인 에즈라 파운드, 에드워드 가넷, 미들턴 머리와 캐서린 맨스필드, 버트런드 러셀과 블룸즈버리 그룹의 예술가들과 친분을 맺었다. 그러나 로렌스는 자기 자신조차 예외로 삼지 않는 비판적인 통찰력과 솔직함, 그리고 타협을 모르는 사유의 모험가로서 자신만의 독특한 예술 세계를 모색한 고독한 이단아였다. 로렌스에게 노골적인 성을 그린 작가라는 왜곡된 이미지를 오랫동안 안겨 준 『채털리 부인의 연인』은 그가 세상을 떠난 지 30년이 지난 1960년에야 비로소 합법적 무삭제판으로 출간되었다. 평생을 병마와 가난, 그리고 소외와 싸우면서도 로렌스는 장편과 중단편 소설, 시, 문학 비평, 자전적 글에서부터 논쟁물과 여행기에 이르기까지 무려 50여 권에 이르는 책을 내놓았으며, 생을 마감하기 전에는 화가로도 활동했다.

로렌스는 노동 계급의 생명력에 매료되었지만 산업자본주의 앞에서 그들의 무기력, 자발적 혹은 무의식적 공모를 증오했다. 당대 페미니즘 운동을 직접 지지하지는 않았지만 이에 관여한 여성들과 가까이 지냈고 여성의 열망과 좌절을 꿰뚫어 보았으며 당대 독자들에게는 거북하고 도발적으로 들렸을 제목인 '사랑에 빠진 여인들'을 택하기도 했다. 이성과의 사랑의 감정을 넘어서는 강렬한 동성애를 경험했으나 블룸즈버리의 동성애는 혐오했다. 영국을 사랑했지만 애국주의와는 거리가 멀었고, 파탄 난 서구 문명의 새로운 시작을 위해서는 새로운 언어와 형식이 필요하다고 믿었지만 당시 유행하던 각종 실험주의와는 철저히 거리를 두었다.

천재적 작가들의 경우가 대개 그러하듯 로렌스의 성취를 한두 마디로 요약하기란 불가능하다. 그러나 『사랑에 빠진 여인들』은 서구 문명의 종말을 직감하면서도 새로운 삶의 비전을 포기할 수 없었던 한 영혼의 치열하고 처절한 고투를 담고 있으며, 현대 서구 사회의 문제점에 대한 가차 없는 해부와 극복을 모색한 영문학사상 가장 중요한 걸작 가운데 하나임은 분명하다. 제1차 세계 대전이 발발한 지 꼭 100년을 맞는 올해, 그가 전하는 독특하고도 낯선, 섬뜩하면서도 친숙한 사랑과 증오, 문명과 전쟁, 그리고 인간 본성과 역사에 관한 이야기는 깊이 되새겨 봄 직하다.

서구 문명의 몰락, 전쟁의 시대

한 세대의 영국 청년을 모두 앗아 갔다고 할 정도로 많은 사상자를 냈던 초유의 세계 대전, 전도유망한 작가로서의 싹을 막 틔우려던 참에 당한 판금 조치, 콘월에서는 추방당하고 미국으로의 출국은 허용되지 않는 상황에서, 로렌스는 영국뿐 아니라 서구 근대 문명과 인간성에 대한 혐오에 가까운 회의와 환멸을 느끼게 된다. 출판 가능성이 희박하다는 판단 하에 더 잃을 것도 없다는 자포자기의 심정이 가세하여 인간성과 서구 문명에 대한 작가의 증오와 비판은 더욱 거칠 것이 없었다. 원고는 1917년에 완성했지만, 예상대로 영국에서는 출판사를 찾지 못해 '사랑에 빠진 여인들'이라는 제목으로 마침내 1920년 미국에서, 그리고 이듬해 영국에서 출판되었다.

서구 현대 문명을 비판하고 그 몰락을 예감한 것은 물론 로렌스만이 아니었다. 세기말부터 서구 문명의 타락과 부패, 현대인의 병든 영혼과 인류 종말을 예감하는 우울한 정조는 서유럽의 예술적 창조의 영감이자 소재였다. 주인공의 하나인 버킨이 언급하는 프랑스 시인 보들레르의 시 「악의 꽃」이 그 대표적인 예이다. 이러한 상황에서 세계 대전은 불안한 예감이 현실화되는 듯한 공포를 자아냈고, 인류 역사는 절멸과 새로운 시작이라는 극단적 분기점에 선 듯했다.

3세대에 걸친 브랑웬가의 일대기를 그린 일종의 가족 서사시 『무지개』에 이어 『사랑에 빠진 여인들』의 막이 오르면, 전작의 마지막 장면에 떠올랐던 무지개는 간 데 없고 만물이 봉오리 채 시들어 버리고 있다는 공포에 질린 스물여섯, 스물다섯의 어슐라와 구드룬 자매를 만나게 된다. 작품 전체에 권태와 우울의 정조가 만연하며, 등장인물들은 불모의 감정을 전염병처럼 나누어 갖고 있다. 구드룬과 버킨은 상이한 면이 많음에도 불구하고 인류가 지구상에서 없어져야 한다고 입을 모으고, 비교적 활기 넘치는 어슐라마저 의미 없이 반복되는 일상 앞에서 깊은 우울의 늪에 빠지기도 한다. 탄광 재벌가 장남이자 매력적인 외모까지 갖춘 제럴드는 탄광 경영의 성공과 비례하는 무기력과 공허감에서 헤어나지 못한다.

『사랑에 빠진 여인들』은 원고의 대부분이 세계 대전 중에 집필되었다. 작중 인물들의 불안과 공포, 그리고 비통함과 쓰라림의 근저에는 분명 이 전쟁이 놓여 있지만 작가는 시간적 배경을 명시하지는 않는다. 아마도 독일 아내를 둔 '수상한' 작가로서 전쟁을 직접 언급하기가 어려운 탓도 있었을 것이다. 그러나 작품이 세계 대전이라는 현실을 회피하는 것은 아니다. 오히려 등장인물들의 토론을 통해 민족과 국민, 국가 등에 관한 당시의 민감한 주제들을 정면으로 다룰 뿐 아니라, 전시에 한층 보수화하게 마련인 정치 담론 및 여론에 상당히 도전적인 반애국적인 시각과 정서를 제시한다. 더욱 중요한 점은, 이 작품에서 미증유의 폭력은 비단 세계 대전이라는 외적 사건에 국한되는 것이 아니라 문명과 야만이라는 이중적 얼굴의 서구 문명이 다다를 수밖에 없는 역사적 필연으로 그려진다는 사실이다. 전쟁은 탄광촌의 내적·외적 지형도를 바꾸어 버린 근대 산업자본주의의 기계화와 직결되어 있으며, 이러한 현실을 살아온 사람들의 의식/무의식과 내밀한 관계를 맺고 있다. 작품 속에서 전쟁은 누구에게나 어디서나 진행형이다. 개인의 영혼의 내부에서부터 연인, 친구, 부부뿐 아니라 부모와 자식, 광부와 탄광 소유주 간에 말과 몸, 또는 무기를 동원한 싸움이 일어난다.

로렌스는 자신의 고향 이스트우드와 그 부근의 실제 장소들을 모델로 삼아, 어슐라와 구드룬의 산책 코스를 비롯한 버킨과 제럴 드의 동선을 지도를 통해 추적해 볼 수 있을 정도로 생생히 옮겨 놓았다. 얼핏 평온해 보이는 이 탄광촌은 사실 상류 계급과 중산 층, 그리고 노동 계급 간의 계급적 자의식과 갈등으로 팽팽히 긴 장되어 있다. 탄광 부호인 크라이치가의 물놀이 파티나 결혼식은 경찰이 출동하여 출입을 통제하고, 구드룬은 런던에서 만난 상류 계급의 허마이어니를 고향에서 다시 만나는 것이 불편하다. 허마 이어니가 자신의 저택 브래덜비로 초대하자 자매는 이를 계급 장 벽 철폐에 앞장서는 척하는 일부 상류 계층의 작위적인 제스처로 받아들이며, 탄광 부호의 아들 제럴드는 허마이어니가 중등학교 교사인 어슐라와 구드룬 자매를 초대한 것에 의아해한다. 이에 버 킨은 계급 장벽이 무너지고 있는 것이라고 빈정거린다. 그런데 여 기서 버킨이 조롱하는 대상은 사회적 변화라기보다는 은연중에 드러난 제럴드의 계급적 자의식이다. 여러모로 작가 자신을 가장 많이 대변하는 버킨은 장학관이라는 것 외에는 가족사를 비롯한 계급적 출신이 제시되지 않은 거의 유일한 인물이며, 특정 계급에 대한 유대감이나 저항감을 표출하거나 자기 자신과 타인의 계급 을 의식하는 일도 거의 없다. 끊임없이 참다운 삶과 새로운 인간 관계에 관한 버킨의 고민과 모색 속에 '계급'이 핵심어로 부상하 지 않는다는 사실은 곰곰이 음미해 볼 만하다.

마을 길은 곳곳이 시커먼 석탄가루로 뒤덮여 있고 크라이치가 의 대저택 숏랜즈 앞에 자리 잡은 숲 언덕은 인근의 공장 연기를 가리지 못한다. 광부와 탄광 소유주 간의 갈등은 계급 전쟁으로 표출된다. 이 시기 한꺼번에 유입된 산업자본주의와 사회주의, 그 리고 민주주의는, 한편으로는 전반적인 물질적 풍요와 부의 분배 에 대한 좀 더 진전된 의식으로, 다른 한편으로는 계급 간의 불신과 갈등으로 치달아 방화와 폭동, 경찰의 무력 진압에까지 이르는 계급 전쟁으로 이어진다.

서구 문명 종말의 징후는 자유와 해방을 표방하는 런던 보헤미안들에게서 한층 적나라하게 드러난다. 할리데이와 그의 애인 푸썸의 관계에서 보이듯이 이들의 관계는 성적으로 방만할 뿐 참다운 육체적 해방과는 거리가 멀고 계산적이다. 문명을 거부하고 육체와 감정을 예찬하지만 이들의 문명 비판은 원시 예술품을 전시하고 집 안에서 나체로 다니는 데서 끝난다. 벌레는 두려워하지만 피는 무서워하지 않아, 거슬리는 언사를 하는 상대의 손에 아무렇지도 않게 칼을 꽂기도 한다. 인류의 부패와 타락을 예견하는 버킨의 편지에 낄낄거리는 이들의 철저한 자의식의 부재와 극단적 무책임, 그리고 경박함은 섬뜩하기까지 하다. 어슐라와 버킨, 구드룬과 제럴드가 대륙의 알프스 산자락에서 만나는 독일인 조각가 뢰르케의 모습을 통해 마침내 독자는 유럽 전역에 퍼져 있는 파국의 징후를 목격하게 된다.

인간 본성의 해부와 현대 서구 사회에 대한 발본적 비판

『사랑에 빠진 여인들』은 물론 자매의 연애 이야기이다. 중등학교 교사인 어슐라와 런던에서 조각가로 명성을 쌓다가 고향에 잠시 돌아와 언니와 같은 학교에서 교사를 하고 있는 구드룬은, 19세기 말부터 제1차 세계 대전 전후까지 여성의 재산권, 교육권, 선거권을 주장하는 1세대 페미니즘 운동의 결실로 등장한 '신여성'들이다. 그러나 이들 자매는 자기실현의 성취감이나 해방감보다는 수많은 현실적 장애물을 더 의식하고 있다. 이는 로렌스가 대학

과 교사 시절 페미니즘 운동에 적극적이었던 동료나 지인들을 통해 목격한 당대 여성의 현실을 반영한다. 또한 어슐라와 구드룬은 사랑과 결혼에 대한 기대보다는 남자에 대한 불신과 결혼에 대한 불안이 더 크다. 결혼으로 막이 내리던 제인 오스틴 문학의 시대는 이미 끝났다. 결혼은 어쩔 수 없이 한번쯤 거치지 않으면 안 될 경험일지도 모르고, 그나마 괜찮은 남자를 만날 확률은 거의 없다며 불안한 속내를 웃음으로 감추는 이들 자매의 사랑과 결혼 이야기는 이전 시대와는 확연히 다르다.

어슐라와 구드룬은 각각 장학관 버킨과 탄광 재벌가의 장남 제럴드를 만나 밀고 당기는 사랑을 하다가, 한쪽은 결혼하고 나머지 한쪽은 결별한다. 어슐라는 전작 『무지개』의 후반부 주인공이고 버킨은 상당 부분 작가를 대변하는 듯하며 둘은 결혼도 한다는 점에서 이 커플에게 작품의 무게중심이 기울어 있다고 볼 수도 있다. 그렇지만 이들보다는 구드룬과 제럴드의 드라마가 훨씬 더 생생하고 흥미롭다고 느낄 독자도 많을 것이다. 존재감 면에서 경중을 가리기 어려운 이 두 쌍의 이야기가 대부분을 차지하기는 하지만, 사실 또 한 쌍의 커플이라고 봐도 좋을 버킨과 제럴드도 빼놓을 수 없다.

버킨과 제럴드는 서로에 대해 강렬한 감정을 느끼지만 이를 온전히 담을 언어가 이들에게도, 작가에게도, 그리고 이들이 사는 세상에도 아직 없는 듯하다. 로렌스가 출판 전에 삭제한 '프롤로그'에는 제럴드에 대한 사랑의 감정을 억압하고 허마이어니와의 관계에 집중하려는 버킨의 모습이 담겨 있다. 이는 콘월에서 로렌스가 한 농부와 나눈 애틋한 친교에 바탕을 두고 있지만 동성애, 특히 런던 지식인과 예술가들의 동성애에 대한 로렌스의 반감이 깊어지면서 삭제되었다. 그러나 출판본에 강한 흔적으로 남아 있는 제럴드와 버킨의 이루어지지 못한 혹은 이룰 수 없는 사랑의 감정과, 양성애자 뢰르케에 대한 (특히 익명의 화자의) 극심한 혐오에는 통상적인 이성 간의 사랑 이상의 교감을 향한 작가의 혼란스러운 열망과 고뇌가 배어 있다.

어슐라-버킨과 구드룬-제럴드는 여러모로 다른 점이 많은 커플이다. 전자는 요란한 싸움과 평화의 순간을 오가다 결혼하고, 후자는 조용히 그러나 훨씬 더 격렬한 애증의 소용돌이를 겪다가 마침내 결별과 죽음에 이른다. 그러나 두 쌍은 묘하게 닮은 구석도 많은 데다 서로를 비추는 거울과 같아서 각각이 갖는 관계의 의미는 서로를 같이 놓고 생각할 때 한층 풍부히 드러난다.

그런데 사랑이 이렇게 로맨틱하지 않을 수도 있을까. 무엇 하나 부족할 것 없어 보이는 허마이어니의 경우 버킨에 대한 극단적 의존과 굴종이 질식시킬 듯한 집착으로 드러나고, '사랑한다'는 말 대신 '별들의 평형' 타령만 하는 버킨은 어슐라의 화를 돋우며, 구드룬과 제럴드는 제어할 수 없는 육체적 욕망과 증오, 자학과 가학을 오가며 지배와 복종의 시소게임을 벌인다. 지식과 교양을 갖춘 20대 중반에서 30대 초반의 중류 및 상류 계급의 남녀들이 펼치는 사랑 이야기가 이토록 파괴적이고 가학-피학적이며 사랑만큼이나 강렬한 증오로 가득한 이유는, 인간의 본성과 외적 현실이 뫼비우스의 띠처럼 뒤얽혀 서로를 비추고 재생산하는 현대 사회의 메커니즘에 대한 작가의 암울하지만 예리한 통찰 때문이다.

작품 초반에 어슐라의 교실에 찾아온 버킨과 그를 뒤따라 온 버킨의 연인 허마이어니가 벌이는 대결과 갈등부터가 범상치 않다. 자연스럽고 자발적인 삶의 경지를 잃어버린 채 자신의 내적 공허를 계급과 부와 지식으로 무장하고 의지와 의도만으로 자신의 삶을 밀고 나가려는 허마이어니의 기형적인 모습은 현대적 삶의 불모성을 여지없이 드러낸다. 유복하지만 심각한 인간적 황폐화를 겪고 있는 크라이치 집안의 인물들, 그중에서도 광부들의 '자애로운 아버지'였던 남편의 위선에 평생을 짓눌린 크라이치 부인의 망가진 내면과 그것이 드러난 외적인 모습, 그리고 그녀가 아기처럼 순수한 얼굴을 한 남편의 주검 앞에서 내뿜는 원한과 증오는 그야말로 압권이다.

제럴드가 철로 건널목에서 자신이 탄 말이 기차 소리에 놀라 날뛰는데도 철로에서 뒤로 물러나 말을 달래지 않고, 말 옆구리에서 피가 흐르도록 말 위에 걸터앉아 힘으로 제압하는 장면도 의미심장하다. 이 대목에서 드러나는 의지의 행사는 그의 탄광 경영의 배후에서 고스란히 작동한다. 17장 '산업계의 거물'에서 아버지 토머스 크라이치와 아들 제럴드의 2대에 걸친 탄광 경영 이야기는 그 자체로 자본주의의 필연적인 자기 변신에 대한 흥미로운 사회학적 보고서이자 생생한 역사화(歷史畵)이며, 지금도 오싹하리만치 유사한 상황을 지구 상의 도처에서 발견할 수 있다. 아버지의 뒤를 이은 제럴드는 기계화와 경영의 합리화를 앞세워 노동력 착취와 광산 생산량을 극대화한다. 광부들은 점차 투쟁을 멈추고 계량화된 경쟁 체제에서 생존할 방법을 찾는 데 몰두한다. 탄광 산업은 표면적으로 평화를 회복하지만 광부는 추상적이고 기계적이며 물질주의적인 평등의 논리에 굴복한다. 그리고 그들의 주인인 제럴드는 그 자신이 인간성을 제물로 바친 전능한 기계의 신으로 변모함으로써 아이러니하게도 자신이 구축한 체제에서 더 이상 쓸모가 없게 되는 비극적 운명을 맞는다.

어슐라와 구드룬이 말을 제압하는 제럴드에 대해 보이는 대조적인 반응은 훗날 이들의 운명이 왜 끝내 갈라지는지를 이해하는 데 중요한 실마리가 된다. 어슐라는 말에게 불필요한 고통을 주는 제럴드를 향해 거침없는 비난을 던지는 반면, 구드룬은 자신을 제럴드와, 그리고 동시에 그의 말과 동일시하는 극단적인 자기 분열과 가학-피학적 욕망을 드러내면서 그에게 매료된다. 상대에 대한 권력 의지와 굴종의 욕망의 결합은 구드룬과 제럴드 모두에게서 나타나며, 몰락을 자초하는 근대 문명의 본모습과도 중첩된다. 구드룬은 한밤중에 자신의 집에 몰래 숨어 들어와 자신의 공허감을 채우기 위해 육체적 관계를 요구하는 제럴드의 청을 들어준다. 곯아떨어진 제럴드 옆에서 형언할 수 없는 공허감과 비통함으로 밤을 꼬박 새우는 구드룬의 모습은 이들의 황폐한 육체관계와 그보다 더 황폐한 내면을 보여 준다. 갓 결혼한 어슐라와 버킨과 함께 도착한 대륙의 눈 덮인 알프스의 산자락에서 구드룬과 제럴드 두 사람의 관계의 본질이 적나라하게 드러나고 마침내 둘은 각각의 방식으로 파탄에 처한다. 구드룬은 파멸하는 자신의 삶의 구경꾼이 되어 자학적인 기쁨과 뒤섞인 끔찍한 공포에 휩쓸려, 아무런 기약도 희망도 없는 무의미한 미래에 자신을 내맡긴다. 한편 제럴드는 기계의 신이 되는 대가로 맞닥뜨린 자기 존재의 공허감을 치유할 방법을 끝내 찾지 못한 채, 비인간적이고 냉혹한 서구 문명의 상징인 새하얀 눈 속으로 걸어 들어가 죽음을 맞는다. 구드룬은 살아남고 제럴드는 죽지만 언제나 생존이 실존에 조응하는 것은 아니다. 자기 자신의 파멸을 눈 하나 깜빡하지 않고 지켜보는 구드룬이나, 그것에 영원히 눈감아 버리는 제럴드나 다를 바가 없다. 그러나 로렌스는 제럴드의 죽음을 폭력적인 자기 파괴 형태로 그려 내는 대신, 그가 가는 길목에 십자가를 놓아둔다. 그의 이름 '크라이치'에 '크라이트스(예수)'라는 소리가 담겨 있는 것은 우연이 아닐 것이다. 제럴드의 죽음은 인간과 문명의 파국을 온몸으로 짊어짐으로써 깊은 메아리를 남긴다.

반면 어슐라는 고통을 주는 것도 받는 것도 결코 용납되어서는 안 된다고, 때로는 본능적으로, 때로는 강한 의지로써 외친다. 그녀 식으로 보자면, 약자를 괴롭히는 일은 자신의 아픈 영혼과 몸을 돌보지 않는 일과 상통한다. 또한 삶이 달라질 가능성과 일체의 희망을 차단한 채 자신과 세상의 파멸을 궁극적이고 최종적인 진리라고 못 박는 구드룬 식의 주지주의는 비관적 운명론과 본질적으로 맞닿아 있다. 그렇기 때문에 버킨이 자신도 모르게 빠지는 독단과 아집을 가장 정확히 간파하고 반박할 수 있는 것도 어슐라이다. 어슐라는 이 복잡하고 암울하며 자의식 가득한 세계 속에서 진실은 의외로 단순하고 간단하다는 사실을, 유려한 언변이 아니라 솔직하고 담백한 언어와 자발적이고 자연스러운 행동으로 깨우쳐 줌으로써, 이 작품이 비극의 나락으로 떨어지지 않도록 한다. 물론 그녀 나름의 허점이 없는 것은 아니지만 그녀가 버킨과 만들어 가는 언어적, 육체적 소통과 교감의 과정은 치열하되 잔인하지 않고 때로는 뭉클한 감동마저 자아낸다. 버킨 역시 자신이 통탄하는 병든 시대의 징후들을 나누어 갖고 있긴 하지만, 자신의 한계를 인식하고 스스로를 교정할 줄 알며, 기존의 틀에 얽매이지 않는 삶의 실현을 위해 부단히 노력한다. 구드룬이 자신과 꼭 닮은 북방의 눈에 매료되어 있는 동안 어슐라가 그 살기등등한 냉기를 견디지 못하고 버킨에게 남쪽으로 떠나자고 말하자, 버킨은 한마디 질문도 반론도 없이 즉각 찬성하고 곧바로 떠날 채비를 갖춘다. 그간 두 사람 사이에 쌓인 신뢰와 교감, 그리고 그들의 건강함이 빛을 발하는 순간이다.

하지만 어째서 버킨과 어슐라는 제럴드와 구드룬에게 함께 떠나자고 하지 않았을까? 꽁꽁 얼어붙은 제럴드의 주검 앞에서 난 이렇게 되길 원한 건 아니었다는 버킨의 때늦은 후회를 어떻게 읽어야 할까? 세상을 구할 것처럼 목소리를 드높이던 버킨이, 결국 인간은 스스로를 구할 수밖에 없으며 삶도 죽음도 결국은 각자의 책임이라고 생각했다가, 막상 제럴드가 죽자 뒤늦게 일말의 책임을 느끼는 것일까? 버킨이 떠나면서 제럴드에게 내가 자네를 사랑했었다는 걸 잊지 말라고 말하지만, 정작 제럴드가 다양한 방법으로 구원을 요청했을 때 버킨은 자기 고민에만 빠져 자신도 모르게 외면했던 것은 아닐까? 이에 대한 답은 독자의 몫으로 남겨두려 한다. 아니, 아마도 독자들은 책을 덮으며 훨씬 더 많은 질문들을 마주하게 될 것이다. 그러나 자신의 몰이해를 탓할 일은 전혀 아니다. 드러내 놓고 실험적이거나 어렵기로 작정한 텍스트는 아니지만, 이 작품은 어렵고, 새롭다.

낯설고 새롭게, 사랑을 말하다

제럴드가 새로운 진리와 가치를 전파할 인물이 나타나지 않으면 인류는 파멸할 것이라는 내용의 신문 기고문을 버킨에게 읽어 주며 흔해 빠진 상투 어구라고 하자 버킨도 즉각 동의한다. 이 대목은 당시 현실 비판과 종말론, 그리고 예언자적 목소리가 예술뿐 아니라 신문 등 도처에 만연했음을 보여 준다. 실제로 소설 속의 인물들은 무슨 유행이나 되는 것처럼 비슷한 말과 행동을 공유한다. 새로운 인간관계를 '별'에 비유하거나 의식적인 지식 주입은 참다운 앎을 가로막는다는 허마이어니의 주장은 버킨의 말과 닮았고, 런던 보헤미안들이 나체와 감정을 중시하는 것은 실오라기 하나 걸치지 않고 호수에 뛰어들며 해방감에 젖는 자매의 모습뿐 아니라 허마이어니와의 최후의 교전 끝에 옷을 벗고 초목 사이에서 평화를 맛보는 버킨의 모습과도 겹친다. 이러한 상황에서 표면적으로는 유사해 보이는 것들의 내적 차이를 구분해 내는 일은, 어렵지만 긴요하다. 영혼 없는 복제와 모방이 판을 치는 오늘날, 이런 분별력을 키우는 일은 한층 어려워졌지만 그만큼 더 절실해졌음은 말할 나위가 없다.

로렌스는 상투 어구로 전락한 비판의 날을 다시 세우고, 웃음거리로 전락하지 않을 전망을 제시해야 했다. 자신의 비판의 진정성을 믿되 자신만 옳다는 독단에 빠져서는 곤란했다. 파탄이 난 서구의 운명을 적시하되 비관적 숙명론이나 니힐리즘은 피해야 했다. 예술의 가능성을 믿었지만 삶과 결별한 예술지상주의로 빠지면 안 되었다. 로렌스는 이를 위해 한편으로는 버킨이라는 작가의 충실한 대변자를, 다른 한편으로는 독특한 서술적 관점과 서사적 구조를 들여온다. 버킨은 로렌스의 가장 충실한 분신, 이상화된 자아나 생동감 없는 대변인으로서가 아니라 작가 자신의 약점과 한계를 드러낸다는 의미에서 충실하고 살아 있는 분신이다. 인간의 본성과 서구 근대성에 대한 분석과 비판에 있어 이토록 가차 없고 철두철미하며 적나라한 작품은 흔치 않다. 그런데 이 작품의 진정한 힘은 제아무리 예리한 비판이라도 감정 개입과 일정한 왜곡이 일어날 수 있고, 따라서 최종적 진리를 보증하는 것은 아니라는 인식에서 나온다. 예컨대 허마이어니의 주지주의와 위선이 서구 문명의 일면인 것은 분명하지만, 그런 허마이어니를 지나치게 일방적으로 몰아세우는 버킨의 폭력에 가까운 비난은 버킨 자신의 허점을 드러내며 따라서 어슐라의 공감을 얻지도 못한다.

서술자의 시점이 익명의 화자에서 등장인물 자신의 시점으로, 혹은 한 인물에서 다른 인물의 시점으로 분명한 표지 없이 옮겨간다는 점도 주목할 만하다. 이는 당시 제임스 조이스나 버지니아

울프와 같은 실험적 모더니스트들이 구사한 자유 간접 화법이나 의식의 흐름과 흡사하게 등장인물의 내밀하고 복잡한 속내를 드러내어 인물에 대한 입체적인 이해를 돕는다. 그러나 이 작품에서 인물들의 내면 못지않게 중요한 것은 그들의 대화이다. 이 작품의 서사를 추동하는 주된 힘은 통상적인 플롯의 전개라기보다는 대화와 토론과 논쟁의 과정이다. 등장인물들이 끊임없이 대화하고 토론할 뿐 아니라 서사적 구조 자체도 두세 개의 장들이 중심 주제들을 서로 되받아 응답하고 변주하는 식이다.

이 작품의 독특한 언어 사용 방식도 눈여겨볼 필요가 있다. 로렌스 역시 다른 작가들과 마찬가지로 관습화된 낡은 언어를 극복할 새로운 언어를 모색한다. 그러한 예는 일상화된 의미의 '불평등'과 구분되는 '비평등'과 같은 신조어나, 여러 개의 형용사의 나열로 이루어진 긴 수식 어구에서 쉽게 찾을 수 있다. 그뿐 아니라 같은 언어라 할지라도 누가 말하느냐, 어떤 맥락에서 하느냐에 따라 정반대의 함의를 갖기도 해서 얼핏 보면 일관성이 없고 모순 가득해 보이는 때도 있다. 예컨대 작품의 초반부에서 구드룬이 어슐라에게 결혼이 아무리 내키지 않는다 해도 어쨌든 한 번은 경험해야하지 않겠느냐고 하자, 어슐라는 결혼은 오히려 경험의 끝이 아니겠느냐고 반문한다. 사실 결혼 자체에 대한 자매의 입장 차는 대동소이하다. 그러나 이들은 '경험'이라는 말을 각자 조금 다른 의미로 사용한다. 구드룬에게 '경험'이란 한 번 거쳐 가는 일의 하나라면 어슐라에게는 삶의 어떤 의미 있는 국면에 가깝다. '경험'에 대한 시각차는 삶에 대한 태도에서 커다란 차이를 드러낸다. 구드룬은 자신과 타인, 현실을 자기 식으로 이해한 후 박제시켜 버리는 반면, 어슐라는 확정적인 앎을 보류하고 새로운 가능성들을 끊임없이 열어 간다. 이러한 차이는 이들이 '경험'이라는 같은 말을 다르게 쓰는 것과 결코 무관하지 않다. 어슐라와 버킨이 '사랑'이라는 말을 놓고 벌이는 갈등과 화해의 과정, 다시 말해, 진부해진 언어가 새롭게 태어나게 되는 과정 역시 이 작품의 가장 중요한 화두를 이해하기 위해 꼼꼼히 따라가 보아야 할 대목이다.

이 작품에서 두드러지는 상징적인 비유나 이미지 역시 유사한 관점에서 생각해 볼 수 있다. 이 소설은 근대성의 대량 생산과 무한 복제를 연상시키는 무의미하고 천편일률적인 반복과 그러한 무의미한 반복의 연속으로서의 무한성을 다양한 이미지와 상징을 통해 보여 준다. 가령 보헤미안들의 아지트인 런던의 한 카페에 걸린 커다란 거울들이 그 예이다. 사방에 걸린 이 거울들은 사람들의 모습을 현기증이 날 정도로 무한히 반복하여 비추고, 이로 인해 카페는 거대한 비현실로 변모하고 있는 현대 사회의 축도가 된다. 구드룬이 기계적으로 똑딱거리는 커다란 벽시계의 모습에서 다름 아닌 자신의 얼굴을 발견하는 장면 역시 무의미한 반복과 몰역사적인 무한성을 살아가는 현대인의 끔찍한 삶의 단면을 보여 준다. 그러나 이와 더불어 등장인물의 언어나 서사적 구조에서 절묘한 의미의 차이들을 생성해 내는 생산적인 반복도 공존한다. 호수에 비친 달 그림자가 부서질 때까지 미친 듯이 돌팔매질을 해 대는 버킨과 그런 버킨을 바라보다 마침내 그만두라고 소리치는 어슐라가 벌이는 한밤중의 드라마도 주목할 만한 명장면이다. 아무리 이지러지고 부서져도 기어이 제 모습을 회복해 내는 달 그림자는 그것을 파괴하려는 버킨의 돌팔매질만큼이나 고집스럽고 자기중심적인 집요함뿐 아니라, 잔혹한 파괴를 견뎌 내는 아름답고 건강한 생명력도 함께 상징한다.

마찬가지로, 각각 '최종성'과 '최종적인'으로 옮긴 원문의 'finality'와 'final'이라는 단어는 일차적으로 돌이킬 수 없는 최종적이고 궁극적인 상태를 뜻하지만, 그 함축은 맥락에 따라 상이하다. 이 말은 때로는 철회할 수 없이 절대적인 어떤 사랑의 경지와 관련이 되는가 하면, 때로는 허마이어니나 구드룬의 주지주의에서 보이듯이 자신과 타인을 포함한 만물의 의미를 완벽하게 확정하고 닫아 버리는 앎의 속성을 가리키기도 한다. 이러한 의미에서의 최종성은 주지주의와 숙명론, 니힐리즘과 무책임한 방종의 본질을 이루며, 앎의 주체를 가두어 파멸시키는 죽음의 감옥이 된다. 인간 혐오와 날카로운 현실 비판 능력 사이에서 아슬아슬한 줄타기를 하는 버킨을 통해 드러나듯이, 이러한 최종성은 서구 문명의 위기의 심각성을 절실히 인식하는 자일수록 더욱 경계해야 하는 위험한 덫이기도 하다.

그러나 버킨은 자신이 틀릴 수 있음을 스스로에게 끊임없이 주지시키고, 로렌스는 "로댕이나 미켈란젤로처럼", "자연 그대로의 돌 한 점"이 자신이 만든 작품에 "미완의 상태로 남아 있게", 다시 말해 자신의 작품을 최종적인 앎의 감옥이 아니라 끝없는 사유의 모험의 장으로 남겨두고자 한다. 『사랑에 빠진 여인들』은 로렌스의 바로 이러한 노력과 고투의 결실이라 할 수 있다. 그래서 새롭고 난해하며, 정답을 주기보다는 문제를 던진다. 거부감을 느끼는 독자도 있을 것이다. 그러나 어슐라가 버킨의 가장 진솔한 사랑의 고백을 알아들은 것은, '사랑'이라는 낡은 말 대신 다른 말을 찾으려 발버둥치는 버킨을 향한 적대감을 버린 순간이었음을 잊지 말아야 할 것이다. 사랑의 언어는 결국 말하려는 마음과 들으려는 마음이 어디선가 만나야만 비로소 통하는 것이기에.

번역 과정에서 초고를 꼼꼼히 읽어 주신 유명숙 선생님과, 몇몇 어려운 대목의 번역에 대해 값진 조언을 해 주신 백낙청 선생님께 깊은 감사를 드린다. 역자의 지도교수이셨던 신광현 선생님은 을유문화사의 세계문학전집 편집위원으로서 이 대작의 번역에 착수할 용기를 주셨다. 불과 오십의 나이에 이승을 버리신 영원한 내 삶의 등대, 나의 스승의 영전에 이 책을 바친다.

판본 소개

번역은 캠브리지대학 출판부가 출간해 온 로렌스 작품 시리즈 중의 하나로서 데이빗 파머(David Farmer), 린디스 배시(Lindeth Vasey), 존 워든(John Worthen)이 함께 편집하여 1987년 내놓은 판본을 택했다.

『사랑에 빠진 여인들』의 집필과 출판 과정은 험난했다. 1913년 봄 이탈리아의 가르냐노에서 '자매'라는 제목으로 시작한 원고는 많은 분량이 수정·폐기되거나 새로 집필되었고, 제목도 '자매'에서 '결혼반지'로 바뀌기도 했다. 이 시기의 원고는 대부분 남아 있지 않다. 애초의 구상과 달리 자매에 국한되지 않고 그들의 부모와 그 이전 세대까지로 거슬러 올라가며 이야기의 규모가 커지자, 1915년 1월 로렌스는 원고를 두 개의 소설로 분리하기로 결심한다. 이후 진척이 빨라져 원고의 일부를 『무지개』라는 제목으로 3월에 탈고한 후 9월에 출판하지만, 불과 두 달 만에 판금 조치를 당한다. 1차 세계대전으로 영국에 발이 묶여 콘월에서 지내던 1916년 3월 로렌스는 다시 나머지 원고로 돌아가 상당 부분을 고치고 새로 쓰다시피 하여 6월에 거의 마무리하지만, 원고를 타이핑하기 시작하면서 사실상 개고를 병행하다가 스트레스와 건강 악화로 나머지 타이핑은 출판 대리인 핑커(J. B. Pinker)에게 부탁하고 자신은 결말부를 구상한다. 1914년에 출판된 메이 싱클레어(May Sinclair)의 『세 자매(*Three Sisters*)』와 유사한 '자매' 대신 '사랑에 빠진 여인들'로 제목을 거의 확정하지만, "Dies Irae(진노의 나날들)"도 대안 가운데 하나였다. 로렌스의 개고는 계속되어 1919년 9월까지 수정을 거듭했다. 여러 단계의 원고들 가운데 캠브리지 판본이 저본(底本)으로 채택한 것은 1919년 9월까지 로렌스가 출판을 위해 최종 수정한 원고이다.

『사랑에 빠진 여인들』은 1917년 이래 출판사들의 잇따른 출판 거절로 난항을 겪다가 1920년 11월 9일 마침내 토머스 셀쩌(Thomas Seltzer)를 통해 미국에서 개인 출판의 형식으로 처음 활자화되며, 이듬해 마틴 세커(Martin Secker)를 통해 영국에서도 출판된다. 그러나 여러 가지 복잡한 사정으로 인해 두 판본은 동일하지 않다. 세커는 미국 출판본에서 사용된 최종 교열본이 아닌 그 직전의 원고를 토대로 영국 초판본을 준비했고, 몇 가지 제안과 요청으로 로렌스와 갈등을 빚기도 했다. 로렌스는 제목을 '사랑에 빠진 여인들'보다 덜 도발적이고 안전한 '자매'로 하자는 제안은 받아들이지 않았으나, 세커의 요청대로 각 장에 제목을 붙였으며 이 과정에서 30장을 둘로 쪼개어 총 32개의 장으로 만들었다. 그 밖의 몇몇 대목들에 대한 삭제 요청에 대해서는 로렌스는 수정을 최소화하려는 의지를 굽히지 않았고, 세커는 작가의 동의 없이 몇몇 대목들을 삭제하여 출판을 감행했다. 셀쩌 역시 후에 작가의 동의 없이 문장 두 개를 삭제했음을 인정했지만, 이를 제외하고는 로렌스의 최종 승인을 거쳐 진행했다. 영국에서는 자신을 작품의 모델로 삼았다는 이유로 소송을 걸겠다는 압력이나 외설 시비의 염려 등으로 크고 작은 수정과 삭제를 거친 끝에 1921년 6월

10일에 출판된다.

이 번역서가 원본으로 삼은 캠브리지 판본은 앞서 말했듯이 1919년 9월의 원고를 저본으로 삼은 위에 영국 초판본의 장별 제목과 32개 장의 구성을 받아들이고, 그밖에 로렌스가 의도했던 바를 최대한 복원하는 작업을 거친 것이다. 이에 관한 사항은 캠브리지 판 서론과 부록에 자세히 수록되어 있다.

캠브리지 판본 말고도 데이빗 브랫쇼(David Bradshaw)가 편집하여 1998년에 출간한 옥스퍼드 세계 고전(World's Classics) 시리즈 판본도 있다. 이것은 1920년 셀쩌의 미국 초판본을 저본으로 하여 찰스 로스(Charles L. Ross)가 이 저본의 오류를 수정하여 1982년 펭귄 출판사에서 출판한 판본을 따른 것이다. 1987년 캠브리지 판본이 나오자 이를 이끌었던 존 워든과 1982년 펭귄판을 맡았던 찰스 로스 사이에 정본 확정의 원칙과 방법에 관한 열띤 논쟁이 이어지기도 했다.

캠브리지 판본과 옥스퍼드 판본의 주요한 차이는 후자가 1982년 펭귄판과 마찬가지로 로렌스가 30장을 둘로 나누기 이전의 장별 구성을 택하고 있다는 점이다. 따라서 '눈'이라는 제목의 장이 독립되어 있지 않고 '눈에 파묻혀' 한 장으로 통합되어 있어서 총 31장이다. 또 7장의 제목은 '물신'이 아니라 '토템'으로 되어 있다. 1995년에 펭귄 출판사는 1982년의 찰스 로스 판이 아니라 1987년 캠브리지 판을 정본으로 하여 이 작품을 새로이 출간한다. 오랜 기간의 집필과 개고, 타이핑과 출판까지의 복잡한 상황을 고려할 때 완벽한 정본을 확정한다는 것은 불가능하지만, 역자는 캠브리지 판이 더 정본에 가깝다고 판단하여 이를 택했다.

1885   영국 잉글랜드 중부 노팅엄셔의 탄광촌 이스트우드에서 광부 아버지 아서(1846~1924)와 어머니 리디아(1851~1910) 사이에서 3남 2녀 중 넷째로 태어남.

1891~1898   보베일 초등학교에 다님.

1898~1901   노팅엄 주의회 장학금을 받고 노팅엄 고등학교에 다님.

1901   노팅엄에 있는 외과 의료기구 제조 회사 사무원으로 잠시 일하다 심한 폐렴으로 그만둠. 둘째 형 어니스트 사망.

1902   언더우드에 있는 해그즈 농장의 제시 체임버스와 친해짐.

1902~1905   이스트우드의 브리티시 초등학교 교생으로 가르침.
1904년 12월 왕실장학금 시험에서 최우등 선발됨.

1905~1906   브리티시 초등학교에서 임시 교사로 근무. 처음으로 몇 편의 시와 소설 『흰 공작』을 쓰기 시작.

1906~1908   노팅엄 대학의 2년제 사범학과 과정을 이수하고 1908년 교사 자격증을 땀. 1907년 단편 소설 「서곡」을 『노팅엄셔 가디언』지의 단편 소설 공모에 제시 체임버스의 이름으로 응모하여 당선됨.

1908~1911   크로이든에 있는 데이비드 로드 초등학교에서 교사로 가르침.

1909   포드 매독스 후퍼(후에 포드로 개명)의 추천으로 시와 단편이 『잉글리시 리뷰』에 실림. 후퍼가 소설 『흰 공작』(1911년 출판)을 출판사에 추천함. 「광부의 금요일 밤」을 쓰고, 「국화 냄새」의 첫 버전을 완성.

1910 제시와의 오랜 교제를 끝냄. 후에 『아들과 연인』이 되는 소설 '폴 모렐'을 쓰기 시작. 12월에 어머니 사망. 대학 친구였던 루이 버로우즈와 약혼.

1911 심한 폐렴으로 교사직을 그만둠. 에드워드 가넷과 우정을 쌓음.

1912 루이와 파혼. 이스트우드로 돌아와 대학 시절 스승의 아내 프리다 위클리를 만나 사랑에 빠져 그녀와 독일로 도피. 프리다와 독일과 이탈리아 여행. 이탈리아의 가르냐노에서 『아들과 연인』 최종본 탈고.

1913 시집 『사랑의 시』 출간. 소설 '자매'(후에 『무지개』와 『사랑에 빠진 여인들』로 각각 1915년과 1920년에 출판)를 비롯한 몇 편의 단편 소설들 집필 시작. 5월에 『아들과 연인』 출판. 영국으로 가서 지내는 동안 존 미들턴 머리와 캐서린 맨스필드 부부와 가깝게 지냄. 9월에 이탈리아로 돌아감.

1914 '자매('결혼반지'로 제목이 바뀜)'를 다시 쓰고 출판사에 출판을 의뢰함. 프리다의 이혼이 성립되어 7월에 영국에 가서 결혼. 제1차 세계대전이 터져 발이 묶임. 『토마스 하디 연구』를 쓰고 『무지개』 다시 시작. 오토라인 모렐, 버트런드 러셀, E. M. 포스터 등과 사귐.

1915 『무지개』 탈고. 러셀과 다툼. 9월에 『무지개』가 출판되고 10월에 압류되며 11월에 음란물로 판결을 받아 판매가 금지됨. 콘월로 이사함. 올더스 헉슬리 등과 친분.

1916 『사랑에 빠진 여인들』 집필. 『이탈리아의 황혼』과 시집 『아모레스』 출간. 징병 신체검사 탈락.

1917 출판사들이 『사랑에 빠진 여인들』 출판을 거절. 『미국 고전문학 연구』 집필 시작(1923년 출판). 시집 『보라! 우린 해냈다!』 출간. 첩자 혐의로 콘월에서 퇴거당함. 『아론의 지팡이』 집필 시작.

1918 『새로운 시들』 출판.

1919 심한 독감을 앓음. 프리다와 이탈리아를 여행하다가 카프리에 거주.

1920 『정신 분석과 무의식』 집필(1921년에 출판). 시칠리아에 거주. 『잃어버린 소녀』와 『미스터 눈』 집필. 시집 『새와 짐승, 그리고 꽃들』에 수록되는 여러 편의 시를 창작. 『사랑에 빠진 여인들』 출판.

1921 사디니아를 방문하고 여행기 『바다와 사디니아』를 집필. 『아론의 지팡이』 완성. 『무의식의 환상곡』 집필(1922년 출판).

1922 쎌론(스리랑카)에 머물다가 호주로 여행. 『캥거루』 집필(1923년 출판). 뉴멕시코의 타오스에 정착. 12월에 델몬테 목장으로 옮김.

1923 멕시코의 차팔라에서 여름을 지냄. 『날개 돋힌 뱀』(1926년 출판)의 첫 버전인 '케찰코아틀' 집필. 프리다와 다툼. 프리다는 유럽으로 돌아가고 로렌스는 미국과 멕시코를 여행. 12월에 영국으로 돌아감.

1924 3월에 프리다와 뉴멕시코로 돌아감. 여름을 키오와 목장에서 보내며 『슨트 모어』, 「말 타고 가 버린 여인」 등을 집필. 8월에 각혈. 9월에 아버지 사망. 10월에 멕시코의 와하카로 감. 『멕시코의 아침』을 거의 완성.

1925 『날개 돋힌 뱀』 완성. 2월에 장티푸스와 폐렴으로 생명이 위태로울 정도로 심하게 앓음. 3월 폐결핵 진단받음. 9월 유럽으로 건너감. 영국에서 한 달을 보낸 후 이탈리아로 건너가 거주.

1926 『처녀와 집시』 집필. 늦여름에 영국을 마지막으로 방문. 이탈리아로 돌아와 『채털리 부인의 연인』 첫 버전 집필. 헉슬리 부부와 가까이 지냄. 그림을 그리기 시작.

1927 『채털리 부인의 연인』 두 번째 버전 완성. 『에트루스카의 유적지』와 『채털리 부인의 연인』 최종본 집필 시작.

1928 『채털리 부인의 연인』을 완성하고 피렌체에서 자비로 출판. 프리다와 스위스를 여행한 후 프랑스 남부 지방에 정착. 『팬지』에 수록될 시들 창작.

1929 『팬지』의 타자 원본이 경찰에 압수됨. 런던의 워런 갤러리에 경찰이 들이닥쳐 전시 중이던 13점의 그림을 외설 혐의로 압수. 『묵시록』(1931년 출판)과 『마지막 시들』(1932년 출판) 등 집필.

1930 2월 초에 방스에 있는 요양원에 입원. 3월 1일 자진 퇴원. 3월 2일 방스에서 사망.

1935 프리다가 (후에 결혼하게 되는) 안젤로 라발리를 방스로 보내 로렌스의 유해를 화장한 후 다시 키오와 목장으로 가져오게 함.

1956 프리다 사망. 키오와 목장의 로렌스 묘소 곁에 묻힘.

1960 『채털리 부인의 연인』이 영국과 미국에서 출간.

새롭게 을유세계문학전집을 펴내며

을유문화사는 이미 지난 1959년부터 국내 최초로 세계문학전집을 출간한 바 있습니다. 이번에 을유세계문학전집을 완전히 새롭게 마련하게 된 것은 우리가 직면한 문화적 상황에 적극적으로 대응하기 위해서입니다. 새로운 을유세계문학전집은 세계문학의 역할이 그 어느 때보다 중요해졌다는 인식에서 출발했습니다. 오늘날 세계에서 타자에 대한 이해는 우리의 안전과 행복에 직결되고 있습니다. 세계문학은 지구상의 다양한 문화들이 평등하게 소통하고, 이질적인 구성원들이 평화롭게 공존할 수 있는 문화적인 힘을 길러 줍니다.

을유세계문학전집은 세계문학을 통해 우리가 이런 힘을 길러 나가야 한다는 믿음으로 만들어졌습니다. 지난 5년간 이를 준비하기 위해 많은 노력을 기울였습니다. 세계 각국의 다양한 삶의 방식과 문화적 성취가 살아 있는 작품들, 새로운 번역이 필요한 고전들과 새롭게 소개해야 할 우리 시대의 작품들을 선정했습니다. 우리나라 최고의 역자들이 이들 작품 속 한 문장 한 문장의 숨결을 생생히 전하기 위해 심혈을 기울였습니다. 또한 역자들은 단순히 번역만 한 것이 아니라 다른 작품의 번역을 꼼꼼히 검토해 주었습니다. 을유세계문학전집은 번역된 작품 하나하나가 정본(定本)으로 인정받고 대우받을 수 있도록 최선을 다했습니다. 세계문학이 여러 경계를 넘어 우리 사회 안에서 주어진 소임을 하게 되기를 바라며 을유세계문학전집을 내놓습니다.

을유세계문학전집 편집위원단
박종소 (서울대 노문과 교수)
김월회 (서울대 중문과 교수)
손영주 (서울대 영문과 교수)
신정환 (한국외대 스페인어통번역학과 교수)
최윤영 (서울대 독문과 교수)

을유세계문학전집